中国百年工业文学大系

丛书主编　贾玉民　樊洛平

长篇小说卷Ⅲ

孙拥军　主编

中国工人出版社

本卷主编简介

- 孙拥军，四川大学文学博士，河南理工大学教授。主持教育部人文社科项目《台湾新文学作家对鲁迅国民性批判思想承续研究》，另主持或参与省部级以上课题 12 项。出版《新文学的叩问与反思》等学术专著 6 部，发表核心期刊论文 16 篇。近年来，关注于中国长篇工业小说文献的梳理与甄别研究。

顾　问

（按姓氏笔画排序）

何向阳　张　炯　谈　歌

梁晓声　董学文　蒋子龙

出版说明

一、缘起

为庆祝中华全国总工会成立100周年，中国工人出版社特组织编纂《中国百年工业文学大系》丛书。文学作品是社会现实的形象反映。本丛书的编纂，全面整理百年来工业文学作品及相关资料，精选优秀作品，按体裁分类，编成20卷的丛书，生动、形象地呈现百年来中国工业化的历程，呈现中国工人阶级的命运和奋斗历史，呈现中华全国总工会在中国共产党领导下，与工人运动一同发展壮大的图景，有助于讲好中国工人阶级故事、中国工业故事和中国工会故事，为更好继承弘扬革命传统，创造未来提供历史借鉴。

二、编纂团队

本丛书编纂团队由《20世纪中国工业文学史》和《中国工人文学史》的作者为基础，邀请郑州大学、河北师范大学、河北大学、河南师范大学、河南理工大学、中原工学院等院校为合作单位，以研究中国工业文学的专家、学者共同组成编辑团队，分工合作，在中国工人出版社的指导下共同完成编纂工作。

三、选录作品范围

重点选录反映工业生活、描写工业人物、揭示工业领域社会问题的优秀作品，根据中国具体情况，适度收录有关传统手工业、商业、人力车夫、纤夫等生活的作品。兼顾各历史阶段、各阶级、各阶层、各个地域、各种产业、各种体裁作品；兼顾专业作家、工人作家、业余作者。

四、编纂原则

真：选录的作品，基本以初发或初版为准，个别作品使用与初版接近“最佳”版本，使其成为中国工业文学发展史的可靠文献。其中繁体字须改为规范简化字；标点符号改为规范格式；错别字给予纠正，加注说明。原作署名为非通用笔名的，注明其真名或通用笔名。

专：各卷按文学体裁编列，分别为史论卷、报告文学卷、短篇小说卷、中篇小说卷、长篇小说卷、诗歌卷、散文卷、剧本卷、电影文学卷、电视文学卷、资料卷。各卷均有独立性，组合又具统一性、逻辑性。

精：各卷首的“导读”，长篇作品的“提要”、节选作品的“简介”，各篇所加注释，务求内容准确、文字简明。

鸦片战争后，中国近代工业开始萌芽，至今已近200年；从中国工人阶级队伍略具规模，至今也已百年以上。这期间出现的各类工业题材文学创作，虽然赶不上“乡土文学”等传统题材作品数量之多，但也可称数量巨大。我们的编纂工作肯定存在不少缺陷，切望有关作家、专家、学者，广大读者批评。

2025年4月

《中国百年工业文学大系》在编纂过程中，有幸收录了众多作家描绘工业岁月的珍贵作品，这些文字是中国工业发展的重要记忆载体。由于时间跨度长、信息更迭等客观因素，书稿付梓之时仍有部分作者未能取得联系，对此我们深感歉意与遗憾。恳请尚未联系上的作者或家属看到成书后，及时与我们取得联系，以完善作品收录的后续事宜。

总序

深刻反映时代巨变，描绘时代精神图谱
——新时代呼唤工业文学的繁荣

“文化是民族的精神命脉，文艺是时代的号角。”习近平总书记的这一重要论断，深刻揭示了文艺与时代的紧密联系。文艺作为社会生活的镜像与人类精神的诗性表达，始终与时代同频共振、血脉相连。它不仅是时代变迁的见证者，更是时代精神的塑造者和引领者，在为我们展现历史巨变的同时，也将中华民族伟大复兴的壮阔征程熔铸成一幅可触可感的精神图谱。

100 多年前，我国近代工业刚刚产生，就陷入帝国主义列强的围堵和封建专制的压迫之下，在其筚路蓝缕的艰辛跋涉中，20 世纪上半叶就有茅盾、夏衍等作家描写民族资产阶级“工业救国”梦的破产，描写工人阶级的悲惨处境和觉醒斗争，创作了《子夜》《包身工》等优秀作品。新中国成立后，在大规模经济建设中，更多作家长期深入工矿生活，创作了许多新作，如草明的《乘风破浪》、雷加的《潜力》三部曲、艾芜的《百炼成钢》、艾明之的《火种》等长篇小说以及李季赞颂玉门石油基地的诗歌等，出现了工业文学的初次繁荣。而工人

作家胡万春、万国儒等的崛起，则开了工人写工人的先河。到了改革开放大潮中，反映工业战线生活的作品更如雨后春笋，蒋子龙的《乔厂长上任记》等系列，张洁荣获茅盾文学奖的《沉重的翅膀》、程树臻的报告文学《励精图治》，以及众多作家反映工人生活的中短篇小说、诗歌和剧本等，势如乘风破浪，冲上改革文学的前沿。伴随着改革深化和经济转型，在“新写实”和“现实主义回归”文学潮中，又涌现出一批沉甸甸的作品，如张宏森、肖克凡、谈歌等作家真实反映国企工人经历的转型期阵痛的佳作。而“打工文学”在珠江三角洲等沿海经济特区异军突起，更成为新时期工人写工业文学的一道新风景。

从党的十八大开始，中国特色社会主义进入新时代，进一步强化了工人阶级是国家的领导阶级和主人翁地位。在《关于繁荣发展社会主义文艺的意见》指引下，文艺界克服价值扭曲、娱乐至上、唯市场化等倾向，用现实主义精神和浪漫主义情怀观照生活，歌颂光明、抒发理想，鞭挞丑恶、抵制低俗，给人民以信心和力量，在工业文学方面产生了一批讴歌大国重器、“中国制造”的响当当的作品。同时以“知青文学”而闻名的梁晓声，创作了长篇小说《人世间》，描写知青回城前后几个工人家庭两代人的生活变迁，以其动人肺腑的笔力而荣获茅盾文学奖。一向书写矿山工人生活的刘庆邦，以现实主义笔触展示了不同类型的煤矿工人的人生。不少剧作家也创作或改编了描写工业和工人生活的剧本，搬上屏幕，受到广大观众的欢迎。

百余年来，中国工业文学由小到大，由弱到强，形象地记录了中国工人阶级的发展历程。从百年前郁达夫笔下的女工陈二妹，到蒋光慈小说中的工人形象，从《百炼成钢》的秦德贵到报告文学中真实的英雄孟泰、王崇伦、王进喜、赵梦桃等等，构成了中国工业领域的英雄人物画廊，构成了工人阶级光辉的斗争史和成长史。感谢中国工人出版社和主编本丛书的贾玉民、樊洛平诸位教授学者，经过多年努力，辛勤劳作，为广大读者编成此套规模宏大、内容丰富的选本，自是一项盛举！

如今，中国工业文学作家面前仍然任重而道远。

首先，和我国工业迅速崛起的势头相比，工业文学的反映还远远不够。工业文化，尤其是21世纪以来，极速变化，迅速飞腾，节奏之快，前所未有。这就要求我们身在工业战线、对这种伟大变化有深切感受的工业作家，肩负起历史使命，拿出更多新的好作品来。

其次，和经典作品相比，相当一部分工业文学作品对现实的剖析和人物心理世界的开掘还不够深刻，还少有触及这方面深层次的观念冲突、心理变化和复杂的矛盾斗争的新作。随着城市化的加速，新工人、新市民成亿增加，对工业文学的期待必将日益强烈。

中国实现工业化、现代化，是多少代人的理想和立国之本。新时代呼唤工业文学的繁荣。这既是挑战，更是机遇。工业文学作家和工业战线的文学业余作者，自应把握这个历史机遇，全身心地投入这场新的工业革命，投入由农业文明向工业文明的深刻变革之中，在实践中观察，体验，对工业基础以及高端装备等建设成果努力深切了解，对这场变革中的各种人物表现有更生动把握，从而掌握扎实的生活素材，奠定工业文学更生动更深厚的基础。我们深信，广大读者都会殷切期待作家、艺术家的进一步努力，充分认识所承担的历史重任，开出灿烂的文艺之花。希望广大工业战线的文艺工作者不辜负时代召唤、不辜负人民期待，描绘出中华文明古国在21世纪工业腾飞的足迹，绘出民族的精神图谱，奏出时代的最强音。

张　炯

2025年春于苏州

导言

五四新文化运动后，小说成为文学的正宗，也成为中国现代新文学作家创作的主流文体。

1918 年，鲁迅发表白话小说《狂人日记》，标志着中国现代小说的伟大开端。1922 年，张资平发表小说《冲击期化石》，开启了我国现代长篇小说创作的先河。

现代小说以其表现领域的宽广，思想内涵深邃，为众多的现代作家所采用，并迅速推动中国现代文学的发生与发展，成为五四以来中国文学不可或缺的一条创作流脉。由于中国延续了数千年的农耕文明，又加之近代以来中国工业化程度非常低，致使工业小说起步晚，与乡土小说、革命斗争题材小说、都市小说相比，明显滞后，一直处于弱势地位。然而，在百余年中国新文学史上，也不乏工业小说的优秀作品，尤其是长篇工业小说有着其独特的表现领域、叙事视角、宏大主题与丰富的思想内涵，为认知近代以来中国工业化波澜壮阔的发展历程，提供了具有独特价值的文学样式和文献参照。特别是进入新时期以来，随着我国工业化、现代化的高速发展，工人队伍迅猛扩大，工业问题往往成为社会关注的中心，工业题材的长篇小说纷纷问世，作品的内容厚重，触及社会问题尖锐，艺术成熟，已经走上当代文学的前沿。工业题材长篇小说的繁荣已经来临。

一

鸦片战争之后，西方列强以武力打开晚清闭关自守的大门，资本主义经济进入中国，对数千年来中国传统的自给自足的自然经济产生巨大冲击，并逐步走向解体。受到西方工业经济的影响，晚清地主阶级开明知识分子也意识到现代工业对于国家盛衰的重要意义。1860年，晚清洋务运动兴起，掀起了中国自主创办近代工业的热潮。同时，西方列强也在中国相继开办工矿业，强化对中国的经济掠夺与殖民侵略。在西方列强以及洋务派创办的工厂里，出现了中国最早的产业工人。

中国早期工人阶级的发展虽然还处在萌芽状态，然而却是新生的社会力量，自诞生之日起就深受帝国主义、封建主义、官僚资本主义“三座大山”的压迫，在长期与中外反动势力的斗争中成长为一个最坚决、最彻底的先进阶级。

晚清时期，虽然已经有作家开始关注这些早期产业工人的生存状况，然而，真正成为中国工业文学先声的却是反映华工遭遇的文学作品。1880年代，美国爆发了经济危机，影响到它在世界各地的工矿产业，为转嫁危机，资本家加大对产业工人的压榨，同时开始疯狂地排斥、迫害华工、华侨，因而引发了我国沿海各地掀起了一场轰轰烈烈的抗议美国迫害华工华侨的爱国运动，史称反美华工禁约运动。晚清一些作家开始用文学的形式记录这场运动，反映华侨华工的生存状况和抗争，以及受这场运动影响，决心实行工业救国的爱国企业家的活动。如我佛山人（吴趼人）的《劫余灰》、姬文的《市声》、中国凉血人的《拒约奇谈》等。

19世纪末20世纪初，中国现代民族工商业在沿海城市产生，然而，在中国社会由传统封建农业经济向现代经济过渡中，帝国主义列强的工矿企业打压中国民族工商业的发展，致使中国民族工业的发展极度艰难，在夹缝中求得生存。这在一定意义上，也影响了作家的创作取材，对工商业领域表现的长篇小说创作较少。

第一次世界大战期间，中国民族工业获得较快发展。伴随着中国民族工业的发展，工人阶级队伍也逐渐壮大起来，尤其是五四运动中，工人阶级以自己特有的组织性和斗争的坚定性，在运动中逐渐成为主力军，开始以独立的姿态登上政治舞台。同时，马克思主义理论的传播，对于中国工人运动的发展起到极大的推动作用。1921年中国共产党成立后，积极领导中国的工人运动，工人的斗争状态由自发转向自觉。中国工人阶级队伍的壮大以及工人运动的纵深发展，工人阶级的斗争与生存状况也获得了现代作家的广泛关注，但作家因其和工人接触尚少，对工人生活的反映还以短篇小说为主，长篇小说的发展较为迟缓。

1930年代，随着中国现代工业的发展、产业工人数量的增加以及中国共产党领导的工人运动的广泛开展，为左翼作家所广泛关注。同年3月，中国左翼作家联盟在上海成立，在《中国无产阶级革命文学的新任务——一九三一年十一月中国左翼作家联盟执行委员会的决议》中，强调作家必须“注意中国现实社会生活中广大的题材”，“描写民族资产阶级的形成和没落，描写工人对于资本家的斗争，描写广大的失业，描写广大的贫民生活”。1932年上海“一·二八”事变后，为了推动工人文艺的创作，中国左翼作家联盟又成立“工人文艺工作委员会”，号召作家们到工人中去做文艺工作，体验工人的生活，写作反映工人生活的作品。左翼作家最早对工人阶级进行关注的是中国无产阶级革命文学的先驱蒋光慈，虽然他创作的工业小说大部分为中短篇，如《短裤党》，但拉开了中国左翼作家创作工业小说的序幕。1928年，蒋光慈创作出表现青年工人自发反抗的长篇小说《最后的微笑》。华汉、欧阳山、草明、丁玲、蒋牧良、万迪鹤、邵子南等左翼作家笔下，也创作出了优秀工人文学作品。最有代表性的左翼工业文学作品是茅盾的长篇小说《子夜》，运用马克思主义阶级分析学说，运用社会主义现实主义的创作方法，从经济视角对1930年代中国社会的状况进行深度剖析，关注于经济变动之后中国社会整体变迁，揭示出社会内部的种种矛盾，并对这些矛盾形成的渊源原因进行深度探讨，反映出1930年代中国民族资本主义工商业的生存状况与半殖民地半封建社会的现实。

1940年代，中国作为一个传统的农业大国，在向现代转型的历程中，现代作家依然较多关注于乡土中国的变化、农耕文明的现代变迁以及中国农村的“土地革命”，而中国工业虽然从晚清洋务运动就开始了，但经过近百年的发展历程，进展依然至为缓慢，工业文学也没有太大的发展，但在长篇小说的创作上，却出现了重要作品：1945年8月宋霖出版了《滩》，反映在抗战时期的大后方，民族资本家的艰难挣扎和破产；1949年2月，作家康濯创作出我国第一部描写煤矿工人生活的长篇章回体小说《黑石坡煤窑演义》，在《人民日报》连载，小说通过描写煤窑工人从奴隶生活走向翻身解放的艰难历程，展示了一部煤窑工人的苦难史和斗争史。作家雷加在抗战胜利后随解放军回到家乡辽宁丹东，在安东造纸厂工作五年，和工人一起经历了复工、撤退、再复工三个阶段。在1950年代，雷加以此为素材，创作了长篇小说《潜力》三部曲，迎来了自己工人小说创作的高峰。

二

1949年3月，中共七届二中全会在河北省平山县西柏坡召开，毛泽东在《在中国共产党第七届中央委员会第二次全体会议上的报告》

中明确提出，在夺取全国胜利后，党的工作重心要从农村转向城市，使中国稳步地由农业国转变为工业国，把中国建设成一个伟大的社会主义国家。

文学是时代的传声筒，作家也必然会紧扣时代的脉搏进行创作。新中国成立后，作家的创作重点也会随着国家发展重心的变化而转移到工业文学的创作。然而，近代以来，由于西方资本主义经济的侵蚀，中国近代民族资本主义工商业虽然获得一定发展，但发展至为缓慢，没有形成强大的工业生产背景；又由于解放区作家长期生活在农村，文学创作对工业题材一直关注不够，以至于新中国成立后，描绘农村社会主义革命和战争革命斗争题材的作品依然是文学创作的主流。新中国成立之初，工矿企业百废待兴，社会主义工业化开始起步，然而，由于工业生产的独特性，技术性强、程序繁杂，同其他领域的日常生产与生活有很大不同，作家对工业领域的熟悉需要一定时间，因此，新中国成立初期工业题材小说的创作相比农业题材、城市题材、军事题材小说来说，仍然薄弱。

工业题材小说的创作，对作家提出严格要求，必须真正长期深入到工厂，了解工业生产的流程、工序，熟悉工人的生活、习惯及其内心的期盼、感受，更要发现工业生产进程中的新旧矛盾、新旧思想等等，然后精心去整理、去思索，才能创作出思想内涵深刻的工业小说。1956 年底，“三大改造”完成后，中国进入社会主义建设时期，社会生活发生了天翻地覆的变化，以工业化为标志的经济建设成为生活的重要内容。工业题材的文学创作逐渐兴盛，草明、艾芜、周立波、李季、萧军、雷加、罗丹、韶华、阮章竞等，响应党和国家号召，纷纷深入到工厂、矿区，熟悉工业生产，体验工人生活，并拿起笔来，刻画中国社会主义初期工业的发展与工人的生活。

诚然，在新中国鼓励工业题材创作的文艺方针指引下，许多原来进行农村题材、军事题材创作的作家，主动深入工业生产第一线，走到工人群众中去，亲身参与工业建设，获得真实的生活体验和第一手创作资料，在50年代中期，陆续推出了一批长篇工业小说作品。中国当代工业小说的开拓者为作家草明，按照党组织的安排，1947年5月，她到东北牡丹江镜泊湖水力发电厂亲自参与到抗日战争胜利后已经濒临废弃的东北工业的恢复与生产工作中。草明根据这段生活经历和体验，于1948年创作了中篇小说《原动力》。沈阳解放后，她又到皇姑屯机车车辆厂工作，根据工人修复机车支援前线的事迹，于1950年创作了长篇小说《火车头》，开启了当代工业小说创作的帷幕。1954年8月，草明又到鞍山钢铁厂落户，与工人同生产、同吃住，体验生活，并于1959年9月创作出以描写鞍山钢铁厂生活为背景的长篇小说《乘风破浪》，向国庆十周年献礼，这既是中国工业文学的扛鼎之作，也是草明小说创作高峰的标志。其他深入到工业战线的作家，也创作出了大量优秀的长篇工业文学作品，如萧军的《五月的矿山》（1954）、雷加的《春天来到了鸭绿江》（1954）、周立波的《铁水奔流》（1955）、碧野的《钢铁动脉》（1955）、艾芜的《百炼成钢》（1957）、周而复的《上海的早晨》（1958）、罗丹的《风雨的黎明》（1959）、舒群《这一代人》（1962）、李云德的《沸腾的群山》（1965）、程树榛的《钢铁巨人》（1966）等，集中体现了新中国由农业大国追求工业现代化征程上的积极自我探索与艰难跋涉。这一时期的工业长篇小说比较真实地再现了工业生产一线的工厂、车间、矿山、工地的生产建设场景，以及工业建设面临的困难、不同思想路线间的矛盾与冲突。

三

党的十一届三中全会后，中国进入改革开放的历史新征程，全国开启了自上而下的经济体制改革，要将我国建设成为一个社会主义现代化国家，工业发展再次成为国家发展的重中之重。随着改革开放的推进和现代工业的快速发展，工业文学也再度繁荣。当代作家蒋子龙的《乔厂长上任记》首开“改革文学”先河，拉开了新时期工业小说的创作帷幕，“改革”也成为工业小说的核心主题。在长篇工业小说创作上，张洁的《沉重的翅膀》(1981)、张锲的《改革者》(1983)、焦祖尧的《跋涉者》(1984)、刘庆邦的《断层》(1986)等作品，揭示国有大中型企业在改革进程中面临的种种困境，塑造了一大批改革先锋者形象，他们勇于革新、富有开拓精神，凸显了工业体制改革的历史必然性与必要性，构成了1980年代改革小说的基本创作路径与创作理念。

随着改革的纵深推进，作家们反映改革的视野更加阔大，眼光也日益深邃，在反映经济、政治、社会体制变革的同时，更注重剖析改革对人的传统价值观念的影响，揭示商品经济冲击下旧有生活方式的逐渐瓦解，以及新的生活理念在人们的心灵上产生的强烈震动，将对于改革的书写推向更为深广的领域。张洁的《沉重的翅膀》，作为新中国反映社会主义现代化建设、工业改革的第一部长篇小说，对工业改革使命性与艰巨性给予了深刻的讲述，展现改革进程中各种复杂的矛盾纠结，全方位地呈现了改革大潮下当代社会的人情世态。

进入1990年代，改革进入攻坚期，出现了诸如国有企业改制，破产重组，职工下岗、失业等迫切的经济问题和社会民生问题，一些作家直面现实，用小说创作反映当时经济改革、政治体制改革中存在的问题以及引发的种种冲突，形成文学创作的“现实主义冲击波”。

诚然，社会主义市场经济体制的确立，在改革大潮中，人们的关注点有所改变，由国家意识、民族命运转向个人生命价值的关怀，由1980年代对于改革先行者的歌颂转向社会底层工人生存困境的书写，表现国家在社会转型期所经历的阵痛以及所面临的重大社会问题，反映了社会转型期国有大中型企业严峻的经济形势和窘迫的生存状况，提出了亟待解决的诸多问题，发出现代人文知识分子对于改革走出困境的真切呼唤。如谈歌的《城市守望》（1997）、刘醒龙的《寂寞歌唱》（1997）、张宏森的《车间主任》（1997）、胡小胡的《太阳雪》（1997）等，它们主要描绘了社会转型期工人的艰难生活和理想追寻，以不同的叙事方式、叙事视角、叙事架构，真实反映了当代工业改革的成功与挫折、困惑与突破，以及工业人的期盼与忧患、命运的顺境与逆境等等。还有张平的《抉择》，集中呈现了在新的历史条件下，工业领域反腐败工作的复杂性和迫切性，全视角揭示了种种腐败现象，深层思索腐败滋生的渊源，凸显对于社会转型期国企及工人命运的人文关怀。

四

进入新世纪以来，中国工业的发展突飞猛进，高智能、高科技产业成为中坚，工业生产环境变得更为复杂，机器操作流程更为烦琐，给工业文学创作带来巨大挑战。由此，工业文学作家在持续关注于工业经济发展的同时，他们的创作聚焦点有所改变，更关注于新时代工业大环境下传统的产业工人的生存、生活与生命历程。同样，新时代产业工人在关心工业产品质量的同时，也关注自我的生存状态与生活质量。虽然工业、工厂依然作为工业写作的大背景，但小说的取材空间由原来的工厂、厂矿、生产车间，扩展至工人生活的社区、俱乐部、商超、集市等场所，将工人们的日常生活融入工业题材小说的创作，极大地拓展了工业小说的叙事空间、思想内涵以及创作理念，改变了小说情节的过度模式化、小说人物塑造脸谱化，让情节更加真实化，在现实的生活中立体、多元地表现人物生活的时代、社会以及人性的复杂性与深刻性，在对工人的日常生活描写中建构小说情节脉络，展现出新世纪工业题材小说源于日常生活的原生原貌。

由此，对于工业生产的描述与工人生活的书写构成新世纪工业小说创作的两条流脉，极大丰富了长篇小说的创作取材与创作内涵。然而，新世纪工业题材小说并不是仅仅停留在对于当代工人日常生活的简单记录，而是深入到工人的内心世界，深度挖掘普通人的精神追求与理想向往以及在新时代快节奏的社会发展中的生存困惑，对生命意义与生存价值的自我追问与思索。如向本贵的《遍地黄金》(2001)、王立纯的《月亮上的篝火》(2005)、肖克凡的《机器》(2006)、刘庆邦的《红煤》(2006)、焦祖尧的《飞狐》(2007)、曹征路的《问苍茫》(2008)、徐坤的《八月畅想曲》(2008)、李铁的《长门芳草》(2009)、李宏林的《非常城市》(2009)、王十月的《无碑》(2009)、高满堂的《大工匠》(2011)、肖克凡的《生铁开花》(2011)、于泽俊的《工人》(2011)等作品。

新世纪以来，工业作家在对工业厂矿书写的同时，还注重新中国工业发展史的呈现，用文学见证中国工业的发展历程，具有史诗性的价值与意义。如煤矿作家刘庆邦多年坚守自己的创作立场与创作领域，创作出被称为“煤矿三部曲”的作品:《断层》(1986)、《红煤》(2006)、《黑白男女》(2015)三部长篇小说，记述了新时代煤矿工业发展的沧桑历程。还有刘华的《车头爹 车厢娘》(2010)、罗基础的《玛依塔柯之恋》(2012)等作品，以小见大，呈现出中国工业发展的艰辛铿锵历程，展现中国工人阶级前仆后继的革命精神与普通产业工人的高尚情操，再现了中国工人阶级勇担重任、开拓进取、公而忘私的心路历程。

新世纪长篇工业小说，最大的突破就是对女性矿工生存状态的关注。2020 年，刘庆邦创作长篇小说《女工绘》，是至今唯一一部书写煤矿女工故事的长篇小说。2024 年，张秀珍创作长篇小说《孔秀》，讲述普通女工孔秀在繁重的工作之余从事文学创作，并最终成为作家的故事。

2012年，进入新时代以来，随着中华民族伟大复兴进程的加快，尤其是提出到本世纪中叶，要把我国建设成为社会主义现代化强国。毫无疑问，工业是我国的强国之本，国家加大对现代工业的重视力度，产业科技创新能力大幅提升，产业结构持续优化升级，企业实力和竞争力显著增强。随着工业化进程的不断推进，工业产业的发展日新月异，新能源、新材料、生物制造、商业航天、低空经济、量子信息、载人航天、探月工程、深海深地工程、国防军工等重点领域科技创新连续取得新的重大突破。在后工业时代，工业文学有了新的、更为广阔的表现领域，工业文学作家的认识度和创作观念有了新的突破，工业小说不一定是写工矿，真正意义上的工业小说创作，应展现当代大工业在国家和社会进程中所起到的关键性作用，既有宏观视野，又有个性思考，创作出具有大气象、大魂魄的文学作品来。如网络文学作家、都市硬派工业类作品第一人齐橙，从2011年开始，他在起点中文网先后发表了《工业霸主》《材料帝国》《大国重工》等一系列工业题材的小说，引起巨大反响，也带动了网文界写作工业小说的风潮；从小生活在军工大院的作家阿莹，对军工生活至为熟稔，创作出小说《长安》，记述了我国军工人满腔的爱国激情、高度的历史使命感与责任感以及自强自立、攻坚克难、勇于奉献的奋进精神。此外，还有亚东的《风起毛乌素》（2012）、商国华的《我们走在大路上》（2014）、赵晏彪的《中国创造》（2015）、杨梅莹的《仰望长空》（2018）、罗日新的《钢的城》（2019）、温恕的《世间人》（2019）、孟广顺的《高铁作证》（2019）、管新生的《工人新村》（2019）、黄建东，杨忠华的《长辛店》（2019）、周梅森的《人民的财产》（2021）、李铁的《锦绣》（2021）、邹小林的《风过太阳城》（2021）、秦北的《归心》（2021）、第广龙的《高高的太阳坡》（2021）、黄秀萍的

《中国智造》(2021)、晨飒的《重卡雄风》(2022)、紫芒果(李杰)的《强国重器》(2022)、水运宪的《戴花》(2022)、王延才的《中国名片》(2023)、苏虹的《海上晨钟》(2023)、邹元辉的《远航》(2023)、吴丹的《鲸落果园》(2024)等长篇工业小说。

工业题材是文学写作的富矿，这已经是文学界的共识。工业文学经过百年发展，在中国从工业大国迈向工业强国的征程中，工业长篇小说的创作上虽然有长足的发展，但相对于波澜壮阔的中国当代工业的发展，依然不足，过于单薄，相当时期甚至处于失语状态，因而需要更多的优秀作品，反映中华民族伟大复兴的历史征程，展现新时代工业战线上的辉煌成就。由此，我们需要更多的专业作家，正视工业题材文学的现实与困境，以繁荣工业文学创作的使命意识深入到工矿企业，沉心静气，积淀素材，将工业文学的书写融入中国的工业化、现代化的历史进程之中，从广阔的生活、典型的人物、历史的变迁和时代的精神等各个方面，创作出彪炳史册的工业小说，记载下中国社会主义新时代工业发展的伟大成就。

同时，为更好推动工业文学的创作，扩大工业文学作品的影响力，工业和信息化部工业文化发展中心、中国作家协会创作联络部、中国企业联合会企业文化建设委员会等单位联合举办“光耀杯”中国工业文学作品大赛，目前已经举办三届，评选出众多优秀工业文学作品，极大地推动了工业文学创作的新发展。中国工人出版社特设立出版资助项目专项资金200万元，资助15部左右工业题材作品以及工人作家的工业文学作品出版。另外，还有“中华铁人文学奖”“全国青年产业工人文学大奖”“全国煤矿文学乌金奖”“草明文学奖”等，定期举办评选优秀工业文学作品，激励工业文学专业作家和工人业余作者进行创作。这些举措都旨在推动中国工业文学(小说)的快速发展，激励当代工业文学作家不辜负时代召唤、不辜负人民期待，记述中华民族伟大历史复兴的工业铿锵历程，讲述中国工业故事，展现中国创造的磅礴力量和改革创新的中国精神，创作出反映中国特色社会主义新时代工业发展的优秀长篇小说，谱写中国工业发展的新篇章。

孙拥军

目录

月亮上的篝火

王立纯

引子

坐在院子里的老人是我爷爷。

这是大灾之年的初春时节，阳光涣散，万物萧索，除了残余的麻雀偶尔从空中飞过，小山村里再也看不到任何活物。人们都出去找吃的了，像我爷爷这把年纪，远处走不动，近处不可能再找到什么，还不如老老实实在家里待着，这样更省粮食。

我爷爷是后沟村唯一的另类。村里人有时叫他马顽石，有时叫他马御厨，有时叫他老地主，有时叫他老马头。一个庄生四个蝴蝶，他在这四个名字之间来回游走，有时是这个，有时是那个。

我太爷马先贺是清末名厨，兼治鲁菜川菜，大名曾多次上过《申报》。光绪二十三年（1897 年），因为牵连到巨野教案，跑到大西北的驿道旁避世乞安。正赶上八国联军进犯北京，清皇室仓皇西窜，慈禧和光绪饿得受不住，在驿路边上的小店吃了他做的莼菜热汤面，那苦难中的香味过口难忘，一直沉淀到记忆深处。回銮之后，很快就传下谕旨，指名要我太爷进了御膳房。因为光绪偏爱他的厨艺，那天就戏言说，朕舍得了江山社稷，舍不得你做的饭菜。咱们来个君臣协定，我家皇帝世袭，你家御厨也世袭……

我太爷认真了，就嫡传亲授，把宫廷御膳那一套一股脑儿趸给了我爷爷马顽石。我爷爷正是弱冠之年，意气风发的，读书练功，正己修身，厨艺果然一路精进。没想到宣统小皇帝很快就把江山弄丢了，为了践诺，我爷爷还是相跟着做了家厨。经历了二十年的风云流变，宣统又兜着圈子跑到东北，当上了伪满洲国的康德皇帝。我爷爷就显得灰头土脸，御厨也叫得不仗义了。这且不说，还经常吃日本人的"山宾"。苟活在亡国丧家的耻痛里，简直度日如年，没有多久，就偷着跑出去，从此隐身民间，倒也落得一个清静。东北解放后，这段历史被人发掘出来，而且一再提及，上升到了吓人的政治高度，说给伪满皇帝做饭做菜，而不是端屎盆尿盆，这是一般的问题吗？这不是一般的问题，性质是很严重的。而且还伺候过日本人，为什么没给他们下毒？机会总是有的嘛，要是早点下毒，东北人民能当十四年的亡国奴吗？甚至连卢沟桥以后的事情都不会发生了。这么一分析，我爷爷就有些罪大恶极，觉得不能尽意，也为了完成分配指标，土改划成分的时候，就顺手把一顶全国通用的地主帽子扣在了他头上。

后沟村是光腚村，没有地主，为了填补空白，就把我爷爷弄去监督改造。后沟村也没有党员，也是为了填补空白，就把陈支书弄去主事。陈支书这人很正义，而且很是看重一日三餐，这样也就把我爷爷成全了。陈支书说，御厨不过就是高级做饭的。哪家哪户不天天都在做饭？既然做饭的是劳动人民，那么御厨就是高级劳动人民，干嘛非要往阶级敌人的阵营里挤对？满洲国是伪的，马御厨却是真的，即便是萝卜白菜，他也能弄出不同寻常的滋味来。身边有现成的能人，能用为什么不用？毛主席说过，贪污和浪费是极大的犯罪，咱可不能睁着眼睛犯罪呀。

就把我爷爷留在村部小灶上，伺候乡上县上的来客和他自己。怕上面醒过腔来再把他弄走，就采取臭豆腐策略，风声一紧或是一有来人，就让他提着铜锣游街，从村这头走到村那头，一面敲打一面吆喝说，地主分子马顽石，接受贫下中农监督改造啦！成立人民公社大食堂，陈支书还是不管三七二十一，又让他改当了伙夫。我爷爷深感再造之恩，干得兢兢业业，村里人也吃得咂嘴啧舌。可惜大锅饭倒运背时，火了没几天，就把食堂吃倒灶了。散伙的时候还剩了半麻袋高粱米，陈支书说，你拿家去吧，就算是顶工分了！可我爷爷不干，他坚持说，公是公私是私，拿回家保管行，顶工分不行。能让我给大家做饭，这是公家对我的最大信任，比给多少工分都强哪！

如今到了节骨眼上，方才显出了这半麻袋粮食的重要。我爷爷本想把粮食直接扛到村部去，以解全村之危；可人已老迈，且又饥饿多日，身子虚弱得不行，走路脚下没根，刚把麻袋从仓房里拖出来，就寸步难行了。这时我父亲正在别的公社饥肠辘辘地出民工修水库，我妈妈领着我们几个崽子投亲靠友吃“溜达”，我六叔马本良在百里之外的馆子里当灶，眼前根本就没人能帮他。

正在着急，陈支书的儿子陈南喜荡过来了。

陈南喜跟我爷爷厮熟，当年还在抹鼻涕，没事就泡在村部的食堂里，跟他爹蹭一些锅嘎巴油梭子吃。此人鹦哥嘴巴鸭巴掌，不甘心窝在乡下种地，就游鱼般四下乱窜，要不是饿得厉害，很难在村里见到他的影子。此时他看中了路边的大榆树，想剥了树皮磨面吃。那树比村子的岁数还大呢，粗大虬曲着，上面还挂着一片当钟敲的犁铧，常常有禳灾祈福的乡亲往上面系红布条，因此就成了村里人人敬奉的神灵之物。陈南喜还以为四周没人，就掣出别在身后的镰刀，刚拉开架势，忽听一声咳嗽，竟然吓了一跳，一偏头，就看见了坐禅一般的我爷爷。

陈南喜嘻嘻一笑说：“忙哪！”

我爷爷一点都不忙，这是很显然的，他这么说只是没话找话。我爷爷在村里人缘很好，辈分也很高，只因为他的地主身份，人们就不好称呼了，一称呼容易阶级混线，通常都像陈南喜这样，眼睛一对光就说话。他也看到了我爷爷身下的麻袋，可他并不知道那是粮食，也不相信这种时候谁还能拿出粮食来，何况两三年过去，人们早就把那档子事忘到九霄云外去了。

我爷爷说："喜子啊，你想打老榆树的主意？这绝对不行，它是这村子的魂啊。"

陈南喜说："魂不魂的，人重要还是树重要？"

我爷爷说："你和小六子同岁吧？你看看他，再看看你……"

陈南喜说："我是不如你儿子，可你也不如我爹呀。我爹他管着你，也管着这一大村子人呢！"

我爷爷说："你替我把你爹叫来吧，我有事找他。"

陈南喜说："想找我爹？那比找地下党还难呢，他说不定跑到哪儿要饭去了。"

我爷爷大感意外。他足不出户，还不知道村里发生了什么。事情是这样的：前沟村有人在北京给毛主席当警卫员，年前回来探亲，带回去一个又黑又硬的糠饽饽，对毛主席说，这就是乡亲们的口粮。毛主席掰开一块放到嘴里，才吃了几口就流泪了。他说，真没想到，今天的种粮人竟然吃这种东西……陈支书一听这个就说，毛主席都知道了，知道了也没什么好办法；大救星都救不了咱了，咱自救吧。要饭也是革命的需要，我们不是一般的叫花子，我们是革命的叫花子。为了保存革命的火种，这么做并不丢人。

就领着人出去要饭了。

我爷爷说："你爹可是支书，他要饭那是给党抹黑哩。再说，眼下还不到山穷水尽的时候，你看看，我这儿还有半麻袋粮食哩，兴许挺过这一阵，国家就有办法了。"

这让陈南喜大吃一惊。就将信将疑，踅到我爷爷跟前，用脚蹴蹴那只麻袋，又弯下腰用手捏了捏，直到确认了粮食的真实存在，才把嘴一点一点张大，张成一个黑洞洞的椭圆。

我爷爷说："快去把你爹找回来吧，没他就没了主心骨；他和老榆树一样，也是咱村的魂哩！"

陈南喜想了一下，就说："我爹不在家，我就做主了。你把麻袋交给我吧！”

我爷爷笑笑，又摇头说：“那怎么行。支书又不是皇帝，儿子能接老子的班；支书是公家的官官，谁干谁不干，那得公家说了算。”

陈南喜说：“救灾如救火，干嘛非要一根筋？”

我爷爷说：“不行就是不行，你爹不回来，多了少了，让我没法做人。再说，公平不公平，我信不过你。”

陈南喜生气了：“你一个狗地主，敢不听贫下中农的？”

我爷爷说：“这可是人民公社大食堂剩下来的粮食。你爹的支书是组织任命的，我这个伙夫是你爹任命的；我人在粮食在，这是不能含糊的。”

眼看越说越僵，陈南喜就动了硬的，把手中的镰刀举过头顶，做出引而不发的姿势，想把我爷爷吓住。哪知我爷爷并不害怕，他微微笑着说：“喜子呀，你要是真把我灭了，那可是利国利民了，国家不但少了一个地主分子，也少了一个白吃饭的老灯，那你就是人民的功臣了！”

陈南喜实在没有办法了，嘴上嘟囔着难听的，径直闯进屋里，翻出仅有的两个糠菜团子，揣进自己怀里，对我爷爷说：“那好吧，我这就去，找我爹也找你家小六子，你老实等着吧。”

我六叔马本良并非行六。我爷爷当年找人算过，命中合有“貔貅六子”，遗憾的是我奶奶身体不好，生了我父亲，在颠沛流离的日子里留下一大段空白，却应了“四十八，结个瓜”的老话，屙出最后一泡残血，就撒手去了。我爷爷不叫他老疙瘩，而叫他小六子，以此表示对命运的认可。两兄弟相差了近二十岁，而且都和“貔貅”这东西相去甚远。大哥推倒了爬不起来，完全是耕牛役马形象；小弟则鹤神鹿貌，透射出了聪颖灵秀之气。我爷爷认为孺子可教，于是那颗死灭的匠心又蠢动起来，把六叔当成唯一的可传之人。

六叔还很幼小，我爷爷就向他灌输说，末代皇帝都特赦了，末代御厨早晚也得有个说法。大灾三年，厨子死于帝王之后，这是人人都认可的真理，你学厨艺吧。六叔说，我不学。毛主席说过，革命不是请客吃饭。我爷爷说，不吃饭怎么革命？革命必须吃饭，连毛主席也一样。我爷爷又说，百师厨为大，百艺厨为先，所以把别的行当都叫师傅，却把厨子叫作大师傅……可是六叔并不情愿，他正是贪玩的年纪呢，就说，一个大男人，总围着锅台转能有什么意思？男人该干男人的事情，将来我要……我爷爷没让他说完，耳刮子就扇了过去——他之所以在家里实行专政，是因为在外面总被别人专政，如果不找回一点平衡，真就没法活了。我爷爷说，你懂个狗屁！那可不是一般的锅台转，那里面学问大了。圣人说过，这叫仰之弥高，钻之弥坚。瞻之在前，忽焉在后。我这一辈子都没学完，你这一辈子也学不完。你要是不把老祖宗的炒勺接过去，死了我闭不上眼睛！就这样，在我爷爷的言传身教和一个个耳刮子的严厉打击下，六叔茁壮成长起来，刚能掂动马勺，已经十分了得，又有上两辈人的铺垫，真个是挑帘红碰头彩，被城里饭店请去做活招牌，有人就顺路跑车，叫他马御厨。

大灾之年，城里的日子一点儿也不比乡下好过。所有的馆子全都摘了幌子——北京话叫歇菜，剩下几个大点的还在硬撑，却又一色儿招牌换记，改成了工农兵饭店或大众小吃部，只卖苞米面糊糊和麸子面饽饽，价钱死贵不说，还要粮票。六叔几次想卷铺盖，我爷爷都坚决不答应。他给六叔写了一封信："本良吾儿切记，否极泰来，张久必弛。新社会人民当家作主，焉能浑做猪狗吞糠啖菜？灾难只是一时之逞，繁荣昌盛必将不远。吾儿既为厨中圣手，须当自珍自重，艺为祖传，更属国家，得传难，失传易。去市则为海中腾蛟，归乡则为涸辙之鲋。汝当学古之伟丈夫，仗炒勺以为剑，别家辞乡，纵横天下。何况孔夫子早有家训：小棰则待，大杖则逃，不陷父于不义也……"很显然，他不但不同意六叔回乡，反而主张他远走高飞，这样就既能带走手艺，又能撇下地主帽子。他还捎给六叔一帧横幅，那还是当年康有为书赠我太爷的，上写四个大字：熬得真味。题款上注着：谨遵马御厨雅嘱，为人治厨要义。

六叔去留未决，看到乡亲们缕缕行行出来乞讨，就知道乡下形势已经很严峻了，便打定主意，来跟饭店主任辞行。他说：“我得回家了。家里还有老爹呢，老爹偌大年纪，一个人留在家里，那是很危险的，再不回家，就是不肖子孙了。再说，眼下这样子，有我没我都是一样的。”

主任唏嘘良久，喟叹说：“我本不该放你，也舍不得放你，可灾年无高厨，再不放你就没道理了，大难当头，咱们各奔生路吧。”

主任打开了上锁的橱柜，拿出几个麸子面饽饽，放到六叔手上又说：“小马御厨，你和你爹一样，都是生不逢时啊。这几个饽饽，就算店里送你的，也不枉你为饭店支撑一回门面！”

六叔给主任鞠了一大躬，收起干粮，泪花粲然着，恓恓惶惶和饭店告别了。

六叔揣着干粮，携着简单的铺盖，晃晃荡荡来到汽车站上，却见那辆破旧的嘎斯六九已经放水，尿唧唧地泊在那儿，就像一只死蚂蚱似的。司机勾着一颗瘦头，闲在一旁吸烟，吸得十分愁苦，原来是汽油告罄，从此杀马扣槽，再也跑不了了。六叔和司机挺熟的，过去常托他往家里捎东西，一打听才知道，因为没油，北京的汽车都背着大气包，军用飞机坦克，都用苫布苫着，石油部长点烟，也不用打火机了，何况这犄角旮旯的小地方。六叔的心就沉下来，说飞机坦克打火机都离我忒远，你的汽车没油，就等于把我老爹扔在了孤岛上。

急匆匆转过街角，就见马路旁边摆着一张破桌子，桌前戳着个硬纸壳牌牌，上面写着：北方油田招工。人们来来往往的，多半不是积极报名，而是踊跃看热闹。虽说六叔当着厨师，其实一直都是临时卖手艺，为别人打场子，不算是铁饭碗，不工不农不士不商的，和社会主流很疏离。而上了油田就大不一样了，一步到位，成了光荣的工人阶级，不仅昂首挺胸，还领导一切呢。这么想想，就动了心思，凑上前去询问，什么样的条件才适合，每月能给多少粮食。

招工负责人刘播正在做宣传，看六叔身材标致，头脚干净，气质佳，眼神里流露出了相当的渴望，就盯着他动员说："还要什么条件？你的条件就很好嘛。是不是贫下中农？"

六叔被一指头点了死穴，心里就虚了，可还是硬着头皮说："咋不是呢，都三代老贫农了。"

刘播就点头说："那就好。你报名吧，到了广阔天地，肯定会大有作为的！"

六叔迟疑着，掂着行李敷衍说："等我回家跟老爹商量一下再说吧，这种时候，我走了放不下心。父母在，不远游，对不对？"

刘播说："对呀，百善孝为先嘛。"说罢又咦了一声，"你没少读书吧？"

六叔说："就是一些闲书。再说，不读书就要挨巴掌，我老爹的教育是文化加武化！"

刘播笑了，偏着头看他，样子挺欣赏的。

突然刮起一阵疾风，刮倒了招工的牌牌，还把压在桌子上的登记表刮跑了。刘播离得近，扑蝴蝶一般按住了几张。其中的一张借着风力升上了半空，且又越旋越高，就像放飞的纸鸢。别人还在大呼小叫，六叔就挺身而出了，扔下行李，跟在后面猛撵。哪知那张表格就像神灵附体一般，忽上忽下不远不近地引逗他，看看刚要够到，冷不丁又飘向了别处。他就在马路和建筑之间穷追不舍，一直追到一片泥水里，才终于将其擒住。拿着那张湿漉漉脏兮兮的白纸转回来，脸上竟然红红的，好像失了职守。

刘播被感动了，瞪大了眼睛，泪唧唧地说："好兄弟，太谢谢你啦。你报名吧，油田上正需要你这样的好青年！"

六叔还要接话，就被人钳着衣服，从那张桌子跟前拉开，回头一看，原来是陈南喜。他身后站着出来逃荒的乡亲，破衣烂衫的，就如一群木雕泥塑，由于饥饿，眼珠都很滞涩，半天不转动一下。

陈南喜说："小六子，你真想去？"

六叔说："真想。"

陈南喜说："你没发烧吧？"

六叔说："我就是想找个能管饭的地方。油田毕竟是吃国库粮的，就算吃不饱，也绝对饿不死。再说，国家缺石油，咱去弄石油，这不是两好轧一好吗。"

陈南喜说："我都打听明白了，那根本就不是人待的地方，地图上都不标正经颜色，一抹儿色的生荒盐碱地，连牲口托生到那儿都捞不到好草吃。据说清朝流放罪人，都用不着监狱，往那儿一撒就得，就是插了翅膀也很难飞出去，所以又叫天牢。"

六叔说："清朝是清朝，现在是现在。现在那地方通火车呀。"

陈南喜说："油田的活没法干，累死人不偿命。听说油田上的人都被石油浸透了，脸黑牙也黑，咋都洗不净，娘们儿去睡一宿，回来都得撒半个月黑尿！"

乡亲们嘻嘻哈哈地捡笑。

六叔指指刘播说："你瞧他，牙不是挺白的嘛。"

陈南喜说："人家是干部，你能比？别的且不说，光是撒尿就成问题：冬天得拿着个棒棒敲冰，到了夏天更麻烦，得折把蒿子紧扇忽，以免裆里那块活肉被蚊子衔到树上慢慢吃。"

乡亲们又笑，那笑雾涂涂的，毛玻璃一般。

六叔说："也没见哪儿有人憋死的。别人能活咱就能活。"

陈南喜说："我明白了，马本良，你不是想找吃饭的地方，而是想找做饭的地方。那种地方，别说是去当御厨，就是请我去当皇帝，我也不稀得去！"

六叔说："什么御厨不御厨的，能当一个工人，那就算烧高香了。"

陈南喜还要说什么，陈支书从那厢走过来，连骂带搡地把儿子屏开，又用手揣着六叔的背包商量说："小六子，乡亲们都饿毁了，能不能先找个僻静地方，把你口袋里的干粮分一分？我们都知道，你和你老爹一样，都是硬脖子软肠子，心里想着大伙的人。"

支书发话，怎么能说不行呢？何况六叔对他一向敬重，又是在这种严酷的饥荒时刻。六叔马上照办，只是拿出其中的两个，放到手绢上包好拍扁，然后装进自己的怀里，用体温来暖着，准备留给我爷爷吃。

由于没有汽车，全靠步行，一百多里路就很要章程了。逃荒归来的饥民被半麻袋粮食鼓舞着，走走停停，夜息晓行，走得既悲壮又奋勇。经过将近两天的痛苦跋涉，终于到家了。后沟村里已经听不到鸡鸣犬吠，甚至连一缕炊烟都没有。唯有沿路人家的大墙上，"一天等于二十年""十五年超英赶美""高举三面红旗""跑步进入共产主义"等白灰刷成的大标语，虽经岁月风雨的剥蚀，依然十分醒目，显示着这里曾经有过的躁动和生气。

六叔急于见到我爷爷，就奋力甩开众人撒步疾行，如同一个挺进的尖兵，离老远就高声喊道："爹，我给你带回干粮啦！"然而没人应声，只有柴门在阵风中寂寞地嘎嗒着。进了大门才看见，我爷爷马顽石端坐在麻袋上，脑袋偏侧着，似乎睡得很深了。一只麻雀落在他头顶上，另一只则在他腿前跳跃，胆大妄为地啄食着麻袋里的粮食。六叔感到了不祥，惊怯着贴近了细看，这才明白，老爹已经死了，竟是坐着粮食口袋，被生生饿死的，而那麻袋还是本来模样，连扎口的绳子都没解开过。

六叔放声大哭起来，以头撞地说："我的爹哎，这到底是怎么一回事？儿子不孝，儿子回来晚啦！"

陈支书和乡亲们全都哭了，为这样一个最不该饿死却恰恰被饿死了的老人。老榆树上的犁铧被人敲响了，钟声凛冽着，向山野间一波一波地扩散。

陈支书绕尸三匝，老泪潸然，抚慰六叔说："小六子啊，你爹做人做得周正。这半麻袋粮食，他完全可以私吞，可他没有；他是为村里人饿死的，这是牺牲啊。我不管他地主不地主，一定要起高坟，立大碑，把马顽石写进村史里，让乡亲们永远记住他！"

六叔说："叔啊，起山样高的坟，立墙样大的碑，我爹也是死了；而死了的人就再也不能复活了。"

陈支书听出他话里有话，就说："我们对不起你爹，再不能对不起你了。有什么要求，你尽管说吧。"

六叔沉默片刻，忽然抬起头来，用了很坚定的口气说："你都看见了，城里正在招工哩，我不想再被饿死在山沟沟里！"

陈支书想了想，便说："也好，这种时候，逃出一个是一个。"

六叔说："可是，人家只要成分好的。"

这显然超出了一个村支书的权限和能力，平时说一不二的陈支书此刻不说话了，抬眼看着一片萧索的田野，那目光变得钝钝的，分明是个无能为力的小老头。

六叔便提高了声音哭道："爹呀，你总是说，大灾三年，厨子死于帝王之后。可你这是咋回事？你是死在众人之前哪！你死了，留给村里半麻袋粮食；可你给我留下了什么？只留下了一顶沉甸甸的地主帽子。爹，我恨死你了！"

六叔嘴里喊爹，眼睛却看着陈支书，这让陈支书心乱如麻。况且他一哭，乡亲们也跟着哭，哭声和着山风一起呜咽，男女老少形成了好多声部，气势十分浩大。陈支书终于撑不住了，菜色的脸上现出了愧怍的红晕，吁叹几声，又猛跺了几下脚说："日他个血娘的，不就是那么回事嘛。你老爹死了，就等于老地主死了，干嘛还要让后代活得不自在？既然你想到外面去闯荡，我给你盖个戳戳，介绍信你自己填去吧，从今往后，你就是贫农好后代了！”

六叔说：“这……能行？”

陈支书扭头问：“大家同意不同意？”

大家一声雷喊：“同意。”

陈支书说：“这就等于党和群众重新给你划成分了。以后谁要捅出去，那就是杂种日的，村里挖他祖坟！”

大家又一声雷喊：“同意。”

陈支书就从口袋里掏出了卷烟纸，是小学生用过的那种田字格本，扯下最后那页厚实的封皮，仔细抚平，然后从裤腰的深处摸出一枚黄杨木公章来，哈了一口长气，又将那纸垫到自己的大腿上，狠狠压下去，再抬起手来，赫然的一枚红圆，太阳般炫目，那纸面都有了凸凹，分明就是钢印的效果了。

六叔给陈支书磕了响头，又给乡亲们磕。

陈支书说：“小六子，我这只是地方粮票，出了咱后沟村，凡事就靠你自己掂对了。”

六叔泪流满面地答应着。他拿出压扁的干粮，摊开来祭放到老爹面前，叩着头说：“爹呀，你都看见了，好人终究会有好报，你就把眼睛闭上吧！”

我爷爷马顽石还是一声不吭。这位最后的御厨塑在了麻袋上，那张灰土土刻满皱纹的老脸，有一道蜿蜒的湿痕，不知道是露水还是他最后的眼泪。

第一章

老式蒸汽机车穿越了中国北方最为艰难的时空，经过一天一夜的沉重喘息，黎明时分，终于停在滨洲铁路一个四等小站上。被风雨剥蚀了的白漆站牌正好对着我六叔马本良那节车厢，上面写着“萨尔图”三个黑体大字。

车上的人全都诧异着，看着招工负责人刘播说：“不过就是睡了一觉嘛，咋一家伙就跑到国外来啦？”

刘播嘿嘿地笑了。他的笑是透明的，带着宜人的温度，给所有的人都留下了亲切的认同感。刘播本是石油学院毕业生，可举止打扮很像大老粗，这就很厉害了，相当于一种很时尚的迷彩性质。他的身份是萨E采油指挥部采油三大队大队长，招工不过是临时领命。刘播向大家解释说：“既然能有哈尔滨，就能有萨尔图，大哥小弟嘛，对不对？萨尔图是蒙古语，意思是月亮升起的地方。”

一听这浪漫的名字，新工人们就糊到窗前，一个个把脸挤平了向外探看。不看还好，一看就傻眼了：初显的曙色里，一片灰茫茫的荒野，连一个小小的隆起都没有，一道细细的活水都没有。地面上白花花的碱疤瘌令人刺痛，周遭的小草长不盈寸，稀巴棱登地匍匐着。偶尔有一棵树，也是未老先衰的老头树，弯弯巴巴永远长不高，浑身布满瘰疬和瘿包，就像盆景似的。星星点点的房子，全都矮趴趴斜歪歪的，从头到脚土墙土盖，看着跟牲口棚子差不多……大家的脸色都晦暗起来。有人嚷着：“这种鬼地方，根本就不适合人类生存嘛，怎么配起这么美好的名字？”

刘播说：“你们以为月亮是什么？其实月亮就是这个样子，远远看着，又皎洁又美丽，真要登上去，比哪儿都荒凉。从今天开始，咱们就来他个新编神话故事，男的是吴刚伐树，女的就是嫦娥奔月了！”

众人便笑起来，那笑惨兮兮的，好像被人胳肢了。

就心情沉重着，背包摞散往下跳。

双脚刚一落地，人就被劲飚的季节风给呛住。那风至少也有七八级，裹挟着沙尘和乱草，简直就是一片霰弹，源源不断横扫过来，人们被打得东倒西歪，一个个佝偻着身子，脚步都错乱了。穿着脏制服的老列车员总跑这条线，早已见惯不惊，傍在车厢门口，样子像个兵痞似的，用手摁着大檐帽，看着这拨新来的工人嘿嘿直笑，好像是什么阴谋诡计得逞了。他吆喝说："这里的风大是大，可是不常刮，一年刮两次，一次六个月！"

人们又笑，不过那笑就很像是哭了。

六叔以手遮脸，呸呸地吐着嘴里的沙子，渐渐从荒风里凸现出来。觉得手上挺空，尚有余力，就转身来帮后面的人。紧跟在他后面的是个俊俏姑娘，名叫米新朵，火车上就坐在他对面。六叔自小没妈，又没有姐妹，对女性很向近。再说，米新朵不是一般的俊俏，她俊得蜇人眼睛，白瓷脸子，鸦翅乌眉，一双杏眼，下面嵌着一管笔挺而精致的鼻子，红唇里包裹着两排细密的白牙齿，这就美得不大真实了，甚至有一种脱离群众的感觉。六叔一夜都没睡踏实，总是微眯着眼睛偷觑，尽管他还挨着饿，还处于丧父的悲痛里，可这一切都没能阻止他的审美。他就觉得很奇怪了，她是怎么长的？她干嘛要到油田去？她应该去当演员才对呀。

米新朵交出行李，刚走了几步，忽然又站住了，哭哭唧唧地直揉眼睛。六叔心疼了，凑到跟前劝慰说："哭啥嘛，天塌砸大个，过河有矬子。这种年月，有饭吃就行呗！"

米新朵立刻声息泪止，顺势掩饰说："谁哭了，我没哭。我是被沙子眯了眼睛，想用眼泪冲出来。"

六叔说："我会翻眼皮。我给你翻翻吧。"

米新朵比六叔还小一岁，而且人很单纯，又是情急之中，谁都没多想什么，就以实为实，把脸盘子凑了过来。那真是精窑好炭烧出来的脸盘子，睫毛长眼皮薄，如新熟的葡萄，又明显地双着。六叔把指头绾了一个花，很容易就翻了过来。怕伤着她的眼睛，他没用手，而是伸出舌头灵巧地一舔，事就齐了。那一刻他屏息静气，生怕把这个精致的妙人给呵化了。

一切都水到渠成，妥帖自然，甚至是很温馨很感人的画面。偏偏这一幕被金刚钻井队队长许曾看到，从他那个主观视点看过去，就看出了很大的暧昧成分。许曾便摸着鬣鬃似的胡楂子，嘿嘿一笑说：“小兔崽子，不像话嘛，刚下车还没站稳脚跟，就玩起了这个，这又不是在外国，扯什么哩咯儿咙啊！”

许曾一直等在这儿接站。金刚钻井队不断分蘖，骨干一茬一茬输出，人手就不够用了，得挑些顶硬的补充上。萨尔图这种小站平时很少有乘客，候车室只有十多平方米，列车只停一分钟，也不过是照章行事罢了。自打发现了石油，小站一夜之间火了，常常有专列停靠，据说很快就要晋升为二等车站了。许曾他们来时没坐客车，坐的是那种铁皮罐头似的货车，一个个戗毛戗刺，油脂麻花，却又喜形于色，操着东西南北大杂烩的腔调，大着声音说话，总说抱了个大金娃娃，等于给咱国家雪中送炭了。跟随他们一同来的，还有那些躺在低边平车上硕大的钢铁桁梁，看着就像是恐龙骨架。一伙本地居民围着看热闹，直看得咂嘴啧舌，不理解地问道：“这傻大憨粗的家伙，干什么用的呢？”许曾诡谲地眨眨眼睛说：“这叫钻塔，日地球的！”人群里有萨边公社的贫协主席老张才，还有钻井队借宿的房东女儿韩桂花，男女老少齐全，哄笑一声就散了。背后便议论说：“这个许曾队长真够匪气的，地球咋个日法？要是真给日透了，那边就是老美，麻烦可就惹大了。”

一两千名新工人集结在车站前的空地上，乱糟糟闹哄哄的，就像黄泛区的难民。有人吹起了哨子，命令说，以车厢为单位，分男女按大小个站排。这边刚刚站好，就听一片杂沓的掌声，有人讲话了。一位首长模样的人，身披土黄色军大衣，迎着劲风挺立在汽车上，手拿一只铁皮喇叭，用不南不北的腔调讲道：“什么是二十世纪的能源主宰？是石油。祖国太需要石油了，就像我们的妈妈等着输血。六亿双眼睛都在看着我们，我们的命运和祖国紧紧连在一起。孩子们，大幕已经拉开，该你们上场啦！”话很斩截，却震撼人心，场上的嘈杂立刻被海潮般的掌声淹没了。大家十分敬仰地目送他走下汽车，又随着汽车缓缓离去。不知是谁打听到了，这是油田指挥部副总指挥严凌，是转战各地的老石油了。

油田仓促上马，急需大批劳力，招工时难免萝卜快了不洗泥。人员的去处主要是钻井和采油，也摸不清每个人的底细和特长，只好猛张飞阵前乱点兵，从体力角度考虑，按大小个分派岗位。来领人的查好个数，用手掌在队伍中间一劈，高的上钻井，矮的上采油，没什么道理好讲的，剩下的事只有日后再说了。新工人们还知道了一个更为重要的分配原则，那就是钻井比采油累，可粮食定量也比采油多，足足多了六七斤呢，以六叔的职业目光看来，那相当于小半屉窝头。男的都希望能上钻井，为的就是能多吃到一些粮食；大灾之年，这可是天大的事情。

六叔的个头中等偏高，占据着排头三分之二的位置；遗憾的是不够夯实，由于贪长，又正赶上挨饿，就比例失调，长成了一棵细巴连纤的青秫秸。实际上他已经被一掌砍到了钻井的队伍里，正在暗自高兴，许曾晃着孔武的身子荡过来了。

许曾不紧不慢地在队伍前面踱步，面带笑容，露着被酽茶和劣等烟草熏染成的黑牙齿，眼睛像探照灯一样来回扫视。最后他停在了六叔面前，伸出一根食指，又弯成一个向上的钩子，把他从队伍里钩了出来。六叔还以为队长慧眼识珠，对他单有任用呢，就笑嘻嘻地站了出来，有些忸怩地晃着身子，如同孤木脱离了丛林一般摇曳着。许曾的笑变得深不可测了，逼近了他细看，那目光里就有了芒刺，看得他极不自在。

许曾说：“小伙子，钻井玩的可是钢铁，硬碰硬，你这体格，怕是顶不住啊。”

六叔赶紧赔笑说：“别看我瘦，可我有干巴劲儿，不信咱俩掰一腕子？”

众人都笑起来。许曾也笑了。如果换了消闲的场合，掰掰腕子倒是文体活动和群众娱乐的一种，而且简单易行，随时随地，不需要任何器材和设备；可是现在，上千人都站在倒春寒里蹴踏，他居然要掰腕子，简直就是不看火候瞎胡闹嘛。可六叔的本意并不是瞎胡闹，他是真格的；他从小就练掂马勺，膂力腕力绝非常人可比，这一点他是很自信的，就一边笑一边挽袖子，还把一只手向许曾伸过来。

许曾也伸出手来，却没和他相握，把那只手抬起来，向肩后甩一甩说：“你就上采油吧，采油清闲，还有女的腻糊着。要不然，扶刹把打大钳抬钻杆，哪一样你都干不了。”

众人又笑。

六叔急了，而且十分的不理解，就大声辩解说：“我个子也够高啊，劲头也够大啊，凭什么把我刷下来？”

许曾说：“凭什么？什么也不凭。你以为这是菜市场吗？这是特大油田，国家重要工业基地，来到这就得服从分配，不能讲价钱。”

犹如掉进了冰水里，六叔的身子都抖了。他绝望地挣扎着，极想抓住眼前的任何一点东西，于是软了声音，上前拽住许曾的袖子，央求说：“队长啊，我爹就是被饿死的……”

许曾说：“那你找万恶的旧社会去。”

六叔说：“不是旧社会，就是不久前。”

许曾沉默片刻，便说：“你是怕饿死，才来油田混饭吃的？”

六叔急忙补救说：“不完全是那么回事，是这么回事。我爹他被饿死，不是因为没有粮食，而是因为没有石油……”

真是不说还明白，越说越糊涂了。按说如此悲惨的话题是不该笑的，可在场的人还是大笑起来，这一笑，就注定了六叔不可逆转的命运——他等于身陷人民战争的汪洋大海了。看看左手没抓住，六叔又换成了右手。他说："队长你看，你们玩的是钢铁，硬碰硬；我玩的也是钢铁，硬碰硬，而且还是童子功，比你们早多了！"

这话非常突兀，许曾迷惑了，在场的人全都迷惑了。场上乱哄哄的，就像一锅沸腾的粥。许曾细眯着眼睛看着六叔，那眸子里的光焰飘忽不定，就像追魂摄魄的食肉兽。六叔很清楚，这是最后的机会了，这机会极其短暂，而且稍纵即逝，永不再来，为了那小半屉窝头，他必须鼓起勇气，把余下的话说完，就侧侧身子，嗖的一下，从背包里掣出那柄祖传的炒勺来，那姿势如同武士出剑，十分古典。那炒勺比普通的家用炒勺略长，被岁月濡出黑亮的幽光，勺头半圆不扁的，顶端磨出一个柔和的缺口，如同一轮初亏的月亮，勺柄上还錾着"御厨"两个字，只是有些模糊不清了。

许曾吓了一跳，竟然后退了一步，攥紧了拳头，像看刺客似的打量六叔说："你……想干什么？"

六叔做了个掂勺炒菜的动作，说道："队长你看，这不就是玩钢铁、硬碰硬嘛。就算我不能扶刹把抬钻杆，可我也能给扶刹把抬钻杆的人做饭哪！"

在场的人全都哄笑起来，那笑里有了揶揄的含义，就像在看一个不识时务出乖露丑的二杆子。许曾想笑却憋住了，峻了脸子说："你这人是不是有病啊。前线缺的是能顶硬的钻井工人，不缺烧火做饭的大师傅。这种囊巴活，长卵子不长卵子都能干，一线退下来的老弱病残还安排不了呢，怎么还能从外面招？"

在场的人又笑，直笑得前仰后合的。

如果许曾能换一种口气说话，六叔也许会心悦诚服；可许曾把做饭说成囊巴活，还涉及了卵子问题，他就忍不住愤怒了。他眼前金星乱迸，看人都模糊了，便梗着脖子，红头涨脸地嚷道："你可以不要我，可你不能糟践做饭的。民以食为天，难道你这个当队长的就不是人？就反了天不成？再说，做饭和做饭那可大不一样。我不是普通的火头军，我们马家是御厨世家，伺候过皇帝的，厨艺代代相传，都三辈人了！”

这一下众人笑得更加厉害，队伍立刻四分五裂，溃不成军了。在滔天的笑声里，六叔狼狈至极，就像人人喊打的过街老鼠。许曾的耐心终于用到了尽头，他没时间继续纠缠下去了，就顺应了民意，做了一个类似拼刺的动作，把那柄炒勺挡了回去，然后朗声骂道：“你他妈的跑到油田卖废铁来啦？眼下全国上下都在挨饿，油田也是瓜菜代，你咋还在琢磨开小灶？再说，就算你真是御厨后代，皇帝都死绝了，要你还有鸟用？”

这话居高临下，而且一剑封喉，人们呜嗷乱叫着，都以为这已经是个斩截的句号了。偏偏六叔的拗劲上来，就昂扬着头颅，颤抖着身子，以决死一拼的卫道士精神高声喊道：“皇帝死了，不是还有广大人民群众嘛，是人都是要吃饭的呀。从古到今，无论王公贵族，还是平民百姓，哪个不想吃香的喝辣的？难道你当队长的就不想？困难是暂时的，你以为中国人民永远都会吃糠咽菜吗？”

众人皆大惊讶，起哄变成了喝彩，场上的形势立刻大翻盘。这下许曾反倒无话可说了，他笑吟吟地走到六叔跟前，看似亲昵地扯住他一只手。六叔还以为他被说服，回心转意，来和他握手言和呢，哪知他手上突然给劲儿，那动作就演变成了擒拿术，猛然一拉，再用力一搡，六叔踉踉跄跄一溜跟头，等到刹住脚步，已经到了对面采油的阵营里。众人大哗，现场的气氛已经白热化。六叔悲哀地咆哮着，抡起手中的炒勺，向一根电线杆子狠狠砸去。那件由盛宣怀亲自监理，清代汉阳铁厂精工打造出来的炒勺，居然毫发未损，只是发出了一声清越的铮音。

还要再砸，一只手就伸过来把他拦住，另一只手则款款地拍了他的肩膀，拍出很贴己的抚慰来。六叔回头一看，原来是刘播。

刘播温暾地笑着说：“小马兄弟，这是何苦来呢，反正是跟我来的，就跟我走吧。采油也很不错，虽说分工不同，都是光荣的石油工人嘛。”

六叔鼻子一酸，落下两滴泪来。

六叔说：“队长，不是我非要上钻井，多吃几个窝头，我就是感到委屈，没处讲理去。”

刘播仍笑，仰望着混沌的天空说：“看见这漫天风沙了吗？一个人其实就是一粒沙子，要落到哪儿自己说了不算，那要看风的决定。”

六叔似懂非懂，塑在那儿不动。

刘播又说：“国家需要石油，这是一场大风，这才把咱们从四面八方刮到这儿来了。许曾是大点的沙子，你是小一点的沙子，你们在半空中一撞，结果你还没飞到想去的地方，就被他给撞下来了。你说是不是？”

六叔终于笑了。他觉得上采油队也未必就不好，有刘播这样很能理解人的头儿，少吃几个窝头，那也是值得的。就顺应着刘播的比喻，看着飒飒落地的沙子——它们松散地分布着，相对独立着，却又密集地团结着，变成了一片坚实厚重的土地。他跺跺脚，脚下冒起一股白烟，硗确的土地发出钝闷的回响。很显然，这是陌生的土地，和家乡肥沃的黑土地大不一样。

第二章

新工人们全都站在解放牌大卡车上，像一畦拥挤的秧苗，在大荒野上御风而行。荒芜的长卷不断展开，单调重复而又千篇一律，看上去既非戈壁又非沙漠，却又像戈壁又像沙漠，茫茫荡荡，让人心里没着没落的，有一种看不到岸界的无望感。但见远处近处都有了人迹，一疙瘩一块的，彼此又够不到，仿佛一个孤岛与另一个孤岛。

有人就说：“这么平整的地方，还用修道吗？不用，会不会开车都行，把脚丫子往方向盘上一搭，闭上眼睛都开不翻。”

又有人说：“这才叫真正的广阔天地呢。听说过去蒙古人放牧，天热了都不穿衣服，就那么精赤条条骑在马上，天老大他老二，根本就不必避着谁。”

张老板听了就咕咕笑。

张老板不是生意场上的那种老板，而是乡下赶牛车马车驴车的老板子，大家在火车上没事可干，就急就速成，给他起了这个绰号。他身上弥漫着一股淡淡的马汗味儿，举止谈吐，都透着低俗。他接着刚才的话茬说，他在乡下也经常光腚骑马，干脆不用鞭策，那马就跑得飞快。大家就诧异地看他说，神马呀。张老板说，有一根肉鞭子，马一跑，那玩意儿就跟着来回颠动，抽着马脊的两侧，马跑得越快，鞭子抻得越长，抽得也就越狠，这就叫快马加鞭！

人们大笑着，浪涌一般，摇晃出危险的涟漪来。男的借机偷觑女的，女的们也笑，却装作看远处的风景，把尴尬掩饰过去。刘播没坐在驾驶室里，而是挤在人丛里站着，听了这话也忍不住笑，笑过又咳嗽两声表示警示。

张老板很得意，就借题发挥地唱：“我们像双翼的神马，飞驰在草原上，啊哈嗬咿——”

这时候，站在车厢一角的焦洪林说话了。

焦洪林是揣着团关系来的，一上火车就有不俗的表现，曾经指挥大家唱过这首歌来着，还唱了“麦浪滚滚闪金光，棉田一片白茫茫……”“公社是棵常青藤，社员都是向阳花……”等等等等，都是昂扬向上令人鼓舞的歌，使大家在饥饿之中仍能保持健康饱满的情绪。刘播对他很看重，指定他当了车厢的临时召集人。此时听了张老板这一套就感到了亵渎，忍无可忍地斥责说：“太不像话了。这可是在油田上，不是在你们乡下！”

张老板也不是省油的灯，不满地睃他一眼，回敬说："太平洋的王八，管得也太宽了吧。革命歌曲大家唱，你有什么感冒的？我是乡下来的不假，难道你就是城里来的？你不过就是借着学习时传祥的名义，进城去掏了几天大粪嘛，那就算城里人啦？再说，毛主席也是乡下人，没有农民运动，能有社会主义新中国？"

张老板的话刀刀见血，焦洪林就被噎住，眼睛看着刘播求救。

刘播说话了。刘播说："昨天是农民，今天就是工人了。工人阶级是国家的领导阶级，民族危难之际，肩上的担子很重。从农民变为工人，是一个渐变过程，今后说话要注意影响。不过正经归正经，玩笑是玩笑，不能白面麸子两掺和。"刘播说话的时候也不疾言厉色，而是重话轻说，和风细雨的，尽管如此，张老板还是很痛苦。他对站在身边的六叔悄悄说："过去马戴着笼头听我吆喝，现在我得戴着笼头听别人吆喝，这球事整的。"

工人们新来乍到，什么都不懂，一下汽车，扔下铺盖就跑到附近的油井上去看新鲜。原以为油井跟乡下的水井差不多，带着井帮井口和辘轳，到时候只要往上一绞就成了，这时才知道，原来竟是一根上下垂直的铁管子，连接着地下一千多米不可确知的深处，地表上是看不到一滴石油的。露在地面上的部分，有着分岔的仪表和阀门，如同峥嵘的鹿角，漆成深绿色，所以油田的人都叫它采油树。耳朵贴上去，能谛听到石油在里面发出的神秘流响。输油管都埋在地下，一组一组连通着，又通过计量站的计量和联合站的处理，把油水分离，最后装上油罐车，才能拉到祖国各地去。

刘播来喊大家，说日子还长着呢，往后天天厮守着，只怕就腻烦了。以后油井上还要罩上房子，地下还要埋下长距离输油管，也许要不了多久，这边阀门一开，那边原油就流到海港装船了。

有人就问，那么深的地方，怎么知道哪儿有油哪儿没油？钻机是怎么钻进去的？乡下打个洋井还直发愁呢。也有的说，石油在地下是不是一条河？听说上游在老修那边，要是让他们知道了一截，咱这就操蛋了，所以得严加保密。刘播笑得不行，说：“开发油田不是种庄稼，也不是伐木头，科技含量是很高的，以后咱们慢慢说。暂时保密还是必要的，可人家的卫星在天上绕来绕去，据说连咱嘴巴上几根胡子都能数得清，早晚也得知道。”

忽听一阵钢铁的铿锵，被季风撕碎了，听着十分清冽，就像编钟一样。只见茫茫风沙里，矗立着一片钢铁钻塔，隐约之间，如同大海里一大片巨轮的桅杆。刘播告诉大家，离得最近的就是许曾的金刚钻井队，得空可以去看看，就当是邻居串门了。大家齐声啧叹着，又看着六叔窃笑，说人家果然是玩钢铁的，硬碰硬，跟你是一个行当，不过是家什大小不同罢了。六叔愧笑着，也不说话，只是看着那些陌生的铁玩意儿发愣。

真正看到石油，是在水房的一只木槽子里。那种黑乎乎黏唧唧的东西，散发着近于芳香的气息，用棍子挑起一块来，填进灶膛里，立刻发出炽烈而奇幻的火焰。新工人都觉得妙不可言，就兴奋起来，抓了那油，互相在脸上抹着，抹得很像印第安人的脸谱，然后跑到外面嘻嘻哈哈地疯着。焦洪林就郑重阻止说，别拿石油当稀泥，这可是劳动人民创造的财富啊，世界上正为这东西打仗呢。咱们省下一滴，就等于给国家增添了一滴血液。这么一说，大家都惭愧起来，觉得焦洪林确实不一般，一件小事，总能看出背后的意义来。

采油三大队没房子，有的只是一顶顶参差不齐的棉帐篷。只见破帐篷大窟窿小眼子的，风从各处钻进来，发出尖利的呼哨，架子吱吱咯咯，好像随时都能倒掉。用柞木杆子搭成的大通铺下，还有冰雪融化的淙淙流水。大家犹豫着，一时不肯放行李。刘播说：“国家急需石油，对不起大家了，现在只能是先生产后生活。其实你们就算是享福的了，还有现成的帐篷；我们来时，头一夜就睡在雪地上，刮了一夜白毛风，结果很多人被埋在雪窝子里，连被都冻在了雪地上，得用铁锹往下抢……”大家见全大队都是帐篷，队长也睡在同一顶破帐篷里，而且还堵在风口上，也就无话可说了，私下钦服地嘀咕，堵风口和堵枪眼有什么两样？队长能住咱就能住。

蔫豆子吕勤久自知弱小，不好和别人争铺位，就去帐篷的另一边挡风。六叔看不过眼去，想替换过来，却被焦洪林抢在了前面。吕勤久感动得直转眼泪，哥哥地叫起来。焦洪林说：“别哥啊弟啊的，庸俗，都是革命同志。”吕勤久说：“我咋觉着叫同志都把人叫远了呢。”焦洪林马上订正说：“同志怎么远呢？工人阶级内部统称同志，这才是最亲近的称呼，叫惯了就好了。”吕勤久嘴懦，费了半天劲，也没叫出同志来。

张老板找了好几个铺位，都嫌他脏，不愿和他挨着。六叔极爱干净，却又极富同情心，就腾出地方让他住。张老板很感激，却也嘟嘟囔囔地说：“这哪是人住的地方，我们村里的马号都比这强呢。”

焦洪林就用眼睛剜他，很严正地说：“张家生，也不是我爱多管闲事，你得注意那张嘴，油田是半军事化，弄不好，刚到手的饭碗就要砸了。”

张老板嘻嘻笑着，用手挠着乱蓬蓬的头发说：“我不过就是那么一比，马号再好，那底下不是没有石油嘛。”

六叔有一只装书的箱子，外面糊着花花绿绿的香皂纸，就和技术员晋元峰的漆皮箱子摆放在一起，挡着帐篷另一侧的风口。张老板也有一只小箱子，又肮脏又粗糙，实在难登大雅，想一顺水摆下来，晋元峰就不干了，大声吼着：“你怎么能好意思？打开看看，什么货色嘛！”张老板把箱子打开，里面乱七八糟的，都是锥子锤子线绳皮子钉子一类，散发出一股脚臭和旧皮革的哈喇味儿，原来是些掌鞋的家什。晋元峰也把自己箱子打开了，只见墨绿色天鹅绒衬里，机械唱臂的电镀光色缭乱着，又精致又玲珑，显示着与周围环境格格不入的高贵与尊严，竟然是一部留声机，人们都习惯叫它戏匣子。张老板就自惭形秽了，赶紧把自己的鞋箱子挪开，塞到铺底下。

大家围着戏匣子看了半天稀奇，就央求晋元峰放一个听听。

留声机带着三张墨粉唱片，有两张都是外国乐曲，有一张是金嗓子周璇的。晋元峰就把周璇的放了出来。

> 天涯呀海角，觅呀么觅知音。
> 小妹妹唱歌郎奏琴，
> 郎呀，咱们俩是一条心……

大家全都呆呆地听着，直听得心里毛茸茸酸溜溜的。

晚饭吃的是窝头，佐以青龙过海汤，女先男后分拨吃。大家全都饿红了眼睛，谁都不说话，只听得一片疾风暴雨般的吧唧声，眨眼之间，馍尽汤光。每人每月的定量标准是二十八斤，来不及发粮票，就按定量发窝头，每人三两，一个半，那半个是用刀从中间切开的。都觉得窝头太囊了也太小了，还没咀嚼，自己就滑进了肚子里，连底都没垫满呢。就猴在食堂里不走，用筷子敲饭碗，敲出一片抗议和请求的喧嚣。

六叔懂得厨房规矩，容不得这种事，就制止说："有意见可以直接提，不能敲盘子敲碗，这等于变相骂厨师哩。"

焦洪林接过去说："吃不饱能怨食堂吗？吃不饱谁都不能怨，只能怨帝修反。"

炊事班长崔大可听了这话，就从小窗口里探出一张脸来，很同道地看着六叔说："你也做过伙夫？"

六叔还没吭声，张老板就替他回答了："人家那可不是你这种伙夫，人家那叫御厨传人，厉害着呢！"

崔大可把嘴咧开一角，就像酸着了似的，看着六叔，唉叹一声说："这才是天涯海角觅知音呢。实在对不起，干的没了，稀的还有，大家溜溜缝吧。”就提着一桶开水走出来，往大汤盆里撒了一把葱花，一把大粒盐，湍急地一冲，再用勺子宛转地一搅，汤就成了。大家又吱溜吱溜一阵猛吸，出来时拍拍肚子，竟然拍出了热水袋一般稀里咣当的声响。

就在一大片棉帐篷的边缘地带，六叔发现了俊姑娘米新朵，此刻她头发飞扬着，正在最后一抹夕阳里独立苍茫，白皙的脸庞就像坚贞的汉白玉雕塑一样。六叔都不敢相信自己的眼睛了，心里怦怦直跳，悄悄走过去，仿佛怕惊扰了一只美丽的蝴蝶。米新朵也看到了他，老远地就笑了。

米新朵说：“真没想到。”

六叔也说：“真没想到。”

米新朵说：“这么大的油田，这么多的人，两个人就像是大海里的两条鱼，要不是碰巧分到了一起，这辈子可能就永远见不到面了。”

六叔说：“多亏了那个土匪队长，说不定我还得谢谢他哩！”这话已经很贴靠了，他们都不好意思地笑着，生怕引起别人的注意，赶紧分开了。

张老板走过来，像个蹩脚的特务那样东张西望一气，确信四外没人，才从口袋里扪出一小把炒料豆来，神情诡秘地告诉六叔，这还是临来时从村里马号偷来的，虽说不怎么道德，可毕竟人比马重要。一路躲进列车厕所里偷吃，还剩了一些，看六叔为人善良，还挺有钢条的，心里挺佩服，情愿和他分润一二。六叔比张老板个子高些，能看到他乱草一般的头发里滑稽的双头旋。道过谢，然后说：“这种时候吃东西还能想到别人，说明你心善；可我是厨子出身，最忌讳偷吃东西，那是要挨耳光的。打小时候起就家教森严，养成了习惯，恐怕到死都改不了。”张老板的嘴张得老大，却没能发出声来，过了好一会儿，便把手里的料豆猛然一倾，全都倒进自己嘴里，狠兮兮的，嚼出一片雹打屋瓦的效果。他模仿革命导师做了一个斩钉截铁的手势，啧着烟豆味的唾沫大声说："我知道啥是这世上最大的真理，那就是吃饱了不饿！"

虽说大家又困又乏又饿，但第一个夜晚仍然难以入睡，全都躺在凸凹不平的大通铺上，把自己缩成个蛋蛋，透过破帐篷上的窟窿眼子看天，看迷蒙的月亮星星。光汤毕竟存不住，就一趟一趟往外跑，把帐篷的一侧滋得一塌糊涂。六叔并不迁就自己，他坚持着良好的卫生习惯，总要走出一个相当的距离。听到背后窸窸窣窣的，猛一回头，才发现是焦洪林。

六叔呼出一口长气，说："你咋走路没声，像鬼似的？打个招呼也好啊，这么悄手蹑脚的，吓了我一身冷汗。"

焦洪林说："我就是怕吓着你，才没敢吭声。"

他们并肩站在一起，向黑夜里痛快地淋漓着。

焦洪林说："我发现，只有你、我和晋技术员不在帐篷跟前撒尿。"

六叔说："你观察得够细的。"

焦洪林说："这份苦，能不能受得了？"

六叔说："我压根儿就不是想来享福的。"

焦洪林抖净了最后的尿滴，抓住六叔的一只手表示同调，那双眼睛在暗夜里像脉冲星似的一亮一亮的。他用很私己的口气说："我发现你这人挺正直正派的，从今往后，咱们俩要拧成一股绳，互相多帮助。"

六叔说："是啊，出门在外，一口大锅里找饭吃，谁都不容易。"

焦洪林说："这么说就不对了。咱们都是为了一个共同的革命目标走到一起来了，怎么能说是一口大锅里找饭吃？你得注意突出政治啊！"

六叔就未免惭愧了。

六叔说："我这个人打小跟爹学厨，只知道埋头做饭做菜。做饭做菜咋突出政治？现在要突出政治了，我就得慢慢提高。"

焦洪林说："慢慢可不行。这就像一大帮人赛跑，起跑线都是一样的，要想争先，得到名次，得懂得抢码子，压里圈，一上来就超过别人。要是让别人落下，再撵可就难啦！"

六叔嘿嘿地干笑着，样子冥顽不灵的。

焦洪林扬起手臂，做出指点江山的样子，画出一个很大的扇面让六叔看。黑蒙蒙的旷野里，钻井队井架上的灯光在远处闪烁着，无数的井架，就像一串串硕大而奇妙的冰糖葫芦。

焦洪林说："你看吧，这片荒原有多大，咱的事业就有多大，你我他，都有可能成为英雄，都有可能留在革命的史册上。你不能张口闭口总是厨师那一套，得放下勺子，到生产一线去。据我所知，将军都是从士兵里提拔的，没有一个是从伙夫里提拔的。"

六叔的笑就有些苦涩了。

六叔说："英雄我不敢想，将军也谈不上。什么叫放下勺子？就是我想拿勺子，人家炊事班满员满岗，还轮不到我干呢。"

路经女工帐篷，见外面糊着一些出来解手的男人，都贴上耳朵去听声。里面隐隐有哭声，不像是一个人，而是若干人，都用小嗓，高低错落着，具有和声效果，如唱京戏《女吊》，此时夜深人静，就很瘆人了。女工的帐篷都是簇新的，严实得很，队上还特地为她们提供了马桶，有什么可哭的？再说，无论男女，都是同样的定量，既然男的是半饱，她们就该八分饱了。不过想到了米新朵，六叔的心里还是一疼一疼的。

里面似乎觉察了动静，忽然屏住声息，显露出了应变的怵惕。一时风也有了间歇，四周静得难堪。恰好外面的人放了一个响屁，那声音满宫满调，十分的洪亮，还拖着个摇曳而超拔的尾声，那效果就可想而知了。里面外面的人都憋不住笑。外面的人发一声喊，贼盗一般逃窜了。回到帐篷里仍然笑不能禁，倒在大通铺上来回骨碌，说谁的屁正好赶在了点儿上？听口音不像是本地人嘛。六叔拿眼睛睃着张老板，他嘻嘻涎笑着，揉着肚子说："一个豆俩屁，两个豆一笊篱。我先打个单发，试探一下敌人的火力，刚要打连发，你们就溃逃了。"

焦洪林很反感，连连声讨说："太不像话，半夜三更去扒女工帐篷，还故意放响屁，太不像话！"

张老板寸步不让："管天管地，管不着拉屎放屁。放响屁说明我身体好，底气足，既不违法，也不乱纪，而且一屁解千愁，立马把女的们逗乐了，比领导报告还管用呢。"

大家又笑。

焦洪林说："你怎么能拿放屁和领导报告相比？别以为反右斗争结束了，你就可以胡说八道。要不然，你这一句话就够了！"

众人皆大震慑，细想想说得极是，就都不吭声了，纷纷躺好。张老板也瑟缩在薄被子里，把自己团成个蛋蛋，既不敢说话，也不敢放屁，只是一声接一声叹气。

就在大家要睡未睡之际，外面的风力突然加大，听着山呼海啸一般。帐篷被风吹得胡乱摇晃，就像一只遭遇了狂风巨浪的舰船。忽然不知是谁一声惊叫，睁眼一看，头上已经见了青天，狂风直接吹进了被窝里，原来是帐篷被刮跑了。

张老板一骨碌爬起来，哈哈大笑说："好痛快呀，王八大揭盖啦！"

焦洪林说："这下你高兴啦？你站在什么立场上说话？一下车我就看出来，你这人太搅群！"

张老板急了："谁搅群？狗日的你再说一遍！"

焦洪林说："你骂谁是狗日的？"

黑灯瞎火的，大家还没看清咋回事，两人就扭打在一起了。两排大通铺之间窄小的空间里，衣服被褥散落一地，两个人骨碌来骨碌去的，就像农村场院里的碌碡。被刘播吆喝开了，两人吐着血唾沫，兀自咻咻地叫骂着。

刘播人火了："你们下了火车，站到这片土地上，就是石油工人的一员了，怎么还能散散漫漫没规矩？别以为我总是笑脸相对，就可以任意胡来，要想留下，那就得遵守纪律。明天必须在大会上作检讨，要不然，马上给我滚蛋！"

这下两人都不吭声了，在黑暗里磨磨蹭蹭穿衣服。

听说发生了风难，别的帐篷里的人都趿拉着鞋来看热闹，一个个笑不能禁，说这才叫真正的露营呢，足够浪漫了。还有的人说，晋元峰，你作诗呀。晋元峰是高度近视，觑觑着眼睛，好不容易才摸到了眼镜。他极有文学天赋，本来要读中文系的，可拗不过父亲，还是报考了石油储运。禁不住大家撺掇，便摇头晃脑地吟咏起来："天当被子地当床，流水潺潺入梦乡。冷尿热屁等闲事，窝头不饱慰枯肠……"有人叫起好来，又说，前两句可取，后两句太俗，且有牢骚怪话之嫌，改改才对。晋元峰说："好诗得慢慢打磨，这算什么？顺口溜，也就是应景之作吧。"

刘播和两个副队长商议，先把无处可住的人分散到其他帐篷里将就一夜，天亮后再去寻找被风刮跑的帐篷。众人就夹着简单的铺盖分头寄宿去了。偏偏剩下六叔和另外几个，实在无处可塞了，就让到女工的新帐篷里挤一挤，也算是权宜之计。轮到张老板，却死活都不肯，搂着电线杆子，几个人都拽不动，急呶呶地说："我哪能和女的住在一起？我偷吃了马号的料豆，满肚子叽里咕噜都是屁，放吧，太不像话，不放吧，憋得死去活来。还是让我跟男的住吧，哪怕在帐篷角上蹲一夜也成。"看看理由挺合顺，刘播也就不再勉强。恰好焦洪林自告奋勇，就让他顶了。

女工帐篷里氤氲着雪花膏和尿臊的混合味儿，一只铁皮马桶里潋滟着橙黄色，如此一来，就让男的女的全都不好意思了。焦洪林看了一声没吭，提出去就给倒了。女的们惭愧不已，都用钦敬感激的目光看他，焦洪林却无事人一样，又把风灯的罩子取下来擦了，帐篷里光焰大作，立刻被镀亮了许多。

由于人多铺位少，男女之间留不出适当的间隔来，只能一个挤一个。都大眼小眼地瞪着，不知如何安排才好。

刘播目光巡视了一圈，最后停在六叔身上。他说："马本良你来当墙，我了解你，你是极可靠的。"

六叔一听这话，就未免慌张，有了种种相关和无关的联想，脸上热辣辣的，推让着说："我不可靠，焦洪林才可靠呢，他比我可靠多了！"

帐篷里的人哄地笑了，好像可靠与不可靠，都似褒似贬。焦洪林把脸背向灯影，模棱地说："都一样，都一样。"刘播也笑了一下，然后说："这是命令，执行吧！"说完就走了。

六叔就吱吱扭扭地铺床。一双女性的纤手伸过来帮他，抬眼一看，竟然又是米新朵。

六叔惊异地嘟囔说："咋就这么巧呢？"

米新朵没回答，只是明眸皓齿地一笑。

两人就背对背躺下去，躺成一个规范的"兆"字。稍许，米新朵忽然扭过头来，贴在六叔的耳边，迅疾而隐蔽地说了一句悄悄话"跟你挨着，我很踏实！"那气息很像兰草，幽幽的甜甜的，除了那盏摇曳的灯，谁都没听到。

帐篷里刚刚有了鼾声，忽然一阵喧嚷，又把大家惊醒了，懵懵懂懂爬起来，才知道是焦洪林不见了。晋元峰证实说，他亲眼看见他站在灯光的外缘小解，叉着两腿，姿势很正规，就像英勇就义似的。解完手他并没有折返，而是径自向黑夜的深处走去。起初他还以为他有夜游症，一问才知道，他要去找帐篷。刘播静静地听完，一声没吭，却伸出脚，狠狠踢了那只已经倒空了的尿桶。镀锌铁皮发出了夸张的隆响，一直滚到很远的地方。

就是这样，来到油田的头一个夜晚，六叔他们基本没睡。第二天早晨，人们在顺风十几里之外找到了焦洪林。他身上盖着帐篷，在料峭的寒风里打着哆嗦，四周都是惨白的狼粪，随风滚动的芨芨草。焦洪林对着刘播笑笑，头一歪就晕了过去。

第三章

经过教导队的简单整训，六叔他们首先作为徒工，由师傅们进行传帮带，成熟之后，才能单独顶岗。为了简单省事，负责分配的就让新工人们一个个抓阄。

轮到了六叔，就庄严了神色，在一个翻过来的安全帽里摸索了半天，样子犹豫不决的，似乎摸到哪个都不如意。人们一再催促，他才决绝地拈出一个阄来，打开看了，便向人群里扫视，说了一声："夏晴。"人们哄地笑开了，就有一位看来最不像师傅的女工，红着脸从角落里站起来，在工作服上揩揩手，接过纸条验看了一下，便说："我就是。"

不但六叔不愿相信，所有的新工人都不愿相信。这是什么师傅呢？分明就是个黄毛丫头嘛，清秀娇小，面目和善，比他还小一岁呢。可工岗上讲究先到为大，技高为师，夏晴还是井组三个班的班长，不叫师傅怎么行呢？就极不情愿地叫了一声师傅。女工们又笑起来，嗡嗡地议论着什么。夏晴却没笑，垂着眼睛，指着油样桶，公事公办地说："拿上它，跟我走吧！"

从此，六叔穿着帆布工服，拎着油样桶，很谦恭地跟随着这个小巧的女师傅，开始在一口与另一口油井之间巡回。他们一共管着七口油井，它们的排列有点儿像北斗七星。夏晴是不大和六叔说话的，她表情静穆，眼神十分专注，似乎连天气阴晴都不看，只看油井上那些钢铁的管道和枝枝杈杈。夏晴是单眼皮，眼睛却不小，只是不那么澄澈灵动，一副浮云蔽日的样子，很本分很规矩地低垂着，像老式手灯那样只照着自己脚下的一小片土地。她手脚麻利，干活儿相当认真，有时也让六叔动手，她在一旁指导。六叔很快就生出钦佩之心，怕她挨累，就跟她抢活儿干，把每个仪表、每个螺丝疙瘩、每根油管都擦得锃明瓦亮，甚至连漆皮都擦掉了。

一次，六叔不小心碰伤了手指，渗出殷殷的血来，夏晴吓坏了，老远就跑过来，攥住六叔的指头，放到嘴里迅疾地一嘬。六叔很疼，指头在她嘴里胀跳了一下，夏晴顿时涨红了脸，赶紧把血吐掉，又掏出手绢包上，退开一个安全的距离，坐在一根粗管子上大喘气。六叔忙问："师傅，你怎么啦？"夏晴这才说："没什么。十指连心，往后多注意着点儿。"六叔没法归还她的手绢，那上面的血迹是洗不净的，就把自己叠得方方正正的新手绢递过去说："师傅，你用我的吧。"夏晴又红了脸，欲言又止的样子，把那块手绢揣进兜里，后来的日子里却一直没见她用来擦汗。

因为大地平坦开阔，没有遮蔽物，需要方便的时候，本来很简单的问题就复杂化了。夏晴总是头不抬眼不睁的，命令说，马本良，你回避一下！六叔就赶紧走出一个相当的距离，背过脸去，哈着身子，双眼紧闭，甚至连耳朵都堵上，就像躲避敌人的重型炮弹一样。轮到六叔，他就一声不吭，默默走向远处的碱草蓬里，直到夏晴的身影变得模糊了，才敢解决那种很日常却也很烦琐的事情。

有时六叔并不需要方便，可一有闲暇，就假装方便，向米新朵油井的方向靠拢，哪怕只看到她一个朦胧的轮廓，也就满足了。由于他对米新朵特别关注，很快就被夏晴看出来了，有一天他们席地而坐吃午饭，她破例向他讲起女宿舍的故事来。夏晴说："米新朵这人倒是不坏，可身上都是娇骄二字……"六叔没能把话听完，炖菜里的一颗沙子把他的牙硌疼了。他呸呸地吐着说："怎么能这样做饭？就算是粮食不够，也不能往里掺砂子啊！"夏晴明白他不爱听，是在变相地抗议，只好半途刹住，端起自己的饭盒，躲到一边吃去了。

夏晴并没说错，其实米新朵一直都处在人们的非议中。她的肤色太离谱，有人叫她“气死太阳”，也有人说她“姓李名白字太白”。这样的肤色，干多少活儿都是不讨好的。而夏晴就不同了，衣着打扮朴实，油井上的事毫不含糊，真干真出汗，领导检查工作，一看到夏晴热气腾腾的样子就很感动，这样就赚了便宜，多得了不少印象分。

六叔给我父亲写了第一封信。信封上没写详细地址，只是笼统地写了北方油田，哄骗他说，目前油田还处在保密阶段，具体单位不便公开，实际上是怕家里人回信，或干脆找上门来，把老底捅漏，他就连窝头也吃不上了。虽说六叔只读到初中，文化水平却远远不止。我爷爷曾一再告诫他，厨子和厨师，区别仅仅就在于文化上，打开圣贤之书，哪一本脱离过饮食男女来着？有了相当的文化，也就有了充分的理解力；有了理解力，也就有了创造性，只会照猫画虎而不懂得创造的厨子，永远都没出息。六叔就按照我爷爷的点拨，一本接一本读着那些有用没用的书。老师还要他考大学呢，却被我爷爷老早摁在厨房里，跑起了御厨世家的秘密接力。

六叔用新买的友联钢笔，吸饱了自己用颜料药片泡成的蓝黑墨水，写了满满两页信纸。他没说油田不苦，而是说油田很苦，苦得没法形容，他想象中的苦役，也不过如此吧，根本就没有什么八小时九小时一说。他还引用了刘播的话：这大概是中国近代史上除了战争之外最为艰苦卓绝的一次进军。可他是不怕苦的，他苦得高兴，苦得有意义，苦得有盼头，因为一切对他来说，都是新天新地。他还说已经不干厨师了，油田照样让他吃不饱，而且社会风气不讲究那个，看来厨师的行当一时半晌没用了。他正在跟一个好心眼的女师傅学采油，活儿挺没意思的；可在大野地里逛荡，这样又挺有意思的。六叔还在信里夹寄了三斤省份粮票，那都是他从自己微薄的定量里省下来的。我父亲捧着信纸，两手直劲发抖。由于年龄和文化上的差距，平时他们之间是没有多少话可说的。我父亲说：“小六子肯定遭罪了。乡下淘个水井，十米八米的都要冒风险呢；他那边的油井可是一两千米深哪，那还不相当于十八层地狱？”

那段时间里，六叔的心情是十分明朗的。他头上有红帽子，手里有铁饭碗，眼前有米新朵，身边有夏晴，上面还有刘播，万物齐备于我，心情不明朗就不对劲了。可六叔又是心虚的，生怕成分问题被戳穿，那样他就不好办了。来到油田后他才知道，工人里也有极少数成分不好的，人家都是实打实凿，真头真脸，他却骑在了假成分的虎背上，再想下来就难了。

有一次收工回来，碰见了一条小蜥蜴。众人呐喊着一起追赶，小蜥蜴在慌忙逃窜中，出于自保的本能，丢下了一截扭摆不已的小尾巴。六叔把它拿在手上，好奇地探究着。

张老板凑过来说：“你说，马蛇子把尾巴舍下，疼不疼啊？”

六叔说：“为了活命，疼也得舍。”

张老板说：“还能长出来吗？”

六叔说：“既然能自己丢下，就能自己长出来。”

张老板说：“怪不得你知道，马蛇子姓马，你也姓马，你们是一家子！”

六叔说：“马克思姓马，我也姓马，我们才是一家子。”

这话哈哈一笑就过去了，六叔的心里却隐痛起来，他觉得自己真像一条马蛇子，那条丢下的尾巴早晚要长出来。这种隐痛不是随时随地，却常常在他闲下来的时候发作。幸好他们整天吃不饱，又累死累活，没有多少闲下来的时候，而且一闲下来就学习，满脑子都是国际国内形势，比学赶帮超的数字指标，使他们很难腾出地方来想别的。

有一天，六叔休阴阳班，发现刘播的门外停着一辆摩托，是匈牙利出产的“确贝尔－125”型，破狼破虎埋里埋汰的，在油田，人们都叫它“小黑兔”——据说鼎鼎大名的铁人也骑这个。他凑过去，想看看稀罕，就听见里面有人说话，那声音挺耳熟的，匆忙一瞥，竟是那个许曾。六叔这才明白，许曾和刘播原来是朋友，而且离得如此之近，完全能常来常往。想起当初那一幕，就不免怒气汹涌，假装系鞋带，顺手就把摩托的气门芯拧下来，扔到了一堆新鲜驴粪里，然后带着报复的快意，迅速逃离了现场。

晚上，油田保卫部的周密找六叔来了。

周密沉着脸子问："许曾的摩托是不是你给放的气？你老实交代！"

六叔说："不是，我不干那种事。"

周密说："你看着我的眼睛。"

六叔是不会撒谎的，眼睛稍一对视，立刻就露馅了。

周密嘿嘿笑，六叔哧哧笑。

周密说："你干得对。谁让他那么霸道呢！不过，你再放气，别把气门芯往驴粪里扔，沾了他满手！"

六叔说："下一回，我不扔了，我揣进兜里不给他，非让他给我磕头作揖不行。"

人们都嚷着吃不饱。就在这时，粮食定量又锐减下来，从每月二十八斤直降到十五斤。蔬菜和副食很少，基本上没有荤腥，靠这么一点点粮食支撑，简直就是开玩笑。可"五两饱三餐"的口号已经正式喊了出来，谁又不能不相信，形势就陡然变得严峻了。那天开班前会，刘播叫张老板把掌鞋用的铁榔头和圆铳子拿来，什么都没说，率先解下腰带，让张老板重新冲眼。新冲好的皮带孔围起来，只相当一只六寸盘子的直径。刘播系上之后才说，国家的粮食总量是有限的，我们省下一点，匀给别人，就等于每人救活了一条人命！大家还有什么可说的呢？于是无论男女，纷纷效仿，转瞬之间，留下一地圆圆的皮豆豆。

采油三大队的人对刘播都很服膺，焦洪林也一样，不过话里话外也流露出刘播讲话总是温吞水，听着没有杀势，缺少斗争性，也不大突出政治，是个谁也不得罪的老好人。有一天《战地报》记者前来采访，焦洪林就抢到了前头，说我们刘队长说了，省下一粒米，就多了一颗射向帝修反的子弹。发表出来，被张老板看到，就弄出满脸鄙夷来。张老板说：“焦洪林真能整景儿，还帮队长拔高呢。咱啥时候吃过米来着？还不如说，节省下一把苞米面，就是留给帝修反的一把炸药呢！”

焦洪林和张老板都把六叔当作知心人。他们一个傍在左耳朵上说，一个傍在右耳朵上说，六叔也难辨是非，只是听听而已，就像一块海绵似的垫在他们中间，为这两个类乎天敌的人耐心地缓冲着。六叔对焦洪林有一种敬畏感，对张老板则有一种亲近感。有好几次，大家收工回来，都碰见焦洪林站在野地里的一蔸蒿草后面，诵读着某个伟人的文章，还助以斩钉截铁的手势，练习演讲口才。刘播也撞见过，刘播肯定地说，焦洪林是很有上进心的，不错不错，热血青年嘛！不过也得注意，抢码子那可是容易犯规的，就像上次自作主张硬逞独胆英雄去找帐篷一样。

有一天，张老板从外面回来，正撞见焦洪林练口语，张老板就煞有介事地说：“我有一个绕口令，对锻炼口才很管用，你试试不？保证一试就灵！”焦洪林不知是个陷阱，就一本正经地试起来：“炕头一窝鸡，炕梢一块坯，挪鸡碰了坯，搬坯碰了鸡，不知是鸡碰坯还是坯碰鸡……”一说急了，就有些连汤；一连汤，就有了淫秽的谐音。整个帐篷登时笑成一团，六叔当时正在洗脚，竟然把水盆都弄翻了。焦洪林满脸通红地站在湿泥地上，就像用菜刀剁砧板那样一字一顿地说：“好吧，你们就尽情笑吧，看看咱们谁能笑到最后！”

人们全都饿得没劲儿，走路脚下软绵绵的，还常有幻听幻视，用张老板的话说，放屁都得抱着电线杆子，否则后坐力就把人坐倒了。那天六叔一觉醒来，发现张老板正站在帐篷的一角，津津有味地吃着一个白色的萝卜样的茎块，直吃得满嘴流涎。

六叔从小随爷爷四处漂泊，又是在山村长大，对一些植物动物有着自高一筹的见地，就问：“你吃的什么？还偷偷摸摸吃独食。”

张老板有些不好意思，递给六叔说：“挖管线沟刚挖出来的，你尝尝，甜丝丝脆生生，还挺好吃的。”

六叔尝了一口，猛然醒悟，大声喊：“张家生，你赶快吐，这是狼毒根，吃下去会中毒的！”

张老板怔了片刻，这才跑到帐篷外面，用指头抠着嗓子，哇哇地吐了起来，呕尽了白色，又吐出一摊黄糊糊绿唧唧的东西，便一屁股坐在了泥地上。

焦洪林端给他一缸子水。张老板漱着吐着，忽然哭起来。

张老板说：“还不如中毒死了利索，我实在饿得受不了了！我的胃里啥嘛没有，都抽巴了，还没有鸡嗉子大哩！”

六叔说：“大家都一样。别人都没哭，你哭什么？”

张老板说：“我自打生下来，就从来没吃饱过。我的前辈好像也这样，半饥不饱的，一直饿了几千年，可从来都没有这次饿得厉害！”

焦洪林说：“张家生，你这叫什么话？弄串了龙套，核桃栗子一起数了。再胡说八道，你就有地方吃饭了，只不过那里的窝头眼儿更大一些。”

张老板不哭了，认真地说：“真的吗？要是笆篱子真能管够供我吃窝头，二话不说，我立马就蹲去。这个名额别给别人，我号下了！”

到了晚上，只听得满屋叽里咕噜的肠鸣，就像一片闹蛙塘。张老板用管钳子顶住自己的胃，又跟六叔嘀咕说：“马本良，我这胃里好像是长牙了，它在里面咬我的肉哩，我饿得受不了！”

蔫豆子吕勤久说：“说话也是个力气活儿，说话越多越爱饿，你就少说几句吧。”

张老板把手伸向自己的枕头，从中扯出一团棉絮来，填进嘴里就嚼，刚想往下咽，又给哕出来。

张老板说：“人家红军爬雪山过草地，也吃这玩意儿来着，咱咋就不行呢？”

六叔说："红军咱比不了，咱跟焦洪林比。人家苦了累了，从来都不吭声，你咋就不行？"

张老板说："也许，他是特殊材料做成的吧。"

沉默片刻，张老板又用探讨的口气说："马本良，你说人肉好不好吃？我看烀熟了，撕巴撕巴蘸蒜酱吃，也不比猪肉羊肉狗肉差什么！"

张老板这么说着，两眼炯炯放光，脸上还带出了向往的馋相。六叔吃惊不小，怯怯地看着他说："张家生，你太吓人了，怎么能想到这上头去？简直就像魔鬼了。再说这种话，我可得离你远点儿，一时不提防，半夜起来一看，一条腿让你给吃了！"

张老板嘿嘿怪笑："吃也吃不到你，咱哥们儿挺不错的。我要吃就先从……"说罢抬眼扫视，最后聚焦在焦洪林身上，那脸上的笑便缓缓绽开，就像慢镜头里开放的花。

焦洪林吓毛了，忙说："张家生，你可不能乱开玩笑。你是贫农，我也是贫农，咱们都是一根藤上的苦瓜，哪能自残骨肉？真要吃也得先从地富反坏右开始呀！"

提到这个话茬，六叔心里就不自在了。好在这时张老板已经收回意念和目光，改口说道："要吃也不吃别人，我吃我自己，行吧？我把身上所有的零件全都吃光，最后只留下这张嘴，将来放在革命陈列馆的橱窗里，解说员忙不过来，我还能插插嘴，给后代讲讲咱们的故事。"

帐篷一角就有人咕咕怪笑，说："光剩那么一圈烂肉算什么？容易让人误会，还以为是那玩意儿呢。"

焦洪林便问："哪玩意儿？是不是法兰上的胶圈垫啊？"

那人阴险地说："这是高度机密，不能告诉你，以后你自然就知道了。"

焦洪林就一直懵懂着，也知道不是好话，没再问这个那个。

蔫豆子吕勤久吃多了干豆秸粉，蹲在野地里，腿都麻了，结果梗在出口处，怎么也屙不出来，便爹一声妈一声，惨烈地叫唤。焦洪林老远听到，就扔下手上的活儿驰援而去，毫不犹豫，用手指给抠了出来，都是石头一般的硬蛋蛋，脚也踏不烂。吕勤久抱住焦洪林大哭，说小时候爹妈伺候屎尿，这么大了，还得别人伺候屎尿。活着真难哪！焦洪林说，你再解大手就叫上我。天大的困难都克服了，我就不信，治不了狗日的硬屎橛橛！后来张老板研了些肥皂水，用一根胶皮管子给吕勤久灌肠，才把这事稳妥解决了。张老板就教训焦洪林，肛门不是钢门，那是人肉啊，对付硬屎橛橛不能强攻硬上，得讲究策略，以柔克刚才好。

焦洪林有一个红绸面的日记本，每天都记，记完就随手扔在行李上，也不背人。起初张老板还以为他是在记别人的过错，以便秋后算账，给领导打小报告，偷着看过，才知道都是他自己的心得体会，还有一些从报刊广播里抄来的豪言壮语。其中一段日记本上是这样写的：张家生同志有一些农民意识，可关键时刻还是好的，是可以帮助教育的。我有时对他态度不好，缺少耐心，这说明我自己的思想改造还不彻底……张老板就很感佩，说焦洪林有话说在当面，不是卑鄙小人。一样的吃苦挨饿，人家是什么境界，我是什么境界？惭愧呀！

天气转暖，风也小多了，油田上下开始住房革命，也就是学习当地老百姓的经验，用干打垒取代帐篷。有一首民谣是这样说的：萨尔图，三件宝，白芦苇，青羊草，碱土打墙墙不倒。其实岂止是打墙不倒，因为碱土缺少渗透性，抹到房顶上都不用苫草，下多大的雨都不带漏的。这种房子一土到顶，看着跟牛棚马圈差不多，可住着比帐篷实惠。帐篷就像浮萍，总给人以没根的感觉；而干打垒再不济，根基扎在地上，总算是个稳定的家了。

作为比较强壮的劳力，六叔也被抽调出来，掂着一柄木榔头，从早到晚勇猛地夯着。起初一个班一天能打两堵墙，后来熟练了，就能打五六堵。抽出来的人编成四个班，一天能打出两栋房框子来。刘播也跟着夯，那种劳动强度绝非采油可比，一天到晚累得死去活来，可他还是乐呵呵的。刘播说："你看，咱们吃着野菜，住着土房，又是神农氏，又是有巢氏，咱们多厉害呀！"六叔倒觉得，此番开发建设，真有点儿开辟鸿蒙的意味呢，所有的中国远古神话，在这里都能对上号。

盖房要从远处取土，肩挑手提极不方便。张老板凭着与生俱来的亲和力，从附近农村借了一辆毛驴车，颠儿颠儿地跑起来，效率果然就提高了好多。那天正在哼着小调赶车，后面来了一辆美式威利斯吉普，频频鸣着喇叭叫道。路也是太窄，驴车无处躲闪，司机就不耐烦了，探出头来大声呵斥他。张老板也是吃软不吃硬，就吁住车，抱着鞭子说："你快我慢，我不耽误你，你过呀，有能耐你从驴车上面飞过去！"

司机还以为他是农民，就说："老乡，这是首长的车，耽误了首长的大事，你可得吃不了兜着走。"

张老板说："你跟谁叫老乡？不认人还不认这身衣服？你是石油工人我也是石油工人，你搞建设我也搞建筑，你开车我赶车，你我都是老板子，别跟我耍牛 × ！"

司机人火了，说："你是三大队的？我找你们刘播去，没见过你这样的工人，怎么教育的！"

张老板说："大路朝天，各走半边，我又没碰到你一根毛毛，还怕你拿大奶子吓唬小孩子？你告去吧，说不定刘播还得表扬我呢。"

两人正闹得不可开交，六叔和焦洪林他们几个走过来了。很多人都认出来，原来竟是萨E采油指挥部指挥薛明的坐骑。这种老爷车实在是不登大雅，开起来噼啪直响，轮子就像是木头做的，车弓子毫无弹性可言。薛明之所以情有独钟，是因为它来自朝鲜战场，差不多就等于他这个炮兵团长亲自缴获的，坐着有一种胜利者的自豪感，也能勾起对战争年代烽火硝烟的回忆。只要遇见工人和老乡招手拦车，他能捎就捎，绝不含糊，就是不拉自己的家人。开车的司机叫杜希金，是刚刚转业过来的和平兵，人看着很精明。大家就两头劝开，让吉普车先走了。张老板朝那车的烟尘呸着说："真是主多大奴多大。要是薛指挥坐在车上，谅他也不敢。"

一幢幢干打垒盖起来了，可人也一个个倒下了。实际上大家也都知道，与其说是累倒的，还不如说是饿倒的。晋元峰曾用复杂的公式测算过，工人们每天能量的摄入与输出，有着将近三倍的逆差，也就是说，人们每天都在透支体力，一直都是入不敷出。六叔是最后倒下那一部分人里的一个，因为他的枕头底下，曾经有两次出现过来历不明的食堂粮票，后来才知道，那是米新朵和夏晴分别放进去的。他靠着这点微薄的接济撑了十多天，那天中午，他在打好的墙头上走动，忽然眼前一片金星，身子摇晃了几下，就像一只中枪的大鸟那样，张着胳膊从上面跌落下来。幸好下面承接他的是一堆刚从驴车上卸下来的暄土，人没受伤，却把一只土筐砸瘪了。

六叔一直昏昏沉沉地睡着，醒过来时已是傍晚，发现竟然躺在自己建好的干打垒里，方方正正的小窗户上用牛皮纸堵着，纸上剪出扑克牌大小的一块，就是这块地方，糊着透明的玻璃纸，上面还散布着一些玫瑰色的斑点，很像糖果的包装纸，原来是晋元峰捡回来用在了这里的。血色的夕阳透过它，聚光灯似的斜射进来，照着炕前的几个男人和女人。他们都是他熟识的工友，可饥饿和劳累，使他们的脸严重变形，看上去就像隔着凸透镜似的。

六叔说："我看见了我老爹，他招呼我过去呢，他说过去了就是一个干享受，不饿了也不累了。我说，干打垒还没盖完呢。盖完干打垒，还有砼预制井口房；做好预制房，还要挖管线沟……活儿多得忙不过来，我一时半晌去不了！"

屋里的人全都流泪了。六叔也流泪了。

一个白净的女人站在他头上，是一个胖头大脸的健妇形象。六叔睃睁着眼睛一时认不出来，就诧异地问："你是……新分来的？"那女的哇地哭出声来，他这才明白，原来她就是米新朵。

六叔惊讶地说："你怎么变成了这样子？"

米新朵说："是浮肿，也是叫蚊子给咬的。"

六叔悲伤地叹息了一声，挣扎着坐起来，抓起搪瓷缸子，咕咚咕咚喝了一气凉开水，然后顽强地笑笑说："这也难怪，谁让你细皮嫩肉来着，蚊子叮你，大方向是正确的！"

米新朵哭着哭着又笑了。她说："这里的蚊子太厚了。如果蚊子能吃，那该多好啊，我情愿做诱饵，咱靠逮蚊子，也不至于饿着；可蚊子是不好吃的，那天我尝过，味道太邪了！"

这话是真的。季候风煞住之后，蚊子和小咬就成了大荒野的统治者。它们从每一棵小草底下滋生出来，不计其数，联翩成阵，和工人一样三班倒，密集时能把太阳遮住。它们怀着和人们同样的饥渴，以前仆后继的猖獗向一切热血生物猛扑，常常飞进人的嘴里鼻子里。米新朵往外晾衣服，捋着袖子，露出两截鲜藕般的白手臂，衣服还没晾完，胳膊就变成了黑的；用手一捋，又变成了一片湿红……为了对付这些嗜血的飞贼，人们把脸上抹了泥浆和原油，这样往往彼此走了碰面，还是认不出谁是谁。来将通名？末将 ××× 是也——这在三大队是惯常用语。在一个黄昏，张老板赶着的小毛驴被成群的蚊子聚餐了，它疯狂地大叫着，拉着车子，不顾一切地猛跑，最后以自杀的决绝一头扎进水塘里。那是取土留下的大坑，集聚了周围的雨水，有着没人的深度。紧随其后的张老板也跟着跳了下去，吹气冒泡的，喝了好几口黄汤，才把驴子拉出来。

评劳模时，有人就提张老板，说大家都干得挺不错，可张家生的觉悟更高出一截，舍己救人和舍己救驴，从本质上讲，意义都是一样的。焦洪林不同意，他说，人和驴怎么能一样呢？虽然都是一条命，可人和驴是没法相比的。再说，驴是他从老乡那儿借来的，要是淹死了，他得赔，所以精神动力是完全不一样的。大家仔细琢磨，觉得焦洪林说得也没错。

在第一波议论过后，六叔才鼓起勇气，举手提议说，我提我师傅夏晴，她很认干，而且全心全意，技术过硬，是很值得我学习的。

实际上他提不提议，夏晴也肯定是劳模的人选了，六叔这么做只是顺应了领导的意图，尽了师徒情谊。按说采油工各看各的油井，工作业绩很难看出山高水低，可有一件事，却使夏晴的名字陡然响亮起来。夏晴的父亲从几百里外跑来看她，正赶上薛明到下面检查工作，就让杜希金捎到了采油队上。夏晴正在油井房里给油井清蜡，手摇着钢丝辘轳，一圈一圈数着。她父亲从地平线上渐行渐近，是一个很长的虚焦镜头，她分明已经看见，却不敢丝毫分神。最后她父亲停到她跟前，身子就像一把老式折尺，汗涔涔地弯下来，跟汗涔涔的女儿说话。夏晴完全沉浸在身外无物的境界里，生怕忘了圈数把刮蜡片掉进油井里酿成事故，于是丢给父亲一个眼色，就没再理睬，目不转睛地继续数着。等她终于数完，抬起头寻找父亲，父亲已经赌气离去……夏老爹走到大路上，夏晴已经哭着喊着从后面追了上来。恰好又遇见了那辆威利斯，故事就这样自上而下地传开了。

夏晴的劳模就从此当了起来。

当上了劳模的夏晴还是老样子，不过在六叔眼里，她过去的平凡之处就变得熠熠生辉了。六叔觉得自己很没用，同样的岗位，同样的活儿，还是个大男人，怎么就没干出师傅的成色来呢？这样想想就很惭愧，渐渐地也就醒悟了，干这个并不是他的长处和情愿，干这个只是出于无奈，所谓干一行爱一行干好一行的说法是不大容易做到的。他的心思，他的魂儿，其实还在厨房里呢。

六叔不傻不苶，深知这种思想苗头很不对劲儿，不仅是退步和堕落，差不多就是自找难看了。这除了见不得阳光的成分背景，还因为非常时期，笼罩在人们头上的饥饿阴影仍在不断扩大着，谁也不想来做无米之炊，让吃饭的人骂祖宗。就尽量抑制着，既不接触炊事班的人，也不评价饭菜的好赖，连眼皮都不往厨房里撩，锅碗瓢盆声也不往耳朵里去，进了食堂就纳头吃饭，把所有的想法和破烂饭菜一股脑儿咽下去，吃了饭抬腿就走，决不做片刻流连。

第四章

干打垒盖好后，住宿条件上了一个档次，房间小了好了，经过重新分化组合，对脾气的人住到了一个屋子里，相互之间无谓的摩擦也就少了。焦洪林和张老板都想和六叔一屋，可六叔觉得两头都不好得罪，索性折中了一下，搬到了晋元峰的屋子里。晋元峰当然欢迎，虽说他们的出身和经历大不一样，但仅凭都喜欢看书这点，就把两个人拴到一起了。

晋元峰是很有来路的。他爸爸留过洋，当年在西北大戈壁上拉骆驼，陪伴的就是大地质学家孙健初，还有美国石油地质学专家马文·韦勒博士和萨顿工程师。晋元峰从小就受父亲的熏陶，又被父亲摁着脑袋扎到石油里来了，从这方面讲，他和六叔极为相似。他有很多关于石油的专业书籍，六叔也匆匆浏览过，可毕竟隔行如隔山，他对石油这种神秘的天造之物竟是微生物在高压之下生成的说法很是不能理解，也不大相信一亿三千万年前这块盆地就是个大湖泊。在他看来，地球本来就这样子，就像鸡蛋本来就有蛋青蛋黄一样。但他很钦佩英国那个有名的胖首相丘吉尔，他在一九一一年还是海军大臣时就不顾众人的反对，坚持把军舰烧煤的蒸汽机一律改为烧油的内燃机，结果赢得了第一次世界大战的胜利，也使英国工业得到迅猛发展。

六叔说："老晋呀，我真佩服你。如果说石油锁在地底下，那把钥匙就拿在你这样的人手里呢。没有你这样的人，就是有再多的憨力气也是白搭！"

晋元峰说："我也真佩服你呀，御厨传人嘛。虽说我们明确反对封资修，可又不能不承认，所有的宫廷都是集文化之大成的地方。真正的厨师不是一般做饭的，厨艺厨艺，那是艺术家呀！"

他们就是这样互相钦佩着互相恭维着，却也都是发自内心的。晋元峰有关节炎，理所当然地睡在炕头上，每天都是六叔主动烧炕，用棍子撅着一块落地原油，扔进一根火柴，等原油烧尽，那炕总能保持一个恒定宜人的温度。晋元峰对此很是叹服，因为他烧炕不是凉就是热。晋元峰说："御厨变成了烧炕的，活儿不同，却都有个掌握火候的诀窍。难怪《南华经》上讲，巧者劳，智者忧，无能者，无所求。看来，跟我住在一起，你得挨累了。"

晋元峰不知从哪搞来一些元件，自己拿着一柄电烙铁，焊成了一只三波段电子管收音机，其中还有一只眼睛似的红灯，是用自行车尾灯做的，每天晚上，他都在那荧荧的红灯辉映下收听六叔无法弄懂的英语广播。遇有舞曲，他就在炕上奓手奓脚地比画，常常让六叔担心炕会塌掉。六叔若问，收音机里说的是啥，他就说："骂咱们呢，这些狗日的！"狗日的是风靡整个油田含义最为模糊的口头禅，有时是骂人的，有时是表示赞赏的，有时就是没有任何实质内容的慨叹。六叔就显露出了农民式的短识，忧心忡忡地说："咱的敌人是不是太多了？怕是应付不过来吧？"晋元峰说："木秀于林，风必摧之；堆出于岸，流必湍之。咱们中国太大了，要是厉害起来，他们都害怕，不骂咱们才怪呢。"六叔说："你总听他们骂，就不闹心？"晋元峰说："听听别人的骂也能帮人清醒。俗话说，咒一咒，十年寿，有人天天骂，咱们可真就万寿无疆了！"

有一天晋元峰正听着英语节目，忽然说："美国人要登月球了。"

六叔说："真的假的？"

晋元峰说："美国人自己说的，他们有一个阿波罗计划，看来不能是假的。"

六叔说："这么说，嫦娥奔月不再是神话了。"

晋元峰说："也可能成功，也可能不成功。成不成功，别往外说，那就是长敌人志气，灭自己威风了。"

六叔说："那当然。就是往我手指头上钉竹签子，我也不说。"

晋元峰不知从哪弄到一本《东周列国志》，晚上饿得睡不着，就伏在昏暗的电灯底下，和六叔两个串着空偷看，还互相交流心得体会。

晋元峰说：“列国的时候，伺候一国之君饮食的，是不是也得叫御厨啊？”

六叔笑了：“谁知道呢，都是两千多年前的事了，跟咱勺子不碰锅沿儿。”

晋元峰说：“你是喜欢易牙呢，还是喜欢介子推呢？”

六叔想了想，就耍了一个小滑头：“我哪懂那么多的道理？我就是看个热闹，你先说吧。”

晋元峰说：“比较而言，我当然得喜欢介子推了。他不是‘守志焚绵上’了嘛，后人还为了纪念他，弄出个寒食节来。”

六叔说：“这两个御厨我都不喜欢，都不是正经东西。易牙这家伙太下作了，竟然把自己的孩子蒸了给主子吃，简直就是魔鬼，同时也把一国之君推到了不仁不义食人生番的境地。介子推也好不到哪去，你看书上是怎么写的？‘众人争采蕨薇煮食，重耳不能下咽。忽见介子推捧肉汤一盂以进……’蕨菜薇菜，咱想吃还没有呢，那个重耳咋就不能下咽？这样的操蛋君王还能伺候？换了我老爹，早就撂杆子跑了。介子推却能把自己的大腿肉割下来，做成羹汤献给主子，这简直就是最大的马屁精。再说，割了大腿肉，那就是重伤号，还咋走路？还咋做饭？说穿了那属于最不负责的自残性质。所以书上说的都是扯犊子。实际上一个厨子，只要忠心耿耿尽职尽责，也就够了。”

晋元峰惊讶地看着六叔，然后披着被子，坐了起来。

六叔说：“无论做什么，都得先讲究做人。孔子说过，骥不称其力，称其德也。曾子说，可以托六尺之孤，可以寄百里之命，临大节而不可夺也——君子人欤？君子人也。易牙和介子推就算是御厨，那也是卑鄙小人，没法跟我老爹比。”

晋元峰沉默了片刻，才拍着炕沿儿说：“马本良，你可不是一般的马，你就是一匹良骥呀。让良骥拉碾子，这就是伯乐的不对了。”

六叔知道晋元峰话里有话，就不敢接茬了。他是怕引火烧身，最后把自己也搭进去。实际上晋元峰正在悄然决然地推动这件事情，从食堂买了窝头，不是马上就吃，而是拿回到宿舍来。宿舍有一架用来做油水比重分析的精密天平，他不但每天都称，而且顿顿都称。还在墙上贴了一张分析表格，把窝头的分量用粗重的红蓝铅笔画出函数曲线来。窝头的曲线江河日下，就像中弹的飞机。

那一天，晋元峰拿着表格走进刘播的屋子里，用极富颠覆性的语气说：“悠悠万事，唯此为大。队长你看吧，一看你就明白了。什么他妈的大师傅？纯粹就是大虱子！”

刘播不看则已，一看，本来很端正的脸就扭曲起来，马上就拽着晋元峰一起到食堂去了。

食堂的人正在各忙各的，看见了领导，都停下来，葵花向阳般朝刘播微笑着。

刘播说：“崔大可，当前是危困时期，你们辛苦啦！”

崔大可说：“比不上一线的同志辛苦。”

刘播说：“难道你们这里就不是一线？我看，你们这里比一线还要一线呢！”

崔大可说：“是吗？是吗？谢谢领导重视。”

刘播说：“要想留住男人的心，先得留住男人的胃，这话你们都懂吧？”

崔大可说：“女人也是一样的，甚至更严重呢。”

刘播说：“我没经常深入厨房，这是我的失误。”

崔大可说：“我们不用领导操心，我们都很自觉。”

刘播说：“你们是很自觉。看看这个吧，这个怎么解释！”

刘播拿出那张表格来，往面案上一拍，崔大可他们就傻了，支支吾吾的，却也说不出子午卯酉来。

刘播说：“我要是再不采取行动，广大职工就要采取行动了。”

崔大可说：“我们今后注意。”

刘播说：“没什么今后了。”

恰好六叔从窗前走过，刘播就指着他让他们看，跟他们有什么不一样的。那几个都是肉眼凡胎，看来看去，也没看出究竟，只说这人的衣服干净一些，但也保不住里面不生虱子。

晋元峰说：“你们不懂得伯乐的相马术。这个人多有气质，往那儿一站，格调就不一样，毕竟是御厨后代，不同凡骨啊！”

那几个人就越发懵懂了，说：“啥叫气质？我咋看不着呢？气质长在哪个部位？再说，谁又不是X光机，看人怎么还能看到骨头里去？”

刘播说：“不仅仅是骨头问题，还有良心的问题。”

就把六叔叫到了屋里，指着他说：“现在我郑重宣布，从今天开始，炊事班的班长就是马本良同志了！”

事情很突然也很武断，崔大可他们不理解，六叔也不理解，就跟刘播磨叽说：“队长，我好不容易才干上了工人阶级，怎么又给弄进厨房里去啦？”

刘播说：“厨房和厨房大不一样。这个厨房不是馆子的厨房，而是社会主义大油田的厨房。大家都在同一本花名册上，只是工种各不相同，别说做饭，就是喂猪，那也是工人阶级的一员。人家张思德还烧炭呢，谁能说他不是正牌老八路？”

六叔很犯愁，说：“古今中外，谁能‘五两饱三餐’？就是把神仙二大爷请来，恐怕他也没辙。你这是攥着我的手硬往磨眼里插呀！”

刘播说：“马老弟，别的少说，关键时刻了，我就是信任你，但愿我当初没看错！”

就是这样，六叔兜了一个圈子，又回到厨房来了。刘播在全大队会议上为他打场子，说马本良的老爹，一个做过御厨的老贫农是坐着集体的半麻袋粮食饿死的；而马本良为了追赶一张被风刮跑的表格，足足跑出两里地去。他身上本来带着干粮呢，是因为汽车没油耽误了赶路，才造成了这一人间悲剧。什么叫根红苗正？马本良这样的人就是。这样的人信不过，还有什么人能信得过？再说，起用御厨的传人当灶，那就等于让劳动群众当了皇帝，这有什么不好的？所以咱得感谢许曾，是他把一个能人白送给咱了！队上的人鼓掌了，只是鼓得七零八落，无精打采的，似乎还不怎么信服。

这事儿犹如当头一棒，把炊事班的人打蒙了，觉得这简直就是岂有此理，有点儿不教而诛的意思了。崔大可就衔恨煽动说：“什么鸡巴御厨？都是唬人的，钻井那边筛下来不要的囊货，怎么能直接就骑到我们的脖子上？这也太不公道，太欺负人了。”又不敢直接跟刘播顶牛，就互相挤咕挤咕眼睛，都请病假，躺在被窝里哼哼唧唧的，假说吃了残汤剩饭闹肚子，已经“三顾茅楼”，提不上裤子了。

六叔明白，真正的考验来到了。采油三大队食堂有二三百号人吃饭，一顿光是窝头就得三大笼屉，熬汤的水就得两挑子。到了做饭的时间，几个装病的都趴在大炕上哧哧诡笑，说就算他马御厨是千手观音，也非得哭鼻子不可。六叔没办法了，一夜都没睡，一个人顶了一个班，又把夏晴和米新朵叫来帮忙，两人都很乐意，倒也没耽误开饭。

六叔随后就把饭菜端到他们床头来了，还歉意地说，可惜没有细粮，没法给你们做病号饭，将就吃一口吧。崔大可他们见那窝头做得上锥下圆，等边等距，一个个匀称极了，就像工艺品，就像用千分尺量好的。青龙过海汤也极别致，葱花不是横切也不是竖切，而是从斜刺里片削而成的墩菱形，那刀工极地道。萝卜也不是往日指头粗的条条片片，竟是铜钱大小的星星瓣，在潋滟的高汤里，莲花般鲜活地绽放着，很能撩人食欲。那几个做惯了粗菜的就大眼小眼地睖瞪着，说一样的破烂材料，怎么就能鼓捣出这么好的汤来？神了神了。行当上讲究艺高者为大，他们纷纷打着赤膊跳下炕来，低首下心表示臣服。

在采油三大队的方寸之地，六叔又一次被追光灯照定。他的身世让很多人感兴趣，他们常常缠着他讲宫廷故事。他哪里知道那么多，又生怕言多有失，把成分弄穿帮了。实在躲不过，只好硬着头皮胡编一气，把先人往劳动阶级里贴靠，说我太爷是被抓进宫里去的，虽为御厨，却连皇帝的面都没见过，做好了东西，有专人端过去。每天都有人看押着，做的是美味珍馐，吃的是馊粥烂饭，动不动还要罚跪，直跪得膝盖出血。我爷爷就更惨了，不但要伺候伪满皇帝，还要应付日本鬼子，过的完全是地狱般的日子。他也不是没想过下毒，只是皇宫戒备森严，做好的饭菜还有专人先行尝试，实在没有下手的机会，他只好一跑了之。所谓砍的没有旋的圆，六叔的故事肯定漏洞百出，经常被细心人钻了空子。每当走到绝路，他便说，谁知道他们那些陈芝麻烂谷子，要想知道真相，你们得去问我爷爷我老爹，他们都在黄土堆里睡着呢！

受命于危难之时，怎么才能让大家吃饱肚子，就成了六叔的一块心病。第一位的问题自然是如何自律和他律，严格监视每一粒粮食的去向。为了便于作息，他干脆搬到了炊事班的干打垒里。他举着那把祖传的炒勺对班上人说："这种时候，谁要是多吃多占，那就是人民公敌，大家就用这把勺子打他，打完还要罚跪，我也一样。"那几个人都看着崔大可。崔大可说："你那是旧社会行帮上的规矩，拿到工人阶级当中来硬套，恐怕不行吧？"六叔说："没有规矩，不成方圆。在新规矩还没诞生之前，咱们只好先使用旧规矩。同意的请举手！"崔大可只能稍做抵抗，却不可能拗着，也没有拗着的道理，迟疑了一会儿，无奈地笑笑，还是举手了。那几个都看崔大可的脸色行事，也跟着举手，就算是全体通过。六叔又和晋元峰商议，把天平放在食堂里，把表格贴在墙上，由大家公开监督，这样一来，大家争得一个公平，心里也敞亮多了。

关于吃饭问题，情急之下想起毛主席作指示，具体是：闲时吃稀，忙时吃干；粮不足，瓜菜代。油田上却是只有忙时没有闲时，还要"五两饱三餐"，只好两稠一干。窝头不再叫窝头，叫黄金塔，苞米面加野菜熬成糊糊，就叫八宝粥。六叔顾不过来种种关系，他心里很清楚，自己勺子一歪，事情虽小，后果就麻烦了。开饭的时候，六叔连头都不抬，只看饭盒不看人，无论谁人，全都公事公办。张老板想试探一下，先笑，笑得含义深多，一边伸过饭盒去，一边挤咕眼睛。六叔说："兄弟呀，你挤咕也没用，那是白白浪费表情，我就当没看见。要是饿得太厉害，就从我的窝头上掰一块吧。"张老板怎么能忍心掰呢，就叹息说："马本良这人，难得一个瓷实，给个绞锥棒就当针（真）认，交不下人，却也不得罪人。"

采油工中午要在井上吃饭。过去都是带饭，冷一口热一口地将就着。为了让大家都能吃上一口热乎的，六叔决定送饭，怕多了少了说不清，就给每个人的饭盒都贴上标记和封条，由炊事班的人直接送到井场去。六叔负责最远的油井，为此他特地从萨边公社民政助理于扶手里，买了一辆白俄留下的破自行车，浑身锈迹不说，车圈还是鸭蛋圆，骑起来一纵一纵的，像是穿越横垄地。采油工们一见到这辆自行车尥着蹶子远远驶来，就说，精瘦的马御厨，骑着一匹瘸御马，给咱送苞米面掺野菜的御膳来啦！六叔特别关注夏晴和米新朵，送了饭盒，还默立片刻，问够不够吃。这话显然是多余的，即使女工肚量再小，那点儿鸟食又怎么能够吃呢？可夏晴不说话，米新朵只是咯咯倩笑。六叔直觉得愧对她们，又说，你看，我干这个，难得公平，又不能往外倒腾，等以后……他不能准确做出承诺，只好指山卖磨，把后边的话省略了。

刘播后改造的腰带很快就勒到了尽头，就像细腰蜂一样，走路一步三晃，人都脱相了。六叔深感知遇之恩，却只能看在眼里，疼在心上。因为饿得厉害，上顿接不上下顿，刘播总是抢先吃饭，六叔发现了就故意和他同步，陪在一旁，为的是能借机把自己的那份拨给他一点。崔大可就活络多了，私下告诉刘播，再吃饭晚点来，别像跟工人们抢饭似的，到了最后，那就等于是吃大家剩下的——吃苦在前，享受在后，于细微处见精神，对不对？刘播真的就煞在后面，却发现窝头还是原来的窝头，不过粥也干了汤也稠了，差了不少成色。这时方才醒悟，汤还是那个汤，粥还是那个粥，锅碗瓢盆也没毛病，再公道的人也没法克服物体悬浮和沉降原理，先吃的清汤寡水，端起碗一走三晃荡，精华部分都沉在了盆底，无论怎样搅和，自然规律是搅和不了的。刘播唏嘘再三，又改回到原来的抢先吃饭，吸溜吸溜地喝粥嘬汤，而且学会了舔碗，把二大碗从里到外舔个一干二净，比猫狗毫不逊色。很快就弄得大眼棱登，而且眼睛向里深深地眍着，有点像欧罗巴人。

利用送饭的余暇，六叔开始在周围一个很大的半径里转悠。盐碱成分过高的大荒野绿得很不匀称，就像地球的斑秃病，实在没有什么观赏性。六叔转悠的目的，是想发现在这些斑驳的色彩里，有没有什么可吃的东西。有两次他离许曾的金刚钻井队只有一箭之遥，望着高大的井架，听着隆隆的钻机，很想凑到近前去看看；可一想到那是许曾的地盘，又不免恨恨的，赶紧掉头避开。

六叔遇到了一群马，三个放牧的人。人和马都很羸弱，静静地在草地上移动，就像漫滤的水，连一声咳嗽，一声响鼻都没有。六叔被这种博大的静默震住了，悄悄凑到跟前，跟一个衣着邋遢的老者搭讪，才知道这都是省直属良种场的种马，为农耕生产和骑兵部队繁育的，不到万不得已，不能杀了吃肉。老者是读过大书的右派，人枯槁得很，眼睛像死鱼一样，没有一点儿光彩。他指着远处那两个年轻人说：“知道华罗庚吗？他们就是华罗庚的学生，下放啦！”老者口齿不清，六叔没听清下放还是下凡，惊异地张望过去，看不清面部，只能看到一亮一亮的眼镜片。

一排排整齐的矩形大坑横在面前，几个人还在扯着米绳，精益求精地测量着，很像是开建一项庞大的工程。六叔没看出究竟，就凑上去打听。挖坑的人穿着和六叔同样的蓝工服，一面抽烟，一面不动声色地反问，你看呢？六叔琢磨半天才说，是要盖房子？那人摇头。六叔说，难道是冬天储存萝卜白菜的菜窖？那人仍摇头，淡蓝色的烟雾从坑底缭绕着升腾上来。六叔又说，要不就是民兵训练的堑壕。

挖坑的人深邃地一笑，这才慢条斯理地道出了谜底说，兄弟你眼拙呀。这是墓穴，准备埋死人的。六叔大骇一时，一连说了好几个这这这……那人说，这都是首长未雨绸缪，预先想到的。——油田开发相当于一场大战役，哪能不死人呢？既然如此，就不能消极等待，否则到了十冬腊月，天寒地冻现张罗，那就被动了。六叔惊悚着，跟头把式地逃开了，回去细想想，也没什么不对，尽管这很残酷。

那天转悠到傍晚，六叔正在赶路回家，半路上突然惊起一对“野鸳鸯”来。他们本来隐蔽在一蓬蒿草里，如果稳住不动，是不会被人发现的；大概是六叔的破车子过于喧嚣，那男的先自慌乱了，提着裤子，撒丫子逃去，把女的单单扔在原地，下身还白花花地耀眼。六叔毫无准备，反倒被吓了一跳，车把一歪，恰好就摔倒在了咫尺之外。想爬起来，才发现脚脖子崴伤了。

那女的躺着没动，仍然亮着下身，把一只胳膊盖在脸上说：“大哥，既然被你撞见，你随便吧。”

六叔心里怦怦跳着，嘴上咝咝哈哈的，一面揉着脚脖子，一面别过头去说：“我随便什么？我从来是不随便的。你赶快走你的，我走不了了。”

那女的说：“我丢人是丢人，可并不犯法。”

六叔说：“犯法倒谈不上，可天都这么黑了，蚊子又这么多，真难为你了……”

那女的这才爬起来，系好裤带，忽然哭了起来。

女的说：“大哥，你别笑话我，我这都是饿的。人饿急了，还有什么廉耻？比狗都不如，谁给我点吃的我就跟谁干，你也一样！”

因为光线太暗，六叔又不好意思直视，那女的面目和衣着都很模糊，分辨不出是油田女工，还是原住居民。那女的本该救助一下，可她急于摆脱窘境，头都没回，就颠儿颠儿地跑开了，很快就消失在大荒野的薄暮里。六叔很想大哭一场，可又哭不出来，便用手咚咚捶地，好像要拿大地撒气。

瞬息之间，六叔的脚脖子肿胀起来，看着就像一只卤猪蹄，站都站不稳了。试着爬了几下，那脚疼得钻心，这就意味着，他没办法回大队了；如果留在野地里过夜，那就极有可能永远回不去了，即使不被狼吃掉，也得被蚊子咬死。

六叔是很有灵性的，这一点不用怀疑。情急之中就想起来，兜里还揣着食堂引火用的火柴呢，以火报警，也许是唯一有效的办法。就在周围划拉一些干的蒿草，等到夜色一深，便拢起一堆篝火。刚巧旁边还有几棵枯死的老头树，被他掰下来加上去，那篝火就旺烈起来，熊熊地照亮着黑暗的荒野。篝火是这片土地上常开不败的生命之花，冷天靠它取暖烤干粮，热天靠它驱蚊子撵狼，不管人们彼此认得不认得，只要见到篝火，就可以围上去共享。六叔单腿独立，把火把拿在手上招摇，希望能有过路的人看到。

篝火已近残灭，终于驶来一辆摩托。在火光的涟漪里，摩托画出一个优雅的大S，然后又神气十足地停在六叔面前。六叔的脖子像液压装置那样慢慢抬起来，先看到一双钻工靴，然后是泥糊糊的工服，宽阔的胸膛，粗壮的脖子，最后，他把目光定格在那人的脸上。这张脸让他大吃一惊，原来竟是许曾。

许曾看着六叔的狼狈相，哈哈大笑起来。

许曾说："这不是马御厨吗？真是冤家路窄呀。"

六叔说："冤家不冤家，我不相信你会见死不救。"

许曾说："救你也行，你得先向我道歉。"

六叔说："我怎么能向你道歉？反过来还差不多。"

许曾说："到了这种时候，你还跟我犯倔，真是好钢口。那好吧，你歇着，我走啦！"

许曾重新骑上摩托，绕着篝火转了两圈，一加油门，摩托便蹿了出去。六叔是五行命，性情里金木水火土样样都有，杂糅地掺和在一起，也会随着情境此生彼长。此刻刚烈之气就蹿上来，大声骂道："混账队长，我就是不服你，豁出死也不让你救！"

那摩托又兜回来。许曾哈哈大笑说："小伙子，你说得没错，我就是个混账队长。在我们金刚钻井队里，像我这样的混账多得很哩。你知道混账的意思吗？你看，下了夜班，人困得迷迷瞪瞪的，回到帐篷里一看，自己的铺位却让别人占了，怎么办呢？只好混到别人的帐篷里对付一觉。——'混账混账'，就是混进别人帐篷的意思，这个典故你懂吗？"

这话是很出彩的，六叔想不笑也不成了，就把脸埋起来偷偷笑着。

许曾说："我们混账，都是混进男人的帐篷；你可好，托了我的福，混进了女工帐篷，还和那个漂亮妞挨着，你小子艳福不浅哪！"

六叔就很诧异："你咋知道的？那都是特殊情况嘛！"

许曾说："秦桧还有仨朋友哩，我就没有？毕竟咱们邻居住着，要是顺风，你炒菜的味儿我都能闻到。"

六叔说："我根本就没炒过菜，你怎么能闻到炒菜味儿？你压根就没瞧得起厨子，属于五味不辨香臭不分的粗人。"

许曾说："你小子还真记仇啊。你到底道不道歉？"

六叔说："不道，因为我没错。"

许曾嘿嘿着，摸着络腮胡子说："那好吧，我不再坚持让你道歉了。马御厨，请上车吧。"

六叔说："那也不行，得你向我道歉。"

许曾又笑："你看，我搭救你，还得事先向你道歉，天下哪有这种道理？这简直就是岂有此理嘛。"

六叔说："那好吧，你走你的，就当咱们没见着。"

许曾软下来说："看你脚脖子肿的。就算我求你，行不？赏个脸吧！"

六叔说："必须道歉。"

许曾想了想，便叹息一声说："好吧，我给你道歉，你就原谅一个粗粗拉拉的钻井队队长吧！"

许曾伸出手来，六叔握住却不撒开。六叔说：“咱们得掰掰腕子，这可是你欠我的。”

许曾真的就在对面席地坐下。在篝火的光亮里，两个人把手臂架在膝盖上，当仁不让地掰起腕子来。第一局许曾赢了，第二局六叔赢了。六叔还要再掰，许曾说：“兄弟，一比一，咱们俩谁也不欠谁的，这有多好。走吧，把你送到采油三大队，我兴许还能蹭到刘播的饭吃哩！”

六叔坐在那辆曾经被他拔过气门芯的“小黑兔”的后面，把脸贴在许曾的脊背上，向采油三大队那片灯光奔去。透过单薄的衣服，六叔似乎听到了许曾强健的心跳。不知怎么搞的，他哭了，泪水汪洋恣肆的。许曾肯定能感觉到，可他佯装不知，咦了一声，回头说：“怎么回事？响晴的天，哪来的雨呢？”

许曾在刘播的屋子里唠了好半天，临走时才发现，摩托后座上塞着两个窝头，这差不多相当一个人一天的定量。许曾明白，这是六叔作为答谢礼送给他的，便拿起来嗅嗅，问刘播说，我吃了，马御厨咋办？刘播说，他还能咋办，定量都是可丁可卯的，他饿着呗！许曾叹息说，都说瘦死的厨子三百斤，我看，不能一概而论，马御厨就是个例外！刘播说，人家的根儿好啊！

六叔瘸着脚照常上班，而且仍然早来晚走，比别人多干。那天焦洪林起夜，看见食堂里还有人影晃荡，就很是狐疑。正巧碰见下了夜班坐在外面抽烟的崔大可，两人就凑在一起嘀咕，一个炊事班班长能省下东西给别人吃，自己宁可饿着，这种事谁能相信？再说，漫长的饥荒年月里，别人全都不可逆转地瘦下去，马本良整天忙忙活活的，不但没见瘦，反而迅猛长膘，整个身子膨大了一圈，本来不大不小的眼睛，竟然只剩了韭菜叶那么窄的一道缝隙，看见人也是躲躲闪闪的，谁能说没有猫腻？就一个回马枪杀过去，可可地把六叔堵在屋里。果然没错，他的嘴还在嚅动，一见有人来了，便麻溜把手上的吃头背在了身后。

人赃俱在，两个人都很愤怒，用喷火的眼睛向六叔逼视。

六叔嘿嘿赔笑说："都这么晚了，你们……咋来了？"

焦洪林说："马本良，你怎么能这样……"

六叔谦虚着说："没什么，都是我应该的。"

崔大可说："马御厨，真想不到啊，跟你比，我们只是一窝虮子，你才是大虱子哩！"

六叔怔住了。因为日子艰苦，卫生条件太差，虱子已经属于全民普及人人共有之物，在油田，甚至不叫虱子，叫"光荣虫"，被赋予了新潮时尚的政治含义。晋元峰写过这样一首打油诗：抬头看见满天星，伸手摸到了"光荣虫"。青天是大房顶，星星是银钉；虱子是芝麻，咱们是烧饼……六叔就有些犯糊涂，虱子是好的呢，还是不好的？他们是在表扬他呢，还是在批评他呢？六叔不知道如何回答是好了，再说他的嘴里还塞着没嚼完的东西，一张嘴就要暴露。情急之中，就朝他们嘿嘿地傻笑，看着就像个弱智似的。

焦洪林冷着脸说："你吃的什么，把手拿过来！"

六叔支支吾吾的不肯拿，还把那东西死死握进拳头里。那两人就嚷了起来，义正词严地，一人扭住一只胳膊，像扭送现行犯似的，直接来找刘播。刘播还在灯下写着材料，见状就起身徘徊，浩叹不已，颤颤地伸出一根指头，差点儿就戳到了六叔的鼻子尖上。

刘播用了痛心的语气说："马本良啊马本良，难道是我认错了人？还是你一直是在用假象骗人的？"

一听到假象骗人，六叔就心虚了。他并没忘记，他的红帽子是纸糊的，一有风雨，那张薄纸很快就塌了，而所有的解释，都不过是自欺欺人而已，就喃喃地说："我没骗人，事情原本就是这样的……"

刘播说："都怪我对食堂深入得不够。"

六叔说："有我在，你深入不深入都行，君子远庖厨嘛！"

刘播说："从今往后，我不再做君子了，我也不再远庖厨了。你把手里的东西拿出来，让我们检查检查！"

看看实在瞒不过去了，六叔只好把手里的东西亮出来，竟然是一把野菜。三个人这才恍然大悟，原来他这个炊事班长一直在演绎“神农尝百草”的故事，有毒没毒，能吃不能吃，他都要先行尝试，有了明确无误的结果，再采回来掺进粮食里，结果就闹得浑身浮肿。刘播伸出的指头收不回去了，就顺势对着六叔荧荧发光的额头戳下去，登时出现了一个苍白的深坑，而且好半天不能平复。刘播的泪水一下子就流下来了，他把六叔抱住说：“好兄弟，让你受苦了！”六叔这才呕出嘴里那团绿唧唧的东西说：“你尽管放心，既然你信得过我，就是豁出命来，我也得对得起你！”

由于野菜成分过多，得浮肿病的人也越来越多，造成了生产一线大量减员。地方省份掂量再三，把仅有的一点黄豆调拨过来，给油田职工每人每天补贴二两。正所谓雪中送炭，这点黄豆被六叔他们倒换着花样调剂，做成豆腐、豆芽、豆浆、盐豆子，总算挺过了最危难的关头。有一次，晋元峰到食堂去，恰好碰见整个炊事班的人都匍匐在地上，一寸一寸地寻找，他还以为谁的手表丢了，上前一打听，原来是不小心掉了一颗黄豆粒……晋元峰差点儿就哭了，回头写了一篇特写《金豆子》，登在《战地报》上，真人真事配真情，人们看了，无不为之感动。

第五章

自从夏晴被树为劳模标兵，焦洪林就有些着急，煞费苦心地寻找各种曲径捷径追赶。厕所历来是兵家必争之地，每天天还不亮，很多人就冒着臊臭，掂着扫帚铁锹，主动打扫起厕所来。可是焦洪林人勤起得早，每天总要赶在别人前面，一来二去，众人拼不过他，就放弃了竞争，由他全包了。他私下偷偷问六叔，你看，我和你师傅夏晴相比，还有哪些差距？六叔怎么能说得清楚这些？就搪塞说，你们干得都不错，本来都应该树为标兵；大概上边考虑男女比例平衡，才不得不忍痛割爱决定取舍的。焦洪林良久无语，正巧张老板赶着毛驴车走过去，他便即景生情说，你那是安慰我呢。我知道，夏晴那是革命的老黄牛精神，我还不行，修炼不够，还有小脾气，顶多算是革命的小毛驴吧。

张老板和崔大可临时组合，正在干着一桩神秘而冒险的事情，那就是用驴车拉着一些落地原油，到附近农村换回土豆倭瓜糠麸秕谷之类填补食堂。这事儿实际上是刘播从许曾那儿偷学过来，又通过六叔来实施的。六叔很快就发现，崔大可的交际能力和办事水平，远远胜过他当二五眼厨师。每当蒙着盖着的驴车在食堂门外停住，六叔就欣喜不已，自欺欺人地边卸边说："好，好，又来苞米面啦！"跟野菜比起来，这些食物就扛饿多了，它们经过采油工空瘪的胃肠，产生了相应的生命能量，干起活儿来，果然大不一样了。

张老板为此很是自豪，工余饭后，就当着众人胡诌，说迄今为止世界上的一切革命，其实都是为了争夺窝头。如果窝头只有一个，大家不够分，那就要闹事，就要革命，就要你抢我夺，动刀动枪；如果窝头多了，有人分十个，有人分一个，哪怕不那么均匀，反正谁也饿不着，那就天下太平了。焦洪林听到了，把他拉到暗处，很哥们儿地警告说："马恩列斯毛那么多论著，有哪一条提到窝头了？眼下强调突出政治，讲究阶级斗争，再来你那套老板子理论，到处胡咧咧，有你好瞧的！"一提到这个，张老板就蔫了，又策着自己的嘴巴子说："我这人真是属猪的，记吃不记打。我咋就不哑巴呢？谁出个偏方，能让我变哑巴，那该多好啊！"

那天张老板从乡下带回来一个荤菜，纸包纸裹的，特地来让六叔和焦洪林分享。六叔恪守着"割不正，不食"的古训，宁可饿着，从来不吃来路不明的东西，找个借口就走了。焦洪林也想回避，却被张老板拦住了。

张老板说："你对我没少帮助，我得谢谢你。看你饿得一副瘦猴相，真让我心疼啊，特地给你补养补养。”

焦洪林推拒说：“我不吃，你还是拿给最需要的同志吧。”

张老板说：“你就是最需要的，吃了吧，一会儿让别人看见，就没你的份儿啦！”

张老板用手拈出一条来，填进自己的嘴里，夸张地吧唧着，做出香不可挡的样子，就出去了。张老板并没远走，又悄悄潜回来，扒着门缝往里偷看。焦洪林警惕地审视那菜，似肉非肉，似皮非皮，很像是凉拌肚丝。也是饿得太厉害，喉咙里不觉生出了小手，本想尝试一下，不料脆生生的，口感极好。这么一来就欲罢不能了，索性就扩大了战果，一口紧接一口地大吃起来。等他吃得差不多了，张老板才笑呵呵地进得屋来。

张老板说：“是荤强起素。味道咋样啊？”

焦洪林说：“还行吧。”

张老板说：“你知道这是什么菜吗？这叫紫河车，世间的一切伟人和杂种，包括你和我，都是坐这种车来的。”

焦洪林就给蒙住了。他坐过牛车马车汽车火车，可就是没坐过这种蹊跷的车，就瞪大了茫然的眼睛探询，嘴里还在仔细品咂着。张老板进一步说明，紫河车也就是人衣胞，当时血迹未干，绝对新鲜，一只狗正在觊觎，是他冒险抢夺回来的。别看不是从正经地方出来的玩意儿，却是大补之物，对人的身板儿大有好处。焦洪林听了这话，立刻扔下纸包，做了一个呕吐的姿势，但那东西早已滑过食道，进入了胃脏的深处。

焦洪林便满脸悲愤，仿佛遭了暗算，顿足捶胸地懊悔说：“张家生，你闹也不是这么个闹法，你这是坑我呢，和投毒差不多！”

张老板说：“我这也是一片好心。这东西不但能吃，也是中药的一味，不好淘换。——你那副鸡巴肠子咋就那么贞节？好像都不食人间烟火了。早知道你这德行，还不如拿去喂狗呢！”说着就盘腿坐在大炕上，把剩下的那菜放进两腿围出的小盆地里猛猛地吃着，吃出很响的声音来。焦洪林沉默了一会儿，就说："算了，反正这事儿天知地知，你知我知，你别到处张扬就行！"

干打垒墙上绽裂开一道道小缝，这就给各种虫子提供了藏身之处。每到晚上一关灯，屋里就发出窸窸窣窣的声音，猛一开灯，便能见到地上炕上棚上都是活物，有臭虫、蟑螂、蟋蟀、蛐蜒……群凶咸集，整个就是毒虫的乐园。晋元峰曾步古人韵作打油诗一首：春眠不觉晓，处处臭虫咬。夜来浑身疼，血流知多少。更有甚者，一只钱串子竟然掉到了米新朵的脸上，这种多腿的家伙从那张细瓷脸上爬搔而过，简直比猛兽还恐怖。米新朵发出一声劈裂的惊叫，赤着脚跳到地上，哇哇大哭起来。六叔知道了，第二天就拿上瓦工家什，去给米新朵宿舍弥缝，又怕指向过于明确，索性把一溜宿舍全都弥了一遍。刘播叫后勤弄一些六六六粉，这才把虫害治住，工人们睡觉也安稳了。过后焦洪林来找六叔谈话，满脸惭愧的样子，说事情虽小，我却没想到，这说明我的境界还有问题。六叔就笑了，说要是你的境界有问题，那我们就都该判刑了。就算你的境界再高，世界革命的重担也不能都压在你一个人肩上吧？焦洪林友好地捶了六叔一下，然后又说，那个米新朵也是太娇气，针扎火燎的，不过就是个虫子嘛。

三班轮休，工余生活单调枯燥。最奢侈的事也不过就是听听留声机，时间一长，未免腻烦。何况焦洪林已经提出来，周璇有没有历史问题暂且不说，光是那种销骨透髓的声音就和时代不合拍，何况还郎呀妹的，让人直起鸡皮疙瘩。晋元峰觉得也对，外国乐曲又涉嫌帝修反，索性就封存起来。

不会抽烟的人为了驱蚊更为了解闷，也都抽起烟来，买不到正经旱烟，竟然用树叶草叶代替，一抽，到处都是呛人的辛辣味儿。天气晴好，总能看到有人坐在干打垒外面捉虱子，还有人互相猜拳弹脑崩儿玩。张老板乘机把农村田间地头的五道棋推广开了，一时响应者甚众。晋元峰说，五道棋不如五子棋，虽然都是五个子，格调却是大不一样的，相当于玫瑰花和大蒜。张老板对此很有想法，跟六叔唠叨说，这个晋元峰，骨子里还是挺狂的，知识分子那一套没改造干净。难道大蒜就不如玫瑰花？大蒜能解饿杀菌，玫瑰花能吗？于是顽强地走他的五道棋，由于棋盘简单易画，竟把五子棋盖住了。

没有任何设备和器械，也无所谓体育活动。几个人在一块空场上竖了一个单腿的简易篮球架子，又找来一只破球，让张老板掌了好几块补丁，就你抢我夺起来。那天被薛明看见，就有些不高兴，说弄这东西有啥用？有力气没处使了？干活儿不同样锻炼身体嘛。刘播知道薛明的脾气，又让人将篮球架子给锯掉了。后来虽然有了流动图书车，可毕竟书少人多，犹如大旱天的露水，只能广泛滋润，却难以渗透灌溉。

那天六叔看夏晴难得高兴，外面的人又不多，就说，师傅，你练车子吧，骑车子是技艺，也算体育活动，我给你把着把！夏晴就用六叔那辆破车子，在空场上兜起了圈子，冒冒失失一溜歪斜的，一直骑上大道，朝前方冲过去。六叔跟在后面怎么跑都追不上，转眼再看，人和车子都没了踪影。六叔还在焦急地千呼万唤，夏晴却从一个大草垛里钻出来，脸色煞白，浑身都是草刺。按说面对如此悲惨的结局，六叔本来是不该笑的，却又实在憋不住，扶住一根电线杆子，竟然笑出眼泪来。

六叔问："你咋不停下？"

夏晴说："要是能停住，我能不停？这玩意儿一骑上去，我就只能往前走，想停都停不下来了，要不是这堆草，我可就惨了！"

从此之后，夏晴再也没碰过车子。

采油三大队暂时没配指导员，都是刘播一个人兼着，几次跟指挥部提过，薛明说，别指望外派，现在是干部紧缺时期，眼睛向下，自己选配吧。薛明还提到了焦洪林，说这个人不错，目光远大，立场坚定，觉悟也高，有几分鱼龙气象，多给他锻炼的机会。

刘播很能用人之长，就让焦洪林多教教大家唱歌，把文体活动由低俗引向高雅。

焦洪林搜索了所有的积累，可满肚子都是过时的革命歌曲。比如说“为了粮，为了钢，全党全民齐动员……”“苏联火箭飞上天，中国人民笑开颜……”“社会主义乘东风，帝国主义倒栽葱……”唱来唱去，大家都觉得不对劲了，纷说苏联的火箭飞上天，跟咱有啥球关系？这不是吃错了喜酒吗？两家彻底闹翻了，应该改成“苏联火箭飞上天，中国人民不开颜”才对。再说，现在不只是为了粮为了钢，而且得特别是为了石油，石油其实就是劳动力呀。虽说这些歌都是头两年流行的，却不禁琢磨，一转眼就明显老掉牙了。

那一阵战备风声很紧，大家纷说老修来文的不行，秃头顶不住羊毫笔，就想跟咱动硬的。他们有米格飞机，还有T型坦克、AK47步枪，在边境上陈兵百万，虎视眈眈，咱这种大平原，也就是一走一过的事。焦洪林说，一切帝修反都是纸老虎，有啥可怕的？除四害的时候，敲铜盆都能把天上的麻雀震掉，咱把全油田的报捷锣鼓统统搬出来，说不定连米格飞机都能震落。再说，T型坦克也不可怕，到时候爬上去，揭开盖子，手榴弹往里一扔，也就是个铁棺材！

这话不知怎么就传到了萨E采油指挥部。有人认为，说得也太玄了，有点儿吹牛不上税的意思。也有人认为，毕竟有豪情壮志，还有一不怕苦二不怕死的精神，应该肯定。正好要办基干民兵训练班，就点名抽调。刘播说，干嘛还要抽调？干脆调到指挥部去就是了，在下面容易耽误了人才成长！人们听不出这话的反正，也就弄不清是送他镀金，还是甩包袱。

焦洪林坐在六叔骑着的自行车后座走了，走的时候还把所带的粮票留下五斤，说是送给最需要的同志用。

六叔又感动又不忍，说：“你整天要去摸爬滚打，那么点粮食怎么能顶住！”

焦洪林说：“没关系，同志们饱了，我也就饱了。”

焦洪林常说这类没谱的话，就像是发高烧似的，玄乎得让人摸不着头脑。六叔觉着说不到一路去，就脚下加劲儿一路猛蹬。焦洪林沉默一会儿，从后面拍拍六叔的肩膀说：“你得跟夏晴谈谈，她毕竟是你师傅。当老黄牛不错，可不能只拉车不看路。”

六叔就不懂了，说：“看路不看路的，我也没见到哪个老黄牛掉进井里呀。倒是张老板赶的那头革命的小毛驴，扑通就跳进水坑里了。”

焦洪林说：“我的话你琢磨去吧。虽说你在食堂，管大家吃饭的问题，可眼睛只盯着吃的，那不是燕雀之志吗？还有，我在火车上就看出来了，你跟那个米新朵挺不错。你可是贫农的后代，不能光看皮不看瓤。其实有很多东西，是因为有毒才漂亮的。”

六叔不说话了，因为这都是他陌生的话题，直到后来许多年，由于他心里的排斥，仍然不能准确区分巴黎公社和我们那儿的八里人民公社，托洛茨基和拖拉机司机。六叔对米新朵知之不多，但米新朵是不能触碰的，米新朵就像藏在蚌壳里的珍珠，一动就疼。为了转移话题，六叔就向焦洪林指示路边那处墓穴。焦洪林让六叔站下，肃穆地凝望着，眼睛泛出星星点点的泪光。

六叔问：“你怎么啦？”

焦洪林说：“我们村子前面有一条河……”

这话很突兀，有些前不着后不靠，六叔说还在等待下面的话，可焦洪林戛然收住，不肯再接着说了。他揽住六叔的一只胳膊说：“马本良，咱们相处一回，要是我为革命牺牲了，就埋在这儿，你经常来看看。我又不怎么会喝酒，你往坟上洒点白水就行！”

六叔亦敬亦畏，脊背上凉飕飕的，急忙来掩他的嘴。任何人都难以弄懂，处于高强度劳动，半饥不饱状态，洪荒旷野之地，可焦洪林的心里却一直在燃烧着熊熊不熄的革命激情。在他身上不仅体现着艰苦奋斗的精神，甚至还表现出了一定的自虐倾向。他说：“革命从来都是穷人的革命，只有吃不饱穿不暖，才能有革命意识，否则就只剩下享受了。”六叔就懵懂了，说：“咱们开发建设大油田，不就是让老百姓吃饱穿暖过好日子吗？照你这么一说，咱们搞错了？”焦洪林大概回答不了，就打一枪换一个地方说："你知道三乐吗？"六叔是背过《论语》的，就问："你说的是哪三乐啊？是益者三乐，还是损者三乐？"焦洪林大失所望，说："马本良啊马本良，都是你做御厨的老爹把你调教坏了，思想总在古墓堆里打转转。我说的三乐，就是与天斗与地斗与人斗，三个其乐无穷，连这个你都不懂？这简直就像进了食堂却没带粮票一样。"

六叔惭愧得不行，那天就跟刘播念叨，我是不是太不突出政治了？我怎么做才算突出政治呢？刘播说，咱们每周学习五次，还要怎么突出政治？你把食堂搞好了，这就是当前最大的政治了。

有一天夜里，别人都睡下了，六叔锁好食堂门回宿舍，发现刘播屋里关了电灯，却又烛光摇曳的。也是顺脚，就拐了进去。只见刘播光着身子，光得极为彻底，身上连个布丝都没有，嶙峋的肋条上覆盖着薄薄的肚皮，一副不折不扣的饥民形象，正坐在炕上，守着一小截红蜡烛捉虱子，捉住一个，就扔进蜡盏里一个，直烧得爆豆般炸响，还有一股邪恶的气味四处弥散。那一瞬间，刘播的眼睛直勾勾的，长鲸吸水一般，贪婪地向里吸气，一吸，肚皮就忽哒忽哒的，很像挡风的窗户纸，用指头一捅就要破了。刘播见了六叔，没叫马本良，也没叫马御厨，而是叫他马老弟，就像谵妄的病人那样喃喃说："快闻快闻，多香的烤肉呀，今天是我的生日，就算是我请你的客了！"六叔呆呆地看着他，直看得泪眼蒙眬。刘播已有大半年不知肉味，浑身都是营养不良的征兆，六叔就觉得，是他这个"御厨"失职了。

就想起来，不远的地方有一棵老杨树，树上垒着一只喜鹊窝，一早一晚，喜鹊一家喳喳饶舌，像是亲善的邻居在做吉祥的祝福。想到这个六叔还有一种罪恶感，可除此之外，还能有什么办法呢？就趁着月色澹澹，冒着被摔下来的危险，像一只古老的蝾螈那样缓慢地爬上去，将窝里的喜鹊擒住一只，另一只惶悚地尖叫着飞进了夜色里。拧断它脖子的时候，六叔的心还颤抖不已，叨叨咕咕说，这辈子我对不起你了，下辈子我做蛋让你孵！

六叔不能拿进食堂去，这道理简单而绝对，就因地制宜，采用了叫花鸡的做法，用黄泥带毛糊住，拢起篝火来慢慢烧烤。完后把那层黄泥仔细剥开，那肉只剩了拳头大小，外焦里嫩地呈现着，那香味缓缓释放出来，是一种无处不在的弥漫，充满了无坚不摧的穿透力。六叔把它悄悄放到刘播的窗台上，自己就躲开了。一阵幽然的夜风吹来，刘播立刻被熏蒙了。那一刻他的眼睛发出荧荧的绿光，极像一只发现了猎物的饿狼，一声哀痛的呻吟，便猛扑上去。直到他把肉吃完，又把骨头嗍净，也没弄懂他吃的到底是什么东西，回头问六叔，他又不认账。过了若干年之后，还是晋元峰告诉刘播的谜底，他说，那块肉叫你吃瞎了，那等于马御厨从自己大腿上割下来的。

没过多久，采油三大队用落地原油换食物的事就被人捅漏了。上边打来电话，说油田总指挥部的严凌副总指挥，要亲自前来搞调查研究。六叔怕刘播担责任，就手拍胸膛说，天大的事情我顶着，我一个工人怕什么，顶多是觉悟不高，你就一推六二五，装作不知道。刘播说，那怎么行。顶不顶的，不在你的职责范围，你也顶不住。你就只管准备饭菜吧，这么小的采油大队，能来这么大的领导，是咱们的偏得。咱们得认真准备，盛情款待。

六叔为难了。

六叔说："盛情我有，可怎么款待？满汉全席我也能做，可食堂有什么没什么，你都知道。"

刘播说："你不是御厨传人嘛，关键时刻见红心哪，哪怕少而精也行。"

六叔搓着两手，愁眉不展的，好半天没说话。刘播几乎走投无路了，一面嗟叹，一面在屋地上走溜子。这时六叔才抬起驯顺的眼睛说："好吧，你打听打听，他最爱吃什么。"刘播也不避讳，当着六叔的面拨通了严副总的秘书，回头就交代说："严副总生在南方却长在西北，就爱吃面条，无论如何，你想法给他做碗面条吧。"

就是为了这碗面条，六叔忙活了大半天。食堂里没有白面，苞米面又没筋性，和起来简直就是一盘散沙。怎么办呢？六叔就去剥榆树皮，那东西极有韧劲儿，俗称保条，磨成细粉，把土豆烀熟捣碎，沙出淀粉来，再把三样掺到一起猛揉，揉得就像优质橡胶一样。又让崔大可去弄麻雀代煨鸡汤。崔大可很有情绪，说：“我们病号都没吃上一口面条，怎么他一来就搞特殊化？领导的肠子细是怎么着？”六叔就劝解说：“长官骑马，士兵走路，这都是工作需要。要是领导吃不好，脑袋转数不够，做了错误决策，那乱子可就闹大了。”崔大可骂骂咧咧的，头上顶着一只大笸箩，极不情愿地去了。回来时把三只皮包骨的死麻雀扔到菜墩上，说饥荒殃及了万物，麻雀比始祖鸟还珍稀呢。六叔看他口袋里鼓鼓囊囊的，知道他留了后手，反正不是公共财产，就装作浑然不觉，由他去了。

这是一顿美不胜收的午饭，严凌吃得汗马流水，连连叫好。为此他特意把六叔从厨房里叫出来，握住他的手左看右看，好半天舍不得撒开。就是这样一个镜头，被随员拍了照片，后来又张挂在各单位的宣传廊上。严凌不叫六叔的名字，而是叫他小鬼，这样一叫，六叔就诚惶诚恐了，一口一个首长，下面的话就不知道怎么说是好了。严凌当着六叔的面对薛明和刘播说，落地原油是国家的财富不假，可只能烧火；你们废物利用，解了燃眉之急，这有什么不对呢？这是应该肯定的，而且应该大力提倡。要是全油田的食堂都这样，就能度过暂时的困难了。

很快，《战地报》就以重要版面刊登了采油三大队因地制宜开动脑筋解决代食品的事迹，刘播和六叔的名字都在上面，甚至还提到了六叔御厨传人的身世。他们不可能知道的是，六叔做的面条，完全是仿照我太爷在驿路的馆子里给慈禧和光绪做汤面的一招一法，能吃上一顿不容易，想忘掉就更难了。

受到了三大队的启发和引领，各处的思路就开阔了。有的单位大胆提出，陆海空全面出击，到大荒野上去找粮食。那一阵子，问荆、黄花菜、野苋菜、青鸡头、绒毛蓟、苣荬菜、薄荷草……凡是无毒的植物，统统被捋回来送进食堂。增量法大行其道，有人通过蒸煮、发酵、膨化等手段，能把粮食增殖四五倍，虽说并不真正解饿，看着也有一种精神上的满足。还有人搞起了人造肉，利用泔水上面那层白醭，来欺骗味觉器官的瞬间快感。有的还把蚂蚱蚯蚓列为食谱，堂而皇之地摆到餐桌上来。有人概括当时的搜罗之状是：物探队如梳，钻井队如篦，采油队如剃。尽管大荒野给弄得干干净净，毕竟在很大程度上解决了肚子问题。

大荒野上有很多大水泡子，承担着无河之地的吐纳呼吸，被称为盐碱地之肺——在西北，人们都叫海子的，可这里见过真正大海的人居多，觉得未免僭越了，还是叫它们泡子。泡子是荒水，盖干打垒时，工人们都去浅处割芦苇做房笆，也算有所了解。六叔就领着炊事班的人织网，坐着汽车轮胎下去打鱼。灰褐色的远古之水看着颇有恐怖感，好像随时会有恐龙钻出来。那水森凉无比，沾到身上，会留下浅白色的碱渍。

张老板水性好，也被六叔邀来帮忙，在水下钻来钻去的，是打鱼队的主力。那天饿急了，非要吃一条鱼。六叔说：“打上岸的鱼都属于公家的，这个规矩不能破，要不然口子开大了，都借职权之便，想收都收不住了。”张老板哭笑不得，说：“马御厨啊马御厨，没见过你这么死性的，怪不得你老爹坐着粮食口袋能饿死！”六叔听了便怒目相向，用一根长篙戳他说：“你敢说我爹不对？这世界上要是有一少半人能像我爹那样，共产主义马上就实现了！”张老板看他犯了倔劲儿，也不争辩了，钻下水去，径自摸出一条一拃多长的鲫鱼，胡乱刮刮鳞，便血淋淋地吃起来，一边野蛮地嚼着一边说：“我没上岸，鱼也没上岸，这回没破你的规矩吧！”六叔觉得不过意了，这才说：“张老板，我对不起你，可我就是这样的人，你就站在水里吃吧。”

饥荒还在燎原一般蔓延着，一时难以扑灭。油田指挥部决定，组成狩猎队，到油田边上的大荒野去打黄羊，凡是参加民兵集训队的，全都一锅端了。焦洪林自然很踊跃，只是枪法不好，几次打靶都没及格，被编到了收捡班，负责归拢战利品。都说黄羊是草原上最有灵性的君子，如果大群里有受伤的，会由别的黄羊背负着逃跑。可焦洪林并没看到这些，他见到的都是极其残酷的场面，甚至说不上狩猎，简直就是屠杀了——轻机枪架在汽车上，一边追逐，一边向那股半黄半白的旋风横扫，就像是割麦子一样。焦洪林往车上搬送一只还没死透的黄羊，它美丽的眼睛朝他眨了眨，伤口突然喷出一股热血来，可可地糊了他满脸。焦洪林被呛了一口，便抱着那只黄羊，软软地躺倒在草地上。

焦洪林住院了。

六叔和张老板前去探视时，焦洪林已经好多了，正在给病房打开水，每只手上提着两只暖瓶，是真正的满负荷，嘴上还哼唱着什么。他看到风尘仆仆的工友，又感动又不好意思。

张老板管不住自己的嘴，就半真半假地说："焦洪林，你是大跃进炼出来的钢，外表看着还行，其实火候不够，渣渣太多，该回炉啦。"

六叔说："你别瞎闹，他还是病号哩。"

张老板说："你这是血晕症，得好好治治。要不然严重了，掐个虱子就得晕过去。要是看见老娘们儿来那个……"

六叔提醒说："注意点儿卫生，人家这可是卫生院。"

焦洪林不承认。他说："我实际上是饿晕的，并不是吓晕的。一个死黄羊有什么好怕的？战场上枪林弹雨，还都拿敌人的尸体当工事呢。再说，血肠、血豆腐、血饼子，我也不是没吃过。在老家，家杀猪，我还跟着拽腿来着。"

张老板说："要不，就是让黄羊给迷住了。既然黄皮子能迷人，黄羊也能，都姓黄，一个祖宗的。你要是觉得心里过不去，嘴上叨咕叨咕，大概就没事了。"

焦洪林说："我根本就不信那一套，彻底的唯物主义者是无所畏惧的。"

张老板说：“不管怎么说，咱们是对不起那些黄羊，还对不起很多被咱们吃掉的生灵。将来写石油会战史，应该把黄羊写进去，它们对咱是有恩的。”

焦洪林的笑就带了嘲讽意味：“黄羊叫什么名字？是张三还是李四？没有名字的东西，是永远进不了史册的，这是最简单的常识嘛！”

六叔生怕这两个宿敌再掐起来，赶紧岔开，从兜里掏出一个红艳艳的苹果，那苹果仿佛带着喷薄的光焰，把病房都照亮了。在灾荒之年偏僻的大北方，这显然是稀罕之物，只是被谁咬了一口，上面的疤痕上留着几个清晰的牙印。六叔告诉焦洪林，这还是朝鲜送来的，石油部领导转送给了严凌的家人，家人探亲时带来，正好刘播赶上，就送给他一个。刘播刚咬了一口，马上想到焦洪林还住在医院里，就留了下来。焦洪林很感动，推拒了一阵，还是收下了，回到病房，均匀地切成小瓣，分给了每一个病友，自己把带牙印的那瓣吃了。

焦洪林的话让张老板上心了。回去的路上，他总跟六叔探讨关于唯物和唯心的哲学问题。他动用了知之不多的概念，生搬硬套地理解说：“知道吃饱了不饿，这是不是唯物？明白有了石油才能有好日子过，这是不是唯物？唯物就是看重东西嘛，难道还是颠倒过来，全靠精神头撑着才是唯物？总夸大精神作用，那才是唯心论呢。”张老板的话很极端，而且进入了六叔的知识盲区。六叔想了半天才说：“这个那个我说不清。不过精神头得有，还得靠实干，缺了哪一样恐怕都不行。”张老板还不甘心，兀自嘀咕说：“铁人，五面红旗，哪个不是干出来的？反正焦洪林那不叫唯物主义，他要是，我都不服气。”

每个采油队分到了两只黄羊。崔大可和张老板赶着驴车去领，不知和指挥部领导怎么磨叽的，竟然多得了一只——后来张老板才透出底细，原来是崔大可使了馊招，把一只死黄羊用担架抬着，上面蒙了毯子，假说是病号，忙乱之中，就瞒过了保管人员的眼睛，可以说是骗领，也可以说是智取了。刘播很高兴，回头就跟六叔商议说：“崔大可不是锅前灶后的料，倒是自来熟，能拉咕，心眼活泛，挺有交际能力的。我想让他干食堂管理员，你看行吗？”六叔怎么能说行与不行呢，他倒是觉得，崔大可一直委屈着，这样一来，用人如器，各用所长，少了别扭，大家都好，就说：“你是领导，谁干什么谁不干什么，你说了算，我保证把食堂干好就行。”

三只黄羊没剥皮，为了吃干榨尽，是用喷灯燎的毛，就像朝鲜人吃狗那样。然后把肉剁成馅子，和野菜一起做成包子，公平地分到每个人的头上。剩下的杂碎，熬成了糊糊，掺进粥里。骨头作为锅底放在汤锅里熬煮了半个月，最后捞出来，砸成碎片，又借来老乡的小石磨磨成骨粉，和着苞米面做成了窝头，经过工人们的消化吸收，最后又物尽其用地回归到了大荒野里。

第六章

六叔寄回家的信里没有粮票了，而是夹寄了十三元人民币。信是陈南喜送来的，我父亲一打开，花花绿绿的票子就掉了出来。陈南喜的眼睛死盯住那钱，脸上的表情我父亲一看就明白了。他把三元钱递到他手上说：“喜子兄弟，给你爹买点什么吧，就算小六子的一点心意。”陈南喜背着手不接，他说：“三元钱够干啥的？黑市上只能买一个窝头。”我父亲又添了三元，然后说：“小六子每个月不过才挣十八元哪，这些肯定都是他从牙缝里省下来的，要不然我直接送给陈支书去？”陈南喜这才接过去说：“告诉小六子，谢谢他啦！”我父亲说：“那咋告诉，他又没有个详细地址，只有来言，没有去语，咱只能赌着了。”

电影放映队到采油三大队来了。放的是新出品的国产影片《冰山上的来客》，附近的采油队和村屯也有不少人来看，有的竟然跟着放映队辗转，电影放到哪他们就跟到哪，大有恋恋不舍之意。电影果然很好看，大家都跟着落泪，都跟着欣喜，都觉得自己成了影片里的人物。第二天，米新朵她们一些女工就能哼唱“花儿为什么这样红”了。她唱这歌的时候眼波无比澄澈，还不时朝六叔溅去一朵浪花，好像她就是古兰丹姆，六叔就是阿米尔似的。

萨E指挥部并没把焦洪林留下，他从医院里直接回到三大队来了。对放映《冰山上的来客》这件事，焦洪林有着与众不同的看法。他说：“这个片子内容不健康，早晚得挨批判。再说，那插曲都是什么歌？简直就是靡靡之音了，跟周璇都是一路货色，就像硝镪水似的，就算咱石油工人是铁打的骨头，慢慢也得让它给泡软了。”张老板说：“你那眼睛耳朵咋就和广大老百姓不一样？过去说，宁舍一顿饭，不舍二人转；现在改了，叫看了《冰山上的来客》，喝西北风都不觉饿。”就当众和他打赌，如果片子半年之内不挨批，焦洪林给他打一个月洗脚水，否则就倒过来。焦洪林稳操胜券地说：“也不是我想剥削你，是你自找难看，你输定了！”

平时打洗脚水的活，都是蔫豆子吕勤久干。谁也不支使他，他却很主动，应该应分似的。天长日久，大家也就习惯了，到了洗脚的时候就说，蔫豆子，咋失职了呢？吕勤久就屁颠儿屁颠儿地打回热水来，分放到每个人的铺下，只差给洗了。焦洪林大为不忍，就说，这样不好，这样容易滋生腐化堕落。吕勤久却说，不是提倡我为人人、人人为我嘛。重活累活大家都抢着帮我干，打个洗脚水，表达一下心意，还能腐化堕落到哪去？

焦洪林回来后，已经被提拔为工队长，代干，半脱产。为了和不健康的歌曲争夺阵地，焦洪林就把他从集训队带回来的歌悉数教给大家。他带回来的歌都很新锐，立意高远，激情澎湃，关注到了五洲四海。比如《风雷之歌》：“万里云天风雷走，地动山摇歌声吼，斗争的烈火高万丈，燃遍了亚洲、非洲、拉丁美洲……”《起义者之歌》：“起义者真正的名字就是人，不是马牛，为了公社去战斗……”《南越人民武装之歌》：“穿过平原，穿过山冈，游击队的战士行进在祖国大地上。出没丛林，出没村庄，人民自卫武装为民族解放，战斗在越南南方……”《美国黑人要自由》：“牢门关不住自由的歌声，歌声冲破了华尔街的牢门……”还有《古巴革命歌》：“美丽的哈瓦那，那里有我的家，明媚的阳光照新屋，门前开红花……”张老板对这些很不买账，偷偷跟六叔说：“祖坟还哭不过来呢，还哭他妈乱尸岗子。哈瓦那又不是哈尔滨，干咱鸟事？”

六叔不敢苟同，也没法深想。他像个真正的贫农后代似的，驯顺地参加每一个政治或准政治活动。他混在学歌的人群里，抻着细瘦的脖子，为那些他几乎一无所知的地方和民众伸张着正义。六叔属于一专而不多能的类型，唱歌也很稀松；他的激情与歌曲的内容也没有直接关系，而是因为米新朵也在学歌的队伍里面，六叔能幸福地和她享有共同的生活空间。米新朵偏偏就爱唱《古巴革命歌》，这支歌旋律简单却比较煽情，又有少儿特征，一唱就禁不住眼泪汪汪的，似乎她就是歌里面那个古巴小孩，正在遭受侵略者铁蹄的践踏。她唱歌不怎么眨眼睛，卓越的鼻子上还留着蚊子叮咬的瘢痕，但依然光洁润泽，如一枚精致的玉坠儿。张老板就和她开玩笑说：“米新朵，哈瓦那有你家亲戚是咋着？”米新朵白他一眼，就请君入瓮说：“那天我听你哼哼猪八戒拱地来着，难道猪八戒是你兄弟？”张老板就被呛住，幸福地涎笑着，溜到一旁，又撩逗别人去了。

许曾队上的钻尺纪录屡创新高，指挥部论功行赏，奖励给他们三只黄羊，外加一铁桶本地老烧酒。金刚钻井队总共才三四十人，就显得很奢侈了。正好司钻冯长发的对象韩桂花从萨边乡下前来完婚，许曾觉得，理应办得好一些精细一些，再用架起篝火烧烤的老办法，就太落套太原始了。可惜队上的厨师都是土包子，做惯了农家饭菜，只会爆炒咕嘟炖，鼓捣不出什么精细的花样来。许曾感慨再三，说早知今日，何必当初。去把马御厨请来吧，就当是咱自家的东西被别人捡了去，咱再借回来用用。队上的人都很拥护，就按照他的吩咐，像油田对待劳模那样，从良种场借了一匹高头大马，备上红绸鞍子，笃悠悠地牵到采油三大队来。

既然许曾派人来接，六叔觉得不去不行了，就反过来跟崔大可请假。崔大可笑着说："你是御厨，归皇帝直接领导，我去问问大队长吧。"一问，刘播就说："这还有什么好犹豫的？去嘛，给许曾一个认输的机会，看看啥叫天生我材必有用。"六叔拿上自己的炒勺，就在众目睽睽下跨上了那匹大洋马，又在众目睽睽下摔了下来。队上的人哈哈大笑，六叔也哈哈大笑。最后他揉着被摔疼的胯骨，骑上了自己的破车子，跟在那马的后面，一纵一纵地远去了。

来到金刚钻井队，四处找不见许曾，却见他正躲在一个背人的角落里偷偷烧香哩，还哈腰撅腚的，很拙笨地对着井架磕头。六叔难免惊异，说："你赫赫有名的金刚钻井队队长，难道还讲迷信？"许曾就不好意思了，嘿嘿说："灵不灵的，比画几下总比不比画强。咱们可是兄弟，你千万不能往外张扬。其实就是为了一个安全，特别是不能把井打喷了，咱迷信和科学相结合吧。"

六叔这才明白，由于地质条件复杂，钻井时稍一疏忽，就有可能发生井喷事故——强大的压力使地下的油水气流冲决而出，暴怒的黑龙呼啸着直上半空，场面壮观而又恐怖，就是钢铁井架，也能让它拧成麻花股。还有的形成了地陷，转瞬之间，连人带井架都沉到地底下去了……那一阵子报纸上刊登了铁人用身体搅拌泥浆的照片，当然是正面宣传，铁人看了却说，你们以为那是表扬我吗？那是在批评我，刮我的胡子呢，如果我不把井打喷，那还用得着跳泥浆池吗？

钻井队人称和尚队，平时是见不到女人的，此时来了新娘子韩桂花，都扒着帐篷看新鲜，有的还借口找东西，踅进了帐篷里，牛虻眼睛一蜇一蜇的，却又什么东西都不找了。许曾嘿嘿笑着说："桂花妹子，你别跟他们计较。别看他们疯疯野野的，都是老实人，也就是过过眼瘾，不会吃嫂子的豆腐！"韩桂花羞笑着不说话，冯长发却憨憨地说："队长，咱队上的人最讲发扬风格，最讲集体观念，吃虱子都分大腿哩，我也不好意思吃独食啊，要不，让我媳妇跟大家一一握手吧。"许曾说："冯长发，哪有你这么发扬风格的？你也别不好意思，他们早晚都有这一天，谁都亏不着。你就给我好好歇着，好好吃着，铆足了劲儿，晚上猛开钻！”冯长发是个夯实汉子，窘得满脸都是缸釉色，连声说：“队长，瞧你说的，瞧你说的。事是那么回事，可话不能那么说。”

一顶帐篷从中间简单隔开，一半做了新房，另一半就归六叔和许曾住。所谓间隔，只是几条破毯子，几块防寒毡，那边喘气声略粗一些，这边都能听得见。六叔觉得很难堪。许曾说：“这有什么，他睡他的，咱睡咱的，井水不犯河水。我们这些老石油，什么样的事没经历过？有一次住在老乡家里，睡的是对面炕，正巧赶上人家老娘们儿生孩子，实在没有帮手，我就赤膊上阵了，又烧水又递剪子，血赤呼啦的，弄了我一身。——你不也挨着女的睡过吗？那一夜是咋睡的？”

六叔嘿嘿说：“还能咋睡？就像睡在悬崖边上，一动都不敢动。再说刚刚一闭眼睛，就出事了，我们采油三大队的焦洪林，自己跑出去找帐篷了。”

许曾说：“我看你们那个焦洪林，总爱窝头翻跟头——显大眼儿。”

六叔说：“焦洪林也不错，吃苦在前，享受在后，挺有境界的。他还总教我们唱歌。”

许曾说：“石油可不是唱出来的，石油是靠探钻采输一条龙，从地底下鼓捣出来的。”

许曾对焦洪林有看法，大概是受了刘播的影响。据说刘播和许曾原先并不认识，由于参加了同一个会议，都去上那种没有遮拦的厕所，挨在一起蹲了几分钟，站起来之后，这两个性格两拧的人就成了很好很好的朋友。

野地上，一群蚂蚁在搬运一只很大的虫子，那种微观里的壮观让人不可思议。许曾说：“瞧见了吗？人拉肩扛不是咱的首创，咱是跟蚂蚁学的。蚂蚁其实是很伟大的啊。”

六叔说：“是不是最初来的人都干过？”

许曾说：“当然啦，那也是没办法的办法。铁人说过，宁可少活二十年，拼命也要拿下大油田。为啥要拼命？那是给逼的。一个人在运动场上跑百米，绝对没有在荒原上被野狼追赶时跑得快。我们都恨不能一拳头砸出一口油井来。你想想看，这么大一片荒原，躺在这儿那么久了，像新娘子似的，就等着咱揭盖头，能不让人着急吗？一着急，就有了人拉肩扛。”

说到新娘子，真正的新娘子就从帐篷里走出来，手里还拿着一把黄油纸伞，一直走出很远。晴天朗日的，她拿雨伞干什么？直到那伞被撑开，斜放到地上，六叔才明白，原来她是出来解手的。

许曾说：“你瞧瞧，这才叫女人哩，模样好，身板也结实，实用着呢，找媳妇就得找这样的。不像和你要好的那个小丫头，长得太妖了，美人灯似的，那能当老婆吗？”

六叔遮掩说：“我们就是个认识，没有太深的交往。”

许曾说：“你们来的头一天，我就认得了。要不是因为她，你就是我的队员了；你要是成了我的队员，肯定就很难见到她了。说起来我还是你们的红娘呢。”

六叔嘿嘿笑。

许曾说：“也许这就是缘分。要是你真看中了，现在先焐着，等过三年两载的，发动一次总攻，把她拿下来算了，我和刘播帮你张罗成亲。”

六叔的脸红了，他说：“连影儿都没有的事。再说，眼下连肚子都顾不过来呢，哪有那份闲心？”

许曾安排人，先搭了两个简易厕所，以避男女之嫌，因为平时金刚钻井队的厕所没有男女之分，甚至干脆就没有厕所。又领着六叔迫近地观看了那一套钻井用的铁玩意儿。那个昂然挺立被人叫作钻塔的井架，居然就有四十来米高，还有钻台、柴油机、绞车、泥浆泵、变速箱、发电机、高架油箱、泥浆罐……大大小小几十台件，总重量有六十多吨，光是那个泥浆泵就有七吨半，如果搬家，得先拆散了，至少需要大吊车四部，大型太脱拉越野汽车十部，拖拉机四台……真是大气恢宏，六叔在隆隆的钻机声里肃然起敬，简直无法理解，那上千米深的钢铁钻杆，是怎样一寸一寸钻进地下，又准确无误地打捞出原油的。一种纯净而神圣的情感漫涌而来，直看得他热泪盈眶。

根据已有材料，六叔列出了八个菜的菜谱，就领着两个伙夫忙开了。冯长发与韩桂花的婚事还是许曾给介绍的，当初打勘探井，井队住在萨边公社老百姓家里，韩桂花是房东的女儿，许曾看着挺不错的，就灵机一动给冯长发捏合成了。许曾非要把婚礼弄得隆重一些，就趁换钻杆的时候，给一对新人举行了战地婚礼。

新郎冯长发骑着那匹红鞍大马，韩桂花则坐着用两根钢管一把椅子捆绑成的花轿，由八个汉子抬着颠着，围着钻机转起圈来。钻工们敲打着身边所有能发声的钢铁，发出野蛮狂放的欢呼。冯长发长得呆些，却是一身的腱子肉，一面憨笑着，一面紧紧俯在马背上，生怕掉下来。韩桂花的脸透彻地红着，模样挺可人的，一件碎花红布袄在秋风里轻盈地抖动，就像一团凌空燃烧的缥缈之火。

他们被拥上了钻台。从下向上看去，能看清许曾和冯长发脚上的破鞋子。冯长发的鞋就像鲇鱼嘴，露出了三个脚指头，是用马蔺草捆着的。而许曾的一只捆都没捆，走路直打呱嗒板。油田只能发给两双鞋，一单一棉，即便是鞋的质量再好，也架不住每日攀爬蹬踏。六叔就想，哪天把张老板找来，他有掌鞋的手艺，也好帮帮这些打井的弟兄。

许曾作为证婚人，宣布新郎新娘正式结为夫妻。

许曾说：“向证婚人鞠躬！”

两人就向他鞠躬。

许曾又说：“向介绍人鞠躬！”

两人还是向他鞠躬。

许曾说：“向双方家长鞠躬！”

两人稍一踌躇，还是向他鞠躬。

许曾自豪地笑着，说："你看你看，我这又是包办代替，又是多吃多占，有点儿不像话了。冯长发，你讲讲恋爱经过，也好为那些嘴上没毛的小兄弟提供一下经验。"

冯长发说："哪有什么恋爱，经过就更没有了。就是住过老乡的房子，吃过老乡的饭，觉得挺对不住的，队长一说合，事就成了。一做了亲，没有了原则，事情就好办了。"

大家嗷嗷地起着哄，似乎并不解渴。

许曾说："钻井工人最苦，头戴铝盔走天涯，能让母蚊子亲上一口，那就算是跟异性接触了。所以能嫁给钻井工人的女人，都是了不起的。今天特地把马御厨请来，让大家尝尝御膳的滋味，提高一下这桩婚礼的档次，也算是我当队长的一片心意吧！"

大家热烈鼓掌，纷纷叫好。

许曾说："冯长发呀，可不能像咱打井似的，钻了满地眼子，拔了家什就走。韩桂花这么好的女人，你得跟她好好过，苦了甜了，白头到老。"

大家笑疯了，欢呼雀跃着。

许曾说："头几天我见到铁人了，他写了一首顺口溜，当然，说是诗也没错，我抄了回来，现在念念，就算给新郎新娘的祝词了。"

就从口袋里掏出一张皱皱巴巴的白纸，朗朗念道：

手扶刹把像刺刀，
钻杆就像飞机和大炮。
压力一加，
钻头就往地球里边跑。
打完进尺，
原油呼呼噜噜往地面冒。
建设祖国，
支援越南人民。

气死老修，

淹死美国佬！

念罢又说："我不要求大家都能像铁人那样，看出那么远去；大家只看脚底下就行。脚底下有什么？是大油海呀，咱把它鼓捣出来，让咱的汽车能开，坦克能动，飞机能飞，老百姓都有饱饭吃，石油部长能用上打火机点烟，国家再不受别人的欺负，那就是好家伙。都说祖国是母亲，那咱就是共和国的长子，挺直了腰杆，把家里的大梁扛起来，要不然，就是不肖子孙了！"

大家都静默着，群雕一般伫立，一个个表情庄严而激动，有人竟是泪花闪烁了。

冯长发从兜里摸出一个纸包来，两手捏出一块黑褐色的结晶来说："这是古巴糖，苦糁糁糊巴巴的，不怎么对咱的口味，可这还是托人弄戗走后门买到的，说是国际共产主义的糖。大家别嫌弃，每人分一块，就算是我们的喜糖了！"

人们就依次分了，放在嘴里嚼着，脸上显现出甜蜜来。

冯长发又说："谢谢队长为我们张罗。可桂花说了，既然有洞房，就得有对联，求你给写一副，讨个吉利，红纸我都预备好了！"

说着掏出几条红纸，在许曾面前抻开。

许曾说："我哪有什么文采，还是找个文化人吧。"

就四处撒眸，看到六叔，就说："马御厨，你的前辈都在皇帝跟前待过，你也没少读书，挨着磨房脸儿白，你给写吧！"

六叔连忙摆手说："我前辈挨着的磨房磨白面，我挨着的磨房磨苞米面；他们的脸是白的，我的脸却是黄的，跟大家都一样！"

大家又是一阵野笑。

许曾不容分说，非让六叔写一副。六叔想了想，便泚笔写道：

上联：一点浩然气

下联：千里快哉风
横批：揽月摘星

许曾端详着咂摸着，鼓掌说：“好，文雅，大气，有功底，和咱钻井的行当很贴谱，就是离结婚远了点儿。这副我自己留着了，贴到队长门上。看来，写结婚的对子，我不亲自动手还真不行哩！”

就要过笔墨来，思索片刻，写道：

上联：新人新井新钻头
下联：越钻越深越出油
横批：优质高效

字挺差劲，却颇有气势，好像用刀刻上去的。写罢一念，井场上一片喝彩声。

许曾放下笔，挥舞着拳头，一语双关地说：“现在我宣布，开钻！”

井场上欢声雷动。钻机隆隆，脚下的大地随之颤动起来。六叔也就明白，为什么铁人会说，石油工人一声吼，地球也要抖三抖，不抖，那就是机器坏了。

人们簇拥着一对新人走向帐篷，帐篷门上，那副谐谑的对联红彤彤地喷吐着光辉。许曾又叮嘱说：“混账小子们，今晚可不能再混账了；要是混错了帐篷，惊着了冯长发，把钻杆崴了，责任可就大了！”

那是一顿简单的盛宴，钻工们品咂着六叔的手艺，顺杆爬高地纷纷叫好。其实六叔很清楚，钻井前线缺东少西，材料不足，作料也不足，连灶火也还不如人意，远远不能代表自己的烹饪水平。

除了值夜班的钻工，大家都喝了酒，一时睡不着，就在月亮底下拢起一堆篝火来，唱着唠着，说说家长里短，讲讲有趣的故事。六叔躲不过去，也讲了一个，还是从晋元峰那里听来的，说的是一个戏痴，很想唱戏，却是天生的嘎嗓子，只好拐弯抹角来给剧场打更，吃些角儿们掉落的脂粉而已。每天晚上，老先生都搬出龙车凤辇来，摆在戏台中央，自己坐上去过干瘾。那天夜深人静，老先生坐着坐着就睡了过去，不知过了多久，猛然惊醒了，抬头一看，戏台边上扒着一圈上着戏妆的小粉脸，晶亮的眼睛眨巴眨巴地看着他……

大家就问："完了？"

六叔说："完了。"

大家说："乍听没什么，想想挺吓人的。"

六叔说："那都是戏剧的精灵，平时不为俗物现形，是被那个戏痴给感动了，才来膜拜他的。"

大家又问："你先人遇到过这种奇事没有？"

六叔说："技艺精深了，什么东西都有了生命。听说我太爷做的面鱼，真的能游动，在滚开的汤锅里，还能吐气泡，游得可欢实呢！"

大家又称奇又生疑，说听着不像是真的，可细想想，也不是不可能的，诸葛亮还能造木牛流马呢。看看天色，已近午夜，就说，回吧回吧，冯长发那里都钻到油气层了，咱还没闹着洞房呢！

就悄悄转回来。掀开帐篷门帘，只见被灌多了烧酒的许曾，枕着一个牙轮钻头，四仰八叉地打着呼噜，而"隔壁"那侧，新婚夫妻三番五次地操作着，韩桂花正借着隆隆的钻机声做掩护，兀自低吟浅唱呢。这诙谐的交响乐听得人们心惊肉跳，立刻退潮般撤出去，离开一个适当的距离，才放声大笑起来。

六叔自知难以适应，索性也当了一回"混账"，混进了后勤班的帐篷里，挤在两个炊事员中间，被他们缠着，讲起了粗粮细做细粮精做的小常识和小诀窍。到了更深的一层，就讲起了《厨门戒尺》，什么"德大于技、心先于艺"，什么"厨清必瘦、味淡致远"，都是很玄虚的理论，那两人起先还嗯嗯啊啊地答应着，渐渐就没了声息，又渐渐变成了高低起伏的鼾声，方才知道是曲高和寡，超出了他们的接受能力。

反正睡不着，六叔只好又爬起来，独自一人续着篝火，坐在寥廓的大荒野上，像儿时那样看天数星星。不过星星是数不清的，星星太多，而且若隐若现，常常像瀑布那样流淌，数着数着就乱套了。眼看有两颗流星径直飞过来，原来是一辆亮着大灯的老道奇。

汽车在篝火边上停住，来人要找许曾。

六叔还以为是上级下来夜查的，就说："许曾在睡觉，他太累太乏了。除了夜班的，都在睡觉。"

来人说："你去把他叫起来吧，别惊动别人。我们是专程来接他的。他老婆吃错了野菜，你明白吗，那种野菜叫断肠草……"

来人使用了一个省略号，是不想让内容太残酷，可六叔已经听明白了。他的牙齿咯咯地碰响着，即使烤着篝火，也不能摆脱突如其来的寒冷。那一刻景物恍惚起来，他看到许曾走出帐篷，和来人站在车后说话，篝火一亮一暗地舔着他们的影子。许曾静默了，久久地静默着，那种静默就好像是岩石的静默。过了一会儿，许曾才扳着车门，衰颓无力地爬上车，关上车门，探出头来对六叔说："马老弟，别人要问，就说我去开紧急会议了。让兄弟们保证进尺，注意安全！"汽车开动的一刹那，六叔清楚地看见，他突然满脸泪水。

六叔是第二天中午回到采油三大队的。做完饭送完饭，他就坐在干打垒前面发愣。刘播踱过来问，六叔说："没什么，我就是想哭。"

刘播说："为什么？"

六叔说："为许曾，为你，为我，也为所有的人。"

刘播说："想哭离开远点儿，到大甸子里去，我就是那样。"

六叔就很惊异："你也哭过？"

刘播说："我怎么不哭？我也是人哪，七情六欲，哪样都不少。"

六叔这才站起身来，看着刘播说："不过，跟许曾比比，我们应该知足了。我们孬好还有个窝，他们却连个窝都没有；许曾天天盼儿子，可儿子还没露面，当妈的却死了……”

刘播的眼睛一点点睁大，两包眼泪在他眼眶里打转，却始终没掉下来。

第七章

漫长的冬季开始了。

第一场雪总是站不住，被余温尚存的太阳一照，很快就变成了稀溜溜的糊状物，继而又转化成令人生厌的泥泞。随着严寒的推进，冰雪覆盖了大地，一直冻到一人多深。到处都是白茫茫的，渲染出严酷肃杀的含义，只有燃烧的落地原油才能给人以生命的暖意。烟尘里的大尾巴黑灰，在芜漫的原野上飘来荡去的。逃脱了劫难的麻雀已经寥若晨星，在深深浅浅的雪层里艰难觅食，令人称奇的是，它们的羽毛久经熏陶，都变成了和石油一样的深黑色。雪地上还能看见工人们留下的尿道道，由于摄入的代食品过多，都呈现出一种嫩绿色，被皑皑白雪反衬出一种莫名其妙的鲜艳，晋元峰说，绿色就是希望。这多有诗意啊，分明就是春来江水绿如蓝嘛！

油田外运的原油，已经达到每天一万多吨了。一列列钢铁巨龙从萨尔图小站开出去，又随着铁路的站线四处漫开，像动脉的血输送到毛细血管里。这里的原油品质好，却含蜡高，凝固点高，黏度大，在零上二十八摄氏度状态下就不流动了，何况在零下三四十摄氏度的低温里，弄不好很容易堵塞管道，乃至把管线冻裂，俗称灌肠。外国解决这个问题耗费了很大的成本，我们用不起，就想找到一条又科学又简单又经济又安全的办法。晋元峰自告奋勇，要参加攻关小组，到各个产油区实测，拿到第一手资料，以便尽快解决。

焦洪林也来给晋元峰送行，还送给他一个硬纸壳面的日记本。焦洪林是喜欢送日记本的，有人统计过，三大队将近一半的人都有他赠送的日记本。送过日记本后，焦洪林看着那只寒碜的没有外壳的三波段收音机，犹豫了片刻，才说："晋元峰，我想给你提个意见，你看行吗？"

晋元峰怎么能说不行呢？他和焦洪林一直暗中较劲，却始终没能表面化。焦洪林知道，晋元峰瞧不起他；晋元峰也知道，焦洪林想驾驭他。他们就像操着不同的利器，都知道应该尽量避免狭路相逢，否则就有两败俱伤的危险。晋元峰便笑呵呵地说："提嘛，我知道自己对自己要求很不严格。"

焦洪林说："你把这只收音机交给组织吧。"

晋元峰说："为什么？我不偷不抢，没贪没占，每一个元件都是我花钱买的。"

焦洪林说："有人反映，你长期偷听敌台。"

晋元峰说："那怎么能叫偷听？我是公开收听的嘛。"

焦洪林说："那样问题就更严重了，那就是公然收听敌台了。"

晋元峰说："我就是掌握一点资料和信息，没什么政治因素。"

焦洪林说："要是说你崇洋媚外，说你叛国投敌，说你是帝修反的第五纵队，你能抖落清楚吗？左边右边，都没有救你的稻草能抓住！"

晋元峰冒汗了，不得不承认，短短一个回合里，他就败给了焦洪林。他怎么就有那么敏锐的目光？怎么就有那么高的觉悟？怎么就有那么强的警惕？进而也就明白了，焦洪林是为了他好，否则，由他稀里糊涂听下去，娄子就捅大了。就拿起那台陪伴他寂寞岁月的收音机，往地上重重一摔，摔成了一堆破铜烂铁，然后和焦洪林握握手说："谢谢你。你提醒得对，咱不能瞪着眼睛往窟窿桥上走！"焦洪林也回以诚挚的一握说："国家培养你不容易，好自为之吧。"

张老板听说晋元峰要去"啃硬骨头"，就从鞋箱子里摸出一双牛皮靰鞡来，非让晋元峰穿上。晋元峰一看就笑了，说哪弄来的出土文物？自打土改之后就没见过，穿上就像地主老财诈尸了似的。张老板说，这东西满脸褶子是难看，可是极保暖，比咱的大头鞋强多了。你出去要爬冰卧雪，别再坚持你那套贵族化了，还是这东西扛劲！晋元峰就试了试，有些挤脚。张老板说，我给你改改，想法给你送去就是了。

张老板掌鞋的手艺是家传的。农村没有鞋匠，鞋穿破了只能靠自己掌，有意无意中就学会了。队上的人都缺鞋，这个本事就派上了用场，一歇班，他就忙个不亦乐乎，给这个掌了又给那个掌，自己还搭上了皮子和麻线。焦洪林把这事给写到了黑板报上，说张家生同志摆脱了低级趣味，主动为大家修鞋，助人为乐做好事。张老板看到，就用袖子擦掉了，说那怎么能是摆脱低级趣味呢，满屋破鞋，咸鱼坯子似的，没有比这味道更低级的了。再说，我那哪是做好事，我就是瘾得厉害，让我掌鞋的人才是助人为乐呢。

张老板已经给焦洪林打了半个月的洗脚水。事实很快就验证了焦洪林关于《冰山上的来客》的预见，大家也对他更加高眼相看了。焦洪林不让张老板打水，张老板非要说话算数，焦洪林觉得不过意，就反过来给他打，结果等于两个人换工了。不过张老板仍然坚持，就算那片子里的爱情不对头，友情总没错吧？特别是那两句歌词：眼泪会使玉石更白，痛苦会使意志更坚。这有什么不对？简直就是鸡蛋里头挑骨头嘛！我们石油工人，就是经历了痛苦之后，才有了坚强的意志，谁敢说不是？焦洪林也后撤一步，说张家生你别跟我犟，这是上头批的，又不是我批的，胳膊拧不过大腿，有能耐你跟上头说去，咋跟我没完没了的？

六叔去萨尔图站前买调料，顺便把晋元峰送到火车站油区，住进一个马棚改成的屋子里。那屋子四壁都是白霜，睡在炕上的人都戴着大狗皮帽子，只露两只黑晶晶的眼睛。放下铺盖，六叔说："想不到开采出那么多石油的人，竟然要住这么冷的屋子。我给你带来一个暖水袋，晚上帮你焐焐被窝吧。"说着从口袋里掏出来，竟是一只橡胶塞的葡萄糖瓶子。晋元峰说："马御厨啊，你想得可真周到。等我完成了任务，回去请你喝酒。”六叔说：“回去还咋喝？我可不做瓜田李下的事。要喝就在这儿，我请你！”

六叔站在萨尔图车站的栅栏外面，看着一列列往来穿梭的油罐车，心里很慰藉。他喃喃说道：“爹呀，要是早有这些油，能加到家乡的汽车里，你也不至于饿死了。现在，你在那边敞开了用，点灯烧火开摩托，就是用它洗澡浇地都够了。”觉得不能尽意，就在站前当地人开的小店里买了一刀黄表纸，到了晚上，偷偷拿到铁路边上去祭烧。奇冷的冬夜里，那纸发出了惨淡的光亮，给人以转瞬即逝的暖意。六叔的意思是，借油罐车的运行，把这份告慰带到家乡去，带到我爷爷的坟前去。

就在冥纸将熄未熄之际，沿着铁路跑过几个人来。起初六叔还以为是奔他来的，赶忙起身扑打那堆残火；可到了跟前才发现，那些人也穿着和他同样的四十八道杠杠袄，却跑得十分慌张，一面跑还一面回头回脑，分明是开小差的。刹那间六叔热血直涌，运足了底气大喊站住，一伸手就劈胸揪住了一个，那几个跑下路基，一直跑进迷茫的雪夜里。

那人哆嗦着说：“兄弟，我实在挺不住了，你放了我吧。”

六叔说：“你这是可耻的逃兵，懂吗？要是在战场上，肯定要就地正法的。”

那人说：“可耻不可耻的，我顾不得了，正法不正法也无所谓。这次要是跑不了，我就自杀，我是彻底绝望了！”

六叔说：“你可真丢人，真个是软骨头！”

那人说：“马大哥，我给你跪下，行不？”

说着那人真的跪下来，抱住六叔的一条腿，呜呜地哭起来。六叔握住那人的下巴，把那张泪脸向上扳起，这才认出，原来是一个车厢过来的康同伟，分配在另一个采油大队里，想不到竟在此时此地重逢了。

六叔说：“康同伟呀，就算咱不能跟铁人比，可你我这样的人成千上万，大家都是血肉之躯，别人能挺住，你怎么就挺不住？总有一天，你会后悔的。”

康同伟说：“我老妈天天在家哭，我老爹得了浮肿病，我也得了关节炎……你放我一条生路吧，我给你磕头啦！”

康同伟泪涕交流，做出了磕头的姿势，却被六叔拉住。他的心肠软了，叹息一声说：“凡事不能勉强，捆绑不是夫妻。既然这样，你走你的，就当我没遇见。”

康同伟说：“马哥，你是我的恩人，日后我混好了，决不会忘了你！”

康同伟爬起来，像一只惊枪的黄羊，蹿了几下，就不见了。很显然，他们要跑到下一个小站去坐火车，连行李都不要了。

追赶的人来到了。他们急剧地喘息着，问六叔见没见到有人跑过去。六叔装糊涂，说我眼神不好，是夜盲症，走路直撞电线杆子，什么都没看见。可是他很快被人认出了本来面目，眼神不好的谎言也随即被戳穿。就是这个在站前广场上大出洋相，后来又上了各单位宣传廊的马御厨，放走了那些开小差的人，而且还帮他们打掩护，还烧冥纸，问题就很严重了。他们没抓到要抓的人，就把六叔抓去，打电话让采油三大队去带人。

电话正好是刘播接的。他说：“马本良是普通工人，可也是通天的人物，要不然能叫御厨吗？既然非要深抠细挖，揪住不放，那就让严副总亲自去带人吧。再说，留得住人留不住心，你以为把那些人抓回来，他们就能好好干吗？”

这一招果然很灵，他们马上就把六叔放了。

回到采油队，六叔就把这事儿实说了。

刘播感叹再三，说：“当年还有从延安往外跑的呢，可往里跑的更多。该跑的跑了，该留下的留下了，该来的又来了，流动的水才洁净呢，这也许不是什么坏事。听说也有被拦下来的，捆在单位里等待发落，正好被铁人碰见，就解了绳子给放了。铁人说，连国民党战犯都放了，来去自由，发给路费，难道他们还不如战犯吗？”

六叔很钦敬。

六叔说：“我真想见见铁人。都以为铁人半人半神，其实那是误解。他是一条硬汉子，可也有一副软乎心肠。”

刘播说：“你干你的，别有什么负担，你不是没跑吗，我看只要有这一条，那就足够了。”

六叔说：“我怎么能跑？再说，我往哪儿跑？我又不能跑到月亮上去，也没有跑的道理呀！”

六叔话里有话，可刘播这时是听不出来的。刘播看出了六叔和米新朵的关系，他很清楚，单凭这一点，就能把他牢牢地留住。

没过多久，更多的人果然呼呼啦啦从四面八方来了，他（她）们有新来的职工，也有油田职工的家属。这是一种积极的成分置换，知难而进的工人都有足够的吃苦准备，而背井离乡的家属们要陪伴丈夫度过严寒和饥饿，猫过一冬，她们将组成开荒大军，在这片荒凉的土地上播撒下希望的种子，把狞厉的饥饿永远赶出去。

采油三大队也腾出两栋干打垒，划豆腐似的隔成小块，安置了二三十对夫妻。那种狭小的空间里，男女私密就变得很有意思了。一闭灯，大炕扑通扑通的，就像是闹地震。哪个不小心叫出声来，就有人警告说，注意影响！注意影响！风平浪静之后，有一段万籁俱寂的过渡时间，谁没憋住，挤出一声羞涩的屁来，整个屋子就笑，先是咯咯地窃笑，一传染，立刻演变成了全体开心大笑。就有人说，住这种房子，就得学会“忍气吞声”，要不然容易乱套。也有的半夜懵懵懂懂出去解手，回来摸错了“单间”，挤巴挤巴躺进去，伸手一试探，觉得不对劲了，又悄悄爬起来，摸回到自己的铺位上，还有些惊魂未定，说，瞅这事儿整的，刚才差点儿就把螺丝螺母拧错了！

人一多，口音杂了，也常常闹出圆枘方凿的笑话来。一个女人找不见篮子了，就侉着南方口音到处喊，正好遇见张老板，听了就笑得不行，接了茬说，大嫂，找卵子别上这边来，这边都是嫩茄子包，还没长成呢！那女人啼笑不止，就喊了几个女的，握着雪团，房前房后追着他猛砸，直砸得他跟头把式，头发眉毛狗皮帽子都是白的。还有的女人借了掌鞋的锤子忘还了，张老板去找，恰恰找错了人，碰上一位泼辣的川嫂，理解上就有了歧义。张老板说，大嫂，你借我的锤子用了吗？川嫂说，我借你的锤子干啥子？我自家老汉又不是没有，啷个朝我要？情急之际张老板就顺拐了，也学着说起四川话来，说还不是为了鞋（孩）子嘛！

这笑话堪称经典，流传出一个很大的半径，一直传到了薛明的耳朵里。这位军人出身的领导一直背负着沉重的责任感，对这种形而下之的笑话很难接受。他让杜希金把刘播接到萨E采油指挥部，一人一碗“胀肚黄”茶水，一本正经地谈起来。

薛明说：“你们大队生产还不错，还出了一些经验和典型，这都是应该肯定的。不过像张家生这种人，总也不能摆脱农民意识，再庄严的事情，他都给弄得嘻嘻哈哈，甚至成了低级趣味，等于给咱们的思想政治工作破劲儿，跟咱们肩负的重大使命极不协调，你得注意啊。”

又回顾倒茶的杜希金说：“是不是，小杜？”

杜希金笑笑说：“领导的事，我不参与。再说，那次和他闹了不愉快，我要说他的坏话，那不是卑鄙小人嘛。”

杜希金侍候利索，就走了出去。

薛明欣赏地看着他的背影说：“你看这个小杜，多有质量，又勤快又精明，要不了多久，肯定也能独当一面。”

刘播附和地点头说：“不错不错。”

对这位以严细著称的顶头上司，刘播始终保持着足够的尊敬。他总是目光炯炯，总是精力充沛，就像一架停不下来的永动机。他爱人生孩子，从家里到医院，足有二里地，他硬是自己背去的，连车都没叫。他给亲人朋友写信，从来都不用公家的信纸信封，甚至连胶水都是自己买的。毫无疑问，他具有圣徒般的情操，代表着一种纯净而崇高的理想和信念，任何人对他都口服心服。可他常常从一个角度看问题，而且常常把问题推向极致，这就有了让人没法追随的孤高感。刘播和他谈工作，总是采用以柔克刚的太极功夫。

于是，便乐呵呵地对他说：“张家生有毛病，我们是要教育。不过他也有很多闪光之处，比如说，岗位无差错啦，舍己救驴啦，义务掌鞋啦，都是可圈可点的。还有，他能苦中作乐，给大家逗乐解闷子，让人在艰苦的生活里活得有滋味，这也是思想工作的一种啊。”

薛明说：“刘播呀，你怎么能这样看问题？你这人太面糊了，还总是护犊子，不得罪人。将来你还会有更重要的工作，这些缺点可要注意克服啊！”

刘播明白他的暗示。薛明是横在他面前不可绕行的门槛，这是明确无误的，只要他往上走，就必须和薛明保持一致。就向薛明笑着说：“我一定注意克服。”

薛明又说：“你也是太忙，早该配个副指导员帮你。难道你们大队一堆木头，就砍不出一个像样的楔子？”

刘播想了想说：“有一个人挺不错，就是那个马御厨马本良。他不是简单地做做饭，他品质好，也很有文化……”

薛明说：“这人我考察过，身份挺可靠，就是有点儿白专倾向和老古董，满脑子都是油盐酱醋煎炒烹炸之乎者也那一套，只怕政治上不那么灵光。”

刘播明白，薛明的心里已经有了人选，那就是焦洪林。可焦洪林身上有一种叫人不舒服的东西，让他心里硌硌生生的。他故意不提焦洪林的名字，等着让薛明提；而薛明知道刘播和严凌的关系，也不想强加给他。

军人出身的薛明正襟危坐，从来不跷二郎腿，这让刘播有了参加军训的感觉。他故意把一只脚伸出去，因为他想炫耀鞋上那块椭圆的补丁，为张老板挽回一些印象分。

薛明果然看到了，那补丁针脚密致而匀称，活儿很地道。

刘播说："这就是张家生掌的，你看，多专业。"

薛明眼睛亮了："咱们职工家属这么多，还真就缺少掌鞋的。干脆别让张家生上岗了，每月到各大队跑一圈，收了破鞋回来掌，掌好了再送去，轮茬儿干，公家出材料费就是了。"

这样的决策是很对的，可刘播明白，薛明还有另一层意思，就是要让张家生游离于工人群体，借此减少一些负面影响，也不失为两全其美。回来就找张老板谈话。张老板很犹豫，说我业余掌掌还行，离开油井专门掌鞋，那还叫什么工人阶级？让家乡人知道，也好说不好听。刘播说，工人阶级也不能都干一样的。你看，马本良做饭，你掌鞋，崔大可当管理员，全油田一共有一百五十多个工种，将来五行八作全都有，这只是工人阶级内部的分工不同嘛。张老板知道胳膊拗不过大腿，就答应了，也到家属区那里，素话荤说地吆喝：谁家有破鞋，交给我来收拾啦！

每到雪天，工人们就会自觉出来打扫，并把积雪堆成规规整整的院墙模样。焦洪林找来红墨水，在雪墙上写下"八小时内拼命干，八小时外作贡献""不过节日过党日"之类的大标语，并泼水冻冰，錾成凸凹，如一片燃烧的火，灼灼地晃人眼睛。到了元旦，全油田组织"零点起步"活动，求的就是一个开门红，上下对准了钟表，只等零点一到，一声号令，如同大战役的全线总攻，整个油田的冻土地立刻沸腾起来，只见遍地灯光，处处篝火，那气势宏大庄严，每个人都充盈着神圣感。六叔他们的任务，就是能把热乎饭菜及时送到"零点起步"的人们面前。他们事先在野外架好大锅，拢上干柴，到了新年的零点，再浇上原油，把包好的冻饺子往锅里一下，不消片刻，热气腾腾的水饺就会吃进工人们的肚里，那滋味真是美极了。张老板也把破鞋拿到篝火旁去掌，还说，咋不天天搞"零点起步"呢，那样就能天天吃饺子了。刘播看了觉得不舒服，就说，你掌鞋的凑什么热闹？你回去吧，不用"零点起步"，啥时候起步都行。张老板还不服气，说光你们起步，就不兴我起步？我不起步，就被你们起步的落下了。刘播哭笑不得，只好由他。

油井罩上了砼预制井口房，一个个方方正正，小巧而精致，都涂成纯白色，远远看去，就像航行在大海里的舰群。天奇冷，冷得让人窒息，滑轮杆上绷得过紧的铁拉线，有的就被冻断了。在外面解小便还行，解大便，解开裤带容易，再想系上就难了。

那天夏晴扛着一个大阀门上岗，力不能胜的，六叔下班看见了，就接过来，非要帮她送到井场去。

女工们诡秘地笑着。有人撩逗他说："马御厨，你在安全帽里倒海翻江地抓阄，一下子抓住了夏晴，这可是老天注定的缘分哪。"

六叔窘着脸说："当然是缘分，师徒嘛。"

女工又说："人家一日为师，终身为父；你们这是一日为师，终生为啥呀？"

这个问题太生古，明显是个陷阱，夏晴装作没听见，脸上却浮现出霞色的红晕。六叔没法回答，就嘿嘿说："为啥？终生为师呗。"

女采油工们走在自己踩出来的小路上，一趾一滑地扭动腰肢，姿态很妖娆。六叔跟在女工后面扭着秧歌，发现她们步调完全一致，无不一手拎着油样桶，一手插在怀里，那正是第二个纽扣的位置。

六叔很奇怪，就问："师傅，你们这是……"

夏晴嗔望六叔一眼说："你整天躲在屋里，暖暖和和的，身上没有冻疮，手上没有皴裂，怎么能体会到我们的甘苦？天这么冷，手闷子根本不顶事，要是我们不把手焐热乎，到时候冻'挠钩'了，拿不住钥匙，就开不开门了。"

六叔竟自惭愧起来，便缄口不语，放下阀门，就将功补过地操起大扫帚，闷哧闷哧扫起雪来。计量间外面，高大的水套炉在风雪里熊熊燃烧着，那炽烈的火苗带着呼呼的风声在炉膛里翻卷，给人以热烈而恐怖的感觉。恰好夏晴和米新朵躲在水套炉的那侧说话，有意无意中，六叔听到了只言片语。

米新朵说："马本良这人真逗，什么都敢问，也不管是不是敏感部位。”

夏晴说：“他就是那种直性人，有时候直不隆通不拐弯儿。”

米新朵说：“不瞒你说，手往怀里一伸，我就能摸到自己的奶子；一摸到奶子，我就觉得身上直簌簌，像触电似的，心里也有了种种不守规矩的想法。你说，我这是不是资产阶级思想？是不是被帝修反和平演变了？”

夏晴说：“也许吧，我也说不清楚，你得问焦洪林去。”

米新朵哈哈大笑，说：“我怎么能去问他？我又不傻……”

六叔听不下去了，扔下扫帚，赶紧逃离现场。跑出好远，便一屁股坐在雪窝子里，向着高渺的天空大喘气。他自言自语说，米新朵啊米新朵，你以为你不傻，其实你太傻了，干嘛要跟夏晴说那些？你们是完全不同的两种人，说这话就是冒傻气了。人不能太透明，有很多事，是永远不能对别人说的……

米新朵分管的二号井上死过人，那还是在六叔他们到来之前，也是一个如花似玉的女孩，因为井下高压气层上蹿到了井口水套炉的火源处，没人知道怎么回事，她就死了，死在炉口的池子里，变成了一段黑黢黢的焦炭。起先米新朵并不知道这事儿，还是一个路过的老羊倌告诉她的。老羊倌讲述的时候，满是皱纹的脸可怕地痉挛着，好像那惨烈的场面就在眼前。他说，你以为烟囱里冒的那是烟吗？不是，那是女孩的魂啊！米新朵愣怔了片刻，突然抛下老羊倌跑开去，一直跑到夏晴的油井上，撞开房门，抱住夏晴大哭起来。她说，我受不了啦！我马上就要发疯啦！

米新朵申请调井，可工队长焦洪林就是不批。他说，你咋那么娇气？哪有鬼啦神啦的？我要是答应了你的要求，就等于助长封建迷信。要是害怕，我陪你上井！

果然真就陪了。

焦洪林故意在二号井上盘桓，还故意坐在水套炉旁哼歌，一般是“非洲英雄卢蒙巴，你的微笑就像黑夜的花……”还有“阮文追，阮文追，英雄的阮文追，你高昂着头颅，你挺起那胸膛……”这歌中的英雄人物无论对于他还是对于别人，都邈远得不着边际。当然他也不能从早陪到晚，他还有很多工作要做。临走的时候就对米新朵说，你看咋样？我少一根毫毛了吗？人死如灯灭，这才是唯物论，要是真有鬼，那鬼就比人多得多了，走路还不得碰鼻子？放心干吧，这种环境才能锻炼意志呢！

尽管如此，米新朵还是发毛，每次上二号井，都像是进太平间似的。她不敢看呼呼燃烧的水套炉，耷着头皮，飞快地抓起铁皮桌子上的值班报表，扫一眼压力表，匆匆填完数据，然后快速逃离，一连串的动作大概只用一分钟。锁好房门，舒出一口长气，浑身已被汗水湿透，就好像获得了第二次生命。后来就学会了耍滑偷懒，干脆连门都不进，参照上次的数据稍一修改，居然也应付过去了。

那天焦洪林巡井，正好在半路上撞见米新朵，就很是生气，阴着脸子问：“昨天你上井了吗？”

米新朵说：“上啦。”

焦洪林说：“为什么没有脚印？”

米新朵说：“昨天雪太大，把脚印都盖住了。”

焦洪林说：“你骗得了别人骗不了我。你的清蜡钢丝上有灰，这说明你根本就没清蜡，资料数据也是胡编乱造的，根本就对不上茬口。”

米新朵哭了，她扑通跪在雪地上说：“工队长，我求你啦，你就可怜可怜我，给我调调井吧，我实在是太害怕！”

焦洪林立刻掉过脸去说：“你来这套是啥意思？难道我会向封资修思想让步？想要调井，除非你改造好了，要不然，等太阳从西边出来吧。”

米新朵晚上没吃饭，一直伏在行李上哭鼻子。六叔转着弯儿一打听，才知道因为什么。六叔哑然一笑，回到宿舍，就把那柄炒勺袖在身上。那件饱经王室之气濡染的家什给了他剑侠的感觉。他想凡事不能太畏缩，越是畏缩越不像是贫农。他得让焦洪林明白，米新朵对于他来说有多么重要。六叔气冲牛斗，挨着门搜寻焦洪林。正好有一个戴着狗皮帽子的人，正弯着腰在小路上铲冰扫雪，显然是默默做好事的。六叔就从后面拍拍他的屁股说："哥们儿，看见焦洪林了吗？"

那人回过头来，让他大吃一惊，原来是他师傅夏晴。

夏晴的脸透彻地红了，说："你怎么毛手毛脚的？"

六叔羞愧得不行，忙说："师傅，我不是故意的。我咋看也看不出你是女人哪！"

夏晴生气了。说："你的意思是，我根本就不是女人？"

六叔说："我根本就不是那个意思，我的意思是，你很像个军中花木兰……"

关于花木兰和祝英台一类的传说，工人们曾多次争论过，多数人都认为，故事是美好的，可故事也是蹩脚的。别的且不说，一个女人混在男人堆里装男人，胸脯咋办？解手咋办？洗澡咋办？生了"光荣虫"咋办？每月一次的麻烦事咋办？睡觉要不要脱衣服？要脱脱到什么程度？因此来说，一时半晌还行，时间稍稍一长，有多少得暴露多少。倒是这种千篇一律的狗皮帽子杠杠袄，捂得严严实实，在野外不细看，还真的雄雌难辨哩。

六叔低声下气，装猫装狗地哄着夏晴，总算被她饶过了。可听说他要找焦洪林算账，她就用手里的铁锹横住说："马本良，你活糊涂啦？你跟焦洪林说得着吗？工作就是工作，不能掺杂个人感情。你名不正言不顺的，到哪儿都说不出理去。"

六叔仔细想想也对，便说："我是路见不平，咽不下这口气去。"

夏晴笑了，笑得很干燥。她说："马本良，真想不到，你会这么没出息。会说的不如会听的，你是什么路见不平？还不是为了那么一个女人，这一下，就彻底暴露了！"

六叔很动感情地说："师傅，我可一直拿你当姐妹看。我不就是喜欢那么一个女人吗？难道我喜欢的你就非得不喜欢？我不喜欢的你就非得喜欢？你要是真心对徒弟好，应该向着我说话呀！”

夏晴似乎很伤心，沉默良久才说：“你回去吧，犯不上动刀动枪的，我跟焦洪林说说。”

很晚了，六叔从食堂下班回来，看见焦洪林还坐在水房的炉子跟前，给吕勤久翻烤着被雪弄湿的棉裤，火光映照着他的脸，一明一暗的，那场景足以令人感动。六叔凑到他跟前，还没说话，焦洪林就笑了。他告诉六叔，夏晴已经主动提出，要和米新朵换井；既然两相情愿，那就弯刀切瓜——随弯就弯吧。不过米新朵应该多接受锻炼，这倒是没错的。

六叔忽然感到了自己的渺小。他假装没事地说：“你用不着跟我说，她们之间的事，跟我没关系。”

焦洪林咝地抽了一口凉气，歪着头，像猫看耗子似的瞄着六叔，眼睛里流射着奇异的光亮。他说：“马本良，我可一直拿你当老实人看待，其实你并不老实。你怎么敢说这两个女人跟你没关系？没关系你还总替她们说话？你虚伪，你太虚伪了，说不定你心里还有更大的秘密瞒着人呢！”

那一刻六叔都不敢看他了，好像被他敏锐的目光洞穿了一切，稍稍一碰，就要全线崩溃，把见不得人的东西一股脑儿坦白交代了。六叔在心里呼唤着死去的老爹——连末代皇帝都是全国政协委员了，可你这个末代御厨却把地主成分带进了坟墓里，让当儿孙的何堪重负？倒是夏晴令六叔感佩，他想，欠她的情分太多了。

第二天早晨，六叔拦住夏晴说：“师傅，和米新朵换井，难道你就不怕？”

夏晴乜斜六叔一眼说：“你说呢？”

六叔说：“你也是人，而且也是个女人哪。”

夏晴说：“我这样做，可不是为了米新朵，我是为了……”

说到这儿，她脸蓦地一红，戛然收住，和后来的工人们打着招呼，然后就走向白茫茫的雪野，变成了模糊不清的小黑点。夏晴这话是什么意思？这让六叔大费猜详。那个老羊倌又出现在了油井之间，他反穿着光板羊皮袄，就像一只直立行走的头羊。而羊群在大雪覆盖的原野上几近无望地走着，人都没吃的，它们吃什么呢？想想这个，六叔心里一揪一揪地隐痛着。

第八章

随着新油井接连不断的投产，挖管道沟的任务不可回避了。因为活儿太累太苦，六叔就顶了炊事班的名额，自己去了。

严寒正在空旷的原野上肆虐。尖溜溜的西北风从西伯利亚长驱直入，把冻雪揉得稀碎，揉成了细小的粉末，漫天胡乱抛撒着，一道道雪鳞子时聚时散，就像变幻莫测的沙丘一样。还有那种紧贴地皮的雪溜子，像千万条阴险恶毒的小白蛇随风乱窜。人们都亲眼看见，常有瑟缩在电线上的老鸹，突然就被风吹落下来，翅膀都没扇动一下，就硬撅撅地冻死了。有一天，工人们发现雪野里露着一块蓝布角，随着烈辣的西北风招展，和雪地的白色大背景反差极大。就兴冲冲地跑过去“捡洋落”，用力拽出来，却是一个来历不明的死倒，身上的肉都冻黑了，唯有兜里的半瓶六十度老白干酒没冻，在刻毒的严寒里，仍然保持着自由流动的形态……

盐碱地冻得比石头还硬，十字镐刨下去火星乱迸，就像弹脑崩儿似的，只能留下一个肤浅的小白点。很多人虎口被震裂，血津津的，把棉手闷子都染红了。又不能歇着，一歇下来马上就被冻透，一旦被冻透，连个避风的地方都没有，后果就很麻烦了。

蔫豆子吕勤久想撒尿，却怎么也找不见自己的那截东西，原来被冻得缩回了肚子里。他只好蹲下，像女人那样来处理，结果尿水滋了一屁股。吕勤久哭起来，他蹲下身，哭得有声有色的。

焦洪林过来了，他一向对吕勤久挺关照，就问：“你怎么啦？”

吕勤久磕着牙齿说："我实在遭不了这份罪了。我的家什都给冻没了，怕是连男人都做不成了。"

焦洪林说："就因为这个？这也太狭隘了吧。再说，这也是暂时现象，它还能总不露出来？"

吕勤久说："我觉得身上的血都被冻住了，骨头和肉，都不是我自己的了。"

焦洪林说："此时此刻，你是咋想的？"

吕勤久说："让我说真话吗？"

焦洪林说："你说，咱们讲究三老四严嘛。"

吕勤久说："我就想一下子死掉，那才是最幸福的事。"

焦洪林很惊讶，他说："你怎么能这么想？苦不苦，想想长征两万五；累不累，想想革命老前辈。这么想想，你就不冷了。"

吕勤久说："我也这么想过，可不顶用，可能是我的精神境界太低了。求求你们，谁拿镐头从我后脑勺上来一下，让我死了算了，我谢谢啦！"

焦洪林就想把自己的衣服脱给他。问题是大家穿的全都一样，他要是真脱了，马上就得被冻透。正在踌躇，刘播拿着镐头过来了。他没砸吕勤久的脑袋，而是拍了他的屁股，不轻不重的一下，吕勤久便蛤蟆在雪地上。

刘播说："你咋这么窝囊？你往那边看看，金刚钻井队不是照样在打井吗？再往这边看看，那个抡镐的人是谁？"

大家顺着刘播的指向看去，原来是薛明。这位当年冲锋陷阵的炮兵团长，狗皮帽子上都是哈气凝成的白霜，连眼睫毛都是，眨眨眼睛，白霜就唰唰地往下掉。他奋勇地刨着，嘴上发出嘿嘿的喊声。

刘播扔下镐头，把吕勤久抱住。周围的人看见，也一层层围上来，把吕勤久围在核心，用身体为他遮蔽着风雪。

刘播说："这下暖和了吧？"

吕勤久变换了哭法，像孩子似的搂住刘播，把鼻涕眼泪都蹭到了他身上。

刘播说："好了好了，动不动就哭鼻子，让许曾他们知道了，准会笑话咱没卵子。你们谁知道，这种小鬼龇牙的天气，咱们这儿哪块金属是热的？"

大家就蒙住了，说除了镐头就是铁锹，哪找热乎的金属去，摸一下，像针扎，要是伸出舌头舔舔，能粘掉一层皮去。除非谁的嘴里镶着金牙。

刘播说："你们信不信，薛指挥身上还有美国的炮弹皮呢！"

众人都大吃一惊，便深怀敬意朝他那边凝望。

薛明说："好汉不提当年勇。现在，咱们啃的是一块硬骨头，得准备打硬仗打恶仗。来吧，同志们，跟着我，冲啊！"

众人呐喊着，一齐挥动镐头。一片片鱼鳞似的冻土从脚下飞迸出来。

过了一会儿，刘播走过去说："报告团长同志，正面进攻伤亡太大了，咱能不能迂回一下？"

薛明怔住了，说："怎么迂回？这冻土地是实实在在的，少一镐也刨不开。"

刘播说："要是在战场上，用我们十个兄弟换一个敌人，你干吗？"

薛明说："当然不干，除非那是特别值得的。"

刘播说："我有个想法，可能很错误。我觉得这样不是革命的英雄主义，而是胡干蛮干。"

薛明说："我也这么想过。可是，我们的管线沟不能不挖呀。"

刘播说："我琢磨，先弄点落地油和乱木头，拢起火来把冻土层烧开了，那时候再下镐刨，那就是雷公打豆腐了。"

薛明说："可哪有那么多落地油啊？"

刘播的笑就有些狡猾了。他说："这很容易。事在人为，让它落地它就落地，只要你同意就行。"

薛明想了一下说："这得跟严副总请示，要不然，事情说大就大，说小就小，咱没法向国家交代。”

刘播说：“用极少的石油换取大量的石油，这是划算的，也是必要的。”

薛明说：“不过，这从规定上讲是行不通的。”

刘播说：“你忙你的，就当是不知道，事情我来办好了。”

刘播果然大着胆子先斩后奏，把人撤回来，到油井上去放油，一面对六叔如此这般地吩咐一通，让他到总指挥部基地去找严凌。六叔心里很没底，可刘播再三鼓励，张老板也怂恿着，让他给晋元峰捎去改好了的牛皮靰鞡，六叔只好硬着头皮去了。

起用崔大可之后，食堂果然见了起色，甚至有了白面和荤油，能给病号做小锅了，也能招待上面来的客人。六叔提前就把各种面粉按照比例掺兑好了，一共是三斤，还有一只褪好的毛腿沙鸡，一绺冻香菜，几只红辣椒，分别用小袋子装好，掂着牛皮靰鞡，就坐车摸到严凌家去了。

严凌家也是干打垒房子，只不过比一般的大些规整些，稍有不同的，就是炕边有一部电话，墙上贴满了地质构造图，很像个战地指挥部。严凌还没下班，严夫人也是早年参加革命的职业妇女，总吃现成的伙食，长期疏于家务，此刻正挓挲着两只蒲棒似的笨手，表情愁苦地在厨房里打转转。六叔自报了家门，严夫人很高兴，说：“小鬼真不简单哪，御厨中国能有几个？一招鲜，吃遍天，露一手给我们看看吧。”

六叔一看，菜刀都生着红锈，连擀面杖都没有，根本就不像过日子的样，也替严凌痛惜着不平着。就先磨刀，三下五除二，把毛腿沙鸡煨到了锅里。再找一个玻璃瓶子权当擀面杖，把面条擀得劲劲道道的，冻上一些，留着一些，那边严凌一进门，这边面条已经下到锅里了。严夫人看得眼花缭乱，嘴上啧啧地夸着，等吃了面条，嘴就合不拢了。

严凌说：“小鬼，找我有事？”

六叔坐在板凳上，只坐了一个腚尖，向前探着身子，就像朝觐似的。

六叔说："没事没事，就是跑萨尔图办货，顺便来看看。"

严凌说："小鬼你别瞒我，有事尽管说。你要是没事，吃了饭我可就下钻井队去啦！"

六叔就赶紧依照刘播的吩咐说事。他不提薛明和刘播，只说工友们眼下刨管线沟太辛苦，甚至是太残酷，还不出活儿，就像石匠錾磨似的。都穿着单薄的棉装，鞋也不扛事，再加上肚子里没食，纷纷累倒了冻坏了，想弄点落地原油先烧一烧。说着说着，就动了感情，眼圈红起来，说话就您您的了。在东北话里，根本就没有您这个字，这个字还是我爷爷那会儿从北京趸回来，又一辈一辈嫡传下来的，留做特别恭敬时再用。严凌静静地听着，喝尽了碗里的汤水，又用一块剩下的发糕擦净了碗底，才放下筷子，打着惬意的饱嗝，感叹说："小鬼呀，活人还能让尿憋死？什么重要，都没有人重要。我们讲的是，有条件要上，没有条件创造条件也要上，那就创造条件嘛，打耗子还得个油纸捻儿呢，对不对？宁可耗费一点油，也不能浪费工人兄弟的血！"

六叔高兴了，说："首长，那您就给批个条子吧。"

严凌说："批什么条子？准是刘播跟我要鬼呢。你就说我知道了，你马御厨不辱使命，应该表扬！"

六叔向严凌深深鞠了一大躬："首长，我代表工人兄弟谢谢您了！"

严凌说："谢什么，我得谢谢工人同志们。要说谢，往后多吃你几次手擀面就是了。"

这么说着，严夫人拿出二斤省份粮票，非让六叔带回去。六叔不带，严夫人就撕撕巴巴的硬塞。严凌严肃认真地说："拿上拿上，要不然有人说，我被你们一顿面条收买了，特批了落地原油，我浑身是嘴，也说不清了。"看看实在推拒不过，六叔只好收下了。

六叔带着胜利的喜悦，一步三蹿，到站前来找到晋元峰。两人在小馆里就着一盘豆芽菜，一盘土豆丝，喝起了橡子酒。

晋元峰一边喝酒，一边在身上摸虱子，惹得旁边的人都看。他嘿嘿笑着解嘲说："这才叫'扪虱高谈惊四座'呢。住这种地方，挤挤插插的，睡觉都得侧着身子，还不如咱们三大队，'光荣虫'也特别多，连换洗一下都不方便。"

六叔说："对门不是有个大众浴池吗？"

晋元峰说："那叫什么浴池？浑浑糨糨的，就像是屠宰场褪猪的大塘子。哪天我要回大队一趟，洗洗咱自己的淋浴。"

大家都知道晋元峰的一贯习性，用张老板的话说，吃窝头使刀叉——穷讲究。有一次，他的大学同学也是女朋友秦恬来看他，带给他一罐南美咖啡，张老板想尝尝，他坚决不让，非要有炼乳兑着，还要加方糖，喝出正宗的味道才行。张老板也是有心人，过了一个月，费了九牛二虎之力，到底把炼乳和方糖淘换来了，晋元峰这才喊来众人，把那罐咖啡"共产"了。那一刻他神情端庄，举止优雅，喝咖啡的样子就像演出一样。而且他不说咖啡，他说 coffee，还把封存起来的留声机打开，放了门德尔松的曲子，这就让张老板发蒙了。张老板只喝了一口，还吐了半口，说是一股糊豆饼味儿。他背地跟六叔说："怪不得毛主席总说要改造知识分子呢，改造是对的，不改造哪行？晋元峰这套派势，纯粹是精神贵族，离劳动人民太远了。"

六叔拿出那双牛皮靰鞡，交给晋元峰说："你看咋样？"

晋元峰看了一气，夸赞说："不错不错，跟新的一样。这褶儿让他拿的，又均匀又漂亮，就像自己长出来似的。"

六叔说："张老板说了，他以后要去当大夫，专治肛门外科。"

晋元峰诧异说："他哪会那个。"

六叔说："他说，那个褶儿和这个褶儿都差不多，外科大夫肯定没有他的针线活好。"

晋元峰大笑起来，乃至一个豆芽菜走了岔道，费了好半天工夫才咯出来。

他们唠到很晚。橡子酒火苗似的在六叔身上蹿动，也不觉得天冷了。搭车回到采油三大队，老远就能看到，夜色的旷野里燃着长长的篝火，就像一条飞腾的火龙。六叔有点儿云里雾里，飘飘忽忽豪情万丈的，竟然感受到了辽远的神话意境。看见夏晴、米新朵几个正在旁边添柴加火，就咋呼说："上一回是嫦娥奔月，这一回分明就是女娲炼石补天啦！"女工们忙忙活活的，脸上都是黑灰，谁都没怎么理会他。

六叔找不见刘播报捷，却撞见了崔大可，就顺便跟他报账，为了收支平衡，自己还贴上了一斤粮票。崔大可拿在手上又气又笑，他说："马御厨啊马御厨，说你傻吧，你知书达理，能在芝麻上雕花；说你精吧，你榆木脑袋不转轴。首长给咱办了那么大的事，吃咱点东西怎么还能收粮票？"六叔不服气，就说："首长也是有定量的，他多吃了，咱们一线的兄弟就得少吃。再说，他心里惦记着一线的兄弟，我这么做，是为了大家都好。"崔大可只好收下，转身又说："好吧，你从来就做事板正，我成全你。不过，你这么死性，早晚有亏吃。"

没过多久，三大队私放"落地油"的事被人捅了上去，上面虽说并没苛责，严凌和薛明还是都做了检讨。工人们听了都很气愤，说这种吃里爬外的事也不是一次两次了，内部肯定有叛徒。谁呢？大家都把怀疑的目光朝向焦洪林，看来看去却不像，因为焦洪林对这事也很气愤，还当着大家的面痛骂过，疾恶如仇的样子，把是非曲直的界限划得很清了。大家的良心反倒受了谴责，觉得有些小人之心了。

家属们已经组织起来，做开荒预案了。并不是所有的土地都能开垦，即使能开垦的土地也十分瘠薄，便撒开人马，积肥捡粪，茫茫雪野上，常能见到盛开的花布衫。张老板也背起粪篓跟着捡，因为能深入村屯，捡得就比别人多，里面还有白瘆瘆的狼粪。焦洪林在板报上表扬他，张老板歪着头左看右看，说："你表扬得还不够全面，我在外面憋了屎尿，都着急忙慌往回跑，非拉到咱们的地盘上不可。"焦洪林说："这怎么写？并不是所有的东西都能公开的，大家心里有数就是了。"

有一天，张老板捡粪走得远了点儿，快到萨E指挥部了，就看见一个身背粪筐的孩子，跟在一头老牛身后，盲目而散漫地走着。起初他还以为是牧童，走到跟前，才发现他还戴着红领巾呢。原来学校也有捡粪任务，起初大家跟定一群老牛抢着捡粪——牛粪被称作牛花卷，个头又大又干净，大家都爱捡。后来就分牛到人，一人跟上一头牛。可他都跟了半天了，这牛光吃不拉，他都快急哭了。

张老板说："孩子，你别着急。叔叔捡得多，叔叔分给你点儿！"

那孩子说："谢谢叔叔。可我不能要。"

"为什么？"

"爸爸说，这不只是劳动，也是培养一种忠诚。"

张老板就惊愕了："你爸爸是谁？"

孩子不吭声。

张老板又问："你叫什么名字？"

孩子说："薛小楠。"

张老板端详着那张稚气未脱的脸，分明有似曾相识的轮廓。他忽然明白了，肃立在那里，望着远去的孩子和牛，不知怎么，鼻子酸溜溜的。他把背篓的粪送到了学校，假称是薛小楠捡的，他顺路给带回来的。后来这种事他又干了好几次，直到开学，过了捡粪期，才算作罢。

大队的公共厕所被焦洪林包下了，三天两头就去刨粪，粪堆越攒越高，就像小山一样。冬天的人粪尿被冻成塔柱形，就像溶洞里的钟乳石笋，如果掌握了窍门，把底部处理得光滑平整，用脚一蹴就下来了。焦洪林干这个很在行，不哼不哈的，也不登板报自我表扬，人们都很钦佩。也有女的反映，不哼不哈也不对，有时上厕所，裤子都解开了，忽然发现下面还有人干活，吓得一溜跟头跑开了，回到宿舍心还狂跳不已，好些日子例假都不正常了。焦洪林也虚心接受，再刨厕所，先把土篮子扁担之类的放在显眼的地方，起个安民告示作用。

那天下午，晋元峰回来了。

晋元峰和同伴们已经完成了上万个测量数据，眼看就要大功告成，可那天早晨，一不小心掉进了管线沟里，结果眼镜被摔碎，几个脚趾也冻坏了。那沟挖得立陡，陷阱一般，怎么也爬不出来。下午时分，幸好有个农村妇女路过碰见，才把他救出来。这时候他应该马上到附近的油田医院去，然而他智慧的大脑出了问题，竟然忍着钻心的疼痛，鬼使神差，搭车回到了采油三大队。

接下来的事就更是令人难以理解，他非要先把脏身子洗干净，再换上干净衣服，似乎羞于就这么上医院。那一阵子上班的上班，学习的学习，那一片干打垒静悄悄的。晋元峰裸着一双大近视眼，一切全靠摸索，一瘸一拐地强撑着进了浴池。采油三大队只有一间浴池，分男女单双日，平时也没人把守，只靠外面挂一块巴掌大的木牌牌来做规定指示。恰好被朔风一吹，那牌牌就翻到了男的一面。即便是这样，他也没细看，凭着想当然就闯进了去。晋元峰生怕滑倒，拖着那只伤脚，一挪一擦地蹭过去。浴池里雾气蒸腾，晃动着一个个模糊的白影，他还没弄清是咋回事，忽听一片慌乱的尖叫，竟是女声，那些人影便乱作一团了。晋元峰这才明白，他犯了要命的错误，转身往外跑，又跑不快，一出门就被人放倒在雪地上，也不管脑袋屁股，一顿拳脚打过去，打得他满地骨碌。

当时六叔正在食堂里和苞米面，听到喧嚷，就两手黄不拉唧地跑出来。也没认出那人是谁，就跟着骂骂咧咧，说打哪儿跑来的臭流氓，真是胆大妄为，竟敢到这儿来捡便宜，该打。凑到跟前才发现，原来这个满脸冻疮觑咕着眼睛的家伙，竟然是晋元峰。六叔赶忙喝住众人，把晋元峰拉起来，用粘满苞米面的手抱紧，只哭不说话，旁边的人也跟着抹眼泪。那只伤脚上的拖鞋已经被甩掉，露出一排发黑的血糊糊的脚指头……

晋元峰被送到医院去了，不过为时已晚，他的右脚指头已经全部坏死，除了截掉，再没别的办法。医生说，多亏他穿了牛皮靰鞡，不然两只脚就都保不住了。

在场的人都流泪了。

张老板说："老天爷不睁眼睛。咋不把我的脚指头冻掉呢，我这种没用的粗人，有没有脚指头都行，不少掌鞋的都是残疾人呢。"

晋元峰脚上缠着厚厚的绷带，人还笑眯眯的，不让人告诉在地质大队工作的秦恬。他说："不就是几个脚指头嘛，人还活着，脚的主要部分还在，丢卒保车，这都是很正常的。"

六叔说："当时你是咋想的？"

晋元峰说："《易经》里说，伤在外者，必返其家。于是我就回大队了。"

六叔说："你要是来个'浴乎沂，风乎舞雩，咏而归'，那就更有意思了。"

张老板说："啥叫书呆子？你们就是最典型的了。"

刘播说："很多人都要留下伺候你，包括一些女同志。有什么要求，你尽管提吧。"

晋元峰说："没什么要求。我正好有了整块休息时间，想把所有的资料整理一下。"

刘播说："你没有要求，大家都不过意，为了让我们心里好受些，你就提吧。"

晋元峰想了想说："如果非让我提不可，就让马御厨每天给我做一顿病号饭，再让张老板送来，我就满足了。"

晋元峰选择张老板做伴，是因为他有意思，能让人开心，这是不言自明的。果然，张老板伺候他吃了饭，就傍在他床边逗乐。

张老板眨着眼睛，很诡秘地问道："你可真有眼福，那天一下子就检阅了那么多。到底看清楚没有？是啥样的地质构造？"

晋元峰就笑："啥构造？盆地中央凹陷带，陆相沉积，多油层砂层，轴向隆起比较高，富含油长垣构造。"

张老板说："你还不知道，有很多女同志一直守在外面哩，她们托我通报一下，让你有个精神准备。"

晋元峰有些发蒙："什么事还要有精神准备？"

张老板说："她们都知道，你那副大近视眼，那天也就是个雾里看花，大估景儿。觉得挺对不起你的，非要进屋来，当着你的面亮亮白条，弥补一下你的损失，也表示一下她们的慰问。怕你没有准备，突然看见那么多大好河山，一下子晕过去。"

晋元峰笑得脚疼，说："张老板，我要是皇帝，就把你和马御厨带在身边，一个管我饱，一个管我笑，那就齐了。"

张老板说："那怎么能叫齐了呢？还缺一个更重要的，就是你说的那种两点隆起、一大片盆地、中央凹陷的构造。"

晋元峰笑得喘不过气来，就说："张家生啊张家生，你这才能是从哪来的？我说的构造，真就是咱们这片油田的地质构造，不信你去查查资料。"

张老板说："我们当老板子的，没事就在马号里起腻，出门就住大车店，又没有别的乐子，全靠一张嘴，一遍二哨三吹牛，不然怎么活人？"

晋元峰感慨再三，拉着他的手说："兄弟，我知道我的伤，不死扒层皮，从今往后，只怕跛着一只残脚，再也搞不了石油了。我求你一件事，那就是帮我找到救我的那个女人，我得重谢她。"

张老板说："能不能提供一下相貌特征？"

晋元峰说："我这眼睛，离开眼镜，根本就看不清。"

张老板说："一个老娘们儿，那个时辰往外跑，只怕不是良家妇女。"

晋元峰说："她本来背着一只口袋，为了救我，把口袋扔了。到了公路上我才明白，她大概是偷原油的。"

张老板卷了一根粗大的旱烟抽着，好半天才说："这事可就难办了，一个好坏人，就是咱想找，只怕她也不肯伸头。"

正在说话，一群护士来查房了，看见张老板人样子挺猥琐，举止做派大大咧咧，竟敢在病房里抽烟，还满处掸烟灰。就同仇敌忾起来，杏眼圆睁，纤手怒指，好一顿莺叱燕咤，大有围剿聚歼之势。

护士们说："你以为这是在你们家哪，这是医院，懂不懂？抽烟到外面抽去。看你这副埋汰样，根本就不像石油工人，倒像是车老板子！"

张老板把烟捻灭扔掉，着一口糙牙，朝那群白衣天使点头哈腰地涎笑，很钦佩地说道："我真就是车老板子出身，你们是咋看出来的？你们的目光咋就那么敏锐呢？要是你们搞政审，什么材料都不用看，隐藏得再深的阶级敌人也跑不了。"

护士们又被他逗笑了，把口气缓下来说："注意点儿卫生，这对病人有好处。"

第九章

不知不觉中，天气转暖了。人们脱下了臃肿的杠杠袄，随着惊蛰的虫子走出冬天，大地上又置于季候风的统治之下了。女人们柔美的线条终于得以显现，她们用头巾蒙脸，就像阿拉伯人那样，对抗着浩荡而来的风沙，尽管如此，那些本该很娇嫩的脸上，还是皴得就像沧桑老树的表皮。家属们整天在荒漠上开垦耕地，除了铁锹镢头，还有弯钩犁杖，只是拉犁的牲口饿死的饿死，宰杀的宰杀，牵引缰绳的任务，就别无选择地落到了她们肩上。这完全是超出体能的劳动，粗糙的缰绳在她们身上留下了永恒的印记，她们一肩高一肩低，锁骨突出着，手上骨节粗大，长着老茧，再上浴池，很容易就能分出谁是开荒队的。第一把种子就这样撒下去了，剩下的日子，就是衷心祈盼那些绿色长成为果实，能帮助人们从极度饥饿里挣脱出来。

那一天吃的是高粱米芸豆焖饭，高粱米和芸豆都是崔大可通过关系弄来的。所谓大锅饭小锅菜，那饭香得厉害，无论男女，吃相都很狼狈，只听一片泥泞的吧唧，却没人吭声。忽然米新朵一抻脖子，将一团糊状的东西吐到桌子上，原来吃到了沙子。那一团米饭带着整齐的齿痕，晶莹润泽如一块玉石，别人还没来得及反应，焦洪林就伸手抓起来，从容地填进自己嘴里，一边咀嚼一边说："这都是劳动人民血汗，来之不易啊，吐沙子可以，不能全吐。咱们刚刚吃了几天的饱饭？你的问题关键就在于忘本哪！"米新朵羞愧难当端起饭盒，狼狈溜回宿舍了。张老板也依样画葫芦，焦洪林却不捡了，说："你这是故意的。"张老板又把那口饭拾起来填进嘴里说："故意不故意，我不是爷们儿嘛，烂牙臭嘴的，哪能赶得上米新朵，吃她的剩饭，就等于变相接吻了。"焦洪林把饭盒重重地蹾了一下说："无耻！"直到吃完，再也没理他。

焦洪林又开始倒粪了，往粪里掺土，把粪块捣碎，从这堆倒到那堆里，让那些焐熟沤透的大粪肥力均匀，不至于烧膛和自燃。他干这个轻车熟路，动作娴熟，神情怡然，似有无穷的快乐在里面。张老板背着鞋篓伫望良久，颇为感动地说："焦洪林，你终于找到了自己的位置，这回我真的服你了。"

由于大粪堆扼守着工人们上下班的必经之路，人们就有了千奇百怪的反应。尤其是米新朵，那管敏感的鼻子一路捂着，脸上带了厌恶的表情，如一枚灵巧的跳棋几步就蹦过去了，一副避之唯恐不及的样子。焦洪林就愤慨了，那天当众把她叫住，说："米新朵，你是不是贫农后代？懂不懂得大粪的作用？庄稼一枝花，全靠粪当家。就算你米新朵也是一枝花，还不得全靠粪当家？大粪上到地里变成粮食，粮食吃到肚里变成大粪，循环往复，是没有止境的。你以为你吃的是什么？全是这玩意儿变的。"米新朵哇的一声就呕出来了，回到宿舍，连饭都没吃。焦洪林意犹未尽，愤愤地找到刘播，非让米新朵跟他一起倒粪不可，借以改造她的小资产阶级思想。刘播说："焦洪林哪，你做的好事，大家都很钦佩，可你不能强迫别人都像你一样。米新朵娇是娇，没耽误工作，别的就不能强求了。”焦洪林有些发讪，嘴上答应着，出了门兀自叨咕说：“没见过这么面糊的和事佬，再原则的事情到了他那里，都是一个息事宁人。”

停了一冬的送饭又恢复了。六叔骑上车子，重新在食堂和油井之间往返着。他注意到，米新朵在自己的油井周围撒上了野花籽，那都是她头年秋天采集的。而夏晴撒的则是榆树籽，她们在并没串联的情况下，十分有趣地呼应着反衬着。

那天六叔送饭来到夏晴的计量间，却发现米新朵也在这里。由于水泵油泵隆隆作响，掩盖了自行车的声音，两个女工并没察觉到有人来了。她们背对着门窗，正在干着在六叔看来绝对是不可思议的事情，那就是半裸着上身，互相往胸部缠布条，把本来挺翘的胸部勒到极限。六叔大吃一惊，仿佛遭了电击一般，心里怦怦直跳，进不得又走不得，只好把身子屏在门后。

米新朵咝咝哈哈的有些受不了，说：“行了吧，行了吧，简直就像受刑似的，要是把奶子勒坏，将来就没法奶孩子了。”

夏晴说：“还不行，你的奶子太显了，暄暄腾腾的，就像刚出屉的精粉馒头，上面又点缀着两颗红嘟嘟的草莓，我要是男人，也会胡思乱想，不收紧点儿，早晚要吃亏的。”

米新朵说：“我觉得憋得慌，喘不过气来。”

夏晴说：“刚开始都这样，时间长了就好了。过去的女人还裹脚呢，怎么受来着？”

米新朵说：“男人真不是东西，本来是给孩子预备的干粮，他们还非要打秋风。”

夏晴说：“男人就是没出息，因为这种事，枪毙的判刑的，受处分砸饭碗的，还有人虽说没做处理，也闹得不人不鬼，你说，何苦来呢！”

米新朵说：“男女之间，要是没有这么多乱七八糟的事，那该有多好，世界大概就要太平多了。”

夏晴说："到了共产主义就好了，这种事情就会迎刃而解了。"

米新朵说："怎么个迎刃而解，你能不能说说？"

夏晴说："我哪知道，连焦洪林都说不清楚。他的意思好像是要由组织上分配……"

米新朵说："那不是跟良种场配种一样了吗？"

夏晴说："别问我，这种低级趣味，我根本就不多寻思！"

米新朵沉默片刻，又抚弄着自己的胸脯叹息说："我也想能像嫦娥那样，不食人间烟火，飞到月亮上去，做一个飘飘忽忽的仙人，可就是这副身子太不争气。不瞒你说，我常常做花梦，梦见男人……"

夏晴有些紧张地问："你梦见的是哪个男人？"

米新朵说："不怎么清楚，模模糊糊的。反正……就是男人，有时候还赤身裸体……"

夏晴说："看来，你受资产阶级那一套腐蚀很深了。你怎么能梦到那么下流的东西？"

米新朵说："我也说不清，大概，是思想改造不够吧。你得好好帮帮我，别让我丢人现眼，给组织造成影响。"

夏晴说："多干活，别吃得太饱，被子不能太厚。还有，对男人狠一点儿，有人要跟你黏糊，坚决刷他远点滚着！"

米新朵诧异了，说："刚刚能吃上饱饭，咋又不让吃饱呢？"

夏晴说："饱暖思淫欲，在中国，连三岁孩子都知道。"

米新朵说："这么说，还是旧社会好呗？"

夏晴说："你咋没完没了地问我？我又不是圣人。"

米新朵说："可你是劳模呀，我们都向你学习呢。"

夏晴说："反正，还是你自身的问题，你长得太惹眼了，就算男人意志再坚定，也受不了你这副狐媚相！"

……

六叔听得心惊肉跳，怕担嫌疑，把饭盒放下，想偷偷溜走。哪知一不小心，碰到了铁皮门扇，那金属物件发出夸张的声响，六叔顾不上回头，骑着车子，脱兔一般逃开了。

晚上收工回来，夏晴来送饭盒，把六叔叫到食堂外面，面目庄严地说：“马本良，你是不是看到听到什么啦？”

六叔心虚着，眼睛偷偷往她胸部溜去——深蓝色工服下面，没有令人目眩的险峰峻岭，只是一片写意的小隆起，显得内敛而含蓄，虽说跟她的生理年龄太不相符，可恰恰是这样的处理，使得她平添了庄重和正气。六叔是不能说实话的，即便他是诚实透顶的人，在这种事情上也不能不狡猾些，何况还有晋元峰的前车之鉴。就装作很无辜的样子说：“师傅，你看我是那样的人吗？别说没看见没听见，就是看见了听见了……”

六叔本来特别小心，到底还是左脚绊住了右脚，吭吭哧哧的，再也说不下去了。夏晴哼了一声警告说：“你可要注意了，一个根红苗正的贫农后代，别让资产阶级那一套给腐蚀了。”

六叔不知怎么回答，幸好夏晴并没穷追猛打，转身离开，这事才算不了了之了。

米新朵比夏晴回来得晚，一看到六叔，自己先红了脸，还低了头偷偷笑着。递上饭盒的时候她说：“马御厨，你可真够傻的，干嘛要把饭盒放到那儿？放了饭盒人却偷着跑了，那不是不打自招嘛，何况还慌里慌张的碰响了铁门。”

六叔照样偷着眄视，那胸部虽经苛刻的束缚，却仍然有着壮观的规模，随着她的呼吸一起一伏，就像随时都可能爆发的活火山。这显然超出了非礼勿视的古训，可六叔绝对是情不自禁，因为这是整个事件的核心，就嘿嘿傻笑说：“我这人脑子不转轴。谢谢你的提醒，今后我多加注意。”

米新朵倩笑不已，她说：“怎么还有今后？马御厨啊马御厨，你这人可真是的……”

六叔说：“怎么就不能有今后？不是总说寄希望于未来嘛！”

米新朵骂了一声缺德，笑着跑开了。她的笑声很清脆，如同串串银铃，在六叔耳边久久萦绕。这让他走神了好一阵，第一次在岗位上出了纰漏，那就是把本该填进灶膛的原油，扔进了泔水桶里。

两场春雨过后，花和榆树都长出来了，一时都绿意盈盈，还分不出草本木本。焦洪林看了就对六叔说：“马本良，你看出来问题没有？”

六叔莫名其妙，就摇头。

焦洪林说：“这么一件小事，就能看得出世界观来。夏晴是你师傅，你得跟她说，光自己当劳模不行，得帮助后进……”

六叔眼睛盯着他说：“工队长，你的意思是说，夏晴是先进，米新朵是后进？米新朵怎么能是后进呢？她既没出过差错，也没误过工，连牢骚怪话都没有，上次技术打擂倒流程，夏晴第一，她第十八，已经很不错了，你还要她怎么着？”

焦洪林怪异地一笑说：“不能光看技术和工效。毛主席说过，任何人群里都有左中右。你以为咱这就都是英模？就没有左中右？照样有！”

六叔弄不懂这些，可绝不能同意这种评判。因为涉及了他的心上人，这让他变得敏感、冲动而且条件反射，就硬邦邦地顶回去说：“要说左中右，米新朵顶多是个中；要是你硬把她往后进里推，广大群众不答应！”

焦洪林看着六叔，就像不认得似的，过了半天，才如梦初醒地哦了一声说：“我懂了。我终于弄懂了。什么广大群众？其实就是你自己的看法。为什么你要事事护着米新朵？那是因为，你对她有意思了！”

六叔没承认可也没否认。可他心里已经认定，米新朵已经成了他生命中极为重要的一部分，他要奔着她，一步一步走下去，直到把她拥在自己的怀里。

米新朵的名字终于出现在六叔的家书里。他用极有分寸的炫耀推出她来说，她是从小城市来的，长得挺漂亮。就说那个白劲儿吧，很像精粉面皮，还有些透明的颤巍巍的质感。那个鼻子就更绝了，不光是挺拔，还很灵敏，就像西洋小叭儿狗似的……长兄为父，六叔是很尊敬我父亲的，可他信里的口吻根本不像是征求意见，而是一种不能更改的告白：他已经定下对象了。我父亲当着陈南喜的面直拍大腿，他说："小六子呀，你这是中了大邪了，要是真让老爹知道，他得气得从坟里爬出来。娶媳妇可不是买年画，那得会过日子；白得透明的女人，像小叭儿狗似的女人，那成什么了？你可是工人阶级，还是贫下中农后代，不能找那种中看不中用的媳妇……"

焦洪林还是教歌，教得极有耐心。其中不少都是特地给石油工人写的，慷慨激昂，铿锵有力，还带着嗨咗嗨咗的号子。不过女声唱嗨咗嗨咗有些不伦不类，就教了一些绵软抒情的。米新朵不唱美丽的哈瓦那了，她换了口味，从拉丁美洲唱回到了亚洲，距离就近多了。有一首女声独唱是这样的："仰望着北方的天，北方的天空阳光灿烂……盼呀盼，盼呀盼，盼望红日快快照遍全越南，照遍全越南……"米新朵唱得特别投入，唱得如泣如诉，充满以柔克刚的感染力，有一两次还禁不住流下了伤情的热泪。焦洪林也被感动了，说："米新朵你有进步，真正立足油田胸怀祖国放眼世界了。"米新朵也没吭气。崔大可看得明白，对六叔说："这个焦洪林，总爱起高调。米新朵那是什么放眼世界？替别人哼哼引起了自己的牙疼病，她那是想家了。"

其实，所有的青年工人都想家，只是油田任务重活儿紧，又是一个萝卜顶一个坑，很少有人请假回家，请假也不一定批准。毕竟不是初来乍到，都知道自我约束，即使哭鼻子也不掺群，而是偷偷躲到暗处，哭他个酣畅淋漓，然后把眼泪抹干净，照样该干啥干啥。

有一天，邮递员送来一份加急电报，是焦洪林的，电文是他奶奶病危，临终前很想见他一面。焦洪林自幼失怙，是靠奶奶带大的，按理说他太应该回去了，可他看了电报一声没吭，就把那张纸揉搓成一个蛋蛋，扔到垃圾堆里，照样上班顶岗。后来这张电报纸又被吕勤久拾到，交到了刘播的手里。大家对此议论纷纷，正说反说的都有，正巧被《战地报》一位记者知道了，就前来采访。焦洪林公而忘私的事迹也不是一件两件了，串联起来，很是感人肺腑，就用通栏标题，发表了很大一个版块。

那天薛明来到大队上，跟刘播谈工作，到了饭顿上，就留下来吃饭。他们没上食堂，就在刘播的办公室里，弄了两个毛菜，简简单单地吃起来。六叔端了菜来，转身要走，却被薛明叫住了。

薛明说："小马师傅，群众对焦洪林有什么反映啊？"

六叔就很为难了，揉搓着两手，脸上生硬地笑着，脑袋里却在急速地转动。六叔说不出焦洪林不好，也说不出焦洪林怎么好。就暧昧地嘿嘿着说："我整天在食堂埋头做饭，也听不到群众的反映啊。反正我们都听领导的，领导指向哪里，我们就打向哪里。"

薛明说："你就直说吧，假如这事儿换了你，能不能做出来？"

六叔摇摇头，惭愧地说："我不行，我可没有那么高的觉悟，我还给我老爹烧过纸哩，被人家给逮住了……"

薛明说："刘播，你表个态吧。"

刘播说："焦洪林积极要求进步，舍己为公，这是好的；可自己奶奶病危，骨肉亲情，他怎么能不回去？只要他开口请假，我肯定给，宁可我替他顶岗。"

六叔插嘴说："我也可以把我的探亲假让给他。"

刘播说："可他没有，这种人，让别人怎么想呢？我认为，报纸根本就不应该刊登这种事迹……"

薛明沉下脸来说："刘播呀，你怎么能这样看问题？现在是非常时期，油田开发建设正在一节一节蹿高，我们特别需要牺牲精神和奉献精神，特别需要榜样的力量。"

刘播说："我们有铁人哪。像铁人这样既有觉悟也有人情味的榜样，没有不服气的。"

薛明说："你这官儿越当越糊涂了。这么大的油田，只有铁人一个榜样怎么行？有月亮也得有星星嘛。铁人是大榜样，下面还得有小榜样，就像夏晴这种大家能看得见够得着的典型，不是太多，而是太少了。难道你刘播还怕出经验出榜样？”

刘播苦笑良久，然后把两个搪瓷缸子倒上温开水，权当白酒和薛明碰了一下，才说：“我还是心里没底，再考验考验吧。”

油田生产捷报频传，响当当的指标是“三个日上万”，即日采油量超过一万吨、日注水量超过一万吨、日外运原油量超过一万吨。上头奖励采油三大队两头猪、一大桶豆油、半卡车白面，还有用地瓜烧制的庆功酒，家属们种的春菜也下来了，一时间热闹非凡，就像过节一样。

有人提出，好久没吃饺子了，都忘了饺子是圆的还是长的，能不能吃上一顿，也好温故知新。崔大可就看着六叔。六叔说，别说吃饺子，就是七荤八素都行，只是吃的人多，包的人少。最好能抽一些心灵手巧的女工来帮忙，那就成了。崔大可出去走了一圈，真是一呼百应，转眼就来了十多个。炊事班的人剁好馅子，都束手不动，单等六叔来调，说马御厨向来讲究食不厌精脍不厌细，我们都拌不出好馅子来，还是你请吧。六叔也就不客气，当着众人的面，把馅子调得香喷喷油汪汪的，面也和得十分劲道。大家分了面和馅，三五个一伙，围着大餐桌忙活起来。女的们都围拢过来看六叔的手艺。因为有米新朵和夏晴在场，六叔异常亢奋，抖擞了精神，宛如汇报演出。只见他两手擀皮，机器一般让人眼花缭乱。包起饺子来两手翻飞，如同矫捷的燕子，一个个饺子噼里啪啦，如同秋天成熟的果实纷纷落下，全都一般般大，甚至连指纹的位置全都一样。女工们看呆了，脸上都洋溢着钦敬和爱慕，啧啧称赞说，怪不得叫马御厨，真是不得了，能嫁给他，一辈子就是女皇的待遇啦！

包完煮完分完吃完，女工们还赖着不走，攒成一堆，神情诡秘地看着炊事班的人吃。六叔坚持着严于律己的习惯，随便端了一盘又破又少的饺子，躲到一边去吃，刚吃了两三个，突然被硌了一下，吐出来，里面竟是一块橘子瓣儿水果糖。女工们笑作一团，喊着叫着拥出门去。六叔拽住一个跑得慢的，一问才知道，原来是米新朵别出心裁，偷偷把一块糖包进饺子里，还双手合十，两眼微闭，暗自祷告了什么。大家不走，就是等着要看究竟谁能吃到。六叔定在了那里，一种温润的幸福感在全身弥漫，联系起此前所有相关联的事情，他不承认这只是偶然的巧合，而是坚定地相信，这是上天早就安排好了的缘分。

忽然有人来说，焦洪林不见了。分到的饺子他只吃了两三个，却喝了半碗白酒，不知什么时候，人就悄没声地走了。大家就一栋一栋干打垒搜寻，仍是没有。倒是背着鞋篓子四处游走的张老板证实，他遇见焦洪林一个人往大野地里走去了。刘播就领着人出去找，只见血红的晚霞里，焦洪林朝着家乡的方向长跪不起，就像一只孤独的野狼那样，发出令人心悸的嗥叫。

第十章

许曾的金刚钻井队出事了。

消息还是刘播转告给六叔的。刘播只说死了一个人，又说不清死的是谁，虽说两队相距并不远，可分属两个系统，也不可能知道得那么具体。他告诉六叔，死者家属要到队上来，许曾还请他去帮厨。六叔一听就哆嗦了，说："是井喷吗？"刘播摇头说："不可能。要是井喷，那得多大的声势，咱们比邻而居，怎么也能听到看到。"

六叔跟金刚钻井队上所有的人全都认识，心里便惴惴的。走到半路，想起了那片预先掘好的墓地，索性拐了一个弯，果然找到了一座新坟，简单的木桩砍出一块白茬，权当墓碑了，上面用黑墨写着：司钻冯长发之墓。字是许曾写的，和那副新婚对联的字体一样，所以六叔很容易就辨认出来了。为这个噩梦一样的事实，六叔差点儿眩晕。

作为新郎的冯长发音容宛在，好像还骑在那匹红鞍大马上甜蜜地傻笑……六叔心里一剜一剜地疼着，默立了一会儿，随手掐了一朵伶仃的小花，把它放到坟头上。本来他以为自己会流泪的，不知怎么，竟没有，大概是过多的严酷经历，使他变得坚强了。

金刚钻井队每个月平均打两口油井，所以总是处在不断的迁徙中，不过油井之间并不很远，六叔很容易就找到了。全队的人胳膊上都缠着黑纱。许曾正在钻台上扶刹把，人很憔悴，胡子好几天没刮了，看上去一片荒芜。他对六叔凄然笑笑，直到换了钻杆，才把刹把交给别人，缓缓走下来。

他握过六叔的手，又拿起自己的手来看，哀伤地说："这刹把上还有冯长发的体温和手印呢，我一握上去就难受。我真心疼啊，心疼得受不了。他不应该死，错都在我身上，还不如让我替他呢！"

六叔这才知道，原来一只饥饿的牛虻看中了冯长发的脖子，嗡嗡盘旋着向他俯冲；就是为了对付这只牛虻，他稍一分神，就被猫头绳抽倒了。偏偏铝盔带没系牢，躺倒的瞬间里被甩了出去，他的头磕在了卡瓦上。他软软地躺着，好像困极了要睡觉，又好像跟谁在开大玩笑。而那只罪恶的牛虻已经被拍死，坚利的口器却仍然插在他的皮肉里……

上边来人，把事故处理完了，许曾被记了大过，全队的红旗也随之泡汤了。节外生枝的是，安检员黄凯说了几句不好听的，似有轻蔑之意，临走时，许曾突然把他叫住了。

许曾说："冯长发是工伤，对吧？"

黄凯点头说："尽管他死得挺窝囊，属于违章作业，可工伤还是定得住的。"

许曾说："你看他挺窝囊，我看他死得挺壮烈。你敢说，上了战场被敌人第一颗子弹打中的战士就不是烈士？就死得窝囊？"

黄凯不大敢跟许曾交火，因为他知道许曾的烈性子，就一边发动汽车，一边嘻嘻哈哈说："你说英雄就英雄，你说烈士就烈士，有能耐，你送八宝山去才好呢！”

许曾想把他揪住，可汽车已经启动了。正巧他身边有一根连着泥浆泵的钢丝绳，他就将绳子准确地挂在汽车后面的牵引钩上，汽车往前蹿了一下，马上就熄火了。

许曾说：“你开吧，要是你能拉动这七吨半，我就把它当废铁送给你！”

黄凯说：“许队长，你这是干什么？我又没得罪你。”

许曾说：“可是你伤害了广大钻井工人的感情。你给我滚下来！”

黄凯看看脱不开身，只好乖乖地“滚”了下来。

许曾说：“你怎么敢说冯长发死得窝囊？难道张思德被炭窑砸死了，那也叫窝囊？”

黄凯的脸色铁青，杵在那儿无话可说。

许曾说：“你向冯长发道歉！”

黄凯说：“行，我道歉。”

许曾脱了衣服说：“光文的还不行，还得来点武的。”

黄凯吓坏了，赶忙后退说：“许队长，你……别胡来，咱们不是流寇草莽，咱们可是有组织有纪律的。我就是说错了什么，你也不至于这样啊！”

许曾说：“你放心，不是我打你，是让你打我。”

黄凯说：“我不敢。再说，那也没道理。”

许曾说：“要是不打，你就别想走了。”

黄凯说：“我凭什么啊？”

许曾说：“你以活人和死人的名义，这对大家都是个安慰。”

黄凯看着围了一圈的钻井工，知道没办法了，只好抡起巴掌，扇起许曾的耳光来。他扇一下，许曾就叫一声好，工人们全都泪水涟涟的。一直扇得许曾口鼻流血。

黄凯哭了起来，他抱住许曾说：“许队长，还是你打我吧，我实在没法再下手了。”

许曾吐了一口血唾沫，这才说："你走吧，这回咱们两清了。"

黄凯的汽车开得直画龙，差点儿就翻在平坦的旷野上。

一连好几个夜晚，许曾都呆呆地坐在星月下抽烟，人变得疯疯傻傻的。他没敢通知冯长发的家属，因为韩桂花正怀着孩子；可麻烦的是，钻井七纵队指挥部通过电台喊话告知，说正好赶上了寸劲儿，冯长发的家属韩桂花要来探亲，坐顺路的车到井队去，保密还是公开，队上尽早做好准备才是。许曾想了想，就对队上的人说："都把黑纱拿掉。先瞒着吧，瞒过一时是一时，就说冯长发有紧急任务，到别的井队应援去了。"

金刚钻井队处于一种虚假的平和里。人们都在强装欢颜，精心编织着一个圆满的骗局。中午时分，韩桂花的身影出现在了公路一侧，许曾立刻领着大家迎了上去。初夏的微风拂乱了她的鬓发，看着就像一棵柔弱的柳树。她腆着肚子，缓慢而踟蹰地走着，手上还拎着一大堆东西。人们走到跟前才发现，原来是草鞋，队上每人一双，而且都是她亲手打的。

队上的人全都心酸了，可又不得不装出很高兴的样子，请她坐到推钻杆用的地排车上，嫂子嫂子地乱叫，可脸上的表情完全经不住推敲。许曾是不善于伪装的，好几次都差点儿穿帮了，幸好韩桂花浑然不觉，她含蓄地笑着说："冯长发在与不在，我是来看望大家的，也好让我肚子里这个小东西见识一下，石油是怎么打出来的。"

韩桂花被安排在她与冯长发新婚时的帐篷里。虽然几经拆迁，可帐篷门两旁的对子残片还零碎着贴在上面，只是经历了雪雨风霜，已经褪成了惨淡的粉白色。韩桂花停在帐篷外面，伸出手来摸摸，那手是颤抖的。她抚摸着自己的肚子说："孩子，这，就是爸爸妈妈的新房，你就是在这架帐篷里怀上的，你把它记住，以后，咱就来不了了！"这话已经深藏玄机，颇有话外之音了，大家都共鸣起来，眼泪夺眶欲出的样子，却又假装冥顽，打着哈哈，把话岔过去。

工人们把韩桂花扶到大铺上坐下，言不由衷地寒暄着，就被许曾发现了一个很严重的破绽——冯长发的牙具还摆在老地方，一个搪瓷缸子上，喷着鲜红的“奖”字，一团火苗似的晃人眼睛，里面还放着牙膏牙刷，这从生活常识上是解释不了的。许曾急得要命，盯着它就像盯着哧哧冒烟的定时炸弹，赶忙用眼神暗示别人挡住，自己则蹭到跟前，把那套牙具偷偷拿在手上，背在身后。

许曾说：“路上累吧？”

韩桂花说：“不累。”

许曾说：“你娘家房檐下的燕子窝还有吧？”

韩桂花说：“有。它们是一家，年年来年年走，我们互相都认识。”

许曾说：“你家大叔大婶都好吧？”

韩桂花说：“都好。他们知道你喜欢家里下的大酱，非让我带来一罐子。”

许曾说：“那时我还偷过你家的咸菜疙瘩呢，那咸菜真够咸的，比咸盐还咸呢。”

韩桂花说：“我娘都看见了，她说，许队长能征善战的，还像个小孩子。那咸菜疙瘩都好几年了，硬得就像石头似的，早就想扔，却被你们拿去就饭了……”

许曾说：“那时候，谁都知道这套嗑儿：油鬼子进屯儿，满身是泥儿，叫声老乡，借个脸盆儿。卷根烟炮儿，提提精神儿，烧俩土豆，顾不上扒皮儿……”

话说得很吃力，而且话题完全游离了主题，甚至是有意回避，说得东一耙子西一扫帚。大家陪着嘿嘿，那笑容就像一层浮灰，一拂就掉。就在这时，哐的一声，许曾手里的牙缸掉到了地上。

帐篷里的人全都呆住了，屋里出现了难堪的寂静。

韩桂花起身，走过去拾起来，拿在手上看着，凄笑着说：“冯长发走得太急了，连这个都没带走。”

所有的人都没搭话，只有许曾嗯嗯着。

韩桂花又说：“他没带上行李？”

许曾慌乱了，说："带着哩，是新的，什么什么都是新的。"

韩桂花说："那就好，那我就放心了。"

许曾故意翻动着草鞋，意思很明确，就是想马上转移话题，从凝滞的空气里挣脱出来。

许曾说："弟妹，你想得可真周到。这要费你多大的工夫，你又是这样的身子……"

韩桂花说："别的我帮不上什么，只能干这个。不过，你们金刚钻井队一共三十七个人，我只带来三十六双草鞋。冯长发那双我没带来，我给他单留着呢。你们穿穿试试，大小我心里没数；我只知道冯长发的脚，他穿四十三号鞋，宽脚面子，就像大熊掌似的。"

帐篷里的人全都神色凄然，就借口分鞋试鞋，纷纷走开了。

看看形势不妙，许曾就把六叔叫到外面，红着眼圈吩咐说："马老弟，我不行了。让我保守组织秘密行，可让我瞒着她这个，我怎么都做不来。这比什么刑罚都难受，我眼看就要撑不下去了，眼看就要哭出来了。你救救我吧，你毕竟不是金刚钻井队的人，又比她小，好说话。无论装猫装狗，只要能把她哄住，让她平安回去，那就帮了我的大忙了。"六叔哪会这个，满脸难色，来回走溜子，想推脱又实在不忍心，过了半天才说："我试试看吧。"

帐篷里只剩了六叔和韩桂花。六叔就像个勤务兵似的，给韩桂花打水洗漱，又沏了红糖水让她喝着，问她想吃什么。韩桂花和六叔都不看对方的眼睛，而是目光游移着，没话找话说，说出来也是牛头不对马嘴。后来韩桂花就说："小马师傅，你忙你的去吧，我要躺下歇歇。"六叔看冯长发那套被褥挺脏的，就说："嫂子，我给你换一套干净的吧。"韩桂花躺下去，那肚子已是高高隆起着，用被子盖住脸说："不用，我就是想闻闻他的气味。"六叔走出帐篷，忍了好半天的泪水终于流了出来，他明白了，她肯定知道了事情真相，就是不想说破，她可真坚强。

六叔洗手下厨，为韩桂花做了四个菜，端到帐篷里，就躲到"隔壁”去了。凭着迟疑的碗筷声能判断出，她吃得很慢，甚至是在为肚子里的小生命而勉强吞咽。六叔过去收拾碗筷，再转回来时，她已经到各个帐篷里搜捡脏衣服去了。

韩桂花对六叔说：“马老弟呀，我洗，你淘，咱们帮这伙油鬼子搞搞卫生吧。”

六叔说：“不用不用，怎么能用你，你这样的身子……”

韩桂花说：“你以为我是千金小姐？来这之前，我还在跟着生产队出工，铲地培垄呢！”

六叔只好找到大盆，打来温水，两人就坐在外面洗起衣服来。六叔琢磨着，既然谈到了铲地培垄，那就谈庄稼，这个话题倒是宽泛而又安全的。

韩桂花就顺着这个话题说：“今年的庄稼挺不错，看来挨饿的日子就要过去了。庄稼不错的重要一条，是因为有了汽油柴油，过去所有趴窝的机械都能动了。还有了那种神奇的化肥，只要一点点，就能把庄稼催起来。这一点别人也许看不到，可我和别人不一样，我是石油工人的家属，明白石油和一切的联系。”

六叔说：“国家好了，老百姓好了，咱的苦也算没白吃。”

韩桂花说：“冯长发告诉我，石油是什么成分来着？对了，是能燃烧的碳氢化合物，可他忘了很重要的一条，石油里还有别的成分，那就是血、汗和眼泪……”

六叔鼻子酸得不行，看到身下的水盆里有水珠跳溅，知道那是自己流泪了，就急忙用手捋了一把说：“这小咬，怎么总往眼睛里飞呢！”

韩桂花搓着衣服，身下的洗衣盆里聚起了一大堆肥皂泡沫，在阳光下明灭闪烁着。

韩桂花说：“人都说，好女不嫁采油郎，一年四季守空房，有朝一日回家转，带回一抱脏衣裳。可是我偏偏就嫁了，油衣裳我还没洗够，就……”

六叔赶忙岔开说：“嫂子，你说将来油田能是个啥样子？”

韩桂花说：“你都不知道，我怎么能知道？”

六叔说：“没人能说得出来。我们有个念大书的叫晋元峰，他说了巴库模式和休斯敦模式，可我不懂，那两个地方我又没去过。”

韩桂花说：“你想想，使劲想。”

六叔说：“我琢磨，总有一天能吃饱饭，也许，我手上的炒勺还能用得上。人人都有干打垒住，布票敞开供应，起码每人能发两套衣服，经常换洗，把身上的‘光荣虫’统统消灭干净。当然，也不能太奢侈，世界上还有三分之二的阶级弟兄等着我们去解放呢。”

韩桂花在这方面肯定还不如六叔。她眯起眼睛，偏着脑袋，调动起十分有限的想象力，努力勾画着这个简单而美好的蓝图，最后强笑着说：“不管怎么样，我的孩子准比他爸强，能吃上商品粮，我就知足了。可那三分之二怎么解放？都是一样的穷人，他们自己就不能解放自己？难道还要我的儿子去为那些不认识的人打仗？”

六叔说：“不能。就是打仗，也不能让侄子去，他可是……”

六叔差一点儿就说秃噜嘴了。刚好有一只红蜻蜓，落到了韩桂花的头上，影子投射下来，极像玄鬓玉簪。六叔就替她捉下来。韩桂花揩干了手，为那只蜻蜓捋直了翅膀，放在手掌上，凝眸注视说：“飞吧，去给冯长发捎个信儿，就说，他老婆孩子挺好的，别惦记着……”那蜻蜓愣怔片刻，忽然就飞走了，越飞越高，越飞越远，一直飞出了两个人的视线。

洗好的衣服晾到了铁丝上，随着荒野之风飘舞，就像一面面朴素的旌旗。韩桂花回到帐篷里，好半天也没出来，六叔以为她又躺下歇着了，就又到厨房帮忙去了。过了好久，钻台上的人登高望远，这才看到，韩桂花已经收拾了冯长发的衣物，挽着个包袱，踽踽地走上了返乡之路。

许曾立刻带领着全队待班的人，一齐追赶上去，被众人喊住的韩桂花站在荒野上。荒野广漠得令人绝望，没有任何衬托和依靠，她站在那儿，就像一棵不胜风力的孤树，很容易就会被折断似的。她慢慢回转身来，这时人们才终于看见，她脸上都是泪水。

她说："其实，我都知道了。"

许曾哭起来。队员们也都哭起来。他们随着许曾，跪倒在这个瘦弱的女人面前。

许曾说："我对不起你。我没照顾好冯长发，我有罪呀！"

众人的哭声由低到高，一下子推向了高潮。一群男子汉的哭惊天动地，好像天庭深处的闷雷。

许曾说："本来不想让你知道，可我们实在瞒不住……"

韩桂花说："我明白你们的心思，可还没到金刚钻井队我就知道了。我把冯长发的草鞋，放到了他的坟头上。"

许曾说："既然这样，你就哭吧，放大了声音哭出来，要不然，容易憋坏的。"

韩桂花抚摩着肚子说："我不是不想放声哭，我是怕他听见。人都说，娘胎里的孩子耳朵可尖呢！"

许曾说："孩子是冯长发的骨肉，也是我们钻井工人的后代。我们会照顾好他的，让他长大成材！"

韩桂花说："将来油田好了，能给孩子一个户口，一个名分，也就算对得起他死去的爹了。"

许曾说："你尽管放心，有我许曾在，有大家在，就不能亏了孩子。"

韩桂花说："这么大的油田，有人跑了，有人死了，这都没什么奇怪的；可冯长发没跑，没请探亲假，没耽误工，又是死在自己的岗位上，我满足了。"

许曾说："桂花大妹子，有你这样的媳妇，那是石油工人的福分。我们给你磕个头，算是感谢啦！"

大家跟着许曾一起磕头。可这个时候，韩桂花已经掉过头去，向着远处车来车往的公路走去。

薛明坐着那辆威利斯吉普车，到下面检查工作，颠簸之中无意地一瞥，就看到了平阔的碱土地上，有一个特殊的行进队形—— 一个大肚子女人走在前面，后面跟着一大群男人，他们胳膊上全都佩戴着黑纱，簇拥着她，守护着她，走得很慢很庄严，甚至有一种宗教气息弥漫其间。那些男人全都戴着铝盔，其中只有一个不戴的，竟然被他认出来，那就是我六叔马本良。他从喉咙里滚出了一个哦字，当即让杜希金拐下公路，朝他们开过来。

就是这样，六叔和许曾陪着韩桂花，坐着薛明的汽车来到了她萨边乡下的娘家。她没让他们下车，一个人走进院子里，摘下房檐下挂着的锄头，平静地对屋里说：“娘，我回来啦。刚才路过黄豆地，垄上有些荒草，该铲二遍啦！”

第十一章

六叔寄回来一张以油井房为背景的黑白照片。照片上的他还是那么清瘦，双手叉腰，做出了意气风发的样子，瞻望着一个十分虚远的目标。六叔在信里说，饥荒好像慢慢过去的，又好像突然过去的。人们已经不再为填饱肚皮发愁，体格强健起来，脸色也好多了。粮油定量又恢复到了从前的标准，每月还有细粮，虽然不多，只有三斤，也不错了。油田家属生产队是很能干的，她们种的粮食和蔬菜，真的解决了大问题。她们养的猪很神道，一听敲钟就知道跑过来吃食。她们养的牛也有“五好”标准：膘口好、身架好、力气好、脾气好、出勤好……他还用了现成的话来套油田的形势：一切困难都被我们顶住了。总之，黑暗即将过去，曙光就在前头。这时陈支书正在生病，我父亲就把六叔用汇单正儿八经地寄回来的二十元钱，全都撂在了他的枕头旁。陈支书流泪了，他说：“钱，我不能要。都给小六子攒着吧，小六子有出息，他能吃饱，能生活在曙光里，我们也就放心了。”

荒野上的干打垒越盖越多，已然勾连成片，只是每片之间过于疏离，有点儿像憨老婆摊煎饼。烧原油的日子已经过去，而且永不再来了。天然气管线伸进了每一栋建筑，无风的天气里，能闻到它无处不在的臭鸡蛋气味。麻雀朴素的羽毛渐渐被雨水洗刷干净了，它们利用人类的喘息之机大量繁殖，很快又变成了荒野上的强势种群。只是采油三大队旁边那棵大杨树上，喜鹊已经不见了，只留一个头盔似的空巢蜇人眼睛。

张老板到采油六大队送鞋收鞋回来，抄的是近路。他嘴里哼哼着跟晋元峰学的毛子歌："茫茫大草原，路途多遥远，有个马车夫，将死在草原……"他觉得这歌和他挺对路。当时正是傍晚时分，血色残阳还悬在地平线上，四野静悄悄的。走着走着，身后突然有两只手搭在了他的双肩上。张老板身上倦倦的，便说："别闹别闹，都快累稀溏了。"那人没说话，依然搭着，还把热乎乎的口气吹进了他的后脖颈。张老板没回头，表示友好地拍拍那手，感觉有些不对劲儿，乜眼一看，竟是毛茸茸的狼爪。张老板大吃一惊，刹那也就明白，传说中那种荒原孤狼掏人的故事正发生在他身上——先是悄悄尾随，然后扒上人后身，只要人一回头，马上就是一口，死死掐住喉咙，置人于死命。张老板顿时一身冷汗，把提在手里的背篓掼掉，双手紧紧抓住那狼的两只前爪，用头顶住狼的下颌，如同一件披风，就那么拖拉着狼疾走。那狼拼命挣扎，却又动弹不得，只是在他头上溅出了淅淅沥沥的涎水。

张老板眼看支撑不住，刚好来到了三大队的地界，见有一个人在油井之间逡巡，就嗷嗷乱喊起来。那人看见了他，惊定在那里，连声音都没发出来，竟是焦洪林。张老板喘着粗气说："快拿家什！"焦洪林这才如梦初醒，赶紧在自己的工具袋里摸索，摸索了半天，才摸出了一把管钳子，哆哆嗦嗦举起来，哪知张老板两手一松，竟把那狼放掉了。那狼干咳着，在原地兜了两个圈子，趔趔趄趄的，一直跑进绛紫色的黄昏里。

焦洪林诧异了：“你这是干什么？”

张老板说：“你找家什的时候，我听见它哭了。”

焦洪林说：“张家生，你胡扯什么？狼还会哭？我看你越活越邪门了。虎豹豺狼，都是人类的敌人，难道你不懂？”

张老板说：“我懂，可我不忍心，我忽然之间就可怜它了。兴许它就是这块荒原上最后一只狼，被咱撵得没处去，也找不到吃的，这才来打人的主意。”

焦洪林说：“如果这只狼把老百姓的牲口吃了，把咱们采油女工吃了，你怎么交代？”

张老板说：“这个我倒是没想过。”

焦洪林说：“就凭你这样的政治觉悟，早晚要犯错误。”

张老板急于找回他装鞋的背篓，没再接话，又匆匆往回走。焦洪林望着他的背影，不可思议地摇摇头说：“嘁，没见过这号人，散漫惯了，怎么说就是不进盐酱！”

张老板伺候晋元峰期间，跟医院大夫混得很熟，也随之对实用医学发生了兴趣，还带回不少偏方秘方验方让大家尝试。比方说，用马勃或盐加韭菜治外伤出血；用黄豆和羊睾丸熬汤治脚气病和风湿病；用萝卜泥加盐或加酱油，和浓茶掺在一起治胃难受……总之，张老板成了职工和家属中最受欢迎的万金油，只是那张嘴总没遮拦，说出话来抹边骑缝，半荤半素，让人捏着冷汗。

张老板还在鞋篓子里放了一套劁猪骟马的家什，不管到了哪个村屯，有求必应，不要任何报酬，只求把劁下来骟下来的物件做熟了下酒。那一天，三大队副业生产队的马闹春了，焦躁嘶鸣拒不上套，还以蹄刨地，表现出了明显的厌食倾向。起初家属们都认为得病了，后来看见马肚子底下郎当着一大截冗余，实在不堪入目，才知道很严重又很正常的事情发生了。良种场离得远，又不是一个系统，张嘴求人毕竟不方便，知道张老板是牲口把式，就来请他出山。张老板熟悉牲口习性，懂得因势利导，托着公马的那货，看着就像个火车连接员似的，轻而易举就把事情办妥了。家属们远远看着，看得面红耳赤。张老板说，牛马比君子，其实就是这么简单的事，解决了它们也就消停了。家属们千恩万谢的，送给他两支蝶花烟，说下次再发生类似情况，还得有劳张师傅帮忙。张老板抽着一支，把另一支夹在耳朵上，嘻嘻哈哈地教训她们说："这有什么难的？又不是配老虎。下次你们发情找我还行，牲口发情，你们自己解决去吧！"家属们见他嘴巴唧唧的，使使眼色，便一齐围拢过去将他放倒，扯住四肢夯蹾，直夯得臭屁连天。张老板就连声告饶，嫂子大姐地乱叫，弄了一身的灰土，才终于得以脱逃。

回宿舍的路上，张老板遇见了六叔，嗨了一声说："马御厨，我向你请教个问题，你说，人为了什么活着？"

六叔想了想，就用全国通用的句式回答说："为人民服务呗。"

张老板说："你也学会说假话了。又没别人，你说说真话。"

六叔说："要说真话，我也不知道为什么活着，反正爹娘一生下来，又没夭折，那就得活着呗。"

张老板又一次拿出了发现真理的口气，庄严了神色说："其实无论是人还是一切动物，国王还是乞丐，活着不过就是为了两个眼眼，上头一个，下头一个，你承认不承认？"

六叔窘起来，嘿嘿着说："也许有道理吧，食色，性也，古人老早就说过的。不过这是最低层次的要求了，人总要比动物高级吧。只听说人有饿死的，没听说人有憋死的。"

张老板说："说高级也行，说虚伪也行。实际上人还不如动物哩，动物直来直去，人总他妈的说假话，有时你不说还非逼着你说；动物到了发情的时候才那个，人啥时候都发情，是顶不知道廉耻的。"

六叔咦了一声问："你又哪根筋被碰着了？"

张老板说："生活一好转，能吃上饱饭了，人们大头小头都昂扬起来了。那天我到一个钻井队去掌鞋，正撞见几个钻井工在擦澡，你猜怎么着？一色的硬橛橛，互相比赛挂大头鞋，撒尿能滋出一丈远去。晚上喝了几口酒，有个钻井工拿出个电影女明星照片，把脸贴上去亲着，鼻涕眼泪都蹭了上去。睡觉睡到半夜，忽然有人喊，井喷啦！井喷啦！我光着身子就往外跑，却见一个钻井工红头涨脸的，从被窝里拎出一个湿漉漉的裤头来……”

六叔说：“生牤子嘛，很正常。”

张老板说：“正常什么？这才是不正常哩。”

六叔说：“有啥好办法，国家困难时期，油田又男多女少。”

张老板说：“男人长了这么个多余的玩意儿，真耽误事。我看了跳高比赛，就明白了，早先都是脸朝下，什么跨越式啦，剪式啦，滚式啦，俯卧式啦，都不怎么高明，就是因为男人的那玩意儿碍事，滴里嘟噜直挂竿；现在好了，现在吸取了经验教训，搞背越式，脸朝上，避开了那档子乱事，成绩就上去一大截！”

这绝对是匪夷所思的高见，六叔笑坏了，差点儿就瘫在地上，揉着肚子说：“怪不得你邪性八道的，就是那些猪鞭狗宝吃多了，火大攻的。”

正说着话，就见晋元峰从一辆卡车上下来，手拄一根藤条，跛着脚朝他们走来。他们呆呆地看着，看得一阵心酸，慌忙上前去扶，又被他挡开了。

晋元峰说：“知道三角形的稳定性吗？我三只脚，比你们都稳当；你们能摔倒，我摔不倒，今后就是不倒翁了。”

张老板说：“救你那个女人，真人不露相，到现在愣没找着。”

晋元峰说：“慢慢找吧，功夫不负有心人。”

说话间，焦洪林扛着一大块写好的黑板报，趔趔趄趄地过来了。看见晋元峰，吃了一惊，一连说了好几个你，才缓过一口气来。

焦洪林说：“你不是调走了吗？听说你爸找到了部里老领导，特批你回北京啦！”

晋元峰说：“我不走，秦恬也不走。最困难的时候都挺过去了，

我干嘛还要走？这辈子，我就在这儿安家落户啦！”

焦洪林干笑一下："不走好，不走是对的。"

说罢又扛起那块黑板，一块风帆似的飘过去了。六叔明白个中隐情：都哄哄说，刘播要提拔晋元峰当指导员——反正是响当当的大学生，上不了生产一线，没法继续干技术活儿，当个指导员也就顺理成章了。这对焦洪林来说，无疑是挺残酷的消息，就像好不容易爬上了大树，摘下的果子却扔到了别人的筐里。因此两个人见面心照不宣，难免有些硌生。

那一天，严凌又要来了。所谓吃惯的嘴，跑惯的腿，往下跑只要顺路，他总要到三大队来，这不能不说与六叔做的面条强大的诱惑力有关系，难怪有人说，马御厨说不定在作料里面放了大烟葫芦，让人吃了上瘾。

偏得领导光临，刘播当然高兴，就向崔大可布置，让六叔想法弄两个菜，最好就地取材，少花钱多办事，不花钱也办事。崔大可是很有办事能力的，跑到副业队弄来一只童子鸡，又拎上旋网，要到泡子里去逮活鱼。六叔很清楚，他根本就不会撒网，还是个旱鸭子，因为不好意思支使六叔，就做出舍生取义的姿态来。六叔二话没说，接过渔网，骑着那辆老爷车子自己去了。

离那泡子老远，就听到声音不对。六叔惊诧莫名停了车子，屏住气息，悄手蹑脚走过去，拨开芦苇偷看一眼，原来是夏晴和米新朵两个，正在浅处叽叽嘎嘎地戏水，还互相搓洗着身子。夏晴挺白，可米新朵更白，看上去如同标粉和精粉。六叔心里咚咚乱跳，赶忙收回目光，贼人一般逃回来。一路上摔了好几个跟头，眼前老是白晃晃的，人都怔忡了。回到宿舍，趴在炕上，把头埋在行李里，心里一次次复原着那白色的轮廓，却又一次次烟雾一般飘散。六叔一遍又一遍地念叨着米新朵的名字，念叨来念叨去，不知怎么搞的，竟然哭起来。

就是这个时候，严凌进屋了。严凌在薛明和刘播的陪同下一一察看职工宿舍，正巧赶上了这个当口。看着六叔的泪眼，就问："小鬼，你咋搞的嘛？是不是想家啦？"

六叔还能怎么回答呢？只好随弯就弯，说是想老爹了。

严凌坐在炕沿上，叹息一声说："想家就回去看看吧，给你老爹坟头上添几锹土，我特批啦！"

六叔怕的就是回家，赶紧摆手谢绝说："首长，我能克服；大家都在克服，我有什么不能呢！"

擦去泪水，六叔就到食堂做饭。看见夏晴打门前经过，神色绝对庄重，跟戏水时的夏晴判若两人。六叔也是孩子心理，想听听这位劳模都跟首长都说些什么，就假装送茶蹭过去。

只听夏晴说："党是我的妈，油田是我家；我听妈的话，我爱我的家。"

严凌一拍大腿说："好啊，好啊！老劳模有了新发展。咱们不能总盯着五洲四海，咱们得立足脚下，既要唱《国际歌》，也要唱《国歌》，更要唱地方歌，这才对路嘛。这话你是怎么琢磨出来的？"

夏晴杌陧了半天，才说："首长，我不撒谎，这都是焦洪林帮我总结的。"

严凌唔着，说："焦洪林？这人我认识。这人现在还在工人岗位上？走，找他谈谈嘛。"

刘播就带着薛明和严凌，坐上汽车，到井上去找焦洪林了。

按说六叔实在不该掺和，可涉及了夏晴，就有些不自在。六叔在半路上候着夏晴，对她说："师傅，我想跟你谈谈。"

夏晴笑笑，说："有什么好谈的？天天见面，天天都没话说。"

六叔说："你的话我都听见了，挺受感动的。可我就是弄不明白，你爹来了你不理睬，现在又说党是你妈……"

夏晴愣住了，眨着眼睛，半晌才说："那只是一个比喻，你怎么能较真儿呢？"

六叔说："光说不练是假把式，光练不说是傻把式，又说又练是真把式。这一回，你厉害啦！"

夏晴就有些怒目相向，说："马本良，这么冷嘲热讽的，你什么意思？翅膀硬了是不是？你这是嫉妒我！”

六叔说：“翅膀硬不硬，咋也不能忘了师傅。再说，我嫉妒师傅干什么，水涨船高，师傅进步了，我高兴还高兴不过来呢！”

夏晴幽怨地看了六叔一眼，说：“你心里哪儿还有师傅？你的心都在……”

夏晴把话刹住，可六叔知道她要说什么，就马上以攻为守，笑笑说：“师傅，也不是我乱点鸳鸯谱，你和焦洪林挺般配的，大家都这么说呢。”

夏晴愣了片刻，忽然笑起来了，直笑得前仰后合，满眼都是泪花。六叔突然发现，笑着的夏晴竟然挺妩媚呢。

夏晴笑够了，马上又恢复了一贯的庄重，说：“马本良，你咋能有这么不健康的想法？这样下去，你会很危险的。怎么刚刚吃了两天饱饭，你就琢磨起这种见不得人的事情来？你往前后左右看看，凡是要求上进的人，哪有扯这个的。”

夏晴本来是不多说话的，如此连发扫射，就把六叔弄蒙了。六叔也知道，这种环境下搞对象不怎么太光彩，可要说见不得人，他可是没料到，就嘿嘿着哄她说：“师傅你别生气，我是跟你闹着玩的。”

忽听一片纷乱，歇班的人都往井场上跑。六叔不好脱岗，就爬到了干打垒房顶，向井场方向远眺，只见一个注水站着起火来，火情初起，还没形成旺烈之势，浓烟却渲染了半边天空，看着很吓人。人们攒动如蚁，从四处迅速驰援，很快就救灭了。待到崔大可从井场回来，六叔才知道，原来是蔫豆子吕勤久值班，稀里糊涂就睡着了——虽说明文规定采油工值班不许睡觉，可要根本杜绝是不可能的。火是怎么着的谁也不知道，偏巧被焦洪林赶上，冒着浓烟烈火，奋勇地冲了进去。吕勤久也想冲，可冲了几次都不行，等到人们赶到，焦洪林已经晕倒在注水站外，头发全被燎光，一只耳朵也烤得蜷曲了。严凌他们赶到时，火已经被扑灭，薛明抱着焦洪林，止不住落下泪来。他们直接把焦洪林送往医院，饭也就不能吃了。六叔默立了片刻，把鸡和鱼都倒进了大锅里，用大铲搅拌均匀了，才对崔大可说："我佩服焦洪林，不管怎么说，我做不到。"

火灾事故调查组的人在采油三大队待了两整天。刘播交代，一定要把伙食办好，让调查组的人吃好吃饱，才有充沛的精力办案。六叔明白其中隐含的意思，精心伺候，面面俱到，调查组的人果然就很满意。查出好几处疑点来，可又没法定案。薛明就骂娘了，说你们是不是被马御厨的手艺给拴住了？都照你们的效率办事，共产主义得猴年马月！调查组的人就根据并不翔实的材料结案了，火灾系电路起火所致，吕勤久承担玩忽职守责任。吕勤久因此受到了开除留用处分，人似乎愈加畏缩，走路也不敢看人，只看脚前的一小块地面。

全油田要搞文艺大会演，兵强马壮的萨E采油指挥部也组织了一支文艺宣传队。晋元峰毛遂自荐去编节目，指挥部居然同意了。明眼人都看得出，这是很无奈的一步，实际上是给焦洪林扫路清障呢。不过晋元峰倒也欣然，说我思想改造不彻底，干不了那个。再说哪有跛子当指导员的？给组织形象抹黑，也没法深入一线。我还是去编顺口溜吧，干这个我高兴，遗憾的就是听不到张老板讲的笑话，吃不上马御厨做的饭了。

米新朵也被抽调到宣传队去了，而且还是夏晴极力推荐的。可没待上几天，又被打发回来，原因就是她那管惹人非议的鼻子，在一水儿的趴鼻子里过于异类，也总容易让人跟帝修反相联系，虽经晋元峰多次说合，还是没通过领导审查这关。

那天六叔送饭，正好撞见米新朵从顺路搭乘的汽车上下来，在公路一侧踽踽地走着，样子很凄伤，好像新嫁娘被婆家休回来了。六叔顿时觉得眼前云蒸霞蔚的，刹住车，还没说话，脸先红起来。虽说两个人在心里好着，可又觉得理不直气不壮，始终处于半地下状态。而且很少能有机会独处，一个上班，另一个下班；一个下班了，另一个又上班了，就像太阳和月亮，很难同时出现在一个时空界面上。

米新朵站在那儿，楚楚可怜的，眨眨眼睛，泪就下来了。

她说："马本良，我让人家给刷回来了！"

当时阳光强烈，在泪美人米新朵身上形成了全反射，六叔几乎就被晃晕了。那一刻他显得慌乱不已，不知道应该怎样劝慰才好。实际上只要他上前一步，米新朵就会扑到他怀里。可他没有，公路上车来车往的，人多眼杂，他岂敢。再说，他刚刚忙完午饭，还没来得及清洗和整理，身上肯定带着葱花爆锅的油烟味儿。米新朵漂亮的高鼻子不仅仅具有极好的装饰性质，还始终保持着通畅敏感的实用状态，对味道有着极强的辨别能力，一进食堂就抽抽搭搭，不用看就能判断出什么饭菜，连哪个厨师做的都说得八九不离十。六叔固执地认为，味道好与不好，其实就差那么一点点；能分清这个，肯定就比凡人多一窍。对于他而言，如果说刘播是慧眼识荆棘，那么这个米新朵就是红颜知己了。六叔很讲究清浊之气，不想让这种浑浊的气味唐突了心上人，就定在那儿没动。

六叔笑笑说："刷了更好，我还怕他不刷呢。"

米新朵嗔怪说："怎么我挨刷了你反倒高兴？"

六叔说："听说那种地方不干净，女的跳舞，男的辅导，穿得又少，还没黑没白的。"

米新朵就不哭了，花一样笑着说："马本良，我干净不干净，关你啥事？"

很显然，铺垫已经做好，到了六叔尽可煽情的时刻，可他太不擅长这个，甚至都不敢正眼看米新朵了。他垂着头，嘿嘿讪笑着说："你也知道，我天生就是爱干净的人。"

这话笨些，倒也讨巧，米新朵的笑里就有了甜蜜的味道。她微蹙着眉眼，这是个很好看的神情，有点儿半梦半醒的痴相。她说："马本良，你知道夏晴为什么鼓动我上宣传队吗？"

六叔说："为了你好呗。"

米新朵说："你说反了，她那不是为了我好，而是为了你好。虽说我们表面上过得去，可她打心里往外防备我，生怕我把你拉下水。

她说她是在拯救你呢！”

六叔急了，说：“那怎么能叫拉下水呢？那应该叫拉上水。就她假模假式那一套，还说不准谁拯救谁呢！”

米新朵说：“她私下跟我说过，青年人过早谈对象，影响工作，耽误前程。她要对你的婚事负责，到了时候，她给你介绍！”

六叔说：“我喜欢谁不喜欢谁，完全是个人问题，不归师傅管，连组织都没权干预。”

米新朵说：“我看，夏晴是看上你了，她想要嫁给你呢！”

六叔吓了一跳，赶忙说：“你咋顺嘴胡说？师徒是师徒，对象是对象，这可不能乱掺和！”

米新朵像个小狐狸似的看着六叔，又说：“夏晴多好啊，艰苦朴素，任劳任怨，思想境界高，哪像我，一身的臭毛病！”

六叔说：“瞎扯淡。跟了夏晴，那日子怎么过？准得由徒弟变囚徒，虽然都犯一个徒字，那可是天上地下。”

米新朵说：“你送给她的手绢，她经常翻出来看。她夜里说梦话，还念叨你的名字呢。”

六叔说：“说梦话那说明不了什么，我在梦话里还念叨过慈禧太后呢。手绢是我赔她的，不是送她的。”

米新朵笑了，美丽的眼睛一亮一亮的，幽幽地说道：“人家都说，你脚踩两只船，你就不能……”

六叔说：“谁那么抬举我？一只船我都不敢踩，还敢踩两只？世界上还有三分之二阶级弟兄没解放哩，咱不着急扯那个。”

米新朵就黯然下来说：“要解放那么大的世界，那得啥时候啊？解放中国还用了好几十年呢。”

六叔说：“也快，眼下革命浪潮这么高涨，照这个速度，看样子用不了十年八年，咬牙挺吧。”

米新朵扳着指头，凄惨地说：“再有十年八年，我都老了，就怕我挺不住。”

六叔说："挺得住挺不住也得挺。不到火候不揭锅。着急吃不上热火烧。头天不能吃了二天的米。饿透了吃饭才香哩！"

米新朵似哭似笑，朝六叔咧咧嘴说："你瞧你，说来说去，都是你灶头上那一套。你走吧，井上的人都等着送饭呢。把我饿透了行，别把大家都饿透了！"

六叔就走了。走出好远又回头张望，米新朵娉婷的身影很快就被滚滚烟尘所遮盖。在炫目的日光下，六叔忽然发现，他都和心上的人说了些什么啊？简直就是虚与委蛇。他实际上一直在正气凛然地说着谎，假冒了贫农成分且不说，深爱着一个女人，却又不敢深爱，不得不把另一个女人扯进来做掩盖。一个诚实透顶的人，怎么变成伪君子了？六叔闹不懂，也没法跟任何人交流，这时他才明白，自己又可恶又可怜。

新来了一个质检员接替晋元峰，竟是钻井那边调过来的黄凯，虽说是平行调动，也不能排除遭贬的意思。黄凯知道三大队伙食办得不错，下了车就打听，中灶在哪？正好问到六叔头上，就很生气。心想你肚子里的瓜菜还没屙净哩，刚来就想吃好的？就遥指着一个方向说："这儿是大灶，中灶在那边呢！"黄凯真假莫辨，就去了，越走气味越不对劲，到了跟前才发现，原来竟是厕所。黄凯因此对六叔很有看法，私下对崔大可说："马御厨不就是个做饭的吗？干到鸟辈子也是工人，有什么好翘尾巴的？还不是因为跟许曾要好，替他找后账呢！"崔大可就嘻嘻笑着说："你这是镰刀对擀面杖——弯的碰上了直的。说别的都没用，好好干吧，熬上个一官半职，别说中灶，吃小灶也不是不可能的。"

很快，萨E采油指挥部的文艺宣传队到采油三大队来慰问演出了，也顺带征求一下群众对节目的意见。演员们跟米新朵都认识，其中的台柱子蓝溪，趁着吃饭的时候还偷看了六叔，说米新朵还真有眼力，这个马御厨看着就不一般，再说，总跟头头脑脑打交道，日后肯定有出息。

晚上就在干打垒围出的空场演出。演员基本都是本色装束，节目也一色硬朗，所有的文字几乎都出于晋元峰之手。譬如说对口词《女采油工》：

油井阀，
压力表。
狗皮帽子，
杠杠袄。
戴的是霜花，
吃的是野草。·
我们为革命采油，
我们和时间赛跑。
哪怕黑云压顶，
风卷红旗不倒。
油海滚滚淹死大鼻子，
雷霆阵阵砸烂美国佬……

再譬如京韵大鼓《雨夜巡井》：

采油姑娘李小霞，
顶风冒雨把井查。
闪电亮处正看见，
一个人影在开大阀。
小霞呔了一声说不准动，
你要动动我就擒拿。
深更半夜准没好事，
地富反坏右你姓个啥。
人影嘿嘿一笑说你慢动手，

一个女人还挺煞茬。
小霞说我早就练过武把绰儿，
江湖人称李大侠。
想拧你脑袋不用管钳子，
想薅你舌头不碰你牙。
那人影说，行了，别吹了。
你唬了别人唬不了我，
我是你的指导员王鸿达。
好同志你机智勇敢堪钦佩，
是采油树边的一朵花……

演出场地蚊子海厚，有的演员唱美声，还在保持橙子口型，好几个蚊子就飞了进去，只好停下来往外啰，啰完了接着再唱。观众噼里啪嚓地拍打着，就和鼓掌弄混了。节目一停，张老板就嚷起来，说晋才子别的都编得挺好，就是淹死大鼻子，有点儿一概而论了。听说有个小国阿尔巴尼亚，鼻子也挺巍峨的，可人家跟咱处得挺不错，还是欧洲的一盏社会主义明灯呢，就得区别对待了。再说，咱大队还有米新朵，你看看她那鼻子，把她淹死，谁舍得呀！众人哄笑起来，目光一齐向米新朵攒射。米新朵骂一声缺德，满脸羞红地跑回宿舍了。

散场之前，指挥部的一位负责人宣读了文件：薛明升任油田总指挥部担任副总指挥，刘播当上了萨 E 采油指挥部的副指挥，而焦洪林则担当了采油三大队的副指导员。一切都是人们预料之中的，所以并没有任何震撼效果。只是谁都没注意到，从医院回来的焦洪林也站在人群的一角看演出，他身上的烧伤还没彻底痊愈，脸上有一块深重的黑翳，一只耳朵就像焦煳的炸虾片。

第十二章

焦洪林又带回来一批新歌，都和阶级斗争有关系：“我是贫农的好后代，党的教导记心怀。踏着先烈的脚印走，把革命的红旗接过来……”“提起那旧社会呀，恨得我咬牙根哪。世代做牛马呀，血汗被吸净。贫农下中农啊，压在最底层啊，不忘阶级苦哇，永做革命人……”“天上布满星，月牙亮晶晶。生产队里开大会，诉苦把冤申。万恶的旧社会，穷人的血泪恨，千头万绪，涌上了我的心。止不住的辛酸泪，挂在胸……”

对六叔来说，这类歌和干打垒墙上“千万不要忘记阶级斗争”的大标语相呼应，带有鲜明的针对性，就像一支支利箭直穿胸臆，让他痛苦万分。他也随帮唱影，心里却暗自嘀咕，离共产主义越近，阶级斗争越应该淡化呀，最后还得彻底消灭阶级呢，咋会胡萝卜锥脏——步步紧呢。这种难言的痛苦无可倾诉，越憋着越觉得动作变形，形迹很不磊落，极像隐藏在革命群众中的阶级敌人。

六叔沉不住气了。他背着人写了一份自首材料：

尊敬的各级领导：

我怀着惴惴不安的心情，向组织坦白交代我的成分问题，希望能得到组织上的理解和谅解。我父亲马顽石因为做过末代皇帝的御厨，虽说并无半寸土地，却被定为地主成分。当年为了能参加油田建设，我不惜偷天换日，将成分改为贫农。当时确已经过后沟村党支部和全体村民通过，开具了介绍信，但我知道，这不合乎组织程序，只能是自欺欺人……

写罢自己看看，怎么看怎么不行，又把它撕掉，填进炕灶里。

想了想，又给溥仪写信：

尊敬的爱新觉罗·溥仪先生：

在您履任伪满洲帝国皇帝期间及此之前，我父亲马顽石曾为您治厨多年，后因对日寇仇恨渐重，只身逃离虎穴，隐迹于蓬蒿之间。因此被定为地主成分，他本人溘然故去，却把帽子传给了子孙后代。获悉如今您已荣膺全国政协委员之待遇，而我等后辈仍然挣扎于缧绁……

写罢再看，还是别扭，复又撕碎烧掉，悲凉无计地叹气。

六叔忽然很想刘播。就是这个不温不火的领导，常常让他联想到家乡那棵老榆树，失去它的遮蔽，他就要暴露在阳光之下了。六叔是怕见阳光的，尽管他渴望阳光。也许最终会有那一天，他会被成分问题弄得不人不鬼，不死不活，继而失去眼下拥有的一切，包括石油工人的身份、厨师的岗位和心爱的女人。

那天六叔串班休息半天，就自己买了东西，骑上车子，拿到萨E采油指挥部食堂中灶来加工。厨师们见了他，无不恭而敬之，说行当上讲究进门留艺，马师傅就教我们几招吧。六叔正在做一个荤菜，油拉拉的，借用别人的灶具又推辞不过，就说，恭敬不如从命，我就献丑啦。他左手端着马勺，从右边腋下向上一抖一翻，唰啦啦，那菜变作一道彩虹，贴着胳膊飞到左边来，刚好又落回到马勺里，连一滴油星都没溅出来。厨师们齐声喝彩，大有叹为观止的意思。六叔介绍说，这叫凤凰展翅，花架子而已，轻易别练，弄不好就把自己烫伤了。等以后日子过好了，咱们再凑到一起切磋真本事。厨师们又问，什么才叫真本事？六叔回答，孔子主张有教无类，我主张有厨无别。也就是说，一个厨师，无论伺候皇帝还是伺候平民，无论在大中小灶上，做出的菜都是一样的味儿，那就是真本事了，厨师们便啧啧钦服说，马师傅这分明就是三老四严、四个一样嘛。

刘播的家还没搬来，住在办公室里，见六叔带着酒菜来的，又惊讶又感动。晋元峰跟着宣传队巡回演出去了，一时回不来，他俩便闩好门，很私己地小酌起来。

六叔说："你走得太急，没来得及给你贺喜饯行，今天算是补上了。"

刘播说："可也是，哥俩在一起干了好几年，还没单独在一起喝过酒呢。现在我才明白，为什么严副总喜欢上咱们三大队；吃不上你马御厨的菜，我同样也是食不甘味呀。"

六叔说："你官当大了，是我们的上级领导，想吃，借工作之便就去了，这没什么难的。"

刘播说："我是从三大队出来的人，不好常回去。这里面的关系很微妙，你能理解就行了。"

弥漫在两人之间的眷恋之情，使这顿喜酒变得沉闷起来。六叔在半醉半醒中回首往事，也不知是怎么搞的，喝着喝着，泪就下来了。

六叔说："屋里没别人，让我叫你一声哥吧。是你把我从一个小山沟里带到油田来的，没有你就没有我的今天。"

刘播握住六叔的手说："马老弟，别这样。咱们既不是永别，也不是久别，只是暂时的分离。我不想棒打鸳鸯，也不想让别人误解咱们的关系。你明白我的意思吗？"

六叔当然明白。如果日子看好，那么就应该说，所有上级食堂的大门二门，前门后门，都随时向他敞开着，这一点他是很自信的。随着油田名声日大，国际国内的名人纷至沓来，就像朝圣一样。不久前，朝鲜的二号人物率队到油田上来参观访问，负责接待办伙食的就有些抓瞎，关键时刻，严凌想到了六叔，就说，让马御厨来嘛，那小鬼肯定会有办法。御厨是伺候皇帝的，八千岁有啥伺候不了的？六叔当然有办法，我们家乡那儿有很多朝鲜馆子，在膳食上互相濡染，他对那一套冷辣酸黏轻车熟路。朝鲜首长吃得很满意，临走时对六叔笑笑说，糟蹋！六叔一听就蒙了，战战兢兢地说，我深知一茶一饭来之不易，也没糟蹋呀！旁边的翻译就笑了，说糟蹋就是朝鲜语好的意思，首长是表扬你呢！六叔这才向朝鲜首长深鞠一躬，说我不糟蹋，还是首长糟蹋！

六叔说："你一走，我就心里没底了。"

刘播说："你就干好你的食堂，这有什么没底的？"

六叔说："不知道咋回事，我总梦见独自一人走在大荒野上，风一会儿往这边刮，一会儿往那边刮。我就像风里的一粒沙子，被刮得晕头转向。"

刘播说："日有所见，夜有所梦，完全符合唯物论，没有什么不正常的。你知道晋元峰来到油田的时候是咋说的吗？那时也刮着大风，刮得人举步维艰，晋元峰京腔京韵地喊了一句：大风起兮尘飞扬，我们个个是刘邦！就冲这一句话，我把他要到了三大队。可是，我对不起他……"

六叔说："晋元峰才应该当指导员呢。"

刘播笑了："越俎代庖这个成语，是不是从你们厨道上来的？你是个人才，得学会自保。记住，少说多干，永远藏身在多数人里，不要强出头，也不要生扳硬脖颈。我的话很世故，可永远都是对的，往后你慢慢品吧。"

六叔点头答应着，可一颗心还悬着放不下来。怎么才能藏身在多数人里？他是阶级异己分子，即使总装死狗，迟早也会被挖出来。有一次，焦洪林还跑到厨房，敲山震虎般地说，《为了六十一个阶级兄弟的生命》你们看过了吗？还不是地主子弟在饭菜里投毒造成的。马本良，你们这可是极其重要的岗位，千万要提高阶级警惕呀。六叔当时都不敢看他了，好像他就是那个投毒分子似的。为了遮掩，他还是贼喊捉贼地喃喃说，狗日的地富反坏右，不得好死！

不过食堂始终太平着，倒是前后左右的采油大队接连出了好几起乱事。有的女工值夜班，因为天热，在计量间里插好门擦澡，忽然就见一张涂着原油或泥浆防蚊虫的脸扒着窗户偷窥，魑魅一般，把人吓个半死。也有女工被歹徒拦路强奸未遂的，根本认不出那人的本来面目，油田保卫部费了九牛二虎之力，案也没破。有人就谐谑说，真是张飞吹埙——顾了上头的眼儿，顾不了下头的眼儿。有的单位就明令禁止再涂脸谱，以防有人浑水摸鱼，弄得人心惶惶，影响生产。

焦洪林教给女工一种防身术，专门用来对付坏人的下三路。焦洪林说，坏人像弹簧，看你强不强；你强他就弱，你弱他就强。只要你敢跟他玩命，他肯定就吓没脉了。一面教着，嘴上还嘿嘿哈哈的，说他要是这样，你就这样；他要是那样，你就那样。又叫夏晴出列，和他一对一比画比画。夏晴也不知道是怎么搞的，真玩真练起来，提起膝盖一顶，可可地顶着了他那个最为薄弱的部位。焦洪林立刻双手捂裆蹲下去，脸色蜡黄着，嘴上咝咝哈哈的。女工们都红了脸，不好意思地笑着。焦洪林说："就是这样，这样就对了，就像歌里唱的那样，撂倒一个俘虏一个，缴获他几支美国枪！"

为了应对这种事，就实行男女搭配，借以提高安全系数。可新的麻烦又来了，一同值夜班的男女全都老大不小的，竟然顺势搞起对象来，有的还因陋就简一步到位，在计量间的各种仪表和管线之间，把生米做成了熟饭。采油指挥部就加强了干部值班包片制度，让干部们负责夜间巡查，防患于未然。

崔大可代干转正，正是春风得意，也弄了一辆摩托骑着，到井上夜巡。遇见米新朵值夜班，就说，你放心好了，绝对安全，马本良是我们哥们儿，我替哥们儿站岗放哨来了。崔大可多给她一些细粮票，还带来一些好吃的和她同开夜宵。米新朵就很感动，说谢谢崔哥。我跟马本良好了那么久，也没借着他一点光——米新朵和所有的人一样，在窝头和馒头之间，选择是很明确的。可六叔没给她弄过一两细粮票，没往她的碗里多加过一块肉，在食堂里看见她，为了体现公事公办，故意头不抬眼不睁，就像不认得似的。六叔对她说："食堂的东西，咱一丁点都不能动；等以后成了家，我要像我爷爷伺候慈禧老佛爷那样伺候你，把所有的好东西都留给你。”米新朵虽然感动，但很是有限，总觉得六叔不是在谈恋爱，而是扔笤帚占磨盘呢。崔大可就替六叔解释说，马本良是本分人，不是一般的本分，而是太本分，老头那个一根筋。米新朵就追问，老头哪个？老头哪个？崔大可嘿嘿着说，暂时保密，不久的将来，你自然就明白了。

有一天，三大队的黑板报上登出了一则倡议，焦洪林刚把黑板装好，立刻围了一大群人。六叔路过，也凑了过去，不看则已，一看马上倒抽了一口凉气。

倡议书是这样写的：

> 目前大多数青工都进入了婚育期。为了给油田减少生产和生活压力，全心全意搞建设，女劳模夏晴特此向全大队青工倡议：学鲲鹏志在高远，不做燕雀苟且蓬间。具体是：三年不探家，五年不谈恋爱，八年不结婚，简称为“三五八”。她认为，这和当年的“五两饱三餐”具有同等意义……

人们议论纷纷的，正说的反说的都有。

六叔两眼迷蒙，都辨不清东南西北了。谁都无法说清这事儿对与不对，因为这的确是个问题——如果所有的单身职工呼啦一下都结婚成家，到处孩子哭老婆叫，缺房子少锅灶，麻烦就大了。可恋爱结婚又不是国民经济计划，怎么能按照时间步骤进行呢？而且又那么拖后，这对于每一个健康的人，都是很要章程的。

正好撞见夏晴从那厢走过来，六叔就拦住她说话。

六叔说：“师傅，‘三五八’的口号真是你提出来的？”

夏晴说：“差不多吧。”

六叔说：“肯定不是你，你根本就不是那号人。”

夏晴说：“哪号人？好像突出政治有什么不对似的。”

六叔说：“既然是你提的口号，我建议再加上两句，打一辈子光棍，不给组织添麻烦，你看，这不是更彻底了嘛！”

夏晴说：“起初我也这么想过，可一考虑还是不行的，总得培养革命事业接班人吧。”

六叔说：“照你的意思，已经结了婚的还得离了？或者让人家两口子分别搬到男女宿舍去，各睡各的？”

夏晴说：“这是你的曲解，我指的是未婚青年。”

六叔说：“师傅，听我一句劝，可别人家装枪你就放，人家敲锣你就往杆上爬。”

夏晴鄙夷地笑笑说：“马本良，我就知道你准会唱反调。说了半天，你还不是为了你自己。你心里那点小九九，别当我不知道！”

就这样，六叔如同一只充气的老虎，被自己的师傅轻易而又无情地戳破，立时瘪了下去，他甚至觉得，这个倡议就是针对他和米新朵提出来的。没过多久，《战地报》竟然转载了这则倡议，虽说是客观报道，但也足以让六叔这样的人惶惶不可终日了。八年的时间实在是太长了，即使他能熬，米新朵也熬不住。每次一对一的场合，六叔都把握着分寸，坚持小火慢炖，装作启而不发，木头似的坐着，就像组织上找他谈话似的。米新朵当然不高兴，她需要的是烈火烹油，就像六叔马勺上的功夫。

六叔的工资从十八元涨到二十元又涨到二十三元，三年上了三个台阶，然后就稳定在二十六元的水平上久久不动了。他每月自己花十元，寄回家十元，剩下的六元就存起来。根据“三五八”的提法，他粗略计算了一下：一个月积攒六元，一年就是七十二元，八年下来就是五百多元。一个拥有五百多元钱的男人，该是多么强大啊，到时候别说结婚，就是养他三个五个孩子，改变一下御厨马家辈辈人丁不旺的状况，也不是不可以考虑的。

六叔每月的十元钱除了缴纳伙食费，还要买牙具，买针头线脑，特别是要买一些书看，这就紧巴紧了。他不抽烟，但他到处捡烟盒，把林林总总的烟盒收好抚平，一张一张贴到干打垒墙上。那是些多好看的烟盒纸啊，有蝶花、大绿树、握手、大前门、葡萄、迎春、大建设……花花绿绿的烟盒散发出淡淡的烟草味儿，能有效地驱避虫害，让屋里熠熠生辉。

在采油三大队，喜欢看书的人不止六叔一个。焦洪林总爱买政治方面的书，比如说，《政治经济学小词典》《阶级与阶级斗争》《大地主——刘文彩》《窃国大盗袁世凯》《人民公敌蒋介石》……张老板则喜欢买《十万个为什么》《农村实用大全》《生活小百科》，也买《卫生医疗保健手册》，这使他掌握了越来越多人所不及的生活小窍门。他总是说，也不一定有阶级就得有斗争，也不一定阶级就决定了一切。资产阶级喝啤酒和无产阶级喝啤酒，还不是一个球味儿？大春爱上了喜儿，黄世仁也爱上了喜儿，这也很一致嘛。依我看，人是好是坏，是猫是狗，爹娘一生出来，也许就注定了！当然，这种离经叛道的背时理论难登大雅，只是跟几个向近的朋友嘀咕嘀咕而已。

问题是他那本卫生普及读物被众人翻来翻去的，弄成了卷心菜模样。这且不说，即使合着，也能从书口处看清，书页的中间有一部分明显发黑，肯定经过了众多人手的重点翻阅，是全书最为吸引人的精华之处。那天饭后没事，六叔到各屋闲遛，鬼使神差，就进了张老板的屋子。屋里没人，恰好那书扔在行李上，随手翻开一看，原来是妇产科那部分，插图上有一帧女性生殖器，用的是淡墨工笔，赫然满版满幅。六叔慌忙合上，心惊肉跳着，又禁不住想多看两眼，翻开来正待细看，却被突然回来的张老板逮个正着。

张老板哈哈笑着，大有人赃俱获的意思。他说："想不到你溜光水滑的马御厨，竟然也看这个。"

六叔赶忙合上书，扪着胸口，脸上变幻了好几个颜色，惊魂未定地说："怎么能是这个样子？这个我可是从来没想到。我还以为，是一颗剖开的毛榛子呢。"

张老板说："你以为还能咋好看？一阴一阳，一卯一榫，都是配套设备。"

六叔说："我可不是故意要看的，就是随便那么一翻。你这人也真是的，这样的书就该好好藏起来，省得别人一不小心，就落入了你的陷阱。"

张老板说："你说得对，这就是陷阱。看着上面铺着花呀草呀，有多少倒霉男人一不小心掉进去，那就永世不得翻身了。"

外面又进来几个人，其中还有黄凯和崔大可。六叔心虚了，涩笑着就想溜走，却又被张老板拉住。

张老板把书翻开递给黄凯说："你是结过婚的，给看看像不像？"

黄凯左看右看，又点头又摇头，一副差强人意的样子，说："也就是个大约莫。再说又是平面图，纸上谈兵，怎么也跟实物有差距。"

张老板说："晋元峰见过真的，可他说，只见森林，不见树木。"

六叔说："别说这个了，太牙碜。"

张老板说："这有什么？咱又没扒女厕所，咱只是学术讨论，有啥不行的？"

黄凯说："实际上那玩意儿每个和每个都是不一样的。马御厨，你说呢？"

六叔说："我怎么知道？我只研究烹饪，不研究你说的那玩意儿。"

张老板叹息说："到了共产主义就好了，别的事我都先放下，要到被解放的那边去，弄他几个光腚的资产阶级洋娘们儿，让她们站成一溜，伸腿拉胯给我看，非一气看个够不可。"

崔大可说："瞧瞧，这才是志存高远呢。"

张老板说："我小时候，本想去当飞行员，后来听说国家训练飞行员，就有去势这一条，就吓得不敢报名了。"

六叔惊讶说："去势？那不成太监了吗？"

张老板说："那还是很不一样的。太监是硬劁，人家是软劁，让飞行员脱光了，分别给弄到小屋子里，让美女也脱光，却穿着透明的衣服，故意拿着软鞭站在一旁让你看，只要那玩意儿一支棱，咔嚓就是一鞭子，直到抽老实为止，这样上了天，就没有乱七八糟的想法了。”

吕勤久说：“真的假的？”

崔大可就笑了：“老实人，真好糊弄。哪有那八宗事？我舅舅家隔壁就住着飞行员，驴球马蛋的生了一大堆孩子，他老婆直发愁，说飞行员闲得没仗打，总拿我肚皮当跑道，天天不缺勤，又起飞又降落的，可频繁啦。”

黄凯说：“我听说男的女的，鼻子和下头那玩意儿都成正比。”

大家不说话，都看着六叔哧哧诡笑。六叔的脸就像挨了一巴掌，红得一个透彻。他拿起一个粗瓷二碗，觑定黄凯说：“只要你再往下说一句，我就把它扔到你的脑袋上！”

黄凯这才明白，是冲撞了别人的禁忌，就赶忙涩笑着赔不是说：“马御厨，大家都在说笑话，你认真干什么？我没有恶意，又没针对任何人。再说，我刚来了两天半，张三李四还安不准呢。”

就在这时，房门吱扭一响，焦洪林进来了。

焦洪林说：“真热闹哇，就像开联欢会似的。”

张老板说：“也不是正规的联欢，就是随便联欢一下。”

焦洪林就在炕沿边上坐下，一只手还搭在吕勤久的手上，和蔼可亲的，一点架子都没有。

焦洪林说：“大家接着联欢吧，我也参加。都别把我当领导，一个车皮来的工友，有话随便说。”

大家都沉默着不吭声。还是张老板憋不住，他说：“指导员，希望能多搞搞文体活动，没事找事干，别让我们闲着。我们村里有个寡妇，整天搬砖，从院子这头搬到那头，再从那头搬回这头来。后来朝廷给她立了贞节牌楼……”

焦洪林说：“看看，又把煤球元宵混在一起了。寡妇维护的是封建礼教，咱们为的是革命事业，怎么能相提并论呢？”

张老板赶忙解释说：“我不是那个意思。我的意思是说，应该多开展活动，要不然，一搞‘三五八’，这夜就显得太长了。八年，相当于整个抗日战争的时间长度，苦熬干修的，有几个人能挺住？没办法，只能唱‘跑马溜溜的山上’了。”

焦洪林说：“你以为现在就不是战争？放眼看看吧，帝国主义反动派那边是新月形包围圈，修正主义那边是一片反华大合唱。挺不住就等于不抗战，就等于是汉奸卖国贼！”

焦洪林义正词严的，给了屋里的人极大震慑。焦洪林本来起身要走了，恰好一欠身子，就看见了扔在炕上的书，拿过来随手一翻，也是被人翻出了很深的折痕，可巧就到了那一页上。焦洪林就像被蜇着了，一个激灵跳起来，厉声说：“谁的书？这不是黄色书籍吗？咱们可是声名远扬的石油工人，宿舍里哪能出现这种东西？太不像话了！”

张老板说：“书是我买的，图是书上带的，还是首都北京出版的呢，又不是我画上去的。再说，我也画不像啊，那玩意儿我又没见过。”

随着焦洪林的升迁，张老板底气已经明显不足，即使辩解，也是嘟嘟囔囔的，想让人听到，又怕被别人听到。焦洪林把那一页插图撕下来，对折了一下，揣进了自己的口袋里，很痛心地说：“看来，资产阶级思想真能腐蚀人哪。放着那么多的报纸文件学习资料不学，干部工人的，一帮人围着看这个。又正是提倡‘三五八’的时刻，让外人知道怎么想？为了维护咱们大队的名誉，咱们家丑不外扬，事情到了我这儿，就算到头了。往后再有这种事，可别怪我不客气！”

焦洪林冷厉的目光扫来扫去的，这让六叔感受到了钱串子从脸上爬过去的滋味。他把头埋在两膝之间，好像自己就是个已经暴露被人指认的流氓犯。他感到很丢人，特别怕被米新朵和夏晴知道，脸就没处搁了。焦洪林走了好半天，屋里的人都闷着没吱声，还是张老板透出一口长气，用衔恨的口气说：“焦指导员跟咱凡人不一样，他根本

就不是 × 养的！”

大队有意延长了每天晚上的学习时间，而且雷打不动，成了死规矩。焦洪林坐在会场前面督阵，拿着花名册逐一点名，会前点，会后还点，想要溜号，那就难了。点过名就要念报纸读文件，焦洪林声音洪亮，尽管杜绝不了错别字，还是把那些枯燥抽象的文章全都念得朗朗上口。六叔是起大早贪大黑的活儿，就有些打熬不住，那内容又特别虚浮空泛，离他太远，听着听着，就瘟鸡一般打蔫，然后很快就迷糊过去，人还端坐着，可魂已经跑到爪哇国去了。焦洪林就像个出色的乐队指挥，观微察细，具有调度全场的俯瞰力，马上就点名说，马本良，你来说说，正气和邪气都有什么表现？六叔还没从残余的梦境里完全走出来，可还是装出很清醒的样子说，所谓人间正气，以香为帅，甜酸苦辣咸五味为将，因量的增减而各有不同；邪气特指腥膻臊臭辛，聚结为混沌……在一阵大笑声中，六叔蒙了。焦洪林也想让他下台阶，又补考说，“四清”是咋回事？六叔脱口说，“四清”嘛，就是厨房清、水缸清、面案清、餐具清……会场上笑成一团糟。焦洪林敲敲桌子，等大家静下来才说，马本良，你这是应付卫生检查团哪？政治上可不能稀里糊涂的。光会做饭怎么行，那是白专！

有一天晚上，大队放电影，金刚钻井队休班的人知道了，也跑来凑热闹。六叔收拾食堂来晚了，满满登登一场子，别人都坐坯头而他没有坯头可坐；再说有了坯头，也没有放坯头的位置了，只好站在人群的一角将就着看起来。这是一部与列宁有关的电影，只见这位熟悉而陌生的秃顶小个子伟人，做着斩截决断的手势，喷吐着平和而又犀利的语言，让那些仰望他的工人很快就亢奋起来。六叔觉得有人碰他，一偏头，就看到了站在身边的米新朵，她伸着苍鹭一般的长脖子假装看电影，却把双臂交叉在胸前，一只手从腋窝下极其隐蔽地伸过来。如此美意，六叔怎么能回绝呢，他不但不能回绝，而且求之不得呢，也效而仿之，这样他们就能在大庭广众之下手拉手了。米新朵的手柔若无骨，宛如婴孩，六叔很难把这样的纤手跟那些钢铁阀门联系起来。就是这种肤浅而温暖的接触，让他几乎眩晕。六叔痛苦地低吟说："米新朵啊米新朵，我恨不能……"银幕上的光亮在米新朵的眼波里幽然闪动，她把一股温软的风吹进六叔的耳朵里说："到草垛那边去，你敢吗？"六叔装出很男人的样子说："那有什么不敢的？咱们是正当恋爱，又不是乱搞那啥。"米新朵嫣然笑着说："那好，我等你！"

就这样，我六叔马本良这个冒牌的贫农后代，靠厨艺安身立命的单身汉，因为心上人的一句叫板，便涌出了一股胆大妄为的冲动，把什么什么都忘了。米新朵所说的草垛，也就是夏晴学车子栽进去的草垛，在那片干打垒的边缘，是家属生产队割下来喂牲口的，因为草里含碱，短虽短，却一抖落一股白烟，是公认的上等饲料。谁都知道草垛在农村和荒原上意味着什么，很多江湖传奇和民间故事都是从那里诞生的，所以六叔人还没动，就浑身战栗了。

这时候，银幕上出现了芭蕾舞剧《天鹅湖》的镜头，一群美丽的斯拉夫少女穿戴着聊胜于无的羽毛服饰，显露着颀长白皙的大腿，在纯净明亮的旋律里，踮着脚尖翩翩起舞。人们直看得屏息静气，目瞪口呆。就在这时，镜头突然被一只大手捂住，电影停下来了，雪亮的电灯照彻那一小片场地。

焦洪林在麦克风里喊道："对不起了，这段不健康，把这段掐了！"

有人杂在人群里抗议说："不健康列宁怎么还看呢？"

焦洪林说："咱怎么能跟列宁同志比？别以为列宁那是在看，他那是在批判呢！"

人们乱哄哄的，非要和列宁同志一起批判，然而那一段胶片已经被捯了过去，银幕上又出现了人潮涌动的纷乱场面。六叔尾随着米新朵，在黑暗和嘈杂的掩护下逶迤而去。就在这时，许曾突然剪径一般出现在六叔面前，他怀里还抱着一个咿呀学语的孩子。

许曾说："马御厨，哪去？"

六叔慌了，胡乱一指说："那……那边。"

许曾说："休班，到你们采油三大队蹭电影看来了。"

六叔指着他怀里问："谁的孩子？"

许曾说："你猜。"

六叔说："难道是冯长发的？"

许曾说："没错。狗日的长得贼快，头一眼还猫在他妈妈肚子里，第二眼就这么大了，队上的人非要抱来玩玩。宝宝，叫叔叔！"

宝宝咿呀了一声，似是而非。然而就是这一声，把六叔叫得心头乱颤。他向宝宝摊开双手，宝宝倒也不认生，一下子就扑进了他的怀抱里。六叔把脸贴到他的肌肤上，闻到了婴孩所特有的乳香和尿臊味儿，眼泪一下子就流出来了。六叔说："好孩子，走，叔叔带你找吃的去！"

六叔抱着宝宝，打开食堂的房门，从纱罩下拿出一个馒头来，掰开，放回去一半，递给宝宝一半。宝宝洁白的乳牙一亮一亮的。六叔说："你就放开肚皮吃吧，管够。你吃的是叔叔那份，不属于多吃多占，绝对没毛病！"

如果六叔能马上找到许曾，他后来的故事肯定就大不一样了；偏巧许曾去解大便，好半天也没露面。宝宝黏在了手上，六叔只好让他骑着自己的脖颈，站在人群的后面，看那场他根本就看不懂的红色革命。宝宝面对那些来回晃动的影子兴奋不已，在六叔头上雀跃着，忽然一股温湿，他撒尿了。童子尿顺着脖子蜿蜒而下，一直流到六叔的肚皮上，一点儿都没糟损。得到了充足灌溉的六叔放声大笑，在场的人全都回头嗔望。这时他才猛然想起，米新朵还在等他哩，怎么会把如此重要的事情给忘了？

就抱着宝宝，向那个草垛摸过去。草垛旁了无人影，只有一头散放的猪拱在里面酣睡。这么一折腾，六叔激荡的热情已然退去，变得理智清醒起来。自小在儒学和耳光的包夹之下，他一直把这档子事看得耻莫大焉，甚至超过了做贼为匪，怅然若失中也暗自庆幸，如果没有这一段插曲，那么此刻拱在草垛里的就不是猪，而是他们了。人非猪狗，焉能和猪狗争席？所以不到草垛来约会，那是很对的。

六叔折返回来，电影已经散场，送交了宝宝，就带着尿湿去找米新朵。六叔站在女宿舍外面，恭谨地敲着窗棂，轻声喊着米新朵的名字。米新朵倒在自己的铺位上，坚韧地哭着，一声都不应。

夏晴出来了，她披着衣服，对六叔冷笑说："马本良，天这么晚了，你还来敲女宿舍，叫魂儿似的喊女同志，影响多不好！你自己说说，还像个石油工人吗？还像个贫农的后代吗？"

六叔说："是我不对，我是来向米新朵道歉的。"

夏晴说："道歉？你做了什么对不起她的事？说出来我听听！"

六叔是不能说的，这只能是两个人的私密，何况又见不得人。他伏在窗子上，用一种压得很低却富有穿透力的声音说："米新朵，请你相信我，我永远……"当着夏晴的面，六叔找不到相应的语言，只好使用一个意绪模棱的省略号。

米新朵没吭声，而是抛过来一只胶鞋。胶鞋砸在窗帘上，玻璃发出一声危险的震响。

六叔看看一时没有和好的可能，只好讪讪地走了。

夏晴跟在了后面，走了一程才说："马本良，你等等。"

六叔站住了。

她说："看你烦躁不安的样子，是不是看黄色书籍看的？"

六叔委屈得都要哭了。他说："师傅，我对毛主席发誓，我看的那绝对不是黄色书籍。"

夏晴说："不是黄色书籍，难道还是红色书籍？"

六叔说："是不带任何颜色的书籍。"

夏晴哼了一声表示否定："你就撒谎吧，书怎么能没有颜色？看你这么紧锣密鼓，火烧火燎的，只怕这'三五八'，哪个数字你都保不住。”

六叔无话可说了。得承认，夏晴说得没错，这三个简单的数字其实相当严酷，稍一松懈，它们就会像多米诺骨牌一样，互相一碰，稀里哗啦就倒了。那一夜，六叔在外面待到很晚，想让清冷的夜风吹掉自己身上无端的燥热。荒原上，远处近处的灯火在升腾的地气里诡谲地眨动着。六叔对着星星月亮撒了一泡长尿，抖尽了最后的尿滴，看着自己那个奇丑无比瞬息万变的玩意儿，突然气恼起来。他左右开弓，扇了它两撇子，然后用好说好商量的口吻对它说，伙计呀，你能不能争口气？每当你蠢蠢欲动的时候，能不能替我想想？我能走到今天这步多不容易，你可千万别扯后腿下绊子啊！

第十三章

看完电影，许曾并没马上就走，非要抱着宝宝，拉着六叔，去见见焦洪林。

许曾说：“这是咱石油工人的遗腹子，你听说过吗？”

焦洪林说：“咋能没听说。可怜哪。”

焦洪林叹息着，翻遍了抽屉，也没找到好玩的东西，就把肥皂用水研了，弄一根笔杆吹泡泡哄他玩。五光十色的肥皂泡在眼前飘来飘去的，宝宝很高兴，伸手抓扯着，却又纷纷破灭了。

许曾说：“焦指导员，你看能不能帮个忙，替他在采油工里找个后爹，岁数大点的，条件差点的，怎么都行，反正是二茬子，也好让孩子名正言顺落上油田户口。再说，也不能让他妈总当人民公社向阳花呀。”

焦洪林说：“许队长，你们钻井队不缺单身汉哪。”

许曾说：“孩子他妈伤心了，钻井队的活儿既不安全又不稳定，她不想再找钻井工了。”

焦洪林说：“她自己也不是不能找，其实找个近便的公社干部，也比张罗户口什么的强。”

许曾说：“那怎么行，她是石油工人的家属，咱不能把她抛下。”

焦洪林踌躇了半天，才为难地说：“许队长，你和刘播刘指挥关系好，和马本良也不错，这谁都知道；可眼下气候不是那个气候，上下正搞‘三五八’，事情不好办哪。”

许曾说：“啥‘三五八’？石油工人本来找对象就难，只要是蹲着撒尿的就行，可你们还非要别象眼。”

焦洪林说：“这可是夏晴提出来的。”

许曾说：“你能糊弄住别人，糊弄不住我。夏晴一个简单纯洁的女孩子，能懂什么？是你拔苗助长，在幕后牵线呢！”

焦洪林说：“别管谁提出来的，都是为革命。这也是个大公和小我的问题。就像这孩子他爸，生命都牺牲了，难道咱就不能牺牲那么点事？”

许曾说：“啥叫大公和小我？铁人还给单身汉介绍对象呢，你怎么解释？”

焦洪林说：“许队长，别的忙我能帮，这个忙帮不上，你就多谅解吧。”

许曾沉默片刻，便苦笑一声说：“好吧，就算我磕错庙门了。”就这样，许曾甚至都没跟六叔认真告别，就揣着宝宝，赌气地骑上“小黑兔”走了，那样子，就像长坂坡上的赵子龙似的。

第二天，许曾把被钻井队“玩”够了的宝宝送回了家。宝宝正在萌话，双手挓挲着扑他，嘴上爸爸爸爸乱叫，叫得许曾脸红心跳，赶紧从韩桂花家里出来。正巧碰上萨边公社贫协主席老张才，因为打井借道的事，跟他没少打交道，彼此挺熟络的，就唠起韩桂花的事来。

老张才嘿嘿笑着说：“许队长，你跑得还挺勤的哩！”

许曾说："是我钻井队的遗属，不勤跑也不行啊。"

老张才说："你是不是有那个意思？韩桂花这女人挺不错的，如果你自己不好说，我给你当个媒人。这种事就像吸毒有瘾似的，人们都说，光棍易守，二茬子难熬啊！"

许曾说："你这可是乔太守乱点鸳鸯谱了。冯长发我们跟亲兄弟差不多，哪能动那个心思？传到油田上，也好说不好听了。要是你真想当媒人，就把知根知底的给她介绍一个吧，总这么寡居，也不是个办法。"

这时，萨边公社的民政助理于扶正巧从路上经过，老张才就来了灵感，说："你看那人咋样？刚死了媳妇，年龄正相当，户口办农转非，也根本不成问题。"

许曾审视一阵说："还行吧。关键是得韩桂花看好才行，你就给说合说合吧。"

老张才对许曾钦敬有加，真就当了一回事，很快就去说合了。

生了孩子，宝宝连拉带尿，满屋都是臊褯子，又有夜啼的毛病，家里还住着弟弟和弟媳，而且弟弟也有孩子，就不是那么一回事了。于是，韩桂花就从娘家搬出来了。以宝宝的名义，每月能得到油田九元六角三分的抚恤金，此外，韩桂花还要跟随大帮下地，土里刨食，挣微薄的工分，维持清贫寂寞的寡居生活。钻井队的人倒是常来看望，给宝宝带了很多好吃的，可只是蜻蜓点水似的一掠，马上又走了。

那一阵总下雨，下得人心烦意乱，许曾休班，喝了几口闲酒，把双手枕在脑后睡着，忽然就梦见了宝宝和韩桂花。就告诉副手，他要去萨边看看，韩桂花的房子漏不漏雨，假如漏雨，是抹碱土，还是苫小叶樟，回来再掂对……由于道路湿滑，摩托直扭脏，走了好半天时间，又在供销社买了一大包水果糖，才兴冲冲地来到了韩桂花家。

韩桂花说："许大哥，你先哄着宝宝，我到供销社买点东西，你在家里吃顿饭吧。”

许曾说：“不用麻烦了，我到馆子吃碗面条就行。”

韩桂花说：“你来了一趟又一趟，还没端过我的饭碗呢。我做饭赶不上马御厨，可也不难吃。”

许曾想了一下就说：“那好吧。把老张才也叫来，我们喝两盅。”也就是一支烟的工夫，韩桂花回来了，手上提了一些东西，后面还跟着个男人，不是老张才，竟是那个民政助理于扶。

许曾握手说：“欢迎欢迎。”

于扶说：“欢迎不欢迎，这话应该我说。我和桂花眼看就成了，往后，你就是客人了。”

许曾就有些难堪，说：“可不是嘛，你们能成，我高兴。”

这么说着，于扶果真就以主人的气派，直接挺进到堂屋的纵深地带，又挨着韩桂花坐下来，逗着宝宝说：“宝宝，谁给买的糖啊？吃吧吃吧，谢谢许大大！”

许曾心里不大舒服，却又装作没感觉，把那糖往宝宝跟前推着，也说：“吃啊吃啊，钻井队那么多叔叔，缺不了你糖吃！”宝宝很高兴，满炕爬着抓着，像一只幸福的水鸟凫在一片浮萍里。

于扶对许曾很恭敬，说：“许队长，许大哥，你尽管放心，我肯定好好待承桂花和孩子，事成之后，也请你主婚，让马御厨来主灶，大家一起，好好热闹热闹。”

许曾说：“没问题，只要桂花满意，我就放心了。”

韩桂花脸色红红的，说：“许大哥，话应该反过来说，只要你放心，我就满意了。”

许曾抽着烟，说了一大堆与房子漏不漏雨毫无关系的话，实际上他已经把这事给忘了。于扶见许曾黏着不走，就以攻为守点化说：“要不，你们唠吧，我先走了。”

许曾看看韩桂花并没有马上下厨房做饭的意思，就有些醒悟，掐灭了呛人的旱烟，很识相地说：“于扶，你是来谈对象的，我是来看孩子的，咱们目的各不相同，大方向却是一致的。你的任务比我的更重要，你走什么？应该我走，你还是接着唠才对。”说罢就抱起孩子，到外面溜达去了。

许曾嘴上说放心，还真就放心不下，总惦记着屋里，于扶和韩桂花在唠些什么。便也不远走，只在房前屋后逡巡，还时不时向里面窥探几眼。只见于扶嬉皮笑脸的，那手正在韩桂花的粉脸上摩挲，而且还要继续向下游走，大有攻城略地开疆拓土锐意进取的态势。许曾心里一疼一疼的，就骂，狗日的臭男人，刚认识了几天工夫，就敢动手动脚的？韩桂花也是个贱女人，咋不诈唬？咋不伸手挠他？就任凭他随便勘探？想冲进屋子警示，又觉得没道理。情急之中，就撺掇宝宝说：“宝宝啊，要坏菜。你看，你妈那么好的咂咂，你吃不到，反倒要让那个狗日的给嘬了。他凭什么呀？你哭，使劲哭，哭他个心焦麻乱，让他赶快滚蛋！”

然而宝宝是不能哭的。他嚼着那糖，嚼出很甜蜜的滋味来，咿咿呀呀的，淌了满大襟涎水，美还美不过来呢，怎么会哭呢？许曾就沉不住气了，也是一股急智，就拧了宝宝娇嫩的小屁股。宝宝哪能受得了这个，就哇哇大哭起来，那糖仍然含在嘴里，颤得一个欢实，就像哨子里的软木球球。于扶本想趁热打铁，继续向未知领域勘探，受了意外干扰，就不高兴了，满脸都是尚未消退的残红，踱出来门对许曾说：“老许大哥，咋回事？”

许曾说：“没球事，这孩子闹人，这孩子要找他妈呢。”

于扶说：“那就抱屋里来吧。”

许曾说：“你唠你的，没关系。”

于扶说：“许队长你看，你张飞卖瓜似的往那一站，孩子又这么穷嚎，谁还有心思唠？”

许曾说：“那你就快点儿唠嘛，我尽量哄着。”

许曾绕着房子又转了一圈，越想越不对劲，就对宝宝说：“孩子，你爸的井位，哪能让别人随便下钻！你哭啊，使劲哭，保卫母亲的时刻到了！”宝宝刚刚好了一点，哪里还能哭得出来。许曾看看没办法，又暗自下手，把宝宝拧得挣扎乱跳，那哭声十分惨烈，就像火警用的气猫子。这回于扶的脸紫巴溜丢的，就像过熟的桑葚，走出来提高了声音说：“许队长，我明白了，这是你故意弄的景儿。你到底什么意思？”

许曾把哇哇大哭的宝宝交给韩桂花，上去揪住他的领子，往外一搡，于扶就跌坐在地上。

许曾说：“什么意思？就是这个意思。大天白日，想到我们的井上来偷油，没门！”

于扶说：“你撒癔症了，还是喝多了？我们这是搞对象，又不犯你们石油上的那些规矩，再说，这也是你介绍的呀！”

许曾说：“冯长发是我兄弟，他没完成的钻进指标哪能由你接替？你懂我的意思吗？”

于扶当然懂，他爬起来，吐着血唾沫说：“好啊，你耍我。看着你为人挺豪气的，原来你肚子里没安好肠子。你破坏自由恋爱，撬了我的对象，还平白无故打人，我非去告你不可！”

于扶满脸悲壮地走了，经过许曾的摩托车，泄愤地踢了一脚，那车倒在泥地上，扶起来却再也打不着火了。

韩桂花满脸羞红，说：“许大哥，你玩笑开大了。”

许曾说：“我开什么玩笑，我是认真的。”

韩桂花说：“你用不着可怜我。”

许曾说：“那你就可怜可怜我吧。我实在舍不得让别人摩挲你。”

韩桂花看着宝宝无辜的小屁股，被拧得紫藕藕的，就像吐鲁番成熟的葡萄，心疼得不行，很奔放地哭着，摸起笤帚，劈头就朝许曾打去。许曾先是抱着脑袋任她抽打，看看打得差不多了，便用两臂将她环住。

许曾说：“大妹子，你就舍得真打？”

韩桂花说："你怎么能舍得掐我的孩子？"

许曾说："我看那家伙太不像话。为了捍卫母亲的神圣领土，让宝宝做点牺牲也是应该的。"

韩桂花挣不开身，便换了软拳，在许曾的胸口上连连擂着，说："许曾许曾，你可把我坑苦了。没有你，我哪能嫁给冯长发？不嫁给冯长发，我哪能有今天？"

许曾说："大妹子，我也说一句不要脸的话，自打见过你头一眼，我就喜欢上你了，只是那时冯长发没老婆而我有老婆，要不然能轮到他！"

韩桂花便伏在他宽阔的胸脯上，酣畅淋漓地大哭起来。

许曾是霹雳性子，而且是讲究效率的人，他比于扶来得更快，容不得韩桂花从容抒情，就用胡子拉碴的嘴将她封堵住，然后就横抱起来，直接放到了火炕上。他用滚烫的声音说："妈的，这么长时间没开钻，我的钻头都生锈啦！"

宝宝已经不哭了，而且用不着经管，很省事地在花花绿绿的糖果中间游弋着，就像是秋天殷勤的收获者，一粒一穗地细心撷拾着，高兴得咯咯直笑。炕的那头，许曾正在嘿咗嘿咗地高歌猛进，韩桂花乱发蓬松，从炕沿上直垂下来，随着许曾的节奏来回拂动。这一切宝宝当然是看不懂的，而且他太专注，对大人们稀奇古怪的炕上运动根本就没兴趣。

这种运动乐此不疲地持续进行着。许曾连连夸赞说，真是一口好井啊！问题是他们过于放胆，大白天既没插门也没挡窗帘，许曾在百忙之中稍一抬头，就看到了玻璃上贴着一串挤扁的脏脸，一群人手拿钩竿铁齿，正在同仇敌忾地等在外边。许曾并没慌乱，他耐心地完成了一个圆满的尾声，然后匍匐在韩桂花的身上说："别害怕，所有的事情我兜着！"

人是于扶喊来的。被于扶喊来的人除了亲戚就是朋友，是为于扶气不忿前来报仇的。于扶的祖先是前清流人，三辈人都在萨边方圆一带生活繁衍，这一点许曾就不能比了。来人被屋里的情景惊住，等到缓劲来，脸上都不是正经颜色了。就高喊着捉双冲进去，将两人擒住，先把许曾暴打一顿，然后就吵吵嚷嚷的，押解到公社来过堂。看热闹的闲人尾随着，一时群情激愤，就像当年斗地主分田地一样。

贫协主席老张才出面了。他想把人们轰走，可人们很顽强，就像潮水一样，刚退下去，呼啦又涨上来。看看轰不走，只好让他们列席参加，就在公社龟裂的山墙下，因陋就简地断起官司来。

老张才用手揉着脸上的褶子，那褶子都是酱紫色。他不好意思看许曾，好像被人捉双的是他自己了。

老张才说："老许，你看这事儿整的，叫我说啥好呢？假模假式地让我介绍对象，闹了半天，你自产自销了。"

许曾嘿嘿说："形势变化得太快，我不想让肥水外流，就直接那怎么的了。"

老张才说："你是油田的猛将，跑到我们乡下来惹花花事，让我多为难？我们对油田很敬仰，可不想把关系弄僵了。"

许曾的脸上还有鼻血擦出来的花蝴蝶，头发被揪扯得七零八落的，看着就像斗败的公鸡一样。只是那双猛兽般的眼睛，还在炯炯地闪烁，不屈地看人。

许曾说："你们把韩桂花放了吧，是我强迫她的。"

老张才说："强迫是啥意思？干脆说强奸多通俗明白。"

韩桂花披头散发地说："不是强迫，是我情愿的，我勾引他。"

老张才说："没强迫，那就是通奸，说白了，也就是搞破鞋。按说乡下搞破鞋不算啥新鲜事，苞米地里，场院草垛里，只要想抓，随时都有。可没见过你这么豪横的，本来人家正谈着对象，你愣把男的赶跑了，把女的直接就按到了炕上。怪不得人家叫你土匪队长呢，这不是欺男霸女吗？"

许曾说："老张才，干嘛说得那么难听。我们也是孤男寡女，顶多就是先开钻后领单，违规作业呗。至于因为什么，我也说不清。假如这个于扶不动手动脚，假如我不透过窗子看到，也许这一切就不会发生了。”

人们哄笑起来。韩桂花却嘤嘤地哭了。

于扶说：“张主席你听听，这叫什么借口？这不是霸王唱戏——硬叫板吗？我是摸了韩桂花，可我是咋摸的？是韩桂花故意让我摸给他看的。”

老张才十分不理解，惋惜地说：“韩桂花呀韩桂花，你可是我看着长大的，打小就本本分分正正道道，从来就没有花花肠子。你这么做是啥意思？”

韩桂花说：“于扶是我叫来的，我就是……我就是想试试，许队长他到底在乎不在乎我。他要是不在乎我，我就真跟于扶了……”

于扶说：“怪不得，你这娘们儿拿我当药引子了。这是什么正正道道的？整个就是奸夫淫妇，说成鬼鬼道道的还差不多！”

许曾说：“不瞒你说，实际上我和韩桂花早就很对心思了。虽说我到处给她介绍对象，可我心里舍不得她嫁给别人。”

老张才吃惊了，大眼睛睖瞪着说：“许曾，你和韩桂花到底好了多久啦？那个冯长发是不是吃了你嚼过的馍？这个宝宝是不是你们两个鼓捣出来的？”

许曾说：“老张才，你咋能想得那么卑鄙？我认识韩桂花时，并没有那种感觉。他们结婚时，扑扑通通就像宰牲口一样，我就隔着一块薄帘子照睡不误，沉得就像石头一样，这连马御厨都知道。冯长发死在钻台上，她，一个怀着七个月身孕的女人，在半路上就听说了，为了我们能平安生产，她假装不知道；我们怕她太悲伤，也瞒着她。她是提着三十七双草鞋去的，面带着微笑，就像没事人似的，收拾丈夫的遗物，为我们洗衣服……想想看，这是多么好的女人？说成伟大也不为过。后来，我，马御厨，我的全体队员，全都跪在了她面前……我经常想，能和韩桂花一起生活，把宝宝抚养大，也许是对冯长发的最大安慰；可我们谁都没说，连手都没碰过，连一个眼神都没有，只是在心里感觉着。只因为冯长发是我的队员，我只要一想这事儿，他就横在我和韩桂花之间……我……我实在是抹不开呀。”

众人唏嘘起来，有的女人抹起了眼泪。

老张才说：“你看你看，你们拐了这么大个弯儿，还不是又绕了回来，走到了原处，猛丁一家伙，就一步到位了。这回怎么就抹得开了？”

许曾嘿嘿笑：“就是一股急劲。多亏韩桂花的激将法呢。”

于扶叹息说：“闹了半天，你们拿我垫了床腿。许曾、韩桂花，你们可真够损的。”

许曾说：“起初也没那个意思，都是一步一步赶上的。于扶，你别见怪，就当是我俩的介绍人了，到时候少不了你的喜糖吃！”

于扶像哭一样笑了，他说：“新郎成了介绍人，介绍人反倒成了新郎，世上哪找这么稀罕的事去？你那喜糖还是送给别人吃吧，我不吃那玩意儿，我宁可吃毒药！”

老张才又用手揉起脸来。他说：“这叫什么事呢？简直就是一团择不清的乱麻，听听谁都没错，再听听谁都不对。我弄不明白，干脆孩子哭抱给娘，让你们油田处理去吧！”

第十四章

许曾“土匪招亲”的故事在整个油田引起了轰动。都说金刚钻井队队长，打井打到了老百姓的炕头上，让人逮了白条，打个半死，都敲锣游街了。薛明正在抓纠风整纪，听说后气得要命，就用电台跟金刚钻井队通话，命令许曾马上去见他。

许曾说：“薛副总，你看我这荒郊野地的，一时半晌也没车啊，明天行不行？我又跑不了！”

薛明说：“不行，我命令你跑步来见我！”

许曾知道薛明讲究雷厉风行，就带了两个干粮，一个水瓶子，瞄准总指挥部的方向，颠巴颠巴跑起来。六叔送了饭，正骑着车子往回走，见此情景，就跟骑起来。

六叔说："许大哥，我带着你吧，咋也比跑着快！"

许曾不干，他说："薛副总是军人出身，办事一板一眼的。他让我跑步，我也得以服从命令为天职，坚持四个一样，把跑步当成任务来完成。"

六叔看着他呼哧带喘的样子，一时憋不住笑了。

六叔说："咋搞的？别人正在身体力行'三五八'，你当队长的偏要顶风上。"

许曾说："你没遇到那种刀出鞘枪上膛的时候，就像大钻机轰轰隆隆开动了，钻杆就要跟着往地下钻，想停住也不可能了。"

六叔说："晋元峰也听说了，乐得差点儿背过气去。他说，你这是情景剧，层递累加到了一定火候，又因为独特的情景突然爆发的。他还说以后要把你的故事编成戏呢！"

许曾骂了一声说："可惜了一个学石油的大学生，生生弄丢了脚指头，去当酸文假醋的文人了。干那玩意儿那有多危险？比我们钻井的活儿还危险十倍，说不定啥时候就弄张脚了。再说，也是隔着皮袄挠痒痒，他那边还在哼哼呀呀唱《西厢记》呢，我这边都钻出油来啦！"

六叔笑得撑不住，从车子上掉下来了。

六叔说："你和韩桂花挺合适的，而且也是内部消化矛盾，自我解决困难，领导应该表扬你才对。"

许曾说："马老弟呀，你别寒碜我了。这一次，说不定就要我的'嘎啦哈'了。"

六叔说："我挺钦佩你的，别看你有点儿匪气，可你活得比我真实。"

许曾说："你咋不真实了？我觉得你挺真实啊。是不是焦洪林那狗日的总往墙角逼你？"

六叔说：“那倒不是，他对我也挺好的。我是……”

看他吞吞吐吐，许曾就说：“我看，你还是跟刘播上萨 E 采油指挥部吧，把那个傻妞也带着。”

六叔含糊地应承着，却很明白，许曾是许曾，他是他，经验是不可照搬照抄的。良种场的马群就在附近放牧，领头的霜白马脖子上吊着一根横杆，只能小步慢走，一跑，那横杆就磕打前腿膝盖。这让六叔心里很难受，身上跟着那马一样疼着。

从井场到总指挥部，直线距离也有五六十里地，许曾跑得大汗淋漓，本来能搭乘的车也不敢坐，就那么一直跑到了薛明的办公室。已是晚上八九点钟，薛明还在伏案工作，桌子上摆着两大海碗面条，因为时间过久了，都泡得又粗又囊，看着就像一些纠结的蛔虫。薛明看看许曾，用下巴指指面条说：“先吃吧，我陪你共进晚餐。”许曾嘿嘿笑着说：“也对，要死也得做个饱死鬼！”

两人就隔着桌子相对而坐，一人一碗，呼噜呼噜地吃起来。不到两分钟，面条就吃完了，连汤汤水水都喝得精光。

薛明说：“吃饱了没？”

许曾说：“吃饱了。”

薛明说：“吃饱了就回去吧。”

许曾蒙了，说：“薛副总，你这是……”

薛明说：“坐我的威利斯回去吧，小杜在外面等你呢，对你已经处分过了。”

许曾说：“这算什么处分？”

薛明说：“赶快把结婚证扯了，不然堵不住大家的嘴。”

许曾鞠躬说：“谢谢首长。”

薛明说：“要谢也别谢我，你谢严副总吧。依我的意思，一定要挥泪斩马谡；可他笑呵呵地说，许曾不是马谡，所以既不必挥泪也不必斩人；他是一员猛将，让他多打几口井，能跟在铁人后面，超过美国王牌队和苏联功勋队，就当是将功补过了。”

许曾说："要不把我撸了吧，我当司钻去。我也知道，这次闹得影响挺大，不处理不足以严肃纪律。"

薛明说："你还跟我黏糊什么？我可不像严副总，高举轻打，紧拉慢唱，你再晚走一会儿，说不定我就改主意了！"

许曾说："那就谢谢组织对我的宽大！"说罢便推开门走出去，走到走廊，他蹦了一个高，嘿嘿地偷着笑了。

第二天，许曾就领着韩桂花到萨边公社开介绍信去了。于扶正好管着这摊子，故意避而不见，还是老张才钻到桌子底下，像个功夫不逮的老小偷，窝得老脸通红，从抽屉后面曲折地塞进手去，才把公章掏出来。老张才说："我活了这把年纪，地主富农贫雇农，土改镇反三五反，什么稀罕事都见过，就是没见过你们这么搞对象的，比古人阵前招亲还热闹呢，可真让我开眼啦！"

不到一个月，许曾就把家搬到采油三大队来了。搬家那天，是六叔给上的灶，钻井队帮忙的弟兄都喝得东倒西歪的，大哥大嫂地乱叫一气，在屋里又唱又跳，还把干打垒的山墙弄出一片尿道子，那滋上去的高度令人惊异，差点儿就把阶级斗争的标语给淹了。焦洪林看了很不高兴，私下对六叔说："什么领导？上梁不正下梁歪。还是金刚钻井队哩，简直就像一股流寇！"六叔赶忙说："你可不能这么说，这么说那是瞎子摸象，要让许曾听到，不揍扁你才怪！"

由于采油队和钻井队毗邻，家属混居一处，韩桂花把孩子寄放到别人家里，就跟着大帮下地了。有一天，许曾在回家的路上遇到六叔，就悄悄嘀咕说："马老弟，你说，这世界上到底有没有鬼？"

六叔怔住了。

许曾说："我跟你嫂子一办那事，她就说看见冯长发的影子在屋里晃荡。有好几次，都弄得半途而废。唉，合金钢钻头遇到了铁砂层，时间一长，还不得两败俱伤！"

六叔想到了三大队二号井的事，便涩涩一笑说："所谓心里有鬼，八成是心理因素吧。"

许曾："我想给冯长发上上坟，你能陪我去吗？"

六叔答应了。一个用科学手段钻取石油的宿将，竟然还伴随着一些小迷信，正是这种糅合，他才觉得许曾比刘播更有意思。

六叔骑车子，慢鸟先飞，许曾一家骑摩托随后跟到。来到那片墓地，找到了冯长发的坟头，还没等摆好祭品，韩桂花就哭起来，跪下说："长发呀，孩子太小，我又太年轻，还有那么长的日子哩，你体谅我吧！"

荒原的风飕吼着，那氛围让人发瘆。

宝宝什么也不懂，在坟前匍匐着，对那个碱土包包很诧异。他看到坟上有一株柔弱的小草，碧绿碧绿的，就伸手去薅，却被许曾拦住了。

许曾说："宝宝乖，宝宝懂事。你爸爸喜欢绿色，绿色就是生命的颜色，你给他留着吧。"

六叔把宝宝抱起来，折了一朵小黄花哄他。

韩桂花持续地哭着说："长发呀，你一晃死了三年多了，我苦熬苦守，并没对不起你。许大哥对咱可好呢，就是报恩，嫁他也是应该的。再说，他是堂堂的钻井队长，大名远扬，要找女人，什么样的没有？我一个农村女人，吃的都是带皮的粮食，他并不嫌弃我，这已经够可以的了……"

许曾打断韩桂花说："你说得差不多了，该我的了。"也跪下来，咚咚咚磕了仨头，抬起脸来，泪就下来了。

许曾说："兄弟呀，我真想你呀。事情到了这一步，我得告慰你一声，你就放心吧，老婆孩子，大哥我全面接管了。"

韩桂花还哭，这回是抱着许曾哭的。

许曾发誓说："要是我许曾今后丧良心，你就钻出来抓我！要是你觉得不公平，将来让桂花跟你并骨！"

这话说得太过，已经属于毒誓。六叔瞪着许曾，示意他不要信口胡说。许曾却刹不住，又说："这辈子，我当了个石油工人，死了也知足了。如果人能变成石油，我就要求深葬；可人是变不了的，我要把我的骨灰掺和到泥浆里，让它随着钻头，一直下到油层里，和石油做伴……”

韩桂花没让他说完，就把他的嘴堵住了。他们相拥而泣。六叔用脸紧贴着宝宝娇嫩的小脸，却发现两张脸之间都是泪水。

回到宿舍，焦洪林正带着人刷墙，四处是淋漓的白灰浆，把六叔精心糊上去的烟盒纸都盖住了。六叔还没来得及发火，焦洪林就和蔼地对六叔解释说：“工人宿舍是咱的家，毕竟又不是咱的家，不能花里胡哨的，想怎么弄就怎么弄，今天你贴了烟盒纸，明天就有贴生理卫生挂图的。工人宿舍是半个军营，就应该整齐划一。行李我替你叠好了，往后照着叠就行，必须见棱见角，横竖成线。”

六叔瞥一眼行李，果真像一块刀切的大豆腐，整洁虽整洁，却给人僵硬的感觉。

六叔说：“我摆上一把鲜花行不行？我贴上雷锋像行不行？我挂上一面国旗行不行？”

焦洪林看出六叔有抵触，又补充说：“这不是我别出心裁，这也是上头要求的。”

六叔没吭声，他很清楚，任何挣扎都是无望的，何况白墙也不错，尽管这很像医院了。焦洪林一走，他就拿起抹布，把洒在炕上的白灰浆一点一点揩干净。

就在这时，六叔发现了窗外扒着一个似曾相识的身影，只因脸挤在玻璃上，五官都变形了，他一时没认出来。

六叔说：“你找谁？”

那人呵呵地笑了，说：“小六子，咋连我都认不出来了？我是喜子啊！”

这两个久违的小名让六叔的心猛跳了几下，脊背上顿时凉飕飕的，一下子就瘫在炕沿上。这辈子他最不想见到的那个人，就这么突然出现在他的面前。

陈南喜走进屋来，站在门口，从头到脚上下打量着六叔，然后靠近前来，伸出一只手，钳住他的工作服，一语双关地说："这身衣服挺好嘛，你可得好好穿着。"

六叔颤动着喉咙，仿佛血都凝住了。

六叔说："你咋来啦？"

陈南喜大大咧咧坐在六叔身边，抓起他的茶缸，先喝了几口残茶，才说："我爹死啦！"

说这话时，陈南喜很平静，就像报告家里的农事，却让六叔大感震惊。陈支书不过六十搭边，是个很劲道的瘦干干，平时很皮实，又是古道热肠的一个好人，怎么能说没就没了呢？六叔细致询问了病情和安葬情况，伤感了一阵，便说："喜子，你既然来了，就多住几天吧。陈叔叔对我有恩情，他的事我没赶上，那把这些钱带回去，就算表示我的意思了。"

六叔把手伸进衣服口袋里，还没掏出来，就被陈南喜拦住了。他笑嘻嘻地对六叔说："小六子，你别忙着掏钱，咱哥俩谁跟谁呀。我的意思是，反正爹也没了，在乡下待不住了。我不想再当泥腿子，我想当油鬼子，就投奔你来了。"

六叔大吃一惊，忙说："这怎么行，我就是一个小工人，自己都胡噜不过来呢，怎么能管你？"

陈南喜说："我都打听明白了，你可不是一般的工人，你马御厨是通天人物，大名远扬啊，要不然，这么大的油田，我哪能找见你？"

六叔明白了他的意思，又不是很明白他的意思。他尽量稳住情绪，连哄带劝带央求地说："油田的条件太差了，你也知道，当初我要来，你不是横扒拉竖挡的吗？"

陈南喜说："当初是当初，现在是现在。我听说，油田不是抢先实现共产主义了吗！"

六叔说："哪有这八宗事？也就是刚刚吃上几顿饱饭。"

陈南喜说："这不是我瞎说的，而是你在信里写的。你看，坐车不花钱，洗澡不花钱，理发不花钱——这还不是初步共产主义吗？慢慢扩大，就什么什么都不用花钱了。"

六叔差点儿给他跪下。

六叔说："喜子，这两年不是头两年了，油田上也不是想来就能来，想走就能走。再说，我也知道你，游手好闲好吃懒做的，要力气没力气，要本事没本事，你让我怎么办？"

陈南喜说："你不是当着厨师吗？有你吃的就有我吃的，我就跟着你捡点儿残渣余孽什么的，能填饱肚子就行。"

六叔说："我这个厨师是很死性的，这谁都知道。再说，这是特大油田，是国家的心尖子，不是咱们的小村子，工人干部都有编制，想挤进个人来，比登天还难呢！"

陈南喜说："没关系，慢慢想办法。你们不是讲究有条件要上，没有条件创造条件也要上吗？这回我可是非上不可了！"

六叔说："你让我给你牵马坠镫都行，可要想安排工作，只怕门都没有。再说，我也不能把囊膪当好肉，惹别人总骂我。"

陈南喜说："难道你就能眼看着我饿死？你爹坟上的草都一尺高了，我爹可是尸骨未寒呢。"

陈南喜的潜台词是很明显的，他在要挟六叔。可六叔又有什么办法呢？他没有任何办法，如同一头拴了鼻瓤的老牛，上哪儿不上哪儿，只能由他牵着走。

六叔留陈南喜在大队上住了一宿，就拐了好几个弯，求这个那个帮忙，最后把他安顿在萨边公社韩桂花娘家的村子里暂住，还塞给他二十元钱。那天六叔去送他，贫协主席老张才手拍胸膛说："安排一个农民不算什么，在哪不是种地？可你得给公社食堂做一顿饭，让我这个贫协主席也当一回皇帝。"这是不成问题的，六叔不过是举手之劳。喝了几杯烧酒，老张才高兴起来，他说："你们是贫农后代，我是贫协主席，咱们属于同一支革命队伍，连番号都是一样的，给你们办事，那都是我应该应分的。”陈南喜就嘿嘿乱笑，用古怪的眼光看着六叔，擎起杯来跟他碰，话里有话地说：“小六子，干一个吧。老乡见老乡，两眼泪汪汪；贫农见贫农，两颗心都疼。从今往后，咱俩臭死一窝，烂死一块了！”

那些日子，六叔就像川菜里的“水煮鱼”一样，在滚油沸水辣子里苦苦熬煎着。看六叔人挺蔫的，张老板就说：“是不是叫那个‘三五八’给弄的？其实，除了饿不能挺，别的啥都是能挺过去的。假如说赶上了战争，假如蹲了笆篱子，酒色财气，吃喝嫖赌，还有啥不良习气戒不掉的？实在不行就自摸，书上说了，那对健康没坏处。听说美国大兵上战场，部队上还发给充气的洋娃娃呢！”

六叔照他的腚上踢了一脚，骂了一声“恶心！”

张老板嘻嘻哈哈地笑着，又扒在六叔耳朵上，鬼鬼道道地说：“昨天我到焦洪林屋里去，想翻翻他铺上的日记本。你猜咋着？那本子底下盖着一大块……咋说呢，就算是落地原油吧。”

六叔沉默着，良久无语。

张老板走了，一边走还一边嘟囔说：“往后我可不能再干这种事了。木匠的斧子，剃头的刀，跑腿儿的行李，大姑娘的腰——民间四大娇性，都是碰不得的，这比偷看日记还不道德呢。”

米新朵也察觉了六叔不大对劲——过去他凑着她，现在他躲着她。那天看他上水房打水，便循迹而来，跟踪而去，想试探一下或者劝慰几句，为了遮人耳目，还故意提上了暖水瓶。水房的电灯正巧坏了，光线很昏朦，无意中制造出了一种暧昧的情调。按说他们明里暗里都好了好几年了，此情此景如果毫无作为，那就不正常了。可六叔完全不在状态，强打精神，连笑都很勉强，只是规规矩矩地站着，礼让三先地说着：“你先打你先打！”米新朵大失所望，发亮的眼睛马上黯淡下来，一句什么都没说，提着水壶，转身就走了。

第二天，米新朵有病了。夏晴告诉六叔这个消息，脸上的表情怪怪的，六叔就知道，米新朵三分是真病，七分是心病，是在给他创造补救的机会呢。六叔觉得不便亲手给她做病号饭，投料多少，档次高低，未免担嫌疑，就让别的厨师做好，是面条荷包蛋，淋了香油，放了白白绿绿的翡翠葱花，自己给端去的。

米新朵躺在被窝里，秀发蓬松着，流泻在枕头上，有意无意，裸露出两个圆润白皙的肩膀，这让六叔心里一跳一跳的。

六叔说："感冒吗？"

她说："可能吧。"

六叔说："吃药了吗？"

她说："还没有。"

六叔说："那就先吃饭吧。是饭强过药，不抓紧吃就要坨了。"

就把那碗面条挑起来，吹啊吹的，说："凉了，你吃吧。"

米新朵并不吃，她穿着亵衣，躺在被窝里，是不便坐起来的。再说她迫切需要的不是饭，这一点六叔也知道。米新朵抽抽她那卓越的鼻子，一对柳眉便蹙了起来。

她说："马御厨，这面条是你做的吗？"

六叔只好实话实说。

她凄迷地笑起来："你不就是个做饭的嘛，世界革命的重担又不是挑在你一个人肩上，干嘛那么认真？怎么来个领导你费了牛劲做面条，自己心爱的人却吃不到？"

六叔说："公是公私是私。再说，现在不是提倡那什么嘛……"

米新朵差点就要哭了。她看六叔木木地坐着，就采取了诱敌深入的策略，让他摸摸热不热。翻翘的被子深处，隐隐露着一片奶白的隆起，六叔所渴望的东西近在咫尺，只要伸伸手，一切就都来了；可陈南喜的影子总在他面前晃荡，形势如此危急，如果有过当之举，那就等于毁了自己，也把心上人毁了。于是六叔战战兢兢，像蜻蜓点水一样，手在她额头上迅疾而敷衍地一落，就说："真烫，就像是烙铁。"其实米新朵一点都不烫，瓜熟蒂落，她实实在在是思春了。

六叔终于给自己找到了台阶。他说："现在我到底想明白了，

‘三五八’还是有道理的。我小时候学厨，我老爹故意把好吃的摆在我面前，我一馋他就扇耳光，扇来扇去，就培养出了君子之德。去欲，也是做人的修养啊。”

这相当于声明和宣言，差不多就把六叔的不正常掩盖了。六叔的心境十分灰暗，他很清楚，自己从一个谎言跳进了又一个谎言里；只要身份不明确，今后他就将永远在谎言里跳来跳去。走出屋子，他听到了米新朵在嘤嘤地哭着，她咬牙切齿地说了一句：“那好吧，马御厨，你就做你的真君子吧！”

第十五章

那天六叔正忙着做饭，萨边公社的老张才打来电话，非他过去看看，说是陈南喜喝多了酒，一跤跌进粪坑里，把尾巴根儿摔劈了，住在公社医院里，医院要押金呢。那一刻六叔几乎窒息，好像有一双无形的大手在背后掐住了他的脖子，而且在一点一点收紧。他把菜刀往砧板上重重一剁，向着苍白的阳光，无声地笑了。他带上存折，找个借口来跟崔大可请假。崔大可很痛快，也不刨根问底，这反倒让他挺不自在的。

公社医院挺简陋，不过十几张病床，被褥脏兮兮的，看不出本色来。墙上还有纵横交错的臭虫血锈，被抿成黑褐色的彗星状，好像远古留下来的神秘图谶。陈南喜正在酣睡着，呼噜打得肆无忌惮，如果不是脸上有一块擦伤，根本就不像病人。屋里只有他们两个，六叔站在床边，静静地看着他，那张粗鄙的脸唤起了他对往事的记忆，怎么也引不起一丝好感。

陈南喜醒了，看见六叔，满脸委屈，甚至泪汪汪的。他说：“小六子，你可来了，我举目无亲，身无分文，你再不管我，我就成他乡野鬼了！”

六叔好半天说不出话来。

陈南喜说："你是不是以为，我是故意摔坏的？"

六叔摇头说："那倒不是。"

陈南喜说："我也不想给你添麻烦，可走到了这一步，只能先这样了。受伤住院，这是意外，钱你先给垫上，我以后有了再还你。"

六叔说："你身强力壮的，怎么也得找点活干哪，我每月只有二十六元钱，哪能供养得起你？"

陈南喜说："我也不多要，每月你那二十六块钱，你我一半一半就行了。"

六叔说："你的意思是，我得把你当爹养着？"

陈南喜用怪异的目光看着六叔说："小六子，你咋这样说话？美不美，故乡水；亲不亲，故乡人。我有了难处，你不帮我谁帮我？我也不求别的，能给我找一份工作，就不会拖累你了。"

六叔没再出声。很显然，这是一根扎在他心上的毒刺，无论拔与不拔，都是致命的。

六叔交了押金想走。

陈南喜又说："你咋来了就走？闪下我一个人，孤苦伶仃的。我三天五日的行动不方便，一个人也腻味，你就留下陪陪我吧。"

六叔说："那怎么行。队里缺了领导行，缺了我就得停产，就得出人命。"

陈南喜说："要不，我替你跟你们领导请假？就怕我说着说着走了嘴，影响了你的进步。"

六叔听懂了他的弦外之音，就说："好吧，我打个电话试试。"

六叔来到医生办公室，往三大队打了电话。拿起话筒的时候他就明白，他必须接着撒谎——他是个大老实人，同时也是个大骗子。两个马本良就这样不可思议地糅合在一起，这就像他亲手做成的两掺面发糕一样。

六叔对焦洪林说："我有一个老乡，子一辈父一辈，是世交，他父亲对我还有救命之恩。他来油田看我，不小心摔骨折了，我想请假伺候他几天。”

焦洪林沉默了片刻说：“这么多年，你勤勤恳恳，从来都没请过假，不给你假就是我的不对了。这样吧，你回来，让张家生替你，反正他有过伺候病人的经验，大队离不开你。”

想一想焦洪林的奶奶病危他都没回去，现在却为他一个老乡的事开了绿灯，六叔既感激又惭愧。

六叔和张老板在半路上遇见了。他对六叔说：“米新朵也病着呢，你照看她吧，要不还得麻烦崔大可。”

六叔警惕起来：“崔大可怎么啦？”

张老板说：“怎么也没怎么，我看他总往米新朵的宿舍端病号饭哩！”

六叔松口气，自欺欺人地说：“都是一个锅里搅马勺，工友加兄弟的关系，很正常，他那是替我慰问病号呢。再说，有‘三五八’管着，我不敢，他就敢啦？”

崔大可很喜欢和女性打成一片，这是谁都知道的。晋元峰曾经给他起个了外号，叫崔春泥，取“落红不是无情物，化作春泥更护花”的意思，崔大可倒也并不反感，他说，都是阶级弟兄阶级姐妹，不分亲疏厚薄，能帮就帮，这有什么可说的？

六叔的日子很恓惶，就像罪犯等待判决一样。焦洪林发现了这一点，那天非要和他谈谈心。六叔只好鼓起勇气编造说，我就是想我老爹，想得“迷了摸了”的，无论白天还是晚上，眼前总是他的影子。焦洪林说，想你爹比想乱七八糟好。你爹老贫农，也是咱们学习的好榜样。哪天咱们得搞搞忆苦思甜，只有不忘阶级苦，才能接好革命的班。

六叔刚从焦洪林的办公室出来，就碰见迎面走来的夏晴，他们两个在门口交臂而过，谁都没跟谁说话。夏晴出来时眼睛红红的，似乎刚哭过。六叔问她因为什么，她一声不吭，捂着鼻子，身子扭扭摆摆的，很快就跑回宿舍去了。六叔还想问焦洪林，却见他满脸怒气，显然正为什么烦心事发火着呢。

这时正巧有两只野狗在空地上连裆，那样子十分胶着，几个路过的就围着呆看，脸上竟有妒羡之色。焦洪林怒火冲天的，上去就是几脚，把那一对丑态百出的狗踢得哀号不止，却仍然牢牢锁定着不肯撒开。焦洪林就大骂起来，说这狗日的狗，色胆包天了，竟然敢在光天化日之下，跑这来乱搞两性关系，煽动不良情绪，该打该杀了。说着就操抄起一根棍子，往两狗的结合部一顿猛打，那狗忍不住疼，终于开释，一溜烟跑没了。张老板也在看客之列，见了就疼得不行，像是打到了他的身上，打抱不平说，你以为人讲“三五八”，狗也讲“三五八”？人家那是自由恋爱，合法婚姻。你干嘛这么残忍？萨边那个于扶对待许曾和韩桂花也没这样，还得等着把事办利索再说呢！焦洪林烦躁地一挥手说，你知道个狗屁。再对这种事听之任之，就要出大事了！

六叔感觉到了什么，马上就去看夏晴。

米新朵正在宿舍门外坐着，神经兮兮的，正唱着“花儿为什么这样红”呢，不是纵情高唱，而是猫儿一般喵叫，有一种偷偷摸摸却又难以抑制的味道。六叔和她打招呼，她故意把头别过去不看他，六叔进了屋，问：“师傅，谁欺负你啦？”

夏晴倚着墙，斜坐在炕沿上，手拿着毛巾，很压抑地哭着。

六叔说：“敢欺负我师傅，我可跟他没完！”

夏晴一声涕泣，就扑到六叔怀里来了。她只哭不说话，两个肩膀剧烈地抖动着，完全是楚楚可怜柔弱无助的样子。六叔抚慰着她，忽然觉得，这一刻她很动人。

六叔说：“师傅，我欠你的，你说吧，我得为你壮烈一次。”

夏晴没说，她好像意识到了什么，很快就恢复了常态，忽然推开六叔说：“你走吧，我没事。我挺好的！”

六叔看着身上被眼泪洇湿的地方，无声地笑笑说：“我还以为你不会哭了呢，毕竟还会。女孩子，想哭就哭吧，歌里不是唱，眼泪会使玉石更白吗？”

夏晴说：“什么女孩子，娇滴滴的，麻应人。是生产上的事，已经处理完了，出去不能对别人乱说。”

六叔知道，作为劳模的夏晴不可能向他吐露什么。他仔细梳理一下感情，觉得实际上已经和她相当隔膜，而且越走越远了。夏晴什么地方不好，他也说不清；尽管夏晴有些假模假式，可她的人缘还是好于米新朵，这是很明显的。六叔讪讪地走到外面，米新朵不唱了，她站起身来，脸上做出了寻衅的微笑，忽然问六叔：“马本良，我想向你请教两个问题。”

六叔说：“啥叫请教，我也懂得不多。”

米新朵说：“你肯定懂，你没少读书。”

六叔说：“那你就说出来吧，我试试。”

米新朵用挖苦的口气说：“御厨和太监是不是一码事？”

六叔窘住了，也明白她这是借竿子打枣，讥讽他呢。

六叔说：“那怎么能是一回事呢？虽然都在宫里，那完全不是一码事，区别是很明显的嘛。”

米新朵说：“我哪懂这个，这都是你们后宫里的乱事，我还以为，御厨和太监是一码事呢！”

米新朵的话很恶毒了，可六叔能说什么呢？他什么都不能说。一个人，怀里揣着一颗哧哧冒烟的手榴弹是什么滋味，六叔就是什么滋味。此刻要是有人上来往他脸上啐几口，他连擦都不能擦了。

米新朵说：“追二兔者并失之，这话是什么意思？”

六叔惊讶了：“你从哪知道的这话？”

米新朵说：“这还是我在宣传队那几天，听晋元峰说的。”

六叔凄惨地一笑说：“这意思和脚踩两只船差不多，甚至比那还厉害。可谁追二兔来着？想追也得有那本事。就是追一兔，还跟头把式的，说不准能不能追得上呢。”

六叔生怕米新朵说出更难听的，赶紧逃开了。回到宿舍里，坐也不是，站也不是。忽然就很想抽烟，想得汹涌澎湃，不能自禁，在地上发现了一截挺长的烟蒂，拾起来嘬了两口，呛出一长串犬吠般的咳嗽，就熄灭了它，放在嘴里猛猛地嚼着，然后全都咽进了肚子里。

张老板从萨边回来，气鼓鼓地跟六叔说："你那个混账老乡真不是个东西，能走能蹽的，还特能吃，换了别人，早就下地干活了。他可好，故意哼哼唧唧的装人民功臣。这且不说，还往死了使唤我，让我给他洗脚搓背，还端屎接尿，他可真好意思！"

六叔赶忙说："他是自小娇惯的。"

张老板说："他爹是不是地主老财？简直就是'光荣虫'一个，咋看咋像剥削阶级的种。"

六叔忐忑着说："恰恰相反，他爹是村支书，铁杆老贫农。"

张老板说："他拉的屎太他妈臭了，差点儿把我熏背过气去。大概人坏一些，屎也就臭一些。"

六叔嘿嘿赔笑，又问："他说什么了吗？"

张老板说："没有。他就是说，和你一般般大，一茬子长大的。"

六叔说："虽说一般般大，可完全是不一样的。打小时候开始，我学做饭，他学吃饭，那怎么能一样呢？发展方向正好是两拧的。"

张老板说："一个老乡，尽尽情义，也就算了，别跟这种操蛋分子来往，更不能深交，听我的没错。"

六叔就含糊其词地答应着，一颗心就像腌在盐卤里一样。

一连过了好几天，三大队太平无事。那天晚上，夏晴把脸探进卖饭的窗口里，来跟六叔借圆珠笔。这么简单的求助，六叔当然很爽快，可看她的神情挺不自然，又不免多问了几句。

六叔说："你不是有圆珠笔吗？"

夏晴说："我井上那支笔一冻一化的，不爱下油。"

六叔说："送给你了，我这还有。"

夏晴说："那怎么行，用过我再还给你。"

夏晴躲躲闪闪半遮半掩的，就去上夜班了。

吃过晚饭，焦洪林叫六叔，带上家什和他一起去逮狼。六叔一时蒙住了，仔细一问，才知道有人打夏晴的主意，他们是要逮"色狼"去。六叔立刻怒气冲天，说怎么能欺负我师傅？是可忍孰不可忍，这对我也是极大侮辱。六叔屋里屋外找了半天，最后还是选定了那柄祖传的炒勺。它一直未能物尽其用，消闲地锁在他的橱柜里，作为武器使用，掩在怀里也比较隐蔽。

一共七八个人，全副武装着，夜袭队一般，悄悄来到了夏晴值班的计量间外面埋伏。只见一辆摩托在外面停着，透过薄布窗帘，能看到一男一女两个剪影，却听不见他们在说什么。

六叔说："狗日的到底是谁？我进去把他提溜出来！"

焦洪林说："那不行，都是提上裤子不认账的事，没有确凿证据哪成？咱们不但要惩恶扬善，还得杀鸡儆猴，没有绝对的把握，弄不好就是打不住狐狸反惹一身臊！"

焦洪林一连说了好几种动物，这让六叔感到了一股突如其来的凉意，他磕着牙齿说："难道……还要等到那种千钧一发的时刻？"

焦洪林说："没问题的，夏晴不是会女子防身术嘛。再说，我都布置好了，就是要赶在节骨眼上。只要他一褪裤子，就让夏晴在他小肚子上画上油笔道，看他还有什么可抵赖的！"

六叔这才明白，夏晴跟他借圆珠笔的真正功用。

没过多久，就见两个人影揪扯起来。只听得一声高亢的尖叫，铁皮门被撞开，夏晴先跑出来，那人也跟着跑出来。众人发一声喊，立刻冲了上去。那人发觉势头不妙，就跌跌撞撞跑向旷野。后面的人手里高举着家什，一路兴奋地呐喊着猛追不舍，形同一场围猎。那人看看无路可逃了，就径直向大泡子逃去。焦洪林冲在最前头，追者与被追者全都急剧地喘息着，眼看都到了体能的极限。焦洪林高喊："你站住，想跑是跑不掉的，再跑就是死路一条！"一弯新月下，大泡子波平如镜，坚冷如冰，反射着深重生硬的幽光——那正是深水处。也不知道那人是想逃生，还是想自杀，只见他一纵身，就跳了进去。刹那时，冰面被打破，一簇美丽的浪花升到半空，又溅落下去，旋即一切归于平静，只有破碎的涟漪，还在沉重而沉缓地扩散着。

原来这人就是黄凯。走投无路的黄凯，就这样窝窝囊囊遗人笑柄地死掉了。本来他早就想把家搬来，因为落户不那么容易，要分期分批，才耽搁下来。也许正是没把家搬来，才出了这档子事；正是因为这档子事，他也就永远搬不成家了。

后来人们才知道，黄凯踅摸夏晴已经不是一天两天了，人前人后总夸夏晴“偷着俊”，越看越有味儿。趁他值班，就常上夏晴那儿腻着。起初夏晴还不好意思说破，黄凯就蹬鼻子上脸，那天喝了酒，借口要捉“光荣虫”，索性就在夏晴的值班室里把裤带解开，露出葳蕤的一片林莽。夏晴是什么人，岂能上他的圈套？回头就向焦洪林汇报了，后来的一切也就都在掌控之中了。被打捞上来的黄凯已经膨大了一圈，有意思的是，他的小腹上光洁如许，根本就没有油笔道。原来夏晴在紧要关头过于慌乱，竟然忘了摘油笔帽。后来晋元峰评论说，黄凯未免太拙劣了，人家司马相如向卓文君示爱是“以琴挑之”，他以什么挑之？这已经是赤裸裸的流氓行为，收拾他是不冤枉的，只是方法有些欠妥。

那一阵全大队都很沉闷，谁见谁都不笑，说话也很勉强。作为当事人，夏晴就更难堪，很少在人前露面，吃饭都是米新朵给打到宿舍去。米新朵故作平静的脸上有一种胜出一局的窃喜，反正这种埋汰事没有什么绝对的受害者。很多人都认为，黄凯完全可以不死，逮住了也不过就是脸皮热一热的事，干嘛非要冒险跳水呢？大概是想找芦苇荡藏身，结果误入了深汀，水性又不好，结果就轻于鸿毛了。地富反坏右被人民专政着，殃及了上下辈，还死皮赖脸地活着，这种事又有什么不能活的？又认为夏晴自作自受，非要倡导“三五八”，把本来循势流淌的一江春水憋得决堤，最后冲了自己。至于焦洪林，就更招骂了，所谓穷寇勿迫，不就是老大没管住老二嘛，又没犯死罪，干嘛设套让人钻，还非往绝路上逼？焦洪林也知道泛滥在群众中的不满情绪，经常为自己洗冤说："我只想拿到确凿的证据，好好教育教育他，顶多给个处分，谁能想到他会跳泡子呢？他太刚烈了，只可惜没用到正地方。"又动员人们捐款，打发人专程送到黄凯的家里，方才宽释下来。

不管怎么说，黄凯的死还是起到了警示作用。冷静下来的人们更加明白，确实应该正道正走，即使真的献身，毕竟还有更崇高更壮丽更体面的事情。为了突出正面引导作用，焦洪林把萨边公社的贫协主席老张才请来了，让他给大家作忆苦思甜报告，还让六叔准备好两套饭菜——会上吃忆苦饭，会下吃思甜饭，两相对比，效果就出来了。

老张才来的那天，陈南喜也跟过来了。他对六叔说："你只管忙你的，我不耽误你工作，我就是随便看看。"

六叔说："有什么好看的？这地方没有山也没有水，只有风却没有景，采油这套你又不懂，在地面上连个油星星都看不到。"

他说："我不看那个，我要看看你在信上说的那个西洋小叭儿狗。"

六叔说："你想干什么？"

他说："什么也不干，就是看看。你有今天的幸福生活，我替你高兴高兴呗！"

陈南喜的理由也没什么不正当的，六叔不但不能阻拦他，遇有别人把他当成可疑分子盘查，还得替他遮掩着。陈南喜按图索骥，很容易就在人群里认出米新朵来。当时他杵在那儿，大张着嘴巴就像被施了定身术似的。米新朵并没注意到他，她和女同伴说笑着迈着两条涉禽般的长腿，回到宿舍去了。

做忆苦饭是六叔烹饪史上遇到的最大难题，因为他学的都是怎么把饭菜做好，从来就没学过把饭菜做坏。他用豆腐渣、糠麸子和黄花菜做成团子，让焦洪林验收。焦洪林尝了尝，就皱起眉头说："马御厨啊，这回你可丢手艺了。这叫什么忆苦饭？越品越有滋味，差点儿就是香喷喷的了。”六叔一时技穷，就找张老板帮忙。张老板说：“你等着吧，我立马就去给你找配方。”就骑了六叔的车子，到附近农村找了一家养猪的，把饲料成分整个趸过来，洗干净了一掺和，做好了团子上屉蒸熟，那味道果然十分的獠厉，吃着还有呛眼睛辣嗓子的效果，这才涉险过关了。

会场布置成全封闭形式，把所有的窗户都用毯子挡死，桌前只点一盏煤油灯，摇曳跳荡着，发出惨淡的光亮，猛然一看，屋里鬼影幢幢的，全然认不出张三李四来。六叔忙着饭菜，没能身临其境，只听里面一片号啕的哭声，就像孝子出殡似的，然后就响起了慷慨激昂的口号。散会后人们的脸上仍然挂着泪痕，沉浸在旧社会的苦难里不能自拔，都骂三座大山，都骂地主老财。只是那些经过六叔之手费劲巴力做出来的糠菜团子，却被很多人原封不动地扔进了厕所，原来是借光线的昏暗，被人们假装吃着，却偷偷装进了衣兜里带出去了。

到了思甜的阶段，焦洪林把老张才让到炊事班的宿舍里，让崔大可陪着，自己就躲开了。他从来不陪任何来客，这一点让所有的人既费解又钦佩。老张才犹如一块久旱逢甘雨的焦土，抡起旋风筷子，猛猛地吃着喝着扫荡着，表现出了十足的饥渴状和幸福感，嘴上还发出夸张的吧唧声。老张才说：“真是新旧社会两重天哪。我受的苦三天三夜都说不完，只要你们啥时候想听，打个招呼我就来。”

张老板爱钻牛角尖，就找到焦洪林，做出十分愁苦的表情说：“指导员，有个问题想请教一下，忆苦饭到底好吃不好吃？”

焦洪林怔了片刻，反问说：“你说呢？”

张老板说：“我说不好吃。”

焦洪林说：“那你就是忘本了！”

张老板又改口说：“我不是那意思。我的意思是说，忆苦饭就像臭豆腐，乍吃不好吃，越吃越好吃，时间一长，只怕会上瘾呢。”

焦洪林说：“按照你的意思，既然好吃，咱还翻身解放干什么？”

张老板哈哈大笑起来，就说：“指导员，你这不是两头堵两头露吗？好吃不好吃，都让你说了，还让我们说什么？”

焦洪林好像无路可走了，眼睛望着房笆，咝地倒抽了一口凉气，却又绝地逢生地说：“忆苦饭嘛，又好吃又不好吃，那要看你从哪个方面去理解，这就需要辩证法了！”

张老板呆望着焦洪林，自愧弗如地挠挠脑袋，无声地一笑，只好讪讪地走了。回头又跟六叔说：“焦洪林确实有水平，动不动就来辩证法，横说竖说都有理。我本来以为他钻进了我的圈套，结果弄来弄去，还是我钻进了他的圈套。”

第十六章

这一片钻井队、采油队家属越来越多，孩子哪一茬的都有。就办起了学校和托儿所，也都是清一色的干打垒房子。由于人手不够，韩桂花被选去临时做阿姨了。这事儿由管理员崔大可分管，选阿姨的时候，就拟订了几条标准，不但要求有文化，也要求有相貌。崔大可说，孩子都处在成长阶段，整天对着猪八戒他二姨，那能有美好心灵吗？得对着嫦娥她干姊妹才成。大家都认同这个道理，也认为崔大可很有管理才能。

韩桂花上岗第三天，铁人刚巧路过，就进去看了一眼。只见一些孩子在大炕上爬着玩着，阿姨怀里抱一个孩子又颠又哄的，而另一个孩子则在炕上的一角大哭，哭得鼻涕满脸的十分凄惨。铁人心疼得不行，当即就发火了。

铁人说：“你这个阿姨是咋当的？孩子哭成这样，你咋不哄哄？”

韩桂花认识铁人，是通过铁人和许曾的合影，突然见面，难免有些敬畏感，就说：“孩子多阿姨少，一时哄不过来。”

铁人又说：“你咋还不虚心？这叫什么借口？你这样的偏心阿姨，

就该回家抱自己的孩子去！”

韩桂花哭了，她说：“铁人大哥你不知道，哭的那个孩子就是我自己的！”

铁人明白了。他抱起孩子，替他擦着眼泪，红着眼睛说：“娃，你妈妈是对的。我向你妈妈道歉，还要向她致敬！”

这时有人介绍说，这就是许曾的妻子。

铁人沉默良久，才说：“许曾好眼力。只是太抠门，结婚闹得惊天动地，也不请我喝喜酒。”

在口袋里摸索了半天，也没找出一件像样的东西，就有了几分惭愧，对宝宝说：“你看，大大是个穷光蛋，想送你点东西，身上都拿不出来。走，大大抱着买吃的去！”

还没转身，就被韩桂花拦住了。韩桂花说：“铁人大哥，这孩子长这么大，还没大名呢，正好你碰见，就给他起个名字吧，这比什么礼物都贵重呢。”

铁人呵呵笑着，在地上兜了几个圈子，说：“大大也没有多少文化水儿，起不出什么太文雅的名字。我看，你就叫地火吧，石油就是从地底下弄出来的火，有了这把火，国家才能强大。许地火，你看咋样？”

韩桂花凄然笑一下说：“是冯地火。”

铁人这才想起原委本末。他用胡茬子扎了宝宝一下，泪光晶莹地说：“娃，长大了好好学习，一定要接过爸爸手里的刹把。”

人们听说铁人来了，纷纷跑过去看，六叔也在其中，却又迟了一步，铁人已经坐着拉重晶石粉的汽车走了。人们伫立凝望，只看到了那辆车远去的烟尘。

人们经常能看到黑板报上刊登的胜利喜讯。焦洪林的字不怎么太好看，却写得工工整整，一笔一画都不含糊。这一期主要刊登的是数字，都套着红色云勾衬边：

苏联格林尼亚功勋钻井队，1960 年十一个月打井三万一千三百米；金刚钻井队，1961 年九个半月打井三万一千七百四十六米。

苏联第二大油田杜依玛兹，建设十年，原油年产量九百九十五万吨；北方油田建设六年，原油年产量一千零六十万吨，占全国比例 72.96%。

原油输送，北方油田比苏联设计的克拉玛依油田节省钢材 33%，节省投资 13.5%……

这些数字让工人们一次次激动着自豪着。

张老板看了就牛皮哄哄，把帽子摘了，兵痞似的往炕上一扔，说：“老子是有功的。老子是流过血流过汗流过泪也流过那个的。老子……”

正在一口一个老子，晋元峰拄着棍子跛着脚进屋了。他是特地回大队来办关系的，从此就算萨 E 采油指挥部的正式编制了。听了张老板的话就接茬说：“老子在哪呢？老子曰，道可道，非常道。老子曰，天下皆知美之为美，斯恶已；皆知善之为善，斯不善已。”

张老板有些懵懂，咦了一声说：“别老跟我们贫下中农拽文好不好？请说白话文。”

晋元峰就笑：“你是贫下中农，谁是地主富农？”

张老板说：“你们家祖上不是很有钱吗，要不然你爸也不能留洋啊。”

晋元峰说：“多亏我爷爷远见卓识，老早就把财产挥霍光了，给了后代一个好成分，要不然，上次误闯女浴池那事儿，我就惹大麻烦了。”

张老板说：“听说你要参加作协代表大会去啦？”

晋元峰点头。

张老板说：“你们作协（做鞋）的开会，我们掌鞋的咋就不开会呢，都差不多少嘛！”

满屋大笑，都说张老板人不俏皮嘴俏皮。

晋元峰这才向六叔走过来说：“马御厨，我可真想你，也想你的饭菜呀！”

六叔回敬说：“你那里红男绿女的，也是秀色可餐，还用得着吃饭吗？”

晋元峰说：“如果米新朵留在宣传队，恐怕你也早就上指挥部机关食堂了。”

六叔没说话，可他不能不承认，这是真的。上了指挥部机关又能怎么样呢？他无法把握自己的命运，只能走一步是一步；自己的命运竟然攥在别人的手里呢。

三大队的阶级教育还在有声有色地进行着。每天都能听到地富反坏右向人民反攻倒算的事例，有的甚至骇人听闻，连旧社会带新社会的统统被翻腾出来了。附近还有一个大龄单公子——不是姓单的公子哥，而是孤单的公性，多年娶不上媳妇，就利用小恩小惠，把一个七分熟的女人给睡了。问题是睡人的人是地主子弟，被睡的却是贫农子女，一用阶级分析的方法，事情就严重了。首先是刻骨的阶级仇恨，然后就是借筐孵蛋的阴谋诡计，是想通过乱撒地主的种子，达到生生不息的罪恶目的，让社会主义江山悄悄改变颜色……

与此同时，晋元峰他们把少年英雄刘文学的故事改编成了活报剧，刘文学一角借用的是薛明的儿子薛小楠，因为地主分子偷了公社一背篼海椒，他同他英勇搏斗，最后被地主残忍杀害了。此外，改排的小歌剧《三世仇》也开始在各处巡回演出。剧中小兄妹俩大年三十晚上还在讨饭，而地主吃饱喝足，拄着文明棍儿四处晃荡，还恬不知耻地唱道：“吃喝玩乐抽大烟，一见美女迈不动腿……”两个地主都是一个人演的，人们怒火万丈，纷纷用土坷垃鞋底子投他，把演员的脑袋打出一溜元宵大小的包来。那演员却说，群众打我，说明我演得像，启发了大家的阶级觉悟，挨了打我心里高兴。

小学校里每天都飘荡着童稚的歌声：“渠江水呀弯又长，有颗红星放光芒。少年英雄刘文学，他是我们的好榜样……”“今天是大年三十晚，我领着妹妹去要饭。有钱的人家放恶狗，穷人家家断炊烟……”歌声里充满仇恨与愤怒，指向笼统而明确，六叔也是心里有鬼，每次听到都会心惊肉跳，好像他是一个欠了穷人的血债，负案在逃的罪犯。谁能理解他的处境？怎样才能从重重包围中逃脱？即使六叔有不少朋友，却连一个字都没法向人披露。他已经被卷入了潮水的旋涡里，什么什么都抓不住，甚至都不能发出一声呼救和呻吟，只能随着那不可抗拒的力量，一点一点向致人死命的深处沉下去。

没过几天，陈南喜又来了。这次他没找六叔，再说六叔也不在家，被上头抽去，为即将来访的阿尔巴尼亚二把手做“御膳”。陈南喜直接跑到了油井区，没费什么事，就找到了米新朵的计量间。

当时米新朵正在倒流程，崔大可替六叔送饭，放下饭盒并不急着就走，眼睛如同螺丝钻一般，直往她胸脯的隆起上旋进。米新朵脸红了，说：“崔大哥，快送饭去吧，别人还在等着哩！”崔大可说：“你胸脯上有个虫子！”米新朵还没看清究竟，他的手就在那片富有弹性的沃土上瓷实地拂拭了一下。米新朵不知道是该恼还是不该恼，因为她对崔大可有着明确的好感，就低了头，羞涩地笑。崔大可说：“马本良这小子，不咸不淡，不战不和，光知道跑马占荒，就不知道开犁破土。看把大妹子给撂荒的！”米新朵说：“崔大哥你看你。”崔大可说：“人的忍耐都是有限的，你说呢？”米新朵说：“你走吧，我还得干活呢！”

这一切都被躲在屋外的陈南喜看在眼里。等崔大可一走，他就进来了。他站在米新朵面前，满脸涎笑着，自我介绍说：“你不认识我吧？我是马本良的老乡，一茬子的光腚娃娃。”

米新朵警惕地看着他说：“我咋没听他说过？”

陈南喜说：“他不说也正常，他要是说起过，那倒是不正常了。”

米新朵察觉了话里的暗道机关，就问："咋回事？他有什么不可告人的秘密吗？"

陈南喜嬉笑说："现在我不能告诉你，等以后吧。"

由于陈南喜眼神很不规矩，流露出一副十足的馋相，一条腿还极痞地抖啊抖的，米新朵始终没放下手里的管钳子。她说："你跟马本良是老乡，跟我没关系。有事找马本良说去，我还得工作呢！"

陈南喜歪着头现出一副鉴赏说："怪不得马本良说你像西洋小叭儿狗呢，真像。"

米新朵说："你走不走？你不走我喊人啦！"

陈南喜说："这就是你的不对了。我和马本良就像亲兄弟，连工资都分着花，他的对象，我咋不能分享分享？再说，刚才那人能占你便宜，我咋就不能？我是替我兄弟打抱不平来了！"

这么说着，陈南喜就扑了上去。

米新朵惊慌失措，高声呼喊起来，不过这没什么用，附近根本没人，而且人声无法盖过机器声。陈南喜和米新朵争夺着管钳子，很快就把她压在了身下，急切地拆着夏晴煞费苦心为她设计的包装，不消三两分钟，事情就不可逆转了。

崔大可送了一圈饭，心里还在惦记米新朵，就把摩托弯回来。形势岌岌可危，他来得恰逢其时，只是急于找到一件称手的家什，这就给了陈南喜逃跑的机会。他像一条敏捷的黄鼬，在一排仪表管线之间宛转穿行。崔大可摸到一把扫帚，虽说拍到了陈南喜身上却又枝杈太多，跟扫灰差不多。陈南喜夺门而出，落荒而逃。米新朵放声大哭起来，身上还半裸着，就扑到了崔大可的怀里，好像要把所有的委屈全都倾诉出来。而崔大可也不客气，捧着她的脸，采取了简单而实用的对位法封堵声源，这样一来，米新朵果然就不哭了。

就在那张供人休息的长椅上，崔大可接着陈南喜的茬口，把他未竟的事情一鼓作气地办完了。米新朵在一连串致人昏厥的打击下，迷蒙的眼神还在四下搜寻，好像有什么人应该到场却缺席了。风歇雨停之后，她看到白茬长椅上染着自己的贞红，竟是那么令人刺痛，这才如梦初醒地大哭起来，哀伤地喊着：“马本良啊，马本良……”然后举起那把扫帚，朝崔大可劈头盖脑地打过去。

六叔哪里知道这些。此时他正在萨尔图总指挥部里，和接待组的人心神专一别不旁骛地订制食谱呢。严凌刚陪客人喝了几杯酒，微醉薄醺地走过来，毫无戒意地对六叔说：“小鬼呀，有人提意见，说用你这个御厨后代做厨师是阶级混线。我咋就不信呢，哪有那么多的界线？那可真是活见鬼了。解放初期，不少资本家的企业被我们改造利用了，不少地主小老婆、资本家姨太太，坯子都是呱呱叫的，也被我们的老同志改造利用了，还不是照睡不误？而且睡得可滋润呢，生出的娃子也很鲜亮，比乡下婆子土鸡生土蛋强多了。你是御厨传人，能代表国家水平，干好了，就是替国家立功了！”六叔对严凌这套醉话是非莫辨，只有诺诺而已，勇气鼓了再三，也没把为陈南喜找工作的事说出来。

为了欢迎国际友人和陪同前来的国家领导人，造成盛大场面，各单位组织了一部分职工和学生，拿着纸糊的花束和小红旗，从各处坐车聚到萨尔图来了。入选的人全都标棍溜直，能代表国人和油田的形象，像张老板、吕勤久这种等而下之的容貌，即便不被坚壁清野，也被安排到了后排。张老板很不服气，背地念叨：“一个针鼻小国，地图上都得拿放大镜找，都不一定赶上咱油田大，他这级干部，也就相当于严副总，让我去欢迎，还得看我愿意不愿意呢！”

人们在浑浊的季风里耐心等待着。忽然一架直升飞机出现在天际，样子就像大蜻蜓似的。飞机的螺旋桨搅起了烂草和灰尘，一时天昏地暗。三大队的人处于欢迎队伍的前端，能清楚地看到，那个隆准凹目的阿国领导人从简陋的临时停机坪走过来，向欢迎群众招手致意。人们挥舞着手中的小旗，雀跃着身子，齐声高喊：“北京——地拉那！北京——地拉那！”这时他忽然发现了米新朵，眼睛蓦地亮了一下，就停住脚步，先是摸摸前排小朋友的头来做过渡然后就在米新朵精致的高鼻子上很认同地摸了摸。正是这一漫不经心之举，让米新朵感到了遥远而迷蒙的幸福。在潮水般的欢呼声里，她眨眨好看的眼睛，忽然无声地哭了。

米新朵成了新闻人物，事情被争相传说。散场之后，无数妇女儿童纷纷来跟她“过电”，结果摸来摸去，米新朵的鼻子被摸得又红又肿，就像被洗掉了皮的胡萝卜。

六叔回到三大队时，买了两袋油炸蚕豆，本来想送给米新朵和夏晴一人一袋，又怕夏晴说这说那，就把两袋都送到了米新朵那里。这时他才发现，米新朵不但早就有了油炸蚕豆，还有若干他不曾留意的零食。她的鼻子残红未褪，看见六叔，眼睛游移着不敢对视，一副欲哭又止的样子。那是被若干认识或不认识的人摸过的鼻子，而六叔作为最爱的人向往已久，却始终没敢擅动。

看看问不出话来，六叔就来问崔大可。

崔大可说：“还不都是叫你那个狗屁老乡弄的，他要强奸米新朵呢，都扒到了瓤子！”

六叔沉默片刻，然后咬牙切齿地说：“我要杀了他！”

崔大可说：“我始终没声张，就等着你回来，商量一下是不是报告油田保卫部，把那个龟孙抓起来，判上几年。”

六叔在原地转了个圈子，很快就冷静下来。他怎么能让陈南喜进去呢，只要陈南喜一开口，那就意味着他的原形毕露。六叔想了想就说：“毕竟河水不如井水亲，那就先内部解决一下试试吧。”

陈南喜也是惊弓之鸟，好些日子没到三大队来了。六叔则左也不是右也不是，因为没法跟米新朵交代，就故意避而不见。米新朵已经暗度陈仓，属于别人的人了，更怕见到六叔，所以能躲就躲，实在躲不过去，就哼哈一声敷衍过去。六叔觉得这样也挺好，慢抻牛，抻到哪天是哪天吧。

那天六叔又上井场送饭，恰好被一场急雨截住，那雨带着刁钻的角度，怎么都躲不过去，就跑进了最近的油井房里，却发现夏晴也躲在里面。油井房太小了，小得就像一只囚笼，两个人身上全都湿漉漉的，在雨中的微寒里打着哆嗦。外面雷电交加，乌云罩顶，天色暗得跟黑天一样。他们挨得太近了，穿得也太少了，六叔顿生怜悯，觉得夏晴很像一只被雨水淋湿了翅膀的小鸟，急需抚慰与呵护。他们什么都没说，不知道是怎么搞的，稀里糊涂就搂抱在了一起，相互用体温取暖，两张嘴就顺理成章地对接起来。时间好像凝滞了，他们好像凝固了。也不知过了多久，一个奇亮的闪电从小窗口钻了进来，照彻了周围的一切，他们突然猛醒，赶紧分开。

六叔慌乱地道歉说："师傅，对不起，我不是故意的。"

夏晴说："你这是什么意思？"

六叔说："都怨这鬼天气，我忘乎所以了。"

夏晴冷笑说："你以为我是米新朵？可米新朵真是你的吗？"

六叔说："我是流氓，我占了师傅的便宜。"

夏晴突然哭起来，她说："我还以为……我可真傻呀。可你就不傻吗？天底下找不到比你更傻的男人了！"

夏晴从油井房里跑出去，冒着倾盆大雨，跑向了计量间。那一刻六叔慌得不行，唯恐夏晴把这事捅出去。细细品咂着嘴上的余香，也不得不承认，他所烹制的任何一道好菜都没法跟这滋味相比。

那几天六叔就好像做了亏心事，随时准备焦洪林或周密来找他问罪，却一直太平无事。远远偷窥夏晴，也像没事人一样，一如往常那样恬静着肃穆着忙碌着。那天六叔正在外面修理自行车，瞥见崔大可朝米新朵的宿舍踅了过去，起初也没多想，可一琢磨夏晴的话，心里就打起鼓来，似乎有不可言说的重大秘密被她勘破了。他耐着性子上完了车轴，连手上的油污都没洗，就跟到米新朵的宿舍去了。

六叔在米新朵的门上敲了一个礼貌的三连音，里面却迟疑着不肯开门。片刻之后，就见崔大可从里面钻了出来，红头涨脸的，衣服扣子都扣串了。六叔还想打招呼，却是越招呼越跑，尥了几个蹶子，人就没了踪影。米新朵栽歪在炕上，头发乱乱糟糟，用被子蒙着要害部位，一看就是裸着身子呢。六叔在这方面缺少灵性，可这么明显的事情还是看得出来的，就站在门口，进也不是走也不是，脑子里浑糨糨的，大张着嘴巴直喘粗气，活脱的一个傻子。米新朵先是羞红了脸不敢看他，后来抽噎了一声，就大哭起来。她说："马本良，我对不起你。可是，你能对得起我吗？你光敲梆子不卖油，我……我实在等不及了，就跟崔大可好上了！"有一线亮亮的鼻涕从她那挺秀的鼻子里流出来，又被她擤在手里，稀溜溜地甩在了地上。

六叔一句话也没说，钻进厨房，拿了一把锃亮风快的菜刀，脸上笑眯眯的，在采油三大队的区域里来回游走，逢人便问："狗日的崔大可在哪？"如果六叔不加上狗日的，人们会以为是工作上的事，也就指点给他了；他口口声声狗日的，脸上的笑容也很凶险，人们就知道，要出大事了。结果崔大可在人们的掩护下胜利大逃亡，六叔则被焦洪林带领两个虎贲摁在地上，夺过菜刀，反剪双手，扭送到油田保卫部去了。

面对保卫部的人，六叔那张儒雅的脸上还一直保持着悲愤的笑容。周密递给他烟，他也抽，眼睛直勾勾的，却不提米新朵、崔大可一个字。保卫部打听到了实情，都笑瘫了，都说，又一个御厨坐着粮食袋子饿死了。

周密打发了众人，单独对六叔说："你们那个张老板，跟你咋样？"

六叔说："挺好的。"

周密说："可是，他揭发你了。"

六叔愣了："不会吧？揭发我啥了？"

周密说："他说，你在薛明的炮兵团里干过炊事班长。"

六叔说："没有啊。这……是啥意思？"

周密说："意思就是，你戴绿帽子背黑锅，还捞不着打炮！"

六叔终于云开日出地大笑起来，直笑得泪花四溅。

六叔说："士可杀而不可辱。红帽子白帽子黑帽子，什么色儿的帽子我都能戴，就是绿帽子坚决不能戴。米新朵毕竟不是我媳妇，要是，崔大可就算能把老大保住，老二也保不住了！”

周密笑着拍拍他的肩膀，说：“兄弟，消消气。虽然这种事一命顶一命，可你把御厨的手艺葬送了，不但对不起国家，也对不起列祖列宗啊！”

周密没让他待在保卫部，开着车，拉着他四处转悠，竟然跑到了松花江边上，住进一个窝棚里，弄了两副钓鱼竿，忙里偷闲地垂钓起来。油田的边缘傍着松花江、嫩江两条大江，而且周密预言，迟早有一天，油田要把这片沃土“吃”进来，变成自己属地的一部分。望着浩渺的江水，六叔心里渐渐敞亮起来，又吃江鱼又喝酒的，有了遗世忘我的滋味。到了第三天，六叔就说，我想开了，不过就是个逝者如斯夫，咱们回去吧，灶上还等着我做饭呢！周密这时才道破机关，原来都是刘播精心安排的，而且他已经派了汽车，把六叔的行李直接拉到了萨E采油指挥部。刘播说，对付两头公牛的最好办法，那就是把它们分开。

六叔有点儿不好意思见刘播，可刘播是必须要见的，就满脸愧色敲开了刘播的房门。刘播让六叔坐到他对面，拉开抽屉，拿出一块糖来，剥开让他吃，然后问道：“这糖咋样？”

六叔说：“挺甜的。”

刘播笑了，这才告诉他，是崔大可特地送来的喜糖，人家多快好省，已经结婚了，大概连孩子都种上了。如同误服了砒霜，六叔赶紧就吐，哪里还吐得净，嘴上就呸呸着表示憎恶。

刘播就像办启蒙班似的，掰开揉碎地开导六叔说：“马御厨啊马御厨，你不动食堂一粒粮食，这是可嘉的；可你不动对象一指头，那就不对了。女人好比你做熟的好菜，得趁热吃，一放就凉，放久了就馊，你不吃就让别人吃了。”

六叔说：“我也不是不想动，可组织上不是那什么吗……”

刘播笑得不行了，说：“你可真是忠臣良将啊。有些事，说还是要说的，可不一定非要一根筋。花要开放，水要流动，这都是很自然的事，怎么能往死了规定？不过就是有人提倡罢了，所以，不能把所有的责任完全都归结到社会，那是由我们每个人的个性和人格造成的。”

六叔呆呆地坐着，就像被严霜打蔫的草。他认真清理着自己的情感脉络，也不得不承认，大家谁都有错，然而大家又谁都没错。既然他无法得到米新朵，那么她早晚都是别人的；即使他靠蒙骗一时而得到了她，一旦成分被捅漏，她也肯定会离他而去，那时的卑鄙小人就不是崔大可，而是他马本良了。

刘播又拿出一件白衬衣来，交给六叔说：“这是你师傅夏晴特地送来的。为了来看你安慰你，她是冒着雨走来的，一个女孩子，一脚泥一脚水的，浑身都湿透了，真是感人至深哪。可你偏偏又不在，当时她都急哭了。”

六叔沉默片刻说：“看不透她这种云里雾里的人。”

刘播说：“其实，你师傅夏晴对你比米新朵还好呢，你是一叶障目，没多留意。你要是同意，我给你们做媒，把她也调过来。”

六叔发出了近于仇恨的笑声，很想使用一个恶毒的字眼，又觉得那样太不宽容，就改口说：“我哪还有那份心思？就是九天仙女下凡，一时半晌，我也不能考虑这个问题了，何况‘三五八’还是夏晴自己提出来的，她能扇自己的耳刮子？”

刘播不说话了。

在无数个失眠的夜晚里，我六叔马本良躺在干打垒的火炕上，倾听着大荒野里钢铁的撞击声，闻着空气中淡淡的石油味儿，感受着身下这块既荒凉又富饶，既冷酷又热烈的土地，欲哭而无泪，欲笑而无声。他打开那个从老家带来的小箱子，找到采油三大队食堂的流水账本，那上面一笔一笔，记得十分清晰。他把它们包起来，让人捎了回去。箱子里只剩下一堆书，还有那张康有为书写的横幅，上有“熬得真味”四个大字。

第十七章

六叔往家里打了第一个电话。

信号经过上千里的衰耗，已经失真得很厉害，可我父亲还是一下子就听出手足兄弟的声音来。陈支书死后，村部电话的摇柄被新支书卸下锁起来，只能接不能打。我父亲握着话筒的手发抖了，他泪花烁烁的，喂喂喂喂了好一阵，才说："弟呀，哥好想你。要不是听到你的声音，我还真以为你跑到月亮上去了！"

六叔哽咽了，说："家里都好？"

我父亲说："都好着呢，粮食够吃，爹的坟也添土了。"

六叔说："陈南喜来了。"

我父亲愣了好一会儿，才说："他去干啥？"

六叔说："他是来收租子的。"

我父亲沉默片刻说："不给他又能咋样？"

六叔说："他倒是不能咋样，我可就要咋样了。他随时都想扒掉我这身衣服，哥，你懂吗？"

我父亲说："要不，你回来吧，大不了种地。"

六叔说："那么苦的年月我都没回去，现在哪能回去？为了国家也为了我自已，我要在这熬着。"

他们还没说完，电话就断线了。实际上这么简单的几句，已经把几年的内容全包含了。我父亲是典型的农民，人老实，没文化，又被地主成分的帽子压着，他还能说些什么呢？他在老榆树上偷偷挂了红布条条，还烧了一炷高香，跪下祷告说："保佑我弟，我弟可是大好人哪！"这时他还不知道，由于疏于喂饲，六叔已经把"西洋小叭儿狗"弄丢了，他还在沿着他典型的农民思路，为未来的弟媳筹钱打银镯子呢。

六叔只休息了半天，就在新岗位上上班了。

萨E采油指挥部这种县团级单位，食堂的规格是中灶——大中小灶并没人硬性规定，都是约定俗成，和机制级别相辅相成。刘播还叫六叔当炊事班长，六叔一再推辞，刘播就不高兴了。

刘播说："你干也得干，不干也得干。我抓后勤这一路，指挥部食堂是我的一块心病，你就忍心晒我的台？"

六叔说："是你告诫我的，躲藏在大多数群众里。现在你咋又往台前推我？"

刘播说："就算我求你，行不？"

晋元峰也在一旁帮腔说："刘指挥是伯乐，你是千里马；千里马常有，而伯乐不常有。你不驮他驮谁？他不骑你骑谁？难道你还想让千里马骑伯乐？"

六叔就没话可说了。

本来六叔想和晋元峰再续同寝之好，可他整天锣鼓喧天的忙着四处报捷，晚上精神白天睡觉，这就住不到一处去了。六叔还是住到了炊事班的宿舍里，不同的是，如今他已经成了人人尊崇的大师傅，班里特地为他开了一个单间，尽管都是干打垒，可就是这么个小小的待遇，已经让六叔感到满足和不安了。

六叔又发疯地干起活来，他想通过干活，把一切全都忘掉，而只有忘掉，才是最明智的人生选择。六叔有一个新想法，那就是让全油田的食堂提档升级，把大灶办成中灶，把中灶办成小灶，把小灶办成饭店。刘播对此很欣赏，他说："全油田有这么多的厨师，大家都在做饭，怎么就没想到这个？到底是眼光高出一截的人。眼下日子越来越好，改善生活势在必行，你就干吧，肯定会又一炮打响，在全油田推广！"

萨E采油指挥部辖区面大点多线长产量高，机关里都是管理人员，干部多工人少，而且工人也都是伺候干部的，比如说司机啦，清扫工啦，看门人啦……干部里则是领导多一般干部少，科长就成筐成筐箩了。都是有头有脸的人物，平时吃桌饭，四菜一汤，不交钱或者象征性地交一点，都是粗粮粗做。如今换了精细一点的饭菜，大都喜形于色，一进食堂，就像饥民似的，表现出极好的食欲，通常总是一扫而光，然后就啧着舌头，伸出大拇指来夸赞六叔，话都是大同小异的。宣传队那些花骨朵似的少男少女，都认得米新朵，吃饭的时候就诡谲着眼神对六叔戳戳点点，同情怜悯兼有，有的还故意当着他的面骂米新朵是狐狸精，表示他们的爱憎鲜明。六叔知道这是在转着圈儿在安慰他，可还是不想听，肃着脸不理他们，或者立马抬腿走开。

那一天，晋元峰他们要到金刚钻井队去慰问演出，非要六叔陪着一起去。实际上他和许曾也很熟，拽上六叔，是想哄他散散心，六叔就跟着去了。正巧许曾他们在搞整体搬迁，远远就看见，钻塔傲然挺立着直刺蓝天，被几十台拖拉机牵引着，就像一群极地狗喷着鼻息在拉雪橇。冷寂蛮荒的碱土地被犁出宽阔的波痕，似乎大地和太阳都在跟着抖动。许曾手拿一面小红旗，走在前面挥舞着指挥着，那姿势又豪放又潇洒，壮美到了极致。所有的演员都惊定了脚步，直愣着眼睛远远看着，仿佛连大气都不敢喘了。晋元峰首先绷不住了，他拍手赞叹说："这场面谁看了不会热血沸腾？简直就是钢铁进行曲，就是英雄群雕，相比之下，我们演的东西就是儿戏了。"

钻塔就位了，许曾过来跟他们打招呼。他拉着六叔的手说："马老弟，听到你的事，我就找你去了，结果你前脚上了松花江，我后脚才到，也没好好安慰你几句。"

六叔说："都过去了，别再提这事。"

许曾说："你得跟我学，大马金刀，嘁哩喀嚓，慢抻筋可不行。"

六叔说："我不如你。米新朵也不如韩桂花。"

许曾说："我就说嘛，那个美人灯中看不中用，兔子挂掌——顶不住烙铁，拉倒更好。列宁说过，面包会有的，牛奶会有的，媳妇也会有的。"

晋元峰笑得不行，说：“你咋胡乱篡改革命导师语录？列宁啥时候说媳妇会有的来着？”

许曾也笑：“列宁讲话那工夫我没在场，记串了，回来我就是这么传达的，我们钻井队的小伙子也都信了，没人怀疑这话是假的。”

忽然开来一辆吉普车，跳下来一位宣传干部和两名记者。他们是来拍钻机整体搬迁的。过去都是拆迁，化整为零，把钢铁机件大卸八块，运到地方再重新组装。如今这样就省事多了，也为提高钻尺进度创造了条件。可惜的是，记者们来晚了一步。

宣传干部商量说：“许队长，这么壮观的场面，拍不到就太可惜了。你看能不能补拍一下？这两位记者都是大老远来的。”

许曾笑一笑说：“你说这事儿还能从头再来吗？我看不行。这又不是放电影，可以把片子捯回去。这是大规模生产，耗钱费力，一步三分险，为的就是要争取时间多打井。过去的事就是过去了，怎么能补拍呢？要是想补拍，那就是演出了，你找他们去吧！”

许曾说着，往宣传队那边一指。

宣传干部发窘了，为难地说：“这不是我的意思，这可是上头领导的意思，为的是向全国全世界宣传咱们油田，也宣传你们金刚钻井队。”

许曾说：“宣传我不反对，谁的意思我也不管。我就讨厌那一套假模假式的花架子。扶刹把非让拿姿势，拍场面连休班的都上。平时学习你们不拍，偏要拍天黑点上篝火学习的镜头。你们自己试试，那能看清字吗？有的工人连书都拿倒了，那才叫糊弄鬼呢！”

这话说得擦边骑缝，已经很危险了。可许曾的野莽和霸气是藏不住的，他总是太暴露，总是招惹是非，制造出一个个让人钦服也让人捏着冷汗的新闻。晋元峰连忙装作咳嗽，为许曾打岔遮掩，还拿出烟来向记者们敬着。记者倒也没生气，悄悄对许曾说：“其实，咱们想的都一样。”

吉普车开走了，他们还要去找另外的钻井队，抓拍还是补拍，那就不得而知了。宣传队利用井队休息的空当，演了一些小节目，有一段“三句半”，就是晋元峰特地为金刚钻井队赶写的：

金刚井队众金刚，
南征北战威名扬。
心红人壮家什硬，
响当当。

风餐露宿草当粮，
枕着钻头入梦乡。
古来骁将谁能比？
许队长。

许队长来真不囊，
特为队员当红娘。
御厨传人做婚筵，
马本良。

队员牺牲爱妻亡，
苦难当前续鸳鸯。
紧要关头挽狂澜，
动巴掌。

又气又笑中军帐，
不忍阵前斩大将。
罚他跑了马拉松，
累够呛……

众人野蛮喝彩，胡乱鼓掌。有人高喊："向许队长学习！""向许队长致敬！""许队长做得对！""许队长干得好！"

许曾面有赧颜，对晋元峰嘿嘿说："编得还挺不错哩，真实、新鲜，就像顶花带刺的小黄瓜。不过咱们自娱自乐还行，可不能到别处演，不是我怕丢人，而是我怕你沾包。你还是来那些嘿咗嘿咗吧，那东西保险，也是咱主要的一面。"

晋元峰说："我就是昨天晚上为你等身定制的，你们笑一笑，我们就达到目的了。"

六叔他们没在井队久留，很快就走了。那些平时见不到女人的钻井队员，都爬到了钻台和井架上，目送女演员们袅娜的倩影，高声唱道："石油工人一声吼，哪个妹妹跟我走？石油工人干劲大，问你敢嫁不敢嫁……"那声音浑厚苍劲，带着一种苦闷和凄楚，直唱得人鼻子发酸。

那天晚上，许曾回家了，他是特地为六叔的事回去的，亲了亲冯地火，就到三大队来了。放了学的孩子都在外边玩着，齐声喊着新编的童谣："崔大可，瞎扯屌，蒙骗了马御厨，偷走了米新朵。这边动刀子，那边四下躲。指导员挺窝囊，女师傅真上火……"焦洪林听见了，就过来干预说："谁教给你们的？"孩子们说："是掌鞋的那个叔叔。"焦洪林说："好童谣有的是，干嘛偏要说这个？这个不健康，不许再说！"孩子们四散逃开，逃到远处又喊起来，把焦洪林气得直跺脚。许曾倒觉得，这段子比晋元峰编得还好呢。

许曾对焦洪林说："你们那个崔大可，准备咋处分？"

如果换了别人，这种隔山打炮的话他就硬邦邦顶回去了；正因为说这话的不是别人而是许曾，焦洪林就不敢得罪了，就强笑一下，一语双关地说："还能咋处分？这种事，都是未婚男女，两相情愿，也批评了也检讨了，再说，他又不是头一个。"

许曾摩挲着胡子笑了。他说："这么说，你们那个鸟'三五八'不灵啦？"

焦洪林说："那只是提倡，并不是强制。"

许曾说："你的意思是说，崔大可是我给影响的？你当指导员的可得明白，我比他崔大可纯洁高尚多了。就是这样，领导还罚我长跑呢，他怎么就能逍遥下去？好吧，你们不处分，我替你们处分。"

焦洪林怕他动横的，就跟在后面，一口一个许队长，说："有话好好说，钻井的人在采油大队动手，只怕没你的好果子吃。"许曾回眸笑着说："你把三大队的人都叫出来。我就不信，我惩恶扬善，伸张正义，还能有人反对。他们不支持我才怪。"

崔大可和米新朵有了房子，而且他凭借工作和交际上的便利日子的起点明显要比别人高。结婚那天，有不少客人到场，让人意想不到的是，最不应该来的夏晴竟然也来了。她一改往日的恬静肃穆，兴高采烈的，话也特别多，好像结婚的是她本人。米新朵打开了几瓶果酒，一面让着客人，一面自己猛灌，一时面若桃花，艳艳动人。她走到同寝女友夏晴跟前，和她碰了一个响杯，然后立饮而尽。"这一回你终于如愿以偿了。不过也没准，马本良会恨你一辈子，你白费心机了！"说完，她一头扎在行李上大哭起来。夏晴喝了那杯苦酒，也哭了，她哭着走出米新朵的新房，就像个无家可归的人，形单影只地穿越了家属区和单身宿舍，一直走到旷野，走到她的油井上。

米新朵上夜班了，崔大可正在屋外跟人下棋，为了一个子吵吵嚷嚷的。许曾分开看客，凑到跟前，用脚在棋盘上一划拉，楚河汉界两边的阵营立刻溃不成军了。崔大可刚想发作，一看是许曾，立刻就蔫了。

许曾说："崔管理员，我想跟你谈谈。"

崔大可说："你是替马本良来的？"

许曾说："明白就好。"

崔大可说："你想打我？"

许曾说："按说你太该打了。可你是个新郎官，我要是把你弄得鼻青脸肿破头齿烂的，那就不仗义了。我就是想跟你谈谈，一指头都不会碰你。”

崔大可说：“好吧，谈谈就谈谈。”

就和许曾进了屋子。焦洪林怕中途生变，仍然候在外面不走。

许曾环视着新房，简陋而整洁，墙上还有两人的黑白结婚照。

许曾说：“挺不错嘛，你这个夺人所爱的狗杂种！”

崔大可灰着脸说：“不怨我，怨马本良自己。他搞对象，我也搞对象，平等竞争，我有什么错？他占着茅房不拉屎，我比他内急就把他挤出去，先拉了。”

许曾哈哈大笑，说：“咱不说拉屎，那太俗，咱说吃饭。马本良的老爹是坐着粮食口袋饿死的，换了你，能做到吗？”

崔大可说：“我做不到。我就是个凡人，跟雷锋，跟铁人，跟马本良他爹，都是不能比的。”

许曾说：“就你这德行，不但得贪占那口袋粮食，只要方便，还不得把别人的粮食口袋都搬到你家去？抢了朋友的媳妇，这可是不仁不义了。”

崔大可说：“许大哥，你是个侠肝义胆的人，我也很敬重你。咱们得将心比心，是不是？你那是赶在了节骨眼上，我这也是赶在了节骨眼上。那天要是没有我，米新朵就得被马本良的老乡给驴了。我搭救了她，她感激我，我喜欢她，两人顺便就把那事办了，这不也就是个先作业后办证吗？再说，他老乡那叫强奸未遂，他不哼不哈的隐瞒不报，反倒跟我动起了菜刀，这不是岂有此理吗！”

许曾闷着头思索了一下说：“他不报案，你就不报？”

崔大可说：“我这是对马本良够意思。他说，那个老乡的爹对他有救命之恩，这案还怎么报？所以，一反一正，我俩扯平了不说，他还欠着米新朵的！”

许曾哑火了。他卷了一根烟炮，在嘴上衔了一会儿，走出崔大可的家门才点上，自言自语说：“马本良糊涂。”

那天晚上，六叔要睡没睡之际，值班的来敲窗户，野着嗓子高喊他接电话。六叔还以为食堂有了紧急接待任务，赶紧爬起来去接，竟是个女声，还没说话，先嘤嘤地哭了。六叔听出来，这是米新朵。他想把电话挂了，却又不忍心。

六叔也哽咽了。

六叔说：“你好吗？”

她说：“好不好的，走到了这一步，只好接着走下去了。”

“咱俩好了一回，你结婚，我真该送件礼物。”

“你就别再折磨我了。”

“找我有事？”

“我是告诉你，你那个老乡被油田保卫部抓起来了！”

六叔心里猛然收缩了一下。

“谁报的案？”

“不是焦洪林，就是许曾。”

“找你和崔大可了？”

“我们从保卫部刚回来。”

“你们咋说的？”

“我们说，是闹着玩闹急了。”

六叔的鼻子酸起来：“米新朵，我谢谢你，还有……崔大可……”

那一夜六叔没睡好，总在琢磨，怎么带着陈南喜来过油田保卫部这一关。他没有别的办法，只能撒谎，撒谎是他唯一的出路。果然第二天一上班，周密就叫他去一趟。忐忑着敲开门，只见陈南喜正无助地坐在窗前，一只手铐在了土暖气管子上，面前还放着一块发糕一碗稀粥，不过放得太久，早已凉了。看见了六叔，他灰突突的脸抽搐了一下，就大张着嘴巴，像唱歌那样大哭起来。

陈南喜说：“小六子呀，你得救我。他们说，要枪毙我呢！”

周密在一旁哧哧窃笑。

周密说：“马御厨啊，你老乡这是啥质量？是不是你老家的水土有问题呀？”

六叔赶忙遮掩说："他爹是支书，太忙，平时缺少修理，多长了些枝枝杈杈，本质还是好的。"

周密说："一看这副模样就知道，上辈子是贫农，这辈子是贫农，下辈子还得是贫农。"

六叔说："不看僧面看佛面，放了他吧，就是个没深没浅，闹着玩闹过劲了。"

周密说："昨天熬了他一夜的鹰，想不到这家伙倒挺坚贞的，牙口不欠。要是生在过去，肯定也得是个仁人志士。"

因为他的牙口不欠，让六叔感动了。

六叔说："我做个保，下次再也不会发生这种事了。"

周密说："他属于盲目流入人口，又没有正当职业，得遣返回原籍。"

陈南喜急马挣桩，手铐把暖气管子弄得山响，带着哭腔喊道："马本良我们是两辈子的交情了，就像是亲兄弟，我无依无靠，就是投奔他来的，你们凭啥把我遣返回去！"

又看着六叔，央求说："小六子，咱们可都是知根知底的。这时候你再不说话，我可就要……"

陈南喜的撒手锏已经抡起来，六叔就不能不说话了。

六叔说："周密，看在我的面子上，你就破个例吧。不能留在油田，留在附近农村也行啊。实在不行，我找严副总给你批个条子！"

六叔说这话的时候，自己听着都很无耻。周密是不能让六叔去找严凌批条子的，他这么说只是想提醒他，他马御厨是有根的。周密就闭上一只眼睛，朝六叔挤出一个模糊的笑容，上前打开了陈南喜的手铐。

周密说："马御厨，你是我见到的最可靠的人，要是连你都信不过，天底下还有信得过的人吗？你就把这家伙领走吧，只怕从今往后，你破裤子缠腿了！"

陈南喜走了几步，又折返回来，三口两口把发糕吃了，又端起那碗粥，咕嘟咕嘟喝完。一路兀自咀嚼着，走出去老远，才把东西咽进去，打着锐利的嗝噎，拍着肚子说：“真他妈的不像话，连块咸菜都不给，待会儿非烧心不可！”

六叔把他领到一个僻静的地方，沉着脸说：“喜子，你可别逼我，懂吗？兔子急了也咬人！”

陈南喜说：“小六子，你这是什么话？我可没有逼你的意思。我要是卖友求荣的人，手铐一戴，不就全招啦？只要你对得起我，我就对得起你，哪怕是灌辣椒水坐老虎凳，我宁可把自己的舌头咬碎了，当猪口条咽进肚子里去！”

六叔说：“你还是个人吗？怎么能打米新朵的主意？你实际上就是个不折不扣的罪犯，我包庇了你，我也是罪犯了。”

陈南喜说：“到了这种时候，你咋还想不开？那个小娘们儿根本就没打算跟你，你是剃头挑子一头热乎，她那是耍你玩呢。就是我日了她，也比让别人日了强啊，你咋狼吃不见，狗吃撵出屎来呢！”

六叔说：“不许你说她的坏话，懂吗？”

陈南喜说：“小六子啊，其实一开始你就错了。你咋不想想，那么漂亮的小娘们儿，能诚心跟你吗？虽说你手艺超群，不过就是个做饭的，干到鸟辈子，也是个工人。你以为真是工人阶级领导一切吗？不是，我看应该颠倒过来，工人是一切阶级领导的。你根本争不过那个姓崔的杂种，他一步三蹿，官越当越大，将来说不定你连他的屁都闻不到了。我那么做，是替你出气呢，你应该感谢我才对呀！”

陈南喜一阵花说柳说，反倒把六叔弄蒙了。他已经被这一席话逼到了堑壕边上，没有任何退路，就英勇反击说：“有三个禁区，不但你，谁都不能碰，急了我都敢跟他拼命。第一，我是石油工人，为此我自豪着，你不能说工人不好；第二，我是厨师，为此我骄傲着，你不能说厨师不好；第三，米新朵是我爱过的人，为此我幸福过，你不能说她不好。”

陈南喜说：“我不碰。没事我碰那个干啥？再说，我想碰也得能碰得着啊。”

六叔说：“再有这种猫三狗四的事，我可救不了你。别总以为你是支书的儿子，就可以为所欲为；支书在这种地方，不过就是个小虾米，连我这臭工人都不如，再说，你爹他已经死了！”

六叔说得很刻毒，句句铿锵，就像往陈南喜心里钉钉子一样。

第十八章

因为六叔的入主，萨E采油指挥部食堂声名鹊起，《战地报》也做了相关报道。薛明看了就给刘播打电话，说你们靠马御厨的传帮带把食堂办好，这是对的；可口号提得不适当。什么叫提档升级？这会在全油田起到什么引导作用？别说现在日子还不太好过，就是实现了共产主义那一天，也得保持和发扬艰苦奋斗的好传统嘛！刘播咧嘴苦笑着，心里说，共产主义了，物质极大丰富了，还用得着艰苦奋斗吗？可到了嘴上，却变成了一串嘿嘿的赔笑，对薛明说，我们一定注意，今后偷着乐，再不向外张扬。

过了一段，六叔看出问题来。因为伙食的改善，很多家属都到食堂来吃蹭饭，反正多一个人多一双筷子，饭菜管吃管添。家属都是干部家属，扯耳朵腮动，哪个都惹不起。六叔生了一肚子气，就去找刘播要说法。刘播也在为这事伤脑筋。这种事也不是一天两天了，多年的沉疴积弊，早该割除，反倒因为六叔的厨艺，吸引了更多的人把长嘴巴伸进食堂来捞食。

刘播说：“你生气，我也生气。可都是有头有脸的人物，惯成的脾气了，你怎么管？管谁不管谁？由俭入奢易，由奢入俭难哪。”

六叔说：“你是领导，我是工人；你怕得罪人，我不怕。谁还能把我工人正职变副职是怎么着？反正就这他妈的这么回事了。”

六叔儒雅得就像个书生，平时很少说粗话，加了这些衬词，是想表达豁出去的意思。刘播笑了，他说："你也别想得那么悲壮。你不怕，我也不怕。关键是得有切实可行的好办法。"

六叔说："必须凭票就餐，认票不认人。家属想吃也行，到窗口买餐券。"

刘播想了想就说："行，我支持你，咱俩绑在一起骨碌。我走将，你拱卒，事情也没什么难办的。"

六叔果然就拱卒了。

公告贴出来，干部们就很不自在，纷纷来找刘播提意见，说既然已经做到了"三不花钱"，再扩展出一个不花钱来，不是更能体现油田的优越性吗？薛副总那么严明，在这主政时，对这种大不见小不见的事，也睁一只眼闭一只眼，一个大师傅，怎么就能行风行雨，把命革到我们头上来？刘播就装出很无辜很无奈的样子，苦瘆瘆地笑着说，我也是没办法。马御厨和严副总关系挺不一般的，没有严副总在后面戳着，料他也不敢。要是有意见，可以直接向严副总反映嘛！刘播这话就等于假传了圣旨，可谁又能去检验这话的真伪呢？他把六叔和严凌的合影压在写字台的玻璃板底下，那意思就跟做广告差不多了。

刘播错误地估计了干部们的抵触情绪。这已经不是嘴馋不嘴馋的问题，这涉及了他们的面子。何况谁都不会相信，严凌再能体察下情，也不可能事必躬亲，管到一个二级单位的饭伙上来，分明是拿纸鹞子吓唬小鸡崽呢。就串联起来，逆流而上，挈妇将雏的，都糊上了来。厨师们慌了手脚，都看着六叔。六叔就巴结地笑着，走到大餐厅里，向大家招呼说："吃不怕，来吃的人越多，越能说明我们的伙食办得好。我们怕的是报不上账，闹个底漏的罪名，那我们可就跳进黄河都洗不清了。"这么说着，就拿出个本本，让那些家属自己把名签上。六叔想得也太简单了，家属们怎么会签呢？她们故意要他的难堪，都不签，吃完昂然而去，就像没看见他一样。

六叔很痛苦。他很清楚，如果这件事弄夹生了，今后的事就没法干了。开过晚饭，他没回宿舍，而是蹲在指挥部大门外，仰看天上浑圆的月亮。每当月圆月缺，他总是心潮涨落，生发出种种漫无边际的遐想。晋元峰到萨尔图去会秦恬，发现他像石狮子似的坐着，就打趣说："举头望明月，低头思故乡哪？"六叔笑笑说："我研究了这么久才明白，为什么吴刚非要把那棵桂花树伐倒，他是怕嫦娥受不住冷清寂寞，找树杈巴上吊！"

正在一筹莫展，忽然那辆威利斯吉普车在他面前刹住，薛明从车窗里探出头来。

薛明说："小马师傅，怎么啦？"

六叔赶忙站起来："没怎么，看月亮呢。"

"吃饭了吗？"

按说这话问得就没道理了。一个食堂的厨师，怎么可能不吃饭呢？可六叔真就没吃，就涩笑一下说："也……也不觉着饿。"

薛明以为，六叔还是叫那件事闹的，就让杜希金把他拉上，到他家里去吃一口。薛明工作变动之后一直没搬家，仍然住在最初的干打垒里，虽然离得不很远，却因为工作忙，十天半月才回来一次，也从不上食堂吃饭。六叔挺憷薛明的，虽说从本质上讲，他们全都凡事较真儿，有着很大的共同点。严凌还喜欢吃吃面开开玩笑，薛明什么都不喜欢，或者说，他把所有的嗜好全都深藏起来，板正得就像用直尺用圆规画出来的，这就让人觉得少了一些变通和人情味儿。

薛明家里已经把饭菜预备好了，无非是白菜土豆，极简单。薛明又支使十一岁的儿子小楠找酒具，非要和六叔喝几口。薛明平时很少喝酒，连正经酒杯都没有，那两只白瓷代用品，竟然是油井上用的射孔炮弹壳。六叔也很少喝酒，他们实际上是在利用酒做媒介，尽可能缩小两个人的距离。

他们浅斟慢饮着，寻找共同的话题。

薛明说："你的那件事我都听说了。虽然你是受害者，但你是对的，很让人感动。你在男女婚恋问题上表现得又纯洁又高尚，有志青年，都应该向你学习。”

六叔很想做出一个谦虚的微笑，咧咧嘴，那笑竟然严重变形，很像是哭了。

六叔说：“我还纯洁高尚？我不纯洁高尚也不行啊。首长，你是只知其一，不知其二啊，我是哑巴让驴……”

眼看就要秃噜嘴，六叔戛然刹住，装作驱赶一只苍蝇，赶紧把这个话题遮过去。

薛明说：“我听说，你把食堂搞得挺不错。”

六叔一看机会来了，就绕着圈子说：“首长，你以后回家，不用自己做饭，到食堂去吃吧，饭菜比家里好，还省事。”

薛明说：“不必了，都去食堂吃，乱糟糟的，给你们添麻烦。”

六叔说：“麻烦倒是谈不上。反正你不去吃，别人也去吃，而且老婆孩子齐上阵，白吃不给钱，好像又恢复人民公社大食堂了。”

薛明明白了六叔的意思。他半天没吭声，和六叔碰了一个响杯，然后说：“小马师傅，我这人是不是太不好接近？”

六叔嘿嘿笑：“因为你有正气，所以才凛然。”

薛明说：“你这是在恭维我，还是在批评我？”

六叔说：“我不是恭维，也不是批评，我实事求是。”

薛明说：“很多人怕我，长此以往，我就脱离群众了。”

六叔是个小酒人，几杯酒下肚，就脸色泛红，眼神迷离，胆子也大了。他说：“有人怕你，是因为有私心。比如说，想提拔啦，想让你给办事啦。我一个小工人，又不想提拔，又不求你办事，我怕你干啥？獐狍野鹿怕老虎，蚂蚁蚊子却不怕。”

薛明笑了：“那好，以后咱们老虎和蚂蚁就多来往，起码蚂蚁不能狐假虎威，也不能叮在老虎身上吸血，大小不同，却是健康的朋友关系。”

他们谁也没再提食堂的事。六叔醒悟过来，如果把食堂这种小事捅到上边，不但说明自己无能，也等于把刘播给卖了。

第二天吃午饭，薛明的儿子薛小楠也来了。都知道薛明对家属要求极严，这让所有的人全都感到了意外和不解。食堂的饭菜比家里好上一大截，这是不用说的，小楠和干部家属坐在同一张圆桌上，吃得十分投入，闷着头不吭声，脸上爬满了蚯蚓般的热汗。干部家属们受到了鼓舞，吃得也更加放肆。就在这时，薛明来了。他推开房门，往大饭厅里一站，背后跟进来一缕阳光，颇有剧场效果。所有的人都僵住不动，连一声咀嚼都听不见了。

薛明不怒而威地说："小楠，你交钱了吗？"

小楠不作声。

薛明说："爸爸拿着国家的工资，你怎么能白吃公家的东西？事情虽说不大，钱也不多，却是很丢人的，也把自己的灵魂玷污了。当年我们打锦州，战士们全都又饥又渴，头上就是老百姓的苹果，伸伸手就能够到，可我们谁都不摘一个。后来这件事还被毛主席写到了文章里。"薛明又指了指站在一旁的六叔，"还有你这位马叔叔的贫农老爹，为了村里人不被饿死，他自己坐着粮食口袋却被饿死了。跟他比比，惭愧不惭愧？"

小楠一声不吭。那些吃蹭饭的都听得明白，把脑袋垂到极致好像生怕被认出来。

薛明看着六叔，提高了声音，故意问责说："这食堂刘播是咋管的？共产主义毕竟还没来到吧。你告诉他，再这么下去，我撤了他！"

薛明掏出钱和粮票，放到小楠面前："你喜欢吃食堂也行，自己去买餐券，每次交一张，这有多好，这样大家就全都心安理得了。"

有人鼓掌了。先是稀疏的几声，很快就扩展成浩瀚的一片。

这场几乎完美的父子双簧，大概除了六叔，谁都不知道其中的来龙去脉。六叔对薛明很感激，也仅仅是感激而已，连给他做一个菜的可能都没有。薛明说过，你们把工作干好了，我就觉得比做什么好吃的都香。

萨E采油指挥部机关食堂很快就清静下来，有了河清海晏的新气象。六叔经常对炊事班的人讲，做厨子的光是身上干净还不够，心里也要干净；文官贪财，武将惜命，厨师偷嘴，这都是同等性质的事情，说小了是不忠不廉，说大了就是犯罪。炊事班的人也都想争先进当模范，就一声雷响应六叔。大家一起动手，腌咸菜、渍酸菜、晒干菜，还利用食堂的残汤剩饭，养了一圈克郎猪，个把月就能宰上一头，极好地润滑了伙食，把食堂搞得红红火火的。

陈南喜好久没来了。六叔摸不清究竟，心里忐忑着，那天就给老张才打电话询问。老张才苦笑说："你这个老乡真不善，阶级斗争抓得紧，刚一来，就对阶级敌人实行专政了！"

原来，乡下口粮分配得挺紧巴，家家也就是个将供嘴，生产队的庄稼经常被偷。熟人看青，都是屯亲，管得了张三，管不了李四，老张才就推荐了陈南喜。起初他干得也不错，黑着脸闭着眼睛，不管三叔二大爷，一律打家伙。那天晚上，也是喝了几盅小酒，搂着一根镐把，躺在苞米地里，香香地睡了过去。朦朦胧胧中忽然听见了潺潺流水，还以为是天下雨呢，抬眼一看，大月亮底下，就在咫尺之外的头上，一个女人正骑着垄台解手呢。陈南喜就不能容忍了，一声断喝，上去把那女的擒住。那女的哭哭啼啼央求着，衣服似露非露，连裤带都系不上了。趁着搜身，陈南喜把该摸的地方都摸了，证据十分的确凿。如果是贫农的后代，也就罢了；偏偏是地主的女儿，这就激起了陈南喜的阶级仇恨。他生拉硬扯地说了一句："为刘文学报仇的时刻来到了！"然后就把那女人放倒在苞米地里给办了。那女的叫大翠，觉得这种交换也不错，以后天天都来，陈南喜也天天都办，只是生产队的苞米被掰得七零八落，他们办事的地方，不仅棵子倒伏，连垄沟垄台也被夷为平地。

老张才在电话里大骂一通，连六叔也捎上了。六叔赶忙给老张才赔不是，老张才也是刚喝了几盅酒，不管不顾地说："谁是我们的阶级敌人？我这个贫协主席瞪大了眼睛看了一圈，地主老财全都服服帖帖，闹了半天，全公社的阶级敌人只有一个，那就是你这个老乡陈南喜。你赶快把他弄走吧，要不然我们就把他轰出去了！”

六叔又打电话找陈南喜核实。他却说：“你咋能听老张才的？那老家伙就知道喝酒，根本就没有什么原则。大翠家明明是地主，他还常端人家的饭碗哩。我这回不比上回，上回是霸王硬上弓，这回是周瑜打黄盖，一个愿打，一个愿挨。小六子，你尽管放心，我不会给你惹事的。”六叔弄不清反正面，由于忙着食堂的事，也就把他放到一边去了。

张老板来了几次，都是一走一过，绕着路特地来看他的，说是想得慌，来看一眼心里就踏实了。他带来两样东西，一个是焦洪林送给六叔的日记本，墨绿色绸布糊面，扉页上写着：赠马本良同志：革命路上并肩走，惊涛骇浪手挽手。一个是夏晴给六叔钩织的牙具袋，外面是蓝棉线镂空的小碎花，里面衬着红布，袋口是抽带的，活儿还挺不错。

六叔嘲讽地笑了：“夏晴还会织这个？真难为她了。”

张老板说：“你是不是挺恨夏晴的？”

六叔说：“我怎么敢。欺师灭祖，那可是天理难容的事。”

张老板说：“其实夏晴这人挺不错，都是被焦洪林给忽悠的。那天看一个电影，苦得也不是特别厉害，别人都没哭，她却哭了。”

六叔说：“那说明不了什么，鳄鱼吃东西的时候还流眼泪呢。”

张老板说：“毕竟她就你这么一个徒弟，你就她那么一个师傅。”

六叔说：“刀口药再好，也不如不拉口。看来，我们的师徒关系，怎么修复也不可能回到从前了。”

张老板说：“她哪得罪你了？你得说出个四五六来呀？”

六叔说：“我也说不清，就是感觉不对劲。”

张老板说：“我看得出来，事是这么个事：你追米新朵，夏晴追你，你们都弄错位了。”

六叔说：“也不怪别人，都是我不对。我弄不懂女人，也许，我打一辈子光棍才合适。”

张老板叹息一阵，就说："三大队的人都想你呢，你就不想大家？"

六叔好半天没说话。他怎么能不想三大队呢？可他又怎么回三大队呢？三大队是他的发轫之地，也是他的伤心之地。他跟三大队的情感，有点像夏晴钩织的这种流行一时的牙具袋，虽说是从头到尾只有一根线，构成的图案却是繁杂错结，盘回缠绕，真个就是剪不断理还乱了。

有一天，六叔突发奇想，来跟晋元峰商量说："能不能把你们宣传队的女演员借给我一个？要漂亮的，越漂亮越好，会表演的，撒谎脸不红的，陪我到三大队井区转上一圈，保证完璧归赵。"

晋元峰明白了他的用意，就说："还用借吗？那些女演员背地里蛐蛐蛐蛐的，都想跟你好呢，怕的就是你没从爱情失败的阴影里走出来。你以为她们嘴上说着那些豪言壮语的台词，心里都装着世界革命风云吗？根本不是，她们想的是怎么才能找个好男人，怎样才能过好自己的小日子，这才是真格的。"

六叔说："我是君子之贷，不是刘备借荆州。"

晋元峰说："又是君子君子的。咋就不记取教训？如果一个人被同一块石头绊倒两次，那就不可救药了。"

六叔说："行，该做小人的时候，我就做，反正我弄了个遍体鳞伤，索性就浑水浑蹚了。"

也不知道晋元峰是怎么操作的，那天宣传队没事，晋元峰就着那个能唱能跳的蓝溪找六叔来了。六叔嘿嘿笑，蓝溪咯咯笑，晋元峰哈哈笑。

六叔说："小蓝，我就是压着一口恶气，想让你帮我出出。"

蓝溪说："不就是想治治那个女假洋鬼子吗？这有啥难的。"

六叔说："不仅仅是米新朵，还有别的。"

晋元峰说："你得演得像，要是不像，马本良不但不能扳成一比一平，反倒成了二比零了。"

蓝溪说："演员嘛，哪能不像？演出成功，你得请我下馆子，还得你亲自掌勺！"

六叔说："这有啥难的，你我不过就是各尽所能罢了。"

六叔就用那辆破车子，驮着蓝溪去了。

蓝溪形态轻盈，矫捷如燕，跳群舞叠罗汉，踩着人桥一直上到塔尖上，手里还拿着一面红旗舞波浪，那样子美不胜收，让人的血一涌一涌的。她坐在车子后面，一点都不显得累赘，在六叔看来，就像个轻巧的油样桶似的。刚骑了没多远，蓝溪就从后面紧紧搂住六叔，还把头靠在六叔的背上，幸福地歇息着，完全是一副小鸟依人的样子。如此兵贵神速，六叔吃不住劲了，就说："小蓝，注意分寸！"蓝溪咯咯脆笑起来，说："不是要表演吗，怎么也得排练排练哪，不排练容易演穿帮的。"就这么一路排练下去。六叔当然也很滋润，他在心里不断为自己开脱说，我这可不是真格的，我这是排练呢。

他们遇到的第一个人是焦洪林。他刚从一个油井房里走出来，被强烈的阳光刺眯了眼睛，看见六叔带着一个美女款款驰来，不禁大吃一惊，就跟遇见了张老板拖着一只狼一样。

六叔夸张地笑着，跟他紧紧握手。

六叔说："这是我对象，蓝溪，宣传队的。"

蓝溪也跟焦洪林握了握手，很矜持，只给他一簇手尖。然后就揽住六叔的一只胳膊，亲昵地依偎着，来了一个巧笑倩兮，美目盼兮。

焦洪林有点儿蒙了，大张着嘴，露出了蝌蚪尾巴似的小舌头。他语句含混，逻辑错乱，手足无措，好像血压也出了问题。他先说了一句请坐，发现大野地里根本就无处可坐，然后又补救地说了一句吃了吗？不早不晚的，这就更加不合时宜了。

六叔恶毒地说："指导员，你说我咋就记吃不记打呢。明明知道有个'三五八'，就是板不住自己，这不，又搞了一个，宣传队的主力，你看比米新朵咋样？"

焦洪林这才缓过劲来。他先说了不错不错，发现这话具有杠杆效果，压下这头，那头就翘起来了，马上又订正了一句，都不错都不错，都很漂亮嘛。

六叔说："三大队毕竟是基层，都是沉下来的缸底子。指挥部宣传队里有很多漂亮姑娘，指导员，要不要我给你介绍一个？那咱俩就是拐弯亲戚了。"

焦洪林慌忙说："不用不用，我……自力更生。"

因为这话隐含着双关性，六叔还没笑，蓝溪就笑不能禁了，弱柳扶风的样子，把焦洪林笑了一个大红脸。

就在这时，夏晴从计量间里出来了。她拐过油井房，猛地看到了六叔的破车子，就是这辆让她骑上去下不来的车子，每个螺丝每块漆皮她都很熟悉。她停下了脚步，向六叔和他身边的妖娆女人惊讶地张望着。六叔还在想，是他走过去，还是等她走过来？夏晴却忽然转过身，走回计量间里，把门插好，无论六叔怎么敲打怎么叫她也坚决不打开。

六叔最想见而又最怕见的人就是米新朵。到了她的井区，他就畏葸起来，对蓝溪说："咱们回吧，别折磨她了。"

蓝溪说："要不然，我自己去。我不折磨她，我安慰她，告诉她说，谢谢你发扬风格，把马御厨让给我了！"

六叔还未置可否，蓝溪就如一只贴着草尖飞去的禽鸟，翩翩地飘了过去。六叔隐蔽在一个油井房后面，看着曾经熟悉的一切，一时感慨万千。一只小蜥蜴从他面前爬过，准确地吞掉一只苍蝇，又钻进了远处的草窠里。它的尾巴是完整无缺的，六叔认不出，它是当初的那只，还是另外的一只，因为它们看上去完全一样。

过了十多分钟，蓝溪从计量间里出来了。她垂着头，泪水潸潸的，对六叔说："马本良，我演砸了。"

六叔说："那怎么可能呢？你不是演员吗，跟她还认识。"

蓝溪说："她还爱着你呢，而且我敢肯定，这辈子她也不会忘记你了。我实在演不下去了，陪着她哭了起来，然后把你的阴谋诡计全都交代啦！”

六叔没说话。他推着车子走了半天，不知不觉中，眼泪潸然而下。走出去好远，米新朵才从屋里出来，站在一片盛开的波斯菊里向他们凝望，季节风吹乱了她的头发，那一刻她凄美极了。

生活并没因为六叔的遭遇而停滞。油田的建设热火朝天，到处都是报捷的锣鼓和胜利的喜报。上级奖励，除了大红的奖状和锦旗，还给生猪，大功给大猪，小功给小猪，无功不给猪。那些从关里运来的猪们被系上红绸子，高亢地嗥叫着分送到四处，变成了真实而具体的物质能量，进而又变成了滚滚而来的石油。年产原油一千多万吨，这是个什么概念呢？六叔趴在行李上，用他那支友联铱金笔，把它换算成一个一个大湖泊，一节一节围绕着地球排列的油罐车，一组组卡路里、千瓦时和公斤米……他多想回家，把这些面对面告诉亲人，告诉长眠在地下的我爷爷啊，然而他又因为那根蜥蜴尾巴恰恰不敢回家。他像一颗转蓬草的种子一样，已经在这块碱土地上扎下了根，扎得很深很深，一旦被拔出来，他肯定要疼，说不定还会死的。

为培养生产能手，全油田搞岗位大练兵，要开赛巧大会，把各行各业的技术能手集合到萨尔图，真刀真枪地比画，所谓是骡子是马牵出来遛遛。严凌打来电话，指名要六叔去，而且非去不可，说三代的御厨传承，油田厨师界里公认的巨擘人物，怎么能不到场呢？不用比赛，也没人能比得了，表演一下就行，起一个高光下照的作用。六叔尽管不大情愿，还是不好拂逆领导的意思，就把祖传的炒勺，连同那把曾经提在手上追杀崔大可的泼风快刀，一起装进背包里。六叔转念又想，既然来了，就得露露真功夫，起码要让人知道，“御厨”这个已被历史埋葬了的称谓，并不是随便说说的。

三大队的夏晴是当然的人选，而且老早就开始准备练习了。张老板知道了消息，也找到焦洪林，要求参加修鞋方面的技能大赛。

焦洪林说，上边没设这个项目。再说，修鞋那怎么比？当然不能说是下九流，得说成是为人民服务，可那实在不算是什么技术专长。

张老板生气了，出门的时候嘟囔说，不管咋说，我还会掌鞋呢，你会啥？除了捉奸唱高调，啥嘛不会！

赛巧大会场地就设在临时停机坪。人们从广大的油田四面八方聚拢过来，一时人山人海的，围出一个巨大的盆形的椭圆，是个空前盛大而又独具匠心的赛会。油田的主要领导都来了，他们难得消闲地坐在简陋的主席台上，带着丰收的喜悦等待检阅。

赛场上，各系统各单位互相拉起歌来，你来我往，唱着喊着，发自千万个滚烫胸腔的声音排山倒海的，听着叫人心里直颤。接下来萨E采油指挥部文艺宣传队见缝插针，先表演了几个小节目。其中七男一女八个人，扮作蓬莱八仙，用自己的绝技——“过海”，这都是晋元峰的主意，借此和赛会的主题相照应。何仙姑是蓝溪扮的，一身粉红色的软靠，像个精灵似的来回蹦跳，最后把一个花篮放到面前，一匝小蛮腰水蛇一样向后弯下来，竟从胯下把花篮衔住，再缓缓直立起来。掌声欢呼声响遏行云，把大喇叭都盖住了。

比赛正式开始了，各种绝活让人眼花缭乱：大卡车在两条钢轨上自如进退。庞然大物的铲车将摞在地上的红砖一块一块铲掉。井下作业工比起下油管。电焊工比焊口不渗不漏，给钢铁当“裁缝”。瓦工比砌砖墙。厨师比掂马勺。还有一个女仓库保管员，蒙住眼睛，竟能摸出各种规格的电线、轴承、螺丝，还能背出账本上的七万多个数据……

采油工比的是用手代替钢丝钳子，盘结清蜡铜丝接头。夏晴是苦练过的，为此十个指头都血津津的。如果她像当年那样专注，第一笃定是她的；因为参加比赛的人全都坐在检录处，她见到了六叔眼睛亮了一下，分明有话要说，六叔却偏过脸去，假装没看到她。这个细节让她很痛苦，操作中稍一分神，就盘错了，等到纠正过来，已经比对手晚了两秒钟。

在巨大喧哗之后的片刻静场里，主持人走了出来。他笑呵呵地说，要选一位女同志，最好是细皮嫩肉，检验一下厨师的刀功。当然没有拿人试刀的意思，就是要做一回有惊无险的砧板，让大家开开眼界，保证连一根寒毛都碰不到。就拿着麦克风四下撒眸，也许是米新朵白得耀眼，又挤在前面，就被他从人丛里请出来。米新朵是没法推拒的，她是职工，又是单位派出来观摩的，点将点到了她头上，怎么能退缩呢？只好硬着头皮走进场地来。许多人认出来，她就是上次那个“幸福的鼻子”，便向她欢呼致意。米新朵腼腆地笑着，挽起袖子，露出一段鲜藕般的手臂。

在一阵激昂的乐曲声里，六叔亮相了。他两只手上端着六大碗开水，竟然端得纹丝不动，演杂技一般，一把菜刀和一只剖开的青萝卜就放在水碗上，刚一露面，马上就是一阵碰头彩。他要表演的是，在人身上切萝卜，这种萝卜皮艮肉嫩，两层的质地完全不同，要在半分钟内先切成片再切成丝，保证绝无连刀，这是很要功夫的。如果在厨房里，这就不算什么了；现在换了人的小臂，上面只垫一块薄纱，难度就更大了，稍一疏忽，那可不是闹着玩的。可六叔心里有数，当年曾在我爷爷刮光的秃头上练过无数次，应该是万无一失的。他走到那个临时搭档面前，突然就怔住了。两个人愕然对视着，好像失散多年突然重逢似的。米新朵凄然一笑，似乎回身要走，却像跳舞蹈那样旋转了一个圈子，缓缓地晕倒在了地上。

场上一片大哗。六叔呆立在那里，手里的水碗全都掉到地上，摔成一地残片。

第十九章

陈南喜要结婚了。

陈南喜和偷苞米的大翠一来二去的，竟然好吃不撂筷子，想把偷偷摸摸的关系公开化。大翠长得不丑不俊，人也很能干。有人曾经介绍给于扶做二房，于扶说，粮食能瓜菜代，媳妇不能瓜菜代。有那么多贫下中农好后代，我干嘛非要她？还是让他们地富反坏右内部自我消化吧。陈南喜就不一样了，他在苞米地的垄沟垄台之间找到了无穷的乐趣，而且欲罢不能，正愁没有落脚的地方，就直接住进了老丈人家里。他对老张才解释说，我这可不是阶级混线，我这是打入敌人内部，深入对敌斗争最前线，面对面实行专政。老张才说，滚你个狗日的吧。你是入冬的长虫——见眼儿就钻。不过，你们俩结婚也不是坏事，你能生了根过日子，她家也有人照顾了，地主不地主的，不都是人嘛！

六叔听到这个消息，咧一咧嘴，做出了一个酸涩的表情。

他在电话里说："喜子，婚姻可不是儿戏，是不是再慎重考虑考虑。"

陈南喜说："小六子，慎重不慎重的，我保证一勺成，并且一竿子插到底。你倒是挺慎重的，结果咋样，煮熟的鸭子又飞了。"

六叔问："我也听说了，苞米地里的姻缘，难免有强买强卖的性质，能行吗？"

陈南喜说："我是先尝后买，绝对错不了。家庭就无所谓了，反正生了孩子成分随我，没什么可担心的。"

六叔沉默下来，然后说："喜子，我太忙，恐怕不能给你的婚筵上灶。"

陈南喜说："你就不用来了，借给我二百块钱就行。"

六叔就像被烫着了似的，都要跳起来了。他说："我哪有那么多钱？你扒拉着指头算算，每个月去了给你的，去了伙食费，我还能剩多少？现在我连一本书都买不起啊！"

陈南喜说："反正你比我有办法。这么大的油田，就凭你鼎鼎大名的马御厨，哪儿弄不来二百块钱？"

六叔怔了一会儿，才说："好吧，你容我个空。"然后他手握听筒压下电话拨叉，又添上了一句，"陈南喜，你个狗日的！"

缰绳牵在别人的手里，六叔有什么办法呢，不但唯命是听，连怠慢都不敢，只好厚着脸皮四处告贷。他跟晋元峰借，跟张老板借，跟蓝溪借，跟炊事班的人借……莫名其妙的就欠了一大圈饥荒。大家收入相近，物资又很匮乏，谁都没有太多余的钱，有了钱也没什么东西好买的。怎么跟人解释这些呢？六叔晚上睡不着，就编造了这样一个荒谬离奇的悲剧故事：大哥有病，嫂子骨折，侄子又在学校里惹下大祸，把柴垛点着了，结果火烧连营，要赔公家和个人的柴草钱……这样，别人借给他钱的同时，还得饶上深深的同情和慰问，至于我们那个遥远偏僻的小山村里究竟发生了什么，谁也不得而知。

在很多人眼里，六叔是世界上最不幸的人，诸多倒霉的事都集于一身，所以他情绪的波动和行为的反常也就很好理解了。六叔的朋友常来陪他聊天，蓝溪就更不用说。自从那次“借用”之后，只要不排练不演出，她就经常到六叔的宿舍来腻着。为了保持体形，她不敢多吃主食，却喜欢吃零嘴。六叔就买了榛子五香瓜子之类储备着。蓝溪吃这类东西特别擅长，就像一只巧舌如簧的鸟儿，嗑开剥瓤吐皮一气呵成，真是灵巧极了。这样她每当说话的时候，嘴里就总是飘出一股炒货的香味。

蓝溪说：“我见过那个崔大可了，长相一般，人挺俗的，还两眼淫光，照你差远了。”

六叔说：“崔大可崔小可，跟我没关系。”

蓝溪她们这些人春秋冬三季都裹在草绿色军大衣里。这种装束很能蒙人，好像是部队的近亲，看着有一种两栖感。

蓝溪说：“我觉得米新朵也有她的道理。大小是个头，强似站岗楼。人家崔大可孬好是干部，将来弄个这长那长的，日子好过，她也脸上有光。论人品你比他正，论文化你比他高，咋就不能弄个干部当当？”

蓝溪她们虽然暂时还是工人的身份，可迟早要转干的，她这话是在向六叔明示，将来身份匹配，才有比翼齐飞的可能性。

六叔说：“不但干部我当不了，除了做饭，别的什么什么我都干不了。”

蓝溪说：“你厨师当得再硬，还能怎么着？别看你认得一些头头脑脑，一个小小的管理员就能把你支使得滴溜乱转。你在领导心目中的印象那么好，不能故步自封，你得不断进步啊！”

六叔说：“厨师还能怎么进步？厨师只能把自己的那一套搞精深了。历史上从来都是宦官乱朝，你听说过御厨干政的吗？当厨师那是很神圣的啊！”

就是这一席话，让蓝溪笑得花枝乱颤，差点儿就把瓜子呛到气管里。

蓝溪说：“马御厨啊马御厨，你可真能逗。我知道世界上这神圣那神圣，还真不知道做饭的也神圣。整天做饭给别人吃，那叫什么能耐？让别人做饭给你吃，那才叫能耐呢！”

六叔恼了，但他又是不能恼的。他呵呵呵呵地傻笑一阵，应付她说：“既然民以食为天，厨师就是天官，见官大一级。烹饪属于艺术的范畴，是上层建筑。只有二五眼厨师才去当官呢，像样的厨师哪有当官的？老子说过，治大国若烹小鲜。也就是说，当厨师和当国王差不多。再说，全油田几十万人马，这长那长有的是，可马御厨只有我一个。就是我想当官，组织上也不能同意啊！”

蓝溪说：“组织？哪个组织是管你的？你这个御厨是哪个红头文件任命的？什么级别？还愣往国王身上贴靠，你可太有意思了！”

六叔这套刀枪不入顽固不化的理论，再配上一本正经的神态表情，足以让蓝溪乐不可支，直笑得筋酥骨软，娇喘吁吁，在大炕上面鱼一般来回骨碌。六叔的行李很干净，蓝溪骨碌得就很放任有意无意之间，裹着的军大衣摊开来，就像一张剥掉的皮那样，里面的亵衣聊胜于无，露出了白生生的瓤子。那一刻六叔被那一片旖旎的风景惊住，呆呆地看着，连气都喘不匀了。蓝溪也呆呆地看着六叔，眼睛里有了奇异的火焰，一伸手，就把六叔拉向自己。

六叔说：“别闹别闹！”

蓝溪咯咯笑："你总是临阵退缩，米新朵怀疑你有病呢！"

六叔急了："她纯粹是胡扯。谁有病？她才有病哩！我那是君子之行……"

蓝溪在他的耳边吹拂着瓜子的香味："别以为天底下只有米新朵好。我就不信，我哪点儿不如那个女假洋鬼子……"

蓝溪把军大衣一裹，两个人就很像双黄蛋了。蓝溪引导着六叔的手，在那些柔美起伏的景胜上来回巡游，一面用五香嘴猛嘬起来。六叔都要晕了，而且干这个绝对是门外汉，他浑身战栗，动作僵硬，惊惊怯怯的嘬不过她，那样子就像是偷吃东西似的。蓝溪终于忍不住笑了。她推开他说："你咋胳肢我呢？"六叔涨红着一张脸，好像犯下了弥天大罪，吧唧着嘴说："对不起，我不是故意的。我可不是有病，我就是业务不熟，不得要领！"

六叔的"病"在心里，这一点蓝溪是没法知道的。他不敢跟她认真，再说，既然她没爱上他的职业，他也就不可能爱上她，何况蓝溪一时很难在情感上取代米新朵。六叔很清楚目前的处境，他就像在蹚着一道浑水，每走一步，前面都有可能是深堑，可他却没法知道哪一步危险不危险，只能走一步是一步。春节临近，他往家里寄了十五元钱，在信里他向我父亲报告了陈南喜结婚的消息。我父亲疑惑了，他说："陈南喜那人模狗样的都成家了，你叔叔还差着什么？他不会有什么事吧？"

一个雪花飞扬的日子，陈南喜又来了。他特地给六叔带来了半口袋黏豆包，说："这都是大翠的娘家做的，全家人都感谢你这个大恩人呢，好吃不好吃，就是一片心意。"

六叔道着谢说："我吃食堂，你拿这些东西我咋办？你还是拿回去自己吃吧。"

陈南喜不干。他说："千里送鹅毛，礼轻情义重。乡下比不了油田，也就是这点东西稀罕，你不收下哪行，你不收下我就不走。"

六叔只好收下，准备拿到食堂入伙。

陈南喜仍然坐在炕沿上不走。他说：“小六子，你有侄子啦！”

六叔愣了：“我不但早就有侄子，我侄子都上中学了，你也不是不知道！”

陈南喜说：“我说这个侄子不是你那个侄子，是我儿子！”

六叔疑惑了：“咋算也对不上节气啊，除非用暖窖扣出来！”

陈南喜说：“现在还没生下来，还在他娘的肚子里呢，不过有苗不愁长，也就是几个月的事。可眼下缺衣少米的，过年连割肉包饺子的钱都没有。”

六叔向他怪异地笑着：“你啥意思？是不是想往绝路上逼我？”

陈南喜说：“小六子，你是个仁义人，哪能说这种话？我借你的钱，一五一十，都记着，实际上我这是替你攒钱呢。”

这么说着，陈南喜摸出一张草纸来，上面果然记着些勾勾巴巴的流水账。他就像汇报一样，从头到尾地叨咕了一遍，然后说：“帮人帮到底，送佛送到西。到时候，我会加倍还你！”

六叔说：“我拉饥荒拉的，都要把肠子拉出来了。”

陈南喜说：“虱子多了不咬，饥荒多了不愁。”

六叔在地上打着磨磨，终于还是叹息一声说：“好吧，你等着，我给你现借去！”

到了这时候，六叔才发现，他不但没能如期完成八年计划，反倒花光了全部积蓄，还欠下了别人五百多块钱，对于每月只挣二十六块钱的他来说，这无疑就是天文数字。更为可怕的是，他撒下的一大堆谎言，已经左支右绌，漏洞百出，而且像荒草一样疯狂蔓延，越来越难以收拾。

在日渐绝望的情绪里，六叔开始琢磨，除了自身的工资之外，还能从哪弄到钱。

油田的地上地下，纵横交错都是钢铁，无论工人们怎样细心，废钢铁总能捡到。六叔就利用每顿饭的间歇，跑到附近捡起废铁来，还没怎么样，就有人咋呼起来，说马御厨学雷锋见行动，为了改善食堂的伙食，亲自捡废铁呢。榜样的力量是无穷的，咱们也不能袖手旁观哪！就纷纷出去捡，攒成一大堆，最后用汽车拉出去，卖了挺可观的一笔。六叔没法回头了，只好苦巴溜丢地笑着，跟着众人的呼声走，把那笔收入一本正经地存进食堂的账本上。

有一天，萨边公社的于扶带着汽车路过，车没油了，正巧碰见六叔，就求到他头上。六叔找到刘播，刘播正忙着，也没细问，随手给了他一大把油票——贫油的时代已经过去，凡是油田的汽车，到处都可以加油，至于地方就又做别论了。六叔把油票全都给了他，于扶吓了一跳，他从怀里掏出一大把钱来，足有一二百，数都没数，全都塞给了六叔。汽车开走了，六叔看着那些钱，忽然醒悟，于扶赚了，他也赚了。只要以油田的名义报账，这钱就跟他姓了。六叔把钱揣进了兜里，走了几步，动作就不协调了，好像被那些钱把脊柱坠偏了。他带着深深的自责，把钱如数交给了刘播。刘播为难地说，你交给我，我也没处下账啊，还是交到食堂，就算是伙食尾子吧。

食堂里每天都流转着可观的粮油和副食，这些钱变的东西像联翩的蝴蝶在六叔眼前飞过，只要伸手抓一把，它们又能变成钱，在神不知鬼不觉中落入六叔的口袋里。这念头极光般一闪，立刻被他死死地扼住，然后彻底扑灭了。他甚至听到了一声响亮的耳光，仿佛是老爹坐在粮食口袋上伸出幽冥之手打的。

有一阵子，六叔想把那帧康有为的横幅卖了还债。有个行走于民间的文物散仙，被他叫进屋里，打开箱子，徐徐拉开两轴，那人眼睛就亮起来，拿出个放大镜，罩在上面看啊看的，然后把拇指食指叉开一比画。六叔说："八十？"那人笑了："八百。成交吧。"六叔把横幅一点点卷起来，那人正从挎包里拿钱，六叔又反悔了，把横幅重新放回箱子里。那人还要加价，六叔说："卖老祖宗留下的东西，那可是败家子；我就是去卖血，也不能卖了它！"

六叔真的就去卖血了。

六叔十六岁进城当灶，曾经献过一次血。那是后半夜时分，附近发生了矿难，有三五个重伤员急等着血浆抢救。六叔听到街上大喇叭喊人，还迷迷瞪瞪的，爬起来就往医院跑。医院走廊里，献血的人已经排起了长龙。验血时，负责登记的护士问："什么成分？"六叔生怕被拒绝，就说："贫农。"身后一人接了话茬说："血这玩意儿还分阶级？不就是分血型吗？难道地富反坏右的血里有毒？"护士白他一眼说："这道理我比你还懂。可表格上有这么一栏，我有什么办法！"六叔除了隐瞒了成分，还把自己的年龄提高了两岁，就这样，二百毫升假贫农真地主的鲜血，流进了别人干瘪的血管里，尽管没有一分钱的报酬，尽管他和被救者素昧平生，他还是很高兴。

现在情况不大一样了，六叔不是去献血，而是去卖血；他身上唯一能变成钱的东西，也许就是血了。他是这样计算的：如果每个月卖一次，一年左右就能把债还上；这笔债既是人生路上的大坑，也是他灵魂上的大坑，如果不设法填平，他真就没法活了。

有那么一天，六叔避开熟人的眼睛，出现在一个号称三不管的地方。这里是油田的外围，混居着各色人等，很多都是从外地跑来撇油珠子喝的，雪球似的滚了几滚，就膨胀成了一个乱糟糟的小镇，卫生院也堂而皇之地开起来了。六叔是坐油田上那种不花钱的交通车，倒了几倒才找来的。他那种气质打扮，混杂在几个邋遢的血虫虫里，就显得很隔色。如果六叔一声不吭，也就没事了；他看到那几个血虫虫每人手里拿着一个啤酒瓶子猛灌，很是不能理解，就搭起话来。

六叔说："你们……这是干啥？"

血虫虫告诉他，据说抽血前喝啤酒，能使血也变成泡沫，进而以虚充实，以少当多。

六叔说："卖血咋能掺假？血就是生命啊，生命应该是最真实最干净的！"

血虫虫们不高兴了，说："你卖你的真血干净血，我们卖我们的血泡泡，两不相干。"

六叔说："这不对，这丧良心！"

血虫虫就恼了，说本来我们就是半碗稀饭，你还来跟我们抢；抢还不说，还多管闲事，找揍来了！就抡起啤酒瓶子乱砸，多亏六叔戴着棉帽子，血虫虫又没劲，才没造成致命伤。六叔撒腿就跑，啤酒瓶子随即变成了手榴弹，在他的前后左右一一爆炸。六叔在玻璃弹片的呼啸声里逃出了火力圈，对着茫茫雪野哈哈大笑。青春的血从他的帽子底下流出来，他用手蘸着，又在食指拇指之间试试黏度，然后他在白雪地上画了一个鲜红的触目惊心的感叹号。

回到宿舍，六叔的门缝上插着一封信，写信的人透底说，我爷爷最后的两个饽饽，竟是被陈南喜拿走的，如果不是这样，我爷爷也不至于饿死。信是匿名的，不过除了信封上的邮戳能证实发信地址，信里还夹着一朵硕大而干燥的榆树钱。六叔久久闻着榆钱，那是他最熟悉的家乡气息。他就像被冻结在炕沿上，眼睛直勾勾的。窗外大喇叭在高声嘶吼，唱腔苍凉激越，裂帛决堤一般，好像把五脏六腑全都呕出来了，是秦腔。那声音直上青天，又陡然跌落下来，六叔觉得，是他那颗百孔千疮的心被摔碎了。

六叔默默找出笔纸，极有耐心地写了一份遗嘱。他坦白说，为了能来油田，他和全村人串通一气，把地主成分隐瞒了，对不起广大人民群众和党组织。时至今日，他已经骑虎难下，再也忍受不了心灵的熬煎，只能和以此敲诈他，并且夺走老爹干粮致使他活活饿死的人同归于尽。念及他毕竟为油田做了一些事，就把他葬在油田吧。康有为的横幅、御厨炒勺，还有那几本珍贵的线装书如《周礼天官》《酉阳杂俎》等，都能卖钱，请代为还债，剩下的留给大哥和侄子们。最后他诚恳要求，组织上能重新审定我爷爷的成分，还他和家人一个清白。遗嘱写得简单而冷静，不带任何感情色彩，就好像是一份临时草拟的菜单，被他锁在箱子里，而钥匙则被他扔在了行李上。

六叔喝的是六十度老白干。烈性酒很快化作淡蓝色的火苗，在他的血管里咝咝烧灼。那是一种毒蛇吐芯的声音。一向谦谦君子的六叔立刻血脉贲张，变得空前强大而又充满破坏力。他撞开了蓝溪的房间，二话没说，就把她紧紧箍住。那一刻他的眼神完全是邪恶的，罪犯式的。不过蓝溪已经看不见这些了，她渴望的正是这种暴烈，眼神迷离着，瞳孔都散了。六叔就像一头饥饿的猛兽，急切地撕扯着猎物的皮毛，嘴上还念叨说："我让你看看，我到底有病没病，我就怕炕不结实！"眼看就要入港，蓝溪突然猛醒，推开他，涨红着脸说："马本良你疯啦？就这么没鞍子没笼套的，要是一旦种上，你我就都完了！"六叔中止了野蛮的冲锋，把头埋在蓝溪怀里，像个弱小的动物那样喘息说："我想哭。"蓝溪说："一个大男人，有啥好哭的？说出来我听听。"六叔说："不能说，要是能说出来，我就不哭了。"蓝溪说："人家北风当电扇，下雪当炒面，你风吹不着雨浇不着，咋能这样？"六叔喟叹一声说："可也是，我为什么要对你哭呢，这太没道理了。"

六叔从厨房拿了一把切菜刀，就是拿到赛巧大会没用上那把，沉甸甸地揣进杠杠袄里，骑上车子，到他约会陈南喜的地方去了。陈南喜正在萨边的家里猫冬呢，从这个热炕头转移到那个热炕头，喝烧酒耍纸牌，把六叔给他的钱花得差不多了，接到电话，还以为六叔是给他送钱来的。

六叔用车子把陈南喜带到一个废弃的干打垒里。

六叔说："喜子，你饿吗？"

陈南喜说："不饿，刚吃完。"

六叔掣出刀来说："不饿就好，省得当饿死鬼。"

陈南喜惊恐万状，忙说："小六子，你这是干啥？"

六叔说："咱俩该结账了。"

陈南喜抖起来，目光被那刀锉得极钝。

六叔狰狞地笑着："别害怕，不会疼的。知道庖丁解牛吗？我就是个庖丁，肯定会游刃有余。"

陈南喜说："小六子，我咋着你啦？不管咋说，我爹对你家有恩情，我跟你有交情，至于这样吗？"

六叔说："不看你爹的面子，我早就把你杀了；正是看在你爹的面子上，我才把你留到今天。你说吧，我爹是咋死的？"

陈南喜明白了，说："这事儿是我不对，可那也不能全怪我，他可是坐着粮食口袋呢。这事我要是不说，谁都不知道；正是我喝醉了酒，觉得怪对不起你老爹，才跟人胡咧咧的。我有错，可罪不该死，你自己想想，是不是这个理？"

六叔没法下手，就用刀砍着破窗框，一时木屑纷飞着。

六叔说："你这个特大号的'光荣虫'，紧紧叮在我身上不撒口，把我的血都吸干了，把我的骨髓也榨出来了。我实在没有别的办法，只剩这一条路了。"

陈南喜哭了。他说："小六子，我可真没想到，你这么儒气的人也能杀人。你平时是多好的人哪，都不忍心捻死个蚂蚁……"

六叔说："这都是你逼的。因为一个成分，我被你牵着走，养活着你，还得养活你老婆、孩子、老丈人、老丈母娘。我到处借钱，到处撒谎，活得人不人鬼不鬼，气都喘不匀了……"

陈南喜说："小六子，那是你想偏了。那都是我借你的钱，并不是我讹你的钱。你把媳妇弄丢了，也不全是我的错。我压根就没想告发你，告发了你有我什么好处？有你在还有我的钱花，没有你，我连一分钱都花不到了！"

六叔迟疑了。他根本没想到，他势不可当杀气腾腾的理由，到了陈南喜这里，又完全站不住脚了。

陈南喜泪眼婆娑，看着六叔说："小六子，你用雪擦把脸，醒醒酒，仔细想想事理。要是我活着你就活不好，那你把刀给我，我自杀算了，省得连累你。你是御厨传人，有大手艺，对这个社会有用。我呢，混到这个岁数上还啥啥不是，人见人烦，活着也没劲。我只求你一件事，把我敛巴敛巴，装在臭豆腐坛子里，带回后沟村去等我儿子生出来，长大之后，你给指指坟头吧！"

陈南喜跪下来，低着头，把细瘦的脖子伸得老长，完全是一副引颈受戮的架势。如此这般一弄，六叔本来就不很凌厉的杀机顷刻瓦解了，他没用雪擦脸，但那把高擎着的菜刀已经掉到了地上。这时他才明白，其实他根本就不敢杀人，他这么做，只是要表明他忍无可忍的心态。

六叔也跪下来，不知道是怎么搞的，杀人者和被杀者竟然搂在了一起，哭出声来。

六叔说："喜子，原谅我吧。我也不知道，我怎么会走到这一步，我差点儿就成了杀人魔鬼。"

陈南喜说："都怨我，天生就是个不争气的坯子。咱们都是喝一口井的水长大的，人不亲水土亲，今后我要是再跟你没完没了，你发一句话，我自己找地方死去。"

六叔说："喜子，别看我表面风光，其实是泥菩萨过河——自身难保。以前的钱都算是我帮你的，往后你得靠自己，告发不告发，随你便吧。"

就这样，六叔带着劫后余生的侥幸情绪，回到了萨E采油指挥部。油田保卫部的周密正在大门口踱步，看见了六叔，招招手就凑过来。六叔也是心慌，车子一偏，差点儿倒下，那把菜刀就明晃晃地掼到了地上。周密帮六叔拾起来，他还不知道，这东西差点儿就成为凶器呈现在他的面前，而且还绝对不止一次。

周密说："又到哪儿帮厨献艺去啦？"

六叔干巴巴地笑着，没回答。

周密指着不远处一缕残烟说："看见了吗？就是半小时前，那边一个五千吨储油池着火了。那要是爆炸，相当于一颗特大型炸弹。"

六叔的嘴巴大大地张开了，残存的酒气汹涌而出，旋即都变成了乳白色的烟雾飘散。

周密说："多亏了油库的后勤队长，他脱掉了大皮袄，堵住了通风口，然后自己坐在了上面。"

六叔这才呻吟一般说道："英雄，英雄。"

周密说："那场面我们都看到了。不知咋回事，我觉得他坐在那儿的姿势很像你老爹。"

六叔问："火救住了吧？"

周密说："救住了。不过，就是那样死了，也值得，很壮烈呀。"

六叔也是心里有事，怎么听那话都有机锋，就像个终止杀人和自杀未遂的宵小，支吾着走开了。

第二十章

夏秋之际，六叔正在物探队巡厨，是从队里的无线电听到"文化大革命"这个新名词的。巡厨的名堂是严凌搞的，他说，奖励先进光给猪不行，还得搭配上好厨师，不然就吃瞎了。就把六叔这个"御厨""奖"给了那些在野外辛辛苦苦找油的人，每个队轮两周。因为有野外补贴，六叔很乐意，而且有点远离尘世苟且偷安的意味。临走时晋元峰写诗赠他："此马非凡马，伏枥嘶长风。千里随夸父，苍茫渐迷踪。"六叔自己跟自己说："老晋只知其一，不知其二，我这匹马哪有什么雄心壮志，是怕进屠宰场，才远远跑着呢！"

物探队的无线电每天下午三点通话，大本营的指示，队上的情况，队员和家属互报平安，都要通过这种神奇的玩意儿来表达。当指挥车上的人通知六叔讲话时，他愣住了。

无线电发出沙沙啦啦的噪声。

那边说："我是蓝溪。"

六叔感动了一下，说："蓝溪，你……有事？"

蓝溪说："无产阶级'文化大革命'开始了。"

六叔说："这和我有关系吗？"

蓝溪说："岂止是有关系，关系大着呢。先批'三家村'，再砸烂'孔家店'，接着就是揪斗牛鬼蛇神。你明白吗？哪一条都能挂拉着你。”

六叔说：“将在外，君命有所不受。你们先革命，我们得满世界找油，咱两不耽误。”

蓝溪说：“红卫兵你知道吗？中学生，还有外地来的大学生，都戴着红袖标，都不上课了，都造反了。他们指名道姓要揪斗你呢，说你是头号封建余孽……”

六叔的脑袋轰地响了一下：“我怎么又成了封建主义？我生活在社会主义，奔的是共产主义，为大油田出力，给石油工人做饭，还伺候过国际友人，再说，我可是贫农的后代呀……”

蓝溪说：“这是革命潮流，你，我，他，谁能抗拒得了？我就是告诉你，别回来，千万别回来！”

六叔说：“好吧。我……谢谢你啦！”

蓝溪说：“你师傅夏晴为了保护你，已经抢在红卫兵之前，把你箱子里的东西全都处理了。”

六叔说：“她怎么处理的？”

蓝溪说：“听说是烧了。就在大泡子旁边……”

六叔剧烈疼痛着，大喊了起来：“她算老几？你怎么能把钥匙给她？”

蓝溪说：“我有什么办法？她是你师傅，可我又不是你爱人。再说，虎吃狼吃，还不是一样的！”

那天晚上，六叔一直在月光下坐到很晚。荒野奇静，唯一能听到的声音就是自己的呼吸。有几朵绿火在不远不近的地方恐怖地闪烁那是觅食的荒原狼，它们以残忍的协作成为这片天空下的统治者。六叔知道，它们正在期待着他再走过去一点点，只要他离开由车队围成的营地，他就必定成为它们的美餐。他幻化着被群狼撕扯的场面，忽然狞笑起来，朝它们大喊着：“狗日的狼，有种的你们过来呀，我做的饭菜比别人好吃，我的肉也比别人好吃，你们都来吧，我情愿让你们会餐！”物探队长从后面走过来，听了就笑，说：“马御厨，狗日的狼是语法错误呢，还是生物学错误？我干了这么多年勘探，见过那么多孤狼群狼，这种新颖的骂法，还是头一回听说呢。”

六叔辗转在各个物探队之间，成了真正的流浪者和放逐者。但他很赞同晋元峰把找油人比喻成夸父，还有很多神话象征，和石油这一行当都很贴切。其间他收到了晋元峰的来信，他告诉他，他和秦恬已经结成“秦晋之好”，遗憾的是，时令不对，没有“御厨”上灶，他们只能婚事从简，手捧红宝书，对着毛主席像唱了一曲“大海航行靠舵手”了事。他还说，如果御厨是封建主义，那么天安门是什么？赵州桥都没人敢走了。你回来吧，运动如同脱缰的野马，没有明确的目标，“打哪指哪”，现在正揪大个的，你这类没有民愤的小角色，早就被造反派们忘记了。

六叔就奓着胆子，悄悄潜回了油田。

虽然是短暂离别，六叔竟然不敢相认这块土地了——平日令人激动的点点红色，此时已经漫漶成了浩瀚的红海洋，置身其中，竟然有些生理上的恐怖，满街亢奋的歌曲和吓人的口号，也让他大有隔世之感。就在车站前面那片空场，六叔看见了久违的蓝溪，她一身仿制军装，还把袖子挽到小臂上，胸前戴着一枚像章，正在和一群少男少女演出，手上做勒马状，双腿急骤地踏动着，嘴里高唱道：“我们是毛主席的红卫兵，从草原来到天安门。无边的旗帜红似火，战斗的歌声响入云……”狂歌劲舞中，黄军帽下面的鬓发都被汗水打湿了。造反派的宣传车疾驰而过，高音喇叭里都是滚烫的癔语，无数张传单雪片似的飘落下来。六叔捉住一张，匆匆一扫，就从一片打 × 的名字中间，发现了北方油田副总指挥严凌。

六叔浑身发冷，转身要走，忽然被人扯住。随着一股臭胶鞋的气味，张老板笑嘻嘻地出现在他面前。

张老板说：“伙计，我还以为你真逃到月球上去了呢。”

六叔说：“我也真不敢相信，眼前是地球上发生的事。是咱油田这样，还是全国都这样？”

张老板说："不但是全国，听焦洪林说，都波及全世界了。这一回，共产主义可真离咱们不远了。"

六叔说："严副总咋样？"

张老板说："光听着喊打倒打倒的，那么大的干部，轻易哪儿能打倒？倒是崔大可最先被揪出来了，现在蹲'牛棚'去了！"

六叔真是不懂政治，一听到这个大快人心的消息，马上就欢呼雀跃，那样子就像个翻身农奴似的。他说："这么说，这场运动肯定就是对的。毛主席真是站得高看得远哪，整整崔大可这样的人，我一千个拥护，一万个赞成！"

六叔这么说，并不完全是泄私愤。当崔大可这块"崔春泥"平均分配的时候，一切都还在隐蔽之中进行着；等到他全部护到了米新朵这枝花上，别的花们就愤怒了。她们正好利用了运动给予的机会和勇气，纷纷化名贴了他满墙大字报，揭发他以谈对象为名，对值班的采油女工揩油吃豆腐。这样，张老板的鞋箱子被翻了个底朝天，人们把成串的破鞋挂到了他脖子上游街，随后就顺风顺水，把他塞进萨 E 采油指挥部的"牛棚"里了。

那几天六叔惬意极了，总唱"解放区的天是明朗的天，解放区的人民好喜欢……"各单位的党政组织已经瘫痪或半瘫痪，刘播到萨尔图集中学习去了，晋元峰他们的宣传队改成了毛泽东思想红色文艺宣传队，到处巡回演出，连面都没见到。指挥部乱糟糟的。六叔打电话找夏晴，想问问那只箱子里的东西，找了几次都没找到。

"牛棚"需要人做饭，可炊事班的人都不愿意去，六叔想到崔大可在那，就自告奋勇说："我去，我倒要看看，牛鬼蛇神都是什么面做的。"就骑着车子，唱着哩咯儿哝去了。

为了接纳被运动源源不断网住的牛鬼蛇神，萨 E 采油指挥部特地在家属生产队开垦出来的农场加盖起了干打垒当"牛棚"。六叔老远就认出崔大可来，他正在造反派的看押下撅着屁股锄地，人蔫萎得不像样子，个头也明显矬了一截。六叔抑制不住报复的快意，张开双臂，就像要飞翔似的，故意咋咋呼呼地跟他打招呼说："老伙计，你咋也进来啦？这可真是，人生何处不相逢啊！"

崔大可像哭一样笑着，赶紧把头低下。一掩白菜苗被他准确地锄掉了。

六叔笑得灿烂如花，站到他跟前说："没有会不着的亲家。上次我提着菜刀，不是要杀了你，只是要劁了你。你看，要是早把那件招灾惹祸的家什弄掉，你能有今天吗？你早就成了彻底的革命派了。"

崔大可的脸色紫巴溜丢的，就像缸釉一样。他说："马本良，你别记恨我。那不是我对不起你，那是你自己对不起你自己。我和米新朵，孩子都挺大了。"

六叔用专政的目光逼视他，使用了一句刚刚学会的造反派语言："你们那能叫孩子吗？那应该叫黑五类狗崽子，怕是在计量间里那张长条椅子上播种的吧？"

崔大可扔下锄头，蹲在地上，呜呜地哭了。六叔这才找回了一些平衡，继续唱着哩咯儿咙，骑上车子走了。

六叔在简陋的"牛棚"里开伙了。粗粮细粮的配供比例已经一半一半，他不蒸馒头和窝头，他蒸金银卷，层次分明，状如螺钿，看着吃着全都呱呱叫。开饭时牛鬼蛇神们不坐桌，反正天气好，就散在房前屋后，每人端一盘素炒菜，用筷子穿两个卷子，随便找个地方蹲着坐着，丧着脸子光吃，一句话都没有，只听得一片泥泞的吧唧声。六叔也拿着饭菜出来了，他蹲在崔大可的对面，满面春风地笑着，故意撩拨说："老伙计，咋样啊？"崔大可还能说什么呢？他装作极为满足十分受用的样子，频频点头说："好吃，真好吃。"六叔说："你的卷子跟别人的不一样，因为咱俩的关系特别，我特意加了作料，难道你就没吃出来？"这么说着，六叔还诡谲地坏笑，眼睛里流射出异样的光来，似乎有什么阴谋在里面。崔大可受不了了，他停住筷子，俯下身干呕起来。六叔快活极了，他站起身来，用筷子敲着盘子，迈着台步，边走边说："无产阶级'文化大革命'就是好，让群众的队伍更加纯洁了。有人触及你们的灵魂，有人触及你们的皮肉；我专门触及你们的胃肠，你看这厉害不厉害？”

实际上六叔没做一点手脚，他不是那种卑鄙小人，从来不做鬼魅之事；他只是想折磨一下崔大可而已。崔大可心里没底，从此就永无宁日了，总是担心六叔的暗算，动不动就干呕一阵，还莫名其妙跑厕所，人就一天一天瘦下去，像晒在毒日头底下的一块薯干。

那天六叔正在砧板上切菜，一个女人坐着敞篷汽车来了。其实她也穿着油田上普通的工服，只是那张瓷白的脸辉煌地闪动了几下，离老远六叔就认出她是谁了。他的心乱起来，身上抖得厉害，手里的菜刀没了准头，稍一游移，便削掉了无名指的半个指甲。六叔指头上缠着血糊糊的绷带，忍着疼痛，做了一碗鸡蛋羹，一个烧茄子，另加一小钵青椒卤手擀面。他让别人把这些东西给崔大可端过去，说前来探视的家属是客人，是客人当须款待，狗日的娘们儿还是可以争取和教育的，跟牛鬼蛇神毕竟不一样。送饭的人也知道其中的故事，送了饭还不走，兀自嘿嘿地添油加醋捡笑话，连骂也捎过去了。米新朵的希腊鼻子抽搭两下，闻到了久违的饭菜味儿，于是像唱歌一样哭起来。她说：“马御厨并没骂错，我真是个狗日的娘们儿！”

当天下午，黑帮们都上工了，伙房里只有六叔一个人忙活，米新朵来了。她倚着门框站着，神态局促，眼圈发红，样子就像一个形迹可疑的女贼。米新朵好像有很多话要说，又好像没什么好说的，站了片刻，便咿咿呀呀地哭起来。

六叔也想哭，可六叔又是不能哭的。他安慰米新朵说：“天塌砸大家，过河有铚子。谁又不能要了崔大可的牛黄狗宝，就是个教育改造，你哭个球啊！”

米新朵说：“崔大可他骗了我！”

六叔说：“那也正好说明，你是好骗的。”

米新朵说：“我听得出来，你还在记恨我。”

六叔说：“我不记恨你，我记恨我自己。也许，一开始我就不该爱上你，这是个大错误，甚至是不自量了。”

米新朵沉吟片刻说：“马本良，事情全都过去了。虽说崔大可满身腥气不是好东西，可现在我们是夫妻，还有了孩子；看在咱俩好过一回的份儿上，求你放过孩子他爹吧。”

六叔笑了，一股暖意从他的脸上缓缓释放出来。他说：“我也没怎么着他呀，老伙计了，不过就是闹着玩的。过去我要劁了他，那是为民除害；现在我要劁了他，你也不答应啊！”

米新朵哭笑掺半的，走近前来，用软拳擂着六叔的胸脯。实际上这已经属于过当行为，这样就营造出一种黏滞的气氛，仿佛是往昔的时光已然重现，两个初恋的情人在经历了风雨坎坷之后，合该要有一番温存和缠绵。米新朵剧烈地颤抖起来。她峭拔的鼻子就仰在六叔的嘴唇下面，只要稍一俯就，他多年的夙愿就会轻易实现。可六叔抑制着自己没动，他觉得米新朵过去属于自己时他都没动，如今已经属于别人，再动就不道德了。他的目光越过了那些旖旎的风景，停在她鼓胀的胸脯上。那块被解放了的部位好像发酵的面团，明显胀大起来，上面有两块隐约的奶斑。

六叔问：“姑娘小子？”

米新朵说：“是小子。”

六叔兴奋起来，又说：“像谁？”

米新朵的脸红得很透彻，垂了头喃喃说：“像我吧。”

六叔说：“很俊是吧？”

米新朵说：“还行。”

六叔就叹起气来，悲凉地一笑说：“米新朵，你那个孩子应该是我的呀。我们那时候……”

六叔哽咽了。

米新朵说：“是你……太守规矩了。”

六叔说：“因为我太爱你，所以就……以后，你肯定会明白的。”

米新朵就势把脸埋在六叔的胸前，那管非凡的鼻子就在他胸大肌上来回摩擦，六叔就抖了。他伸出手，颤颤地抚弄着她的头发，然后把她轻轻推开。他很清楚，这已经不是爱情的补白，这只是一种救急的贿赂，而且目的相当明确。六叔说："米新朵，你放心吧，我不会欺负一个背时下势的人，相反，因为崔大可是你男人，我得好好照顾他。"

六叔走了出去。他想起来，仓房里吊着一只剥好的青紫蓝兔，那还是他在野地里一路狂奔撵上的，差点儿把他累吐血。他不想让一个哺乳期的妈妈空着手回去，就把那只兔子用报纸包好，又用马蔺草捆上。再回来时，只见米新朵已经脱得精光，烂银似的横陈在面案上，肤色比面还白。

六叔的眼睛犹如被电焊弧火灼伤了，赶紧遮住说："米新朵，你这是干什么？"

米新朵说："我欠了你的，现在我全还上。"

六叔说："情我领了。可这是厨房，很神圣的地方。你身下那不是床，是和面用的，你不在乎，我可很在乎。"

六叔又一次使用了"神圣"这个字眼，米新朵就笑开了，她还是头一次听到有人把厨房和神圣联系起来呢。何况这叫什么厨房？黑咕隆咚苍蝇哄哄的，又透风又漏雨，只是一个给黑帮临时做饭的地场而已，怎么能谈到神圣？笑着笑着她又哭了。她说："马御厨，要是一切能从头开始，我一定会嫁给你——你是个多好的男人哪，崔大可是没法跟你比的。"

六叔说："做熟的米是发不出芽来的。你，永远活在我的心里只能是这样了！"

六叔把那只野兔放进她的兜子里，就躲到了外面去了。再转回来时，米新朵已经走了，面案上还印着她胴体的轮廓。六叔伸出那只受伤的手，颤颤地描摹着那一层薄面，终于还是忍不住，眼泪簌簌而落。他舍不得那些面，还是用泪和起来，连同伤心的往事一起，蒸进了金银卷里，晚饭时自己吃掉了。

牛鬼蛇神越来越多，厨房忙不过来，六叔就去找看管“牛棚”的造反派头头，把崔大可要到伙房帮厨，正好他是厨师出身，干重活又力不能胜任。崔大可到伙房来报到，六叔正蹲在灶前点火，看着灶膛里跳动的火苗，眼神十分迷离，好像有重重心事难以破解似的。崔大可站在地当央，两手垂在裤线上，嘴上千恩万谢的，俨然就是个奴仆了。

六叔说：“米新朵是个好女人，你可得好好待她！”

崔大可的眼睛就泛了泪光，说：“那是那是。”

六叔说：“米新朵本来是我的，可生生被你抢去了。所以你得赔我一个老婆！”

崔大可蒙了，为难地说：“你看，我既没有妹妹，又没有小姨子，你让我怎么赔？我又不能把米新朵翻新了再还给你！”

六叔说：“你对付女人经验丰富，得教教我，要不然，我可能要打一辈子光棍了。”

崔大可见六叔很认真也很虚心，就坐到木凳上，拿出不吝赐教的样子说：“你想听什么，尽管说。”

六叔想了一下，就鼓起勇气说：“第一次向女人发动进攻，是先摸手呢，还是先……”

因为六叔这种低幼水平，崔大可乐得撑不住，靠在锅台上，就像一只伏天的热狗，呼哧带喘的，嘴都闭不上了，一只腿差点儿就填进灶膛里。崔大可真就当起了六叔的启蒙老师，他给六叔讲了很多成功经验和模范战例，只差手把手做实物演练了。他以战无不胜的自豪感总结说：“只有下不了的决心，没有攻克不了的堡垒！”六叔听得目瞪口呆，最后他满脸苦涩地站起身来，自愧弗如地说：“老崔呀，我就是累死，也学不会你这一套，因为你天生就是个臊泡卵子（即公种猪）。揪出你来，那完全是你罪有应得。现在，我代表那些受欺负和受迫害的阶级姐妹，向你讨还血债了！”说着他舀了一瓢凉水，哗啦就浇到了崔大可的裤裆上。崔大可一个蛙跳蹿起老高，抖着湿裤裆，嗔怪说：“马御厨，你怎么能这么看问题？这样下去，那就不可救药了。那怎么能是欺负和迫害呢，那是急阶级姐妹之所急，帮阶级姐妹之所需呀！”

六叔和崔大可，奇妙关系的又一次奇妙组合，简直让常人难以理解。张老板知道了，故意绕道前来，就坐在厨房里，抽着旱烟逗嗑子。

张老板说：“打虎亲兄弟，上阵父子兵，开伙靠连桥——这都是最牢绷的。”

六叔说：“那叫什么连桥，没连上。我和米新朵好了那么久，愣是没动她一指头。”

崔大可臊着脸说：“兄弟，可别寒碜我了，行不？”

张老板又说：“马御厨，你的姿态也太高了，杀父之仇，夺妻之恨，这都是不能含糊的。”

六叔说：“古之所谓豪杰之士者，必有过人之节，人情有所不能忍者。这可是苏东坡在《留侯论》里说过的。”

张老板说：“我就受不了之乎者也。你能不能来点白话文？”

六叔熟练地摊开手上的小红书说：“敌我之间和人民内部这两类矛盾的性质不同，解决的方法也不同。前者是分清敌我的问题，后者是分清是非的问题……”

张老板的烟就走了岔道，一边咳嗽，一边踉跄着跑出去，说：“马御厨啊马御厨，你可笑死我了。都说你不突出政治，哪里知道，你经过这一段恶补，现在一张口就是最高指示了。”

在“牛棚”的一隅之地，六叔又一次把伙食搞得有声有色，花样迭出，无论荤素，每顿饭必定弄成两菜一汤，还给监管的造反派开小灶，哄他们一个高兴。一吃饭，监管就说，这么好的御膳，要是不喝上两口小酒，那就白瞎了。就喝小酒，喝得晕晕乎乎，常常忘了阶级阵线，跟黑帮们拍拍打打，称兄道弟的。崔大可被六叔带着，像一只被动的轮子，累得昏头涨脑，觉得这样办伙食有些过甚其事了，容易让黑帮们产生度假疗养的错觉，也容易让造反派怪罪。只要六叔一休班，他就单管小灶，大灶菜谱马上就变成：早晨白菜炖豆腐，中午豆腐炖白菜，晚上白菜豆腐一起炖。

那天，杜希金开着那辆威利斯吉普车来了。不过薛明没坐在车上，他和他那级的干部一样，都已经“靠边站”了；来的是蓝溪，她被抽调到油田总指挥部的宣传队去了，这一回是真的登上了叠罗汉的塔尖上，特地来和六叔告别的。她又不能说告别的话，因为在六叔出缺的情况下，是精明能干的杜希金填补了他的空白，而且两人的感情急剧升温，甚至是扯着手从车上下来的。她只能说是来送钥匙的，这样理由就比较合顺了。其实送与不送，都无关紧要，房门钥匙别人手上也有，箱子里空空如也，锁头已经丧失了意义。

六叔一看到这情况，就知道他和蓝溪的故事已经成为历史了。他酸涩地笑着，做出极大的从容来和他们打招呼。

六叔先问杜希金，薛明怎么样。

杜希金说：“还能怎么样？薛副总是金刚不坏之身，就是把全油田的干部全都打倒了，也打不倒他。”

看到两个男人之间砂砂砾砾的，蓝溪就把杜希金支开，让他去跟崔大可说话。

蓝溪对六叔说：“马本良，希望你能理解我。别看我表面挺随便，其实我是很现实的。”

六叔苦笑说：“我理解。别看我表面不随便，其实我比你还现实呢。”

蓝溪说：“我就是觉得，你心里有很深的秘密，我问过你，你不肯说。”

六叔说：“有些秘密，是不能对外人说的，比如说咱俩那次……”

蓝溪笑起来：“那有什么呀，你别少见多怪，觉得有多了不起似的。那种简单接触，顶多也就相当跳一场双人舞。”

六叔说："那还叫简单接触？一脚门里一脚门外的，都千钧一发了。"

蓝溪说："要是不想再当君子，你就胡咧咧吧。"

六叔说："你这一步是对的，很现实。小杜他绝不仅仅是个司机的材料，他肯定比我有前途。我……祝福你吧。"

六叔想笑，可还是哽咽了。

蓝溪说："不管怎么说，我喜欢你，佩服你的手艺，也佩服你的为人，这都不是假的。"

六叔说："早觉悟比晚觉悟好。"

蓝溪说："其实，有个人一直在爱着你，难道你就没感觉到？连我都感觉到了。"

六叔明白，她指的是夏晴，但他从心里往外不愿接受。他说："这种时候，只有革命，哪有什么爱情？等到了共产主义，我就指望着组织分配了。"

蓝溪笑着，突然涌出眼泪来。她说："马本良，我真可怜你。"

六叔说："我也可怜我自己，可这有什么用呢？被人可怜，也是一种耻辱，有些事情，大概人还没出生，就已经注定了。"

六叔这话很玄了。蓝溪凝视他，好半天没说话。

杜希金走过来，把汽车发动着了。

蓝溪说："多保重！"

六叔也说："多保重！"

他们冷静地握握手，又友好地招招手，就告别了。六叔站在厨房外面，看着威利斯吉普车扬着灰尘远去，想笑，却差点儿哭了。

第二十一章

金刚钻井队也做了红袖标，上面印着"赤卫队"三个草书字，都是美工社从毛主席的手书上摹下来的。这主意是许曾出的，他说，铁人都参加了赤卫队，而且担当了总司令，咱也不能不参加。没有这块红布条条，咱说话腰杆不硬。许曾戴着红袖标回家，焦洪林已经戴着了，他们相逢一笑，互相勘验了袖标，还友好地握了握手，就像两支殊途同归的队伍，终于会师在一起似的。

在沸腾的生活里，焦洪林就像一口被点着了的油井，烈焰万丈熊熊燃烧，想要扑灭，那是很难的。他每天都晚睡早起，背诵那本红塑料皮的语录，从前面背到后面，再从后面背到前面。他从一位军代表那里得到一枚碟子大小的铝质像章，红珐琅铺底，金色凸面镀像，戴在胸前，就像盾牌一样。问题是他没法将蓝工服换成草绿色，这就不大像正规军了。这种从里到外的重新武装，使他获得了踔厉风发的新形象。人们便说，为啥造反派不夺焦洪林的权？那是因为他站到了造反派一边，自己就把自己的权夺了！

焦洪林十分注意本单位的“忠字化”，把三大队每一寸墙皮都刷成了鲜红色，写上了最为经典的毛主席语录，还把毛主席身穿绿军装的侧面头像，用三色漆喷涂在上面，下面簇拥着灿烂金黄的葵花，连每家的玻璃窗都一概照此办理。为了毛主席语录的推广和普及，他特派专人在三大队的两端路口设卡查验，凡是背不下来的一律不予放行。工人交接班，先得各自说上一句语录，然后再说生产上的事。有一天，张老板呼哧带喘地跑进屋来，满脸焦急，先背诵说：“毛主席教导我们说，人们在社会实践中从事各项斗争，有了丰富的经验，有成功的，有失败的……”这段语录挺长的，要想完全背完没有三五分钟时间根本不行，焦洪林就打断说：“行了行了，别没完没了，快说事！”张老板这才报告说，是一个油井房着火了。焦洪林说：“特殊情况特殊对待。再说，又不是没有短的，你这不是故意拖延时间吗？”张老板嘟囔说：“一会儿卖矛，一会儿卖盾，都是你的了！”

焦洪林又教了一批新歌，都是颂扬伟大领袖的。其中有一首他最爱唱，那旋律很深情，一唱就眼泪汪汪的：“敬爱的毛主席，敬爱的毛主席，你是我们心中的红太阳，你是我们心中的红太阳。（咪唆啦哆，咪唆啦哆）我们有多少知心的话儿要对你讲，我们有多少动人的歌儿要对你唱。千万颗红心，向着北京，千万张笑脸朝着红太阳。衷心祝福你老人家万寿无疆，万寿无疆！”他还在众人面前领跳“忠字舞”，当然，那并不是他的首创，而是从别处照搬照抄来的，动作简单，节奏舒缓，老幼咸宜，有点儿像五禽戏。

他把宣传队请到大队来了。油田的宣传队规模要比萨E的大得多，不过基干都是从萨E“整编”过来的。晋元峰还是一支笔，配合形势，写一些虚张声势指向模糊的应景节目。比如说枪杆诗：“坏坏坏，中国最大走资派，要和美帝苏修，展开和平竞赛……”再比如男女声小合唱：“哪怕敌人再猖狂，誓死捍卫红太阳。刀山敢上，火海敢闯，愿将一腔红红的血，换得黑黑的石油香……”他写这个简直就是倚马可待，伏在一面报捷用的大鼓上，常常一个晚上能写出一台节目来。最让人震撼的是蓝溪她们的战地小演唱，十几个靓丽少女，都把黄军装的袖子挽着，露出一截白嫩的手臂，手上拿着小红书，做着硬朗飒爽的动作，脚下用力踢踏，齐声高唱：“舍得一身剐，敢把皇帝拉下马。嘿哟嘿哟，嘿哟嘿哟，舍得一身剐，敢把皇帝、敢把皇帝拉下马！”然后又齐唱《鬼见愁》：“老子革命儿接班，老子反动儿背叛。要是革命你就站过来，要是不革命，就滚他妈的蛋！”众人脸上皆大惶悚，好像自己就是要被拉下马的皇帝，好像自己就是那不革命随时准备着滚蛋的。张老板发现米新朵也在场观看，就嘀咕说：“不是‘文化大革命’吗，怎么动不动就骂人呢？幸亏你被宣传队刷了，要不然，你也变成这种破马张飞的样子了！”

三大队又一次把老张才请来，作忆苦思甜报告。老张才大概也是大了几岁，脑袋糊涂了，讲来讲去，就弄串了龙套，添加了很多即兴发挥成分，把新工人讲哭了，却把老工人讲乐了。散了会张老板质疑说：“你咋王麻子擂鼓——加点儿呢？上次你说是给地主放猪，这次又说是给地主放马；上次说你嫂子被地主老财强奸了，这次又说你妈被地主老财强奸了，到底哪个版本是真的呀？”老张才说：“你懂个球啊，放猪放马，强奸这个那个，还不都是一样的？咋个讲法，我比你明白，我是受过培训的，得常讲常新，不能总是老一套。”

那天傍晚，焦洪林正在外面刷标语牌，许曾过来了。

焦洪林挓挲着两只红手说：“回来了？你看，我就不跟你握手了。”

许曾说：“狗日的造反派越弄越不像话，把严副总、薛副总、刘播都揪出来了。还有铁人，他们说他是保皇派，把他叫成铁杆，把赤卫队的袖标拼起来做成长袍套在他身上。那么瓷实的人，他们非说他是国民党特务，还说他搞女人……”

焦洪林说：“我也知道了。张春桥同志做过指示，说铁人表现很不好，很可能会走向反面。”

许曾说：“张春桥懂个球啊，他知道石油是怎么采出来的吗？照这么揪来揪去的，洪洞县里没好人了，还用帝修反打，自己就把自己灭了。”

焦洪林说：“张春桥是不懂石油，可他是无产阶级司令部里的人哪。各地都这样，革命无罪，造反有理，咱有什么办法。”

许曾说：“被揪出来的这些人，对你可都有恩情啊。”

焦洪林说：“许队长，这种时候怎么还能顾及个人恩怨？这可是大是大非问题。”

许曾说：“什么大是大非，用显微镜照谁，谁都够喝一壶的。就说你吧，捡鸡毛凑掸子，能不能揪出来？我看肯定没问题。”

焦洪林说：“如果我有对毛主席不忠的地方，被揪出来我心甘情愿。”

许曾说：“你就没想过要搭救他们？”

焦洪林说：“那怎么搭救？革命潮流浩浩荡荡，顺之者昌，逆之者亡。再说，只要他反对毛主席，不管是谁，哪怕是我亲娘老子，我也决不姑息！”

许曾说："焦洪林，我操你妈！"

焦洪林愣了一下，然后说："辱骂和恫吓绝不是战斗，这可是列宁说过的。"

许曾说："你白戴了个红布郎当。啥叫赤卫队？得保卫油田，保卫首长。你还不如蚂蚁呢，蚂蚁一遇到灾难，先把蚁王保住，它们成千上万，滚成个大蛋，把蚁王裹在最里面……"

焦洪林说："你咋能把人民群众比喻成蚂蚁，把毛主席亲自发动和领导的'文化大革命'比喻成灾难呢？再说，走资派哪个不是首长？"

许曾说："好吧，我算是彻底认识你了。"

许曾走了。焦洪林觉得挺不是滋味，又跟过去说："许队长，你别误会我。头两天来了红卫兵，非让我揭发检举他们，我连一个字都没说。"

许曾说："过两天就要召开批判大会，你不上台发言？你不发言，我可要发言了！"

焦洪林咧咧嘴，没说什么，也说不出什么。此时此刻，他是很为难的，曾当着六叔的面念叨过。六叔说："你想当刀俎呢，还是想当鱼肉？"焦洪林说："这两样我都不想当。"六叔就说："那你就当炒勺吧，只管跟着瞎搅和就行了。"

两天后，批斗会的会场就在萨尔图那块著名的空场上召开了，规模很大，跟那次迎接阿国领导人的专机，跟那次赛巧大会，规模上都差不多。会台是用八辆太脱拉大卡车，打开大厢板并排搭建而成。很多人都是看热闹来的，人们既不了解批斗的一方，也不了解被批斗的一方，可在毛主席和走资派之间，人们的感情倾向都是十分明确的。森林般的拳头，海啸般的口号，很快就把会场的气氛推向了高潮。

六叔到萨尔图来买油盐酱醋，赶巧碰上，俯仰之间，就认出了台上那三个他极为熟悉的人——中间是严凌，薛明和刘播分列两边，作为左膀右臂陪斗，都站在板凳上，戴着巍峨的高帽。六叔还发现了夏晴，她孤独地站在人丛里，眼睛看着台上，有两颗大大的眼泪在里面闪动着。六叔的心猛烈颤动了一下，很想喊她的名字，这时人群涌动起来，夏晴立刻被淹没了，他再也没能看到她。

薛明的家已经搬过来了。早已经“停课闹革命”的薛小楠在大人的腋窝下钻来钻去的，并不知道台上挨批斗的人是谁，看见六叔，就让他抱起来看一眼。六叔是不能抱的，就哄他说，没啥可看的，都是瞎胡闹。小楠不甘心，攀上了他的自行车后驮架，刚看一眼，就哇地哭起来。可怜的孩子就像一只被遗弃的羔羊，一边哭着一边跑，连头都没回。这时候杜希金跟了上去，他扯住了小楠的一只手，小楠就势扑到了他的怀里，酣畅淋漓地大哭起来。

薛明的主要“罪行”，是散布对林副统帅的不满言论，说他是将才而不是帅才。这话放在当年是没有错的，可后来林彪当了元帅，现在又是正儿八经的副统帅，而且还成了正统帅的“亲密战友、可靠接班人”，这话就何其毒也了。严凌的“罪行”更严重，故意混淆革命和生产的概念，说革命就是为了拔掉几千年的穷根，因此打井采油就是真正的革命，妨碍和干扰打井采油的就是破坏革命或者是反革命。试问哪个国家不在打井采油？难道说他们那也是革命？他搞物质刺激，搞技术挂帅，搞白专道路，大肆奖励劳模，还主张向外国学习先进技术，这不是赤裸裸的崇洋媚外吗？试问严凌要把北方油田引向何处？

忽听主持人宣布，下面由金刚钻井队队长许曾，上台揭发走资派严凌的累累罪行。就见许曾跳上台去，站定在麦克风跟前。他的两个队员跟着把严副总从凳子上拉下来，一边一个扭住胳膊，就像公审犯人一样。

许曾说：“别看中国历史上没有正儿八经的资本主义，别看严凌大半辈子转战于祁连山、昆仑山、天山和峨眉山，从来没跨出国门一步，其实他走的完全就是资本主义道路。他让我们使用美国钻机，让我们借鉴外国的经验，让我们赶超美国王牌队苏联功勋队。他向来重生产，轻政治，甚至以生产压政治，搞什么赛巧大会，还奖励给我们猪吃，这不是资本主义，又是什么？从玉门来的时候，他那么大的干部不坐软卧车厢，非要跟我们挤在闷罐车里。到了北京，停车两三个小时，他不去看天安门，非要在车上腻着开会，这是什么意思？别人买大饼，他不买，偏要等别人买完了，他才下车买。就在这时候，火车要开了，站台上的大饼还没烤熟呢，他只好买了两张生的，还稀糊糊的呢，就拿在手上啃了起来，这不是资本主义的当权派，又是什么？”

会场奇静，有人唏嘘起来。

主持人回过味来，提醒说：“许队长，别走板啊！”

许曾说：“把严凌揪出来，仅仅是万里长征走完了第一步。阶级敌人就像海绵里的水，只要揪，总会有的。你们继续揪吧，揪出来越多越好，要是把七八亿人都揪出来，那可就是天下大同了！”

这么说着，只见许曾来到严凌身边，摘下他的高帽，用力往地上一掼，又说：“你们继续批你们的，我们带着老严头，到基层游斗去了。”众人还在懵懂，就见他们脚下的太脱拉突然移动起来，就像木桶中间的一块板子被抽开，然后加大油门，驶出会场，驶向大道，就在众目睽睽之下绝尘而去。

事情太出人意外了。会场一片喧嚷，人们退潮一般散去。这场经过周密谋划的解救行动，简直是间不容发，如同钻井工艺那样精确到毫厘——通常他们打一口一千五百米深的井，垂直偏差只能用厘米计。这件事使许曾的名字更增添了豪侠色彩，甚至有人传说，许曾带着严凌一直向北，离开了油田，进入原始森林“打游击”去了。

其实许曾他们并没走远，为避免造反派对严凌的迫害，他把严凌藏在了韩桂花娘家。就在那天晚上，他骑着“小黑兔”，到“牛棚”偷偷来找六叔。原来，严凌被折磨病了，发着高烧，一整天都没吃东西了。问他想吃什么，他说，就想吃一口马御厨做的面条。六叔毫不迟疑，跟崔大可交代了几句，就到公路上去拦车。

许曾说："马老弟，你桂花嫂子也在那儿呢，严副总就交给你们了。我现在是造反派的眼中钉，肉中刺，不敢公开露面，只能躲在钻井队。谅他们吃了豹子胆，也不敢到我们钻井队去。"

六叔说："这么躲来躲去的，啥时候是头呢？"

许曾说："铁人也被工友们'抢'出来了。他在菜窖里躲了一阵，坐上火车，上北京找中央去了。"

六叔还在惦记薛明和刘播，许曾分析说，薛明和刘播没什么大把柄，也就是溅一身泥水，离灭顶之灾大老远呢。

严凌躲在韩家的柴火棚里，几块木板临时搭成一张床，床头放着一部电台。六叔还没进屋，就听见了严凌沙哑的声音。他对着电台大声说："过去，我们每天外运原油都是十八列罐车，这个月，每天原油外运只有二至三列罐车，运量仅仅为三千至四千五百吨。被迫压产关井四百四十九口，原油日产水平计划为三万六千五百吨，现在已经降低到一万九千吨，日库存原油高达九万六千吨，生产很被动。油田建设方面，管线敷设只完成5%，铸铁管线敷设只完成10%，井口安装只完成20%……有一千八百多名在岗工人、学徒工和大中专技校毕业生外出串联。造反派冲击军管会，砸军管小组，捣毁《战地报》，开着固井用的水泥车当坦克参加武斗……北方油田到了最危急的时刻，现在我命令你们，无论如何，一定要挺住，不能把生产耽误了。咱们这个大油田一瘫痪，国家怎么办？国家兴亡，匹夫有责，现在，就要看每个人的表现了！"

六叔哭了。

严凌身体很衰弱，却依然笑着说："小鬼，哭有啥用？石油哭不出来。擀面条去吧，我肚子里有条馋虫，就馋你做的面条，想吃又找不到由头，就装病。你看，我多没出息！"

六叔又乐了。他说："首长，这么东躲西藏的，多像是在打游击战啊。我走得太急，忘了把毛主席的《抗日游击战争的战略问题》给您带来了，那样，您吃一口精神食粮，再吃一口物质食粮，肯定就战无不胜了！”

严凌嘿嘿笑，说：“谁说你不懂政治？你个小鬼，现在也是言必称马列嘛！”

韩家的草棚子就成了油田生产的临时指挥部。六叔和韩桂花里里外外忙着，为严凌打理生活，站岗放哨。韩桂花又怀了孩子，把冯地火交给娘家暂时照顾了。她对六叔的婚事很关心，鼓动说：“你娶夏晴吧，我给你打保票。通过接触我才知道，她是个难得的好女人，实际上你只看到了她虚假的一面，没看到她真实的一面。”虽说分属两地，六叔也听说，夏晴的确不一样了，也许是运动让她醒悟，她变得特立独行，成了一个不问政治埋头生产的“逍遥派”。六叔却说：“两面派谁要？我是不要两面派的。”说罢心里又惴惴的，方才醒悟，其实自己就是个真正的两面派，而且比夏晴可怕多了。

严凌需要一支笔，六叔就到供销社去买，在半路上，恰好遇到了抱着孩子闲逛的陈南喜。是一个挺受看的小子，蹿着两条嫩腿，就像一只急于挣脱的小青蛙。陈南喜很惊喜，扯住六叔不放。他的胳膊上也戴着一块红箍，上面印着：萨边人民公社，贫下中农造反团，够你呛战斗队。

六叔说：“你也造反啦？可也是，你这种人，谁碰上够谁的呛。”

陈南喜嘻嘻笑，说：“小六子，你咋来了？来了也不能从我家门口绕过去呀。走，家里喝酒去！”

六叔没法解释，而且他必须对自己的重大使命保密，就撒谎说，是来给食堂买白菜的。却不想忙中出错，这谎撒瘪了，秋白菜刚刚种下去没几天，苗还没出齐呢。

就被陈南喜扭着，弄到他那个地主岳父家里。

也是同样的干打垒，碱土到顶，分成东西两屋，住着老两口和小两口。老地主已是风烛残年，见了人点头哈腰的，是一种长期形成的条件反射，思维已经模糊不清了，怎么也看不出反攻倒算的能量。大翠见了六叔，羞愧了好半天，赶紧接过孩子，抱出去弄菜了。陈南喜哀叹说，大翠的命太苦了，其实她并不是老地主亲生的，而是满洲国倒台那年，在松花江北的官道旁捡回来的弃婴。老地主膝下无子，就抚养起来。起初以祖孙相称，听人说，血脉链条上掉了一环，不吉利，就认作闺女。家里老的老小的小，日子太艰难了，大翠没法支撑，只好出去偷，不偷又有什么办法呢？自打他入赘以来，日子才算有了起色。

六叔心里有事，急着告辞，附和了几句，就从口袋里摸出一张五元的币子，塞进那孩子的围嘴里，说："喜子，我得走了，单位还有急事呢。"

陈南喜拉住不让走，说："小六子，今天你要走，那就是看不起我。别看我文化没你高，也懂得啥叫刎颈之交；刎颈就是砍脖子，那天你拿着菜刀要杀我，咱俩就成了刎颈之交了。你看，从老家到油田，还能有谁比咱俩的关系更铁？"

六叔说："我必须走，不走就要犯大错误了。"

陈南喜笑得有些阴险，他说："小六子，你真是来买白菜的？别拿我当傻子，我都看到了。"

六叔说："你看到了什么？"

陈南喜说："干嘛非要我说出来呢，天知地知，你知我知，这就行了。"

六叔说："你想咋样？"

陈南喜说："我捧着满手稀屎，这一窝一块你也看到了。趁这个机会，给我说句话，也弄个铁饭碗端着。他那么大的人物，也就是上嘴唇下嘴唇一碰的事。"

六叔说："正己不求人，这是我人生的准则。我只管做饭，从来不跟领导提要求。况且平时都没提，到了这种时候再提，那就是乘人之危了，只有奸佞小人才干这种事。"

陈南喜说："你这人，干嘛非得那么死性？想想吧，我爹是怎么对待你爹的，你又是怎么对待我的。"

六叔想了一下说："喜子，等日子太平了，我不找他，我找别人，给你找个力所能及的事干。你说你能干什么呢？"

陈南喜想了半天，才说："我看，周密那个活儿挺好的，能吹胡子瞪眼，还能混一身老虎皮。"

六叔说："你还能干那个？你等着干那个的抓你吧。"

六叔被陈南喜缠着，度过了难挨的半小时。忽听外面有宣传车的喇叭声，一个洪亮的声音在村里回荡："贫下中农同志们，造反派战友们，根据可靠情报，油田最大的走资派严凌正躲在你们村里，逃避革命造反派的批斗。希望你们积极配合，提供线索。知情不报者，严惩不贷！"

六叔跑出去一看，不禁倒抽了一口凉气，原来是一伙造反派和红卫兵循迹而来，刚一进村，就和韩桂花劈面遭遇了。一听说是保皇派许曾的老婆，无论从哪个角度讲，他们都不能放过她。他们是带着绳子来的，就仿照耶稣受难的样式，把她吊在路边的马掌架上，拷问严凌和许曾的去向。

韩桂花说："男人们的事情，我哪知道。他们跟着油味走，哪有石油哪安家……"

领头的呵斥说："你个保皇狗的臭娘们儿，少跟我们装糊涂。你男人呱呱叫的钻杆钻头，能离得了你这口优质高产超深低蜡的好油井？"

造反派们呵呵笑。

韩桂花说："毛主席教导我们说，要文斗，不要武斗。你们把我放下来。"

领头的说："毛主席教导我们说，凡是反动的东西，你不打，它就不倒，这就和扫地一样，扫帚不到，灰尘照例不会自己跑掉！"

造反派们一人唱多人和，声音在村子里震荡着，气势很是逼人。

韩桂花说："谁是我们的敌人，谁是我们的朋友，这个问题是革命的首要问题。"

领头的说："凡是错误的思想，凡是毒草，凡是牛鬼蛇神，都应该进行批判，决不能让它们自由泛滥。"

韩桂花说："我们中华民族有同自己的敌人血战到底的气概，有在自力更生的基础上光复旧物的决心，有自立于世界民族之林的能力。"

那伙人很惊讶。他们还不知道，在三大队那种通关文牒式的强化训练和培养里，这些语录韩桂花早就烂熟于心，来往过招，十个八个回合根本不在话下。

六叔躲在一个隐蔽的地方，不敢轻易露面，如果被认出来，严凌的处境就很危险了。那是下午，火红的夕阳追光灯一般投射到韩桂花身上，她很像历史上那些坚贞的女英雄中的某一个。这时候于扶骑着车子经过，他没停下，只是减慢了速度，侧头看着，如同一次漫不经心的检阅。那个马掌架早年就有，斗地主时也曾使用过，历史的场景竟然惊人的相似，这让他的脸上露出一丝不易察觉的浅笑，然后他突然加速，骑到那一片破旧的民居里去了。

陈南喜说："于扶狗屎。"

六叔说："你别吭声。你要是敢嚷嚷，我就敢杀了你！"

陈南喜说："小六子，你咋总信不过我？谁对谁错我不管，我就站在你一边。他们要打我我也不招，换了金钱美女，那就不一定了。"

拷问的人变换了策略说："女人心软，这我们都能理解；你丈夫许曾不过就是个简单的炮筒子，我们也不追究了。可严凌是全油田最大的走资派，你要是袒护他，那就没你的好果子吃了！"

韩桂花说："他藏在哪儿，我真的不知道；我要是知道，肯定配合你们。"

领头的说："你这种死杠头，成心干扰运动的大方向，就是欠收拾。多亏遇见了红色造反派，要是换了日本鬼子，早就没命了。"

韩桂花说："你们是比日本鬼子强，好歹都是自己同胞啊。要是换了日本鬼子，我就跟你们同归于尽了。"

造反派们说她嘴硬，就松开她的两腿，你推过来我推过去地荡起秋千来，嘻嘻哈哈的，竟然玩起了兴致。

韩桂花的脸变得煞白。她央求说："好兄弟，我求求你们，把我放下来吧，我怀着孕呢！"

人们静场片刻。忽然有人说："既然怀了孕，为什么不在家好好待着，还要死心塌地为走资派卖命？"

韩桂花说："我替肚子里的孩子求你们了。"

有人说："你光想自己的孩子，咋就不想想，要是复辟了资本主义，将会有多少孩子受苦受难？成千上万，成千万上亿！"

韩桂花不说话了。她绝望地看着那片灰突突的房屋，那是自从有了人类以来，亿万斯年都没改变过的住宅，如果没有电线和玻璃，说成史前遗迹也不会有错。她的泪水流了下来，裤脚下面，一缕殷红的血线爬过脚踝，忽缓忽疾地向地上滴落。

六叔再也忍不住了。他大喊了一声，就冲了过来。

六叔说："本来毛主席发动的是'文化大革命'，生叫你们搞成了武化大革命。你们怎么能这样对待一个孕妇？咋不想想，你们的妈妈怀着你们的时候？把她放下来，我替她上大挂！"

有人认出了六叔，说这就是马本良，做饭的，外号马御厨，都是资产阶级司令部的后勤人员，看来，黑司令肯定就藏在附近。上来要捆，陈南喜亮相了，他指示着胳膊上的红箍，厉声说道："你们的贫农后代都是旁枝斜杈，我这个贫农后代才是真格的。知道陈胜、吴广吗？我就是那个陈胜的嫡传后人，老祖宗造反比你们早了两千年，你们算什么？他们一位是我姐妹，一位是我兄弟，哪个敢动他们一根毫毛，我就跟他拼了！"这么说着，脸上焕发出极其悲壮的色彩，握拳提臂，做出力拔山兮气盖世的样子，就去抱一旁的石碌磷，却又抱不动，一个脏墩坐在了地上。

就在这时，只听一片呐喊，于扶带着一群乡亲冲了过来。这阵势韩桂花并不生疏，而且都是为她而来的——前一次是捉她的奸，这一次恰好相反，是来搭救她的。都是钩竿铁齿，镢头耙子，很像农民起义。造反派见势不妙席卷而去，有几个不大甘心，高擎着小红书，在头上一下一下地挥舞，嘴上念念有词地抵抗着，可农民们不吃这一套，一顿挞伐，他们才鼻青脸肿地逃了。

第二十二章

铁人从中央回来，带回了尚方宝剑，那就是必须坚持抓革命促生产，决不允许停产闹革命，对于举足轻重的北方油田来说，尤其是这样。造反派不敢挑战这一原则，只好默认。于是，油田成立了一个专管生产的班子，严凌和薛明都进了这个班子，这相当于一个临时避难所，意味着他们可以躲开运动的乱箭攒射。只有刘播被造反派揪住不放，弄到萨 E 采油指挥部的“牛棚”里改造来了。

刘播被揪出来之后，并没吃到什么大亏。他认罪态度极好，把属于自己的那些陈芝麻烂谷子拼命上纲上线，干活也很踏实，就像老油子劳改犯那样。此外，在早请示、晚汇报、三敬三祝上毫不含糊，不管有人没人，始终自觉坚持，神态虔诚，动作规范，挥动着手中的小红书，就像教徒的饭前祷告膜拜一样，看上去他低眉顺眼，好像任凭宰割的死猪，只有从他偶尔一瞥的坚定目光里，能看得出他深藏着的温暾和从容。其实很多人也都知道，刘播是打不倒的，刘播没有像样的问题，所有的棍子都在敷衍，而且都打在无关紧要的部位上，多一棍子少一棍子也就无所谓了。

很多人都兴奋着疑惧着糊涂着，六叔也一样。他在家信里这样写道：运动一开始，就揪出了操蛋分子崔大可，大方向还是正确的；可后来又揪出了越来越多的好人，而且都是人尖子，可见大方向肯定是出了问题。我始终坚信，毛主席是不会有错的，他的一本正经，都让下面的歪嘴和尚给念偏了。溥仪已经故去，想必咱家的成分问题永远得不到解决了……由于有了具体的地址，我父亲终于能回信了。他写道：我本该去油田看看你，可一时又去不了，乡下的运动也同样搞得轰轰烈烈，其中最重要的标志就是，咱爹留下的那只游街的锡锣，又传到了我的手上。每天从村这头走到村那头，再从村那头走回来，一点儿都不累，甚至逍遥得很呢……生怕别人看见，六叔把我父亲的回信团成个蛋蛋，填进嘴里，一点一点嚼着，嚼得稀烂，最后吐进了泔水桶里。

一个雷雨之夜，良种场的马炸群了，像一阵旋风似的从农场刮过去，把丰收在望的粮豆蔬菜践踏得一塌糊涂。第二天良种场的人前来致歉，六叔他们这才知道，原来是放马的老右派疯了。他疯得很悖情理——档案馆搬家，不小心把他的档案弄散花了，这才发现，他档案上标注的“按右派掌握”几个字前面，还有一个“不”字，当初不知道被哪个马大哈给装订进线绳里。仅仅就为这一个字，他稀里糊涂当了十年假右派，本来已经完全进入了角色，突然又说他演错了，要他回到正常的生活，弯子转得太急，立马就疯了。疯了的冒牌右派哈哈大笑，把马厩一个一个打开。马们在雷声闪电里狂奔起来，闻讯赶到的人甚至看到，老右派骑在一匹马上，手里拿着一根棍子，像青年近卫军那样在雨地里盲目地冲锋着，嘴里发着“乌拉——乌拉——”的欢呼……他是被人送走的，不是送回家里，而是直接送进了精神病院。六叔就想，社会这个过客匆匆的大舞台上，是不是所有的人都在扮演着别人？我到底是地主崽子在扮演贫农后代，还是贫农后代在扮演地主崽子？到底是社会主义大油田的工人厨师，还是封建宫廷的腐朽余孽？六叔是想不透的，他倾斜的知识构架永远解析不了如此简单而又如此复杂的问题，因此他为老右派也为了自己，在“牛棚”里踏踏实实地醉了一次。

风烟滚滚乱马曹营之际，六叔还没忘陈南喜的事情。他托人弄戗，给陈南喜找了个挖输油管线的活儿。干那活儿的都是从周边县份抽出来的民工，表现好的可以留下就业，对于那些想端铁饭碗，想吃国库粮的人来说，这绝对是一条最近的捷径。

六叔来到萨边，却见小学校操场上人头攒动，陈南喜胳膊上缠着红箍，情绪激昂着，正坐在“革命造反派夺权大会”的大横幅下，对着麦克风讲话。他说：“最近几天，伟大领袖毛主席给我托梦了，他老人家拉着我的手，语重心长地说，陈南喜啊陈南喜，天下者，我们的天下；国家者，我们的国家。我们不说谁说？我们不干谁干？你是贫下中农好后代，萨边公社的党政财文大权，就交给你了！”他身边放着一只笸箩，里面放着一堆刚刚收缴上来的公章。那些没做梦和被夺了权的人则气韵凋丧地坐在一个角落里，七零八落无可奈何地鼓着掌。六叔也看到了老张才，他呆看着大笸箩里本来属于自己的那枚公章，大张着嘴巴，像一条被抛上岸的鱼那样苟延残喘着，里面黑洞洞的，牙都掉光了。

散了会，六叔说：“喜子，你是不是睡毛愣啦？”

陈南喜说：“全国各地都在夺权，油田也一样，我要是再不动手，黄瓜菜就凉了。”

六叔说：“他们……就真能信得过你？”

陈南喜说：“他们信得过信不过也没招。我既是贫农的后代，又是真正的无产者。翻开红宝书，头一页就写着，全世界无产者，联合起来。”

六叔哭笑不得：“这哪挨哪呀，你不过就是流氓无产者，简直就是生贴硬靠嘛。”

陈南喜说：“小六子，你回吧。挖管线沟的活，你还是找别人干吧，等我弄他个四脚落地，把你接过来给我做饭，还像你爹和我爹当年那样。”

六叔：“我看，你这个够你呛战斗队，早晚够你呛。”

陈南喜还想说什么，大翠抱着孩子走过来了。陈南喜就从簸箕里诸多公章中间摸出一枚来，呵一呵，在孩子的嫩脸上盖了一个变形的红圈。然后说：“萨边是咱的天下了。告诉你老爹老妈，他们的地主成分不算数了，回头我再给弄个五保户，事就齐啦！”

六叔看不下去，转身往回走，老张才这才缓过一口气来，拉住他说：“小马师傅，你给评评理，造反派大，还是贫协主席大？真是乱世英雄起四方，他怎么做了一个梦，就把权给夺去啦？”六叔怎么去评理？这种时候，除了造反有理，别的理全都没了。

随着运动的深入发展，崔大可的花事已经算不上什么事了。他经常请假，骑着六叔的车子回家，睡足了米新朵，回来容光焕发的，干活也有劲了，嘴上总是哼着“山鹰之国一片红，橄榄葡萄万年松……”因为这支歌和米新朵的鼻子有关系，也关乎到他本人的罗曼史。这样就有当着饿汉打饱嗝的意思了，六叔看着听着未免嫉恨起来，又不便直说，就摔盆打罐地抗议：“你骑的车子是我的呀，你别以为是公家的，可劲儿胡造害，你得悠着点儿使唤。”

崔大可嘻嘻笑，说：“你又把问题看反了。我那不是胡造害，我那是加油打气呢，我高兴，车子也很高兴！”

崔大可带来了肉炒咸菜、鸡蛋炸酱之类，让着六叔说：“吃啊吃啊，这是你嫂子特地为你做的。”六叔一时就给蒙住，没梳理清楚指代关系；等到明白了嫂子就是指米新朵，满嘴都苦巴溜丢的。

六叔说：“你看这事儿整的。本来是我老婆，被你弄去了，我回头还得跟她叫嫂子，这叫什么事呢！”

崔大可说：“那怎么叫？你总不能什么都不叫吧？”

六叔说：“我就叫米新朵，叫嫂子，那绝对是丧权辱国。”

崔大可说：“叫什么随你的便，反正她是我老婆，你要是想往回捞本，那才真犯朋友妻不可欺的忌讳呢。”

六叔大声说：“崔大可，你气焰太嚣张了。你别忘了，是我改造你，不是你改造我！”

崔大可立刻做低头认罪状，庄严了神色，即景生情地说：“马本良，你看到外面那一笼子鸡了吗？”

六叔说：“那都是给造反派做小灶用的。”

崔大可说："我的意思是说，不管先杀哪个，后杀哪个，都是一个死，最后谁都剩不下。你懂了吗？"

六叔说："也许，能把下蛋的鸡留下。"

崔大可说："我不过就是裤裆里那点乱事，属于偷鸡摸狗，再折腾还能折腾到哪去？你跟我可就不一样了，你的事属于政治范围，能上纲上线，上挂下连，说大就大，说小就小。既然揪斗刘播，拔出萝卜带出泥，免不了就要琢磨你。我都听见管事的在一起喊喊了，你得想办法躲过这一劫去。"停了一下，他又说，"这也是米新朵让我捎给你的意思，她还是很向着你的。"

这一次，六叔真真切切听到了荒原狼跟在身后的声音——越来越近，越来越重，很快就扑到他身上来了。当时刚刚开过批判斗争"以北方油田总指挥为首的反革命右倾翻案集团"有线广播大会，运动的下一步，就是清理阶级队伍阶段，据说还要揪漏网走资派。六叔心里很没底，就想跟刘播问策。却不料监管人员看得太紧，根本就没有一对一的机会。那天刘播打饭，把菜票交到他手上，还故意捏了捏。后来六叔翻过菜票，看到了上面的几行小字：

覆巢之下，焉有完卵？
尺蠖之屈，以求伸也。
千金之子，不死于盗贼。
打得赢就打，打不赢就跑。
三十六计，走为上。

都是古今圣贤名句，何况还有最高指示，六叔岂能不懂？焉能不听？就立刻请探亲假回家——就是按照"三年不探家"的杠杠，他已经超过两个三年了。

正在收拾东西，焦洪林来了。他是来参加刘播的批斗会的，还要做大会发言。赶在饭顿上，作为迎客的惯例，六叔给焦洪林下了一碗荷包蛋挂面，焦洪林却只吃挂面不吃荷包蛋。

焦洪林说："有挂面吃就很好了，把鸡蛋留给最需要的同志吧。"

六叔说："这里面哪有几个同志？基本上都是乌漆抹黑的。"

焦洪林说："那就留给刘播吧，他得干活，还得挨批斗。"

六叔说："你不就是来批斗刘播的吗，咋还又打巴掌又给甜枣吃？"

焦洪林说："一码归一码。这里面有个辩证法。"

六叔说："刘播走了资本主义，就是你有那份心思，造反派也不让。"

焦洪林只好把荷包蛋吃了，然后一五一十地交钱算账。

六叔问："咋见不到夏晴参加批判会？"

焦洪林做出了一个意味深多的苦笑："她那种劳模，还是很有局限性的，已经跟不上革命潮流了。"

这么说着，他拿出一本新版的《毛主席语录》，鲜红的塑料封皮上印着金色的五角星和庄严的宋体字，交给六叔说："这是夏晴送给你的。"

六叔说："我也不是没有，还送啥。"

焦洪林说："是你师傅关心你，怕你犯错误，让你多学习呗。"

六叔就鄙夷了声音说："我再学也赶不上你了。你看，你为了揭批同甘共苦的同志和工友，特意跑了这么远的路，所以，咱俩的境界差得太远，既不可能革命路上并肩走，也不可能惊涛骇浪手挽手。你送我的本子，我得还给你。"

说罢，就翻出焦洪林送的日记本，放进他的怀里。

焦洪林就不自在了，把本子放在面案上说："马本良，你这是干什么？我又没得罪你。"

六叔说："既然你抹不开往回拿，我替你烧了吧，反正现在不是在变相焚那啥坑那啥嘛。"

就当着他的面，把那本子扯烂，填进了灶膛里。

焦洪林窘了半天，才说："烧了也好。反正很多东西都烧了，烧一个本子，也没什么大不了的。"

六叔说："夏晴烧我的东西，你没陪着？"

焦洪林说："我没去，我只是远远地看着，那火苗蹿起老高，夏晴用一根棍子拨拉，火光照着她的影子……"

六叔说："那有多瘆人，还不得像女巫似的。"

焦洪林说："你咋这么恨她？好歹是你师傅，要是没有她提前下手，你可能就惨了。她那可是护着你呢。"

六叔说："她在大泡子边上烧，那是祭奠黄凯呢。你不陪她去是自有道理的。据我所知，你好长时间都不敢靠近大泡子，是怕黄凯从大泡子里蹿出来，把你拽进去！"

焦洪林惶悚起来，说："马本良，你咋说得那么吓人？黄凯是溺水不是自杀，就是自杀那也不怨我，那是他自己想不开。再说，世上哪有什么鬼啊神啊的，牛鬼蛇神，都在这儿关着呢！"

他们话不投机，也就没再往下说什么。从食堂那个歪歪扭扭的小窗子里向外看去，刘播正向崔大可学习"喷气式"——哈腰撅腚，两臂后扬，造型有些像米格飞机，那是挨批斗的人普遍流行一致认可的台上姿势。

六叔把回家的舆论造足了，把食堂的一摊子交给了崔大可，他却趁着暮色苍茫，别人都在开揭批大会之机，骑着车子跑到许曾的金刚钻井队去了。他是不能回家的，回家就等于自投罗网；他只能像我太爷当年逃避巨野教案那样，躲一时是一时。不断流徙的钻井队相当于一个大型舰船，而且称得上是船坚炮利，这样，也就能在风暴眼中求得一小块宁静。

钻井队正在热火朝天地干活，提卡瓦，打大钳，接单根，紧张忙碌而又有条不紊。一幅红布标语张挂在帐篷之间，上写"和铁人比着干，年进尺上十万！"许曾见了六叔，热烈拥抱起来，那种拥抱就像是熊的拥抱，几乎让他喘不过气来。许曾已经好久没回家了，韩桂花流产之后，身体非常虚弱，是夏晴里里外外地帮她，这让他对夏晴的看法大为改变。

许曾说："马老弟，你那个师傅挺不错的，常上我家去，跟你嫂子成了好姐妹。"

六叔说："我看不透她。她活得太不真实，我都替她累得慌。"

许曾说："你们应该推心置腹地唠唠，毕竟师徒一场，成不了朋友，也不该成为仇人，对不？别让外人笑话你马御厨为人不宽厚。"

六叔说："我听你的，哪天方便了，我去找她。"

六叔就在金刚钻井队猫下来，替钻井工人们做饭。许曾要求所有的人一律保密，不能暴露六叔的行迹，一旦有人前来，就让他躲进帐篷里。那天钻井指挥部来了个管生产的头头，非要挨个看看工人的帐篷不可，情急之中，六叔就躺在大通铺上，蒙起脑袋装病号。那头头也是个认真的人，掀开被子，在脑袋上摸了摸，就狐疑起来，说也不发烧啊。许曾说，闹肚子，窜箭杆稀了。六叔就憋不住笑，脸上的肌肉一抽动，就露馅了。那头头说："这不是马御厨嘛，咋装神弄鬼的跑这来啦？"六叔就坐起来说："你别批评许曾，你批评我吧，我是怕被运动给横扫了，到这儿避难来了。"那头头嗟叹说："要是连做饭的都不能幸免，那下一步就是自掘坟墓了。"

那一天，阳光下远远走来一匹霜白马，走得极逍遥，在平阔的荒野上，一朵白云似的飘逸着。走得近了，才看清竟然是张老板骑在马背上，本来很懒散邋遢的形象，就仿佛有了半仙之体，很像个行吟诗人了。原来老右派放跑的那群马里，有几匹失散了，这匹领头的霜白马就是其中之一。良种场的人找到它时，它正卧在野地里等死，怎么都拉不起来。张老板赶到时，击毙它的枪已经对准了脑门，只差指头一动了。张老板看了看说，它是吃草料的时候吃进了铁器，螺丝疙瘩马掌钉一类，别人没辙，说不定我能治好。良种场的人就让他死马当活马医，能治好，马就归他；治不好，拿三十块马肉钱。张老板选择了先赔钱后治马，把那些人打发走了，然后从修鞋篓子里拿出一块磁铁，绑在一根皮绳上，轻轻续进马胃里，打马走了一阵，再轻轻拉出来，果然吸了一些残铁碎屑。那马很快就欢蹦乱跳了，张老板自己配了一副鞍子，就这么骑开了。有一天，竟然又碰到了杜希金，迎面“顶牛”而来，不知道是有意无意，他夸张地鸣着喇叭叫道，似乎要把那马吓毛，把张老板颠下来。张老板揽住缰绳，指着身边一大块空地说：“你是日本人做的呀？这么宽的路，你非要靠左边走；你以为只要走在左边，就是当然的左派呀？”张老板的话很咬骨头，杜希金竟被噎住，于是恼羞成怒，就把一只轮胎准确地压进水洼里，溅了张老板一身泥水。

六叔忽然很想骑马，就在张老板的指点下学了起来。六叔姓马属马，性情中也有马的洒脱和灵性，很快就学会了。张老板也是怕他待在野外腻味，就把马给他留下，自己骑着他的车子走了。那几天六叔总在原野上练马，以钻塔为轴心，一圈又一圈地绕行着。骑在马背上驰骋的六叔感觉到了前所未有的快意，那一刻就好像融化在风中，变成了大自然的一部分。

过了几天，趁着月圆之夜，六叔就骑上霜白马，朝三大队的方向奔去。进了油井区，把马系在那棵他曾经爬过的大杨树上，就像个夜行侠似的向里摸去。都是他所熟悉的景物，令人不胜今昔。能听见秋虫唧唧，再细听就仿佛是地下汩汩流淌的石油。走着走着，忽听有人在唱歌，那歌简直是从地下冒出来，把六叔吓了一跳。停下来四处搜寻，才发现竟是从一段新挖的管线沟里发出来的。歌声唱道：“抬头望见北斗星，心中想念毛泽东，想念毛泽东。黑夜里想你有方向，迷雾里想你路途明，迷雾里想你，路途明……”由于有感而发，那歌唱得极深情，好像是一边流着眼泪一边在唱，也足以让听者动容。六叔听出来，这正是焦洪林——好像当年一上火车，他的歌声就没停止过，在三大队这一隅之地，他曾用歌声诠释时政，统领着人们的精神走向。

六叔就很是奇怪，靠上前去一看，才明白究竟发生了什么。原来焦洪林夜查时，一不小心掉到管线沟里，整整一天了，三大队上班下班的人都能发现他，可就是没人上前搭救，倒是有不少人像爆破堑壕那样，拿干粮当手榴弹，远远地往沟里投送，人却不肯露面。反正又不至于冻死饿死，就让他囚在里面，笼中鸟似的，仰望星空，唱那些红色经典之歌，唱了一支又一支，唱了一遍又一遍。

六叔又想笑又想哭，可他又不能笑又不能哭。他已经听说，焦洪林不但揭批了尽人皆知的刘播人为地制造“落地原油”，用来换食品烧管线沟的事，还公开了一个谁都不知道的秘密：当年写检举匿名信的人就是他。他说他看到国家财产受损失，非常心疼，对上对下都不敢得罪，就采取了这种没办法的办法。很显然，这就是三大队的人对他的回报。

六叔伸手把他拉上来说：“你看这事整的，你看这事整的。藏猫猫咋藏到这儿来啦？”

焦洪林跪在地上，扯住六叔的手，伤心地大哭起来。他说：“马本良，我闹不明白，我到底做错了什么。我一片赤胆忠心，天地可以作证。我吃得比别人少，干得比别人多，去了饭伙钱，剩下的工资我都捐给了灾区。我远学雷锋，近学铁人，为了心中崇高的目标，抛弃了一切私心杂念，可到头来又怎么样？他们全都背叛了我，谁都不管我，连夏晴也不管，连吕勤久也不管，他们是怕管了我得罪了大多数……”

六叔说：“怎么没管，你看，沟底下那么多干粮，一个干粮一片心，都够你吃一个月的了。”

焦洪林一面哭一面用手拍打大地，叩问一般说道：“我为三大队献出了一切，到头来，我得到了什么？我不能再待了，我也没法再待了。我真伤心哪，我伤心透了！”

焦洪林放大了哭声，那声音痛彻心脾，十分惨烈，就像一头迷途的老牛在哞叫，整个荒野似乎都被这哭声覆盖了。

六叔说：“你慢慢哭，我得走了。”

焦洪林这才猛醒说："你不是回老家了吗，怎么突然出现在这儿啦？不是我在做梦吧？"

六叔说："我是回老家了，可知道你有难，特地骑着白龙马赶过来救你。你任重道远，还得攒足了精神批刘播呢，下一回大概就轮到批我了。"

六叔走了。焦洪林对着他背影喊："马本良，我不是那种人，我是……"这时六叔已经走到泵房外面，隆隆的机器声把他下面的话全都淹没了。

六叔找到夏晴的计量间，很巧，正是她值夜班。被运动冷落下来的劳模夏晴坐在桌前，托腮凝思，样子很古典，灯光映在她脸上，有了一种生动的暖意。她也在唱歌，不过那歌和焦洪林唱得大相径庭，原来是《九九艳阳天》。

六叔恭谨地敲开门，夏晴很惊喜。

六叔说："师傅，你好吗？"

夏晴说："师傅徒弟，那都是过去的事了。你别抹不开面子，叫不叫都没关系。"

六叔说："我在钻井队避难呢，没带什么礼物给你，谅解吧。"

夏晴说："我还以为，你永远不会再来见我呢。"

六叔说："我听见你唱歌了。这歌不是黄色歌曲吗？我们唱唱还将就，怎么你还唱？"

夏晴脸红了："不知道咋回事，一个人坐着腻味，它自己就溜达出来了。"

六叔说："不过，十八岁的哥哥坐在河边，太不像话，按照你那个'三五八'，应该改为二十八岁的哥哥坐在河边才对。"

夏晴窘了一下，说："你是不是非常非常恨我？"

六叔说："徒弟不敢。"

夏晴说："咱们出去走走，好吗？就当是陪我巡井了。"

两人第一次并肩走着。一轮秋月在云层里时隐时现，清幽的光辉洒在地上，随着他们的脚步雾气般浮动着。

夏晴仰头望月说：“月亮又圆了。”

六叔本来是想弥合一下两个人之间的裂痕，一打眼就看到了米新朵的油井，历历往事浮现出来，一股刻薄的情绪就涌出了心头。他说：“师傅还关心月亮圆不圆？那可是小资产阶级情调啊。难道你这个老劳模变质了？”

夏晴忍耐着，或者没听见。她说：“你的箱子里有一本唐朝人写的书吧？”

六叔说：“有，叫《酉阳杂俎》。”

夏晴说：“我翻了翻，那里面还有关于月亮的故事呢，可惜，都让我给烧了。”

六叔说：“烧得好，烧得对，像你这样的革命者，就应该实行革命的三光政策。”

夏晴说：“你咋看月亮里的故事？”

六叔说：“其实，这就是中国式的伊甸园，跟外国的伊甸园故事正好两拧。你想，孤男寡女的，一个在广寒宫里死熬苦守，一个拿斧子砍桂树，砍了又长，这和没有刑期的苦役犯有啥区别？那地方又没有什么‘三五八’，你能相信，他们俩就没有什么事？”

夏晴笑了一下，但六叔看不到，朦胧的光线里，他只能看到夏晴曲线的轮廓和晶莹闪亮的眼睛。

夏晴说：“他们是神仙，神仙是没有凡念的。”

六叔说：“师傅，你也快成神仙了，只差了一点点，依我看，也就是一咬牙一跺脚的事。”

夏晴幽怨地看他一眼，仍然忍耐着。他们走到了曾经一起避雨的油井房。

夏晴温情地说：“你还记得吗？那天下大雨……”

六叔说：“我还以为，你会报案呢，抓我一个流氓罪。”

六叔一步一榔头，夏晴只好解释说：“并不是我拆散了你和米新朵，这你应该明白。”

六叔说：“我明白。可我和米新朵散了，你很高兴，这是真的吧？”

夏晴说：“是真的。”

六叔说：“我和蓝溪又没成，你还是很高兴。”

夏晴说：“这也是真的。”

六叔说：“我打一辈子光棍，你就更高兴了，对吗？”

夏晴说：“你是不是很想打我一顿、骂我一顿？”

六叔说：“想。我还有比那个更恶毒的想法呢。”

夏晴说：“你说说，还有什么比打骂更恶毒的？”

六叔说：“我看，你这种女人，这辈子都嫁不出去！”

夏晴站住了。她浑身颤抖起来，双手捂脸，凄清的眼泪就从她的手指缝里向外流淌。她哀伤地说：“马本良，难道你真不知道，我是多么喜欢你啊！我看见你第一眼，就爱上你了。我一直爱着你，深深地爱着你，我把这份爱藏在了心底，可你从来感觉不到，就像一块木头似的……”

六叔愣住了。虽说这个谜底既在意料之外，又在意料之中，他还是大吃一惊。他已经遏制不住报复的快意，冷笑一下，把凌厉的嘲讽接着延续下去。他说：“师傅啊，你可真能开玩笑。你怎么还能有这种没出息的感情呢？再说，咱们是多么不同啊，你都进入共产主义了，我还在封建主义里待着；你胸怀祖国放眼世界，我就知道围着锅台转；你一尘不染，我从头到脚都很肮脏。你总梦见红海洋，我却梦见过那么多女人，不过就是从来没梦见过你，因为我常常忘记，你还是个女人……”

夏晴没让六叔说完，她像疯子似的大哭起来，高声骂道：“马本良，你这个没良心的东西。你跑了这么远的路，原来就是为了来伤害我。你干嘛非要恨我？我就是个小女人，七情六欲都不缺，你把那么多社会责任都强加在我头上，这公道吗？你爱的人不跟你，爱你的人你不要，你就等着打光棍吧！”觉得口头批判不能尽意，就改换了批判的武器，摸起地上的石头土坷垃，也不管脑袋屁股，一股脑儿排空砸来。虽说她接受过军训，还是基干民兵，可夜色影响了弹着点，被六叔东躲西闪，之字蛇行，跑到大杨树下，解开缰绳，骑上马去，仓皇逃脱了。

回到金刚钻井队，六叔躺在大通铺上，翻了一夜的烧饼，越想越不对劲，就把这事跟许曾说了。许曾说："马本良，你可真浑哪。你想没想过，米新朵给了你什么？夏晴给了你什么？夏晴对你的爱，那是润物细无声。你以为夏晴真把你的东西都烧了吗？没有，我刚刚知道，她冒着那么大的风险，把你的东西弄了出来，和韩桂花一起，藏到了我家的地窖里。那天晚上，她烧的是旧报纸……"

六叔的震惊是可想而知的，甚至没法相信这是真的。第二天，他伏在钻井队的帐篷里，给夏晴写了一封短信：

> 夏晴，请原谅我的无礼，我向你真诚赔罪。我大概是受了造反派的传染，昨天晚上突然发疯了。师徒一场，恩恩怨怨自难诉说。正如我不真正了解你，其实你也并不真正了解我。谢谢你对我月光泻地般的关爱。爱是一种责任，我不想让你跟我受苦受难，以后你会明白一切的……

六叔又在野地里采了一束花，觉得不好意思见面，想直接送到她的宿舍去。便又在傍晚时分骑马来到三大队，直接叩开了夏晴宿舍的门。

出来的是一个新分配来的女技校生。她顶替了米新朵的铺位。

女技校生说："夏晴师傅请探亲假回家了。她说，这回兴许连婚事一块都办了。"

六叔望着夏晴卷起来的行李，怅然若失。

女技校生说："她值完夜班回来，两眼哭得红红的，神经好像不正常了，总是问我，我长得丑吗？我老了吗？我嫁不出去吗？我能说什么呢？我也被她弄哭了。不知道是哪个王八蛋把她给惹着了，要不然，她不能在这个时候请假！”

女技校生的口气里充满同情和崇敬，这让六叔的鼻子发酸了。他说：“请你把这封信转交给她，还有这把野花，是我亲手为她采的，就说我祝她新婚幸福……”

女技校生说：“你是……”

六叔说：“我就是那个王八蛋。”

女技校生惊得一个愣怔。六叔默默转身走出去，骑上那马，抱住它温暖的脖子，像个受伤的骑手那样，埋着脸走过三大队的街区。

有人在野地里吼歌：

> 哥哥你走西口，
> 小妹妹我实在难留。
> 手拉着哥哥你的手，
> 送哥送到大门口……

那歌撕肝裂肺恓恓惶惶的，听得出来，歌者是暮归的张老板。六叔没抬头，他把泪水全都涂在了马脖子上。

第二十三章

没过几天，焦洪林被革委会调到了“牛棚”，暂时做副主管。他就像是大病一场，两眼无光，脸色和神情都不像从前了。那已是深秋时节，黑帮们跟着大车收庄稼和蔬菜，别的监管全都袖手旁观，焦洪林却也跟着干，有人说他把自己混同于黑帮分子，他就解释说，你以为这就是一般的干活吗？不是，这是改造世界观呢，谁干谁改造，不干就失去了改造的机会。他这么一说，别的监管就不好意思拒绝改造了，也装模作样地跟着比画比画，背地里却说他的坏话，还嘀咕着要想办法调理他。

那天吃饭，有人递给焦洪林一只小辣椒，并说，这不是一般的辣椒，这是阶级斗争的辣椒，也就是当年刘文学誓死保卫的那种。要想深刻理解阶级斗争，就得吃吃这种辣椒。焦洪林看着被赋予了传奇意义的海椒，有感而发地说，一背篼这玩意儿，拢共值不了一壶醋钱，都是一个村里住着，狗地主怎么就能下得去手，把一个十几岁的孩子掐死？看来，阶级斗争果然残酷，阶级矛盾完全不可调和。由于海椒十分小巧，焦洪林并没怎么在乎，整个放进嘴里，刚嚼了两口，便怔住了，翻着眼睛，打了一个尖锐的嗝噎，只觉得凛冽地一疼，接着就像一支被点着的蜡烛，头发梢上都冒出烟来，辣得掼了饭碗，满地乱跳，张大嘴巴呼气，一副痛不欲生的样子。急忙用手去抠，哪里还能抠出来。又跑到一旁去哕，尿也来得慌急，顺便抻出来撒了，却不想那海椒辣得邪乎，通过手的媒介，把下面也波及了，便紧捂着裤裆，狗咬尾巴一般，极其痛苦地转着磨磨。那几个就看着哈哈大笑，说原以为焦洪林意志坚定，阶级觉悟高，肯定能挺得住，结果还是凡骨俗肉，顶不住一只小海椒。这才叫两头都顾，两头不讨好呢。焦洪林拱进食堂里去洗手漱口，兀自咝咝哈哈的，对崔大可叨咕，我这回才明白，狗地主凭啥因为那么点东西就杀人了，是不是阶级斗争有待探讨，他一定是先吃了这种让人浑身冒火的小辣椒。

六叔待在金刚钻井队，虽说苟安一时，却也度日如年。他还等着张老板拿车子来换马呢，哪里知道，正是这两样完全不同的脚力，给予了他们各自不同的命运走向。

那一天，张老板骑着六叔的车子出去收鞋送鞋，到了村上，帮一家老乡劁猪，劁完了，人家就把那串零碎做熟，让他当了下酒菜。张老板一高兴，就喝多了。如果他顺着炕洞睡下，也就没事了；偏偏还要逞强，骑上车子，里倒歪斜地要赶往下一站。傍晚时分，天下起雨来，眼看就要进村，却有一处陡坡把他难住。如果不下雨，这根本就不成问题；下了雨，如果不推着车子，这也不成问题。醉了酒的人推着泥咕溜秋的车子在一个小坡上攀爬，结果是可想而知的。张老板推上去一截，马上又滑下来；再推上去，再滑下来，俨然一个中国式的西绪弗斯。如是者三，把张老板闹得精疲力竭，酒劲也上来了，就放弃了努力，扔了车子，倒在淅淅沥沥的小雨中睡了过去。

坡上有一户人家，正在雨中酣睡，忽听一声尖叫，竟是闺房里钻进了歹徒，已经枪上膛刀出鞘，湿淋淋地伏在了那女孩身上。家里男孩多，隔壁又是叔伯亲，七狼八虎的撵出来，就见那个人影从后窗跳出去，穿越了后园的大葱地，闪了几闪，直往坡下跑去。张老板也是没做好梦，被那人踩了一脚，就醒过来，大蟾蜍一般在泥地上爬着，稀里糊涂，便被那伙人逮个正着。不容分说，被暴施了一顿拳脚，然后五花大绑，解到公社来了。

张老板是冤枉的，不过，芝麻掉进针眼儿里，合着一个巧劲儿，即使浑身是嘴，也说不清了。特别是还经过女方在暗处指认，这就成了铁证铁案。

油田保卫部也被夺权了，但周密还在参与工作，平时和张老板也说说笑笑的，审案的时候发现了很多疑点，可惜他已经说了不算，只好在一旁敲敲边鼓。

周密说："这么多年都坚持了，怎么可能出这种事？"

张老板说："真不是我干的。我要是坚持不住，宁可弄牲口，也不能……"

造反派说："怎么，你还弄过牲口？交代了就好。"

张老板哭了："我不是那个意思。我的意思是说，我谁都没弄过。"

周密说："你平时虽然花马掉嘴的，却是个守规矩的人。是不是喝醉了酒，才办出这种蠢事来？"

张老板说："我没喝醉。"

造反派说："怎么样，你跑得那么快，根本就没喝醉嘛。"

张老板又改口说："我喝醉了。"

造反派就把桌子拍得山响："你他妈的刚拉出来的屎又要往回坐？还是心虚嘴打摽嘛。"

张老板说："真不是我干的。我爬坡没爬上去，躺在那儿睡着了。"

造反派说："你骗谁。你刚吃了猪蛋，枪都顶着火呢，遇见人家闺女敞着后窗户睡觉，还能不动心？赶快招了吧，别等着挨收拾。"

张老板说："也许是我在梦里把她强奸了？"

周密说："别着急，好好回忆回忆真实的经过。"

张老板说："我倒是看见了那个窗子，窗子里还有灯光，一个女人影影绰绰的。我想上去，可我没上去，我上不去啦……"

造反派说："招了就好。上没上去，女的知道。"

周密说："他指的是那道坡。"

造反派就下了逐客令说："周密，你们都是吃过一个食堂的，是亲三分向，还是回避吧。"

周密只好回避了。

张老板看看过不了关了，就说："能不能把那女的叫来，让我看看什么样，差一不二的，我就娶了她算球了。"

造反派都咕咕笑，说："你想得倒挺美，哪有那样的便宜事？到笆篱子里去吃大眼窝头吧。"

看张老板死不认账，办案人员就搞了逼供信，火到猪头烂，张老板就招了，反正早晚都得招，不招不行，早招了早省事。他承认自己平时思想改造不彻底，白天黑夜想女人，都想魔怔了。那天喝多了酒，特别是吃多了猪卵子，热情澎湃得厉害，也是饿狗不嫌馊，就从后窗直接跳进屋里，黑灯瞎火的，见眼就钻，也没看清那女的长得啥模样。虽说案情漏洞百出，造反派宁信其有，不信其无，也没经过判决，几个人一嘀咕，就给了个有期徒刑七年。根据有关规定，公职也同时被开除了。

张老板被押送到监狱之前，焦洪林带着吕勤久来看他了。他们隔着一道铁栅站着，神色都很凄惨。

焦洪林说："张家生，我对不起你，对你帮助教育不够。"

张老板说："指导员，我是冤枉的，我比窦娥还冤呢。女的有那层膜，可惜男的却没有，不然验看一下，就明明白白了。"

焦洪林并不相信他是冤枉的。他说："既然是冤枉的，咋不跟办案人员说？"

张老板说："我说了，可他们都不信，还使劲收拾我。我没强奸别人，反倒是让别人给强奸了。"

焦洪林说："既然到了这一步，你就认罪服法，好好改造吧，争取早日回归社会，做一个高尚的人，一个纯粹的人，一个有道德的人，一个脱离了低级趣味的人，一个有益于人民的人。"

张老板说："早知道这样，还不如我真跳进屋里，硬日了那个狗日的娘们儿，也算尝了一回女人，不枉担了强奸犯的罪名。"

焦洪林说："你咋还这么看问题？说到底，你就是对自己要求不严，结果咋样，管住了上头，又管不住下头。为了一时痛快，搭进去七年大好光阴。再说，这种事最丢人，别说你本人，连我们都觉得脸上无光。"

张老板叹息说："我就知道，你不相信我是冤枉的。我为油田采过油，赶过毛驴车，还走村串户，掌了这么多年的鞋。我掌的鞋有几万双，连一个假日都没休过。我还以为，我活得是最滋润的，逃出三界外，不在五行中了，结果，我还是没能逃出去。早知道这样，还不如多来几句反动言论，让造反派揪出来呢……"

张老板哭了。焦洪林和吕勤久也哭了。

吕勤久带来两个煮熟的鸡蛋，小心地剥开，看着张老板吃下去。

张老板说："马御厨咋没来？他的自行车还扔在保卫部呢。"

焦洪林说："马御厨来不了。刘播、晋元峰、崔大可、夏晴、米新朵……他们都来不了，这种时候，谁都顾不了谁了。也许你还不知道，马本良的贫农成分是伪造的。这一段清理阶级队伍，派人出去搞外调，才发现他根本就不是贫农，而是地主。这么多年，他欺骗了组织，也欺骗了大家。他感觉到了不妙，在外面躲了一阵，刚一露面，就被逮住了，现在正关在‘牛棚’里，接受批斗呢！”

张老板停止了咀嚼，蛋清蛋黄在他的嘴里泥泞地混淆着。

焦洪林凄伤地说：“完了。咱们一个那么先进的三大队，转眼间就彻底哗啦了。”

张老板没再说话。他转过身，擦擦泪，默默走向监号的深处，再没回头。

我六叔马本良是在一个黄昏被抓获的。当时金刚钻井队的地质员把一截岩芯弄丢了，许曾气得发疯，立刻撒开人马去找。本来没六叔的事，可他在帐篷里坐不住，也骑着那匹霜白马，码着一个方向信步找去。他并不知道，他的假成分在两天之前就被人戳穿了，那些人也知道他躲在金刚钻井队，一直在附近转悠。他走出了钻井队，就等于蜗牛的软体脱离了硬壳，再想回去，已经不可能了。

当时假报成分的绝不止六叔一个，可事情出在他身上，就有石破天惊的意味了。造反派很兴奋，因为六叔的身世大可发掘，不但能和皇帝扯上关系，也能和封资修挂上钩，无论从哪个角度进行批判，都是很有意思的。他们似乎从长久的被蒙蔽中突然醒悟，地主子弟御厨传人马本良改头换面混进油田，是奉了密旨打进来的，为的就是以宫廷那一套好吃好喝的潜移默化拉拢腐蚀革命队伍，实行不流血的和平演变。走资派梦想复辟资本主义，他呢，梦想复辟封建主义，让祖国的上空重新飘扬起皇帝的龙旗……这不仅让历史倒退一大步，而是倒退两大步三大步的问题，比走资派更狠实，狼子野心，何其毒也！

六叔在批判会场的枪林弹雨中抬起头来，斜睨着发言的人，笑一笑说：“我梦想的远远不止这些，我还梦想直接恢复原始社会呢！”六叔居然敢顶嘴，这让他们大感意外，觉得不煞下阶级异己分子的嚣张气焰，就没法将革命进行到底。便抡起旋风巴掌，掴起他的耳光来。

久违的耳光在六叔的两颊噼啪作响，一丝血涎从他的嘴角流了下来。六叔想起黄土垄中的老爹，忽然热泪盈眶。

就在这时候，焦洪林站了出来。焦洪林是喝了酒的，酒还是崔大可给他弄的。他这类人平时不喝酒，一喝酒那就是爆发的前兆。他晃晃荡荡走到台前，先背诵了一段语录："我们应当相信群众，我们应当相信党，这是两条根本的原理，如果怀疑这两条原理，那就什么事情也做不成了。"

这是公认的发言模式，所谓穿衣戴帽趿拉鞋，人们还期待着他以知情人的身份深揭猛批呢，哪知道他大方向突然一转，马上就走偏了。他说："马本良的贫农成分是经过群众举手表决的，是经过当地党组织批准的，两条原理，哪一条不符合？连他这样的好人都要揪出来，天理难容啊！"

台下的人还在愣怔，焦洪林抱着六叔号啕大哭起来。他说："我受不了了，我实在受不了了。要是再忍下去，我就不是个人了。看着身边的工友一个一个被揪斗，而我又非得参与对他们的揪斗，那是什么滋味？你们揪斗我吧，打我吧，我们曾经同甘苦共患难，现在同挨批同挨打，这样也公道，我心里也能好受些。你们咋不想想，没有这些人流血流汗流眼泪，石油打哪来？能自己从地底下冒出来？如果你们找不到我的罪证，我可以给你们提供：那次失火，是我最先发现的，之所以没马上扑灭，就是想让它着大一点儿再救，好体现我的个人英雄主义。我太想提拔了，太想当领导了。现在我全坦白，你们都来批斗我吧……"

焦洪林哭得汪洋恣肆，哭着哭着，竟然唱起《国际歌》来，慷慨激昂的，还配以大幅度的动作，就像电影里英勇就义的革命先烈。会场顿时乱成一团，造反派起初还以为他仅仅就是喝高了耍酒疯，越听越不对，才明白他是临阵反水了，便上去把他扭住，压下他的头颅，让他站到六叔身边作"喷气式"。这时他终于吁出一口长气来，对六叔说："这下好了，你和我，都用不着再伪装了。"

会上，造反派以革委会的名义宣布，永不再起用六叔当厨师，因为他随时都有下毒的可能；为了防止他破坏油田，下一步他将被开除公职，择日遣返回原籍，在贫下中农的监督下劳动改造——什么叫作打翻在地，再踏上一只脚，让他永世不得翻身？看看阶级异己分子马本良吧，这就是。

六叔被迫离开厨房，并没和大帮牛鬼蛇神一起劳动，而是被打发去淘厕所，从一极走向另一极，这种化神奇为腐朽的绝妙讽刺，比任何形式的批判都更有力了。六叔躺在土炕上，看着一只蜘蛛在头上荡线，忽然受到了启发。对他而言，这样的生命已经没有任何意义——不是他不想活，而是他被判了死刑，想活也活不成了。

于是，六叔就假装淘厕所，偷了一根捆大车用的绳子，跑到农场边上的杨树林里，想找一根枝杈把自己挂上去。可是杨树都蹿得极高，笔直笔直的，六叔费了好大的劲儿，还是够不着。此前他有过掏喜鹊窝的经验，就脱了鞋往树上攀爬，可惜此一时彼一时，一不小心滑下来，蹾在了地上，把尾巴根儿垫得生疼，嘴上就咝咝哈哈的。很巧，那匹霜白马散放在草地上，被六叔吆喝过来，临时做了梯子，这一回，就比较顺利了。六叔给绳子打了一个死结，然后把脑袋伸了进去。只要他一声号令，马从他的脚下挪开，他就永远和尘世的烦恼告别了。他眷恋地看看如血的夕阳，在泼溅般的殷红里，原野上阡陌条条，油井房星罗棋布，缕缕炊烟袅袅升起，汽车往来奔跑，一群灰黑色的绵羊在缓缓蠕动……突然他看见了一个熟悉的身影，不过她没穿工服，穿的竟是一件红色的新嫁衣，一团火似的烧灼着，迎着夕阳径直朝他走过来。

六叔怔住了。就在这凝固般的瞬间，霜白马急着要吃草，突然向前一动，致使六叔的动作没能完成，慌忙中只好两手抓着绳子，悬空在大杨树上。这场景有些滑稽，他蹬蹬腿，身子摇晃起来。六叔就不好意思了，咧咧嘴，向下惭愧地笑着说："师傅，你回来啦？"

夏晴仰望着他说："你这是干什么？"

六叔说："我……玩哩。"

夏晴说："你可真会玩，我还没见有谁这么玩过呢。"

六叔说："你结婚我没赶上，也没给你送礼物。"

夏晴说："你别哄我了，我什么都知道了。"

六叔说："我这个隐藏在革命队伍里的阶级敌人，到底露馅了！"

夏晴说："我就是来和你结婚的。你要是不嫌弃，就娶了我吧！"

六叔一松手，人就掉到了地上。夏晴扔下手里的包包，一声啼泣，就扑到了六叔身上来。她一哭六叔也哭了，他们的脸贴在一起，泪水交流着，嘴就无师自通地对接起来，互相咬了一气，又觉得怪不好意思，就相视而笑，笑着笑着，又哭起来。

监管的人发现了六叔拿走了绳子，也就发现了他畏罪自杀的企图。三五个人寻迹而来，却发现了别一种情景。情急之中，六叔抱起夏晴来，把她放到马背上。那几个人全都瞠目结舌，似乎有些看不懂了。夏晴对他们笑了一下说："你们放心，他不会跑的，想跑也跑不了。我替他请三天婚假，到时候再给你们送回来。"那根系在大杨树上的空绳套还在随风摆动。他们就眼看着阶级异己分子马本良带着已经过气的著名劳模夏晴，在火红的霞光里盘着那马，笃悠悠走向大荒野的深处。

静穆的荒野里，不知是谁在远处高唱西北民歌，那如泣如诉的声音随着晚风四处飘荡，若有若无，时隐时现，梦一样缥缈，游丝一般纤细：

> 你变成狐子我变成狼，
> 一溜溜山弯弯相跟上……

目送他们的人说："夏晴疯啦！"

他们又说："夏晴疯得好！疯得真漂亮！"

六叔和夏晴完全是信马由缰，没有确定的目标和方向。

六叔回头问："我们到哪去？"

夏晴紧紧搂住他说："月亮上。"

六叔说："那好，我们飞啦！"

霜白马撒开蹄腿，在草尖上昂首疾驰，马蹄叩响坚硬的大地，发出动听的节奏，周围的空气都被撕扯得凌乱不已，归巢的鸦鹊就像纷纷的落叶。

入夜时分，他们真的跑出了人迹之外，在一处长满野花的地方停下来。

这注定是一场最为经典的婚礼。六叔和夏晴，就在秋天的草场上席地而坐，一镰弯月若明若暗，这让他们身处梦境一般。六叔掐了一朵小红花，轻轻为夏晴簪上，然后他趴在她的对面，仔细地端详起他的新娘来。他们曾那么熟识，却又曾那么陌生；他们那么抵近，却又那么疏远。在超长的对视里，他们像初次登台演出的新手，在本我和角色之间跳进跳出的，就难免笑场了。

六叔说："师傅！"

夏晴说："再别那么叫了，从今往后，我就是你的媳妇。"

六叔说："嫁给一个地主崽子，你就不怕受牵连？"

夏晴说："我就是爱你，一切我都情愿。再说，没有这个地主成分，你也不可能属于我。"

六叔说："你这个爱情女海盗，隐蔽得可真深哪，到了关键时刻才杀出来！"

夏晴说："你这个钻进革命队伍来的阶级敌人，隐蔽得比我还深呢，看着比贫下中农还贫下中农！"

他们甜蜜地笑着，互相抚摩着，就像面对失而复得的宝贝。六叔把一根指头伸进了夏晴的束胸布里，勾了一下说："真可惜，一个劳模，修行了那么多年，竟然被我拉下水了，你那个'三五八'，鸟事不当！"

夏晴笑得不行，娇嗔地捶着六叔说："你可真傻呀。你以为那是什么？唐僧是西天取经，我是跟唐僧取经，那是师傅专门念给徒弟听的紧箍咒！”

六叔说：“真没想到，你还这么狡猾，系铃解铃都是你。作为师傅的夏晴，和作为媳妇的夏晴，哪个更真实？”

夏晴说：“我怎么回答你呢？要想知道梨子的滋味，只有亲口尝一尝。”

六叔结束了理论上的探讨，转而付诸了实践。那才叫天当房子地当床呢，他们就像两个势均力敌的摔跤手，从这边骨碌到那边，又从那边骨碌到这边。作为六婶的夏晴辗转腾挪，尽显身手，她热烈地呼号着，那代表着生命原始欲望的声音在苍茫大地上辽远地回荡。秋草成熟的香气被碾压出来，在地面上长久氤氲。霜白马在不远的地方悠闲地啃吃矮草，马嘴咀嚼的声音从容而镇定，月光投下了它健美游移的影子。在片刻的间歇里，饕餮的新婚夫妇忽然大笑起来，原来那马衔起了夏晴的束胸布，又发觉没有可吃性，便甩在地上，一只蹄子无情地践踏过去。夏晴把它抓在手上，揩拭着珍藏已久的新红，然后矜功自傲地把它祭放在月光下。

夏晴说：“天亮了，解放了！让我们把束胸布和国家贫油的帽子一起扔到太平洋去！”

六叔说：“还有我头上那顶假贫农真地主的帽子。从今往后，我再也用不着撒谎了！”

夏晴说：“开除了你，你还是油田职工的家属，不会离开这块土地。无论他们怎么斗你，你都要想着，我会在家里等你。”

六叔说：“今后我就伺候你一个人，为你炒菜，为你做饭；你就是我的女皇，我就是你的御厨。”

夏晴说：“你是我迄今为止得到的最大奖赏。谢谢阶级斗争。”

六叔说：“我也一样。”

他们欣喜地流着眼泪，周而复始地做着同一件事。两个生命彼此连通着，在消耗中挥霍激情，平衡着生物能量指数。平时不大吭声的夏晴就像一口打开阀门的高压油井，不断喷涌着压抑已久的狂热。在彻夜的喃喃絮语中，六叔忽然融会贯通地笑起来，他说：“你猜这像什么？许曾说是钻井，要我说就是采油清蜡！”夏晴嗔斥说：“你可真坏。是哪个师傅教出来的？”六叔说：“一个假正经真不正经的女师傅！”夏晴说：“既然如此，那就别停下来，清蜡就要一气呵成，否则就会出事故！”六叔说：“我听师傅的，坚决照章办事！”……

第二天，太阳升得老高了，六叔和夏晴还躺在草地上酣睡。暖洋洋的阳光覆盖在他们身上，霜白马打着响鼻，围绕着他们蹴踏，几只鸟儿在他们身边鸣呖，简直就是一幅至纯至美的画面。醒来之后，他们互相看着，忍不住又笑了。

夏晴说：“我们是不是太贪啦？”

六叔说：“蓄之既久，其发必烈；压迫越深，反抗越烈。”

夏晴说：“真不想回去了，可不回去还不行，我们离不开人群，我们得吃饭哪。所以，你老爹没说错，别的都能打倒，做饭的是打不倒的，就是打倒了，还能爬起来。”

这一回他们倒换了位置骑在马背上，又开始了新一轮爱情盘点。

六叔说：“早知今日，何必当初？我们绕了多大的圈子啊，那时候，我们朝夕相处，形影不离，却连一次手都没握过。”

夏晴说：“可是我嘣过你的手指头，难道你忘啦？从你抓阄那天起，我就知道，这是天定的缘分，你早晚是我的。现在，终于瓜熟蒂落了！”

六叔说：“现在我成了阶级敌人，别人躲我还躲不开呢，你却朝我走过来，不但给了我爱情，也给了我生命。再说，你还是我师傅呢！”

夏晴把头靠在六叔身上，她眼泪汪汪地说：“马本良，我得向你坦白，我喜欢你的同时，也在嫉妒米新朵；我帮助她的时候，实际上就是在帮助你。如果你真跟她结婚了，我会很痛苦，痛苦过后，又会为你感到幸福。一切一切不是别的，就是因为一个爱字呀！”

六叔双手紧搂着她的双乳，他们在马上又长吻起来。霜白马嘚嘚飞奔，夏晴回手摸摸，便哧哧笑起来。

六叔说：“你笑什么？”

夏晴说：“我想起了张老板讲的那个关于马鞭子的笑话。”

六叔说：“你怎么知道？当时你又没坐在汽车上。”

夏晴说：“我还是听米新朵讲的。”

六叔说：“难道你们那么文静的女人，也讲这些乱七八糟？”

夏晴说：“人和人，都一样，只不过表现的方式不同罢了。”

六叔哈哈大笑：“真没想到，你一个堂堂的劳模，说堕落这么快就堕落了。”

夏晴说：“从姑娘到媳妇，绝对是一个质变的过程。堕落的滋味真好，仙女下凡，那不就是堕落吗？要是我早堕落两年，那就更好了！”……

路过一块苞米地，六叔才发现，来到了萨边公社的地界。他们都饿极了，急切地想吃东西。苞米已经成熟，想吃青苞米，得仔细挑选才成。六叔就跳下马来，对着地里喊：“有人看青吗？我们要买几穗苞米！”只听一阵哗哗啦啦的苞米叶子响，从地里走出一个人来，竟然是陈南喜。

六叔愣住了：“你不是……夺权了吗？”

陈南喜说：“高兴了两天半，又让人家给夺回去了。”

六叔大笑起来。

陈南喜说：“我窝囊你咋高兴？”

六叔说：“从你身上，我看到了乾坤复位的希望。”

陈南喜说：“那个挖管线沟的活儿，还能不能续上了？”

六叔说：“时过境迁，恐怕不行了。再说，你看我这副样子，已经是落水狗了。”

陈南喜说：“你的事我也听说了。小六子，这跟我没有关系，自始至终，我没露出半个字。我倒是想出面替你证明，你的成分是有根有据的，不是你虚报冒领的。”

六叔说：“不必了，这样很好，这样我就能真实地活着了。”

六叔把新娘夏晴叫了过来。陈南喜定定地看着夏晴，直看得两眼泪花，把两只绿唧唧的手放在衣襟上蹭了蹭，看似要来握手，却垂到裤子上，向她深深鞠了一躬。

第二十四章

六叔和夏晴的婚事引起了很大轰动，并被人们添枝加叶到处传颂着，赋予了某些神话传奇色彩。经过改编的故事里，六叔正在大杨树下上吊，千钧一发之际，得了桃花疯的夏晴白马红袄，从远处翩翩驰来，就当着造反派的面，把六叔掠走了。那马半云半雾的，眨眼之间，就跑没了踪影。这种传说导致的直接结果是，“牛棚”对六叔的监管放松了，不让他再淘厕所，而且每周放他一次假。再就是良种场知道了，很快就用三十元钱把霜白马赎了回去，当成宝贝伺候着。六叔这才知道张老板的遭遇，他坚信这是一桩冤案，却也无能为力，张老板已经被押送到了劳改农场，连看他一眼都很难了。

六叔给家里写信，报告了他被揪斗的同时业已完婚的消息。他说搭救他的小女子就是他第一封信里提到的师傅，她死心塌地嫁给一个地主狗崽子，冒着阶级混线的指责，宁可劳模不当了。她还把自己的全部积蓄拿出来帮他还债，除了可歌可泣，他找不到别的字眼来描绘她。他还说，食堂是进不去了，至于开除和遣返，其实也不是那么容易的事。六叔还引用了一句列宁的话说，假的就是假的，伪装应该剥去。现在剥去了伪装的他彻底轻松了，他还了自己的本来面目，得到的远比失去的多得多。

他们没有房子，也就没有真正意义上的家。夏晴同寝的女技校生很识相，主动搬到了别的宿舍里，每次六叔从“牛棚”回来，这里就成了他们的栖身之地。在属于自己的那一小片黑夜里，他们身子精赤条条，灵魂也精赤条条。话是说不完的，而且越说越多，就像要把早先欠下的话全都补上似的。六叔总要提出好多幼稚可笑偏生古怪的问题，比如说，你小时候穿没穿过开裆裤？你最喜爱我哪个部位？你是不是和米新朵采用了非常规的竞争手段？黄凯到底揩了你多少油去？你勒奶子是不是等于克扣顾客的斤两？……夏晴被他逗得啼啼直笑，又不敢放声大笑，可宿舍的保密级别太低，有意无意中还是被人听到了。人们便说，六叔和夏晴是绝配——夏晴锈死的穴位是咋让马御厨一家伙点开的？正着说是夏晴救了马本良，反过来说马本良也救了夏晴，要不然她还像从前那么绷着，人们甚至连敬而都不敬而，只有一个远之了。

夏晴的宿舍还弥散着米新朵留下的气息，只要他们到了一起，米新朵的影子准会随时出现，挥之不去，聚散如雾，搅在他们中间。六叔心里很硌硬，就跟夏晴磨叽说："真是活见鬼。当初许曾祭奠了冯长发，才消停下来；可米新朵怎么祭奠？低头不见抬头见的，咱们还是远远离开吧。"夏晴说："我也想离开，可哪有那么容易的事呢？我的岗位就在这儿，得顶岗上班，你还是监管对象，一脚就能被踩死，我们只能这样。实际上越躲越有鬼，大家都坦然面对现实，也就没啥了。"

上班的时候，夏晴故意走到米新朵的井场上来说话。她们敷衍地拉拉手，都装作若无其事，不过尴尬之状是可想而知的。

米新朵说："夏晴，我敬佩你，这是真的。"

夏晴说："也没什么可敬佩的。我是发现了一个问题，如果我不嫁给马本良，他这个假贫农真地主就得打光棍；而我这个越来越失掉本真的劳模，恐怕一辈子都嫁不出去了。我们这是两将就。"

米新朵说："祝贺你。在咱俩之间，你是最后的胜利者。"

夏晴说："爱情有时就像一场拉力赛，坚持就是胜利。说到底，是我坚持住了，而你没坚持住。"

米新朵说："那就反过来说，我是最早的失败者。"

夏晴说："你认为马本良是假贫农真地主，还是假地主真贫农？"

米新朵说："这个我没想过，也可以说，还没轮到我想，我也就没资格去想了。"

夏晴说："你说他所做的一切，都是装出来的吗？"

米新朵说："这个我说不清。"

夏晴说："我这个劳模，是没有水分的，尽管后来别人利用我的嘴，说了一些虚头巴脑的话。马本良的成分也绝对没有水分，不管别人怎么认为，我在心里都给他划为贫农。"

米新朵说："你赢了，是因为你爱得比我深沉。"

夏晴说："咱们是各得其所。希望好好相处，心里别系疙瘩，还像从前那样。"

话虽这么说，事实上很难做到。这两对夫妇错综复杂的关系，一直成为人们的谈资，而对是非曲直的评判也各不一样。没有人能掰扯清楚谁对谁错，而且越掰扯越糊涂，最后总要绕成一个没有头绪的乱麻团。大家最为感动的，就是夏晴的一句话，她说："生活往往就像我学着骑车子，骑上去就下不来了，只能硬挺着往前走，关键是摔下来的时候，能找到软和的东西接着你，比如说，一个平时并不起眼的碱草堆……"这对夏晴对六叔，对很多人的人生轨迹，都是很精妙的概括。

根据"以男方为主"的普遍原则，三大队并不负责给六叔提供房子，况且他工资关系在萨E指挥部，本人在"牛棚"改造，家在三大队，三下扯着，三下都不落地。这种身份和当权派"靠边站"还不一样，叫"挂起来"，是让人的精神上吊。许曾和韩桂花夫妇看在眼里，急在心上，就走了一条自建公助的路子，领着钻井队和采油三大队的友人，来了一个小规模的会战，只用了一天半工夫，就为六叔他们盖起了一幢干打垒。那才叫真正的新房呢，家徒四壁，新得连房土都没干，满屋都是潮气。毕竟有了属于自己的生存空间，六叔喜不自胜，又没东西答谢，恰好崔大可送他一些牛骨头，那天晚上就在外面拢了篝火，架起一口大锅煮了骨头柿子汤，让大家品鲜。各家也知道他们的困境，各带一个菜，聚到一起来苦中作乐。

许曾高举着酒碗说："我原以为，我和韩桂花的故事已经盖了帽了，没想到，强中更有强中手，马本良和夏晴硬是从我们手里把红旗夺走了。夏晴是这片土地上最美好的女人，她的劳模称号，到了今天才算是当之无愧。我们是吃着马御厨做的饭菜，打出油井采出石油来的，哪一滴石油没有他的功劳？他们怕马御厨下毒，我们不怕，我们欢迎他'下毒'，我们都有毒瘾呢！"

众人发出欢呼。都喝酒，都舀那鲜汤喝，喝得甜嘴麻舌。

有人提议唱歌，却又一时找不到与婚姻喜庆相对应的软歌，就想起焦洪林来，都纷纷说起他的好处，说哪怕那一次不算舍身救火，这一次也算舍己救人了。最后只好选择了毛主席的词《蝶恋花·答李淑一》来附会，主要是从"蝶恋花"三个字的表义来考虑：

> 我失骄杨君失柳，杨柳轻飏，直上重霄九。问讯吴刚何所有？吴刚捧出桂花酒。寂寞嫦娥舒广袖，万里长空且为忠魂舞。忽报人间曾伏虎，泪飞顿做倾盆雨……

就循环往复地唱。那歌也是词好曲好，竟是十分的缠绵，唱着唱着，许多人都落泪了，也说不清是为的什么，千万思绪，似乎都能从那歌里找到寄托。忽然火光里出现了一队红嘴乌眉的靓女，腰肢蹁跹着踏歌而舞，那舞也正是为了这歌编排的。仔细一看，原来是晋元峰带着油田宣传队来了，蓝溪也在其中，而且是领舞，马上就把场上的气氛推到了极致。

晋元峰拖着一只跛脚，上来跟六叔拥抱。曾有好长一段时间，他也被关进了"牛棚"里，罪名就是长期偷听敌台。他辩解说："我就听了那么几年，那也不算长期呀！"这等于不打自招，于是被死死扣住不放，后来还是严、薛两位副总说话，才重见了天日。见了久违的工友和宿友，难免悲喜交加。他对在场的人说：“我不是自作主张来的，我是严凌和薛明两位副总派来的。严副总说，去给马御厨和夏晴演个专场。我还是油田的领导，有这个支配权。”

全场掌声四起，欢声雷动。

晋元峰掏出一张纸来说：“为了好朋友马本良新婚之喜，我特地写了一首诗，名字叫《碱土地上的小草》，献给马本良和夏晴，也献给千千万万大油田的普通建设者：

这样洪荒的土地，
什么什么都不存活，
有谁能理解，
来自地层深处的热情？

一切被风吹去，
只有小草站立着，
柔弱而坚定，
默默无声，
吟唱着永恒的浩歌。

霹雳野火烧过，
霜雪干旱让万物窒息。
有谁能听到，
地宫下亿万斯年的呼唤？
碱土拒绝任何生命，
唯有小草不死，
黄了又绿，
一茬接着一茬，

标注着希望的颜色……”

众人未干的泪水又被催发出来。

米新朵，这个没法参加篝火盛会的女人，隔着自家的窗户，久久站着看着听着，泪水蜿蜒而下。篝火照彻了旷野。钻塔上，油井上，串串点点的灯火亮得璀璨。

晋元峰他们没在三大队过夜。他悄悄对六叔说，他得回家陪陪秦恬。很多搞石油研究的权威人物也都“靠边站”了，实际上是秦恬他们这批小字辈在苦撑着局面。秦恬还带给夏晴一枚红发卡，虽然她们未曾谋面，却因为丈夫的纽带联结起来。

六叔这棵卑贱的小草，就这样被践踏再三，又靠着自身的韧性和偏得的雨露阳光，在碱土地上顽强地活了过来。谁都没想到运动竟会如此漫长，不过，最严重的癫痫业已过去，刘播和焦洪林先后被“解放”，甚至连崔大可都被打发回家，六叔仍然被留在“牛棚”里，勤勤恳恳任劳任怨地干着各种杂活，而且随叫随到，决不含糊怠慢。不同的是，再没有人扇过他的耳光，对他的吆喝也和缓起来，这让他很满足——毕竟他的名字还留在石油工人的花名册上，而且按月开工资。

整个冬天里，“牛棚”一眼眼炉子用的落地原油，全靠六叔用一架小爬犁供应。原油在寒冷中凝成了黑褐色的大块，装在爬犁上就像草垡子似的。六叔的狗皮帽子上都是白霜，即使这样，热气还是从帽子里蒸腾出来，迟疑着在头上打个旋儿，马上就被冻成霰子，唰啦啦落到地上。遇到堑沟，他就得把原油卸了，把爬犁扛过去，再把原油重新装上。他浑身上下都是原油，抽烟的人都远远离开他，生怕把他点了“天灯”。监管人员看他很自觉，也就不怎么监管了；越是没人监管，他越是自觉。想给他评一个模范黑帮，又没这个名堂。监管人员就感叹说，成分好的才容易刺毛撅腚哩，头上有一顶帽子压着，人就顺溜；要是戴帽管制的能占到百分之九十五，社会风气肯定就好多了。又觉得不妥，就收回来说，那可不行，要是敌我比例一颠倒，江山不就变色了吗！

如果新婚燕尔的六叔六婶能住在一处，情况那就好多了；可他们身在一地却要分居两处，这样就很麻烦。六叔的自行车被当作张老板的作案工具收缴，后来就不知所终了，这样每到周末，他常常得靠步行回家。有时候走到家里，已经是后半夜了。碰巧夏晴在井场值夜班，他只能看到她留下的饭菜和纸条；等夏晴下班回来，六叔已经走了，她看得到的也只能是他留下的饭菜和纸条……许曾深感同情，就把他的“小黑兔”送给了他。六叔十分感谢，便用屈原的模子扣自己的月饼，仰天咏叹说，路漫漫其修远兮，吾将来回骑摩托。

那天晚上回来，六叔又扑了空房，实在睡不着，就爬起来在寒夜里来回走溜子，怎么走激荡的青春之火也不能消退，就骑上摩托到井场找夏晴去了。他们就像偷情似的，在计量间的机泵后面，匆遽而狼狈不堪地进行着夫妻间的事。接班的人提前来了，这是夏晴绝没想到的。在一阵隆重的敲门声中，夏晴一把将勇往直前的六叔推开。六叔的滚滚热情全都倾泻在了水泥地面上，就红头涨脸地拿起拖把销赃灭迹。他们的丑陋行径肯定暴露无遗了，接班的人比他们还脸红呢。走在回来的路上，六叔羞愧难当，用力扇着自己的耳光说，我叫你不要脸！我叫你耍流氓！我叫你没出息！夏晴抱着他哭起来，哭着哭着又笑了，说你我多像两条狗啊，怪不得咱孩子叫狗崽子，真是没错！

他们即将生出一个地主狗崽子，这已经确定无疑了，即使拥有贫农和劳模双重身份的夏晴也不能改变这一点，尽管如此，他们还是很高兴。夏晴换了一身男式杠杠袄，这样才能把肚子里日渐彰显的内容掩盖住。为此他们开始严格控制自己，按照工艺要求，小心把握精度和力度。六叔在“牛棚”里拼命干活，就是想尽可能多积攒一点落地原油，也好早一点回家，替孕妇夏晴分担一点家务。

那天是周末，六叔正在大雪地里如牛负重地拉着爬犁，一场特大暴风雪突袭而来，就把他隔在了半路上。他和“牛棚”的直线距离只有三四里地，平时哪个炉子冒不冒烟，都能看得一清二楚。如果扔下爬犁走回去，也许没什么事；可他觉得那样很不好，很像是贪生怕死丢盔卸甲的败兵，而且对这场突然降临的灾难没有足够的估计，就坚持要把原油拉回去。暴风雪越来越大，他很快就陷入了寸步难行的险境。一歇下来，被汗水湿透的棉袄就变成了又冷又硬的铠甲。六叔没办法了，只好把爬犁上的原油块卸下来，化整为零地点着。这种来自地层深处的篝火桀骜不驯，火焰四处乱舔，又黑又浓的烟被狂风扯起老高，比古代烽火还明显。可这没用，在弥漫的风雪里，多大的烟也没人能看见。六叔把杠杠袄烧了，把棉裤烧了，把能烧的全都烧了，眼看就要支撑不住，一辆履带推土机开过来，竟是“牛棚”的监管人员……他们说，狗日的马御厨你亮膘呢。谁叫你那么较真儿？我们早就没人监管你了，你是在自己监管自己呢！

这场百年罕见的暴风雪导致了停电、停水、停气，原油凝固，管线被冻裂，几乎造成油田的全面停产。六婶夏晴从井场回到冰冷的屋子，已经疲惫不堪，想把炉子点着，可天然气已经停了，她连一口热水也没喝上，只好把两套行李全都压在身上，团成一个蛋蛋。她以为自己是睡了过去，其实是被熏了过去——她没关天然气阀门，被冻住的管线不知什么时候又通了，不是彻底的贯通，而是时断时续，天然气哧哧地涌流出来，充斥了结满白霜的屋子，幸亏门窗不严，四处透风，没能形成致人死命的浓度。

整个采油三大队只有托儿所的烟囱还在冒烟，那是韩桂花领着几个阿姨捡了一些破木头，给孩子们取暖的，为的是让大人们能腾出手来全力救灾。米新朵送了孩子，路过六叔的房前，就发现不对，风刮着碎雪，已经把他家的门封住，积起老高的雪鳞子，连一个脚印都没有。趴在窗户上一看，就明白了。米新朵喊了几声，夏晴没动静，也是一股急劲，用肘子把玻璃捣碎，就从窗户跳了进去。

夏晴伏在米新朵身上，三晃荡两晃荡，又被干冷的风一吹，就醒了过来。大家都戴着狗皮帽子，她不知道是谁在背她，用手一摸，摸到了一管精致的鼻子，这才知道发生了什么。米新朵要把她背到卫生所去，可被雪封住的路太难走了，每走一步都是挣扎，一个前失，两个女人就跌倒在雪窝子里。她们拥抱在一起，放声大哭起来。她们还能说什么呢？她们在同一块土地上采油，在同一个寝室里住着，而且爱着同一个男人，旷日持久，该说的不该说的都说过了，还有什么话可说呢？所有的话都是多余的，哭就是最好的语言了。

夏晴被陆续赶到的人送进了卫生所，打了一整天点滴，人还昏昏沉沉的。人们都说，如果夏晴没摸到米新朵的鼻子，她肯定就要摸阎王鼻子了。大夫则说，即使她没事，她肚子里的孩子恐怕也要留下后遗症，最好的办法就是做了。夏晴一听，扑棱就从病床上跳下来，她说，这绝对不行。别看我怀的是狗崽子，可那是我们爱情的结晶，谁敢动一动，我就敢跟他拼命！

六叔身上既有冻伤又有烧伤，在“牛棚”里发着高烧。监管人员看看问题很严重了，就往总指挥部打电话。薛明知道了，立刻派杜希金把他接到油田医院来抢救。杜希金和蓝溪也结婚了——趁乱结婚生孩子，已是大多数人的明智选择。虽然他们也顶着一幢房子，可基本上不开火，蓝溪到处演出，在家吃饭的时候极少，杜希金就更不用说了。薛明对杜希金说：“小杜你给我听着，只要你活着，马本良就得活着；别说刮风下雪，哪怕老天下刀子，你也得把马本良接来，这是命令！”杜希金也不含糊，找了一辆大卡车牵引着他的破威利斯，硬是在大雪地里拱出一条道来。结果六叔被及时送到了医院，那辆老古董也散了架子，再无修复的可能，更无修复的价值，从此在这片大荒野上消逝了。

六叔被推进病房的时候，严凌也来了。他眉头紧锁，在走廊里来回踱步。因为六叔是工人，还因为他是被监管的阶级异己分子，只能挤在十多人的大病房里。严凌叫住值班医生说："假如我这个走资派病了，应该住哪个病房？"医生指了指一个上着锁头的单间。严凌就发火了，说他奶奶的，我们舍生忘死闹革命，就是要缩小差别，直到最后消灭差别，怎么还要在病人之间制造差别？我这一级的副总指挥能坐满一张桌子，而马御厨只有一个。那些想打倒我的家伙，连做梦都想取代我，可谁能取代马御厨？马御厨是无可替代的，让他去刨厕所拉原油，这是焚琴煮鹤啊。你们把这间病房打开让他住，就写上"走资派严凌专用"，我看谁敢怎么样！

院方不敢不听，就把六叔安置到高干病房里。

六叔在风饕雪虐里扛了过来，完全是虎口逃生。后来"牛棚"的人说，那台推土机是迷失了方向，偶尔闯去的，紧要关头，被他们派了公差。是六叔身上那种无论逆境顺境从没动摇过的忠诚，让他们没法不挂记他。

"牛棚"派不出人来护理，焦洪林就把吕勤久派来了。当年火灾的真相被披露之后，焦洪林觉得很对不起吕勤久，让他背了那么多年处分，恨不能给他跪下磕头。吕勤久却说，你帮助我那么多，就是我的恩人，我又没别的办法报答你，这样就算扯平了。

严凌第二次来到医院，吕勤久正在给六叔洗脚。他并不认识吕勤久，就问："你是陪护的？"吕勤久笑笑说："连护理带监管，都有啦。"严凌笑得很凄惨，说："是得好好监管，别让马御厨跑到帝修反那边去，他们肯定热烈欢迎，如获至宝，说不定会因为他掀起一场饮食革命呢。"吕勤久说："这么好的人，因为一个成分，这辈子就算完了。"严凌说："成分算个球？成分还不是人定的嘛。再说，御厨就是给人家做饭的，除了炒勺是发给个人的，连锅碗瓢盆都是人家的，怎么能定得上地主？又离开宫廷多年，简直就是胡闹嘛！"这些话六叔也听到了，但这有什么用呢？成分就像孙悟空头上戴的紧箍，而且对于接茬的人来说，那是从娘胎里带来的，自己要想摘掉它，除非把头割下来。

运动虽说仍然花头迭出，却也不咸不淡了。红卫兵兴犹未尽，却又发现造反的目标过于虚妄，学校没法再待，就全员转业，很悲壮很无奈地当了知青，上山下乡插队落户去了。“牛棚”改名为五七农场，六叔这个阶级异己分子也终于被打发回来。刘播重新坐到了自己的椅子上，他看着六叔，六叔看着他，正所谓不死扒层皮，两人酸楚地嘿嘿着，都不知道该说什么是好。

还是六叔先说话了。他说：“我对不起你，我欺骗了你。”

刘播说：“那叫什么欺骗？起码，我不认为那是欺骗。就算是欺骗，也是善意的。”

六叔说：“其实我也并不算欺骗，事情你都知道……”

刘播说：“过去的事就别提了。既然暂时不能进食堂做饭，那就先回三大队吧，也好照顾夏晴。等到她生了孩子，看看形势如何发展再说。”

就是这样，劫后余生的六叔绕了一个大圈子，到底还是带着祖传的手艺，也戴着祖传的帽子，铩羽归来了。他带着简单的铺盖，骑着许曾送给他的“小黑兔”，从那条被各种型号的车辆压得七裂八瓣的渣油路上，回到了他生活的起点。

这时的采油三大队到处都弥漫着喜迎“九大”的歌声：“长江滚滚向东方，葵花朵朵向太阳。满怀激情迎九大，迎九大，我们放声来歌唱，我们放声来歌唱……”这歌也是焦洪林教的，尽管人们肚子里都是萝卜白菜，还没打过几个像样的饱嗝，可还是把希望寄托在一次次大会上。焦洪林渐渐醒悟，人不能总和人斗，人只能和自己斗，便把锐利的斗志转移到自我革命上，在六叔家的山墙上刷了醒目的大标语：革命加拼命，拼命干革命；革命不拼命，要命有啥用！他的事没有任何结论，不过人们都认为，他和夏晴都没戏了——他没被降职，却也不会再得到提拔了；而夏晴的劳模形象随着她嫁给六叔这样一个隐瞒成分的地主子弟日渐虚淡，她摇身一变，竟然十分世俗起来，对油盐酱醋茶特别关注，跟专心过好小日子的那类妇女没什么两样。焦洪林未免替她惋惜，有一次就启发诱导说："你想没想过，让老劳模有个新发展，比如说，练练那种蒙着眼睛用手摸料的绝招。"夏晴说："我干好本职就不错了。再说，我又不瞎，练那个干什么？谁愿意摸就让谁摸去，我才不摸那玩意儿呢！"

焦洪林还以为听拧了，愣在那儿玩味了半天，才懂得了她的决绝。焦洪林于是哈哈大笑起来，眼泪都笑出来了，对于一向神态庄严的他而言，这么爽朗地一笑也是很难得的。他说："很好，这就是老劳模的新发展嘛！"

那一气正搞斗私批修，提倡灵魂深处爆发革命，人们全都搜肠刮肚地进行自我批判。这天崔大可家里的天然气管线出了问题，火一下子就蹿出来，把厨房的屉布都燎着了。崔大可反应极快，一个箭步跨出去，愣怔了好半天才想起来，屋里还有老婆孩子呢。虽说后来的事情有惊无险，米新朵却不干了，在他的脸上挠了好多西瓜道，又哭又闹的，非要离婚不可。大家知道了细情，也都指责崔大可不对，他却说："我寻思，逃出一个是一个呗。"这话从理论上讲也不无道理，可事情毕竟上不得台面，三大队就把这事儿作为重点进行批判。焦洪林严正指出，一个人要是太自私了，那就不好办了——跟自己的亲人尚且如此，何况跟别人呢？关键时刻，生死关头，资产阶级世界观和人生观肯定得露馅。崔大可就刺刀对内，猛砍猛剁，说了好多触及灵魂的话，总算勉强过关了。

轮到了蔫豆子吕勤久，他嚅着一张笨嘴，好半天也吭哧不出来什么。而说不出来什么，那也是过不了关的。

焦洪林说："好好想一想，其实谁都有过私心杂念，哪怕只是一闪念，封资修那一套无处不在，无孔不入。"

吕勤久脸色通红，忽然鼓足了勇气说："我有严重的资产阶级思想，晚上睡觉做梦，梦见了……”

忽然又停下不说了。会场的人被吊足了胃口，都催促他快说。

吕勤久哭起来，他说：“我梦见了革命京剧样板戏里的李铁梅。”

焦洪林说：“这很正常嘛，说明样板戏深入人心，也说明你想英雄学英雄梦英雄。”

吕勤久哭得就惨烈起来，大声说：“事情并不是那么简单。我在梦里，把李铁梅给……糟蹋了！”

场上登时大哗。有人乱骂，有人笑翻了。

吕勤久又补充说：“不是强迫的，是两相情愿的。”

焦洪林脸色变得难看起来，他说：“吕勤久，你他妈的傻呀，有些事是能说的，有些事是不能说的，就是刀架在脖子上也不能说。”

吕勤久说：“不是提倡斗私批修完全彻底嘛，藏着掖着，不完全彻底，就是对伟大领袖不忠！”

焦洪林急了，说：“你成天低头耷拉脑的，蔫屁都不放一个，结果越憋越臭，一放出来，熏倒了一大片。你活来活去，咋越活越糊涂呢，连仨多俩少都不知道了？”

吕勤久说：“谁不越活越糊涂？你不是也一样嘛。斗私批修是对的，说出来好，心里敞亮，省得我整天就像偷了别人东西似的，都不敢抬头见人了。”

焦洪林无话可说了，最后只好叹口气，挥挥手宣布散会。大家走到门口，他又添了一句：“家丑不可外扬，这事儿谁都别往外说！”

“九大”开过了，铁人当选为中央委员，受到了毛主席和周总理的亲切接见。可大会是林彪作的政治报告，并以接班人的身份被写进了党章。那个用恶狠狠的口气点名批评他的张春桥，还在主席台靠中间的位置坐着呢，这就让他看不懂了。

诸多看懂看不懂的事情都在发生着发展着。广播里报纸上总是说，形势大好，不是小好，而且越来越好。形势大好的重要标志，就是天下大乱，乱字当头，不乱不治，以乱求治，乱了敌人，锻炼了队伍，团结教育了群众。还总以北方油田为例，说无产阶级“文化大革命”以来，石油年产量不断增长，已经达到了两千多万吨，占全国总量百分之七十多，而且盘马弯弓，拉开了持续蹿升的架势。铁人作为特邀代表，到北京去参加抓革命、促生产会议，当着几位中央领导的面，站起身大声吼了起来。他说：“形势大好，好个狗屁！我们那儿，地下水都快淹到了脖子，一个特大油田眼看就要毁了！”说着还用手掌在脖子上抹了一下。原来，造成地下水侵渗油层的原因，就是大批技术人员“靠边站”，不懂技术的人当了权，不仅乱揪乱斗“漏网走资派”，还牵涉到了基层干部，揪斗到了“小爬虫”这一级。说到这些，铁人竟然落泪了。尽管事后有人说他“告御状”“老保翻天”“散布今不如昔”“否定‘文革’”，他的声音还是得到了中央领导的重视，立刻下发文件，对症下药地解决北方油田存在的问题。

秦恬这位“女臭老九”，就是这顶保护伞下的幸存者。她始终埋头科研，带领一个课题组，经过八千多次现场观察，对二十多项资料、三十多万个第一手数据进行对比分析，发现油田水淹的原因是传统的笼统注水法造成的，等于不分油层的厚薄，一概猛注。后来研制了油水井分隔器，采用分层注水，分层采油的新工艺，局面很快被扭转了。

那天晋元峰演出从三大队路过，正遇见挺着大肚子的夏晴收工回来。晋元峰就叫车停住，下来跟夏晴说话。

晋元峰说：“身子都这样了，干嘛还不休息？”

夏晴说：“队里人手不够，干部们都在顶班。”

晋元峰说：“秦恬问你好呢。马御厨咋样？”

夏晴说：“还能咋样？就那样呗。”

晋元峰说：“美国人终于登上月球了。”

夏晴很吃惊："真的吗？"

晋元峰说："我还是借秦恬的光知道的，为了及时掌握科技资料情报，允许他们经常偷听'敌台'。这事儿你得跟马御厨说一声，我们在八年前就谈论过。"

夏晴凄笑一下说："你看看，人家都到月亮上去了，咱们还在扯这个。月亮上到底是啥样？"

晋元峰笑了："啥样咱也没上去过，我估计，也就跟咱这地方开发之前差不多。"

夏晴叹息说："秦恬是真正的嫦娥。我这个嫦娥身子太重，飞不上天了，只能留在地上，过老百姓日子了。"

夏晴这么说不是悲观，而是看不到任何光亮。六叔既不属于"漏网走资派"，也不属于"小爬虫"，陆续被解放的人员里根本就没有他这类。他依然在生活的最底层蹭蹬，被安排在修井队，整天油渍麻花的，成了名副其实的油鬼子。其实修井队的人也不在少数，可他和别人不一样，他是被贬下来的，虽然别人不说，他也知道自己的异己身份，处处矮人三分。只是在休班的时候，总不断有人毕恭毕敬地请他上灶，应付婚事啦、生日啦、老乡聚会啦……这时的六叔才露出他那从容裕如的微笑，举重若轻地说："好吧，我去。有什么呀，不就是掂对着做几个菜嘛。"

这年的秋夏之交，六婶夏晴分娩了。是难产，婴儿坚持自己的创意，先伸出一只脚来，好像要试探一下落脚的地方，这显然是不大可能的，又被送了回去。夏晴流了好多血，不过她表现得很坚强，自始至终没露一个哭音儿。母亲和婴孩都在生死线上挣扎，六叔等在干打垒外面，如聆上帝的宣判，一会儿打哆嗦，一会儿出虚汗，就像发疟子一样。就在这时候，焦洪林来了，他身后还跟着一大帮人。六叔就诧异了，心里嘀咕说，这也不是群策群力搞大会战的事情啊，连啦啦队都是多余的。焦洪林面带笑容，离老远就向他伸出一双手来说："马本良同志，祝贺你啦！"六叔说："先别祝贺，还没生出来呢！"焦洪林说："不是这件事，是那件事——刚刚接到了电话，你父亲的地主成分属于错划。现在经过上级有关部门的审查甄别，已经正式改为贫农啦！"焦洪林是不会撒谎的，甚至连玩笑都不会开，六叔就有点发蒙，嘴上喃喃着，也不知道在说些什么。忽然醒过腔来，嗷地叫了一声，就像被烫着了似的。他用手敲敲挡着窗帘的窗子，大声喊道："儿子，你咋还不出来？你他妈的还怕啥呀？你出来吧，咱是贫农啦！"说来也巧，只听里面一声响亮的啼哭，我堂弟马皎然降生了。

事变来得太突然，六叔没有准备，尽管他几经锤炼，还是免不了失态。他一屁股坐在了泥地上，像撒泼的妇女那样号啕大哭起来。他先哭爹，爹呀爹呀喊叫一气，又哭儿子，儿呀儿呀叨咕起来没完。他在外面哭，夏晴和孩子在屋里哭，哭声相互策应着，把在场的人全都感染了。

后来才知道，我老家燃油吃紧，地区革委会主任坐不住了，亲自出马到油田上来跑油。有了中央批示，严凌的腰杆硬了起来，一边陪客人吃饭，一边抱怨饭菜不可口，仍然属于忆苦饭的性质。三句两句，就扯到了六叔身上。严凌说："那么多外国来宾，都排着号要来咱北方油田看看，现在已经打了招呼的就有柬埔寨国家元首、坦桑尼亚总统、委内瑞拉国民议会副议长、缅甸总统等，而我们的'御厨'却戴着阶级异己分子的帽子在下边改造，真是岂有此理。好好的人，非说有下毒的可能；假如总这么播种仇恨，那才是逼着好人下毒呢。"严凌不说给，也不说不给，甚至连个油字都不提，派人陪着他，在广袤的油田东转西转的，就那么抻着。革委会主任也很突出政治，但没有石油什么都玩不转，打回去一个电话，那边就把电报发过来了。电文极其简单：经我地方革委会专案组调查甄别，马本良的父亲马顽石系错划地主，现改为贫农成分。于是，石油问题马上就解决了。

六叔往老家打电话，我父亲还不相信。他说：“兔子大的人都没来过一个，怎么能说改就把成分改了？不是骗人的吧？”六叔说：“这成分那成分的，其实也就是一句话。可这一句话，是用多少吨石油换来的啊，我欠油田的太多了。”我父亲说：“这么说，我再也不用敲锡锣游街啦？”六叔说：“再也不用了，中国人民站起来了！”我父亲说：“可我习惯了啊，我不在人前低着头走路，腿都迈不开。”六叔良久无语，后来就说：“大哥，我要回家啦！”

离开家乡九年半，六叔带着六婶夏晴和刚刚满月的马皎然，几经换乘，终于站到了家乡的老榆树下。六叔清癯如许，形象却仿佛被岁月涂旧了，我们都不大敢确认这还是不是原来那个六叔。全后沟村的人都来争睹六婶的风采，夏晴不是特别漂亮，却有着亲切善良质朴无华的韵味，一颦一笑，都像是为后沟村定制的媳妇。我父亲偷偷对六叔说：“这个多好，看着多顺眼，幸亏你没把那个西洋小叭儿狗领回来，乡亲们还不得瞥咱。”六叔说：“你是没见过那个，其实那个……”话不好往下说了，就此打住。回头又对夏晴说：“师傅，你看你多善于伪装啊，当师傅像师傅，当劳模像劳模，当媳妇像媳妇，你不是隐藏在善良百姓中间的女赫鲁晓夫吧？”夏晴笑着捶他，骂他缺德，守着家人还叫师傅，让人多难为情！家乡的五谷让她的奶水旺盛，奶香飘溢。涨得太厉害，晚上她只好求六叔帮着嘬嘬。六叔嘬得眼泪汪汪，他说：“你让我想起了我妈妈。现在，你所有的角色都齐了。”

在家人的陪伴下，六叔带着妻子儿子，到爷爷坟上祭奠来了。对着那一抔黑土，六叔保持着出奇的平静，或许他流了过多的眼泪，不想再对死去的父亲表现出软弱委屈的一面。倒是我父亲哭得一塌糊涂，他说：“爹呀，小六子回来看你了，小六子挺不错的。全国人民早就翻身得解放了，可咱家刚刚翻身得解放，足足晚了二十多年；你挣来的那顶屎盆子，到底被我老弟摘下来，扔到太平洋去了！”六叔捅捅我父亲，提示说：“连同国家贫油的帽子一起。”这样就有些不严肃了，我父亲只好补白一句：“爹呀，我说不清，还是让小六子自己说吧！”六叔这才哭出来，那哭声如同云雀直蹿到天上去，又跌落到地上，泉水一般四处泼溅开。

返回的路上，六叔他们恰好遇到了陈南喜一家。两辆汽车在山路间错肩而过，这情景让六叔大有沧海桑田之慨。陈南喜做出了惊讶的口型，却没发出声来。这一回六叔运足了丹田之气，对着陈南喜的汽车大声喊道：“喂，我可是贫农啦！我早就应该是贫农，谁再想欺负我，姥姥！”

陈南喜没能听清六叔的话，只有“姥姥”两个字在山峦之间涟漪般回荡着。

第二十五章

这年冬天，刚刚在北京大声疾呼过的铁人，因为积劳成疾得了胃癌，在解放军301医院里逝世了，仅仅活了四十七岁。他说过“宁可少活二十年，拼命也要拿下大油田”。现在，他果真践誓而去，少活了不止二十年。寒冷的北方一片缟素，全油田的人都很悲痛，所有钻井队钻塔上的小红旗都降下一半表示致哀。那几天许曾都没怎么吃东西，他说：“铁人是爱设备拼自己，他把自己的寿命匀给咱了，跟他一比，我愧得慌。”

晋元峰在复刊后的《战地报》上发表了一首诗——《铁人的免冠照片》：

终于摘掉了头上贫油的帽子

抬起头颅
凝成一幅国字号，是
金属的民族徽记

横眉冷对，气宇轩昂
像你两条豪言壮语
一是多快好省建油田
一是甩掉石油落后的帽子
左边是手段，右边是目的

一对深刻的丛式井
笼罩着西北风沙的地貌

单眼皮下稀疏的防护林
围着含情的老井，不让
水土流失

禁闭的井口
像春风不度的玉门
一切时空凝固、沉默
有口无言
你竖起硕大的耳垂，在听
第一柄地质锤寂寞的敲打声
还是在听当年会战的号子
你的相貌凸凸凹凹

鼻子高高
似一座井架的浮雕

赤金制造的酒窝
还存有酒泉的酒香啊

最后的免冠照片
是一幅冷艳的油画
龙的传人，不忍心在你的头像边
涂上原油似的黑框……

由于这首诗情感的真实和样式的别致，很多人都争相抄诵，晋元峰的名字也因铁人而响了起来。

那一阵子，晋元峰就忙于写欢庆和声讨的节目，由文工团到处演出，在全油田巡演一次，就得个把月时间。有一次，团里套排革命样板戏《沙家浜》，蓝溪当仁不让地出演了阿庆嫂，一个跑龙套的临时请假，晋元峰就串演了胡传魁的喽啰兵。其实只有一句台词："司令结婚，让我站岗，这叫什么事呢！"晋元峰一瘸一拐地上了台本来烂熟于心的话，偏偏就说错了。他说："司令站岗，让我结婚，这叫什么事呢！"台下哄堂大笑，说这人不懂好赖了，结婚还有意见？有多少老会战找不上对象，巴不得呢！

油田总指挥部乘中央批示的东风，把该撤的都撤了，把该提拔的都提拔了。许曾任钻井七纵队纵队长，刘播当上了萨E采油指挥部的一把手，连小车司机杜希金都当上了副科级干部。杜希金的聪明能干，早就得到了人们的公认，何况薛明对他深怀感激之情。在他被揪斗的日子里，是杜希金冒着极大的风险，保护了他和他的全家。六叔的"落实政策"，不过就是回到了食堂，继续当他的厨师。刘播也有提拔他的意思，六叔说："有科级厨师、处级厨师吗？有我就干，没有那就算了。"刘播觉得也真不好办，就把这事撂下了。尽管在批林批孔那一段，有人说这种人事安排就是"兴灭国，继绝世，举逸民"，可说归说，做归做，权力的比例还是发生了很大变化，"走资派”们从炼狱里爬了出来，伤疤还没长好呢，就来整饬被破坏的油田秩序了。

刘播给六叔解决了一户房子，让他把家搬到萨E指挥部来。利用这个转机，夏晴找到刘播，要求调换一下工作，理由是被天然气熏过，常常头疼发晕，没有了往日的成色，只怕给劳模的称号抹黑。刘播笑了，说：“你不就是要找个软乎的草垛下车子吗？这很简单。”就让她到指挥部机关来打水扫地，还兼管为职工家属分发避孕药具。她真是爱岗敬业，干一行爱一行干好一行，连一个暖瓶都没打过，也从来没往家里提过公家的开水。只是国家渐渐发现，这场革命没见到别的成效，却导致了人口的过度膨胀，越来越大的分母把一切可以引为自豪的数字指标全都化解了。这样就不得不采取紧急刹车的办法，避孕套就随之泛滥起来，几至俯拾皆是的程度，也被未能免俗的夏晴吹成气球，缚在我堂弟马皎然的摇车上，让他在这种奇特的气球掩映下茁壮成长。

这年春夏之交，华罗庚带着学生来讲统筹法，这个学生恰恰就是当年在良种场那个放马的学生，下了车就打听马本良马御厨在哪儿。负责接待的人就派车把六叔接来，两人见了，都有劫后余生之慨。聊到张老板巧治马吞铁的事，六叔就没法回答了，编个谎话蒙他说：“张家生请探亲假回家了，等他回来，一定把好带到，也让他好好学学统筹法。”

六叔很想张老板，就去走周密的门子，想到劳改农场看看他。周密已经当上了油田保卫部的一名科长，实权在握，办这种事根本不在话下。碰巧的是，原告良心发现，终于道出了事情的真相，原来她被公社革委会一个副主任长期奸污，孽种生根发芽，担心显山露水，正好张老板赶上，就掘了个简单的陷阱，把张老板窖住了。他的案子很快就翻了过来，这几天周密就要去接人了。

六叔他们皆大欢喜，就串联起来，一起到萨尔图去接站。这天正好薛小楠到北京读工农兵大学，薛明并没派车送他，而是让杜希金用自行车推着行李送到了火车站。薛小楠一路上都没说话，杜希金还以为他是生父亲的气，因为另外几个同学，都是有门路的家长找了汽车送到站上的。

杜希金说：“小楠，你别生气，你爸这么做是对的。”

薛小楠还是不吭声。

杜希金说：“是不是离开家乡和父母，你心里不好受？”

薛小楠露出一抹讥讽的微笑：“你咋知道不好受？我太好受了，从来就没这么好受过。”

不知从什么时候开始，薛小楠经常对杜希金出言不恭，杜希金并不在意，可薛明却觉得他缺少教养，甚至倚仗父亲的权力，对人没有足够的尊敬，就大声呵斥薛小楠：“你怎么能这么跟杜叔叔说话？你以为你是谁？你就是普通的石油工人后代，别指望着借我一点光！”

薛小楠说：“我并没借你的光。我上大学，是因为我表现好，功课好，基层的群众推荐的，很多人甚至都不知道我是你的儿子！”

薛明还想教训几句，却发现已经到了车站，众人纷攘的，就把余怒压下了。

六叔他们几伙人碰到了一起，就在站台上，大家寒暄着。

南下的列车进站了。周密竟是一个人回来的。他说：“张老板先回老家了，他还没请过探亲假呢。而且他不想再回油田了。”

薛明流露出一丝不悦：“他这是跟谁置气？他有想法，这是可以理解的；可那么多人都没犯事，偏偏就他犯事，这说明了什么？”

众人都不吭声。

焦洪林笑笑说：“首长批评得对。”

其实大家也都知道，薛明对焦洪林小火不救救大火，用不真实的英雄主义感动领导的事也很气愤，曾对刘播检讨过用人失察，并力主把他刷掉。刘播却说，焦洪林功大于过，在后来的紧要关头，站到了正确立场上，还是可用的。

站台上的人纷纷上车。

薛小楠忽然对父亲说："爸爸，我走了，再也不想回来了。"

薛明很震惊。六叔他们也怔住了。

薛明说："儿子，你是这片碱土地养育大的，血管里都流淌着石油，怎么能说这种话？"

薛小楠说："其实，我张叔叔就是被你这样的人送进监狱的。"

这话让在场的人全都吓了一跳。由于薛明的庄严和忙碌，他们父子之间平时很少交流；可这种话太狠了，好像一把撒手锏，临上车才甩出来，可见薛小楠也是预谋已久的。

杜希金说："小楠，别胡说。张老板不就是帮你捡过粪嘛！"

薛小楠刹不住了，接着又说："爸爸，你应该想一想，这个世界上，不止是咱们在开采石油，中国也并不止是就你们在革命……"

薛明走近儿子，看似要抚摩他的肩头，忽然扬起手来，狠狠打了他一耳光。

薛明说："你这个白眼狼，喝着油珠子长大的，竟然敢说这种忘恩负义的屁话！你滚吧，再也别回油田来，油田不欢迎你这种吃里爬外的人！"

站台的电铃响了。薛小楠登上车梯，一侧脸上还枫叶般红着，又转过头来，目光坚定，一字一顿，就像射钉枪一样，把每个都射进了薛明的心里。他说："爸爸，你多保重。我真的不再回来了，除非你退休以后！"

南下的列车徐徐开动了，薛明目送列车远去，忽然流泪了。那一刻，他显得那么苍老，那么哀怜无助，好像真是一场诀别，从此再也见不到心爱的儿子了。

六叔往张老板老家写了两封信，都没有回音。六叔怅怅地，颇有春树暮云的滋味，叹息说："这半辈子我只对不起一个人，那就是张家生。"六婶夏晴说："你又没怎么着他，有什么对不起的？"六叔就乜视她说："我是替你对不起，你咋就不觉味呢？"夏晴就默默反省着，俯在枕头上，流了好多不胜今昔的眼泪。六叔看看惹了娄子，就上来哄着说："不怨你，你也就是傻狗不识嗾。"夏晴坐起来，咚咚地擂着六叔的胸脯子说："你怨我，我怨谁？'三五八'是焦洪林的点子，当时我也是拥护的，一半出以公心，一半出以私心。董存瑞英雄不？也没见人们都学他举炸药包。你把责任都推到我身上，这公平吗？当时形势就是那么个形势，你咋还冒充贫下中农呢！"六叔理屈词穷，就在夏晴的脸上一顿猛啄，说："好媳妇，我就是跟你这么说说，你别当真。不跟你说，又跟谁说？不说说我心里堵得慌。"

那以后，六叔埋头于厨房，稳定而安全地生活着，社会上所发生的一切他都不怎么关心，不过再也没人对他说咸道淡了。闲着没事的时候，夏晴常说，当贫农的滋味真好。感叹过后，又陷入了痛苦的思辨，没话找话地和六叔探讨。

夏晴说："有些事真让人闹不懂。你到底是假贫农真地主呢，还是假地主真贫农？或者本来就是真贫农？"

六叔说："这重要吗？我穿着这件衣服是马本良，换了那件衣服，还是马本良。"

夏晴说："你把衣服都脱了呢？"

也是天热穿得少，六叔真就把衣服全脱了，说："这就叫赤条条来去无牵挂。"

夏晴掂了一下他的玩意儿说："无论贫农还是地主，这个都是一样的。"

对于夏晴这套形而下的理论，六叔又好气又好笑，立刻予以迎头痛击，顺势把她掀翻在炕上，动手胳肢她。夏晴痒得撑不住，就满炕骨碌，骨碌来骨碌去，两人骨碌到了一块儿，火烧火燎的又找不到药具，情急之中，就去解缚在摇车上的白气球。不想把摇车里的马皎然弄醒了，他哇哇大哭起来，抱住那劳什子，以誓死捍卫的架势，说什么也不撒开。

六叔正式转正为贫农，还没来得及体会优越感，一连串让他懵懂的日子就来了。林彪出事的时候，六叔吓了一大跳，还赶忙去掩别人的嘴呢，直到这事儿已经确定无疑，他还傻乎乎地说，不会吧？他图啥呢？谁这么干他也不该这么干呀，他太着急了！邓小平出来主持工作，他又说，老邓不是二号走资派吗？他出来能行吗？后来邓小平又被打了下去，他又说，可惜了可惜了，刚刚见了点儿晴天。毛主席逝世，六叔夫妇哭得死去活来，甚至觉得，天要塌下来了。接着“四人帮”垮台了，人们都敲锣打鼓出来游行，六叔说，这事儿咋不像是真的呢？四个那么大的家伙，能一下打倒吗？怕不会哪天再会支巴起来吧！

那天晋元峰来找六叔喝酒，漫天漫地闲聊，两人酒下得很猛，很快都喝潮了。晋元峰感慨唏嘘，忽然就扇起自己的耳光来。夏晴吓坏了，就忙着给他灌醋。

晋元峰说：“我没醉，你看我醉了吗？我就是恨我自己，写来写去，都是跟风，转圈忽悠。有一个故事，说的是一只得谁忽悠谁的小猫，早晨起来，看见了头上的太阳，就赞美说，啊，太阳，你真了不起呀！太阳说，我不如云彩，云彩能把我遮住。小猫就赞美云彩。云彩又说我不如风，风说它不如墙，墙说它不如耗子。小猫居然赞美起耗子来了，你瞧，这多有意思！耗子很不理解，就说，你要吃我就吃呗，干嘛还要忽悠我！”

六叔听出了个中酸涩，就笑。

晋元峰说：“头些日子，我还写过‘批邓、反击右倾翻案风’的文章和节目呢，现在又掉了过来，整个换了一副嘴脸，用的是完全相反的腔调。你看，我成什么人啦？简直就是不折不扣的伪君子、风向标。连秦恬都耻笑我，说我祸害稿纸，写了一大堆文字垃圾，没有多少能站得住的。虽然我耳边也常有表扬和掌声，可我心里很虚，就觉得脚底下不稳，想不到我来到油田这么多年，还是一根无根草！”

六叔说：“这不怪你。大家都那么样，你又能怎么样呢？”

晋元峰说：“这话不对。怎么能是大家都这样？你知道吗，悼念周总理的时候，薛小楠就在天安门广场。他，还是个孩子啊，却表现得慷慨大义，结果被抓进局子，关了一个多月，差点儿就判刑了。这些连薛明都不知道。可我那时在干什么？我还在跟着上边批林批孔批周公呢。《天安门诗抄》为什么就没我一首？我愧对这片土地啊！"

六叔说："你想得太多了。你看，尽管是十年动乱，咱油田还是节节蹿高，现在已经年产石油五千多万吨了，占全国总量的一半，你还要怎么样？"

晋元峰说："正因为是这样，我才觉得对不住这些流血流汗的弟兄。你马御厨提供的是物质食粮，我提供的是精神食粮，咱俩实际是一码事。你对自己严格要求，我就不能对自己严格要求？从此，我要改辙了！"

晋元峰喝光了杯中的酒，也喝光了碗里的醋。他踉跄着走出干打垒，对着月亮撒了一泡长尿，然后学着古人那样吟哦道："花间一壶酒，独酌无相亲。举杯邀明月，对影成三人。月既不解饮，影徒随我身。暂伴月将影，行乐须及春。我歌月徘徊，我舞影凌乱。醒时同交欢，醉后各分散。永结无情游，相期邈云汉。"他把皮带针准确无误地放进了那个标志着腰围的孔洞里，又系好了裤门上那几颗难度较大的扣子，摇晃了一下，就倒在院子里睡了过去。

六叔抓瞎了。他和夏晴半拖半抬，总算把晋元峰弄进了屋里。六叔知道，即便他们是很好的朋友，可彼此还是无法走进对方的内心世界，从本质上讲，他们都是孤独的。夏晴在一旁投着手巾，一面磨磨叨叨地说："搞石油专业多好，非得扯这个，结果把个好端端的人弄成了半疯，不但老婆孩子跟着操心，朋友也跟着捏一把冷汗。"六叔马上顶回去说："你懂个屁？夏虫不可语冰，你老实待着吧。"夏晴很是委屈，辩解说："跟你结婚真跌份儿，师傅做不成，连名字都给篡改了。谁叫夏虫？我叫夏晴，灌二两猫尿，连自己老婆的名字都记差了。"六叔又嘿嘿赔笑，赶紧上前抚慰说："师傅你可别生气，我一着急，说秃噜嘴了。"

严凌家里来了客人，又不好往食堂领，那样就有假公济私的嫌疑了。下饭店更不合适，除了外地客人没办法，本地人还没有下饭店一说。严夫人看着锅灶直劲发愁，就给刘播打电话，说能不能把马御厨借给我家用几天，好歹帮我过了这个难关。刘播还有什么可说的，不仅把人借了过去，还让人送去一些鱼肉时鲜，这样没费什么事，在自己家里，悄悄就把客待了。客人住了三天，六叔伺候了三天，每顿都七荤八素的换着样做。客人吃得高兴，严凌就更高兴，把六叔叫到桌子上与客人共进。六叔坚决不肯，他恪守着祖上的规矩，非要躲在厨房里，吃一些剩下的饭菜尾子。严凌很不过意，那天亲自下了一碗挂面让六叔吃。六叔感动得不行，说您这么大的首长，还亲自为我下挂面，我真是……六叔竟然哽咽起来，一哽咽，严凌也被感动了。他唏嘘再三说："小鬼呀，真是家有千金，不如薄技在身。你看，从会战初期到如今，光是我知道的，你干了多少独当一面的事？不能总待在下面，现用现叫，干脆调到上面来吧！"六叔说："我听从组织分配。"严夫人很不过意，从箱子里翻出一块布料，非让六叔带上送给夏晴。六叔坚辞不受，连连说："不用不用，我帮你做着饭，可也开着工资哪！"

六叔家就从萨E搬到萨尔图来了。

我六婶夏晴还是干勤杂，给机关工会打水扫地，收收发发。凑巧的是，蓝溪年龄大了几岁，不大适合继续在舞台上蹦跶，干脆就改了戏路，下来做了工会干部。实际上蓝溪和夏晴还是很要好的，可那个杜希金一步三蹿，眨眼之间，竟然干到了副处，调到新建的化工厂当了头头。大概是双方的地位越拉越远，蓝溪有意无意间，就带了矜持的味道。比如说，夏晴给她倒水，她假装看报，竟然不哼不哈的；夏晴拖地，她甚至连脚都不抬……夏晴回家就跟六叔叨咕，说："蓝溪算什么东西？一个戏子，不就会伸腿拉胯比画那么几下子嘛。她既不是江姐，又不是江青，凭啥牛逼哄哄的？"六叔说："不会吧，那是你多心了。"夏晴说："她那是夫贵妻荣，跟咱装大瓣蒜呢！"六叔说："既然你眼气她，当初干嘛还要嫁给我？要不等到哪个老处长死了老伴，你去填房，直接就干上处长夫人了。”夏晴就攥着笤帚疙瘩，抽打起六叔来。六叔不吃眼前亏，撒腿就往外跑，哪知夏晴紧追不舍，从干打垒房子的前头追到后头，还憋不住笑，惹得人们都从窗子里往外探头探脑地看热闹，还有人给夏晴当啦啦队，说师傅打徒弟啦，严师才能出高徒呢。他们气喘吁吁地回到自己家里，夏晴赚足了面子，扔了笤帚疙瘩，把六叔抱住，然后咬着他耳朵说：“你咋还向着她说话？是不是你们有过那种事？”六叔说：“有，你能咋着？”这下夏晴无话可说了，一屁股坐在炕沿上，哀叹一声说：“就算是真干了，那也没什么不对的。蓝溪这样的娘们儿，不干不足以平民愤！”

那天六叔去给机关小灶食堂领取工会福利品，无非是肥皂毛巾之类，正好找到蓝溪。一对一的场面，六叔还有些局促，蓝溪却若无其事，一副公事公办的样子，好像他们之间什么事都没发生过。

六叔鼓起勇气说：“杜希金干得挺冲，照这个步伐，还不得进政治局啊。”

蓝溪笑了，很得意。

蓝溪说：“有什么事找他办，你吱声。”

六叔说：“你看，你多有眼力啊。当初要是跟了我，能借着什么光？顶多免费闻闻葱花味儿。”

蓝溪说：“别提这个好不好？咱们都是有家有口的人了。你不看我的面子，怎么也得看杜希金的面子吧？”

六叔说：“我这个人，就是低级趣味。你说，跟我好过的男人女人，我咋都放不下呢？”

蓝溪说：“我求你，别再提这个，行不？”

六叔说：“我也求你，夏晴再拖地，你高抬贵腿，行不？”

蓝溪怔了一下，随即笑起来，直笑得泪花晶莹的。她说：“马本良，你就为这点事儿来找我？这算什么大事啊，我都没注意。”

六叔说：“你认为是小事，可夏晴就是干这个的，对她来说，这就是再大不过的事了。”

蓝溪说："行。冲你这句话，我今后一定多加注意。"

六叔拿着东西走了。没承想夏晴一直瞟着六叔的形迹，就拄着拖把在门外听声。六叔一推门，差点儿撞了她的鼻子，她便整个暴露在蓝溪的视线里。实在不好就走，索性就一路湿漉漉地拖进屋里来。来到了蓝溪的脚下，蓝溪竟然一手扶着一只椅背，唰地就来了个水平支撑，说我腿抬这么高行不行？夏晴岂止是大吃一惊，简直就是叹为观止，随后又笑作绵软的一团。

夏晴说："是我想得太多了。"

蓝溪说："不管怎么说，官兵差距是不可避免的。当初马本良不听劝，非要一条道跑到黑。现在想改辙，还来得及，刚刚三十多岁嘛，让他到杜希金手下干，绝对没亏吃。"

夏晴说："你误会了我的意思。我不是想让马本良当官，他也不是那块材料；我就是觉得闹心，八成是更年期提前到来了。"

蓝溪笑得够呛，说："哪有更年期这么早的？还是你劳模的雄心不泯，现在了有失落感，你自己琢磨吧。"

夏晴就回家自己琢磨，老和尚面壁参禅一般，怎么琢磨怎么不是滋味。每当看到蓝溪又换了一件新衣服，她心里就痒痒的，跟六叔磨叨说："你看人家蓝溪，光是衣服就有多少，一天换一件，一个季度都不带重样的。我呢，黑瞎子赶集，里外一张皮。"六叔就说："你跟她比什么？她是演员，你是劳模，你们本来就不是一路人。"这显然是酸葡萄理论，夏晴根本就不买账，说演员和劳模不都是女人嘛，女人和女人，其实都是一样的。六叔说："我就挣四十四块六毛钱的工资，你让我偷去抢去？"夏晴说："嫁汉嫁汉，穿衣吃饭，人家杜希金还没你挣得多呢。"六叔说："小鸡不撒尿，各有各的道。你咋就不想想，一个做饭的大师傅，能跟一个副处长比吗？"夏晴就不吭声了，眼睛里有一种迷离惝恍的光色。

六叔嘴上这么硬着，心里还是觉得怪对不住她的。他觉得夏晴实在是亏了，当年在采油队，除了工服，他甚至都没看见她穿过别的衣服。而夏晴的身材相貌，一点儿也不比蓝溪和米新朵逊色。他便把微薄的积蓄拿了出来，一下子给她买了三套衣服，还有一个丝制的肉粉色乳罩。夏晴惊异说："你不过啦？"六叔说："穿吧，你使劲穿，咱把被'四人帮'造成的损失夺回来！"夏晴还是头一回戴乳罩呢，对着镜子左比量右比量，雄赳赳气昂昂的，规模明显壮大就有些自我陶醉，由衷地慨叹说："活了半辈子，才明白女人是咋回事。现在就是跑百米撞线，我也能占两公分的便宜！"

油田新引进了一种野营车，是给物探队钻井队试用的，车里带着洗浴和炊事设备，严凌正好要到南边公出，看了这车就独出心裁，先"试用"了一回，叫了几个扈从，也叫上了六叔，要来个"革命化办公"。严凌说："走一路又要坐车又要住店，还要吃饭，那得多花多少钱？歌里总唱'苏区干部好作风，自带干粮来办公……'咱也自带干粮，只不过变通一下形式罢了。"实际上严凌的估算是不对的，这一趟的成本一点儿不比坐车住店吃饭店便宜，好处是相当于一次自助式的旅游了。而自带的干粮，不过是六叔一个人而已。

这次回来，六叔带回一些南方特色的小礼物。夏晴喜不自胜，先问："花钱没？"六叔摇头说："都是人家给的，我是兔子跟着月亮走。"夏晴说："给就要，给多少要多少，不要白不要。"六叔说："搞石油真是爷态，严副总往哪一走，地都跟着呼扇，就像亲爹老子来了，都争着往自己的单位拽，小点的单位根本就排不上号。"夏晴听不进去这些，她还没见过这么稀罕的东西，眼睛发出奇异的光亮，就像是斗地主分来的浮财。六叔就不高兴了，说夏晴你怎么变得这样？你的远大情怀呢？当年你可是一见我的面就要斗私批修的呀！夏晴就嘻嘻笑，猛啄六叔的腮帮子，说现在我算是明白了，怎么斗私批修，人的本性也是改变不了的。资产阶级喜欢吃香喝辣，无产阶级也喜欢吃香喝辣；大春看上了喜儿，黄世仁也看上了喜儿。你爱上了米新朵，崔大可也爱上了米新朵……这些都是张老板的理论，被采油三大队的老人反复征引。六叔怕她说出更难听的来，赶紧转移视线，夺过儿子手里权当气球的保险套，一脚踏碎，塞给他一个七只键子的小钢琴，随手摁出一片杂沓的铮鸣来。他说：“儿子，你玩这个，那玩意儿留给爸妈；从今往后，石油工人后代玩胶皮套子的时代，一去不复返了！”

第二十六章

日子荏苒而逝。北方油田的原油年产量稳定在五千万吨以上，地下输油管道跨越了上千公里，直达渤海码头，成列的油罐车再也看不到了。钻、采、炼、建几大块规模日益壮大，人口滚雪球似的滚了几滚，竟达百万之众，而且别处有什么，这里就有什么，一枝一叶都不缺，尽管自有油田特色。

经常有著名的剧团和演员到油田来演出。票都是各单位往下发派的，晋元峰和蓝溪他们是每场必看，同时也当成观摩。因为居住地分散，观众不成熟，很难有满场的时候，稀稀拉拉的，而且见的名角多了，惯成了脾气，懒得鼓掌，这让台上的人很尴尬。有一个著名的京剧刀马旦还以为是自己演砸了，一落幕就哭了鼻子。晋元峰见状就出面劝慰，说：“你的面子够大的了，演我的话剧，台下的人还没有台上的人多呢。还有一个欧洲来的弦乐四重奏，更不对这些人的口味，这边演着，那边就‘起堂’‘开闸’，宣传部的人一看怕影响不好，就把大门锁上，这回想走也走不了了。”名角一听这个，发现自己还不是最惨的，又笑了。晋元峰说：“抛开全国大文化背景不说，萨尔图的居民都是各地移民，短短这么一二十年，干打垒的墙土还没干透呢。将来油田城市化，阳刚和阴柔结合起来，豪迈和婉约结合起来，大家的鉴赏能力和审美情趣提高了，那就好了。现在你要是到了钻井、采油一线慰问演出，工人们可欢迎呢，尽管他们看不出多大的门道。”名角就非要到野外现场演出，果然工人们兴奋得发狂，只是季节不对劲，蚊子太多，差点儿就把细皮嫩肉的刀马旦会餐了。回来时为她接风，还是六叔主的灶，名厨伺候名角，这才多少找回一点平衡。

我六叔马本良不知不觉就成了真正意义上的老师傅，高居在众多厨师的塔尖上，从来没人敢跟他叫板。有重要客人来了，必点马御厨亲自上灶，好了坏了，意义就大不一样了，说这可是马御厨亲自掌勺做的，××来了，都是他主理的伙食。吃的人就顺竿儿爬上去，咂着嘴说，可不是嘛，啧啧，这味道，不一样，就是不一样啊！

久乱初治，会议特别多，各种名堂的会议排得满满登登，推不开搡不开。还常有外地慕名前来参观的，缕缕行行，一拨儿紧接一拨儿，当然谁都不是享受来了，而是取经来了，可也不能让他们去住帐篷吃职工大食堂吧？油田就成立了一个专门的接待处，集吃喝拉撒住诸多功能于一体，也按处级单位管理。宾馆不叫宾馆，叫几号院，这样一朦胧，谁也就不好苛责了。本来是红砖结构，外部却弄成了干打垒的造型，里面装修得极堂皇，旧皮新瓤子，可见苦心孤诣，住过的人都跷大拇指，说高，实在是高。吃饭问题尤为重要。粮食自给有余，细粮敞开供应，鸡鱼肉蛋油也不再短缺，再像先前那种抠巴吃法，客人有意见不说，自己脸面也挂不住，有损特大型油田的形象了。就照搬照抄外地经验，明确规定下来，无论何种会议，无论何等人物，一律四菜一汤标准，管吃管添。

由严凌荐举，刘播担当了接待处主任，一把手，说了就算。上任后，刘播觉得众多厨师里七股主事，八股当家，纷乱的一大摊子，却没有能担纲挂帅的人物，就把六叔从机关小灶调过来，还当班头。凭着两个人的私交，刘播和六叔谈话的时候，喁喁的直咬耳根子，大有面授机宜的意思。

六叔说："到哪干我不就是个做饭的嘛。你一提再提，可我也没从副工人变成正工人哪！"

刘播哈哈大笑起来，抓住六叔的手，像绞辘轳那样用力摇晃着说："老伙计，闹情绪了咋的？要想当干部，那也容易，也就是一句话！"

六叔说："当年来油田，就是为了混一碗饭吃；现在吃饱喝足，收入稳定，我还求什么？当官三分险，哪有当厨师长远！"

刘播笑得坚韧而耐久，接着又说："我想把崔大可要来当管理员，他头脑活络道眼多，你看成吗？"

六叔就不好意思了，沉吟说："都知道我和他老婆有一腿，这么一锅搅马勺，你看好吗？"

刘播乐得不行，说："马御厨啊马御厨，你可笑死我了。明明是你老婆被他抢去了，怎么你又给颠倒过来了？那怎么能叫有一腿？你还不如两氏旁人，连她的鼻子都没摸过呢！"

六叔嘿嘿窘笑说："都是叫地主成分给闹的，我放不开手脚，要不然，能轮到他崔大可？我和米新朵那叫一见钟情，崔大可得跟在我后面舔碗刷锅捡饭渣渣！"

刘播说："夏晴救了你，米新朵又救了夏晴，有了这个连环扣双保险，我都不顾虑，你还顾虑什么？"

六叔沉默良久才说："我听你的。"

崔大可很快就到任了。

崔大可果然有很多新思维，使接待处饮食方面大有起色。南方老客来弄石油或者化肥聚乙烯，崔大可就顺路搭车，以最便宜的价钱弄这弄那。当时没有空运，也没法冷藏，就采纳了六叔的建议，土法上马，挖了深窖，夏天用大冰块镇着，确保各种鲜货能长久储存。四菜一汤已经不能满足餐客的口腹之欲，吃了全都眼神暗淡，流露出差强人意的意思来，还嘟囔一些三七疙瘩话，和外地如火如荼的吃法来比较。六叔正愁没办法，崔大可说，活人还能让尿憋死？办法总比困难多嘛。咱有条件要上，没有条件，创造条件也要上！就用二盆代替了盘子，一个盆里盛四个菜，各据一角，互不杂糅，四个盆子成几何基数增长，就变成了十六个菜，外加一个鲜美的羹汤，就是很硬的一桌客餐了，纠风整纪部门也说不出什么来。六叔心里总不自在，觉得这和他隐瞒成分的性质差不多，何况美食必用美器，和他的治厨原则不相符了。但又不得不佩服崔大可的精明，道眼果然比别人多。

由于刘播的成全，米新朵也被调进了接待处，分配在客房部做服务员。这种地方比较肥美，就成了领导家属麇集之地，随便一问，不是这个的小姨子，就是那个的小舅子。米新朵整天穿着拖鞋，仰着无与伦比的翘鼻子，拿一大串黄的白的钥匙出出进进，大有环佩叮当的效果。六叔故意装作视而不见，可每当她从餐饮部窗前软着身子慵懒地走过，他都要偷窥几眼，或者轻声惋叹，或者痛苦地呻吟几声，把心底波澜搅得涨涨落落。米新朵很抗老，再加上家里的日子滋润，工作环境幽雅，仍然是光鲜的一个玉人。有时拿着饭盒到餐饮部打菜，眼睛飞着六叔，脸上那么一红，六叔就慌乱起来，搭讪几句，也是前言不搭后语。知情的厨师都嘻嘻窃笑，这时六叔就正色说，都是一个采油队里的工友，吃一个笼屉的窝头熬过来的，和尚不亲帽儿亲，有什么好笑的？

上海知青同乡会要在接待处搞聚会，刘播签字同意，崔大可就和六叔张罗办。由于餐饮部人手不够，崔大可就把客房部的服务员都叫过来择菜端盘子，米新朵自然也在其中。这批上海知青最早都在大兴安岭“上山”，“文革”后期才一锹端到北方油田来。人太多，上火车时拥拥攘攘，就像攻占冬宫似的，刚一落地，也和六叔他们一样，立马就由各单位派车拉走了。有一对热恋中的男女被挤散，从此再也没找见，也没得到对方的任何音信。两人都到了婚嫁年龄，无奈中就婚嫁了。多年后突然在接待处见到，两个人悲喜交加，就当着自己丈夫和妻子的面抱在一起，大哭起来。而且他们的丈夫和妻子也都很能理解，悄悄躲到一旁去了。他们哭，米新朵也哭，哭得十分共鸣，边哭边向六叔凝睇。六叔看看崔大可，那厮竟装作没事人一样。六叔心里就骂崔大可，枉叫了崔春泥，自己的老婆都护不好，却总想去护别的女人。米新朵肯定心里委屈，要是不委屈，她能借题发挥吗？就叫别的服务员去劝米新朵，自己躲到厨房里咨嗟去了。

我堂弟马皎然和崔大可的儿子崔凡一个学校，前后差着两个年级。有一天，马皎然跑回家来说，崔凡带的午饭里有海参和鱿鱼。马皎然长到八九岁，除了虾米，还没吃过一口海味呢，贪馋之状可想而知。夏晴受不了了，就嘀咕六叔，说你一名二声叫御厨，可起早贪黑都为公家忙活，家里人谁吃过你做的饭菜？一样的孩子，看着人家饭碗淌涎水，你就不心疼？六叔不吭声了。他对炊事班依然管理严苛，稍有松动的是，在班上可以按标准吃，就是不能往外拿，如有违反，轻者扣工资，重者马上调离。不过他管不了崔大可，崔大可是科级干部，又是他的顶头上司，你让他怎么办？

六叔把“小黑兔”伺候得溜光水滑，却被正在筹建的博物馆当文物征收去了。六叔只好新买了一辆永久牌自行车，骑着上下班。为了给老婆孩子一个补偿，那一天，六叔特地和别人串了一个班车子前面带着马皎然，后面带着夏晴，见了挂幌的就进，一连跑了好几家馆子，到底找到了海参和鱿鱼。馆子的人发现马御厨光临全都毕恭毕敬，把料备好让他做。六叔亲手做了红烧海参和滑溜鱿鱼卷，看着老婆孩子饕餮地吃着，自己就坐在一旁看着。六叔讲，小时候我爷爷为了规矩他，就做了很香的菜肴摆在桌子上，只要他一馋，就让自己扇自己的耳光，扇来扇去，能摆脱诱惑了，也就具备了厨师的执业资质。讲着讲着，马皎然眼泪汪汪的了。夏晴把筷子一撂说：“马本良，你还让不让我们吃了？跟我们娘俩儿忆苦思甜有啥用？我儿子就是饿死，也不能再干你那种奴才差事！”六叔就急了，又不敢伤着夏晴，就用手揉搓自己的脸，揉搓出一层层紫巴溜丢的褶子来。六叔说：“话不能这么说。我怎么是奴才呢？我这也是为人民服务嘛！”

尽管心有芥蒂，可崔大可毕竟是米新朵的丈夫，单凭这一条，六叔就没脾气了。他尊重领导，服从上级，一切全按管理员的旨意办事。崔大可也不那么独断，每有大事总要来找六叔商议。以往开特大型会议，都要化整为零多灶分爨；那次是三千人的誓师会，刘播想出新，就提出能不能集中起来“大吃”一顿，也好营造出大场面大声势。崔大可没敢贸然接话，他对刘播说，你等等，我得跟马御厨合计一下，然后就颠巴颠巴跑到厨房来了。六叔低着头，在水唧唧的瓷砖地上踱了两圈，然后就说，既然是上级的意思，刘播有话，你又没反对，我就张罗呗。

三千人，按十人一桌计算，得坐三百桌，屋里坐不下，就摆在外面大广场上。由于要求必须用小锅炒菜，人手远远不够，就从下面临时借调六十多名厨师，一百多个服务员，在外面支起煤气灶，开始了一场空前绝后的大规模野炊。那天也是老天成全，天气晴好，不冷不热，连一丝风也没有。六叔穿着雪白的厨师服，头上插着一根鱼漂似的红筷子，挺立在一辆电瓶车上，是为宴会炊事总督统。实际上工作都是预先做好了的，六叔已经做了详尽布置，饭菜的标准也是中规中矩，各个厨师只要根据菜谱做好自己负责的菜就是。六叔就像个检阅部队的将军，在每个灶头上往返巡游，哪个厨师操作有误，跟不上全场节奏，只要他咳嗽一声，事就齐了。那场面如此宏大壮观，感染了每一个在场的人。电台播音员在大喇叭里热情洋溢地朗诵：“醉里挑灯看剑，梦回吹角连营。八百里分麾下炙，五十弦翻塞外声，沙场秋点兵……”六叔看着听着，感慨系之，热泪忽然夺眶而出，生怕别人发现，又赶紧擦掉，对人掩饰说，油烟太呛人了。

还要不要坚持开誓师大会？还要不要坚持“零点起步”？在这些问题上，严凌和薛明的意见相左，躲闪不及，就狭路相逢了。面对自己的老领导，薛明是不好大张着嘴说话的，他小心地试探说：“严副总，咱们批判‘四人帮’，总不能泼脏水把孩子带出去，连光荣传统也给扔了吧？”

严凌说：“当年搞誓师大会和‘零点起步’，是会战的需要，我是积极支持热情倡导的。可是搞来搞去，完全是形式大于内容，成了大轰隆，自己糊弄自己。怪不得群众说，红旗飘飘不见人，锣鼓喧天打扑克。还有一些口号，都是应运而生的，如今形势变了，就应该让它应运而灭，这才符合历史唯物主义史观嘛！”

薛明很痛苦，就像身上有一块肉被人给割下去了。他一声不响地离开严凌的办公室，一时两眼迷茫，抬头看天，只看见一片流云，揉揉眼睛再看，天上竟然有好几个太阳。

崔大可凭借非凡的能量，经常为接待处职工办福利，家家都分鸡鱼肉蛋和瓜果梨桃，领导自然就更优厚些，大家都很高兴，只有薛明坚辞不受。薛明静静地坐在一只已经破旧的藤椅上，用正气凛然的目光一扫那些东西，就说，我不缺，给住院的病号送去吧。崔大可不敢违命，就给医院送去了。有说薛明好的，也有说薛明不好的——水至清则无鱼，他放不开，别人怎么能放得开？

这时节严凌得了脊柱囊肿，压迫神经，致使一只脚发麻，到北京治病去了，他那部分工作暂由薛明代管。因为形势的变幻莫测，让薛明有点儿头重脚轻的失重感。他生怕迈错了步子走错了路，连每个毛孔都大张着。接待处不断提高的伙食标准让他产生了忧虑——长此以往，如何了得？这股弥渐而来的享乐和奢靡风气，也许会把油田的优良传统给毁了。

老旧的威利斯报废之后，薛明不得不换坐了一辆新买的北京213吉普。那天他下去跑点，后面的车还跟了几个记者。油田太大了，就是坐着汽车跑面儿，一两个月也跑不完。汽车走出好远，他还没想好要到什么地方去。在十字路口犹豫了片刻，他才决定说，上萨E看看吧。

公路两边，都是他所熟悉的景物，这样的景物既火热又苍凉，常能唤起他对往昔岁月的回忆。他把一腔赤诚都献给了这片土地，甚至没有时间和心爱的儿子独处；让他伤心的是，小楠自打到了学校，就果真没回过家，写信也只写给妈妈，只是在信里轻描淡写地问候他一下。他隐隐预感到了一种危险，那就是儿子的小脑瓜里，竟然装着那么多的叛逆思想。他南征北战，东挡西杀，最后闹个后继无人，岂不是莫大的讽刺？每当想起这个，他都觉得鼻子酸溜溜的。

薛明在似睡非睡中一睁眼睛，就看到了路边的干打垒墙上扯出的一块红布横幅，上面赫然写着斗大的黑体字：“吃一辈子窝窝头，穿一辈子杠杠袄，住一辈子干打垒，为革命世世代代艰苦奋斗！”就像一溜燃烧的篝火，把他的眼睛灼疼了。他急忙叫司机停车，这才发现，原来是到了采油三大队。

老远就看见，焦洪林正打着赤膊，在干打垒外面晾晒洗净的旧棉纱，那都是擦设备用过的。这场面让薛明的心里一热，就情不自禁朝那个让他爱恨不能的人走过去。焦洪林逆光站着，轮廓有些虚边。他是那么枯瘦，瘦得令人揪心，就好像一个自甘受虐的苦行僧。薛明趋步上前，抓住他一只手，那只手粗皴干硬，就像老鸹爪子。

薛明指着那幅标语说：“是你提出来的？”

焦洪林说：“也不能说是我一个人。”

薛明沉吟说：“挺有意思的。”

薛明只说挺有意思，而没说挺有意义。记者们注意着他用词的微妙，但从他的脸上看得出，他完全是站在欣赏的角度。

薛明说：“你是怎么想的？”

焦洪林说：“首长，我就是觉得，窝窝头、杠杠袄、干打垒，这都是我们的传家宝。我们无产阶级，什么时候都不能忘了自身的历史使命，都要提倡无私奉献，艰苦奋斗的本色永远不能丢。”

薛明说：“看来，你是个有思想的人，每到人们困惑的时候，你总要有一些新点子。”

焦洪林说：“有句话，不知道我该说不该说。”

薛明说：“说嘛，有什么可顾忌的？”

焦洪林避开记者说：“其实，刘播当初把马御厨弄到三大队，就是个原则错误。资产阶级的和平演变，首先就是从吃上开始的。”

薛明沉默了半天，才说：“有道理。不过，任何事情总得辩证地看，有些时候，吃吃喝喝也是在所难免的，特别是我们还要接待首长和外宾。”

焦洪林说：“要讲私交，我和马本良、刘播都不错，可感情是感情，原则是原则……”

薛明说：“你不要解释了。这么多年，你三起三落的，还能保持这么坚定的革命意志，很不容易。你提出的这个口号，可以让大家研究研究，讨论讨论。”

薛明一直相信他对事物的判断，这种判断来自朴素的直觉和多年的习惯，却源于他老且弥坚的忠诚和正义感。可这段时间里，主席台上通常挂着两帧领袖照片，这让他看着很难理解也很不舒服。他越来越感到心里没底，就好像挑着沉重的担子，却遭遇了云遮雾障的十字路口，左瞧瞧右看看，哪一边都像最终追寻的目的地，不知道这决定的一步应该怎么迈。他还没想明白，《战地报》就把“三个一辈子”捅了出去。记者们认为，领导不反对，那就是认可了，况且还有人引经据典支持这一观点，一贯讲究奉献的石油工人，以天下为己任，这么严格要求自己，有什么不对的？

真是一石激起千层浪，全油田上上下下众说纷纭，有支持的，有说不清的，也有反对的。薛明接到的第一个电话就是许曾打来的，他说：“焦洪林的口号提得很好。既然你不反对，我建议再加上两句：养一辈子‘光荣虫’，打一辈子老光棍，这样就齐了。”

因为有许曾独当一面，油田总指挥部对钻井七纵队的工作最为放心，平时很少去。薛明也知道许曾对焦洪林久有成见，听到他这种抵触而对立的言论，就特地去了一趟，想和他好好谈谈。真是不看不知道，一看吓一跳，就在钻七的地盘上，一个很有规模的“石油工人乐园”正在偷偷兴建中，而且工程已经接近了尾声用推土机推成一座逶迤的假山，又把毗邻的大泡子铺了细沙，改造成了人工湖。公园里有曲径长廊、照壁瓮墙、栅条躺椅、电动游乐机……一个硕大的铁笼子里，居然还养着几只猴子，在太湖石粘成的花果山上活泼地蹿跳，甚至还做出了淫荡动作，惹得围观的人们哈哈大笑。还有一位老工人，坐了那种叫作“疯狂老鼠”的游乐机，东一头西一头地疯狂了一气，下来后竟然跌坐在地上，哇哇地呕吐起来。真是瞎胡闹，这岂不是有意捉弄劳动人民吗？许曾要把钻七引向何处？

薛明简直不敢相信自己的眼睛。他气急败坏，站在那儿，两眼直冒金星，身子都抖了。车开到了钻七办公室，薛明一脚踢开许曾的房门，劈头盖脸就是一顿臭骂。

薛明说：“许曾，你个无法无天的家伙，真是吃了熊心豹子胆。谁批准你花钱干这个？”

许曾站起身来说：“薛副总，你别生气……”

薛明怎么可能不生气？他头晕目眩，脑袋里嗡嗡直响，习惯地摸了摸腰间，那里曾经是挎枪的地方，现在却只能摸到一串钥匙。情急之中，他抓起了许曾面前的茶杯，连同半杯残茶，就像投弹一样，用力摔到了水泥地上。茶杯碎得干脆而彻底，满地都是玻璃碴子，薛明就在上面走来走去的，脚下发出了残忍的咯吱声。

薛明说：“想不到你一个堂堂的标杆队长，竟然堕落到了这种地步。人家那边提倡‘三个一辈子’，可你呢，却顶风上，对着干，唱反调。你满脑子想的都是什么？国家还这么穷，世界上还有三分之二阶级弟兄没解放，你倒讲起享受来了。你咋不修一个大观园呢？咋不修一个肉林酒池呢？你还讲不讲艰苦奋斗？还讲不讲无私奉献？你自己看看，还像工人阶级吗？”

昔日的炮兵团长铺天盖地射出了一顿排炮。许曾挺立在密集的炮火里，在头五分钟里一声没吭；等到薛明发泄得差不多了，他才开始了绵里藏针的反击。

许曾说：“薛副总，你说咱们石油工人辛辛苦苦为的什么？”

薛明按照习惯的说法回答：“为人民服务呗。”

许曾说：“人民又是为了什么？”

薛明说：“为更广大的人民服务呗。”

许曾说：“更广大的人民呢？”

薛明眨眨眼睛，才发现不知不觉中进入了许曾的圈套。这是一个无限循环小数，要想破解，几乎是徒劳的。他悲哀地咆哮着："你少跟我扯这个，你就是把大天说破，也休想说服我！"

许曾说："薛副总，你好好想想，从创业初期到现在，工人们吃的苦还少吗？为国家做的贡献还小吗？别人我不知道，换了我，想让我吃一辈子窝窝头，穿一辈子杠杠袄，住一辈子干打垒，我宁可扔下二十多年的工龄和一大堆高帽子，到别处去当盲流！"

薛明说："那只能说明你的意志薄弱，能善始而不能善终。我们提倡改善生活，可总得有个尺度啊。你说，为什么非要建公园？没有公园，难道就打不出油井来？"

许曾说："没有公园，当然也能打出油井来。不过，打井的人都希望能有个公园，劳累之余，到公园里散散步养养神，这个要求不为过吧？我就是代表了这些人的真实意愿。其实，我们欠工人们的太多了。是对是错，让历史来评判吧。"

薛明说："没有什么历史了，你这个胡来乱来的官官，已经当到头了！"

许曾说："你可以把我撤了，不过，你总不能把已经建好了的公园毁了吧？要是那样，你可就是冒天下之大不韪了。"

薛明说："不用你嘴硬。我问你，建公园的资金是从哪弄来的？"

许曾说："挪用了一部分基建资金，还通过职工家属义务劳动解决了一部分。"

薛明说："好啊好啊，你许曾山高皇帝远，要搞独立王国了。你胆大妄为，瞒天过海，追求腐朽的资产阶级生活方式，还公然违反财务纪律，这么多条，哪一条不够撤你的？别以为自己是人民的功臣，就可以为所欲为！"

许曾说："那就撤了吧，我早就做好准备了，大不了还当我的司钻，扶刹把打大钳去！"

许曾从抽屉里拿出一份早已写好的检查和请求处分材料，郑重地放在了桌子上。可是薛明没拿，他用手在那份检查上重重一拍，桌子上的墨水瓶跳了起来，溅出来的墨水把那张纸染得花花瘩瘩的。

薛明说：“别以为我舍不得处分你！既然你非要往枪口上撞，那就对不起了。上一次迁就了你，这一次再迁就，那就是对党和人民不负责任了。现在我宣布，停止你钻井七纵队纵队长的职务，听候审查处理！”

薛明转身走了出去，出了门，看看天上的太阳都是黑的。“反了反了，”他兀自嘟囔说，“刚吃了几天的饱饭，人就变了，看来，资产阶级的糖衣炮弹真是百发百中啊……”

钻七瞒着藏着大兴土木修公园的事被披露出来，一时闹得沸沸扬扬，有说对的，有说不对的。很多单位借口批判反面教材，专程跑到钻七去参观，看完玩完之后，竟然面露羡慕之色，有的还悄悄伸大拇指。许曾收到了不少匿名的支持信，而焦洪林就惨了，很少有人说好听的，甚至引起了民愤。有一封信只有简单的四个字：我 × 你妈！

六叔知道了许曾被停职，就打电话安慰他。许曾说：“你过来给我做一顿饭吧，我中资产阶级的毒太深了，不但张罗建公园，闲着没事，还想享受一下皇帝的待遇呢！”

六叔就利用一个休班，到街面上去采买好吃的。转来转去，就越过了梯形跨线桥，来到了铁路西侧。

这片被人习惯称作铁西的地方，麇集着从各处跑来的盲流、手艺人、临时工、小商小贩、江湖游医……他们就像是附着在大舰船上的海蛎子一样，靠挣石油工人的钱为生，难免被人投以白眼，清理了多次都清理不净。由于油田上的几个“不花钱”没法继续坚持，这些人又对社会分工起到了补缺拾遗的作用，就任其存留下来，并派人严加管理。枝杈纷杂的街巷人头攒动，五行八作应有尽有。

六叔就反射地想起，自己的翻毛皮鞋鞋底已经开线，如果不及时修理，过些日子成了两张皮，就没法再穿了。令人惊奇的是，整个油田到处都有掌鞋的，就像是随风飘落的蒲公英种子，而且大半都是浙江温州人。他们扛着脏兮兮的绱鞋机，穿着油唧唧的大围裙，不管雨雪风霜，随便找个地方就坐下，坐下就极具耐心地等着，就像垂钓的渔人一样，一毛一元地挣着小钱。他们的眼睛从不高瞻远瞩，只盯着过往行人脚上的鞋，皴裂的双手让人怜悯和同情。尽管六叔也是普通意义上的劳动人民，他还是觉得，这些掌鞋的真不容易，比他辛苦多了。

六叔坐在一只小马扎上，把脚伸出去说："师傅，修修鞋！"

那人戴着一副墨镜，竟然还低着头，朝他摆着手，意思是不想接活儿。

六叔说："我都坐下了，你还能让我起来？"

那人仍然摆手，还指了指旁边的修鞋摊。

六叔笑了，说："没见过你这样的修鞋匠，放着送上来的生意不做，还跟我打哑巴禅，你可真逗！我的鞋比别人的臭是怎么着？"

那人不吭声，两行泪水从墨镜下面流出来。一刹那，六叔怔住了，他发现，这正是他日思夜想的张家生。六叔呼唤了一声，一把将他抱住，就当着众人的面，两个人呜呜地哭出声来。

实际上，张老板早已返回了这片土地，只是一直蛰伏在这些散乱杂人中间，没跟熟人见面。他本来可以回到采油三大队去，接着干他的掌鞋行当，可他没有，就靠自己的一针一线，在背人的角落里生活下来。这一点六叔他们根本就想不到。

六叔说："你这么做是啥意思？"

张老板说："没啥意思，不过就是重操旧业嘛。在哪都是一个掌鞋，在监狱里我也掌鞋来着，何必非要回采油队去？"

六叔说："你是怕自己面子上过不去？事情都平反了，属于冤假错案，责任根本不在你。"

张老板说："染黑的白布还能变白吗？要想不花瘩，只能随弯就弯，染成更黑的了。"

六叔说："你伤心啦？"

张老板说："有一点儿。"

六叔说："你记仇啦？"

张老板说："我记谁的仇？我就是想试试，换一种方式还能不能活下去。"

六叔说："难道你不想当工人阶级啦？"

张老板说："都靠劳动吃饭，什么阶级，还不都是一样嘛。再说，我喜欢自由自在，干这个，天老大我老二，不用听别人吆喝。"

六叔说："你就不想工友们？"

张老板说："我哪能不想？我是想，混出个人样来再和大家见面。"

六叔不大相信。他说："就凭你一双手？就凭你干这个？"

张老板说："论起来，我是泥饭碗，许曾是铁饭碗，你是不锈钢饭碗。可你能挣多少钱？不就是446大毛嘛。你猜猜我一个月能挣多少？大概有四五个446大毛。我为油田职工免费修了十来年的鞋，又进监狱修了好几年，这就是说，公家欠我的太多了。"

六叔说："你……咋能这么说话？公家并没对不起你呀，再说当时你也开着工资啊。"

张老板说："过去咱肩膀上扛着的是别人的脑袋，现在，总该为自己想想了。"

六叔不说话了。他觉得张老板变了，时间和空间，使他变得陌生而隔膜了。他不再是那个吃一把料豆还想着别人的张老板，他现在满脑子除了挣钱还是挣钱，跟工友们已经不是一路人了。六叔静静地坐着，看着他把那只鞋掌完，然后掏出五角钱来放到张老板面前。

六叔说："够不够？"

张老板说："你免费，因为咱们是朋友。"

然而六叔装作没听见，站起身来，决然地心酸地走开了。

来到钻七，下了公交车，六叔正在打听许曾的家，就碰见韩桂花从一幢干打垒里钻出来，手持一根木棍，追打剃着秃头的冯地火。那次流产之后，她再也没能怀孕，身边未免寂寞冷清，两口子就把全部心思都用到了冯地火身上。冯地火十五六岁了，在学校总跟同学打架，那颗秃头上疤痕累累的，好像几经粘补的球胆，却仍然具有无与伦比的威慑力，哪个敢招惹他，就出其不意，咚的一声撞过去，对方便会闷过一口气去，扪着胸口跌坐在地上，一迭声地表示臣服。事情过后，又无不找上家门来，把许曾夫妇愁得要命。

冯地火看见了六叔，就以他为屏障，跟妈妈兜起了圈子。韩桂花打了几下，都被六叔的肩膀搪过去，便扔了棍子，呜呜地哭起来。

六叔说："嫂子，有话好好说，靠打是不行的。"

韩桂花说："马老弟，合该我的命不好，摊上了这么个逆子，老天爷让我现世报！"

冯地火看见妈哭了，又拱到她怀里，哄着说："妈，你还真生气呀？你想打就使劲打，甭管脑袋屁股，随便管够！"

这么说着，就拿起韩桂花的手，往他的秃头上猛打，打得韩桂花手疼，他便拿起妈的手，一边揉搓一边吹气，直问疼不疼，疼了你戴上手套打。韩桂花就破涕为笑，骂一声滚，撇下儿子，拉着六叔回家去了。

许曾正躺在炕上看闲书，见了六叔，呀了一声，穿着大裤衩子，就跳下地来。他从小柜子里摸出一瓶泸州老窖，砰地往桌子上一蹾，就一个字："整！"

六叔做好了饭菜，就和许曾涩涩地喝着酒，两个人相视苦笑。

六叔说："你和刘播不一样。"

许曾说："刘播比我成熟。"

六叔说："你是不是非得这么干？"

许曾说："只要我认准的事，就非干不可。"

六叔说："这就叫炒豆大家吃，炸锅一个人的事。"

许曾说："悲壮一次，要比苟且十次有意义。"

六叔说："要讲悲壮，薛明比你还悲壮呢。要苦大家都苦，你非要做出头鸟，值吗？"

许曾说："想想你老爹吧，他为了村里人，把命都搭上了，我这么个小官官，算得了什么？"

六叔好半天没说话。他细细地咀嚼着一颗花生米，好像在品咂人生的滋味，叹息一声，才说："现在，我两眼一抹黑，咋越来越看不透形势呢？"

第二十七章

晋元峰习惯把这一段时光称作眩晕期。人们就像是刚从一架那种叫作"疯狂老鼠"的游乐机上下来，被高速旋转左突右拐变幻莫测的无规则运动弄得迷迷糊糊，头晕目眩，不休克呕吐就算不错了。民间对国家的前景有着种种揣测，而种种揣测全都似是而非。连薛明这一级干部，也都云里雾里的，只是凭借着感觉和惯性在做判断。他有两条坚定不移的原则，一是对党绝对忠诚，二是一定把生产搞上去，有了这两条，别的就无所谓了。

许曾被免职了，得了一个同样级别的闲职，调到了萨尔图，叫作吃粮不管烧。苦恼的还不止他一个。在下面，韩桂花还能种地、上缝补厂，可到了上面，就没什么正经活儿了，散淡地待在家里，闲得极腻味，也没有经济来源，只能躺在丈夫身上干吃。一来二去，韩桂花和伙伴们就不平了，因为当年也都有机会转成正式工人或大集体，上面却说，家属闹革命已经是一条成功经验，身份改变了，经验还何从谈起？再说，就业指标也有限制，不可能人人都给个铁饭碗捧着。到了这种时候，韩桂花就想去找，说我不但是一个石油职工的家属，而且还是两个石油职工的家属。闹革命闹了一溜十三遭，也没闹着个正当的名分，到头来还是个家属，这也太不公道了。许曾就制止说，有别人闹的，没有你闹的。我又不是养活不起你，干嘛出去给我丢人？韩桂花很不服，说我嫁给了你可没卖给你。我为自己的事上访，丢你什么人了？许曾说，就算我求你了，行不？这么大的油田，有多少大事要考虑？别去给领导添乱了。韩桂花就叹息说，许曾，你这人真是太好了。看你的面子，我老实在家里待着。

韩桂花还真就待不住，琢磨再三，就在干打垒的房前屋后种起地来。种了大葱、茄子、西红柿、辣椒、倭瓜、豆角……还有很多蘸酱菜，大家随便薅随便吃，连招呼都不用打，打开自家窗户，一探头就能够得到。蓝溪家房后种的是大葱，信手拈来，俯拾即是，把杜希金吃得阳气飙升，虽说气味不怎么对劲，床上却躬耕得十分勤勉，常有穷凶极恶的表现。蓝溪是练过发声的，声音很有穿透力，闹猫似的，左右邻居都睡不好觉，又不好正面抗议，就唆使一群孩子踢球，把那葱践踏了，韩桂花换了一畦芹菜来取代，只有清火利尿降压功用，方才消停下来。

很多人都为许曾鸣不平，可在一片片干打垒里修建一座街心公园，怎么说也有些奢侈和不和谐，何况他还擅自动用了基本建设专项资金，即使从经济纪律角度考虑，拿他祭刀也是没错的。后来薛明知道，公园的策划者和设计者竟然是晋元峰，就不免迁怒了。正好晋元峰写了一出话剧《流淌的金刚石》，并由剧团排练好了，里面有金刚钻井队和采油三大队的影子，薛明一审，就给枪毙了。

事实上散场后薛明并没急于表态，他把晋元峰请到了家里，两人喝着茶水，把老熟人的关系铺垫足了，才向正题慢慢迂回。

薛明说："平时总也看不到秦恬。她可真是好样的，为油田解决了那么多技术难题。"

晋元峰说："听说这次她到北京参加全国科学大会，还是你给签的字。"

薛明说："你得向她学习呀。"

晋元峰说："我们只能互相学习，要不然，那就是关公战秦琼了。"

薛明说："主要是学习她那种精神。"

晋元峰说："她的心都在油田开发的科学研究上，人都变得痴茶呆傻了。"

晋元峰说着便笑。本来不好对薛明说破，可他却一再追问，晋元峰就讲，秦恬为石油的增产挖潜投注了全部精力，常常心不在焉，甚至把墨水当成了茶喝。有时晋元峰兴之所至来办那档子事，大张旗鼓地爬上去，气喘吁吁地跑过终点，秦恬那里却波澜不惊，没有半点激动神色，就像戴着一个假面具。晋元峰沮丧地滚下来，秦恬却说："你完事了？对不起，我脑子里刚刚解完了一道石油化学应用题！"

薛明笑了，却笑得不大自在。他平时是不开玩笑的，也缺乏起码的幽默感，总以一成不变的凛然形象出现在人们面前，像这种形而下之的故事，他是很少听到的。

薛明说："孩子挺大了吧？"

晋元峰说："正上初中呢。这小子生在北京长在北京，一直住在姥姥家，一次都没来过。"

薛明说："他就不想来咱们大油田看看？毕竟也是在这块土地上孕育的嘛！"

晋元峰说："现在还不想，以后肯定会想的。想与不想，那都是下辈人的事。小楠大学毕业后，还不是到底跑到南方去了？"

这个话题让薛明心里酸溜溜的。他说："不知道是咋回事，现在来咱油田参观学习的人，大不如从前多了。"

晋元峰说："不同的历史时期，人们的心目中大概会有不同的圣地，各领风骚若干年吧。当年是延安，后来是咱这儿，今后恐怕就要南移了，是深圳！"

对于薛明来说，深圳，无疑是个令人刺痛的字眼。起初在报纸上见到，他还很陌生，甚至把"圳"念成了"川"，还是秘书故意装作无意，大声读出了标题，他才得以纠正的。这个悄然崛起的南方小渔村，以离经叛道的姿态，在中国版图的另一端突然成了气候。它怎么敢喊出“时间就是金钱”这样赤裸裸的口号？这和资本家的座右铭还有什么区别？而恰恰就是这样的地方，夺走了他刚刚毕业的儿子，也亵渎了他始终不渝的忠贞。他按照小楠来信的地址，给他写了一封长信，用差不多就是央求的口吻说：“儿子，难道你就真忍心抛下这块举世闻名的热土，抛下日渐年迈的父母，去投奔那个暴发户吗？再说，一位石油老总的儿子，竟然到那种金钱至上的地方去吃不干净的饭，这让别人怎么说？”小楠的回信毫不妥协，他写道：“老爸，你干的是社会主义，我干的也是社会主义，这一点你必须清楚。问题在于，你要吃一辈子窝窝头，穿一辈子杠杠袄，住一辈子干打垒；而我恰好相反，要吃一辈子海鲜，穿一辈子毛料，住一辈子楼房。我们父子志同道不合，还是离远一点儿为好。”那天晚上，薛明望着南方北方同一个月亮，辗转反侧，整整一夜没睡。

薛明把话收回来，用了软性语言说：“我们的石油工人，堪称是世界上第一流的队伍，无论站着躺下，都是大写的人。有很多英雄事迹，都是可歌可泣的，不写足他们，我们愧对这片土地。”

晋元峰听出了弦外之音，便笑笑说：“有些事要分怎么看，横看成岭侧成峰，远近高低各不同。我们一直在讴歌英雄，光是铁人的剧本我就写过七八个，文章就更多了；可英雄毕竟是极少数，普普通通的劳动者才是大多数。我们不能仅仅停留在简单的报捷和自我赞颂上。我经常思考，这么大的油田，那样的艰苦年代，正是无数的无名英雄用一锹一镐的平凡劳动建成的，没有这些平凡劳动就没有大油田。何况，英雄也是有血有肉有七情六欲的啊，难道你还想让我写样板戏那一类的东西？写高大全那一类人物？”

薛明说：“我不懂艺术，可我懂得政治；政治是管艺术的，而且你我都受过政治的伤害。咱们可不能凭着一时冲动，犯了方向路线错误。我说这话，既是对油田负责任，也是对你本人负责任，你毕竟是油田才子嘛。”

晋元峰说：“无论是英雄还是老百姓，都是我们石油工人队伍的成员，不过就是排头排尾和排中间的事。我就是想还原历史的真实和人性的真实，把他们全写到，这很容易也很难。其实你仔细想想，我们平凡的工人兄弟，哪一个不是英雄？其中也包括你我。毛主席在《回韶山》一诗中说过，遍地英雄下夕烟，这就是最好的唯物史观哪。难道他老人家刚去世，你就不听他的啦？”

薛明知道，在这套理论上他未必能占上风，所以不该恋战，速战速决才是。何况晋元峰用毛主席压他，这就等于碰到了他坚硬外壳里面最柔软的那一部分，无论如何他是听不进去的，就气呼呼地说：“我不听毛主席的？这怎么可能呢？从参加革命到现在，我处处听毛主席的话，没有一星半点走样的。你倒是应该看看自己，是不是背离了毛主席的教导。你……你平时就向往资产阶级生活方式，甚至言必称希腊，所以才撺掇许曾搞什么街心花园，又写出了这种满台都是落后人物的毒草戏，对得起油田的培养吗？”

晋元峰有些啼笑皆非了。他知道这位炮兵团长的性格，正如他掌握的武器，只要瞄准了目标，是不会中途拐弯的，尽管有一些柔和的曲线，那也是地球引力使然。他说：“我写的那不是落后分子，而是真实的人；正因为他们有缺点，才使他们的人格完整。斯坦尼斯拉夫斯基说过……”

薛明最反对旁征博引的书生腔，就截断了他的话：“少跟我来这个。这个司机那个司机的，我见得多了，杜希金还是司机出身呢！”

晋元峰说：“不是开车的司机，而是苏联的……”

薛明说：“怪不得你这样看问题，原来直到现在，你还在欣赏修正主义那一套。我告诉你吧，只要我薛明在，你这个戏就不能演。不是我跟你过不去，而是我不能向错误的东西让步！”

晋元峰很像被人扔到了深水里，眼看就要窒息了。他环视着薛明的家，除了简单的行李和桌凳，别无长物，跟普通的工人家庭没什么两样，说成是一穷二白，那是毫不为过的，这让他心里很酸楚。他努力克制自己，站起身来，像哭那样笑着说：“好吧，谢谢薛副总的教诲。不过直到今天我才明白，什么叫秀才遇上兵，有理说不清。”

晋元峰这话说得很造次了，但他是文人，又是熟人，没有任何行政级别，不存在升迁和降职问题，所以就很放胆。他拖着当年会战时冻坏的脚，一跛一跛地走到院子里，回头又加了一句：“看来，薛小楠是对的，有这样的父亲，他不离家出走才怪。”

薛明说：“好吧，你随便说，我看你老父亲和秦恬的面子，要不然……”

晋元峰笑了：“要不然还能怎么样？就算你还当着炮兵团长，还敢用炮轰我呀？你可要明白，北方油田不过是国家的一部分，而不是一个自我封闭的生态球；就算是个独立王国，国王也不是你。整个河水都在流动，其中的哪一滴水要想不流，不是腐朽，就是干涸，不会再有别的选择！”

薛明又生气又伤心，可又无处倾诉，那天就转到六叔家来，想和他说说话。六叔自然高兴，就让夏晴倒茶，一边喝一边说。可六叔能说出什么来呢？过去他考虑的是粗粮细做，现在他考虑的是细粮精做，薛明所关注的层面，都是他的盲区。他只是对薛明表示说，如果以后油田上真的吃一辈子窝窝头，他就等于重演了他在家乡饭店无可施其技的故事，无奈之中，他就要到北京去了——严副总做了脊柱囊肿切除手术，得恢复挺长一段时间，有可能留下不回来了，想把他也带去，毕竟是天子脚下，作为御厨的后代，会大有用武之地的。夏晴插嘴说：“主要是替马皎然考虑，大人受了那么多的苦，不能让孩子再受苦了，逃出去一个是一个吧。”六叔就用犀利的眼睛剜她说：“你咋说话呢？你以为薛副总是你们单位的更夫呀？傻老娘们儿！”夏晴啼啼笑着，用很幸福的口气炫耀说：“薛副总你听听，这哪里还有师徒的影子？都是我自找难看，才下嫁给了地主子弟，从一个劳模变成了傻老娘们儿！”六叔马上争辩说：“谁是地主？你才是地主呢。咱可是响当当的贫农，文件还存在档案馆里呢。你是贫农，把组织文件拿来咱看看嘛！”夏晴是拿不出文件的，就嘟嘟囔囔：“你的贫农是副品，我的贫农才是正品。《暴风骤雨》那本书，写的就是我家乡的事，里面还有我爹的影子呢！”

薛明没能在六叔那里找到安慰和共鸣，又叫来司机，想到下面去转转。刚刚走到路口，忽然遇见一个人正扛着绱鞋机横穿马路，吉普车猛然一刹，保险杠几乎顶到他身上。司机随口骂了那人一句，那人也不客气，立刻掉头回骂一句：“老子人拉肩扛搞会战的时候，你还在娘腿肚子里转筋呢，狐假虎威的，跟我使什么横？”小车司机很愕然，因为向来座驾都是身份的标志，再说一个掌鞋的算什么？按照过去的分类法，纯属下九流，怎么践踏都是不敢吭声的，这人咋就这么硌脚？司机还想说更难听的，薛明却发现，这人正是张老板。

薛明走下车来，想跟张老板握手，张老板却把手背了过去。

张老板说：“我的手太脏了，你是领导，别黱了你的手。”

薛明说：“你受了委屈，可那不是组织的错，你怎么能自绝于石油工人队伍？”

张老板说：“我这样好，这样多自由，只要我遵纪守法，甭管多大的干部，我一概不尿！”

薛明窘着脸说：“你有情绪，这可以理解，可你不能就这样消沉下去。”

张老板说：“我怎么是消沉呢？我这是奋起呀。别看你一直当领导，可你不懂，你还在做梦呢，我可是早就醒了。别唠了，耽误你工作，也耽误我挣钱。”

张老板走了两步，又回头说：“薛副总，小楠那儿有事没？过两天我就去深圳了，是小楠请我去的。”

薛明还不大相信：“他，会请你？”

张老板说：“这个你没想到吧？他还很小的时候，我们就有了交情。再说，我进过牢房，他也进过牢房，我们可是同命相怜哪。”

张老板的话里带着锐利的芒刺，让薛明很不舒服。他很难理解满脑子奇思异想的儿子，也很难理解张老板这种不三不四的人。小司机还在嘟囔，薛明就把火撒到了他身上，呵斥说：“你怎么能跟一个叔叔辈的人没完没了？他毕竟参加了当年的石油大会战，就算他变成了掌鞋的，那也是劳动人民啊。怪不得苏联变修了，那就是因为你这种司机（斯基）太多！”小司机不能领会这种最新颖最前沿的理论学说，又不敢细问，开着车，神情还一愣一愣的。

离金刚钻井队不远，薛明发现，前面有两个人并肩走着，个子差不多高，却是一长一少，少者背着行李，长者提着脸盆。薛明仍然坚持着多年的传统习惯，让司机停车把人捎上。那两人一回头，竟让薛明惊呆了，原来是许曾领着儿子冯地火。

薛明问：“你这是……”

许曾说：“学校放假，送儿子到井队锻炼来了。”

薛明说：“宝宝岁数还小嘛，还算不上整劳力。”

许曾说：“从小才要抓紧教育，等到他像小楠那么大，我就没办法了。”

薛明被噎了一口，又说：“你咋不找车送送？”

许曾说：“当年他妈怀揣着他，就是从这条路上走过来的，现在让他自己走走，也许他能找到自己的血脉！”

薛明说：“上车吧。”

冯地火的秃头刚刚长出头发，看着就像一颗毛栗子。他突然向薛明深鞠一躬说：“谢谢薛大大。我早就听说过，我还在娘肚子里就坐过你的车了。不过，我得为我爸说句公道话，就是这样一个送儿子连公车都不用的人，怎么可能追求腐朽的资产阶级方式？大大，你给我爸平反吧，他冤枉啊，有好几次，我看见他夜里对着井架上的灯流眼泪！”

薛明有些慌乱，连忙说：“孩子，你不懂，不是那么回事。怎么说呢？我和你爸爸都是吃着一个锅里的野菜熬过来的，只有友情，不存在恩怨。有些事情，你得长大了才能明白。”

冯地火说：“反正不管你们怎么教育我，我有我的主意。人活一辈子，怎么能只讲奉献，不讲享受？别说把我送到井队去，就是送进监狱，要是真的吃一辈子窝窝头，穿一辈子杠杠袄，住一辈子干打垒，我也不在油田上干了！”

许曾吆喝说：“宝宝，你别胡说！”

薛明说：“孩子，你不能这样。你可要知道，你的生父就死在这块土地上，你的名字还是铁人给起的。无论如何，不能背叛他们。”

冯地火说：“我不相信，铁人和我爸爸流血流汗，最后把命都搭上了，为的却是让子孙后代和他们一样吃苦遭罪！谁背叛了他们？我看，恰恰就是你们！”

许曾没等他的话音落下，举手扇了他一耳光。冯地火就用大而倔强的眼睛瞪着养父，眼睛里转动着委屈的泪水。冯地火得到了母亲的遗传，模样很俊俏；他的不羁和叛逆，显然是受许曾的濡染。他站在母亲走过的草道上，背后衬托着父辈的钻塔，这画面让许曾感慨万千。他走上前去，紧紧抱住儿子，眼睛也模糊起来。他说：“好儿子，走吧，到金刚钻井队住一阵子，要不然，你没法理解你的两个爸爸！”

薛明静静地站在那儿，当年那个大肚子女人又一次浮现出来。荒原的风还像当年那样吹拂着，他已经花白的头发在风中纷乱地飞扬。他觉得脑袋里很乱，对着荒原凭吊了一阵，然后把车开回了公路。

薛明不知道要到什么地方才好，就让汽车沿着公路信马由缰地开去。走着走着，忽然看见了一个小个子，提着个简陋的包包，傍着公路潜行，不坐车，也不抬头，样子贼人一般。薛明觉得似曾相识，细细搜寻记忆，终于想起来，原来是那年冬天挖管线沟，被冻哭了不想再活的吕勤久。薛明觉得蹊跷，就停下车，把他截住。上前一盘问，蔫豆子吕勤久就抖了，他坦率地承认，他想开小差，回乡下老家，去过孩子老婆热炕头的小日子。

薛明很惊讶：“当年那么苦你都挺过来了，为什么现在条件好多了，你也这么大岁数了，反而抛下这么多年的工龄要走？”

吕勤久说："那时候还觉得有个盼头，能苦尽甜来；可现在又提出了'三个一辈子'，我可实在受不了了。我三十来岁好不容易才娶上个老婆，可人家说啥都不来，她娘家住的还是砖瓦房哩，说什么也不住咱的干打垒。孩子又是天生的修正主义苗子，啥饭都吃，就是不吃苞米面，我……"

吕勤久哭起来，躲避着薛明的眼睛。

薛明说："咱们都是老同志，有啥话你接着说，别害怕。如果你说得有道理，我用车送你走！"

吕勤久鼓足了勇气说："首长，我说了你可千万别生气。其实这话不是我说的，好多工友都在背地里说，这已经不是无私奉献，而是无期徒刑了。"

薛明惊讶地咧咧嘴。他站在荒风里，脑袋嗡嗡地响着，却又弄不清确切的风向，似乎那风是从四面八方魔幻一般吹来的。他的眼睛里溢出了一层晶莹的液体，眼前的景物全都变模糊了。

吕勤久脸上的肌肉变得坚硬起来："干革命不能强迫。现在你们把我抓住了，随便处分我、关押我、收拾我，我还是一个要跑，吴琼花啥样我啥样。我人在这儿，心早就不在这儿了。"

薛明叹了口气说："如果不再提'三个一辈子'，你还走吗？"

吕勤久说："那我还走什么？其实，我在油田干了这么多年，和它的感情太深了，我从心里往外舍不得它！"

薛明说："你上车吧，希望你到时候看看情况再做决定，我一定尊重你的选择！"

吕勤久真的上了车。一路上薛明都没说话，沉默得就像一块生铁。

很快就来到了采油三大队。那条"三个一辈子"的标语被阳光和雨水侵蚀得暗淡了，却仍然在季候风里顽强地招摇。焦洪林正领着几个人，伏在标语下用乙炔割铁板。

薛明走上前去问："你们这是干什么？"

工人们都停下手来。

焦洪林放下电焊面罩，指着标语，用邀功的口气说："这种标语不抗劲儿，动不动就坏了，还掉色。听说中央领导就要来了，我们想用铁板做一副新的，抠字，再刷上红油漆，让它更加醒目，万古千秋。"

薛明仔细一看，铁板上果然都画好了巨大的空心字，旁边还放着一大桶红油漆。他笑了，笑得惨兮兮的。他不明白，自己是怎么变成政治干部的。在部队，他是领兵打仗的，来到油田，他是领人搞生产建设的；可一来二去，却不得不纠葛在既陌生又隔膜永无休止的意识形态里，这让他很痛苦。

薛明问："你们真心拥护这'三个一辈子'吗？"

工人们都不吭声。

薛明说："如果我们都希望吃窝窝头、穿杠杠袄、住干打垒，干嘛还要翻身解放呢？我们待在旧社会、待在困难时期，那不是挺好吗？"

焦洪林听出了他的话音，神情疑惧起来。他凄惨地笑着说："首长，对于这个问题，我认为应该辩证地看，这里面有一个当前和长远的问题，还有一个小我和大我问题。无论什么时候，艰苦奋斗、无私奉献都没错。马克思说过，无产阶级只有解放全人类，才能最后解放自己。"

薛明说："你还具有一定的理论水平嘛，怪不得能左右开弓，动不动就辩证辩证。马克思说的就是长远和当前问题。假如现在真就给你戴上镣铐，押进牢房，还让你饿着肚子，你不先解放自己，又能解放谁去？再说这个那个，就是起高调了！"

焦洪林怔住了，那支乙炔焊枪还在他手上哧哧地喷吐着火苗。

薛明说："对这个口号，我当时并没表示反对，甚至还有几分赞赏，因为我一向崇尚奉献精神。可是，就是吕勤久这样的普通人让我明白，这个口号是不对的，起码不成熟不准确，就像瘸腿的桌子，怎么放也不稳当。让这个口号传扬了出去，是我的责任。我亲自系上的铃铛，现在我亲自解下来！”

这么说着，他拿过乙炔焊枪，拧出了长长的火苗，就像醉后狂草那样，恣肆地燎着那幅褪色了的标语。转瞬之间，悬挂在干打垒墙上的标语连同红布被点燃，直到烧成一片狼藉。

工人们欢呼雀跃，一齐跟着撕扯踩踏。只有焦洪林绝望地看着眼前的情景，自始至终再没吭声。

薛明走了两步，又站下了，指指铁板和油漆说：“铁打的东西也不一定就能永恒，刷上红油漆也不一定就是革命的。咱们还是摸着石头过河吧！”

薛明之所以引用这段名言，是因为说这话的人邓小平就要到北方油田来了。这位总被打倒却又总也打不倒的小个子伟人，曾在1961年和1964年两次来过这里。头一次，他踏着泥泞来到采油三大队的井场，询问了每口油井的产量，还观看过夏晴和米新朵她们的演示操作。当时他说：“要好好干，现在苦点儿，以后就好了。我们国家缺石油，要多为国家争光呀。”第二次他看了金刚钻井队，看了萨E注水站，看了秦恬她们的研究所，看了“四个一样”发源地的井组……他表扬说：“‘四个一样’确实好，值得全国人民学习。”“要在保护好环境的前提下搞开发，要多栽树，要保护好大草原。”现在，他又一次以历史伟人的姿态出现在这片土地上，人们的目光里难免崇敬和愧疚兼而有之，因为他的每一次倒下，都有人参与了隔靴搔痒却又煞有介事的批判——被别人一次次当枪使，自己还觉得挺神圣。历史本身也太能开玩笑了，历史的玩笑却又开得如此深峻，让人想笑却又无法笑得出来。

六叔又一次衔命给首长做饭，这使他能近距离看到这位小个子伟人慈祥的面容和亲切的笑意，聆听到他语出惊人的当面教诲。他对油田的开发建设非常满意，留下了由衷的赞扬和极高的定评。他慢慢地啜着小米粥，询问六叔挣多少工资。六叔有些发慌，揉搓着两手，眼睛瞟着薛明，不知道该说真话还是该说假话。薛明在一旁鼓励说："你说嘛，实事求是。"六叔就如实回答："工龄十八年，月薪四十四元六角，都十多年没涨了。"邓小平放下筷子走到窗前，目光深邃地向大荒野弥望，窗外是星罗棋布的油井和浩瀚如海的干打垒。薛明还在期待表扬，想说如何艰苦奋斗无私奉献那一类话；可是邓小平的面色凝重起来，眉宇间流露出一种不尽如人意的遗憾。他说："我没想到，油田开发建设都快二十年了，工人们的生活还是这个样子。石油工人的贡献这么大，工资就应该高，房子就应该好。要盖楼房，把油田建设成一个美丽的家园。如果今后还是干打垒，我就不会再来了……"

那一刻里，薛明有点儿蒙了，还以为自己的听力出了问题。他用力呼吸着 1978 年秋天的空气，用以缓解瞬间缺氧的感觉，同时又有些死里逃生的侥幸——如果不及时撤下采油三大队"三个一辈子"的标语，娄子就捅大了。于是也就明白，邓小平早就说过"现在苦点儿，以后就好了"这样的话，他从来说话算数，现在，他实际上是验收来了。因为生怕丢掉了艰苦奋斗的革命传统，违背了先生产后生活的最初原则，他，不止是他，一直在强调吃苦越多越光荣，奉献越大越高尚，并且率先垂范，给大家做出了吃苦和奉献的榜样；现在才明白，原来过犹不及，他走得太远了。奉献怎么可能无私？无私到什么程度？他似乎明白了一点点，恰好是这一点点，让他心里淤积起来的东西一下被冲决，有了訇然贯通清泉畅流的滋味。他面向南方属望，天高地远，却依稀看见了儿子所在城市的灯光。

邓小平来油田视察的消息一传开，上下都很振奋。钻井七纵队的工人私下串联好了，敲锣打鼓，还牵着一匹披红大马，非要接许曾回去。许曾站在自家门口，泪花晶莹的，向大家抱拳致谢。他说："其实我并没有先见之明，也就是凭着个人的感觉，办事贼大胆儿。处分我是对的，人家发令枪还没响，我就抢码子了，这怎么行？再说，我拿买醋的钱打了酱油，这是严重违反财务纪律的，给大家开了个胡来乱来的头，不处分怎么得了？念及我对油田有过点滴贡献，对我宽大处理，其实已经很不错了！”

带着强大的物理惯性，要急刹车或者急转弯，那是很难的。薛明知道自己的智慧不够，就打电话向严凌讨教。严凌已经康复得差不多了，在电话的那一端慢条斯理地说：“一切都在发展变化，此一时彼一时。刻舟求剑、掩耳盗铃的蠢事，无论如何咱再也不能干了。把光荣传统和错误的东西认真剥离，这才是明智的。”薛明检讨说：“我的错误更多一些。”严凌说：“这种事怎么能说得清？知耻而后勇，一个敢于承认错误、汲取教训的民族，才是真正强大而不可战胜的……”薛明若明若暗，想来想去，就铺开稿纸，给油田总指挥部写了一份完全是检讨书的思想汇报。

最现眼的人就是焦洪林了。本想发射一枚嚆矢，可刚点着火就在手里爆炸了，他只好自食其果。本来由副职变正职的文件都打印好了，鲜红的公章也加盖完了，还没来得及送达，萨E采油指挥部就接到了薛明的电话。薛明说：“焦洪林这种人，要慎重使用才是，每次听到口令，他都习惯迈左脚。”萨E的人说：“迈左脚是对的呀，要是迈右脚，那就顺拐了。”薛明说：“不是那个意思，是指政治上的左撇子，这回懂了吗？”萨E的人就嘿嘿笑，一笑就有隐蔽的内容了。薛明说，你们别笑。我和焦洪林并不一样。大前提是我们都爱干净，不同的是，我是幻想把身上的细菌彻底洗掉，而他是要把自己的皮都扒了！这回萨E的人彻底听懂了，而且还扩张了他的意图，不但没提拔焦洪林，反而一撸到底，连副科级也没收了——实际上像薛明这一级领导，能具体管到副科级干部身上，已经属于破例了。

于是，焦洪林被调离了采油三大队，到油田保卫部周密的手下报到，去当二警察看门护院了。一个傍晚，焦洪林提着简单的行囊，神情悲壮地上了汽车。三大队的人都站在干打垒外面，感情复杂地目送他从这块土地上永远离去。他凄然笑笑，向大家招招手。飘旋不定的车风刮落了一张纸，那纸在半空中荡来荡去的，吕勤久几个人跟着追赶，费了好大的劲儿才捉住，由于年深日久，纸页都有些发黄了。纸是对折的，打开一看，竟然是当年扯下来的那幅插图——一个女性的大阴户。

第二十八章

一听到右派摘帽和取消成分的消息，贫协主席老张才立刻中风了，是巧合还是因果，谁都说不清楚。六叔和许曾赶到萨边时，老张才还在顽强地拔气儿，用那只能动的手拉着他们俩，呜呜啦啦地哭着说："你们得替我给中央写封信说说，成分不能随便就取消了啊。地富反坏右人还在心不死，江山说变色就变色，这可不是闹着玩的。毛主席他老人家死得早，就得让邓小平给咱贫下中农做主了！"六叔和许曾也转着泪，点头敷衍着。在随后的大半天弥留里，他一再用渐渐黯淡的目光询问这桩事。为了能让他走得利爽，许曾就俯在他的耳朵上说："写信来不及了，我打了长途电话，还是加急的。中央很尊重你的意见，收回了决定，成分又重新恢复了。你到那边去，继续当你的贫协主席吧！"老张才强笑一下，带着挽狂澜于既倒的满足，终于闭上了阅历深多的眼睛。这位最后的贫协主席坟前摆着四个他平时最爱吃的菜，都是六叔亲手烹制的。

油田召开了座谈会，让六叔参加，想通过他的亲身经历谈谈取消成分的意义。六叔是不爱抛头露面的，这且不说，黑帽子使他深受其害，好不容易熬上个红帽子，没得到一丁点益处，突然一声号令，竟叫统一脱帽了，你叫他说什么？就私下对夏晴嘀咕，咱的命咋就这么不好呢，熬满了长刑，又遇到了天下大赦。取消了我的贫农成分，说不定比焦洪林被撤职还痛苦呢！夏晴明白，他心疼成分，是因为它实在来得不容易。就劝慰他说，其实我也不想戳穿你，你那个贫农是走了后门的，经不住推敲，如果不取消，早晚还会露馅的！六叔有些恼恨，说这话有别人说的，还有你说的？为了一个贫农成分，我装猫装狗的，活得都不像个人了。我要是个正庄儿的贫农，能找到你头上？夏晴也不让步，就说，怎么样，老张才并没说错吧，这就叫阶级斗争松一松，阶级敌人攻一攻。刚刚取消了成分，假贫农真地主就原形毕露，要搞复辟了。米新朵好，你找米新朵去呀，一切从头再来嘛！六叔急不得讪不得，就把夏晴放倒在炕上，拉上窗帘，炫耀武力说，那好吧，光天化日之下，地主又把贫农压在最底层了，你随便告去！夏晴咯咯笑着，吓唬说，孩子回来了孩子回来了。六叔哪里肯信，就一阵暴雨狂风，把本该放在夜里办的事提前办完了——干打垒太小，只有一铺炕，很多夫妻都这样和儿女打游击捉迷藏。

楼房说盖就盖，不是一幢一幢的，而是一片一片的。北方油田就像一只解开了脖套的鱼鹰，替主人捕够了鱼，该轮到自己进食了。按照国家政策，不过是留用了收入总量的一小部分；而仅仅是这一小部分，就已经很可观了。在人们的心目中，住楼房还是挺奢侈的事，等于一步登天了。先住进去的人都有点儿不好意思，好像破坏了同甘共苦的誓约，对不起周围的工友似的。在蹲便与坐便的选择上，人们一致倾向前者，觉得能在屋里解手就已经很过分了，再大模大样地坐在那里，那还像话吗？简直就不像劳动人民了。人们开始羞答答地享受着最简单最初步的城市文明，却又发现，从睡炕到睡床，从夜不闭户到关起门来过日子，不啻是一个质变量变的过程，几乎就是一次精神上的万里长征。

刘播分到了第一批楼房，这也是大家一致认可的。别处称作两室三室的开间，这里就叫两代户三代户，暗含着人口和辈分需要的标准内容。刘播只有两代人，却分了一套三代户，这与他的级别和资格不无关系。他把三大队迁来萨尔图的老朋友都叫到家里来“燎锅底”，唯有许曾不是三大队的人，又自然是少不了的。其中还有焦洪林，尽管大家见了他全都不尴不尬的。

自然还由六叔上灶，原料菜都是崔大可从接待处弄来的，刘播也象征性地交了几个钱。大家刚刚坐下，就听到有人敲门，开了门，全都惊呆了，来人竟然是张老板，穿戴得整齐干净，全面刷新了往日形象，怀里抱着一块淡绿色的奇石，下镶一个紫檀木底座，往那儿一放，立刻满屋生辉。这礼物显然过重了，刘播踟蹰着，一时不知道怎么办是好。张老板说："是从南边买来的，没用几个小钱。其实就是一块石头，意思是说，咱们的友谊坚如磐石！"大家这才猛然清醒，这个一直被叫作张老板的张老板子，恐怕要成为真正的张老板了。他已经不再坐摊掌鞋，而是用他的积蓄做本钱，当起了倒爷，一趟一趟往前方跑，往油田倒腾服装倒腾鞋，规范的称呼是服装批发商，赚得钵满盆满了。

大家坐下来，寒暄了一气。见晋元峰拿着一副扑克，在桌子上熟练地倒来倒去，就说："你不是研究过袁天罡鬼谷子伏羲八卦吗？给我们算算吧，都是什么命。"晋元峰说："不能算，得罪人。"大家就说，没关系，玩嘛。晋元峰就抽出几张牌来，每张牌用笔写上一个字，叫作鬼笔禅示，然后又洗牌数遍，念念有词地摊在桌上，让大家依次摸来，再一一亮开：许曾是攻，张老板是守，刘播是定，六叔是熬，焦洪林是躁，崔大可是乱，晋元峰自己是苦。

众人就嚷嚷着让晋元峰解释。

晋元峰说："天机不可泄露。不过是每个人一生的命运凝缩和人格概括。"

许曾说："这个攻字我明白，我办什么事都像李逵似的，脱光了膀子抡起板斧就上！"

晋元峰说："你厉害呀。当年看你指挥钻塔搬家，那个潇洒劲儿后来我才对上号，跟小泽征尔指挥乐队一样。"

张老板说："我怎么会是守呢？我守什么了？倒是让看守给我守了那么多年。"

晋元峰说："这就是说，这么多年虽然你背着可耻的罪名，却一直守身如玉，从来就没有花花事。"

张老板嬉笑说："可不是如玉吗，入他妈的监狱了！"

崔大可说："我咋这么倒霉，摸着个乱字。这是啥意思？"

大家窃笑。

晋元峰："乱也不错，乱红成阵，所以才有春泥护花一说。"

崔大可看着晋元峰，嘴上搡搡的。

刘播就把扑克牌一划拉说："开饭了开饭了。都是自娱自乐胡扯淡的事，自己愿意咋寻思就咋寻思去！"

大家就擎着酒杯，集体地分别地撞着，说一些怀旧的话题，进而唤起老会战的归属感。焦洪林正为那个躁字犯嘀咕，伸出筷子，颤颤地夹了一个八珍丸子，刚刚送到嘴边，手上一抖，那丸子竟然掉到了地上，又滚到了很远的地方，被谁一脚踏扁了。

大家都笑了，张老板的笑声尤其峭拔，有感而发地说："太他妈有意思了。一个香喷喷的肉丸子，眼看就吃到嘴了，没想到关键时刻掉蛋了，滚到一个阴暗的角落里，被踏上一只脚，最后啥嘛不是了。"

焦洪林就撂了筷子说："你啥意思？"

张老板说："明摆着的事，还用我说破吗？你小子太冒进，也就是太急躁，巴不得共产主义明天就实现，事事总往前抢，没想到走着走着，突然一声口令，向后转走了，结果尖兵反倒成了落伍者，官没当成，闹个罐养王八——越长越缩缩。这太有意思了，想让人不笑都不行……"

焦洪林满脸晦暗，还说着硬话："怎么是向后转？还不是为了共产主义远大目标迂回前进嘛。我调转工作也是很正常的，身是革命一块砖，东西南北任党搬。砌上高楼不骄傲，砌到厕所不悲观。"

张老板说："别打肿脸充胖子了。一个有血有肉的人，怎么能当成砖？你这是自己给自己找台阶下呢。看你那个熊样子，不就是一个副科级嘛，刷就刷了，算个鸟！别可着一棵树吊死，实在不行下来跟我干吧！"

焦洪林就露出鄙夷的神色说："我怎么能跟你干？你这算是咋回

事？你再好也姓私，我再不好也姓公。你是小商小贩，我是堂堂的工人阶级。我就是要饭，也要不到你的门口去！”

张老板说：“你这种人，就是精神上有病，属于自宫性质。这么大的岁数，两个‘三五八’都带拐弯了，还自拉自唱呢。赶快找个老婆，生个孩子，踏踏实实当老百姓，这才是正经事。我现在才明白，你口口声声要解放世界上那三分之二，其实，你自己才是被解放的对象呢！”

晋元峰打圆场说：“也对，回归自我吧，天阶夜色凉如水，卧看织女牵牛星，老百姓的日子是很实际的呀。再说，培养革命事业接班人也是头等大事，耽误不得！”

焦洪林睥睨着张老板说：“我怎么没干正经事？三大队所有油井上的每一个螺丝疙瘩，我差不多都亲手卸过上过擦过。全油田每年五千多万吨石油，也有我亲手采出来的那一部分。我不是不正经，而是太正经了，正经过头了！”觉得不能尽意，末了又加上了一句“文革”常用的套话：“鹰有时比鸡飞得还低，可鸡永远飞不了鹰那么高！”

张老板哈哈大笑起来。他说：“焦洪林，我操你妈的，到这种时候了，你还跟我装？又是鹰又是鸡的，离开家乡十八年还不回家，你还是个人吗？”

当时六叔正在厨房里忙着最后一道罗宋汤，听见里屋一阵杯盘乱响，就知道这酒喝呛了。他拿着那把祖传的炒勺闯进来，只见焦洪林和张老板两个手上都掂了酒瓶子，正在隔着桌子叫板。六叔当年就领教过血虫虫的酒瓶子，明白这东西的厉害，可兼做冷热兵器，弄不好会出人命。危急时刻，就把炒勺擎在头上，高声喝道：“都给我住手。哪个敢在楼房里撒野，我就把勺子敲到他头上去！”

两个人都不吭声了。

刘播说：“张家生，这就是你的不对了。你怎么能忍心欺负一个失势的人？你就这样坚如磐石？把你的破石头拿走！”

张老板怪笑一下，放下酒瓶，掂起那块石头来说：“好吧，我拿走。我心里明白，你们都瞧不起我，认为我不走正路。什么他妈的坚如磐石？本来都是一些很松散的分子，因为地下的高温高压，才团结凝聚起来了。现在，没有了那种条件，分崩离析，也是必然的！”说着，用力一掼，砰的一声，那块石头跳了一个高，居然没碎。

张老板借着酒力，大哭起来。他这么一哭，在场的人联想到历历往事，联想到他的特别不幸，也跟着哭了。焦洪林走过来，抱住张老板，两人马上和好了。

焦洪林边哭边说：“我不是不想回家，我是没脸回去呀。”

张老板说：“你又没干什么见不得人的事，不像我，强奸犯。”

焦洪林本来是不想说的，可话已经到了嗓子眼儿，想咽也咽不回去了，终于道出了当年欲说还休的谜底——原来，他们村里人辈辈不出息，没想到一个放牛娃把牛放丢了，不敢回家，跑出去找饭吃，竟然当了营长，回乡的时候，是乡亲们用太师椅抬过河的。家乡放了鞭炮，还杀了两口猪，全村人都沾了光，聚在大场院上吃席。焦洪林也是喝了几口苞米酒，就嘀咕说，营长算个鸟，在军棋里，营长不过就是蹚地雷碰炸弹的……村长是营长的叔伯兄弟，听了这话，就捉贼捉赃一般抓住他的手腕子，向全村人宣布，姓焦的小子不尿营长，他要当大干部哩。可你也不搬块豆饼照照，带秦琼那两步走吗？日后能当上大队会计，那就是祖坟冒青气了！如果焦洪林蔫着不应声，也就罢了；偏偏酒劲儿把犟劲儿勾上来，便豪气冲天的，捋着他的话茬儿，向全村人朗声说道，如果我不干上营长这级，就不过村前这条河！场院上的人一片嗷叫，有人还鼓起掌来。村长叫号说，那好吧，要是你能干过营长，不用别人抬，我亲自背你过河！

大家面对那块摔不碎的石头，发出长长短短的叹息声，谁都说不出话来。

这天晚上，张老板喝多了，非要六叔送他回去不可。他们就互相搀扶着，迈着绵软的太空步，从萨尔图初显轮廓的街区走过。张老板住在一个小旅店里，单看这个，是看不出他有钱的。他打着源源不断的酒嗝，对六叔说："咱们都让晋元峰给涮了。其实每个字都是他针对每个人写出来的，他要是写上王八蛋谁也没辙，只不过他使了障眼法，把牌准确地分发给了每个人罢了。"

六叔说："别人对不对我不敢说，我这个熬字是极准的。过去我是熬过来的，今后大概还要继续熬下去。"

张老板说："本来是属于你的花，被别人偷走，摆到了自家的窗台上，你只能看着，又不能认领，还得帮偷花的人看护着，那是什么滋味？也就是个熬吧。"

六叔说："也不仅仅是这个。有时候，其实就是一种感觉。"

张老板俯在六叔耳朵上说："马御厨，你猜我赚了多少钱？这个数！"他用手比画了一下，可走廊里光线太暗，六叔没能看清。

张老板接着又说："我平日里坐硬板，睡地板，日床板，为的就是能当老板。哥们儿，我已经属于先富起来的那一部分人啦！"

六叔有点儿发蒙，心里还拒绝相信，暗自说道，这不是真的，哪有这么容易的事？可走到门口，发现一个女孩团缩在那儿，怀里抱着一个挺大的钱包，正在等待张老板交账，这才醒悟，他无法想象的事情，已经明明白白地发生了。

女孩站起来，柔弱地叫了一声叔。

张老板说："你一直就在这傻等？先放你那儿，明天再说嘛。"

女孩说："那不行，这是不能马虎的。"进了屋，女孩一五一十地给他点钱，连钢镚儿都点得一清二楚；而张老板看都不看，兀自跟六叔说笑。

张老板说："这位是你马叔。听说过马御厨吗？他就是。"

女孩唇红齿白的，只是有些疲惫，显然是生意做得太累，生活没有规律。有很多像她这个岁数的男孩女孩，都在迅速升温的市场里打拼，冷一口热一口，饥一顿饱一顿。她似乎惊讶了一下，叫了一声马叔，然后朝六叔腼腆地笑笑，继续点钱。

女孩说："一共三千三百五十五块三毛二，叔，你点点。"

张老板把几沓整钱抓起来，塞到枕头底下，把零钱推给她，说："小敏哪，这是你的了。以后，零钱就不用算了，你自己收着吧。"

女孩不要，站起来说："叔这么信得过我，我怎么能那样做？我走啦，叔，明天还得起早哩，你也早点儿歇着吧！"

女孩走了出去。六叔就问："打哪找的帮手？挺好的孩子，还三老四严、四个一样哩。"

张老板说："一个苦孩子，从小没爹，进城来给人擦皮鞋，一来二去，彼此熟了，我看她挺把握的，就雇她给我管账。"

六叔说："好像打哪见过。"

张老板说："那年在铁西，你让我给你掌鞋，她就坐在我旁边。"

六叔似乎有印象，又似乎没有印象，就茫然地哦着。

张老板说："我给你留了一双皮鞋。"

六叔说："我还从来没穿过皮鞋呢。在采油队穿大头鞋，到采油指挥部穿翻毛皮鞋，进厨房穿软底胶鞋，出门散步穿老布洒鞋……"

张老板笑着，从床底下拿出那双皮鞋来，向六叔炫耀着牌子说"这是正宗意大利货，我特地给你留出来的。没有鞋，穷半截，你马御厨一名二声的，也是个人物，从头到脚应该更新换代了！"

六叔说："我不要，你卖了吧。"

张老板说："是不是怕穿了我的鞋，会走资本主义道路啊？你们这些人，都在一个地方待傻了。有机会到南边看看去，根本就不是一个节气，不是一种活法。薛小楠怎么说来着？不知有秦恬，无论老晋。"

六叔笑了，说："那叫不知有汉，无论魏晋。"

张老板说："我们的石油工人，穿过草鞋，穿过胶皮靰鞡，穿过大头鞋，那么多的鞋上，都有我缝过的针线。我从掌鞋到卖鞋，绝对是从土八路到正规军。今后工友们都能穿上我卖的皮鞋，挺着胸膛在大马路上咔咔那么一走，那才叫抖神呢。"

这么说着，张老板从床底下拽出一只大箱子，打开来，都是和六叔手上一样的皮鞋，有刘播的、晋元峰的、崔大可的、吕勤久的、焦洪林的、周密的……他知道每一个人的鞋码，早就给每个人都预备了一双。

六叔终于感动地说：“好吧，皮鞋我收下了。有一阵我误会了你。其实无论你的处境是好是坏，始终没忘记工友们，我这才明白什么叫真金不怕火炼，什么叫坚如磐石……”

六叔要走，张老板不让，拿出一盒红塔山来，非让六叔抽上一支。六叔基本上是不抽烟的，点燃了，像金鱼吐泡那样咕嘟着。

张老板突然说：“马本良，我遇上了难心事，叫你来，就是想让你给我出出主意。”

六叔定定地看着他。

张老板说：“我喜欢上了这个女孩子，她叫黄小敏，当初在铁西擦皮鞋，被坏人欺负了，我也是路见不平，帮了帮她。后来跟着我东跑西颠，辛辛苦苦，干了好几年了……”

六叔的烟就走了岔道，铿锵地咳嗽着。

张老板说：“我比她大着十七岁……”

六叔缓过气来，他在粗糙的地板上来回踱着，就像遇到了无法解开的难题，嘴上喃喃说：“十七岁……十七岁……这就是说，等于十年‘文革’，再加上七年徒刑。”

张老板说：“再说，她跟我叫叔，差着一辈儿呢！”

六叔说：“这倒不是问题，反正不是亲的。历史上这样的先例也不是没有……再说，你是亏了，亏大发了。”

张老板说：“可你知道她是谁吗？她是黄凯的女儿，这就不好办了！”

刹那间，六叔的心停跳了。他嗫嚅再三，自己都不知道说了些什么，找了个生涩的借口，赶紧从小旅店逃开了。怎么会这样巧合？是不期而遇，还是她有意找上来的？生活的玩笑竟会如此残忍，就像冥冥中有一只恶作剧的大手，故意捏合这种难堪故事。回到家，夏晴已经深睡，月光从窗帘的缝隙里透进来，水似的照在那张既不老也不年轻的脸上，那张脸单纯明净，恬静如婴儿。六叔像默哀似的俯视她一会儿，轻轻叹息一声，钻进被窝，闭上眼睛，似睡非睡，一直躺到天亮。

中秋节前夕，陈南喜来了。他给六叔带来了乡下的瓜果菜蔬，还有新碾出来的小米，虽然不值几个钱，可这么远的路，能有这份心思就很感人了。他还以为大名鼎鼎的马御厨住进了楼房，就仰着困惑的脸，迷途羔羊一般，一幢楼一幢楼地咩叫着小六子。可六叔却从不远处的干打垒里钻了出来，这让他很意外。楼房作为最重大最时新的职工福利，是有具体分配原则的，第一,六叔不是领导，甚至连干部都不是，是不大可能破例优先的。第二,六叔不是劳模，充其量只能算劳模家属，况且夏晴还是个半截子劳模，也没有特别照顾的理由。因此，六叔得耐心地排号，比同样资格的老会战晚住三年二载的。六叔怕夏晴心里委屈，总打破头楔，说住楼房有什么好的？不接地气，容易生病，家家大门紧闭，老死不相往来，就像蹲小号似的，熟人都难得见面。对这套明显的酸葡萄理论，夏晴很不买账，说连杜希金都上楼了，人家蓝溪解手都不上公共厕所了，宁可憋着，或者走二里地回家处理去。六叔就顺毛摩挲说，咱不跟蓝溪比。她是谁，你是谁？铜盆烂了分量在，我就不信，你多年的劳模，这么点风格还没有？早住一天晚住一天，还不都是一样的。夏晴说，我不过就是念叨念叨。要是眼气这些，当年我能嫁给你？我这辈子，嫁鸡随鸡，嫁狗随狗了。

陈南喜的岳父母脚前脚后全都进了棺材，入殓的时候他还叨咕说，别怕老张才，重新洗牌了，大家全都一个鸟样了，到那边硬气点儿！看到石油工人又涨工资又住楼房的，都在同一块地盘上生活，这让他既不平又眼热。他很后悔当初没跟六叔一起到油田来。

六叔说："你不行。假如当初你真来了，肯定也得当逃兵，你那两下子我知道。我们的工资多一点儿，房子好一点儿，都是猪皮冻子——熬出来的。吃了多少苦，遭了多少罪，只有我们自己知道。"

陈南喜说："石油又不是你们种出来的，凭啥由你们霸着？还总是没完没了地自豪，连身上的'光荣虫'好像都是双眼皮的，谁说个不字就跟谁急。其实，全国人民也都承认你们贡献大，你们自己就不能谦虚点儿？"

六叔举杯说："喝酒吧。这话要是别人说的，我都敢揍他；换了你，我就不多说什么了。谦虚不谦虚的，是不是那么一回事？像我这样的普通劳动者，除了几句赞扬，又能得到什么？连这几句赞扬你还想给克扣了，这也太不够意思了吧！"

陈南喜嘻嘻笑，说："有道理有道理，往后，你们就表扬与自我表扬相结合吧。"

六叔感到了陈南喜有事，就问："是不是又借钱来了？"

陈南喜说："我可是人穷志不短，不能总是手心朝上。欠你的那些钱，我都记着呢，到时候我会加倍还你的。"

六叔说："我从来就没打算要过，就算我扶贫了。"

陈南喜说："你要想真扶贫，就帮我们公社弄点化肥吧。本来应该于扶出面，他现在是公社革委会副主任；可总觉得和许曾不尴不尬的，就让我找你。"

六叔说："找我有啥用？我就是个做饭的。过去是黑帽子，现在是白帽子，这种事，你得找红帽子去。"

陈南喜说："我知道你跟蓝溪好过，蓝溪可是杜希金的老婆……"

六叔说："于扶找许曾尴尬，我找杜希金就不尴尬？虽然身份不同，事情都是一样的。"

夏晴憋不住笑，就在一旁插嘴说："你找杜希金干什么，你找蓝溪嘛。那时候要不是成分问题，你早就和蓝溪捂扎到一块去了！"

六叔用眼睛翻她说：“啥叫捂扎？油田马上就建市了，孬好咱也叫市民了，你就不能整点儿文明词儿？整天吃历史陈醋，就不觉得齁得慌？”

也是一个巧，正说着蓝溪，就见蓝溪领着几个人，径直闯进屋里来了。原来是工会和爱委会联手行动，要对全油田的“光荣虫”进行扫荡清剿，分开几路人马，一面挨门挨户宣传，一面发放虱子药。虱子从寄生虫变为“光荣虫”，又从“光荣虫”变为“可耻虫”，其意义已经远远超出了卫生的概念。六叔一见这阵势，就打着哈哈说：“陈南喜，这一下你的末日到了！”陈南喜被六叔称作过虱子，也是心有灵犀一点通，就操操地说：“你们油田真能整景儿，用得着就叫人家‘光荣虫’，用不着又叫人家‘可耻虫’，连这玩意儿都来回折腾。”六叔说：“你懂什么？此一时彼一时，这叫正本清源，拨乱反正。”

蓝溪并不知道这就是六叔的家，如果知道，也许就不进来了。蓝溪见了六叔和夏晴，呀了一声，惊定在门槛处，马上又从容下来，一朵笑靥像花似的绽放开了。

六叔说：“我们家早就没有那玩意儿了，你们省了药，送给别的人家吧。”

蓝溪环顾着简陋的干打垒小屋，发出一声隐蔽的唏嘘。她说：“马本良，油田上哪个头头脑脑你不认识？去活动活动嘛，所有的条件都是人制定的。你就忍心让夏晴跟你住这种破房子？”

六叔苦笑一下说：“没关系，多少年都住惯了，上了楼还真就找不到边框四至了。再说，让我为自己的事去求人，那还不如杀了我。”

蓝溪是不宜久留的，所谓虚晃一枪，拨马便走，不管六叔是否需要，还是把两包虱子药扔到了炕沿上。六叔故意送出去挺远，弯出房头，遮住了夏晴的视线，才把蓝溪叫住了，直截了当地把买化肥的事提了出来。

蓝溪说："你不是不求人吗？"

六叔说："这不是为我自己，是为了农民兄弟。"

蓝溪说："你找杜希金嘛，我们家女人从来不参政。"

六叔说："也行，反正杜希金欠我人情。想当年我要是不发扬风格，在关键时刻把你留给他，整个婚姻格局都得被打破了，那么现在还住干打垒的就不是夏晴，而是你了。"

蓝溪作嗔说："讨厌。都是吃剩的骨头，放在嘴里嘞拉起来没完了。要多少吨，你说话吧。"

六叔说："支援农民兄弟，多多益善。"

蓝溪说："明天你叫那个农二哥自己去吧，你别出面。你读了那么多书，懂得怎么做君子，对不？"

六叔说："我懂。以后我遇见杜大人，一定绕着走。"

蓝溪笑了："你能躲开他，他却躲不开你。来了哪一级客人，只要他陪着，就得吃你马御厨做的饭菜！"

六叔就延伸了话题说："你家杜希金可真有意思。桌面上敬酒的嗑儿，比晋元峰编得都好。你听听，'激动的心，颤抖的手，我给领导来敬酒，领导喝了我感动，领导不喝我不走……'说得人直起鸡皮疙瘩，换了谁谁能不喝？"

蓝溪说："你是不是认为他太下作？那都是逢场作戏，没办法的事。换了你马御厨，你咋办？恐怕也是生旦净末丑，狮子老虎狗，得啥演啥。"

六叔说："所以你们才般配，都是演员嘛！"

蓝溪说："还想不想要化肥啦？想要，就把你的嘴闭上！"

六叔果然就闭了嘴，目送蓝溪的背影远去，又蔑笑着，添头奉送了一句："像他妈太监优伶似的，这么当官，还不如不当！"

这一次，陈南喜一共拉回去六十吨二铵，于扶他们乐得嘴都合不拢了，奖给他一些大米豆油什么的，及时润滑了他窘涩的生活。过年的时候，萨边公社还派人给六叔送来一角猪肉表示谢意。六叔板下脸来说：“这是干什么？这样就把关系弄脏了。”送肉的人下不来台，就把底子捅出来——送给杜希金的不是一角，而是半扇，人家二话没说就收下了，你一个厨师怎么就这么较真儿？六叔想了想，就从腰包里掏出钱来说：“这么冷的天头，大老远的拿来了，也不能让你再拿回去。我收下，就算替接待处买的，钱你拿回去吧！”

六叔真就把萨边送来的猪肉拿到了接待处，让崔大可当着别的厨师面过秤验收，实报实销了。

尽管关系微妙复杂，六叔和崔大可还是处得挺不错。凡是崔大可的意图六叔总是努力去办，而六叔做了主的事他也尽心维护。他们就像两棵互相依存的树，根部被两个人缠绕在一起，那就是刘播和米新朵。

有时工作忙，崔大可就住在客房部，一副夙兴夜寐的样子。渐渐就有人风传，说崔大可睡了年轻女服务员，夜里看得绰约，服装都是一样的服装，却是很狐媚的身影，可以肯定不是他老婆。六叔也有耳闻，可他不信。他说：“米新朵怎么就不狐媚？米新朵够狐媚的了，就凭那身白肉，那管翘鼻子，怎么也算得上出口转内销的。别人不知道我还不知道！”人们就穷追不舍，问你到底知道什么？一身白肉是啥意思？六叔自知走嘴，就满脸赧色地说：“我就知道崔大可不是那种人，他要是对不起米新朵，我都不答应！”

有人想看热闹，那天就故意使坏，捅咕六叔在早班四点去找管理员说事。六叔不知深浅，真就去了，一叫门，里面果然乱成一团。若是春夏秋三季，那女的就能跳窗逃掉了；可那正是隆冬时节，窗缝都糊得严严实实，而且还上着很厚的冰，即使是干打垒式平房，也只能束手就擒。崔大可打开房门，嘿嘿地干笑，还有些不大见外。那女的则像一只急窘的鸵鸟，把头拱进被子里，一只肥白的大腿却露在了外面。

六叔比崔大可还慌乱，一脚门里，一脚门外，结巴着说："对……对不起，我……我可不是故意的。"

崔大可像让烟让茶似的让着说："兄弟，要不你也来来？"

六叔赶忙摆手谢绝说："不用不用，家里有家里有。"

崔大可镇定下来，说："我让到是礼了。这也不能全怪我，是她送货上门的。女人嘴馋 × 受苦，古今中外都这样，没啥好说的。"

崔大可光着身子，发达的家什蛮霸地郎当着。不过四十出头的年龄，下膛已经提前凸起，整个身子就像孑遗在架上的老黄瓜种，六叔都不好意思看他了。他转身就往外走，刚要关门，又想起来什么，就站住了。

崔大可说："老马，你还有事？"

六叔嗯了一声，又折返回来，站到崔大可面前，伸手打了他一耳光。

六叔说："这是我替米新朵打的！"

崔大可抚摩着脸颊说："打得好！"

六叔又朝另一侧打了一下说："这是我替刘播打的！"

崔大可又说："打得好！"

六叔一蹶挞，从那间屋子里走出去。他没回值班室，也没去厨房，而是来到接待处的外场。新下的雪静静地柔和地铺在地上，洁白得让人不忍践踏。六叔心事浩茫，脸上热辣辣的，抓起地上的雪就往脸上搓，直搓得满脸都是雪水泪水。

都在一个大院里，这事儿不知怎么就让米新朵知道了，那天就红着眼睛来找六叔核实。六叔是绝对不能说实话的，这是铁的原则；可六叔又是不会撒谎的，支支吾吾遮掩了三两个回合，脸就红了，好像坏事是他做的。米新朵看出了究竟，抽泣几声，就哭起来，鼻涕眼泪汪洋恣肆的。六叔慌得不行，关门吧，怕别人误会，不关门吧，更怕别人误会。

就把门半开半掩着说：“别哭别哭，崔大可没事，真的，他能有什么鸟事？他什么鸟事都没有。”

可米新朵还哭，哭得很投入，鼻涕扯出了晶亮的细线。六叔拿出一张软纸递给她，米新朵用力一擤，竟然擤出一管大鼻涕来。

米新朵说：“马本良，你好好看看我，漂亮不漂亮？”

六叔哪里敢好好看，匆遽地扫一眼说：“漂亮漂亮。怎么能不漂亮呢？贼漂亮，不漂亮我能追吗？那一茬子，你就是花魁！”

米新朵说：“也许是各花入各眼，饺子吃多了，也腻得慌。”

六叔说：“你看你看，哪挨哪的话呢！”

米新朵很痛苦地笑着说：“马本良，你别再帮他瞒我了。崔大可能逃过我的眼睛，可他逃不过我的鼻子；他身上经常有别的女人的臊味儿，而且不止一个两个。”

六叔都不敢正眼看她了，他像揉面似的揉着自己的脸，揉出紫巴溜丢的颜色来，然后说：“米新朵，你傻呀！要是把你男人搞臭了，你能得到什么？你什么都得不到，反而要失掉很多。再说一闹起来，刘播还要受牵连。刘播是咱的恩人，你咋不替他想想？”

米新朵沉默片刻，又说：“他是个天生的骚货，要不然，能叫崔春泥吗。我想好了，跟他离婚！”

六叔说：“离不离婚，不关我的事。脚上的泡，都是你自己走的。”

米新朵说：“马本良，我心里总觉得委屈。其实，我跟他根本就没有爱情，当时，他属于骗奸性质，我听周密说过。”

六叔想笑却又笑不出来。他感到了话题的走向很危险，就说：“那是周密胡扯淡哩。那种年月，别说你没有爱情，有几个有爱情的？”

米新朵说：“马本良，你对着太阳说，你和我，是不是爱情？”

六叔说：“是不是的，反正也夭折了。许曾和韩桂花，我和夏晴，那才真是。”

米新朵说：“你就不想把被‘四人帮’耽误的事情补回来？”

六叔装糊涂说：“怎么不想，我这不是一直在努力工作嘛。”

米新朵说：“我真想报复一下崔大可，你呢？难道你就不想？也许只有这样，我心里才能平衡一些。”

米新朵已经表达得很清楚了。六叔红着脸，很激动也很阢陧。他说：“米新朵，我始终没忘了你，有时连做梦都梦到你，这你不会不知道。我要是不想和你干那事儿，那我就是一块木头。可夏晴是我的妻子，也是我的恩人，她在我最危难的时刻救了我并且嫁给了我，无论如何我不能对不起她。再说，我从来不刷别人的盘子！”

米新朵涩涩地笑开了，说：“你怎么不刷别人的盘子？当初在采油三大队食堂……”

六叔说：“反正我不能胡来，我要是也胡来，那跟崔大可又有什么两样？你要报复他，另请高明吧。为了你，什么忙我都能帮，就是这个忙帮不了，希望你能原谅！”

米新朵低头不语了。

六叔又说：“米新朵，你救过夏晴，当然也包括我儿子，对我们全家是有恩的，我得对你负责任。听我劝，回家去吧，关起门来，好好教训他一顿。这事儿不能让别人知道，更不能让你儿子崔凡知道，完后好好过日子！”

米新朵抬起头，长叹一声说：“马本良，你真是个好人哪，好得都让我没法说。如果能有下辈子……”

六叔说：“中央让咱们向前看，你咋还向后看？”

米新朵说：“都是咱这茬人命不好，没赶上好时候。亏了，亏大发了！”

六叔说：“亏什么，我还觉着赚了呢。谁能赶上石油大会战？早赶不上晚赶不上，偏偏让咱们赶上了。”

米新朵用妩媚的泪眼瞟着六叔，叹着气，吃力地笑笑说：“生活怎么会变成这样子？我们都怎么啦？马本良，你不会把咱们的话告诉夏晴吧？要是让她知道我勾引你了，那我可就没脸见人了！”

六叔说：“怎么会呢？每个人的心灵深处，都有自己的隐私，把它仔细藏好吧，兴许那就是一个人的财富呢，就是再搞斗私批修，也坚决不能说！”

米新朵就这么走了，平时轻盈的脚步显得很沉重。六叔望着她的背影，心潮起起落落的。一个本该成为自己妻子的女人，现在竟然要回过头来跟自己私通，这个幽默实在是太沉重太恶毒了。也正是从这个时候起，他暗暗决定，必须离开崔大可和米新朵，如若不然，实在是不好做人了。

第二十九章

平静的北方油田在悄然而迅猛地变化着。除了楼房像海藻那样大量增殖，“三块板”式的马路经纬交织，色彩上也有了很大不同。过去的冬天里，雪是白的，工服是黑的——深蓝色的杠杠袄不大可能保持本色，很快就向黑色靠近了。一动一静，大地上只有这两种简单黯淡互相反衬的底色。南来的暖风渐次吹开了姹紫嫣红，如今满大街都是明艳的服饰，劳动保护装束也改成了套面棉袄，栽绒帽子，亮漆皮鞋。当年那种狗皮帽子大头鞋杠杠袄已如隔世之物，有的人家没地方收藏，就用它跟农村人换鸡蛋了。

那天六叔翻箱子，发现自己的那身行头没了，就问夏晴。夏晴头都没抬，说送给陈南喜了，他在农村，孩子又多。六叔就急了，说我那也是历史文物，有收藏价值的，还给皎然留着呢！夏晴说，就是皎然让送的，他说看到那东西身上直拘挛，总要想到虱子。六叔说，狗日的咋就那么多臭毛病？他爹他妈都是穿着那个走过来的，历史就是那么个历史，他能给篡改了是咋的？夏晴说，你看你看，不就是几件旧衣服嘛，油渍麻花的，送人就送了呗，就像刨你祖坟似的。要搞革命传统教育，我这还有。再说，我比你地道，是真正的采油工，工龄比你还长呢！六叔气咻咻的摔着箱子说，一个要管，一个护着，家家都这个熊样，下一代不变色才怪呢！

嗅觉灵敏的人抓住先机，都跑到这儿来发财，非石油行业人员越来越多了。那天六叔上街，推着车子刚要进菜市场，车把就被一只手抓住，一张半生不熟的脸向他绽放着耐久的笑容。他端详了片刻，努力打捞记忆，才认出原来竟是当年逃跑的那个康同伟，早已被他忘到脖子后头去了。他穿戴挺阔气，一看就是款爷，一口一个马哥，非要拽六叔下馆子不可。

六叔心里很别扭，说："你请御厨下馆子，这不是笑话吗？当年吃不了苦，你穿了兔子鞋；现在日子好过了，你又跑回来了，脸皮也真够厚的。"

康同伟脸红了，说："马哥你这就不对了。当年是当年，现在是现在。现在牛鬼蛇神纷纷出笼，帝修反争相投资。我跑是跑了，不是没叛国投敌嘛。就算我跑台湾去了，琢磨过味儿来，又跑回来的，你能不欢迎？"

六叔想想，也觉得没什么不对，可心里依然别扭，就说："你可以回来，可以做买卖发大财，可你别找我，我也不用你感谢。我明告诉你吧，我鄙视你！"

六叔说完，昂然地走了。康同伟还站在原地懵懂着苦笑，好像溜须未遂，反被当头打了一棒子。

烟尘滚滚的北方油田地界，转眼之间已经有了数百万之众，而且杂色纷呈，越来越不那么单纯了，毫无疑问，都是奔石油来的。"孩子孩子我告诉你 / 一个天大的小真理 / 石油对于地球人 / 等于饴糖和蚂蚁。”这是晋元峰的半打油诗句，他这样诠释石油的战略意义和难以抵挡的诱惑力。在这水到渠成的节骨眼上，国家决定建立大北市，将政企分开。崔大可、米新朵和夏晴还是油田职工，刘播、晋元峰和六叔就算市政的人了。

起初六叔还有疑虑，说：“我为祖国献石油献了那么多年，怎么一夜之间又不姓油啦？”刘播说：“叫舅母叫妗子，都是一样的。再说，这一步也是必然的。政府是个大概念，工农兵学商，地方和企业，都管得着。将来石油采没了，北方油田成了历史遗迹，大北市还存在。”六叔说：“可也是，石油是死水，采一点就少一点。可没了石油，咱们这辈人倒是两眼一闭省事了，子孙后代怎么办？”刘播笑了，说：“这不是正在考虑嘛，还是早做准备为好啊。”六叔就觉得难以企及刘播的想法，是因为站的高度太不同了。刘播已经当上了副市长，还是主抓后勤接待一路，而他仍然是个厨师，由于差了更多的台阶，六叔平时很难够得上了。

分手的时候，崔大可很动感情，拉着六叔的手说：“这些年你待我不错。再说，有你和米新朵的底子，咱们不但得当朋友处，还得当亲戚处。”六叔说：“你倒是活得滋润，吃着碗里看着锅里，又是秧歌又是戏的；可我呢，我得熬，得夹着胯裆做人，这么多年，生生把卵子都夹扁了。分开了好，省得看得着吃不着，还要扇自己的耳光，就像我爹当年规矩我那样。”崔大可说：“要是馋得厉害，打打秋风也行，反正米新朵欠你的，我也欠你的。”六叔就觑定崔大可说：“你胡吣什么？我拿米新朵当妹子看呢！”崔大可涩笑说：“你看你看，嫂子没当上，又成了妹子，就像焦洪林似的，总往下出溜，这事儿整的！”

崔大可非要两家人聚在一起吃顿饭，六叔还在犹豫，夏晴竟答应了。两家也都刚刚分到楼房，两代户，住着刘阮上天台一般。崔大可当了总务科长，有一台轿货车，自己开着，把六叔全家接来。灶上的事自然由六叔打理，崔大可当下手。夏晴和米新朵也能从容面对，互相灌着啤酒，胆子渐渐大起来，就互相看着呵呵地傻笑，似乎有诸多不可言状的内容在里面。

崔大可率先把十二英寸黑白电视换成了十八英寸彩电。此时白人男女正在里面毫无道理地抱着乱啃，崔凡和马皎然眼睛有些不大够用，米新朵就适时地把电视关了。

米新朵说："外国人真够生性的，见了面不容分说，就是一个生啃，也不管嘴臭不臭，吃没吃大葱大蒜。啃了结不结婚？不结婚那不是白啃了吗？再说，你看那大奶子，像荷兰大奶牛似的，在男人面前一晃荡，不惹麻烦才怪。"

这话勾起了历历往事，夏晴就叹着气，追根溯源说："到了今天，米新朵你还是那么单纯。好男架不住女逗，如果你当初生猛点儿，我不信马本良就能挺住……"

米新朵说："就算我敢，又是'三五八'，又是假贫农真地主，两道枷锁，马本良他岂敢？"

夏晴说："看来，人算不如天算哪。"

六叔怕她喝潮了乱说，就用胳膊肘拐她。夏晴只好改换话题，直夸崔凡长得俊，像妈妈。六叔看着崔凡，迷离了眼神，怜爱地摸了摸他的鼻子。

夏晴说："你看我们老马，多可怜，摸不到原版的，摸翻版的。"

六叔说："你别明吃蜜糖暗吃醋。我是想起一件事来——米新朵你知道吗，当年摸过你鼻子那个著名的阿尔巴尼亚老头，自杀了。"

米新朵惊异说："那么大的干部，活得好好的，烧包啊？"

六叔说："人家说他是多国间谍，他不自杀咋整？也就是个武大郎服毒吧。"

夏晴说："怪不得我听人说什么喝茶不谢壶呢。"

崔大可说："听说咱们前后总共搭给他们九十多亿元人民币，那时候钱还实成，得相当多少石油啊，都是咱们爬冰卧雪挣出来，吃糠咽菜省下来的。可一旦不给了，他们立马跟咱掰交了。”

六叔说：“他妈的！”

马皎然和崔凡也说：“他妈的！”

两位妈妈都朝他们瞪眼睛。

六叔说：“你们两个吃好了，到外面玩去，我们说说大人的话。”

两个孩子就出去了。

六叔举杯说：“干杯吧，生活就像甘蔗，我们从苦的那头吃起，终于吃到了甜的那头！”

夏晴策应说：“我觉着就像经历了一场漫长的战争，大家都受了很多伤，可是咱们还健在，而且咱们胜利啦！”

干了几杯，六叔就郑重了神色说：“虽说一家人分成了两家，可都在同一块土地上，吃着石油的饭，市政和管理局其实还是一家。为了友谊长存，今天得把关系明确下来。米新朵是我妹子，你们该叫啥就自觉吧！”

崔大可忸怩了好半天，也没能叫出一声哥来。

崔大可说：“我比你大，大的怎么能跟小的叫哥？马御厨，咱的关系谁不知道，别整名堂了行不？”

六叔坚持说：“那不行。孔老夫子说过，名不正，则言不顺；言不顺，则事不成；事不成，则礼乐不兴；礼乐不兴，则刑罚不中；刑罚不中，则民无所措手足。你看，名堂有多重要啊。”

崔大可说：“都啥时代了，还用得着孔老夫子出来谆谆教导？”

六叔说：“啥时代，纲常伦理总是得讲的。你到底叫不叫？”

崔大可说：“米新朵叫了我才能叫。”

夏晴好像有便宜可占似的，鼓动说：“米新朵你叫，你叫啊，你叫他哥，我就是你嫂子啦！”

米新朵凄笑着，真就叫了一声哥，万千感慨一时涌上心头，就突然捂着脸大哭起来，一个人跑到卧室去了。夏晴跟过去劝。六叔伤感良久，然后倒了两个满杯，跟崔大可碰了，擎着杯说：“崔大可，我妹子心里委屈，你明白吗？今后，你要是再偷鸡摸狗，有对不起我妹子的事，我饶不了你！”说完他把杯摔碎了，冲着卧室大喊了一声：“夏晴，咱们走！”就跌跌撞撞走了出去。来到阳光底下，用手一抹，脸上竟然都是眼泪。

夏晴调到了大会棚，负责卖票，打扫卫生。有意思的是，她竟然又和焦洪林同在一个单位，这可是始料不及的事情。夏晴就跟六叔磨叽，说我怎么能和他一个单位？这人是个精神病，自己给自己画个圈圈，怎么也走不出来了，我躲还躲不开他呢。六叔说，他干他的，你干你的，井水不犯河水。再说，正是他成全了咱们的婚姻啊，从这上面论，他还是咱们的月下老呢！夏晴就笑，说也对。这把可不是上把了，没人再信他的鬼吹灯！

焦洪林在频繁调动中，像一只排球被人推开挡去地传接着。谁都不能说他怎么不好，他也确实兢兢业业，干工作一个人能顶好几个，可周围的人总觉得他挺各色，有些非我族类的意思。后来就给弄到了大会棚去当五个人的负责人，实际上也就是看场。大会棚是当年为召开大型会议而建，外观极朴素，相当于干打垒的延伸和放大，既体现了艰苦奋斗，也兼顾了功能的多用性。如今，在一片簇新的建筑包围之中，它显得十分寒碜破旧，颇有“寥落古行宫”的滋味，只等着哪一天被取代了。

大会棚和全国影剧院同步，实行了“敞门入场、对号入座、严格清场、准时放映”的新制度。焦洪林手拿一支五节电池的手电筒，捕鼠的猫儿一般潜行在过道里，常常突然揿亮，照定一对不守规矩的青年男女，大声呵斥说：“干啥呢？手往哪儿伸？眼睛往哪看？大好的风气，都被你们搞乱了！”青年男女就红头涨脸的，立刻分开来，正襟危坐着，等他转身一走，马上骂一句：“吃饱了撑的，老苞米面！”

把老会战称作老苞米面，已经在年轻人里普遍盛行。这褒贬兼有的称谓曾引起了六叔他们的愤怒，可这不管用，孩子们都这么叫，而且日益弥漫，老苞米面竟然成了那一茬人的代称了。焦洪林比六叔大两岁，不过四十搭边，叫作老苞米面，也太刻薄了些。刘播和六叔给他介绍了好几个对象，有老处女也有寡妇，可一经介绍，双方都像遭到了玷污似的，躲得唯恐不远。六叔就私下问他，用进废退，是不是有关零部件不好使了。焦洪林不屑地说："那种低级趣味，阿猫阿狗都会，我怎么就不会？当年在采油队，我管着那么多女工，想找还不是随便扒拉着挑。现在落配了，让我瓜菜代，我坚决不干！"六叔就明白，他毕竟有过辉煌的日子，不甘心就这么世俗化，也许还期待着那种非常年代重演，指望着能有一天被重新起用呢，就叹息说："看来，张老板并没说错。你小头没病，却让大头给拐带坏了。"

大会棚的一侧被辟为舞厅，每天晚上都有人前来跳舞。当年铁人看到钻井机关有人技痒难禁，在干打垒里跳舞，就很生气，说工人冰天雪地，你们嘭嚓嚓，怎么好意思？等以后日子好了，盖了舞厅，你们使劲跳。现在，大家跳舞的理由就很堂皇了——全国都在跳，而且蔚然成了风气，咱这差什么？再说，这也是铁人生前的遗愿哪！而焦洪林就在一对对舞伴身边严密监视，哪一对贴得过紧，就提醒说："注意距离！注意距离！"跳舞的人当然不高兴，就抗议说："到底多大的距离才对呀！"焦洪林没法用千分尺测量，就用硕大的电筒头往两人中间一塞说："就这么宽。再近，那就不健康了！"

汹涌而来的时代潮流并没湮灭焦洪林的滚滚热情。面对日新月异的一切，他的眼睛放射着异常明亮的光束，就像烧断了钨丝又重新接上的灯泡，而且十分聚焦，盯住一点就不再游移，似乎都能把眼前的东西点着。他并没有大踏步退却，而是在步步为营的退守中，一个掩体一个掩体地转战着狙击着争夺着。先是带领人抗击邓丽君那种杀人不见血的软歌，然后是剪开招摇过市的喇叭裤，再后来就是拿着菜刀当街斩下那些踩高跷似的鞋后跟……不过他忽略了事情的源头，这些奇装异服和不合规范的皮鞋，大部分都是张老板从南边批发来的。

那天焦洪林瞄上了一双棕红色亮漆女皮鞋，前面尖削，后跟又高又细，就像一截筷子，似乎只在电影里见到资产阶级阔太太穿过，就喝令脱下来修理。

那女人说："鞋跟高不高，碍着谁的事啦？"

焦洪林说："树欲静而风不止，阶级斗争总会有反复的。"

那女人说："别唬人，现在国家以经济建设为主，阶级斗争已经不提了。"

焦洪林说："不提不等于不存在。"

那女人说："我刚从南边回来，南边正流行这种款式呢！"

焦洪林说："南边是南边，咱这儿是咱这儿。自己脱吧，免得我们动手！"

那女人说："你可看准了，别错翻眼皮！"

焦洪林说："就是皇帝小姨子也不行，一捎拿大！"

一捎拿大，是中日韩协和语，在东北，表示格办勿论概莫能免的意思。焦洪林过于专注，根本就没抬头细看，便抡起菜刀，像砍大头菜似的砍过去。那女人灵巧地一跳，显示出了扎实良好的基本功，菜刀就迸在了水泥马路上，溅出一溜火星来。正待再砍，那女人呸了一声，巴掌已经扇到了他脸上。

那女人说："丧家的资本家的乏走狗。看来，你这样的人真是不可救药了！"

焦洪林这才发现，原来竟是处长夫人蓝溪。

焦洪林说："怎么把我和资本家扯到一起了？我和资本家恰恰是势不两立的！"

蓝溪说："好吧，既然这样，回头我就领人去检查你，给你当众曝曝光，你身上的'光荣虫'肯定还没彻底消灭呢！"

蓝溪的高跟皮鞋橐橐地响着，一阵鹤蹈鸿翩，昂然走向了一辆银灰色小轿车。车门从里面打开，蓝溪优雅地跨进去，车门脆快地一关，便喷着淡蓝色的烟雾开走了。焦洪林一时半晌还没缓过神来，等他明白了一切都不是梦境，而是确定无疑的现实，才把菜刀扔下，一屁股坐在了地上。

焦洪林几乎元气泄尽，懊丧地说："领导干部灯下黑。这他妈的资产阶级思潮，没个他们的反啦！"

后来焦洪林又换了两个单位，全都是姥姥不亲舅舅不爱，最后干脆都不按干部管理了，只得稳定在更夫的位置上。他开始酗酒，白天基本都是在半醉中打发光阴，只有到了夜里值更时间，才会变得清醒而警惕。六叔来看他时，他还在醉卧床塌，一群苍蝇拿他的脸当停机坪，起起落落地繁忙着。他看护的是一个不大不小的院子，里面堆放着那种留着没用扔了可惜的杂物，因为有一条油管从地下通过，几个工人正在泥水里挖掘。

六叔摇醒他说："焦指导员，大白天的支帐篷，有碍观瞻啦！"

焦洪林擦着涎水，红头涨脸地坐起来说："还没到我上班时间。"

六叔说："你知道吗，张家生有对象了！"

焦洪林说："他有他的，关我什么事？"

六叔说："那女孩子比他小了十七岁，长得挺周正的。"

焦洪林说："还不是因为他有几个臭钱。女的也是贱货，见钱眼开呀。差那么大，等于奸淫幼女啦！"

六叔憋不住笑："张家生可是野心不小，眼下不但做服装和鞋业生意，还要领着江浙那些外包工盖大楼呢！"

焦洪林说："我的话张家生根本听不进去，你劝劝他吧，见好就收，社会主义天下，别以为私有制能长久。现在让他们发展，就是要把猪养肥了再杀！"

六叔说："能不能长久，我不知道；可你以为咱们就能长久？我听说油田的石油产量已经达到了顶峰，总会有下降那一天，到了那时候，说不定工人就得下岗！”

焦洪林说：“不能吧？只有资本主义才那么冷酷无情呢。”

六叔说：“你说得也对，还是社会主义铁饭碗好。你看，就这么个小院，也没什么值钱的东西，用得着看吗？我看，八成是领导因神设庙，专门养着你吧！”

焦洪林不高兴了，他说：“你怎么能这样看问题？喀喇昆仑冰雪封，哨卡设在云雾中。那也没有敌人啊，怎么还派战士守着呢？”

六叔笑了。焦洪林虽然走了背字儿，可无论对与不对，他仍然抱定了自己那一套，仍然使用他左遮右挡的辩证法，这也算得上坚心守志了。六叔把带给他的东西留下说：“你是不是仍然认为，世人皆醉你独醒？说不定恰恰相反，是世人皆醒你独醉。你接着做你的白日梦吧，我走啦！”

六叔走到门口，焦洪林又把他叫住：“张家生结婚，你得告诉我一声，毕竟都是坐同一个车皮来的，吃的是你做的同一锅饭菜，住的是同一顶破帐篷，跌倒爬起，从一个雪窝子里骨碌过来的。感情这东西也真叫怪，有的人想记都记不住，有的人想忘又忘不了。”

焦洪林的眼圈红了。六叔鼻子酸酸的，赶紧扭头走了。

有一天夜里，焦洪林正在院子里巡查，有人撼动了大铁门，他用大电筒照定，竟是个眉清目秀的女子。

焦洪林说：“你要干什么？”

女子说：“求你开开门，我找口水喝。”

焦洪林说：“门不能开，要喝水我可以给你送到门口来。”

女子倩笑说：“师傅，你就给我开门吧，你这院子里也没什么重要东西。”

焦洪林坚持说：“那不行。门不能开，那样我就说不清了。”

女子还要纠缠，焦洪林却转身打水去了。等他端着半缸子温开水来到大门口，那女子已经没了踪影。站在门口的却是薛明，他提着一瓶茅台酒，还抱着一个油纸包，里面显然是花生米猪头肉之类。

这魔术般的变幻让焦洪林呆住了，那一刻里，他不知道是该开门还是不该开门，开了门他和薛明说什么。

薛明说：“刚才有个女人，好像还是个姑娘……”

焦洪林擎起那缸子水来说：“来找水喝的，可水打来了，她人却没了，真是怪事，跟聊斋故事似的。”

薛明说：“你不让她进门，让不让我进啊，我可是特地来看看你的。”

焦洪林努力一笑，却发不出声来，抿着的嘴唇咧开一角，好像吃了一枚生果子被酸着了。

焦洪林说：“首长，谢谢你。我虽然混得惨了点儿，可还算是一名石油工人，三老四严、四个一样，我是一直坚持决不走样的。有话明天说吧，晚上院里禁止进人，再说，当班期间严禁喝酒！”

薛明说：“我知道你对我有意见，说不定还会恨我。可我心里始终还在挂记着你。”

焦洪林说：“薛副总，我知道你想和我谈什么。其实，一开始我就错了。我不该掺和意识形态，这东西太悬乎也太邪乎了，就像一股摸不透的旋风，一会儿往这边刮，一会儿往那边刮，把我刮得晕头转向，我也就变成了风的一部分。如果当初我能学一门本领，像马御厨那样，像晋元峰那样，哪怕像张家生那样，也不至于啥啥不是，最后来当更夫！”

薛明说：“好兄弟，你能这么看待问题，我很高兴。其实，我也犯了好多错误，包括对你的使用上。我们经历了那么长的阶级斗争时期和动乱年代，可能一时半晌转不过来弯子，但我们得遵从历史，历史就是这样发展的，谁拗着它，谁就是历史的罪人！”

焦洪林说：“其实，有几个人能真正理解我？你可以认为我顽固不化，也可以认为我坚定不移。我的骨头是最硬的，敲一敲，那是钢铁的声音，跟钻塔一样。如果来了敌寇，我只要还剩最后一口气，也能抗战到底。薛副总，这你相信吗？”

薛明说：“我信，这正是你让我感叹的一面。我是希望，你能利用这段时间休息一下，也好好反思一下，你，当然也包括我，是怎么从良好的愿望和崇高的理想出发，无意之中，就走向了极致，跑偏了目标。”

两个人就这么隔着铁门站着说话，像探监似的。后来屋里来了电话——大概是保卫部门查岗，焦洪林转身去接，薛明看看那院子，易守难攻固若金汤的，便把酒和菜塞进铁门的空隙里，默默走开了。茅台酒还是杜希金和蓝溪送的，当时他极其痛苦地面对着这种名贵的瓷瓶酒，在屋地上兜了两个圈子，才说：“好吧，既然是你们的一点心意，我收下。下不为例啊！”

这天晚上，薛明正坐在家里习惯地翻看报纸，电话响了。接起来的刹那里，他听出了儿子的声音，喉头立刻发紧，声音都颤了。他说：“儿子，你在哪里？爸爸好想你，难道你就不想爸爸？”

薛小楠在那边说：“爸爸，我没有一天不想你，不想咱们那片大油田的，真是碧海青天夜夜心哪。现在，我马上就要回去了！”

薛明听到了朗朗的台词和阵阵的鼓掌声，便疑惑地问：“儿子，你在剧场里？”

薛小楠说：“是，我是在北京，在人艺剧场的休息室里给你打的电话。你听听吧，这就是晋叔叔创作的话剧《流淌的金刚石》演出现场，你听到的是实况转播……”

薛明的心被猛烈震撼了一下。他稳住自己，然后检讨说：“替我向晋叔叔表示祝贺吧，实践是检验真理的唯一标准，看来，是我错了。”

薛小楠说：“学会宽容和自省，这说明你进步了。你知道吗，正是因为你，这种成功才迟到了整整三年！”

薛明唔了一声，苦涩地笑笑，没再说话。

话剧《流淌的金刚石》走了若干曲径，还是在严凌的斡旋和定夺下，修理了一些毛刺，终于在北京首演了。大幕开启之后，晋元峰悄悄走了出去，一个人站在休息室里，惶惶不安地抽烟。北方油田虽然是石油工业的龙头老大，可毕竟地处偏僻的一隅，别处都是市场经济了，这里还是计划经济，传统观念仍然以巨大的惯性向前滚动，有的人甚至沉浸在无尽无休的自豪里不能自拔，外人又生怕打耗子把花瓶给砸了。他不知道首都的观众对这出戏能不能够认可，因而有些不敢面对。就在这时，薛小楠神奇地出现了。他手里捧着一大把鲜花，叫一声晋叔叔，顽皮地笑笑，就连人带花拱进了他的怀里。

薛小楠在深圳打拼得挺不错，和朋友合办了一家高级润滑油公司，并担当着 CEO，还处了一个女朋友。不过，他的思乡之情从未中断过。他知道了北方油田新近提出了“再找一个特大油田，继续稳产五千万吨二十年”的豪迈口号，又在美国石油地质家协会会刊《AAPG》上看到了秦恬发表的文章，佩服得五体投地。他本身也是学采油工艺的，就很想回过头来做她的研究生，为北方油田持续高产稳产做点事。正好严凌在北京和美国西方地球物理公司谈判合作搞勘探，还带来了一台话剧，薛小楠就来贴糊晋元峰，想拐个弯子走走后门，却又让严凌半路上给抓了官差——给美国物探队当翻译。

靠自力更生艰苦奋斗起家的北方油田，对比日新月异的现代科学技术，坦率地承认了自己的差距。严格说来，当初物探队用苏制 51 型 24 道光点仪，找到了北方长垣的特大油田构造，只是靠简单的设备找到了一个简单类型的油田。到了 20 世纪 70 年代，新式 48 道模拟仪取代了光点仪，技术手段上有了明显进步。而进入 80 年代要寻找比较复杂的油气构造，老一代装备就有些绠短汲深了。随着 240 道三维数字仪的应运而生，北方油田决定一步到位，采取“拿来主义”，于是，就有了这次中美合作。

晋元峰怎么也不会想到，剧组载誉归来，接站的正是薛明。薛明也献给他一大把鲜花，然后紧紧握着他的手说：“作为市和油田的领导，我祝贺你；可作为观众，我仍然不完全放弃我的观点。”

晋元峰说：“谢谢领导。看来，我们没时间讨论艺术了，你的亲人和敌人，坐着同一列火车来了。”

薛明顺着他的手臂看去，只见薛小楠正陪伴着十几个外国人走下车来，用流利的英语说笑着。这正是西方地球物理公司派来的那些美国人——三十多年前，他曾和他们或他们的父辈在朝鲜战场交战来着，现在，他们却以合作伙伴的身份，用先进的技术手段和管理模式，来给油田的物探队伍“传帮带”了。尽管决策的时候，他积极赞同，可面对这些具体的美国人，他还是感到了骨头疼——是嵌在骨头里的美国弹片在作怪。所以跟他们握手时，薛明说了一句让薛小楠忍俊不禁而又不好翻译的话：“欢迎你们像白求恩那样不远万里，到中国的北方油田来传经送宝！”

这天的欢迎晚宴，就有些鸡兔同笼的意思了。为了彼此安宁，薛明敬酒时干脆没提抗美援朝那段历史，薛小楠也没说破他就是自己的父亲。薛明努力排除脑子里的固有成见，做出笑意盈盈的样子，一再向客人推荐桌子上的中国菜，说都尝尝都尝尝，这菜是由一位御厨传人亲手做的——御厨也就是皇帝的厨师，只有招待最尊贵的客人，他才亲自上灶。几位老美手上的筷子直要叉，却又吃得极饕餮，听了这番介绍，便惊讶起来，咂嘴啧舌地说，怪不得你们北方油田厉害，是能人太多了。除了谈好的条件，能不能再附加一个，那就是把这位“御厨”带上，中餐西餐掺和着吃。薛明当场表态说：“可以，只要合作愉快，就是让我这个副总去给你们打杂，那也不是不可以。”

几位老美一再要“喝了牛奶再看奶牛”，六叔就一身素服从厨房里走了出来。他隔膜着也局促着，握过那几双毛茸茸的手，脑子里还亦真亦幻的。那位叫鲍依的胖经理对他说：“对于中国，我就知道五件事，除了四大发明，再就是中国菜了！”薛小楠翻译的时候，又加了注脚说：“这个老外挺能扇呼的。”

生活生产水平的迅猛提高，从人们的坐骑上就能看出来。油田上凡是副科级以上的干部，都在或公开或秘密地配车换车，从低档到高级，什么样的都有，真可谓“有利生产，方便生活”了。起初薛明还拗着不换新车，办公室的人就劝说，薛副总，你不配别人怎么配？再说，你这级领导坐着北京吉普，也影响特大油田的形象啊。薛明也觉得有道理，反正水涨船高，就换了。也是吉普，却是丰田4500，一打听价钱，他差点儿就晕过去。不过很快就平衡下来，觉得此吉普比彼吉普确实好多了。

那一天傍晚，就用丰田大吉普拉着儿子薛小楠出来转转，也是想向他展示一下油田的变化。油田已经焕然一新，让薛小楠都不敢相认了。由于大部分油井都进入了中后期，自喷能力明显减小，井口上方安装了高大的往复动臂式抽油机，很像农村的洋井，一仰一俯的鞠躬如仪，人们就叫它磕头机。城市的雏形已经形成，楼房鳞次栉比，只是过于分散，一疙瘩一块的。

薛小楠说：“爸爸，你发现了吗，当年你们把摊子铺得太大太随意了，弄成了羊拉屎，现在要城市化，麻烦就出来了，将来，交通运输、商业饮食、医疗卫生、文化教育……各个方面的问题都得暴露出来。譬如说，建一个高档次的图书馆，保准读者没有馆员多；建一个一流的大剧场，也很难有足够的观众；一个重病号，送到中心医院要几个小时……这种城市格局势必造成各类资源的严重浪费，你们非挨骂不可！”

汽车已经驶到了荒原上，远方的楼房变成了一片模糊的轮廓。

薛明看着坐在身边已经完全陌生了的儿子，心里不大高兴。

薛明说：“你怎么总是脱离历史条件看问题？真是站着说话不腰

疼。当年那是什么情况，你知道吗？刀架在脖子上，你还能从容不迫摆姿势拿架子？我们恨不能一拳头砸出一口油井来，拉着帐篷，就在茫茫的雪野里开车，到什么地方走不动了，我们就停下来，把点儿建在什么地方。”

薛小楠说：“可是后来，你们也没认真反思，仍然有拍脑门做决策的时候。建设和管理城市，需要新型人才。”

薛明额头上的血管涨跳起来：“什么叫新型人才？难道我们老了吗？我们没用了吗？我们能开发建设成一个大油田，就不能建成一个石油城市？”

薛小楠说：“爸爸，你坚强的背后咋又这么脆弱？难道连一句批评话也听不了？”

薛明叫司机把车停下，命令儿子说：“你给我滚下去！你自己看看自己，还像个石油工人的后代吗？不过上了几年大学，到深圳沾了点儿港味儿洋味儿，又跟山姆大叔混了几天，就自以为了不起了，回来指手画脚的。你有什么资格？你……你还穿着美国人送给你的牛仔服，不以为耻，反以为荣。那是正经人穿的吗？在美国，放牛的才穿那个，瞧瞧瞧瞧，多像个花花公子啊！”

薛小楠说：“好吧，我下车。我宁可自己走回去，也不想再听你那套锈迹斑斑的论调了！”

薛小楠下了车，重重地摔上了车门。屈辱的泪水在他的眼眶里打转。他一个人径自朝荒原深处走去，越走越远，连头都没回一下。过了好一会儿，丰田大吉普才从后面赶上来，停在了薛小楠前面。薛明走下车，站在离他不远的地方。寂寞的晚风在他们中间打着旋儿，荒原上如此岑寂。父子两个一点一点走近，终于抱在了一起。

薛小楠说：“爸爸，其实我一直都钦佩你，崇拜你，敬仰你。可你怎么会变得刀枪不入，油盐不进？你怕什么？是不是怕有人否定你的业绩？你想想，每年五千多万吨石油摆在那儿，谁能否定得了？咱们北方油田，称得上是共和国的擎天一柱，无论谁说长道短，它都会岿然不动。我觉得你需要调整一下心态，会战精神应该发扬光大，可会战思维最好别再沿用了。”

薛明说：“儿子，你得理解我们这一代人。我们之间，恐怕有代沟了……”

薛小楠说：“我理解。爸爸，我一直在思考，怎么才能无愧于父辈的名字，接好你们的班。”

薛明说：“好儿子，我们不再争吵了，行吗？你是个有理想有抱负的孩子，其实，我也在为你感到骄傲！”

……

第三十章

韩桂花闲不住，又在楼房的前前后后种起菜来。她喜欢泥土的气息，而且种子发芽，植物开花，盎然的绿意，摘取果实的滋味都让她感到快慰。由于楼房的出现过于突兀，只是作为干打垒的替代物而存在，楼下的地面一时没人管理，她的垦殖还是自由的。

正在挥汗运锄，许曾过来了。

韩桂花说：“老许，你给弄点化肥呗。不上肥地没劲，上农家肥又不对味儿，还招苍蝇。”

许曾接过妻子的锄头铲了几下说：“还想上肥？有人反映，在楼区里种菜太不雅观，也不是那么回事，让你改辙种花呢。”

韩桂花说：“这就叫扔下棍儿打花子。这么好的地，闲着也是闲着，种点菜不是还能吃吗？种花有啥好的，中看不中用。”

许曾说：“媳妇，别老土了。你知道不？革命马上就革到咱头上来了。”

韩桂花一惊："咋的？又要搞运动啦？"

许曾说："这片荒原，被咱们一点一点建设成了城市，楼房盖起来了，马路修起来了，大北市在中国地图上标的是两个圈圈，五区四县，二三百万人口呢。咱们脱了杠杠袄，摇身一变成了市民，就得有个市民的样儿。"

韩桂花困惑地说："市民该是啥样？"

许曾说："我也说不清。反正，像我，像你，这种粗粗拉拉不太讲究的人，都属于没进化到位的，相当于类人猿的阶段。"

韩桂花说："有那么严重？没想到楼房住上了，里面的人却不合格了。要不，你在这住着，我回萨边娘家去，省得让人给革命了。"

许曾说："又不是你我这一个两个，除了晋元峰和马御厨那样的人，很多都是从野地里走过来的山梨蛋子，没有几个细果木。"

正说着话，楼上的窗子打开了。一面小镜子探照灯一般灼灼地反射着日光，朝后楼直晃过去。很快，后楼也打开了一扇窗子，回应了一束强光。两面镜子一闪一闪的交相辉映着，许曾夫妇就明白了，这是被反锁在屋里的冯地火在和三丫联络。

韩桂花高喊："宝宝，你干啥呢，像特务接头似的！"

窗子里探出了儿子的毛栗子头。

冯地火说："你们锁住我双脚和双手，锁不住我雄心壮志冲云天！"

韩桂花说："你还有雄心壮志？老一辈的脸都让你丢尽了。我都不敢跟人说，你的名字是铁人给起的。"

冯地火说："我怎么丢脸啦？我这也是自由恋爱嘛！"

韩桂花抬高了声音说："你就死了这份心吧，只要我还有一口气，这事儿门儿都没有！"

冯地火说："妈呀，你整天就知道鼓捣那破玩意儿，粗嗓大气地吵吵啥呀？你嫌我丢脸，我还嫌你丢脸呢！"

韩桂花都要哭了。儿子太不争气，工作了几年，连个班长都没当过，还总挨批评。送他到金刚钻井队去，他嫌那活儿太腻味，在地上锥个眼儿，多少天不能动弹，不适合他的野性，活儿就干得稀松。他事事跟父母拗着，你说东，他非要往西，文武不怕，软硬不吃。这且不说，偏偏跟后楼的三丫搅和在一起，在大街上就敢勾肩搭背。三丫到南边转了一圈，不明不白就赚了钱，回来开了一个自助火锅店，居然绕了一个弯子，让冯地火把六叔请来剪的彩。人都说三丫的钱不是好道来的，她也总往出位上打扮，用韩桂花的话说，就像妖精似的，看她一眼，她都跟着脸红。

许曾仰着脸，向他报告喜讯说："儿子，爸给你报名了，上中美合作物探队，萍踪浪迹的，到呼伦贝尔大草原去逛逛，那有多好啊！"

冯地火说："你是说，去给老美打工？那得看他们的脸色，听他们叽里咕噜放洋屁，我不去。"

许曾说："不错，咱们是给老美打工，可老美也是给咱们打工，小盆炖在大锅里，是替咱们找石油。再说，为了陪你，爸也报名了，还是领队呢。"

冯地火说："你去干什么，那么大的岁数了。"

许曾说："儿子，爸不老。你到物探队看看吧，老美来了十六个人，有三个比我还大呢，马藤五十八，葛青五十九，鲍尔六十……"

冯地火想了想说："好吧，我跟你去。我没那么高的境界，就是可怜你。我去陪着你，照顾你。人家像你这级的干部，都琢磨怎么能享清福，你却跑那么远去遭洋罪……"

许曾说："你小小年纪，怎么能这么想？国家需要石油，咱们北方油田的石油也是采一点少一点，没有后续资源，你们这茬人喝西北风去？"

冯地火不耐烦了，说："爸，你就离那么远跟我说话，不怕别人笑话，也不怕累脖子？我要是告你们非法拘禁，看周密收不收拾你们！”

许曾说：“我不怕周密收拾我，我怕他将来收拾你，那样，我这个当爹的可就好说不好听了。”

冯地火说：“行了，好话赖话，你们回家关上门再说吧！”

许曾就拿下搭在小树上的钥匙串，和妻子嗍嗍着上楼回家了。许曾走这步棋，也是缓兵之计。他觉得儿子掉进了感情的泥坑里，不借助外力，自己是爬不出来的。到大草原上去找石油，同时放牧一下心灵，渐渐淡远了三丫，好姑娘有的是。他本想陪伴儿子，儿子却反过来要陪伴他，这让他很感动。

许曾住在四楼，这也是让人普遍艳羡的楼层。所谓一楼二楼，老弱病残；三楼四楼，有职有权；五楼六楼，虎皮青年。群众的总结虽然有些情绪化，却和分房的原则很一致。冯地火已经被他们囚禁在楼上好几天了。那天许曾从外面回来，看见一个女孩正在用他家的钥匙捅门，还以为是遭遇了女贼；哪知那女孩嫣然一笑，说是冯地火从窗户扔下来的钥匙，让我开门进屋的。女孩大大方方开了门，把钥匙交给了许曾，又说，叔叔，我就是三丫。你知道什么叫作堡垒最容易从内部攻破吗？这就是例子。别做无谓的抵抗了，赶快投降吧！说罢踩着高跟鞋，咯噔咯噔地走下楼梯，留下一股淡淡的润肤露和火锅的混合味儿。许曾又好气又好笑，从此，他们夫妇总是随身带着钥匙，再不给儿子可乘之机。

许曾熟练地捅开门，刚想说话，才发现儿子已经不见了踪影，一根绳子搭在窗户上，一头拴在暖气管子上，一头从楼上垂下去……韩桂花咿咿呀呀地哭起来，用拳头擂着许曾的胸脯说：“都是你给教唆坏的。宝宝才那么大，你就掐他屁股，还当着他的面，和他妈干那事……”许曾哈哈大笑起来，搂住妻子说：“咱不是没有条件嘛，创造条件也要上，这就叫将门出虎子啊。”韩桂花说：“别添美了。啥将门出虎子？顶多是虱子尾巴——随根儿！”

我六叔马本良没出国门，竟然一脚踏进了美国人的地界。进了物探队的院子，就处于英语的强势覆盖之下，有了一种鸡进鸭群的错感。经理鲍依有南美血统，肤色棕黑，嘴上总是叼着一支粗大的巴拿马雪茄，大腹便便的，有一个机械硕士学衔，看着又威严又亲切。他和六叔年纪差不多，就问："马，你挣多少工资？"六叔的工资在同一茬的工人里算是最高的，回答时还有几分骄傲，他说："工资八十九元，加上奖金和野外补贴，每月能开到三百元左右。"鲍依说："这不公平，你可是御厨啊。"六叔反问："你呢？"鲍依说："六千，是美元。"六叔沉默了一会儿说："鲍依先生，虽然你的收入比我多得多，可并不一定比我幸福。"薛小楠把这话翻译过去，鲍依哈哈大笑，朝六叔竖着大拇指说："马，你说得很对，你是好样的。"

一声号令，各种车型雷霆般轰鸣起来。先进的美国装备都喷涂着鲜艳的色泽，轮胎比人还高，带宽一米二，巨无霸似的横在面前，人一下就变得渺小了。宿营车、洗浴车、炊事车、游艺车、指挥车、仪器车、工具车、钻机车、水罐车、冷藏车、发电车、爆炸车、倒线车……应有尽有。大地富有弹性地颤动起来，沙砾跳蚤般蹿动，所有的设备无不精度高性能好机动性强，适合全天候作业，使国产设备无法涉足的复杂地形成为坦途。前来送行的薛明完全被这套新设备震撼了，感慨地对六叔他们说："跟朝鲜战争那时候一样，这帮家伙，简直就是武装到了牙齿。不过，完成了勘探任务，设备我们就买下来了，能不能摆弄好，就看我们的人了。"

正待出发，只见墙角飘过来一个倩影，竟是三丫。冯地火立刻从车上跳下来，发疯一般朝她跑过去。两个人就当着一百六十多个中美人员的面，激情地拥吻起来，那种狠巴巴的样子，就像野兽之间的撕咬。车上的美国人嗷嗷地欢呼起来，还手舞足蹈地给加油。许曾又气又急，也跟着跳下车去，拽住冯地火硬往车上拖。冯地火回头说："爸，你干啥呀，我们告别呢，你懂不懂礼貌？"许曾伸手给了他一耳光，冯地火这才作罢，带着满脸口红印，怅怅地回到车上来。

许曾说："不许你给中国人丢脸！"

冯地火说："是我丢脸还是你丢脸？人家外国人根本不拿这当回事，亲个嘴就像握手一样，他们还为我欢呼呢！"

许曾说："你跟外国人没学会别的，就学会了洋握手。这是中国的地盘，你别做白日梦！你看看你马叔叔，搞了那么多年对象，始终保持着适当的距离，连手都没摸过……"

六叔干笑一下，他不知道这是夸赞，还是贬损；是同情，还是嘲笑。不过事实如此，那正是他生命过程中不能涂改的经历。在轰鸣的汽车声里，他读懂了冯地火轻轻翕动的唇语，是——老苞米面。

车队如同一条钢铁长龙，挟雷持电一路向北，越过残雪未消的大兴安岭和草原戈壁，直抵中蒙边境的额尔古纳河畔。北方油田至海拉尔：七百公里；海拉尔至勘探大本营：三百七十公里。这是一组严酷的数字，以惊险曲折的空间形式呈现在六叔他们面前。大半都是结冰的九曲肠路，路下是万丈深渊，看着都让人眼晕。六叔他们全都捏着一把冷汗，可美国人似乎满不在乎，一路上大声说话，唱歌，睡觉。六叔就问薛小楠："难道他们就不害怕？"薛小楠说："中国人外国人都是人，怎么能不害怕？他们在装绅士，不想让我们看出来。"六叔说："富人比穷人怕死。他们能豁出来，咱们就豁不出来？咱们也唱，跟他们拉歌！"薛小楠就两头拉歌，大家都唱，直唱得荡气回肠，却又互相听不懂，只知道大概意思。

一辆油罐车掉进了伊敏河的清沟里。这种清沟总不封冻，一不小心，就会有车掉进去。年轻的美国技工汤姆用工具车往外拖，却又被冰层卡住轮子。正好有个孩子在冰河上镩鱼，许曾借过冰镩子用用，偏偏一失手，把冰镩子掉进了河里。

孩子哭起来，哭得很伤心。

许曾说："孩子，你别哭，我赔你钱。"

许曾已经把十元钱掏了出来，孩子乐不得呢，这时汤姆把他拦住了。

汤姆说："你不能给他钱，给他钱他就变懒惰了；你得给他工具，让他懂得劳动，学会创造！"

这么说着，汤姆就麻利地脱了衣服跳进清沟里。春寒料峭，高纬度的河水冰凉砭骨，只有一颗金黄的头颅在水面上坚韧地浮动着。许曾被这美国青年感动了，而且他的话让他惭愧。他看着儿子，儿子的眼睛正在草地上游移。许曾叹息了一声，就开始解扣子。冯地火这时才走过来，拦住父亲说："爸，这小鬼子不赖，也要学雷锋，你得让人家表现一下啊，我给他掐着表呢！"

不过就是两三分钟，汤姆捞到了那支冰镩子。上来时他已经冻得浑身发紫，不停地打着哆嗦。

许曾对儿子说："这是一记多么响亮的耳光啊，打在了你的脸上，也打在了我的脸上。应该下去的不是他，而是你！"

冯地火说："这道理我也懂。可是我离得远，让他抢在了前面。"

许曾沉默片刻说："儿子，老爸在穷堆里挣扎了大半辈子，大概不能给你留下多少钱，我只能给你留下工具。好吧，这回你下去，重新把它捞出来！"说罢手一扬，又把那支冰镩子扔进了清沟里。

众人皆大惊讶。冯地火果然就脱光了，跳进河水里捞起来。围观的人越来越多，经理鲍依也过来了，所有的人都屏息静气地看着。冯地火在河水里海豹似的钻窜，他捞到了那支冰镩子，举在手上，还不上岸。鲍依明白了他的意思，就喊："上来吧，上来吧，你赢了！"冯地火这才湿漉漉地爬上来，看着汤姆，照样打着哆嗦说："哥们儿，我年年冬泳，你行吗？我比你多挺了一分多钟呢！"

经过几天的长途跋涉，物探队在大草原深处安营扎寨了。六叔看许曾一个人在星光下默默祷告什么，就说："你咋不烧香磕头呢？"许曾一笑说："人都在进步，我也是一样的。难道你没发现，我嘴上的粗话都少多了？”六叔说：“粗话还是要说，那要看什么时候。”

六叔照例当了炊事班长，除了要亲自上灶，还负责到附近蒙古族牧民家里给美国人订鲜牛奶。本来许曾是领队的，可他总跟着队伍放大线，每天光是跑路就有五六十里，这对于他的年龄来说，已经很不容易了。鲍依对许曾说：“我们和你们不一样。我们的官在后方，而你们的官在前方；我们的衬衣领子是雪白的，而你们的衬衣领子总是脏兮兮的。”这位洋经理坐在指挥车上，一边喝着咖啡，一边优雅地跷着指头，就像一个高明的棋手在下一盘稳操胜券的盲棋。薛小楠翻译这些话的时候，还怕许曾生气。许曾笑了，只是笑得苦瘆瘆的。他说：“我们就是靠一身脏衣服，才推翻三座大山的，才在荒原上打出石油来的。往后我们学会了你们的高招儿，发展得差不多了，衬衣领子也许比你们还白呢！”鲍依说：“再过一百年吧。”由于鲍依面露得意之色，许曾不高兴了，就翻着眼睛说：“得意个鸟！”鲍依对汉语也是一知半解，就问薛小楠，鸟是什么意思？薛小楠急中生智地掩饰，鸟就是boss，老板的尊称。鲍依还很高兴，可又发不好那个音，说我就是鸟，你们都得听我的。

六叔、薛小楠、许曾、冯地火四个人住在一个宿营车里。车都是带空调的，外面涂成银灰色，跟软卧车厢差不多。许曾和六叔都感到不可思议，又回忆起当年的苦日子来。可冯地火不愿听，他说：“要是我爷爷活着，整天给你讲清朝的事，你不絮烦？”许曾就急了，拍着弹簧床大声喊：“忘记了过去，就意味着背叛，这可是列宁说的。”冯地火说：“我也没忘记啊，过去是怎么回事，我都知道，就是懒得听你们絮叨。”薛小楠捂着被子窃笑。许曾说：“这狗日的，就像是被吊起来的钻杆，你越推它，它越朝你使劲。”冯地火说：“你干嘛非要推它？你不推它，也许它就安静了。”许曾说：“好吧，我不管你，让美国鸟把你炒鱿鱼才好呢！”

大草原的春天很美。大地上长满了铃兰花、野玫瑰和酸浆草。中美人员合成的物探队，通过放炮造成人工地震的办法做大剖面，这很像一只大手在敲打西瓜，通过震动的波长来判定它的瓤子是生的还是熟的。几只狼远远地觊觎着这群人，似乎在选择拿哪个来打牙祭才好。他们采用了吆喝狗的叫法召唤它们过来，可狼们不理不睬的，踞坐如塑，嘴巴仰向天空，发出瘆人的嗥叫。

有一天，冯地火他们发现了一个骷髅头，半埋在沙子里，用脚一蹴，那骷髅就重见了天日。队员们也是太腻味，就你争我抢的，后来就演变成了一场沙地足球赛。汤姆把那骷髅拿回了营地，放进了游艺车里，当文物摆放着。后来给营地送鲜牛奶的蒙古族牧民扎木苏荣发现了，他端详了一下说："这是敖其尔呀，怪不得，五六年没回家了，原来在这待着呢！"队员们都惊讶得一愣一愣的。扎木苏荣说："多壮的一条汉子啊，都能扳倒三岁的犍牛。就是一个贪杯，肯定是喝醉了酒走迷了路，从马上掉下来的，用不了一支烟的工夫，就变成狼粪了。告诉你们的队员，千万别单独出去，特别是晚上。"扎木苏荣郑重了神色，单腿跪下，向骷髅行个礼，然后脱下蒙古袍子，把它包起来，用手提着，策马驰骤而去。结果那天夜里，很多人都做了噩梦，连鲍依都没敢出门解手，他把尿撒在了一只空啤酒瓶子里。

冯地火在草地上捡了一只翅膀受伤的小灰鹤，拿回营地养着。因为是雌的，也是全队唯一的异性，大家都叫它灰姑娘。小灰鹤很有灵性，常常跟在物探队员身后，俨然一个宠物。队员们就到大泡子里给它捉鱼吃。因为人迹罕至，这里的大泡子还是生水，鱼极稠，大家喜出望外，大鱼用棒子打，小鱼用筛子捞，方便得就像养在自家的盆子里。六叔做鱼花样繁多，特别是杀生鱼让美国人大快朵颐，放线工们也都会打趣说："豆油来客非使（Do you like fish）？"六叔便说，非使非使。天高地远的，来了客人怎么可能不使豆油呢！还有草原上特产的白蘑菇，转着圈长，无论大圈小圈，统统滴溜圆，就像用圆规画出来的，大自然的神奇造化，真让人看不懂呢。六叔完全是根据自己对白蘑菇的理解，使用最简单的白灼法，尽量保存它的自然天性，吃起来原汁原味，香嫩无比，就像烹子鸡一样。鲍依吃得沟满壕平，拍着滚圆的肚子，无限感慨地对工人们说："虽然你们挣的钱少，却是幸福的，因为你们一辈子都有中国菜吃。"

有时鲍依也亲自下厨，为他的美国同胞弄几个菜，无非是色拉什么的。美国人还在游艺车上贴满了明星照和裸体画，设了个"皇帝的宝座"，十六个人轮流坐庄，到了那一天，宝座上的人可以随便支使任何人，也包括经理，以体现他们的西方民主。许曾觉得那些画太扎眼，那天就找到鲍依交涉说："能不能把那些裸体画拿下去？本来远离人群，就够受的，再让青年人看这个，容易产生不健康的想法。"鲍依说："这怎么是不健康？这很健康嘛。我看你们青年人的宿营车里，墙上干干净净，行李叠得方方正正，跟军营似的，没有个性，那才叫不健康呢！"许曾就很难理解了，大张着嘴，好像被饭里的沙子硌疼了，好半天没说话。

回到宿营车，许曾就嘀咕："老美太邪性，到处贴光腚娘们儿。本来想让宝宝离乱七八糟远一点儿，结果躲到天涯海角来都躲不开，一抬头，大奶子碰鼻子碰脸的。"

六叔说："我听薛副总说过，朝鲜战场上，他们的飞行员在飞机上也贴这玩意儿，那能不分心走神吗？结果不是挨枪着炮，就是自己倒栽葱！"

薛小楠忍不住笑了。他说："看来，我爸他们当年的战绩有虚报冒领的成分，原来有些美国飞机不是打下来的，而是自己掉下来的。"

六叔说："我们那时候，是半军事化，住的条件再差，也必须整齐划一，就连贴一张带颜色的香烟盒都不让……"

薛小楠说："我不主张贴裸体画，可也不主张白墙化。既然是宿舍，属于很私己的地方，就应该允许展示个性，没必要弄得像清教徒似的。”

六叔说：“晋元峰也这么说。”

许曾很听薛小楠的。他甚至觉得，面对复杂多变的世界，薛明是光点仪，他是模拟仪，薛小楠就是数字仪了。所以也就不再坚持宿舍的军事化，放线工可以随便摆放自己喜欢的小玩意儿，也可以在墙上信笔涂鸦，当然是可以擦掉的。可哪里知道，冯地火却走了极端，在床头上写下了“我为三丫找石油”几个字。许曾就不能不干涉了，说人家都是为祖国找石油，你怎么能为三丫呢？没出息的货！冯地火振振有词地说：“甭管我为谁找石油，能找出石油来都是国家的，那就是好家伙。林彪还说他三忠于四无限呢，你就信？”许曾就没办法了，用凄凉的声音对六叔说：“兄弟，看见没？英雄无后啊！”

天气渐暖，大家都想在外面活动，游艺车就显得太小了。中美队员不谋而合，在院子外面用笆片子、草袋子、钢丝网之类，搭建了一个更加宽敞的“国际游艺厅”，把“皇帝的宝座”也挪了过来。工余之际，美国人喝酒、玩牌、举杠铃、掷飞镖，还伴随着录放机，跳那种抽筋扒骨的“踢死狗”，发出歇斯底里的喊叫。中国队员都站在不远不近的地方看着，薛小楠招呼大家说：“都来呀，在咱的国土上，有啥不敢跳的？跟着瞎比画就行！”大家还在犹豫，冯地火就上了。冯地火故意发出超拔的叫喊，形成了汉语和英语的激昂和声。薛小楠就鼓励他说：“兄弟，这就对了，不能凡事都觉得不如老外，特别是在精神上，不能被别人压倒！”

这天恰好扎木苏荣给物探队送来了羊肉——他的羊一夜之间被狼咬死了八只，六叔按照规定给钱了。鲍依他们非要吃烤羊肉，而且还要自己动手烤。就焊了个简单的铁箅子，哪知一不小心，火星把棚顶弄着了。“国际游艺厅”里有一些检修设备，还有氧气瓶、电石桶之类，一旦落架，就要付之一炬。美国队员纷纷往外跑，有的还拿来相机拍照。许曾看见，就对冯地火大声吼道："还他妈的发愣呢，赶快往里冲啊！"冯地火说："鬼子都不救，咱们救啥？那几样东西，加起来都没有一条命值钱！"许曾没等他说完，就挺身冲了进去。一看他带了头，队员们纷纷跟着往里冲。美国队员依然站在外面看着，一起高喊："Beer！ Beer！"实际上火情并不怎么严重，甩了几颗干粉灭火弹，又喷了一阵灭火器，就救住了。鲍依又钦佩又感动，直夸中国工人好，还拿出一条万宝路烟来犒赏大家。许曾很不高兴，说鸟美国鬼子太不叫玩意儿，不救火不说，还在一旁唱吆儿吆，惦记着那几箱啤酒。薛小楠就笑，说这就是价值观的差异了。损失了设备是老板的，可烧伤了自己，那是个人的。再说，他们以人为本，认为人的生命最重要。许曾沉吟良久，才说，我们这茬人，都习惯了，甚至形成了条件反射，无论什么事，只要是紧要关头，肯定往前冲！

人们渐渐发现，鲍依原来是个笑面虎，他的管理又松又严，玩是玩，工作是工作，松起来天天都是狂欢节，严起来极其苛刻，一点儿都不讲情面。开钻机车的杰克，每天中午总要开着车回营地吃饭，鲍依让把饭带到工地去，他要拗置气，干脆不带也不吃，就那么饿着肚子。为了这个，鲍依就说，你吃不惯中国饭是不是？连马御厨做的饭都满足不了你？对不起，回美国去吃面包牛排吧！真就给打发了。外号叫狗熊的布鲁斯更冤枉，跟他顶了几句嘴，鲍依不容分说，立刻叫他卷了铺盖走人。

一看鲍依真杀真砍，队员们都惊出了一身冷汗。许曾就召集中国队员开会。

许曾说："都看明白了吧？这就是美国式的管理，认条条框框不认人。鲍依这么做，是杀美国鸡儆中国猴呢。咱们有三老四严、四个一样的光荣传统，自己规矩着点儿吧，别等着让人家下刀子。到时候我也帮不上你，因为我也是个打工的！"

薛小楠说："这也就是说，在中国，一辈子端着铁饭碗不撒手的时代，一去不复返了。"

许曾说："虽然我心里不痛快，觉得未免太残酷了，太不讲人情了，可也不得不承认，这么做很省事也很公平，用不着啰里啰唆。人情这个东西，就像橡皮泥似的，怎么捏咕都行，很能成全人，也很能毁了事。"

大家就很警醒，小心提防着，尽量不出错。

冯地火学过开车，有驾照，人又足够机灵，鲍依就让他顶替了杰克。那天他一口气打了五十口爆炸井，为了赶进度，他没把泥浆槽子背到车上，而是像拉爬犁那样拖在后面。鲍依看了勃然大怒，正好开午饭，过来就把冯地火的饭盒打掉了，白花花的大米饭撒了一地。冯地火和鲍依对视着，眼泪就在眼眶里打转，一向倔强的目光渐渐软了下去。六叔看不下去了，刚要说话，就被许曾拦住。许曾说："鲍老板，你是对的，不按规范化操作，该罚！这和我们的三老四严、四个一样是很一致的。"鲍依伸出一根指头说："一张黄牌，懂吗？"冯地火点点头，立刻把泥浆槽子背到车上。那天他就那么饿了一中午。许曾当着他的面大口吃着饭说："儿子，你进步了。饿着吧，一门使倔，算不得真英雄，能受得了委屈，才算成熟。"

冯地火活儿太忙，便把小灰鹤托付给许曾照看。许曾坐在水罐车上跟班，撒泡尿的工夫，小灰鹤就从敞开的车门逃了出去——其实也是许曾不想找，也觉得儿子有些玩物丧志，容易让美国人看笑话。晚上收工回到营地，冯地火就不干了，两眼喷吐着怒火说："爸，没想到你这么残忍，连一只受伤的小鸟都容不下！"许曾说："我不是故意的，它向往大自然，自己就蹽了。"冯地火说："它怎么会自己蹽？它还不能飞呢。"许曾说："不就是一只灰不溜秋的大鸟嘛，又不是多贵重的东西，没就没了吧。"冯地火说："那不行，有我在就得有它在。"许曾说："不行又能咋样？你还能找它去？"冯地火说："你以为我不能？我不想让狼和鹰把它给吃了！”许曾也有些急了，说：“你就不能有点儿正经事？整天胸无大志，就那么点儿小情趣！”冯地火朝脚下啐了一口唾沫说：“好吧，我让你认识认识，你儿子到底是咋回事！”

已是残阳将尽时分，营地一片火红的氤氲。父子两人的争吵吸引了不少人围观，经理鲍依正在看报表，听见了喧嚷，也从宿营车里走出来。冯地火看见了他，就走过去说：“让我开车去找小灰鹤吧，汽油钱从我的工资里扣。”

鲍依已经知道发生了什么，就说：“这不可能。天这么晚了，又不是因为生产。再说，毕竟只是一只鸟，等明天吧。”

冯地火说：“求你了，美国 uncle，你不能见死不救！”

鲍依说：“这没用，我不会放弃原则的。”

冯地火说：“如果我非要去呢！”

鲍依说：“那么我只好开除你。”

冯地火说：“好吧，你这个铁石心肠的美国老苞米面！”

冯地火就在人们的注视下，大灵猫似的跳过脚下横陈的机械，登上了那辆专门干采买的尼桑轿货车，然后熟练地打着火，向着黄昏的草原疾驶而去。这简直就是胆大妄为，超出了所有人的思路。刹那间，攒动的人们都愣在了那儿，在暮霭里渐渐变成了铁灰色，如同一片凝固的火山岩。

冯地火估摸着大致的方向，可着油门向前开去。他本想利用天黑前最后的光亮找到小灰鹤，其实天黑只在顷刻之间，如同一条厚重的幕布，绳子一松，唰啦就落下来了。这时候他才有可能想到，他的意气之举，实际上是一次极大的冒险。

夜间的寻找几乎是盲目的。冯地火已然发现，他辨不清营地所在的方向了，而且汽车里的油根本就不够返程的。也是运气，靠着雪亮的车灯，冯地火居然找到了小灰鹤，它瑟缩在一丛浅草里，无助地觳觫着，就像一个被狠心父母遗弃的婴儿，他把它抱在怀里，忽然流出泪来。

实际上许曾、六叔和薛小楠都没吃晚饭。他们在呼伦贝尔大草原凝重的夜色里久久伫立着，盼望着能有汽车的光柱出现。不祥的气氛渐渐笼罩了营地，深沉的静谧压迫得人喘不过气来，嚓嚓的秒针和怦怦的心跳是唯一能听到的声息。六叔发现，钻头一般坚硬的许曾在悄悄流泪了。

不知什么时候，鲍依出现在他们的身后。

鲍依说："许，不能再等下去了，再等，我们就犯罪了。你儿子是个中国牛仔，这一次，可能是你错了！"

几分钟后，物探队派出了四辆车，携带着报话机，呈扇形向前搜索。六叔在物探队干过，他有过这方面的直接生活，还有从扎木苏荣那里听来的间接经验，就让汽车走一阵停一阵，听听附近有没有狼嗥——狼嗥就等于开饭之前的敲盘子敲碗。汽车像没头苍蝇似的东突西奔，直到后半夜一点多，才终于找到了那辆尼桑车，它无可奈何地停在沙蒿地里，一片绿色的火苗正在前后左右明灭闪烁。亢奋的狼群齐心协力，有的爬上了车厢，有的匍匐在挡风玻璃上，非要打开这只铁听肉罐头，却又缺少挑战人类文明的智慧和能力，只是在车上涂满了肮脏的涎水。生与死只隔着一层薄薄的物质，而冯地火搂着小灰鹤坐在车里，竟然还听着音乐——港台歌星正用气声发音法，表达对爱情的忠贞不渝呢。

汽车驱散了狼群。许曾把儿子从车里拉出来，抱着他哭了。他说："儿子，你做的都没错，错的是我，是我对你缺乏理解。你和爸爸一样，也是个顶天立地的汉子。不过，你这么做太冒险，要是有个一差二错，我就得死在这儿，因为我没法见你妈妈，也没法向你死去的爸爸交代……"

冯地火说："爸爸，你知道吗？我血管里虽然流的是生身父亲的血，可我的精气神都是你给的。我怕的就是你把我看扁了，把我管茶了。你等着瞧吧，我决不会给你丢脸的！”

第二天，冯地火老早就打好了行李，到“国际游艺厅”来找鲍依。

冯地火说：“算算汽油钱，还有别的损失，我该走啦！”

鲍依说：“我没说让你走啊！”

冯地火说：“该开除就开除，没关系。”

鲍依说：“这回得讲民主了。我要开除你，先问问队员们答应不答应！”

在场所有的中美队员一致说：“不答应！冯地火是好样的！”

鲍依说：“所以，我不但不开除你，还得奖励你。你坐到那个‘皇帝的宝座’上去吧，今天我们都听你的。”

冯地火真的就坐了上去，怀里还抱着那只小灰鹤。

冯地火说：“既然让我说了算，我只有一个要求，经理，你必须向我道歉！”

鲍依茫然地问：“为哪件事？”

冯地火说：“那天我违反了规章，你怎么处罚都行，可不能不让我吃饭，那等于侵犯了我的人权。再说，你是个洋绅士，干嘛那么粗鲁？中国有句俗话说，君子动口不动手；看来，你还缺少修炼，不是正经的君子啊！”

薛小楠把这些话一字不漏地翻译过去。鲍依的脸红了一阵，又笑了。他向冯地火行了个屈膝礼，然后说：“陛下，微臣向你隆重道歉！”冯地火马上说：“平身吧，朕赦你无罪了！”

第三十一章

北方油田过去是清一色的干打垒，跷跷脚就能够到房顶，人们对脚手架都很陌生，盖楼就不得不另请高明了。就在这如梦初醒的惺忪之际，数万名江浙民工迅速涌进来。其中有的工头就是当年辗转于街头的温州掌鞋匠，他们和张老板厮熟，就撺掇说，这里的建筑市场前景极好，大有作为，你领着干吧，我们都信任你。再说，市里领导你比我们熟，好说话。张老板掂量了一下，就干了。他越干越大，除了已有的服装店和鞋帽城，还成了若干包工队的大工头；到了建筑市场实行甲乙方招投标阶段，水到渠成，他就成了房地产开发商——绿马建筑公司的总经理。

苦日子忙日子都已经过去，张老板从小旅店搬到了大楼里，还聘用了四梁八柱。一切都像机器那样精密地运转着，这样他就能腾出身子来务虚，考虑一下个人问题了。他每天西装革履，坐着新买的桑塔纳轿车，往来于工地—办公室—银行—市政府之间，当然，各种应酬也越来越多。社会的急遽发展变化，一切都悄然而真实地发生着，这让他总是怀疑自己的身份，常常在卫生间解手之后，就对着镜子端详自己，挤眉弄眼地审视。“你就是张总？小他妈样儿吧，唬谁呢！”他自嘲地笑笑，然后用他湿漉漉的手，把镜子里土里土气的形象破坏掉。

实际上在张老板对六叔道破机关之前，他就陷入了痛苦的思辨和抉择中。他不知道该怎样和黄小敏处关系，似乎怎么走怎么都是死胡同。有很多人给他介绍对象，也有很多女人毛遂自荐，可他总觉得不如黄小敏，而且黄小敏辅佐他的功劳，是任何人都难以取代的。本想让六叔从中作伐，六叔却要了滑头溜之乎也，这事就迁延下来。那天就找晋元峰喝酒，再次说出了他梗在心中的隐秘，因为晋元峰毕竟比六叔思想开化。

晋元峰说：“其实，你们两个什么障碍都没有。黄凯只是一个历史的影子，很虚很淡的影子，并不影响你们的关系。剩下的就是你们心里有障碍，互相捉迷藏呢。你鼓起勇气来把事情说破，下面的事就顺风顺水了。”

张老板说：“没法说。整天在一起，我一直把她当成孩子，人家一口一个叔的叫着，我还有那种不适当的想法，成了还行，成不了，那就不好做人了。”

晋元峰说：“怎么能叫不适当的想法？这很适当嘛。你这个岁数，要是不想找侄女辈的，就得找侄女她妈了。”

张老板嘿嘿笑。他说：“我岁数是大了点儿，可还是真童子呢，找个处女，也不算占便宜！”

晋元峰说：“问题是你自己的左腿别着右腿，怪不得总迈不动步呢。你们是在共同创业中建立起来的关系，这多宝贵啊，要不然我给你们说说，把那层薄纸捅破就行了。”

张老板想了想说：“好吧，也只能这样了。”

相对而言，晋元峰的时间是自由的。大北市设置了专业作家的编制，还从外地调来一些当红的翘楚，但对北方油田的了解认识，谁都没法跟晋元峰比。问题是官本位严重，福利待遇都按照行政级别兑现给付，从这个角度讲，作家只能算是普通干部，职称不怎么顶用，晋元峰比六叔强一些，可还不如崔大可呢。领导觉得有些对不住他，就想给他弄个副科级，完后再一步一步往上蹿。晋元峰就急了，说谁提这个茬谁就是狗日的。我要是想当官，当年哪能搞这个？现在二十多年过去了，人也老大不小了，人家都干到了市级副市级，我还要从末等小吏干起，这比骂我祖宗还狠呢！领导觉得他有点迂，可又觉得他有他的道理，他这样的“精神贵族”，肢体可以受伤害，自尊心却是绝对不能受伤害的。

黄小敏正伏在桌子上，按着电子计算器复核一张报表，见了晋元峰，就温婉地笑着，站起来叫了一声晋叔。

晋元峰嘿嘿说：“小敏啊，我是无事不登三宝殿，给你介绍对象来啦！”

黄小敏也笑，笑得很机警，似乎晋元峰想说什么，她都知道了。她说："晋叔，谢谢你啦。我现在不考虑这个问题。要找对象，我自己会。"

第一个回合，就把盾牌支上了。晋元峰碰了软钉子，又不好马上就走，只好没话找话，说了几句别的。晋元峰和所有的叔辈一样，从来不提黄凯，因为这会让双方都尴尬。张老板得知了谈话结果，窘得脸色发紫，坐在大班台后面，拿烟的手都发抖了。他说老晋，我是自找难看，放着好好的叔叔不当，这是干什么？让孩子瞧不起我！晋元峰就说，也许你功成名就，目标太大了，她有她的想法。

那天晚上，焦洪林在院子里巡查，就看见了一个黑影正从砖墙上往下跳。焦洪林大喝一声，随即用手电照定，竟然是个衣着整洁的女贼，一时被照花了眼睛，跳下来时，把脚给崴了。焦洪林凑到跟前仔细一看，原来又是那天夜里来找水喝的那个女子，就觉得事情很蹊跷了。马上打电话报告，周密就领着女警来了，一搜身，那女的竟然怀揣一把刀子。问她来干什么，女的就说偷东西。偷什么？逮着什么偷什么。偷东西干嘛要带刀子？女的就不吭声了。周密的脑子翻腾了几下，马上就明白了。

周密把她领到院子外面说："你是绿马公司的黄小敏吧？"

黄小敏说："是。"

周密说："我是你周叔叔。你这是梦游症，我送你回去吧！"

周密就用车把黄小敏送回了公司。张老板已经睡下了，被周密喊起来，趴在耳朵上交代几句，就撤了。张老板先看了看黄小敏那只伤脚，只是崴了而已，伤筋没动骨，用黄酒给搓了搓，上了红花油，又让她口服了云南白药。弄停当了，他突然抬起手来，给了她一耳光。

张老板狠狠骂道："你这个又聪明又糊涂的东西！你以为你是秋瑾哪？过去的事你能一件一件都抖搂清楚吗？还是你爸缺德，心眼太窄，水性太差，怨不着焦洪林；就算他的做法不地道，也犯不上你动刀子。你想想，这么多年，我是怎么熬过来的？你整天跟着我，到底理解我多少？你可真让我操心哪！”

黄小敏哭了。她说：“叔，不管事情的结果怎么样，我比画了这么一下，心里也就平衡了。这个念头在我心里萦绕了这么多年，你也知道，我家没有男孩，现在我也给家里挣够了钱……”

张老板说：“你爸在坟里睡得好好的，干嘛还要惊动他呢？无论是要报仇，还是要洗刷耻辱，你只能用自己的成功达到目的，这个道理并不复杂嘛！”

黄小敏说：“叔，我真是梦游症，魇着了，被你一巴掌打醒了！”

张老板说：“如果再犯梦游症，先在自己的床边撒上图钉！”

黄小敏是绿马公司的财务总管，她不便行动，那套经营和往来账目就得张老板自己亲理。张老板在“外包工”中间很有人缘，因为他平易可亲，能体贴人，特别是从来不压工资，这让人很钦服。

张老板来到工地，工人们就和他乱开玩笑。

工人说：“我们太辛苦了，不比你们当年会战差吧？”

张老板说：“你们工时过长，这是真的。可北方的施工期只有半年多，不起早贪黑披星戴月，工程跨了年度，成本就高出一大截。你们干半年也闲半年，多干活儿也多挣钱，这是很讲道理的。你们怎么敢跟会战比？真是不知道天高地厚了。要是让你们住在干打垒里，满身虱子，每天半斤粮食，吃野菜糠麸子还不管饱，让蚊子叮得发疯，零下三十多度还得穿着空心棉袄在外面猛干，每月只开十八块钱，你们谁能受得了？这就叫人不知足，鸟不知足！”

工人们嘿嘿笑，说：“我们咋知足？我们的鸟捞不到食吃，连瓜菜代都没有，我们的鸟都饿完了！”

张老板也笑：“你们的小鸟饿了几天就叫苦连天，我的老鸟都饿了二十年了，是怎么熬过来的？我这人嘴浑人不浑，最讲究精神文明了。我顶着强奸犯的罪名，却一直守身如玉。知道这么大的事业是怎么来的吗？是守出来的，你们应该远学柳下惠，近学张家生，懂得一个守字。挣几个钱不容易，别动不动就跑到铁西去找土鸡，那种下水道可没准头，乐颠颠地放进去，拿出来一看，绿了！”

工人们笑得撑不住，四下里乱钻，笑了又赞叹说：“张总是真豪杰，从来没听说你有什么乱七八糟的花花事。”

张老板说：“人的构造其实都是一样的，如果心里有了目标，有了志气，有了爱情，就不会有乱七八糟了。”

过了一些日子，黄小敏的脚好得差不多了，张老板把她叫到办公室来。

张老板说：“这些年你跟着我没少吃苦挨累。趁着岁数好，上学去吧，开开眼界，长长知识，也顺便散散心。回来愿意自己干，我帮你拿本钱；要是还愿意跟我干，那你就替我管理这一摊子。张叔叔是个土八路，跟头把式的干到今天，有很多歪打正着的成分；往后大学生多得用扫帚扫用簸箕撮，用不了多久，我就得退出历史舞台了。”

黄小敏的大眼睛扑扇扑扇地看着他。

黄小敏说：“张总……”

张老板说：“别这么叫，听着别扭。你还是叫叔吧。”

张老板拿出一张大学入学通知书，一个大信封，放到桌子上，又推到她面前说：“钱，我都替你准备好了。”

黄小敏说：“叔，我不想上学，我就这样挺好的。”

张老板说：“这是我的决定。我是你的叔叔，还是你的领导，对不？无条件执行吧。”

黄小敏欲言又止，拿着通知书和钱走了，还没出屋，张老板又把她叫住。

张老板说：“到了大学里，碰到可心的男同学，把对象解决了吧，别再抻了。”

黄小敏凄惨地笑笑，说：“谢谢叔叔，我会报答你的！”

那天晚上，张老板心里挺酸楚，就穿了便装，一个人溜达到街上来找饭吃。似乎一夜之间，这片地皮上就冒出不计其数大大小小的饭店，过去下不起饭店的人，把下饭店看成是奢侈和不正道的人，纷纷光临惠顾，家里来了客人不上饭店，那就显得寒酸而土鳖了。

张老板进了三丫的自助火锅店。店是小店，七八张桌子，一个服务员，再一个就是三丫兼着了。通常来说，大款是不会到这种小店来的，三丫不认识张老板，也看不出他就是老板。张老板坐在窗前自斟自酌着，忽然看见韩桂花从窗前经过，肩上还扛着一把锄头。

张老板还想打招呼，可韩桂花连头都没偏一下，像驴皮影上的人物一样，朦胧着倏忽就过去了。

三丫就笑了。

三丫对服务员说："你见过在城市大马路上扛锄头的人吗？要是有一个，那就是冯地火他妈！"

服务员说："没见过这种人，从儿媳妇窗前走过，眼皮都不撩。"

三丫说："她恨我，恨得一贴老膏药，巴不得我跟冯地火黄了呢。"

这事儿也真够巧的，被张老板听明白了关节。他也知道，许曾夫妇不同意这桩婚姻，酒劲上来，就插话说："咱这个城市的人口，和别处不一样，都是从四面八方来的，有多少是正经城市人？在大马路上扛锄头也没什么奇怪的。就拿我来说吧，原来就是个老板子，说不定坐着汽车手里还拿着鞭子呢！"

三丫和服务员都笑。

张老板问："闺女，你爸爸是干啥的？"

三丫说："是林业技工，头两年才从外县调来。"

张老板说："这时候才来，会战的时候他在哪？桃子熟了，摘桃子来了！"

三丫说："叔叔，这么说就不对了。辛亥革命你在哪？五四运动你又在哪？还有八一南昌起义，二万五千里长征……”

张老板被呛了一口，方才知道这姑娘原来是一张利嘴。也是替韩桂花出气，就和她戗着说：“你说的这几个重要的历史关头，我还没出生呢，所以都没赶上。可会战一开始我就在这儿了，油田是我们开发的，城市是我们建设的……”

三丫笑了一下，便说：“叔叔，你这就是典型的山大王思想。我爸爸在外县，干的也是革命工作；如今调进大北市，是因为城市需要绿化，绿化需要我爸。”

一阵喷珠吐玉，张老板就败下阵来，把钱放到桌子上，起身离开了。

三丫说：“欢迎再来！”

张老板说：“肯定再来，我会让你生意兴隆的！”

因为心情不好，张老板多喝了几杯烧酒，带着八九分醉意，身上燥热着，散着脚步在街上逛荡。晚上明亮的灯光给一切蒙上了亦真亦幻的感觉，街上的男人变得神情恍惚，无不带着迷失感和破坏力，女人则被朦胧夸大了美貌，哪怕姿色平平，也显得十分自信。路过自己的办公楼，隔着薄薄的窗帘，还能看到黄小敏姣好的剪影在里面款款走动。张老板默默地站了一会儿，心里灰暗着，叹息一声，继续朝前荡去。就醉醺醺地想，强扭的瓜不甜。也许我这个念头本来就是错误的。别人的孩子都到了谈婚论嫁的年龄，我还在画饼充饥呢，真他妈的没道理。干脆豁出去，把复杂问题简单化，假如今天晚上能遇到一个稍稍平头正脸的女人，假如这个女人还没结婚，假如我和她能谈得拢，那么就不管三七二十一，把她娶回家来算球了。

走到一个街角，见到一个绰约的女子，正在灯下顾影自怜，好像无家可归的样子，就鼓起勇气走过去说：“姑娘，你咋啦？”

女子说：“我寂寞。”

张老板说：“真巧，我也寂寞。”

女子说："找个地方唠唠吧。"

张老板说："好，唠唠就唠唠。"

女子钳着他的衣服，轻轻一拉，他就像被施了魔法，顺着她的导向，懵懂地拐了几拐，就进了一个光线暗淡的屋子里。细细看来，灯下的女子颇有几分姿色，还梳着一头滑顺的长发，是很能撩人情欲的。

女子说："钻井的？"

张老板大着舌头说："差不多吧。"

女子咕咕笑。

张老板说："你笑什么？"

女子说："你是打站桩，还是打斜井？当然，丛式井是没有可能了。"

张老板就很惊讶了："你咋懂得这么多？是石油子弟？"

女子摇头："石油子弟谁干这个？"

张老板说："你到底是干什么的？"

女子笑了："大哥真能闹。难道你看不出来？干我们这个，一个人等于带着一口油井呢！"

张老板也是喝多了，脑袋的转数不够，还认同地点头说："原来是采油的。也不错，起先我就是采油的。"

那女人走到了屏风后面。这时候张老板的手机响了。他用的是第一代手机，傻大憨粗的，人称大哥大，装在手包里，像砖头似的。对于张老板来说，这种东西太新颖，远比鞭杆子掌鞋锤子难摆弄。就忙忙乎乎把手伸进包里，想把手机关死，却不料竟然摁了通话的键子。再抬头时，小姐已经蜕变成白花花的一团，从屏风后面走出来，那个他只在遥远年代的插图上看过，印象参差的东西，就以伸手可及的实物形式，明晃晃展现在他的面前。

张老板好像被烧红的烙铁烫了一下，顿时就明白了，原来她是做皮肉生意的小姐——她们成批次秘密登陆大北市，并迅速而隐蔽地建立了滩头阵地，到这块出石油的地方揩油来了，可他十分珍视自己保持多年的童贞，从来就没做任何尝试。

张老板蒙羞受辱般吼道："谁让你脱衣服啦？"

小姐诧异说："不脱衣服，你来干什么？"

张老板说："不是要唠唠嗑吗？"

小姐嗤地一笑："不认不识的，有什么好唠的？"

张老板说："如果唠得投机了，我……"

小姐说："别来花架子。你用多大号的？"

张老板说："你说什么？你满口术语，我咋听不懂呢？"

小姐说："大哥你装吧。你这个岁数，还有什么不懂的？"

张老板说："我真就不懂。"

小姐说："你没尝过女人？"

张老板说："不瞒你说，我还是个童男子呢！"

小姐咯咯笑："你有病吧？"

张老板说："我没病，钢钢的。"

小姐说："既然没病，还装什么斯文？"

张老板说："我不是装斯文，我是……"

小姐是讲究效益的，就有些不耐烦了，两手掂着白生生的奶子走过来，蛇似的扭动着一身白肉，依照摩擦发热摩擦生电摩擦起火的原理，靠到跟前来摩擦他。张老板也是血肉之躯，被她摩擦得飘飘忽忽，眯起醉眼，好奇地伸出手去，验看了那件插图上的实物，又摸了摸那条青春的大腿，那皮肤细嫩光滑，有一点儿凉粉和丝绸的质感。他把脸贴了上去，忽然想哭。

张老板说："黄凯没赶上好时候。"

小姐说："你说什么？"

张老板说："我说的你也不懂。这个人，是我的工友，也差点儿就成了我的老丈人。”

小姐说：“你这人够磨叽的。喝高了吧？”

张老板的手颤颤的，又抚摩了她一下，哀怜地说：“这么好的女孩子，干嘛要干这个？你，干脆金盆洗手，嫁给我吧！”

小姐督促说：“快点儿吧，别扯没用的。干这种事，也讲究兵贵神速！”

张老板说：“我是真心的！”

小姐鄙夷地睥视他说：“嫁给你？想得美吧。一个钻井的能有多少钱？不过就那么几个死工资，能养得起我？赶快开钻吧，别耽误我的生意！”

张老板就笑了，笑得很凶险。在这些年化蛹为蝶的过程里，他很少再说脏话了，可他已经明白，在这间屋子里，是不可能有干净东西的。于是他推开她说：“狗日的东西，像碾子那么大的彩球砸到了你头上，可你却把它一脚踢开了。你知道我有多少钱吗？说出来能把你吓哭了。我的钱，都是干干净净的，靠我的诚实劳动，一个一个挣来的。由于种种原因，我一直没结婚，是个真正的钻石王老五，今天晚上，我就是想……我不说了。为什么跟你说这些呢？跟你说这些，那就是对牛弹琴。你知道吗，有一个女孩子，岁数跟你差不多大，从小没爹，靠擦皮鞋开始，现在已经是挺不错的白领了。可是你呢，连A都没卖，直接就卖B了。跟她比比，你算什么？真是一不要强二不要脸的东西！你……马上给我滚出去！”

小姐就有些发蒙：“大哥，你弄错了吧，这就是我的岗位，你让我滚到哪去？”

张老板马上醒悟了：“你还挺爱岗敬业呢。跟谁叫大哥？我是你大叔，比你爹小不了几岁！”

张老板扔下两张票子，就逃离一般走出来，竟然有一种劫后余生的滋味。走到街上，发现手机还在咝咝啦啦地响着，赶紧关掉了。

就在这时，一辆警车呼啸而至，一群警察从车上跳下来，径直冲进了那屋子。站在外面指挥的，正是周密。

周密认出了他，就呵呵地笑着说：“张老板，到街上放牛来啦？”

张老板说：“好悬一把牌。我刚从那里边出来，差点儿就让你抓了现行。”

周密说：“抓住了你，我们也得网开一面，你不是光棍协会主席嘛，我们一能理解，二能谅解。再说，过去是我们办了冤案，耽误了你的大好年华，我们欠着你的。”

张老板说：“我可是头回来，业务不熟，只是子弹上膛了，没击发，属于那什么未遂吧。”

周密说：“这么大岁数了，别太考虑自己的身价，扒拉来扒拉去的总挑拣，要不然这么到处溜达打食吃，总也不是个办法。”

张老板说：“我打什么食吃？我可不是那种花花太岁。其实，今天晚上我就是出来找对象的。我是好瓜烂在地里，没赶上节气。只要能理解我，哪怕就是个小姐，我也豁出去了。”

周密说：“喝高了喝高了，满口胡话。上车，我送你回去！”

周密就把张老板推到车上送了回去。隔着窗子，看见黄小敏的屋里没开电灯，烛影跳荡的，就问：“那个黄小敏咋样啦？是不是还心藏杀机？”

张老板说：“没事了。女孩子，一时想不开。”

周密说：“什么一时？一个念头，多少年都没放弃，厉害呀！”

张老板说：“你放心好了，这种有心劲的人，肯定有出息！”

张老板上了楼，穿越了长长的走廊，敲了敲黄小敏的门。门是虚掩着的，推开来，就看见两支红烛在微风里摇曳着，黄小敏长发披肩，看来是刚洗过澡。

张老板说：“咋还不睡？”

黄小敏说：“我在等你。”

张老板说："我出去转了转，外面空气挺好的。"

黄小敏笑了笑说："叔，我给你打了电话，可是你没接，手机也没关死，所以你出去找对象的事，我都知道了。"

张老板恍然明白，羞臊得不敢看她："闺女，你别笑话叔。叔不是圣人，改造了这么多年，那种不健康的思想一点儿都没减少。"

黄小敏说："如果你真心喜欢我，咱们今晚就成亲吧。"

张老板怔住了。他说："小敏，你别误会。我送你上学，不要求回报。再说，我可是你叔啊！"

黄小敏说："让我最后叫你一声叔吧。我从小没有父亲，这么多年，是你顶替了父亲的角色，带着我东跑西颠，长大成人。你疼我爱我，教会了我为人处世，无论人前人后，连一句粗话、一个不规矩的眼神都没有。外人只知道你嘴上脏，可我最清楚，你心里特干净。你总以为自己不行，可在我眼里，你很了不起，简直就是个大英雄。我也想过嫁给你，陪你度过后半生；可你的事业越做越大，我怕人们误会我，以为我是奔你的钱去的……"

张老板说："小敏，别说了。你再说，我的眼泪就下来了。"

黄小敏说："虽然你不说，可我心里也知道，你的心思都在我身上呢。你要是想找，什么样的女人没有？咱们都别欺骗自己了，从现在起，我就改口叫你哥，行吗？"

张老板嘿嘿笑："不好意思。不好意思。这么多年，你我太熟了。"

黄小敏说："哥，结了婚我再上学，要不然，我学不踏实。"

张老板说："把蜡吹了吧，有亮，我不敢靠近你。"

黄小敏把蜡吹灭。张老板走过来，双腿跪下，抱住她的大腿，突然大哭起来。他说："怎么会这样？这是做梦还是真事？这是你我的幸运还是你我的不幸？"

黄小敏抚摩着他的头发说："哥，别想那么多。我们都在真实地活着，这才是最重要的。”

第二天一早，张老板买了一纸壳箱子糖块，用轿车拉到工地，散给那些“外包工”们，说我结婚了，新娘就是绿马公司的黄小姐。听到这个喜讯，工人们既惊喜又惊异，说黄小姐不是跟你叫叔吗，怎么整差辈啦？张老板说：“马御厨的成分都能改，我们的辈分怎么就不能改？就是环节多了点儿，挺费事的，压了好几年才特批下来。”工人们嬉笑着，要给他凑份子买纪念品。张老板想了想说：“你们挣那几个血汗钱不容易，心意我领了，份子就免了。收了工我请你们喝喜酒，都到三丫自助火锅店去，编成梯队，分悠吃，甩开嘴巴子猛造，非吃黄它不可！”

从中午开始，“外包工”们犹如一群群饥饿的蝗虫，陆续来到了三丫火锅店。繁重的体力劳动，让他们食量惊人，一个能顶三个，而每一位火锅标定为十五元钱，涮料自取，管吃管添，如此一来，三丫就净赔不赚了。三丫也觉得事情蹊跷，一打听，原来昨天她冒犯的那位客人，竟是此举的后台老板，而且是许曾的老朋友，就知道事态很严重。眼看到了下午两三点钟，吃饭的客人仍然缕缕行行，吃出满屋的汗气、烟臭和一派绿林风格来。三丫知道自己应付不了，也是急来抱佛脚，就来找眼前的对手未来的婆婆韩桂花。

韩桂花正在给菜地浇水，想躲也躲不开了，听了三丫的报告，就说：“你找我什么意思？”

三丫说：“你是冯地火他妈，我是冯地火对象，情况紧急，男人们又都不在，我不找你找谁去？”

韩桂花说：“对象和媳妇不一样。媳妇是自家人，对象八字没一撇，说黄就黄了。”

三丫说：“就算邻居求你，行不？都知道你是好心人，你能见死不救？”

韩桂花说：“怎么个死法？怎么个救法？”

三丫说："照这个吃法，一是人手少供不上趟，二是很快就吃漏底了，没钱买材料，一个小店，说倒闭马上就倒闭了。"

韩桂花说："你是让我去找张老板求情？让他高抬贵手？"

三丫说："不，我宁可人后倒灶，也不人前关门。顾客光临，越多越好，证明生意兴隆，怎么能不让人家吃呢？我想借三千块钱，请人手买材料，应付完了，我再关张。"

韩桂花眯着眼睛，觑着这个只认识不熟识的姑娘，从她的话里感受到了刚强和力量。

韩桂花说："你不是很有钱吗？"

三丫一笑："其实我也知道，你一直认为我跑到南边去，挣了不干净的钱。正因为这样，我才故意撑着唠。我能有多少钱呢？连饭店都是借钱兑过来的。如果我没猜错，你看不中我，主要是因为我没有一份正经工作，你是怕我重复了你的命运！"

一语中的，韩桂花有点儿难堪了，一时不知道怎么对答才好。直到三丫转过身去，走出了三五步，她才喊住她说："走，我跟你看看去。孩子你放心，我不能让人看咱家的笑话。你要挺住，脸上要笑么丝儿的，存折就揣在我兜里呢！"

韩桂花又打电话把夏晴叫来，和三丫一起共渡难关。笑么丝儿地一直忙到晚上七点多，"外包工"们走散了，张老板才领着黄小敏前来结账。

见了韩桂花，张老板陡然一惊说："嫂子你这是咋回事？国共合作啦？"

韩桂花说："这就叫大敌当前，一致对外。"

张老板说："我本来是想帮你忙的，这一下是不是帮了倒忙？"

韩桂花说："哪里，你帮的是正忙，这回我真正见识了我的儿媳妇，挺不错的。"

张老板把事情的原委本末和自己的创意说了，几个人都笑。

张老板说："今天是我的新婚喜宴，绝对不能让你们赔上。"

韩桂花就惊讶得不行，说："这么大的事情，咋没听到一点动静呢？"

张老板说："连我自己都没听到动静，于无声处听惊雷嘛。小敏，过来认认两位嫂子！"

黄小敏就红着脸走过来，颔首叫了一声嫂子。韩桂花和夏晴都定定地看着黄小敏，似乎明白了什么，脸上的笑就变得五味俱全了。

第三十二章

作为一座北方现代化城市，大北市奇迹一般崛起着，让周边的市县眼花缭乱，目瞪口呆。她没有旧建筑，等于白纸上画画；又是一马平川，不存在地形地势障碍；她强大的经济实力足以支撑她以加速度赶超老牌城市，而且后来居上。辟地新建的儿童公园，要比许曾抢先建成的"石油工人乐园"大上十倍，不但一应陈设俱全，还引进了一架勘测部门退役的直升飞机，只要花上几十块钱，就可以获得崭新的视角，巡天鸟瞰这座奇异的城市——在明媚的阳光下，一片片拔地而起的建筑群会折射出熠熠的光亮，五颜六色的塑钢屋顶，金碧辉煌的马赛克，奇幻的玻璃幕墙，宽敞而纵横交错的马路，甲壳虫般来回奔忙的汽车，都会让人惊叹不已。在北方油田第一口油井旁边，矗立着铁人的汉白玉雕像，他身穿老羊皮袄，戴着全天候式的前进帽，手扶刹把，用深邃的目光凝望远方。远方是浩瀚的油田，无数抽油机片刻不停地忙碌，那种引动全世界关注的液态黄金——石油，就悄无声息地流淌出来，浸润到各地，变成国家和民族最为直接的发展动力，也变成了这座城市热得发烫的印钞机。

北方油田的石油年产量一直保持在五千多万吨的巅峰线上。论起来秦恬功不可没，为了持续高产，她和课题组解决了二次采油，正在解决三次采油，争取尽可能提高采收率，把地下的可采储量全部拿出来。六叔对这些半懂不懂，却知道它的重大意义所在，对秦恬不只是佩服，几乎就是崇拜。

那天就对晋元峰说："老晋，咱们好了这么多年，我的媳妇你看了个六够，可你的媳妇我还没见过呢。"

晋元峰说："连我都很少能见到，别说你了。生活主要是靠她在单位吃盒饭，我在家里吃方便面。要办那种事，我得提前预约，写作业报告，审查批准了才行。"

六叔笑得不行。

六叔说："哪天我弄几个菜，你把这位女大师领来，咱们来个家庭聚餐，行吗？"

晋元峰说："秦恬也为没见过传奇人物马御厨感到遗憾，吃你做的御膳，当然求之不得。"

六叔很高兴，那一天说好了，就和夏晴张罗做菜。左等右等，到了饭顿上，却是薛小楠骑着车子来了。

薛小楠说："秦老师实在太忙了，实验正处在关键阶段，不能亲自莅临，让我把菜给她带回去，这大概就叫传膳吧？"

六叔扼腕叹息，就跟薛小楠说："秦恬才是真正的女皇呢，伺候她也是高抬我。以后想吃啥，给我个信儿，保证让她高兴。"

薛小楠看着几个泡沫饭盒，摇头笑笑说："大概科研人员就是吃盒饭的命了。这么好的御膳，结果也弄成了盒饭！"拿了菜，着急忙慌的，飞身跨上车子，游鱼一般穿过楼房之间的甬道，汇入熙来攘往的人流中去了。

那以后好长一段时间里，六叔在稳定安适的岗位上工作着，没有波折，没有起伏，没有轰轰烈烈。他给我父亲写信说，就像在家乡种地一样，只不过农民是年复一年，他的工作是日复一日罢了。别人为厨多数都肥头大耳，六叔恰恰相反，身材始终清癯如初，连一块赘肉都没有，这就更加令人钦佩了。我堂弟马皎然也为六叔骄傲过，尽管是很初步很幼稚的骄傲。他曾经用“官廉厨瘦”组词，被老师称为新成语。他还把《曹刿论战》里“战于长勺”的句子，和六叔那柄御厨特用的大炒勺穿凿地联系起来，说马家的御厨史是从春秋战国开始的。

有一天，六叔家的门铃被按响了，从猫眼里看去，来人竟是严凌。

严凌说：“小鬼呀，我到你家避难来啦！”

六叔吓了一跳，赶忙打开门，一问才知道，原来他是在逃避酒宴——严凌办理了离休手续，就要永远离开北方油田，“告老还乡”“归隐山林”了。因为严凌的资格老、人缘好、职位高、贡献大，地企两家各方面轮番为他饯行，你争我抢的，几乎都排不上号。严凌受不了频繁的应酬之苦，只好一跑了之。这是他第二次“逃难”，跟当年那次跑到萨边，竟是如此相悖。

严凌说：“小鬼呀，人们都说，只有遭不了的罪，没有享不了的福，我看应该颠倒过来，只有享不了的福，没有遭不了的罪。你看看我，当年的艰难困苦，造反派的反复折腾，我都挺住了；可现在这个招待那个招待，却把我招待得受不了了，说句浑话，撒尿都带度数，放屁都能油了裤衩子。”

六叔就笑。

六叔说：“首长，您咋还跟我叫小鬼？我这个岁数，已经是老鬼了。”

严凌说：“可你在我眼里，还分明是小鬼呀。日子好过了，天底下的好东西，我差不多吃遍了，可越吃越没味道。你猜猜我最想吃的东西是什么？”

六叔就搜肠刮肚地猜起来，怎么猜怎么不对。

严凌哈哈大笑，他说：“其实很简单，就是你擀的面条！”

六叔就在自己的家里，怀着依依惜别的心情，为严凌擀了最后一碗面条。严凌又一次吃出了浑身透汗。他斜躺在泡沫沙发上，拍着肚子，打着惬意的饱嗝，感慨地说道："我现在的滋味，皇帝也不过如此吧。中国菜是好东西，可它也是个没底的陷阱，越弄越排场，越弄越奢华，长此以往，你这个御厨传人说该咋办呢？"

六叔回答不了这么艰深的问题，就嘿嘿地傻笑说："领导都没办法，我能有什么办法呢？高厨不面客，我只研究厨艺，别的我都管不着。"

严凌在六叔家一直待到晚上八点，看看到了"安全"时间，才起身告别。临走时他说："小鬼呀，你我相处一场，这么些年，你没求我办过一件事。我就要走了，再见面也不容易了，你有什么事，只管跟我说。"

六叔说："咋没求您？那次要落地油烧管线沟……"

严凌说："那不是你个人求我，是你为工作找我。"

六叔说："还有成分问题，多亏您想着我，尽管后来成分都作废了。"

严凌说："那又不是你找的我，我就是一个顺便。其实事情也不是我办的，我哪有那么大的能力？那是石油对你的回报。"

六叔说："首长，我当年跑过来，往大了说是为祖国献石油，往小了说，不过就是为了有口饭吃。现在我娶妻生子，成家立业，日子过得挺不错，还有什么可求人的？我谢谢您啦！"

严凌说："你不求人，正是你人格的高贵。"

六叔突然涌出了泪水。他说："首长，我真舍不得您走。"

严凌说："说你是小鬼，你还真就是个小鬼。日出日落，花开花谢，都是自然规律。其实，我也舍不得离开北方油田，舍不得你擀的面条，可又不得不承认，南方的气候更适合养老。"

说罢，严凌也红了眼圈——他毕竟在这块土地上干了二十多年哪。大北市的人口处于相对稳定的不断流动中，就像算术书上应用题里那种大口径进水小口径出水的池塘。油田上的人退下来想到别处去养老，别处的人又想到油田上来生活；外地有人想到油田来发展，本地有人想到外地发展。在长期的冲兑中，这一汪水泊越来越大，石油的成分比例也越来越淡。很多来自南方的老会战都是这样，他们常常一觉醒来，发现自己原来生活在别处；他们无法摆脱江南的柔媚，也更适应那种温润的气候。于是他们建起了这座城市，最后又离开了她，把城市留给了别人，这无论从情感上还是从道理上，都有些酸涩的滋味。

可是六叔知道，他是不能走的，作为纯粹的北方人，他也无处可去，他只能在这片土地上终老一生。就一再写信，非让我父亲到北方油田来一趟，而且要带一口袋老榆树种子来——大北市缺树，特别缺少大树古树，这样的繁华，就很像暴发户，显得愣头愣脑而成色不足。如果他的窗前窗后街头巷尾能有几棵同样婆娑的老榆树，那样就更能找到家乡的感觉了。

我父亲一直想到北方油田来却又一直没能成行，前期是成分的原因，后来就是身体的原因。我父亲在一次被批斗中把腰弄伤了，一直也没治好，没法长时间坐车。在他成为真正的老人之后，索性就不治了，偏偏不治就好了，这颇有天意成全的成分。这样在六叔的一再邀请和儿女们的一再敦促之下，我父亲终于来了。对于他来说，这是第一次也是最后一次。

我父亲在六叔一应俱全的楼房里住了一星期，觉得眼前的一切和自己脑子里储存的东西没法对位，就非要到六叔当年工作过的三大队去看看。六叔和夏晴就找了一辆轿货车，拉着我父亲去了。结果我父亲还是大失所望，他根本就没看到六叔描述过的景物，连干打垒的影子都没见到。六叔指给他说，这就是我们当年支帐篷的地方，可那地方已经是一幢楼房。六叔又指给他说，这就是夏晴骑车子摔进去的那个草垛，可那地方已经成了一个水泥铺就的灯光篮球场。轮到夏晴介绍了，她就东指一下西戳一下，说这就是你弟弟跟米新朵搞对象的地方，那就是你弟弟跟蓝溪起腻的地方。又遥指着一个根本看不见的目标说，那片是农场，后来改“牛棚”了。就是在那里，我骑马挎枪，像黄英姑似的救下了你弟弟。我父亲笑，六叔笑，夏晴也笑。六叔说，夏晴是当劳模讲经验讲的，总往酒里羼水。她是想当咱马家的佘太君呢！我父亲说，她就是佘太君，这没啥好说的。

六叔没想到，在路边遇见了蔫豆子吕勤久。他扛着一根铁管，似乎要横穿马路，又被来来往往的汽车截住，就站在那儿踟蹰。六叔迎过去，高声叫着他的名字，然后两双手就牢牢握在了一起。吕勤久全家也从农村搬过来了，住进了统分的楼房，因为是单职工，生活比六叔还差了一截，人也显得挺苍老。说了一阵谁阔了谁发了谁栽了，然后就说自己没能耐。六叔说：“有几个杜希金、崔大可、张家生？大多数工友不都和你我一样吗？”吕勤久说：“你我怎么能一样呢？虽然你也是工人，可你是御厨啊。”六叔说：“咱俩的工资一般多，你的奖金比我还高呢！”吕勤久说：“你这是安慰我呢。实际上我也知道，尽管咱们都是一个车皮运过来的，可才能并不一样。我只能是一块基石，砌在地底下的，你们才是地面上那一部分。”六叔说：“基石好啊，没有基石，再高的楼也得塌架。”吕勤久说：“可谁能看得见基石？”六叔说：“知足者常乐，要是你不知足，那就痛苦了。”吕勤久说：“我知足。我哪能不知足呢，我们乡下老家，还有人少吃没穿，没解决温饱呢。”

我父亲来到的第三天，陈南喜闻讯特地赶来看望他。自打农村砸烂了大锅饭，实行了联产承包责任制，陈南喜这种南郭处士就很痛苦了，着实狠骂了一通娘。这一次他衣着光鲜，拿来不少东西，甚至还有两瓶古井贡酒。当着夏晴的面，他掏出一沓钱来，很豪迈地拍到了六叔的桌子上。

陈南喜说："我说话算数。小六子，你点点，我欠你的钱，连本带利，一次性还清了！"

六叔大为惊讶，说："喜子你抢银行啦？"

陈南喜说："那倒不至于。反正靠山吃山，靠水吃水，靠石油吃石油呗。"

六叔说："你可不能违法犯罪呀！"

陈南喜说："小六子，你别一碗凉水看到底，咸鱼也有翻身的时候。眼下哪还有你们这么挣死钱的？窍门满地跑，看你找不找。比如说吧，落地油，一吨二百八十元，转手就卖九百元。一吨能赚多少钱？要是一百吨、一千吨、一万吨呢？"

六叔说："说梦话呢，哪有那么多落地油。"

陈南喜笑得就很狡黠了，说："山翻不过去，就绕过去嘛。当年你们挖管线沟，不是也使用过落地油吗？还有那种聚乙烯颗粒，一个颗粒还没有绿豆大，就能吹出一个塑料袋来；一把颗粒，就能注出一个洗脸盆子。全国到处都在疯抢呢。现在是价格双轨制，一吨议价聚乙烯一千九百元，转手就能卖两千四百元，如果能发上一车皮两车皮，那是什么成色？下半辈子就够用了。有多少能人正在研究这个，你还死守着那个灶火眼儿，为大官小官做菜，亏不亏呀？"

对六叔来说，这一席话极为犀利而又富有裂解力，让他恪守多年的厨道和古朴的自尊心深受伤害。

六叔便说："这能叫真本事吗？这完全就是不义之财呀！"

陈南喜深深一笑："小六子，你别难受。现在可不是当年了，无商不富，可也无商不奸，就靠你们三老四严那一套，只能吃亏上当，怎么走经济市场？识时务者为俊杰，赶快改辙吧，你又认识那么多头头脑脑！"

六叔不说话了，他捧着脑袋，思索了好半天才说："喜子，咱们上饭店吧，我懒得动手做。我们是双职工，就是靠工资，也能请得起你！”

这顿饭吃得很不舒心。六叔身上簌簌痒痒的，好像久已绝迹的“光荣虫”又复活了。吃完饭过去结账，服务员说：“先生，您的账已经有人替您结了。”六叔顺着她的指示看去，康同伟正在志得意满，脸上带着霞光般的酒色，一边笑吟吟地和客人说话，一边走出门去，六叔喊他，他甚至连头都没回一下。

那一阵好像人人都在谈论落地油和聚乙烯的话题，好像人人都在“拼缝”，好像人人都赚到了大把的票子，却是光听着辘轳把响找不到井在哪里。人们的渴求发财，梦想一夜暴富，成功就像挂在头上的红艳欲滴的果子，跷跷脚就能够到。人们都在四处奔走，求门子托关系，来找六叔的人更是纷至沓来，连几几分成的方案都拟好了。六叔没法一一回绝，为了省事，后来干脆在门外贴了一张条子：本人无能，敬请求购落地油、聚乙烯者改换门庭。为了对称，在门里也贴了一张：打你自己的牌，让别人和去吧。这还是晋元峰在麻将桌上妙手偶得，套用但丁的话改造成的。

六叔并不知道，那个替他买单的康同伟，正在打着他的旗号干这个。有一天晚上，这个弄丢了档案的人提着一个档案袋，勇敢地敲响了杜希金家的房门。一般来说，要进这道铁门是很难的，杜门正要谢客；可康同伟提到了六叔名字，这牵涉到一段隐秘的往事，蓝溪就不得不开门了。由于蓝溪对体形的持守，他们很晚才有孩子，而且刚读初中，就被送到新西兰“熏着”去了，家里十分清净。杜希金刚刚洗了淋浴，头发还湿漉漉的，肚子微微腆起睡衣，过去刚劲的下巴，如今已经呈现出三个层次，看着就像大寨梯田似的。杜希金和蓝溪都不认得康同伟，所以就缺少适当的热度。康同伟落座就说，杜处长和马本良是好朋友，我跟马本良也是好朋友，这么一过电，咱们都是好朋友啦！

康同伟这么说其实是很狡猾很恶毒的。六叔怎么会和杜希金是好朋友呢？杜希金也有可能知道他在撒谎，可犯不上戳穿他。杜希金说了几句模棱两可的话，想把他尽快打发走。但康同伟比他厉害多了，他速战速决，不玩花架子，笑着说，头一次登门拜访，不好空手，可又拿不出什么好东西，买两条烟意思意思吧！他甚至都没提聚乙烯一个字。当蓝溪把沏好的茶放到桌子上时，他已经起身告辞了。

那两条烟也不是特别贵重，中等偏上档位，没什么名堂，杜希金这一级干部已经不稀罕了。正因为这样，他才有可能感觉到，里面大概另有内容。就揭开来，随手一抖，一沓沓票子便掉到了茶几上。蓝溪还不认得，说这是什么票子？是不是来了演出团体，又发招待票啦？杜希金当然是在行的，他拿在手上，熟练地篦了一下，还闻了闻油墨，然后说，是美金。

每逢这种时刻，夫妻俩总要静场一会儿，好像面临着重大而艰难的选择，那种感觉又痛苦又欢欣。而他们的台词每次都差不多。

蓝溪说："俗气。就会来这个。"

杜希金说："如果不是马本良的朋友，我就给抖搂出来示众，让他没法做人！"

蓝溪说："你就相信是马本良打发他来的？我了解马本良，他根本不会这一套。"

杜希金说："没什么好说的，还是两条路，一个是交公，一个是交给他本人。"

蓝溪说："这样好，这样省得我跟你担惊受怕。"

蓝溪说这话的时候已经很违心了。她的想法是很矛盾的，就像一只永远带着饥饿感的老鼠，既想吃掉那块饵食，又怕被夹子夹住。她经常从丈夫的口袋里翻出来历不明的钱来，她花着这些钱，却又装着糊涂，因为他这样一个实权在握的领导，零钱的来源也真就无法说得清楚；而一个一直引领服装发式新潮流的女人，怎么能没有零钱花呢？花花零钱，是不会有什么大麻烦的。可是她根本不知道那些整钱的去向，它们的极少数真的被杜希金交公了，为此他还成了廉洁自律的模范，上台作过报告呢；而它们的大多数则被他瞒着她，一笔一笔分别存进了不同的银行，存折永远都锁在单位的书柜，夹进一排红颜色封皮的厚书里。

第二天，康同伟就到杜希金的办公室去了。等在外面的人手拿这个那个的批条，大半都会被杜希金义正词严地顶回去。康同伟从办公室出来的时候几乎面无表情，那些人问他怎么样，康同伟摇头说："这家伙，江北的胡子——不开面。"而这时聚乙烯批条已经揣在他的口袋里了。

因为一笔财务磨账业务，张老板也来找杜希金——黄小敏上学去了，他又不想另聘财务总管，就自己干着。他和黄小敏并没举行像样的婚礼，等到物探队从内蒙古大草原凯旋，便把当年的老朋友找到一起，在三丫的火锅店里撮了一顿作罢。焦洪林第一眼看见新娘，差一点儿晕过去，还是张老板把黄小敏领到他跟前介绍说："这位本来是你焦叔叔，从今往后，就改口叫焦大哥吧。"黄小敏伸出手来，好像初次见面似的，微笑着温存一握。就是这一握，让焦洪林饱含泪水，一会儿叫孩子，一会儿又叫弟妹。张老板看他要发神经，就说："都俱往矣了，你还忆往昔哪？你快抓紧吧，我小步慢走等着你；我的孩子还得四五年才能面世，咱俩携手并肩，连爹带爷爷，一块都当了！"

张老板敲门进来，杜希金正在给花浇水，也是好久不见，竟然怔住了。他们是互相瞧不起的，这除了当年狭路相逢的那两段宿怨，还有诸多复杂的心理因素在里面。客套了一阵之后，张老板就提出了磨账的事。

杜希金淡淡一笑说："你们这些私企，无利不起早，总想钻公家的空子。干嘛非要到我这来磨账？"

张老板巴结地笑着说："我也不想惊山神动土地，这不是一步一步赶到这儿了嘛。杜处长你就算帮我的忙了，这笔钱不到账，我没法给工人开工资。你想想，工人都是南方来的，撇家舍业，多不容易！”

杜希金说：“你别拿这个哈我。开不开工资，那是你的事，不是我的事。”

张老板说：“要不，我跪下，给你磕个头吧！”

杜希金说：“你别误会。咱们都是老同志，我能帮你绝对帮，违反原则的事可不能干。”

张老板说：“这怎么能是违反原则呢，你这是支持民营经济啊！”

杜希金说：“我就管我这一亩三分地，管不着你那片涝洼塘。”

张老板的笑就有些变形，从手包里拿出一沓钱来，放到桌子上，往他面前一推说：“一点小意思，你拿着花吧，就算给你的提成。我自己的钱，不犯毛病。”

杜希金峻了脸说：“你这是干什么？我可不吃你这一套！”

张老板就有些无地自容，把钱收回来，重新放进手包里，叨叨咕咕：“我并没有腐蚀你的意思，我就是不想让简单的事情变得太复杂了。这样吧，我给薛副总打个电话，让他跟你说几句。”

张老板拿出大哥大，熟练地拨了几个号码，其实，这号码正是他自己办公室的电话。这时杜希金已经站起身来，做出了送客的姿态，可是，“薛副总”这三个字在他的脑子里电光石火地闪烁了一下，他马上就改变了主意。

杜希金说：“你是说，咱们的薛副总？”

张老板说：“油田还有几个薛副总？你看，我一干就是正总，他干了这么多年，还是副总呢。”

杜希金的脸色变暖了，笑着说：“我是考验考验你这个张总识不识闹。不就是几十万块钱嘛，回头我让财务给你打过去。”

张老板也笑了，说：“甭管萝卜白菜，毕竟都是一锅老汤熬出来的。这样吧，晚上我请你吃饭，让刘播副市长作陪，行吗？”

以杜希金的年龄，还有最后一蹿的机会，所以一直保有熊熊燃烧的仕途进取心。既然有副市长出席，怎么能不去呢，就说：“好，我一定去。”

张老板说：“本该去吃马御厨的菜，可惜接待处对公不对私，咱进不去，上快活林吧。”

其实，张老板跟薛明完全没有来往，跟刘播也不常联系。他之所以连环撒谎，不过是借助钟馗打鬼罢了。那天下午，他开着轿车从街上走过，正在琢磨道眼，看见一个似曾相识的身影很妖娆地走着，披肩发一甩一甩的。正是在这幕启幕落之间，他看清了那张白脸，原来是那天晚上那位小姐。

张老板刹住车，探出脸去，喂了一声。

小姐看看轿车又看看他，神色很惊讶：“哇，你……真是老板？”

张老板说：“那天晚上你要是答应了我，现在就是老板太太，车就由你开着了。结果你错失良机，我就跟别的女人结婚了。”

小姐做出了追悔莫及的姿态，又退而求其次，撒娇说：“要不，我给你做小吧。”

张老板说：“恐怕你还不够格。你怎么还没进去？”

小姐嘻嘻笑：“小姐都是属猫的，猫有九条命。”

张老板说：“你上来吧，有大生意了！”

小姐真就上了车，贱啼啼地往他身上依偎。

张老板说：“不是我需要你，是另有重任。今天晚上有一位大老板，需要特别伺候好。你就装成我的女秘书，别太贱了，得先绷着点儿，像个正经女人似的，羞羞答答才好，火候到了，再发动攻势，一举拿下。你不能只当油井，你还得当抽油机，懂吗？”

小姐微笑颔首说：“我懂了。多少钱？”

张老板说：“一千，怎么样？先给你一半，那一半完事再给。”

小姐满脸惊喜说："真是好价钱。你等着我，我先去买一打保险套来。"

小姐跳下车去，跑到对面的医药商店，很快又跑了回来。张老板就唏嘘说："可惜，我的大仓库里什么劳动保护用品都有，还就是没有你这种胶皮套子，只好让你自备了。能装黄花姑娘吗？"

小姐说："那有什么难的。就用这种套子，装点红墨水，到时候百发百中，一骗一个准儿！"

张老板叹服说："真是三百六十行，行行出状元哪。"

晚饭时，杜希金果然应邀来了，谈笑风生，仿佛和张老板是多年老朋友似的。酒菜都上齐了，刘播还没到，张老板就一遍一遍打电话"催促"。张老板的表演能力肯定不在蓝溪之下，竟然把杜希金给蒙住了。张老板就编造说，刘市长有事，晚来一会儿，叫咱们先喝着！

三个人就喝起酒来。小姐是很有量的，又是后发制人，几个回合过去，就把杜希金灌高了。酒能乱性，杜希金果然就上听了，也是一半真醉一半佯醉，身子贴住小姐，在囊软处胡乱勘探，还一口一个贾秘书。小姐哧哧笑，说我真就是贾秘书，是姓贾的真秘书。

张老板和她半拖半架，把杜希金弄到了歌厅包厢去唱卡拉OK。可他们会唱什么呢？他们的声带是上个时代的声带，已经属于淘汰更新的设备，僵直笨拙，拐不好那种鸣禽般的细弯儿，也弄不出麻酥酥百爪挠心的气声效果。他们只能唱进行曲，唱嗨咗嗨咗。好在杜希金还能和小姐重唱《天仙配》《敖包相会》《芦笙恋歌》一类情歌，这就使包厢渐渐浸泡在泥泞狎亵的气氛里。他们又喝了一轮果酒啤酒，后来就开始跳舞，那种舞或许根本不能叫舞，只是一种沉重而滑稽的挪动，令人联想起"带镣长街行"的诗句。跳来跳去，杜希金和那小姐已经焊在一起了。张老板就在一旁看热闹，啧啧地说，这多好啊，这就叫男的跳成三条腿儿，女的跳出矿泉水儿。

张老板躲了出去，拨通了周密的电话。

张老板说："嫖娼你们管不管？"

周密说："怎么不管呢，繁荣不能'娼盛'。管是要管的，就是割韭菜，一茬接一茬。所以两只眼睛不能全闭上，也不能全睁开。"

张老板说："领导干部嫖娼呢？"

周密停顿了一会儿，说："张老板，你是不是闲腻味啦？"

张老板说："我是正经报案，你接不接警？"

周密说："好吧，在哪儿？我这就领人去。"

张老板想了一下说："算了，我自己解决吧，就算我替那茬子老会战清理门户，替组织上教育他了！"

张老板在外面抽了两支烟，看着几处暧昧的灯光，就想起晋元峰新近套改的诗句：春眠不觉晓，处处性骚扰。夜来叫床声，花事知多少。世事变化之快，让人瞠目结舌，像他这种相对自由的有钱人，能保持一贯的定力，久站河边不湿鞋，也不是很容易做到的。他给黄小敏打了电话说："小敏，我想你。知道我现在在干什么？我正在看黄色录像，甚至不是录像，是实况演出，演员是别人，导演却是我。这么一刺激，下一步我就要考虑要不要找小姐了！"黄小敏在那头咯咯笑，她说："你是啥样的人，我能不知道？我身边也有不少男同学向我示爱呢！"张老板说："你告诉他们，谁要敢打你的主意，我老人家就跟他决斗！"

觉得火候差不多了，张老板就撞开房门闯进去，果然正在节骨眼上。卡拉OK还在播放着，在音乐的伴奏下，这一回小姐唱得就很花哨了，听不出是美声还是通俗，是极度幸福还是极度痛苦。张老板猛然揿亮电灯，大声喝道："不许动，警察！"

如同晴空一声霹雳，杜希金不但醒酒了，还脉都吓没了。说是不许动，可人一光着身子，就毫无尊严可言了，不动怎么行呢？赶紧爬起来，哆哆嗦嗦找裤子，不过晚了一步，裤子已经被张老板拿在手上。

杜希金松了一口气说："张总，你咋这么开玩笑？吓出病来，后半生就没法做男人了。"

张老板说："谁跟你开玩笑？狗日的杜希金，当年夺走了马本良的媳妇，现在又把我的女秘书搞了，她可还是黄花闺女呢。你说，我是报告给警察呢，还是报告给蓝溪？"

小姐根据剧情需要，咿咿呀呀地哭着。

张老板说："贾秘书，别哭了，化悲痛为力量吧。你把这家伙的'落地油'带回去，想办法冷藏起来，铁证如山，我看他怎么抖落！"

杜希金一手捂脸，一手捂着下头，赶忙辩解说："我可没抢马本良的媳妇，当年那是蓝溪上赶着我的。咱们都是一茬子哥们儿，你这是干什么？商不跟官斗，这常识你是明白的。你放心，今后只要用得着我……"

张老板说："找你磨账，不过就是走个手续，你却非要逼我走这条路。民营企业真是后娘养的，谁都敢挤对，辛辛苦苦挣俩钱，马上就有人来吃唐僧肉，鲸吞蚕食，勒卡索要，得熊就熊，能蹭就蹭，连老娘们儿用的卫生巾、洁尔阴都拿到我这来报销。今天收拾你，就算杀一儆百，也算出我一口恶气！"

杜希金说："行行行，今后咱们就是老铁，我保证随叫随到！"

张老板把裤子扔给他说："谁跟你是老铁？你这种人，穿上衣服我认得你，扒了衣服我还认得你。总而言之，窝窝头踩一脚——不是好饼！"

第三十三章

作为早期劳模，夏晴的生活一向很低调，在日复一日的简单重复里，运用知足常乐的平民哲学不断自我平衡着。可周围的变化渐渐拉开了她和同伴的差距，特别是最为日常的两件事让她的自尊心深受伤害，跟别人又没法说，就常常回家跟六叔絮叨。

一是电话问题。夏晴和米新朵离得稍远了，只能靠单位的电话煲粥，可是有一天米新朵忽然告诉她，她家装了电话，就因为崔大可是科级干部。电话还不是普及之物，各单位都是按照级别，靠公款给个人安装并交付话费，说是工作需要。夏晴当时还表示祝贺来着，可心里一直梗着，好像什么东西卡在食道里咽不下去。她跟六叔说："你小名叫马御厨，伺候大大小小的官官，还给外国首脑和国家领导人上过灶，怎么就不如一个科级干部？在这块地盘上，科级干部多得就像虾米似的，一捞一笊篱。明天我找刘播去理论理论，让他们别拿豆包不当干粮！"六叔说："要是不怕自取其辱，你就去吧。我是一个工人，别说是科级干部，就连普通干部咱都比不了。无论哪朝哪代，人家就是这么规定的，没地方讲理去，咱就认了吧。再说，真的安了电话，三更半夜让我去上灶，那有多烦！"夏晴叹息说："不认又能怎么样？咱就是能花得起那个钱，也丢不起那个人哪！"

再一个就是楼房问题。起初，大家的住房都差不多，可一个楼道里的住户，随着职务的升迁，住房标准也大了，就纷纷搬了出去，住上了更新更大的楼房，由蹲便改成了坐便，还能洗淋浴，单单把六叔和另外两户工人闪在这里。新楼旧楼一比较，成色是相当明显的，有的客厅都能支乒乓球案子。夏晴的心里就越来越不是滋味。

她说："还不如住干打垒呢，大家都一样。生活越好，差别越大，共产主义得啥时候能实现？"六叔说："咱家人口清净，也不是住不下，干嘛非要跟别人攀比？晋元峰一名二声是个作家，按规定也跟咱是一个标准，他不过是借了秦恬的光而已。还有《我为祖国献石油》那首歌的词作者老薛，那名声响不响？住的房子跟咱一般般大，还不如个小科长呢，我经常看见他坐在楼下的马葫芦盖子上，笑眯眯地抽着几毛钱一包的破烟。跟他们比比，咱还有啥说的？"夏晴说："啥时候楼房能自由买卖就好了。”六叔说：“行买卖，你有钱吗？一个穷家底，还要供皎然上大学，也就是癞蛤蟆逮苍蝇——将供嘴儿。”夏晴好半天没出声，后来就感叹说：“我还是怀念会战的岁月，虽说生活艰苦，可人们没有那么多私心杂念，而且官兵一致，上下平等。”六叔说：“这真是人心苦不足，得陇而望蜀。要不，干脆把你送回到干打垒时期去？”夏晴就露出整齐的小白牙，笑得春情烂漫，黏到六叔身上说：“我回去也行，得把徒弟带着，我徒弟多好啊，我可舍不得离开呀！”

六叔虽说这么答对夏晴，自己还是心有不甘的。那天就串了一个班，来到市政府，想找老熟人聊聊，发散一下郁结在心里的情绪。正巧崔大可带着几个人来到市政府机关食堂取经，就把六叔裹挟着，也跟着参观了一下——由于都围绕着为领导服务，一个自称御林军，一个自称王牌军，两个炊事单位暗地里有些争宠，彼此很少来往。机关食堂和接待处的职责和功能是不同的，主要解决机关工作人员和单身职工的一日三餐，实际上还是当年会战食堂的承继和延伸，却分成了等级森严的大中小三个灶眼。小灶面对正处级干部和市领导，每天只是象征性地交五角钱，当然不交也没人认真追讨。中灶接纳副处级干部，大灶则是科级干部和一般机关人员。六叔第一次走进小灶，果然遇见了很多熟人，他们都很惊讶，因为这道门槛不是随便能进的，还以为六叔调过来了。六叔看着金碧辉煌的装修，看着琳琳琅琅的八道大菜，看着案台上摆着的一大排牛奶、豆浆、咖啡、果汁……心里特别不是滋味。他看到了坐在餐桌上一边吃饭一边跟市长套瓷儿的杜希金，也想起了总吃盒饭而且根本没资格走进小灶食堂的秦恬，就气哼哼地说：“我为什么要调过来？难道我为小灶做完了饭，还要到大灶去就餐吗？那可真是滑天下之大稽了！”

六叔决心在接待处固守。他像咽药一样吞咽着被弄得七零八落的自尊心，还翻出老庄的书来放在枕边，滋补充实淡泊宁静的心态。六叔常说，我有今天，已经很不错很不错了，后沟村的乡亲哪个能跟我比？假如现在回去划成分，他们还都是贫农，我呢，就是十足的地主了。

那天康同伟到接待处来找六叔，神秘兮兮地把他拽到一边，说南边有一个大酒店，托他捎信来，愿意以月薪一万元聘请六叔主灶。六叔被这个不可思议的大价钱震撼了一下。他说：“你说的是年薪吧？”康同伟笑了，说：“马御厨你还不知道自己值多少钱？你差不多就是国宝了。马上做决定吧，机不可失，时不再来呀！”六叔思索了一下说：“我是这里的职工，参加过石油大会战，现在还拿着国家的工资，怎么能有奶就是娘，跟着私人老板挣钱去？我生是油田的人，死是油田的鬼了。”康同伟有些失望，进一步说：“马大哥，你别榆木脑袋不开窍，总拿犯倔当自豪。现在到处都在改革，根本就没有钉帮铁牢永远不变的东西，很多观念都在变，甚至完全颠倒过来了。比如说吧，过去叫投机倒把，现在就叫商业行为；过去叫资本家，现在就叫企业家；过去叫盲流，现在就叫外来人口；过去叫搞破鞋，现在就叫婚外恋；过去叫劳模，现在就叫……”六叔听不下去了，因为这一长串排比玷污到了夏晴，这是他无论如何不能忍受的，就怒气冲冲地反击说：“过去叫开小差，现在叫什么？我真后悔，当初没把你抓住，扭送到油田保卫部去。你走吧，这些时髦的陈词滥调，闹死我的中国心了！”

我表弟马皎然虽然在胎里就被天然气熏过，还是难产，却没见影响智商，人极聪明，没费什么劲儿，就考上了北京一所湖光塔影的著名大学，学的是西语系。六叔自然是很高兴很自豪的，六婶夏晴也四处张扬，生怕别人不知道。六叔首先想到的是，上大学要带行李，带行李就得用塑料布包装。六叔就骑着车子满世界去买，几个大商场都没有，直至找到了农村供销联社生产资料商店，才终于碰到。店员就问要几吨。六叔说：“干嘛要几吨？孩子上学包行李双层的有两米长就足够了。”整个商店里的人全都笑得岔气儿，说：“还没听说过孩子上学还有买塑料布包行李的，到哪儿还要不来一块？这里的塑料布都是成吨买卖，不是做地膜，就是搭暖窖。”六叔说：“能买的东西，我从来就没要过。哪能为了几个小钱把脸皮舍出去？再说，什么时候，也得讲究三老四严哪！”售货员就一半钦敬一半同情，破例零卖了一块给他。

满大街都是年轻的面孔。他们好像整天都没事可干，总是嚼着泡泡糖，戴着蛤蟆镜，或者干脆不戴，却把它掀到脑门上。他们当众就敢亲热，放肆地说笑着，满口都是从电视里趸来的切口和似是而非的港台腔，还哇噻哇噻的，这很让六叔受不了——他读过纵横一两千年的中国文字，咋就从来没听到过这种古怪的感叹词呢？难道原有的感叹词不足以表达现代情感？还有那些摩登女郎，也是当年米新朵和夏晴的年龄，头发缤纷着，把鼓鼓囊囊的胸脯挺得巍峨高耸，所向披靡的样子，极富侵略性，有的甚至还大胆地袒露着半个奶子。他们都是从哪里来的？他们来干什么？六叔腋下夹着那块叠成煎饼模样的塑料布，忽然觉得，自己建起来的城市竟是如此陌生，找不到已然走过的脚印，心中未免一阵迷惘。马上有热心人过来问：“老大爷迷路了吧？是从外地来的？要到哪去？”六叔只有苦涩地笑笑，回答说：“到哪去我也不知道，走到哪儿算哪儿吧。”这时他才明白，他实际是在羡慕和嫉妒这些年轻人——他们占用了老一代洒落在这片土地上的青春，在尽情享受现成的城市；而未来的城市必然落入他们之手，他们将会把她引向何处？……

随之而来的问题是，六叔手里的炒勺由谁来接？西语和御厨，不但瓜皮不搭李树，甚至隔着十万八千里呢。有一天晚上，三口人坐在沙发上看电视，六叔稍做铺垫，就切入了这个话题。当时马皎然眼睛还盯着屏幕上的打打杀杀，神态完全是漫不经心。大起来的马皎然开始把父亲放进他新修订的坐标里重新审视，渐渐地，崇拜成分里就多了些许批判意识。他说："爸爸你是进入了一个误区，让一个御厨的高帽子把你忽悠蒙了。实际上你想想，你能跟铁人比吗？能跟秦恬阿姨比吗？能跟晋叔叔比吗？你对北方油田的贡献，也就是大年三十捡个兔子——有也过年，没也过年。可你偏偏就有自恋癖和恋旧癖，觉得自己多么神圣，多么了不起。想让我接你的班当一辈子厨子，那不是笑话吗，除非太阳从西边出来！"

马皎然的语气并不尖刻，甚至是和风细雨，可内容如此唐突，六叔就受不住了。他低下头，痛苦地默坐片刻，马皎然还以为他一战功成，完胜而归呢。六叔突然嗷的一声跳起来，拾起一只塑料拖鞋，狠狠向儿子砸过去。第一次打击十分准确却缺少力度，这时马皎然才明白，他闯祸了；还没等第二次打击到来，他立刻弹簧般跳了起来，然后光着脚，穿着挎篮儿背心儿，冲出房门，跑进了漆黑的夜色里。

马皎然失踪了两天。这两天对六叔和夏晴来说，简直就是地狱般的日子。夏晴哭得两眼通红，凡是能打的电话都打过了，还在韩桂花、米新朵等人的协同下，沿着萨尔图主要楼区逡巡了一遍，高一声低一声地喊着马皎然的名字，见过她的人都说，她就像祥林嫂一样。六叔气得要命，说别管他，死就死了，咱们要指标再生一个就是了。夏晴第一次歇斯底里大发作，她扑到六叔身上，又打又掐又咬，狠下了死手，就像报仇雪恨一样，弄得六叔除了脸上到处都是青一块紫一块的瘢痕。六叔虽然嘴上还硬撑着，可心里却如刀绞一般。他对着城市外缘的荒原默默流泪了，心里说，儿子，爸爸错了吗？爸爸没错。一切都是因为，你太年轻了！

由于六叔家里没有电话，第三天早上，马皎然就把电话打到了崔凡家里。他对崔凡说："你去替我认个错吧，谁让他是爸爸呢。我现在正在后沟村老家呢，身边就站着我大大。我遵循孔夫子的家训，也沿用了爸爸的策略借以自保——小捶则待，大杖则逃，不陷父于不义也。关键的问题是，我不该说爸爸是兔子，不过没有别的歇后语可以替代，只好将就用它了。你告诉他，事情关系到价值观，本儿子决不屈服！”六叔听着崔凡的转述，极有分寸地笑了。他说：“这个傻东西，我怎么能是兔子呢？我要是兔子，他就该是兔崽子了！”至于儿子怎么穿着单薄的衣服身无分文跑到千里之外，后来才知道，是从三丫的小饭店里借的钱。

就在儿子出走的两天里，六叔连一个班都没耽搁，他照样下厨上灶，照样经管着炊事班。那天市里来了客人，刘播出面陪同，还特地告诉接待处，人家是来吃城市品牌的，必须让马御厨亲自掌勺。

六叔肚子里憋着气，这一点刘播是不知道的，他们很难见上一面了，见了面也很难说上几句话。刘播也忙得脚打后脑勺，很多想得到想不到的事，都得操心。城市太年轻了，正如一堆仓促捏塑而又尚未凝固的模型。这拨老底子毕竟缺少管理城市的经验，居民也尚未进化成真正的市民，细心人只要留意，就能看得出违反常识的纰漏来。比如说，路灯黑天不亮，白天却亮了；马葫芦总是成为城市陷阱，一茬又一茬的盖子都被进城来做发财梦的损贼砸碎卖废铁了；人行道刚刚修好，马上又被挖开，原来忘了把一条重要管线埋进去；会战初期栽下的大杨树，因为遮挡了一个楼房的视线或者什么都不因为，就被贴根伐掉；沿街找不到公厕，却又有戴红箍的抓随处大小便者；冬天总要把大葱把和大蒜辫子挂在阳台上；至于随地吐痰，对于这座稀疏松散的城市来说，只要不在室内发生，也只能默许了……

六叔按照预先要求，做了十道大菜，其中还有他的创意菜——用三文鱼、墨鱼丝等材料做成的“菊韵”，用海参、丁香菌煨成的佛跳墙，光是成本，就得三四千块。也许那些人的肠油过厚，酒也喝得太甚，东西就吃得很尖细，一面直夸好吃，一面却一半大半地剩下来。就在要散未散之际，六叔憋不住了，郁结在心里的闷气终于找到了宣泄的闸门。他从厨房里冲出来，也没叫刘市长，板着脸子，直接叫刘播的名字说：“刘播你别走，你把那碗佛跳墙给我喝了！”

刘播怔住了。官当到了他这一级，很少能有凡俗人等接近，也就很少能遇到如此冒犯。见六叔挂着脸，就嘿嘿着对客人解嘲说：“马御厨我们是老伙计，跟我开玩笑呢！”

六叔已经刹不住车了。他说：“谁跟你开玩笑？你知道这一客佛跳墙值多少钱？那可都是人民的血汗，是一滴一滴的石油啊。难道你忘了，当年没粮食吃，你饿得那个熊样子？掉一颗饭粒，恨不得满地爬着捡。还有那只喜鹊，它还在窝里孵蛋，就被你给吃了。现在日子好了，公款吃喝越吃档次越高，越吃越没谱，其实这一桌子六个菜就挡住了，干嘛非要十个？你……你这个副市长忘本了，还怎么去教育别人？”

立时举座皆惊，刘播的脸上红一阵白一阵的，怕六叔没完，就服软说：“马老弟，我错了，我忘本了。现在，我把这碗汤喝了！”

刘播就站起身，以慨当以慷的悲壮姿态，就像仰药服毒似的，拼着命把那碗佛跳墙扒了进去。客人们见了，也都跟着强吞强咽，一个个直翻白眼，眼看就要呕了。幸亏还有别的厨师和服务员打圆场，说剩下不要紧，客餐向来都是吃一半剩下一半，还有我们这些人负责捡漏呢，才把这场尴尬化解了。刘播和客人一走，都说六叔不对，肯定是脑袋里的一根神经短路了。吃吃喝喝都是公家的钱，又不掏咱的腰包，管它做甚？六叔当时嘴还很硬，第二天起来一咂摸，就有了些许悔意，却又拗着脖子，不肯跟刘播做检讨。

上边发了文件，说餐饮业要评定技术职称，接待处让六叔到省城去应试，只要象征性地比画一下，特一级厨师笃定了。六叔的脸一点一点变红了，红得相当难看，就像受到了侮辱。他说：“让我和徒子徒孙一起去考试？那怎么可能呢！我就这一疙瘩一块，想用就用，不用拉倒！”六叔就真的拗着没去，因此也就成了接待处所有厨师里唯一没有职称的人。每当填表时，他又遇到了当年填写成分的尴尬，方才知道，“御厨”只是“内部粮票”，没法做异地流通，在官方的统计学里，根本不好使，再涨工资发岗位津贴，只好受委屈。

让六叔的痛苦稍得安慰的是，整个大北市屈指可数的特一级厨师，基本都是他的徒弟，甚至连仅仅见过他一面的人都声称，是在御厨传人马本良师傅的私淑密授下学成的。《大北晚报》的记者慕名前来采访，一问一答就很有意思了。

记者问："听说当年您是满怀革命热情和觉悟，带着祖传的绝技，前来参加石油大会战的？"

六叔答："有一点儿觉悟，但是不那么高。其实大多数人一开始也都没有那么高的觉悟，连我当厨师都是老爹硬打出来的。我们当时主要就是为了能吃饱饭，结果来了还是吃不饱。祖传的东西根本就不好使，那时候吃野菜，做好做坏都没什么太大的关系。"

记者问："您说过，餐桌是个窗口，不用搞什么调查研究，通过餐桌就可以检阅整个社会？"

六叔答："是我说的，后来挨批判了。"

记者问："您有这么多的徒弟，那么您的师傅是谁呢？"

六叔答："三个，一个是我亲爹，一个是我媳妇，再一个就是我自己。"

记者问："自己怎么会是自己的师傅？"

六叔答："实际上烹饪水平很难分出上下高低，差距只在毫厘之间。因为我的根比他们长，对厨艺的理解也就比他们深。"

记者就不懂了，问："根是指的什么？您能不能举个例子？"

六叔就问站在旁边的年轻特一级厨师："你干厨师这么多年，知道什么叫'六六六'吗？"

那厨师嘿嘿笑，想了一下才说："'六六六'好像是一种杀虫药粉吧，有剧毒，消灭'光荣虫'的时候使用过，不但跟咱们的行当不搭界，还冰火不同炉呢。"

六叔深深一笑说："《周礼天官》你读过吗？你肯定没读过。

‘六六六’就是六禽、六牲、六谷的统称。在《庖人注》里，六禽，是指雁、鹑、鷃、雉、鸠、鸽；在《膳夫》篇里，六牲，是指马、牛、羊、豕、犬、鸡；六谷，是指稻、黍、稷、粱、麦、菰。这就是‘厨在灶外’的道理。”

那厨师惭愧了，说：“马老师我们哪能和你比。你是从远古走过来的，我们就像是狗尿苔，昨天晚上下雨，今天早上就长出来了。”

晚报以《厨界的无冕之王》为题登出了专访，发表的时候，理所当然地把关于觉悟问题的那一段删掉了。也只是登登而已，对改变六叔的尴尬境遇，并没有特别实际的意义。

马皎然上大学之前，焦洪林闻讯到家里来了，这让全家人都很意外。焦洪林拿出一百块钱，塞给马皎然，说就是这么点意思。我大侄子有出息，好好学吧，指定比我们这茬人活得明白。就是这么个凡俗之举，让六叔和夏晴都转泪了，觉得焦洪林终于懂得了人情世故，“人味”足了。

焦洪林又说：“我是痰迷心窍，别人击一猛掌也没拍好，经过这一段安心静养，祛痰化瘀，到底开了心窍。实际上道理很简单，咱们都是凡人，得过凡人的日子；咱们过好了日子，国家就安定繁荣了。”

六叔非常高兴，说：“闻道有先后，术业有专攻。欢迎你回到平凡的人群里来！”

焦洪林说：“有相当的女人，给我介绍一个吧。我得有个家，因为我下岗了！”

六叔大吃一惊，说：“怎么能让你下岗呢，毕竟是老会战啊！”

焦洪林说：“是我自愿报名的，而且是带薪下岗。那个破大院本来就可有可无，我在那郎当着有啥意思？我虽然是干部，可基本上没脱产，干活儿也没问题。趁着身体还不错，自己找口饭吃，为年轻人腾个地方，为企业减少点儿负担吧。”

原来，北方油田这样的特大型企业要走向国际市场，在美国和香港以H股上市，就必须裁员撤编分流，改变长期计划经济形成的高就业低收入状况。试探着砍了第一刀，恰好就砍在了焦洪林所在的单位，这个单位恰好就砍到了焦洪林看守的大院上。

张老板知道了这件事，就开车拉着晋元峰、崔大可来到了焦洪林的大院。他紧紧拉着焦洪林的手说："要挺住。再说，也未必就是坏事。我不就是个例子吗？"

焦洪林笑着说："没事儿，我能挺得住。"

晋元峰说："咱们的企业太大了，太大的东西就不好生存。恐龙是咋死的？轻装才能疾进，这一步也是必然的。"

张老板说："就算党是咱妈，企业是咱家，可孩娃子太多，好几十万人，都糊在妈身上吃咂咂，都回家抓挠东西，早晚还不是窝心的事？"

晋元峰说："石油是不可再生资源，抽来一点就少一点。听秦恬说，咱这五千多万吨产量，顶多还能维持十年八年的，地下含油气构造越来越复杂，肥肉都啃得差不多了，剩下的都是边边拉拉儿哈喇皮带板筋。油水比例倒挂现象越来越严重，含水率高达百分之七八十，采油成本越来越高，这就是说，如果不早点改弦易辙，我们自己采油反倒不如买油了。为了城市不变成美丽的废墟，得减少开采量，从长计议。"

崔大可说："听说每减少一百万吨产量，就得有成千上万名职工下岗。"

晋元峰说："因此提出了第二次创业的口号，这是十分正确非常及时的。今后得大力发展替代产业，减少对石油的依赖，这样即使有一天石油被采没了，这座城市仍然能生存。这就是大家常讲的休斯敦模式。"

张老板说："怎么样，都以为水桶掉进了井里，结果还是井掉到了水桶里。老焦啊，你要是不嫌恶我这顶私营经济的帽子灰不溜秋不那么鲜红，到我那去吧，当个工地现场员，我给你最高月薪。找你这么认真负责的人，不容易！”

焦洪林眼睛里充盈着泪水，他说：“不是我嫌恶你，是怕你嫌恶我。我这个人……”

张老板说：“这么多年，你不就是奔着官职使劲吗？这好办，我这种私企，自己说了算。”这么说着，就打扫一下嗓子，拿出样板戏里座山雕的口气说：“现在我正式任命，焦洪林同志为绿马公司第四建筑工地现场员，行政正处级，待遇相当于滨绥图佳保安第五旅，上校团副！”

几个人都笑。焦洪林更是笑得不好意思了。

没过几天，焦洪林就从那个大院里搬到了绿马公司。而那个大院的房产连同破烂东西，一起变卖给私人了。买这个院子的人竟然是陈南喜和他的合伙人，他们要在这里办厂，生产一种涂料。他来的时候焦洪林正好搬走，他们敷衍地打过招呼，陈南喜就说：“三十年河东，三十年河西。怎么样，贫下中农进城了！”

夏晴和韩桂花果然就给焦洪林介绍了个对象，是个极朴实的寡妇，比焦洪林小八岁，是从外县来的。娶寡妇、抽金乌、吃豆腐、穿工服，被公称为四大便宜。寡妇叫孙英，在韩桂花的花圃上干活儿。在楼区种菜已经被明令禁止，还是许曾因势利导，说城市不应该是盐碱地上的楼群，必然要有花有草；你不是能种地吗，种地和种花是一码事，你买几本书看，再到省城学习一下，肯定能成。就找了在大学上学的黄小敏，果然联系妥了。刘播对这事很支持，并积极为她张罗到了银行贷款。孙英话不多，很能干。头一次见面，在一个花畦旁坐了十多分钟，焦洪林说行，我同意。孙英说，人家同意，我有啥不同意的？这样就把婚事定下来了。她对焦洪林一无所知，这样也就少了很多成见。

那以后，他们十天半月见上一面，还在一起下过挂面吃。焦洪林很规矩，有板有眼，没有一点儿冒进行为，有一次裤带都解开了，经过一番思想斗争，他又系上了。他说：“年轻时我都忍住了，到了这个岁数，更要保持好革命晚节。等到咱们结了婚的，我也要像许曾那样嗨呟嗨呟，把过去的损失全都补回来！”孙英偷偷笑，跟韩桂花说：“老焦是个好人。不过损失的东西咋往回补？一时一个节气，损失就是损失了，永远也不会补回来了。”

张老板坚持要给焦洪林举办盛大婚礼，三大队的人包括刘播也都热烈支持。张老板说：“这不是你个人的胜利，这是毛主席无产阶级革命路线的伟大胜利。现在你是绿马公司的员工，我就以这个名义为你张罗，你别拿捏就行。”

那天张老板开着车四处游弋，想为焦洪林的婚礼选一个合适的饭店，赶在了饭顿上，就在大堂里要了一碗炸酱面，解松了领带，狼吞虎咽地吃起来。恰好冯地火领着钻井队的小哥们儿进来，看见了就惊讶得不行，说张叔叔你可是千万富翁啊，怎么吃这个？张老板说，这个不是挺好嘛，满桌子菜也就是一个饱，过去我们可是连这个都吃不上呢。就让那几个青年钻井工坐下，他请客，也是一人一碗炸酱面，付了账就走了。那几个钻工看着面条都窃笑起来。冯地火说：“你们笑什么？千万富翁就是这么来的，这就是老一辈的传统美德，你们应该肃然起敬才对，吃吧！”那几个钻工不消片刻就把桌面扫荡得精光，拍着肚子说：“我们吃了，也肃然起敬了，可这东西没度数，我们的热血沸腾不起来。”冯地火说：“刚才是张叔叔请的，下面该我请了。”就要了几个小毛菜，一大壶本地小烧，舞马长枪地喝起来。

不承想康同伟和杜希金几个人正在里面的小间里喝酒，发现了冯地火，就非要他陪叔叔们喝上一杯。康同伟很能“拉咕”，这自不待说；冯地火不可能认识所有的叔辈，但对所有的叔辈都很恭敬，就衔命进了里间，一本正经地敬起酒来。菜很丰盛，桌子摆不开，都摞到了三个层次。康同伟一面为他布菜，一面抱怨菜味道不好，赶不上马御厨一个犄角。冯地火忽然发现，一个盘子里有鸟类的长喙和纤细的脚杆，就诧异起来。康同伟马上为他夹了一块，并介绍说："这是小灰鹤，一只要三四百块呢！"

冯地火说："小灰鹤是国家保护动物，禁猎的呀！"

康同伟说："国家禁止的事多了，什么事禁住了？爷们儿，吃吧！"

康同伟他们不可能知道冯地火的小灰鹤情结，也就对他的爆发毫无防范。两种酒在冯地火的身体里一羼，满腔的热血立刻沸腾起来。他站起身说："就在内蒙古大草原，我为了营救一只小灰鹤，差点儿变成狼粪。可是，它竟然被你们这些待在城里，满肚子油水的家伙给吃了，你们……简直就是魔鬼！"

冯地火两眼喷火，两汪泪水就在眼睛里打转。他双手扶着桌子，用力一掀，满桌的瓷器立刻滑落下去，变成一地碎片。那几个叔辈的人溅了满身汤汤水水，样子狼狈极了。冯地火踢开门走出去。康同伟一面在身上拂拭，一面骂道："烧香引出鬼来。小灰鹤多了去了，怎么就是他救的那只？跟他的土匪老爹一个德行！"

冯地火竞选金刚钻井队队长，差不多就是满票通过，这让许曾喜出望外，说我儿子行啊，我儿子真是爸的接班人。冯地火就跟父母商量，把三丫带到井队去，让她给队上做饭。许曾和韩桂花同意了，但前提条件是不能住在一起。冯地火说："那谁能受得了？你们那时候是先生产后生活，现在颠倒过来了，我们干脆登记结婚吧。"许曾想了想就说："也好，你们到钻井队结去，省得麻烦，我还有个小官衔，请不请客收不收礼的，左右为难。"冯地火真就领着三丫走了，那个自助火锅店也关门大吉了。他们走的时候，韩桂花哭得很厉害，许曾就劝她说："现在的钻井队，都住空调房，能看到电视能吃到新鲜蔬菜，围成的小院子连根草刺都没有，差不多就是野游去了疗养去了，来回跑市里也方便。再说，宝宝这样的男人，连一只小灰鹤都舍不下，他能对三丫不好吗？”

张老板替焦洪林到所在的单位要房子，可原单位已经撤销了。又往上找，上头说：“是石油职工都享有住房，可前提是必须结婚，否则就得住单身宿舍。”张老板说：“谁他妈定的狗屁制度？要是焦洪林这辈子不结婚，他就得永远住宿舍？他为油田干了二三十年，现在已经成了第一批下岗人员，连单位都没了，能让他流浪街头？”

上头的人就无奈地赔笑说：“又不是咱们独出心裁，到处都这样。让他先登记吧，登了记我们给他排着。”张老板问：“得排到什么时候？”那人回答：“你搞房地产的最清楚，这种事不是发大头鞋，随时都有，再快也得一年两年的。”

张老板就想另辟蹊径，到哪先去租房借房。开着车在楼区里转来转去，忽然就看到了那个假秘书贾小姐。她从一辆轿车上跨下来，挽着一个戴墨镜的男人，穿戴得极入时，挎着精致的坤包，精精神神地走着，就像个幸福的家庭主妇，看上去也很贞洁。张老板还以为她从良了，可那个男人稍一侧脸，他立刻认出来，原来是杜希金。

这个发现让张老板大吃一惊，而且他明白了，他们的苟合，与那次他设下的以毒攻毒的美人计有着因果关系。是女的果真以损招要挟他，还是男的要独占公用的大酱碟子？他们居然另立门户，过起了日子，气焰也太嚣张了。他看着他们说说笑笑走进了一个楼道，没过多久，就有一个窗户挡上了帘子。

张老板沉思良久，觉得这事儿既不好声张，也没法报案，捅给谁都不好，而且还会把他牵扯进去，就到街上的电话亭，拨通了蓝溪的号码。

蓝溪正在家里看一本关于新西兰的书，这相当于演员排演之前熟悉剧本。书里介绍，那里自然环境堪称最好，是最适合人类生存的地方。还提到了土著毛利族怎么漂亮，是相貌最为优雅的种群。书是杜希金买回来的，他经常向她描绘那里的旖旎和美好，还许愿要带着她去和孩子在新西兰团聚，乃至定居在那里。不过她一直认为，太阳中午挂在北面，四季和北半球完全颠倒，是没法接受的事情。

电话铃声响起来的时候，她还以为是丈夫打回来的——他真是太忙了，忙得废寝忘食，回家一次，就像皇帝临幸一样。张老板的声音她并不熟悉，而且那声音还化了装，她是听不出来的。

张老板说："是杜希金家吗？"

蓝溪说："他不在家。有事到单位找他吧。"

张老板说："他可没在单位办公，此时此刻，他正在别的女人的床上钻井呢！"

蓝溪说："你这是什么意思？"

张老板说："这已经很明白了。"

蓝溪问："你是谁？"

张老板说："我是马御厨的一个朋友。"

蓝溪说："我男人是好男人，你别想挑拨我们夫妻关系。"

张老板说："一边是娶不上媳妇，一边是三妻四妾；一边没房子住，一边是狡兔三窟。狗日的杜希金，还坐在主席台上穷白话，我看他是二小放牛——不往好草赶了。"

蓝溪说："我不信。"

张老板说："要是不信，就当是驴放屁。要是相信，你到东风新村丙 38 楼 4 门 301 找找看！"

这时的蓝溪已经六神无主了。她浑身发冷，眼前一抹黑，打摆子似的颤栗着，衣服扣子都扣不上了。关上房门，她又想起了气灶上还炖着砂锅豆腐。足有十几分钟，她才走出楼去，却又悲哀地发现，她已经把那个地址彻底忘了。

蓝溪打了一辆出租车，漫无目标地兜来转去，就在几近绝望的时刻，她发现了丈夫开的那辆公车。如果她有耐心守在楼下，也许就能生擒活捉；问题是她太沉不住气，贸然敲开了一家房门，用明显的捉奸口气，声言找她丈夫，这就自找难看了。碰巧遇到的是个辣货，冷笑一声，巴掌就扇到了她脸上。辣货说："你家男人的家巴什好是咋的？没见过你这种神经病，满大楼找那家巴什！"蓝溪也是伶牙俐齿，此时却无话可说，只好蔫蔫地败下阵来。下了楼捡了块地砖想砸轿车玻璃，却发现那辆捷达轿车已经无影无踪了。蓝溪把那块长方形的水泥掼掉，就在楼下的便道上，一边走一边大哭起来，咬牙切齿地说："杜希金，我要杀了你！"

第三十四章

采油三大队评劳模，有人提了吕勤久的名，说吕师傅是油田的老师傅了，自打参加工作以来，基本上没缺过勤——一个人不缺勤并不难，难的是一辈子不缺勤，这是很了不起的事情。会场上很多人都笑了，说要是不缺勤就能当劳模，那可多了去了，这不是降低劳模标准吗？尽管如此，由于差额选举的需要，就把他的名字作为必然差下来的陪衬人写到了选票上。事情的结果是显而易见的，可吕勤久还是很兴奋，觉得别人眼睛里毕竟还有他，而且居然能上了选票，那就意味着，差一点儿就被选上了。何以尽兴？唯有杜康。就跟家里人打了招呼，坐公交车到萨尔图来找三大队的老伙计。

转过灯岗，正在横穿马路，吕勤久被高大的广告牌上那个酥胸半裸的洋美人晃得迷离惝恍，一分神便看错了信号，竟被一群汽车围住。汽车全都乱鸣着喇叭，形成了合围之势，交响出一片抗议声，司机从车窗里探出头来叱骂，保险杠差点儿顶到他屁股上。越是这样他越紧张，反而不知道是该前进还是该后退了，首鼠两端地转着磨磨。忽然看见一张熟悉的笑脸，叫他一声蔫豆子，伸手一提，就把他拽到了轿货车上。然后那车蜿蜒蛇行，游刃穿插，很快就冲出重围，绝尘而去。

搭救他的人竟是崔大可，吕勤久便嘿嘿地窘笑。

崔大可说："三大队离萨尔图也没多远，你咋变成土老帽了？"

吕勤久说："这花花世界的，我眼睛不够用了。"

崔大可说："来干什么？"

吕勤久嘿嘿笑："就是想你们，想跟你们说说话。"

正好顺路，崔大可就把吕勤久拉到了张老板的工地。

张老板正忙得脚下生风，还要领人制作标底，参加下一年的工程竞标，就道歉说："让我的处级现场员陪你们吃饭吧，钱都算我的。"哪知焦洪林比张老板还忙，指点江山挥斥方遒的，似乎又找回了当年当领导的感觉。几个人站在路边刚说了几句话，就见周密的警车一走一过，看见他们，特地停下来。

张老板说："哥们儿，哪去？陪蔫豆子喝酒吧！咱们都离开了生产一线，只有他还在那儿顶着，与阵地共存亡呢，咱得慰问他犒劳他。"

吕勤久说："是我没能耐。"

周密说："陪是该陪，可我哪有闲工夫，正忙着逮耗子呢！"

都知道他说的耗子不是指真正的老鼠，而是指专门偷石油的"油耗子"。张老板就嘻嘻笑，说："那你就是黑猫警长了！"

周密说："萨A采油厂这边的一条非主力管线，一天就泄压一百多吨。狗日的油耗子，太猖狂了！"

焦洪林神往地说："我要是年轻几岁，就跟你逮油耗子去。可惜，现在的胳膊腿儿不那么灵便了！"

看看都没空，崔大可就对吕勤久说："走吧，叫上马御厨，他是最有人情味的人，怎么也会腾出时间来陪你，不会让你扑空的。"

就把车开到接待处，耐心等着六叔给客人开晚餐。一直等到晚上六点半，六叔才算脱开身。三个人选了一个中档饭店，就猛猛地喝起酒来。六叔顺着吕勤久的话题开掘，说你干得不错嘛，这么多年，工作一点儿都不比别人少干，就是性子慢，话语迟，胆子小不那么生龙活虎，算不上革命的老黄牛，也得算是革命的老乌龟啊。崔大可嘿嘿笑，说："不是骂人的那种，而是参加龟兔赛跑有韧劲的那种。"吕勤久说："任何一个革命的动物我都不敢当，反正就是一颗螺丝钉吧，没闪闪发光，也没生锈，想换个地方拧拧，哪个地方也拧不上，只能这样将就了。"

他们讲着历历往事，喝得很豪放很意气。崔大可提议，找个地方玩玩。咱们建了城市也得享受城市，不能眼睁睁都让给别人。六叔说："有啥可玩的呢？咱们又能玩啥呢？"崔大可说："转转再说吧。"

就开着车，满大街寻找可供他们这个年龄段游玩的去处。靠着强大的电力支撑，整个城市华灯璀璨，炫如白昼，五颜六色的霓虹灯诡谲地眨着眼睛，充满诱惑力和神秘感。电子游戏、舞厅、旱冰场、情侣昼夜影院、酒吧、桑拿浴、按摩房……都是年轻人的天下，六叔他们不便问津，也从来没进去过。路过一个保龄球馆，崔大可就说："打保龄球吧，那玩意儿简单，长手的就会。"吕勤久还很怵头，说："除了自己的球，从来就没玩过这球那球的，怕人家笑话。"崔大可说："摘过倭瓜没有？就是用一个倭瓜蛋子，去打一排啤酒瓶子。"也是几分笨拙几分醉，那种倭瓜蛋子竟让吕勤久大出洋相，第一下他甩到了身后头，差点儿就砸到六叔和崔大可；第二下吸取了教训没往后扔，却弄成了高射炮，落下来可可地砸到了自己的脚面子。吕勤久一屁股坐在地上，把嘴嘟成烧麦模样，一个劲儿地吹着那只痛脚，六叔上前帮着揉搓，看着极谐趣，崔大可就站在一旁哈哈大笑。

那是个刮风的夜晚，干燥的空气里弥荡着一股淡淡的天然气味道。三个半老不老的人站在他们最初登陆的地方，身上沾染着点点霓虹，看着就像迷失在丛林里的金钱豹一样。他们无处可去，却又不怎么甘心。最后还是吕勤久说："看来，除了喝酒，别的咱都不会了。"

看吕勤久兴犹未尽，六叔和崔大可就陪他又进了一家酒店，喝起回笼酒来。吕勤久日子不宽绰，平时很少喝酒；如今有人请客，又酒好菜好感情好，就喝得很狼犺，不一会儿舌头就大了，眼睛抹搭抹搭的，还在顽强支撑。六叔和崔大可去了一趟洗手间，回来却发现，吕勤久不见了。四下撒眸也没有，一掀桌布，原来他拱到桌子底下，睡相比婴儿还宁馨，怎么喊都不肯应声了。更为严重的是，还以为是到了洗手间，放任地一泻，下面就湿呱呱的一塌糊涂了。

六叔和崔大可也都醉着，程度却轻一些，看着眼前情景，便觉得事态严重了。时间已是夜里十点多，即使把吕勤久送回三大队，也找不到他家的楼号。何况他醉得太厉害，怎么向他的家人交代？一旦出了事，那可就要吃不了兜着走了。就想把他搬到汽车上，却又醉软了手脚，怎么都搬不动。喊来几个服务生，都人高马大，穿着制服，佩着金黄的绶带，一声吆喝，便把吕勤久抬到肩上，齐步走去，就像京剧《铡美案》里的一个镜头。

崔大可就说："这个蔫豆子，太没深浅，不就是有人提名当劳模嘛，美得那个熊样，自己灌自己，咱又没法说，醉得尿了裤子，传出去多丢人！"

六叔说："一个老实人，一个蔫巴人，一个穷人，因为一件我们认为并不值得的事情高兴，而且从来就没这么高兴过，也不算什么过分行为。现在也不能往你家弄，也不能往我家弄，必须上医院，喝酒醉死的事也不是没有过。"

两个人就把吕勤久弄到了医院急诊科。值班大夫一看就笑了，说现在生活好了，约束少了，喜事多了，人活得一个是一个，需要解脱和抒情，几乎天天都有醉八仙来挂吊瓶的。他这种文醉还好些，要是武醉，一上来就醉打山门，那就操蛋了。因为这个，急诊科的玻璃换了一茬又一茬，白衣天使吓跑了好几个。就唏嘘着开了一剂解药，由崔大可抢着交了钱，居然要了百十多块，挂在吕勤久头上，叮咚滴响着，缓慢而坚韧地羼兑进他饱含酒精的血管。

点滴了一会儿，崔大可说：“咱们已经仁至义尽，干脆走吧，反正有护士照顾，咱们待在这儿也是浪费，也省得他醒了酒怪难堪。”

六叔说：“你是说，要把他扔下不管了？亏你想得出。要是他醒过来，发现你我都不在身边，把他孤零零扔下，他会怎么想？”

崔大可为难地说：“你看，米新朵还等着我回家哩，太晚了一哐当门，她睡不着觉。”

一听到米新朵三个字，六叔马上让步了。他说：“你回家吧，反正也用不了两个人，我自己在这守着就行了。”

崔大可就开着车走了。

六叔硬撑着，坐在吕勤久的床前看护。看他下身溻得厉害，就脱下来，拿到盥洗室洗净臊味，又挂到外面，让夜风哨着。后半夜，点滴打完了，吕勤久还在沉睡，并且没有立刻就醒的迹象。忽然听见外面响起了凄厉的救火车声，跑出去一看，深街的一处着起火来，火势十分凶猛，把半边天都映红了。这时六叔还想，要是能拢一堆篝火该有多好，吕勤久的裤子就能干透。不过干不透也没关系，假说他掉进了水塘里，就能遮住丑了。

俄顷之间，两辆救护车开进医院，原来是一家夜总会失火，有几个身份不明的男女被烧伤了。六叔站在急诊科的门口，看着一个个推床鱼贯滑行而入，几个花样年华的女子，都以手或秀发遮脸，半裸着涂炭的白肉，泥塘败荷一般。还有一个男子，已经被烟呛死，大夫检查过后说，没有任何抢救的价值了，直接送太平间吧。六叔也是好信儿，凑到跟前一看，刹那间几乎晕倒——崔大可直挺挺躺在一个推床上，赤裸的身子脏兮兮的，却没有一处烧伤，甚至脸色都没变，好像困醉之极，倒在一个并不适当的地方睡着了。

六叔疯了。他揪扯着大夫的白大褂，声嘶力竭地哭喊着：“他没死，他身上连皮都没破，怎么会死了呢？你赶快抢救啊！”

大夫掰扯着六叔的手说："我好歹也是医科大学毕业，副主任医师，死人活人还是能看得出来的。节哀顺变吧。他是你什么人？"

六叔说："妹夫。"

大夫指着床上的吕勤久说："那个呢？"

六叔说："弟弟。"

大夫叹息说："哥三个，因为高兴聚在一起喝酒，结果一个烂醉如泥，另一个再也醒不过来了。就这么一会儿工夫，走上了命运的三岔口。"

这时六叔才明确地知道，最意外而又最悲惨的事情真的发生了，而且完全不可逆转。六叔无论如何不会想到，夜半时分，一个醉着的男人，一个抛下老朋友走开的男人，一个开着汽车声言要回家的男人，竟然拐到了夜总会去，就像精心设计一样准确无误，就像飞蛾扑火一般不能自已，到底葬身在一场突如其来的大火里，怎么说都有宿命的成分。六叔在心里接着大夫的话说："哪里是一会儿工夫？都在各自的路上走了二三十年了。"

周密来了。他对六叔说："崔大可不是很会逃生吗？当年甚至都能把老婆孩子抛下；这次连小姐都逃出来了，他怎么就没逃出来呢？"

六叔说："我怎么能知道？大概除了他自己，没人能知道。"

周密沉默了好一会儿，才说："这种事留下的未知空间很大。我试试看，能不能让他死得体面一些。"

六叔好像明白了一点点，他止住眼泪，惊异地望着他说："你的意思是说……"

周密深不可测地一笑，然后抛下六叔，走进急救室里。

六叔弯下腰，握握崔大可的手，那手余温尚在，弹性如常。往事联翩而至，这个既无大恶也无大善的人，这个因为放纵欲望而改变了好几个命运的人，就这么扔下老婆孩子，轻率、现眼而且不负责任地走了。他用白布单子给他仔细盖好，又跺跺脚说："活该！"

六叔来到急救室，这时周密已经屏开医护人员，带领一个小警察在给一个小姐做证言笔录。小姐的烧伤不重，却因为烟气的熏呛，刚刚从昏迷中清醒过来。她惊魂未定地看着周密的警官制服，嘶哑着说道：“政府，火不是我放的，八成是电路着火。我们都坚守在各自的岗位上，那个钟点，人都入睡了，满处活动的，就剩下鬼了……”

周密说：“问你什么你说什么，忙不了先择清自己。你可要放聪明一点儿，明白吗？要不然，判你几年劳教，人老珠黄再出来，什么都完了。”

小姐说：“我明白。”

周密说：“死的那个男人，跟你睡了吗？”

小姐想了一下说：“没有。他一本正经的，跟我谈的都是四化建设的宏伟蓝图。”

周密说：“你也真够笨的，这个谎刚一撒就瘪了。他就那么光着身子，跑到那种地方，跟你谈那么庄重的话题，说出来谁信？”

小姐说：“是不是他睡的我，我记不清了。干我们这一行都是流水作业，见利就走，一般都不记长相，只记腰带以下那地方……”

周密说：“你好好想想，是你自己从窗子里跳出来的，还是那个男人用力往外推的你？因为从体力上讲，只有他逃命的份儿，根本就轮不到你。”

小姐说：“是我自己跳出来的。当时他大概睡着了，你想，都后半夜了，一个男人辛苦了一天，喝了大酒，又干了那种事，又困又醉又累又乏，还不得跟一摊鼻涕似的。”

周密锐了声音说：“你是不是让烟给呛糊涂了？”

小姐醒过腔来，急忙改口说：“我想起来了，是他在窗子底下推的我，让我踩在他的背上，他甘愿给我当人梯……”

周密说：“别臭转词儿。这就是说，他要是不救你，自己肯定能逃出来？”

小姐沉默了。

周密说："你做好事的机会不多，现在可是给你机会了，你可要千万抓住，别让它丧失掉。"

小姐说："他是舍己救人……"

周密说："知道作伪证犯法吗？"

小姐说："知道。我说的都是真的，我要向那位舍己救人的大哥学习、致敬！"

周密说："你签字吧。伤好了赶紧躲到别的地方去，别让我再见到你。明白吗？"

小姐答应着，又在笔录上签名画押。

米新朵领着崔凡赶到时，天色已经放亮，法医正等着家属到来看过，再做解剖鉴定。米新朵已经知道了事情的真相，苍白的脸色就像大理石一样坚冷，甚至还带着一丝浅隐的讥笑。六叔一见她，扑通就跪下来，哭着说："米新朵，我对不起你，我没管好崔大可！"

米新朵说："怎么能怪你呢？谁都不怪，是他自己找死！"

米新朵穿过壁立的人群，来到崔大可的床前，掀开白布单子，冷笑一下，挥手给了他一耳光，然后转身离开，再也没露面。

吕勤久一直睡到早上六点，醒来后还迷迷瞪瞪的，看着外面乱糟糟的人群，一点儿都不知道发生了什么。他蹬上了湿乎乎的裤子，走下急诊室的病床，还说："崔大可哪去了？赶快送我回三大队，我还得上班呢！"

崔大可平时交际广，人缘不错，送葬的队伍挺壮观，各种汽车首尾相衔，足有四五里地长，连刘播都来了。米新朵却坚决不来，她实在不能容忍他从开始到最后对她漫长的欺骗。那天晚上，崔大可先往家里打电话说，和马御厨一起陪着吕勤久喝酒，米新朵一听六叔的名字，就放心了。后来又打了电话，说是吕勤久喝醉了酒，正在医院打滴流，他和马御厨得陪护。米新朵就说，对呀，好好照顾吧，多年的情谊了。结果他却声东击西，见缝插针，半路上去找小姐了，乃至出了这样遗臭万年的暴事。她便举一反三，推断出他对她多年以来的种种不忠，进而痛心疾首地自我反省着。只有崔凡捧着爸爸的遗像，身子瑟缩着，两眼闪动着哀伤无助的光芒。

关于崔大可之死，市里和油田方面有着各种各样的说法。由于有了先嫖娼后救人的情节，这让组织上和舆论界都很尴尬，只好正负相抵消，不做任何置评，比照因公死亡处理了。个中的秘密，唯有六叔知道，这让他又一次有了撒谎骗人的滋味，也觉得有时撒撒谎骗骗人是必不可免的。还有吕勤久耿耿于怀的湿裤子问题，非要打破砂锅问（璺）到底。六叔只好说："是掉进了喷水池里。"吕勤久说："你别唬我。既然我整个掉了下去，怎么上衣一直很干爽？"六叔就一编到底说："当时你把上衣全脱了。"

米新朵成了最为漂亮的中年寡妇，无论怎样往暗淡了打扮，都难以掩盖身上的盈盈残照之美。一些丧偶的老处长纷纷托人说媒，想把这棵无主的秋花搬回自己家里去。可米新朵毫不欠缝，一概谢绝，说我人还活着，可那颗心早就死了。别说什么处长，就是联合国秘书长想娶我，也得等下辈子了。

夏晴经常到米新朵家去陪她，回来就怜悯地叹气。

六叔说："米新朵有工资，崔凡在阀门厂翻砂车间做模型工，生活一时还是不成问题的。"

夏晴说："这不是简单的经济问题，这是很复杂的生活问题。米新朵真可怜，身边连个说话的人都没有。她这辈子是没嫁对人哪。要是国家允许娶两个老婆该有多好，我就发扬风格，把米新朵接到家里来，让你左边一个右边一个。你说，是我为大呢，还是她为大呢……"

六叔急不得讪不得，涨红了脸说："你个老夏婆子，岁数越大越发膘，连自家男人都让给别人分享了，这么多年，老劳模只有这么点儿新发展，组织上咋不奖励你呢！”

夏晴说：“你喜欢吃一个菜，还是喜欢吃两个菜？”

六叔说：“我喜欢吃满汉全席，你让啊？”

夏晴说：“米新朵我特批了，反正你们俩有老底！”

六叔说：“你闭嘴吧。我看你是喝酱油耍酒疯——闲（咸）的。”

夏晴说：“你老实说，要是我死了，你还会不会跟米新朵重续旧好？”

六叔说：“少扯哩咯儿咙。我给你算命了，能活到八十三。我活到七十来岁，就找我爹去了。”

夏晴说：“你敢！我活到八十三，你就得活到八十四，这跟国民经济翻几番一样，是硬指标，不完成不行！”

六叔说：“我努力吧，争取陪同师傅走完全程。”

夏晴说：“老马，我最看不上无情无义的人。你们好了一回，别撂下不管，隔三岔五你炒两个菜，我给米新朵端过去。”

六叔说：“我怎么会撂下不管？那是我妹啊。”

就照此办理，坚持如一。可惜米新朵的鼻子不那么灵光了，她得了严重的鼻炎，齉嗤齉嗤的，天天点滴鼻净。每当夏晴带着六叔做好的菜肴来看她，她都泪眼吧唧的，一口一个嫂子，还说马御厨和夏晴两口子，是我最好最好的好朋友。

有一天，夏晴被单位派出去挖树坑，正好碰见了也在挖树坑的刘播和晋元峰。随着管理方式的变化，领导干部参加劳动，越来越带有象征意义和广告效应。刘播在权力的巅峰上恪守着中庸之道，有人概括说，这就是少得罪人，多办事；不得罪人，也办事。这座新城市其实就是个大工地，到处是塔吊，到处是脚手架，充耳都是搅拌机的轰鸣声和钢铁的撞击声。高楼像森林一样猛长，道路总是扒开埋上，埋上扒开，绿化却没法与之同步，好不容易栽上的树，动不动就因为建筑用地给伐了，整个城市就显得衣不蔽体，也由于树株过小，很像伟丈夫穿超短裙。盐碱地并不适合所有树种生存，我父亲从老家带来的榆树籽，被园林局作为优质种子进行繁育性培养，播撒在公园的一隅，期待着若干年后能广为栽培。

刘播的下膛已经很超前了，挖起树坑来就显得很吃力，不过镜头感还是蛮好的。电视台记者让他谈谈植树的意义，刘播说：“植树的意义几千年前就有人谈了，我还能谈出什么新意呢？我们想做的，就是建成了油田和城市，仍然能保持周边环境的生态平衡。我们侵占了这块本来属于狼和黄羊的土地……”

晋元峰就站在夏晴身边嘿嘿笑，敲着边鼓说：“马御厨怎么能说刘播忘本呢？他根本没忘本，心里肯定还有喜鹊情结呢。”这么说着，就仿照李白的韵脚，口占了一首打油诗：盗我油者，昨日之日不可活，毁我树者，今日之日多缺德。长风万里送军令，绿化不好找刘播。别人栽树为后代，刘播栽树很特别。新松恨不高千尺，留给喜鹊搭个窝……众人欢呼鼓掌。有人说：“老晋见官大一级，谁都敢奚落，快赶上李白牛了。”晋元峰说：“那怎么比，李白是真牛逼，揄扬九重万乘主，谑浪赤墀青琐贤，我连个小科长都不敢得罪；李白喝高了，天子呼来不上船，我上公共汽车，掏钱慢了都得挨收拾。”

刘播就走过来说：“老晋，你是不是糟践我呢！”

晋元峰说：“你是市长，我是市民，那怎么敢呢！”

刘播说：“你要是不糟践我，那就是跟老同志疏远了。你看马御厨多实在……”

夏晴一听这话，赶紧接过去说：“马本良是狗咬吕洞宾——不识好赖人了。又不好意思跟你当面道歉，你大人不见小人怪，别跟他一般见识。”

刘播说：“明明是我不对，怎么他还要跟我道歉？弄来弄去，让职务都把老同志的关系弄变味了。”

夏晴说：“刘市长，你真的别往心里去，老马那个人你还不知道，说驴不驴，说牛不牛，四不像脾气。”

晋元峰说：“那不是四不像，那叫貔貅脾气，是胎里带来的。”

刘播说：“那天是我喝多了。其实，我也一直在琢磨这事儿，这事儿也真挺挠头的。”

刘播还要深说，有人招呼他上车，说新来的市委书记报到了，让他去开见面会。大家就忙问，新书记是从钻、采、炼、建哪方面提起来的？刘播说：“都不是，连个油字都不沾，是从外地调来的。看来，我们就是吃苦挨累的命，打得天下坐不得天下，城市还没建成，就得考虑转型了。”然后他扔下铁锹，攀上路基，坐进停在路上的小轿车里。

就是这短短的几句对话，让夏晴心里没底了，觉得刘播的话都带着细小的芒刺，正听反听都对。回家就跟六叔磨叨说：“你虽然号称御厨，那只是真一半假一半，毕竟只是一个耍手艺的工人，连技术职称都没有。尽管说工人阶级领导一切，那是指整体而言，具体到每个人，那就很难说了。你怎么敢给一位副市长当面羞？”

六叔说：“说出的话放出的屁，都是收不回来的。刘播如果还是从前的刘播，那我就没得罪他；要不再是从前的刘播了，得罪他也就得罪了，没什么好遗憾的。”

夏晴说：“现在无论穷富，到处都在吃；咱这钱厚，有什么不能吃的？我看报纸上有一篇文章，说饕餮就是龙的后代，龙的子孙也就是大吃二喝的代名词了。”

六叔说：“瞎胡扯。我做的菜，中国人说好，外国人也说好。我并不反对吃，相反，作为厨师，我是提倡吃的。我反对的是胡吃海塞瞎糟害，就像接待处那么个吃法，谁能架得住？就是开个窑子，也得让这帮神仙二大爷日黄了！”

夏晴说：“都有一摊子工作，都有来人去客，谁能说得清哪顿该吃哪顿不该吃？该吃到什么标准？眼下吃就是工作，工作就是吃，不大容易分得清。人家成立接待处，就是想把吃喝的钱拢在自己的口袋里，保证肥水不外流，肉烂在锅里，这有什么不对的？这是很高明的呀。何况谁都知道，官员的嘴，小姐的 ×，都是管不住的。你当你的厨师做你的菜，吃吃喝喝的人越多，你的地位越抬高，管他那么多干什么！”

夏晴掰开揉碎，六叔差不多被说服了，而且他悲哀地发现，别人都见惯不惊顺水推舟的事情，自己却在螳臂当车，因此得罪人，而且得罪的还是有着知遇之恩的大官，简直就是毫无道理，跟混账王八蛋差不多了。一连好几天，六叔都觉得芒刺在背，不好意思当面跟刘播道歉，想打个电话缓和一下关系，却又鼓不起这份勇气来。

那天正在班上，电话铃就响了。

六叔接起来说：“你找谁？”

那边说：“我找马顽石的儿子马本良师傅。”

六叔被这个久违的名字激荡得心头发颤，就说：“我就是。”

那边说：“我是北京的中国烹饪协会的工作人员。我们通过寻访业内遗老，特别是通过溥仪家族的回忆，终于打听到了您，知道您一直在北方油田，为那片土地挑大梁。”

六叔说：“我就是个普通厨师而已，萤虫之火，照人不亮，谈不上什么挑大梁。”

那边笑了，说：“马师傅，我是想代表协会邀请您，代表我国厨艺界参加在巴黎举行的世界烹饪大赛，你能去吗？”

六叔静默了片刻说：“我没有技术职称。”

那边说：“还要什么职称？您是御厨传人，这一条就够了。”

六叔说：“我没有路费。”

那边说：“如果你们市里解决不了，协会帮助您解决。”

六叔说：“我不懂法语。”

那边说：“没关系。英语呢？”

六叔说："懂一点儿眼面儿前的，还只能说不能写。"

那边说："OK！"

六叔说："你说 OK，那就 OK 吧！"

六叔高兴得跳了起来。他在接待处餐饮部的走廊里走了两个来回，然后拨通了刘播的电话。

第三十五章

周末休息，黄小敏回来了。张老板去接站，正好遇见载誉归来的晋元峰。他的话剧《别梦依稀》获得了"五个一工程"奖，这个消息和秦恬、薛小楠他们的第三次采油试验成功同时报道，在市里形成了一股强烈的冲击波。很多夫妻都说，你看人家，两口子都厉害，还是上过大学的，一个人顶多少个戳大岗的！

晋元峰看久别的张老板和黄小敏想亲近又放不开的样子，就鼓动说："光傻笑哪行，上啊，得热烈拥抱，起码得来个美式大 kiss！"

张老板说："那得多大的胆儿啊。咱这个岁数，哪能扯那个。家花，摆到屋里，关起门来才香呢。"

黄小敏咯咯笑，说："含蓄的爱更深沉。"

张老板注意到了晋元峰的衬衣，说："你这个爱摆谱的人，衬衣可够新潮的，咋五个扣子三种颜色？你就穿着它领的奖？"

晋元峰说："我是没办法，秦恬她根本没时间照顾我。都说她为油田贡献了多少可采储量，我是为油田贡献了一个媳妇。"

张老板说："听说你一下子得了五个工程，能干得了吗？匀给我一个呗，我正愁没活儿干呢。"

晋元峰说："我这种工程，可解决不了几千人饭碗的问题。"

张老板说："大北市的建筑市场大，可开发商也多，就像一群苍蝇叮住一块血豆腐，都想争取到份额。揽个工程，真不容易啊！”

晋元峰说：“现在事情都在向好的一面转化，我这种工程越来越宽松，你那种工程越来越严格了。”

他们走出了出站口，来到了人头攒动的站前广场。

张老板不无忧虑地说：“工程招投标制度刚刚实行，还很难说有没有猫腻。我听说康同伟那小子，偷偷向招标团使钱呢！”

晋元峰说：“使也白使，小惠未遍，民弗服也。”

黄小敏说：“民不服，官服，这就不好办了。”

晋元峰说：“所以，很多运动员都不是输在比赛上，而是输在裁判员身上。”

张老板说：“那你说怎么办？我也送？我可是靠一把锥子一团麻绳起家的。都是这帮浑蛋王八蛋，把一潭清水给搅浑了。”

晋元峰看着黄小敏说：“让女掌柜说话吧。”

黄小敏说：“咱们马上得天下，就得马上治之。有能耐凭真本事开拓市场，宁可重新回到街上给人掌鞋擦鞋，也坚决不走那条卑鄙无耻靠行贿捞工程的路。”

张老板说：“这才是我夫人呢！”

谁都不知道开标会由谁来主持。直到开会前的三分钟，人们才发现，很长时间里很少抛头露面的薛明出现在会场里，而且坐在了主席的位置上。张老板当了真正的老板之后，跟薛小楠倒是多有来往，却从来没照过薛明的面，感情上的疙疙瘩瘩和行当的迥异，把他们隔绝在两个完全不同的世界里。薛明扫视一下会场，目光在张老板和黄小敏身上抚摩了一下，就再也不看他了。

开标的结果令人吃惊：康同伟的金牛公司以七千七百五十五万元中标，仅比绿马公司低了二十万元。会场里已经有人鼓掌了，这时薛明做了一个制止的手势，然后开始讲话。

薛明说：“我们大北市的建筑市场刚刚进入公开招投标阶段，显然还不够成熟，从这个结果就能看得出来。本来这是一次公平竞争的经济活动，可由于种种看得见看不见的原因，甚至是暗箱操作，使得这种经济活动不那么纯粹了。我们都知道绿马公司，我们今天所在的会场就是绿马公司盖的。可谁知道金牛公司？就是这个突然冒出来的金牛公司，奇迹一般也是玩笑一般，以微弱优势从绿马公司手里把工程夺走了。这正常吗？我看很不正常。咱们就说张家生和康同伟这两个人吧。他们是坐着同一节车厢来的，干了没几个月，康同伟受不了苦——当然，那种苦是接近于残酷的苦，他当了逃兵，一直到油田日子好过了，才回来淘金的。张家生却一直在油田坚守，他给工友们掌鞋，干别人都不愿意干的散乱杂活，还被某些领导（主要是我）看成是满口牢骚怪话的落后分子。后来他遭遇了冤假错案，入狱多年，出来后他带着奇耻大辱，并没选择离开，而是选择了留下，为什么？因为他深爱着这块土地，这块土地上有他的血汗和泪水。他就靠自己的双手，靠一针一线挣来了一份家业，我们为什么相信绿马公司？首先是相信当家人的人格，其次是该公司具有尽人皆知的公信度。现在暂且不去追究金牛公司的幕后动作，本主席提请各位当场表态，是支持张家生，还是支持康同伟？”

评委次第为张老板举手，尽管有人脸色很无奈。张老板眼睛看着天棚，深深地呼吸，泪水就在眼眶里打转。

薛明又说：“当然，我们不能只记历史旧账，我们得用发展的眼光看待事物。只要金牛公司有出色的表现，赢得市场信誉，今后还是有机会的。”

在一片掌声中，康同伟向薛明露出一个虚假的笑容，然后起身离开，低声骂了一句：“老苞米面！”

大北市在东南的一角开辟了一处高新技术开发区，吸引国内外的前沿科技和资金置业建厂，响亮提出“第二次创业”的口号，就是要确立科学、协调、持续的发展观，实现战略转移，尽快改变单纯依赖石油的经济结构，形成多元经济，拉长石油产业链，避免重蹈巴库的覆辙，确保这个新建成的石油城市不至于像昙花那样骤开骤落。新任市委书记远见卓识的宏深之论让所有的人都很服气。接下来的痛苦就是，北方油田八万名职工，以一次性买断工龄的形式下岗了。

我六叔马本良捧着从巴黎带回来的金杯进屋，夏晴和米新朵正在相对落泪。六叔简直就不是去参赛，而是去领奖——中国菜已经做好了足够的铺垫，一提到“御厨”两个字，不止是观众癫狂，连评委都很迷信，有了先入为主的感情倾向。正当盛年的六叔神闲气定，清癯儒雅，眼睛里那一瞥贯穿古今的悠然目光，依托着博大精深的文化而显露出来的从容自信，让他刚一出场，就赢得了潮水般的掌声。六叔使用关东参、墨鱼丝等材料，做了一道“龙吐丝”。切花、热油、下锅……一气呵成，连一点踟蹰一个多余的动作都没有。

做好的菜放到精瓷盘子里，热气袅袅，灵动欲飞，极像一件工艺品，也极有民族的象征意义。十一个评委都说不忍心品尝，怕破坏视觉的完美。结果有九个评委给了满分，全场的掌声响了一分多钟。六叔像演出大师那样倜傥地谢幕，一手背后，一手抚膺，向四周轮番鞠躬。他手捧金奖的形象比他回国还早呢，中央电视台二套节目已经多次播放；不过这对比夏晴和米新朵下岗的严峻事实来说，已经算不上喜讯了。

夏晴和米新朵都是四十七岁，离规定的退休杠杠还有三年，一起下来，其实也不算怎么太委屈。可夏晴毕竟是老劳模，心里就特别不平衡，觉得起码应该手下留情，“缓期执行”才对。从此就整天囚在家里，一照六叔的面就磨叽，车轱辘话来回折腾，很让六叔闹心。

这回就轮到六叔劝她了。

六叔说：“你一个老娘们儿，又没什么特殊专长，干不干都行，别说还给你钱，就是不给，有我一个人，就够你花的了。再说，你那算什么劳模？是个半截子，榆木疙瘩死羊眼，连亲爹都不认！”

夏晴哭一阵笑一阵地说："你倒是站着说话不腰疼。时代列车飞速前进，有人坐软卧，有人坐硬卧，可我连个座位都没了，想站着将就将就，可还没等到站，就被人给推下去了。我好惨哪！"

六叔觉得，夏晴的比喻挺恰当挺精妙，就问："那么依你看，我坐的是什么座位？"

夏晴思考了一下说："你根本就没坐在车厢里，你坐在火车头上呢。你想啊，无论怎么改革，刀把都在领导手里攥着，你的命运和领导绑在了一起，只要有领导，只要领导吃饭，你的工作就是铁板上钉钉！"

六叔得意地笑着，一种深深的自豪感在全身洋溢。他对自己的前途非常乐观，虽说已经临近退休的年龄，可上头早就放出话来，像他这种特技人才可以适度放宽，甚至可以干到七十岁。六叔再没有了当年叱咤和挥洒的机会，却像佛祖一样被同行膜拜着。尽管世上的烹饪材料不断丰富，手段不断嬗变更新，可他的身世背景和传奇经历却没有任何人能够替代。他开始用平和宽厚的目光看待一切，再也不扳硬脖颈，举手投足，都带着一种超然慈祥的老爷子气派。老熟人的孩子结婚，都把他请去治席，上不上灶都行，只要他到场晃一晃，主人的面子就赚足了，就能对宾客炫耀说，马御厨光临啦，咱吃的可是御膳，过了一把皇帝瘾！六叔帮场从来不收钱，主人也知道，一谈钱就未免亵渎——有谁能标定他的实际价码呢？六叔只吃一块糖，含在嘴里嘞着，一会儿鼓在这边，一会儿鼓在那边，弄出很幸福很滋润的情调来，这就行了。

陈南喜的儿子结婚，就是当年脸上盖了公章的那个儿子，自然要请六叔。六叔一看那气派，差点儿惊个倒仰——几代户的叫法已经被全国公称的几室几厅所取代，陈南喜儿子住的是三室两厅两卫，足有一百二三十个平方米，比处级干部的还大呢，屋里的陈设应有尽有，这且不说，居然还安了电话，这就非同寻常了。六叔的脸燥热起来，忽然感到了惭愧和讽刺。

六叔说："你咋这么快？比小姐挣得还快呢！"

陈南喜嘻嘻笑："没想到吧，你没想到的事情多着呢。"

六叔说："就凭你那个撒尿和泥的涂料厂？我不信。"

陈南喜说："谁说鸡毛不能上天？现在鸡毛真就上天了。"

六叔说："电话是自己装的？"

陈南喜说："世界上一切活动都是为了赚取金钱。有了金钱就有了一切，丧失了金钱就丧失了一切。甭说电话，连城市户口都落妥了！"

六叔说："有什么'咕咕闹'吧？"

陈南喜说："你不平衡了是不是？你家里电话我负责了！"

六叔说："我怎么能让你安电话？我估计干部们都安完了，肯定就会轮到工人了。"

陈南喜哈哈大笑，眼泪都笑出来了。他说："小六子，你可真是天真烂漫哪。你以为是共产主义哪？当年好像共产主义伸伸手就能够到，现在可好，拎着棒子叫狗——越吆喝越远了。"

为这件事，六叔很不自在了一阵子。那天下班回家，果然就看到茶几上摆放着一部电话，带子母机的和液晶显示的，一问夏晴，才知道果真是陈南喜兑现了诺言，出钱给装的，连话机带初装费，一共三千多块钱呢。六叔的血在脑袋里涌动着，很想把那劳什子给砸了，可看着夏晴喜不自胜十分珍爱地擦来擦去，便忍住了，叹息说："我堂堂正人君子，竟然没弄过一个混混，操他妈的！"

夏晴愣住，还以为听错了，惊愕地抬起头来看看他，突然笑成一团。

夏晴说："正人君子怎么开口骂人啦？不过是帮你安个电话，你就受不了了，人家陈南喜还说，要帮你买个大点的楼房呢。难道你不希望陈南喜发财？他发财你就不自在？他这个人其实很仗义，没忘了你的滴水之恩，非要涌泉相报呢！”

六叔说：“我用他涌什么泉？孔子不饮盗泉之水。我不可能接受他的施舍，我又不是没钱花！”

夏晴说：“你这人成问题，思想太僵化，还有点儿孤芳自赏。驴粪蛋子还有发烧的时候呢。听张老板说，和他一茬掌鞋的温州人，差不多都成了大富翁，纽扣、打火机、制鞋、拉链……家家都干，现在有一万亿人民币没处投放，张老板自告奋勇，要去温州招商引资呢！”

六叔没话可说了，早早躺下来，团缩成个蛋蛋蒙在被子里，那形状就像是子宫里的胎儿。夏晴带着未尽的余兴上了床，在鸟巢里启发式地掏摸了一阵，竟然稀溜面软的。

夏晴惊讶说：“你咋的啦？你不正常了。”

六叔说：“不是我不正常，是有些事不正常。”

夏晴说：“你就是心事太重。是不是让陈南喜的电话把你给打击啦？要是那样，我宁可砸了电话，也不能毁了这个宝贝，哪头轻哪头重，我还是分得开的。”

六叔真是思绪万千，可又不能表现出小心眼儿，总在陈南喜身上纠缠，就转移话题说：“我今天见到晋元峰了，我俩一直在唠，这片油田到底还能挺上多少年。”

夏晴说：“你一个大师傅，操那份闲心干啥。总说狼来了狼来了，到现在狼也没来，还是五千多万吨！”

六叔说：“否极泰来，月盈必亏，这是规律，谁都改变不了。石油总有一天会没的，就看那一天啥时候来到吧。”

夏晴说：“当初要是不弄这么多，细水长流，那该多好！”

六叔说：“当初是当初，现在是现在。当初要是有一桶汽油，我老爹也不能饿死。”

夏晴说：“油田领导说了，当初叫我为祖国献石油，现在叫我为祖国卖石油，此一时彼一时，过什么河脱什么鞋。”

六叔说："师傅，你别说了，我心烦。就那么静静地躺着，搂紧我，用你的奶子贴住我。"

夏晴说："什么意思？"

六叔说："不知咋搞的，我想妈妈了。"

夏晴刚刚进入母亲的角色，新装上的电话就响了。她裸着身子接起来，没想到那边竟是蓝溪。

夏晴用不冷不热的声音说："你有事？"

蓝溪说："我想求你帮个忙，行吗？我就在你家楼下电话亭呢。"

夏晴说："我一个下岗工人，能帮上你啥忙？"

蓝溪几乎是在哀求说："看咱俩在一个单位工作过的份儿上，你下来一趟吧！"

夏晴是架不住几句好话的，沉吟一下，就说："好吧。"撂下话筒时又加了一句，"还有，看在你和马本良有一段的份儿上。"

就穿上衣服下楼了。

清秀骨感的蓝溪站在初夜的微寒里，不停地打着哆嗦，完全是一副神经质。她口口声声要杀了杜希金，可她是杀不了的，那不是容易做到的事，何况也没抓住像样的真凭实据。杜希金便以攻为守说，你更年期了，更年期的女人都很能作，我不回家的原因，就是躲你。蓝溪暗中跟踪了好几次，可杜希金具有很强的反侦察能力，绕了几个圈子，就把她甩掉了。现在，她终于发现，他的车停在广场上，机会挺不错，如果能有人帮忙，也许就搞定了。关于六叔家的电话，她还是听别人说的，整整一个下午，夏晴就像中了大奖似的，在最短的时间里，把这个最为平常的消息告诉了好多人。

她们不知道杜希金坐在车里干什么。杜希金的踌躇，是因为他面临着人生的最大一次抉择。薛明就要退下来了，他很清楚，班子里不可能有人再为他说话了。他相中了高新技术开发区的领导位置，那里是高配置，调任过去，就等于在仕途上晋升最后一阶，否则，他不会再有出头之日了。

那天他做了一组怪梦，先是梦见了墙上长着青草，然后是他在雨天里身披雨衣手拿雨伞，最后是他和一个陌生的俏女子背对背躺着……觉得这梦说不定就是兆头，就让贾小姐给圆梦。贾小姐对这种事粗通一二，听了便泼冷水说：“墙上长青草，那是根基不牢；穿雨衣打雨伞，那是多此一举；和别的女人背对背，那是痴心妄想。”杜希金听完，心就凉了半截，却也将信将疑，因为贾小姐基本就是个文盲，还免不了吃残醋。路过市场，发现了一个专业的算命先生，犹如遇到了指路的明灯，便趋步向前，又算了一次。算命先生一拍大腿说：“你这是上上大吉之梦啊。是不是因为当官的事？”杜希金就暗生佩服，说：“你是怎么知道的？”算命先生深奥地一笑，就反其意来破解，说：“墙上长青草是出人头地，运气旺盛；穿雨衣打雨伞那是有保护层，还是双保险哩；跟别的女子背对背，那还有什么好说的？肯定翻身，接着就上去啦！”杜希金喜得嘴都合不拢了，论功行赏，就摸出一张百元大票来，拍到了算命先生的手上……正是在这大吉之梦的支持下，他才毅然决定，不能坐等时运，得主动出击，何况这并不是他的创新，不少官儿都是这么“跑”来的。

杜希金坐在车里抽了好几支烟。远处高楼上的大钟清越地敲响了八下，那钟声穿透他的耳膜，变得杂沓而凌乱。虽然这种办法已经屡试不爽，可对待薛明这种“清水正夫”，还是没有太大的把握。思来想去，思维就有些混乱。他摸出一枚分币，掷起来合到掌心里，这才扔了最后的烟蒂，做出了最后的决断——行与不行，必须试一试，大不了挨一顿收拾，骂个狗血喷头罢了。

广场正好位于薛明和六叔两家之间，隔出了两个不同的天地。地企领导都搬进了新建成的花园别墅式公寓，这是个很大而且独立的院落，常人不容易进得去，却也知道了，原来这一级领导在职的和不在职的，竟然有成连成排的建制呢。由于是清一色琉璃瓦罩顶，有人就谑称为烈士陵园。不过，叫归叫，红眼病是没用的，住在里面的人不但活得很好，一般都很长寿。薛明本来是不想搬家的，可是薛小楠一再开导劝说，方知不能逆潮流而动，成了别人的阻力，那就反倒不美了。老两口只好捏着鼻子，住进了二百来个平方米，白天常常顾此失彼如入迷宫，夜里则风声鹤唳难免瘆得慌。

薛明正在聚精会神地看着邓小平的专题片。记者请邓小平谈谈红军二万五千里长征的事，薛明还以为，这肯定是一篇大文章，没有想到的是，这位世纪伟人只说了简单的三个字："跟着走！"那种前无古人后无来者的壮举，怎么竟会是三个字？而且还是"跟着走"？薛明琢磨良久，方才领悟，这才是伟人博大的胸怀。于是，两汪高山仰止的热泪模糊了他的双眼。

杜希金就在蓝溪和夏晴的眼皮底下，决绝地把车开进了大院。保安是不拦轿车的，相反，他们见了轿车要立正敬礼，这样就不存在任何障碍了。杜希金从车上拿下一只不大不小的提包，蓝溪和夏晴都看到了。蓝溪似乎松了一口气，还以为是把侦查方向搞偏了。

杜希金敲开了薛明家的房门，落座在客厅的沙发上。沙发十分宽大，他却只搭了四分之一个屁股，恂恂然看着薛明的脸色说话。起初薛明以为又送茅台酒来了，心里不大高兴，却也并没苛责。可杜希金发现薛明对他要求进步的意思不动声色，便假装无意地拉开拉链，露出了里面的一角，于是就有图穷匕见的效果了。薛明冷厉的目光瞥见了那里面的内容，就像看见了 TNT 炸药，猛不丁就站了起来。

薛明说："杜希金，你要干什么？"

杜希金努力镇定地说："首长这么多年对我的辛勤栽培，我是不会忘的。我也知道，你是个清官，可过日子是要花钱的。你革命了一辈子……"

薛明说："这些钱是从哪弄来的？"

杜希金说："都是朋友送的。"

薛明哼哼地冷笑说："朋友？我咋就没这么好的朋友？我看，你是变质了！"

杜希金紧张起来，这才知道，他是顶风拜菩萨，不但不灵验，反倒让香火燎着了。但他还没能清醒意识到，后果将是怎样危险，就干脆抛弃了主席台上那些冠冕的语言，壮着胆子短平快地超度说："首长，都啥年代了，你咋还是老一套？你这么大的领导，为革命出生入死，操劳了一辈子，临期末晚的，能开几个小钱？你看看张家生，不过就是个车老板子掌鞋匠嘛，能有什么大贡献，现在却发得嘁哧窟嚓的，这公平吗……"

薛明猛地一拍桌子，然后又把手习惯地伸向腰间。遗憾的是，那个地方已经空缺多年，他没能摸到枪。他说："狗日的杜希金，我瞎了眼睛，看错人了。你竟然敢拿着一提包钱，跑到我这儿来买官，你把我看成什么人了！"

杜希金顽强地笑着说："首长，你别生气，是我错了，我向你认错，向你赔礼道歉！"

杜希金还想拿起提包一走了之，不过这很难了。薛明上前一把抓住提包，和他争夺起来。那提包并不怎么结实，被两人撕成两半，成捆的票子撒落一地，仙女散花一般。杜希金还想夺路逃走，却不想薛明用身子死死将门倚住。

杜希金扑通跪下，哀求说："首长，看在当年的情面上，你放我走吧，钱我不要了，官我也不要了！"

薛明说："哪有那么简单的事？我现在才明白，会战时期的'光荣虫'被消灭了，你这种'光荣虫'又滋生出来了。我要是放过你，党和人民就不会放过我了！"

杜希金哭了，他说："首长，当年我可是保护过你啊，难道你都忘了？你就网开一面，放我一马吧！"

薛明说："说这些已经晚了。现在只能有两条路，一是你束手就擒，一是你从我的尸体上踏过去。你选择吧！”

杜希金显然不想选择其中的任何一条，在玉碎宫倾的绝境里他还想另辟蹊径。就站起身来，和薛明撕掳，只要把他甩开，他就可以打开房门逃掉了。两个大男人实际上进入了肉搏战，而薛明的老伴正躺在复式楼的上层，迷迷糊糊半睡半醒的，看着一部抗美援朝的黑白战斗片。轰轰隆隆的枪炮声遮掩了一切，而且楼房实在太大了，隔音效果又特别好，她垂老的耳朵不再那么灵便，并不知道楼下正在发生着什么。身上带着美国炮弹皮而且年龄偏大的薛明在体力上不占上风，滚来滚去，就被杜希金压在了身底下，双手不松不紧地扼住了他的脖子，在予生予死之间游移着。

薛明说：“你用力吧，这一天早就该来了。一个没死在战场上的战士，却死在了自己的下级手里，这多有讽刺意义啊！”

杜希金惶恐地说：“首长，我也不想这样，可你总得给我一条生路啊！”

薛明说：“你杀了我，我就是烈士了，这个烈士陵园的称号也就名副其实了！”

杜希金说：“首长，我不敢，我可是你的兵啊。当年，我开着那辆破威利斯，拉着你风里雪里，东跑西颠的，那叫什么？那叫鞍前马后啊，难道你就这样绝情？”

薛明发紫的脸上露出了破碎的笑容。他说：“没什么余地了，你赶快下手吧，我该着如此，这就叫自己配药自己吃。”

杜希金哭起来，说：“首长，你可怜可怜我吧！”

薛明说：“让我可怜一个贪官，老百姓谁去可怜？现在你马上自首，还有生存的可能；杀了我，你肯定也活不成了。不过，到了另一个世界上，我坚决不再用你这种人开车！”

杜希金已经完全垮掉了，他松开手，伏在薛明身上大哭起来。就在这时，房门的锁芯旋转了一下，薛小楠手拿钥匙进来了。他站在门口，看着父亲当年的司机骑在他身上，定格在一片花花绿绿的票子中间，很像一个离奇的戏剧场面。薛小楠想笑一下，却没笑出来，于是说了一句："你们这是闹什么？我咋看不懂呢？"

蓝溪和夏晴还躲在暗处，盯着薛明家的别墅小楼呢。她们没法猜度那里面发生的事情，也就没法决定是去是留。忽然一辆警车呼啸着开过来，周密领人进了那道房门，等他们再出来时，杜希金已经戴着晶亮的铐子，被押到了警车上。警车从她们身边驰过的刹那里，他认出了站在槭树下的蓝溪。他嘴巴翕动了一下，却没发出声来。而蓝溪叫了一声："天哪！"就扶住树干，一点一点瘫下去。同为女性的夏晴很能理解，无论如何，这意味着她头上的天塌了。

第三十六章

焦洪林的婚礼安排在露天花圃里，这还是韩桂花的创意。焦洪林拗了好几回，张老板说："现在的年轻人在大街上就敢亲热，就差脱裤子了，你好不容易结了婚，正大光明，还有什么顾忌的？你要是不好意思出席婚礼也行，我替你，反正我还没过新郎官的瘾呢！"焦洪林不好拂逆众人的好意，也就半推半就听之任之了。张老板为他们租下了一处楼房，还做了简单装修，请好了市歌舞团的乐队和歌手，订了一家大饭店，并准备让二百个"外包工劳模"歇工来捧场。之所以一再向后拖延，是在等许曾从新疆归来，人齐马全，就鸣鞭大吉了。许曾带着一个钻探纵队，到新疆参加石油会战，在大沙漠上打探井，而且很快就打出了工业油流。回到家里，听到了崔大可和杜希金的事，许曾伤感了一会儿，就说："其实，人什么困难都能战胜，战胜不了的唯有自己。我们走着同一条路的同时，每个人也在走着自己的路。总而言之，大家都到自己该到的地方去了！"

举行婚礼的前夜，焦洪林已经早早睡下了，忽然想起，他有几本日记，还藏在那个大院屋子里的天棚上，搬家的时候过于匆忙，竟然把它们给忘了。无论是对是错，都是不同时代的记录，留下来说不定具有史料价值。就爬起来，骑了工地上的一辆车子去找。

大院的砖墙经过了加高，已经无法看到里面，铁栅门也换成了铁板门，如果没有涂料厂的牌子，很容易让人联想到监狱。院子里人声嘁嚓的，却没有一丝灯光，偶尔有手电筒的光柱匆遽地一晃，又熄灭掉了，显然没干什么光明磊落的勾当。焦洪林狐疑着，又不能高声叫门，试探着一推，那大门竟然是虚掩着的，稍稍一扁身子，就溜进去了。眼前的情景让他大吃一惊——黑咕隆咚的院子里停着一辆大油罐车，一根胶皮油管正从乱七八糟的涂料堆里伸出来，汩汩地向车里流注着。

这正是典型的栽阀盗油，焦洪林一看就明白了。一腔因寂寞而冷却的正义之血被点燃了，他就像一枚启动了程序的火箭，一瞬间获得了极大的推升力，想停住都不可能了。他发烫的思路锐利而直接，和某些历史镜头重叠起来，好像是长期潜移默化的无意模仿，也好像久已期待的本色出演。就从大墙的阴影下挺身走出来，大喝一声："住手，你们这帮盗窃国家原油的坏蛋！"

院子里的人慌乱起来，有人从大门逃了出去，有人从高墙上跳了出去。一个黑影从他身边跑过，他紧追了几步，一把抓住，贴近了一看，原来是陈南喜。

焦洪林说："想不到你会从一个小小的'光荣虫'，变成了一只大大的'油耗子'！"

陈南喜还想挣脱，但焦洪林死死地抓住了他。

陈南喜央求说："焦指导员，带处不处的，这么多年了，难道你就非要和我过不去？"

焦洪林说："说别的没用，马上跟我走！"

陈南喜说："看马本良的面子！"

焦洪林说："提谁都不好使！"

陈南喜说："我给你十万元，咱们两方便。"

焦洪林说："这么无耻的话，亏得你能说出来。"

陈南喜绝望了，就高声喊人。一个黑影跑过来，手上的刀锋被上弦月映出缭乱的冷光。

黑影说："撒不撒手？不撒手我花了你！"

焦洪林说："花是啥意思？"

黑影说："就是这个意思！"

刀子猝不及防地捅进肚子，甚至还有一股畅快的凉意。焦洪林下意识地摸了摸刀口，手上沾满了黏稠的液体。他把手举到眼前看了一下，凄迷地一笑说："花是红的！"然后，他颓然地倒在了地上。这时陈南喜才猛然醒悟，出大事了。他发疯地叫骂着，扑到那个黑影身上，夺过刀子，刺向了那人的屁股。

两个小时之后，焦洪林死在了医院的急救室里。这时距离他的婚礼还有九小时。三大队的人闻讯都来了，包括薛明、刘播、周密和许曾。所有的人没有不落泪的。这个极简单而又极复杂的平凡生命，这个彳亍于在错杂迷乱的精神通道上的小人物，终于以最后的爆亮完成了自我塑造。他没成为英雄，却成了烈士，这样，他会在家乡的坟场上拥有一块具有超越乡土意义的墓碑。

三天后，焦洪林平静地躺在鲜花丛中，而那些花都是孙英从花圃折来的。在滚滚人流的簇拥下，身披婚纱的孙英傍着灵车，在漫天阴霾里缓缓走动。旷野浊风弥漫，无边无际的抽油机不知疲倦，循环往复地做着古老的桔槔运动。

忽然不知从何处响起了一曲高亢苍凉的男声：

一百里路途我走了九十九，

还有那一里地却总也不到头……

那声音劈裂而嘶哑，带着揪心的悲怆，被荒风吹得颤颤巍巍，仿佛就是为这个爱唱歌的男人唱的。紧跟在灵车后面的六叔他们，于是一个个泪流满面。

日子就这么悠悠地过着。六叔他们这辈人的身边日渐稀疏，有人变成了枯黄的叶子飒然而落，有人变成了鲜艳的果实顽强地挂在枝头，用晋元峰的话说，是生活越来越美好，日子越过越寂寞。他们带着艰苦岁月的伤病，带着对往事的缱绻，日渐走出了人们的视线，退居到了城市的边缘，成了浩瀚人群里最为黯淡最不起眼却又最具历史质感的那一部分人。

那一天，地企双方统一组织老会战去医院体检，结果发现，除了当年落下的毛病，许多人还新得了“富贵病”：脂肪肝、高血脂、糖尿病……很多人都大腹便便，身体比原形大了一号。唯有六叔的体重十分恒定，而米新朵、蓝溪、夏晴这三个女人也变化不大，依稀保存着昔日的纤巧。

张老板感慨说：“现在的生活太好了，好大发劲儿了，个个营养过剩，脂肪堆积，是从一个极端走向了另一个极端。”

眼睛扫到了蓝溪，又说：“你干美容健身吧，填补城市空白，重点帮大家减肥，弄出个好体形好体格来。也让女的们更加漂亮，特别是把这玩意儿往大了弄弄，省得一个个都是‘太平公主’，像小荷包蛋似的，还不如男人的胸大肌哩，哺育不好革命事业接班人，也对不起……”

蓝溪说：“行了，含蓄点儿，点到为止吧。”

张老板说：“这不是一般问题，种族的差距实际上就是这玩意儿造成的差距，必须提高认识啊！”

女的们便骂他狗嘴里吐不出象牙。

张老板说：“这就是象牙呀，在香港，那就叫大波霸，可值大价钱了。”

夏晴和米新朵就相视而笑，想起用布带猛勒，自虐式的往事，一时不胜唏嘘。

杜希金“自我爆炸”之后，蓝溪就很惨了，为了倒赃，家里稍微值钱的东西都变卖了，包括她喜爱的那些衣服和鞋子。别的干部去世或降职，房子还由家属住着，叫福利终身制；可她的房子马上被收了回去，换了一处又小又旧的，电话也撤了。她不敢把这些告诉给远在南太平洋的儿子，只好骗他说，你爸爸到新疆大沙漠上开发新油田去了。蓝溪最后也没见到她想见的那个女人。找到他们的居所之后，已是人去楼空，留给她的只是一个带蕾丝花边的女式脏裤头，一堆有内容和没内容的胶皮套子，一张被撕成两半的彩色大照片——剩下的那半照片里，杜希金还在幸福地傻逼呵呵地微笑呢。杜希金没给家里留下一分钱，却给了那女的二十万元。那个自称有九条命的女人从此石沉大海，再也没在大北市出现过——也许带着这些本钱逃到了外地，改头换面，不再办理零售业务，而是随行就市把自己整个批发出去了。

杜希金被判了十八年徒刑，活着出来的希望已经不大。蓝溪到监狱去看他，他只哭不说话。蓝溪走近前去，启朱唇露玉齿，他还以为是要和他吻别呢，哪知道蓝溪猛地咬住他的肩胛肉，咬他一个拘挛暴跳。蓝溪说：“你骗得我好苦啊，这且不说，你还骗国家。你是人民的罪人，将来我怎么对咱儿子说？”然后她把写好的离婚书拍在桌子上说：“签字吧，这一步早就该走了！”

张老板想扶助蓝溪和米新朵，六叔也知道。张老板说：“都是你的准夫人，我帮她们，也就是帮你，你说对不对？你不好帮，你也帮不了。”六叔嘿然。张老板说：“女人就是眼窝子浅，一个个天仙似的，嫁给你我这样的有多好，结果让金元宝绊个跟头，却一脚踢开，捡狗屎去了。”六叔说：“当时谁又能看出那么远去？我一个做饭的假贫农真地主，你一个掌破鞋的操蛋分子。”张老板嘿嘿笑，说：“革命就是解放生产力，还是改革开放好！”就拽着六叔，把蓝溪和米新朵找来。

张老板对蓝溪说：“你男人找二奶，我脱不了干系。虽然鸟长在他身上，可要没有我的馊招，也不至于。”

蓝溪说：“不怨你，一切都是他自找的。难道那些赃款也是你让他贪污的？”

张老板说：“不管怎么说，你们都是油田职工的遗属，帮你们我也有义务。孩子在新西兰的学费我全管，好歹得让他毕业；然后我借给你和米新朵几十万块钱，是无息的，你们两个美丽的寡妇开办一处健身美容院，肯定能火。”

蓝溪和米新朵感激涕零，在大家的帮助下，健身美容院果然就开起来了，也果然就火起来了。

晋元峰多次登报，寻找当年救过他的那位农村妇女，却始终没能找到，为此一直深深遗憾着。有一天，他拿着一本杂志，兴冲冲到建筑工地上来了。张老板还以为是寻人启事有了回应，晋元峰却说：“你看看你看看，这么好的诗，竟然是你们工地上的一个民工写的，谁能想得到？真是青出于蓝哪！”

一展开，就有人围上来，朗朗念道：

萨尔图的月亮是一面清醒的镜子
反映着一万个夜晚不熄的篝火
城市已有登天的阶梯
钻塔就是桂花树
供我攀爬抚摩岁月的凸凹

雪原是白色的地血是黑色的
饥饿是白色的忍受是黑色的
古老的神话随风飘去

而角色数以千万计
绝不是两个没有智性的男女
……

众人叫着好，又说诗这东西太玄，似懂非懂的。晋元峰说，诗无达诂。要是像白开水，就没意思了。就让众人齐声喊那人的名字，却见二十三层楼房上探出一颗年轻的头来，笑着朝下摆摆手，似乎说了一句什么，却因为距离太远声音太嘈杂，没法听得见。

我六叔马本良以参禅般的定力埋头案边灶旁，对外面的事情知之甚少，或者根本不去打听。有一天早晨，六叔正在厨房抓荧，有人敲着窗户说，刘播副市长有事找他。六叔不敢怠慢，洗了手就往市政府大楼跑。要找市长，必须经过两三道森严的门卫，因为六叔也算是公众人物，又是领导召见，倒也来得顺利。刘播坐在大班台前，那桌面比双人床还大呢，绝对给人以威严感。屋里一应陈设琳琳琅琅的，特别是那些办公电器，六叔根本就没见到过。想起当年采油三大队的穷酸相，六叔感慨系之，就局促了手脚，拣一个稍偏的座位坐了。

刘播亲切和蔼地笑着，倒给他一杯西湖龙井茶，随便聊了几句什么，就给六叔放了一段录像，是从《动物世界》里翻录下来的《角马过河》：一大群非洲角马没有草吃了，必须得迁徙到远处去，不然必死无疑。特别是要越过一道横亘的天堑，前面是立陡的河岸，河里水流湍急，无数鳄鱼在其间游弋，后面是紧追不舍的狮子猎豹，跳还是不跳？有的角马跳下去，被急流冲走，有的力气不逮，就再也跳不上来了，有的被鳄鱼咬死吃掉……可后面的角马还是奋勇地往河里跳，宁可用自己的尸体为别的角马做好铺垫。结果，大多数角马踩着先行者的尸体跳到了彼岸，在一大片绿地上找到了新的生机。它们重新返转回来时，已是更为强大繁盛的一群……

六叔越看越懵懂，说：“刘市长，你这是什么意思？我咋心里直发毛呢！”

刘播说："老伙计，现在到了角马过河的时候了。你可是领头的角马，别再犹豫了！"

六叔终于明白了。他脸色苍白，浑身颤抖，从胸腔深处发出一声撕裂般的呻吟，然后定定地看着刘播说："难道你……你们要卸磨杀驴？我可是为油田干了三十年啊！"

刘播说："你看，接待处这种公办公用自我服务的饮食业，钟鸣鼎食的，已经成为一块明显的弊病。它就像个大酱碟子，你也沾（蘸）他也沾；就像个无底洞，扔进去多少都看不着。它已经完成了历史使命，不再适应今天的新形势了。过去你也提过类似意见，可见不改革不取缔不行了。"

六叔努力做出笑容来，可那笑容惨烈之极，比哭还要难看。他说："取缔是什么意思？连我马御厨也不留了？你们，太绝情了吧！"

刘播说："兄弟，你别激动，这不是我一个人的意见。接待处解散之后，在待遇上……"

六叔说："那次是我得罪了你。要报复，你就拿我开刀吧，别捎带着别的人。"

刘播说："不存在报复问题，也不带任何感情色彩。这是大势所趋，已经不可逆转了。当年我说过风和沙子，现在，风又刮起来了，每个沙子落到哪儿，并不只是自己说了算。"

六叔已经头晕目眩，眼前一片迷茫的雾气。他想找个东西摔在刘播面前，找了半天也没有合适的，只好把一个胶水瓶扔到地上，那是塑料的，没有迸碎的效果，软钝地跳了两下，就静止不动了。

六叔说："刘播你想想，你肚子里靠什么撑着才活到今天的，还步步高升，当上了副市长？是我马本良身上的血和肉，是我的一片赤胆忠心哪。别人我不说，刘播你拍拍良心，能对得起我吗？我为你掏了一只喜鹊，可你，把整个喜鹊窝都给端了！"

六叔哭起来。刘播也哭起来。警卫在外面敲门，刘播说："没事没事，我们是老哥们儿，狗皮袜子没反正！"

六叔说："真是成也萧何，败也萧何。当年你收留了我，抬举了我；可三十年后，你又抛弃了我。市长大人，我谢谢你啦！"

六叔扑通给刘播跪下了。刘播扶了几下没扶起来，也给他跪下了。他们互相跪着哭着，渐渐就搂在了一起，就像生离死别似的。

六叔终于说："刘播，我知道不怪你，这不是你一个人的事。我马本良还是一条汉子，既然角马不过河不行，那就过河。可角马也是血肉之躯，它要嘶叫，要发疯尥蹶子，你也应该理解。"

刘播说："我理解。今天我已经准备好了，让你打我一顿出出气。你是油田的功臣，我们不会忘记你的。别人我管不了，但对你必须破例。如果你实在不想重新择业，我已经为你选好了岗位，那就是留在市政府机关小灶食堂……"

六叔凄惨地笑着，然后说："谢谢啦。不过你要知道，轻易破例是不能服众的。现在的选择已经不是鱼和熊掌的选择，而是割阑尾还是割性腺的选择。无论如何，我不能为了自己的苟安，做一个撇下大家独自逃命的卑鄙小人！"

六叔擦干眼泪，从宏伟华丽的市府大楼里走了出去。那一刻他就像个梦游者，已经辨不清东南西北。沿着一条马路信步走着，走来走去，走到了一片繁闹的商业街区，那里都是两三层的门市小楼，两侧张挂着各式牌匾，尽管显得杂色纷呈，看着不那么规范，甚至有一种异域的感觉，可又充盈着别样的生机。六叔在一个凸起的马葫芦盖子上坐下，良久打量着这块陌生的地方，眼泪直在眼眶里打转，却又被无名的怒火烧干。往事像车轮隆隆响着在心头上碾过。三十年，只是一眨眼的工夫，他所有的足迹都被一场突如其来的大风给抹平了。一夜之间，他觉得失掉的不仅仅是旱涝保收的工资和劳保，还有好多说不清的东西……

一个妖冶的女孩走过来，朝他浪笑一声说："大哥，看你一个人坐着挺愁闷的，娱乐不？"

六叔没有这方面的经验，也不具备识别真假的火眼金睛，还以为这女孩挺有人情味的，就说：“谢谢啦，我不娱乐，唱歌跳舞我全不会。”

女孩说：“大哥外行了。我的意思是说，过过生活不？”

六叔说：“我一直过着生活啊！”

女孩说：“大哥你没文化呀？生活你还不懂？就是……性交不？”

六叔说：“我不姓焦，我姓马。我有个工友姓焦，可惜他死了。”

女孩急了，大声说：“这么说你咋还不懂？非让我说粗话？好吧，我直说吧，你 ×× 不？”

六叔懵懂片刻，简直都不敢相信自己的耳朵了。等到他彻底清醒过来，突然大叫一声跳起来，一改往日的儒雅，从地上摸起一根废弃的拖把，追着那女孩就打，嘴上厉声骂着：“小他妈崽子，刚孵出蛋壳几天，就敢跟我叫大哥，还要跟我扯那个。今天我代表人民代表党，非要教训教训你这没出息的东西！”

街上的人全都驻足观看，说孙悟空三打白骨精哩。那女孩毕竟年轻，就像一只敏捷的猫咪，闪展腾挪，十分灵巧，迤逦跑过几个胡同，就摆脱了六叔的追击，消失在一片简陋的民居里——那都是外地跑来发财的。

六叔扔掉拖把，大口喘着粗气，方才明白，自己是在抓邪火，不过这么一宣泄，感觉竟然好多了。回到接待处，他没露半点声色，直到忙完了晚饭，才把大家聚拢到一起。六叔没放《角马过河》，他手头也没有那个，他只是说：“要是接待处的人，包括领导干部的小姨子小舅子全都一捎拿大，连我马御厨也不能幸免，你们怎么办？”人们的平静超出了他的预想，只是有人流泪，有人长吁短叹，说：“都说大灾三年，厨子死于帝王之后，可怎么也想不到，当厨子的反倒没饭吃，跟你老爹差不多了。”六叔说：“那怎么比？那是根本就不能比的。冻死迎风站，饿死腆肚皮，这也是当厨师的气节。有意见怎么提都行，可咱得善始善终，站好最后一班岗。”

那以后的几天里，虽然表面上还是风平浪静，可谁都明白大势已去，无可挽回，只不过一切都表现为潜在的涌动罢了。那天早上，管理员下达了菜单，说将有省里主要领导来吃午饭，把规格标准都细化了。六叔就怪异地看他，管理员说："马御厨你什么意思？"六叔说："能有什么意思，我又不能往领导的饭菜里下毒。到时候你尽管瞧好吧。"管理员也是同一个生死簿上的人，叹着气跺着脚说："树倒猢狲散；覆巢之下，都完鸡巴蛋了！"

午饭自然相当丰盛，十二道精菜，大多由六叔亲自掌勺，还有清冽的五粮液酒，潋滟地斟在了高脚杯里，只等贵客光临。长长的车队开到了餐厅外面，走下来一拨儿电视里常见的大人物，也包括刘播等市里陪同的领导。他们缓步徐行，谈笑风生，以优越的主人心态抵近餐厅。就在这时候，只听一声呼哨，那些埋伏着的厨师纷纷冲出来，白衣白帽，整齐干净，好似银盔银甲的天兵，以迅雷不及掩耳之势，分头抢占了餐桌上的座位，谁的吆喝也不听了。就当着省市领导的面，毫无忌惮地大吃二喝起来，一看就是精心策划好了的。领导们杵在那儿，皆大尴尬，只有记者的摄像机对准了桌子猛扫。

刘播急忙走上前来，还没发问，六叔就擎着酒杯说："是我领的头。我马御厨为各级领导上灶三十年，眼看就要下岗了。三十年我没黑没白，精心烹制，无论什么情况，都保证让领导满意，可我自己几乎就没吃过一顿正儿八经的囫囵饭。今天借领导的光，就算市里和油田欢送我和这些弟兄了！"说罢径自干了。厨师们呜嗷乱叫，都跟着干，喝出了一股悲壮诀别的气氛来。

领导们没办法了。领导们一路咨嗟着，坐上车又到别处去了，反正是饿不着的。大领导还不吭声，小随员却极不满意，对刘播说："这么操蛋的人，就算厨艺再高，怎么能弄到领导的后院来？幸亏只是号称的御厨，要是真的，皇帝就砍他脑袋了！"刘播回答说："所以我们才把皇帝推翻，实行了共和制。"觉得不能尽意，又补充说："要说他操蛋，那就等于否定了这片土地的历史；他是最好的厨师，从会战到今天，每一步历史都反映在他的炒勺里，没评为劳模标兵，已经很委屈他了。”

六叔在家里躺了一个多月，连门也不出，眼睛直勾勾的，不接电话，话也很少说。夏晴害怕了，那天就去找米新朵，说老马恐怕要发癔症。听说有一个偏方，治好了许多植物人呢，就是让老情人站到床头，讲讲初恋的故事，再拉着手喊几声，十拿九稳，魂就回来了。米新朵不来，可架不住夏晴生拉硬扯，只好跟着来了。六叔看见了米新朵，一个鲤鱼打挺跳起来说：“米新朵，你来得正好，我正等着你呢。”又是让座又是倒茶，什么异兆都没了。

夏晴就在一旁拍着巴掌说：“你看，这副药多灵验。要是能根治，我就躲出去，让你们俩亲热亲热，我也很能理解。”

六叔说：“夏晴，都这么大岁数了，少扯淡！米新朵是咱妹，不是早就正名了吗？”

米新朵红了脸说：“哥，你好啦？”

六叔说：“好不好的，我涅槃了。”

两个采油女工都不懂涅槃是什么意思，就怔着。

六叔问：“崔凡怎么样？”

米新朵说：“他们阀门厂产品卖不动，三青两黄的，又是大集体性质，早晚够呛。”

六叔说：“让他跟我干吧，开饭店，做御厨的传人。要不然，我死不瞑目啊！”

夏晴疑惑了，说：“不伺候领导了，开饭店，你还叫什么御厨？”

六叔说：“现在顾客是上帝。上帝和皇帝都是帝，伺候皇帝是御厨，伺候上帝也是御厨，我马御厨不会失业的！”

原来，我堂弟马皎然大学毕业，考了 GRE，非要出国留学去读研，把六叔气得半死。他说：“你作为御厨的后代，怎么能跑出去吃洋面包？眼看家传的香火就要断了，你就能忍心？”可马皎然不听那一套，凑足了钱，一抖翅膀就飞到大洋彼岸去了，而且居然按照老鲍依留下的地址找到了他。鲍依给六叔打了越洋电话，让六叔放心，他会对孩子负责。六叔没办法，就移情到了崔凡身上，主要是看中了他从母亲那儿套裁下来的高鼻子，对各种微细的气味同样特别敏感，而且孺子可教，这就很难得了。

过了两天，崔凡就来了，先鞠日本大躬叫舅舅，又跪下磕头叫师傅。

崔凡说："我妈叫我先跟你学做人，再跟你学手艺。"

六叔说："你学了厨师，就不后悔？"

崔凡说："不后悔。"

六叔说："仅仅不后悔还远远不够，应该是'虽九死其犹未悔'。从明天开始，你先把《离骚》背下来吧。"

六叔把他拉起来，像宝贝似的搂着，一时心事浩茫，两眼都是泪花了。

六叔就出面张罗，把接待处的骨干厨师重新聚拢在一起，用买断工龄的钱和积蓄的退休金，再加上从张老板那儿借了些，兑了一家挺上规模的铺面，实行的是股份制，就叫"马御厨大酒店"。别的饭店都供着财神灶王关老爷什么的，六叔不，他把那柄御膳房里的炒勺和在法国得的金奖奖杯拿了出来，用玻璃砖匣子分别镶好，里面衬着绛紫色天鹅绒，垫了玉枕，用强力胶粘在正厅佛龛的位置上，以免人多失盗。每天早晨，六叔都领着店里人对它敬礼膜拜。白服如雪的厨师和红裙飘飘的女服务生站成整齐的方队，用屏息静气的宗教情绪齐声讴诵：

> 天悠悠覆我，地阔阔载我。五谷嘉禾养我，六畜肥膏壮我。千秋江山，万古庖厨。星曜永恒，灶火明灭。洁身而守，凝神以炙。我为君膳食，反以食者为君，虽位卑身贱，未敢稍有懈怠……

声音朗朗地向四外播撒，令人似懂非懂，如聆佛语梵呗。夏晴一听，总要眼泪汪汪的，经常对人说，我不信教，可每次都像到了教堂一样，真有一种庄严的神圣感。

那柄炒勺显然是一件文物珍品，有人出价二十万元认购，可六叔坚决不卖，因为那就是一则永不褪色的绝佳广告，和马御厨的名气相得益彰。至于那帧康有为“熬得真味”的书赠，则被六叔裱糊了挂在家里——房屋商品化之后，六叔也跟着换了新房。夏晴说：“买多大的才合适呢？”六叔说：“就按副厅标准，跟刘播一般大的。”

可想而知，饭店很红火，远近的人们都慕名而来，想亲口尝尝御膳的滋味。也有人是从心理平衡的角度来的，说过去起码得局处级才能腆着肚子走进这道门槛，连科长们都战战兢兢的；现在咱口袋里有钱了，赚了个人与人的平等，他能吃的咱也能吃，他吃不起的咱也能吃得起，咱不尿这长那长的了。

有一个星期天，酒店还没开始营业，刘播就来了。刘播是想见见六叔，可六叔躲进了里间，把门闩上，死活不肯见他。刘播只得隔着那层门板跟他说话。

刘播说：“老伙计，你的上帝来了！”

六叔说：“你想让我见上帝？现在还太早，到了时候，我自己就去了！”

刘播哈哈大笑。

刘播说：“角马河也过了，蹶子也尥了，吃上了新草，就算我是狮子鳄鱼，你也该请请我的客吧？”

六叔说：“不是我不想见你，是我没脸见你。看来，你是对的！”

刘播说：“我自己花钱吃饭，不占你的便宜，这还不行吗？”

六叔终于撑不住，就开门纳客。崔凡过来问好，六叔拉住他，用爱怜的目光看来看去的，还伸手在那管挺拔的鼻子上摸了一下。

六叔说：“你看像不像米新朵？”

刘播就笑，说：“很像，特别是鼻子。不像你能摸嘛！”

六叔说：“别看你当市长，可没法跟我比。市长没法往下传，我这个御厨就能，你服不服？”

刘播说：“服，我太服了。这次我来就是想告诉你，既然公款吃喝一时不可避免，市政府打算把你这儿作为定点饭店……”

六叔好半天没说话。他不知道是该哭还是该笑，只是觉得，世上的事情太有意思了，有时就像澳洲土著人撇的飞镖，转个圈子，最后还是回到同一只手里来了。可就是这个简单缠绕的阿基米德螺线，让人付出了多大的代价，谁都很难说清楚了。

尾声

许曾垂暮之年请缨挂帅，要为油田开辟国际市场，带领冯地火他们到委内瑞拉去打井挣外汇，正好他有和外国人打交道的经验。而且他的孙子冯许韩满了周岁，张老板的儿子过百天，他还要到温州去招商，秦恬和薛小楠的三次采油技术获得国家科技大奖，又恰逢八月十五，多喜同庆，大家就觉得怎么都该聚一聚。

这一回是六叔和夏晴做东，而且是六叔亲自上灶。他把宴会和赏月分成两个阶段，先文后野，先室内后户外，让老头子老婆子们发发少年狂性。薛明带着老伴上深圳“朝圣”去了，给大家留话问好。难得的是秦恬也来了。这是三十年来她第一次在“熟人”面前露面，而除了晋元峰和薛小楠，她一个都不认得。她眼神涩涩的，戴着一顶不合时令的绒线帽子，一摘下来，露出满头华发，就像一簇洁白的雪，顿时举座皆惊。蓝溪崇敬地看着，说明天要帮她染黑。秦恬很惊异，说：“头发能染吗？我怎么没听说过？”晋元峰说：“你能听说什么？嫦娥老矣，你是刚从月亮上下来的。”

周密第一次参加这些人的聚会，而且穿着便服，大家都跟他开玩笑说，与民同乐啦？周密就说，与民同乐，与民同乐。刘市长都与民同乐呢，我怎么就不能与民同乐？而且我本身就是民，脱下警服退休啦！大家就喟叹着，说怎么忽然就会老了呢，会战分明就是昨天的事嘛！

这一次六叔绝对是按照御膳菜谱，精心制作的一套大菜，让大家大快朵颐，大开眼界，大展心颜，晕晕乎乎的，在真平民和假皇帝之间来回转换。蓝溪不断跟许曾透话，还以为委内瑞拉离新西兰很近。许曾说："差着十万八千里呢，不过月亮都是同一个月亮，只是照耀的位置不同而已。"蓝溪就一趟一趟跑洗手间，回来后脸上泪光依稀，分明是刚擦过。

夜深下来，大家醒醉着，兴致却未曾稍减。就用手推车载上木柈子，到外面点篝火。找了几处都觉得既不理想也不安全，索性就走出楼区，来到一处马路的尚未完工的大转盘上。还是薛小楠认出来，这儿就是爸爸他们当年支起第一个帐篷的地方。

大家都说，就在这儿了，这儿有意义。

木柈子架成梯形，就点起火来。火光舞蹈着跳荡着，黄白色的烟气直上青天，皎洁的月亮就变得若虚若实，时明时暗了。

大家花瓣托萼般围坐起来。崔凡用提笼送来了野餐，揭开盖子一看，原来竟是热气腾腾的窝头。

众人欢呼起来，纷纷下手抢夺，就问六叔："是不是按照北京仿膳的配料，特制的栗子面窝头。"六叔说："哪里，这就是正宗原版的会战窝头，苞米面做的，没有一点儿掺和，在三大队时，我差不多天天顿顿都做。"大家你掰一块我掰一块，竟然吃得十分香甜，好像是面对着睽离已久失而复得的宝贝。

刘播说："怎么回事呢？这玩意儿当年吃得怨声载道，现在反倒成了香饽饽，听说粗粮馆和家常菜又开始抬头了。"

晋元峰大口嚼着，振臂高呼："老苞米面万岁！"大家就跟着乱喊："老苞米面万岁！"

张老板说："很多当年的感觉，现在都找不到了，一到闲下来的时候，还真挺想的。"

薛小楠说："大概这就叫返璞归真，感觉回归吧。张叔叔，你给举个例子吧。"

张老板想了想，神往地思念说："比如说，身上的'光荣虫'吧，在衣服里面蠢蠢欲动，拱啊拱的，是一种可以接受的痒痒。想挠挠，想脱衣服抓抓，还有挠不到的地方，也想找个带棱角的地方蹭蹭，那滋味，嗨，真叫一个滋润！"

大家都笑，笑得前仰后合。

张老板说："得从哪个乞丐身上引进一批火种，保存起来，要不然，咱们这帮老苞米面的后代，连'光荣虫'都不认得，怎么进行传统教育？"

过了一会儿，薛小楠说："你们知道吗，油田上又有人提出了新口号，叫四个不一样：素质高低使用不一样；管理好坏待遇不一样；技能强弱岗位不一样；贡献大小薪酬不一样。"

大家沉静了片刻，便说，是不是外地早就有类似的提法？咱们晚了三春的节气吧？

许曾说："四个不一样，是应运而生的，就拿马御厨来说，能和普通的火头军一样吗？不一样是对的呀！"

晋元峰说："一样不一样，都是因为时代不一样了，兴许，这就叫与时俱进吧。"

头上的月亮向下泼溅着水似的光辉。六叔久久凝视，好半天没说话。

薛小楠说："马叔叔，你看什么？"

六叔说："我看月亮里的桂花树，它其实很像我家乡的那棵老榆树，我老爸仿佛就坐在树底下……"

晋元峰怕六叔伤感，就把意趣引过来说："这么好的月亮，焉能无诗？咱们玩诗接龙吧，一人一句，两句也行，必须和月亮有关系。"

吕勤久说："这个咱可不行，玩不过你。"

刘播说："随便来，不一定就非得有出处，顺口现诌的也行。"

晋元峰就开头了："明月几时有？把酒问青天。"

六叔说："海上生明月，天涯共此时。"

刘播说："铁人不见今时月，今月曾经照铁人。"

众人鼓掌叫好。

蓝溪说："明月千里寄相思。"

吕勤久说："天天不迟到，月月不缺勤。"

晋元峰说："这个不行，意思不对劲儿，推倒重来吧。"

吕勤久又说："圆圆的月亮像大阀，俺搂住月亮手不撒。"

大家又是一笑，并为他鼓掌。

薛小楠说："露从今夜白，月是故乡明。"

夏晴说："要问我爱你有多深，月亮代表我的心。"

秦恬说："人约黄昏后，月上柳梢头。"

刘播插话说："秦恬有黄昏恋的意思了，要把欠晋元峰的全补回来呢！"

周密说："月黑偷油夜，风高防火天。"

米新朵说："一个是水中月，一个是镜中花。"

大家沉寂片刻，似乎听出了些许禅意。六叔就把头仰向天空，看月亮在云层里穿行。

许曾说："可上九天揽月，可下五洋捉鳖。"

韩桂花说："八月十五云遮月，正月十五雪打灯。"

张老板说："月亮走我也走，我送许曾大哥到南美洲。"

大家又鼓掌叫好。

一辆轿车开过来，被面前的篝火挡住，焦躁地鸣着喇叭。一个显然也喝了酒的人探出一张红脸来喊："哪来的这么多老灯？喝那么多酒，跑这耍酒疯来啦？这可是城市里的大马路，不是大野地，谁让你们随便拢火！"

六叔和张老板他们认出来，这人是康同伟。

一个年轻的交警走过来，朝轿车敬了个礼，然后做了个绕行的手势说："对不起，这都是油田的功臣，组织上特批的，所以请你从那边走！"

康同伟说："还讲不讲交通规则啦？"

交警说："如果不是中秋节，如果不是这么晚了，我就该罚你酒后驾驶。你要是再磨叽，我可就公事公办啦！"

康同伟嘟囔一句什么，立刻缩回头去，把车开走了。

交警朝他们一笑，走到一边去了。

周密说："那是我儿子，他接我的班了。"

众人静默着，目送交警走上了一个指挥墩。

月亮在他们身上镀了一层银光，篝火又在他们身上镀了一层金光。光色明暗的变幻里，他们就像一组雕像。

王立纯《月亮上的篝火》，作家出版社 2005 年版。

问苍茫

曹征路

第一章

1

柳叶叶运气好，工位面对着窗户。每天都可以偷闲朝外看几眼，一抬眼皮就能看，主管也注意不到，她还一次都没被抓住过呢，这让她好开心。

其实外面有什么？没有海，也没有像样的商厦，但外面有天，有时候还有白云。这边的白云和老家的不一样，是那种混混沌沌结不成团的白云，烂棉絮一样稀稀拉拉。有时候她还能看到低低盘旋的大飞机，发出隆隆的震响。在晚间，还能看清飞机上一排排的窗户，和尾巴上一闪一闪的星光，提醒她别忘了如今自己也住在大城市里，离现代化很近很近。有一回大家拉话最想做的一件事，有人想吃一碗米粉炸肉，有人想美美地睡两天，当时她脱口就说想坐一回飞机。她们都笑她不着调，癞蛤蟆要舔天鹅脚背呢，可她自己觉得飞机并不遥远，天天都在身边，就在半腰间，好像一步就能骑上去。人和人，真的不一样。

那天的台风就是这样被她看到的。在窗子里看，像一个红毛鬼。从前她以为台风就是从台湾刮来的风，特别特别大的风。其实不是。台风是有颜色的，起初是黄色，明黄，接着整个天都红了，是那种红砖一样的混浊的红，透着一种让人不安的明亮。但很快就黑下来，黑得怕人。大中午的马路对面的楼房忽然就不见了。再紧跟着，是雨。

雨是横着扫过来的，直接扫在她脸上。开头还带着点温热，有点臭，是一股子臭鸡蛋味。风向是旋的，一会儿东一会儿西，雨就像淋喷头打摆子一样的调皮。但转眼就变了，变成了海浪一样扑进窗里，于是一片尖叫，工房里一下全都是水。天一下就黑了。把窗子关了，才看清楚那个雨是横着扑过来，砸在玻璃上轰轰地响，吓死人。

这场台风憋得太久，收音机天天说来，就是不来。空气臭得很，到处是汗酸味，黏糊糊的。大家都等着刮台风，说是台风一刮，衣就干了。每天宿舍里都有人说没衣服穿，所有的衣服都挂在走廊上，永远干不了，而走廊的墙壁上也是成串的水珠。大家只好都穿潮衣服上工，在身上一点一点焙干，又一点一点汗透。毛妹说她的手都能挤出水来了。她碰巧这两天来了“老朋友”，舍不得用卫生巾，不知从哪里拣来的破汗衫，洗洗晾晾就那么垫在下面。大家都说要坐下病的，她不信。现在台风终于来了，可以松口气了。憋了很久才突然透出这么一口气。

台风就像是一个暗示，一道命令，不知道是哪个喊了一声，“不干了！”然后大家都停了下来，在这之前谁也不曾商量过，现在有人说不干了大家就都不想干了。这很奇怪，就像是等了很多天刮风下雨，一直不来，但说来也就来了，谁也不觉得有什么意外。

“不干了”的意思就是罢工了，就是跟老板、管工叫板了，造反了。从前听到这个话新鲜得很，是别个公司里发生过的，怎么斗怎么闹最后输得又是怎么惨，讲故事一样。现在轮到自己不干了，不过就是这么一回事，也不觉得什么，说不干就不干了。有个人把一个大扳手高高地抛起来，掉在传送带壳子上咚的一响，还引来一阵哄堂大笑。就是这么简单。

管工急得直蹦，问是哪个喊的不干了，哪个不干就炒掉哪个，但没人理他。管工只好去抓拉长，拉长们自己去做也做不过来，一条拉停了，六十几条拉全部都停。只有传送带还嗤嗤地走，线路板越积越多，像一条漂满树叶的小河，最后终于卡死在那里。有两个男的还想去砸打卡机，那个打卡机每天都会把时间记错。不知哪个说，砸它有个屁用，都是故意错的，这才不砸了。大家都跑到窗子跟前去看台风。

台风的身子到这时才真正露出来，咆哮着翻滚着，把天和地搅成一团，分不清哪些是雨水哪些是海浪，从楼顶直接倒下来。马路上所有的车都趴着不敢动，看不见一个人，只有废纸箱和垃圾桶在天上飞。公司对面的一个巨大广告牌，眼睁睁地就散了，飞了，一点声息都没有。有的楼房窗户没有关好，整扇窗子就被拽下来，到处能听见玻璃的碎裂声，紧跟着是电闪雷鸣。就像是有一个巨大的疯子一步一步逼过来，手上拎着一根大鞭子，稍不如意就给你一鞭子，然后张开血盆大口嘿嘿地狞笑。

这情形，看得人热血沸腾，好开心，好过瘾。

其实早几天，就有一个消息在传，说是下一批工人又要来了，有二百多人，是从广西来的。消息是湖南佬打听来的，他们是上一批的，比柳叶叶他们早三个月，眼看试用期就要满了。也就是说，公司要把湖南佬炒掉二百多人才能腾出工位。湖南佬来得早，已经亲眼看到过前面几批人是怎么走的。他们不想走。好容易熬到试用期快满了，凭什么要他们走？

这样的流水线工人，新手一两天就能上岗，公司有六十几条拉，两千多人换上二百个新手根本影响不了什么。试用期只发二百块生活费，正式工七百元工资，这笔账傻子都能算过来。十个人的工作量只安排七个工位，做不了就加班，公司只要付一点加班费就可以永远用新工人。新工人如果当不上拉长，就会被炒，公司永远只付生活费。

另一条消息是，公司又接到一个大单，要做两个月。其实也算不上什么消息，这从每天的加班时间就能知道。以前加班加到八点，现在要加到十点。加一次班能多得五元钱。有人骂，说老子一天当两天活，才多吃两包方便面，真不划算。不过也有人喜欢，因为加班给的是现钱。比方毛妹，她就能把五元钱省下来。她说，出来就是苦的，怕苦就不要出来，人家有活给你做，应该高兴才对。但柳叶叶就是高兴不起来，她两条腿都做肿了。她还算好的，毛妹脚背上一摁一个坑。

听他们说，以前每有一批工人被炒，总是有人哭有人闹，但闹也闹不出名堂，因为合同写得清清楚楚，试用期六个月，试用期满不合格的就是要炒掉。这是公司的规定，你自己能力不够你怪哪个？所以大多数人还是选择离开，不愿意走的顶多在公司大门外赖两天。大门有保安守着，你想进进不来，想说理又没有人听，最后还是一个走。

这一次就不同了。湖南佬很抱团，他们得到的消息早，抓的机会也好，就在新人要来不来的时候，就在公司刚刚接到大单的时候。还有，就是这场台风帮忙助威的时候。

柳叶叶坐在二楼的落地窗前，那个人事部姓马的经理，被她看得清清楚楚。刚刚撑开一把花伞，转眼就像蒲公英一样翻转飘散，变成了一把枯枝。姓马的疯子一样冲进门庭，开头还想找地方搁伞，转了几圈之后才醒过神来，才把那把铁丝扔了出去。从写字楼到厂房不过二三十米，就已经把姓马的变成一只汤锅里爬起来的鸡。她还看见姓马的冲着保安大喊大叫，那个讨好他的保安被骂得狗血淋头，只能把笑脸硬硬地夹住，退回去重新拴上大门。他不放人出去，其实也没有人想出去。马经理冲进工房，嘴巴里不干不净地学广东话骂人，丢！丢！

这一切，全都被她看得清清楚楚。

马经理和几个管工商量一下以后宣布说，好好好，刚才是谁叫的我们也不追究了，就算是大家刚到南方来没见过台风，受了惊吓，公司买单了。但是下不为例，下次再发生这样的事情，就要赔偿损失了。你们知道停机一分钟公司要损失多少钱吗？吓死你！

没人答话，也没人动。

马经理说，怎么啦，听不懂我的话吗？

还是没人答话，没人动。

马经理就去骂拉长，要他们把自己的人找回去，同时还点名叫了几个人。人群这才动起来，但也只是柳叶叶这批新来的最听话。毛妹还去招呼了几个人，可他们人少，坐在工位上孤单得很。就是坐下了身子不动也还是没用。就是身子动了，六十几条拉也还动不起来。空气变得焦躁，好像随时都要爆炸。柳叶叶觉得刚刚凉爽的身体又透不过气来了，浑身都在发抖。

马经理这才着急了，说我知道你们心里想什么，想这些有什么用？公司是有规定的，跟你们大家都签过合同的，签字画押，不是假的吧？人才流动，末位淘汰，这是政府定的章程。有意见你们跟政府去提。我跟你们一样，也是打工一族。表现不好也要被辞退的，当然表现好了可以继续干嘛。公司欢迎大家留下来，大家都是出来打工挣钱的，谁跟钱有仇？你？你？你们不要叫我难做好不好？

有人在后面忽然嘀咕一声，放屁。这下就像真的放了一个响屁一样，工房里一下笑翻了天，大家前仰后合笑到肚子疼。

马经理火了，跳着脚叫保安，让他喊队长来，把全队都集合来。但他的声音已经变得渺小，而且很快就淹没在大家的起哄里。人们叫着嚷着一起往外冲，马经理立刻被挤到墙脚，想找都找不着了。混乱中，有几条拉的日光灯管被敲碎了，还有那个会错时间的打卡机，也不知是谁，把一块线路板塞进机孔，吐出来整整一团乱麻。

这老天爷也怪气，刚才还昏天黑地雷霆震怒呢，转眼就艳阳高照了，只有污水在马路上潺潺地流，证明刚才确实刮过台风下过雨。大家跑啊跳啊欢呼啊，快活得很，好像自己给自己放假了，谁都管不着了。其实人人心里也都清楚，大雨还在后头，该来的还是要来，哪个都挡不住。尽管哪个也不晓得后头有什么，反正横竖一条蛇皮袋闯天下，打工仔一个。有个湖南佬牛皮烘烘地说，大不了老子炒他鱿鱼，怕什么怕？

可柳叶叶心里还是有点虚。这是三个月来第一次早收工，不是主管宣布收工的，是自己宣布的。平常天天盼着能歇一天，能到街上去逛一逛，可是真的歇下来了，又觉得六神无主不知该怎么办了。她在人群中张望，想找个熟人，她心里慌得很，空得很，想找个人拉拉话，可忽然间又觉得每一张脸都是生面孔，谁也不认识谁。而且，别人好像也在张望，也在找人，她们就这样拥挤着往前走。

忽然，人群又跑起来了，风又来了，噼里啪啦的雨点又砸下来了，于是她也莫名其妙地跟着跑起来。

2

这股生成于印度洋的热带气旋，取了个奇怪的名字，叫塔娜，据说是一个专司小坏的漂亮女神。该女神在印尼群岛还很苗条瘦弱，几乎没有什么破坏力。可是越过海南岛到了珠江口一带就突然强壮起来，中心风速达到了十五级。等到香港电视里出现红色风球的时候，深圳人还有点生怕它拐弯不来造访的意思。深圳人被低气压压迫了太久，压得透不出气来，太希望来一个“自由女神”解放一下，哪怕恶作剧也很好玩。深圳人太缺好玩的东西了。另外，深圳缺水呀，大大小小的水库都见底了干涸了皲裂了。几年前还有清水环绕的小镇，如今全都站满了钢筋水泥，它们都要喝水。河道里搭起了一排排铁皮房，洗头妹就站在河底拉客，来呀，来玩，来洗头。可是水呢？水早就断了源头，没了来由，都钻到塑料管子里去了。所以塔娜要登陆了，简直就是一个美丽的传说，一个盛世的节目，大家都要高举双手欢迎，谁也不去深想，这位女神的笑容还含有几分恶毒。结果特意去海边迎接塔娜的人转眼就消失了几个，删除了几个，归零了几个。在市区，首先是一些脚手架挪了位，像圈羊的栅栏改换牧场一样。然后是广告牌五马分尸，那些高贵的香唇和肉身，只能无力地垂挂在路灯架上招摇，那些诱人的丰乳和肥臀，全都躺在人行道上任人践踏。深圳河暴涨，把积攒多时的垃圾一股脑儿推向香港，腐臭涌上马路，扑向洼地的楼房。在最繁华的罗湖，一帮烂仔早就把大方桌翻过来等在路边，等在涵洞两侧，为急于回家的女士提供舟船服务。他们吆喝着，跳楼价啊，平到死啊，十门（块）一位啊……

这些也就罢了，可刮台风居然刮出一场罢工，你想得出吧？宝岛电子股份有限公司的铜牌牌不大，挂在墙上也不起眼，可在幸福村却也算是一家主力外资企业，它的一举一动都非同凡响。所以文念祖一听说宝岛电子出事了，就连夜就往回赶。傻瓜都想得出，幸福村有上百家企业，一旦打工仔们互相通气，连锁反应起来，局面就不可收拾了。现在是稳定压倒一切，只要不出事情，你闷声发财好了，有钱大把赚好了，什么都好说，这话是市领导亲口对他讲的。但出了事情呢，领导没有讲。他明白，那就什么都不好说了。至于什么叫事情，什么不叫事情，大家心知肚明。

另外这次事情来得有点邪，他总觉得不合常规。要在以前，他也不会在意，一两个工厂罢工，太家常便饭了。但这次确实有点邪，好像真是电视里讲的，是这个塔娜在捣鬼？罢工的规律其实跟种庄稼差不多，春耕秋收，是有节气讲究的。一般是春季招工，夏季跳槽，到了秋冬，过年关了才会出点乱子。这才七月份，刚过端午，搞乜鬼呀搞？

所以下面一反映上来，他就脱口问，乜意思啊？答说，不清楚。要在从前，文念祖早就把丢你老母丢出去了，养这些马仔有什么用啊？可如今他也是穿西装打领带的人，是幸福村几十万人口的父母官，是幸福开发总公司的董事长兼总经理，他就不好随便丢了。

不许骂人确实很麻烦，可是大家都说很必要，那就只好忍着。有个香港命相大师给他看过，说他有一张俊朗的国字脸，主富贵的，但忌怒。发怒的时候国字容易扭曲，两条卧蚕眉会纠缠在一起，两个鼻孔难免仰天长啸，一张阔嘴更容易直贯耳底，总而言之统而言之，脸上山河犹在，国运却破败了。所以保持适度微笑，就是保证命长运久。戒怒成了他人生的第一等重要的大事。其实他还有什么大事？他所有的大事都在四十岁以前完成了，现在的大事就是少发火。经常告诫自己深呼吸，深呼吸，把眉头很深刻地收拢上去，轻轻哼一声，搞——错！

客家人大都性情温和，不像北佬那样脾气暴躁气焰嚣张。客家人既然是客，就不能像在自己家里那样随便，事事要谨慎克制。瓜田不拾履李下不正冠，低头不失礼高声惹祸灾，遇事让三分和气能生财这些道理，做一个客家人从小就要懂得。姓文的自然要更加文静一些，遇见不平事，喊一声有没有搞——错，已经是最高抗议了，天大的火气被拖着长音的一声喊也就出得差不多了。事实上文念祖最大的长处就是特别能忍耐，特别能忍耐也就是特别能战斗，这是他屡战屡胜的法宝。车子到家，走进办公室，身上雨水还没擦干，他已经口述了三件事。

第一件是通知幸福村所有的工厂全部加班。没有事也要加班，没班加就组织工人会餐，没有钱村里给，反正要给老子把人留住。哪个公司要把人放出来，就给老子滚蛋，不要讲我这个人太好讲话。人民内部矛盾人民币解决嘛，要几钱，话我知。

第二件是叫赵先生立刻跟他那个学生联系，问清楚有乜办法能让劳动局不插手。只要劳动局不插手，就不会闹到外头去。还有那些记者，怎么做你们都知道的啦。要几钱，话我知。

第三件是，宝岛电子的陈太现在在哪里？不管她在哪，在纽约在东京都给我找出来，要她跟我通话。

布置完这些，他就进去冲凉。最近刚进了一套意大利的桑拿房，那种桑拿带按摩的东西据说还是很有效的。他没有什么毛病，只是肚腩不够争气，在最紧要的场合每每受到嘲弄，不爽。听说蒸一蒸按一按，对某个部位经常刺激一下，可以增强战斗力。他在日渐松弛的肚腩上摩挲，忽然就有了一丝恐慌，体会到生命的无可奈何。生命这个东西，没有办法，你斗不赢它，你不惜命，命就不惜你。客家人能在这一带生存繁衍，靠的是乜呀？就是惜命二字。

此地人信命，相信生死祸福富贵贫穷自有定数，对世事变迁看得很淡，都是这样的啦，没所谓啦，不必太认真。家家都供着神龛，供着观音妈祖福禄寿三星和财神，有的还挂着基督耶稣的照片，有两个活钱就不忘买香。至于这些神佛都司管什么不去管他，只是一律拜过去，多磕头少惹祸总是没错啦，别人拜他总有道理的啦，也不太认真。他们真正认真的是性命。据说文氏宗祠的照壁上从前都有两个大字——惜命，这是先人留下的遗训。惜命的意思很难讲，有点玄虚，也许是怕引起外人误解，后来才逐渐湮没。但它一直留在子孙的口碑上，人人都心领神会。惜命不是怕死，人总归要死的，死比活容易。惜命是先人对生存繁衍的一种看法。比方四时节气要有不同肉食配以各种药材进补，一个客家女煲不出几十种老火汤是进不了婆家门的，叫不知惜命。比方一个男人养不出儿子或女人不会生养也叫不惜命，因为命和性是连在一起的。但一个男人与太多女人保持关系也叫不惜命，因为命是有限的，用一点就少一点。惜命不惜命绝对不是个人小事，海边人丁稀少生存艰难，性和命都是家族大事。他们懂得没有性的命根本就不叫命。此地女人古来就有自梳和自靠的习俗，姑娘大了不愿嫁人可以自梳，搬出娘家自己单过；媳妇在丈夫之外另外靠一个，也没什么好稀奇的。海岛渔家多苦难多变数，早晨送丈夫出门晚上就成了寡妇的事常有，女人们不能不多想几条路。女人靠男人也靠，也没什么好责备的，能活下来是一件多么不易的事。所以此地人把性事看得很穿，一眼就洞穿了人生本相。是梳还是靠全凭女人一句话：中意不中意。所谓人性化管理是现代人编出来的，真正的人性化管理是大自然。

客家人从中原来，初时大都有一些骄傲的来历，不太接受这种风气。可是岁月磨人，入乡久了，难免随俗，只要他们不把靠来的女人带回家就行。靠来的女人总归是靠的，进不得祠堂的，不管你有没有原配。从前文姓是这一带的大姓，担着维护风化的道义。文氏家族能在这片汪洋野岛生息繁衍不是没有一点理由的。既然老文家已经默认客家人可以靠了，就是天大的让步了，万万不可以得寸进尺玷污祖宗的。总之惜命比天还大，绝对不是私人小事。这样一想，又觉得自己在祖宗面前终归有些理亏。

电话铃是一种格格格格的啄木鸟声，响了一气，他才去接。这也是一种贵人相，听说大干部从来都这样的，不亲自接电话，电话响着跟没有响一样，该干什么还干什么。但不知他们在洗手间里会怎么样？赤身裸体的情况下没人帮忙也不接吗？这样一比，就比出自己的不足来，富他是足够富，贵还差得很远。

是宝岛电子的陈太。陈太说文总啊你在做乜呀？搵你也搵不到，想你也想不到，你总归要留一点点时间给我，我不要你许多，你的靓妹厉害我是晓得的。

他一下就笑到岔气，他说你这个人，你这张嘴！

陈太的名字叫陈徐钰仪，叫起来好麻烦，反正她老公姓陈，他就叫她陈太，后来也就叫开了。其实她不老，是个标准的靓女，无可挑剔。本来只要他愿意，他们也可以玩一玩的。但他犯不上在家门口风流，何况人家是个投资者，一个外商。只是因了这一层，这一步就跨不出去，对她多关照一些也就在里头了。他说，你那个破公司出毛病了，你知不知啊？你还一天到晚在外面疯，一下纽约一下东京，哪个天天来给你擦屁股啊？

陈太嗤嗤地说，我要你擦，就要你擦。你以为我想在外面疯吗？我现在看到飞机屁股都疼了，我接连五天都在吃飞机餐，你知不知啊？你以为啊？

文念祖说，好好好，回来我请你吃龙虾总可以吧？现在你要把公司给我摆摆平。

我要澳洲的。

好，就澳洲的。你究竟打算怎么样嘛？

陈太说，放心啦，罢工不就是谈条件吗？谈就是了，我又不是谈不拢的人。实在谈不拢，只好麻烦你请警察了。不过你们的政策多变，确实让人吃不消。

念祖大声说，哪个讲政策变了？保护投资环境从来就没有变。只是现在强调稳定，不希望搞出事情来。

陈太说，怎么没有变？前年庆丰公司罢工，老黄哼都没哼一声，警察直接就把人带走了。

文念祖噎了一下，说前年是前年，情况不一样嘛。你也不希望把事情做大，做大对你有乜好处吗？

陈太这才说，放心啦，我分分钟就过罗湖了。不过罗湖那边淹水哦，我雇人抱我过去你不要吃醋哦。

他也笑了说，他要敢乱摸，看我把他手剁下来。

等他穿好衣服，赵先生已经在办公室外间等着了。

赵先生是他请的一个大学教授，给他做顾问的，也叫助理。叫什么无所谓，反正素质高就是了，带出去有档次。如今场面上的胃口变了，带一两个美女还不够威水，显不出身价来，谈点什么话题还要有咬文嚼字的人站在旁边才行。

赵先生说，他已经和小何联系了，小何的意思是，只要不闹大，就没事情，区劳动局那边他负责搞掂就是了。

他点点头说，我现在顶怕监察大队的那帮人，又是摩托车，又是警笛，威武得不得了，真有事情他们逃跑比哪个都快。想想他又警惕起来，问，什么叫闹大啊？几大才叫个大？

赵先生说，从政策法规的角度说，现在《劳动法》的立法意图是很明显的，就是规定用人单位同打工者之间只存在单一的雇佣与被雇佣的关系，是个劳动力的买卖关系。所有的法规条例都是以这个为准则的。

他的两条卧蚕眉又开始打架了，说，那又怎么样呢？以前不是这样的吗？

赵先生说，奥妙就在这里。从前宪法规定的工人阶级主体地位没有了，工人只是一个劳动力，他和用人单位是个愿买愿卖的关系，是个用和被用的关系。他不愿意可以走人，但不可以胡来，因为《劳动法》就是管理劳动的法，不是保护劳动的法。

念祖越听越糊涂，说，我是问你什么叫闹大？几大才叫大？

赵先生说不好意思，其实我已经回答你了。从根本上说他们闹就是大，不闹就是不大。小何说的闹大，是指上街了，堵车了，破坏生产资料了，这就有《劳动法》管着他们，有《治安条例》管着他们。他的意思是，即使劳动局插手，也不会怎么样。无非是吃一点喝一点，还能怎么样？

他这才点了点头，松了口气。跟这个赵先生讲话确实很累，但有的时候，他也能把事情说得知根知底，看到很远。这就像下棋，走一步要想三步，三步都想清楚了，心里也就踏实了。其实他有句话跟谁也没有说，跟陈太说没有用，跟赵先生说还早了点。这个话就是：区里要推荐他做省党代表了，进了那个圈子，他就又进步了，他不希望在这个时候出事情，任何事情都不要出，一点风吹草动他都不想看见。

他想，富是很容易办到的，贵却是要讲运气的。富豪他天天都能看见，可他们照样点头哈腰，跟狗一样。香港富豪阔佬他见的还少吗？他不想做那样的人。

3

柳叶叶认为，大家都恨着这个马经理是有道理的。她对毛妹说，一百个人有九十九个都恨他。毛妹说，还有一个不恨，就是想生吃了他。然后两个人都快活地笑了。

其实马经理是个坏种，这在女工中早就不是秘密了。大家看见姓马的就像老鼠见到猫。他在工房里一出现，个个都低下头，生怕被他注意到。可这个姓马的偏偏就喜欢挨着女工站，这时候十有八九要出错了，出错还不是自己倒霉？

其实不是怕他炒鱿鱼。来到深圳，大家都明白过来了，想找工遍地都好找，就是被炒了鱿鱼换一家老板就是了。从前人傻，真傻，傻得要死。恨姓马的，是因为这个人太恶，也是因为自己太傻。柳叶叶觉得，就是再过一百年，她也不会忘记那件事，那个求人家“开处”的阴冷的夜晚。

毛妹也说，他能在贵州这么干，肯定在湖南也这么干，肯定在广西也这么干，这个人！

叶叶说，不是人，是鬼！

山里人闭塞，不晓得外面的世界。从前也有听说进城打工的事，也晓得娃儿迟早是个走的道理。整日面朝黄土背朝天，土坷垃里寻不到出路，这个都懂。也听说过别个乡年轻人进城就发达的传说，男的当老板了，女的嫁大款了，寄钱回来做屋了，都有。当然也有受伤的病死的，女娃儿当婊子的，但那个毕竟是少数。好在那些故事都是人传人，哪个亲眼见过？当不得真。所以有消息传来说，县上要组织二百人下深圳打工，村里头都轰起来了，都说是政府组织的，不比那些跑单帮的。当然最起劲的就是她们五个女娃儿。一个女娃儿，高中念完也就意味着青春过完，接下来她的全部任务就是等着嫁人。把自己嫁出去，然后就生娃儿操持家务。拿到毕业证，就等打结婚证，像所有山里的女人一样。走出学校门，心思就化成了水，一路漏下去，越漏越空。从前念的那些书，也都一页一页飞出去，到家只剩一个空壳壳。柳叶叶觉得这样的日子一眼就能看到头，三十岁做什么，五十岁做什么，八十岁又在做什么，全都晓得，一眼就把一辈子都看穿了。她真是不想这样。桃花她们几个，也都差不多，只是她们不愿意说，越说越没意思。

但很快，村长老爹就回来说，没得指标。老爹说，没得指标我有啥子办法？乡长都没办法我有啥子办法？

那别个乡怎么弄到指标的？他们能请客送礼我们就不能？还是老爹你不帮忙！老爹说，我腿都跑劈了舌头都磨短了，还讲我不帮忙。

叶叶问，我们几个打伙儿拼凑一份大礼，现在送晚不晚？

老爹就冷笑，说你们有几多钱能凑一份大礼？你们有那么多钱还想往外头跑做啥子？再一说，现在外头人眼光都变了，吃的喝的玩的你想都想不出来，你送啥子礼才能撬得动他？省省吧。

叶叶说，我就不相信。

老爹说，讲了你们也不信，为这个事乡长都跑了好几趟。乡长也希望多输出几个劳动力，拉动经济嘛。别个乡有他没有，不好看嘛，多送走几个人他脸上也有光嘛。问题是人家工作做得好，做得早做得细，该打点的早打点了。现在迟了，针都插不进，水都泼不进！等下一批吧。

可是下一批是哪一批？老爹不晓得，乡长也未必晓得。棋盘乡是他们县最偏远的乡，娘娘不亲舅舅不爱，凡事都比别人吃亏一点，比别人慢了一拍。出外打工能挣上钱，能买衣，柳叶叶亲眼看见过的。那些出外做工的女娃过年回家，大包小包，手镯耳环，还有脚上的高跟皮鞋，一瘸一拐在山道上扭，扭得可小心可好看。没吃过猪肉也见过猪跑嘛。再说，她等得起，毛妹她们已经等不起了。

相比而言，她的家境还算好一点，还能把高中念完。爸爸妈妈都还健在，日子还过得去。过得去也就是吃一碗饱饭。而毛妹，早就没了这些想头，心底里最大的念想也不过就是希望嫁得好一点。就是这一点，也都绝望得很。

毛妹是她表舅家的娃，算是表姐姐，只比她大一岁，已经是家里的半边天，只念到初中一年级就念不下去了。舅舅得的是一种怪病，山里叫缩骨症，浑身骨头疼，上不动山也做不动田，人却一天天矮下去。吃药的钱全靠她们母女两个上山抠出来。她下面还有弟妹，弟妹还要上学，一切的一切都决定了毛妹必须嫁人，必须换回一点彩礼钱。讲亲的是外县的一户人家，家里有台小四轮，看样子家境过得去，只是那个人有猪头疯，相亲的那天就满地打滚，嘴巴里白沫像发酵的醪糟一样往外冒，吓得毛妹当场腿一软就瘫地下了，哭得人都小了一圈。

转机是第二天出现的。村长老爹匆匆忙忙从乡里赶回来，叫柳叶叶把几个想招工的女娃儿通知起来开个会，说有重要的事要讲。问他是什么事，又支支吾吾不肯讲，好像是不能对她一个人讲，也不能对她们的家里人讲，只能到开会的时候讲。等到她把毛妹、桃花、小青、香香找齐，又抓抓脑壳不愿讲了。后来被逼不过，就领着她们到村外头去讲。

到了沙河边那一排老柳树底下，老爹站住了，猛地一转身，把她们一个一个看了一遍，说有个事你们愿意做就做，不愿意做就烂在肚里头，跟任何人都不要提起，只当没有听见过。做不做得到？

见他讲得那样严重，大家都讲能做到。

老爹就说了，要送几个女娃儿去“开处”，事情才能好办。说现在上头来的人胃口都变了，哪样稀罕就玩哪样，你请他吃点喝点送点礼，他眼角角都进不去，非要来邪的。

开头她们还不懂，后来想想也就懂了。心里突突乱跳一气，哪个也没敢吭一声。不是害羞，是害怕。

你们自己考虑吧，想好了就招呼我一声，老爹说，想招工只有这个法子了。而后就背个手回村里去，一边走还一边念，世道变了，真个是变了。

她们几个还有什么话说呢？什么话也没有了。山里的娃儿不晓得转弯，不晓得啥子叫代价。说过的话是泼出的水，横竖都是你们自己闹出来的。哪个喊你们要死要活想进城呢？哪个喊你们一条小路奔到黑，不撞南墙不回头呢？现在晓得厉害了吧？进城那么便宜！而后，不知是哪个开了头，就抽抽搭搭哭起来了，哭得昏天黑地大树摇，枯干的老树黄叶噼里啪啦往下掉。哭痛快了，毛妹突然跳起来，说你们不去我去，不就是“开处”吗？喊他开，我就当他是个猪头疯！喊他开过了烂鸡鸡！她一边哭一边叫，然后自己又笑起来，泪水蛋蛋把她的窄巴脸腌得通红，一下就撑圆了。

一想，也是。一个女娃儿迟早都免不了，给哪个开不是开？只要旁人不晓得，晓得了也咬紧牙关不认账，又有啥子要紧？五双小手摞到一起，干就干到底，要死脸朝上，不死翻过来！哪个打退堂鼓出卖别个，哪个是狗娘生！

后来，她们就真的去了，去“开处”。

晚黑是乡里的小四轮接走的，第二天从县城走回来。从县城到柳树椏，三十里，她们整整走了一天。那天风也特别冷，迎面刀子割一样。一天走下来，好像老了三十岁。回到家，连洗把脸的力都没有了。叶叶妈过来骂，疯，那么大的女娃儿一点正相没得，就知道个疯！她说没到哪里疯，就是在山头上坐坐。她妈说，坐坐饭都不晓得吃啊？她说不饿，真的不饿。

她妈才讲出来：村长老爹来过几趟了，问什么事又讲没得事，怪气！

她打了个格愣，又打了个格愣，拔脚就往老爹家跑。到了老爹家，她们几个也都跑来了。一个个脸色都变了，心里突突乱跳。老爹反倒把脸阴着，半天才说，来电话了，喊你们去检查身体。

她们跳啊叫啊，闹了半天。

老爹一点表情都没有，临到送出来，突然一口气叹出来说，造孽哦。

柳叶叶安慰他，做这么大好事，感谢你还来不及，叹什么气呀？老爹你要我们怎么谢你？

老爹脸色一惨，说这都是折阳寿的事哦，还谢！我恐怕没几天活头了，等到你们回家过年，到我坟头上烧一刀草纸就心满意足！

这件事过去几个月了，到现在柳叶叶心里还像堵着一块生铁，一想到就冷。什么叫指标？到了深圳才晓得。什么叫恶？见到姓马的才晓得。

在柳叶叶的脑壳里，炒鱿鱼没啥子了不起，六个月试用期也没啥了不起，那都是摆在桌面上的圈套。上当是你自己愿意上当，吃亏也是你自己愿意吃亏。可利用山里人的无知，吃过人不吐卡，还装出一副道貌岸然的样子来，那才叫恶！

4

马明阳觉得自己憋屈得很。作为一个职业经理人，他认为自己已经做到了九分九。自从进了宝岛电子，他就没有一天不在思考，效益，效益，全都是效益。一个职业经理人能把公司利益和个人前途捆绑在一起的很多，可像他这样敬业的，同时长着兔子耳朵猫眼睛和狗鼻子的，确实不多。深圳有很多专门研究政策空间的公司，也有不少专打政策法规擦边球的英雄。用足用活政策，是这座城市的招牌。在这里，哪家公司是以社会平均速度在发展，哪家公司就是低能，谁要是用自有资金做生意谁就是白痴，圈子里都不带他玩。现如今谁还愿意交一个老实巴交的朋友？累不累？他相信一个有活力的公司并不在于它有多少资本掌握多少技术，而在于多大程度上能容忍像他这样具有原创力想象力的实干家。

可是经理会上，陈太还是动怒了。陈太是个轻易不发脾气的女人，总是轻声细语，一口一声拜托啦，求求你啊，小心啊。她是一件易碎品珍藏品，平时动静大一点就要及时补妆的那种，很麻烦。有时候陈太还会撒娇，我是个女人，干吗我要想那么多？这个话用哭腔说出来，效果奇佳，没有人不卖力的。她的理论是，公司靠大家，利润是大家一道做出来的，公司的利益就是大家的利益，除非你不爱钱。

但陈太这次是真的动怒了，居然骂他是猪脑子。有这么处理问题的吗？猪脑子都不会这样想！

他知道眼下这一千万元订单的重要性。要是以前，陈太也不会这么紧张，顶多不做就是了。她反而会安慰大家，湿湿水啦，啊呀不就是一千万元嘛，下次再来过！而这次的订单是红宝石集团的试水单，它意味着今后若干年内宝岛电子的发展规模，甚至是在国际市场的生存，岂能小视？所以从接单，设计，开模，出样板，签合约，每一个环节都是陈太亲力亲为。然而谁都没料到会在劳资关系上出问题。别人没想到，他当然更不会想到。凭良心，他马明阳鞍前马后跟着陈太打天下不是有目共睹吗？他不是陈太最得力最放心的助手吗？

老板就是老板，你帮她赚了一个亿，她还说你少赚了另外那一块钱。资本的逻辑就是这样无情。

单这个策划：到偏远地区集体招工，签订试用期合同，然后定期解聘，流水作业，能为公司创造多少效益，这是他研究了多少特区政策劳动法规的智力成果！至今依然是很多公司百思不得其解的法宝。宝岛电子能在这么残酷的竞争中生存下来，谁敢说没有他的智慧他的功劳？相信陈太也不敢。

当初他就是凭着这个进入宝岛的。在招聘会上，陈太问，你为什么想当人事主管，我们公司没有这个职务呀小弟弟？其实他是学统计学的。他说，我仔细研究过宝岛电子的材料，我认为贵公司的优势不多，唯有人事方面可以有点作为。

陈太好看的细眉蹙成一团，像是要从脑门上射出去，哦？

他说，现在深圳有很多电子元器件生产企业，都说是高科技产业，其实都是做贴牌生意的，没有核心技术叫什么高科技？扯淡。所以贵公司在技术上没有优势，这是其一。其二，贵公司虽然资金设备还可以，但是看不出在管理上有什么特点，你们和其他公司的区别在哪里？一样的接单一样的来料加工。这不是你们一家的问题，差不多中国企业都面临这个问题，请问优势在哪里？

当时陈太一下就跳起来了。陈太说，小弟弟，欢迎你到我们宝岛来，现在就可以谈谈你的要求。

他说，我的要求很简单，拿底薪，利润分成。

你可是要求做人事主管的呀，做销售可以分成，做人事怎么分呢？陈太的困惑就如同她那张脸，漂亮却单调。

他说很简单，我的方案可以计算出每一笔利润。

当天晚上他就接到了陈太的电话。陈太咯咯笑着，说你可以来试一试你的宝贝方案，本公司愿意为一切有创意的人提供舞台，不成功也不要紧。她说只是你不要触犯法律，我可不想在大陆坐牢。听说大陆监狱的卫生条件很差的哦。她说你很坦率，我喜欢坦率的人。她问你知道自己什么地方最可爱？你喜欢谈钱，这很实在，不谈钱的人是不可靠的。

现在，陈太认为自己不可靠了吗？当然不是。是陈太太紧张了，压力太大，有点吃不消。她这种人，生活在她那个圈子里，对大陆的了解还很肤浅。当然，对中国可以说完全不懂。她怎么能懂中国人？她是那么娇贵，那么优雅，完全西洋化了。她甚至很少进过工房，打工仔吼一嗓子吓都把她吓死了。

可工人不复工也确实棘手。陈太着急，他不急吗？他已经布置下去，让工人推选代表来谈。两天过去了，一点动静没有。工人不傻，知道代表意味着什么，所以谁也不愿当代表。他们没有静坐，也没有游行，只是赖在宿舍里不出来，等着公司先出牌。

陈太问了好多遍，他们不会上街游行吧？他们不会去政府闹事吧？幼稚得很。一个农民都不会这样想。

他说这就好像拔河比赛，双方都在僵持，谁脚下有一点点松动谁就输掉了。所以，必须绷着。

现在时间在一分一秒地流失，利润在一点一点缩水，公司的底线正在一寸一寸地逼近。陈太紧张，他也紧张。但他很清楚，这帮工人也紧张着呢。已经有人出来四处打探消息了，他们也不希望拖下去，过激行为对谁都没好处。也许这本身就意味着转机。有句话怎么说的？胜利就在于再坚持一下的努力之中。

他发现公司里文员们的目光已经异样。早晨，马先生！马经理你好！从前她们是这样叫的吗？她们叫他马头，马头早晨！马头你好坏哟！她们也叫他阿阳，阿阳你好！哼哼阿阳！这帮小姐鬼着呢，她们是公司的晴雨表。从前，她们恨不得扑上来咬，她们会跟他发嗲，跟他谈发型，或者某个影星，或者缠着他出去宵夜，总之她们渴望引起他的关注。当然，他可不愿意和她们有什么瓜葛，他只认原装货。

现在，她们只是礼貌地、轻柔地、警惕地留心着他，保持着某种姿态，进可攻退可守，如此而已。其实她们对自己早就不满了，巴不得他出乖露丑立马翻船，全都是一帮骂葡萄酸的狐狸！凭什么大家都拿职务工资他马某人可以分成？他到底分了多少？可是她们从来不想想自己做过多少贡献，为公司创造多少利润。上这儿混大锅饭来了？这是座不相信眼泪的城市，是个效率大过生命的城市！

疑虑和焦躁，是一捆已经点燃的湿柴，燃烧缓慢却随时都有可能给你轰地来一下。这样熬到第三天晚上，马明阳也有点绷不住了。他目光凶狠两腮通红，下巴上的红痘已经列成方队向额头进发。嗓子也有点嘶哑，老觉着有台破风扇在里头扇。助手小齐几回进来催，要不要订广西的机票，都被他顶回去。他一次一次地看电话机，看手机，他怀疑耳朵也出了问题。从下午开始，陈太已经不再来电催问了，他知道陈太正在抉择。而这样的抉择，将不再是去不去广西的问题，而是要不要回山西的问题。

马明阳是山西平遥人，一个让天下商人都肃然起敬的地方。可他自己家不行，爹是个地道的老杆，啥也不懂，就知道逼他念书，背债也要念书，好像书念出来了就一定能翻身。可爹是个好爹，自己一辈子克勤克俭不说，连娘得了胃癌也一直瞒着。他跟娘说，咱娃儿马上就要毕业了，毕业了就成国家人了，咱就有钱给你瞧病了。咱娃儿是学会计的，出来就是账房先生！

这是件让他痛心疾首的事，那种痛是深入细胞核染色体的，是改变 DNA 的，而且是从每个毛孔里发散出来的。直到他毕业回家，才把娘送去做了手术。娘拉着他的手死活不愿上车。娘说，咱能省一个是一个，能把你供出来娘就知足了，娘能合上眼了。当时那泪是喷出来的，比尿都呲得远。

他马明阳也是六尺高的汉子，能叫钱憋死了吗？他一跺脚就来到深圳，他对深圳说，给老子掏钱！

都知道深圳有钱，但深圳不会白给你掏钱，深圳还想掏你的钱，这个道理他原先不是很明白，但很快就清清朗朗了。他是奔女朋友来的，原以为床上那点哼哼唧唧就叫海誓山盟了，就能帮他立足了。事实证明傻逼是没有籍贯的。在北京叫傻逼，在深圳也叫傻逼。

开头还见过两次，后来连面也不露了，再后来连手机也换了，再再后来，他想起来就发笑。那女的给过他一张维萨卡，密码就是她的生日，是用两个手指夹着给他的，一个很优雅很精致的姿势，说是让他去沃尔玛家乐福给自己装备一下。最难的时候，他记起了这张卡，结果被告知卡里还剩十块钱。当时他就笑起来，把收银小姐脸都吓歪了。

钱，他太需要钱了，钱就是命，钱就是天，就是海枯石烂的最大现实。当然，他做不了劫匪，他那张脸连毛都没出齐，他掏钱是用脑子掏。他搞过推销，也卖过保险，他骗过人也受过骗。啥叫穷人，穷人就是那个被你玩了还给你磕头作揖的傻逼。

最惨的时候他也在荔枝公园里过过夜。但他跟穷人最大的区别是，他脑子不穷。即便在荔枝公园睡觉也能从树叶缝隙间找到星光，在星光里能发现真理。在深圳啥都贵，就是人不贵，啥都值钱就是人不值钱。啥叫人才？有用就叫人才，没用你就是狗屎，狗屎都不如。啥叫有用？能挣下钱就有用。而且就是眼下去挣，不是说将来去挣，深圳不相信眼泪也不认将来。这个发现让他兴奋了一夜，在朦朦胧胧中看到了金光四射的一条道。从前他不喜欢理论，甚至有点讨厌上理论课，可现在他太需要理论了。这个理论就是，你只有在最不值钱的东西上才能挣到钱。

他好像又回到乡间，回到那条荒凉的河沟。沟边有条老狗，他叫它老黄。老黄总是耷拉着舌头很兴奋地等着他回家。事实上老黄早就习惯了这片荒凉，实在难熬它就吼两嗓子安慰安慰自己。从前他也喜欢这种荒凉，喜欢在沟边趴着沉思。河沟里有水的时候也有蓝天，也有白云，有时还有一两只鸟在水面上飞，把老垂柳的影子摇乱。这些乱乱的影子就是他少年时代很没有头绪的梦。现在，他的梦醒了，他的清静被打碎了，他好像看见老黄很不安很愤怒，这种情绪像开春的巴根草在老黄心里蔓延，拱出冻土，使它的眼神突然间庄严起来。

第二天他就做了一个试验。他找来一张破桌子，买来一块白布，写上 ×× 公司急聘，市场策划若干名，销售经理若干名，熟练技工若干名，年龄性别不限。他开的条件不低，都要大专以上毕业文凭，报名费却很低，才十元一位，比那些猎头公司便宜多了。他把桌子支在大街上，热情接待来自五湖四海的人才，不到天黑就挣了一百多块。

照这个速度一个月三千是闭上眼挣的，可他不想再干下去。他的目的不在这儿，他是要验证一个规律，寻找一条道路。一个统计学学士，知道定量分析对于定性的重要。当天晚上回到露天寝室的时候，他已经感受到数钱数到手酸的那种乐趣。他并没有把那些求职材料随手扔掉。他动了恻隐之心，当初自己不也这样么，掏钱求人家把材料收下，看着人家收了钱心里才踏实。他把那一摞材料码整齐了当褥子用，他想让那些求职者也踏实一些。他真是这么想的。

一个星期以后，他偶然在这堆材料中看到一张旧报纸，那报纸的大标题突然像子弹一样射进了他的眼眶里。他跳起来，抓着报纸浑身都在抖，那报纸上说，资本也是生产力，而且资本是比科学技术更厉害的生产力。这是啥意思？这不明摆着偷自己的专利吗？他辛辛苦苦发现了几个月，人家早就写成文章了，真理不在别处，真理就在你屁股底下压着！

接下来的日子，他就专跑劳动局。他买了几本小册子：《劳动手册》《深圳投资指南》《特区法规汇编》等。然后，他就正式把自己推销给了宝岛电子。其实随便什么公司都一样，他卖的是点子，只要中等规模以上的企业都可以完成这个策划，陈太仅仅是买主之一，如此而已。关键是他发现了规律，发现了真理。而规律和真理，真他妈的伟大。

他是个真正聪明的人，一眼就把深圳看穿了，为此他要永远感谢爹妈感谢荔枝公园感谢老黄。他也是个真正幸运的人，为此他也要感谢陈太，是陈太让他的理论变成了现实，让最不值钱的东西变成了大把的钞票。他更是一个有坚定信念的人，相信规律一旦形成，就不会在短时间内失效，怎么能因为一两次罢工就不相信规律呢？

他已经无数次向陈太保证，他能处理，真的能处理，希望陈太放心。他说有了消息会第一时间报告的，又说人已经安排下去了，他正在等待答复。其实他根本没有人可以安排，那些主管和拉长竟然没有一个是真正属于自己的人。如果说失误，这可能是一条，他太专注于本质了，以至于忽视了本质兑现还需要一些辅助的小条件。那个保安队长比他还消息闭塞，竟然说工人除了打牌都在睡觉。这只猪。

这样到了晚上九点，马明阳只好亲自到员工宿舍里拜访了。他一间屋一间屋地走过去，对每一个人点头微笑，你好你好晚上好。他说他是来随便看看，没有什么特别的意思。以前对大家关心不够，他还真的不知道大家对公司有这么大的意见。不好意思啊不好意思。没有人接他的话，实在躲闪不开的女工只好点点头对他笑一下，然后泥鳅一样逃开了。这样的尴尬一直持续到七楼，然后他再一层一层走下来。他不明白为什么这些女工都这么胆小。

在男工那边好一些，有人给他递烟卷，还跟他聊台风，聊碎尸案。说是沙井那边刮台风刮起一包尸体，有好几百斤重，全是一截一截的。后来他就有点急了，他站楼梯口喊，大家有什么要求可以大胆提出来，尽管提出来，怕什么怕？结果是引来一阵哄堂大笑。

有两个小痞子互相打趣说，你怕什么怕？我怕了吗？你脸红什么？防冷涂的蜡。怎么又起疙瘩啦？我好怕哦，我好好怕哦，我就剩一屁股搭两胯子了，我怕你割我鸡巴下酒！

马明阳真想发火，真想把这帮垃圾收拾了。他想努力记住这两张脸，可他脑子现在确实有点乱。一个有教养的人，一个理性的经济人，通常是不会这么乱的。他已经学会了很多，克制、忍耐、等待，微笑始终是他的第一选择。报纸上都说，微笑是深圳的表情。可这些表情也是有底线分场合的，要看是对谁。对这些东西，这些最不值钱的东西，你还真他妈的白费。这样僵持到十点多，手机也响了，是陈太的，于是他连连说不好意思不好意思，一溜儿小跑冲下楼去。

陈太是给他解围还是做出了决定？陈太知道他这么晚还在舌战打工仔吗？他忽然没了主意，觉得自己好憋屈好憋屈，努力定了定神，这才打开手机。

陈太还是那么优雅温柔，阿阳你在哪儿呢？快来吧，介绍几个朋友给你认识。

这时已经夜里十一点了，他当然明白此时的朋友绝不是一般的朋友。现如今人们早就不把杀手叫杀手了，叫朋友。也许，这就是最致命的一个。

5

常来临到公司上班三个月没见着老板，也不知自己究竟该干什么。他的职务也很奇怪，书记。宝岛电子是一家外资企业，一个党员没有，要配书记干什么？他不明白，也不敢问。当然也不能问，他都在家待岗两年了，现在给根骨头他就能扑上去。

从前他也是个书记，梅州一个县毛巾厂的。后来毛巾厂卖了，轻工局也撤了，他就在家待岗了。本来也有机会出去做的，他原本就是做企业出身，想做事也有的做的。但他在跟领导赌气，觉得领导不公，觉得自己委屈，一委屈就是两年。再再后来，他眼睛都绿了，连生气的对象都没有了。岳母娘说出话来都毒汁四溅了。这才认识到人生苦短，生谁的气都等于跟自己过不去。你以为自己很重要，其实人家早就把你忘了。谁都不是你的敌人，敌人正是你自己。

被遗忘的感觉在这三个月里被再次放大了，见不着老板，天天坐冷板凳，就好像门后挂着的一块崭新的抹布，好看，但没有用。人家是个外资企业，是要成本核算的，总不能长期给你白白放粮，养条狗还要看家护院呢。他估摸老板的心思是，既然文先生开了口，就不能驳文先生的面子。等时间一长你自己不好意思了，自然会离开。这样一想他就成讨饭的了，让他很不服气。怎么说自己也是个有管理经验的人，也做过企业领导，怎么到你这儿就没有用武之地呢？这个苦恼又不好跟别人谈，只能一天一天同办公室的小姐们打哈哈。小姐们对他也算客气，见面就喊常先生早。也算不客气，想打听什么都是枉然，只能得到含义不明的微笑。他明白，这就叫打老板工，老板没发话，她们的笑容就不能有含义。

三个月下来，也不是没看到门道，只是猜不透。这家公司虽说规模不小，有两千多员工，管理却相当一般，设备利用率也低。唯一让他长见识的事，就是不停地招工和不停地辞工，他们天天都是在忙这个。报表，花名册，没完没了。后来才发现，公司是用试用期低酬薪的方法在降低成本。这个发现令他大跌眼镜，不合理不科学不说，本身也蕴含着极大风险。怎么可以这样呢？这就叫高科技企业？

是企业就要追逐利润，所有的经济活动其实就是四个字，低进高出，这点他没有异议。问题在于用什么样的手段实现低进高出？人也可以低进高出吗？

其实他也参加过一次招工的，而且让他“负责”。当然这是人事部马经理的客套话，所有的事情都是马经理在一手操办。他的任务就是吃吃喝喝，风光风光。当然，他也有作用，就是顶着一块书记的牌子演双簧。在那个偏远贫困的小城，书记还有点余威，还有点正经意思。

所以马经理才一口一声书记地叫，我们书记最正派了，最讲原则了，我们平时都怕他！只是偶尔说漏嘴了才说我们老板如何如何。

那次是总经理办公室安排他出差，又给了三千块置装费，完全摸不着头脑，临到要上飞机了才认识了这个马明阳。自然，这一切也是无须解释的，毕竟他是以党的形象在“负责”这项工作，不能露出马脚来，自己拆自己的台。所以他跟着傻笑的时候，脸上的感觉很奇怪，抽搐得厉害，好像这张脸不是自己的，而是被人拉扯着的一块皱巴巴的台布，不管怎么使劲总是经纬错乱，到不了位。他发现这一代年轻人确实厉害，完全没有什么不自在，说什么鬼话都无所谓，说漏了也无所谓，不争论也不解释，直奔目的而去。因为说什么都不重要，目的才是一切。

这样的感觉确实很奇妙。更奇妙的还在后头。

起初看见城外桥头上有小学生列队欢迎，就已经觉得太过分了。等到了酒店门口被七八个小姐架起来，更有种被绑架的感觉。当时也不能说什么，只是不住地给马经理递眼色，示意他不合适。但马经理一副乐不可支的样子，连连说过瘾过瘾，真他妈的过瘾！反过来还劝他，入乡随俗嘛尊重领导嘛有什么不对？你是领导，要把架子端起来。

一上桌更是不把他当外人了。他们吆喝着，今天都是哥们弟兄，谁都别他妈的装好人！

陪他们的劳动局长姓高，是个白面书生，西装革履举止文雅慢条斯理，一再表示歉意，书记县长本来都是要来的，因为种种原因现在只能由他来代表了。但话说着说着，就变成黑社会老大了：各位领导，大家都是自己人，我说话就不客气了。工作上哪样搞你们说了算，酒席上哪样搞我说了算！你们上了席都是规定动作，必须听我的。回到房间才是自选动作，哪样搞都随便你！今天晚上男的不准说不行，女的不准说随便，听清楚了？你们要不给我面子别怪我不给你们里子！

他刚问一句我要真不行怎么能说行呢？

他们就笑了，很狂放很淫荡的那种，说书记啊书记啊，你真幽默啊真幽默啊，你不至于吧？不是叫人抽干了吧？马经理还悄悄提醒他说，这种场合你越抵抗越显得虚伪，放开了搞，怕什么怕！

这一切都是他始料不及的，他在家待岗这两年已经傻掉了，已经上不得台面了。山中方一日，世上已千年。从前他一直认为自己是个正派人，规规矩矩做事，老老实实做人，没拍马屁赶潮流上竿子瞎掰。不然也不会在家待岗，一“待”就是两年。

黄段子、荤切口，还有一个赛一个色情的手机短信，简直就是配种站的经验交流大会。在座的也都是当地有头有脸的干部，也许平时脸都绷着，憋得太久，才会这么激情四射吧。那些陪酒的小姐当然也是临时雇来的，跟着傻笑，笑过了还评论一句，好下流哦，好不要脸哦。其实她们并不在意脸面，也不关心这些人是干吗的，只要老板肯花钱就好，只要客人拼命喝酒就好。

一个高挑小姐把胸脯顶在他胳膊肘上，一个劲说喝嘛喝嘛。他知道在这种场合一般是不可以承认能喝的，一旦开了头，就再也刹不住车。毕竟他是个“书记”，哪怕是演戏，也要演得像一点才好。

只是马经理到后来也绷不住了，吱吱嘎嘎对小姐笑，说看你的功夫啰，你要把我们书记放翻，我就给你再加两张。

真的？小姐来劲了，一会儿交杯酒，一会儿鸳鸯酒，后来就是交口酒，口对口地灌，灌完了还拿舌条舔。当然，那感觉确实有点那个。

小姐们还会唱歌，各种流行歌曲都会唱，特别拿手的是侗族大调，那种谁也听不懂的和声。这家酒店服务员都是穿民族服装的，但看样子她们又不像是少数民族人。问她们，也只是嘻嘻哈哈笑，不说是也不说不是。总之怎么看怎么晕。

其实他还是能喝一点的，一般人是打他不倒的，每每嘴上说不行了不行了，再来一瓶也能对付过去。可这一晚有规定，男人不能说不行，女人不能说随便，说了就罚。于是大家都不说不行，而是很行，行得很。那些小姐在意的是酒瓶子数量不是身体质量，也都玩儿命地上，喝完了就出去吐，吐完了再接着喝。于是一个个都喝出了死鱼眼，走路跟螃蟹打架似的腿脚缠在一起。

回到房间已经凌晨了，本想洗个澡的，可实在没劲了，就直接上了床——上了床才知道，“自选动作”早就给他预备下了。有人替他脱了鞋，然后，又来扒衣服。

他打了个激灵，坐起来，谁?

是我，老板。

他开了灯。

这会儿才觉得脑袋像裂开似的，有一锅烂粥在里头突突地冒泡。他看见一个小孩子，身上穿着蓝白相间的校服，跪在他身边。

你是谁?

我是，是……我是来服侍你的。

他知道服侍是什么意思，以前也听到过不少关于出差的故事。从前他们厂一个供销员就是因为干这个，中了人家的“仙人跳”，弄得人财两空，浑身是嘴都说不清。当时听了他也跟在后头嘻嘻哈哈笑，也想多了解一些细节。可真是这么面对面地，真刀真枪地接受服侍还是第一次，还真有点怕。脖子那儿就像让谁咬了一口，脑袋一下就支棱起来，三根筋胀得比手指头还粗。他说——我不用，你出去吧。

那女孩退缩一下，就是不动。

他又说，听见没有?你出去。

我不。女孩说。

你不走是不是?不走我叫服务员了。说着就跳起来要去开门。他想这一下她该害怕了，不料那孩子一点反应没有，两眼大睁，嘴巴微微张开，好像有点意外，或者根本听不懂他的意思。

然而就在抓住拉手的一瞬间，他改主意了，立马想到这个宾馆的房门都用磁卡门锁，她能进到房间里来就肯定有点来头，总不是无缘无故。这时候去叫服务员意味着什么?你不要“自选动作”?不要不干就是了，干吗要叫服务员?叫人无非是想闹一场风波。闹一场不过就是证明自己清白，证明你跟别人不一样，是个好人，是划清了界线的。这样做值得吗?后果是什么?把那几个人，劳动局长，乡长，还有马经理，都送进去?招工不招了?想到这一点头就更大了，里头的烂粥突突地翻泡，太阳穴一跳一跳地疼。他好容易才又有了一份工作，而且还是个体体面面的职务，头一回出来办事就搅场子，回去怎么交代？跟公司怎么解释？这可不是个小事！

于是他钻进了洗手间，洗脸。如果这是个圈套呢？是有人故意陷害或者考验自己呢？那就更严重了。他立马想到屋里可能有探头，刚才的一切早就被隐藏在某处的阴谋分子看得清清楚楚，他稍有不慎就被记录在案。也许在某个房间某个角落，有人正在观察他的表情，也许还嗤嗤发笑。然后，就是敲诈，或者收买。这是市场经济啊，一切都是交易啊，幸亏他警惕性高。

然而……然而敲诈收买他的目的在哪里呢？他有什么可利用的价值？难道一口一声叫他书记，就真以为他是个核心人物？他被误会了？这么一想，又觉得自己太可笑了，太把自己当棵葱了。你算个什么东西啊，不过是新打了一份工而已。人家不过是给你一口饭吃，给你开一份工资而已。你自己把自己当成个什么，还端个架子，蹬鼻子上脸了。还真那么回事似的，把自己给吓唬住了。

最终他还是想清楚了，唯一要做的，就是对马经理他们有个交代。他们都是铁哥们儿，都是把坏人当歌唱的人，总要有个说法才好。可是怎么交代呢？我没干，我什么都没干？他们会说，本来就是自选动作，选不选都是你自己的事，你解释干吗？然后他们就一脸坏笑，看着你张着大嘴，做出一副打哈欠打不出来的样子来，可乐？

这样他就给自己定了三不政策：不吭声，不问，也不解释。就当什么事情都没发生过。他相信那他们几个也会这么处理的。在这个时代，想不通就别想，也别问，更不要争论，沉默真正是金子。

出来时他穿戴很整齐，给自己泡了一杯茶，然后点着香烟，真正端起了架子。

女孩叫柳叶叶，挺好听的名，棋盘乡柳树椏五组。他发现这孩子长得不错，脸周正，皮肤很白，两只大眼忽闪着，睫毛一颤一颤地抖。虽然个头小，穿着学生装，可脸上却有着一种和实际年龄不相称的沉静。他忽然想到下午那个劳动局长说的话，山清水秀出美女啊，这里的女孩子除了没得衣服穿，个个都是好身材好皮肤，比那些化妆化出来的好过百倍！局长很为他的家乡自豪。其实这座小城给他突出的印象是寂静，沁入肺腑的寂静，让人灵魂出窍的那种。他能听见树叶离枝飘落时像气泡破裂一样的噗噗声，能听见江边浪花咬岸时像撕破衣服一样的嗤嗤声，还有偶然传来女人捶衣服的棒槌声，就是听不见车水马龙的喧闹，似乎满大街只有一个个幽灵不慌不忙地游走，这种感觉实在是太好了。

叔叔你怎么不说话？女孩问。

他不知道该怎么说。他说你们这里很美，很安静。

女孩又把眼瞪大了，想了半天才苦苦一笑说，叔叔你笑话我们哦。很美！

他说不是笑话，是真的很美。

女孩不再争辩，再一次靠近他，呼出的热气舔着他的额头，使他不得不闪开一些，他说，你穿校服很好看……

叔叔我是洗干净来的。衣也是刚刚洗的。

他说，我是说风景，不是说你，不是嫌你不干净……真的不是！

女孩突然跪下了，抱着他的腿说，叔叔你晓不晓得“开处”？

什么？

就是处女的那个东西。叔叔你就帮我开了吧，我求求你了。

你起来。他说，他有些慌乱。

我不。你不答应我就不起来。

他的头又开始晕了。而且身体也有一点点莫名其妙的动静。这孩子虽说个子小，身子还是饱满的，他能感觉到。而且一下就觉得自己虚弱，僵持下去是个什么样的结果都难说了，于是他拼命吸气，深呼吸。她还是个小孩子啊，小孩子啊……他怎么能这么下作？

他问，你是怎么进来的？这个问题问得有点傻，声音也很沙哑，明显底气不足，但却很有效。

女孩说，是村长老爹送我们来的。

村长送来的？难道干这一行还是有组织程序的？这下他又清醒过

来了，你们来了几个？

五个，你们只有三个人。女孩说，毛妹她两个就没进来。

也就是说，每个房间都配了一个，他，马经理，还有劳动局长，大家一起来“开处”。乡长回去了，也许乡长不吃窝边草吧。难怪在酒席桌上，他们都在眉飞色舞地交流经验。说如今好玩的项目已经不多了，吃啊喝啊赌啊都不新鲜了，没什么可刺激的，只有那些最土的最原始的最简单的还有点意思，这叫原生态。

有一个玩法是关于化繁为简的，马经理解释说，比如什么叫“改革、开放、搞活”？太麻烦了，简单的说法就叫解（gǎi）、开、搞！马经理长着一张娃娃脸，故意鼓起腮帮，做恶狠狠状，果然很搞笑。

还有两个在外边等吗？他问。他的意思是，这里有个利益分配的问题，既然大家一起出来做生意，赚了钱怎么分？

她们跟老爹回去了，她们的身份证都在。老爹说，其实留哪个都是一样的。她答。

他不明白怎么叫一样，难道这种事还要按证付费吗？他问，你们要多少钱？

女孩一愣，站起来，说我不是来要钱的。

他说，那你来要什么？

女孩叫起来，叔叔你误会了！一副要哭出来的样子。她是真的急了。

他说，我没误会，你不是要来服侍我吗？你不是要“开处”吗？

女孩叫，不是的，真不是来要钱的！哪个不晓得你们都是要“开处”才肯帮忙的？不是这个样子，哪个鬼找了要来服侍你们哦？女孩真的着急了，小脸胀得通红，鼻子皱成一个小肉球一扇一扇，此刻她更像一个孩子而不是什么处女。

这就对头啰！他学她的口气说，你到底想要什么？你跟我说。……柳叶叶？你是不是叫柳叶叶？你说啊，你怎么不说了柳叶叶？

在他的经历中有过很多次谈话，他并不缺少做“思想工作”的经验，可是面对这样一个来服侍自己的女孩，他还真不知道怎么安慰她。后来他只有说，你喝不喝水？你去洗洗脸吧？你总不能一直哭下去吧？

女孩说，求求你了，你就把我开了吧。

那你总得让我知道你到底想要什么吧？

女孩这才抬起头来说，你先答应我。

你不讲我怎么答应呢？

招工，我们五个人一起招工，好不好？只要你答应带我们走，你“开处”也行，怎么折磨都行，随便你！

这样的交易着实令他震惊！又有些糊涂：想招工，好事啊？他们这次计划招二百四十名，报名就是了，犯得着这样吗？这次招工本身就很奇怪，到广东来打工的人遍地都是，有大把人可招，何必跑这么远来招工？这个问题在公司里他就提过，当时总经理办公室的小姐只是一笑，并不应答，因为刚来，也不好多问，现在就更糊涂了。

叔叔你不晓得吧？你们这一趟招工好不公平，我们棋盘乡硬是没得指标。指标都给旁的乡抢走了，村长老爹说，我们要想走，只剩下这个法子！

原来是这样。这么屁大的一点事居然还整出指标来了？心想这高局长真够高的，他确实是个坏人，一个真正的坏人。又一想这地方风气也太烂了，为这么点可怜的要求就可以让人家随便“开处”？还村长带着来的，这也太他妈的封闭了。

他说，那好，你把名单留下。你可以走了。

女孩愣怔一下，真的？你真的答应帮我们了？女孩又笑了，湿漉漉的小脸上立马灿烂了许多，柳叶一样的细眉毛扬起来，让人心里隐隐发冷。

是真的。他说。

女孩还不放心，迟疑半天，叔叔你真的不用……那个啊？

他头又开始疼了，摆摆手……你让我休息一会儿，行吗？

那女孩终于退出去了。临到门口，还不忘给他鞠一个躬，说叔叔你好好哦，我们小地方人不懂事，你莫怪我们哦。她好像很开心。

他记住了这个名字，柳叶叶。

刮台风那天傍晚，他又见到了柳叶叶。当时天还没黑，雨也小了些，厂区却多出了不少平日难得一见的女工。他一眼就认出了这个女孩。柳叶叶穿着碎花粉底衬衫，举着一把雨伞在马路牙子上玩“走钢丝”，走几步就掉下来，掉下来又上去走，在她一旁的另一个女工掩着口笑，这是一种厂区少见的悠闲快乐。他赶紧迎上去想招呼她们，可那女孩一见到自己赶紧背过身子拿伞遮挡住。

他喊，柳叶叶。

柳叶叶见实在躲不开了，才怯怯地回过头来，叔叔好。

常来临并不是一个迟钝的人，立刻明白了女孩的心思，这确实有些尴尬。但转念一想你这样躲着反而好像真的有过什么似的，还不如挑明了痛快，便说，哇，这件衬衫新买的吗？颜色很适合你哎。他想，这是一句通用的恭维，得体，又不伤人。

真的呀？好半天，柳叶叶终于笑了，眼睛眯成一个弯月。说叔叔我是第一天穿哎，老早就买下了，没得空子穿。

好嘛，过过瘾！常来临学贵州腔说。又问另一个女孩，张毛妹你怎么没换一件？

那个张毛妹更腼腆，只是扭一下身子。

柳叶叶说，她呀，舍不得。她说工装比校服好看多了，又用不着花钱，你说她抠不抠？

常来临说，刚来都舍不得花钱的，我也是一样的，觉得深圳的东西好贵好贵。没关系，以后看准了再买。又问，你们今天怎么都有空出来逛？

柳叶叶瞪着那双特别大的眼说，叔叔你不晓得啊？罢工了！

他一愣，这才知道公司出大事了。

第二章

6

没想到是以这样的方式见老板。名人俱乐部，小舞厅，被咨客小姐引导着，穿过长长的曲里拐弯的，灯光在脚下幽微闪烁的甬道，然后推开门，里面也是黑的，只听见管风琴如泣如诉，萨克斯嘶哑破碎，特怀旧特忧伤的那种曲调。穿黑晚装吊大耳环的老板拍着手，啊呀常先生到了！快快，先请与我跳一曲！

他刚被引进来，瞳孔还没放大就跌进了温柔乡，立刻被一种细细的暖香包围了。他知道，这正是老板。此前听说过老板是个女的，没想到竟是这样年轻貌美，而且夸张到了……惊人。老板不说要见他，只说请常先生出来会会，有几个朋友随便聚聚，地点是这儿，方式是这样。晕。

常来临一上来就酥了。跳舞他不陌生，在部队里他就是个活跃分子，文娱体育虽说不精却也拿得起来，问题是他根本没这个心理准备。踩错两脚之后，常来临就气喘吁吁，连说不好意思了。老板却把脸贴在他肩头说，没事的，大家都一样。于是他只有定心专神，竭力去捕捉那些轻柔飘忽的音节，渐渐进入规定情境。这就好像贾宝玉稀里糊涂闯进秦可卿的闺房，虽是生疏，却并不反感。

老板在他耳边说，听出来是什么曲子吗？《假面舞会》。你就闭上眼睛想，这是个典型的欧洲农庄，一个麦收后的傍晚，田野开满了车矢菊，空气里弥漫着燕麦香，两个老人戴着面具相遇了，尽管面孔看不见，可是他们已经从熟悉的舞姿上认出了对方，于是手心开始出汗，浑身开始颤抖，岁月无情但恋情依旧……对，对，就是这样！

舞池里还有两对在转悠，看得出他们也和自己的情形差不多，都是半吊子，这才心安一些。一曲终了，老板牵着他的手引体自转了一圈，行过屈膝礼，才带头鼓起掌来。那两位也跟着拍巴掌，然后大家一起回到吧台旁落座。他注意到伴舞的小姐并没有跟过来，全都去了门边站立，心想这大概是包场的规矩。

陈太先介绍，赵先生，赵学尧，幸福开发总公司的顾问，大教授。何先生，何子钢，市劳动局政策调研处的，大领导。常来临，敝公司新请来的大书记。最后是老板自己，陈徐钰仪。她说，大家都叫我陈太，就叫陈太好啦，啊呀我连自己名字都要忘记掉了。

然后是交换名片，常来临因为没有名片，显得有点尴尬，老板又帮他圆场，我正要请教常先生，是印上书记好呢还是印行政职务好？此前公司并没有帮他印名片，这大概算是一种解释。

常来临还尴尬着，那两位却帮他解了围。赵先生说印什么都一样，印什么不是符号？何先生坚持说要印公司的行政职务，说人在深圳就要按深圳的游戏规则来，印上书记影响社交形象，别人也不懂。

老板说，那就印副总经理好了，对外是副总对内是书记，两方面都意思到了。

然后问喝什么，老板和何先生要的是马爹利，赵先生要的是红茶，常来临沉吟一会儿，说要清咖啡，什么都不加。

赵先生就笑了，说果然是书记。赵先生评论，既要与时俱进，又要不失本分。

常来临忙说，没有没有，没有那个意思，我哪有那么深刻？

赵先生说，弗洛伊德的学说揭示的正是这个道理，人的潜意识无意识活动恰恰是真实的意思流露。这一说，气氛才有点活跃。

老板叫道，啊呀呀你们这些知识分子烦死了，大家朋友一场，随随便便将心比心最好。

何先生解释道，我是在想，陈太你能请一个书记，确实高明。

老板哇哇大叫，讽刺人讽刺人！

谈开了才知道，原来这个书记还有个来历。赵先生介绍说，幸福村是市里最早的开发区，外资企业比较多，劳资矛盾自然也比较多，特别是这些台商和日商的企业里，一般每年总能闹几回。幸福村开发总公司也没有什么好办法，公司既是政府又是企业，既要保护投资环境，又要维持正常秩序，通常的做法就是大事化小小事化了，人民内部矛盾用人民币解决而已。可这一年春节，市委来慰问外商的座谈会上出了个怪事，从前经常提抗议的一家日本企业老板小岛，这回不提抗议了，反而对市委提了个要求，要求在他的公司里建立党支部。市委挺纳闷，答应回去研究研究，一研究就研究出门道来：原来他们公司请了个书记老王。老王在原单位倒闭以后一直没法安排工作，后来经亲戚介绍进了这家日本公司。小岛问：你会做什么？老王说：我以前是搞管理的。小岛问：你怎么管？老王说：我专门做思想工作。小岛问：思想怎么能做呢？老王说：反正我能让工人不闹事就是了。原来老王在每个小单位里都安排了两个小组长，每个小组长每天都要单独向他汇报小组里工人的情况，哪个工人有什么想法一般他都能提前知道，该安抚的安抚，该除名的除名，这样工人就闹不起来了。另外工人也可以揭发小组长，小组长之间也互相揭发，表现好的还给他们发红包，时间一长，个个都叫他管得笔直。小岛说，雇一个书记比雇保安成本低多了。这个经验一出，其他公司也都觉得好。陈太当场就表示，文总你也要给我们雇一个书记来。市委组织部经过研究认为，外资企业希望在他们的企业中建立党支部，说明党的威信空前提高了，应该满足他们。这样同时也十分意外地为本市解决了一大批干部不好安排的老大难问题，岂不皆大欢喜？

常来临这才明白，自己是被当成“保安”请来的，他心里掠过一丝不快，但想起自己待岗的两年又暗自庆幸自己是生逢其时了。如果不是陈太本人有这个意思，文总恐怕也不好硬安插人，老岳父的同乡也不便说话，岳母大人的牢骚还得发下去。毕竟，人家雇一个书记是要花钱的。今晚，也许是陈太认为需要书记出场了，才安排一次聚会？给他介绍几个朋友会会？不然为什么三个月都见不着面？意识到这一点，又觉着十分不舒服，好像书记的工作就跟一个密探差不多，手里拿着红包，谁听话就给谁塞一个。现在，好比一把冰凉的刀子已经逼到喉尖，考虑干不干已经来不及了，而是一个该怎么办的问题。

果然，陈太说她是找了文总。文总本来今晚也要来的，因为家里临时出了点事，来不了了，请常来临多包涵。

陈太对常来临说，我当初一直下不了决心来大陆投资，就是怕工人罢工。工人一冲动粗声大气，凶么凶得来，吓也要吓死掉了。是文总叫我不要怕，说他这里的工人不敢罢工。现在你看看，还是罢工了呀！我现在只有靠你了，你要拿出办法来。说着猛地往起一站，惊得常来临往后一仰。

陈太说，如果你同意，我也可以参加共产党的，没所谓的。

何先生、赵先生也都说，其实这种事情每天都在发生，不稀奇，关键是要化解。特区政策肯定是要保护投资的，这点毫无问题，要陈太放心。

那个劳动局的何先生说得更干脆，说陈太你只知道大陆的工人厉害，其实更厉害的你还不知道。中国这么大，人口这么多，凭什么把人管住？陈太你对大陆了解得还不够啊。

陈太又叫起来，啊呀当初我来投资，讲得也是天花乱坠，好像天底下只有深圳好。你投资我服务，你发展我开路，你有难我帮助，你受益我保护，好听是好听得一塌糊涂，其实要投资哪里不好投？要讲劳动力成本低，越南最低了，我在那边一个厂规模比这边小了二分之一，利润倒是差不多少。现在哪能赚到钱啊，根本赚不到钱！

话说到这个份上，常来临忽然明白，想谨慎一点圆滑一点都已经不可能了。这就好比是一场考试，要么及格过关，要么交白卷走人。她给你印什么名片跳多少场舞都没用，她的每一个笑靥每一个眼神其实都是要计入成本的。什么叫朋友？朋友就是你在关键时刻发现他有使用价值。

常来临想想，用力咳了一声。

陈太突然一挥手，叫来领班说，让她们都出去吧。

乐手和舞女们都退出去，小舞厅安静下来，灯也明亮了许多，刚才的暖意似乎也受到惊吓，一切都变得凝重而且尖锐。

常来临只好硬着头皮问，陈太你是打算长做呢，还是捞一把就走？

陈太说，我有这么大投资在这里，不是假的吧？现在已经被套牢了，我就是想逃也逃不脱了。

常来临说，那我就只好实话实说了，我看不出来，真的。

几个人一愣，就把眼睛放到他脸上。

他说，公司现在是在打《劳动法》的擦边球，六个月试用期，干完了就走人，工人能不造反吗？谁都不是傻子，兔子急了还咬人呢。这种搞法短时间确实有利可图，可时间一长非出问题不可。谁出的主意我不管，但那真的是在害你！

陈太说，你讲下去。

常来临说，公司的管理也不正规，什么事都要等老板来处理，老板再大的本事，就是超人，也管不过来呀。

陈太又叫，我一天到晚在外面拉订单，飞过来飞过去，吃也吃不好，睡也睡不好。哪里是他们给我打工啊，明明是我在给他们打工！

赵先生何先生都笑了，说当老板也真不容易，不是人人都当得了的。赵先生更是说，从理论上讲老板辛苦也是应该的，哪有老板不操心让员工操心的道理？员工辛苦是为老板辛苦，老板辛苦才是为自己辛苦。

陈太哼哼道，你们都不凭良心。

常来临接着说，另外公司经常让工人加班，并不聪明，工人睡眠不足能保证质量吗？工人一下班，设备就睡觉，为什么不考虑提高设备利用率呢？

何先生点头说，这确实是深圳企业的一个特色，要上班都上班，要下班都下班。加班是个常态，说明企业红火，不加班反而显得不景气了，说明老板没料。

常来临说，表面上机器是开着，其实未必红火。让机器睡觉更是不知进退，不懂文武之道。根本的原因是，企业普遍认为加班制成本低，三班制成本高。我手头没有数据，没法做定量分析，但我肯定这是误判。另外一个误判就是流水线作业，以为机器比人重要，简单劳动只需要加强管理就行了，这些看法一旦主宰了企业行为，都想抓眼前拼成本，从长远看肯定得不偿失。元气大伤了，还能不出事？

赵先生连连点头，说想不到常先生还是个企业管理高手，让你当书记真是可惜了。

说得常来临慌忙摇手作揖挤眼睛，做诚惶诚恐状。其实越说心里越有底了，他发现陈太的焦急和无助比他想象的还要严重，他相信老板最怕的就是心中无数。他要的正是这个效果。他想立住脚跟发挥作用施展抱负，没有舞台怎么行？他心想，公司要没有这些毛病，还真不知道该从哪儿下叉子呢。

陈太端着高脚杯的手一直没放下来，戴钻戒的手指一直在杯沿上轻轻磕，磕，似乎在做决断，又似乎在想着更加遥远的事情。她的发髻高高地盘在头顶，脖颈天鹅似的挺着。常来临一时间走了神，他真想说一句，陈太你不该做企业的。

陈太开口了，说我在听呢，你怎么不说了？

常来临问，我说到哪儿了？

三个男人都会心地笑起来。

陈太说，阿临啊，你讲得都有道理，可你不了解市场，市场是不讲道理的。她摇摇手止住常来临，我今天想听的也不是这个，我想知道眼下我该怎么办？

常来临说，你是老板，眼下你做决定。

怎么决定？

很简单，放弃这种招工辞工的办法，稳住人心，恢复生产。承诺以后实行三班制，少加班。工人重新组合，化解矛盾。

可我的订单怎么办呀？工期已经耽误了呀？

那只有提高加班费了，道理说清楚工人会同意的。

我要是不让步呢？

工人拖得起，你拖不起。最后闹大了，大家都不好办，矛盾就激化了。

陈太举着酒杯跟几个人一一碰过，噘着嘴说，反正你们就知道让我花钱！然后自己先笑起来。

常来临说，眼下多花点钱不冤枉，不能僵下去。

何先生也说，是不能僵持。僵到一定程度，劳动局不介入说不过去，一介入就复杂化了，反而不好办。最好是内部解决，钱以后你再赚回来就是了。

陈太说，好啦好啦，跳舞！烦死了！她挥手又把乐手们请回来，小舞厅重新荡漾起轻柔与欢快。这回奏的不是《假面舞会》，而是《小城故事多》。

常来临心想，第一步竟是这样跨出去的，不轻松，也谈不上复杂。他知道这其实就是一次亮相，观众只有一个人，就是老板。他听见陈太抽空给马明阳打了电话，亲切地叫阿阳快来，说要介绍几个朋友给阿阳，于是他知道同样的甜蜜和温柔也会降临给阿阳。但他不知道那位马经理心里会怎么想。也许怎么想都一样，一切已经不可改变了。

7

这天早晨饭堂里发生了骚乱。两个湖南佬因为早起贪睡，来迟了没吃上馒头，就和做饭的四川佬对骂起来。骂着骂着还嫌不过瘾，就舀热稀饭互相泼。然后湖南佬去找老乡，四川佬也要去找老乡，双方都恶狠狠非要分出个输赢。不知是哪个喊了一句，打什么打？有本事找老板去打！这才气哼哼骂咧咧地散了。

当时柳叶叶她们被堵在饭堂里出不来，看见这些男的这么泼皮无赖的样，心里真是恨得很。她对毛妹悄悄说，早知他们是这个样子，才不跟着罢工呢。

毛妹早就不满了，说罢什么罢？罢成这个样子，有碗稀饭喝就不错了，还想吃馒头？做梦。

回到宿舍也很无聊，说来说去都是一些转盘话。桃花她们说去逛街，可毛妹不愿去。毛妹老是觉得街上有饿死鬼，会来掏她的荷包包。

毛妹说，要去你们去，我困觉。

柳叶叶说，你也不怕筋骨痛，困三天还困不够，再困三天就困死过去醒不转来了。这才把毛妹拉出来。

她们几个都换了衣，只有毛妹没得换，还是一件工装。柳叶叶要把那件紫色的泡泡袖衬衫借给她穿，毛妹死活不干。不干也就算了，还说那种紫色怪怪的，好像受伤淤的血一样。说得柳叶叶心里老大不痛快，以后她再不想穿那件衣了。

出了宿舍就有几个男老乡喊她们去打牌，说逛街没有钱，越逛越眼馋，还不如打牌。她懒得理这些人，话都不愿多一句。桃花她们回说，打牌也不跟你们打，你们还不是一样？有几多钱？烧的。

但那些男的又来吓唬她们，说这两天一直有外面的工友过来串门，提醒大家不要上街不要堵路，更不要在外面打架闹事，防止被人照相。

桃花说，莫名其妙，我们堵路干什么打架干什么，神经病。

他们说，真是有工友过来打招呼的，说过去有的公司罢工，工友没经验就被派出所拍了照片，后来吃了大亏，你们不知道。

柳叶叶说，就是有那些事也是你们男的去做，女孩子怎么会去做那些事？不理他。

其实她们逛街也是烧包，装模作样一家一家看过去，看得起买不起，还得装作一本正经。好就好在她们人多胆子壮，大大方方的，哪个也不用怕。另外，逛街也有点显摆的意思，鲜亮的衣服穿着，一路叽叽喳喳地说着喊叫着，旁若无人的样，本身就快活。

来到深圳就是这点好，天暖，一件单衣就能打发了，天天都能换个样子穿。你有什么衣服都可以穿，多短的都敢穿，穿出去好了，没有人管到你。在家里哪有这样自由？借一个胆也不敢。爸爸妈妈看到你这样穿衣服，眼珠子也要射出来。自从进了城，不怎么晒太阳，人就不干巴，明显地变白了，好像花骨朵吸足养分了，突然被撑开了那样。现在高跟鞋一垫，新衣服一穿，胸脯骄傲地挺起来，屁股还一翘一翘地撅着，要几美有几美。在家哪有这样的机会？现在罢工了，空闲了，凭什么不逛？

可是逛多了也烦。街就是几条街，路就是几条路，天天数过去，地上有几块砖都晓得了。所以每每是高高兴兴地去，垂头丧气地回。所以毛妹说她不想去也有她的道理。所以桃花一说要看录像，个个都说好。

录像是在街背面的一个棚子里，门口挂个牌，两元一位，随到随看。随到随看的意思就是它一直放，后来的人可以一直看，看到收场，两元不贵。棚子里有几排长凳，没有几个人看。柳叶叶就买了一包瓜子找了靠电视的凳子坐下，离开别人远一些。她们一边嗑瓜子一边说悄悄话，把平时没有机会说的想不到说的突然冒出来的统统连着瓜子一起嚼烂了吐出去。机子里放的是赌王，男赌王和女赌王，两个人斗法。她们进来以后，有人就喊不过瘾，要过瘾的。接着就换香港片，搞笑的，开头就是女的在洗澡，浑身肥皂泡，然后有男的要进来吃豆腐，弄得满脸肥皂泡。接着又有人喊不过瘾不好看，就换了刺激的。这回是真刺激，两个人一开始就在床上，一开始就干那个事，女的在叫男的在喘。不一会儿棚子里也有人在喘了，她们几个脸上都发烧了，说又不好说，只能把头低下去。这时就觉得身边有人坐过来，挨着她们坐。柳叶叶靠在最外边，有一个家伙把膀子搭过来。她刚甩脱了，那个人就问，做不做生意？她开始没有听懂，还想问问清楚，后来一下就懂了，听懂了就哇哇喊叫起来。她们逃出来半天，气还喘不匀。看看，一个个都像是吃醉酒一样面红耳赤。

桃花说，原来录像是这个样子的！想起在工房里经常听到他们讲看录像看录像，原来就是来看这个。大家又忍不住好笑，笑到肚筋疼。可是笑着笑着，又觉得不对劲，总是有点不太舒服的样子，脸色又难看起来。柳叶叶记起那个人对她要过流氓，肩膀上立马就麻木了，起鸡皮了，觉得好脏好脏，恨不得把衣抓破。大家围到她又是哄又是劝，其实也不为个什么事，就是心里好委屈好难过，就是想哭。

桃花说，想家了！一说想家，她们几个也都抽泣起来。

其实哪个不想家？平时没有时间想，一闲下来就更加想。不想家就不会来逛街，不逛街就不会来看录像，不看录像就不会碰见流氓。人就是这么麻缠，要是不出来做工，哪有这些破烂事？可是不做工，又能怎么样？在家守着，不是更麻缠？

其实她们想家，家里不也想她们？说到做工，家家都是愿意的，只是一想到娃儿走得那么远，哪个做父母的心不揪起来？这趟不比从前，从前那些个都是一个带一个走的，单打独斗，不牢靠。这一趟是集体组织的，二百多人，能出什么事呢？有事也找得出着落。嘴上都这么互相劝，但心里还是麻缠。开头几天还好，越到临走了越麻缠。

叶叶妈把留到过年的两条腊肉全都煮了，餐餐端出来喊她吃，自己却不动。小弟刚一伸筷头，就被她一筷子打下去。她说吃不下了，真的吃不下了，叶叶妈就有点伤心的样子把那只碗端走。叶叶的爸本来话就不多，唯一的话就是，多吃一块能噎死你啊？然后就是叹气，然后就是一天天的沉默。在他们看来这一碗肉就是全家人的所有担心和所有祝福，娃儿出去受苦要吃，娃儿出去享福也要吃。小弟眼巴巴地看着吃不着，就十分不服气。叶叶搂着他的小脑壳说，等我走了不就你一个人吃？小弟把嘴一撇，一个人吃还有什么意思？不香。一句话把叶叶说得眼泪也流出来了。

顶麻缠的是毛妹。毛妹的妈本来就够难的了，现在又要失去一条“胳膊”，说不疼是假的。她骂毛妹狠心，缺良心，白养活她这么大，毛妹都能忍受，后来骂到毛妹从小就不听话，从小就闷心思跟她作对，不把她气死不罢休，毛妹就受不住了，黑晚也不回家。叶叶妈也去劝过，照样被骂出来。叶叶不服气，跑去说，你们把毛妹嫁给那个猪头疯，就不是送她走吗？换那么点彩礼钱你就安心了吗？结果舅舅拾起一只鞋迎面摔在叶叶脸上。舅舅骂，你们滚吧，有多远滚多远，滚出去就一辈子不要回，这里不是你的家，我也没养过你这个娃。毛妹气得浑身乱抖，跑到外头搬来一块大山石摔在门口，说，等这块石头烂了，变成粉粉了我就回。

奇怪的是，在叶叶家睡了两晚的毛妹在临走的前一晚，突然变卦了。她半夜抱着叶叶哭，说我不走了，我真的不走了。

叶叶说，天亮就要出发了你说什么胡话？

毛妹说，我没得那个命啊，我真的没得那个命啊，我一走他们真的没法活啊。

叶叶说，鬼话一十七哦，不是说好挣了钱寄回家吗？你挣的钱越多他们活得越好！

可是毛妹还是坚持要回家。回到家一句话没得，操起扁担就挑水。不料想，舅舅爬起来，问清楚不走了，甩手就是一巴掌。打得毛妹晕头转向，不知是啥个意思，又哭着跑回来。

叶叶妈听了这个话，流了一脸的泪，说可怜天下父母心啊，你们这些娃儿，哪里晓得父母的心啊，你们根本不懂！

叶叶问，他到底是啥个意思嘛？

叶叶妈问毛妹，你怎么又不想走了？

舍不得。

你走了想家不想？

想。

叶叶妈说，这就对了嘛，你们吵成那个样，他还有什么话？他这一巴掌，是叫你恨他呢。你恨他，你才能不想家。你不想家，你才能不回头，你不回头，你才能狠下心朝前走。

走吧，放宽心走吧。走了就不要想家，叶叶妈说。

那天，山里落了雪。雪花细得很，绵绵密密，天灰蒙蒙，地白茫茫，看不清方向也看不清路。倒是村里头，脚印乱糟糟的，柳树桠家家人都出来了。谈不上送行，也谈不上热闹，只是眼巴巴地望着，望着五个女娃儿上路……

哭痛快了，她们五个人才手牵手，眼红红地回公司。她们什么话也没有说，只是在心里头想，五个人一道来也要一道回，在外头好好地，千万不要出什么事，好让家里头父母放心。

宿舍门口贴了一张通知，说是晚上公司领导要给大家讲话，希望大家都不要出去。柳叶叶说，这下好了，总算有一个说法了。

毛妹说，啥子说法你也是打工，打工妹就是打工妹，你出来是讨说法的？

桃花她们也说，就是，我们管他那么多！

毛妹说，我们出来就是来苦的，怕苦就不要出来，人脸就是一个苦字！

人脸就是一个苦字，是她们老家的土话，意思是人生来就是受苦的，苦字的写法就是人的一张脸。上头两个十，是人的两只眼睛，中间一个十是人的鼻子，下边一个口是人的嘴巴。人脸生成是这副模样，你怎么能不苦？

8

从对老板说出看法的那一刻开始，常来临就意识到与马明阳之间必然会有一场争斗。谈不上你死我活，但也决不会轻松，因为这毕竟关系到公司今后的经营理念发展思路。只是他没有想到争斗会是这么下作，这么水火不容，没有半点科技含量。他并不认为自己高尚，不是马明阳挖苦的那样，捍卫《劳动法》，维护工人权益，他没那么想。

他只是觉得公司要想走上正轨，必须改变这种野蛮的做法。怎么说这也是一家不算小的企业，挂着高科技牌子，一点现代意识没有？这是包身工时代？

在干部会上，他也是这个意思，他甚至说的比老板都委婉。他说赶快复工是第一位的事，以后怎么做以后再慢慢考虑。陈太就直截了当说，以后也不能这样搞了，再这样搞迟早要被捉牢，最后又要罚款又要处理不划算，说她压力好大好大。结束时老板问，阿阳还有没有话？这个阿阳抬起那张娃娃脸很天真地问：我有什么话？我听老板的。

其实他两个在厕所里已经把话交流过了。

常来临说，我是为公司着想。

马明阳说，是啊，我只为自己着想。

我不是那个意思。

马明阳说我忘了，你还为国家着想，你还捍卫《劳动法》，维护职工权益。

你这样讲就没劲了。

马明阳抬起一张娃娃脸，甩着他的家伙笑，你这么伟大，打老板工真是可惜了。

这张娃娃脸给人印象特别深刻，肥大，油亮，很单纯很阳光的样子。在贵州招工时他就领教过。在这个时代只有这样的人才能如鱼得水，什么事都能干得出来，没有任何负担，不需要对任何人负责。常来临这样一想，又有点后怕，觉得不该管那么多，刚到公司就树了敌确实不明智。

果然，下午他在准备讲话稿的时候，听见外头大办公室的小姐们在嗤嗤笑。后来在走廊里碰见一个小姐，又是那样飞快地睃一眼就走的样子，便知道这是在议论自己了。晚饭陈太为他特意安排了客饭，问他准备得怎么样时，突然意味深长地冒了一句：你是不是有点同情这些女孩子？

当时他还莫名其妙，没有啊?

有也没关系，男人嘛。

他问，这话是什么意思?

陈太说，也没什么，她们说你去贵州“开处”了，所以特别怜香惜玉。怜香惜玉有什么不好?我看就应该，不然要你们这些男人有什么用?

他急眼了，说我没有，真的没有!

陈太笑，说没事的啦，那么紧张。阿阳倒是比你坦然，张三李四公开讲的。

这时外间的小姐又是一阵尖声大笑，特别过瘾特别刺激的那种。陈太冲她们喊，啊呀呀这个阿阳也是的，来者不拒，一点档次都不要的!

他当时是忍住了，没再解释。这种事越解释越麻烦，可越不解释越窝心。

他记起那天早餐的时候，他观察过马明阳和那位高局长，也想找机会和马经理谈谈棋盘乡的事。可他们两个说说笑笑，好像什么都没发生过，又有些迟疑起来。这种心情也很微妙，秃子不挑麻子似的。倒像是自己做贼心虚，你说你没做“自选动作”，谁信?他们两个也许久经沙场笑纳过了就忘了?或者他们也是和自己同样的想法，认为这事不值一提根本没当回事?于是就没有开口，柳叶叶那张名单也就揣在口袋里没掏出来。直到第三天，他在花名册里看到了棋盘乡柳树桠村五组的几个名字，一口气才松下去。他确实记住了两个名字，柳叶叶和张毛妹。仅此而已。

现在想想是有些不够慎重。如果当时把事情谈开了会不会好一些?也许他的“三不政策”是失算的?想想也不见得。当时谈开了不过就是说明你虚伪，收获更多嘲弄而已，他们早就承认自己是坏人了，你装好人还用得着坏人来证明?

可那确实是难忘的一夜，那女孩走了以后他还真的兴奋得睡不着。他开了窗，那种刺骨却又清新无比的空气，还有那种童年记忆般的寂静一起扑面压过来的感觉真是很好。那一刻，他甚至觉得自己有点刚强，有点高尚，有点古风，像柳下惠，所以那些冷风吹在脸上就有了钢铁的感觉。而对寂静的理解又多了一层，看来寂静有时也并不那么美妙，有一种寂静是属于坟墓的。他长长叹了一口气，悲壮得很，同时也轻松了很多。

宾馆面对着山岭，深夜的山岭就像挂在天际的一道黑幕，神秘又压抑。这地方确实很小，太小，小到了人都把自己当动物看。从前他以为自己已经够封闭了，可竟然还有比他更封闭的，还有如此自轻自贱的搞法。但那里确实很美。山绿成了黑黛色，水清成了草绿色，空气新得醉人，连白云都一团一团不愿化开。据说在高空看，有九条山脉崎岖蜿蜒，约好似的一路奔腾汇集到了这里，然后戛然而止。九座昂然翘首的黑色绝壁就像被砍断脑袋的九条龙身，齐刷刷被西水江隔断了，留下了一片开阔地。那位高局长介绍说，这叫九龙抢水，西水江就是斩首的剑，传说中的天尽头就是这里了。为什么选择这里做尽头？在地质学上有过一个解释，叫板块断裂。在文人雅士看来，正好可以编出各种荒诞不经的故事。而局长却发牢骚：山多，水多，矿产资源多，就是钱少。能想的点子都想尽了，能挖的心思都挖空了，就差大卖活人了。

记得在飞机上，他还见到了该省当天的报纸。有一条新闻说，《××县与特区企业“联姻”，探索“走出去”新模式》，一张大照片上，高局长与马经理紧紧握手，很激动的样子，那表情简直有点热泪盈眶。他实在想不出这是什么时候拍出来的。当时他还扭头看了马经理一眼，这位长着一张娃娃脸的经理已然睡去，一条口涎正慢慢爬上衣领。窗外，西水江正细成一缕轻烟，而那九条被斩首的黑龙也早就化作一片青翠……

不就是这些事实吗？这有什么值得你大做文章的？所以在晚上的员工大会上他非常激动，把麦克风架子都推倒了。他已经很久没有这么冲动过了，也很久没有面对这么多人讲过话了，可他居然一个磕巴都不打，三个月的郁闷，两年多的委屈，全都被他泼上汽油，混合在了一起。他脸色铁青目光凶狠，把麦克风抓在手上像铁榔头那样敲打。

他说有人讽刺我，说我在帮打工仔打工妹说话，是怜香惜玉，好像这就见不得人了，做了亏心事一样。维护工人权益有错吗？捍卫《劳动法》有罪吗？这话在深圳讲，好像是有点怪怪的，深圳人不这么说话。但我还是要告诉你们，深圳还是中国的土地。

他发现，那些工人一开始并没把他当回事，他们不知道书记是干嘛的，他们只认董事长总经理。但说着说着，他们就不再交头接耳，慢慢从墙根底下从宿舍里从饭堂里聚拢来。他们可能是有点惊讶，不太明白这个人，特别是他说出的那些奇怪的话，那些有点暖人心又有点刺激性的话。

他说，宝岛电子是一家高科技企业。什么叫高科技？高科技是现代社会才有的事情，没有现代的公司化管理叫什么高科技？没有现代的法制意识叫什么高科技？听说还有打骂工人的事，侮辱人格的事，有没有？

有！

听说还有扣押身份证的事，有没有？

有！

听说还有欺压猥亵女工的事，有没有？

有！

他中气足，头脑清楚，话不多意思却很明白，又了解工人情绪，几个回合下来，工人们全都被他拉过来了。群情激昂，有的还抹了眼泪。原本他是站在宿舍对面的一辆旧拖车上讲的，后来人多了，就改到写字楼的大阳台上去。讲着讲着，连自己也有些感动了。

他说，你们不要觉得来到深圳打工是低人一等，是到人家家里来讨饭吃，不是那样的。如果改革开放先在浙江先在上海，我不也跟你们一样去打工？可能还不如你们。想当初我袜子破了衣服破了，不也是找一片止痛膏药，前边贴一块后边贴一块吗？这一说大家都笑了，都鼓掌了，气氛就顺了。

他说，你们有意见就提，公司能满足就满足，不能满足就说清楚。不要动不动就闹罢工，那个没意思。你们有你们的难处，老板也有老板的难处。老板就不困难吗？为了找订单，她几天几夜都没合眼了。没有订单，我们就没有活干，没有活干大家都没有钱赚。大家是一根绳上的蚂蚱，这个道理不是明摆着吗？

陈太没见过这个阵势，早就晕了。特别是开头说公司那些不光彩的事，他瞥见陈太嘴角抽了一下，又抽了一下，然后从额头一根筋开始，秀气匀称的脸被斜拉上去，然后腮帮就一直跳一直跳。那一刻他甚至有种恶作剧似的快感，一种报复了马明阳似的痛快淋漓。他对自己说这是必须的，你不把工人的情绪扭转过来，你怎么和他们对话？你不对话怎么能扭转局面？

当然他没有对陈太这么说，他说你是老板，你不站在我身边，我的话就没人信。后来转到大阳台，陈太浑身发软簌簌乱颤，差不多是被他抱着过去的。

他说，现在董事长决定了，今后再也不会出现集体辞退工人的事情了，是吧？董事长？

陈太说，是啊是啊，我老早说过，不能这么搞的嘛。

他说，董事长说过了，今后我们要实行三班制，一般不安排加班。是吧董事长？

陈太说，是啊是啊，我老早讲过的嘛。

他说，董事长说过了，这一次是特殊情况，延误了工期，所以要发双倍加班费，是吧董事长？

陈太说，是啊，是啊……

工人复工了，机器开动了。写字楼也在通宵加班，要重新编排班组，重新安排宿舍。要把公司原有秩序彻底打乱彻底改变。而这一切，都是常来临几天前不曾料想的。这就好像突然从冷灶跳到热锅里，生猛刺激。好在这一套他并不生疏，管技术管生产的副经理也还算配合。他清楚得很，此时马明阳正在等着看他的笑话，他若是不能把这架巨大的机器推动起来运转起来，前面的话全都等于放屁。

老板的态度也很有意思，看着他在前面跳来跳去，只默许不吭声。她说，阿临你尽管去做好了，我只要开工，其他的事我不管。嘴巴说不管，人却不走，一直坐在办公室里等。

天快亮的时候，他拿着新的花名册给她看，她翻都不翻就扔在桌上，说阿临我都累死掉了，看什么看。

他说，那陈太你回去休息吧，你眼睛里都充血了。

陈太起身时却又叫起来，说哎哟你刚才把我腰都扭疼了，现在倒要来充好人！

那一刻，他有些恍惚，有些感动。他看着陈太慢慢地下了楼，在车旁站了一会儿，一只手贴在唇边打哈欠。灯光从侧面打过来，穿旗袍的陈太身材婀娜，竟是少女一般苗条。一阵风把她的披肩吹了起来，她理正了才慢慢钻进车里，好像这个人从来就没有着急过。

这样一个女人真不该出来办企业，他又想。

第三章

9

赵学尧是在那个漂亮的图书馆碰见何子钢的。他本想去查点资料，结果却在门厅被一个板着铁青脸的保安拦住，请他看了一场关于性病的小电影，最后还损失了两张已然不多的十元大钞。心情恶劣的赵学尧就把查资料的事给忘记了，把一口浓痰恶狠狠留在花岗岩大厅的中央。到了外面，他再回头投以愤怒时，才发现门楼上挂着的大字横幅:“欢迎观看第三代《性爱与性病》。”只怨自己没看清地方。想想不该自轻自贱,又回去把痰给蹭了。这时便听见有人喊赵老师。

何子钢正在不远处十分暧昧地冲着他笑。怎么这么巧?

赵学尧一惊,腿踩着的那个地方竟抖了起来。

何子钢看看门楼上的横幅说,挨宰了?

赵学尧不吭,脸却一点一点红上去,好像他是个被当众捉住的窥淫癖患者,被塞了满口黄土掰扯不清的样儿。

何子钢笑道,让我猜猜,对你这样的顾客一般用小姐不合适,最好是让你接受某种公民教育。对不对?

赵学尧笑不出,心想跟你诉苦有什么用?顶多说两句小心陷阱。如果他告诫别把特区当成阿里巴巴山洞,反倒自讨没趣。他打量着何子钢,竭力维护那点仅存的师道尊严,嘴角却不争气地抽搐起来,一口恶气脱口而出:你家好像就在附近吧?吃你一顿饭不为过吧?我刚好损失了一顿晚餐。

何子钢笑起来,把他肩头一拍:家里粗茶淡饭有什么劲?要吃就吃阳光。走!然后极潇洒地挥手打的。

赵学尧的学生在深圳的有十来个,差不多都请他吃过饭。唯独这个何子钢,通过几次电话,每回都跟他打哈哈。赵学尧当然不在意一顿饭。面子固然重要,可最紧迫的还是帮他找一份稳定的工,赶紧站住脚。结果自然是令人伤感的,吃过饭留过名片拍过胸脯,一切都烟消云散。赵学尧很惊讶,这帮同学还是自己像个座山雕似的珍藏着联络图,他们在同一座城市里生活,居然极少往来。别人倒也罢了,这个何子钢从前可是得过他的许多“良”的,连一次见面都不肯安排。这令赵学尧对这座金碧辉煌的“森林”有了冰冷彻骨的认识,进而对实现现代化也忧心忡忡了。半年多过去了,他在这些钢筋水泥之间跳蚤似的蹦来蹦去,直到找到一份代课的差事才算活了下来。感谢人民感谢党。

何子钢说,你别把眉头做成一朵花。你兜里还剩一毛钱,照样挥手打的，这才是深圳人的风采。谁没见过失败？就你特别娇贵？老实说这对你十分必要！都把失败挂在脸上你就完了，白交了学费，瞧你那张脸，鬼都绕着你走。

赵学尧冷笑，心想不就撮你一顿吗，心疼成这样。他不吭，只把脸向后控过去，岿然不动。

到了阳光大酒店才明白，他们不过是蹭饭。何子钢他们劳动局政研处请了北京上海一帮专家来开研讨会打秋风，当地一个叫幸福村的书记出血买单。赵学尧更加心冷，跟着学生吃白食。小何介绍他是某某大学著名哲学教授，自己的恩师，他也不吭，心想反正也不认识，著名不著名由他吹去，插进去吃一嘴总不能说不合槽，尽管这个教授只是个副的。打过哈哈，更加闷头不吭，专挑那些深海远洋的货色来吃。这种高蛋白可不常吃。

席间，何子钢悄悄嘀咕道，你不要看不起农村人，真正有钱的就是这帮土财主。你以为那些企业老总气派？其实那都是花银行的钱。只有他们的钱才是真正的人民币。

赵学尧说我没有看不起谁，我管他土的洋的，财主资本家我都看得起，我想磕头还磕不上呢。

何子钢说，现在这帮土财主开始琢磨着要当上等人，要投资于门脸建设。可他们又不会花钱，钱都花到泔水桶里去了。赵教授不想帮他们花几个？

我怎么不想？我做梦都在想钱你不知道？

不是那个意思。

那是什么意思？教他们点票子？开购物课？

那要看你会不会。

老赵笑，挣钱我不会，花钱我还不会吗？

何子钢也笑了，我看也是。

后来何子钢给他弄来一张卡，上面写着：欢迎你到幸福村来！落款是火柴杆体的大字：文念祖。卡是烫金的，透着深圳特有的诱人的温香。

十天后，赵学尧决心去幸福村落草，开始他的第二次插队生涯。后来他想，能投靠文念祖恐怕也不是偶然。他甚至怀疑自己是否一开始就进入了何子钢的诡计之中。只不过这诡计比较体面，让赵学尧接受下来没有障碍，简直就是一个恩典。当然，这念头就那么随便一闪，并不影响他按何子钢的思路一步一步朝下走。

何子钢煽惑他说，凡事都有个机遇问题，机会不到宁肯死等，瞅准了再狠狠出击。有头脑的都这么干。哪有逮不着菩萨乱磕头的？别认为现在来深圳就晚了，是搭末班车，末班车也机会大把。又说，现在出来闯世界的文化人满大街都是，个个都想办公司赚大钱，其实个个是傻逼。他们做生意要比一个农民强算我白活。文化人不在社会发展上做文章能有什么出息？搞社会发展不在基层想点子能有什么名堂？你听我的，包你有名有利。别跟我说你不想发财只想干事业啊，我听不懂。上深圳来的无非“名利”二字，熙熙攘攘皆为利往，要么来搞官要么来搞钱。还说，我清楚你对我有看法，这不要紧，我不图虚名。没有实质内容的事何子钢不做。请你吃顿饭算个屁？我不想糊弄你。再说半年不联络不等于我不留心，因为第一，我暂时还没当人事局长，第二，你也有必要把面子扯下来搁地下踩一踩，你要真想在深圳发展，不过这一关，屁事也干不成。这都是实话，信不信由你。

赵学尧说是是，我是该锻炼锻炼。

我也没那样说，我那样说了吗？

何子钢始终阴着脸，眼皮垂着，只是为加重语气眼角才偶然有光亮恶厉厉的一闪。赵学尧脚下的寒气一点点涌上来，心里那点热情又一点点死灰复燃，蠢蠢欲动。他吃不准这个家境寒微又心比天高的何子钢究竟比从前更成熟了还是更灰暗了。

谈话是在何子钢住的机关宿舍的楼顶上进行的。这幢楼是七十年代的标准设计，夹在一片镶宝嵌玉的巨厦之间，十足是个侏儒形象。何子钢说累了就把两拳握起引体向上，努力沐浴高楼夹缝间的落日余晖，像个憋足劲儿的铁臂阿童木。他问赵学尧，你也来试试？

赵学尧有点吃惊：什么？

没什么。他笑笑，转眼脸又阴了，嘴唇翕动不停，像是在祈祷，又像是跟谁在争辩。

赵学尧说，你是不是经常这么干？

何子钢点头说是。充充电，他说，到处是高楼的阴影。

去幸福村之前，何子钢把他大大包装了一番，某某大学教授，某某研究所高级研究员，中国农村发展研究会常务理事，弄得赵学尧好不紧张。好在文总记不住这么多头衔，只喊赵老师。赵学尧有一套西装还是很考究的，何子钢又参谋着给配上一条大花领带，令文总一见面就喊：哇！

关于赵学尧的定位，何子钢很费了一番心思。有偈语道：花钱不问钱，认人不认事，帮办不包办，说好不说坏。说记住这四项基本原则包你逍遥快活。

何子钢指点赵学尧，幸福村的背景有二，都是值得赵学尧用心挖掘的：第一，文天祥的后裔在这一带共有三支，一支在香港，可以忽略不计。另一支叫胜利村，曾经是文氏家族势力中最大的，但已开始破落。还有一支就是幸福村，这些年发展极快，年产值二十亿元以上，也是最早实现股份制经营的农村之一。文念祖就是那一支的书记兼村长、董事长兼总经理。他还想要什么？无非是把嫡传正宗的衣钵争到手。

第二，最根本的背景是深圳要建成现代国际大都市。可这座城市并不是在工业文明基础上生长出来的，它是靠卖土地盖房子开发出来的，这就决定了它的先天不足。现在上头最不愿见到的是什么？就是这儿培育了一个庞大的食利者阶层。你想想吧，它需要什么，它下一步该干什么？文章就在这儿。它需要样板，它必须推出自己的农民英雄。这文章可以做得很大，大到你一辈子都吃不完！

何子钢说，这就跟买股票一样，要买就买潜力股，别人还没发现，你就买进去，一旦人家意识到了，你早就坐在轿子里数钱了。他还说，你不要认为我在帮你忙，我是生产自救，是寻求合作的。我到机关好几年了，也没什么作为。我也在等待机会。咱俩这次联手，我就不信搞不出一点名堂来。

赵学尧于是把手握得很慷慨，说，成交。

何子钢这才高兴了，露出了那对灿烂的虎牙。

10

这是个大套间，外间会客，里间办公，还有个洗手间隐在书橱背面。写字台比棺材还大，台上有黄花梨笔架，吊着几支巨毫，笔洗是玉的，砚盒也是黄花梨的，左手是电脑工作台，右手是电传电话机。

赵学尧被带进来时有窒息的感觉，拎在手上的行李也没敢朝下放。何子钢也愣了，半天才说，厉害。

条件不好，马马抬啦。站在一边的文总指指意皮沙发，这一套才三十几万，真是便宜得要死。

何子钢说，赵老师是见过世面的人。你看比北京的部长们如何？

赵学尧这才胀红了脖子说，过分，太过分了！

何子钢笑道，实现现代化啊！你那破包没地方搁了吧？

赵学尧将旅行袋放下，窘道，不好意思啊。

湿湿水啦。大家都是一样的，还有一个老郭，同你一样也是高级知识分子。文总说，幸福村这点面子还是要的，不然像个乜呀，人家会笑我连知识分子也养不起。

赵学尧一愣。

何子钢说，文总这么给面子，赵老师也不会辜负的。多作贡献啦，共同富裕啦。

赵学尧说，一定的，一定的。

他们走了以后，赵学尧一个人还在发呆。一时间感慨良多却又无从说起，只把写字台一遍又一遍地摩挲。

其实赵学尧以前也有过一两次机遇的，只可惜都是擦肩而过。那个老总也是坐在这样一张写字台后，台上也摆着砚盒和笔架。那老总表情深沉地写着毛笔字，思想，思想，思想，反复写着思想两个字。他说我真的很需要高级策划人员，我需要真正的思想。那老总正策划着把一块美国沙漠卖给中国公民，想听到赵学尧的高见。赵学尧自以为还算得上一个思想者，却怎么也想不通这单生意的可能性。他认为目前中国人民还没富到这种程度，傻逼到这种地步。即使让美国人掏钱来买中国的沙漠也是行不通的。当然，让美国人掏钱还有点政治意义，可以激发我们的民族自豪感，可以生产某种爱国冲动。赵学尧把这个思想阐述得越明白，那老总脸色就越难看。最后老总抽出两张大钞推到赵学尧面前，说不好意思啦。

事实上后来人家老总的生意很成功，他造就了十万个拥有一平方英寸美国沙漠的中国小地主，成了优秀企业家、全国劳模。何子钢听说这件事后大为感慨，为赵学尧做了总结：赵老师你其实只要回答一个字，那个老总就留下你了。赵学尧问是什么字，何子钢说是“炒”字。赵学尧只好骂了声狗屎。

赵学尧如今也坐在这样一个写字间里，把抽屉一只只拉开又一只只推进去，奇怪的是一点也找不着尊严。抽屉全是空的，现出黄灿灿的底色，就像空洞的大脑。他甚至觉得这一切都和自己格格不入，自己活像一个装腔作势的小丑，硬挤在这个豪华富贵之乡扮演角色，勇气与自信再也找不回来了。

门轻柔地响了两下，进来一个小姐。她自我介绍说姓胡，是办公室的秘书。她说赵老师真是好威猛好靓仔好有名气，早就听说赵老师要来了。她请赵学尧去用餐。赵学尧这才呼吸自如了一些，感到了自己还有剩余价值。心想刚才的感觉都是被财富压的，并不真实，没什么了不起。财富不过是三座大山之外的第四座大山。他能移掉这座山，也不必像愚公那么辛苦。

另一个总经理助理老郭有五十多岁，红光盖脸，举止潇洒，头发如同刚耙过的麦垄。两个人合住一套房，一人一个单间，客厅很宽敞，比赵学尧以前租的铁皮房强多了。老郭说，你有没有觉得宿舍和办公室反差太大?

赵学尧说，感觉上是有一点。

老郭说，此地人爱面子的很，钱都花在脸面上了。宿舍里连空调都舍不得装。

赵学尧则认为，广东的商业历史很长，注重形式，讲究身家地位，把面子看得很重是有渊源的。

老郭却说，我们上海商业历史不长吗?上海人就不信这一套。有粉不要只往脸上抹嘛，屁股上也可以抹一点点嘛，屁股也很重要哦。

正说笑着，胡小姐敲门进来，说文总有电话来，请赵教授晚上八点在帝豪酒店门口等他。然后又关心赵学尧住得怎么样，缺不缺东西。赵学尧正待感谢，老郭却抢先说，很好很好，我们生活上从来不讲究的。一百二十四个满意。一边说一边在底下对赵学尧做手势。之后老郭对赵学尧解释说，你要特别小心这个女人，她是老板的心腹。他说，大家同为天涯沦落人，打老板工是不容易的，理当互相关照。

赵学尧谢了。

不觉着，就下起雨来，一阵猛过一阵，把窗玻璃敲得砰砰响。赵学尧没顾上吃晚饭就去搭中巴，生怕耽误了八点的会面。老郭的一番话，令他警觉起来。他来深圳半年多了，当然明白打老板工的意思。可文总的礼遇又让他觉着，刚来就存有二心总归是不很地道，何况还有何子钢的期待在前。

因为雨急，赵学尧把皮鞋拎在手上赤脚上路，这样进帝豪酒店时再穿上可以显得体面一些。没料想越紧张越出问题，他这辆车被塞在深南大道上，一塞就是两个多小时。等他赶到，已经八点四十了。

老远就看见文总在酒店的喷泉前母狼似的来回踱。不远处的台阶上伫着一抱肩的女郎。赵学尧一路快跑连鞋也忘了穿，一头油汗一脸愧色一迭声地喊：对不起对不起，迟到了迟到了!

文总看着他，不蹿了，却也不吭声。

一小伙子过来说，老板等你等了一个钟头，好大架子。

赵学尧结巴着，塞车啊，不好意思啊。

小伙子说道，还有理呢，老板叫你，是给你面子。不识做。

赵学尧抬头看老板，老板仍黑着脸，不吭。赵学尧一颗心就晃晃悠悠沉下去，知道说什么也白说了，一个劲嗫嚅着迟到了，迟到了，迟到了。心想这回又得砸，刚把代的课推掉，回头怎么去解释？他不是不想奋斗，他真的是只能怨运气不好。

这时那位小姐拍着手过来喊，迟到是谁？嗨，你们猜猜，迟到是谁？

文总回头望望她，说，冰果（谁）啊？

小姐说，迟到是我弟弟呀。

文总怔着。那小伙却先笑了。

小姐说，我弟弟姓迟名到，你知不知啊？

文总好像明白过来了，搂起小姐就啃一嘴，哈哈大笑说，你倒是想得出来……好，迟到不错，你阿弟没错。

赵学尧仍尴尬着，提溜着鞋跟着傻笑。小伙子把他一捅，说迟小姐姓迟的嘛。这才明白是迟小姐在搭救他。

下了舞池才知道，是迟小姐要求文总把新来的大学教授约出来见面的；是迟小姐认为一个企业如果没有高级人才就上不了档次的；是迟小姐对赵学尧印象挺好的。这样赵学尧免不了就再三再四表示谢意，若不是迟小姐聪明伶俐，换个人还真不知该怎么化解。

迟小姐说，谢就不用了，出门求人难，知识分子求人更难。

赵学尧说是啊是啊。

迟小姐说，手一伸腰就这样了，她做了个弯下来的姿势，说这我太有体会了。

赵学尧一愣，脚下不觉就有些乱，说，这话很深刻，真的很深刻。

迟小姐说，跳，不要停。迟小姐又说，将来你不要瞧不起我就行。

赵学尧说，哪能呢？

迟小姐说，怎么不能？你还看不出我是什么人吗？

赵学尧就噎住了。

赵学尧的舞技是扫盲水平，又没有心情。而文总说他只喜欢看，让赵学尧只管去陪迟小姐。这样休息时赵学尧就胡侃安娜·露易斯·丝特朗的回忆录，说这位美国女记者认为朱德周恩来的舞步太中规中矩太老套不刺激，只有毛泽东，大步横陈，全然不顾音乐节奏。美国女记者的结论是，这样的男人最令女人倾倒。

文总听了脖子也长了几分，说，嗷？嗷。立马答应试试。结果没到一半迟小姐就叫起来，说太没感觉。

赵学尧想想又说，唐明皇、宋徽宗是历史上有名的音乐家，可这两个人并没有参加舞蹈和演奏，可见真正有身份的人都只是鉴赏品味而已，并不实际参加的。

迟小姐把椰汁喷了一地。

赵学尧顿觉脸上滚烫，一霎间换过几张皮。

再跳时迟小姐说，赵老师你何必这样紧张？做得太过反而不好。赵学尧叹气不语。迟小姐说，他这个人虽然没文化，心还不算太坏，时间长了你就知道了。

赵学尧迟疑着，说我打的是老板工，比不得你啊。

迟小姐立刻就把脸沉下来了，说赵老师你这样讲就没劲了。

怎么比不得我？你是说我为经济繁荣作了贡献？我代表中国娼妓业的文凭化新趋势？还有什么比不得？床上功夫？

赵学尧慌忙双手高举，说别，别……

好在文总这一晚还算愉快，宵夜时还点唱了一首《明明白白我的心》。

躺到床上，赵学尧一口长气才游丝一般吐将出来。他把上工第一天的心情总结为一惊一乍：上下左右皆不是，断肠人在天涯。

何子钢批他说，那是因为你自己贱。早点出发打个的士嘛，这么重要的第一印象都不懂，要不是有个迟小姐你就歇菜了。

11

赵学尧花了三天时间写了一份幸福村社会主义精神文明建设发展纲要，包括现状，问题，以及各种设想，打印了给文总送去。他觉着，应该搞一个根本性文件。幸福村有着很好的经济基础，也有一些不好的东西。既然请他来顾问，他就不能白拿工资，他就有责任说两句。幸福村该上一个台阶了。

文总翻了翻，说，好，好啊。

赵学尧谦虚说，有些想法还不成熟，还要请文总多多指点。

文总说，指点我就不会，要几钱你话我知。

赵学尧愣着，说，花钱是要花一些的，比如办文化夜校买体育设施什么的，可花钱不是主要的，关键是要提高人的素质。文明这个东西不是花钱可以买来的。比如我们村现在收入上亿，钱是多了，钱多了也不一定是好事。因为这个钱主要是租赁收入，并不是靠自己生产经营。多数村民都脱离了生产劳动，人是不能脱离劳动的，人怎么能不劳动呢？人不劳动各种各样的社会问题都要冒出来……

文总晕了，说，你到底要我怎么样？

赵学尧想想，一句半句说不清楚，便说，要不然把它先印出来请领导班子讨论一下？

文总说，好啊。然后就锁进抽屉。又说，你去爱华公司跑一趟，你问华仔到底给不给钱？不给就叫他滚。没钱搞什么搞啊？

赵学尧在工厂区转了两圈，没有见到华仔。他清楚文总的用意，要他在各公司宣传这句话就行了。没钱搞什么搞啊？其实这话也是讲给他听的。没钱讲什么文明？没钱讲什么素质？你有钱你还到这地方来做乜呀？也许在文总看来，他赵学尧编出这一堆东西就是要钱。要几钱你话我知——装什么装。

有个叫唐源的五级钳工，原是成都一家军工企业的车间主任，也在这打工，做QC，因为聊过几次，熟了，见了赵学尧多老远就笑起来：赵顾问又来催租了？

赵学尧过来说，我下来走走，怎么就叫催租？

唐源说，哟哟，下来走走。你以为你在上面吗？你跟我一个鸟样，打工挣钱！

赵学尧说，那就更不能叫催租。我又不收租。

唐源说，我是大老粗，看问题简单。不过我们四川出过一个刘文彩，我多少也明白一点道理。这个世界上只有两种人：吃租的人和交租的人。

赵学尧说，这倒也算是高级牢骚。你不想干了？

唐源说，讲讲怕啥子嘛，老子还想唱，唱《国际歌》。

赵学尧说，你又看见什么了？火气不小。

唐源说，没得啥子，提到这一茬了心里就来火，见到你老哥就想喊一嗓子。

赵学尧笑，听你口气，我跟你还算是阶级弟兄嘛。

唐源说，我哪敢高攀哟，你不管怎么说还是个白领。不过，我咋个想也没想得通：我是工厂倒了没得法子，你咋个就放着大学教授不当，来给农村二哥当跟班的呢？你图个啥子嘛？

赵学尧笑道，想钱呗，钱不咬手啊。

唐源说，我不信，天说塌下来我也不信。

赵学尧不吭，好像被他说中了。

唐源的事，赵学尧也听说过一些。按文总的说法，这个打工仔一天到晚想当官。他想在村里成立工会，想了，就做了。给区委书记写信，说要成立自己的组织，没有回音。你跑到人家的地盘来，成立自己的组织？有没有搞——错啊。

据唐源说，跑到区工会主席那要求成立工会，正赶上时候，各个区正在比赛谁在工厂成立的工会多。工会主席一听，马上叫唐源填表，还打电话给文总，让他支持。唐源兴冲冲跑回来，文总嘴上表示支持，行动上却很为难。村里都没有工会，你成立了，谁来领导你？

终于有一天，唐源的日本老板走了过来，你就是唐源？是！就是你要成立工会？是！唐源说我一辈子都记得老板说的第三句话：我的企业不需要工会，你要做工会，自己去办一个企业。

文总说，这是我们村最大的一个公司，又是日本老板，不好办啊。这样吧，你下次要进其他哪个公司做工会，打声招呼先。

后来唐源又和几名志同道合者筹备过深圳市外来工协会，他们先去找工会合作，被告知这种事是坚决不支持的，因为中国有工会组织。再后来唐源给深圳市市长写信，市长批示给民政局。他拿着市长的批示去找民政局，满以为这下肯定行了，却没想到民政局跟他说，这种事绝对不能做，谁做了谁倒霉，你想让我下岗啊？再再后来，这帮傻小子又给市人大写信，要求让他们的提案进入立法程序。总之是太可爱了，可爱得你都不忍心打击他。

唐源问，我惹你不高兴了吗？

赵学尧说，没有没有。我在想，你们年轻人和我们这辈人照说很多地方应该不一样，我们凡事都要琢磨个理，用我的行话讲，这叫追问意义。你怎么也会这样？

唐源想了一下，说意义不意义的我不懂，啥子叫意思我还是晓得的。跟你掏句心窝子话，我到深圳来主要不是为找这两个钱。主要是想见识一下，看看人家到底有啥子点石成金的门道，是不是人家脑壳子特别聪明，手脚特别能干，哪怕人家特别能吃苦也是值得我们学的啊。看来看去，就看出点意思来了。其实很简单——把多数人的劳动合理合法装进少数人的荷包包，这一套从前叫剥削，如今叫改革。剥削才能出效益。

赵学尧说，偏激，这话偏激了。

唐源就冷笑，你是不敢承认噢。说罢就要进门去。

赵学尧说，你看你看，还没讨论完呢。

唐源说，还有啥子好讨论的？你又不是没长眼睛。你去看看隔壁的宝岛电子，看看那些女工你就晓得啥子叫个剥削。

赵学尧说，好好，我一定去。路过宝岛电子门口时赵学尧犹豫了一下，到底还是没进去。

他听说过宝岛电子，是家电子元器件公司，因为是流水线生产，工人几乎无须培训就可以上岗，故而工人流动得特别快。有人说宝岛电子老板赚的根本不是产品利润，而是临时工的临死工资。这话有几分真实很难说，但他们每天都在招工却是事实。宝岛电子是村里的“主力黄牛”，每年各种费用要缴上千万，村里对他们另眼相看也十分正常。有好几次，赵学尧看见文总站在写字楼门口对一些抹眼泪的打工妹发脾气，反复说着同一句话：有话到公司去讲嘛，找陈太去讲嘛，找我没用的嘛。

宝岛电子的老板是个女的，三十来岁，十分漂亮，为人温文尔雅又谦恭有礼，递名片时双手举过头顶，给赵学尧印象很深。她每次从台湾过来都要请文总吃饭，赵学尧也有幸叨陪过。她祖籍上海，却会讲客家话，老赵听不太懂。然而有些信息是明白无误的，用文总的话说就是：上头是要我保护投资环境的，没要我去管你们公司的事情。

既然上头不管，村里不管，幸福开发总公司不管，他赵学尧自然也不好管的。他发现，自己的本意不过是想了解多一些情况，却给打工仔们造成了一些错觉，把他赵学尧当成替天行道的绿林好汉了，显然这对谁都没有好处。赵学尧并不认为自己是个白领，他甚至甘愿把自己看成普通打工仔，不能再普通了，就像路边的沙子。半年的流浪生涯造就了他绝对的人道主义情怀，他的同情心始终在穷人一边，这没有问题。然而当他还无权实施伟大的人道主义的时候，当他还端着老板的饭碗的时候，他能怎么选择立场呢？

这么想着，不觉就把头扭回去看了一眼，不料正撞上唐源冷冷的目光，嘴角还挂着一丝讥讽的微笑，赵学尧顿时如芒在背。

唐源确实是个爱动脑子的青年，有些问题想得还很刁钻，问得人张口结舌。比如他会故作天真地引你上当：赵顾问，现在是社会主义初级阶段对不对？对呀。既然是初级阶段，那阶级斗争在啥子阶段熄灭的？

还有，赵教授我有个问题想不通哎，从前没得多少工人，全国也不过两百万的时候，天天都在喊工人阶级，劳工神圣，咱们工人有力量！现在广东省就有几千万工人，怎么就听不到工人阶级四个字了？我们是啥子人？是打工仔，是农民工，是外来劳务工，是来深建设者，就是不叫工人！

这些问题，以及隐藏在背后的更尖锐的问题，显然不是赵学尧能够回答的。他只能打哈哈，高挂免战牌，不争论，一心一意谋发展。然而唐源还没完没了，你不是要解放思想吗？你不是要真理大讨论吗？怎么又不争论了？那你怎么受得了？

这天老郭又邀了几个打工妹在家烧饭，见赵学尧回来便拉他一起吃。赵学尧刚一推托老郭便给一句酸话：人家是要陪老板吃大餐的。赵学尧只好坐下。事实上他对老郭的作派看不大惯，五十多的人却爱和二十岁的小姑娘混在一起，又唱又叫的把家里弄得乌烟瘴气。席间，他们谈到了宝岛电子。

赵学尧皱着眉问：今天怎么到处都在说这个宝岛电子的事？

小姐们说，今天放粮嘛，哭得昏天黑地。又炒掉几十个！

赵学尧问老郭，你怎么看？老郭打哈哈说，这个世界本来就有人哭有人笑的。

赵学尧问，你想哭还是想笑？

老郭想了想，说其实他们这样做不是没有一点道理的，劳动局不清楚？肯定也清楚的。从法理上讲他们也没有什么过错，试用期发生活费，天经地义。只是这样搞是缺德一些，我算过，她们有四个月是要白做的。认真起来，顶多讲扣身份证不对。

沉闷了一阵，小姐们叫起来，唱歌吧，老讲这个人贩子烦死人了。于是就卡拉 OK。老郭解释，这就叫特区文化，一唱歌跳舞什么都忘了。

听着歌，赵学尧突然来了灵感，说，如果我在村里办个文化夜校会怎么样？

老郭说，不怎么样。

什么意思？村里不同意？怕我搞阶级斗争？

老郭说，那倒不会。这地方你想搞也搞不起来。主要是打工仔们不会积极。不信你问问她们。

果然，一个小姐说，那还不是又想骗钱？

老郭说，看来你要先给自己上一课才行，换换脑子。这里人办任何事情都要同钱连在一起想，打工仔自然更要这样看问题。比方讲，叫打工仔参加社会保险好不好？肯定好。谁不想自己活得保险一点？

那小姐插嘴道，我明天早上还不晓得在哪里醒来，屁的保险。骗人。

老郭哈哈大笑，在她屁股上狠狠拍了一掌。

等了几天，仍没有动静。赵学尧便有些不满，故意去文总办公室转了转。现在村里问题不少啊，各方面都有反映啊，村里既然请我来，总不是让我吃干饭的吧？我总要发挥作用吧？不能老坐冷板凳吧？这话只是不好说出来。

文总说，好，好啊。然后就在抽屉里乱翻。

赵学尧说，我又有一些新的想法，精神文明不能光在村民中搞，也要在外来工中间搞。我想办个文化夜校一定效果很好。

文总想一下说，这个好，这就对了。你是要想点办法出来把打工仔管住。现在乱得很啊，胜利村那边一夜杀死八个。

赵学尧说，村民这边还是强调提高文化素质，不然年轻人游手好闲也要出事的。应该组织村民也参加文化夜校，大家在一起关系就融洽了。

文总这才把那份稿子拿出来。想想又说，你不要讲什么劳动不劳动的，好日子刚刚过两年，你又要人家去打鱼种地啊？人家会讲你不识做。我是为你好。

赵学尧这才有点明白，说我不是那个意思，文总误会了。经营管理也是劳动嘛。我是说人一脱离劳动就会生出各种毛病，赌博啊吸毒啊封建迷信啊，等等。劳动是最符合人性发展要求的，马克思说……

文总不吭。

赵学尧只好又谈文化夜校。

文总闭上眼睛，很疲倦的样子，过了一会儿，说好啊，你去办。不过有一条我话你知：你想办文明也好，办素质也好，办什么也好，都是要自负盈亏的，大家都是一样。不然我不好交待。

赵学尧立马瘪了。

星期天，赵学尧一脸苦相去见小何。何子钢一听就说，平庸，太平庸了！又说，你要想露一手，就该露点绝活儿。

赵学尧闷着，你说怎么露？

何子钢说，那得问你啊。就那几个馊点子，人家何必请你这么个高级顾问？总经理助理，啧啧，坐在办公室里好看吗？

赵学尧说，问题就在这里。我感觉我就跟那间豪华办公室的作用一样，仅供参观。在酒席上对人介绍：我请的助理，大学教授！于是大家都说文总有眼光有魄力高层次。我看见有张小报已经报道幸福村重金聘请高级人才了。

何子钢就笑。两颗虎牙这时才比较真实。

赵学尧说，到目前为止，我跳舞跳了六场，红包拿了五个，拿了钱心里也不快活。我有什么价值？我还不如一个情妇。

何子钢把眼一翻，那副恶相又出来了：你当然不如情妇！你怎么能和情妇比呢？我教给你一条特区法则：永远不和别人比。不然你一天也活不下去。

赵学尧说，我不是这个意思，不是比谁受宠，我是说体现不了我的价值，没有事业感。这两天我老在想一个打工仔的话：你图个啥子嘛？

何子钢沉吟着，是啊，你图个啥子呢？

赵学尧说，我来深圳的原因你不是不知道。

何子钢说，我不知道。起码你没说真话。不就是和老胡头吵了一架吗？还有就是离婚。这算什么理由？这都不是理由。真正的理由是你想出人头地，却又找不着出路，学问做不下去就想玩点儿真的。

赵学尧说，也不能那样说，也不是那个意思。

何子钢说，你就是这个意思，就是想出人头地，别不好意思承认！想真干点事你就得忍着，起码人家付给你的人民币是真的。你自己想不出好点子，人家知道你能干什么呀？还价值，还事业，骗骗大学生去。

赵学尧不吭了，想想也没什么好解释的。赵学尧一肚子高远理想跟钱一摩擦，立马化为脓水。“却将万字平戎策，换作东家种树书”啊。说什么都是假的，只有帮他们挣到钱才是真的。

12

目标出现在他来幸福村的第六个月头。这期间，赵学尧完全沉入对文氏族史和客家民俗的研究当中。他发现文氏家族其实一直都不甘寂寞的，在世纪风云变幻的时刻总是有些表现，可能文天祥的阴魂不散吧。远的不说，就是近代史中的省港大罢工、沙面惨案、广州起义等事件中，都有他们家族的身影。特别是一九四九年的大营救，有不少文化名人当时就隐藏在胜利村一带。所以胜利村在前几十年中是特别牛，有做官的背景，一直压着幸福村这一支。文总对这些事也不避讳，说起来也一副无奈的样子。照他的看法，自己这一支其实是不识做，他的老豆，还有老豆的老豆，想当年都是跟着张太雷干的。他们都是流血流汗的一代，真正的老革命，只是不走运罢了。文总见他一副认真模样，对他倒也毫无保留。

事情正如何子钢的预料：要想实现现代化，首先得要城市化。深圳终于决定，在自愿的基础上把农村人口转为城市人口，把村民委员会改为居民委员会。

何子钢十分得意，说，怎么样？行情看涨了不是？天算不如人算，机会是人创造的。这回组织工作队，我头一个报名，联系点就是幸福村。你看准目标就得死等，绝不提前拐弯，绿灯再耀眼也不拐弯。

赵学尧说，你也太简单了。如今农民不务农是事实，可他们脑瓜里道道并不少。改城市户口对他们有什么好处？自产自销政策没有了，一切都要纳入规划，放个屁也要审批，赚点钱还要纳税，从前城镇户口还能发粮票布票，现在能干什么？他们祖宗八代都是农民，并不缺他这一辈，说什么都是假的，赚钱才是真的。我听到的反映是，各村干部都瘪个嘴像个划水鸭子，身子不动底下在动呢。文总说得滑头一点，政府不是说自愿吗，大家都自愿我还不自愿吗？

何子钢说妙就妙在这里，政府能说强迫吗？政府要是强迫，咱们还有什么事？文念祖要是自愿，咱俩还有什么戏？你是真迂还是装蒜？明知山有虎偏向虎山行，越是困难的地方越是要去，越是大家不情愿越是要把领头羊隆重推出，这才是改革家风采。

赵学尧叹气，我又何尝不想把他推出去？

OK，完全 OK！文念祖只当个农民企业家是不够的，文念祖还应当成为各方面的带头人，应该当人民代表当党代表当劳动模范当精神文明样板！何子钢目光炯炯气吞山河。在他宿舍的顶楼上，身后高楼的灯光使他面目狰狞恐怖，一霎间马路上的喧嚣和餐馆里的油烟也戛然消退。他模仿领袖腔说，现在我宣布，一个帮助文念祖同志的特别工作委员会成立了，由赵学尧同志、何子钢同志担任常委，从即日起开展工作，并建立二十四小时热线联系。

赵学尧也笑，任重道远啊。

一点也不远！年底开党代会年初开人代会，都是眼边的事，十分紧迫。不就是个舆论攻势吗？这不是咱们的强项吗？你写我负责发表。我要不搞成地毯式轰炸都算白玩儿。你不是没体现价值吗？你不是拿了钱也不快活吗？现在该你了！

于是赵学尧一张脸也庄严肃穆了许多。四周的巨厦辉煌灿烂着，霓虹灯变幻了各种脸谱，把他俩挤压在这幢灰楼上。赵学尧为拥抱现代文明而来，却屡屡被拒绝在圈外。赵学尧满腹经纶、一肚子企业文化，却耗在歌厅酒楼里插科打诨。赵学尧不服气。二人对视良久，然后一起无声地笑。这次他们把手握得很凝重：

何子钢说，悠悠万事唯此为大。

赵学尧说，克己复礼！

何子钢说，包装上市！

回来后赵学尧连夜起草一份详尽的行动纲领，目标，步骤，措施，方法。以他的学问和一年的失败，形象策划应该不是问题。他觉得隆重推出又不给人以突兀之感才为上上策，文总不是从天而降的英雄，他是土生土长有着丰富文化背景的实干家，因此以宣传小事为主，细雨润物逐步渗透，春梦过后了然无痕，然后再施以理论色彩套上战略家光环。赵学尧以前曾经写过一本叫《三十六计与公关技巧》的小册子，来深圳后又以讲授市场营销学公共关系学谋生，岂料这些纸上谈兵的货色竟也派上了用场。世事难料，也许由此真的玩儿大了？

赵学尧兴奋了一夜。熬到今天，哪怕只做成这一件事，此行南下也算有了意义。

不料何子钢把他这几张纸摔了又抖抖了又摔，批得一钱不值。这算什么？都什么年头了还细雨润物？还春梦无痕？我要轰炸！我巴不得一夜之间文念祖三个字占领所有传媒的全部版面。文念祖，要像钉子一样钉进所有领导人的脑袋里，让他们觉得没有文念祖深圳的版图就不完整。轰炸你懂不懂？何子钢抓起烟灰缸哗啦一下摔到地上。他眼皮垂下不看人，凶光却恶厉厉地刺到赵学尧脸上。

赵学尧气得脸通红，讪讪地说，你要是那么着急不如去轰炸银行，我包你一夜成名。

何子钢这才缓下口气，说你要计较我的态度我俩还怎么合作？他说，这是一个市场。别看你讲过什么狗屁营销学，你的体会基本为零。到现在还考虑细雨润物，好笑。你别急，你听我讲。我敢说，就是现在，就是这一刻，起码有一千个脑袋在思考同一个问题，连最笨的小报记者都能嗅出这里的银纸香。为什么？因为大买家出现了。大买家就是政府。这才叫市场，一个充满信息充满阴谋的竞技场！你在想什么？大王之风起于青萍之末？等你那点细雨把地皮淋湿，人家早就开镰收割了。

赵学尧说，没那么邪乎。

没那么邪乎？一个财务大检查，就能在一夜之间催生几十家财务公司出来。你以为啊？我跟你说，我在这个市场里观察了五年，错过了一次又一次机会。人的智商能相差多少？你能想到的事别人就想不到？扯淡。人和人比的就是那一股子凶狠劲儿！

赵学尧这才有点发呆。心想他什么时候把我当过老师啊？他从来都是把他自己当老师的。

何子钢想了想，说咱们也有优势，起码先知先觉了半年，只是没有动作罢了。你可以炮制几发重磅炸弹。要有理论高度，要站在中南海看问题，要挖出中国农村的发展方向，最好能在制度创新方面提出问题，发展模式方面提出问题，再——别把嘴张着，文章都是人做的。你不这么干你就把文念祖糟蹋了。深圳只有第一，没有第二。没这个把握就不写。

赵学尧说，我有这个把握还跟你抬什么杠？

你有。只是你还没意识到。教给你一句特区谚语：只有想不到的事，没有干不成的事。

人有多大胆，地有多大产？

一点不错，就是这意思！你以为这话错了吗？这就是特区精神，需要大大发扬。

赵学尧没词了，说总不能太假冒伪劣吧？严重的问题是教育农民啊。

何子钢不吭，原地转了四五个圈，又做深呼吸，两眼洞穿出去，很有点深邃的样子。说，文念祖不就是有点小毛病吗？谁没毛病？养几个情妇多花几个小钱算个屁啊？你要连这点都看不透就什么也别谈了。回家去吧。他一年能创造二十个亿，你在全国能找到几个这样的农民？花几个小钱不该吗？那都是他挣的！这是九个指头跟一个指头的关系，是延安和西安的关系，比花国家钱吃喝嫖赌的劳动模范强多了！看问题要历史地看发展地看，还有看本质看主流，这不都是你教给我的吗？赵老师？抬了半天杠只有一句话：你要把立足点移过来，把屁股坐在老板一边，全心全意拥抱这个时代。世界观解决了，一切都好办。

赵学尧哼哼道，看来是我保守了一点点。

简直就是反动。赶紧送几发炮弹来。

赵学尧说，文章是好写。

那还等什么？猴子不上树，多敲几遍锣。他能有沙发不坐偏爱坐树桩子？你再把他屁股擦干净一点，一台大戏就唱出去了。

赵学尧说，问题就出在这。他包二奶谁不知道？现在迟小姐肚子都顶出一米远了，你叫他怎么办？

何子钢一惊，踌躇了半天，说这也太不符合深圳惯例了，炒股炒成股东？抠女抠成老公？到底是个农民。又说，这女的也不正常，脑子有病，太没文化！

赵学尧说，看你说的，人家拿的也是硕士文凭。

何子钢说，那她就更有毛病了。讲好价钱，到时间走人，再见面谁也不认识谁，这是深圳女道潜规则嘛，对双方都有好处的嘛。你拿了钱去投资去办实业，出国留学，做学问扬名，当政协委员，干点什么不好？生孩子！何子钢的脑袋像安了轴承，两只耳朵在灯光投射下透出鲜红的血色，几根青筋委婉曲折纤毫毕现，如同桃花开在了铁树上。

赵学尧叹口气，文总也许是真处出感情了，不然人家迟小姐也不会这么傻。

扯淡，这跟感情有什么关系？这叫糊涂。

赵学尧说，这倒反过来证明感情这东西确实很奇妙，真是很深奥，深奥到了犯糊涂。

小何手一挥，不管那些了。咱们按既定方针办，先把它轰起来再说。

半个月以后，署名赵常的三篇文章在党报陆续打响。第一篇是报道，《幸福的轨迹——记幸福村共同富裕之路》；第二篇是理论，《从股份制到共有制——幸福村发展模式的启示》；第三篇是通讯，《牧童遥指幸福村》。

文章一见报，赵学尧立马牛起来，很有点扬眉吐气的意思。一进写字楼便有七八颗脑袋伸出来喊，早晨，赵老师。赵老师早晨！

赵学尧也说，早晨，早晨。其实他办公室已经两个月没人打扫了。他心里明白得很。老郭就提醒过他：你水平高我是晓得的，别人也要能看得见才好。现在就不同了，胡小姐早早就把电子保温瓶搁在柜头上了。连平日爱搭不理的几个副老总也有事没事地过来串门，说，哇，厉害！

最可喜的变化是文总。文总现在天天都要在办公室里坐着看文件。区里开个会什么的从前一般都是副手参加，现在不但亲自去而且积极发言，拥护啊支持啊什么的。此外，就是把西装披在肩头两手抓住衣襟走来走去，把眉头很深刻地皱起来思考问题。

这一切都令赵学尧满意到了十二分，心想不管有几分真实，只要他意识到了就行。说到底文总是个极聪明的农村干部，想要身份想要面子，缺的就不是钱。到了这份上，你有一个亿跟有一百个亿能有多大差别？你缺的是一把把物质变精神的钥匙，这把钥匙在赵学尧手里攥着，是赵学尧在为你开启了这扇阿里巴巴大门。

要发这几篇文章赵学尧事先没向文总透露，他认为这步棋走得极好。现在文总也不跟他谈文章的事。一切都如行云流水自然天成，工作有了成绩，自然就有了宣传报道，没什么可说的。这样就给文总留下了足够谦虚自如的心理空间。是他们搞的，我又不知，有什么好吹的嘛，哎呀这些知识分子。

赵学尧和文总通常只聊一些家族里的故事，和胜利村分家的故事，还有回字形客家建筑的文化内涵。

反过来想，赵学尧也体会到了文总的宽容和厚待。这六个月如果没有文总的保护，无论如何是坚持不下来的。就冲这一点，赵学尧也不能愧对文总。

如今赵学尧一进办公室就能四肢摊开倒在大班椅上，当初乱翻抽屉的那种焦躁，那种不安，那种压迫感早已无影无踪。有回何子钢突然闯进来，他只在免提电话上按下一个数字，立马有小姐天仙般飘过来献上香茶，搞得何子钢一口气憋了半天，舌头哑了半天，脑袋晃了半天。

赵学尧说，沐猴而冠，沐猴而冠。

何子钢说，早知有这么威，还不如我自己来。

可赵学尧心想，你能熬过那六个月？你能受得了那种委屈？

第四章

13

她们都说这叫“迷你”流水线，迷糊你。人一上了流水线就如同被接通了电源插进了回路，你就再也不是你自己，你的手、脚、眼睛、耳朵甚至脑壳都从身上逃出去，不归你自己管了。这些东西只是几十人的一部分，传送带的一部分，公司的一部分，全球市场的一部分。你只能跟大家一起行动，踩同一个节奏，做同样的动作，不晓得什么时候才醒过来。因为不管哪一个环节错了，就要影响几十个人，不用拉长主管来骂，你自己就要抽嘴巴了。有时候直到下工了，你的手还在一抽一抽地动，拿着勺子往别人碗里送。

这样的奇怪感受柳叶叶开头还以为是自己才有，不好意思讲出来。有一次偷偷问了毛妹她们，才晓得大家都是一样的。柳叶叶问，你们不觉得好奇怪吗？

桃花说这叫少见多怪，你上了流水线，你就要被鬼催着走。

毛妹说我不怕累，顶怕打瞌睡，瞌睡来了你一点办法都没有。她把袖子一卷，胳膊上疤疤连痂痂，全是拿电焊头烫的。

香香、小青就笑，说那些湖南佬江西佬哪个膀子伸出来是光净的？大家都一样！她们说那些男的还要生猛，有时候把血都放出来了还在打呼噜。

柳叶叶想，刚来的时候怎么不是这样呢？那时候，看到那么明亮的工房，那么整齐的工位，还有像蟒蛇一样盘旋的传送带简直太美了。做活也不难，就是把那些插件一样一样插上，电焊头一点就完事了。也不用像在乡下那样日晒雨淋，天天坐在凳子上，轻轻松松就把工钱挣到手了。所以一间工房里，凡是叽叽喳喳说悄悄话的都是新工友。只是渐渐地，新鲜话说完了，新鲜人说旧了，才晓得“迷你”流水线的厉害。

柳叶叶对工厂的理解是从棋盘乡的铁器社开始的，小时候她经常从那个门口路过，经常可以看见火花从铁器上飞溅出来，经常能听到那些工人嗨哟嗨哟的喊声，有时候还能看见工人光着膀子穿着皮裙在外头乘凉，一身肌肉一脸油黑，威风得很。在她的脑壳里，这样的劳动比农田里高级了很多，简直就是两样的人。直到有一天，她看到人们从铁器厂里抬出一个人，急匆匆地去了医院，后面跟着一群女人在哭，她才晓得工厂里也有农田里一样的悲苦。做活做活，不做就没得活。

在老家，疾病、伤痛和贫困是没完没了的风景。刮风的时候，你好像都能听见无处不在的哭泣。疾病和贫穷像鬼的游魂一样，附在乡间的小路、田垄、山坳里，撞着哪个哪个倒霉。他们也苦斗也挣扎，但苦斗挣扎只不过是延长推后他们倒下去的时间，他们生活在没有声响的、已经麻木的悲哀里。因为这个，大家才想到城里来撞大运。

但城里也有城里的麻缠，并不比柳叶叶想象得轻松。时间长了柳叶叶才晓得，那些富丽堂皇那些车水马龙那些纸醉金迷都是别人的生活，基本上与她无关，顶多远远地看上两眼。流水线才是她生活的全部。流水线的好处是让她渐渐变得冷淡和毛糙，变得不再好奇不再大惊小怪。有一次她听见两个江西佬在讲自己父母的事情，讲着讲着两个人就骂起来，骂老不死的心太黑，诅咒他们早死早好。要是从前她又该奇怪了，可现在，她居然连眼皮都没抬一下，一点都不想晓得是哪个这么恶毒，就像鱼塘里冒了一个气泡，两片树叶在风中擦了一下。

流水线还有一个“迷你”的地方，就是能让大家的身体变得比钟表还准确。主管规定解手的时间是上午一次下午两次，开头是他吹哨子的，后来就用不着了，到时间自然就涨了，而且好像都是憋不住的样子。所以工位靠门口的人就特别讨巧，每回都是她们先占位。为这个，打架的事都发生过。那些男的还讲，这也许又是一个商机，想插队就掏钱，不赚白不赚。不过宝岛电子还算客气的，还没在洗手间上锁，真有特殊情况还能照顾。听说有的厂还要厉害，上一次都要算时间的，时间长了要扣钱，次数多了也要扣钱。这样一比，就看出这家老板的仁慈来。日子久了，大家也就习惯了，身体也都适应了。只是大家更珍惜罢了，谁也不会轻易浪费宝贵的解大小便机会。女孩子来“朋友”的时间也很奇妙地慢慢统一，平时玩得来的老乡都是差不多的日子。因为那个日子多少有点优待，大家可以在一起说说话。有时哪个提前了还要挨骂，笑她有二心，移情别恋，是不忠的表现。所以毛妹最倒霉了，每次疼得腰都直不起来还要挨骂。她们说，这些都是“流水线综合征”。

柳叶叶在复工以后的那段日子里，整天胡思乱想，手上做的不停，脑壳里也转个不停。她很奇怪自己会有这些莫名其妙的念头，就像是经过一次罢工，人也长高了一截，心思也多了好多。其实传送带还是从前的传送带，流水线还是从前的流水线，没有什么不同。只是自己的感受比以往复杂了。

复工那天，大家都很兴奋，连夜加班，一直到早上四点。毕竟是工人赢了，老板让步了，罢工胜利了，大家都觉得是这样，所以特别来劲。这样算下来，停工也不过是两三天时间，如果二十四小时连续做，工期也误不到哪里。接下来就是分班组，柳叶叶和毛妹她们分开了，而且每个老乡组合都打乱了。公司说这样有利于员工团结协作，大家来自五湖四海，都是为了一个共同的目标，多交一个朋友就多了一条路。公司的那个常书记很会说话，说得大家心里热烘烘的。

对常书记，大家都是服气的，说出的话贴心。他晓得工人难处，懂得工人苦处。特别是那天晚上，挥着胳膊，那种慷慨激昂，那种斩钉截铁，简直酷毙了。她们都讲这个人肯定不是广东人，广东人哪会这样讲话的？广东人讲话从来都把声音憋在喉咙里，含含糊糊不清不楚，马马抬啦，差不多啦，从来没有一句肯定的话。后来才晓得不对，后来才晓得他也是土生土长的广东梅县人，只不过讲一口普通话，这样一想更觉得帅呆了。在柳叶叶看来，常书记还有另外一种亲切，另外一种感动，另外一种秘密。当然，她是在心里这样想想，没有跟别人讲，跟谁也没有讲。一个男人，在那样的情况下，能够做到那样，她还不那样想吗？

但是时间长了，“流水线综合征”还是会折磨人的。三班倒以后，加班虽然少了，工时比以前短了，但出货的速度却明显加快。有时一件没做完，后面一件又来了。你只有加快做，才能喘上一口气。大家都这样想，结果就是越来越快，越来越跟不上，越跟不上就越怕出错。

QC 也比以前严了，因为工位少了，他不用看工号一眼就能认出是哪个出的错。出错的人不光要扣钱，还要打卡，打卡次数多了，你自己也做不下去。特别是那些马虎的，以前大家混在一起看不出来，现在一下就凸出了。所以一个月下来，有好几十个辞工的。心细一些胆小一些的，不敢马虎，所以就特别辛苦，一天下来都喊眼睛痛。

眼睛痛是小事，要命的是心痛。

在柳叶叶想来，她们柳树椏的女娃儿能够走出来不容易，经历那么大的磨难才来到深圳更不容易，所以应当凡事宽待一点，不说一条心，起码不该互相拆台才是。可是重分班组以后，大家见面的机会少了，在一起玩耍的时间更少了，到后来竟然说话都说不到一起了。

开始是为加班吵，几个人想法不一样。毛妹觉得分三班以后加班少了，挣钱就少了，就怪罢工罢坏了。其实她是死脑壳，现在不加班也比以前拿得多，她不算这个账，偏说加班费少了，如果又加工资又加班不是更多？她就没有想到，不罢工也许还只拿生活费，如果炒鱿鱼说不定又到别个公司做试用期，做一辈子试用期。本来抬杠也没有啥子，抬杠好耍，使生活有了颜色有了活气，但抬着抬着就讲到家里的那些事，又讲到饱汉不知饿汉饥，讲到人人都瞧她不起，就生气了。毛妹生气是真生，好多天都不讲话，见面脸拉一尺长。

再有就是分三班以后，每条拉的人数少了，需要的组长却多了，柳叶叶和毛妹都当上了组长。当组长也是要计件算工资的，只是补贴几个工，面子上好看一点，经济上并不划算。若是依自己的性子，柳叶叶情愿做普工，她才懒得操心。但就为这么一点破事，桃花、香香和小青说出话来都噎人得很，好像是自己要跟她们分三六九等，做了亏心事一样。头一回是桃花，在饭堂里吃早饭，见到她就喊大组长来了嘛，大组长也吃饭啊。当时她刚下工，说我都困死掉了你还闹。桃花就把嘴一撇，走了。

二回是香香，在洗手间里洗脸，她说香香你让我先，我等着开会。香香就把一盆水倒掉说，让你！要开会了，了不起！

三回是小青，她听说小青手脚慢，在她那个拉拖了人家后腿，老是挨骂，就想告诉小青一些窍门，怎么换手，怎么出货。谁知小青一下就哭起来，讲了许多难听话，她说她是属猪的，天生的笨坯，讨不来巧。那个意思好像是自己会讨巧，人人都在欺负她，连老乡都跟她摆谱。

一而再，再而三，柳叶叶就明白她们的心思了。其实她没有做错什么，错就错在她不该当这个破组长。她觉得自己好委屈好委屈，大家一起出来打工，图的就是互相帮衬有个依靠，她是真心实意希望柳树桠的小姊妹能够好好地来好好地回，千万别出什么岔子。可现在还没几个月，就脸不是脸鼻子不是鼻子了。她承认自己是有点虚荣心，喜欢听表扬话，让她当组长是有点长了脸似的兴奋。可自己心里也明白，钱不多拿一分，工不少做一份，打工仔还是打工仔。这都明镜似的摆着，她的骨头还没轻到那个份上。

有一天在饭堂里碰见毛妹，她实在憋不住了，说毛妹你真生我气啊？毛妹把眼眨半天说，我还以为是你们不理我了呢。然后两个人都笑起来，她两个是表姊妹，话好说。但说到桃花、香香和小青，毛妹就有点犯难，话到嘴边又吞吞吐吐卡住了。柳叶叶说我们不当这个组长好不好？当个狗屁组长把姐妹情分都淡了，累又累得要死，我想想真是划不来。

毛妹把脖子转圈转了半天，话到嘴边又咽回去。

柳叶叶急了，你到底是哪个想法嘛，高低讲一句话嘛。

毛妹轻轻说，等下到外头跟你讲。

可是到了饭堂外头，迎面碰到了常书记，又说不成了。常书记说，好久不见，你们怎么样？

她们说，就那个样呗。

听说你们两个都当组长了？好啊，好好干。

柳叶叶心想，好个屁，不过她没有讲出来。

常书记说，周末你们有什么安排？

她看看毛妹，毛妹又看看她，两个人都迷糊了。周末就是一天空闲，以前没有的时候不觉得，现在有了也不觉得，顶多是睡睡觉逛逛街，哪有什么“安排”？时间对她们这样的人有什么作用？她还倒是真的没有想过。对毛妹来说，也许还不如加班来的实惠。

哪晓得常书记说，我们去世界之窗玩好不好？我请客。

两个人愣怔半天都没答腔。柳叶叶早就晓得世界之窗好玩，可是听到一张票要一百元，那个念头就像落雨天打闪一样留不下一点痕迹，跟同伴们提都没有提过。

常书记又说，就这么定了，把你们柳树桠的几个都叫上，有班的就调休，就说我请她们的，叫她们都换上最漂亮的衣服。明天见！她们还在发呆，常书记已经进饭堂了。

柳叶叶一下就跳起来，把毛妹抱住摇了又摇，她真想亲她一口，真想脱口喊出来。有得玩了，去世界之窗！而且，是那个人请客！

毛妹说，疯吧，疯吧，你就下死力疯吧。我都不好讲你的。

她问，你讲我啥子？你不高兴吗？

毛妹拖她到一个僻静的角落，把她看了又看，又把她身上的碎头发拣干净，才问，你一点都不晓得啊？

晓得啥子？

毛妹说，这些天个个都在咬耳朵，天底下人都晓得了，就是你还不晓得！

晓得啥子了嘛？

这下我们柳树桠出了大名了。他为啥子请我们？他是有目的的！公司里都在传，柳树桠几个女工为招工给他们“开处”了。还讲……

还讲啥子？

还讲，卖的到处都有，像这么卖的还真没听说。

柳叶叶脑壳一下就胀大了，眼睛里好像有颗流星跳出来，刚刚一碗稀饭全部冲出喉咙，从眼睛鼻子里喷将出来。她模模糊糊想起来，前两天，是有两个管工在门口嘀咕说笑，还向她的工位指指点点，当时她还有一点不好意思，以为他们说自己做的好，是在夸自己。想不到竟然下作到这种程度。

毛妹说，莫在这里哭，小心人家看到。可是她哪里忍得住？这个事就是心里的一块疤一个疮，记起就要疼的。

她说，就哭就哭，你不想哭啊？

毛妹说，我早哭过八百遍了，泪都哭干了。

毛妹这一说，倒提醒了她。这个事大家都是发过誓赌过咒的，公司里怎么晓得的？隔了十万八千里地，怎么传到深圳来的？她问，这个事你不讲我不讲，香香小青她们更不会讲。是桃花吗？桃花也不会讲，又不是啥子光彩事！

毛妹说我也觉得好奇怪，这些天她们老是对我凶巴巴的，我还以为是为当组长的事，听到这个话我才有点晓得。莫非她们以为是我们讲出来的？要是这样想，她们就恨死我们两个了。

柳叶叶把头点得好沉重，说对头了对头了，说这样讲就对头了。这一刻她好像忽然看清了来龙去脉，肯定她们几个犯疑心病了，以为自己卖友求荣换一个组长来当当。这样解释才能解释得通，要不然为个破组长怎么气性那么大？这样一想又觉得当不当组长其实不是主要的，关键的心病是她们觉得自己吃了亏。她们吃了亏，做出了巨大的牺牲，结果却是让她两个当组长。抬轿的是她们，坐轿的却是她两个。

柳叶叶忽然觉得自己七老八十地复杂起来，曾经沧海，无比悲凉。香香小青是吃了亏，但吃亏不是她两个的错，这只是运气的问题。而且当初决定去“开处”是大家一道决定的，摊到哪个哪个倒霉。就是开了处，也未必能成功，这也都是大家事先讲好的，能怨到哪个呢？

不错，点子是她出的。五个人拈阄阄，排出了序号，一二三四五，要几个就上几个，反正都是为一件事。那一刻，柳树椏的五个女娃都是这样想的。反正为招工，她们豁得出去。没有嬉笑，没有打闹，也没有悲哀，相反她们脸上还有一点点庄重，一点点神圣。好像她们不是去“开处”，而是去完成一项严肃的重大的任务。大家都清楚，想要走出去，只剩这条路。那天只有三个男人，自然就是一二三号去。柳叶叶是二号，她去了，没有开成那是她的运气，不是她逃避。现在反过来怨到她，她也不服气。但是，但是……

那天早上从宾馆里出来，柳叶叶在汽车站一眼就看到了毛妹她们，冷风飕飕的候车室里这时候也只有她们这种人最显眼，她们是穿了校服来的。校服虽然单薄，但在这一片灰土色中还是很鲜亮。最主要的，穿校服是让人家多一点同情。还是学生娃子嘛，可怜，就招你们去。她们就是这样想的。再说也没有更好的衣服穿。

毛妹和桃花抱成一团，正在簌簌发抖，把长条椅子都摇得吱吱嘎嘎响。柳叶叶一屁股坐下来说，醒醒吧，莫要冻硬了。其实，她也冻得浑身发颤。刚出来还不觉得，冷风一吹，立马就颤起来了，哈的气都带着音调调。后来她就跑，就跳，但还是没有热量。进了汽车站，看到她们两个筛糠的样子她才晓得，这冷风是从心里刮出来的，穿胸而过的，是胸膛里空洞洞的，是里头外头都一样的那种冷。

毛妹一惊，醒了，揉着眼说，你怎么出来了？另一个是桃花，还偎在毛妹怀里不肯醒，撒着娇憨说再抱一下嘛，我冻死掉了。可转眼就叫起来，你怎么出来了？我刚刚做梦还看见你呢！柳叶叶问，看见我啥子了？桃花说，看见你在“开处”，小猫一样地叫，哎哟哎哟。还有，在那么高级的地方洗澡。洗呀洗呀，一遍一遍洗。叶叶撇嘴喊起来，你只晓得这些个！

毛妹问，怎么样嘛？

怎么样？不怎么样。她说。自己求也求了，跪也跪了，可是人家不要，她能怎么样？牛不喝水强摁头，说到底她也是个女娃，未必非得自己先下手？她不晓得以前别个乡是哪样做到的。

见到柳叶叶这样讲，两个人都急了，叫起来：你没有“开”？

柳叶叶说，反正那个人把名单收下了。

两个人又叫：收下名单有个屁用？

柳叶叶只好说，有用没用，还有她两个呢。反正都是五个人的名字。

桃花说，本来都以为你好看一点，把你当成个重点，你自己也赌过咒的，你害死我们了！

柳叶叶也喊起来了，赌过咒又怎么样？又不是我不干。人家不愿意，我有什么法子？

桃花还想叫，倒是毛妹冷静一些。少讲两句吧，本来就是撞大运。不是还有香香她们吗？天无绝人之路。

桃花这才闭嘴。其实，她们早就晓得的，有这样的结果一点都不奇怪。老爹早讲过，就是这个样还要看你的造化，她们早就料到会有人不成功。所以才会加了五保险，每人兜里都有一张名单。她们是决心要绑在一道的，出丑大家一道出，要干大家一道干，要走大家一道走。有了这样的决心，她们才能集体走出柳树椏。但柳叶叶的碰壁，还是叫人心里抓空了。连柳叶叶的狐媚样子都勾不住人，还能指望哪个？心里空，身上冷，那个滋味才叫个苦……

毛妹说，好了好了，哭也没用，气也没用，还是想想怎么办吧。

柳叶叶问，你说怎么办？

毛妹说，我哪个晓得？

柳叶叶这才冷静了一点点，说，常书记不是带我们去世界之窗玩吗？我们去。当面问问清楚。

毛妹说，不好吧？人家请你去玩，你去吐他的脸？再说你晓得他有啥子目的？

不管他有啥子目的，反正我们姐妹几个不能犯疑心，当面锣对面鼓，话讲清楚了大家还是好姊妹，不然窝心不窝心？困觉都困不安生。

这一晚，柳叶叶真是死活困不着，脑壳里翻来覆去都是这些事。当时的情形，现在的情形，当时怎么讲的，现在又是怎么讲的。她好像又回到那个浑身发抖的早晨，又看见自己小偷一样从宾馆的玻璃门里溜出来，后来又看见……天亮了，出太阳了，小青和香香也出来了。她们也一前一后地从玻璃门里飘出来了，她们的身子好像是透明的，绵绵的，软软的，从玻璃门里飘出来，从前的欢实再也看不见了。太阳光在她们的背后推着，刺透蓝白色校服，好像推着两个透明的气泡泡，两个人的身子瑟缩在气泡里发抖，一点一点飘过来。她们几个人互相望望，都没有再吭声，掉过头就出城。没吭声不等于心里不想问，只是事情已经过去了，这一夜就应该永远烂在肚子里，任何时候都不再提，刀架脖颈儿都不提，成不成功都不提。大家都是发过毒誓的，哪个再提就瞎眼塌鼻烂舌根……

14

一大早，柳叶叶就把新衣换好了。原本是想穿裙子的，可是想到这一趟并不单单是去玩，还有重要的事情要讲，就换成了牛仔裤。那条裙子她好喜欢，还一次都没穿过，实在可惜了这次机会。

她告诉几个女孩的时候，也不大顺利。香香没有吭声，她从来就不吭声的，她是嘴上不说心里拐。小青一直是无所谓的，她随大溜，别人怎么样她就怎么样。就是桃花麻缠，嘴巴从来不饶人。桃花说，常书记认得我们是老几？他是请组长的，喊我们当电灯泡。柳叶叶本想编些鬼话来哄她，常书记认得她，点名要她去，转念一想世界之窗好勾人啊，就什么话也不解释，转身就走，反倒把桃花唬住了。当晚就跟人调了班。

早晨毛妹在走廊上招手喊她们过来看，大家一看就慌里慌张地准备起来。换衣，梳头，上厕所，一团糟。她们看到，常书记早早就站在写字楼底下等了。常书记戴了一副墨镜夹着个包，来来回回走，酷得很。她们怎能不急？个个都跟鬼抓了样。

常书记话也讲得巧，见面就夸桃花，说桃花衣服穿得鲜亮，像个玩的样子，说得桃花一下就跳了起来。说得柳叶叶也有点后悔没穿裙子来。不过这都不算什么。既然出来玩，大家开心才好。

常书记好像是故意站在写字楼底下等的，见到公司的人就说要带她们去世界之窗，一点都不避讳。他说，她们都是我招工招来的，还没出去玩过。然后就拿出照相机要大家合影，背景就是公司的写字楼，好像生怕人家不晓得。毛妹看看柳叶叶，柳叶叶也觉得好生奇怪。

世界之窗是个靠海滩的公园，把世界上最有名的建筑，最奇怪的景致，最好玩的东西都搬到一起，意思是把全世界都玩遍了才花一百元。柳叶叶一开始还有点新鲜，大呼小叫地发出惊叹。但走着走着就觉得不对头，那么小的房子还叫宫殿，那么短的山沟还叫大峡谷。特别是人多得像羊圈里的羊，拍张照片要排半天队。她看常书记开头还有劲跟她们拍照，到后来脸上的青筋也鼓出来，笑的时候腮帮也斜着，像是一块拧紧的抹布。柳叶叶本来一心要找机会跟常书记说说那个事的，她和毛妹都有这个心思，但看到他搞成那个样子，谁也开不了口。一直到下午，出了公园大门，常书记问好不好玩，香香回头望到门口几座雕像轻轻嘀咕，说那个女人的奶子怎么那样大？大家才哈哈大笑起来。

不过总的来说大家都很开心，都说好玩，主要是常书记陪大家一起玩，意思太不一样了。这就好像说冷了饿了都不要紧，只要在家里有爸爸妈妈惦记一样，有人注意到你关心到你，那种感觉是不同的。她们来深圳快半年了，还是第一次有了这样温暖的经历。所以桃花提议，晚饭应当由她们来请常书记。常书记说那怎么可以，说好了是我请客。大家都说不行不行，你也给大家留一点面子好不好？女孩们哇啦哇啦一吵，常书记只好答应了。

等车的时候，她们看见公园外头停着一辆义务献血车，喇叭里在喊，深圳人怎么怎么有爱心，怎么怎么关心他人。柳叶叶忽然心里一动，说我们也去献血好不好？

毛妹说好是好，就是不晓得他们要不要外地人的？

常书记说，你们怎么还把自己当外地人？你们就是深圳人晓不晓得？

这样大家又跑过去问，一问才晓得都是打工仔在献血。然后就登记，验血，然后又一个一个到车上去抽血。其实有这样的想法不是她们一个两个，打工仔又有哪个把自己当作本地人？这种感觉不是靠嘴巴讲讲就可以改变的，那是实实在在的每一个动作每一个眼神每一个口音。就是她们自己，也是把贵州人、湖南人、四川人分得清清楚楚。而这些人在本地人眼里又统统是北方人、外地人。因为只有这样，人和人才分出了界限，分出了等级。冷了才晓得抱团，被欺负了才找得着靠山。

常书记和柳叶叶是同时抽的，抽到一半，常书记突然问她说，你没有想到吧？我们会在这里再见，会在这里做同样的事？他没有说想到什么事，可是她一下就听懂了，听懂了她心头就一热，差一点哭出来了。

其实她也吭不出声，她是有好多好多话要问他的，还有好多好多委屈要说的，可现在一句都没有了，半句都没有了。这一切她当然都不会想到。在老家的那个寒冷的夜晚她怎么能想到现在？早晓得有现在她怎么会去做那样的事？可是不做那样的事又怎么会有今天？这些问号，还有跟这个问号相关的许许多多问号一起涌上脑壳，使她有些头晕。她看到外面人来人往，听到喇叭里哇啦哇啦，却不知他们在做什么。也许他们做了很多，却好像跟她完全没有关系。

吃饭的时候，毛妹对她眨了好几次眼睛，又在底下掐她的腿，可她还是没说出来。不是她不想说，而是她不晓得怎么说。为什么公司要把我们老账翻出来？是哪个把话传过来的？不好。这样问倒好像是责备常书记，好像是他要跟大家过不去似的，捏不住鼻子揪耳朵，不好。反而倒是桃花她们几个热烈得很，一次一次要敬常书记的酒。桃花尤其来劲，端着个啤酒杯，干，干，好像很厉害的样子，脖子都喝红了。

后来还是常书记自己把话说出来了。他说你们喜不喜欢深圳？大家都说喜欢。他说女孩子都喜欢深圳，深圳多漂亮啊，繁华，热闹，想要什么就有什么。但是想没想到过深圳也有不好的事？在公司里也一样，也有不好的人。他说如果你们听到了什么，不要害怕，那个不是针对你们的。他说你们出来打工，离开父母，容易吗？不容易。不要理那些流言蜚语，你们用不到怕哪个。

说到这个份上，大家也都听明白了，一下都安静下来。毛妹看看柳叶叶，说柳叶叶一直想问你这个话呢，这个事过去那么久，是哪个翻出来的？哪个这么缺德带冒烟？这样糟践我们。说着就哽住了。

常书记说，你们那样做是没有办法，想出来打工，又没有门路。你们是被人家欺负的，是受害者。

毛妹说，就是我们做错了，也是过去的事，我们不想再被人欺负。

常书记说，我今天说的话就是这个意思，请你们出来玩也是这个意思。你们堂堂正正打工，快快乐乐生活，你们和别人一般高，哪个也不要怕哪个。这些事都会过去的。请你们相信我，很快就会过去的。他们这么做，是针对我的，跟你们没有关系！

柳叶叶很想问，为什么要针对你？他们是哪个？是不是那个姓马的？但她不敢。

常书记还说，你们这么年轻，除了打工挣钱，还有什么长远想法没有？到深圳来光为挣几个小钱？那不是白来走一回？一个人有事业心，才会有方向。你们有没有感觉到事业？

这个话，一下就把大家问住了。不是听不懂，而是根本没想过，不敢想。现在除了挣几个小钱，难道还能有别的想头？

常书记说，就算没有长远打算，也要多学一点本事，要读电大上夜大。在深圳，只要你努力，人人都可以当太阳的。

这一晚，柳叶叶困得好香。她梦到了过年回家，身上背着大包小包，但一点也不觉着重，身子就像飞起来一样，一下就飞过了县城，飞过棋盘乡，飞到柳树椏。到村口她不飞了，落在沙河边洗脸，然后掏出镜子抹口红，一遍一遍抹，一遍一遍看，抹了又看，看了又抹，不晓得为什么会是这个样子。

15

常来临一直认为自己是个很好相处的人，他并不好斗。没有这样的好性格也不会在家待岗一待就是两年，换个别人试试？早就崩溃了。自己刚来，也不想得罪任何人，当然也包括马明阳。他的性格甚至有点绵软，温吞水，有点扶不起来，为此老婆也没少埋怨过。事实上他来宝岛电子也是被动的，某种意义上说是被逼无奈。

那天，他是在跟人下棋。那段日子他一直在下棋，有时跟别人下，有时自己打棋谱。如果不是袁敏催着，也许他现在还在下棋。有一局舍车换炮定式棋被他走乱了，按棋谱上的定式，他是一步不差，吃炮，弃车，叫将，炮沉底，闷攻，本来是无解的，屡试不爽。可在实战过程中，不知对方使了什么怪招，居然把一盘死棋救活了。当时就大汗淋漓，一帮老头在旁耳边喊，将啊，你接着将啊，你怎么不将了？其实老头们声音并不大，只是自己觉着刺耳，浑身都是毛毛虫在爬，汗滴落地的声音比潮州锣还震撼。

没想到，这竟成了一个隐喻。

他们那片住宅是个老城区，巷子里有不少退休的棋牌高手，多少回了，他的定势棋还没有人破过。这天人家是有备而来，下的注是集体早茶一次。他是晚辈，请大家喝早茶本来不算什么，他也早就想请一次，让他百思不得其解的是，古谱竟然也有出错的时候，可见经典也是不完美的。就在这时，听见袁敏叫他。

袁敏拧着好看的细眉，说你自己看看，像个什么样子！

他是出来下棋的，本来就没打算像个什么样子，大裤衩，汗背心，肩上还搭着一条湿毛巾。当然他也没敢回嘴，只是跟在后头讪笑，袁敏是为他好，恨铁不成钢。可他为什么要成钢？成废铁行不行？不行！他知道这是袁敏在心里无数次的回答，不用说出来，全在脸上写着。袁敏从不跟人大声争辩，自己也不买什么好衣服，一个扫马路的穿什么都没用。但不等于她心里没想法。相反，她想法多得很，固执得很。这也正是客家女的本色，不然怎么会有谚语，“要娶就娶客家女”？客家女人几乎把中国妇女身上的全部传统美德都继承下来了，勤劳智慧，坚韧包容，温柔善良，克己爱人。

家里来客人了。来客就见是了，不行，还得先上街去买行头。黑西裤，白衬衫，配一双休闲鞋，穿戴整齐才领回家。

袁敏说，今天是正式场合，第一印象很重要，成不成就看这一回了。咱们钱也花了人也求了，三十六拜都拜过了，还怕最后一哆嗦？你少跟我嬉皮笑脸！

他心想，三十六拜也是你在拜，我什么时候拜过？我干吗要拜？

客人是袁敏娘家的一个远房亲戚，现在深圳某区做副书记，答应帮忙。也是因为在家“待岗”两年，把老丈人逼急了，才厚着老脸四处托人，找到了这个关系。说起来他应该满心羞愧感激涕零才是，可是他确实找不着这种感觉，硬做也做不出来。

那副书记倒也没什么架子，随便聊了几句就说到实质问题：是一家台资企业，先试用半年，如果做得好也可以转户口。当时他好像表态说，那我就试试吧。

他的意思是愿意去，试用也愿意去。可事后又挨了好一顿埋怨，说他的态度让人不舒服，不磕头谢恩也得表示感谢，多讲几句好听话就能累死你啊？人家也是有身份有面子的，你多讲几句人家也知道你是个懂事的男人，识得做。

这些话都是袁敏母亲说的，袁敏当时只是在一边干着急。好在副书记并不计较这些，连饭也没吃，匆匆就去了。说白了还是念在家族故旧的情分上。这一点他当然心知肚明，只是人落了魄说什么话好像都没分量，他也就不愿多说了。

吃饭时，袁敏顺手给他也拿了酒杯，岳母娘眼角就斜了。阴沉了半天，放下碗就出门去。袁敏冲她后背做了一个鬼脸，算是缓和一下气氛。

那天，袁敏的心情真是很好，只是他实在笑不出来。这样的气氛他已经忍受了太久。他甚至有些恶毒地想，如果岳母娘说，你是不是还要小敏喂你呀？他说不定就会把嘴张开，让袁敏喂下去。是，他就是这样的人，骨头软是软一点，弹性也还是有的。

其实袁敏也算是个识大体懂进退的女人，懂得金子总会发光的道理。不然他在这个家里一天也待不下去，依老太太的意思他早就该扫地出门了。他本来就没有宿舍，转业能安排到轻工局，人家就把话说在头里的。当时是老岳丈巴不得能住在一起，老两口身边只有这一个乖乖女，非要他们在家里住。可自从他“待岗”以后，空气就没一天清静过，鼻子不是鼻子脸不是脸。说起来好听，你就是上街扫马路，也算是个为人民服务，现在这样晃来晃去算个乜呀？袁敏现在已经是环卫工了，他要是真的去扫马路，他们上吊抹脖子也说不定。

其实老人家一直就没想明白，他不是一个不努力不上进的人，吊儿郎当游手好闲也不是他的性格，相处这么多年还能看不出来吗？再说，之所以天天在家下棋，“待岗”至今，摆明了是一种抗议。他们都不明白。

在部队他是营级干部，回到县里说是降两级安排，实际上是在县轻工局机关里做勤杂。临到县毛巾厂快破产，才安排他去做书记兼工会主席。说是提拔，实际是替人家安排后事，就这他也没说过二话。生活的真相谁也无法一眼看清楚，所以也用不着发牢骚。让他心里愤愤不平的还不是这个。

这两年，正是各个企业破产清算转轨转制的两年。也就是说，他的真正作用其实就是配合上级把厂子卖掉。这当然是组织上的高度机密，谁也没有明说，他自己也是后来才悟出来的。工人们当然更加不知情，还一个劲地要求改革。他们毛巾厂当时还过得去，在县里算不上利税大户，但也吃喝不愁。主要是有着一批劳保用品的固定客户。所以刚去时他还有种如鱼得水的快感，还雄心壮志了一番。在部队里他一直都是活跃分子，在厂里组织一些活动，活跃活跃企业文化，对他不是什么难事。所以头一年毛巾厂就评上了企业文化建设优胜单位，他们排的歌舞剧还拿到了省里的奖牌。有谁知道，这竟成了末日狂欢。

改制是强制推行的，不管企业现状如何，一律引进战略投资者，实行股份制。改革是大趋势，谁敢反对改革？允许改革犯错误但不允许不改革，不换思想就换人。当然，他当时也真的相信引进了战略投资者，就能把毛巾厂做大做强。谁也不会想到那只是一个房地产项目。

那时他有两张面孔：一张是代表领导意图的，是书记；另一张是代表工人利益的，是主席，有时候倒换不及就嘴不是嘴脸不是脸。等到他醒过神来，生米已然煮成熟饭了。毛巾厂女工多，闹腾了一气，也成不了什么气候。听说有几个人想把厂领导告上法庭，后来一打听，这类企业改制的案子法院根本不受理。不受理就是不理你，你有理也没地方说，等于零。其实他心里也挺窝囊，怎么稀里糊涂一折腾，毛巾厂就没了，消失了。从前的厂区成了一片住宅楼，每次路过那个路口，心里都怪怪的。以前一个人挂着两张面孔在这里进进出出固然很辛苦，但那毕竟还是一份职业，说的好听一点他还在为改革大业添砖加瓦。

后来的事情就跟在梦境里似的，似乎发生过一点什么，又似乎什么也没剩下。一颗流星划过夜空，什么也剩不下。只是在老人的记忆中，这个县曾经还有过一个单位，叫彩练毛巾厂，但关于这个厂的一切，只有在档案馆里能查到了。甚至于后来他自己也盼望法庭能出来宣判一下，给个明白的说法。可是没有，什么都没有，这一切似乎都没发生过。再后来，连轻工局也撤销了，他想找人打听都没地方了。他的关系是挂在人事局的，身份是“待岗”，意思是说如果有岗位，组织上自然会安排他的。但是，两年过去了，什么也没有。那感觉就像一块抹布，用过了就该扔了，不扔也该干了，硬了，晾在哪儿也是多余了。这世道变得太快，他才刚刚年轻有为，就有了沧海桑田的感觉，有时想愤怒一下都找不着理由。广东人没脾气是假的，没地方给你发脾气才是真的。

总而言之，他从根子上就不是一个好斗的人，身上没长着那根筋。他不想得罪马明阳。可是老这么不明不白地让马明阳捉弄，又确实于心不甘。哑巴吃黄连心里还有数呢，而他居然不知自己栽在何处，有没有搞错啊。

现在事情似乎走到了这样的关头：要么他走，再当一次吃黄连的哑巴；要么马明阳走，让这个流氓彻底失去脸面。本来他不想这么做，这也不是他的性格。习惯的方法总是温和的，把事情处理在下面，表面上还要和和气气。陈太也一再劝他说，算啦，过去就算啦。

罢工风波过去了，他是想算了。工人重新组合了，他也想算了。工人辞工了，他还想算了。你一个人事部经理什么都不干，什么都推给他，他都可以算了，唯独这件事不能算了。这件事关系到名誉，关系到尊严。

有一次他上楼梯碰见办公室两个小姐下楼，一个说你穿那么短小心走光。一个说走光就走光怕什么？一个说你刚才正好给人看见。一个说看见就看见，那个人也算男人吗？然后两个人低低说了一句什么，接着就是绸缎被撕开的那种尖声大笑。那种笑的尖刻难耐后来一直不散，贴在他的后脑勺上。

还有一次是在车间，两个主管居然问他，常书记常书记，你能叫出几个女工的名字？他问什么意思，答说是没什么意思。后来想半天他才明白，他们是想验证柳树椏的五个女工哪几个是开过的，哪几个还没开。他们居然敢点到他的鼻子问。

特别不能容忍的是，他已经有了外号，叫唐僧，而且这个话已经传到外面去了。有一回总公司的赵顾问对他说，你们那地方开玩笑开得也太离谱了吧？有些话酒席桌上说说也就算了，弄得沸沸扬扬有什么意思？他当时的脸就像被卷扬机刷了一下，想争辩几句可又不知该怎么说才能说明白。

现在公司里上上下下都认为，马明阳公开讲自己是坏人未必是真坏人，他承认“开处”了，是坦诚，是勇敢，是人性。而常书记拒绝承认“开处”，被认为是虚伪，是阴险，是“书记”，未必是真好人。他已然进入一个动物的世界，正常人被看成两条腿的怪物。你想留一点人的尊严却被看作有病，你想做人却被当成没有人性。世道人心已经变成了这个样子，黑白颠倒到了这种程度，算了？

从前他诸事忍让，因为还有个组织，还指望有人来主持公道。现在大家都打老板工了，是个个人奋斗的时代，丛林法则的时代，老鼠爱大米的时代，只信猪八戒不信唐僧的时代，他凭什么算了？让了你？怕了你？你他妈的本来就不是个东西。

财务部的出纳小许也是梅县人，讲起来还是五华的同乡，近得很。常来临郑重其事请她全家吃了一顿饭，提出要看招工辞工的全部往来开支账目。那小许当然也是个识得做的人，不但复印了所有资料，还在她认为有疑问的地方画上了红线。

有一个逻辑他早就确信不疑，马明阳在公司大把拿提成而别人只拿干工资，让大家心悦诚服是不可能的。还有一个逻辑是，老板对你的吃喝嫖赌可以不关心，但对自己口袋里的钱不可能不心疼。凭着这个逻辑他就不相信斗不倒马明阳。

现在他终于踩住了马明阳的尾巴，可他不着急，让马明阳跳。他要让全公司都看见，他要公开请这几位受到公司伤害的可怜的打工妹出去玩，他要抚慰她们受伤的心灵，让每一个人都知道，什么叫光明磊落，什么叫无私无畏，什么叫唐僧。

陈太也很有意思，看着那份清单脸上抽搐了半天，才咦的一下叫出声。当时是个小范围的经理例会，从窗帘缝里透进来的一缕阳光利剑一样刺穿了黑幕，一端落在陈太染成紫红的发梢上，另一端正冲着马明阳那张慢慢塌陷的娃娃脸。

陈太说，阿阳我待你不薄啊，该给你的我一分不少都给过你了啊，你怎么能黑我呢？

马明阳呼地跳起来，脖子伸到会议桌的这一头，别人都以为他要动手了，都想去拦他。

常来临说，你们不要拦，让他说，他有嘴巴。

但马明阳什么也不说，夹上包就冲出去了。

陈太带着哭腔问，阿临啊，你说我怎么办啊？

他竖起两根手指，两条：要么起诉，要么退赃。

当时他很平静，一点激动的意思也没有，他不是那种好斗的人，他不是肝火很旺的人。他甚至对马明阳还有一点怜悯，他看见那张娃娃脸在塌陷在变色的时候，还说过一句不好意思。

马明阳选择了退赃走人。

他还算聪明，不然他会一根根地炸筋，一层层地蜕皮。临走那天马明阳还特意到每个办公室道了别，在大办公室里有句话还挺意味深长：马仔就是马仔，谁当马仔都为挣钱。不为挣钱你来深圳干吗？

当时他没搭理他，不过这句话还有点意思，你来深圳干吗？同样的问题他也问过打工妹，他用的词好听一点，叫事业。现在这个问题对自己同样有效，是啊，你来干吗？

第五章

16

对女人的看法赵学尧向来宽容。在他看来，特区每每把妓女当三无人员把嫖客当三有人士的做法是极其肤浅可笑、不负责任的。他对迟小姐的看法则更加不同一些。迟小姐跳跃的、欢乐的思维方式，安静的、凄婉的神态，以及二者形成的情绪反差常令赵学尧内心嗟讶不已。跳舞次数多了，连她的身体赵学尧也都熟悉起来。她胯部扭动时手指间的那种感觉，呼吸的那种气息，实在是很深刻。

实际上赵学尧也很难不产生怜香惜玉的情怀。迟小姐正面直视他的时候，赵学尧就尽量沉到音乐中去，让音乐去洗净某种东西。有好几次，舞到酣处，他发现文总居然在打瞌睡，他赶紧把迟小姐转向别处，心里一阵狂跳。这时迟小姐只是略微抬头轻吁一口，没有更多的表示。他们都在尽量避免引出令人尴尬的话题。迟小姐是聪明人，见赵学尧坚决不逾矩的样子，她也就装看不见。跳舞就是跳舞，跳舞对赵学尧是工作，对迟小姐是消遣，迟小姐的消遣就是赵学尧的工作。赵学尧是文总在这方面的一个替身。

有一次赵学尧听到人们谈论伊拉克的萨达姆有很多替身，在各种不同场合派不同用途，提到情场的时候争议很大。这足以令赵学尧大大地失去了平衡。他破例跟她贴了面，而且搂紧不放。他知道这是很危险的，但那时正是他在幸福村最难熬的时光，差不多就要崩溃了。有了这次发泄，赵学尧才能恢复平衡。他发现迟小姐并没有特别的表情，只是抬眼看了一下，事后照样跟大家开一些轻松的玩笑。幸亏，迟小姐肚子已经很大了，以后也就没有再跳过舞，事态也就没有进一步的发展。

赵学尧现在只想一件事：赶紧把这台戏唱出去。何子钢说了几回，要把文总的屁股擦干净。可擦屁股毕竟是很私人的事，被擦的人要愿意才行。赵学尧只能等待。有机会就暗示两句，绝不往深里说。人到中年了难免恋旧，做事难免拖泥带水，更何况是中年得子。夺泥燕口，削铁针头，亏老先生下不了手？

不料这回文总是真下决心了，要斩断情缘。而且非要赵学尧出马不可。他拉着赵学尧的手拍了又拍，千言万语说不出的样子，几乎不能自持的样子。说小迟好佩服你的啦，你口才好好的啦，你去讲好过我一万倍啦，再说下去眼就红了。本来斩断情缘纯属私人问题，这样一来弄得赵学尧也有了惺惺相惜的感觉。

抽空又通了“常委热线”，何子钢尖声讥讽道，你有什么资格谈愿意不愿意？老板的私事就是你的公义。你就是老板的私人助理，是老板给你开工资不是？这本来就是题中应有之义，他能主动提出让你办是求之不得的事，你反倒草鸡了？去，不去就前功尽弃了。

赵学尧说，我这人最见不得眼泪，我一想到迟小姐那个弱不禁风的样儿，心就虚。赵学尧觉得自己像一个没见过血的刽子手，要亲手腰斩迟小姐。

何子钢说，哎呀你叫我怎么说你赵老师？是不是每件事都要给你找个高尚的理由？那行，我现在就告诉你：第一，你在建设社会主义精神文明；第二，你在塑造一个时代英雄；第三，你在挽救失足青年。

天香花园在一个闹中取静的高尚地段，类似旧上海的霞飞路。当初取这个名字也许就有投资商的智慧含量，给人不少温柔甜腻的想象。只是近两年被香港传媒一炒，“二奶村”名气大震，使得一些高尚人士走近它时表情复杂了许多。

司机小李开着白色大林肯一路都在哼歌，到了这里就不哼了，问，还要开进去？

赵学尧一愣，文总每次都不开进去吗？小李不答。

赵学尧明白了。下了车，他想象文总蹑手蹑脚东张西望爬下车的样子一定很滑稽。可见高尚人士有时活得也很辛苦。这样一想，气就粗壮了很多。

迟小姐开门见是赵学尧有点吃惊，脸色微红说，赵老师你可是稀客呀。现在你成老头子的主心骨了。又说，你看我都肥成什么样了？你也不来看看我。迟小姐转着身段展示给赵学尧看。

赵学尧认真严肃地看了，说还好还好，白一点而已，又多一种风采。

迟小姐跳着脚喊，肥了五斤呀，这叫我怎么见人啊。赵学尧心想有个孩子气的情妇闹着跳着的确不错，听听声音也能年轻几岁，难怪文总舍不得。刚才说的“主心骨”一词更令赵学尧心里熨帖，他实在是很愿意当这根骨头的呀。

迟小姐在他对面坐下，随手抱一只熊猫公仔，等他说明来意。赵学尧一时闷着，想不起开头，只好说，孩子睡了？

迟小姐点头说，书上的办法不灵，孩子闹夜总也调整不过来，夜里哭得我真想把他扔出去。说着就把公仔扔过来。

赵学尧慌忙去接，接两下还是掉了，自嘲道，吓我一跳。又说，初为人母嘛，总得过这一关。你真下了狠心，还调整不过来？

迟小姐说，我真有狠心，你教教我。

赵学尧说，这简单，你白天抱他满大街转，折腾累了夜里敲锣他都不醒。灵得很。

迟小姐说，抱他上街我不干，老妇女似的。

赵学尧说那就雇个保姆，让她抱着。

那我就更不干了，迟小姐跳起身把嘴噘多高，又叉腰愤愤然蹿来蹿去。说那还有什么情趣可言？像是正经过日子。那样我还不如死。

赵学尧不吭。

迟小姐说，赵老师我知道你心里怎么想。可你想过没有，来深圳的女孩有几个想正经过日子？你自己是这么打算的吗？赵老师我不怕你笑话，我还真想过死。那个母子俩自杀的事你知道吧？就是那个被遗弃的，把孩子推到汽车底下的那个？那天看电视新闻，当时我就对老头子说，要是我，才不那么傻呢。两个人就是真死成了，又有什么价值？被车碾得血糊拉稀的。活着就窝囊，死了连美感都不要，真是不值。换上我，一定会把家里收拾得干干净净，给自己化上妆，你知道我从来不化妆的，但那个时候一定要化。我要让那一刻是最美丽的。然后换上白睡袍，然后听着安魂曲，然后躺在床上，然后……老头子当时就傻了！迟小姐冲赵学尧一伸舌头。

赵学尧忽然就有些明白，文总为什么会突然做出决定。他一定是再三考虑过了，这事是拖不过去的，长痛不如短痛。他一定是害怕了。

迟小姐问，赵老师你有话要说？

赵学尧想了一下，说我这个人不会说话，我能在幸福村待下来与迟小姐的支持是分不开的，我心里太明白了。从某种意义上说——

别说意义，说意义就没意义了。我这点自知之明是有的。迟小姐声音发抖，好像有些明白。

赵学尧说是是，你看我这个人站了半辈子讲台，算是个以嘴养嘴的货色，其实根本不会说话的。

迟小姐往起一跳，赵学尧惊得向后仰去，看见她面颊一点一点泛出白光，半天，才沙沙地说，赵老师再陪我跳一曲吧，有什么话待会儿说行吗？然后就去翻唱碟。又说，就算我再支持你一回。

迟小姐说，你就不能搂紧一点？

赵学尧很想幽它一默，来句有贼心没贼胆之类的话。可她已经不对劲了，身子簌簌抖。

迟小姐说，天大的事跳完了再说。说着就偎过来，脸贴在赵学尧肩头。曲子是略带忧伤的小夜曲。

赵学尧也不免黯然。

终于，她推开赵学尧，说现在我准备好了。

赵学尧说，其实你该明白，天下没有不散的筵席。

迟小姐冷笑，明白，而且也早就明白，这事非你来说不可。

赵学尧说我是受人之托，所以……

应该是受人之命！没关系，你挣你的钱，我挣我的钱，我不在乎。

赵学尧说，你们这是一段情也好，一个家也好，总有散的时候。其实照我看也不见得是坏事。

知道。

文总人还不算坏，对你是真舍不得。

知道。

文总也该收山了，现在身体也差多了。

这我更知道，我还不清楚吗？我就像一个刚出水的青蛙！

赵学尧吃惊地抬头，看到一脸讥讽，冷得像块铁。话已说得如此到位，反倒无话了。

她说，你谈实质性的。

如果按原先的协议，就简单得多。

半年，三十万，然后走人。

可是又有了孩子。文总说了，儿子你尽管放心，什么时候想来看都可以。

迟小姐不吭，看着赵学尧。

当然，他太太那边还得做点工作，他们的儿子不成器，会对你儿子好的。

迟小姐还是看着他不吭。

赵学尧就掏出支票双手递过去，说文总请你自己填，他说随便你。

迟小姐看着支票，翻过来覆过去，然后抓笔就写，写好后从包里找出一张牡丹卡，说，麻烦赵老师替我转进去。

赵学尧接住，一眼瞥过，心脏一阵痉挛。

两千万！赵学尧脸都灰掉了。不过他不便发表评论，于是不着四六地胡扯几句便起身告辞。

迟小姐没有反应，也没有开口，两腿绷直仰靠在沙发上。赵学尧注意到，清泪从脸边无声地直泻下去。

小李还等在路口。看着赵学尧黑头青脸钻进车，嘴角浮起许多暧昧。车才上大道他就憋不住，说，办得不顺？又说，这帮女人全一个鸟样，离她近点就端架子，离她远点就哭鼻子，孔夫子说女人和小孩一模一样。还说，深圳什么都缺，缺水缺电缺房缺票子，就是不缺女人。老板早就该换一个了，车都换几部了人还不换?

赵学尧心烦，脱口骂，换你妈了个逼！心想，你一车夫管这么多干吗?

小李一惊，车刹住了，再也不吭。

车过通心岭赵学尧叫停，下车后想想不妥，又回去拍小李的肩膀，说不好意思啊刚才。

小李不抬头，说，没所谓啦。

17

通心岭这个名字有点象征意义。据说逢年过节，送礼的小车能把大马路塞满。因为这一带是市委机关的宿舍区，是心脏部位，所以需要通通。

赵学尧没走几步就看见何子钢老婆在楼下买东西，他赶紧过去帮着提了两袋。

何子钢老婆问，赵老师在家做不做家务?

赵学尧说当然要做一些的。何子钢老婆就笑。

赵学尧问，何子钢不做吗?

她说，他啊，一副天降大任的样子，整天眉头锁着，你给他铁钉都能吃出豆角味道来。

赵学尧说，何子钢的确是很有抱负的，在学校就跟其他同学不一样。

她说，屁的抱负，一分钱赚不到还尽往外贴。

赵学尧顿时脸就红了，心想不该老是空着手来。

何子钢老婆接着说，前几年硕士生是可以分三房的，他偏要跟人换，宁愿住两房，还是旧房。

赵学尧说，那是干吗? 住房可是个大事。

何子钢老婆就哼了一声，说他是贪图这个位置，上各家串门方便。

赵学尧便不再吭，心想何子钢这个人确实有股狠劲，真是一点一滴都在打基础。

进门一坐下，赵学尧就把处理迟小姐的过程说了。因为心情复杂感慨良多，不免一惊一乍地渲染一番，咂舌摇耳拍大腿，又把两千万的支票掏给大家看。

在赵学尧想来，迟小姐实在太令人失望了，原本那个聪明美丽的形象已经垮掉了，他对女人善良的天性已经从根本上发生了怀疑。他原以为迟小姐会说，随便他给吧，我不在乎这个，我不是为钱。或者痛苦万分暗暗垂泪，或者什么话也不说。然而这个迟小姐已经不是那个迟小姐了。她居然这样。这样的女人谁敢要？吃人不吐卡嘛。她怎么能这样？

何子钢一直闷头吸烟，陡然问，迟小姐不漂亮？

赵学尧说，从前我一直认为她很漂亮的。

对你不友好？

那倒不是，我还亏她吹枕头风呢。

那不就结了？人家一个愿给一个愿要，你操什么心？还愤愤不平的样子，可笑。

赵学尧叫道，两千万呐，什么概念？你太缺乏想象力了。

何子钢缓口气说，我知道什么叫两千万。我老家一个县财政去年收入才一千四百万，这我还能不懂？我是说这跟你有什么关系？漫天要价就地还钱，文念祖要认为不合适自然会叫你去传话，你着什么急？皇帝不急太监急！

赵学尧说，我是幸福村的一分子啊，我把下辈子的幸福都押在这儿了。这钱是集体的，某种意义上说也有我一份呢。

何子钢说好笑，越来越好笑了。他拿香烟头点着赵学尧鼻子说，广东话不识做懂不懂？你这就叫不识做。你怎么迂腐到这种程度了？我都懒得跟你说了，你趁早回去教书去吧。你到深圳干吗来了？当家做主人来了？

赵学尧也急了，瞪起眼说，小何我不想跟你抬杠，说我迂腐也罢虚伪也罢，一个人总该有点责任感吧？当真我鞍前马后地跑就为挣几个小钱？我是认真把幸福村当成事业的，所以我才同意你的设想，跟你合作。他很强调“合作”两个字，把何子钢镇住了。真把脸放下来，何子钢也就收敛一点。

赵学尧说，我正在思考，要不要把发表过的文字扩充一下整理成一本书，专门探讨发展模式。不管你怎么想，我是认真当事业干的。我的劳动总该有点意义吧？我这个人就是不能稀里糊涂地活着。要是那样我也不到深圳来了。当家做主人有什么不好？我又不想贪污他的钱。

何子钢喊了一声再也不吭，把茶叶喝进嘴里嚼嚼又吐回杯子，又喝进去，又吐回来。

赵学尧心想，这孩子老是恩公自居，这很不好。我自己这么想想是可以的，你这么想不就好了。很不好的。不过这话也说不出来，只好也嚼茶叶。

何子钢的儿子一直是趴在沙发上玩插板的，见他们不抬杠了，很冷清的样子，便伸出两根手指头，说爸爸一发火，脖上的筋有这么粗。

一愣，大家都笑了。他又说，爸爸是全深圳最不文明的人。

赵学尧把茶水喷了一地，说，你爸爸正在制造全深圳最文明的人。

何子钢老婆也出来圆场，说他这个人一开口就吹胡子瞪眼的。幸亏赵老师了解你，不了解的还不知怎么想呢。

何子钢说，我这人就这样，你要见我跟谁客气，我跟他肯定合不来哉。

接着就开饭。吃着饭，赵学尧还不罢休，想想又说，从前在学校他就是这样的，那时候一到星期天我经常喊几个穷学生来家里开饭，别人吃了饭还知道说句好听话，他不但不说，还在外头败坏我。

何子钢老婆一听就感兴趣，问是怎么回事。

赵学尧说，他在外头讲，帮助都是互相的。赵老师帮我省饭票，我帮赵老师拉选票。把我老婆气得，拿擀面杖撵着打。

何子钢老婆笑道，缺德带冒烟儿。

何子钢说，我说的不是实话吗？

赵学尧说，那倒是大实话。那会儿我刚爬上讲师阶级，很想去一去身上这股子地瓜干子气息，所以比较注意学生的口碑。

何子钢老婆说，那也不带这么说的，这叫忘恩负义。大家都乐了，气氛这才好起来。

吃罢饭，何子钢提着折叠椅又要上楼顶，他老婆说，你们在家谈吧，我领儿子出去逛逛。何子钢连声道谢。赵学尧看着很是眼热，心想刁钻乖戾的何子钢倒是讨了个温淑贤良的老婆，还养了个乖巧的儿子，这小子真有福分。

何子钢老婆到了门外，想想又回来说，赵老师我多句嘴，要让我看，那位小姐还不够魄力，她该写上两亿才对头，要我写我就写两亿。

何子钢推着她，去吧去吧，你写八亿。

她下了楼还在说，就是嘛，亏不亏啊。

两个人这回不抬杠了，谈话是建设性的。两个人还互相打气：还是搞大动作有味道，小打小闹没劲。文化人是该在宏观指导上多作贡献。

赵学尧叹息，读书人本来就是治国平天下的，可惜呀，从前是围着权力中心转，现在又围着金钱中心转。读书人永远站在一边儿待着，干看。

何子钢突然说，我们法规处处长出缺了，我能不能一举到位，这次全看你的了。

赵学尧一愣，鬼话又来了。

何子钢说，一点不鬼话，你现在能不能端正自己的位置是关键的关键。

赵学尧说，又来了。我都是个打工仔了，还谈什么位置！

听听这口气。打工仔委屈你了？谁不在打工？市委书记也在打工。只有文念祖不是打工。

赵学尧说，我不是那个意思。

你就是那个意思。老揣着个主人翁情结，事业事业！你怎么能有单独的事业呢？你的事业就是文念祖的事业，也是我的事业。你没有单独的事业。什么时候文念祖高兴了，给你一个公司玩玩，你就有事业了。也就是说，你有钱你就有事业，你没钱你就没事业。这么简单的道理到今天还悟不透。时代变了，赵学尧同志，这个时代需要老板，需要打工仔，就是不需要主人翁！你是一根毛，必须附在老板这张皮上。你这个同志就是不听毛主席的话。

赵学尧沉吟着，笑出声来。他发现何子钢的确比从前深刻得多了。

临出门，何子钢突然问，怎么样，迟小姐对你是不是还有点意思？

赵学尧一愣，转而又轻松地说，那还用问，趴我怀里直抖呢。

何子钢说，那你还不上？

赵学尧说，没兴趣。

何子钢说，她也不简单，有点韧劲。突然又诡谲地笑：你是怎么解决的？我是指性欲。

赵学尧打哈哈，自己解决吧，我老了也不比你。

何子钢就站住了，沉思着说，那可不好啊，太压抑了不好，太压抑了别的地方就会生出毛病来。你多拥抱现实，少追问意义，你就活得轻松得多。

到了外面，两个人就不再说话，慢慢走着。空气里有股米兰花的香，很滋润的样子。这种花在内地娇贵得很，天一冷就要往屋里搬，可在这儿，马路边到处都是。赵学尧脱口叹道，眼前有景道不得啊。

却道天凉好个秋？何子钢摇摇头。他惺忪疲惫的眼皮依旧垂着，依旧是凶恶的光，偶尔恶狠狠地一闪。何子钢说，你这个人不仅迂腐，还虚伪。

赵学尧只好笑笑，不答。

18

见到文总，赵学尧的情绪缓和了很多，把大致情况说了一下，重点强调迟小姐流了泪。文总也没说什么，拿着支票怔了半天，说不上是舍不得人还是舍不得钱。对此赵学尧自然不便问，因为事前文总就认为，只要她接受了支票，事情就成功了一半。

果然，文总说，算啦，没所谓啦，由她高兴啦。

赵学尧深感失落，想想自己的激动，想想何子钢的挖苦，傻瓜一样白白浪费了许多表情。现在才终于理解何子钢的“四项基本原则”不是空穴来风。既然如此，他何必自讨没趣呢？

接下来的日子赵学尧就躲进房间里思考自己的书稿。这部稿子令赵学尧信心大增。而今的经济理论界实在肤浅无聊，学几个英文单词就敢大谈市场经济。赵学尧觉得，他才真正抓住了中国变革的一根筋。他觉着，这本书轰动是确定无疑的。他想，付出了多少代价啊，他是置公职于脑后的啊，他是第二次插队落户啊，他是真正深入基层投身实践的啊。他觉得他已经看见自己的曙光了。

文总见他写文章也很高兴，嘴龇得荷花一样，说，不好意思啊不好意思啊。连多坐一会儿也不好意思。其实赵学尧是很愿意跟文总聊天的，关于老文家的历史，关于胜利村与幸福村的恩怨，关于不同的发展道路，随便聊好了。文总也很有悟性，有些内容赵学尧只要稍加引导他就能得出结论。比如从船大不怕风浪到规模经营，从有钱大家赚到人人当股东，从劳动资本到土地资本，从公有制到共有制，等等。赵学尧要让他分不清是自己的故事还是赵学尧的理论。赵学尧很得意这一笔，相信总有一天这些都能派上大用场。而且这一天已经不远了。到那时，何子钢就会发现，他不过在幸福村抓到一点皮毛，捞到一个小官，而自己却为中国农村找到一条道路。比起这个，暂时的失落与苦熬又算得了甚？

关于出书，文总并不懂。他只问，要几钱哪？赵学尧说不是钱的问题，关键是意义重大。文总说，湿湿水啦，要几钱你话我知，我文念祖这点面子是要的，赵老师你放心。赵学尧便有些失望，对牛弹了琴一样。他们是现实的，只看到钱，还有一个现实他们看不到。当全国人民都来学习的时候，他们就明白有些东西不是钱可以买到的了。

赵学尧现在是彻头彻尾把自己当作一根毛，要附在幸福村这张皮上了。他觉得自己甚至是怀有一种愚忠的情结，一切都为文总的大计考虑。有一次他坐车出去，司机小李给他表演加长林肯的优越性，他居然大光其火。责备他们不为公司着想，花几千万抢这个深圳第一实在没有必要。威猛，有料，狼得很，这都是司机们的感觉，完全是低级趣味。直到小李把车撞上马路牙子脸色跟混凝土一样了，他才闭嘴。赵学尧这才发觉自己确实有点走火入魔。

老郭近来也不太友好，凡事都要和赵学尧攀比。赵学尧见了一趟文总，老郭必然也要去一趟；赵学尧多参加一次宴请，老郭能黑脸几天不说话；这几天赵学尧换了一部新手机，老郭眼都绿掉了，好像偷了他的抢了他的一样。赵学尧心想，你是出来捞外快的，家里福利待遇一样不少，跟我拼这些有什么意思？说起来也是老知识分子了，品位低到见人就上的地步，时不时弄些打工妹来家卡拉 OK，一弄就是半夜，也看不出哪个是常客。这很令赵学尧瞧不起他。

这天回来大门又从里头插上了，赵学尧想都没想甩起就是两脚。老郭拉开门连声道歉，不好意思不好意思，我这个人谨慎惯了，老是随手闩门的。

赵学尧斜眼看见两个女孩喝得泪流满面，里屋还有一个把粗腿伸到了门外。赵学尧不由得笑出声来，说了句关于革命本钱的话。弄得老郭很尴尬，一张脸挤出许多种笑容来。

到房间摊开书稿赵学尧已全然没有了心情。现在思路更加清晰了，论据更加充分了，缺的就是时间。有时间了还要不断受到“坏分子”的侵略。他一定要换个房子，不然生命一天天流失思想一点点破碎，实在是幸福村的重大损失。正痛心疾首着，老郭又来敲门。

赵老师还在用功啊？这样刻苦我真服了。

赵学尧只好赔笑：客人走了？

老郭说，我哪有那么多客人啊，我是看这些打工妹可怜。我这个人心肠软，听不得伤心事。有些山区里来的女孩子也不懂事，白天黑晚加班不说，连铺盖都舍不得买。睡觉就拿水泥袋盖一下，身上来事了就拾些破布烂衫回来垫一下。

赵学尧心想，你不就是没套住想让我看看吗？何苦来？

老郭说，她们有好几个月没开工资了。

赵学尧嗯了一声。心想她们有你这个款爷还用开工资？

老郭长叹一声很沉重地摇着脑袋，老板跑了，谁也不管她们了。仿佛他才是打工仔的监护人。

赵学尧说，是吗？

老郭见他没兴趣只好走开，很深沉地叹息，作孽哟作孽哟！

又过了些日子，有天傍晚散步的时候，赵学尧看见小山包上有些打工仔在聚会，远远看去那个说话的人像是唐源，一手叉腰一手挥舞，一副车间主任派头。这情形让他心里一动，记起了一点什么。这小子有点头脑，爱琢磨，不比一般打工仔，好像他来深圳闯荡是负有什么重要使命似的。工会，工运，工人领袖？一个打工仔有这种眼神肯定让人不舒服，在哪儿都让人不舒服。这样一想，自己曾经有过的眼神也可疑起来，难道自己过去也这样看世界的吗？不至于，他想，不至于。

赵学尧本想过去听听，走了几步又觉得没什么意思。劳资矛盾是客观存在，而且必将长期存在，长眼睛的都看得见。你可以为丑恶愤怒，也可以为黑暗忧虑，但这是支流中的支流，现象中的现象。

一个理性的人不能对历史趋势失去判断。老郭那天说得好，这个世界本来就是有人哭有人笑的。那天他问得也好，你是跟着哭呢还是跟着笑？

不想，天色擦黑的时候又碰上了行色匆匆的唐源。唐源一见面就挖苦他说，赵顾问如今不催租了，改行吹牛。

赵学尧知道他指的是报纸上那些文章的事，笑道，欢迎你提意见。

唐源说，你们这些人良心早就喂狗吃了，狗都拉出屎来了，给你提点意见有啥子用？

赵学尧眉头皱起来，我们俩不是一个阶级了？

唐源说，今天没得时间跟你费口水，我还有事。说罢就要走。

赵学尧心里老大不快，可还是拉住他说，那天我就要跟你讨论，你不愿意。有句话我还是要跟你说，现在时代不同了，你要转变观念！

唐源甩开他的手，说我来深圳听到最多的一句话就是转变观念，无非是说我们不能用自己的眼睛看，不能用自己的头脑想。我看时代没什么不同，工人还是工人，农民还是农民。地主就是地主，资本家就是资本家，到二十八世纪狗也改不了吃屎。

赵学尧说，劳资双方是可以合作的，当今世界已经进入全面合作的时代了。国与国都在合作了，人和人还不能合作吗？

唐源冷冷道，你们做，我们和，就叫合作。

赵学尧怔着，竟无言以对。

19

有两间公司早几天就出事了，一家是公司老板欠薪三四个月，索性跑回香港不露面。因为是文氏的族人，公司连租金也没交。工人闹起来，总公司也没办法。

而寰宇公司则是因为出了人命。这一批四川妹子年纪太小，太不懂事，来了就连轴加班，一心想挣钱。这家公司是做涂料的，本身就有职业风险，加上水土不服，很快就染上了毛病。老工人还不能劝，一劝就以为是跟她们抢饭碗。一个叫晓晓的孩子临送医院还死活不肯脱工装，说是打完针就回来加班，结果去了就没能回来。晓晓的招工表上填的是十六周岁，后来才搞清楚她还不足十四。

这天早晨，一两千名打工仔集体行动，在写字楼前静坐示威，又打电话又喊口号，把市区两级政府都惊动了。劳动局的摩托车老远就响起警笛。

这天正是接待村里一个中央参观团的日子，各大机关来的干部都站在窗前朝下看，看得赵学尧心惊肉跳。村里干部见过罢工，可中央机关的大干部没见过，都不知该怎么应对，吓得门也不敢出。

怨气十足的老郭可能郁闷得太久，居然兴奋得嗓子都哑了，在走廊上来回窜，看看，出事了吧，罢工了吧，这回真的闹大了吧？

赵学尧一把揪住低声骂：你搞女人搞昏头了？你不想干我还想干呢。

老郭这才有点发蒙，说我老早讲过嘛，不听嘛，不听就要出事嘛。

其实赵学尧也早就想清楚了。这几天村里气氛不太好，他也早就和何子钢通过气。开始何子钢还听不懂，问气氛不太好是什么意思？赵学尧就告诉他，有些公司几个月没发工资了，现在打工仔都在嗷嗷叫。

何子钢喊了一声，说我当是什么事呢，你老是这副忧天倾的样子实在没劲。打工仔声音再大，市里也听不见，北京更听不见。你的目标是把文念祖推出去，别为打工仔分心，你现在想退也来不及了。

赵学尧说，不是我想退，我是怕后院起火。

何子钢说，后院起火不就烧屁股吗？脸能保住就行。你越怕出事越出事。

赵学尧就笑，你小子真可以从政了，有点政治家派头。行，我跟你干革命了。

何子钢便有些张狂，做出不屑的样子来，说你以为从政很难吗？用眼睛说话，拿嘴巴看人，鼻子会听风耳朵能识字，不就是这一套吗？

赵学尧说，脑袋反而不用了？

何子钢道，很简单，脑袋替老板长着。

所以他的第一反应就是这种事一定要冷处理，最要不得火上浇油。他立马就想到了唐源，只有这个车间主任能组织起这样大规模的行动。他有点后悔那天没有及时介入进去，否则早把事情消灭在萌芽状态了。但反过来一想，早把它消灭了，还有你赵学尧什么事？沧海横流方显英雄本色，它不流你怎么显？

赵学尧早就设想在打工仔和老板之间倡导合作了，他早就知道这样的矛盾无可避免。他甚至有点欣赏唐源，喜欢这种爱动脑子的青年。可你唐源在这种关键时期来这一手，简直就是跟老赵过不去了。老赵不为老板着想也得为自己着想不是？怎能让你坏了大事？赵学尧是个人道主义者，历来主张公平正义、平等博爱的。他刚听说工人的事情时还有点血管膨胀，特别是听说了那个晓晓的事，他眼都红了。这都没有问题。这和良心没有关系。良心必须服从身体。

想清楚以后他就去见文总。文总躺在沙发里脸色铁青，正在对几个副总发狠，说养你们也用啊？没办法？没办法就回家想去，把自己椅子扛回去，不要讲我不给你面子。

几个副总谁也不走，还在那东扯西拉，说不知“冰果”打的头，要先把领头的治住，不治不得了。

赵学尧说，你们这时候千万不要胡来，矛盾不能激化。当务之急就是把人稳住，不能搞对立，如果他们再游行到市里去就不好收拾了。

副总们说，又不是我们欠他的钱，公司老板跑了我们有什么办法？跟我们闹有什么用？眼看到年底了，不把领头的治住，其他公司也会跟着闹。

赵学尧说，你们要治谁？你能把两千人都抓起来？难怪文总批评你们，到这时候还不出个好主意。这时候一抓人不就火上加油了吗？

副总们这才老实了。

赵学尧说，这些打工仔不是对幸福村有意见，但村委会是政权组织，他们认为公司不管村里就该管，这也合情合理，何况村里还叫总公司。所以我认为，文总你应该出去见见他们。

文总坐起来，想想又躺回去。

赵学尧把嘴舔了又舔，说，文总你放心，话我来替你讲，你只要站在旁边就行。他们要打就打我，你掉头就回来，行吗？转过来又对副总们说，你们大家算一笔账，就算村里替公司垫发两个月工资，给晓晓的家属垫发抚恤金，也不过几十万的事，大不了最后变卖这些公司的设备，也亏不到哪里去。你们怕什么呢？

一个副总说，这不是钱的问题，这样一搞村里还有什么面子？总公司以后怎么管？

另一个说，这个头一开，“冰果”来投资啊？

正讲着，何子钢领着劳动局监察大队的人进来了。他们也七嘴八舌说，罢工早就不稀奇了，饭吃多了就要拉屎，钱赚多了就要罢工，你们要正确对待正确处理。怕是没有用的。

何子钢说得更绝：管理也是生产力，领导艺术更是生产力，文总你拿一点风采给中央的同志看看！

于是文总跟在赵学尧身后，几个副总护在旁边，一个个跟出去砍头示众一样。

赵学尧大出风头。口才正是赵学尧的强项，来特区还没有机会展示。赵学尧自认为是个有良心的知识分子，并不像唐源挖苦的那样。他可以列举无数事例来证明这一点。可他不好跟一个工人说自己高尚正直，那样未免浅薄。现在，机会终于来了。他从“打工”这个词说起，论证了不叫“打工仔”叫“来深建设者”的必要性。说你们远离家乡亲人，来支援特区建设，让青春迸发光辉是何等光荣，一直说到村长文念祖也是苦孩子出身，村长就是你们的父母亲人。他报出了一连串打工仔、打工妹的名字，有些名字他自己也不知怎么蹦出来的。他说晓晓的不幸去世，正是全国人民对改革开放作出的牺牲和贡献，说晓晓的精神就是青春无悔，就是勇往直前，是奉献是大爱。说到晓晓临去医院还想着回来加班时，他哽咽了，说这就是对工作的热爱呀，对劳动的热爱呀。他说你们都是为了追求理想到深圳来的，你们是寻梦者不是淘金者，你们中间将来肯定会涌现出一批总经理、董事长和大老板，在深圳，你们人人都有机会当太阳。你们当了领导就能体会到，领导其实也很艰难，我们大家都要分享这个艰难。

赵学尧自己也没有想到效果会这样好。有几个女孩子当场就哭昏过去。

文总也被他激动起来，当场宣布拿花名册来，当天给大家垫发两个月工资。晓晓的后事由村里负责安排抚恤。

赵学尧又趁热打铁，说村里早就考虑要维护"来深建设者"的文化权利，满足大家的文化要求，正准备创办图书馆和文化夜校，今天正好给大家宣布一下。

另外他也注意到，讲话过程中有几个打工仔在人群中蹿来蹿去呼喊口号，而唐源则戴个大墨镜站在最后。后来口号越来越稀了，知道没戏了，这几个人才重新聚到一起。

散了以后赵学尧想了一想，还是对分管企业的副总说了唐源的情况。交代他千万不要难为人家，不要提罢工的事，也不要解释什么理由，发点路费请他走路就完了。

晚上宴请劳动局监察大队，大队长非要跟赵学尧干三大杯。大队长说，我要有你这张嘴起码可以增加十年阳寿。

何子钢因为也见到了全过程，第一次对赵学尧表示了赞赏，眼底的那种凶光减弱了许多。在洗手间里，他一拍赵学尧屁股，说，行了，你终于进化成深圳人了。把赵学尧裆下那点内容惊缩回去，小便淋了一腿。

几天后的一个晚上，有打工仔来敲门，说是有个朋友想请他去火车站见面。赵学尧立马就想到是唐源。

这两天的诸多变化令赵学尧心里七上八下。老郭突然消失，家里清静了，可也让人觉得空虚。好像是少了一个参照物，反而看不出自己的优势。唐源的事也是一块心病，他不知他们是怎么跟唐源谈的。他希望是礼貌一点客气一点，但他们那些人可不是这种风格，那个副老总听说经常在外头惹事的，威猛得很。

坐上中巴，那小伙子突然问：你不会以为是去挨揍吧？

赵学尧惊道，怎么会？唐源是我朋友。

小伙子却不吭了。赵学尧想想，心就悬了上去，热汗立刻喷涌不止，某种预感正在逼近，后悔也来不及了。

果然，唐源憔悴了很多，一只胳膊还吊着绷带。赵学尧想去握手，看周围几个都阴沉个脸，手便垂了下来，连嗓音都发抖了。唐源说，你不用怕，也不用解释，我只想问你一句话。

赵学尧双腿发抖，说找个地方喝点酒吧。

坐下来闷头喝了几口，一个打工仔就叫起来：你们要炒鱿鱼就炒鱿鱼，何必害人呢？没水平。

原来唐源被炒后，在市区大街上被几个保安拦住查身份证。唐源不知有诈，事实上他也不可能反抗。这样就被保安撕掉了证件，一顿胖揍不说，当夜就给送到了樟木头。到了樟木头人家可不听你解释，拿不出证件就是三无人员，一关就是三天。下午才找人花钱保出来。

唐源摆摆手说，这些跟你都没得关系，我请你来，只想问你一句话：你真的认为幸福村好成那个样子吗？你给我讲一句掏心窝子的话。

赵学尧尴尬着，说我们看问题不能太简单嘛，说好，说不好，都有片面性的嘛。

唐源说，那你就简单一点儿说，剥削好不好？压迫好不好？欺骗好不好？

赵学尧叹口气，说你钻这个牛角尖有什么意思？剥削不管好不好，你都要接受它。压迫不管好不好，它都是客观存在的。将来这个社会只讲合不合法，不讲合不合理。我这都是心里话。又说，唐源啊，你要认清时代，你回到内地，也还是有这个问题，深圳的今天，就是内地的明天。

唐源沉默了一会儿，说，现在回过头想想，也只有毛主席才是真心为工人农民的，可惜我们大家都看不清楚，也跟在后头骂。然后就大口喝啤酒，跟着眼角那儿就渐渐有了湿斑。

喝了几杯酒，他们也就不再为难他，不再追问那些没有意思的问题了，酒精似乎化解了隔阂，了结了恩怨。赵学尧把身上的钱全部掏出来，硬要塞给唐源。

唐源看看那钱，扔在桌上，说你晓不晓得我为什么想听你一句话？因为我总以为知识分子能有点良心。也不等答话，一伙人掉头就走。

他们很快地消失在熙熙攘攘的人流中。华灯初上，大放光明，赵学尧松了一口气，却又感到了一种失落一种怅惘，好像是流逝的岁月，好像是淡忘的乡情，依稀记得却又很模糊，说不上是惋惜还是感慨。

只有一点是肯定的，这和良心没有关系。

第六章

20

柳叶叶买了一本杂志，封面上的女孩是深圳著名的打工作家，好漂亮。她觉得自己的眼睛跟那个女孩有点像，所以就买了下来。杂志的封面上有句话她也喜欢：在深圳，人人都可以当太阳。这话，常书记也说过的。

她心想，不当太阳当月亮也行，当不成月亮当星星也好啊。她把杂志封面贴在蚊帐上，每天睡觉都能看见。她的空间不大，一间寝室十二个人，每个人只能在自己的蚊帐里下功夫。螺蛳壳壳里做文章，插一枝花啊贴两张画啊，反正总是要布置一下的。女孩子，多一些玫瑰心思有什么要紧？

其实柳叶叶心思并不大，太阳月亮她不想，但读个电大夜大她还是想的。这个心思她写信告诉家里了，她说过年我就不回了，明年再回，这样就可以省下学费来。爸爸妈妈说，家里你不用操心，只要你自己好好的，我们就放心了。柳叶叶的爸爸做过村小学的代课老师，对上学是心存一百个崇敬。她去夜大报了名。夜大学费贵一点，但时间上灵活。她算过一笔账，苦个三年，少回两趟家少买几件衣，就能把文凭挣出来。这个想法也和毛妹桃花她们几个商量过，但是各人都有各人的心思。现在都是大人了，她们不愿意也勉强不来的。

经过上次的事情，姐妹们之间矛盾是没有了，可人也好像突然都长大了一样，想事情都比从前复杂得多。比方讲，星期天就再也聚不到一起。有好几次大家都说要聚一下，硬是没有聚起来。再比方，原来讲好的过年一道回家，现在肯定也不可能一道了。还有就是给家里头寄钱，原先都是相商好再去寄的，你寄好多我寄好多，大家尽量保持一致，现在更加不可能了。各人都有了自己的小算盘，就连各人的存款都是不好拿出来问的。只有毛妹，每个月都去寄，三百，或者四百，就像一头老黄牛，家里那张犁不晓得要背到啥子时候才能到头。试用期满后大家的工资都有六百元，加上加班费，加上毛妹替人家顶班的钱，毛妹怎么说也能挣到七百多，可她还是喘不过气来。

柳叶叶问毛妹有没有存款，毛妹只是瞪着两只眼睛，一动不动。那两个眼睛像两个黑洞，里面有多少内容已经看不清楚了。她问，你过年回不回吗？毛妹说，回去还不如多寄两个。听到这个话她本当高兴的，总算有个人留下来陪伴她了，可是心里像被铁夹子夹了一下，怎么也笑不出来。

邮政所是深圳的一道风景。快到年边了，那些不能回家的人，那些牵挂父母兄弟姐妹的人，还有那些因为各种各样原因决心留在这座空城的人，都来排队汇款。排队的人很多，一直排到大门外。他们说，别看现在人多，再过些日子你想见个人都找不到地方，你在大街上撒尿都没有人看得见，趁现在过过瘾吧。然后他们就笑，很得意的样子。他们像是老油子，说着这些无聊的话，一点一点耐心地往前挤。其实他们也是打工仔，一点也不比她们老练，有些人连汇款单都不会写。他们只是用这些话来掩饰心里的恐慌和焦急。谁不怕孤单？哪个不想家？这从他们表情里就能看出来，他们的面孔是呆板的，眼神是严肃的，偶尔笑一下立马又僵回去。好像有根绳把他们的魂牵住，他们的心早就不在这里了，只不过用寄钱这样的方式来证明，自己的身体还在，心已经通过电线飞走了。

毛妹寄的是五百元，很坚定地写下来，然后又写了好多话在附言里。

柳叶叶说，你不要命了？

毛妹笑一下，不吭声。

柳叶叶晓得舅舅舅妈都要吃药，也晓得她的心思重，但这样搞肯定是拿自己的小命开玩笑。这些钱寄走了，还有一个多月怎么活？广东这边要过了正月十五才开工的，就是开工也拿不到工钱。但她想了一下就不再劝了，晓得劝也没有用。她把自己这边减了一百元，她想，以后就搭伙吃饭好了，不管怎么说也要把这个年熬过去。

可是在窗口，毛妹还是遇到了麻烦。营业员说附言最多写二十个字。毛妹说，一个人就一句话也不行吗？不行。另外加钱也不行吗？也不行。毛妹就眼泪巴巴不晓得怎么改。后边排队的人都急了，吵得一团糟。那个营业员阿姨是个好心人，见她那个样子可怜，就叹一口气说，我替你压吧。

爸妈弟妹新年安康快乐我很好勿念张毛妹。

毛妹数了一遍又数了一遍，说阿姨这才十八个字，再加读书两个字吧。那个好心的营业员阿姨看看她，又替她加上了。毛妹这才松了一口气，千斤重担卸下来一样。

年终的员工大会上，柳叶叶遇上了好事。公司宣布提拔几个人当QC，柳叶叶也是一个。QC 就是质检员，虽然比不上拉长主管，加不了几个钱，好歹也是一个提拔，有点出人头地的意思。很重要的是，QC 不用坐流水线，比较自由一些，调个休换个班都方便，对她上夜大读书是天大的支持。

常书记很看重这一点。他说，你们今后谁愿意上夜大电大，公司都会支持你们的。我自己也要想办法去读个 MBA，大家到深圳来都是谋发展的，眼光要看得远一点。你们不光要谋生存，还要谋发展，你们今后谁要当上董事长总经理可别忘了，我是讲过这个话的。说得大家猛拍巴掌。

柳叶叶开心死了，她想，怎么会忘记你呢，就是到死她也不会忘。忘不了那个阴冷的夜晚，也忘不了你今天的好。

如果将来真的留在深圳，她将是怎么样一个人？她想成为白领，穿西装上班的那种白领。她留心过写字楼里的那些女的，夹着小包，走路匆匆忙忙，嘴巴里嚼着口香糖，见人就打招呼，嗨，早晨，你好。要不然就说英语，哈啰，拜拜。还有她们穿短裙高跟鞋一扭一扭的样子，从的士里面钻出来先摸摸头发再理理衣衫才开始走路的样子，都让她好喜欢。

她相信，“人人都可以成为太阳”的话不过是鼓励人上进，认不得真，但努力打拚一下，留在深圳却是可以想得到的。那天常书记说女孩子都喜欢深圳，她当时一下就听懂了，一下就明白他在说什么。有这么温暖的气候，有这么繁华的街市，有这么耀眼的时尚，哪个女孩子不动心？你想穿什么就穿什么，想买什么就买什么，想怎么样就怎么样。可是要爬上这些台阶，还要走多长的路啊，简直比登天还要累。柳叶叶相信，好好干，总归不错的，好日子都是干出来的。哪怕天堂就在前边，你也要一朵云彩一朵云彩地翻过去。

谁知高兴过了头，快到放假的前两天，她居然跟小青大吵了一架。那两天也是下单下得太多，做不完就加班，主管说这是年前最后一批货，做完就出粮，出完粮就放假，所以赶得特别紧。头一天她当班的时候就发现小青跟不上，挨了组长的骂，她还特意跟小青打了招呼，慢就慢一点，挨骂就挨骂，千万不要出残次品，她被打卡打过好几回了。可小青心急，又被骂得狠，那天还是出了两个次品。

这种线路板贵得很，错一点就是次品，就得报废，想返工都返不了。到了柳叶叶这里，她能哪样子办？当时小青是给她挤过眼睛，她也看到小青的眼神是那样慌张，可她能哪样子办嘛？那天，公司老板和常书记都在厂房里，他们都在等着出这最后一批货。没有办法，她只好把这两块挑了出来。收工时候，小青再一次被打了卡。可能因为老板高兴，主管也没有说什么，提都没有提一句。

但小青受不了了，当时就把工号卡摔在地上。

回宿舍柳叶叶想跟小青解释一下，还没有开口，小青就骂起来。骂几句也就算了，但小青提到了常书记，她就不能忍了。小青说，你铁面无私，你了不起，你不能包庇我，姓常的就能包庇你！柳叶叶说，常书记怎么包庇我了，你讲清楚。小青说，你自己做的你自己心里有数，还要人家讲？

后来，柳叶叶才想明白，小青她们对那件事还是不能忘记。她和香香一直觉得吃了亏。自己吃了亏，做出了牺牲，好处却没有捞着，好处都给了柳叶叶张毛妹。香香是嘴上不说心里拐，其实她们都是一样的想法。凭良心，这个事放在哪个身上也都不能忘记，哪个受伤哪个晓得痛，旁人是很难体会的。明白了这个道理，柳叶叶也就不再气了。

可惜她明白的时候，已经太晚了。

她们回家过年的时候，小青把东西全部带走了。毛妹跟她说，她还有一点不相信，毛妹就领她去宿舍指给她看。毛妹说，桃花和香香的垫褥都还在，只有小青的不在了。看到那个空荡荡的床板，柳叶叶心里抽了一下，空了一大截。

她还嘴硬，又不是我喊她走的，她自己出了残次品，赖我啊？她说常书记包庇我，我不气吗？

话是那样说说，可到底有一点点虚，话音已经劈叉了。

腊月二十八，公司里已经空了，幸福村也见不着人了，深圳也成了一座空城。柳叶叶觉着好冷，其实气温还有10度，不知为什么会这样冷。她钻到毛妹的被窝里，两个人抱在一起还簌簌地抖。抖的时候她想，小青真的那么恨我吗？她回去真的不来了吗？如果她真的不来，村里人会怎么想？人家会以为是柳叶叶挡了小青的路吗？

当初大家一道出来闯，心思都差不多，好像前面的道路只有一条，不管怎么走都岔不到哪里去。其实，即便是睡在一张床上，也是各人做各人的梦，世界大得很呢。

21

常来临的耳朵小，这个缺陷以前时常受到袁敏嘲弄，说他是个没福气的人。但他的耳朵却有着常人不及的功能：可以自由扇动。这是个绝技，每每得意的时候，就会扇两下表示表示。有时候袁敏生气了，他也拿这个绝技来哄她，一哄天大的事也就过去了。

他这次回家可以说得上财大气粗，提前就电话告知，要袁敏开出购物单来。手上握着四五万，感觉就是跟从前不一样。开头袁敏也开玩笑，说要钻戒，真的要去买时，袁敏又说不要了。到了年纪已经没有那么虚荣了，说把钱留下来。其实常来临心里也是这么想的，一个下岗工人戴着钻戒去扫马路总是不太自然，何况他们到现在都没有自己的房子，何况还有女儿嘟嘟，他也就不再坚持。当然，这些都是在电话里随便聊的，快要见面了，情虫已经爬出来了。心情不错，就等着休假了。

可是放大假的前一晚，老板单独请他吃了一次饭。按香港人的规矩，来年的聘书是要在年前送的，请吃饭则表示更高一层的礼遇，台湾老板当然也是讲究这个的。

陈太说，阿临你对公司的贡献大家都是看得见的，所以肉麻的话我就不说了，只希望你认真地替我问候太太，说我谢谢她，一定要带到哦。

他说好好，喝了一杯。

陈太说，你回家打算买什么礼物给太太，要不要我帮你参谋参谋？然后就把一个礼品盒推了过来，上面有一个大大的红包。

他说不用不用，真的不用，又喝了一杯。

陈太说，你太太一定好漂亮好温柔的，不然你那么柳下惠？我算服了你了。

他说是是，没有没有，再喝了一杯。喝到第八杯的时候，陈太就把意思说出来了：公司里已经走空了，放大假期间总得有人守着，不然她不放心。再说开年就有一个大单，谁来张罗啊？

要是搁从前，他不会有二话的，单位里有事情，理所当然要有人顶起来。可现在这个话就不能说了，这是一份老板工，捞过界是犯忌讳的。马明阳说得好，马仔就是马仔，不为钱你来深圳干吗？马仔和老板就是一个结算关系。何况，他也确实有难处。袁敏在电话里暗示过好多次了，端午没回家，中秋没回家，过年总不能不回了吧？又不是隔着几千几万里。老人家会怎么想？他们以前对你是有点过分，他们已经后悔了，你还要他们怎么样？你不为老人想也不为女儿想吗？这些话是能说出口的，还有说不出口的呢？他猜得出。

记得临出发老岳丈心情好了很多，还亲自给他斟了一杯酒。这让他很感动，还说了几句一定要努力表现，不辜负岳父岳母大人期望的话。

袁敏说，搞得这么严重，好像去了就不回来似的。深圳又不远，说不定礼拜六就回家了。话是这么说，眼圈也红了。

接着自然是一夜缠绵。已经很久没有这样的情形，更多的时候好像只是为了证明他们还是夫妻。一周一次的证明，不多也不少。到了那一天，袁敏就会问，来不来？他要说来，她就会把衣褪了，直挺挺地等着。如果不说来，她就会把身子一蜷各睡各的。袁敏很累，两个人都没有正经工作心就很累，里里外外地张罗，又要在父母面前护着他。这他都明白，所以不管白天说话有多么亲热，夜里这个姿势就没变化过。

那天女儿已经被外婆早早带过去睡了，他明白这也是一种安排，一家人都是识做的。天没那么冷，但赤裸也会着凉的，他替她搭上了被，却被她一把戽开。那时，这个娇小柔弱的袁敏完全被释放出来，抽搐令她一次次癫狂——又不敢喊出声，只能张着嘴，大口哈气。他明白，这就是别离，是爱。于是他眼里也慢慢地蓄满了泪水。他们是高中同学，从恋爱到结婚生子也经历过多次别离，还确实没有过这样的记忆，因为那时她不担心。

后来，她才蜷伏在他怀里说，我要让你一辈子都记得。他问怎么会这么想？她说，深圳，那是个什么地方啊？他说我不是那种人。她就在他耳朵上咬了一口，说我知道，你是个劳碌命。小耳朵。

陈太再三说不好意思，说你要实在为难就算了。

常来临只好说不为难。现在人家老板已经开口了，他就不能让她难堪。这一点他还是做得很绅士的。

他给袁敏打了电话，开头就说对不起，然而原因还没说完，电话就挂上了。这样心就一直悬着，不知会发生什么事，也不知袁敏会跟老人编什么样的瞎话。其实什么事都没有，什么都不会发生，可心还是悬着。

年初一的上午，他一觉醒来，发现电视机还开着，还在说恭贺新禧给你拜年之类的话。那些主持人个个表情夸张激动无比的样子，说了一夜也不累，让他觉得十分搞笑。起床，洗漱，然后一个人在公司里闲逛，四处走走看看，好像一切真的要从头开始了。

这时便听见头顶上有人喊，常、书、记，新，年、好！

新年好新年好，你们没回家吗？

没有，我们留下来陪你过年啊。柳叶叶调皮地说。

谢谢，谢谢！那一刻心里突然就有种滚烫的感觉，好像鼻子也酸了一下。

然后他们就一起煮饭吃。把猪肉和豆腐白菜炖在一只锅里，用一只茶缸轮流敬酒。这种吃法他不是第一次经历，不过那时是在部队，现在这种感觉又回来了，觉得真是很快活。

他郑重其事包了两个红包送给柳叶叶和张毛妹，两个人都不愿拿。他说，入乡随俗啊。在广东，小孩子拜年都要拿红包的，不拿就是嫌少，认为长辈孤寒，是大不敬的。孤寒你们懂不懂？

张毛妹说，我们不是小孩子了。

他说，在广东没结婚的人都叫小孩子，明白吗？

她们愣一下，都说明白了。

他也似乎找回了尊严，尽管其中多少有一点点酸楚。他说，想不到啊，想不到跟你们在一起过了一个有意思的春节。现在我一点都不冷了，这几天好冷啊。

柳叶叶问，常书记老家下不下雪？

常来临把眼睛闭上，想一下说，我好像不记得下过多大的雪，最冷的时候，下雪也就是一点点，很快就化了，跟下雨差不多。我当兵那年，广州下了雪，全城人都激动得不得了，穿着拖鞋跑出来看雪，把雪抓起来往脸上擦，宝贝一样。

柳叶叶尖叫起来，那还叫什么雪？我们老家下大雪都不敢出门，雪把山沟沟都填满了，到处都是平的，一不小心滑下去就完了，那才叫个雪！

女孩们说得常来临也兴奋了，说将来我一定还要再去一次，去好好看看西水江，看看九龙抢水，看看你们柳树椏。

说话算话？不带赖的哦？

常来临伸手拍了两个女孩的手，认真地点了头。

22

毛妹对柳叶叶说，常书记好奇怪哦，你没有注意到吗？我们喊新年好的时候，他眼里都有泪花花了。

柳叶叶想一下，也觉得问题很严重。他是有家有室的人，过年也不回家，公司里放长假，他一个人留下来是看房子吗？但吃饭的时候他又好像快活得很，不像有什么心思的样子。她搞不懂，常书记那样有本事的人，能有什么烦心的事呢？

毛妹说，男的跟女的不一样，有天大的事也憋在肚子里，一般看不出来。要是女的，早就疯了。

话是这样随便讲讲，两个人都各忙各的事情，说过也就忘了。总之常书记是个好人，好人有好报，她们坚信不疑。

毛妹在外头找了当保姆的活，给人家看娃儿，半个月就打发过去了。

柳叶叶在忙着背书，准备开年去考夜大。等到过年的人陆陆续续回到公司，一切都恢复了原样，这个事也就丢在脑壳后面了。新的一年已经来了，大家都想努力奋斗，在新年里有个好运气。

这一年公司里有一个新变化，就是文化活动比以前多了。听说是幸福村领导做出了决定，要加强对外来劳务工的遵纪守法教育，所以村里办了文化夜校，办了图书室。公司里也办了黑板报，在周末组织大家娱乐。文化夜校参加的人不多，不发文凭不说，还要收费。所以柳叶叶很得意自己去报考了夜大，不管怎么说，再辛苦那也是个正经文凭。

其实所有这一切变化，听说都和寰宇公司那次罢工示威有关。那次事情柳叶叶不清楚，只是听说炒掉十几个人，对寰宇公司也罚了款，提出了黄牌警告。警告他们用童工，扣发工人工资。这些话听上去还是蛮公平的，大家出来打工是为挣钱，不是出来闹事的，哪个也不愿闹事。她们说，这叫各打五十大板。

三月的一天，公司里突然停了工，说是区里来召开万人宣判大会，外来劳务工必须参加。在幸福村的广场上，密密麻麻坐满了打工仔。先是听村里的赵顾问作报告。这个赵顾问听说是个大学教授，所以柳叶叶就格外注意听讲。他那张嘴好厉害，讲话不看稿纸，还能说一串一串的顺口溜。不像那些干部，照着纸念还念错了，弄得底下哄堂大笑。其实他们说的都是一个意思，现在治安形势严峻，犯罪分子猖獗，要树立法治观念，自觉维护社会稳定。当然对打工仔来说就是要遵纪守法，不要知法犯法。

然后就是把一批犯罪分子押上来审判，一个个五花大绑，后背上插个牌子，抢劫杀人犯，强奸杀人犯，还有爆炸杀人犯，等等，全部死刑，立即执行。然后把这些人抓到汽车上围会场转一圈，开走了。然后就宣布散会，大家一开始还有点莫名其妙，怎么好像还没说到劳务工的事，大会就结束了？就为这几个犯罪分子，那么多公司停工半天？好像开玩笑一样。

后来有人说，怎么没关系？他们哪个是本地人？哪个不是内地来的打工仔？就是有关系，关系要你自己去想。

有的人还问，幸福村去年有一个烂仔贩毒杀了人，这次怎么没有判？对本地人和对外来人就是不一样。

这样一想就明白了，明白了就心里好不舒服。其实对于本地人排外，欺负外来工的说法柳叶叶是一直不赞同的。有些女孩子一到深圳就学白话学客家话学潮汕话，以为那样就比别人高一头，买东西就比别人便宜一些。其实你就是把脑袋削尖了，装一个广东人又能自信多少？

他们议论柳叶叶从来不吭声，但是不等于她没有看法。她觉得相比较而言，宝岛公司里组织的文化活动，比如办黑板报，组织大家娱乐，游艺室等等，都还是比较讲人性的，目的是要大家遵纪守法，好好工作，不是要劳务工害怕。那么杀气腾腾只能吓唬好人，坏人反正是坏人了，他又不怕你吓唬。

柳叶叶给黑板报写了一首小诗，写了那天毛妹给家里寄钱和大家排队的情形。题目叫《寄钱》：

千个万个都是排队的人
千颗万颗都是恋家的心
千言万语都写不完
二十个空格挤不下万万千千

这是她第一次写诗，本来就不会写，是那个办黑板报的人逼她写的。那个人说，你不是考上夜大了吗？考上夜大还不会写诗吗？

不料想常书记找来了，把她拖到门外说，想不到啊想不到啊，柳叶叶还是个才女啊。

她脸通红地说，不是不是，真不是的。

可常书记却认真问了那天寄钱的事，怎么排队，怎么寄钱，为什么只能写二十个字。后来说，我想搞一个活动，"算算寄给亲人多少钱"，你看怎么样？

她说好啊。

常书记就在她头上轻轻拍了一下，走了。

就那一下叫柳叶叶触电一样愣了半天。那种感觉是从头顶，脖颈，后腰，一直到脚后跟，是慢慢麻下去的，然后身子就软了，跟地板连到一起了。是感动？还是温暖，她说不好，反正这件事是件大事，让她后来付出了好大代价。

柳叶叶说好啊的意思本来很简单，就是那天看到打工仔寄钱的样子真的让她好感动。没想到这个事一搞就搞成了算账，又搞出了好大的新闻。

先是区里的报纸上登出来，说是宝岛电子公司开展"算算寄给亲人多少钱"活动以来，外来劳务工不算不知道，一算吓一跳，单是这家公司的劳务工几年来汇往全国各地的汇款就达数百万元。接着，又是好多家公司开展了这项活动，汇款达到数千万元。最后搞到市里，报纸上的数字是数十亿元。结论是，深圳从一亿元起家，不但为国家贡献了十几亿的税收，而且使全国的贫困地区受益好多好多亿。有个电视主持人干脆说，深圳不但养活了近千万名外来劳务工，而且养活了他们的家属。算一算，这是个多大的数字，多大的贡献啊。

算这个账，而且是这样的算法，让大家好难受。柳叶叶也没有想到，本来是一件让人感动的事，怎么最后变成了谁养活谁的怪问题。报纸上的文章越多，公司里骂人的话就越厉害。

有一天她被几个男的堵在了饭堂门口，你不是会算账吗？你为什么不算算，我们给老板挣了多少钱？

她说，又不是我要算的。我不也跟你们一样？

他们就阴险地笑了，说你怎么会跟我们一样？你会写诗啊，你会拍马屁啊，你红得发紫了，紫过头了就要出血了。

柳叶叶气得不行，又没地方说，只有跟毛妹去哭。毛妹也说她，你写什么诗啊，那都是些吃饱饭没事做的人想出来的花样。打工仔就是打工仔，到什么时候都不要忘记自己是打工仔。

她说，那我不也上夜大了？

毛妹说，那就不要读了，又费工又费钱。

柳叶叶知道跟毛妹说不通，不过哭哭心里也好受多了。她搂着毛妹撒娇，反正你也不心疼我。

我要是不心疼你，早就骂你个死丫头了，你以为你写二十个空格我看不懂吗？

说得柳叶叶又笑了，原来你也晓得啊。

毛妹说，没吃过猪肉，没看过猪跑吗？我文化是浅，可心思一点不比你少！

她们两个现在见面的机会少了，不是周末就难得见面，所以柳叶叶就赖到毛妹被窝里，话也格外多，讲讲就讲到小青和香香。讲到她们两个，心情就格外沉重。

小青开年是没有回到公司里来，但家里人却说她早出来了。问桃花和香香，她们也不说，这个事就放下了。头天毛妹听说香香也要辞工，好生奇怪，找香香人也找不到。现在也不知在哪里。

本来辞工也不是什么大事，在深圳太家常便饭了。但五个姊妹一道出来，这么快就分手了，柳叶叶总归有一点点内疚，觉得对不起小青似的。但香香又是为什么事呢？是回家了吗？

第二天一早，两个人就去问桃花。桃花刚下班，困得很，说你们以为她回家了吗？才不是呢。

那她去了哪里？

桃花说，你们去龙华就能见到她们了，在桥头，做洗头妹。

柳叶叶脸色都变了，说不会吧？

现在大家都晓得了，所谓的洗头妹不是真的给人家洗头，洗头能赚到好多钱。洗头妹一下就让人想到是做那个事情的人。

桃花说，稀奇死了是吧？本来我也要去的，一个月六千大毛累死人。不过我不想卖得太便宜。

柳叶叶说，我们一道出来的，大家讲好的，还要一道回去的，连个招呼都不打？她要哭出来了。

桃花说，你们都是要往高处走的人，打招呼有用吗？道理一大堆，都是骗人！

柳叶叶还想说，毛妹拉她出来了。说其实她们早就跟村里那帮烂仔玩到一起了，你不晓得？天天都有人来接。

她记起来，有一次下夜班，是看到公司门口有两辆摩托车，后来就碰见香香和小青要出门。当时还问过的，她们说出去买东西。现在想想，还真是那么一回事。

柳叶叶说，我们去龙华找她们。

毛妹说，找一下也好。反正我们把话说到，是好是歹，都是大人了，她们自己晓得。

搭车去了龙华，问了好多人，才问到桥头。可越是走近，脚杆就越是沉重，好像不是香香小青她们做了洗头妹，倒像是自己做了亏心事。见面怎么讲？讲什么？洗头妹不好？你怎么晓得不好？你们好你们的，管人家做什么？

正这么胡思乱想着，毛妹拉拉她说，就在那边。

她站住了，远远地看见香香和小青正靠在一根柱子上嗑瓜子。两个人穿着超短裙，烫黄头毛，一边嗑一边说笑。有路过的人，就跟人家搭话，搭不上就接着嗑，瓜子壳被她们吐得乱飞。有一粒瓜子皮还粘在香香的嘴唇上，一翘一翘地颤动。不知说了一句什么笑话，两个人哈哈大笑。过路的一遍一遍回过头看。

毛妹突然脸色煞白，说，回吧。

柳叶叶也说，回吧。然后她们又搭车回来了。

毛妹说，我一辈子都不想吃瓜子了。

柳叶叶说，我也是。

路边的树干很高，很粗，飞一样地倒下去。这些新栽的树是南方的特色，叫大王椰，或者啤酒棕，反正是那种只长树干不长叶子的树，几片树叶就像插在上面的小旗。她们说这叫三毛流浪树。现在，这些三根毛的大树一棵一棵压下来，压得身上好重。

23

对常来临来说家是一个麻烦。这点从前在部队体会不到，那时候顶多是干柴烈火烧不到一起去，探一次亲三下五除二也就解决了。这点在待岗的两年里也体会不到，那时候要看人家脸色吃饭，顶多听两句寡淡无味的话而已。现在就不同了，现在就觉得麻烦。

年初三的早晨，常来临一开门，一个女人就倒在他怀里，原来是袁敏靠在门上睡着了。你怎么不敲门？嘟嘟呢？就你自己来的？你什么时候到的？打个电话都不会吗？

袁敏进来坐下说，好了好了，问乜呀问？算我猪头。然后就笑了，笑得嘎嘎的。

常来临还是一头雾水，说你要来就带嘟嘟一起来。

袁敏说，我不想让她看见。

看见也呀？愣怔一会，便有点明白过来，说，那你就一脚把门踹开好了，站在外面冻死了，看又看不见打又打不着。

袁敏说，本来是想踢的，又怕你太难堪，不好做。

常来临就把袁敏抱起来亲，拼命亲。然后又猛地把她扔到床上，摁住了打屁股，倒是把自己打得泪流满面。他原本以为夫妻感情是简单明了的，没什么好啰唆的，没想到现在也会这么复杂。他说深圳女人不穿底裤是句玩笑话，真是那样他也不能胡来。

两个人是在中学里好上的，算起来也二十年了。从前当兵时候也是分多聚少，从来没有出现过这样情形。而现在，一切都好像在变，变得连自己也不相信。

他知道袁敏早就不自信了，只是她不说。失望，对自己失望，对常来临失望，唯一的希望就是嘟嘟，这是袁敏无数次内心问答的结果。袁敏从不跟人争辩，但她固执得很。当年那个小鸟依人的女孩，满校园追着他喊哥哥的袁敏早就退场，她已然长成一棵大树。大树就必须傍上一棵更加高大的树，是橡树。这意思早就被诗人写在诗里了，天底下的女生都是这么读诗的。

那时，他是校园的明星，也可以看作一棵未来的橡树。那时，他是多么得意啊。他来自农村，可城里所有的时尚玩意他都来得，而且文艺体育也都能来两手。当然，最重要的，他样子很酷，个儿高，棱角分明，突然有一天嗓音变得浑厚有磁性，这些都是那个年龄段男生最缺乏的。有一次他无意间评论女生的染发风，好像是说只有少数女孩子适合染发，多数人染得都不好看，一个一个脑袋都是干草枯黄，看上去都跟营养不良似的。这话不知是怎么传出去的，一夜之间周围女生的头发都变黑了。过了两个学期，他已经跟袁敏正式好上了，问，你怎么不染发？袁敏答，还不是你不喜欢！这才发现，女生们差不多又五颜六色了，只有袁敏仍是黑黑的小辫，一百年都不变。那时的他，真的很威。

现在他还想威一下，还想挣扎一下，只是袁敏已经失去了当年的自信，也不相信他了。岁月磨人，分开不过半年多，距离不过几百里，她的神经已经脆弱成一根烤煳的橡皮。

袁敏你不用走了，听见了吗？留下来了，再也不用分开了，这是他在一瞬间做出的决断。他说，你回去不也是扫马路？在这里扫马路还扫不到吗？我还就不信了。

袁敏想了半天，那嘟嘟怎么办？

嘟嘟暂时委屈一下，等我们站住了就接她过来。你跟爸妈好好解释一下，他们不也是不放心我吗？

袁敏涕泪滂沱，在他身上又掐又咬。

那一刻，也痛快。结婚这么多年好像才刚刚认识。

但实际情况是，找一份工还真不容易。几乎所有的公司都在招工，几乎所有的公司都只招三十五岁以下的女工。那些人事主管们对袁敏说，阿姨都你这么大了，在家享享清福算了。

深圳的环卫部门是有年纪大的，但那都是“拓荒牛”们的家属，属于照顾对象。连幸福村的环卫站也都用本地的困难户，还真是扫马路都扫不到。只有一种工作是不限年龄的，搞推销，那也算不上工作，推销了就拿提成，推不出就倒贴车费。还有就是传销，一进去就洗脑，“五三制”金字塔理论，美国最先进最人性的致富经验。这些袁敏做不来。

看着一脸疲惫的袁敏坐在床上发呆，常来临说，有什么了不起的？不找了。你就在家当太太好了，我养不起你吗？从前我待岗，不也是靠你养着？

袁敏眨了一下眼皮，又眨一下眼皮，半天都没吭声。这天夜里袁敏突然叫起来，好累啊，好累啊。她说扫马路也没有这么累。

常来临知道那不是身体的累，是心累。袁敏不是那种要人养的女人，她过不来这样的生活。但他没有办法，实在是没有办法。本来在宝岛电子也不是不能安排，看看仓库总是可以的，陈太也说过这个意思，但他开不了这个口。他能听出来，陈太的话是说到了，但笑得并不自然。

有一天陈太突然到宿舍里来，捧了老大一束鲜花，把鞋子脱在门外，躬着腰把花献到袁敏手上。不好意思啊不好意思，陈太说了很多不好意思。本来早就应该来看你的，实在不好意思！两个女人拉了好多家常，临走陈太留下一封介绍信，让袁敏到区里一家企业去上班，说是都安排好了。

去了几天就清楚了，原来是一家供货商的企业。事情明摆着，人家才不会无缘无故给你开工资，人情是用来交换的。

袁敏说，会不会搞出事情来啊？

常来临说，那就别去了。

袁敏说，你们老板倒是很体贴，有风度，人又漂亮。

常来临叹了气，没脾气了。

袁敏没事干，就在村子里瞎转。有一天看到公司黑板报上的小诗就回来跟常来临说，你们公司的女工还真有点才，能把一点小事说得那么动情。袁敏从前在学校就是个文艺爱好者，进印刷厂当排字工接触的也全是文字，后来虽说扫马路了，鉴赏口味并不低，经常会对着电视机指手画脚，她说好大概真的就是好。

常来临放下碗就去看，看过了也还真是有一点触动。他说，这些打工仔真是这样的，想家，可又不得不在外面苦。真叫个千言万语不知该怎么说。

袁敏瞥着他问，你想家吗？

想，怎么不想？你以为我嘴巴不甜就是不想吗？

真的吗？

你讲呢？现在就证明给你看？

袁敏就尖叫起来。

后来他说，我想在公司搞点文化活动也是这个意思，你总得让打工仔有个发泄的地方啊，他们也是人！

袁敏说，那也不能个个都写诗呀，你要是让人人都算一笔账，不是大家都参加进来了？肯定是个不得了的数字！

“算算寄给亲人多少钱”活动就是这么搞起来的。本来只是想活跃活跃气氛，在他看来外资企业私人企业也可以搞得生动活泼一些，整天死气沉沉闷头打工有什么意思？谁知一算账就把事情算大了，算歪了。

先是村里跟着算，区里跟着算，接着市里也算起来，然后报纸电视都来算。起初算的是寄回家的钱，后来算的就不知是什么了。起初不过是活跃一下企业文化，搞一个活动，让大家都有点自豪感，并没有其他想法。后来报纸电视来采访多了，他就有点骨头轻，经不起再三再四地引导，也说了几句不着调的话，好像他真的有什么深刻的想头，想掀起什么浪花似的。

对这个活动，陈太倒是很高兴，说啊呀呀，你不算账我还不晓得，阿临你真有办法，现在我都很有自豪感了呀！

直到有一天总公司的赵顾问把他找去了解情况，他才有点发蒙。赵顾问说，你真是那么想的吗？深圳养活了多少人？

常来临说，那都是记者算出来让我讲的，我哪能管那么多？

赵顾问说，这就对了，记者总是语不惊人死不休的，你可不能上鬼子当。你注意到没有？这两天突然一下谁也不再提这个事了，为什么？

常来临这才把嘴巴张开，半天吐不出一个字。他哪能注意到这些？

又过了两天，赵顾问打电话给他说，我估计得一点不错，果然是上面有了批示！舆论导向啊，开玩笑。

你别吓唬我啊赵顾问，到底出什么事了？

上面批下来了，绝不能引发谁养活谁的讨论！你懂不懂？这个事一讨论就天下大乱了。我们的方针是不争论，闷声大发财。可是你非要把它说出来，一争起来怎么收场？

常来临说，怎么越说我越糊涂了？我不过是活跃活跃企业文化，哪有那么严重？

赵顾问说，你也不用紧张，我们都看出来你是个老实人，只是想干点事情。如果有人追下来，我们就这么解释。企业文化就是企业文化，我们不跟外面掺和就是了。

常来临说是是是，赵顾问你一定要帮我们圆过去。

袁敏脸都吓青了，怎么会这样啊？不是以经济为中心吗？这么神经兮兮的谁受得了？

常来临说，是我自己不好，我不该听那些记者胡说八道的。以后再也不提这些事就是了。

几天后袁敏还是走了。她说，在这里老是像客人一样，帮不上忙，还给你添乱。

常来临拉着她说，你这又何必？我又没有怨你。

这种感觉很奇怪，明明是自己的老婆，却又像隔着千里万里，不得不客客气气，就好像捧着一碗水赶路，生怕出点什么岔子。而她呢，明明在老公身边，却总以为是别人的家，怎么坐都不自在，好像是个多余的人。

袁敏笑了一下，那种笑要多难看有多难看。她说她放不下嘟嘟，以前你不在身边，心老是悬着。现在天天看着你，心还是悬着。再说回家总归会有一段路给我扫的，你放心啦。

他无言以对，在她心里头，家还是那边。

那天，一直下着雨，是那种密密的细细的雨。他要送袁敏去汽车站，袁敏死活不让，看见一辆的士，把他一推就钻了进去，好像她是个打的的老手。其实平时买一把菜她也要挑挑拣拣。

第七章

24

春节期间赵学尧回了趟内地，把身后乱七八糟的事务处理干净了，是以壮士断臂的姿态处理这些事的，一刀砍下去，眉头都不皱。房子给了老婆，儿子给了奶奶。这新的一年开始了，他要以崭新的面貌拥抱这个时代，全力以赴。

这天回到写字楼，赵学尧看见几个小姐神色庄重地嚼舌头，一问，才知文太出事了。头天晚上，他就听见文总反复说我怕“冰果”，当时误以为是一句粗话，没往深处想。回一趟内地把“冰果”给忘了，“我怕冰果”其实恰恰说明他是怕着某件事，是很有内涵的。

原来是文太一时想不开，昨夜拌几句嘴早上就没醒过来。文总一检查，满满一瓶安眠药只在地毯缝里找到一粒，文总当时就落了泪。七手八脚往医院送，现在还不知怎么样呢。

胡小姐说，文姨也不好，骂句八婆有什么了不起？又不是没钱花，八婆就八婆好了。年纪大了，黄脸婆了，想穿一点啦。

赵学尧昏头涨脑往医院赶，一颗心也苦苦涩涩沉下去，脸色比文总还难看。好容易铺垫到如今，一台大戏眼看拉开大幕了，主角却出不了台。万一文太回不来，文总心情肯定好不了，肯定什么也不想干。就是他想干也不能硬叫老母鸡变鸭。万一文太能回来呢？能回来这样一闹也等于把问题公开化了，主角横竖是“冰果”不怕的，只是苦了编剧跟导演。何子钢也没事，大不了他不扶阿斗扶东吴，他总归要找出题目来的。只是赵学尧这一年岂不白熬了？还搭上一部书稿。

想想文太也是的，看上去挺和善，谁知面善心不善，偏偏赶在这时候闹。闹就闹是了，何必非往绝路上闹？连个思想工作的机会也不给，实在违背了客家妇女的传统美德。

赵学尧一路这么想过去，正面反面的可能性都令他灰心。找个僻静的地方把何子钢叫通，那头一听也傻了，半天才回话说，怎么会出这种事？

赵学尧说就是出了，现在不是让你提问题。

何子钢说，他老婆早干什么去了？非等他改邪归正了才自杀？这不合情理！

赵学尧说，没时间了，我快到医院了。

何子钢说，要是真过去了，倒也省事了。

赵学尧叫起来，你这人怎么这样？要是那样就更麻烦，我早就想过了。你要没有其他主意我就关机了。

何子钢说，等等，她就没抢救过集体财产？没参加过慈善活动？她没有一点闪光的东西可以挖掘吗？

赵学尧不耐烦，说我没有时间跟你磨牙了，你能不能过来一趟？

何子钢咂嘴，我要是有个头衔就好了。

赵学尧说，对呀，市委领导派你来的嘛，你代表市委关怀一下嘛。

红会医院离何子钢家不远，赵学尧前脚到何子钢后脚也来了。半月没见，何子钢好像瘦了一圈，眼镜老往下滑，眼底血红。

赵学尧说，你是赌钱了还是吃死人肉了？

何子钢撇嘴一笑，样子怪怪的。

两个人在门口商量了一下，觉得现在关键还在文念祖身上。还是要让文念祖挺住，不能放弃。不到最后一步就不能认输。抓住文念祖这个中心不动摇，一百年也不动摇，出现任何情况也不动摇。只要我们自己不乱敌人是乱不起来的。

何子钢说，现在就看你识做不识做了。

两个人并肩往病房里闯，信心百倍的样子。

找到病房一看，才知有惊无险。文太已然没事，正在输液。文总痴愣着，茫茫然有痛苦状。他家三个女儿都在，冲赵学尧点点头。他俩也不吱声，垂手陪着，大气不出，睁眼看着药液在导管里一点一点膨胀，变圆，拉长，滴落。

终于等到文总有了表情。来到外屋，何子钢沉痛地代表市委领导表示慰问，领导有话：念祖同志是个好同志，向念祖同志问好。

赵学尧解释说，小何同志是下来了解工作进度的，今天一听说就向领导汇报了。

文总说，多谢多谢。

何子钢说，不容易啊，你们过去吃了那么多苦，把幸福村搞成这样不容易啊。说得文总眼也红起来，拉着他的手不放。又说了些宽慰话，何子钢就告辞了。

文总这才低声问，怎么这么巧?

赵学尧说，文总放心，大家都知道文太是食物中毒。

文总叹了口气，脸色苍白地说，想想我也是对不起她。

赵学尧说，交给我来处理吧。你该休息一下了。

文总把手搭在他肩上，拍了拍，又拍了拍，最后握了手才离开。赵学尧心里热着，有种异样的感觉，虫子一样慢慢爬，有点感动，又有点庆幸。他想到了老郭和打工妹，想到了唐源，还有何子钢，比较起来竟还是文总人情味重一些。

原来文太并不是为迟小姐的事闹，是两个人说戗了才扯出她来的。文总的细女很会说话，三句两句赵学尧就明白了。

根本的原因还是他们不争气的小儿子。他俩一共养过六胎女儿，死掉三个，直到快关门了才养出这个带把的。谁知养着养着就养出坏毛病来，初中没毕业戒毒所已进了两回。文太的心思是，戒毒所里太苦，跟坐监一样，隔不几天就想把儿子弄出来。可人一出来就旧病发作。两口子脚镣手铐也用过，头也给儿子磕过，到底没能治住。再想往里送，人家就要赞助，开口就是一幢楼。这边才把人送去，那边文太又受不住了。唠叨多了文总不免心烦，于是就吵，吵开头了就鸡婆鸭公地胡扯。这样文太想想就没意思了，钱再多也没意思了。谁知如今安眠药也改良了，只管睡觉不管杀人。

赵学尧做思想工作是行家里手，加上二女细女在一旁呼应，文太也就把热泪喷将出来。赵老师我好苦啊，我请过黄大仙的，他讲我命苦啊，一辈子苦丈夫苦儿子。

他发觉文太相当耐看，嘴唇丰满，眼睛特别大，深深扣进去有海洋色，年轻时绝对一流。看着不觉就走了神，还叹了口气。

文太说，赵先生？

赵学尧见文太脸红了，便胡诌道，文太命是苦，不过已经苦到头了，过了这一坎往后一定越来越好。

文太瞳仁一跳，说黄大仙也是这么讲。

赵学尧说，下次我请个高人来给你看看，他是专门给中央首长看的，天目一开几千里外都能看见。不过这种人一般不愿给人看，很伤身体。

文太叫起来，没错，大师都是这样的。赵先生你一定要帮我请他来，要几钱你话我知。

赵学尧笑，这种高人是不收钱的，他们要钱没用。他们是吃素的。

细女说，赵老师是大知识分子，他讲请就一定请得到的。妈妈要相信他啦。

文太说，赵老师你们知识分子脸皮薄，家里有难处也不愿讲，你不讲我也知道的。不然你不会到我们农村里来。以后你有事就话我知。我是识得做的。

赵学尧说惭愧。

文太又说，钱这个狗东西最不是东西，没它不行，有它也不行。早先我阿爸就是没钱送医院才死掉的。要是现在，腰子病算个乜呀，活人腰子也买得到的。

正谈得融洽，胡小姐到了，双手高举，两眼通红，从门外直扑进来，把高跟鞋也踢掉了。文太于是又眼红红地想哭。

从医院出来赵学尧头大了一圈。原来识做是这么回事，倒也不难。比起胡小姐的夸张，赵学尧认为自己还不算太过。开头那点忐忑顿时被牛气弥漫了。他忽然想起何子钢的高论：这世界人跟人比的不是知识，不是智慧，而是胆量，是一股子不按常理出牌的凶狠劲儿。事实证明他是对的。早有这个认识，也许早就把那个造就中国小地主的策划搞得轰轰烈烈。他也就不是现在的他了。

何子钢家里乱得像是刚刚被打劫过，衣服扔了一地，两只箱子张着大嘴竖在桌上。赵学尧本想跟他上楼去交流心得体会，却碰见了这种难堪。

何子钢倒是说得很平淡：离了，昨天。然后吹一声口哨，去打火烧水。

赵学尧怔了半天，说，你倒是真够凶狠的。

何子钢冷笑道，真有狠劲儿的不是我。儿子过年就送走了，回过头来再找我签字，一切都在人家的计划之中。当然这期间也没忘安排一两次做爱。

赵学尧说，你们不是挺好的吗？

何子钢不吭，拿脚把衣服踢到墙角，好像是要腾出一条道来。

赵学尧问，她到哪去了？

何子钢说，你怕她没地方去？好地方多着呢。道不同不相为谋，就是这样。

赵学尧心里发冷，知道劝也没什么好劝，喝酒何子钢又不会，干坐一会儿便要告辞。

何子钢说，也好，我要睡一觉。拉开门又说，该怎么干还怎么干，我没事，谁也不能挡住我，谁也不能！

赵学尧背对着他下楼，没回头。不用回头也能想出他的模样，蓬着头，红着眼，凶光四溢面色如铁。

25

晚上迟小姐来了电话，声音甜甜的软软的，说了一会儿天气，抱怨了几句孩子，还讲最近好闷好想出去跳舞，可惜走不开。赵学尧明白她是催问款子，可是文总不开口他也无法回答，便吹捧迟小姐舞跳得好音乐感觉好审美趣味一流，又提醒迟小姐给孩子养成良好的习惯，最后告诉她年底村里接连出事，文总已经三天没合眼了，相信再有几天那件事一定可以办妥。

赵学尧说，我也着急啊，我不也想挣点钱吗？听到这样的坦诚，迟小姐就很清脆地笑了。

赵学尧没把这事告诉文总，文总不急他理所当然也不能急。他都在深圳混一年多了还能不进步吗？他该为自己着急才对。得空他就把稿子拿出来改两笔，体味一下这个“幸福模式”，想象一下他将如何面对理论界新闻界的轮番轰炸，他急个屁。

这天中午胡小姐来通知，说文总让他下午不要走开。赵学尧刚问一声文总在哪里，胡小姐酸话就出来了，你都不知道我怎么知道，那意思分明是失宠了。她说她的作用就是养在那边搭通天地线，早就心知肚明的。赵学尧便不敢再多话。

听说胡小姐有个叔叔在省里做事，村里有事都要请他出面，有很大的威慑作用。赵学尧心想蛇有蛇路鳖有鳖路，你能搭通天地线也是个专利级别的本事，何必非要贴得太紧呢？

正想着，老郭一脸严肃地进来了。老郭这几天好像老是有话要说，又好像要等着他先开口，弄得赵学尧很厌烦。

老郭说，首先我声明，我不是看你走红妒嫉你，我这个人最淡泊的。

赵学尧心里明白，这些日子他的努力已经见到了效果，他在众人心目中的地位已经发生了奇妙的变化，老板和他的关系已经引起大家妒嫉了。于是赵学尧努力摆出一副大大咧咧什么也不在乎的样子来，心里却有根鹅毛轻轻挠着扇着，感觉到了脱颖而出的快乐。

老郭其实就是想发点牢骚，说说他那点壮志难酬。依他的说法，这么大的资本交给他来操作，早不知发到哪里去了。现在这样搞，比私人口袋还要没数，一弄就是几百万的缺口。现在这样管理非闹出事情不可。

这个老郭和自己当初一样天真，还是一副主人翁腔调。他又没有何子钢这种尖酸刻薄的合作者来提醒挖苦，赵学尧只能为他惋惜。皇帝不急太监是不能急的，太监一急朝廷就要乱了。古人给太监去势不尽然是为了后宫安全，还有一层含义是，不能让太监有血性有人格，否则当皇帝的还有什么劲？当然赵学尧并不想当太监，这不过是个比喻。列宁也说过比喻都是跛足的。

文总提前在帝豪大酒店定的位，澳洲龙虾，还有路易十三。赵学尧听说过这种酒，据说连瓶盖都是天然水晶的。赵学尧诚惶诚恐，说文总你要是没有其他客人这酒还是退了吧。文总摆摆手，本来是请小迟一道来的，可她死活不肯见面，门也不开，没办法啦。

赵学尧也陪着叹气，说天下事就是这样。文总你是做大事业的人，应该以大局为重。迟小姐总归是旧情难舍嘛，要下决心的嘛。

喝着酒，文总还是情迷意乱的样子，眼角也湿了，说你不知啊，这里是我第一次见到小迟的地方，我真的是好中意她的。

赵学尧说，文总有情有义啊，是条好汉。这一大杯就为好汉干了。

文总说，我不是跟你吹，我要是想玩玩的话，什么样的找不到？要几多要不到？我这个人最讲义气的。我老婆跟了我几十年，吃过不少辛苦，不是中意这一点早就休了她。我讲的就是义气，你敬我一尺我敬你一丈。

赵学尧说，文总是不是有点后悔？

文总说，后悔不会，心里好烦是真的。

赵学尧劝道，文总你要有长远目光，你的事业这才刚刚开始。现在这样处理，对你对迟小姐，都是最英明的。你千万要坚持下来。

文总不吭，想想又说，你不知啊，我做到今天这样容易吗？不容易。可是自己家里的人都不能明白，还要来捣乱，我一天到晚烦也要烦死。老婆烦，小迟烦，现在老豆也要来烦！说着把桌子一捶。

赵学尧一惊，以前只听说文总的老父亲留在文山岛不肯上岸，还不知有这样的烦恼。

文总说，我老豆不上岸，野人一样跑来跑去，我脸上有光吗？村里那些年纪大的阿公阿婆还能不闲话吗？你们的心事我心知肚明，只是脚杆上这点泥巴怕是一辈子都洗不净了。

赵学尧因为不了解内情，不敢妄议，只是说，古话说得好，“尽人事看天意”。天时地利人和，文总你眼下都有了。你的机会还是大把，综合各种因素，说白了，其实就是两个字，决心。

文总说，你们那个什么城市化，要不是我在这里话事，早就见鬼去了。

赵学尧说，这正是你文总高瞻远瞩的地方啊。改了城市户口人还在不在？还在。集团公司还在不在。还在。产权关系还在不在？还在。这些东西还在你怕什么？反过来讲，政府想改，你能不改吗？你拖到最后，还不如抢在前面。将来的社会就是个讲实力的社会，你把实力抓在手里，进北京也不怕，到美国也不怕。

文总就笑，说赵老师我话你知，人没钱是没用，钱多了也没用。人人都以为你钱来得容易。要钱的时候跟你笑，钱一到手脸又板起来，鬼都不认识你。台上的还在台上，台下的还在台下。

赵学尧就来劲了，说钱也要会花才行啊。文总你要真想坐到台上去也容易，只怕你坐上去又嫌不自由。

文总说，没坐过嘛，总还是想坐一坐的。

赵学尧大喜，站起来把胸一拍，文总你有决心，往后的事包在我身上。有粉要擦在脸上，不能擦在屁股上，这就是窍门。

文总不懂，又问了一遍，然后就盯着酒杯不吱声，渐渐地就把眼翻白了，五魂出窍直上斗牛。

有咨客进来问要不要小姐，文总问赵学尧，赵学尧说不要，文总说没所谓啦。赵学尧说真的不要，文总便把手一挥，接着喝路易十三。喝了几杯，都觉着没劲，又换茅台来喝。

文总说，小迟那边，你要负责给我搞掂。我怕她会做出傻事来。

赵学尧心想这怎么可能，却应道，你放心啦。

文总说我不会亏待你。

喝完酒就点歌来唱。文总唱的是《春天的故事》。赵学尧唱的是《敖包相会》。最后又合唱《东方明珠》。差不多了，文总把迟小姐的牡丹卡扔给赵学尧，说两千万搞不到，太多了，只搞到四百万。四百万也不少啦，她才跟了我两年。

赵学尧说，不少啦，一个工厂也不过如此。

文总就怪怪地笑，说她肚子就是一个工厂。说你没见过她的奶子，巨无霸啊。

赵学尧想起小李也有过类似评论，心想他们肯定在车上议论过巨无霸。然后便觉头晕，进洗手间把舌根压了，呕出一些，又出了一身汗。

回家连楼梯也爬不动了，是小李背他上来的。进门就扑进马桶又吐一通，冲了凉，这才醒过来。看见屋里又是杯盘狼藉，知道老郭也没闲着。正要回屋，就听狼嚎似的一声长叹。看看，灯黑着，再听听，却是交欢的声响，方明白老先生这回是真的发火了。

早上赵学尧要了台车，准备给迟小姐去送牡丹卡。刚下楼，何子钢领着市体改办的人到了。何子钢恢复得不错，新修了边幅，眉宇间还夹着喜气。拉他到一边说，这回真的玩大了，省委领导安排下月来参观，你好好准备吧。

赵学尧大喜，却说道，是不是太突然一点？

何子钢把眼睛一翻，嘴角就斜上去了。

迟小姐那边，本来准备费一番口舌的，不料也顺汤顺水，一点障碍没有。迟小姐明显瘦了，她说天天都在健身。该锻炼锻炼啦，再不锻炼卖不出好价钱了。说着随手把卡扔在沙发里，一脸的自谑。

赵学尧见她每每把话说到绝处，也就不绕弯子，便直说文总是尽了力的，大概是实在筹不到你要的数。

迟小姐说，比我想象的还要好，该知足啦，不就奉献了两年吗?一年二百万。又说，他要是真不凭良心，雇个黑社会把我干掉，花十万也就搞掂了。见赵学尧把嘴巴张开像看牙医，她说这又不是什么新鲜事，有钱人处理问题一般都比较干净。有钱才有资格“讲卫生”，不对吗?

赵学尧只好装出呵欠打不出来的样子，忙不迭地告辞，连滚带爬冲下楼去。

接下来果然开始忙乱。区委组织部来总结文总的个人材料。市人大来村里搞基层政权建设调查。政协领导带着省客家研究会来商讨在幸福村召开年会。武警和驻军部队分别要求开展军民共建并创办经济实体。还有什么城管办爱卫会工商税务派出所各新闻单位，连北京一家报社也要在幸福村设个点以便追踪报道。又有作家协会的几个作家，软缠硬磨非要给幸福村出个报告文学集。这触动了赵学尧的神经，自然要坚决顶住，每人塞个红包打发了。这样一来村委会八层写字楼的客房全部住满，还要到外面临时包房。小餐厅已经不够，大厅摆开十几桌从早吃到晚，把餐厅经理阿宾嘴都笑歪了，见面就给赵学尧拱手作揖。

文总倒也豁达，任谁一开口就说好，好啊。过后私下问赵学尧：要几钱哪?

赵学尧成了当然的接待总管，却也说不清要花多少钱。文总索性给他定个每家三万的盘子，归他统一掌握。

赵学尧便成了众矢之的。老郭更加不满，到处说就是从前吃大户，也是分季节有名堂又讲法度的，现在简直连账目也不要了。胡小姐就说，她叔叔最近也很有看法，再这样下去她也不想管了。

这天省电视台来采访，在写字楼拍完了，记者们兴犹未尽，又提出要拍几组领导与群众同劳动的镜头。

文总还随和，几个副老总却不耐烦，嘀嘀咕咕说外面太阳晒死人。陪同的区委宣传部干部慌忙打圆场提建议，偏偏领头的记者不识做，蒙嚓嚓说这点阳光都晒不得，是不是太娇气了？你们祖辈都是打鱼种地的，不会忘本吧？结果当下就冷了场。

赵学尧只好拉记者们先开饭，说餐厅的阿宾已经催得很急，有一种石斑鱼怪得很，一离海水就不好吃了。席间赵学尧考虑再三，给每位记者包了一千港币，另备一份礼品叫小姐送上去，他窥见记者们脸灿灿地装进了口袋，才把一颗心落进肚里。

这样一来不免是要对文总诉诉苦的。谁知文总当晚就把全体干部集中起来训了话，丢你老母丢了十来遍，骂得两个副总当众把金项链摘下来才住口。说你又不是狗，用这么粗的链子拴。还说今后谁敢驳我面子，我叫他全家都没脸见人。

赵学尧这才知道坏了，不由得跌足长叹。文总安慰说，你怕什么？有我在，你冰果都不要怕。当初要不是我坚持不分家，他们现在不跟胜利村一样？他们不照样守着几间屋一块地，收房租食白粉？有今天这么威？当个副总就不知天高地厚了？

赵学尧说，话虽如此说，毕竟我是个外人，以后就难做了。

不料文总当即许愿说，你要不放心，明年我给你一个公司你自己出去做好了。我这个人是不会让你吃亏的。

赵学尧狂喜，夜里吃三粒舒乐安定都不解决问题。实在按捺不住就给何子钢拨电话。

何子钢在那头也把大腿拍得叭叭响，说，怎么样？你按计行事不会错吧？我计中自有黄金屋，计中也有颜如玉，你等着吧。

赵学尧说，将来有我的自然也有你的。

何子钢说，将来的话不用拿来哄我，深圳人只认现在不认将来。

再说我也志不在此。

两人哈哈大笑。赵学尧又说了出书的事，何子钢认为找个出版社拿书号太小菜了，不值一提。只是书名用“走出地平线”不好，太没气魄，应该用“撬动地球”那一类的话，应该站在人民大会堂的主席台上想问题。

赵学尧再一次感到何子钢的可爱和他的深度。他说，你老婆要是再忍半年就好了，也许半年以后她就不会走了。

何子钢愣了一会儿，说，她已经忍了五年了。又说，最近市面上很流行一种疲惫美，你知道吗？你不知道。

26

赵学尧兴奋一夜，早晨正搂着枕头迷糊，迟小姐打来电话，很活泼的样子，请赵学尧出来饮茶。赵学尧说这几天我头都忙大了。迟小姐说，会忙的人一般都讲究节奏是吧？赵老师不至于忙得连回扣都没时间拿吧？又咯咯笑，说十万怎么样？

赵学尧一个激灵弹起来，半天才答，开玩笑？

迟小姐也僵冷了半天说，我挣我的，你挣你的。我是规规矩矩办事的。要嫌少就明说。

赵学尧被打得措手不及，头脑已不在肩上，竹蜻蜓一般悬了空乱飞，眼前一个个假设光斑似的闪烁不停，实在是没有把握认定真伪。如果这是一个圈套，那么她必定在孩子问题上还有文章，那赵学尧就有口难辩因小失大了。可万一人家是诚心给的呢？你赵学尧就在扮傻了，做作不说，还落下笑柄。让人觉得你赵学尧是个可耻的局外人，抗拒现代生活。赵学尧半辈子也没攒够这个数啊，他对人民币没有意见啊。赵学尧嘴张着手举着，半天吐不出个声音来。那头喂了几声，电话挂上了，赵学尧才跟枪打的一样倒了下去。

又过几分钟，电话再响，迟小姐问刚才是怎么搞的？赵学尧说可能是电池不足了。迟小姐问，你到底是怎么个说法？

赵学尧说实在不能来，谢谢你的好意。

迟小姐说看来是嫌少。

不是。

迟小姐问究竟是什么意思？

赵学尧心一横，说你挣的是血泪钱，我挣的是良心钱，吃你的回扣在某种意义上……还是不谈意义了，不谈了。

迟小姐不吭，过一会儿才说，先这样吧。

赵学尧跳下床洗漱，冲澡，镜子面前照了又照，陡然就看到自己的高大伟岸之处。心想将来手上有一个公司，稳稳当当赚钱比什么不强？区区十万算得了甚？

第二天中午，赵学尧跟客家研究会的人正谈着文氏家族的历史渊源，胡小姐探头进来，叫赵学尧赶快到文总家去一趟，表情怪兮兮的。

到了一看，文总也在，女儿女婿坐了一屋，赵学尧立马紧张起来。

文总说，他们开我斗争会哩。

文太说赵老师不是外人，再丑也不怕的。现在弄成这样，只好麻烦人家赵老师来擦屁股。说着眼泪就下来了。原来全家正商量接纳新成员的事。

文总的三个女婿有两个在村里做事，女婿不比儿子，到底是外人，闹不出多大动静。把这个形势一看准，赵学尧脸上就笑得比较自然了，说你们是不是担心上户口麻烦？

两个女婿说，户口不是问题，花不了几个钱。

是不是怕迟小姐不愿意，以后有麻烦？

大女说，她有什么愿意不愿意！

她男人也附和道，不怕她搞事的，她要敢搞事，包在我身上。他瞥一眼老丈人，又把头勾下去。

文太说，死老头子给了她两百万，她还会不愿意？两百万哇。说着又哭。

两个小女儿就劝道，给都给过了，还话乜呀。反正男人都不是好东西，你看他两个现在老实，在外不是一样花心？

于是几个女婿就只剩勾头吸烟的份了。

赵学尧说，文太你有什么想法我帮着做就是了。你不要急，慢慢讲。

文太说，我是看那个仔可怜啊，那个仔没罪过啊。就是不知是真是假，那是个鸡婆啊。

文总说我讲过一百遍了，你都不相信。

文太说我就是不相信。

细女怕他们又要吵起来，在一旁讲，要是亲生骨肉，抱回来也很好玩的。

这样赵学尧心里就有底了，便说办法倒是有的。

细女说，亲子鉴定喽，就是怕阿爸没面子。

文总吼道，要做你们做，我不做。

赵学尧就大包大揽，这件事就交给我来办吧。他瞟一眼文总，文总没反应。

告辞出来，一家子都送到门口。文太还说改天请你来吃客家饭。细女恭维他说，赵老师生得高高大大好威好猛好靓仔啊。

赵学尧嘴上千不好万不敢，心中也不免得意。现在文总一家都这么信任他，连这种事都不瞒他了，便有了种进入核心层次的感觉。

不料何子钢对此大为不满，责怪赵学尧节外生枝。他认为文念祖这个人并不简单，做事很有法度的。他自己家里人闹闹算什么，他自有办法摆平，不然那地方就不叫农村。糊涂。

赵学尧不服，心想你只顾眼前把事情弄成，我却不能没有长远打算。不管怎么说这次是上了他家的船，只会对今后有好处。

何子钢说，万一真查出问题怎么办？

赵学尧说怎么可能呢，他们是有协议的。迟小姐也不像是个胡来的人。

何子钢就冷笑，说这都什么年头了，还相信协议。这种狡兔三窟的事完全有可能。文念祖都那个岁数了，派出去的兵将也是老弱病残，我越想越可疑。

赵学尧说你非要抬杠吗？我都表过态了。

何子钢就只好抓头皮，想想又说，你先不忙，等我找个关系再做，真不行也有个退路。看来这回只好动用一级战备关系了。

赵学尧哼哼说，关系还真不少！

何子钢说那自然，没有这个你能做成事？这几年我就积累这么一点资源，你看我赚到钱了吗？

赵学尧说，我就不相信，真查出问题你那个关系还管用？睁眼说瞎话？

何子钢眼一瞪，就是个猴子他也是文念祖的种，没有这种把握就不要做！连个假鉴定都不敢开，还能算关系吗？

看他那黑头青脸咬牙切齿的劲头又上来了，赵学尧就憋不住想笑，说你这种人真当了官也是个祸害。

何子钢僵起脖子道，那你就看花眼了，共产党都用我这种人风气早就正了！道理很简单：我不爱钱。

赵学尧说，那你爱什么？

何子钢说，赢，我要赢，要成功。说着眼皮又垂了下来，又露出那种光。你小看我啦赵老师！这个社会就是一台老虎机，要么你像炮弹一样打进去，把它炸得稀巴烂，要么你就被它吃掉、嚼碎、排泄净光、渣都不剩。你以为靠你那一套八面玲珑四两才气可以安身立命？狗屁。

27

经过这些内外风波，赵学尧的形象完全树立起来，走到哪都有人跟他触嘴问好，打工仔们自不必说，就连村里的行政事务，小姐们也都来问他。那感觉好到了十二分。上级机关的干部中已经有了一些说法，说幸福村幸亏有个赵老师。赵学尧听了也只是谦虚谦虚，并没有给予驳斥，总之骨头轻了不少。

但他的兴奋还是过了头。有一次文总他们关在屋里开会，赵学尧没敲门就闯进去，屋里顿时哑了场。一个副总挡住他说，赵老师还不是党员吧？赵学尧说惭愧惭愧。那副总就笑，说没问题的啦，村里也可以发展的嘛。今天是开党委会，不好意思。接着就把门关到赵学尧额头上。

又有天下午快下班时胡小姐过来悄悄说，郭老师被炒掉了你知道吧？

赵学尧一惊，为什么？

胡小姐说，还不是为去年寰宇公司的事，有人说罢工就是他幕后策划的。我不信。

赵学尧说那怎么可能？他不过有一点情绪罢了。

胡小姐就凄然一笑，说他早走也好，免得以后难做，财务部早就在骂他了。

骂什么？

胡小姐说，还不是老一套，讲他连账都做不平。

赵学尧说，人家是老会计师了，不至于吧？

胡小姐就笑，说特区的会计要有特别的本领，这你还能不知道？

赵学尧的脊背就凉掉了，像一条蛇从那里慢慢爬过去。他明白，这其实是胡小姐在提醒他注意，不要太嚣张。说到底幸福村是当地人的幸福村，不是你们这些外来户的。你吹上天也不过是个打工仔，神气什么？

兔死狐悲，赵学尧忽然想起老郭的许多可爱之处，有些地方竟和自己那么相像。但人家毕竟是退休以后出来打工，他是安全的。这样一想，立马又悟出兔死其实狐不该悲，而是兔子的同类悲。花溅泪，鸟惊心，都是因为用情太过，而不是相反。他是个理性的人，怎么会连这点道理都忘了？

直到小何交给他一张名片，告诉他可以找此人做亲子鉴定时，赵学尧才想起这几天有一个重要的疏忽：那天大包大揽，答应文太，好像他是文家的家庭总管，事后都没跟文总作个解释。文总不是傻子，他能没觉察出来？见到文总只好编一堆鬼话，说那天完全是身不由己措手不及，这个亲子鉴定做不做完全听文总的，文总的决定就是他的行动指南。

文总听得十分不经意，冷冷地说，我不知道还有这种玩意，早知道的话她们不讲我也要做的。

赵学尧顿时瘪了，热脸蹭了冷屁股，蹭得心灰意冷。他觉得文总有了一个很大的转变，究竟是什么转变一时还看不清，总之灰灰的，隐隐的，神情凝重而且决心很大的样子。

起初他以为文总在上次的罢工风波中受到惊吓，至今心有余悸，便安慰文总，做大事的人不要在意这些小风波，幸福村几十万人口，哪能一点事情不出呢？再说罢工这样的事情深圳天天都在发生，为它生气气不过来。

不料文总说，你在讲乜呀？我会为罢工生气？这样的罢工也算是罢工吗？不过是小伙计讨工钱罢了，能成什么气候啊？我们老文家的人，什么样的风浪没见过？听我老豆讲，当年广州闹工潮的时候，那才叫个威。罢工是这样罢的吗？从前的老板见到赤卫队脚杆都要软的，老板娘是拎着裤子来找赤卫队的！

赵学尧笑起来，说这话我还是第一次听说，有机会我一定要和老人家好好聊聊，向他请教。然而文总不接这个茬，说到他老豆他总是很烦，怕他接触老豆的样子。联系到这几天的微妙变化，他不能不保持低调。

文总端起架子鼓励赵学尧好好干，夸奖他工作很努力，还说要把精神文明搞上去。越说越令赵学尧感到这是在给他做规矩上笼头，越明白那几天的轻狂实在是很愚蠢的。

这些天因为接待任务重，村委会大楼全部腾出来给外来机关用，他们自己又重新回到了从前的办公室里。这个建在大楼后面的村委会，是一个仿古建筑群。一个石拱桥架在河道上，河里的水早干了，现在用自来水做了人工河。河边有假山有喷泉，石拱桥的栏杆完全按照颐和园的样式，每个汉白玉柱上都蹲着一个小兽。过了桥是一个圆门，圆门后是影壁，影壁后才是三进三出的办公室。盖这个建筑群的时候据说是请过香港的风水先生，前青龙后白虎，左朱雀右玄武，一点不含糊。没山就堆一座山，没湖就挖两个湖。室内也全部用的仿古家具，一色的黄花梨紫檀木。如果对外说，这是哪个王爷的府院还真能以假乱真。他们有了钱，能想到的尊贵大概也就是这样。赵学尧在这样的环境里接受文总的鼓励，确实感到了一丝庄重。想到了文总的志向，也就明白了他的从前，这就是当初的他能够想象到的全部。

出来后赵学尧有点恶毒地想，如果他突然趴地下磕头谢恩，文总会不会接受呢？也许真会。

到了天香花园，赵学尧在楼下狠吸了两口烟。迟小姐这张嘴使赵学尧有点紧张，生怕说砸了。

迟小姐没有寒暄，只顾找出一张存单从茶几那头推到这头。存单是定活两便的，果然写着自己的大号。赵学尧瞥一眼却不去接，说迟小姐你的好意我心领了，我不是为这事来的。

迟小姐说随便你。

赵学尧干笑，说我这人胆儿特小。

迟小姐说深圳不相信眼泪，它也不相信清高。

赵学尧噎了一会儿，问，今后有什么打算？

迟小姐说，本来就是想挣点钱出国读书的，现在弄成这样就更加要走了。

赵学尧还想问去哪里，想学什么。迟小姐已经不耐烦了，说谈你的事吧。赵学尧只好说了做亲子鉴定的事。

冷了有十几分钟，迟小姐才缓过气来，抖抖地问，他文念祖自己还不清楚吗？

赵学尧说，文总当然清楚，可他家这一关还要过。我也不想开这个口啊。

迟小姐顿时热泪汹涌，身子也软掉了，捶着茶几骂：我是下贱，我是不要脸，我丢人丢到这份儿上了！

赵学尧不吭也不劝，都是明白人，劝什么也是白劝，每回的精心构思全是屁话，还不如干干脆脆。

不想迟小姐骂开头了就一点体面也不顾，索性连赵学尧也搭进去一起骂。说你自以为很有学问，其实你也不是个东西。别以为你喜欢谈意义就很有意义了。你不要我的钱就说明你干净了？你比我还不如，我还敢做敢当你连这点勇气都没有。你挣的什么良心钱？你鞍前马后跑的是什么？那都是太监干的活儿，就差没让你扶家伙了，你神气个屁。

赵学尧起初还硬撑着，然而那点笑容只在脸上挣扎了几下就支撑不住，一落千丈地跌下去。这些日子刚刚建立起来的那点自信，就这么轻轻一碰就崩溃了，忽然觉得那些策划和目标既远大又渺小，既清晰又模糊，既形而上又形而下。他始终身不由己，始终有滋有味地陪别人跳舞。他脸色一惨，鼻子也酸了。他说，骂得好，骂得好！

哭痛快了，迟小姐就说对不起，不是故意伤害你。这几天总想大哭一场没有机会。你其实是个好人，我很明白的，真的很明白。

赵学尧说，我能理解，真的很理解。

迟小姐说，我现在才懂，女人的心其实是跟着身子走的。女人其实根本就没有心。女人的心长在阴道里。他包我，我被包，本来就是一场交易。头脑里清醒得很，可心还是跟着身子走，明知是假戏还要当真唱，还要给他生儿子！

赵学尧说，男人又何尝不是。男人其实也很难守住自己，谁又不在随波逐流？

迟小姐说，我要多留一个心眼也不会受这么深伤害，我理应高明得多，这是真实思想。

赵学尧说，我现在都怀疑自己还有没有思想。

迟小姐说，我要是坚持按协议办，早就飞得和老鹰一样了。现在还得把心劈下一半来！还得受这个污辱！

赵学尧说，人生就是这样啊，做对了就是做错了，做错了也就做对了。

迟小姐说，你真的相信我吗？

赵学尧说我相信。

迟小姐说你是不是有一点喜欢我？

赵学尧抬起头说，是有一点。

迟小姐就哽住了，说谢谢你。

然后就没话了。哭够了，骂够了，觉得近了不少。迟小姐说，就这样吧，我答应了，做吧。

赵学尧的眼就像被阳光刺疼了那样，不敢看她。

迟小姐拿起那张存单，很难看地笑着，说还是钱好啊。如果有一天你感到失落了不平衡了，只有它还能撑着你。又从茶几那头推过来。

这回赵学尧便不再多话，很沉重的样子双手接过。

临出门，赵学尧发现门口鞋架上横七竖八插着几束礼品鲜花，有点吃惊。

迟小姐哧哧笑着，说你们那个司机小李想抠我呢，挺殷勤的。

赵学尧脱口骂，狗胆不小。

迟小姐却直盯赵学尧的眼睛说，那怎么啦？司机就没权力吗？

赵学尧出来，昏头奋脑在街上转了一圈，原记着要做一件什么事的，却怎么也想不起来，便找个大排档坐进去喝啤酒。喝着，便品出自己的丑态来。想到迟小姐的暗示，品出那里的报复心理。想到连个车夫都如此张狂，更品出自己的窝囊来，连泪也有了。你当时如果把迟小姐抱住，给她一个吻，给她一点抚慰，或许人家还能高看你一头。现在她说你是个好人，好人是什么人？好人就是智障者残疾人。

何子钢一见面就说，这次你一定要组织好安排好，成败在此一举。

赵学尧心不在焉地说，亲子鉴定还没结果呢。

何子钢叫道，那还是个问题吗？早安排过了。

赵学尧说，看来文念祖是真的有点疑心。

何子钢说你管他疑心不疑心，鉴定早给他预备下了。现在关键是推他朝下走。

赵学尧说，文念祖这两天有点变化，比我们还关心精神文明呢。

何子钢说这就对了，沐猴而冠就是这个意思。你最好能再多敲几遍锣，比方讲能不能组织打工妹演点小节目？要不来一首《幸福之歌》？

赵学尧说幸福不是樱桃树。

何子钢一愣，说樱桃好吃树难栽？你老先生今天不对劲啊，我注意到你两次不叫文总，改叫文念祖了。

赵学尧便发了呆。

何子钢于是拉赵学尧出去逛街，说今晚你不能回去了，你不能把这种世纪末情绪带到新世纪，搞得幸福村不幸福。说我领你看鸡去。

赵学尧并不多话只是跟了走，一时间满眼晃动的都是肉体，长的短的肥的瘦的，各种曲线与色彩。何子钢在一边点评，指出气质美与体态美的各种差异，职业鸡与兼职鸡的不同风格，说没有夜生活的都市就不能叫都市，更不能叫投资环境良好。赵学尧走了一会儿酒劲发作，出了一身大汗，话才多起来。看见塞车就说这些都是去赶场的，是去冲去杀去占领的，看见霓虹灯广告就说这些许诺真慷慨真浪漫。大戏院门口有一个巨大的电子广告屏，不断显现出一个“狂”字，是为某个节日作宣传的，赵学尧见了就嘿嘿傻笑，笑得何子钢有点发毛。后来又到了艺术馆，赵学尧指着吊在顶上的激光灯球，问何子钢为什么每个舞厅都吊着这东西，何子钢说是刺激呗。赵学尧就拿手点着他的脑门，说你的理论底子还不够扎实啊，说这是满足大众欲望的一种给予嘛，说这是一种抽象的浓缩的按摩嘛，很形而上的。

何子钢比龟孙子都乖，连声道是的是的，确实是的。

何子钢果然按计划挖出一个预测大师。名片上是一幅太极图，烫金的狂草名讳，是中国预测协会的副理事长。人长得精瘦，留两撇山羊胡子，秦晋口音，一说话就翻白眼，浑身玄机。何子钢不便露面，赵学尧觉得在办公室里不太好，便约了文太到宿舍见面。

赵学尧问，大师是哪里人。

大师答，是山人。

赵学尧说，我的意思是您是哪个省来的。

大师说，从来处来。

赵学尧说，大师看上去很年轻啊。

大师说，入得门来皆圣贤。

赵学尧问，大师练什么功。

大师说，无功。

赵学尧本来很想请教天目是个什么器官，见他这样也就不愿再多话了。这种水平的回答还不如自己现编。

文太见了大师纳头便拜。

大师并不谦让，就让文太跪着，也不言语，捻着胡须将两眼直翻上去。

赵学尧只好退在一边。

须臾，大师开口说，夫人好福气啊。

文太愣着，回头看赵学尧。

赵学尧忙说请教。

大师说，老年得子必是有福的。

文太叫起来，说有没有搞错啊，我四十八岁了。爬起来坐在赵学尧床头。

大师一惊，说我再看看，眼又白将上去，脸却青了。看了半天，自顾笑出声来，说声是了。

赵学尧心中也有点数了，便跟着吹箫按眼儿，说大师还是细细拆解。

大师说，你命中原是有子的，可惜有也是无，此子反倒成了一劫。

文太脸色大变，说咳呀咳呀，我命好苦好苦的呀。

大师说，现今你又得一子，否极泰来，终身受福。

文太问什么叫否极泰来，赵学尧给解释一遍，文太便不吭。

大师说，此子命硬，在东南方请神压一压才好。隔一会儿又倒吸一口气，把脖子向后一甩，仰天长啸道，出墙红杏人自怜，你还有段情缘未了啊！只是万事不可太过，好自为之吧。

文太似懂非懂，想了一阵，脖颈一点一点红肿上去，金项链也灿烂了许多。

大师有了倦意，打呵欠说就这样吧。

文太跪倒再拜，说先生你看得好准，求你明白一点话我知。大师只是闭目养神，不再发功。

赵学尧也说，再详细一点嘛。

大师白眼就翻到赵学尧脸上，站了起来，说夫人还是随缘吧。天机不可泄露呀。

文太无奈，只有爬起来拍腿，想想又把赵学尧推到门外，跟大师嘀咕，大师却高声叫了起来，不承认说过任何话。

吃饭时，赵学尧可着鲜鲍鱼翅大虾点了几味，大师并不推辞，只是吃得相当文静雅致，餐巾用了一堆，剔牙也以手遮面合于时尚。赵学尧便心中有数了，让小姐送来两瓶精装马爹利，将红包放进袋内道了声不好意思。

晚上再通话时，赵学尧责备何子钢，不该找这么一头货，胡扯什么情缘未了，弄得文太春心萌动的样子，很麻烦。

何子钢笑道，这就对了，看来这是个练家，对女人这是一道必不可少的菜，说不定还让你还拣个便宜。

赵学尧说，扯淡。

何子钢嗤嗤笑着说，不拣白不拣，对待革命工作可不能挑肥拣瘦哦！

赵学尧本来还想跟他探讨一下迟小姐的回扣问题，见他已完全没有正形，便又多了一层顾虑。

第八章

28

其实真正叫文总心烦的是他老豆。老婆烦，迟小姐烦，都是女人在烦，有恩有威一手软一手硬总归搞得掂的。只有老豆他搞不掂，搞不掂他就坐不稳，心里老是七上八下，怕他有一天冲上台来揭他的皮。老豆做得出的，他相信。现在市里领导区里领导都来打招呼了，他就要成为典型了，老豆怎么办？

文总的老豆，人们都叫他文叔。

其实文叔一个人守在岛上过日子，并不敢招惹是非。从前他当干部都恨不得把两只前爪放下来才稳当，下台了还敢多事吗？可关于他赤身裸体天天坐在崖头上等待红云的传说却十分出名，编得有眉有眼。说他那张脸已经和岩石一样坚硬，目光比锥子还尖利，浑身长满长毛，渴了喝雨水，饿了就下海抓活鱼吃。有一天有几个记者上岛转了转，要给他拍几张照片，他不知自己名气几大就答应了。结果记者写了一篇文章登在杂志上，说文叔是“一个拒绝现代生活的人”，有照片为证：文叔蹲在红泥礁上一只眼睁一只眼闭，吸香烟的样子像是刚从牢里放出来，嘴角挂着一丝嘲讽的微笑，也不知他在笑哪个。

你不下岛就留在岛上好了，你愿意怎么活就怎么活好了，你偏偏还要拍照片。你拍照片就正正规规拍好了，偏偏还要做出那种恶心样子来。仔女们这才知道闲话杀得死人，约齐了气哄哄地回岛上来。

文叔的仔女如今都是上亿身家的体面人，老大念祖是村长董事长就不要讲了，老二念虎也不得了，生意做得好大，北京上海都有他的楼，不知几威几猛。报纸夸他爱国，学堂里老师夸他有爱心，政协请他当委员。老豆这样搞法真是搞得他们好没有面子。

幸福村如今人人都赚到一些钱，念祖念虎胆子大就赚大把钱，胆子小的就赚小小钱，顶没料到的也可以把自家楼屋租出去收钱。有钱就有面子，面子从前可以放在脚底下随便踩，现在就要贴在门楣上挂在嘴头上。所以面子念祖、念虎要，念书要，阿楚阿从也是要的。

五个仔女把杂志拍得啪啪响，说你看看，你自己看看！阿爸呀，你以为你玩得很有名气吗？你要玩到几时才玩够呢？

他们说，你不为自己想也要为仔女们想一想，你这样搞仔女还要不要做人？还要不要出去做事？现在全村还有哪个留在岛上？人家在背后骂我们不孝，眼泪只好吃进肚里你知不知啊？你不体谅仔女也就罢了，还要做出这种恶心样子来！他们还嚷嚷着，要记者赔名誉损失赔精神损失，还有什么什么损失。

文叔尴在墙角，嘴头肌肉讨好似的朝两边拉，哭不出也笑不来，眼皮拼命跳。说算啦算啦，莫搞啦。心想这记者也是，我一个人在岛上过，有开罪过你们吗？照了那么多好姿势你不登，偏偏登了这一张。登了就登了，还拒绝，还生活！有没有搞——错啊。那张照片被他拿在手里颠来倒去左看右看，看看就看出点心思来。

他说，算啦。

算啦？算啦是乜意思啊？

文叔撕下那张纸贴到床头上：是我叫人家照的，算啦。

阿爸呀你究竟搞乜鬼啊？

文叔讲，我一辈子只照过四次相片，一次是土改当村长，一次是入党，还有一次是发身份证，这是最后一次了。照得不错，比照相馆还像。丢你老母，还真是像我。说着便眯起眼睛又去体会上镜头的样子了，十分陶醉。

五个仔女左看右看，脸上已然花了，嘴上却说，阿爸呀你有乜话只管讲出来好了，要打要骂都随你，有什么要求也尽管提，我们几个凑到一起也不容易，二哥把几千万生意都推掉了，今天就是帮你来解决问题的。你仔女如今大小也是个人物了，有乜事情搞它不定？你讲出来好了，你讲啦。

又说，村里那些破烂事你不要去想他，你看不惯不要理他就好。你放心好了，没有人在背后乱讲的，哪个敢乱讲？幸福村有今天，不就靠你搞来这片地吗？没有这片地幸福村在哪？嚼舌头的人在哪？想不穿！

又讲，你不要老想从前就好啦，也不要老想这个破岛。向前看就好啦。大家来就是要接你下岛的，下岛享享清福不好吗？你肯下岛，皇帝也没你快活！

还说，你要不想住村里，住市里也行，海景楼大把，天天都能看海。再不行就出去玩玩，北京，上海，香港，出国也都没问题啦。你要欢喜拍相片，买一个照相馆给你玩！你讲啦。

文叔给搞烦了，冷冷回道，好了没有？讲好就滚，有几远滚几远。滚啦。说话便扒裤子要屙屎。

念祖从来都是前呼后拥的人，念虎、念书也都是穿西装握手机的人，说话都捏鼻子吊眼睛的，阿楚、阿从也是描眉画嘴的货，不知几文明。文叔真上火了，他们也搭不成架子，只好一脸灰灰地劝老豆注意冷暖当心身体，然后丢下生活用品和钞票，满脸沉重失魂落魄地下岛去。

文叔见船开远了，才一屁股坐下地，手在红泥礁上捶了半天，心里抓空一样透着冷风。明明不是想骂人的，一张嘴却恶声恶气打仗一样，自己也好奇怪的。从前有过这样吗？没啊。仔女回来不高兴吗？不是啊。一个人在岛上过，不是为了等红云。红云也没可能老来。

红云本来只是个传说。

此地古来就有不少大话传说，主要是关于文天祥，以及因他而出了名的这一片海。老百姓认为百多年战乱和民族耻辱之所以发生在这一带是有根源的，是冤沉于海的报应。传说中的文大人并没有倒下，他的冤魂提着自己的脑袋又回到了零丁洋，反复吟哦那一句千古绝唱。他出现的时候，血衣血袍血糊糊的头颅映红了天，腥风惨雨天崩地裂，这就是红云。红云现身必有大灾大异，可哪个也没有见到过。

文山岛的最后一代族长叫文复斋，人称斋老。斋老说他见过红云，就在土改工作队上岛的前一夜。那时土改已经是扫尾，各地都有故事传来，摆明了斋老是在找死。土改工作队看中在广州打工的文叔是个苗子，把文叔请回来参加工作队。一查一问就证明斋老那一夜其实在宝安县城相好的屋里吃酒过夜，根本没可能看到红云。

文叔是本地人，从小就给斋老做过马仔，人又老实，他是不会撒谎的。族内的和族外的人们于是恍然大悟，拖长了声音说，有没有搞——错！

这场关于红云的大讨论很快就过去了，并没有出现工作队预想的效果，没有骂，也没有打，甚至关起门他们还是一家人。族人中有谁抓到一条大鱼还是先把鱼头给斋老送去，斋老摇头说不想吃，他们才拿回家自己吃。工作队员就有些气愤，认为此地人愚顽不化，阶级觉悟不是太低，而是根本没有，连喊口号都发不出声，喉咙里塞着一把草，呜里呜噜不知是个什么意思。

后来到县上参加培训的文叔回来了，见多识广的文叔成了大红人。他同队长悄悄讲：他们给斋老送鱼头又不是真送，不过是嘴上讲一下有什么要紧？斋老说不想吃也不是真的不想吃，他都几个月不见荤腥了怎么不想吃？不要急嘛，急不来的嘛，大家知道搞错就好了嘛。队长想想也是，此地人真是这个古怪脾气，温开水似的，心里有数嘴上不说，怀里好像老是揣一把算盘。仔细想一想他们其实就是不愿吵架害怕冲突。他们热爱和平有错吗？算不上什么大错误。他们不愿做恶人那就工作队来做好了。

文叔的工作方法是给家家都算一笔账，算算究竟谁养活了谁？此地人讲实惠，字可以不认得，算账却不可以不会。他们更愿意相信文叔的话，是他们养活了族长。其实这个账不用算也都心里有数，族长不下海不打鱼，剥削是肯定的啦。大家世世代代都是这样熬日脚，剥削就剥削一下也没有关系的啦。现在既然政府不喜欢剥削，不要它就好啦。既然红云是编出来吓唬人的鬼话，不理它就行啦。这种事本来好简单，给工作队一讲就讲复杂了。

从那时起文氏家族就不存在了，文叔成为文山岛的老大。老大的名字叫村长，后来叫书记。为了巩固这个成果，文山村也改了一个靓名，叫幸福村。工作队宣布，宗族士绅是剥削阶级的统治工具，红云是你们的精神枷锁，从现在起你们是国家的主人了，还要枷锁做什么？现在解放了，民主了，一切都改变了。队长是个大学生，对明天的幸福生活作了担保。

其实什么也没变。他们还姓文，性情还很温和，还和从前一样小心做人大胆吃饭，慢腾腾地说搞错恶狠狠地骂老婆。他们内外分得很清，是非却很含糊。

文山岛南高北低，有山有水，曾经是个不错的避风港。受冷落是近几年的事。岛子的北面和西面，还有东面的一个拐角，从前是一大片碧蓝碧蓝的海藻，海浪一起，海藻就像一条巨大的兰花裙，将岛子严严实实裹了起来，海浪尖利的牙爪怎么也撕不开它。从前，海藻下面是数不清的珊瑚树，白的，粉的，红的，还有花的，数不清也不见底。岛子就像长在这些树上一样，屋瓦就像树上的花，白的干绿的冠红的花，被海水托着拥着，远远看过去，不知几好。到了冬季，全世界的鸥鸟都认它作洞房，叽叽咕咕在这里亲爱。有一种黑嘴鸥，不知几高贵，整天挺个雪白的肚子晃来晃去，要人家喂它才肯吃，公主娘娘一样。还有鱼呢，从前乜鱼没有啊？上边来了人，随便抓几条就哄得他们哇哇乱叫。就是最困难的年代，也没有饿死人的事。那个工作队长后来做了县里粮食局的股长，饿得摇摇晃晃，跑到岛上搞到一点鱼干就说幸福啊幸福啊。那时小鱼小虾总归搞得到的，不像现在。

现在这些全都见不到了。

现在，十几辈人从大陆带过来的泥土，全都烂肉一样，一点一点，一块一块，臭了烂了滑到海里。就像一个泡在海水里的麻风病人，眼睁睁地看自己的肢体在腐烂在缩小在融化，一点办法也没有。现在，只有岛的南端还有一点活物，真像这个家伙翘起来呼救的一颗大脑袋。而它的身子已经同废机油废塑料还有鱼虾的尸体混在一起，成为一片恶臭的泥沼。连海水都黑掉了，黑得让人心冷。

有一段时间，岛子几乎空了。老文家的祖屋，那个经历了三个世纪也许是五个世纪的围屋像一只巨大的鸟巢，海鸟做窝都嫌它孤寒。如今谁养活谁的问题村里已经没人再去提它了。也许它本来就是一个先有鸡先有蛋的问题，有没有剥削都是一样地过日子，只不过把族长换成了支书，把支书变成革委会主任，又把主任换成了董事长总经理。

世事轮回，回头一看，老辈人已走得七七八八，文叔还是文叔，老大的位置传给了儿子文念祖。如今只要能赚到钱，剥削也好，什么也好，都没所谓。上了岸的打渔佬都当上了大小老板，顶没用的也能把小洋楼租出几间去，靠租息过上了好日脚。早些年是文叔跑断了腿，上粮食局上县政府搞来了这片大陆地，又是文叔求爷告奶请他们上岸种粮食。如今这些打渔佬的脚趾已经被皮鞋收拢再也站不稳触板，手上的老茧也换成金戒指握不住船桨，就是机关枪也不能把他们撵下海了。这些从前只知打鱼种地的人有一天早上醒来，发现土地不仅可以种稻子，还可以种房子。房子不仅可以住，更可以出租，卖钱。钱还能下崽，变出越来越多的钱。那些用来种粮食的土地成为挖不完的金山，盖上房子就变成票子，票子又变成更多的票子，岛子再也不是他们的家了。盖房子租房子卖房子成了打渔佬的主要营生。

有一段日子，有人想出石灰也可以自己烧的，不用花钱买更不用去外地拉，岛子四周就是现成的石灰矿。于是珊瑚礁就遭殃了，岛子成了他们的石灰窑。后来珊瑚礁也挖完了，这帮人又蝗虫一样飞向了别处，岛子再没人过问了。到了这时大家心里都有数，小岛已是穿烂的衣衫啃光的骨头，再也没油水好榨了。抛弃它是迟早的事，只是嘴巴上不这样讲罢了。

文叔从前也有劝过他们的，莫搞——错啊，兔子不食窝边草啊，你有见过掘祖坟发达的吗？没有你们这样搞法的嘛。可是没人听啊，人们抓钱抓得两只手已不够用，看见钞票眼睛里也要长出牙齿来，如果有人告诉他们红泥礁石也能卖钱，他们能把岛子挖平，一直挖进海里去。有谁还相信一个背时的下台干部的话呢？连文叔自己的仔女也不信啊。

文叔的仔女都是成家立业的人了，当然有权决定自己怎么样做。文叔甚至怀疑炸珊瑚烧石灰就是念祖念虎的主意，那段日子就是他们几个在海边转来转去，也只有读过书的念祖想得出这种阴损恶毒的办法，也只有当过兵的念虎敢用炸药，敢下毒手。可是问谁谁都一推六二五，念祖念虎被逼急了就鬼喊：我不知啊，我只知这些珊瑚也有我一份，我不拿别人也要拿。你不会当干部就不用装干部啦，在家享享清福会不会啊？不识做！

文叔脸色灰白，张大嘴巴，好像喷嚏打不出来，好像给枪子打中一样。识做不识做是此地很厉害的一条标准，一个客家人不识做就好比北京人不会来事，上海人不会轧苗头一样，一个男人不识做就好比没长家伙一样，一个老头子不识做就是不懂规矩不知轻重，就等于被开除出局了。文叔真是不识做啊，仔女都没当你是一回事，何况别人。

文叔当干部当了几十年，吃苦吃了几十年，的确没让大家赚到钱。钱是没情面好讲的，最最现实的。现实是文叔就像一双旧鞋一张烂网一条穿了帮的舢板，好比当年被文叔自己打倒的老族长。当年他还要一家一家去算账去做通思想，现在人家不用思也不要想，捏捏口袋就有数了。

文山岛再也不是从前的文山岛了，世事无常啊。

29

奇怪的是，那朵红云偏偏给文叔看到了。换一个人看到也都没事。

那天下半夜，闷热得不行，喘不上气来，文叔以为要落雨，摸摸墙角却是干的。他心想一定是哮喘病又要来了，往年是过了冬至才来的，这年也许会早一些，便伸手去摸药瓶。结果那瓶子就掉下地摔得粉碎。他清清楚楚看见红云从海尽头飘过来，聚拢来，然后就定在零丁洋上不散，一直不散。文叔爬起身跟出去，文叔走那红云也走，文叔停那红云也停。文叔一直向岛子南端的断崖走过去，腿在簌簌抖，脚一软就跪下来了。月亮在天边上挂着，好大的一盘。一丝风也没有，海浪也停了，电熨斗烫过去一样，一切都看得清清楚楚。那红云并没讲话，只是默默地严厉地盯牢他看。文叔好害怕，文叔拼命地磕头，后来那红云好像叹了一口气，就开始落雨了。文叔脸上也落了几滴，文叔发现那雨竟是红的，像淡淡的血水，还有点烫！文叔心里好像一下什么都明白了，文叔好伤心好伤心，便也跟着哭出声来。哭了好一会儿，文叔抬头再看，红云已经退去，而断崖下的那片海里却有星星点点的小东西在摇晃。紧跟着，原本晴朗的天空也变了颜色。接着便是狂风大作。

这是那一年的第九号台风。

那场台风原来不在珠江口登陆的，天气预报明明讲它在潮阳普宁一带，不知怎么就改变了方向，跑到文山岛来了。三天三夜的暴雨，把天都下穿窿了。小岛终于被腰斩了一般塌裂开来，成了现在这个样子。

报应啊，文叔逢人就说，这是报应啊。

至于报应了什么，谁在报应，文叔讲不清，人们也懒得去想。是啊是啊，大家讲，报应就报应吧，有钱赚就行啦。他们反倒要劝文叔，凡事有得就有失啦，叔公你想开一点就好啦。

文叔说，是真的红云呀，本来我以为是哮喘病又来了，我就去拿药，药瓶掉在地上，红云就来了，红云好厉害呀，红云……

讲得多了，人们就不再理他，反而会讲，叔公你昨夜又看见红云了吧？

文叔讲，真的是红云啊，我怕是做梦，还在大腿上掐，腿都掐紫掉，不信你们看好了。说着便要卷裤脚。

人们挤眉弄眼一笑就走开了，却在背后讲，七婆死得太早，叔公身体又这样好，手伸进去自己玩玩也难免的啦。红云就不要吹啦，红云是乜啊？

文叔把仔女拉到断崖下指给他们看，那些豆荚一样的小东西已经抽出枝条长出叶片，在海水里摇摇晃晃。文叔讲，这就是红云带过来的啊。仔女一个个看着老豆不吭声，逼急了就鬼喊，是啊是啊是红云带过来的，好了吧？还要怎么样？

文叔就不好怎么样了，他也想不出怎么样。文叔捏捏膀子，筋肉还硬得很，抓抓头皮，也没有几根白发，可他在大家眼睛里已经老成这种样子！他是没有帮大家赚到钱，他是不会做干部，可他有做错吗？他有讲过瞎话吗？他有吹过牛吗？现在凭什么不相信他？

人们在背地里干脆把文叔叫作了红云，搞笑时模仿文叔诚惶诚恐的模样成了保留节目。大家摇头叹息，文叔真是老糊涂了，怎么玩也不要玩这种过时的把戏嘛，而且是被自己亲手戳穿过的把戏。这些当干部的没了权真是好可怜，官服一脱就只剩下开裆裤了，幼稚得一塌糊涂。

渐渐地，此地人把头脑发昏异想天开统统叫作了红云。说某人会吹牛，就说那个人红云大得不得了；说某人发疯癫，就说好了，红云又要来了。

渐渐地，文叔的目光直了浊了，再也不会讲什么了，也不想讲什么了，他差不多成了一个哑巴。

这一年过年，文叔嫁掉了细女阿从，一个人把铺盖搬上了断崖。老文家的祖屋终于熄灭了最后一盏灯。这个经历了几百年风雨的客家围屋像落光了牙齿的老人那黑洞洞的大嘴巴，浮在海浪间向苍天唠唠叨叨追问不休，红云啊，红云啊。

30

文叔搬上断崖离群索居，起初人们并不在意，以为他在赌气。没权了嘛，讲话没人听了嘛，他是干部嘛，大家都能理解。可他一个月不回来，十个月不回来，两年还不回来人们就有闲话传出来。有人上岛看见文叔赤身裸体在海边跑，还有人看见他一个人又哭又笑。人们传说文叔身上长满长毛，在水里抓生鱼吃。大家这才有点怕，现在日子好过了很多，把文叔一个人丢在岛上算个什么啊？不能不讲良心啊。大家觉得总归是同宗同族，文叔这样搞大家都不体面，好像一只脓疮长在额头上。

有几个老阿婆壮了胆上岛去看他，七嘴八舌劝道，想开一点算啦，享享清福算啦，要惜命，你知不知啊。

文叔嘴上说咳呀咳呀，身子却不动。

她们问：真的没事吗？

文叔讲，有乜事啊？

她们讲，你敢把衣衫脱落来吗？

文叔想想，不知是乜名堂，说，搞笑啊？

几个阿婆喊声一二三，扑上来就把衣衫剥落了，摸摸看看，没有两样。

文叔于是就把两只拇指插进裤腰里说，还要脱吗？你们是作痒了吗？哪个要试试力道吗？

几个阿婆这才疑疑惑惑下岛去，嘴里很稀奇地喊：没啊没啊。

文叔好笑又好气，究竟是哪个不知惜命呢？搞乜鬼呀搞？

断崖面对的那片海就是传说中那个小皇帝自尽的地方，从前乱礁从生海浪汹涌，不太适合渔船泊岸，先人就在这里建了一座土地庙，专门用来清明祭奠。后来这一带决心终生不嫁的女人也选中这里，作为她们发愿自梳的场所。还有就是寻死，那些断了生活念想的人也喜欢在这里追随先祖。所以断崖自古就是个鬼兮兮的地方，岛上人家平日只在岛子的北面平坦的地方活动。大人吓唬细罗仔，说再哭送你去断崖，马上就乖。有一年有几个顽童站在崖头上比赛呲尿，看谁尿得远，结果有个细罗仔跌下崖头连尸骨也没能找回来。后来土地庙毁了，自梳的女人少了，想死的人也不再浪漫了，断崖就更加荒凉了。再后来，岛上都没剩几个人了，断崖还能有多少活气？每天早晚只有文叔的寮棚里还有一缕淡淡的炊烟。

只要不刮大风，文叔都要出工的。落雨不怕，落雨暖和，雨丝就像一只只温软的小手在你身上挠，挠得你直想哼哼，舒服得不得了。一下雨这些大肚婆们肚子就咕咕叫啦，它们要分娩啦要下仔女啦。这时候你就不能不在它们身边，不然它们就会乱下一气，一窝一窝的挤在一起，搞得你好麻烦。这时候的胎芽最好活，把它们拿到远一点的地方，只有一点点泥巴就行。然后它们就活过来啦，好快好快它们就抓住了一大片泥，好快好快它们又怀胎又下仔。这世上没有第二种树像它们这样胎生胎养的。它们简直就是在生育大竞赛，一个比一个能生养，弄得你给它们编号都来不及。后来号也没得编了，糊涂了，干脆一月给一个号，是七月的统统靠在一起，叫七，是八月的统统靠在一起，叫八。

现在，文叔晓得这些大肚婆的名字了，它叫红树林。他拿到城里去请教过人，粮食局，农科所，植物园，一家一家找过去。一个老头子听他讲了大肚婆的来历，眼睛跳了一下。他一定要跟文叔回岛上来看看，看了以后又不吭声，把眼镜拿下来擦了又擦，后来就叹了一口气。他讲，这叫红树林。

红树林是什么？

是红云带来的树林啊。

红树林不知几可爱，像女人一样。文叔讲，不好乱来的！它们就扭扭捏捏摇动身子。文叔讲，要排队的！它们就嘻嘻哈哈挤在一起，不知几听话。

在八也当上奶奶的时候，文叔心里动过一下，好像有点什么事情一样。后来九也下仔了，十也下仔了，文叔的心就咯嘣咯嘣地跳了好多天。后来心不那么跳了，脸上却光亮起来，换了一个人似的，心里好明白好明白。好像是另外一个人突然从自己身上跳出来，看得清自己的五脏六腑一样，他知道该怎么样做了，也知道要到哪里去了。只是他讲不出来。

也没有人要听他讲。

文叔盘算着把这些大肚婆分散开，让它们到东面到西面去养仔，去传宗接代，把那些泥巴统统抓回来，最后再到北面去，把岛子重新围住。

这一爿海从前是没有滩涂的，从前这里是一片乱礁，海浪太大，没有泥土愿意在这里安家。从前在断崖跳海的女人是找不到尸身的，所以才会有那么多想成仙的人。如今，连文叔自己也糊涂了，这才几年啊，一下冒出来这么一大片，少说也有几十亩啊。这些大肚婆们好比一支军队，文叔就是大将军，在指挥调动这支娘子大军，好神气好威风。

这还不是祖宗显灵吗？从前有哪个见过红树林吗？这一带从前有海藻有珊瑚，祖宗八代有哪个听讲过红树林吗？不相信！

不信就不信吧，文叔如今也懒得再啰唆了。他们就是信了又能怎么样？红树林又不是钞票。他们不相信也许反倒好。谁也不会回来，谁也不能捣乱了。岛子活过来不比什么好？人活精神了比什么不好？

这样自由自在的日子到哪里去寻啊。

早上下海，晚上就吃吃老酒听听戏文。天热的时候，出门可以不穿衣，赤条条地来去，谁也不来管你。不穿衣有几好啊，清爽，凉滑，浑身上下都是缎子一样的古铜色，连屁股也不像死鱼眼睛一样难看了。这时候人到了海里就是回了家，你站着躺着仰着趴着，没人看见也没人来管，你随便好了，跟那些鱼虾没有两样。这时候那些大肚婆简直就是你老婆，它下的仔全都是你的，你是世上最威最猛的一个。这世上没人有这么多的儿女，没人这么厉害，皇帝也没有。碰上运气好还能抓两条鱼回来煲汤。现在终于可以看见鱼了，红衫，乌头，还有白鳗，这个东西最滑头，老在你大腿边转来转去，居然没有抓到过一次。其实抓不抓它倒也没所谓，主要是有啦，它又回来啦。想想那些住在村里的打渔佬，还要跑到菜场里买鱼来吃，搞笑有这么样搞法的吗？

这样的日子他一个人过了几年，小岛的南面已经围满了红树林。红树林把海水变蓝变清了，变得一眼就能见底。人在海水里可以引到好多小鱼，一口一口在皮肤上嘬，不知几亲几爱的样子。有时候还有扇贝赖在腿上不走，好像一定要犒劳文叔一样。有鱼就有鸥鸟，有时候他身后会突然嗵的一响，回头看看，却是海鸥黑箭一样蹿上天去。他骂一声，死啊，他好开心好得意它们不怕自己。

哪个讲他不识做？哪个讲他不惜命？

有一天收工回来，文叔一回头看见阿从站在了崖角下。文叔吓了一跳，不知给阿从看见了多少，慌里慌张竟忘记自己没穿衣。阿从啊呀叫了起来，身子赶紧背转过去。文叔没办法，只好两手戽着水，郎里郎当洗得十分畅快的样子，赤条条地迎面走上岸来。

阿从跺着脚喊叫，阿爸呀。

文叔怔了一下，慢腾腾擦干身子慢腾腾穿起裤头，又慢腾腾地讲，一人一套，谁不知道，你不知吗？大惊小怪。

阿从说，人家吓也吓死了你还要讲，现在是文明社会你不知吗？也不怕人家笑。

文叔吼道，我又不在你们那个文明社会！我怕哪个？

阿从替他披上衣，怨道，天凉了，冷也不怕吗？

文叔哼哼半天才想到一句话，以后你不许来崖角找我！

阿从摸不着头脑，只好夸他这副身板好厉害，讲大哥才四十几岁的人，肚腩都比他还要大许多。阿从在身上画了一个大圆，哈哈笑了起来。

文叔这才把心放进肚皮里。心里话你们吃饱饭不做事不肥才怪，牛为什么不肥？跟猪不一样嘛。不过现在他不想骂人了，仔女到底还是仔女，没可能改变的。自从迷上种树，文叔是把仔女们冷落了不少，心里也有了愧疚。一头是红树林一头是仔女，想一想其实两样他都是要的。

不料阿从是想来气死他的。阿从说有个事情同你讲一下：我同宾仔离掉了。文叔眼睛子也要弹出来，阿从反倒在嘻嘻笑，就像剔掉一根鱼卡。阿爸呀你思想解放一点好不好？现在是二十一世纪了离婚还稀奇吗？你怕我没人要吗？

你在讲乜呀你知不知啊？

阿从说，反正你又不中意宾仔，离掉不是更好？

从前他不大中意宾仔是不假，生得白白净净浑身刮不出几两肉，一条膀子伸出来他都能捏得断。不过那时就时兴奶油小生，阿从要死要活跟他有什么办法？两个人婚也结过几年了，现在又来讲这种话。倒像是他蓄谋已久拆散他们一样。结婚不要仔，说是美国也时兴“丁克家庭”。骂过没有？劝过没有？放屁也不如啊。讲这种话。

他对红树林发牢骚：你们不知啊，一个人头脑清楚不是好事，要多操几多心，要多吃几多苦。你们不知，你们只会笑。你们哭过没有？没有。什么时候你们会哭就明白了。

他对红树林说，咳呀，你们顶快活。阿楚阿从都没有你们快活，你们不要看她们脸上在笑，嘴巴里牛逼烘烘，其实心里流泪你们看不到。这个阿楚的老公养二奶养得七七八八，她心里能好过吗？这个阿从一天到晚嘻嘻哈哈，一套一套新潮得不得了，实际活得不开心，我看得出的，苦得很！

他唠唠叨叨说，我这几个仔女没有一个省心的。这个阿从更加不同一点，她妈妈死得早，我没可能不操心啊。女人不会生养是什么呢？女人不会生养好比雌鱼不会打籽母鸡不会下蛋，母鸡不会下蛋只有拿来杀掉。做人也是一样道理。人有乜本事呢？人最大的本事就是能养出活蹦乱跳的小人来，这个小人跟他娘老子血脉相连，走到哪里都没得变。这才叫个人，这才叫个好女人。老文家凭什么在这片海里生根立足？杀不光斩不绝。盖大楼？开公司？搞笑啊。那些东西有乜灵性啊？搞错啊。人啊，就要像你们一样才牢靠。你们不知啊，男人都是为女人忙，女人是为哪个忙？女人是为仔女忙。所以讲来讲去都是为仔女啊。

每天，做完一天的事，文叔就对着红树林坐在红泥礁上等落日，讲讲谁也不要听的闲话。等到海面上阳光不再跳了，像摔碎的镜子一样跌进浪底，脚边涌起一堆堆泡沫，他还要亲自看着白昼一点一点融进海水里，海浪花涨大了一点一点舔湿脚背才肯离去。只有这时他才显得衰老和悲凉，这时他才肯睁开半只眼睛看一看这个世界，就像那张照片里的样子。

接下来两天，文叔心里好烦。

文叔对红树林讲，不行啊，我要问问这个衰仔。两个人究竟为乜事情呢？阿从不是客家女吗？酿豆腐做不得吗？老火汤煲不到吗？端茶弄水孝顺公婆，她都不识做吗？弄不好是要出人命的。你们不懂的，这是个大事。这样他就跳上舢板回村里来。

可是凭什么呀。现在宾仔算你什么人呢？人家会问：你自家仔管好没有？你识得做吗？这样一路想过去，气竟短了不少，腿脚也软了不少。文叔在村里兜了三圈。第一圈，他看见宾仔站在酒楼门口正同人家说笑，他觉得不好，他不想当着外人同这个衰仔吵架。第二圈，他看见宾仔指挥两个小姐挂宫灯，正要过去却见那个衰仔伸手在小姐雪白的肚皮上摸了一把，顿时踩到一泡屎一样把脚缩回来。第三圈他下决心要过去的，步子跨得很大。想了一肚子话如果三圈兜下来还不敢讲，那一定比屎还要臭的。这时他又看见了阿从。

阿从从一辆轿车里钻出来，牵着一个男人的手。那男的点头同宾仔打招呼，那个衰仔马上像九节虾跳进汤锅里，上下身粘成一团将他们迎了进去。

文叔就呆掉了，眼睛里模模糊糊，像是看到电影一样。头脑一点儿一点涨大，这个衰女仔啊，你还是个客家女吗？就算离婚了也不好这样张狂的，你牵了男人来做乜呀？来示威的吗？人家是要做生意啊，不好这样欺负人的。现在，他竟然同情起宾仔来了，想想这个衰仔也是的，一点骨头也没有，猪大肠一样，拎起来一大挂放下来一大摊。

他昏昏沉沉来到码头，糊里糊涂跳上船，划了一气船却不动。原来是船缆还系牢在趸头上。他想，你这个老鬼气昏头了，没有用场了，自家仔女也管不住，连缆绳系牢了也不晓得。

正在这时香蕉橘子橙子像雨点一样飞过来，原来他被一帮细罗仔盯牢了，他们看到一个猿猴一样的东西，胡子跟头毛连在一起，眼睛通红像一头怪兽。细罗仔们很久没有这样刺激的节目了，从家里把整筐的橙子香蕉搬出来，一只只丢过去。

他们快活地喊：猴子上岸了，鬼要划船了，猴子上岸了，鬼要划船了。

文叔抓一只橙子就冲过去，他眼球凸出来，嘴角吓人地歪向一边，嘴里喊，打！打！打！叫你打！口水一串串流下来，一直挂到胸前。

细罗仔们吓退了。文叔却没玩够一样，跟了细罗仔后面撵，嘴里喊，打，打啊。又把村里村外游了个遍，吓得那些阿公阿婆钉在门口张着大嘴一声不出。

文叔剥了一只香蕉，又剥了一只橙子，香蕉咬一口，橙子再来一口，香蕉再来一口……于是他就快活起来了，嘻嘻哈哈笑着回到码头去。

第九章

31

陈太从台湾回来以后又郑重其事请常来临单独出去吃饭，直截了当问：阿临你能不能同我讲一句实话，我看你最近情绪一直不高，我能知道是为什么吗?

常来临说，没有啊。

陈太说，不可能。阿临你不把我当朋友。

常来临只好说了是袁敏的原因。袁敏这次来探亲虽然没出什么事，可心里总觉着像是出了什么问题，他也说不上是个什么问题，反正情绪不高。但这个事和公司没有关系，完全是个人的事。他说，我不会影响工作的，陈太你放心。

陈太吁了一口气，叫起来，哈，我以为是什么了不起的事，吓了我一跳。然后举起杯子说，恭喜恭喜，你终于得了“时代病”。

常来临尴尬着，不知答什么好。

陈太解释，时代变啦，社会也变啦，家庭当然也要变的，太正常了。台湾也经过的，动荡得一塌糊涂，大陆才刚刚开始变。又说，我不了解你太太的情况，但我相信你，你是个好男人。其实你太太不一定非要工作的嘛，女人嘛，谁不想过得舒服一点？在台湾，女人结婚以后就是养在家里当太太的。

常来临说，我也这样想过的，只是她不习惯。

转不过来？觉得失落了？慢慢就习惯了。陈太又给他斟了酒，不由分说地碰了一下，先喝了。说我可不想失去你哟？我这是真心话，你是个优秀的职业经理人。至于经济上，我会考虑补偿的。说实话，介绍你太太去那家公司，本来就是想补偿你，只是你们太要面子了。不过这也好，说明你太太自尊心很强，一个女人是要有自尊心的。

听到这话，常来临多少有些感动，想一想说，陈太你放心，我会努力去做的。

陈太说，我自己带过来的人，虽然内部管理懂一些，但对大陆实在是不了解。我是要老老实实做生意的人，不赚黑心钱的。但我对大陆的政策搞不懂呀。哪些是只讲不做的，哪些是少讲多做的，哪些是多讲少做的，哪些又是只做不讲的，啊呀呀，听得头脑都要爆炸了。原来嘛，我是想依靠阿阳的，可这个马明阳又不争气，现在我只有靠牢你了！

陈太的脸部表情不多，不像有些女的总是那么眉飞色舞，但她的语言很丰富，而且总能把事情说得面面俱到绘声绘色。这已经很不简单了，常来临认为女人的头脑一般来说是要情绪化一些的。他望着陈太电影明星似的面孔，一时出了神，已经听不清她在说什么。只是觉得自己和陈太都错位了，本来应该是自己对陈太提出客观冷静的建议，现在反过来了，倒好像陈太是个男人，告诉自己应当如何面对现实。

这一晚，他们谈了很多，谈政治，谈政策，谈公司的人和事。他发现陈太其实很会做工作，就这么轻轻松松就把自己笼络住了。是因为她的美丽，还是她的坦诚？他也想过自己是不是头脑太简单了一些，是这个女人利用了自己的处境？但想来想去觉得陈太说得都很实在。生意人，关心的就是利润，这没有错，一个正常的社会就应该这样，凭什么要求公司老板去玩政治？可是一个企业的运转涉及方方面面，不懂这一套还真的不行，所以他们才想方设法在政府里找靠山，在企业里设公关部。

“算算给亲人寄了多少钱”活动，本来不过是想活跃一下文化气氛。总公司开了会要求各企业都要搞活动，要搞遵纪守法教育，那个赵顾问还特意点名要宝岛电子搞，因为出过事，要他搞出点创意来。谁知这样一弄，还真搞出响动来，当然，后来是越弄越离谱了。也许正是这件事，让陈太觉得在大陆办企业要有大陆的一套办法，进而对自己刮目相看了？

随着对公司内部情况的逐步了解，他发现陈太这个人也确实不容易。除了在社会上八面玲珑，还真的要有一副好神经。有一次他去请她开会讲话，亲眼看见，陈太跟什么人通电话，讲得泪流满面，可到了会上她照样谈笑风生，纹丝不乱。

还有一次也是打电话，他听见她又喊又叫，以为出了什么事，进去一看，她瘫在地板上，手里抓着话筒，两眼直直，一个劲说完了完了。当天晚上宴请管委会和市工商局领导，他真担心她还能不能出席，可到时间她还是照样盛装浓抹春风依旧。

在公司饭堂吃饭，每次吃完，她都用餐巾纸把碎骨头鱼刺之类的垃圾擦干净才离开，这个小动作一下就影响了很多女工，饭堂里只要有她在连声音都小了很多。

这个女人确实让人猜不透，越猜不透就越想猜。她确实漂亮，少有的漂亮，也确实高雅，没见过的高雅。

这天夜里，快两点了，财务总监来敲门，说陈太有急事要请他去商量。到那一看，陈太和财务部的人都在吃盒饭。

陈太拉他到办公室说，不好意思这么晚请你来，现在我要做一个决定，想听听你的意见。

宝岛电子是做贴牌产品的公司，面对着国际市场的残酷竞争，这他都是清楚的。公司一直宣称是红宝石的加盟厂商，订单不成问题。其实情况并不那么美妙。比如做一个鼠标，在美国市场卖四十美元，公司只能挣到九美分，盈利空间非常小。这样公司只能依靠劳动力低廉的优势，向下寻找空间。另外，“三来一补”企业的普遍困境是，必须以同等备用金做台账抵押，银行才能开出信用证，这又加大了资金成本。现在红宝石集团再次提高门槛，要求公司降低成本，否则下一批订单就给别人做。早晨八点必须给予答复。

常来临问，这算是最后通牒吗？

陈太说，我骨头已经跑散脱了，一点办法都没有。

常来临说，我们为什么一定要跟红宝石绑在一起？不接受不行吗？

陈太说，当然不是，请你来商量也是这个意思。但红宝石有核心技术，它后面还有一系列大订单，如果这次我们拒绝降价，就意味着我们失去红宝石了。人家也是吃准了我们才开价的呀。竞争对手太多呀，大陆就有三家，还有台湾，还有越南。当然我们还可以想别的办法，可毕竟是大客户呀，丢掉多少可惜？

常来临想想也就明白了，说，陈太的意思是，希望我能说服工人降低工资？

陈太把手摇得很坚决，说不是。但又说，我们刚才仔细算过一笔账，如果我们降到八美分，这一单就能做平，我们就为下面赢回了时间，还有机会。我真的不想说降工资，太难听了。加班，行不行？我想每个工人多加两个班，只要两个班。

看到陈太可怜巴巴的两个手指，还有那双撩人的水汪汪的眼睛，常来临笑道，看来我只有说行了。

陈太说，你当然可以说不，因为需要你去说服工人呀，我晓得这是很难的呀。

可这种时候常来临怎么能说不呢？他点了头。

陈太没再说什么，只是飞快地拥抱了他。

他们贴脸的那一刻，陈太还小声嘀咕了一声，他没听清楚。没听清也足够能量了。

常来临不是神仙，但他清楚打工仔的心思。陈太看重的也是这一点。

打工仔远道而来是为挣钱，更是为寻找出路，他们不怕吃亏，就怕把他们当傻子。他们也是人，你占了人家的便宜，就多说几句软话，不要搞得那么理直气壮。人是有情有义的动物，你真有难处就讲清楚，谁还能不帮一把？那次搞“算账”活动，本来大家给家乡亲人寄了钱，算账算得还有点自豪感，结果给报纸电视那样一炒，适得其反。

常来临的才能在于，腿勤，也能说。他先给主管、拉长们说，再给班组长说，再一个宿舍一个宿舍去说。从前国营企业里那一套他一点也没忘记，思想工作就是交流沟通工作，爱国主义、民族气节等，自然也都是嘴边的现成话。

他说，他妈的这就是美帝国主义啊，他们赚大头，咱们得零头，他们吃肉，咱们喝汤。你有什么办法呢？核心技术在人家手里啊，定价权在人家手里啊。咱们落后啊，落后就要挨打，落后就要被人欺负。咱们要承认这个现实，要为民族企业争口气，一定要拿下这一单，给美国鬼子看看！绝不能让他卡住我们的脖子！

你们说，能让他卡我们脖子吗？

不能！

要不要争这口气？

要！

有没有信心？

有！

于是打工仔们一个个都被激怒了，说，干，狗日的不干。像柳叶叶那样的铁杆小朋友，一个个都眼泪汪汪了，更是奋不顾身的样子。厂区里接着就挂出了一些奇怪的标语，写着：

大干三十天，迎接新挑战！

我们都是中国人，不争馒头争口气！

有一天赵顾问路过宝岛电子，觉得很新鲜，太新鲜了，简直就是个奇迹，说，你们公司有一种奇特的企业文化。常来临本来还想谦虚几句，可赵顾问已经摇头晃脑起来：对外是生意，对内是主义。高，实在是高！这比日本企业的归属感教育还要高，这个经验一定要好好总结！

常来临慌忙打躬作揖说，赵顾问你做做好事，千万不要给我们总结了，上次算账搞得我们还不够被动吗？千万千万，赵老师！

赵顾问无比深刻地说，你不知道，你们的做法实际上解决了一个重大的理论问题！

常来临一惊，什么理论问题？

赵顾问说，现在的经济理论界都喜欢说比较优势，意思是我们劳动力成本低，跟人家比是优势，用这一套来解释中国改革。实际上这是个非常浅薄的认识。改革前劳动力不廉价吗？现在的东南亚劳动力不廉价吗？

常来临说那又怎么样呢？不懂。

赵顾问就把手摊开了又合拢，说，过去中国搞工业化是靠意识形态凝聚力，今天搞工业化是靠资本输入诱惑力。所以问题不在于劳动重要还是资本重要，而在于社会采用什么样的机制！而你，他点着常来临的胸脯——现在把这两个东西结合起来了，懂不懂？赵顾问一连声地谢谢谢谢，然后一溜烟地跑了，说要把这个思想发现赶紧记下来，说他有一本书正等着这个发现。

常来临蒙蒙嚓嚓，在原地转了一个圈。

总之这一仗打得十分漂亮，本来常来临在公司里有些名不正言不顺，谁都不清楚书记是做什么的，有点不尴不尬，现在他的名字在公司里就是一张名片，提到常来临没有人不服气。你有本事你来呀，你能让两千多人为你白干一小时吗？

到了七月初，陈太从纽约发回电传，直接给常来临本人八个字：大获全胜，拥抱祝贺。

也就是说，红宝石的几个大单全部到手了。

与此同时，常来临在社会上也有了知名度。有一天赵顾问打电话到公司来，通知常来临到区里开党建工作会议。常来临有些摸不着头脑，问是不是搞错了。

赵顾问就笑，说你去了就知道了。到那一看，原来区委组织部要抓党建工作，找不着活典型。听说幸福村有个企业搞得不错，立马叫幸福村的赵顾问报了一份材料。那赵顾问笔头何等厉害，把宝岛电子的几件事一吹，既有高度又有深度，好像常来临到深圳来就是带着党的秘密使命似的。

常来临嘴上说没有没有，我哪能啊？谦虚一番，心里当然也少不了快活，有点扬眉吐气的意思。

常来临想，平时来往不多，赵顾问对自己竟然如此关照，一再给机会，可见真朋友是不来虚的。事后再三致谢，表示要找机会一起出来坐坐，赵顾问一口就答应了。

大会给宝岛电子发了一面锦旗：党建工作优胜单位。授旗的正是当初介绍他来宝岛的区委杨副书记。他握着常来临的手连拍了好几下，干得不错，干得不错。会后还亲自送他出来。

有意思的是，杨书记还提到了袁敏，说，我是看着小敏长大的，我怎么能把你们忘了呢？

他说，是啊是啊。感谢领导栽培。

杨书记说，问你岳父岳母娘好。

他说，好的好的，一定一定。

这个举动大家都看见了，好像他和杨书记早就有点什么关系，搞得他有些不好意思。人很奇怪，谁都希望能和领导走得近一些，谁又都不愿意被别人看出这层近。因为如果太近，似乎就是受到了什么照顾，好像不是凭本事干出来的。但如果没有这层关系，别人又会觉得你没料，拿你不当一回事。确实很麻烦。

直到有一天陈太问，你是不是和杨书记很熟？他才突然明白过来，其实这不是坏事。他已经从一个旧网络里跳了出来，一个新的更大的网络正等待他去建立，这没什么好沮丧的。每个人都在网络中，关键在于你怎么去利用。这就好像钻出茧子的蝴蝶，外面的天空大着呢，美丽的翅膀多着呢，就看你敢不敢亮出来。陈太得到信息立刻就意识到了它的价值，而自己还在庸人自扰。

陈太说，好啦，心烦就歇歇也可以啦，不要搞得太深刻的样子，我都吃醋了。改天请杨书记吃饭，你去牵线！做人嘛，不要到求人的时候才给人家见到笑脸。

32

八月的一天，张桃花突然提出来要请几个老乡吃饭，并且说也请了小青和香香。柳叶叶看看毛妹，毛妹又看看叶叶，不过年不过节的，好好的突然这么说，两个人都有点发呆。桃花这个人，做事从来就这样没头没脑。

桃花说，要分手了，这点面子还不给呀？

柳叶叶说，这叫什么话嘛，什么意思嘛，东一榔头西一棒子。

毛妹说，莫不是你也要辞工了吧？

桃花拍拍肚皮，你们还看不出来吗？

柳叶叶小心摸了摸她瘦瘦的肚子，说开什么玩笑。

桃花哈哈大笑，说现在还没有，马上就会有的。

毛妹说，你发昏了，吓人巴拉的。

桃花这才说出来，辞工是真的，嫁人也是真的。大家姊妹一场，怎么说也要对你们有一个交代。

毛妹问，嫁个什么人？怎么没有听到说起？

桃花说，什么都定不下来，我怎么好说？直到前天晚上才把他搞定，昨天辞工，今天就来请你们，还要我怎么样？再说，嫁一个什么样的人，很重要吗？

柳叶叶看看毛妹，毛妹看看柳叶叶，又没得话说了。其实她们有好多话要问，但她那个样子，摆明了是不要你问，连嫁个什么样的人都不重要，还有什么重要？

桃花说，好了好了，你们不问，我也晓得。我直说吧，他是香港人，是个小老板，大老板我也靠不上，都给别人搞完了。买了一套房，三室两厅，还过得去。他答应一个礼拜回来一趟，一个月三千块零花，生娃儿另说。就是这样。

既然这样，大家也就没得话了。算计周全。

请客是在一家大酒店，包了一间房。那个男的没有来，就她们柳树椏的五个小姊妹。柳叶叶和毛妹都包了一百块红包，换了最好的衣。毛妹说，不管怎么样，二奶也好，三奶也好，人家这是大事，也算是姊妹一场。

话是这么讲，可两个人心里都怪怪的，好像是用苍蝇包了一盘饺子来吃，吃过了还得说饺子好。

小青和香香倒是欣喜万分，直夸桃花有眼力有办法，不像她们，到现在还在水里头漂。

桃花说，我也帮你们留心，该上岸时候就要上岸，老是在外头打野食不是办法。

小青香香慌忙给她敬酒，说拜托。

桃花又说柳叶叶和毛妹，你们两个心高我晓得，愿意守着八千大毛的干净身子，我也没得法子劝。反正大家一道出门，有什么事就说一下。

然后大家就举了杯，算是仪式过了。

回来时，柳叶叶直想哭。心想你自己走那条路，还以为是登高上楼了，还要摆那副架势出来，以为别人都稀奇，给哪个看？

可毛妹不这样想，她说各人有各人的活路，她自己觉得好，那就是好。人家说得也有道理，你真的以为八千大毛能过一辈子吗？就算九千大毛了，能活一辈子吗？

柳叶叶抱住毛妹，说我求求你，千万别跟她们一样，你们都走了，我怎么办？

毛妹说，好啰好啰，把你嫁出去我才走，行了吧？

其实仔细想想，当初一道来的姊妹，真的没剩下几个。一眼望过去，全是生面孔。现在两个人虽说都升了拉长，可心里好像还不如当初踏实。那时候还有点新鲜感，还有许许多多不切实际的幻想。可如今，一切都好像已成定局，一眼就可以看穿。

柳叶叶觉得自己忽然苍老了，一点同情心都没有，像一块被炭火烤着的猪肉皮，一点点地干了，硬了。新鲜的事情刚刚发生，转眼就疲惫了，都长出老茧了，这些老茧划在皮肤上，既不痛也不痒，铁锹刮在老树上一样。她的脾气也见长了，性情焦躁，特别是当拉长以后，有次一个江西妹子出错，她去教了几次还出错，她就不耐烦了，骂她手指跟脚趾一样笨。事后才知道人家还不足十六岁，她不是笨而是胆小，从来不敢拿正眼看人。没办法，又回过头来骂自己。她觉得已经不认得自己了。

一个个工友，来了，又走了，最后不晓得去了哪里，什么也没有留下。有时柳叶叶也去回忆这些面孔，但给她留下的只是一副副来自四面八方的大同小异的表情，麻木的，冷淡的，惊慌的，焦急的，如此而已，最后全部消失。柳叶叶觉得好奇怪，她和她们有过交谈，谈的什么很快就忘记了，又有了新的表情来代替。曾经有过的那种短暂兴奋亲热寒暄很快就会无影无踪，像飞过窗前的飞机，好像是清晰的又好像什么也没有发生，只有一声声来自东南西北的口音在重复。她们来了，又走了，这里就好像一个迷宫的走廊。她们什么也没有带走，什么也没有留下。这让她很疑惑，担心自己也在这样一次次认识一次次忘记的重复中渐渐麻木不仁，像一根生锈的废铁丝，被随便扔在露天里。

有一天，公司里贴出一张求助公告，大意是说，有一个英俊青年，不幸患有白血病，需要定期换血，这使他痛苦异常，几度轻生。治好这种病的唯一办法是骨髓移植，可是他的血型极其稀有，很难配对成功。现在这个青年从台湾来到大陆，希望得到大陆同胞的爱心。后面是两张前后对比的照片和一排大字：献出一点爱心，挽救一个生命。

前面的照片上的青年确实英俊，高鼻梁大眼睛，扛着两块滑雪板，很洋气。后面的一张头发没有了，显得憔悴无力。柳叶叶当时看了并没有什么特别的感觉，也没有什么冲动，这样的新闻很多。进了工房才听说，这个青年是老板的弟弟，是常书记在亲自张罗这件事。

大家都在议论，原来老板也有难处，原来那么有钱的人，那么漂亮的人，也有烦心的事。她心里一口气拎上来，好像有根琴弦被拨动了，一直轻轻地响。

到了晚饭的时候，一辆献血车开进公司，常书记手拿麦克风站在踏板上。工友们，兄弟姐妹们，我给你们讲个故事……常书记穿短衬衫打领带的样子，讲到动情处眼角噙着泪光的样子，还有他把五个手指插进头发里捋捋，然后脑壳猛地一抬的样子，一下就把她抓住了，觉得好亲切好感动。

……她对弟弟说，你一定要坚持住，不管用多少钱，姐姐都去挣回来。姐姐爱你，姐姐只有你一个亲人，你就是姐姐的一切，你要每天给姐姐电话，每天，每天……

有一股流暖慢慢流淌，然后开闸奔腾，感动再次回到了她身上，心里腾起火焰，花朵开遍了身体的角角落落。就好像那天被常书记摸过的头发，一根根都通了电，事后一根根都汗湿了。他的每一个手势，每一个眼神，每一个动作好像都是有意思的，都是对着她来的，而她全部都看懂了，接收到了。

琴声再次在心里响起来。

献血车上的医生刚刚开始解释骨髓移植并不可怕，不会伤害到身体，柳叶叶就上车了，她头一个签下协议。后来毛妹也上来了，还有好多她熟悉的不熟悉的也都来了。

从人群中挤出来，她的脸蛋通红，毛妹跟在她身后嗤嗤地发笑。她看着毛妹，说我有什么不对劲吗？

毛妹说没有，就是太对劲了，都写到脸上了。

她摸摸脸，我脸上有什么？

毛妹说，爱呗，你爱上那个人了。

她哎呀叫了一声，就抱住了毛妹。还犟嘴说，那你不也签协议了？

我是怕你孤单！毛妹说，你不用犟嘴，刚才那个样子，眼泡红红的，眼皮跳跳的，泪水汪汪的，傻子也能看得懂了。

柳叶叶想，看得懂就看得懂，有什么好怕的？她也刚刚才把自己看懂。常书记就是她的偶像，要嫁就要嫁他这样的男人。

33

有一次在外面喝酒，陈太有点高，回来在车上把头靠在常来临的肩上。常来临就拿肩顶着，不敢让开也不敢用手，很别扭。

陈太面带桃花，娇喘吁吁，闭着眼说，阿临啊，我现在把什么都告诉你了，公司对你已经没有秘密了，我已经完完全全把公司交给你了。

有股暗香，是那种说不出的幽香，从陈太脖子里钻出来，令他偏了脸去嗅，顺便看见那里白如凝脂般的乳沟，瞬时间心旌摇曳。

陈太说，阿临我对你怎么样？够朋友吧？

常来临说，那当然。

陈太学他，那——当然！可见你还是有保留的。

常来临顺势，把胳臂展开搂着她的肩。陈太就把脸仰到他胸前，呵出的气一下一下撩着他的下巴，撩到他心慌。他有些胆怯地看了看司机老胡。

陈太不依不饶说，你还没回答我呢。

他说，我没有保留。不过……

不过什么？

不过我看见你有次打电话打哭了。我就想你肯定有心事，而且对你很重要。

就说了这么一句话，他便感觉怀里的陈太身子慢慢僵硬了，过一会儿就像弹簧反射似的板直了身体。他没看她，但感觉那张脸也慢慢恢复到原样，便再也不吭了。他那只搂肩的胳膊也就硬了，慢慢地悬了空。陈太的家住东海花园，每次都是开到楼下下车，这次在社区外就停了。

下了车，陈太才开口说话，不好意思啊，拜拜。

他也说，拜拜。

对常来临来说，这样的关系其实挺好，亲近，但又不失分寸。

陈太对他也确实放手，他现在差不多就是公司的常务总经理了。

陈太经常出差，日常的事务基本上交给了他。他还有什么不满足？还想怎么样？

但人是贪婪的，有时很难控制自己，就像这一次。这一次的冒险让他忐忑了好几天，他知道自己过分了，老板生气了。但陈太是自己靠过来的，他如果摆出一副惶恐抗拒的姿态又会怎么样？陈太就能满意吗？一个下属怎么做才能让老板放心？答案是明摆着的。但是你自己不可以要求老板把你当真朋友的，特别是女老板，尽管她嘴巴上那么说说。这个念头一直在纠缠着他，令他夜里失眠了，然后就一直耳鸣，好像有一面锣在里面敲。

陈太是亲和的，有女人味的，甚至是随和的，但她绝不放浪。她的那种随意或者亲热是一种文明，是一种高雅，不是随便什么人都能装出来的。有一次他亲眼看见庆丰公司的黄老板喝多了，说了一些过分的话，又把陈太的酒杯拿去舔了一下，是那种把舌条伸到酒杯里转一圈地舔，动作很下流。当时有点冷场，大家都不知该怎么办，陈太却一直微笑着，轻声吩咐侍应生替她换了酒杯和碗筷，然后重新招呼大家。这件事让黄老板很受震动，后来到处跟人说，宝岛电子的陈太，那才叫真正的有钱人！

事情很小，但在圈子里的影响很大。当时她的动作也让人印象深刻：眉梢轻轻一抖，然后笑着对侍应小姐招手，自己却抽出纸巾在嘴角按一按。这就像一部老电影里的镜头，蜜蜂落在杯沿上，端杯子的人不是挥手去撵，而是轻轻一吹，于是蜜蜂展翅落入花丛，舒缓的小提琴声绕梁不绝。

总之，他不知该怎么办，很受折磨。

又过了几天，他被叫到陈太办公室。陈太让他坐下，一句话不说，不看他，伸手就摁下电话机的免提键，然后拨号。

然后他听见了艰难的喘息和咳嗽。

姐，今天怎么这么早？

陈太说，姐姐今天心情不太好，想你了。

姐你怎么了？生意不顺吗？

姐姐是个女人啊，有时候真是挺没用的。

姐你不能啊，你要垮了我怎么办？

他看见陈太那张美丽的脸在变色，在抽搐，像是很多条河流在那儿汇集，冲撞，但没有声音。他大体能猜出点什么了，明白这是一个家庭破碎但又必须维系的信念。就像两个搁浅在孤岛上的人，他们需要互相安慰互相打气，可又无法互相帮助。

于是他眼里蓄满了泪。他说对不起陈太，那天我不该那样说，我不知道会刺痛你，我只是……

陈太瘫在椅子上，说现在我没有秘密了，我把我的故事全部告诉你……请你不要打断我。

他说不要，真的不要再说了。

一个女人，在她最爱美丽最爱幻想的时刻，做出了一个最理智的决定，为什么？为了钱。她做过舞女，做过伴娘，可是远远不够，这个理智的决定就是做一个老人的情妇，这个老人有钱，而她需要大把大把的钱，因为她唯一的亲人就要死了，得了白血病。因为她没有父母可以依赖，她需要弟弟活下去，她对爸妈作过承诺。她有过屈辱，也有过轻生的念头，但后来她没有死，因为弟弟不能死。这个病是无底洞，她拿老人的钱出来投资，想赚更多更多的钱，想买更多更多的血。就是这样。

常来临不是那种没见过苦难的人，各种各样的人间惨痛他都听说过，有的还亲自处理过。可这样的故事从陈太的嘴里说出来，用这样的方式说出来，在这样的场合说出来，就好像有了不一样的效果。他觉着自己浑身都在颤抖。

他说，难道没有想过别的办法吗？比方讲，骨髓移植？

怎么没有？台湾的医疗不比大陆落后，找不到啊，办法想尽了呀，我想把自己的血换给他都不行呀。然后她就哭了，瘫了，一点一点滑下去。

常来临抱住她，托住她，她整个身子就在他怀里簌簌发抖。然后他就说，把弟弟接过来吧，让我也分担一点吧。

她哽咽着，接过来又能怎么样呢？

他说，公司里有两千多人啊，你忘了吗？一人献一份就是两千份啊。

陈太问，可以这样做的吗？

他说，怎么不可以？这是爱心活动嘛，在公司里搞搞爱心献血，是企业文化嘛。那一刻，他是那样强大，那样自信，这个女人柔软的肉体在他怀里又是那样真实。他对自己说，这是一个值得纪念的时刻，对他，对陈太，是双赢。他相信，这个果断的决定可以感动很多人。

采血车进公司的那天，他有些激动，比以往任何一次讲话都要激动。麦克风抓在手里已经汗湿了，他相信这是一个朋友，一个女人的故事，这个女人怀着爱的信念在这个冷酷的世界打拼，为的是对父母亲的一个承诺，她历尽沧桑遍尝苦痛矢志不改，这本身就够动人，何况她是那样美丽！至于这个女人是谁，是不是老板，很重要吗？说到这里，他简直要哭出来了。

后来的一切，果然跟预想一样，甚至比他设想得还要好。打工仔们快要把献血车挤翻了。他们有些是跟风的，有些是不情愿的，但更多的人是出于同情，出于爱心。他看见柳叶叶张毛妹们的激动模样，就确信已经成功了。

当时陈太没有出现，可她已经哭成一个泪人。后来她跟他咬耳朵说，阿临，我现在已经赖上你了。

话当然不能这么说，陈太爽快豁达，见多识广，已经令他获益匪浅。她看什么问题都和一般女人不一样，这是常来临特别佩服的地方。同样一件事，她要问欧洲人会怎么想，美国人会怎么做，日本人、中国台湾人又是怎么处理的，她都会比较，从中找出最佳选择，这样的全球视野确实令常来临大开眼界。另外，她有特别的生活情趣，每天坚持跑步。她不爱养花花草草，却喜欢小动物，还喜欢各种各样精致的小玩意，经常会买一些小物件送给下属。有一次让老胡开车跑遍了全城的精品店，最后买到一盒酒心巧克力，然后双手捧过头顶献给老胡。原来那天是老胡的生日。老胡当时泪就下来了。还有其他许许多多细微的一切，时常令常来临目瞪口呆。

34

请杨书记吃饭那天，陈太一下子在海边包了好几套客房，其中还有一个总统套。常来临不解，说这也太奢侈了吧？他们都有车，回家很方便的。

陈太说，我们做到了说明我们的心到了，人家要不要那是人家的事。然后挺诡秘地眨眨眼。

其实杨书记是个挺随和的人，没有架子，人家讲什么都说好。他也不掩饰自己，一上来就说自己已经是兔子尾巴，就要退到二线去了，陈太还这么客气让他很感动。还说可惜过去不认识，帮不上什么忙了。很有点开门见山的意思。

陈太答得也很得体，她认为交朋友是不能有附加值的，生意归生意，朋友归朋友，人生苦短友情长存。

于是第一杯就为人生为友情而干，大家都有许多相见恨晚的感慨。啊呀啊呀，人生啊缘分啊。

常来临请了赵顾问，这种感受就更加深刻。他说，赵老师，我们平常来往不多，但你对我多次关照，我真是不知怎么感谢你才好。

赵顾问说，应该是我感谢诸位才对，我来广东两眼一抹黑，还不都是靠你们关照。

大家都很随意，不劝酒不说事更没有目的，只是放开了随便聊天。这样的酒席就是休闲。房卡都搁在饭桌上，用一只金色小碟托着。周末嘛，本来就是休息时间。酒店后面还有高尔夫球场，陈太早就清楚，深圳很多领导干部都是高尔夫的爱好者。杨书记起初还说一定要回去的，见有球打，大家都这么随便，他也就客随主便了。

但来的客大都是企业界的人，聊着聊着还是回到了生意上。话题也很有意思，是杨书记提的，他问，你们都是大老板，你们说说，现在究竟做什么最赚钱？

众人立刻否认大老板的说法，都说，在这里真正的大老板只有一个人，你杨书记才是大老板，我们都是马仔。至于做什么最赚钱，却是众说纷纭。

幸福村的老大是文念祖，因为临时有事没来，便由他二弟文念虎代替，也算是给足了面子。这个文总是做房地产的，他认为如今做什么都不容易。他说，别人都以为做房地产最好赚，天天坐在家数钱玩。其实十个开发商只有三个赚钱的，有两个是亏钱，还有五个找平。那么容易啊？

这个话立刻遭到反击，鬼才相信！陈太嗤嗤地冷笑，摇头说，你把我们都当弱智儿童好了，你干脆也把我卖了吧，卖了你也要说亏钱的。

庆丰的黄老板，可怜兮兮地对杨书记诉苦，书记你去调查调查，现在有几个做实业的还想做下去？不是因为欠了一屁股债，早就不想干了。

杨书记倒吸了一口气，说这话我还第一次听到讲。

黄老板是有名的木材大王，市政协委员，说出话来还是有点分量。他说，做房地产跟做实业不一样，他们只要把银行搞掂什么都搞掂了，做实业的中间环节太多，风险太大。

文总马上跳起来，房地产没有中间环节吗？没有风险吗？房地产的周期有多长你知不知啊？

黄老板说，我知，可我们的事情比你麻烦得多，你承认不承认？就是工人一条就让你吃不消。跳槽啊罢工啊，马上还要买强制性三险啊，你有吗？搞死你！

文总也承认，工人确实难搞，我顶怕和工人打交道了。什么都能搞掂，就是工人搞不掂。

陈太给杨书记的干捞翅里加了点香菜，又招呼大家趁热吃，然后轻叹一口气说，吃吧吃吧，这些没用的话少谈。

黄老板说，马上工会也要搞了，也是强制性的。

陈太蹙起眉问，真的吗？

黄老板说，那还有假？现在麦当劳肯德基还想抵抗，那就能抗过去了吗？还不是老老实实去办。

陈太叹了口气，老讲特区政策没变，我看就是在变。杨书记你千万别多心啊。

杨书记笑一下，没吭声。他不吭大家也都不吭了。

陈太赶紧说，总之做什么最好赚？印钞票。这一说，都笑了。

赵老师笑道，我最近倒是听说一个最时尚的路子，收购国营企业，也叫创投公司。听说只要在四大金融公司里有路子，就能以很低价格买到打包的国营企业，这些打包的企业里一般都有一些好资产，只要有十分之一的优质资产，你就赚大发了。

黄老板哼哼说，公关费用恐怕也不低。

赵老师说，那就是另一回事了。

黄老板说，怎么能叫另一回事？本来就是一回事。不信你问问念虎，他最清楚。

文总就摇头，说我不跟你抬杠了。我现在告诉你们一个最好赚钱的方法，我也是刚刚听来的。他指指地板，就是这家酒店大老板干的：从银行贷几个亿出来，最好几十亿元，然后到人民银行总行把数字核销掉，就当什么事都没发生。哪里还要办实业办公司啊，太麻烦了。你什么都不要办，直接刷卡就完了。

大家本以为真是什么高招，原来是这样的可望不可即，于是哄堂大笑。又不得不佩服，连连说厉害，真他妈的厉害！

赵顾问毕竟是个书生，想来想去想不通，直说不可能不可能，这怎么可能？

倒是杨书记冷冷哼了一句，慢腾腾说，他有本事把钱弄出来，就有本事把钱核销掉。反正他们的烂账也没有数的。

又是哄堂一笑。

这一晚吃到八点就散了，酒没大喝，菜也没大吃，现在大家都有了点绿色环保意识，倒是高雅运动、高尚活动比吃更能吸引人，于是各自回房随意。

陈太解释说，这样最好，他们爱干嘛就干嘛，爱叫谁就是谁，互不干扰，各得其所，不是吗？

跟在她身后的常来临，正对着一个翘起的后臀，隐约滑动的半圆球令他一时走神，没反应过来。

陈太又哼一声，说问你呢，不是吗？

陈太没给他房卡，也没让他回去，本来他也没打算留下来，这会儿该不该问一声？问题突然变得严峻起来，这么不由自主地跟着，究竟什么意思呢？现在电梯里就剩两个人了，空气越来越稀薄了，常来临突然慌乱起来，胡乱说是……啊。

是——啊——呆子！陈太瞪了他一眼。

这种责备像是指甲划在丝绸上似的，声音细微但很顽强，嘶啦嘶啦，越来越强，把他笼罩住了。心底的阀门一点一点打开，热浪一点一点喷涌，忽然欣喜若狂，忽然心动过速，他觉着口很干，他喃喃着，说我不知该怎么样说……

进了房间，陈太两手搭在他肩上，现在还不知吗？

常来临更没话说了，他觉着浑身都在颤，骨头都要脱榫了。他发现陈太的眼皮上有一粒极小的红痘子，只有闭眼时才能看得见，平时都躲在双眼皮的褶皱里，这个发现又令他一阵激动，仿佛只有他知道这个秘密，而这个秘密根本就不该给他看见。

然而他的胳膊是僵硬的，僵硬到抬不起来。他口很干，听见自己喉结在拼命滑动。

在失眠耳鸣的那段时间，他一闭眼就能看见袁敏直挺挺倒过来的样子，袁敏说本来是想踢门可又怕你不好做的样子，还有以前每次到部队探亲时那种装出来的满不在乎的样子。这些日子他也一直在琢磨，怎么做才能让她放心，怎么尽快把她们母女接过来，而现在，这一切全都又跳出来了，鬼打架似的。

他知道在深圳这不算什么，谁也没要求他负责任，也清楚陈太并不是那种随随便便的人，可毕竟这一步他跨不出去，他不是那种人，他干不了！

冷了好一会儿，他才说不好意思啊，真的不好意思。

陈太好像也愣住了，飞快地瞥了他一眼，指了指沙发，没吭声。然后她就走到窗边去。窗外是一大片璀璨的沙滩灯。

他看见房间里有一张大床，正方形的，雪白的床单上躺着陈太的一件套裙，紫红色的，色彩对比强烈。

他突然来了灵感，跳起来说，这附近出产一种生蚝，就是牡蛎，去不去看一看？我还没见过是怎么弄的呢。

陈太头也不回地问，是现在就去吗？

他没回答，然后就逃了出来。这就好像无意间撞见了邻家女孩在冲凉，尽管不是故意的，也免不了心惊肉跳，有种负罪感。

紧跟着另一个问题又出来了，你这样不领情陈太会怎么想？一个女人，遭到拒绝，会发怒吗？会报复吗？炒他鱿鱼？或者从此不再信任？如果真是这样，那他也无话可说。可陈太又不像是这样的人。她爱美，虚荣，会享受，但绝不……那样。

逃回公司，反复不能踏实。想想还是拨通了电话，说了几件不相干的事，最后再道一声对不起。

陈太一直嗯嗯着，没有表示什么。电话里声音很嘈杂，好像是电视机的声音，又好像很多人在嚷嚷什么。

他想，就这么着吧，想怎么样吧就怎么样。

第十章

35

八月节前几件大事凑到一起了。

首先是省委领导来幸福村视察。省委领导来，市委区委都有一整套的接待班子，没他们什么事，可何子钢坚持认为这是关键性的一战，好比打营口意在图东北，三十六拜都拜过了关键就看那一哆嗦，总之鬼话说到赵学尧耳朵疼。后来话才说清楚，原来是他们劳动局政研处的处长位置出缺了。赵学尧笑道，这都八竿子挨不上的事，那么紧张干吗?

其次是幸福居民委员会的挂牌仪式，这事跟何子钢还有点关系。但他们那个工作组也就是挂个名的影子内阁，连会都没开过几次，主要的工作都是赵学尧在做。要不是他在这儿话事，牌子猴年马月也挂不上去。

再次是客家文化节。省客家文化研究会经过调查研究，已经正式确认幸福村这一支是文氏的嫡传。过去一直含糊不清完全是行政干预的结果。现在胜利村的后台老人已经作古了，被颠倒的历史理所当然要重新颠倒过来。所以这一届客家文化研究会的名誉会长一定要请念祖同志来担任。这当然也是大事。

然后是文总的小公子怎么接回来的问题。偷偷摸摸地弄回来当然也是一种选择，时间长了别人也就认可了，但好像总是不太完美，好像缺少一个环节。最好是通过某种仪式，某种正规的形式，把内容固定下来。形式即内容，赵学尧和何子钢都是当然的完美主义者。经过讨论，他们决定把这几件大事放在一起，该做的做，该说的说，轰轰烈烈，浑然天成。当然这一切都取决于亲子鉴定的结果和文总的态度。

何子钢斜着眼说，我讲是大战役吧？不相信。

赵学尧嗤他道，战役是够大，可你的枪炮也太小。

何子钢只好笑了，主要是你离阵地比较近。天时地利都在你这儿，我有什么办法？

赵学尧突然忧虑起来，说文总现在最担心他老豆出他洋相，万一这老头真的跳出来怎么办？

他老豆能出什么洋相？文念祖有什么把柄在他手里？

赵学尧说他也不清楚，反正挺蹊跷的，文总也不愿谈。

何子钢扣着下巴想了半天，说封锁消息总可以吧？到时候实在不行就把他控制起来。

赵学尧想想，也只能这样了。

回到村里赵学尧便找人打听文艺骨干。情绪归情绪，革命事业还在继续，不到最后都不能动摇。一打听才知道，人才根本不是问题。现在南下打工的人群中，别说有点文艺才能，就是专业团体出来的也都大把。至于请几个国家一级导演一级演员，更是湿湿水，一个小红包就勾来了。但他突然又有了自己的想法，为什么不利用这个机会建立自己的文艺演出队伍呢？比如宝岛公司庆丰公司这样的实力企业，抽几个人不是很简单吗？花钱少，效果好，问起来这就是打工文化，何乐不为？至于排节目找几个人指导一下就完了。

开头，老板经理们还不大痛快，赵学尧眼一横就都屄了。现在他们都知道赵学尧是有点料道的，跟上面都是通着的。至于上面是谁，谁都不清楚，不清楚反而更有效果。你的底牌永远别全部亮出来，偶然一闪才有效果，这一点也是受到了文总的启发。

文总听了他们的想法也很高兴，说你想到什么只管去做，怎么做我不管，我是只要精神文明的。

说话时文总正在熨钞票。拿一只小电熨斗把每一张票子都熨过，一点褶皱都不放过，做得十分仔细。然后把这些票子装进小红包里，写上数字，存入保险柜。赵学尧看得发呆，心想难怪每次拿到红包都平整如新，原来是经过加工的。

文总解释说，要敬惜银纸啊，你拿了钱随随便便一揉，不敬财神的嘛要罚你的嘛。你看电视里香港人点钞票是怎么点的？人家是朝怀里扒的，是这样。大陆人怎么点钞票的？大陆人是朝外面翻的，是这样。所以香港人老是大把赚钱，大陆人老是没钱花，不一样的嘛。

赵学尧从前也注意到过香港电视新闻里的这个动作，但没有想到过这一层。

文总舞着小熨斗，说你们知识分子讲文明，不就是唱歌跳舞玩嘴巴皮吗？我讲文明就是实实在在。我敬惜银纸文明不文明啊？

赵学尧想一下，这的确应该算是文明行为，不像那些卖菜的打工的，钞票掏出来阄阄团团一大堆，脏兮兮的抓不上手。这样多好，对人民币显示爱心，防止细菌传染，又高扬了现代商业精神。于是便一二三归纳了几条。

说得文总哈哈大笑，喘着道，你们这些知识分子啊，知识分子！

只有在医院文总才是瘪三，被何子钢的关系户呼来喝去捉弄了半天。赵学尧看得实在不过意，就过去跟他套近乎，亮出何子钢的底牌。不料那关系户说，这帮土财主你不鸟他，他就鸟你，我知道他是谁，你少管！

文总的脾气也实在好，能伸能屈，不管那关系户怎么骂怎么挖苦，就是一声不吭，由那小子折腾。本来也许不需要检查小便的，可他坚持要取他的尿样，取的时候竟然还让文总双手把便盆举过头顶站立十分钟，说是这样的化验结果才准确。后来那小子自己都没劲了，文总还一口一声多谢，晤乖晒，塞过去老厚一个红包。把赵学尧看得服服帖帖。心想，广东百多年的商业历史确实了不起，这种商业文化已经改造了几代人，所谓和气生财，所谓笑口常开，不争不斗闷声大发财。都说香港人有一种殖民地人格，其实广东人何尝不是这样？人格是被塑造出来的，是这方水土浸润出来的。他们的绵软他们的韧性，千锤百炼钢，能做绕指柔，他们才真正懂得什么叫“黑猫白猫抓到老鼠就是好猫”。

那天文总唯一不满意的人是迟小姐。偏偏迟小姐不给他面子，一点面子也不给，抽完血抱孩子就走。文总本来有心留她吃顿饭的，但怎么说她也不搭理。文总就在车上发狠说，早知她这么没良心，真不该给她那么多钱，你对她越好，她越不懂事。

赵学尧劝道，她现在心情不好可以理解，等过两年回头再来找你也不一定。

文总长叹一口气，说人啊，要知足实际是没可能的，临死了也还要想，我不是最好，我比人家捞得少。

赵学尧很严肃地点头，说深刻，很深刻。

36

省委领导视察那天非常成功，一切都按计划到位了。一大早赵学尧就起来检查了各个环节，还组织了村里的烂仔摩托车队进行操练，为领导们保驾护航。烂仔们跟在警察车队后面十分威猛，很过了一把瘾。连村里几个老阿婆也对赵学尧赞不绝口，说他们家仔从没这么听话过。

烂仔们拍着他肩膀表示，今后你赵老师有事，千万不要不好意思开口，歪歪嘴就搞掂了。

赵学尧说，我有什么事？你们不给我惹事就好了。

烂仔不服气说，你怎么会没事？比方讲，抠女抠成了老公，哪个给你摆平？还不是要靠我们？

这样赵学尧也就无话可说。

省委领导是个女的，穿连衣裙，低低的领口上挂一串珍珠项链，很新潮很开放的那种。女领导参观了村民回字形别墅建筑群，又进到村民家里仔细看了厨房和洗手间。有一家的浴缸有半人高，价值两万多，抽水马桶可以自动洗屁股，连拉手都是K金的。主人介绍说这些全是意大利瓷器，女领导大为惊叹，抓着文总的手直摇，说，这难道是农村吗？

文总谦虚说，我们祖祖辈辈都是农民，不过很快就要挂居委会牌子了，我们也都市化了。

女领导把大拇哥一跷，你们是超级都市啊。

大家都笑了，认为这话真幽默真有水平。

这时何子钢不失时机钻出来，说幸福村是城市化的试点单位，市委选在这里搞是有特殊含义的。

女领导就把头很优雅地侧过来，说，噢？

何子钢就把文氏家族文天祥的历史底牌一翻，说这一带曾经是改革开放前农民逃港的重灾区，如今不但逃出去的想回来，而且文氏在香港的一支也回来寻根求源认宗亲了。这些话他们俩反复琢磨过多遍，何子钢的表达既丰满又精炼，既有高度又很煽情，特有感染力。

女领导于是严肃起来，一张脸上出现了很多政策信号，她对市委领导说，这个经验非常典型啊。

何子钢表情庄重地连连点头。

市委领导也发出指示：文念祖同志的事迹你们工作组要拿出点气魄来，你们怕什么？要杀出一条血路来，要做大文章，要敢于突破，要在更高层次上开掘意义！

何子钢一个深呼吸把脸都呛紫掉了。

赵学尧本来很希望何子钢趁机提一提他的那本书，这些现成的意义他早就给他们预备下了，可他打了几次手势，何子钢居然装看不懂。心想自己去说总是不太雅观，抢镜头太有失学者的风度。

报纸第二天清早就取回来了。这篇通讯的标题很妙：《圆了一个城市梦》，副题是女领导的原话："这难道是农村吗？"

文章中的文总被描绘成夸父式的英雄，从小立志改造农村，追日不止，要和隔海相望的香港斗一斗。一幅通栏照片上文总居中，叉腰站在女领导身边遥指大海的那一端。何子钢也小头小脸地挤到一个位置。可惜赵学尧连边也没挨上，这令成功中多少夹进一点酸涩。心想何子钢说不定连夜杀进报社计算机房，帮记者选照片的，说不定还剪辑过，不然哪能这么巧？正好让他露了脸？不过这也算不得什么，巨大的成功早把那些日子的不祥阴霾驱散了。那点阴霾不过是前进道路上的阴霾，波澜不兴的成功是没有味道的成功。他和何子钢不同，他和老郭更不同，甚至他和迟小姐也是不一样的，他们这些人都不是文总身边的主导力量，不反映幸福村的本质要求。而正是在这一点上，他赵学尧的价值是不可替代的。

接下来的一切就像春天里的溪水，欢快喧腾节节高涨。他的书稿顺利杀青了，何子钢搞到了书号，文总出了支票。幸福村评上全省精神文明建设先进单位，文总当选先进个人参加表彰大会。何子钢提拔有望，有情报说他行情看涨，就等组织部批文了。另外省党代会代表名额已经下到区里，文总已是板上钉钉。市人大对幸福村的考察满意而归，赵学尧代表文总把谢意一直送到了家里。

还有什么呢？想不出再怎么完美了。

何子钢甚至突发奇想，说他妈的再来一道中央级别的光环就好了，你有没有部委的关系？见赵学尧眉头一皱，何子钢就把眼球挤到外面来，说这个世界上没有办不成的事，都是清水衙门，给个破称号，花几十万就搞掂，你以为很困难吗？嘁！

关于客家文化研究会在幸福村开年会的事，赵学尧没等文总回来，也没跟任何人商量，就自作主张定了下来。不但要开，而且马上就开，就在幸福村开。

文总在省里开会，只是电话里问了一句，要几钱呐？

赵学尧答，开会做东不算，一年五千块。

文总说，五千太没面子了，我出两万吧。

赵学尧认为，这帮文人酸得很，以后说不定还有别的要求呢，不如先答应他们五千。

文总于是就说，好，好啊。另外文总告诉赵学尧，会议上有人倡议捐希望小学，看到人家都三所五所地捐，文总生怕落了后，一口气捐了十所，好容易才抢个头牌。这下子要花不少钱。

赵学尧大惊失色，也脱口问，要几钱呐？

文总说，一所一百万,一共一千万。

赵学尧说，这件事我都策划了好久好久，办学校谁能比我更熟悉？我就是山村民办教师出身的呀。我们自己做不是更好？哪里要用这么多钱？

赵学尧好生懊恼，一着好棋竟被别人抢了先。如果自己来搞，光是它的宣传效应，都足够让幸福村风光好几年。实在可惜了。

何子钢看他那副痛心疾首的样，就学领袖腔：你要当心咧，要注意老毛病咧。

赵学尧这才安稳一点。心想文总的表态是代表幸福村的表态，让幸福村的企业分担一点也不是什么大事，比如什么陈太啊黄总啊等等，人家巴不得有机会表现呢，你给奏上乐自然有人上台去跳舞。

这天晚上，文太坚持要请赵学尧吃饭，派细女来，说再不给面子就真的生气了。赵学尧就不能不给面子了。到了文总家，先是细女陪他说一会儿话，赵老师好威好猛好靓，菜端上来她就回家带孩子去了。

其实客家菜特点并不鲜明，无非苦瓜腐竹霉干菜扣肉一类。倒是酿豆腐还有点意思，文太解释说，客家人不忘从前在北方过年吃饺子，就用豆腐来包饺子啦，南方不种小麦没有面粉啦，其实就是想念的意思啦。她说，其实我们也是北方人，我也姓赵，几百年前是一家也不一定。然后嫣然一笑。然后就喝酒。喝的是洋酒，用的是高脚杯。

第一杯感谢赵学尧赶走鸡婆帮助念祖做个文明人，第二杯感谢赵学尧帮忙做亲子鉴定让全家人放心，第三杯祝赵学尧青春常在阖家幸福。文太说，赵老师很好人很忠厚，从不拈花惹草，没有理由不幸福。

赵学尧说，家家都有难念的经啊，烦心的事人人都有。

又上了一道油炸雄鸡卵，说是好补好补的，一定要赵学尧尝尝。赵学尧尝了，不得其味，忽然想到是鸡的睾丸，知道补的不是地方，脸也渐渐有了烫意。想想，索性放量来喝酒，免得尴尬。

文太三大杯下肚，早已喝出少女的风采，眼涩了许多，话也碎了许多。说赵老师你不知我这辈子几多苦。念祖他要不是我拦着早逃香港几回了，哪有他的今天？说有一次解放军的枪子擦着脊背打过去，不是我下海去背他回来，不是早喂鲨鱼了？可他怎么对我？鸡婆养了一个又一个，还养私生子！说着就哭，哭着还喝。我好委屈啊，委屈得要死了啊。

赵学尧一惊，心想文总一直怕老豆出洋相，可能就是这件事了。怕老豆出洋相是假，怕自己露馅是真。其实这也不算什么，这恰恰说明了改革开放的必要性，说明任何人都有追求幸福生活的本能。当然，这事眼下放在一个英雄身上确实不够完美。

文太的名字叫美吉，赵学尧只好劝阿吉，大道理劝小道理也劝，又给她担保说，你吉星高照，你好日子在后头呢，高人都看过了你还不信吗？

然而阿吉却抓住赵学尧胳膊不放，抓着，身子就抖起来，话也越说越低呢喃不清，很辛苦了。

赵学尧心中恍惚，脸上并不敢太失体面，努力笑出各种内容来，也很辛苦了。

忽然，他松了一口气，伸手替她抹了一把泪。僵持了这么长时间，他觉得，再僵下去就不识做了。不但愚蠢，而且危险。有了在迟小姐那里的经验，赵学尧也知道该怎么做了。

赵学尧也不是圣人啊。革命工作不能挑肥拣瘦啊。

一觉醒来天已微明，隐约听见嘤嘤的抽泣声。赵学尧一惊，慌忙跳起穿衣。

却见文太从洗手间出来，早已穿着停当，只是眼泡肿得厉害。文太幽幽地看着赵学尧，并不吱声。

赵学尧窘了半天，说从前你肯定是个大美人。本来还想多恭维几句的，却再也想不出词了。

文太不吭，愣了一会儿就下楼去。

吃了早饭，两人还是想不起话头。

文太低着头，眼眶有亮闪闪的东西在转。

赵学尧一急，就来了灵感，忽然把桌子一拍，说阿吉，我有一个绝妙策划！

文太一愣，痴痴地把火炭一样的脸抬起来。

赵学尧说，过几天就是八月节，区委要来宣布成立居委会，客家研究会要开年会，你干脆把小公子接回来做一百天生日晚会，好事连在一起办。完全按客家的老规矩办。干脆就叫作客家文化节！把家事族事国事结合起来！把都市文化和传统文化结合起来！赵学尧调门越喊越高气势逼人，兴奋得不能自持。

文太一头雾水看着迷迷瞪瞪的赵学尧，目光渐渐就冷了下来，说声对唔起呀，扭身上楼去了。

赵学尧擦一把汗，盯着饭碗看了许久，心里也在说，对唔起呀。

赵学尧是个什么人？赵学尧既不贪财也不好色，可财也要了色也取了。他没有办法拒绝。拒绝就意味着风险，这是时代的主旋律，难道你非要扮演那个不和谐的音符吗？苏格拉底都认为自己是一只快乐的猪，那么赵学尧也不妨做一只幸福的猪。他并不后悔，只是有一点后怕。文总回来第二天赵学尧还在打鼓，想不出如何出去表演。

正好何子钢来了，于是拉他一起去见面。

何子钢认为办文化节的想法极好，简直可以得最佳创意奖。说世界观问题果然是个根本问题，这家伙的想法越来越上路了。

文总也说，正发愁这个仔怎么接回来，不声不响好像偷的一样，请客吃饭好像也没什么面子。这个办法好，体体面面就把事情办了。好，好啊。文总并无异样，相反倒是踌躇满志，张嘴都是省委领导如何如何，精神文明如何如何，赵学尧脸色这才比较自然。他有点庆幸地说，这下好了，过了八月节，一切都圆满了。

何子钢又煽道，文总你还没听懂赵老师的意思，他这个人阴险得很。

文总说，嗷？

何子钢说，刚才讲的那些意义都是表面的，他的真正含义是，借这个活动一巴掌把胜利村打翻在地永世不能翻身，从今往后文家的龙头老大是谁？是你文总！

文总说，嗷？

何子钢解释，办文化节要不要老传统老风俗？要。要不要祭祖宗？要。祭祖是谁领头？是你文总。客家文化研究会是什么意思？那些学者教授为什么要开这个学会开那个学会？是争夺文化领导权呀，这就是话语权呀，定价权呀，是软实力，不得了！

文总云里雾里听着，便有些飘，说胜利村只知盖小楼收房租食白粉，社会上早就不尿他们了。

何子钢说那可不一样，文化节是社会活动，你文总是社会公众人物。胜利村来给祖宗磕头其实就是给你文总磕头。是这意思吧赵老师？

赵学尧显得无比深沉，说，有些话一说透就没味道了，你这个人就是嘴快。当年幸福村这一支被挤出文家老宅，有谁说过什么没有？没有。人家到荒岛上重新创业，人家什么也不说，人家的想法在心里。文总的爷爷死得那么惨，文总的老豆说过什么没有？不说。文总也是不说的，去做。这就叫境界。这是特区，我们什么也不说，说有什么用？去做！

文总听得发呆，立马有了肃穆庄严的感觉，好像亲手策划了这个阴谋，好像引来了创造冲动，说，这个事我们三个人知道就算了，外面不要再讲了。事，一定要办好。钱，一定不要省。

何子钢说，花钱的任务太艰巨，只有赵老师来承担了。

文总说，好，好啊。

出来后，何子钢歪着脖，把赵学尧从头到脚打量了几遍，笑道，看不出来，现在油得很了嘛，进步真快！

赵学尧却把脸阴着，说，你以为你那套特区观念很新潮很时尚是吧？不就是丑字当五字写吗？你真把脸扯下来了，什么事不敢干？

37

广东老年人喝早茶是一道风景。一个人一壶茶能喝几个钟头，这中间只要一只包子或者一块糕。如果是几个街坊邻居聚在一起喝茶，也是每人一壶茶，各吃各的食，各付各的账。这在赵学尧看来简直太孤寒，酒楼应该最头痛这些老年人，然而事实上他们最受欢迎，因为他们带来了人气。久而久之，赵学尧也学会了，一壶茶一张报，几样小吃几多悠闲。有天正喝着，看见了在大街上仄着膀子过斑马线的唐源。

这个曾经让他很感兴趣又很头痛的年轻人一瘸一拐从马路对面走过来，他一下就冲下楼去。

唐源唐源，你又回来了吗？他兴奋地喊，哈哈，回来好，还是深圳好啊。

唐源也笑了，说是啊是啊，赵老师还好吧。

还好还好。

然后就动手拉唐源一起喝早茶。唐源愣怔一下，说不行了，来不及了，法院要开庭了。

攀谈两句才知道唐源根本就没走，买了票没上车。回来也罢了，不死心也罢了，工会搞不成，他就开了一家劳动争议服务社，专门替外来工打官司，今天是法院开庭。这令赵学尧心里顿时不快，似乎一个病人不但讳疾忌医，还披起了白大褂，干起了挑战医学的营生。

赵学尧说，你怎么还在搞啊？

唐源说，是啊，还在搞。你不是说过吗？这个时代不讲理，要讲法。这个话对我教育很大。

我是这么说的吗？我是说不讲合不合理，要讲合不合法。

差不多，都一个意思。

你腿怎么瘸了？

维权维的。

你呀就是不接受教训。

我接受了，我的教训就是，要按你们的规则出牌。

赵学尧就冷了，拖长了调子说，皮包都夹上了啊？

唐源回说，我怎么就不能夹皮包？破坏了规则？

唐源掏了一张名片给他，说欢迎他有时间过去坐坐，然后招呼都不打，又一瘸一拐地消失在人流中。

有种酸楚一点一点在胸中滋长起来，早茶也没有味道了，喝不下去了。照说老赵也算是个坚守理念的人，也算是个有文化自觉的人，居然每每被一个工人说得一愣一愣。每次都在他面前吃瘪，不知是怎么回事。这一晚与何子钢的晤面，脑子里还一直在思考这个问题，总是发呆。

何子钢说，又跳神了。

他说，我是在想，今天的工人阶级到底有没有自主性？按照马克思的说法，脱离了手工业劳动，工人就已经失去了自主性，成为机器的一部分。到了高兹，就进一步分析了现代工业的公司制、流水线生产方式和母子公司的控股关系，他认为传统工业的工作伦理已经完全瓦解了，现代社会的生产组合已经不再是为提高效率，而是为了加强控制，工人完全成为一件商品。可是现实，又不完全是这样。他感叹道，现实还培养出了一个唐源。

何子钢眼睛又翻起来说，扯鸡巴蛋呢吧？

赵学尧摇摇头，你不明白，这是我书中的一节，很重要的。然后又说了说唐源的情况。

何子钢说，不就是刁民一个吗？反党反资本主义分子，这种人我见多了。不值得你那么伤神。

也不能那么说，你怎么能那么说呢？我这个人，最反对扣帽子。凡事都得讲个道理，起码在学理意义上能说得过去。

何子钢说，我才懒得扣帽子，我们只是把帽子抓在手里，知道吗？你也够深圳之最了。现在全深圳只有你一个人在想这么愚蠢的问题。现代社会根本不是马克思、高兹描绘的那个样子。什么泰勒制福特制，扯鸡巴蛋。人早就不重要了，重要的是资本在流动，是现金流创造了财富，劳动？狗屁不是。工人？灰都算不上！

赵学尧说，也不能那么说，怎么能那么说呢？这正是中国经济学界的浅薄之处，我这本书算是找对了路子，我已经感觉到了，我要把这个问题说清楚。

何子钢吼道，你还是把花钱的感觉找到先！

花钱的感觉的确是上帝的感觉。以前体会不到，那是因为钱不足够大。幸福村举办客家文化节的消息一披露，一下扑上来四五家广告公司的美腿小姐，都是一副通吃的架式，都说可以全资承办，回扣大得惊人。美腿小姐一边拿着自己公司的画册请赵学尧过目，一边把屁股撅起来在赵学尧胸前慢慢蹭。赵学尧这才体会到，现金流确实伟大，文总确实是个意志十分坚强的人。他能和迟小姐保持长期关系，确实不容易。

回扣赵学尧不说要，也不说不要，只说再看看吧。那帮小姐都识做得很，做得比说得更漂亮。赵学尧不忍心让这么漂亮的小姐互相残杀，就把任务分解开来，给每个公司都吃一点。

只有一个节目是他自己的杜撰，他要订做一只乒乓球台那么大的酿豆腐。

赵学尧想象领导人来切豆腐的样子一定很出彩，那一定是个新闻特写镜头。他想，有一个人看见这么大的酿豆腐一定想得出，那是他赵学尧的用心良苦。赵学尧并非铁石心肠，该记住的他一定会记住，永志不忘。

文艺演出队的节目都是成熟的，客家山歌也不难找，只有客家人的服饰文化不突出。研究会的老先生就建议去借梅州采茶戏班子的演出服装。这也不难办。最后一个难点是魑魅魍魉和观公巫婆，商量半天也由研究会负责到粤北山区去找。总之赵学尧认为，不把点子挖空了他的头脑不能关门休息，他给文总总结了这次活动的“三个不一样”。吹得文总连声说好，好啊，好啊。

当然，他也没忘记给文总出主意，让他派人上岛去陪陪老豆，免得老豆突然回到村里来。

中秋节这天省里市里都来了人，没来的领导也来了贺电，光贺词就读了一个小时。社会各界贤达和港澳的文氏宗亲也有不少，光小轿车就排了几里路。至于胜利村，专门派几辆大客车去接。好在有烂仔摩托队配合，没出什么差错。

赵学尧一早就领着文太和细女赶到市里把小公子接出来。迟小姐眼红红地抱儿子送到楼下，也没多话。她们似乎也意识到这一天的不同寻常。

赵学尧因为要赶回村里，就叫小李陪她们逛街采购。直到领导宣布幸福村从此进入大都市行列了，披着红绸的居民委员会的大牌子被举起来了，礼炮的轰鸣中才看见一辆白色大林肯缓缓开进村来。

文太这天是一套紫色西装套裙，新做的头发，还抹了口红，很抢眼，跟满街的簕杜鹃秋菊花十分相宜。她们一下车就有一帮妇女围上去，把小公子传着看，说些吉庆话。赵学尧在台上都看见了。后来，文太就踮起脚尖看那块奇特的酿豆腐，几个领导切下豆腐放在托盘里给大家示范，群众鼓掌欢呼，文太也跟着笑了。笑着，忽然就开始抹眼睛水，一把一把地抹，细女就一张一张递纸巾给她擦。后来两个人又说了几句，就挤出去消失了。赵学尧见状，自然心有戚戚焉。

这时正是演出队合唱的时刻，大喇叭把这咏叹调雄壮地送出去很远。

幸福是什么
幸福是什么
幸福是一代代的奋斗
幸福是一颗颗的硕果
幸福是什么
幸福是什么

晚上九点，把省市领导送走以后，祭祀活动才正式开始。

一个巨大的神龛推到写字楼前，神龛里是浓墨重彩的纸塑，牌位上写着大宋信国公右丞相文宋瑞文山先生天祥大人之位。楹联写得也好：

大宋信国公官拜一品诗冠华夏

开元真男子神传万世气贯虹霓

相传，元世祖忽必烈劝降文天祥不成，柴市问刑时曾经顿足感叹，真男人也！故有开元真男子之说。客家文化研究会的老先生自然熟知这段历史，他们都以古汉语会话为骄傲，楹联写得工整对仗平仄讲究。只是“惜命”二字是文家家传的内经，可意会不可言传的箴言，现在却贴在了神龛的背面，有点不伦不类。

在赵学尧想来，从真男子到惜命，再到如今后代人的性格绵软只做不说，恰恰是个合于逻辑的殖民历史过程，所谓适者生存。当然这念头也只是陡地一闪，他并没有想清楚，当然更没有说出来。现在他也参透了，心中有数嘴上不说，真经也。

这边香烛纸马早已准备停当，两对跣足散发的现公巫婆分坐两旁。有人吆喝：起！只见四位礼仪小姐手托银盘款款走近，银盘上卧着烤乳猪。然后鼓乐齐鸣，小姐们把乳猪屁股在观公巫婆脸上慢慢摩擦。那原本闭着眼的现公巫婆舔了猪屁股，便作苏醒状，伸懒腰打呵欠，随着鼓乐缓缓起身起舞，渐渐便有了节奏。一班魑魅魍魉于是跟在后面长袖挥动，脚下轻踏，口中念念有词，做出各种行状来。

文氏族人早在门厅里候齐，在专家安排下鱼贯而出，打头的自然是文念祖。文总的老豆没有出现，别人也就无话可说。随后是香港文氏和胜利村的老大至尊，而后才是各族中的年高德劭者，以及晚辈子侄。众人逐一对祖宗拈了香磕了头，又逐一按地位分两旁站好。因文总儿子尚小，是由细女抱着行礼的，也没有做介绍，但他的出现还是很醒目的。那孩子许是不满意这一点，刻意要求家族承认似的，突然放声大嚎，一根阳物愤怒翘起，滋了细女一袖子。

哄笑中，有家属女眷议论道，这个仔一定要把手脚绑绑牢，按客家老规矩办。将来他是要接班当老总的，是吃脑袋饭的，不文静一点怎么行？

文总脸都笑扁掉了。

午夜时分，文总已然醉了还不肯回家，看见赵学尧还在忙里忙外指挥卸台，便由人搀扶过来，非要跟赵学尧再干一杯。

文总咬着舌头说，我没有看错你，我不会亏待你。没有你就没有我，我不会亏待你的啦。又讲了好多才被人强拖回去。

说得赵学尧浮想联翩，睡在梦里还在咂嘴。

谁也没有想到，就是这天夜里，宝岛公司出事了。

第十一章

38

失火的时候柳叶叶还没睡。那天是夜大考试，考政治经济学，她考得不好，正在生气，正在骂自己笨蛋，就清清楚楚听到了那一片凄厉的呼救声。

等她冲到楼下，PVC 仓库的那栋楼已经被大火撕裂了，火苗从窗户里门缝里和被掀开的屋顶上喷射出来，隔着几十米都能感受到灼人的气浪，不一会儿就接连发出沉闷的爆炸声，然后楼顶跳了一下就塌了，那些火苗像是被憋在汽车轮胎里憋得太久，突然放开了一样，呼地一下冲到夜空里，有五层楼那么高。

起初，柳叶叶并没有那么害怕，后来她看见有几个保安把水倒在身上，顶着棉被冲进去救人，才想起毛妹也是夜班，而且刚刚调到注塑车间没有几天。她的心一下子就揪了起来，腿都软掉了，不祥的预感也像那些水一样从头淋到脚。完了，完了，她心里只有这一个声音在响。

后来消防车来了，救护车也来了，汽笛响成了一片，一副一副的担架抬出来，抬上车，车又呜呜地开跑了。毛妹呢？毛妹呢？可哪里见得着人啊，毛妹！她跺着脚喊，毛妹呀，她坐到地上哭得昏天黑地。

火，是从啤机房里烧起来的。啤机里那一点 PVC 材料还起不了这么大火，但楼上还有十几吨 PVC 材料，那就是一颗大炸弹。本来楼上也准备安啤机的，因为工期来不及，就做了临时仓库。公司又接到几个大单，准备把这几单做完好好装修一下的。哪个能想到呢？哪个也想不到就在这一天啤机出了问题。本来人要逃也可以逃出来的，可张毛妹是那一班的组长，她还想着去灭火，结果她带的那几个人全部堵在了里面。据逃出来的人说，张毛妹太认真了。她非说火不大，能扑灭，就一定要去扑，结果把自己扑在里头不说，还把别人也搭进去了。

只有柳叶叶最清楚，毛妹是为啤机房的一百五十元保健费自己要求调到那边去的。本来在这边做拉长做得好好的，可是舅妈又来了电话，电话里不知说过什么，把毛妹说哭了。刚好那边要人，她就提出来要去。柳叶叶还骂过她的，说她不管自己了，想钱想疯了，可她还是去了，就为多拿一百五十元。毛妹认真不假，认死理也不假，但她不是傻子，她一定是觉得那个火能扑灭才去扑的，她怎么晓得 PVC 这么厉害？

见到毛妹是在三天以后。准确一点说，她见到的是几个纱布包裹。有几根管子插在这些包裹上头，那些药水，还有血水，把她们和外界联系起来。只有毛妹的声音从那里面传出来，让人相信这是个活着的毛妹。毛妹的嗓子烧坏了，还不能多说话，可她还是拼到命说，不能对家里头讲！记到啦？她的声音很粗，好像是锯子锯到烂木头上，嘶啦嘶啦响。

柳叶叶的泪水像被这种声音割破了一样，哗哗地下来了，怎么忍也止不住。她不晓得这些绷带撤除以后的毛妹是个什么样子，但那肯定是个可怕的情景，可怕到想一下就心里发抖。烧伤面积百分之七十，呼吸道严重灼伤，这些名词听上去有些遥远，她能想到的就是毛妹才二十二岁，还没有处过对象，她的青春才刚刚开始。可如今这一把火，把一切都带走了，来得这样容易这样简单，好像有一个开关喀嚓一下就把人生的轨道扳斜了。这几天，这些念头和着泪水，一直是那样汹涌，在她心里翻滚，把心都腌得痛，怎么能忍得住？

她说，你放心，我不会对家里头讲。

毛妹动动脑壳，她已经不能再说了。

她说，你安心治伤，公司里都会对你好的。

毛妹动动脑壳。

她又说，你现在什么都不要想，公司说要全力抢救的，有常书记在你就放心好了。她不是公司的头头，没有人让她来说这些话，她不知道该怎么样安慰，但她说的也都是实情。和她一起来看毛妹的几个姊妹也都这样劝。

毛妹的性子有点憨，有点内向，可她绝对是个好女孩。她善良，勤俭，克己，哪个能娶到她都是福分。这几天公司里大家都是这么议论的，再没有人去责备她救火，相反她是为公司的利益才那样做的。没有救成，算不上英雄，起码也是因公负伤。所以公司也做得很好的，很尽力的。病房里摆了花篮，还有工友们送的水果，她们说，公司财务部的小姐每天都送一张支票来，要是因私负伤哪个付得起？还不是等到死？

正说着话，有一个男的找到病房里来，他说他是外来工协会的，现在办了一家“春风劳动争议服务社”，掏出名片给了每个人一张。他名叫唐源，说有什么事需要帮助的话可以跟他联系。

柳叶叶有点奇怪，我们能有什么事？

那个人就笑一下，说，话不能说早了小姐。有事没事要过一段时间才晓得。他是个瘸子，一说话两只脚就在地上倒来倒去踩在跷跷板上一样，好像病房都晃起来。柳叶叶看着就想笑，要不是因为在医院，早就撵他出去了。

可是他说，我也在幸福村打过工的，宝岛公司的事我早就知道。从前专门赚试用期工人的黑心钱，我还能不清楚？话不要说绝了。

柳叶叶说，从前是从前，现在是现在，哪里有那么多废话？心想这些人真是缺德，骗钱骗到病人头上。

那个人愣怔一下，不吭了，然后给每个人发一张纸就走了，原来是一张“告外来工朋友的一封信”。

……我们广大外来工为深圳的繁荣发展无怨无悔地做着贡献和努力，尽到了我们作为一个公民和市民应尽的义务。然而，由于种种原因，广大外来工却享受不到劳动成果的回报，无法得到和实现公民权利，我们只能寄生在这繁华城市的屋檐下，感受着这城市给我们的冷暖和温差。……我们什么也不是，只是一群只能尽义务、作贡献，不能索取的外来人口。现在全国各行各业大多有自己的利益代表组织，如作家协会、律师协会、个体工商协会，等等。……我们外来劳务工算得上一个庞大的群体，到如今还只是一盘散沙，利益得不到应有的保护，这些大家都是有目共睹的。

我们只有有了组织并紧紧团结起来，外来工这个新生和庞大的弱势群体才不会像一盘散沙，遭受别人的恣意欺负。只有有了组织才会引起政府的注意和重视，我们外来工才有反映问题的管道和有效方式。只有有了组织，我们外来工说话才有分量，并通过建立协商机制，经常、及时、有效地同政府和社会交流和沟通；协助和配合政府部门对改善外来工各方面的条件做出努力，使我们外来工的合法权益在制度上得到良好有效的维护和保障。……

话说得好听，如今哪个广告不好听？她们几个都这么说，把那张纸扫一眼就扔掉了。柳叶叶本来也想扔掉的，可想想又把它折起来装到了包包里。

她忽然想到，应该去找一下常书记，她已经好久没见到他了。她不是不想，她经常在想，只是没个由头。人家那么忙，隔得那么远，见到了也不能总是傻笑。所以她只能远远地看，细细地看，然后慢慢地回想。哪一个眼神是有意味的，哪一个手势是好玩的，她都在心里头悄悄学过。但就是远远地看，也已经好久没有看到了。这个久不是一个月两个月的久，而是一年两年，好像几百年。

常书记对她好不好？好。心里喜不喜欢这样的男人？喜欢。只是没有可能，真的是没有可能。倒不是他有没有家庭，结没结婚，那个不重要，重要的是距离太远了，远到想都没法子去想，牛郎织女一样，编编故事罢了，根本不可能走到一起。他们本不是一种人，只是自己一厢情愿地崇拜，悄悄静静地喜欢，就好像喜欢那些歌星影星。所以，碰到有机会去见一下，哪怕一刻刻，也是好的。找个理由去说两句，哪怕一两声，心里也舒服。现在，有了毛妹的受伤，有了那张广告，她就有了见他的理由。起码是有了说服自己的理由。

常书记一见她就笑了，呵呵，大诗人来了。

她就把身子扭扭。

常书记说，还写不写？

她就把头摇摇。其实她一直是偷偷在写的，他说喜欢她就会写的，只是不好意思说。

常书记说，那天我听到张毛妹的名字，头就嗡的一下，这么大。一下就想到了你！

她就愣怔了，鼻子慢慢酸了，眼睛慢慢模糊了。

常书记说，还好还好，你不在里面。

她就哇地一声哭起来，哭得好伤心好委屈。她是替毛妹哭，也是为自己哭。我和毛妹，还有好些贵州来的娃儿都是你亲自招工来的，你最了解我们了，现在走的走散的散，只剩下我们两个了，现在毛妹又成那个样子了，毛妹怎么办啊，我怎么办啊？

常书记说，怎么啦怎么啦？好好说，不要哭。

本来她有好多好多话的，她是好感动好感谢的，可她说不出口。她想这时候如果他来拍拍自己的头，或者像上次那样多看她一眼，她就能说出来了。她甚至能扑在他怀里痛痛快快哭一把。但这是在办公室里，有人来了，人家就在门口等。她就只好摇摇头，把那张纸掏出来给他看。

常书记把那个东西看了一下就丢在桌子上，然后手指在上头慢慢敲，哒哒哒，哒哒哒，敲了半天才说话。他说，出了事故我也痛心，刚才我还讲张毛妹呢，我头都大了。你的心情我明白，我也理解，可是这不是张毛妹一个人的问题，我也不可能因为张毛妹徇私舞弊，你明白吧？公司会尽力的，你要相信公司，明白吧？不要搞什么乱七八糟的劳动争议。社会上什么人都有，小心上当！

她说不是，不是……她没有去搞，但她说不出来。

常书记又说，先救人，好吧？有什么事以后再说，好吧？ OK ？

她愣怔着，想了一下，明白 OK 是常书记要她走的意思，于是她就退出来了。出来后她才想起应该解释一下的，她不是来说劳动争议的，也不是来说毛妹的事情的，她是来干什么的？她就是来看看他的，没有别的意思，怎么变成了这样？本来她以为来见常书记心里会好受一些，现在却觉得更委屈更想哭了。

隐隐地，她就有了一种不太舒服的感觉，好像知道了一点什么，明白了一点什么，好像是关于毛妹她们的，但好像又不完全是。他说了不是一个人的问题，那就是所有人的问题。到底是什么问题？是不是自己说错了什么？仔细想想好像也不是，她统共也没讲过几句话。

还有，就是那个 OK，好奇怪的，一下就把她推得老远。也许让人不舒服的就是这个 OK ？其实在公司里也经常会听到人讲英文的，只是在他嘴里说出来就有点怪怪的。

柳叶叶好后悔，这时候不该到写字楼里来，来了也不该说毛妹的事，他够烦心的了，更不该拿那张纸给他看。那个东西跟她没有关系，那不过是个说话的由头。但他一看到，气氛就紧张了，脸色马上就变了。如果他因为这张纸冷淡她了疏远她了，不再关心她了，那真冤死了，她不是来搞劳动争议的，她怎么能跟他争议呢？她是那样子崇拜他，那样子地爱他……现在她已经相信，这就是爱了。

39

出事故的时候，常来临和陈太在一起，在医院里。陈太的阿弟正在抢救，医生正在解释，为什么同类的血液也有排异现象。医生都是好医生，都是花大价钱请来的老资格专家。血液都是好血液，都是最新鲜最有活力的年轻血液，而且源源不断无限供给。但还是排异。没办法，要怨只能怨上帝了。

就是这时来的电话，当时他并没有喊叫，但脸色可能一下就变得非常难看，他说我有事先走了。

陈太追出来问，什么事？

他说公司出了点事，没关系，我去处理。他当然不希望陈太受惊，对陈太的每一点打击都痛在他心里，特别是这样的时刻。可陈太还是看出来了，追出来了，他只好承认说是失火了。

陈太摇晃一下，没吱声。眼见着身子就软了，骨头突然瘫了似的。他赶紧一把托住，找到椅子扶她坐下。在医院里，又不好怎么样，他只能说，你不要急，急也没用，还是我先回去看一下。再说阿弟这边也很关键，放心吧，啊？

可陈太竟然叫起来，哪头重哪头轻我不知道吗？说完挣脱他就冲出去。坐上车，她才慢慢缓过神来，叫道，完了，完了，公司没有了，不要说阿弟，大家统统完蛋！

常来临也有点毛躁，说情况还不清楚呢，你叫什么叫？陈太这才闭嘴。转而他又道歉说，对不起，我也不冷静。

现在他是这样坚定地支撑着保护着她，生怕她受不住打击。现在他已经完全把陈太当作了自己的妹妹，优雅的举止，高贵的谈吐，温馨的细腻的小动作都令他心动。他是在仰慕一个明星，不是在追逐一个女人，这样就心安了。唯一的区别就是不能有那种关系，那样的话他又无法去面对另一个人。他相信大家都是成熟的中年人了，早已过了不管不顾的年龄，这样的定位陈太也应该理解。即使不理解也不要紧，日久见人心，总会让你看清楚的，常来临不是一个无情无义的人。

那天晚上后，再见到陈太他什么也没解释，一解释就无聊。陈太也没再提起，一切都和以前一样，好像什么都没发生过，照样面对面地说话，头对头地研究，肩并肩地出去吃饭。这样的结果其实是他最希望看到的，由此他也更加对陈太心存感激。他看见陈太冷静下来，擦干眼角开始补妆，心里也踏实一些。

所幸的是，只烧掉一幢楼。

他们赶到，火还没有完全熄灭，消防队正在现场清理最后一点隐患。呛人的焦烟味还在空气里弥漫，到处都是白色的泡沫和褐黄色的腐酸水，陈太拿一个头盔就要冲进去，立刻被消防队员拦了回来。

常来临简单了解了情况，受伤的有七个人，其中最严重的就是张毛妹。人已经送去医院了，他便安排办公室去送钱，表示要尽力抢救，买花慰问等事项。这边刚交代完，就听见那边的一声尖叫，啤机呀，我的五十台啤机呀！是陈太。

常来临赶紧跑过去把陈太抱住，好说歹说生拉硬扯才把她弄进车里，让老胡把她送回家。他不是不心痛五十台啤机，不是不清楚上注塑项目对宝岛电子是何等重要，但事情已经发生了，哭也没用喊也没用。事已至此，头等重要的就是稳定人心。人心平复了才能尽快恢复生产挽回损失。而不是在大家惊魂未定，伤员刚刚送走的时候痛哭流涕。这个道理其实很简单，你越是关心伤员，人心越是安定。你就是为自己的财产考虑，也不能当众失态。

幸亏他处理得及时，这个动作并没有多少人看见，他心想你毕竟没有经验呀，你还不知道怎么跟工人打交道。你不仅是一个女人，你更是一个老板。

接下来忙得焦头烂额。要配合消防局查找失火原因写出整改报告，要向劳动局工商局民政局申报事故写出整改报告，还要跑医院安抚伤员接待家属，当然更重要的还是恢复生产安定人心。这一切都要他亲力亲为，陈太一点忙都帮不上，她只会心疼她的钱。而钱，自然也是用一点少一点的。

这么一来他又颇为得意，所谓家贫出孝子国难见忠臣，宝岛电子不是他在这儿顶着也许就此消失了也不一定。这么想想，他和老板还分得清吗？陈太的事业就是他自己的事业啊。

有一件事让他非常恼火，烧了一幢楼损失一批设备伤了七个人，对企业是个非常具体的数字，如实呈报就完了。但各个管理机关却有着不同的要求，因为他们对于上报事故等级有着不同的考虑。市消防局告诉他，必须写明“特大事故”，整改报告才能批准，否则不能恢复生产。而劳动局工商局告诉他，只能写“重大事故”，写“特大事故”必须停业整顿。民政局更怪，通过幸福村管委会告诉他，区里的“特大事故”和“死人指标”早就用完了，让他们处理的时候要顾全大局，否则后果自负。

来转达这些意见的赵老师也止不住要苦笑，说这就是体制啊，体制在扭曲人啊。

常来临说，这简直是要我们五马分尸，我究竟该顾哪一头？

然而，赵老师也是主张要顾全大局的。他说现在正是文总的关键时期，如果因为一把火，烧掉了他的前程，你们还有好日子过吗？再说，这幢楼不也是他的吗？

当然，这些也都算不了什么，生气归生气，生意归生意，事情办得好不好，关键还要看你识不识做。常来临觉得，自己现在已经很识做了，起码比原来有进步。

他对陈太说，买路钱还是要花的，要考虑长远呀，你说呢？

身心疲惫的陈太抬了抬眼皮，飞快地看了他一眼又黯淡了，她说阿临，我是个女人呀，我干吗要管那么多？我不管了，我不想管了，我烦也要烦死了。

陈太老是强调自己是女人，常来临只好自己来管了，现在他俨然是个二老板了。他本不用替老板当家的，可是他没办法。谁让他是个职业经理人呢？他的岗位就在这儿，这就是他的事业。他天生就是劳碌的命，这个命从前怎么卖今天还得怎么卖。

常来临打听到杨书记已经到人大去做主任了，算是退到二线了，正处于五十九综合征时期。他知道该怎么办了。

聚会是在观澜高尔夫球会。由杨书记，也是杨主任出面请客，请的自然是几位局长。观澜球会是个经常举办世界顶级球赛的地方，其宾馆的服务设施一直在追赶当今世界最高水平，据说冲马桶的水都是有标准的，那草坪上的叶片都是用卡尺量过的，那推车递包的球童都是有大专以上文凭的，价格自然不菲。好在主任和局长都有会员卡，所以常来临大包大揽的时候倒也底气十足并不发怵。

起初陈太听说定在观澜还在皱眉头，这段日子花钱确实太多了，但听说他们都有会员卡眉头也就舒展开来。转而又叫起来，可我穿什么呀，我没衣服穿啊，只好又陪她去选衣服。一边试衣一边还在埋怨，说他们怎么能都有会员卡？讲起来我还是个海外客商呢，想过几回都不敢买，哼！

这天的陈太是一身雪白，西式猎装模样，宽肩束腰，紧臀长腿，红色长檐帽，配着紫红的太阳镜和长靴，一出场就把他们震了，哇噻！

这个词让常来临也暗自得意，就好像自家珍藏偶然曝光一回，收到美溢之词自然是开心的，何况这珍藏是那样一种知己。当然他也不便说什么，在公开场合他只是一个经理，如此而已。

高尔夫球其实玩的不是球，是人。一堆人说说闹闹，半天才打一下，害得那些球童满场乱跑。常来临不明白杨书记和那几个局长怎么打得那么好，球飞得远不说，每个人收尾的那个姿势都特别漂亮。转体，扭腰，双手将球杆定格在脑后，脸却偏过来直视前方，目光锐利且果毅。这姿势一般都要定格几秒钟，慢慢品味似的，等待照相机喀嚓似的，真是酷毙了。轮到陈太去打，她比画半天，又把收尾动作反复模拟体会多次，才一杆挥出去，结果球没打着，人却原地旋了一圈，然后正好扑在杨书记怀里，众人哈哈大笑。陈太在他怀里扭着，跺着脚喊，是指导有错嘛，指导有错嘛！

常来临也上去打了一杆，自然不爽，那杆子明明对准球去的，结果球没滚出多远，却把草皮铲掉一块，草皮高高飞起来落在十几米开外。他们倒是没吱声，自己已经觉得惭愧得很了，那动作就好像是在拿锄头挖地一样，怎么想怎么是个农民。这样他就索性放弃了打球，专职给他们拍照。单个的，集体的，摆姿势的，自由交谈的，倒也累得浑身大汗。还有一张是陈太搭在杨书记肩上咬耳朵的，两个人都是一只脚跷起来，好像振翅欲飞。

有意思的是，庆丰公司的黄老板不知怎么也打听到了，慌里慌张赶过来。他们已经打完一场了，吃晚餐的时候，他到了，不由分说插了进来。陈太自然表示了欢迎，该谈的早谈完了，她有什么理由不欢迎呢？但黄老板带来一位不速之客马明阳，让常来临不舒服。好在总台的小姐悄悄告诉常来临，他们的单已经买过了，全部记在黄老板账上，这才脸色稍稍好看了一点。

原来马明阳也当上老板了，这次是黄老板帮他出面打围子。他开了一家劳务派遣公司，专门到内地偏远山区招工。那些山里人只知特区能赚大钱，打破头卖家产也要把孩子送过来。那些交得起保证金的，他们就介绍到别的公司去做，交不起的就留下在公司里做派遣，他收管理费。那马明阳一口一声后生晚辈请教提携什么的敬酒敬个没完，可在常来临听来就是两个字：无耻。

陈太倒是很大度，主动向马明阳表示祝贺，还跟大家说，这个小马可是一匹猴精猴精的马啊，聪明得一塌糊涂！

席间，自然免不了投资环境政策导向之类的话题。官员们关心的是上面的最新提法，不提“跨越式超常规发展”要提“科学发展”意味着什么？老板关心的是为什么民工荒越来越严重赚钱越来越难？只有一个话题是共同的，就是网络上的一篇文章，《是谁抛弃了深圳？》是谁？背后还有谁？话说给谁听？给谁施加压力？

然而这些问题在常来临看来全都不是问题，全都是胡说八道。

终于，真正的大老板发话了。杨主任说，差不多了吧？于是马仔们也都说，差不多了，各自方便吧，休息吧，晚安。

只有一个黄老板，出了门还在嚷嚷，在中国办什么实业都是傻瓜，办什么都不如炒股炒楼！

进了屋，陈太看见那么一大片挂毯似的草坪也呆掉了，哇地惊叹一声就扑到了凉台上。这时晚风习习，月上树梢，正是良辰美景，他看见一只白色小球飞过起伏的山包草地，沿着小河慢慢跳跃奔跑，最后停在草丛里一动不动。

两个人看了一会儿，气氛渐渐局促，他就打算退出去。

陈太身子没有动，也不回头，声音却嘶哑了，说，阿临，你是不是觉得我很老了？

他说，我估计你会喜欢这里的。

请正面回答我。

他迟疑了一下，还是说出来，我是怕对不起袁敏。他说，我们在一起过了很多艰苦的日子，那样对她不公平。他说陈太你也看得出来，我一直是仰慕你的，否则我不会那么死心塌地。你一点都不老，你比我还小一岁，我见过你的护照。

你是不是觉得我这个人太夸张了，你不喜欢？

不是不是。他说，其实你真的很高贵很优雅。

你一点都没动过心吗？

当然不是。我很矛盾。可是我不能。真的。

陈太转过身来，定定地看了他一会儿，说阿临，我真是好感谢你。这段时间我心里真是乱极了，可能你觉得我过分了，其实我是有数的。

他忙说没有没有，真的没有。

陈太说，难道你就没有一点自己的要求吗？我不信。

他说，那天你说我是一个优秀的职业经理人，我想要的就是这个。说实话以前我在国营企业干得也不差，可是没有文凭总是受欺负，有朝一日我也要弄个 MBA 读读。

陈太叫起来，这个呀，太容易了！等我们缓过气来你就去读好了，公司出钱。

常来临也笑，那我就先谢谢你。

那你一定答应在任何时候都要保护我，支持我。她把嘴巴噘起来说，你说过的，我比你小一岁，是吗？

他拥抱了她一下，以陈太的方式。他说我会像爱妹妹一样爱你，你信不信？又说，人都会有走背字的时候，过了这段就好了。他向她保证倒霉的日子很快就会过去，一切都会好起来，而眼下的议程就是忘掉一切。

陈太在他胸前轻轻说，我们今年全部白做了，后面还有那些工人没了结，还要倒贴！

他两手一摊，看看，叫你别想非要想。你不要认为我不是老板就不心痛，其实我比你着急，我压力比你大！

陈太说，那好吧，今天好好休息。晚安。

但又休息不成，她的手机突然响了。她一连声说好好好，马上就到马上就到。他还愣怔着，陈太只说一声麦瑞来了，便匆忙消失。

麦瑞是红宝石集团的亚太部总经理，这混蛋他见过，每次来都跟太上皇似的，提一些莫名其妙的要求。而陈太又对他怕得要死，这让常来临觉着宝岛电子对红宝石的依赖是个战略性错误，你怎么能在一棵树上吊死？为什么不把鸡蛋多放几个篮子？他觉着这种被动局面已经到了非改变不可的时候了。

但反过来想想，陈太也确实不容易。她说的不错，她是个女人，女人面对强者是不能硬拼的。陈太这样的女人只适合在海边在草坪在客厅里在舞会上微笑，她和这些琐碎的事情搅和在一起多不协调啊。他觉着自己太无能了。

夜里，实在躁得睡不着，他就拨了陈太的手机，居然是关机。他吃了一惊，更加睡不着了。陈太是从来不关机的，从来没有过。出了什么事？她和谁在一起？麦瑞？这样一想，鸡皮疙瘩都起来了。麦瑞是个皮肤松弛一身红毛的衰老头，怎么可能？太恶心了。那么还有谁？她一直不让他进家，难道家里还藏着一个？好像也不像。难道是杨书记？他是看见她和杨书记一直在说笑的，那个老东西显然已经到了最后时刻，在酒店里拼掉老命疯狂一下也不是没有可能。这样一想，就把她想成荡妇了，似乎和谁都有可能，那又不是他心目中的陈太了。

到了一点钟，他又拨了一次手机，还是关机。

他把枕头扔起来，一拳打到了墙上。那枕头也出了鬼，居然挂在墙上坚挺不倒，也不掉下来。

40

报纸上登了柳叶叶的两首小诗。一首是写男工在灯下补衣服的，题目就叫《缝补》：

东奔西走的是尖锐的脑壳
一下一下很想突破
那些柔软而又
经纬密布的网络
他粗大的骨节
怎么也扮不成娇娘
此时的日光灯
把心田晒焦了
男人辽阔的天地
被那些棉纱
拉着拽着捆着
越缝越窄

还有一首是写献血车的：

流动的吸管
美丽的触须
正在把爱意汇集
小心点，节省点
说爱也不那么容易
年轻的口袋瘪瘪一无所有
鲜红的期盼都在一点一滴

这些情景都是她亲眼所见亲身经历的，写起来一点不费力。她看见报纸一天到晚都在说打工文学，就把它抄了寄过去。寄出去就忘了，谁知几个月以后竟刊登出来。确确实实，一点不假，柳叶叶三个字清清楚楚。看到报纸她一下就晕了，醉了，疯了，这正是她打工生涯最灰暗的日子，正是心情最沮丧的时刻，就像一缕强光突然投射过来，她都不知该怎么笑了。

她想应该先拿给常书记看。这回她已经有了完全的理由，他叫她“大诗人”不是白叫的，她算不上大，现在登在报纸上了，小诗人总是可以算吧？

常书记每次到工友活动室来都会鼓励她写诗：你很有天赋，你应该朝这方面发展！他也不光是鼓励她一个人，对所有的打工仔他都在反反复复说一个道理：这个时代是竞争的时代，是强者的时代。深圳不相信眼泪，你就不要流泪嘛。你顺着它来，它要什么你给它什么，千万不要对着干，比别人更强，你就行了。那个美国的乔丹怎么说的？让别人尊重你的唯一办法是什么？就是打败他！

常书记把报纸翻来覆去地看了，说好，好，有点意思！他把头晃着，一下一下抬起手来，有两次她以为该拍到她的头了，可到了半空又缩了回去。她憋住的气一点一点吐掉，咬紧了嘴唇，脸却烧得通红。

常书记说，这就对了，你朝这方面发展就对了！

她说，那个报社的编辑还让我去开会呢，是个打工文学的研讨会，你说我去不去？

常书记说，去呀，去了你就是打工作家了。为什么不去？你是不是要请假？

她忙说，不是，不是，我是有点那个……

常书记说，你不要瞧不起打工作家，这也是个事业啊。现在好多打工作家都当老板了，开了好多公司。我祝贺你！然后他就伸出手来，跟她狠狠握了一下。他的手好有力。

本来她还想说，她没有瞧不起谁，她瞧不起的是自己，另外她也不是要想跟谁对着干，那天给他看的广告实在是个误会。可办公室里又来了人，她就只好抽出手退出来了。她很怕他再说OK。出来了，脸还在发烧，她就用手捂了好大一会儿脸，那是一种比羞涩还要强烈的东西，是兴奋。她忽然就有了种感觉，好像长高了，看到了很远。生活已经在她面前敞开了另一扇门，就像早晨的阳光穿透阴云，一束一束地发散开来，道路很多，请随便走好了。花坛那边鲜花和草木，都在向她招手。天更蓝了，水更清了，喷泉里现出了七色彩虹。那些不自信那些莫名其妙的灰暗，通通消散了。

周末，柳叶叶本要上医院陪毛妹的，突然接到个电话，是报社夏编辑打来的。他说他叫夏悦，夏天的夏，悦耳的悦，很多人都念成了夏说。他说他仰慕她的诗已经很久了。一听就是鬼话。但他说要请她参加打工文学研讨会，说这个会很重要啊，一定要来啊，北京的专家也来了，作家协会的领导也来了，大家都想见见你。好像人家是专门来见她似的。她当然不会这么傻，愚蠢到连客气话都听不懂，不过还是很开心。她还不知道，开心也是一种麻缠。

本想把报纸带去给毛妹看的，可是毛妹会怎么想呢？毛妹不是小肚鸡肠的人，可她这两天正焦心，正等待拆绷带的时刻到来。她不晓得自己会变成什么样子，她怕得要死。不知劝了她多少，她还是怕。现在柳叶叶已经长大了，已经懂得，即使让别人分享快乐也是要看时机的。于是柳叶叶就只好把这份快乐暂时压住，悄悄藏在包包里，看情况再拿出来。

会议在报社的九楼，她一登记名字，一个男的就跳过来，你是柳叶叶啊，我是夏悦。然后就抓牢她的手不放，抓进了会场，一个一个给人家介绍。夏悦个子高，年轻，是个帅哥儿，拉着她好像特别亲热熟悉的样子。有人说，柳叶叶这么年轻啊，是个美女啊，“瞎说”你有福了，说得她好不好意思。

柳叶叶不喜欢“美女”这个词，可是现在大家都这么说，在夜大里也这么说。是个女的就叫美女，是个男的就叫靓仔，难听死了。不过这还不算什么，倒是那些人的发言叫她惊奇，他们说得一套一套，好严肃好深刻，她听不懂。后来叫她讲，她说不会讲，真的不会讲。

夏悦就启发她，你们公司怎么样？你们老板怎么样？

她说老板好啊，经理也好。忍不住说了毛妹的事情，说他们都是好人，说自己运气好，碰到的都是好人。

然后大家就鼓掌，说这才是真正来自底层的声音，打工者的声音。又一颗文学新星诞生了。

吃饭她没有参加，还要去医院陪毛妹。夏悦追出来说要送她，她说不用，真的不用。

夏悦说，你是个很特别的女孩，跟别人不一样，然后就定定地看着她，看得她很难为情。然后他又说了许多话，意思是要经常来找他，他那个圈子很重要，有多少多少人想进都进不来。

她噢噢答应了好几回，才脱身。夏悦的意思她不是不明白，只是这个人味道太馊，一见面就熟成要拍拖的样子，她接受不来。她想，人和人本来就不一样嘛，张三和李四不一样，自己和别人不一样，她早就晓得。

明白了这一点，也就晓得了自己喜欢的人是个什么样子。他是平和的，也是刚烈的；是大气的，也是细心的；是忧郁的，也是乐观的；是普通的，也是超常的；他像老师，也像兄长。明白了这些，柳叶叶一下就快乐起来，好像一个迷路的人突然晓得要到哪里去了。能不能去是一回事，晓不晓得是另一回事。

带着这些遐想走进医院时，脚步是轻快的，心情是放松的，四层楼小跑着就上去了。她想把这些快乐慢慢讲给毛妹听，让她也一点一点快乐起来。

可是毛妹昏过去了，病房里正在抢救。

一起受伤的七个人有三个是轻伤，已经出院了。另外三个，小王、小李、小许，因为是呼吸道严重灼伤，还在治疗。只有毛妹伤得最重，不但她们那些伤全有，更可怕的是脸部溃烂。尽管有了很多天的心理准备，医生也再三做了思想工作，可毛妹还是怕。嘴巴上说，我晓得了，我不害怕，我有准备，可柳叶叶晓得，毛妹最怕的就是这张脸。毛妹不晓得这些纱布的后面，是一张怎么样的脸。

毛妹问她说，要是有一天，一个熟悉的声音跟你讲话，你一回头，是一个陌生的人，你会怎么样想？柳叶叶听得毛骨悚然，鸡皮疙瘩都起来了，可嘴巴还硬得很：那我照样答应，毛妹就是毛妹，我不信你能变到哪里去。又劝道，你想变一个明星脸啊？不要瞎七搭八好不好？

毛妹生得不是顶好看，可也绝对不难看。她身材也好，又瘦又长，有一米六二，比柳叶叶还高一厘米，走在大街上不会输给任何一个人。问题是现在一切都成了未知数，医生只是说，变化是会有一点的，但变到哪里去，哪个也说不好。柳叶叶明白，毛妹不想变一张明星脸，她只是希望不是那么太难看，太怕人。她还要活下去，她才二十二岁，她连恋爱都还没有尝到过。

小王、小李、小许说，惨了惨了，本来是昨天早上拆线的，但临时有手术，就说今天，谁知今天是周末，医生不上班。毛妹等不及了，自己偷偷把绷带解开。一解开就惨了，喊都没喊一声就从床上一头栽下去。

还有一个说，她又不跟人家讲，讲一下也好。她就那么自己解，哪个也不晓得嘛。把镜子都摔烂了，咚的一下我们才晓得……

柳叶叶觉得心里被捅了一下，本来心就是悬的，现在又晃晃悠悠沉下去。有一种味道，一种醋的味道，针刺一样地从鼻子里头往外冒。尽管人人都希望知道真相，早一点知道，快一点知道，但真相一旦来了，还是不敢面对。总希望是搞错了，是暂时的，是假的。

天，这是一张怎么样的脸！眉毛全部没有了，变成一块透明的红皮，而且永远不可能长出来。鼻子化掉了，只剩下部分鼻骨，两只鼻孔露在外面，像两个黑洞把脑袋贯穿了。左边的外耳不见了，内耳还残留三分之二。更可怕的是嘴巴，整个错开了，有半边嘴唇张着，露出里头的两排牙，整张脸就像鲜肉上贴着一层塑料纸。

医生说得轻巧，重度毁容嘛就是这个样，能把命保住就很好了。他们说这些话的时候一点表情都没有，好像成绩很大的样子，问急了就把口罩戴起来。柳叶叶不相信他们心就那么硬，做手术好像切猪肉那么随便，把人弄成这个样子他们心里不发抖？罩起口罩别人就不认得他们了？

现在，一块纱布盖在毛妹的脸上，只有粗粗的呼吸把纱布掀动了，才晓得那是一个活物。哪个也不敢讲话，生怕触怒了毛妹，也不晓得该怎么样劝，劝些啥子。时间就这样一秒一秒地挨过去。开头毛妹还在流泪，柳叶叶还能给她递递手巾，后来连泪也没有了，她就不知下面该怎么样办。

这一晚柳叶叶没有回去，她不敢回，不知毛妹会怎么样。她怕她万一想不开。放在哪个身上也会想不开，换了自己，也许不是一头从床上栽下去，直接从楼上栽下去也不一定。这么一想，就看出毛妹其实比自己坚强。毛妹到底是比自己成熟，她更懂得啥子叫作责任。

深夜，柳叶叶去找了值班医生，她的想法也忽然变得坚强起来，人伤到这种程度，害怕啊痛苦啊伤心啊都不那么重要了，你再哭再叫都没有意思了。现在最重要的问题是，毛妹今后怎么样活下去，有没有劳动能力，能不能得到赔偿。

她把这个意思讲了一下，又说了好多请教的话。那个医生是个年轻人，好说话，就问，你是张毛妹的什么人？她说是老乡。医生就说，你要找她的亲属来，你处理不了这些事。她说我们是表姊妹，她的爸妈都是农民，也没有多少文化。医生说，那就请律师，这种事没有那么简单的。她说我们老板对员工蛮好，有规定的话肯定好办一些。医生哼地一笑，然后就找了一本书，要她自己去查。

回到病房，见毛妹没有动静，她就关了灯准备到外头看书。毛妹突然说，不要关。这个声音很熟悉，是毛妹的，但又好像突然老了几十岁，那样苍老那样冷静，吓得她一抖。毛妹曾经设想过的情形终于出现了，才隔了一周。

她说，你困一下吧，我到外头去翻翻书。

什么书？

她说是《职工工伤与职业病致残程度鉴定》。

毛妹的手动了一下，然后就抓住她的手不放。毛妹的力好大，抓得她生痛。

她说我想把这个事搞搞清楚。

毛妹说，好。手却不松。

她说，你放心，我是你妹子。

毛妹就一下哭出那种破碎的声音来。这是她醒过来以后第一次哭出声音，不大，却是好像风箱漏气一样，撕扯破衣烂布一样。她赶紧抱住毛妹喊她莫哭，说影响别人休息，自己却也止不住地热泪滂沱。

什么是面部重度毁容？面部瘢痕畸形，并有以下六项中的四项者：（1）眉毛缺失；（2）双睑外翻或缺失；（3）外耳缺失；（4）鼻缺失；（5）上下唇外翻或小口畸形；（6）颈颏粘连。

面部重度毁容、中度毁容、轻度毁容在评定伤残等级时分别定级为三级、四级、五级，这是说的一般情况。另外规定四十周岁以下的女职工发生面部毁容，含单项鼻缺损、颌面部缺损和面瘫，还要晋一级。因此根据这个鉴定标准，毛妹伤残等级至少是二级或者一级。

柳叶叶说，我们公司最讲规矩的，会按标准做的，何况还有常书记呢，你放心吧，好生睡一下，啊？

毛妹听她这样说，手才渐渐松开了。到早晨三点多，她才把灯关了，趴在床沿睡了一小会儿。

柳叶叶不是讨好毛妹，也没有讨好公司，她只是按照书上的规定去想。毛妹是她表姐是她的依靠，她的感情一点不掺假。可是这样一个千真万确的事实，在桃花她们看来全都是虚的。

41

桃花她们几个，柳叶叶已经很久没有见到了。倒不是瞧不起她们，每个人都有生活的权力，蛇有蛇路鳖有鳖路，哪个也管不到哪个。只是在柳叶叶看来，她们那种选择，自己做不来。谈不到一起就少谈，免得生气。只有毛妹，偶尔还在联系着这些老乡。

她们也不知从哪里得来的消息，已经来医院看过一次了，这次争吵是发生在毛妹快要出院的时候。她们也不知怎么就那么坚定地认为，公司的态度已经变化了，一定要先讲好条件才能出院，不讲好条件就赖在医院不走。其实也就是公司的支票有两次送迟了，医院里停了药。这期间常书记也来看望过，还买了花，还跟毛妹开了玩笑，说公司一定会处理好的，要她放心。她们也不是不晓得，公司这次损失大得吓死人，住院治疗，接待家属，吓死人。但她们还是不放心，理由就是小王、小李、小许都打过电话了，听出话音来了。

一个公司那么多事那么多人，哪能事事想得周到，一点岔子都不出？再说公司财务的态度也不能代表公司的态度，这个道理本来好简单的。柳叶叶每次一劝就劝好了，但给桃花她们一讲就讲复杂了。

桃花说，听话听声，锣鼓听音。财务的话其实刚刚好就是老板的意思。老板我见得多了，我老公就是老板，他们那点心思我还不晓得？话拣好听的讲，事拣缺德的做。好听话又不值钱，随便讲好了。真到点票子的时候恨不得每一张都撕下一条边边来。

桃花挺着个大肚子，人也发福了，说话粗声大气，一副过来人的样子，什么话都敢讲。她们都喊她大姐，好了不起，其实她比毛妹还小一岁。她还真把自己当成大姐大了。加上小青和香香在一边帮腔，柳叶叶一下就矮掉了半截。

小王、小李、小许也说公司态度变了。她们的心思跟毛妹还不一样，她们没有毁容，还能继续打工，她们胆子壮一些，大不了跟公司闹翻。但毛妹就不同了，毛妹的一辈子也许就要靠这次的赔偿，所以更加疑心重重，格外担心。万一真跟公司闹翻了，你能得什么好？

想想争一下也有好处，一些理不清楚说不明白的要求，争一下就简单明了了。要不要公司赔偿？怎么赔？赔多少？讲到底还是一个钱字。只是在争吵的过程中，话说得难听，说着说着就撞出火星来。

起初是为一个年轻女人的容貌到底值多少在争，后来就是对宝岛公司的真面目在争了。在桃花她们看来，公司就是公司，任何公司都是一样的，老板就是老板，他不抠钱就不叫老板了。任何人来开公司就是为赚钱，没有钱赚他马上就走，一天都不会耽搁。

桃花进一步举例子说，在公明镇有个公司也失火，把个十九岁的潮州佬女娃儿烧成了老太婆，结果老板连医药费都不付就跑回香港了，政府出面他也不理，任何人打电话他都不接。这个事还是香港的《天天日报》登出来。香港人倒是捐了不少钱，我们这边的报纸连屁都不敢放一个。为什么？因为哪个老板都一样，登出来哪个老板都不高兴，宁愿政府买单算了。

柳叶叶不能同意，她认为这恰恰证明这个老板是个坏老板，坏老板才没有良心。宝岛是个好公司，老板是个好老板，好老板跟坏老板是不一样的。这样一来她好像是在为老板在辩护，好像她捞着了什么好处一样，连毛妹都跟着摇头。其实伤残程度，毁容程度，国家都是有规定的，不是吵嘴打架能争得来的，这个道理还能不懂？

柳叶叶就觉得理直得很。她说桃花，老板那么不好，你还要嫁个老板做啥子？还要给他生娃儿！

桃花就笑，说你这个道理都不晓得还讲个啥子？嫁人跟好人坏人是一回事吗？嫁人跟爱情是一回事吗？骗骗学生娃儿去！再说，我讲老板抠钱，我又没讲老板不好，这跟人品没有关系。老板好得很，好就好在他会抠钱。抠了你的钱还在心里笑话你，还把你当傻子玩，给你九千大毛还要夸他好。

小青香香就跟着说，你们还是九千大毛啊？

柳叶叶气得七窍生烟，耳朵都红了，脱口就说，九千大毛怎么啦？九千大毛是我双手劳动挣来的，我靠我自己奋斗，张张都是干净的。

桃花撇着嘴，摆出一副泼妇的样：啧啧啧啧，你干净，我们脏，你了不起！奋斗？又奋又斗，我好怕哦，我听不懂哎，你们听懂了吗？这话到床上说说还讨人喜欢。完了就嘎嘎地笑，小青、香香也跟着笑。

毛妹忍住嗓子疼，沙哑了声音慌忙拦住大家说，好了好了，越讲越不着调了，你们都是来相帮我的，哪个也没有错，吵什么吵？

可是柳叶叶已经忍不住了，一下就冲到走廊上，眼泪不争气地流个不停。她想不通，一个女娃儿怎么一旦跟男人有了那种关系，就变得这么下作，这么不要脸。好像她们什么都懂了，什么都不在乎了，一眼就把世界看穿了，一下就把所有的人看出了猴子的原形。桃花本来也不是这个样子的，也怕羞，也爱美，也虚荣，怎么现在说出话来句句都像流氓？

她已经不想再争论下去，桃花还在屋里不依不饶：妹子我还有话说给你听，快收起你那套奋斗！啥子时候你晓得那是鬼话了，啥子时候你才会讲人话。啥子时候你会讲人话了，你才晓得这是啥子世道！

这天是礼拜天，来医院里探望病人的很多，有送花的送蛋糕的，还有过生日的，笑声不断掌声不断，热闹得很。但她却感到更孤单了，觉得这些人都特别庸俗。

这样想想又觉得自己其实也很庸俗，很无聊。其实她有必要向她们证明什么吗？她完全可以有自己的生活自己的道路，她已经在深圳的天空底下看到自己的曙光了。努力奋斗，努力向上，有什么不对？怎么就是鬼话？满世界都是这样的声音，“每个人都可以当太阳”，不对吗？但这样一说就好像自己高过她们似的，这又让她有一点点怀疑。你真的跟她们不是一样的人吗？就因为发表了两首小诗？那一刻她的心情真是好奇怪好复杂，好像鸡笑鸭子跑调，鸭子嫌鸡烧包。柳叶叶真的没有瞧不起哪个，各人有各人的活法。说穿了也没有什么，不过就是拌了几句嘴，可当时居然觉得无法忍受。

其实桃花做事很周全，想得也实在。她带来一套惠安女的服装，上身很短，帽子头巾可以包住脸。她说，你可以比画一下，穿不穿随便你。一套这样的衣服你就能走出去了，哪个也认不到你。

毛妹看着那套衣，伸手去抓抓，泪就下来了。她说，我穿，以后我就是惠安女了，贵州妹子惠安女。

屋子里就静下来，大家心里都不好受。桃花眼红红的，哽咽了说，主要是想，还要活人啊。

听到桃花这样讲，柳叶叶也呆掉了，心里咯噔一下。本以为只有自己最关心最体贴，可这样现实的问题偏偏自己没有想到。毛妹还要活人啊，她怎么走出去，怎么生活啊？为什么自己就想不到？

事情就是这样，本来都是姐妹，各人有各人的活路，犯不着水火不容，你见不得她们那个样，她们就能见得了你吗？你比她们高在哪个地方？这么想想，也就平静了。她进来把那个衣服摸摸。说这个也怪好看，还有花边呢。然后又把桃花的手拉拉，看着她张张嘴，算是和解。她很想说一句对不起，一时却说不出口。桃花立马把她的手抓紧了，放到自己肚皮上摸宝宝。小青、香香看到她们的样子，也觉得好笑。那一刻，她们五个妹子好像重新认识一样。

香香把小青撞撞说，把你的点子讲一下。

小青说，我讲不好，你讲。

香香就说，小青认识一个种菜的老板，也要招人打工，就是工资少，只有五百，又要在田里晒太阳。我们想，毛妹讨到赔偿恐怕不是一天两天的事，有个地方落脚也好，不如做起来先。她们说话也学广东腔调了。

毛妹忙说，我去我去。我本来就是庄户人，怕什么太阳？然后愣怔一下，又低声说，要是没有你们，我还真不晓得怎么样活。谢谢你们大家了。

桃花摆出大姐大的派头说，废话废话，赶紧打扮起来！然后七手八脚，大家一起动手把毛妹变成一个惠安女，看看，觉得也还像那么一回事，走出去是没有问题了。

柳叶叶看着，觉得连小青那么笨嘴拙舌的人想事情都比自己实在，觉得自己真是出了什么毛病。是哪根筋搭错了？毛妹怎么样出去见人，今后怎么样生活，都是眼前的事，为什么她们能想到自己就想不到？讲起来文化比她们高，关系比她们近，可脑子硬是没得她们好用，一定是出毛病了！

大家正准备出去吃午饭，那个瘸子又来了。他露着两颗虎牙说，你们好，我是唐源。

柳叶叶说，晓得你是汤圆，还是个赖汤圆。

唐源笑道，赖汤圆不好听，可好吃着咧。说着又一跛一跛地给大家发广告。

这回发的不是告工友书了，而是他那个劳动争议服务社的经办案例：

案例一：外来女工谭秋信在龙华一家工厂上班，怀孕后想请假回家生孩子，工厂迟迟不批。一个月拖一个月，总说下个月，眼看着肚子越来越大，工作越来越吃力。面对经理冷漠的嘴脸，怀孕期的谭秋信特别敏感，一时绝望之下，乘经理外出，当场在办公室割腕自杀，血流遍地，从门缝中流了出来。眼看活不成了，在本服务社的帮助下，住进龙华医院。工厂只同意给医疗费用，服务社免费提供公民事务援助，他们联络媒体，出面与工厂谈判。最后工厂支付了医疗期间的工资7000余元。

案例二：三友和公司拖欠全公司80名工友三个月工资，工人罢工，41位工友决定走法律途径，服务社每人象征性收10元，41人共花了200元请服务社代理。当时情景十分危急，工友咨询："我们是不是应当出去游行了？"服务社果断劝阻，并通宵打印出41人全部法律文书。当时41个工人已决定离开工厂，如果这样，工厂将按工人工龄每满一年补偿一个月工资，这个公司将失去41个工人还要给付80万元，工厂就彻底垮了，工人也随之受损。经过服务社与工厂交涉，双方达成协议，工厂赔付每人半个月工资，共30万元；加班费与最低工资标准按《劳动法》执行，工人复工。工厂与工人都得救了……

唐源解释说，他今天是做工伤探访的，有事的话可以打电话跟他联系。

大家都没吱声，倒是小王、小许她们问，你是不是要收钱？要收多少钱？

唐源愣了一下说，我不收钱怎么活啊，但我收得少，你打听一下律师费要多少就清楚了。我的梦想是为工人讨公道，有时候一分钱我也收不到。骗你我都是这个。他伸出小指比画说。

小许笑，这个是什么呀？

唐源说，这个是王八蛋。

桃花说，那你不是傻子？

唐源说，傻不傻要看你怎么样想。

毛妹问，那我怎么相信你有这个本事呢？

唐源说，这么讲吧，我是文化水平最低的律师，也是工人维权最成功的专家。你们有时间可以到我办公室去看看，我们楼上楼下住了二十多个打官司的人。

柳叶叶就笑了，心想这个人倒还真是敢吹，文化低反倒成了招牌。就说我们有律师，麻烦不到你。实在不行还可以上访，还可以靠政府。你快走吧。

唐源就瘸到她面前，慢慢地说，话不要说早了小姐，你以为上访能帮到你吗？你下楼的时候去看看大屏幕，那上头都写着呢。然后瞪她一眼就走了。

这个人的目光很冷，刀子一样，看得柳叶叶心里一抖，让人很难忘掉。深圳这个地方怪得很，什么样的人都有。

出去吃饭时她们几个都在大厅里站住了，不约而同去看了医院的电子大屏幕，看完了哪个也没吭声。那上面果然滚动着一条信息——深圳市信访者“六不准”：

> 根据《信访条例》第二十条规定，信访人在信访过程中应当遵守法律、法规，不得损害国家、社会、集体的利益和其他公民的合法权利，自觉维护社会公共秩序和信访秩序，不得有下列行为：（一）在国家机关办公场所周围公共场所非法聚集，围堵、冲击国家机关，拦截业务车辆，或者堵塞阻断交通；（二）携带危险物品、管制器具；（三）侮辱、殴打、威胁国家机关工作人员，或者非法限制他人人身自由；（四）在信访接访场所滞留、滋事，或者将生活不能自理的人弃留在信访接待场所；（五）煽动、串联、胁迫以财物诱使、幕后操纵他人信访或以信访为名借机敛财；（六）扰乱公共秩序，妨害国家和公共安全的其他行为。

医院里为什么放这个？哪个也没有说明，就是明明白白滚动着播放着。当时的感觉，好像眼睛蒙了一层纱，好像是进了法院而不是医院。她觉得那个赖汤圆正躲在哪个角落里，望着她们阴阴地笑。这个礼拜天真是邪了，把她搞糊涂了，先是跟桃花她们莫名其妙地吵，后来又跟这个赖汤圆讲不清楚。而她深信不疑的努力奋斗，向上向前，在桃花她们眼里就是老鼠药。是这个世界疯了还是自己疯了？

第十二章

42

马明阳这次回来是真的想大干一场，他把公司的铜牌钉在了深圳最具标志性的帝王大厦十八楼。“深圳市现代劳务派遣公司”，既现代又派遣，一点都不含糊。他的签名是让“明阳”二字直接骑上马背，龙飞凤舞，笔力恣肆，寓意多多，大厦的经理好几次都忍不住抬头仰望那张白净透明的脸。也有人劝过他，既然是跟劳动有关系，还不如在劳动局楼上租几间房，又便宜又沾光。他的回答是，劳动局懂现代劳务关系吗？谁沾谁的光还不一定呢。一个代表潮流、代表方向的新生事物只能让制度跟上它的步伐，而不是由它来迁就制度，这一点他确信不疑。

当然，他账上的数目字并不富余，但这并不能影响什么，一个好的创意何止千万？区区一点租金又算得了甚？

起点当然还是幸福村，在那儿有他熟悉的人脉，也有他的辉煌和耻辱。马明阳又回来了！

他对从前的老板说，不好意思啊陈太，过去我确实对不起你，我不该那么贪心，我再次向你赔罪了！他跪在榻榻米上向盘腿的陈太咚地磕了一个响头，转而又说，陈太你用的是什么牌子的香水？连袜子都这么好闻。

陈太一下就乐了，说阿阳这孩子，嘴巴真是抹了蜂蜜一样，啊呀呀不得了不得了。

作陪的黄老板也笑了，说那还不是你调教出来的？阿阳你要是个女人，我就包了你，还做什么做？累死。

陈太说，你要包多少女人才够？你早就该累死了。

马明阳是在一家叫樱之乐的酒店包的房，艺伎的歌声透过隔扇门飘进来，轻柔而有节制，房间里弥漫着一种未饮先醉的气氛。马明阳的目的当然是想做他们两位的生意，他并不隐瞒这一点。他说，二位老板都是我的前辈，我马明阳有今天，全靠你们提携了。请多多关照，多多指教！再次叩首。

黄老板看着陈太，说我是搞不懂他那些新名堂，这小子周游世界一趟，好像是多了几根花花肠子，所以我特意请你来听听。你对外面的事情知道得多，你要做我就跟着做啦，没所谓啦。

陈太说，我哪里晓得什么派遣啊？我也是第一次听到。

马明阳问，二位前辈都是办实业的，最头疼的事是什么？

黄佬堂说，头疼的事多了，资金，技术，市场，人工，哪样不头疼？哪样都能要你的命。

马明阳说，从前最难搞的是前面几样，资金，技术，市场，还有政府部门。现在这些都不难了，花点小钱就搞掂了。现在最难对付的是人，是工人。从前人不值钱，你随便挂个牌子就能办公司，人比狗都多，现在你试试？钱多了你花不起，钱少了他们又不干。现在新《劳动法》就要生效了，时代变了，你还不变？

陈太哇哇叫道，是啊是啊，就是工人最难搞！陈太公司的事故让她有一肚子苦水。她说一个个狮子大开口啊，凶得来不得了啊，好像我欠了她们一样，辛辛苦苦白做了。哪里是她们来打工？明明是我替她们打工啊。

马明阳问清楚事故情况，笑了，说陈太呀，这种事情完全可以从技术上操作一下的嘛。

怎么操作?

常来临是老企业了，这点手段还没有?

陈太说，常来临就是太老实了呀。

黄老板笑道，老实人可以做老公，做情人也可以的。

陈太捶了他一拳，说你这个脑子激素太旺盛，不跟你讲了。阿阳你告诉我怎么操作，我不会亏待你的。

好简单的啦，不承认她们员工身份可不可以?不承认工伤可不可以?电脑在你手里嘛，工资单可以删除的嘛。实在不行就跟她打官司，拖死她。

陈太好看的眉毛挑起来，可以这样的吗?

马明阳说，我给你介绍一个律师，他们是这方面的专家，不过这帮家伙收费很高。有时间我也给你去劳动局问问，看有没有空子可钻。办法总是人想出来的。

陈太就说，那就拜托你，帮我想想办法啦。

然后他开始介绍业务了。他说，像日本这样的富裕国家，传统企业的老办法都搞不下去了。终身雇佣，早就跟着经济泡沫一起破灭了，像松下丰田宣扬的那种“终身归属感”早就见鬼去了。中国还能撑多久?九十年代以来日本就开始盛行“派遣社员”制，其实就是临时工制。好处就是企业可以规避法定责任，你只管赚钱好了，责任全部由我派遣公司来承担。这种方式已经占到全日本劳动力的三分之一还多，我相信中国很快就会全面铺开。新《劳动法》就要实行了，这是个机会，你们不做别人就走先啦。

黄老板看着陈太，陈太看着马明阳，三个人互相看着好半天，谁也没吭声。只是黄老板咕咕噜噜说道，如果工人都改成你的人，我当老板的还有什么劲?我的“王国”不就被你控制了?

马明阳笑，你到底想赚钱还是想当国王?这个想法我还是第一次听到。

黄老板说，钱也要赚，国王也要当，两样我都要的。

陈太的想法不同一些，她满脑子都是事故。说阿阳你要是帮我把事故赔偿处理好，看看能找出什么空子来钻钻，我就同意你来派遣。我晓得你脑子灵光，办法总归想得出的。拜托啦！

聊来聊去，并没有什么实际收获。可马明阳还是很振奋，他相信眼前这两位一定是他的第一批客户，跑都跑不掉。而陈太，他过去的老板，更是眼巴巴地等着他出招呢。他分明听到了他的市场在喧嚣，有无数只抓着钱的手伸出来买他的创意，我也要，我也要，就像海啸到来时海平面通常会突然陷落一样。

买单时他对领口很低的和服小姐轻轻一挥手，不用找了。那小姐一躬到地，说了声不好意思。

他说，既然干了，就别说不好意思。

小姐一愣，脸红红地退出去。

43

从观澜回来以后，常来临眼前总有一只高尔夫球在滚动，摸不着也抓不住，而那一大片青草也茂茂盛盛地在心里成长起来，弄得他有点心烦意乱。表面上他还得维持住温文尔雅的微笑，有条不紊的工作安排，内里其实一直七荤八素的。想来很奇怪，既然跟陈太已经把话挑明了，就应该更加轻松才对，而事实上他比原先更操心了，似乎陈太的一举一动，一点一滴都在他的职责之内。他不是那种轻浮外露的人，一般的事都可以隐忍不发，但这样艰苦的把持确实很累。

陈太没有解释她和谁在一起，为什么关机。她不提，他便不好问。其实他试验过两次，故意半夜两点打电话过去，跟她讨论受伤女工的处理问题，搞得她要疯了：几点钟了呀？阿临！

这说明，她不关机是正常的，关机一定是有特殊的理由。他相信这一定和性有关。是谁呢？谁那么有魅力那么有权威？麦瑞？太不可能了。杨书记？似乎也没多少迹象。那还有谁呢？是她家里躲藏着另一个他不知道的人？似乎也不太合情理。

本来他已经了断了一种可能，可是却冒出无限多样的可能。没错，他是拒绝了陈太，他不能对不起袁敏，他决心做一个好人。可是内心里又觉得陈太不应该和别人有瓜葛，这种感觉很奇特，就好像他真的成了兄长，要保护自己任性的小妹妹。其实即便是妹妹，也不好去干涉她私生活的，这个道理是明摆着的。而另一个显而易见的道理是，陈太和陈太的公司确实分量越来越重。

陈太还是那么忙，出差很多，应酬很多，有时候带着常来临，有时候不带。阿弟的情况不太好，换血已经不能挽回什么了，已经到了针管插不进去的程度。生命正在一点一点地离开他的躯体，这种离开是眼睁睁看着的，所以悲痛已经变得不那么剧烈，就像一堆七彩的肥皂泡，尽管绚丽，吹它的人其实是等着看它的破灭。

这天，在陈太办公室，她突然说，对不起！

常来临没吱声，只是抬眼看着她。

陈太说，我知道你一直对有些事情耿耿于怀，但是……实在不好意思！

他有点乱了，说，没有没有。

陈太说，我不傻。你不问我也清楚，但你不问你就更可爱了。

他赶紧说，这段时间倒霉的事太多，不要再提这些了。

其实他是来商量放粮的事。公司已经三个月没发薪水了，连写字楼的钱也发不出来。火灾以后，各种开销一日紧似一日，这时候更加不能停工，一旦停下来那后果更不堪设想。财务总监也说不清楚是怎么回事，总之要开工就要进货，要出货就要开工，出货还要开出信用证，要开信用证就要资金抵押。他本来想好好问问这件事，但陈太的情绪太糟糕，话到嘴边又咽回去。她还主动提起那件事，还道歉，让他突然觉得这个妹妹好可怜好辛苦。以往，她还能说我是个女人呀，我干吗要管那么多？而现在，她连撒娇的力气都没有了。这样一个妹妹遭受接二连三的打击，你还要她怎么样？她越是敷衍和冷淡，越是显示了她的柔弱和凄美。你不帮她谁来帮她？

他突然觉得确实是太注意自己的感受了，完全忽略了别人的想法。这样想想就突然来了灵感。他说，陈太？

陈太抬起头，示意他去把门关上。

他没去关门，而是说，七祭那天，我们为阿弟办一个哀悼日，你看怎么样？

陈太睁大眼睛，这样行吗？

他说，有什么不行的？他们庆丰公司早就做过，黄老板父亲去世，全公司都披麻戴孝呢。他们公司天天唱《大海航行靠舵手》，不也没人管？我们不搞披麻戴孝，我们搞新式的，戴黑纱。这样对你是个了结，对员工也是个交代，毕竟很多人是献了血的。

在常来临看来，陈太为弟弟伤心是可以理解的，但长期这样下去对陈太对公司都没什么好处，应该有个解脱的办法。当然这样的突发奇想也不是完全没有来由的。那天他们路过庆丰公司，亲眼看见黄老板给员工训话时，先让合唱《大海航行靠舵手》：

大海航行靠舵手
万物生长靠太阳
雨露滋润禾苗壮
想发财靠的是黄佬堂思想

当时陈太还不太明白这歌曲的来历，一个劲问黄老板这个歌是什么意思，为什么要唱这样的歌？难听死了。

黄老板是个木匠出身的木材大王，坦率得很，说，这个歌不知道吗？好有名气的，你问问小白脸书记就知道了。又说，我是个粗人，现在名也有了，利也有了，还想怎么样？不就是想过过瘾吗？其实关于他们公司的小段子还有不少，大多出自黄老板本人的嘴巴。比方："东西南北中，发财到广东，广东有能人，能人在庆丰！"其实这也是企业文化，只是上不得台面罢了。所以赵顾问每次大谈企业文化，就是谈不了庆丰。其实他也很想谈庆丰，但谈不了，只能谈宝岛。宝岛有能人，能人就是常来临。

这天早上，公司写字楼蒙上黑纱，奏起哀乐，两千名员工进来时都戴了黑纱，有人还主动扎了白花。陈太站在大门口，素衣素裙，神情凝重，不住地对大家说，谢谢了，拜托了！

幸福村的文总亲自来献了花篮，鞠了躬。赵教授还把常来临拖到一边狠狠夸了他几句，说你们宝岛电子越来越像一个大家庭了，这都是企业文化啊。好好搞，你一定会有发展的！

这次活动花钱不多，但效果奇好，陈太非常满意。她说，在台湾哪能办成这样的事？想都不要想。在越南也不行，越南人也厉害得不得了。

常来临笑而不答。心想那要看什么人来办事，在大陆也不是什么事都办得到的。在这样的时刻，他感受到了事业，每一个念头，每一项措施，都在为事业添砖加瓦。这是一种实实在在的付出，也是一种确确实实的收获。

这晚，两个人在外面酒吧里喝了点酒，陈太在幽暗的烛光里嘟嘟哝哝，一刻不停地说，自言自语地说，声音越说越低，越说越低，也不知她在说什么，听得他耳朵痛，可他还一直坚持着听。后来陈太自己也笑了，说，我赖上你了，以后恐怕舌头都会肿起来的。你烦不烦？

常来临也轻轻笑了。什么叫成功？这就是。什么叫得意？这就是。人生啊，人生啊，多么奇妙！从前在彩练毛巾厂，他也有过很多策划，搞过很多活动，得过不少奖励，但是还没有过这样的满足感。怎么说呢，这是一种更加充分的释放，一种更加自由的创造，你随便想一个点子就能变成现实，从前有过吗？

不过这样的状态并没有持续多久，陈太不久又回到神情恍惚里去。她懒得再听公司的事情，把公司的事务完全交给了常来临。问她什么，她都提不起神，啊呀阿临啊，这些小事情你自己处理好了，我忙得来焦头烂额！问她在忙什么，她说是在找钱，找钱啊你知不知？不找钱这些打工仔怎么办？你有没有办法贷到款？

陈太的这些变化让他有时很满足，觉得陈太完全放心让他去做，很有成就感，有时又有些疑惑，感到她对自己其实是失望，她是用慵懒的方式表达她的失望。

找钱，这当然是最大的当务之急了，公司三个月没有放粮，还有好几个受伤的人没有善后，都要用钱。钱从哪里来？当然得靠陈太去找。

只要陈太找来钱，一切都好办了。他对员工们也都是这样说的，大家要有耐心，解决任何问题都要有过程，你们要给人家时间。常来临相信陈太是能找来钱的，她在越南还有工厂，在世界各地都有不动产，她还有好多好多的朋友。他甚至设想过，如果有一天陈太完全把公司交给自己，绝不让她再为这些事操心了，这对她是一种残忍。

但是有一次，他发现陈太和马明阳黄老板他们在一起有说有笑地喝茶。当时他去干什么来的，忘了，反正肚子咕咕叫，顿时就来了气。还有一次他去劳动局办事，商讨伤残人员的补偿政策有无变通办法，意外碰见了神色诡异的马明阳。更加意外的是，马明阳匆匆出去，坐上了老胡的车。他追出去，想看看车后是不是坐着陈太，可是没看着，后窗是拉着窗帘的。这令他大为恼火。当时就拨了电话，问她和谁在一起。

陈太说，和阿阳啊。你来不来一起吃晚饭？

他说，不吃！

马明阳是什么人？一个长着娃娃脸的无赖、流氓、贪污犯，开一个公司就成人物了？跟这样的人在一起有什么好？他骗了你那么多钱都忘了？我常来临鞍前马后跟着你陈太累个什么劲呢？

陈太很快发来了短信：生气啦？他不理。接着又来短信：拜托，不要那么小气好不好？他还是不理。紧跟着又来了电话，他坚决不理。

仔细想，常来临也觉着好笑，马明阳是什么人？手下败将一个，跟这种人有什么可计较的？说下天来，陈太还不至于相信他吧？这倒确实是显得自己小气了。反过来想，也说明自己陷得太深不能自拔，才会这么反应激烈。说不定，是陈太一种欲擒故纵的小伎俩，故意用马明阳来刺激他也不一定，她总是认为自己不够灵活，不如马明阳鬼点子多，但现在宝岛公司还能离开他吗？他要走了立马完蛋。到了晚上，陈太再来电话时，他已经完全平复了，甚至还有点小快活。不管怎么说，是她先打来的。这种枯燥的千篇一律的生活有时候来点小刺激，斗斗小心眼，也还蛮有意思。

他说，不好意思，下午是我冲动了。

陈太说，哈，你吃醋了吗？你也会吃醋的吗？

他说我怎么不会吃醋？我是很人性的哦。

陈太说，哼！

然后他就舒服了，彻底舒服了。他说，你跟你那个阿阳是借到钱了还是贷到款了？

陈太噎了一下，说阿临，你这个人太传统了呀，做朋友做大哥都是可以的，做生意就差得远。阿阳这个人是不太可靠，但人家头脑确实比你活络，听他讲讲有什么坏处？生意场上没有永远的敌人，也没有永远的朋友。这个道理你总是晓得的。

常来临不服气说，那他给你出什么点子了？

陈太说，具体点子倒是没有，但我一讲工伤事故，他的第一反应，就是怎么样规避，你想到了吗？我委托他帮我想想办法的。

常来临说，他那些办法你敢用吗？那都是阴招损招，一肚子坏水，你又不是没上过当！他的点子无非就是翻脸不认账，改电脑资料，耍无赖，我闭上眼都能想出来。是不是这么说的？他是光棍一条，你是个正经企业家！

陈太不吭声了。

他越说越气，其实马明阳的劳务派遣公司他和陈太议论过的。所谓“派遣”，就是他把工人招来，让用工企业使用，这样就可以规避三险和长期合同，他坐收管理费。那些交过保证金的他负责买三险，那些没钱交的，人没到公司就已经欠下债了，有四个月是给他白干。总之是钻《劳动合同法》的空子，空手套白狼。当时陈太还直摇头，现在把他当成宝了！

陈太说，马明阳确实把全世界的劳力市场都考察了一趟，听他讲讲，开开眼界嘛。你怕什么？

他只好说是，我怕什么？心想，公司是你的，花钱是你花，我怕什么？

宝岛电子只买过一次员工三险，是强制性的，后来就再也没买了，开销太大。真是事到临头了，又觉得还是买了划算。可谁能想到会出这么大事故呢？就算能把劳动局长搞掂，谁又能把那么多工人搞掂呢？

陈太说，你再想想吧，我也再想想。

他说，好。

起风了，一股气浪突然把窗帘掀起来，刮在了他的脸上，啪的一响，就像冷不丁被谁抽了一个耳光。转身四顾，纸片吹了一地，看看，都是空白的。他下午复印的那张纸呢？

那张纸就在他裤兜里，已经被他揉烂了。

是他从劳动局复印来的深圳市最新的工伤补偿标准，本意是让陈太有个心理准备。可当时就被陈太揉成一团摔在他身上。其实她看不看都一样，这些都是登在报上的。他明白，陈太反感的不是这些数字，而是这些数字背后传递的信号。

伤残等级，一级。常见伤残情况，1. 重度面部毁容，伴中二级伤残之一；2. 双眼无光感；3. 双下肢高位缺失及一上肢。一次性工伤补偿金额，70214 元。一次性工伤辞退费 315963 元。补偿总额，386177 元。

陈太问，一张脸值这么多吗？

在陈太的印象中，报上一直在说一条命才二十万，现在突然冒出来一个新的标准，一张脸三十八万！这就好像上了公共汽车才知道汽车票比飞机票还贵，有种被敲诈的感觉。陈太说，我这张脸卖给你三十万，你要不要？

常来临越是明白陈太的感受，越是不明白自己究竟应该怎么做。一个优秀的职业经理人当然应该提供最准确的信息和判断，可问题是，张毛妹伤成了那个样子，不该多给她一些补偿吗？一个好经理应该怎么做呢？

44

柳叶叶没有想到的事终于发生了。

先是医生催毛妹她们去办出院手续，而后是住院部说她们几个都欠费，不能办。她们拿着单子楼上楼下来回跑，傻子一样被人家训来训去。柳叶叶给公司的财务打电话。会计说，公司几个月都没钱出粮了，你不知道吗？

她说，那你叫她们怎么办？

爱怎么样就怎么样。啪！挂上了电话。

倒是毛妹比她们冷静，目光直直地说，走吧。

她们说怎么走啊？

毛妹说，就这样空身子走，什么都不要拿。她们几个就像小偷一样逃出来了。

回去是坐的中巴，柳叶叶怕毛妹的样子给人家看到，一直在前面护着，她们几个都不吭声，气氛很凝重。但毛妹包脸顶纱的模样还是很惹眼，一车的人都指指戳戳。停车的时候，有几个男的还喊，什么美女啊不给人看。柳叶叶开头没吭声，后来说多了就发火说，人家是受了工伤，一点同情心都没有！

毛妹拉拉她，叫她不要理。可那几个还在起哄，毛妹就把纱布掀起来。

车里“啊”了一声，然后全部蜡住，再也没人多嘴。那一刻她看见毛妹的眼里有亮光一闪，不是眼泪，倒像是一种坚决的声音。这是无声的语言，把所有的人都震住了，也让柳叶叶心里咯噔一下。她相信，也就是那一刻，毛妹把所有的事情都想通了。

进了公司写字楼，更是鸦雀无声，大家都过来看了，摇摇头然后走开。毛妹平静下来，那块纱任什么人想来掀掀就让他掀掀，她不说话也不着急。

柳叶叶说，医院里手续还没有办。会计笑笑。

柳叶叶问，这个事找哪个呢？会计又笑笑。

柳叶叶问，常书记在不在？

会计这才开口，说我们也在找常总呢。

毛妹想想说，还是先回宿舍吧。几个人就出来了。

但宿舍的床位已经被别人占了，毛妹的东西都被拣在纸箱子里。柳叶叶也没有想到会是这样。毛妹看看，说就这样吧，我先跟你挤一晚。柳叶叶点点头。

但其他几个妹子受不了了。那个小许住在七楼，她从七楼往下飞包，飞盆。然后骂成一片吵成一片。

这一晚，柳叶叶翻来覆去困不着，她搂着毛妹，好想劝她几句，就是不知该劝什么，觉着劝什么都好像是假的，是装出来的。

毛妹一直不吭气，怎么问都不吭，弄得她好怕。事情到了这一步，她只希望常书记快点回来，给毛妹一个说法。不管人家怎么样讲，常书记是好人。好人也不是万能的，好人解决问题也需要过程，你要给人家时间，也许人家现在正在想办法呢。

到了后半夜，落了点雨，空气里有了点花香，一点一点飘进宿舍里来，这时毛妹开口了。说叶叶你不要担心，出了工伤就要辞退，我早就晓得。我这个样子也不可能留下来，还不如自己走。我明天就到小青那边去种菜，一边种一边等，等拿到赔偿金我就回家。我好想家啊。

柳叶叶心酸了，泪水一下喷出来。你们都走了，我怎么样办啊？一起来的老乡一个都不剩了。

其实她难过的不是这个，这个结果她已经晓得了，她难过的是这样的结果太冷酷了。她说无论如何你都要等到常书记回来再走，他不会这样对你的，那些人不代表他，那些人也不代表公司。常书记绝不会这样冷漠这样绝情的。

毛妹替她理着头发，说，我以后要是跟公司有麻缠，你千万不要出面。你的心思我晓得，你出面对你不好，真的不好。

有啥子不好？常书记不是这样的，是他把你招来的。

毛妹说，公司不是常书记的，是老板的。常书记也是个打工的，也许他有他的难处。你说他们不晓得我们回来了吗？肯定晓得。只是他们不愿意见面。

这一问倒是把她问住了。也许他们确实有事情呢？也许他们正在外头找钱。公司已经几个月不放粮了，没有钱他怎么好见你们呢？没有钱什么问题都解决不了。

她说，常书记好有爱心的。

毛妹摇摇头，叹了口气，又摇摇头，叹了口气。不过这样说说也好，说说心里舒服一点，说说三星就偏西了，说说天就快亮了。有句话说得好，每一天的太阳都是新的。

毛妹说，你以后自己也要当心一点，凡事不要太死心眼，一厢情愿的事不要做。

她晓得指的是什么，说，好，好。然后就困死过去。

毛妹什么时间走的她不晓得。

她晓得的是，常书记第二天没出现，第三天也没出现。等到他出现的时候，小王、小李、小许她们三个也走了，出了工伤的人全都走了，走得无声无息。公司里平静得很，好像什么事情都没有发生过，从来没有那七个人，只剩下烧毁的厂房像个骷髅躺在那边。哪个也不再议论这件事，生产还在继续，生活还在继续，这种平静太奇怪了，是一种令人不安的叫人害怕的平静。

直到毛妹走后第四天，主管让柳叶叶到写字楼去一下，她才晓得公司一直是由律师在处理这件事。律师是个女的，很时尚很高贵的那种，问她能不能联系到毛妹。

她说当然可以，就留下了小青的电话。

律师又问，张毛妹家里是不是经济上很困难？

她说是的。律师说，你能不能写一个旁证材料，说明一下她家的情况？

她就写了，舅舅的缩骨症，舅妈的风湿腿，还有小妹得的怪病，这些都要花钱，都要靠毛妹打工。她问，写下这些是不是可以多赔偿一些？律师说你只要把真实情况写下来就可以回去了。她想再多问一句都问不到。

律师说，这些都跟你没有关系。

这句话让她很恼火，没有关系你找我干吗？扭身就去找常书记。这回常书记在。

常书记笑着说，我知道你会来。

听到他这样说，她就想哭。她说这几天都在找你，打电话也不接，发短信也不回，她都急死掉了。她说毛妹好可怜，毛妹好想见你一下，毛妹怎么办啊？

他一直静静地听她把这些牢骚发完，才站起来，走过来，从她身边走过去，去把门关上，这些动作让她心里咚咚跳。她以为他会把手放在头顶上了，她好想他这样做，但是他没有。

他重新坐下，盯着她说，柳叶叶，你是个很有发展前途的女孩，爱学习又爱好文学，还是个打工作家，我是一直看好你的。公司还打算提拔你做主管呢。

她没有吭声，但已经不想哭了，她在等他说。

但有句话我不得不告诉你，可能你接受不了，接受不了也没有关系，我只是把事实真相告诉你。大家一直都以为张毛妹是为了抢救公司的财产才去扑火的，我也是这么认为的，但事实上可能没有这么简单。社会太复杂了，人性是复杂的啊。

柳叶叶张着嘴，傻了。什么意思啊？

根据消防局的调查，如果当时张毛妹不去扑火，不去组织大家去冒险，而是主动撤离，她们几个人就不会伤得那么厉害，也就不会有今天的麻烦。

这话什么意思啊？

也就是说，当时她完全有时间撤离，可是她却去组织工人扑火。这都是有充分证据的，你看，消防局的结论，受伤人员王小娟、李美丽、许桂花都写了证词。当时她一定要那么做，是不是有其他的动机？她家里是不是非常困难？她有没有可能在利用这个机会？你对她家的情况是了解的，你说呢？

原来律师让她写的材料是证明毛妹有其他动机？她觉得天塌下来了，楼板都在摇晃。原来消防局有结论了，原来小王、小李、小许她们也写了，难怪她们都不见了。

她跳起来，扑到他面前说，你是说毛妹故意把自己弄伤的？不可能，毛妹根本不是那样的人！

常书记说，我也没有说肯定是，我只是说有可能，人性是复杂的啊。你以为你了解，我也以为我了解，实际上只有她自己最了解。所以我们才要实事求是，她家里是不是很困难？

她家再困难，也不会做这样的事啊。

你只要证明她家里困难就可以了，别的什么都不要说，我知道你们是好姐妹。

我怎么能做这样的证明？把毛妹往火坑里推？说毛妹自己往火里跳，打死我也不信！她叫起来，她要去找那个律师。

常书记拦到她说，你不要激动，不做也没有关系，写了也可以收回，我不勉强你。其实公司也不敢肯定。我们只是要把事实搞清楚。但是不管怎么样，出于人道主义，公司也要给毛妹一定帮助的。

柳叶叶扑在他的桌子上，常书记你是个好人，毛妹一直都这样讲，我更是这样想，我们都把你当作亲人当作大哥哥一样的啊。

常书记怔了一下，说我是个什么样的人，你了解就好。我也没说要怎么样吧？实事求是，好吧？ OK？

再一次听到OK，已经没有上次那么反感了，相反，她有一点明白了。明白了公司的态度，也明白了这两天的平静，明白了这种不安。她只是不明白为什么这样的话是由常书记嘴里说出来。有一个幻影，像冰山慢慢崩塌一样在她心中开始消失。她的心裂开了，好疼。

是的，毛妹当时是可以逃出来。是的，毛妹家里是很困难。是的，她就是写了也算实事求是。但是你要搞清楚的是什么？是毛妹别有用心？是她用自己的青春容貌在讹诈公司？你怎么想得出来？

她退出来，走到门口，想想又问：常书记，王小娟她们也是你喊她们写的吧？实事求是？

常书记笑了一下，慢慢地，那个笑就硬在了脸上。

45

这是规避技巧培训班的课程大纲：

第一讲　全球经济一体化下的劳工问题

第二讲　《公司法》《会计法》中的法权关系安排

第三讲　《劳动法》：管理劳动的法

第四讲　问题员工的降职、降薪技巧

第五讲　未违纪人员的辞退技巧

第六讲　香港“八佰伴”破产引出的教训

第七讲　世界各国的工会陷阱

第八讲　《劳动合同法》：我们应如何面对

这是马明阳那个现代劳务派遣公司办的“技巧培训班”。培训班的地点选在了帝王大厦，坐在座位上就能俯瞰深圳全貌远眺香港铜锣湾。马明阳博士，他说他是博士，此刻手中正拿着这张纸给学员讲解听课须知。这个培训班十分火爆，请的都是名校的教授，学费一万,一百二十人的班三天就报满了。参加的都是企业老总，人事资源部经理和人事主管。老总们都希望知道依法规避责任、不承担后果的妙方。陈太一定要常来临来听听，不来不行。陈太说，拜托你阿临，不要小家子气好不好？说到底，常来临还是怕她的，陈太真要生气了他可不乐意。

现在陈太就坐在他身边，像个清纯的大学生。她没有化妆，可还是鹤立鸡群引人注目。他们当然不用交费，这点面子马明阳还是给的，这使常来临多少有些得意。

马明阳这小子是聪明，不费事就把一百二十万骗到手了。但这样的聪明又是常来临所不齿的：只会夸夸其谈，处理不了任何一点企业的实际问题。带着这样的心理常来临甚至有点恶作剧的想法：如果张毛妹那张恐怖的脸此刻突然出现，如果张毛妹直接上了讲台会怎么样？

其实马明阳不会讲话，这个这个，一口一声。常来临就是把嘴巴缝起来也比他顺溜。晚装里头打个领结手上拿几张纸就敢称博士，哼！但这小子愣是成功了，你有什么办法？他说中小企业的存活期，全世界的统计数据是五到八年，办这个培训班的目的就是要破解这个难题。全世界都破解不了你能破解？

接下来的香港教授倒是真的很威水，上来就说，各位是老总，让你们来听课确实委屈了。但你们对资本流动有多少了解？对全球劳力市场有多少了解？不客气地说，你们的知识基本为零。你们只会发牢骚，埋怨政策变了，政府不给你们更多的优惠，你们根本不清楚，其实中国是个真正的投资天堂，没有哪个国家像中国这样好！中国有多少人口啊？这个人口红利有多大啊？你们算过没有？你们有钱不赚让别人来赚？然后把一头雄狮样的灰白长发往后猛地一甩。哗——掌声。

他接着说，就在你们隔壁，前几年日资的“八佰伴”破产事件还记得吧？他下午宣布破产，晚上香港特区政府就出来说，员工不要慌，香港特区政府会对你们负责的。香港特区政府是傻瓜吗？当然不是。但香港有《劳工法》，《劳工法》规定企业的第一债权人是员工，他没有办法，他必须管。我们这边就没有，我们这边企业破产是按税、贷、费、债的顺序进行清偿。想想，员工在这个顺序里有位置吗？提都不提！这是多么大的优惠？我不是咒你们破产，而是说这里面透露出来的信息是多么诱人！哗——鼓掌。其实关于《劳动合同法》，我跟北京讲过多次，你们要吃苦头的，不听，不听我也要讲！哗——热烈鼓掌。

接下来就开始第一讲，也很精彩。但教授多次提到了马明阳，说马明阳亲自考察了各国的劳力市场，是个年轻的劳工问题专家，是企业界的又一颗新星。一顿生猛海鲜愣是吃出咸肉骨头来，总归是有点不爽。

听课后马明阳请张教授吃饭，一定要陈太留下来作陪。尽管心里不舒服，但陈太要留，常来临也就欲走不能了。另外作陪的是劳动局何先生和赵顾问，他们两个也对张教授的课赞不绝口，说是高屋建瓴惊世骇俗。

那张教授把头一甩，做仰天长啸状，说北京不听啊，听我的话中国早就不是这样啦。又说，我老啦，将来就要看小马他们的啦。说罢大笑，狮子头一颤一颤地仰上去，很苍凉很悲壮。

马明阳慌忙站起来摇手，惭愧惭愧，无地自容！我是晚辈，还要各位多多提携。不是陈太当年收留了我提携了我，我哪有今天啊？

然后第一杯就为陈太的慧眼而干。张教授说，是啊，你们应该多多提携小马，你们养那么多工人干什么？统统改成派遣，过了年新法就实行了，不改干什么？

陈太说，是啊是啊，我正在考虑。

常来临这才明白，马明阳这个老鼠拖的木锨大头还在后面，一百二十万还是个小钱。可他究竟有什么本事把这些人都糊弄住了？这样一想，问题就严重起来，一口凉气也呛进肺里。

陈太不是傻瓜，她眼界开阔得很。其实哪个企业家不想建立一个自己的王国？连黄老板那样的土包子都知道过过瘾，要风要雨全凭高兴，为什么要接受派遣？派遣不就意味着管理权拱手让人？难怪陈太这些天一直跟马明阳接触，也难怪在受伤理赔这些小事情上寸步不让，还亲自指定律师来处理！

劳动局的小何也说，《劳动合同法》现在弄得是鸡飞狗跳，这边辞退那边跳楼，跟在后头擦屁股都来不及。整个广东都乱了，这是严重倒退！他说，老板也不是傻子，他替你拿铁饭碗养工人吗？都要赶在年底前把人清理掉。所以省政府也慌了，马上要出台一个文件，凡是辞退二十人以上必须报批。那有什么用？人家辞退十九个行不行？

赵顾问说，我也感觉最近气氛有点不正常，为什么都赶在年底处理这些事？

小何说，新法过年就实行了，这个都不知道。

张教授说，你们也不用紧张，中国跟国外绝对不好比的，小马去考察过啦，那里的资本才叫紧张！

赵教授讲，快说说！

一时间屋里光线都黯淡下来，马明阳的白嫩的娃娃脸陡然大放光明。马明阳说，其实培训班里都会介绍的，我简单说一下我看到的情况你们就明白了。比方说工会，国外工会是非常厉害的，中国哪里有？比方拉美最大的中资企业是首钢去办的，它开除了一个罢工工会成员，结果造就了一个秘鲁工人英雄，在工人支持下他先是当选议员，后来又当了秘鲁劳工部长，他的女儿还当选首钢秘铁所在市的市长，首钢一下就瘪了。拉美工人不好惹，中资企业又看上了非洲，那里不但穷，工资低，而且政治比拉美落后。但很快就发现非洲的新闻传媒厉害，竞选双方都要拉劳工的票，劳工利益也得罪不起。后来又发现，非洲人国家意识虽然淡漠，但部族意识却很强，一旦发生劳资纠纷，当地本部族人就来闹事。所以最后看来看去，还是中国劳工最顺从。一家中资企业从国内输入一百五十多人当保安，占全部雇员的百分之八十以上，实际上他们都是一线工人。这在当地是违法的，结果又引起了舆论风暴。

中资是这样，外资也一样，资本趋利避害天经地义。发达国家就不要说了，欧洲各国都是福利国家，美国加拿大动不动就闹罢工，跟玩似的。这次法国大罢工，表面看是为职工的退休保险，其实说白了就是资本和劳工的最后较量。如果政府赢了，罢工就会成为一个历史名词。如果工会赢了，资本就会更快地撤出法国。连印度这样的低工资国家，都因为工会太强大了，赚不到钱，印度的塔塔财团还想把汽车产业向中国转移呢。所有迹象都在表明，一场全球性的变革正在到来，它不是高工资地区向低工资地区的产业转移，也不仅仅是经济发展阶段上的产业转移。好像是全球一体化了，各国产业分工不同了，不是，那都是表面现象！

那你的结论是什么呢？赵教授问。

结论是，中国人最老实，中国才是真正的投资天堂。

一屋子人哈哈大笑，说妙，吃菜吃菜！

常来临不服气，觉得是天方夜谭似的奇怪逻辑，说，照你这样讲，不是中国在救资本主义？

马明阳的娃娃脸转过来说，很可能是。我瞎说啊，它很可能意味着地球上二百多年的工人运动，一百多年的民主福利制度，几千年的人类平等想象，随着资本的全球化最后哗啦一下，全都谢幕了。他把五指叉开慢慢垂落下来，那样子绝对恐怖。

陈太尖叫道，他们都谢幕了，我们赚谁的钱啊？

马明阳更加深沉了，说这正是我忧虑的问题。

劳动局何先生频频点头，说马总你是真动了脑子的。

哪里哪里，马明阳谦虚道，你们几位都是我的前辈，在你们面前我连灰都算不上。

何先生叹息，长江后浪推前浪啊，你才是真正吃透了政策的人，了解政策意图的人，思想解放的人，深圳将来就看你的啦。

赵教授还在笑，是谁想出来的？辞退二十人以上要报批？尽干这些没用的事。老板管你什么省政府文件？

何先生说，话是这么说，压力还是有的。

马明阳说，现在中国劳力市场乱就乱在没有一个伦理规范，比如像三纲五常那样的东西。封建时代为什么稳定？就是有个三纲五常，有个工作伦理摆在那儿，每个人都可以对照对照。

何先生把筷子一撂，说得好，说下去。

张教授也说，这个思路好，软实力嘛，我们也要想出个核心价值观。

陈太说，你们一搞“三纲五常”，我们女人就要倒霉了。

何先生说，应该叫“新三纲五常”。不是针对女人，是针对社会的，马总你继续说。

马明阳说，我哪行啊？我就是瞎说的。您是大机关的，站得高。张老师、赵老师都是大教授，学问大，我哪敢胡说啊？

何先生说，赵老师是搞哲学的，经济问题是外行。还是你们这些在第一线的经理有想法，脑子活。一下就搞出一个劳务派遣公司，厉害！其实《劳动合同法》里的劳动派遣不是这个意思，厉害！

赵教授有些不服气，说其实在海外，哲学就是文科学问的总称，所有的文科博士都叫哲学博士，哪里分得这么细。

何先生把眼一斜，那你也想一条出来啊？

马明阳打圆场说，我瞎想了一条，算是开个头：你们看，资为劳纲，怎么样？

张教授说，有点意思。

何先生说，我提一个，官为民纲。

张教授把桌子一拍，也有点意思。继续想！

赵学尧说，西为中纲？

何先生说，对头！这就上路子了。西为中纲，官为民纲，资为劳纲，妙！你以为那些响亮口号是怎么来的？就是喝酒喝出来的。再想，再想个五常出来。

马明阳说，我是想不动了，我只知道香港有个张五常，厉害。

赵教授说，这是一篇大文章啊，“新三纲五常”！可以搞得振聋发聩，举国撼动。我那本薄书一定把这个意思也吸收进来，变成一部全面指导新时期的大书，纲领性的，全面性的，伦理性的，贯穿一个时代的。

何先生看他已经出神，说这哥们又在幻想一夜成名了，三句话不离他的书。赵老师？赵老师你要能把新三纲五常搞出来，我包你一炮走红，青史留名。

赵教授说，这要慢慢想才行，要准确，要高瞻远瞩，要有概括力。

何先生就笑，说我先给你贡献一个字。

张教授说，你们都说了这么多，女士还没开口呢。

陈太就叫，哎呀你们这些知识分子搞得来，我头昏脑涨！要我说就是爱，怎么样？这个“爱”字一定是少不了的。我们女人只要爱情至上。

大家都说，好！干一个，为爱情干杯！

赵教授说，除了爱，还可以说几个字，权，钱，信，不可少吧，还有爱，还有什么？

常来临忍不住了，叫道，耻！

赵教授说，对，就是耻，知耻近乎勇嘛，几个了？权钱信爱耻，已经五个了。

常来临心想，这个耻其实是无耻，可他们居然也叫好。

马明阳说，不好听不好听，听不清楚，还以为是权钱性爱史呢。

一桌人都喷饭，大笑，过瘾，真过瘾。今天这顿饭吃得值，有收获，都认为这个事值得认真做，一定要把“新三纲五常”打出去，都答应回去好好想一想。

赵顾问总结说，其实文明都是被圣人教化出来的，没有哲学家就没有今天的世界。五四那一代人非要鼓吹激进主义，否则中国哪是现在这个样子？鲁迅在《一件小事》里写的那个被人力车夫撞到的老太太，其实在今天看就是一个碰瓷的，有什么大不了的？结果中国人就被教化成这个样子。

陈太问，什么叫“碰瓷”的？常来临给解释了半天，她才听懂。听懂了，她的眼神就直起来，直直地逼在了常来临的脸上，搞得他很不自在。

分手时，已经半醉的张教授嘟嘟囔囔，突然提出来要陈太拥抱他一下，爱一下嘛，就一下。那意思好像是说，他到大陆来还没有哪个女人敢说不爱他。

说得陈太很尴尬，脸上在笑，脖子已经僵了。常来临也一下紧张起来，随时准备冲过去。

好在陈太机敏，说阿阳都给你安排好了呀，是不是那个靓女？阿阳？阿阳？

马明阳说是是，赶紧把他拖走了。

常来临上了车还在骂张教授什么东西。然而陈太一点反应没有，一边拿出粉盒补妆一边缓缓地说，你真那么怜香惜玉吗？

当时我真想上去抽他的，是马明阳拦着我。

谢谢，她说，你要是真有那个心，就先可怜可怜我！然后就抽泣起来。刚才还春光明媚，闹着笑着，转眼就变天了，倾盆大雨，抽泣个不停。

对不起对不起，他说，我真的是很难过，真的是不知道你心情不好。我还以为你愿意听他们胡扯呢。

陈太说，我心情不好你不知道吗？公司里搞成这个样，外面又弄不到钱，你不知道吗？打工仔碰瓷都碰到我头上来了，你不知道吗？文总那边又有希望小学要捐，你不知道吗？

希望小学的事，是文总在省里答应下来的。赵顾问的意思是，总公司答应捐十所是替大家答应下来的，宝岛电子起码应该分担一所。当时陈太在外面，是常来临替她当了家。在常来临看来，这个事情值得做，又不是要你马上拿钱，还能上电视宣传，有什么不好？当时陈太是答应的。

至于几个受伤员工，已经按陈太的意思办了，尽管他也不能相信张毛妹是在碰瓷，但他也无法排除这个可能，什么样的可能性都存在的。现在连律师都是她亲自请来的，律师比陈太说得更可怕，说法律就是预防人性恶的。

他说，眼下公司的财务状况是不好，工资发不出，打工仔没处理干净，损失了一点但也没什么大问题。他说我心里很清楚，我们手上这批货押得很大，只要货一发出去，马上不就周转开了？干吗心情不好？

陈太说，你清楚个屁！我欠了人家多少钱你清楚吗？我付出了多少代价你清楚吗？

这样他也就噎着了。他真的不清楚。陈太下车后他还在想，你不跟我说，我怎么清楚？想想，他还不如马明阳活得潇洒钱也挣了风头也出了，骗了你的钱你还说他好。我都把心掏给你了，你还不跟我说实话，我怎么清楚你欠了多少钱？

46

其实马明阳这段日子也不爽，问题出在他老爹身上。他在外头潇洒，能把这个世界玩得溜溜转，能把大便玩成金条，唯独玩不了自己老爹。

有些憋屈，是很难说出口的。

马明阳的爹在老家一个人过，本来也没想接来。没想到，年头上为宅基地的事叫村长卡了脖子。他家的老屋开矿开塌了，村里早就答应给他挪个地儿。有天爹打电话来说，又要叫捐钱哩，不捐就不批地。捐三千给挂个匾，捐六千给个支教模范，捐一万就在小学校刻字。你看咋整啊？

马明阳说，不是刚捐过吗？怎么又要捐？

他爹就哭了，说孩啊，你在外头发达了，村里都知道，谁让你上回开个车回家来？我让你不摆席你非要摆。这是明打明放着要卡咱脖子，活抢哩。

深圳人天不怕地不怕，就怕老家来电话。来电话就是要来人，来人就要接待，来个一回一两千，来个两回三四千，来个三回一个月工资就白抓挠了。老板情况不同一些，老板财大气粗，但老板的时间就是金钱，钱出得起人赔不起。那马明阳刚爬上老板阶级没几天，威还没威够。他又是个孝子，办公室里供的都是关老爷，挂的字幅是“忠孝节义”，他怎么能听爹的哭声？

爹哭起来一抽一抽，就是在抽他嘴巴子呢。当年娘就是这么哭的，娘就是这么哭死的，生生地为自己哭死了，可不能再哭死一个爹。一个人的事业再大，再威再猛也得让人看见才行，荣华富贵你得让人家服气，否则人家还是不尿你。便说，爹呀爹呀，你千万不敢哭了，哭坏了身子我咋整？我还活个啥劲？捐就捐吧，不就几千块钱吗？捐！

可过几天爹又来电话了，村长说了，想来深圳看看你，看能不能找点投资项目啥的，你看咋整？

那马明阳何等聪明，一听就毛了，心想我在外头连打带拼，敢情是替你们打工咧？一个穷山沟的破村长还真玩大了，玩到他头上来了，还看看，还投资，胃口不小。这样脖子便麻花一样扭硬了，说爹呀，我欢迎他来玩，深圳可好玩。你就说你手头没有现钱，请他带你一起来，坐飞机来。屋子塌就叫它塌吧，反正也不值个啥钱。

在机场，马明阳嘴笑得比木棉花还好看，手摇得比簕杜鹃还热烈。村长想掏香烟，他立马塞过去两包大中华，村长要提箱子，他立马抢过来扔到车上。然后一车开到王朝大酒店，开了一间大总统套房。然后说要领父亲回家看看，就鲤鱼摆尾再也没露头。过了些日子，才打听到那位村长是叫收容站送走的，走之前还在樟木头干了几天活。这才把一口邪气从鼻孔里喷出来。

他爹一听就哭丧个脸说，你这是咋整啊，你叫我回去怎么见人家？说个甚他也是你外表舅哩。马明阳上头还有个姐姐，早就嫁到外县去了，村长就是报复也没地方下叉子。马明阳早想好了。

马明阳说，你回去干啥？你还想见啥人？就在这住下了，不回了，我包你享不尽的福。啥叫荣华富贵？啥叫至尊至伟？你儿子这就是！

可老头是个劳动惯的人，一天不下地还行，一个月不干活就浑身骨头疼。马明阳安排公司的人陪他到外头去吃，吃了十天，吃不动了。又安排人陪他去参观游览，玩了十天，也玩不动了。然后老头就天天坐家里发愁。马明阳没结婚，也不想结婚，天天半夜才回家，有时忙了就不回家，屋子再大也就老头一个人。腰里虽说别着票子，可票子也顶不了所有的事。没想到，一架飞机把老头诓过来，气出过了，人却悬在了半空，想回都回不去了。再见着马明阳，老头又开始一抽一抽地哭。

正好马明阳第二天去幸福村办事，就把老头带上了，说我领你看看人家的农村，人家也是农民，人家能过你就不能过？你要学会享福！这都啥时候了？你不会享福你就不是现代人。

参观了幸福村的大楼，进到村委会的后院。从汉白玉石桥上一走，老头就把嘴张开了。瞧着那些古旧阴森的摆设，瞧着那些看着难看坐着难受的座椅，瞧着穿旗袍的服务小姐，老头问，皇帝就这么过日子吗？

马明阳说是啊，皇帝也不过如此，你以为啊？

老头问，怎么没见着三宫六院七十二妃？皇帝睡女人都兴翻牌子哩。

马明阳心里一动，瞧瞧老爷子还算壮实的身子骨，心想老爷子过不踏实确实有他的理由。心想只要让你表达充分了，你不就安稳了吗？当晚就带他到一个地方去洗澡。

那个地方隐蔽，一般人消费不起，豪华奢靡之地，温柔富贵之乡，赛过皇宫。

一个小姐见他们两个一起来的，愣了，问，是两位吗？

马明阳说，就一位。你好好照顾这位老板，要全套的，照顾好了有奖。

那小姐愣怔一会儿，没吱声。

马明阳又说一遍，还没吱声。

马明阳问，我的话听不懂吗？

那小姐这才动手替老头脱衣。

见老头懵懵懂懂慌慌张张还有点怕羞的样子，马明阳就退出来。心想，人人都想过过皇帝的瘾，还得有皇帝的命才行。老头那块地也荒久了，该给他松松土了，松过土也就消停了。再一想，人生无非就这么几件事，这几件事在马明阳这儿又是如此简单易行，操作简便灵活自如，不免有些得意。再往深处想，所谓人生境界其实也不过就是几道坎，这个坎一旦跨过去，也就无往不胜无所不能了。可怜芸芸众生又有几人能活到这个份上，明白这个道理？

当晚老头回家果然踏实了，一声不吭。一连几天都不吭，只是两眼直着，放着光芒。拣着宝贝不便示人，只能暗暗窃喜的样子。

老头不吭，马明阳也不问，不好问，怕老头脸上挂不住。

有一天，老头突然问，你咋不领我出去了？说着脸就渐渐红了，说，我还想去哩。

马明阳笑了，也有点不好意思，说想去就去呗，有啥哩？咋样？感觉不错吧？

老头说，比你娘还体贴，真会日弄人哩。

马明阳眉头皱皱，说你自己去呗。就告诉他怎么打车，到哪，进门就说马总介绍来的就行了。然后就给老头一张名片一张卡，心想这个办法也行，能让老头踏实了就行。他哪有时间陪啊，他的时间都是用秒表掐着使的。

谁知又过了一段日子，老头竟把小姐领到家里来。老头叫她小徐，说小徐可会炒菜，叫她炒两个菜给你尝尝。又说小徐可会过日子，她买的菜比我便宜好几块哩。

这下马明阳慌了，问你这是啥意思嘛爹？

老头说，你不是想让我享福吗？你只要让我娶上小徐我就享福了，我离不开她了。

马明阳说，你知道她是啥？她是小姐，是婊子。

老头说，我不管，我只认她这个人。

马明阳说，你这样做对得起我娘吗？

老头说，你娘也巴望我过好日子哩。

马明阳说，从现在起，我宣布，一天只给你十块钱买菜，多了一分没有。

老头又哭了，一抽一抽地哭，说我不想来的，你非要我来，我不想享福的，你非要我享福，我不想那个的，你非要我那个，现在我上不着天下不着地，你要我咋整？老头说，我都想好了，你要是看不惯，我就搬出去过。老头说，我不稀罕你的钱，我都想好了，别人能过我也能过，拾荒的拣垃圾的都能过，我咋不能过？小徐也愿意跟我过，她是苦孩子出身！

到了这时候，马明阳才知道傻眼。

但这还不是最头疼的，真正令他头疼不已的事还在后头。老头真的搬到出租屋去了，那个小徐也真的辞职跟他过了。直到有一天过节，他买了点东西给老头送去，跟小徐谈过几句不咸不淡的话，脑袋才真正被门板夹住。

以前小徐也没跟他谈过话，碰面她就躲开，大家都在避免尴尬，他想这也很好。能知趣就好，能让老头快活就好，他不也希望老头快活吗？不管怎么说，爹还是爹，改变不了。

那天老头不在，就随便谈了几句，那个小徐就提到她是贵州人，老家在一个叫棋盘乡柳树椏的地方，说着就拿眼瞟了他一下。这一眼让他心里一抖。这一抖才叫他品出了一点不同寻常的内容，从这点内容里看到某种了熟悉的微笑。

他发现这微笑后面还有一种笑，眼睛后面还长着一双眼睛。

从那以后马明阳经常做噩梦，梦中他总能看见那个少年时代荒凉的河沟，河沟旁趴着老黄。沉思默想的老黄抬起眼皮偶然瞧他一眼，他心里就一抖。接着那眼神就渐渐愤怒起来，这眼神像谁？像娘，也像小徐。然后老黄就吼叫起来，但这吼叫是没有声音的。然后梦就断了，像一台电视机突然信号中断。马明阳脑子里一片惨白，只剩下雪花点和着电流的沙沙轰鸣。

他想不通，命运既然让他来经营派遣，命运就不该派遣另一个人来经营他。

47

还有一个人也是老做噩梦。

这个周末，早起梳头的时候，梳下来一大把头发，同宿舍的工友都叫起来，柳姐你掉头发了！

柳叶叶扫起那些头发，装在塑料袋里，说，人家都讲广东的水硬，喝了硬水就掉头发，你们以后也会掉的。

其实这些头发是怎么掉的，她自己心里清楚，天天睡不着，想得头皮痛，能不掉发吗？她做了好多噩梦，梦见毛妹的脸，那张脸鲜血淋漓。毛妹一下说，我不怪你。一下又说，想不到你也来害我！她好怕啊，她不敢去见毛妹，可是越是不敢去，越是觉得心里害怕，就好像是她害了毛妹。她本来是要帮忙的，可是却害了她。那个梦就是她伸手拉住毛妹往坑外头爬的，可眼看爬出来了她又踹了毛妹一脚。早起她的脚还隐隐疼着。

现在已经清楚了。先出院的三个，拿了公司的一万元，辞工了。王小娟她们三个，每人拿了两万，也辞工了。她们临走都写了保证书，保证不再来找公司麻烦，其他的事什么也不晓得。大家都用羡慕的口气谈论这件事，都说不少了，苦两年也苦不出两万元，保证就保证，拿着现钱才是真的。只是张毛妹怎么办，哪个也不晓得。张毛妹成了那个样子，人不人鬼不鬼的，公司也许能多发点善心，四万？六万？也不一定，都这么说。

另一方面，有一种看法瘟疫一样在流传，说张毛妹是自己作死，你都不爱惜自己，怎么能让人相信你是爱惜公司？当个拉长就了不起了，你能救什么火？明摆着是做给人家看的，是作秀！这下好了，把自己做进去了。

听到这些话，柳叶叶开头还争两句，不是那样的，毛妹不是那样的人。但争得多了自己也怀疑起来。她们说，人心隔肚皮，你怎么知道她的心思？人性就是自私的，她为自己是正常的，为公司才是不正常。把人往坏处想想不会错，大街上碰瓷的装死的天天都有，哪个不像好人？就算从前是好人，现在也不一定！

那么，自己写的那张证明，究竟是写对了，还是写错了？从小一起长大的姐妹，究竟是真的还是假的？你应该相信自己的眼睛还是相信自己的耳朵？不晓得。你自己是个好人还是坏人？也都不晓得了。

买了早餐正要回宿舍，柳叶叶看见好多人往公司外头跑，去看热闹。他们一边跑一边喊，枪毙人了，去看枪毙人！懵懵懂懂跟过去一打听，原来是庆丰公司组织消防演习，有二十多个工人偷懒躲进宿舍没有参加，上面批评下来，公司老板就发火了，命令经理把他们搜出来，让他们在草坪上一字排开，像枪毙人一样用高压消防水龙头向他们扫射。这些人被冲得七倒八歪，倒下，必须爬起，接着“枪毙”。公司老板在一边骂，丢你老母丢你老母，你丢老子脸，老子枪毙你。

他们足足被“枪毙”了一个小时，老板才累了。看到在外头围观的也跟着拍巴掌，笑成一团，嘴里还喊，毙掉那个毙掉那个，那个还有一口气！老板也很开心，说，我可没有你们老板那么好讲话，哪个叫我难受一阵子，我就叫他难受一辈子！

自从上次失火以后，各个公司都搞了消防演习，但像这样刺激的，确实还是第一次。看到工友们这样开心这样兴奋，就像看到一台大戏那样笑着叫着，柳叶叶心里突然一抖，整个身子抽搐起来，一种寒意从心里往四肢扩散。平时，看到打人抓人，捉弄人虐待人的事情并不少，但他们大多数是一种麻木的恐惧的表情，但现在不晓得是怎么搞的，人人好像都换了一副面孔，好像大家都渴望见到血腥和残暴，连女孩子也是这样。好像不这样，枯燥的日子就不能打发，生活就寡淡无味没有放盐。庆丰公司的老板正好给了他们一个机会。

她晓得这就叫冷漠了。就像自己曾经有过的那种感觉一样，情感变得粗糙而迟钝，神经变得肥大而坚韧，不用刀子割斧子砍都不会喊痛。可这种冷漠麻木究竟是从哪里来的？怎么像感冒一样会流行？

这样一想，她猛地打了寒战，气也一点一点虚了，自己比他们强在哪里？还不如他们！他们毕竟是看那些不相干人的笑话，自己呢？毛妹是一起长大的姐姐，怎么也把流言蜚语当了真？即使不是怀疑，也是怕沾边，生怕自己担到责任。你写了就写了，写了是因为不清楚他们的用意，没有恶意，有什么可怕的？即使说不清楚，毛妹误会了，也没有啥子了不起。讲一声，招呼一下，她也好有个准备啊。

她决定去找毛妹讲清楚，而且十万火急。坐在车上她还在奇怪，你一个打工妹有啥子可害怕的？怎么会有那么多复杂念头？这几天是鬼找着了？

小青把她领到一块大田里，指点山脚的窝棚给她看，然后自己就回去了。小青不爱讲话是一贯的，但回头看她的那一眼还是让她心里不舒服。在小青看来，自己就是那种猪鼻子上插大葱的人。

这是一片山凹地，盖上大棚种蔬菜，毛妹能打上这份工确实是个暂时落脚的好去处，小青还真是有心人。

毛妹见到她也没有什么特别的表情，说不上高兴也说不上不高兴。她穿着一身公司里的工作服，草帽上加了个纱帘，也许惠安女的衣服要进城才穿吧。然后就领着她进窝棚，倒水，坐在地铺上，半天想不起一句话。

柳叶叶说，我做了件对不起你的事。你要相信我，我是不晓得他们的意思，才答应写的。

毛妹说，有啥子对不起？你又没说瞎话。原来那个女律师已经来过了，讲了好多难听话，毛妹全都晓得了，她写的证明毛妹也有复印件。毛妹说，开头我也傻了，后来想想你不是那样的人，才晓得上当。

柳叶叶把头一点，泪水也下来了，我哪晓得啊，我根本不晓得，我是想帮你的呀。

毛妹把她搂起，慢慢说，我们都不晓得。我们怎么晓得他们良心这样坏？那些话，他们是怎么想出来的？我是听了半天才听懂了，听懂了才晓得心寒。

柳叶叶叫起来，是的，是的，我也是听半天才懂！

哭痛快了，毛妹说，你不要担心我，我现在不怕了。我就在这里种菜，慢慢等，这里条件好得很，还有电视看。小青待我很好，以前是我们小看人家了。

柳叶叶问，小青是不是跟那个蔬菜老板？

毛妹点点头，又叹了气。

这间窝棚有三张地铺，一些简单的生活用品，哪个也想不到在深圳会有这样的地方。听到毛妹这样讲，她心里也踏实了不少。

中午，那个瘸子赖汤圆来了，毛妹现在已经正式委托他了。一见柳叶叶唐源就说，想不到吧？山不转水转！

柳叶叶说，那我也委托你了，好好地办。

唐源说，你不捣乱就不错了。见柳叶叶脸红起来，又说幸亏张毛妹了解你，不然我都懒得理你。

唐源这个人说话随便，但头脑清楚，办事也还认真。他把几份文件摊在地上，一样一样讲给毛妹听。劳动局的劳动仲裁受理书，卫生局的工伤等级鉴定书，还有各种文件的规定。他说，这些你都收好，我只要复印件就行了。现在我们不跟他们纠缠为公还是为私，也不听流言蜚语，我们只是维权，主张工伤赔偿。

柳叶叶问，那他们搞那些证明起什么作用？

那都是吓唬人的，气势上把你压倒。好像你是有过错的，你是理亏的，然后他就跟你私了。他出一点钱还是他发扬人道主义，你还要感谢他。很多打工仔不了解，都上了套。但你要有长期打算哦，拿到钱不是那么容易的。

长期是多长啊？

唐源说，劳动仲裁，起码半年。他不服，打官司起码又是半年。一审判过了他还不服，上诉，二审又是半年，前前后后没有两年拿不到钱。这期间还有各种各样的费用要发生。所以穷人是打不起官司的，拖都把你拖死掉了。不过好在你还能种菜。你一定要坚持下来，这一点很重要。我肯定会支持你的！

柳叶叶问，怎么样才能快一点呢？

唐源想一下，说只有两种可能。一是你们老板良心发现，不想拖下去，这种可能性很小。二是新闻媒体介入，成了一个社会热点问题，老板害怕了。

柳叶叶说，我认得一个编辑。

唐源说，那你一定要试一下，哪怕有一点可能都要争取。其实有的时候，只要记者采访一下，老板就害怕了。我们的目的是拿到赔偿，又不是想闹事。

毛妹送他们出来，走到路口要分手了，才突然有一点泪光闪闪的样子，在这之前她一直是很坚强的。她轻轻念叨说，我好想家，巴不得早一天回家，这里我是一天都不想多蹲了。

柳叶叶也眼睛红红地哽住，心想这才是本来的毛妹，她是不得不坚强呀。柳叶叶抱住毛妹把她拍了又拍，拉了又拉，却一个字也吐不出。

唐源站在一边，好像也有了眼泪，只是把脸向天拗上去。

报社的夏悦，这段时间倒是一直有联系的，又是电话又是短信，老是想邀柳叶叶出去吃饭。有个短信说的还掉鸡皮：九十九朵玫瑰你不爱，因为就差我一朵，一千个故事你不信，因为还差我一个。柳叶叶晓得他的意思，只是她不能。

桃花早就传授过这个经验：要是哪个男的老是请你吃饭，肯定就是想抠你啦。要是你能闻得出哪个男人身上的味道，肯定就是爱上啦。柳叶叶不是随便被人家抠的人。

可现在柳叶叶想，等他再来电话的时候就答应他，然后在饭桌上把毛妹的事情说一下，看他能不能帮忙。然而一旦存了这个心思，夏悦又没得消息了。一等不来，二等也不来，她就有点急。想了一下还是主动给他打了电话，说，我请你吃晚饭。

夏悦说，怎么这么巧？我正要给你打电话。

柳叶叶说，你是大编辑嘛，万事通。

夏悦说，这叫心有灵犀一点通，就忙不迭地来了，还带来一束花，玫瑰，老大的一捧。

柳叶叶不晓得旁人是怎么样处理这种事的，反正她见到花就晕了，心里怦怦跳，热血直往脸上冲。接下来就做不得主了，夏悦说怎么样就怎么样。他把她带到一家熟悉的宾馆，说是安静，结果吃了几口就不安静了。起初柳叶叶拗不过也喝了一杯酒的，酒力发作起来也有些热，后来见到他那个眼神越来越不对头，就赶紧去洗了脸。

夏悦喜欢谈事业，他的事业正如日中天。他说诗歌界的评委都是他哥们，他已经把路子全部铺平了，下一步就是要把知心好友隆重推出。那意思好明显，知心好友自然就是她柳叶叶，这样柳叶叶也就有了事业。而有了事业的人就是最幸福的人。他认为柳叶叶现在发表的诗歌还太少，这是一个很大的问题。太少，他摇着脑壳强调说，就意味着想象力不足！

柳叶叶说，我以后一定多写一些。

夏悦说，不是以后，是现在，马上！出名要趁早懂不懂？

对毛妹的事，夏悦是一口包下来的，他说新闻部都是他哥们，一句话。报道这样的事本来就是新闻良心的要求，何况毛妹还是你的姐姐。就算你单纯是报料，报社也义不容辞，还应该给发你报料费呢。这样柳叶叶就放下心来，再三说了感谢。

夏悦问，怎么谢？

柳叶叶说，再敬你一杯。

饭吃过就是唱歌，夏悦的歌声有点沙哑，但是很动听，属于带磁的那种。这种声音让她很着迷，听着，身子就酥了，老是想喝水。幸亏这时服务生及时上了一盘瓜子。

夏悦说，这叫茶瓜子，是女人的最爱。

这些瓜子确实可爱，翠绿，饱满，一粒粒都是心形的，经过挑选的。然而柳叶叶刚放进嘴里就觉得恶心，耳朵边有一个声音在响，我再也不想嗑瓜子了，是毛妹的声音！

立马想起那个下午，香香和小青靠在柱子上的样子……

夏悦说，你怎么啦？头晕？

柳叶叶说，有一点。

夏悦就把膀子搭过来了，要给她揉脑壳。

接下来还有些惊心动魄的，不过柳叶叶已经清醒过来了。人就怕不清醒。逃出来以后又害怕夏悦生气，就给他发了个短信，说，九十九朵玫瑰已经枯萎，迟到的表态应该百分之百。随便他想去吧。

实实在在说，夏悦还是尽了力的。第三天就有记者来采访，还给毛妹拍了照片。毛妹把面纱揭开时，记者当时就往后一仰，差点摔倒，好半天脸色都没恢复。他要走了毛妹从前的照片，他说有了这样的对比，就更有说服力。

只是，那个报道和照片始终没有出现。毛妹天天去买报纸，翻报纸，翻到的只是一页又一页的失望。

时间一天一天过去，眼看就要到年底了。本来没有什么希望，还少一个盼头。现在找了人，反倒失望更多。就好像一个等车接站的人，总以为下一趟能来，下一趟不来又舍不得走开，结果是要接的人根本没有动身。

这期间，柳叶叶又去找过夏悦两回，每次都说快了快了，然后又要吃饭，聊天，说一堆无聊的话，结果什么都没有。这样的拖延让她好心烦，好像她真是想跟夏悦拍拖，毛妹的事不过是她找来的一个借口，那些笑脸那些热情全都变成了她的本意。

这个星期天，毛妹闲聊了几句，突然就问，夏悦人怎么样？这话问得她心里一抖，立马就明白连毛妹也起疑心了。要在从前，她一定会委屈得不得了，起码也要撒点娇憨，可经历了这么多事她变得冷静了。她一句都没吭，直接给夏悦打了电话。

她直接问，你到底是怎么说？好歹给一句明白话。

这一回夏悦倒是讲了实话，复杂啊，报社也复杂啊，哪里都有不同意见。又要到年底了，正是抓舆论导向的时候，正是防止恶意讨薪的时候，你想想……

她说，我想不出来，你们报纸不是一天到晚都在登市民维权的事吗？不是说中国人维权意识差吗？怎么毛妹想维权就不叫她维呢？连登一下都不愿意登呢？

夏悦说电话里讲不清楚，还是见面再谈吧。

柳叶叶说，还见？见你的鬼去！

毛妹就在旁边，见到她脸色铁青，吵成了那个样，心里也就明白了。毛妹没有吭声，只是搂到她的肩，轻轻地哈气。那种哈气，是因为冷，是从前柳叶叶在县城车站的早晨经历过的那种冷，好像前后胸都敞开了，胸膛是个空洞，寒风在里头随便进进出出。

那天唐源也来了，是来送劳动仲裁受理书的。他带来一袋米一桶油，他们在一起煮了一顿饭，可是哪个也吃不下。

毛妹问，啥子叫个恶意讨薪？

唐源说，就是老板欠了你的工钱，你不能随便讨，要等老板高兴的时候才去讨。你惹老板不高兴了，老板脸上挂不住了，可不就是叫恶意吗？

毛妹又哈了一口气。

柳叶叶想，从前地主想长工多做活少给钱，还要半夜爬起来去学鸡叫，辛苦得很呢。现在不给工钱反倒得了理，还理直气壮了？讨工钱还讨个恶名出来？

毛妹张开嘴想说句什么，又咽了回去。那天她再也没开口说一句话。三个人顺着菜地走出来，看着那条小路蛇一样灰灰地扭出去，扭得心绞痛。

等车的时候，唐源说，我已经多次找过你们公司的律师了，那个女的硬得很。看来我们只有等劳动仲裁了，你要有耐心。

毛妹点了一下头。

唐源又讲了一件好玩的事，说是市里有一个劳动仲裁所因为长期不作为，牌子给人家摘下来扛回家了。就是大白天，扛着牌子从深南大道步行回家，好多人跟在后边看，好玩吧？这件事一报道出来，我们的事情也许能快一点也不一定。

柳叶叶明白，他的意思是想大家放松一点，不要垂头丧气。她看见毛妹的嘴角翘了一下，算是笑了。不过她就是不翘，嘴角也是咧开的。

那天，大家都没有再说什么话。好像，该说的都说完了。

不过，柳叶叶还是去跟夏悦见了面，没有办法。点子是唐源出的，他也是被毛妹哭得没有办法。唐源说，你要是实在等不及，就去买通报社，买通哪个关键人物说不定就登出来了。不过他也说，你要是有那么多钱，又何必去送给他？

就是这个话，毛妹就当了真，非要缠着柳叶叶去，哪个是关键人物？要多少钱才能买得通？毛妹说，我试过了，再不行，我也就死心了。

这个话讲得那么凄凉，柳叶叶还能怎么样？

这一回夏悦没有推脱，把那个记者找出来一起吃饭，要记者直接跟她们讲清楚。

记者说，毙了，早就毙了。

柳叶叶问，凭什么啊？

记者说，我也没办法啊小姐。头头儿的原话，维权也要有新闻卖点啊，你这个事是不是“9·11”那样的事？不是。你这个人是不是名人？不是。你是不是见义勇为了？也不是。是不是能感动很多读者？更不是。读者看见照片吓都吓死掉了，还卖呢，卖给谁？至于请客送礼，更是谈都不要谈。不想混了？不想混也得卖个好价钱啊？就你们？记者说。

她们是一起去的，毛妹一直没有动筷子，只是把脸埋在黑纱后面不吭声，后来黑纱就抖起来，一直抖一直抖，抖到那个记者坐不住，说了声还有事就连滚带爬地冲出去。然后夏悦说了好多sorry，sorry，然后又说了好多复杂，复杂啊真的很复杂。

48

这天公司里组织看电视。从来没有过的，停了工去看电视。本来是柳叶叶的夜班，主管过来说，要求停工去看呢。可见电视很重要，其实公司这批货很急，工人也很急。到年底了，几个月没放粮了，都急。

原来是电视台和幸福村共同主办的一次文艺晚会，幸福村的几家公司为希望小学捐了款，自然成了主角，幸福村的领导和公司的老板都坐在第一排。工人们在喊，老板，快看老板！

电视里，陈太穿着黑底红边的旗袍，胸口绣了一朵鲜红的大花，红花一直连上肩头，镜头里出现了好多次她的特写。她面孔白中透红又细又嫩，五官分明顾盼有神，特别上镜，尤其是那种沉静的微笑，矜持地鼓掌，显得又高贵又典雅。有些新工人没见过陈太，禁不住地问，她真的是我们老板吗？哇噻。

常书记没有去电视台，组织大家看电视。看上去情绪不高，眉头紧锁心思很重的样子。这让柳叶叶有点解气，不晓得为什么。也许因为大家都在电视里看到了从前那个姓马的经理，穿着迷彩服，而他却在公司里忙前忙后。柳叶叶正犹豫着要不要跟他打招呼，他却从身边擦过去了。柳叶叶有种奇怪的感觉，好像被一股气浪冲得一趔趄，好像有什么事情要发生。

电视里，一首歌曲演唱完以后，身穿迷彩服的马经理一脸苦相牵着几个从贵州山区请来的孩子。说他一脸苦相也不对，因为他那张脸本来就不是严肃的脸，他明明是在笑，却像是贴上去的。

主持人用甜美的表情，煽情的腔调，介绍了这些孩子们天天在夜晚能看到星星的房子里学习和生活。她还说她问过孩子们，想不想来深圳看看，他们说想看看深圳的平房是什么样子。她说你们一定不要以为孩子们天真，其实这是每一个山区人的梦想。接着主持人兴高采烈地宣布，我们邀请孩子们到深圳来，就是为了帮助他们圆梦，让他们看看，深圳不仅看不到平房，连楼房都高得望不到顶呢。接着，美丽的主持人宣布，现在我们请出美丽的深圳市宝岛电子公司董事长陈、徐、钰、仪女士！这几个字有些绕口，她念得一脸通红。陈太上台送给孩子们每人一个书包，然后，陈太跟这几个孩子以及深圳本地的小学生们集体演唱一首歌曲《感恩的心》。

……
感恩的心感谢有你
伴我一生让我有勇气做我自己
感恩的心感谢命运
花开花落我一样会珍惜
感恩的心感谢有你
伴我一生让我有勇气做我自己
感恩的心感谢命运
花开花落我一样会珍惜
……

陈太唱得十分投入，十分感人，观众席上有不少人热泪盈眶了。陈太抱着孩子们挨个亲吻了，掌声和欢呼声达到高潮。然后是捐款，陈太把一个两米长的大牌子赠给了带队老师，上面写着一百万。老师连连鞠躬，孩子们连连鞠躬……

柳叶叶觉得好奇怪，他们就是自己的老乡，他们的生活自己也有体会，照说应该和他们有差不多的感情。自己也是个爱哭的女孩，怎么一滴眼泪都流不出？也许是因为那些孩子们茫然的表情，生硬的动作？看得出来，他们还不晓得啥子叫感恩，感哪个的恩？为啥子感恩？是为了一百万的大牌子，还是为了那个书包？是因为免费来深圳玩耍了一趟，还是因为唱了那首好听的歌？也许都不是。也许因为她看到了马经理牵着那些女娃娃的手，他把她们当作随意摆布的小道具，她心里才涌起了莫名其妙的厌恶。她想，你以为你换上迷彩服，我们就不认得你了？

晚会结束了，电视机就关上了。本来都以为常书记还要讲两句的，可他已经回办公室了，什么话也没有。主管们在喊，该上班的上班，该睡觉的睡觉。一切都很平常，就像一次例行的班前训话。一切又都很奇怪，奇怪到一句话都没有。

谁也没料想到，这就是老板的最后一次公开露面。

更没有料想到，毛妹也在另外一个地方看电视。毛妹受到的是比她还要强烈十倍的刺激。

就是这天夜里，柳叶叶刚下夜班回到宿舍，还没坐下，就听到外面喊，出事了出事了，有人跳楼了！她一惊，拔脚就冲下楼，然后心就跳得急，眼皮眨得凶，气也透不过来了。

然后她就看见了毛妹。

在那座烧毁的旧楼底下，毛妹躺在一片血泊里，一点气息都没有。她是头朝下栽的，一点余地都没给自己留。她是从废墟的楼道爬上去的，穿着公司的工作服，怀里抱着惠安女的衣服帽子头朝下栽，一点犹豫都没有。

柳叶叶抱住她喊，毛妹啊毛妹啊，毛妹合不拢的嘴角里吐出了一个血泡泡，算是回答。毛妹的眼睛还微微睁着，只是没有眉毛鼻子。

那一刻，柳叶叶嗓子是哑的，心是空的，她哭不出，喊不出。

为什么要死？为什么要这个样子死？公安带柳叶叶去做了笔录。她说不出，就指指她的衣服，指指这座楼，又指指自己的心。她心里晓得，毛妹在最后那一刻还想到了自己，希望自己来替她穿衣。毛妹还是希望自己走得体面一点。毛妹也是个爱美的女娃，晓得哪个样子好看。但她舍不得吃舍不得穿！想到了这个她才终于哇哇大哭。

第二天，天刚亮，桃花、小青和香香都来了，手里都拿着一封复印的信。后来柳叶叶在宿舍也看到了那封信。后来公安就把信拿去了。后来唐源也把信拿去了，唐源还把信贴到了网上。再后来全中国，全世界都在传着毛妹一直希望在报纸上能发出的声音。这声音太微弱了，也太响亮了。

爸、妈、弟、妹：

你们收到这封信的时候，我肯定已经死了。二老别哭，不要难过，尤其妈妈你，更不能哭。我觉得爸的腰真该去彻底治了，大弟上学也要钱，主要是小妹的病，不能再拖了，再拖就太受罪了。光靠攒钱看病，不一定哪天才能攒够。如果我的死能换来你们不受罪，我觉得也就值了。

我现在还不知道是怎么个死法，但我一定要死，这样老板才瞒不住，打官司我们是打不起的。上面规定，像我这样的严重毁容可以赔三十八万。如果和老板私了，就问他要三十万就可以了。我们这里去年死的那个人就是二十五万私了的。爸妈，一定不要来，路太远，又太难走，可不能受这个罪。你让大明大发哥来，他们见过世面，能说出话，个子又高，有派头。再让西头的三婶婶也来，她泼辣，能哭能闹。对他们说，先开口四十万，老板肯定不给，就和他们闹。就说要找报纸、电视台，把这里出人命的事情说出去，老板就怕这个。但也别真去，去了也没用，就是吓唬吓唬他，我们就是多要两个钱，最低三十万，当然能多要一万两万更好。你们可得咬死口，不要顾惜他们，他们赚钱好厉害的，哪天不赚十万八万的？只是他们不想给，怕开了口子，今后再有死人比着要。所以你们要对大明大发哥说，该闹就闹，软的硬的都得用。能多要一万，小妹就多活一年。但是你又不能让大明大发他们勒得太紧，逼急了，这些老板黑道上都有人，小心吃亏。

我的身子，你们千万不要往回运，雇个车要花一万多呢，不花这个冤枉钱。你让大明大发哥把我烧了，骨灰带回去就行。骨灰没有长脸，吓不到人。我的零花钱都在枕头套里，那个小收音机，就让我带走吧。

爸妈，我打一辈子工也挣不到这么多钱，有了这三十万，爸就能治腰病了，妈你也别再包别人的地种了，够吃就行，你俩先好好歇一歇。先给小妹看病，可真要花十五六万也治不好，也别往里硬扔钱了。你二老得留下一点养老钱，再给大弟留一点。他上学这几年怎么说也要五六万吧。还不知好不好找工作，娶媳妇什么的，花钱的事多得很。我没上出来学，可得供大弟上学。只有上出学，才能不受罪受苦，走出苦窝窝。再把借大姑、二姑、姨、舅的钱都还上，他们家也都有一大摊子事，也都是该用钱的时候。还有，二姑家的表弟前一阵也想来打工，你对他说，在家能挣三百也别上这来挣一千，苦累不说，危险不说，男娃花销大，剩不下几个钱，可不能让他们来啊。

爸妈，我不能给你二老打影旗摔老盆了，让大弟给你传宗接代养老送终吧。在这里，不孝顺的女儿毛妹给你们磕头了。祝二老下半辈子过上好日子，祝小妹快把病医好，祝大弟事事顺利。

还有家里的老屋也该翻一下，又漏雨又受水的，对爸的腰妈的腿都不好。天冷了，你们每人都买几件新衣来穿，再买一个电视。一定要买彩电，让小妹也看看外头是啥个样子。给小妹买个面包服，给大弟买一双皮鞋，一定得买，回家就买，记住啊。别怕人家说闲话，这是不偷不抢拿命换来的钱，笑话什么？你们都吃好了穿好了，我也就走得心安了。

我在电视里看到我们老板了，她真漂亮。这样的人应该不会太为难我们的。

不孝女　毛妹

第十三章

49

快过年了，过年是个大日子。如今没有别的可以讲究了，过年不能不讲究。

如今家家屋里都现代化了，楼外瓷片是意大利的，客厅地板是挪威的，电视机是日本的，音响是美国的。他们比美国人还要美国，连福禄寿三星和观音娘娘耶稣基督们享用的香火也电子化遥控化了。可是过年的时候，少不了还是要传统一下，天南海北的生意人都要回来，一家子要聚齐吃一顿年夜饭。老人们穿起软缎对襟小袄，领着穿西装的穿滑雪衫的子孙们给诸神磕头，给先祖磕头，讲究一点的还要给双亲磕头。老人早就预备下了红包利是，喜滋滋等着给尚未成亲的后生们派发。从年三十到正月十五，凡是没结婚的后生，不管是本家还是外族，见面只要道声恭喜发财，那些成过亲的上了年纪的就不能不派利是。嘴巴甜一点的后生一个年过下来弄个三五千也不稀奇。老人的钱自然是儿女们预先准备好的，图的就是一个体面。所以哪家肥哪家瘦哪家威水哪家孤寒都在这个日子见了分晓。从前过年是想吃，如今酒楼多过厕所，吃不太重要了。过年过的是一种气氛，一种叫作幸福的感觉。老人们操劳了一生，也需要在这个日子里放松一下，显示一下，挥霍一下。所以小孩盼过年的说法过时了，现在是老人也盼过年。另外，老人在这个日子里还有个重要的节目是拜年，一家一家坐过去看过去讲过去，几多稀奇几多沧桑都要在这时交流研讨，好像一支评估大军，一个顾问委员会，对村里的后生进行经济的道德的评议。

从前，年初五是接财神的日子，要有一个德高望重的老人站出来，站在高处大声喊：吉时已到，接财——神喽！于是一村人都从家里涌出来敲锣放鞭吹螺号，齐声欢呼财神来了。从前这个人就是文叔。文叔的年纪不是最大，辈分却是最高，再说他又是干部。后来文叔下台了，这个角色就一直空缺，使传统节日少了一个传统。从前节庆日子里也要玩玩狮子划划龙船的，有时还要请三神，驱邪魔。扮觋公的也是文叔。这个觋公不好扮，要一天一夜不吃饭，只喝一点点水，叫作超凡；要泥胎神一样动也不动，叫作入圣。开始请了，人们抬来一只生猪，拿猪屁股对他脸上慢慢擦慢慢磨，这叫闻猪屁。闻过猪屁的觋公才能慢慢醒过来，不会调皮分心乱钻乱拱。然后觋公手舞足蹈，邪魔才能驱除。这样的事情一般人是不愿做的，只有文叔能吃下这个辛苦，让大家笑一笑。对这个空缺人们起初还不觉什么，以为这个改革没有什么不好，热热闹闹搞搞笑笑解决不了钞票问题。文叔接了几十年财神大家并没有发财，扮了几十年觋公倒霉的事依然不少。现在人们有钱了，开始觉得空缺不对头了，好像菜里没有放盐，油再多也没有味道了。

再有就是博彩。此地人嗜赌，波谷浪尖上讨生活的人没有不好赌的。生死祸福全凭运气，运气好坏全凭一博。逢年过节空场上围了一堆一堆的男人，大人小孩见面就问：博不博啊？从前没几个钱，小点的就玩滚铜板，量五七寸。大点的就玩牌，女人也玩，打扑克搓麻雀掷骰子推牌九。从前过年最热闹的地场就是赌档，赢了欢声如雷，输了少不了打架骂娘。博彩最怕不守规矩，赌也讲究个赌德，输急眼了打破头了就要寻个公道。主持公道的还是文叔。从前过年文叔就没在家吃过一餐完整饭。他的办法也简单：赢了没？赢几多？拿来。他抽头子，抽了钱偷偷还给输家，皆大欢喜。睡过一觉再接着赌。文叔就是规矩，文叔就是公道，文叔讲了哪个敢不听？文叔发话：你们要博就自家人博，哪个要同外面人博，我抓牢一次斩一根手指。从前，一村人加起来也没几个闲钱，今天你赢明天我赢，肉烂在锅里怕什么啊？后来不行了，钞票大起来，人人都够胆，谁也不怕谁。在村里赌不过瘾，要上娱乐城弹子房，还有的干脆上澳门。人人都有出海证，不用白不用。澳门一晚上赌过来脸色铁青，返来几个月都不讲话。没有几十万买不到这么老实。

现在老老少少都在讲：文叔在的时候，过年是这样过的吗？于是都记起文叔从前的种种好处，都觉得亏待了文叔。就算他老糊涂了，有一点点红云，可他人不坏啊。他不贪污不腐败不张狂，他吃得起亏，他是个好人啊。

腊月二十三，是吃祖宗饭的日子。早有几个阿婆过海把文叔请了回来。什么人都可以不来，文叔不能不来。文叔不在，还吃什么祖宗饭？

祖宗饭从前是在围屋的天井里吃，把桌子拼在一起，家家都出几个菜，人人随便吃，这叫大桌菜。送过灶王菩萨，拜过祖宗，烧了香烛纸钱，家家都要向族长敬酒，族长也有几句话要讲讲的。小孩就不管，是最疯的时刻，童言无忌，这一天是什么话都好讲的。所以也有人把平时不敢讲的话，放到这一天让小孩子去讲。后来族长没有了，饭还是要吃的，话也是要讲的。再后来，文叔下台了。再再后来，村子搬到大陆上了。念祖是晚辈，向晚辈敬酒总归是不大像话。文叔不来，吃饭就改在酒楼里了，只有大人参加，叫作股东大会。酒还是要吃的，话却讲得文绉绉，非要编个一二三四五。大家就懒得讲话，怎么样就怎么样，有钱分就行了。

吃酒的时候，村长兼书记，董事长兼总经理文念祖宣布了一个决定：他要重新开发文山岛。他说香港一间娱乐公司要同他合作，把文山岛建成一个全世界都没有的神仙岛。这个人间仙境是乜样子呢？完全按照天宫的样式来建造，有广寒宫，有逍遥宫，有七仙女浴池，还有什么什么。小姐们全部身穿仙女的服装，飘飘浮浮隐隐约约好像能看见其实又看不清的那种。到时候全世界的富豪大佬都上岛来大把花钱，到时候美元港币就像自来水一样，没钱花了把水龙头一拧就行。到时候幸福村就真正幸福了。他说小姐生得漂亮是起码条件，还要有大学文凭，不然怎么听得懂外国鸟语？黑女白女都要，现在胃口都提高了，一般黄皮肤小姐就没味道了。他要把围屋改造成国际会议中心，里面的设备按五星级标准考虑，里面有桑拿浴有健身房有台球有保龄球还有麻雀和牌九，外面是高尔夫和海滨浴场，这样既有传统风格又有现代化内容。外面不改，他说他考察过罗马斗牛场，那个外形跟我们的围屋差不多少。到时候富豪们可以一边开会一边斗牛。

大家就笑：斗乜牛啊斗，摆明了是斗鸡嘛。

念祖也笑，大家不要吵，我们不搞争论，思想解放也不争论。要是没有意见，就算通过了。

这时文叔突然跳起来，喊，没啊，没啊。

广东白话，“没”字念某（móu），“没啊”就是说不好，不要，不同意，不能够，别闹，别说，少来，瞎搞，意思好复杂好复杂。

念祖笑了，老豆啊，我好明白你的心事，你不就是放心不下祖宗留下的这个岛吗？现在文山岛就要出大名了。我从前也不是不管，是因为忙不过来。我们要么不干，要干就干世界第一。你放心啦。

文叔说，没啊，没啊。他脸涨红了，脖子粗起来，气也急了，声也哑了。他不知怎么搞的，只能喊出一个字，就好像哑巴一样。他不知道哑巴也是一种病，时间长了也是会发展的。

他想说，你那样一搞，那些红树林怎么办？红树林没有了，岛上的泥土还能保住吗？泥土没有了，文山岛还在吗？你是在挖祖坟啊。可他只能喊出没，没啊！

大家劝，叔公你消消气，有话慢慢讲啦，想开一点啦。

文叔喘着，没，没！他跺脚，他说，没，没！

大家议论着，叔公怎么老成这个样子？真是想不开啊。一个人太孤寒了，脑子也会孤出毛病来的。又说念祖这个人虽然心太大太野，可这个计划也没有什么不好。你管他斗牛还是斗鸡？有钱赚就好啦。自己不去斗就好啦。香港不是也有红灯区吗？那么大一个岛，闲着也是闲着，闲着浪费。现在什么都要豪华，坐吃山空也不是办法。还说，叔公也真是，不愁吃不愁穿，享享清福不好吗？操许多心思做乜呀？

文叔心里明白，他们其实都是一个心思。这个岛要是能卖钱，他们早就拿去卖光了。念祖今天不讲出来，他们迟早也都会想出别的花样来的。

文叔没有办法了，说又说不出，讲又没得讲，他只有给大家磕头了。他趴地下给大家磕响头，咚咚咚，一个两个三个……

酒楼里乱掉了，大家逃开去。几个阿婆抹着泪，怎么是这个样的啊，怎么会这个样的啊。

……这天夜里，红云又来寻他了。

红云不是一朵，是好多朵。红云不讲话，只是默默地严厉地瞪着他。后来红云就动起来，聚拢来又分散开，聚拢来又分散开，像是在开大会。开什么会呢？讨论什么呢？

只有一朵不动，严厉地默默地看着他，一动也不动。他像一个人，像哪个呢？这么面善。

他像斋老！

文叔哭道，我没啊，我没啊。我还给你了，老早还给你了，文山岛就要变鸡岛了，不是你想要的吗？念祖是我的仔不错，可他没可能听我的啊。我没啊，我没办法啊。

他站在围屋大铁门外，指着里面，你听！里面有了古怪的笑声，是鬼佬的，还有念祖的，还有各种肤色女人的。念祖还在讲他的策划，思想要解放一点，胆子要大一点，要提高知名度，要么不搞，要搞就是世界第一，你放心好了……

红云终于叹气了。后来，又落雨了。

……做人凭良心啊，就是顶乱顶乱的日子，也没把你斋老怎么样啊。要开斗争会了，就替你挑一担水倒进缸里，隔着窗喊，叔公啊，开会了。你噢一声夹个水缸盖就跟出来。盖上写着“打倒大渔霸文复斋”。斗争完了，上边的人走了，再把你扶回家，把水缸盖抹干净盖回老地方，嘴上没多少话脸上也没多少笑，但你心里当真没有数吗？凭良心啊。

斋老老了，依然不下海不打鱼，集体分红依然有他一份。斋老的子女老早就跑去了海外，音信全无，是文叔陪了他几年。论辈分文叔只能算斋老的堂弟，人家讲做儿子也不过如此。文叔也有他的道理，他对斋老讲，共产党消灭的是剥削制度，不是消灭斋老你这个人，这也是工作队教给他的话。

斋老临死，磨了他好几个月，快咽气了还拉着他不撒手，一只眼睛睁一只眼睛闭，好像是在哭，又好像是在笑，就跟几十年后自己蹲在红泥礁上的照片一模一样。后来文叔有点明白了，就讲，你要是实在不放心，我就认你做老豆好了，反正是你把我拣回来的，我叫你一声阿爸好不好？斋老这才放开他的手。

有一日，有个姓赵的老师上岛来，说是要跟他研究一下惜命的问题。惜命是冰果提出来的？怎么传下来的？为乜文家的子孙都知道讲“惜命”二字，但是又没有文字记载？为乜文叔的老豆、爷爷早年都是革命烈士，可文叔一家还留在岛上？这跟惜命有没有关系？有乜关系？

这个赵老师学问大得很，又没有架子，他说他是专门上岛来请教的。只是这些问题他想是想过，就是没有答案。因为没有答案，所以才会去想。本来文叔也是要同这个赵老师好好讲一讲的，就是为自己也要好好讲一讲，可他讲不出来，他急得眼珠子也要蹦出来，他只会讲，没，没啊。

但是这个赵老师讲着讲着，就讲到念祖身上来，讲念祖怎么怎么辛苦，怎么怎么不容易，讲做老人的应该怎么怎么，做老人的不应该怎么怎么，这样他就明白了。明白这是念祖雇他来的，他也就不愿再听下去了。

有一年，上面来了两个人，也是来教他怎么样怎么样的，一开始他不明白，后来就听明白了。原来是他们害怕他把念祖逃跑香港的事讲出去，搞错啊。念祖不是他的仔吗？他讲出去念祖不是要坐监的吗？难道他希望念祖坐监吗？念祖再不听话也是自己的仔，不惜命了吗？搞错。只是他不明白，怎么上面来的人也是帮念祖的，难道他们也是念祖雇来的？

他不愿再听了，听下去头疼，疼得要死。

文叔下海去了，只有在海水里，他的头脑才是活的。只有在海水里，那些事情，那些道理才能重新活过来。也只有在海水里，他才能手脚灵活龙精虎猛。他已经变成了一头海洋动物。

……文叔的亲生老豆早就死了，是死在广州的，是跟着张太雷那些人闹罢工闹暴动闹死的，死得好惨，连尸骨也没收回。一共五千多尸体，哪个是他老豆？哪里找得回啊。

听人家讲，文叔是斋老去广州捡回来的，一条巷一条巷去找，找到的文叔饿得像一条狗。那年，文叔才四岁。四岁的文叔在岛上长到十几岁，又去了广州。他要去找他的阿爸阿妈，大家心知肚明，要去就去啦，却也不讲什么。讲乜呢，讲话莫讲绝，伤人莫伤心，到底文家多一个后代不是坏事。这些零丁洋的打渔佬够零丁的了，要惜命啊，斋老讲过的，要惜命。

听人家讲，文叔的爷爷、老豆就是不知惜命，跑到香港去闹罢工，跑到广州去闹暴动，闹来闹去把命也闹掉，把尸骨也闹掉，换来个乜呢？斋老同人家讲，我是看这个衰仔可怜啊，讲到底是文家的仔啊，我不管他冰果来管呢？他老豆他爷爷不是威水吗？六亲不认吗？拿了红标枪，系了红领带，了不得了，是个赤卫队就了不得了，六亲不认了。

听人家讲，出事情的那天，他阿爸就在惠爱西路上，是个赤卫队，眼睁睁地看着张太雷被冷枪打死。打枪的工贼叫“体育队”，后来“体育队”又被赤卫队一个一个打死。再后来，那个张太雷更惨，尸身被大钉子钉在门板上，从眼睛里鼻孔里嘴巴里一根一根钉进去，被钉满钉子的尸身在惠爱西路立了三天……

惜命究竟是乜意思？讲起来文家的先祖是最不惜命的，就是被拉到柴市上砍头也不害怕的，就是老婆女儿来劝也是不投降的，就是死了也要抓着脑袋驾着腥风血雨来讨公道的，可他的后代为什么偏偏留下这样的家训？惜命就是要保命吗？肯定不是！

接下来的日子，文叔垮掉了。红云老是要来寻他，眼一闭，它就来了。从前红云不来他盼它来，现在来了他反倒怕了它！

他老是看到一个人影在眼前晃。这个人笑起来两排白牙耀眼得很，一只手把头发向后面罩过去，抓过去……威水得很啊。他看清楚了，这个人就是念祖。

文叔怕了他了，真的是要出事情了。念祖是个能人啊，念祖是逃到香港的人啊，这个人从小贼头贼脑，心思又毒又狠。用炸药炸珊瑚礁的事，他都想得出来。他是个能人。

能人乜事情做不出呢？鸡岛鸭岛什么岛，这些能人都够胆做出来的。念祖一口牙齿白是真白，抓头发的样子真是够威，真像当年的斋老啊。只有斋老才这么威。一套西装，穿在他身上就像那么回事，穿在念虎念书身上就是不像，怎么装都不像。

……共产党只有两件事我是服气的，一件是禁毒，一件是禁娼，什么党都做不到的共产党做到了……斋老的声音突然响起来，声音同念祖一样一样。

没啊，没搞啊。文叔两只手举起来，像投降一样叫道，没啊，没来啊。

……斋老临走的那两天，精神突然好了很多。有一次吃过粥，他伸手去接碗，斋老一把捉牢他的手，两眼雪亮雪亮，声音比以前高了很多。他有些怕，却没有想到斋老会有这样大力。这话是突然讲出来的，他也不知是个乜意思。只有两件事服气，禁毒禁娼，其他的事不服。

……后来斋老就问：老七啊，你晓得我没有看到红云吗？他不吭。斋老就笑了，露出一口白牙。我真的是没有看到，我没福气啊。他还是不吭。斋老就问：你晓得我为乜要那样讲呢？斋老说：你不知，你没可能知。等你做了老大，你就知道了。

这以后他来送饭，斋老就不肯吃了，打也不吃，骂也不吃，只是抓牢他的手。那只手枯柴一样簌簌地抖。他对斋老讲，你放心好了，到底我是姓文，是文家的后代，我认你做老豆好了。那只手就放开了，抖着抖着就软掉了，枯枝一样垂落下来。

没有看到偏要讲看到？为乜要骗人呢？明知讲了是找死，为乜要找死呢？不惜命了吗？

天水茫茫，白雾低回。偶尔有流星飞过，海面更加墨黑。

文叔没觉得黑。黑了，反倒更加看得远。

你放心好了，到底我是姓文……那时，他敢讲这句话的。那时，他什么也不怕。那时，他几多年轻啊。现在不行了，现在他真的老了，不够胆了，也看不懂了。现在，岛子……老早就垮掉了，念祖是我的仔不假，他不听我的嘛，没可能听我的嘛。念祖现在是老大，你要找去找念祖讲嘛，好简单的嘛。去找啦。

一代又一代，老文家的子孙凭乜在这深海孤岛上立足生根，传宗接代？一代又一代，没人教，没人讲，凭乜大家都知惜命呢？惜命究竟是什么意思呢？有哪个能讲得明白呢？

是灵性啊，是红树一样的灵性啊。

50

文叔的仔女们开了一个会，大家都认为老豆的问题一定要解决了，不能再拖下去了。再这样拖下去，还不知会搞乜花样出来。

要不是因为老豆，就是自家兄妹也难得聚在一起，现在大家都好忙。一到年底，更加要忙。念祖是村里老大，忙是肯定的。念虎生意大，嘘得不得了，一天到晚有银行请他吃饭，躲都躲不开。念书不忙吗？念书不是生意人吗？阿楚阿从不忙吗？除了忙生意还要忙仔女。可是再忙也要把这个问题解决掉，再忙也要过年。年关年关，躲是躲不掉的。

上一个大年夜，一家人还没开饭，村里人就开始上门了。叔公啊你还好吧，你要想开一点啊，人就是这么一回事啊，凡事都不要太认真啊。讲起来是来看文叔，实际上就是来骂他们兄妹几个：不好这样对老豆的嘛，就算文叔从前没有领导好，也不是他的错。就算是他的错也不能这样对待他。几个老阿婆劝道：生活好了更要孝敬老人，做仔女的将来也会老的，不好只顾自己的，生意嘛是要识得做的，嘘寒问暖嘛也要识得做的。

几个仔女只有一连串地点头答应：咳呀，咳呀，咳呀！

这一夜，念祖露了一面就要走，念虎摔了筷子，念书倒是没摔，只把两根筷子当鼓槌在碗碟上敲。阿楚同阿从只有相对落泪，一个字也讲不出。

念虎说，再这样下去还要不要做人？

念书说，这种话讲了有一万遍了，放屁一样。

阿楚哭道，凭良心啊，哪个要对阿爸不孝，天打五雷轰，出门给风吹得死。

念书说，这话放屁还不如。

大家说，那你讲怎么搞？人人都放屁你也放一个。

念书说，你们都不知我怎么知？哪个要把老豆搞掂，我出二十万。

念虎吼道，更是放屁，我出五十万你要不要啊。

体体面面和和睦睦一家人为什么要给人家讲？就算老豆真是为那一朵红云赌气，这气赌了几年了也该消了吧？就算红树林真的好玩，玩过几年也可以收档了吧？就算仔女真的不孝，现在改过总是可以的吧？

他们自己赚得盆满钵满，可老豆却在岛上孤苦伶仃。养仔有乜用啊？一百个人里有九十九个这样想。这样想想倒也罢了，可人人还有一张嘴，一根舌条上下飞，锯子一样锯在他们的神经上。人们碰见就要问：老豆还没回来吗？接他回来算啦。想开一点啦。就是人家嘴上不讲，眼睛也会讲的。如今个个都是有身价的人，怎么走出去？怎么威起来？

从前以为老豆的心思只有天知地知。还商议着，只要他答应住回家里来，什么条件都没问题，买楼也行，买车也行，出国旅游也行，统统都是放屁。

念祖说，有个问题其实早该想到的，你们都不愿讲，只有我来做恶人。这都快二十一世纪了，有乜想不开的？妈妈去世这么许多年了，老豆就不需要女人吗？你们都没想过吗？

念虎不吭声。

念书道，我没问题，你不要看我。我早就想讲了。

念祖就把眼睛放到两个妹子脸上。

阿楚和阿从其实也不是没有想过，现在既然挑明了，索性大家放开来讲。说如果有一个好阿婆，请回来喊一声妈妈没有什么了不起。如果没有现成的，大家替他寻一个也没有什么了不起。可现在他自己没有讲啊，你能捆一个人来拜堂吗？

阿从认为，从法律角度看，老豆的精神状况也是不能结婚的，不公平的，不可以这样的。

阿楚说，好了好了，美国规矩又要来了。

念书嗤嗤笑出声来：外面靓女大把，老豆想抠乜样的抠不到？要你们来操心！

大家想想，也跟着笑，跟着摇头，摇过了笑过了又骂念书缺德带冒烟，说他憋到现在总算憋出一个屁来。说你们这些男人有乜用啊？赚两个钱想的都是这一件事。

念祖端出领导的架子讲，你们的毛病就出在这里，没有站在老豆的角度上想问题，一点感情都没有。玩笑开过就算了。从现在起，只要老豆中意，大家都要满意。其实老豆好了，大家不就好了吗？这是个一加一等于二的问题。

念虎早就烦了，说我没有意见，要几钱我出好了。

总之话讲到这个地步，大家也就放胆出来想了。老豆要感情，没有问题，大家都希望老豆过得好，有自己的感情生活，一家人和和睦睦幸幸福福。问题是，老豆真的中意哪个女人吗？如果是真的，有病不是问题，有病看病就是了。法律也不是问题，摆平它就是了。女人那边也没有问题，花小小钱搞掂她就是了。如果……如果老豆不是这个心思呢？那就麻烦了，鸡飞蛋打了，烧香请鬼一样了。所以总而言之统而言之，话挑明，行动不能急急忙忙，还要看一看，观察一下，等到条件成熟。为今之计，还是要见步行步，稳妥为上。

还有什么问题吗？没有了。

要是老豆还是不肯回来呢？没可能。

这样做还不回吗？

大家觉得，要是这样搞老豆还不给面子的话，大家把面子都撕下来还给他算了。反正仔女是你养的，面子是你的。

51

那段日子，文叔整夜整夜一个人坐在红泥礁上发呆，他困不着，睁开半只眼睛慢慢想。有好多事情就是给他这样想出来的。

眼前是一大片红树林，红树林把海岛东面也快围住了，海浪在红树林里温顺了很多，浪头小了很多，细罗仔嬉闹一样。他想，要不了几年，这个岛就会重新活过来。可是活过来以后，念祖的手又要伸出来了，那又该怎么办？现在他宁肯这些仔女忘记他，忘记这个海岛，永远不要回来。

可是这些话同冰果讲呢？讲了又有冰果相信呢？

文叔瘦了，颧骨岩礁一样高耸，两腮凹进去像两月茅草地。只有一双眼还很精神，又红又亮饿狼一样地闪烁不停。他的眼睛在冒火，火舌长长地伸出去，一直探到了许多年以前，以前的许多事情被他一件一件翻出来重新看过。

他的寮棚已经好几日没有炊烟了。他不饿，也想不到吃这件事。可文叔的嘴巴在动。文叔是在同人家吵架。他的嘴唇不停地动，有时候好快，快起来胸脯一挺一挺，嘴角里有白沫冒出来，一张脸像拧衣服一样会皱起来然后歪过去。

过了些日子，心里就慌慌地觉得不大对头，他听见喉咙里风箱一样呼噜呼噜的声响，是哮喘病又要来了。他想回去拿药，腿脚却一点力气也没有了，结果就那样直挺挺地扑在地上。

他往回爬，现在不能死啊，现在怎么可以死呢？

后来他看见阿楚阿从和大媳妇阿吉二媳妇阿珍围在身旁，慌里慌张地喊，醒返来了！醒返来了！吓死人了！

阿爸呀，你怎么搞的嘛，变成这种样子啊？她们哭道，本来早两日就要接你回去的呀。谁知又出了这种事情啊。

文叔被抬进寮棚，阿珍开始哇哇大哭：阿爸呀，快点救念虎啊。念虎快要没命了呀。

文叔被她们七嘴八舌喊了半天才明白过来，原来念虎被人家绑了票。

阿珍哭道：阿爸呀，你要救救他呀。迟了人家就要撕票了呀。

文叔勉强说，公安……

阿珍说：没用啊没用啊，人家要钱的呀，两千万啊，一报案就要撕票的呀……

终于明白，现在全家都在凑钱。念书去了外面借钱，阿楚阿从拿了自己的钱，阿从在耳边讲：她是问你这里有没有钱？

文叔听懂了，她们只知道钱。但他也没有力气讲话了，他指了指寮棚的椽头。

几个女人一起动手，从木椽底下翻出一大堆塑料纸卷。算了算，存折加现金只有二十来万。

阿珍说，怎么只有二十万？这个死鬼呀，钞票也不知贴给哪个了呀。

阿从说，到这种时候还要这样讲。二哥是企业家，钞票当然都在生意里，哪个企业有几多现金？再讲，这二十万一定是二哥的吗？阿爸没有分红的吗？大哥没有给钱的吗？

阿珍说，我又不是这个意思。你们不晓得的，你二哥讲起来生意几大几威，实际上都是拆东墙补西墙，一幢楼盖一半就拿去抵押，借了钱再盖第二幢，结果到处都是他的烂尾楼，也不知欠了几多钱。

阿楚阿从互相看看说，是这样的吗？

阿珍说，我骗你们做乜呀？不然怎么会有银行来请他吃饭？银行会这样客气吗？人家是怕了他，要他还钱的呀。

阿从骇然道：绑票的会是银行吗？

几个女人叽叽喳喳在那里讲，文叔气得眼珠也要弹出来。他早知就是这样的，这个念虎迟早会搞出事情来。一天到晚牛皮烘烘，开口闭口都是钱，不知钱有几大几威。有绑票的不为钱的吗？从前有这种事的吗？自作自受啊。他把床板捶得咚咚响，手颤颤地指着门外：走，走啦。

文叔闭上眼，一滴老泪不争气地慢慢滚落来。

醒来时已经在医院里，雪白的床单晃得眼睛疼。

阿楚阿从喜盈盈地拿来许多花，没事了，她们讲，乜事也没有了。阿爸你放宽心啦。

原来文叔没有什么大病，一点点老毛病罢了。原来念虎也没有什么大事情，人已经回来了，就住在隔壁的病房里。

原来绑架念虎的不是旁人，阿从说，你没可能想得出！这个主谋是哪个？是澳门岛的小舅舅！现在人已经捉起来了，要坐牢了。原来念虎是到澳门赌输了，输得一塌糊涂，大耳窿又在逼，就找到了小舅舅，才想出这种花样来。知人知面不知心啊，阿爸你从前待他有几好？小时候他来家里吃饭，有靓汤大家都是让他先的。只要他来食饭，连大哥都不好上桌的。黑良心啊。这种毒手也敢下啊？现在好了，大哥出面搞掂了，没事了，一家人平平安安。死念虎把大家搞得七七八八，今年过年一定要多放一些爆竹烟花，好好出出晦气。两个女子叽叽喳喳讲给文叔听，来不及一样，兴奋得不得了。

文叔像是在听，又像是在想，他眼睛睁得很大，好深地塌进去，像是枯掉的两口井。井里没有火了，却也没有了水。风吹进去不会有波纹，石头丢进去也不会有声响。

他看见天花板上有一片水渍，黄黄的，很像一块地图在慢慢扩大。那图很像一个文山岛，长长的，南面窄北面宽。他看见红树林在下仔，红树抓住了泥巴，泥巴又养活了红树，于是文山岛便像发面包一样发起来。于是他就笑起来。

阿爸呀，高兴啦？你高兴就好啦。

文叔嘴巴动起来，发出沙沙的声响，说，红。

阿从阿楚怔了一下。阿楚说，你讲。阿从说，你讲。阿楚说，你讲啦，急死人了。

阿从又把口水咽进去一大口，阿爸呀，大家都好明白你的心思，所以才会想出这个办法来。现在有一个阿婆，年纪不大才四十几岁，身材还蛮好，人又温柔，老火汤也煲得靓，只要你把身体养好了，你们就可以长久住在一道，好不好？只有你过正常生活，我们做子女的才可以幸福，对不对？所以大家商量一下，就替你定了……

文叔说，红。

阿从一急，脸就先红了，说不是红云。

文叔捶着床铺，脖子粗起来，胸脯一挺一挺，红！

阿楚慌忙把他按住，阿爸呀，你不要急啦。红树没事，红云也没事啦。你一乱动，药水就跑出来啦。药水好贵的，一瓶就是千百几。

阿从说，红树不在这里。二哥就在隔壁，等一下陪你去看二哥，好不好？

文叔嚯地弹了起来，跳下床就跑，好恐怖地喊，红！

进来几个人，把文叔按牢在床上。那个赵老师也在用力按他，被他狠狠咬了一口，痛得他像狗一样满屋乱蹿。

一个被大家称作博士的医生把他的眼皮翻了翻，问：他是不是受过什么刺激？有没有精神病史？

阿楚讲，没，没啊。

博士伸出手，这是几个？

阿楚说，讲啦，是几啊？

文叔呼呼喘着，眼球愤怒地突出来，他说：四（死）！

博士看着自己的两根手指，皱起眉头，说，奇怪。

阿楚阿从哭了，紧跟着阿吉阿珍也进来了，她们哇哇放声大哭，究竟为个乜事啊？现在没事了啊。阿爸呀！

刚出院的那几天，他安静了很多。住在念祖家里，整天对着细罗仔看，一看就是一整天。这个小男仔只有一岁，也整天对着他看，很稀奇的样子，不哭也不闹。

文叔觉得，这个细罗仔在哪见过一样，好面善。念祖养了三个女仔一个男仔，男仔已经进了戒毒所，这个从哪里来的，他没问，阿吉也没有讲。文叔就整天对着他看。

这一老一小像是有缘一样，文叔嘴巴一咧，这个细罗仔也把嘴巴一咧，文叔笑了一下，细罗仔也跟着笑了一下，文叔把两只手伸出来，细罗仔也把两只手伸出来，好奇怪。

这两个人看着看着，就把眼睛对上了。

第十四章

52

听到张毛妹跳楼的消息时他在酒吧里。原本常来临这种温吞水的人对酒吧是不会有兴趣的，可是跟着陈太去过几次以后，也发现了它的妙处。它表面嘈杂，实际简单，想刺激刺激也行，想发泄发泄也行，很适合那种情绪波动剧烈的人。有时想来点狠的，来点笑声来点挑逗，反正谁也不当真，掏钱就买，买了就用，方便。烛光，管风琴，还有流浪艺人，都很符合想象。本来没参加电视晚会，在家组织员工倒也说得过去，可他在电视里看见了马明阳。马明阳那张娃娃脸实在让他心堵。这就好像精心设计的菜谱，亲自掌勺的丰盛晚宴，临到开席才接到通知，厨师是没有份的。马明阳算个什么东西？怎么陈太会对他感兴趣？他百思不得其解。不就是去贵州找几个小学生吗？贵州谁没去过？难道这小子又打上童工的算盘了？你千万别这么干，小子！又一场争夺似乎已经开始，这令他说不上是期待还是无奈，总之有点郁闷。

来电话的时候他正琢磨这事，陈太劈头就骂，你死到哪去了？开头他还想说两句赌气话撒撒气的，可听到死人了，酒精立马化作了冷汗。所有的委屈都变成黏稠的体液，蛇一样爬满全身。跳上的士他把方向都指反了。

张毛妹的事，其实他是讲过话的。这女孩老实，又肯干，他是清楚的。何况，张毛妹还是他接来的第一批女工，怎么着也算是嫡系。她想去扑火，她不知道PVC的厉害，这些都完全可信。但说她是讹诈，是碰瓷，绝对不可能。如果当初能优待她一点，即使不按标准办，也是摆得平的，他了解张毛妹，那孩子老实。

但争取归争取，老板一口咬死，他能有什么办法？他不按陈太的意思说，他能说什么？陈太一句话就把他顶死了，你在讲什么啊？阿临你在帮哪个啊？企业利益还要不要？

企业利益当然不仅是老板一个人的，还有员工的。你是谁？职业经理人。你帮谁打工？帮老板。从前在国营企业，这个问题是不存在的，企业利益就是国家利益，国家利益高于一切。你和工人谈话就是代表国家在说话，所以你才可以既有人情又有原则，既有政策又灵活，既不违背组织又不得罪个人。而现在，一切都改变了，一切都变得简单而又尖锐：你在帮哪个啊？

事情搞到这一步，他明白，陈太也受不了了。陈太是个善良的女人，她的温柔，她的体贴，她的高贵和优雅，都不是装出来的，这点确凿无疑，他有亲身体会。她就是受了马明阳的影响，相信什么人口红利，不然她也不会那么坚决，陈太本来并不是很难讲话的。

话说回来，这些女孩子也太脆弱，太不负责任了，太不珍惜生命了，“好死不如赖活着”啊。事情搞到这种地步，他能有什么办法？

陈太也慌了，怎么办啊怎么办啊？我今年真倒霉啊，从秋天到现在，事情一件接牢一件，没有一天太平。阿临你是个男人啊？你说过要保护我的啊？怎么办啊？你讲话啊？她哭了，泪水是那样鲜亮地流下来，求你啊，拜托啊。他们在酒店的大堂里会的面，她说她不敢回公司，她实在搞不懂大陆的事情，她这个人顶怕血腥气了，见不得悲惨的事情。陈太给了他一张卡，里面有三十万，说透支一点也行，先把方方面面摆平了再讲。他稍有迟疑，陈太泪水就下来了。

本来他也很想发一点牢骚，很想吼叫一番的，早听他的哪有这些事？也许根本用不了三十万，张毛妹就回家去了。可她不听啊，非但不听还要弄出个马明阳来挤对他。但现在，泪水泡也把他泡软了。

陈太坐在他侧面的位置，因为背光显得脸色更加苍白，轮廓更加鲜明，哭的样子更加克制也更加动人。她让泪水悄无声息地流，流多了才用手指尖顶着纸巾去按一按。她没有埋怨也没有喊叫，那个样子让他心里真的很难受，好像生离死别，所有的委屈也就一点一点融化了。

现在他不帮她谁帮他？还能靠那个马明阳吗？所谓家贫怎么样国难怎么样，关键时刻不还得靠他？起作用的还是他那颗倒霉的责任心。他说，你要走就走吧，休息一段时间也好，家里的事不用太着急，你放心吧。

陈太瞟了他一眼，轻轻说，我哪里敢休息啊？还不是出去找钱？你赶快把这批货发出来，等我好消息。然后陈太定定地瞧了他好大一会儿，把嘴噘了一下，匆匆拉手又匆匆分开。

这种感觉是很难说清楚的，他们都是奔四十的人了，可竟像是难以割舍的年轻人似的，有许多感动。说是尽职也不像，说是恋情也不像，说是远别也不是，说是盟誓就更不是了。这倒像是一种事业，是属于两个人的秘密事业，是那样心有灵犀那样心照不宣那样忠诚不渝。是的，那一刻他真的感受到了事业，是共同的，两个人的。

然而事情正在起变化，眼看就年底了，一年一度的潮水正在暗中涌动，公司里有两千多张嗷嗷待哺的嘴巴。他能怎么样？完全心中无数。

这段时间大环境也有些微妙。新的《劳动法》已经生效了，各种声音各种稀奇古怪的事情都冒出来。

华为集团出资十亿鼓励员工辞职！

东莞一纺织印染公司大规模裁员三千七百名！

在幸福村，先是一家香港公司突然人间蒸发，众多债主客户上门讨债，而后是几家小厂玩起罢工游戏。尽管平息得很快，逃跑的老板被请回来拍卖资产，罢工的工人被遣散，领头的打砸抢被拘留。但这场骚乱对各方面都产生了影响。

早上常来临一进写字楼就感到后背上凉飕飕的目光飞舞，可是回头却看不见一张面孔。每个办公室的门都开着，每个办公室都悄无声息，似乎一切都正常，一切又都不正常。以往总是有几个来问候的，早晨，早上好，常总早，常书记早，习惯了也不当什么，一旦消失了便又感到不习惯。由习惯到不习惯便意味着小环境也微妙起来。

他清楚，已经几个月没出粮了，大气候小气候都变化了，特别是张毛妹的自杀，已经让他们的神经绷到了极限。而这些，恰恰也是他六神无主的。他兜里只有一张卡，眼下就是有十张卡也应付不了这些。

办公室主任进来问，今天的经理例会还开不开？

他说开呀，为什么不开？

主任欲言又止，出了门才很随便地嘀咕一句，关先生也去香港了。关先生是公司的财务总监，家在香港，现在公司高层的一举一动似乎都有了某种暗示意义。谁都不傻，任何一点蛛丝马迹都在被揣摩。

所以常来临的策略是，一上来就把话挑明了。他说，我跟你们一样，几个月没放粮我也着急，公司处境艰难我也担心，可你们也别太神经质了，人家关先生回家跟老婆亲热一回你们也紧张啊？于是哈哈一乐，气氛才松弛下来。他说现在老板正在外面找钱，公司接连出了这么多事陈太能不着急吗？所以关键的关键是要稳定情绪，是要把这批货赶出来，只要货一出掉，大把钱就回来了，公司就缓过劲来了。他说，我向你们保证，今年让大家过个好年过个肥年！

话是吹出去了，该布置该安排的也都点到了，连张毛妹的亲属接待也都预备下了，可是心里还是不踏实。也说不清是哪根筋不通畅，反正是有点虚。

下午，赵教授通知他去参加幸福村总公司的座谈会，到了一看全都是各公司的老板，他想退出去已经来不及。赵教授拦着他说，是陈太让你替她的，否则我也不会给你打电话。

原来是区领导亲自下来听老板意见的会，杨书记亲自主持。幸福村原本就是杨书记的点，开年要开两会了，所以人大主任更是推脱不了。新主任上来就说，如今中央对新阶层很重视，区里各级领导都坐不住了，都想听听你们的意见。新法马上就要实施了，新情况也出现不少。现在维稳是个头等大事，幸福村能不能稳定，全区能不能稳定，就靠在座的各位了。

这样的会以往每年也开一次，但来的都是部门领导，老板们也都稀稀拉拉，说归说笑归笑，并不当真。可这一次显然不同，一个个神色严肃，气氛很凝重。常来临只是代替老板来的，所以在门口找了个位置，打算随时开溜，但听着听着就铆在地上了。

意见主要集中在新法对今后的影响上，赚不到钱啦，工人不好管啦，再这样下去就要撤资走人啦。这也是老调重弹了，老板从来都是赚不到钱，工人从来都是不好管，撤资从来都是一张只说不打的牌，并不新鲜。另外就是特区政策变了，为什么不提“跨越式发展”“超常规发展”了？要提“继续科学发展”了？这不是变了吗？还不承认！都知道这是深圳领导干部的一个命门穴，一点就跳，屡试不爽。好像深圳是个永远长不大的婴儿，一断奶就哭，一不特区就没法活了。所以也不新鲜。

倒是他们对新《劳动法》的热情态度耐人寻味。要炮轰，一定要炮轰！炮轰本来是个最暴力的词，一直受到南方媒体的批判，可如今老板们也要炮轰了。你把投资者都吓跑了谁来养活你们？这是老板们的共识，不说也想得出。但领导干部一改往常的只微笑不表态的态度，就特别令人吃惊。杨主任说得更为艺术一点，说是啊，我们也征求了各方面意见，但听到的主要是反对的声音。你们是新阶层，你们声音大了，比我们还有用啊。杨主任是那种很儒雅很深沉的人，一般轻易不表露立场，说话慢条斯理，一二三四，好像他那些条垄分明的头发，从来没见他乱插过打断过谁的话。他一说话屋子里立刻安静下来。

常来临从前就是个中层干部，也参加过不少正式的非正式的会议，一个领导干部怂恿这些老板炮轰自己的中央政府还是第一次见到，顿时就有了山雨欲来似的紧张，把脚也别到了椅子腿上，脖子伸得老长。

忽然就想到了陈太的那个问题，你在帮哪个？

其实《劳动法》他也翻过两遍，他看不出什么新意。不知为什么报纸电视这段时间不停地在发飙，不得了了，天要塌了。这些鼓噪声只是帮了马明阳的忙，让他借机大大赚了一笔。一个不谈工人阶级地位，只讲劳动力商品的时代，工人能闹腾到哪去？至多改善一点福利。这是秃子头上的虱子，偏偏他们就喜欢大谈特谈。这些领导确实越来越让人看不懂，更民主了？还是更专制了？

最后是区长讲话，要求各个公司一定要成立工会，早成立比晚成立好，你搞比他们搞好，这个道理好简单的嘛。然后劳动局长苦着脸插话，说今后你们一定要和工人订合同，不然我们不好办，真的是好为难好为难。话说到这个份上，老板们也就不吭了。

其实这些跟常来临关系都不大，他关心的是宝岛电子怎么办。他的立场很简单，陈太不在家，千万不能在这时候坍了台，真出了问题于公于私都不好交代。他是个职业经理人，守土有责。在国营厂他怎么干，在私营厂他还怎么干，尽职尽力是他的本分，管那些事干什么？那些事和他有关系吗？

晚宴的时候，他找机会跟杨主任谈了几句，他的意思是，希望杨主任继续支持陈太，必要的时候能到宝岛电子视察一下。

不料杨主任对公司情况熟悉得很，没等他讲就打断他说，我对你们陈太支持不少啦，还要我怎么支持？你对她讲，快一些回来，怕什么怕？有什么好怕嘛？是谁在这里话事？不还是我们这些人吗？

常来临吃惊不小，赶紧似懂非懂地直点头。他想说，陈太没有怕，她只是出差去了。但看到杨主任那么肯定地把嘴角一抽一翘，便没有说出来。

杨主任那种意味深长的嘴角一翘，就像一幅卡通画里的人物表情，说不上是紧张还是夸张，一直刻进了他的大脑深沟里。这很奇怪，也许并没有多少道理，但偏偏他就记住了。

接下来的日子有些难熬。先是张毛妹的亲属来了，哭天抢地，让人焦头烂额。而后就是工人开始有了骚动，牢骚和怠工也冒头了。再后来，也许是受了外界影响，写字楼和中层干部也加入进来，谣言像毒蛇吐出的信子，既蛊惑又恶毒，每时每刻都在舔着他的神经。

所有的困难都集中在一个字上，钱。没有钱，什么问题都解决不了，说多少好听话也都没人信。但反过来讲，在年底前不能把这批货出掉，耽误了工期，别说公司不能放粮，别说张毛妹的亲属还要接着闹，就是供货商逼债就把你逼死了，就是饭堂的老板不开饭，饿也把你饿死了。这番话他是在中层干部会上说的，他是实话实说，他不想隐瞒什么。

但他们问，为什么老板还不回来？老板为什么在这个时候出差？

他只有把两手一摊，我怎么知道？

有个女的小声嘀咕说，你怎么不知道？然后底下就嗤嗤地笑了。这些笑声很暧昧，但这时候的暧昧又恰到好处地掩饰了尴尬，所以他也跟着暧昧地笑了。

这是跟干部说的话。跟工人常来临说得就更加慷慨激昂。他说公司真的是资金暂时周转不开，写字楼和中层干部，包括我自己都拿不到工资，不信你们可以随便去问。你们不当家不知柴米贵呀，你们知道我们这种出口加工公司受到多少压榨吗？你们知道那些外国老板是怎么剥削我们的吗？知道我们生产一只鼠标才能赚几分钱吗？知道我们要给银行多少台账保证金吗？知道发一次货要把同样多的钱押在银行里吗？知道做一块钱生意需要两块钱的资本吗？你们不知道。你们要是知道气都气死了。这就是中国制造啊，这就是食物链啊，没办法啊，中国还很弱小啊，我们民族工业就是要受欺负啊。我们是社会主义国家，我们总不能去侵略，去抢劫吧？所以我们要有爱国主义精神，我们要当爱国青年。你爱国家，就会爱公司，就会做好本职工作，你们的利益和公司的利益是完完全全绑在一起的。你们做好本职工作就是最大最实际的爱国。

有人问，做完这批货真的能拿到工资吗？

常来临反问道，为什么不能？你为什么会这样想？大河没有小河干，大河有了小河满，这个道理你还不懂吗？这些话他也不是特意准备的，他真是这么想的，这全是大实话，从前在彩练毛巾厂也是这么说的。他这么说着，身心完全投入，就好像刷牙洗脸那么自然，就好像天是蓝的草是绿的花是艳的那么肯定，员工们自然也就夹紧嘴巴了。没办法，大家说，这个人太有个人魅力了，你简直没办法跟他生气。

开头几天，陈太每天都来一次电话，问问情况，安慰安慰，说她正在越南处理工厂的债务，很快就会回来，要他坚持住。她说她要把越南的厂关掉，关掉以后集中精力办好我们这个公司。当然，越南厂关掉以后钱自然就不成问题了。通话以后，一般还发一条短信，短信很短，很急促，却是宣誓一般有冲击力。

谢谢你，大哥哥。

没什么，应该做的。

如果没有你，我真不知会怎么样。

你满意就好，你高兴就好。

你也会在乎别人的感受吗？

为什么不？我其实挺人性的。

真的吗？哼。

哼哼。

哈。

哈哈。

他相信，这是默契也是誓言，是调侃也是承诺，通话的内容已经不再重要，重要的是他接到了某种信息，得到了一个并不虚假的声音，玩笑后面是庄重，就像考上大学就一定能拿到文凭。

这期间袁敏也经常来电话给他打气。她说老板也不容易，女人当老板就更加不容易，这种时候你千万不能打退堂鼓，你们当兵的不也讲究人在阵地在吗？也许你们过了这一关后面就顺了。

他说你不知道，其实有时我想想，也挺委屈的。这算什么呀？这和坚守阵地不是一回事。他不敢说有一次和陈太差点出了轨，心里总还是怪怪的。他觉得好像是欠了很多，欠陈太，也欠袁敏。

他说，我想你们，嘟嘟可能都不认识我了。

袁敏说不会，嘟嘟天天都在跟你的照片说话呢。

他说我过年可能又回不去了，你来吧，带上嘟嘟一起来。

袁敏说，那我不是又要请假？上次好不容易才上班的。

他说，那个破环卫站还这么麻烦？扫马路都扫不到啊？

袁敏就笑了，说你脑子已经坏了，刚刚过去的事都不记得。

53

这天夜里，赵学尧已经吃过安眠药了，正迷糊着，文总打电话让他赶快到办公室来。听口气是没得商量的，他头一下就疼裂开，出一身大汗才缓过劲来。

这些日子，文总经常会提一些没来由的问题，而且马上就等着要答案，好像他比百科全书还厉害。当然这并不令人反感，恰恰相反，它说明自己的努力已经见到了成效。这心情就像一个老师在培养高考状元，考试的是学生，备考的却是老师。过完年紧跟着就要开两会了，文总有些紧张也正常。

到了办公室才发现气氛不对，不但公司的两个副总在，胡小姐在，文总的弟弟文念虎在，连宝岛电子的常总也到了，紧跟着连何子钢也赶到了。

赵学尧看看何子钢，何子钢两手一摊。

文总说，我们内部开个小会，宝岛电子要出事了。你们说怎么办？文总是这个风格，话不多，总是直奔主题。显然文总担心的不是宝岛公司出事，而是出事以后的影响。两个副总把话说得更明白：老板要去北京，那边又在闹事，像个乜呀。

都是内部人，省得绕弯子，话题也简单，可是疑问并不少。宝岛公司会出什么事呢？文总怎么知道一定会出事？赵学尧头还疼着，就把疑问推给了常总。在他看来，幸福村管理水平最高的公司就是宝岛了，它要出事，别的公司早就闹翻天了。

常总只是说，不会吧？虽然出了点问题，但主要是资金周转上的问题，事故处理方面的问题，公司生产还算正常，陈太出差还没有回来，等她回来这些问题自然就解决了。不会有事吧？

胡小姐忽然冷笑了一声，大家吃了一惊。

文总说，你们懂个屁。然后轻轻摇头。大家又吃了一惊。

这一惊，屋里就静下来。赵学尧这才觉得有些蹊跷，胡小姐以往是不参加领导们的各种活动的，她忽然变成内部人，于是老郭的警告就在耳边响起来。文念虎只是文总的弟弟，从来都是一个局外人，怎么也热心起村里的事？常总来可以理解为被叫来汇报情况，但何子钢就解释不通了，就是要叫他来，也应该由自己安排才对呀，怎么直接就通知了？于是又想起何子钢的警告，你别看文念祖不吭不哈的，他其实并不简单！

这样一想，就意识到文总其实自有一套掌控局面的办法，自有一个了解情况的渠道。他平时可以不管不问，甚至装聋作哑，乐得坐享其成，但在大问题上一点不含糊。可见这一次他非常重视，不能容忍在关键时刻出现任何不利的苗头。

赵学尧抬眼去看何子钢，何子钢也正冲他打手势，一个手指头向上翘，赵学尧看了半天看不明白。

何子钢只好自己开口了，说文总你也不用太担心，大不了就是罢工吗？我猜你叫我来也是想听听这方面的意见。我就先说两句，罢工没什么了不起，罢就是了，兵来将挡水来土掩。既不是第一次，也不是你们第一家，怕什么怕？到年底了怎么也该“犯病”了，影响不了什么。北京照去不误，两会照开不误。

这一说才热闹起来，七嘴八舌。有的说是没什么了不起，又不是我们一个村。有的说今年不同，今年是幸福村的关键一年。有的就埋怨陈太不够意思，文总对她那么照顾还是一点面子都不留。有的说法律不健全，早就应该地方立法禁止罢工的。说来说去，最后还是说到钱的问题上，是不是又想叫村里拿钱啊？

常来临慌忙站起来反驳，说陈太正在外面想办法，陈太根本没有这个意思，我们正在做工作，我们生产很正常。而且，我们也不认为宝岛公司会罢工！他非常强调我们，显示了团结，激动得脸通红，说话都结巴了。当然，他也表示了不好意思，这么晚了还让领导，为宝岛公司操心。

胡小姐说，讲来讲去还是中国人素质太差呀，经不起挫折呀，为一点小钱，动不动就跳楼上吊的，也太不尊重生命了。

何子钢瞟一眼赵学尧，没吭声。也许在他看来，这些事都太小，根本没有进入他的议事规程。

文总始终黑着脸，后来终于说，我半夜把你们请来，是听这些废话的吗？我是问，你们有没有办法不出事？他说，下午他到区里，领导专门找他谈了维稳的事，维稳是个大事，稳定压倒一切。

文念虎也说，现在各级领导最害怕的一件事就是不稳定了，所以能不出事最好不要出事，有了苗头就要把它压下去。现在你到各个机关去看好了，不管你是讨薪的，受伤的，打官司的，只要几个人往办公楼前一跪，大马路上举个状纸，马上给钱，要多少给多少！为个乜呀？就是花钱买稳定呀。

这样一说，也就明白了，赵学尧也就不能不出手了。他想了一下，说，其实办法是有的，只是各个公司都不积极。

文总马上说，你讲出来，我看冰果不积极。

赵学尧说，其实上次老板座谈会上已经说到这个要求，那就是成立工会。工会成立了，自然就会去做事情，化解内部矛盾啊，组织文体活动啊，搞搞竞赛评比啊，情况就会好得多。就是要罢工，也是工会出面来谈判，不会那么乱糟糟。

文总说好，这个办法好。你们宝岛公司就把工会成立了先。

常总说，本来我也有这个想法的，可是陈太还没有回来。

文总说，不用等她了，你们成立了先，就讲是我叫她成立的。马上就成立，年底以前就成立，手续你们给他办。文总用手指画了个圈，见没有反应，又问一句，听不懂吗？

常来临似乎挺高兴，站起来说，我是个当兵的出身，领导怎么说我就怎么做，我听领导的。

文总说，好，好啊。

于是就散会了，来得莫名其妙，散得也莫名其妙。来到外面，赵学尧问，你是专门过来开会的？

何子钢说是啊，我还以为出了什么大事呢。

赵学尧说，不过今天倒是见识了文总的另一面，英气逼人啊。

何子钢眼翻着说，早就跟你说这个人并不简单，不相信！

话是这么说，可赵学尧心中的疑惑并没有解除。回来以后反而更加睡不着了，想不通啊，为宝岛电子这么点莫须有的小事犯得着半夜开个会？这可不是文总的风格。

可是会出什么事呢？文总没说，而他却不能不揣摩，不能不未雨绸缪，摸清老板意图是他职责。从世界范围来说，这个地球是越来越不太平了，石油战争，次贷危机，通货膨胀，自然灾害……国内呢？国内也不安生，科学发展，又好又快，贫富差距，群体事件……总之社会成本是越来越高了。当然这些和幸福村都挨不上，离那个宝岛电子更是十万八千里，但他却必须思考。万一文总问起来，他总不能一推三不知。文总对这些名词也许说不清楚，但不等于他对这些动向不敏感。这是一个极聪明的人，或许他正是从宝岛电子的某些动向中看到了山雨欲来？或许他正是从这些似懂非懂的名词里感受到一个新格局的形成？他要为即将开始的调整做一些准备？然而这些事情谁又能说清楚？“可怜夜前虚半席，不问苍生问鬼神。”

54

柳叶叶的舅舅舅妈都来了，按照毛妹的要求大明大发还有三婶婶也来了。本来公司只同意直系亲属来的，可人来了他们也没有办法。毛妹被冷冻在殡仪馆里，每拖一天就要花好多钱。按公司的意思先把丧事办了，赔偿可以慢慢谈。但家属显然是不可能答应的。公司的话现在哪个也不相信，连柳叶叶都不相信了。有意思的是，公司负责接待的人也不劝他们答应，总之就这么一天一天地拖，一天一天地等，就好像人人都在等待一个谜底的揭晓，等待一个最终的结果。其实这个结果真的出现了，对任何一个人都不是好事。公司如果真的破产了倒闭了，毛妹的赔偿金拿不到不说，两千多名员工几个月的工资和年终奖金都泡汤了不说，就是这些人的嘴巴扎起来也是一个惊天动地的新闻。所以大家宁可相信不是真的，宁愿再等一等。该上班的上班，该猜测的猜测，有一点麻木又有一点好奇。反正死猪不怕开水烫了。大家都是一样的看法，老板耗得起，我们耗不起？耗！

常书记去看柳叶叶的舅舅舅妈的那天，柳叶叶也在。舅舅一听说是公司的领导，咕咚一下就跪倒了。他一跪，舅妈也跪，大明大发还有三婶婶都跪下磕头，一边磕头一边哭还一边唱，搞得柳叶叶丑死了，觉得好难为情。从前这样的场面在乡下也不少见，可在深圳这样的地方就觉得太没面子了。她浑身簌簌发抖，好像一下就回到了县城那个冰冷的早晨。

常书记也觉得不好意思，死拉活拉都不起来，就喊柳叶叶，柳叶叶也拉不起，常书记没有办法就自己也跪下去。他一跪，才把大家跪愣怔了。

舅舅哭道，常书记啊，你要为我们做主啊，我们毛妹死得冤屈啊，毛妹是个好娃儿啊。

常书记说，我也是农民的儿子啊，我也是苦出身啊，我受不起啊。他说，不信你们问问柳叶叶，我也是个打工的，我也没有办法啊。公司的钱不回来，一切都谈不上。但哪个有办法？哪个也不晓得该怎么办。

要是在从前，常书记一下跪，非把她震晕过去。可是现在不晓得怎么搞的，这个时候，就在她身边，她居然拉一下的表示都没有。她只是本能地向旁边跳了一下，好像要让出一个位置来。她的脑子已经木了，心又冷又硬，神经变成了钢筋。

这期间，常有外面的消息传过来，哪个哪个老板跑了又被抓了回来，哪个哪个公司罢工，领头闹事的被抓了进去，到处弥漫着躁动不安，甚至是一种兴奋一种渴望。好像这些跟自己无关，仅仅是自己赶上了。连幸福村里新贴的大标语也好像在渲染这种气氛：继续科学发展，构建和谐社会！维护安定团结人人有责！向来深建设者致敬！

对毛妹，人们的态度也发生了180度转变。原来那些说毛妹作秀的都不见了，全都变成了毛妹的同情者支持者。每次舅舅舅妈他们进饭堂吃饭，都要经过一次全体起立的仪式，没有人号召，大家自觉站起来。那些排队打饭的人，自觉为他们让道，然后谁也不再讲话，静静地目送他们离去。连写字楼的那些文员，也差不多每个人都去探望过舅舅舅妈，有的还买了东西，有的还陪着落泪。毛妹生前的一些遗物也不晓得从哪里冒了出来，工牌，工资单，还有一张放大的工作服照。还有一些关于毛妹吃苦耐劳的小故事也开始流传。其中有几个段子说，毛妹当拉长的时候，差不多每个新工人她都手把手地教过，她从来不晓得生气，对任何人都是笑脸相迎。有一次主管骂她那个拉比人家慢，她就自己留下来加班把亏空补齐。还有到注塑房的事，并不是毛妹一定要去挣那个一百五十元保健费，而是主管找不着信得过的人，押着毛妹过去的。这些事都是真的，都符合毛妹为人做事的习惯，但把它们集中在一起的时候，连柳叶叶都有点不敢相信。更不敢相信的是这样一种气氛，这样一种情绪变化。现在，毛妹已然成了大家心目中一个难得的好人，一个英雄，这样一个好工人，就算她没有抢救公司财产，公司也没有理由不赔偿，更没有理由去污蔑她，还要跟她打官司！公司老板究竟是什么人？被电视里讲得那么有菩萨心肠，拿一百万去建一个八竿子打不着的小学，为什么对自己公司的员工这样冷酷无情？这些话，还有跟这些话相关的各种各样的猜测，像流感一样传染蔓延，让人人都变得激动多疑。

柳叶叶因为是毛妹的亲戚，突然就成了公司的焦点人物。每天她都要去陪舅妈，然后每天她都要回答无数次关于毛妹的问题，然后人们就从这些问题中揣测公司的动向。连写字楼的那些人也在向她了解情况，好像她成了一个公司的发言人。不晓得，不晓得，她真的不晓得，她觉得神经都要绷断了。

有一次在舅舅舅妈住的小旅社里，她碰见了唐源，他正在跟他们解释赔偿的法律条款。柳叶叶一下就来了气，说你还有没有良心？毛妹就是信了你的那些鬼话才想不开的。什么规定什么法律，见你的鬼去！

这个“赖汤圆”见她气成那个疯癫样子，有点怕了，趺趺撞撞地走了。走到外面，又对柳叶叶招手，说还有话要说。

柳叶叶说，我求求你了，让老人省一点心吧。

唐源说，我不是来劝老人家的，我是有话要对你说，我一直在等你。

柳叶叶说，莫非又想兜我的生意哟？我暂时还不打算跳楼，以后也不会自杀。

唐源的喉咙里咕噜咕噜响了好一气，说随便你怎么看我，毛妹的事我真的很难过。我也不该给她说要买通路子的话，我要不那么说，她也不会那么自卑那么绝望，这些我都清楚。但有句话我一定要告诉你，如果你们公司要罢工，你千万不要出头，你千万不要上街，千万不要影响交通！

柳叶叶好奇怪，说你怎么晓得公司要罢工？

唐源说，感觉。

柳叶叶吼道，感你的鬼！滚！

对唐源，柳叶叶并没有多少特别坏的印象，毛妹走了那条路确实也赖不上唐源，只是因为自己心情太糟糕。糟糕的原因是因为常书记又来找了她。她不晓得自己为什么这样倒霉，越是怕的事越是要来。也许，她真的成了焦点人物。

常书记对她招手，柳叶叶柳叶叶，有好事了。

当时她在工作，不能不理，只好硬着头皮过去。

常书记说，晚上开职工大会，你准备一个讲话稿。

她问，我讲什么话？

原来，按照上级的要求，幸福村所有的企业都要在年底以前成立工会。今天是 12 月 31 日了，还没有一家行动，宝岛电子要带这个头，晚上就开大会宣布。

常书记说，晚上要来好几家媒体，你作为工人代表讲话，这是个机会呀。又是打工作家，又是工人代表，一上电视……你就行了。

柳叶叶说，我不想讲话，你找旁的人吧，然后扭头就跑。她不晓得为什么会这样，也不晓得为什么这样怕见这个人。以前，她巴不得有这样的机会，巴不得能够选上自己，多跟他讲几句。而现在，她心里没有机会，只有泪水，只有汹涌澎湃的泪水。

晚上她还是回了公司，参加了大会。她看见常书记又在发表激情演讲，他真的很会说话。他说，从今天起，大家都不要再提“打工仔”三个字了，也不要提农民工，哪个提我就跟哪个急！你们不尊重自己我还要尊重自己。从今天起，我们一律都是“来深建设者”，我们都是工会会员了，我们都是一家人了。我这个工会主席干什么的？还不是要为你们讲话！

这些话，还有以前讲过的那些话，都是她非常熟悉的。可是她已经麻木了，这些鼓舞人心的话变得那样遥远那样空洞，听起来是很响亮，其实什么也没有。

55

宝岛成立工会幸福村很重视，毕竟是第一个响应号召的企业。整个街道挂满了横幅和彩旗，花篮一直排到了马路上。成立大会杨主任到了，文总到了，还有区总工会和相关的领导也都到场了。他们说，我们来给你撑腰，你的腰在哪里？我们给你撑！

常来临兴奋得脸通红，嗓子都哑了。谢谢谢谢！其实这个第一算不上光彩，甚至还可能遭到耻笑，但他确实需要来这么一下子。

这是激励全体员工的最后一招。公司搞到这个地步，不来一点够分量够意思的举措，恐怕确实难以维持了。大话要说，但总得有点新鲜内容。所以尽管老板不在家，他还是以董事会的名义给自己写了贺信，祝贺自己当选工会主席。从前他怎么会这么干？打死也不好意思。花篮、贺信、酒会、采访和掌声，都是宝岛电子需要的，不是他需要的。这是强心剂，是救命索。他一直坚信，只要熬过这个空虚的年关，资金就回来了，公司就喘过气来了，一切都会柳暗花明艳阳如初。

他对记者们那一排冲锋枪似的话筒挺起了胸膛，他说，宝岛电子虽然是一家外资企业，但我们一点都不放弃自己的社会责任，我们向贫困山区捐助过希望小学，我们公司上上下下集体献过血，我们有自己的亲情文化，我们团结得像一家人。

记者问，你一口一声我们，听得出你很自豪。

那当然！他说，老板现在不在家，但我完全可以代表她说话，这个公司就是我们大家的。老板自己也经常说，公司是靠大家做出来的，不做什么都没有。

这话不假，陈太确实在电话里这样跟他说过。陈太说，阿临啊，拜托你别把自己当外人好不好啊？你让我好伤心哦，我的不就是你的？

同样的话袁敏也说过，她说这种时候你就不能退缩了，你不顶起来两千多人怎么办？人家那么看重你，你也不能把自己当外人。

这是大家共同的事业，两千多人是一根绳上的蚂蚱，公司能活下来大家都能活下来，公司完蛋了大家统统完蛋。但他不是冲着这些财产，他是面对着这个公司的两千多张脸。他是那种小肚鸡肠的人吗？

他是不讲义气不重感情的人吗？现在他不仅是书记、副总经理，还是工会主席，他是一定要带着这两千人同呼吸共命运，共渡难关，冲出重围的。

公司有困难，我们怎么办？我们不干，谁干？

这些话，还有其他的一些话，在年关的煎熬等待中一次次提高八度，一天天升级换代。有时候，他甚至暗暗思忖，如果没有这次陈太的远走越南，没有这一次的资金周转困难，没有这批货的年关逼迫，自己肯定不能这么大包大揽，这么义无反顾。

直到罢工发生，陈太的电话完全掐断，他才听到那一声脆响，神经崩断，自由落体，有了大地迎面扑来的重力感。

开头还幻想，陈太在飞机上，陈太就要到家了。但一天过去了，两天也快过去了，飞机绕地球一周也该加油了，还是联系不上，这才有些疑惑。他又去翻报纸，并没有找到飞机失事的消息。半点消息也没有。

而楼下，工人的歌声却比丧钟还要响亮。常来临这才感觉到恐慌，感到孤立，脚下松动了，地板塌陷了，一颗心晃晃悠悠沉下去。全体员工罢工，事先居然一点迹象都没有！

56

这天半夜，两点多了，有人来敲宿舍窗子，喊柳叶叶。柳叶叶慌里慌张披一件单衣就出来了。被他们带到楼下开会，没几分钟牙花就打架了。这天是真冷，在深圳少见地听到了风的尖叫，像是鬼在磨牙，一边磨还一边吹口哨。柳叶叶说，我不行了我冻死了我要回去穿衣。有人把一件保安值班的棉大衣扔了过来。身子暖和过来她才听清楚，原来这是在商议罢工。一共有几十个人，激动得很。

他们说现在非罢工不可了。公司的货已经出得差不多了，老板还是不露面，还是一点动静都没有。如果我们还是这样傻等，真的没有任何指望了。他们认为现在动手已经晚了，剩下的这点货也许老板根本不心疼。有人提到了常书记，那个东西，茶壶打掉把子就剩下一张嘴了。你们到写字楼去看看就清楚了，香港雇员早就跑了，就只有他一个人在蹦，说话的是一个经理。柳叶叶这才看清楚，在场的不光有经理，有主管，还有好几个写字楼的文员。他们都认定，这一次是老板有计划地撤资，早有预谋，根本不可能是资金周转的问题。大家都上当了。

有工人叫，那我们怎么办？好几千人啊？工资，还有加班费！

柳叶叶也想起来，常书记一开始还对舅舅舅妈表态说，等公司的钱一回来就先给他们解决。他拍着胸脯说，你们放心，我也是农村出来的，我了解农民的苦处，我还能不帮你们讲话吗？张毛妹是了解我的，她也是了解我的。他指着柳叶叶说，她们都是我的小朋友！可是这些话后来提也不提了，连人也见不着了。现在一家人连哭闹都找不着地方了。

怎么办？罢工。把货扣住。把事情闹大。让政府来解决。政府不解决怎么办？不可能。政府要脸面。

有人叫，不要空谈了，都两点多了！

然后就推举代表。出乎意外的是，第一个名字就是柳叶叶。

柳叶叶说，我不行，我不当代表。

大家说，别人都可以不当，你一定得当。你是张毛妹的亲属，又是公司的工人，你还是打工作家！

柳叶叶急得脖子胀起来，说我真不当，我跟到走就是了。哪个当代表哪个就坐牢，前车之鉴太多了，你们害我不是这么害法。

哪个不怕坐牢？连张毛妹的妹子都是这样！人们摇头了，愤怒了，但也没有人再吭声了。

冷了半天场，柳叶叶说，我有一个建议，不要推什么代表，也不要上街，不要影响交通……她的声音越说越低，低到自己也听不清。

她记起这全是唐源说的话，她不知道为什么会重复这些话。

那你到底要怎么样？这也不，那也不！

可以把我们的要求写出来，交给政府……

哪个写？

好像有一万个电灯泡同时亮起来，齐刷刷照在她的脑壳上，她就像阳光下的一个雪人，一点点地萎缩融化。

我……我写。

最后怎么散去的，她已经忘记了。但她的意见还起到一点作用。第二天所有员工坐在写字楼底下的时候，她发现公司的不锈钢栅栏被拉上了，几乎没有一个人敢走出去。

毛妹的工装照被放大了，加了个黑框，挂在了写字楼的墙上。舅舅舅妈大明大发他们也被请出来，坐在公司的台阶上。人们好像突然间变得特别友善，对他们无比尊敬，他们都是为毛妹来打抱不平的。

她不知道这是怎么组织起来的，她真的不知道。也许根本不需要组织，三个多月没见到一分钱的漂泊者流浪汉不需要动员，一个眼色就足够了，就好像从前某一个下午刮的台风。

也不需要宣传，唱歌就行。在这片土地上有很多流行歌曲，没有哪一首比《打工打工最光荣，嘿》流传更广，更能叩动人心。柳叶叶和大家一样，都是飘零的树叶，只是一个偶然才聚集到一起。又是因为一个偶然，轰的一声，火焰就燃烧起来，升腾起来，变得不可收拾。

我们打工是一家
天南地北你我他
……

这中间，她和那个人有过一次对话。那个自己崇拜过，被视作偶像的人对她招手，柳叶叶！柳叶叶！他还是像过去一样微笑，只不过在柳叶叶看来，那种笑是贴上去的，空洞洞的，干巴巴的。

她犹豫了一下，过去了。

他说，真想不到，我们现在是用这样的方式谈话。

她答，我也没有想到。

他说张毛妹的事我确实努力过，但我也是个打工的，我说了不算啊。

她问道，你也是打工的啊？

他说我还是个工会主席啊。真没想到会搞成这样！

她问道，你还是工会主席啊？

然后她就想走开，不想再谈，再谈下去眼泪就会不争气。而且他们之间，还有什么话可谈的呢？

常书记突然说，听说，你是工人代表？如果谈判的话，我们就成了对手了。他又笑了一下，脸上的皱皮堆起来，硬邦邦的，鬼脸壳子一样。

她被蜇痛了，说我不是代表！

奇怪，他们都说你是。

柳叶叶叫起来，我说过了，我不是！

常书记说，好好好，就算你不是。柳叶叶啊，有句话你一定要听，你是个有前途的人，你和他们不一样，你还会有很大发展，还会有自己的事业。什么叫现代化？什么叫全球一体化？说白了就是大改组大分化。国家是这样，个人也是这样。一部分人要上升，一部分人要下降，当然，还有一部分人要牺牲。这个是没有办法的事。

你是说，毛妹这样的人只有牺牲？

这个世界上有很多事是可以做不可以说的。我这样讲是为你好。我也是个打工的，真的……

后来，她就听不清了，只看见他的嘴巴在动，他的眉毛在跳，她想不通自己过去为什么那样崇拜他，为他激动得要死要活。可是现在，这个人的魅力到哪里去了？他除了会讲，还会什么？他忽然变得那样丑恶，那样小人。那样的走狗，那样的工贼。她想起来了，他当初用那么优美的腔调，动员大家长期为老板弟弟献血，原来只不过是为了自己的上升，为了上升就心安理得让别人去牺牲。明知别人会牺牲你还要做，那不就等于谋杀？

本以为跟他谈话会流眼泪的，可是竟然没有。也许刚开始有，可谈着谈着就没有了，干了。她只觉着有一点头晕，眼底里有白光在闪，太阳穴突突地跳。她晓得这是身体快顶不住了，已经好几天没有合眼了。脑子里突然蹦出一句诗：

为了你的上升
我们献上肩膀
如果高度不够
我们还有血浆

57

罢工的当晚，赵顾问来电话了，说让他来村里一趟。常来临放话筒的时候，手颤得厉害，几次都没有放到位。他想，这回是真的完了。在这之前他还一直找这个谈找那个谈，还企图说服大家不要这么极端。极端是非理性行为，不能解决任何问题。

到了总公司，文总和杨主任他们都在，脸都青着。

文总问，陈太最后和你通话是什么时候？

前天。

文总看看杨主任，说怪事。

杨主任摇了摇头，苦笑。

看样子似乎是前天陈太也和他们通过话，这时一线希望似乎又升起来。他一下就扑到办公桌前，说文总你一定要救救我们公司，陈太她一定是出了意外，她会回来的，她不是那样的人！

文总看看赵顾问，又看看杨主任，没吭声。

杨主任好像是对文总也好像是对大家说，总是这样的啦，稳定压倒一切啦，人民内部矛盾人民币解决啦。

文总哭丧着脸说，我哪里出得起这么多钱？上次把一栋楼烧了还没算账呢。

杨主任冷笑说，闹得还不够大！闹大了……他连连摇头，不知是什么意思。

赵顾问插话说，如果能先把中层稳定下来，工人就闹不起来，我看写字楼的人都参加了，很可能就是他们在背后组织的。

常来临似乎已经看到了希望，可怜巴巴看着杨主任。

但杨主任又不吭声了。

文总想想，大概是顶不过去了，说我反正只有一百万，死也好活也好，只有一百万。

又冷了半天，杨主任终于开口了，说一百万就一百万吧。就按赵老师的意见办，你去执行。他指着常来临。

常来临迟疑一会儿才说，主任的意思是先补发给谁？

杨主任也会失去理性，发火说，你这个人怎么这么笨？给中层，给文员，给嗓门大的，给闹事凶的，你愿意给谁就给谁！我要你去把事情摆平，不是让你去分钱！

他本来是想说，这么多的工人，一百万是打发不了的。可是憋了半天还是没说出口。其实这也不是他的原意，他真正的意思是，领导能出面把事情平息下去，把工人安抚下去，把公司保住。只有公司保住了才是根本解决问题的办法。可是哪个领导能去说这样的话？这样的话又有谁信？他完全乱了。

赵顾问说，算了，还是村里直接处理吧，你让常总去办，他也很难做的。给谁？不给谁？

这件事当时他并没有想清楚，如果他稍微聪明一点，先答应下来，也许不会是这样的结果。如果知道会是这个结果，他宁肯先把钱给张毛妹家属。

但他太想保住公司了，他太不想认输了，以前他就经历过一次毛巾厂的山穷水尽，他太不想重复那样的结局了。他甚至觉得人生难得一回搏，搏一回说不定就搏出来了。

他是那么地希望保住公司，保住他最后一块阵地。他还有很多的设想很多的计划没有实现，要搞技术培训，要搞岗位竞赛，要办文化夜校，要组织文艺演出。甚至，他还想过，要亲自主持一次公司的集体婚礼。当然，他还要把袁敏接来，把嘟嘟接来，在深圳安一个家，然后自己去读一个 MBA……

他把自己关在办公室里。他知道公司的文员一个一个跟小偷似的进来，又跟骗子似的溜出去，他实在没有脸面再去见工人。

他觉得自己真是很冤，这样想方设法组织生产，不就是为了员工拿到工资吗？这样千方百计想保住公司，不就是为了陈太的名誉吗？可这一切似乎都是在表演独舞，表演到最后，观众等着锁门的时候他还在舞。工人不领情，老板居然也不领情。这样想想，好像自己是为了证明什么才去表演的。证明他是个合格的工会主席？证明他是个合格的经理人？可这样的证明又是给谁看的？谁要看？一条丧家的狗，找不到主子才会到处撒尿留下记号。

中午，马明阳突然打来电话，劈头就问，想不想听一句忠告？

显然，马明阳已经清楚公司的情况，他答，看我笑话？

你那样想就没劲了，马明阳说，对宝岛我还是有感情的，陈太在我最困难的时候帮过我。而且，我还曾经想做她的生意。

说说看。

马明阳说，拿上你的钱，赶紧走人。当然，如果你愿意，我们还可以做一笔交易。

什么交易？

把公司的人转给我，或者把花名册卖给我。

想让我当人贩子？当逃兵？他冷笑，牙花都在打架了。

你这样想？那只能证明你长着……

长着什么？

猪脑子。马明阳飞快地说，你认为陈太还会回来？

为什么不回来？你凭什么这么说？

凭我对人的认识。没什么道理。你爱信不信。

其实这才是常来临最关心的。如果陈太回来，他还有什么不踏实的？如果她不回来，他还有什么理由坚守到底？

他说，你说说看。

陈太是个挺不错的人，重感情，她不会亏待人的。

你这话是什么意思？刚才还说她不会回来。

我问你，她走之前有没有给过你一笔钱？

常来临怔了一下，说是有一笔钱，但那是让我处理公司事务的。办了各种事情，钱也差不多了。

马明阳冷笑道，这就对了！她不会亏待人的。你自己没悟性，就怨不着别人了。

什么意思？你是什么意思？

我的意思很明白，她不会亏待别人，更不会亏待自己。她是个生意人。

你是说，她走的时候就没打算回来？你凭什么这样说？

凭我对老板的了解。我问你，是不是三十万？

他说，是一张卡，里边是有三十万，可那是公司的钱！

那也是给你的钱。她给你了，你不要，那是你自己的事，怨不了谁。也许台湾人的了结方式就是这样。当初我离开公司的时候她也给过这个数，那时她手头宽裕，我退给她一百多万呢。我早就说过，马仔就是马仔，到什么时候都别忘了自己是马仔。你到深圳干吗来了？

这才觉着五雷轰顶，四肢冰凉。

好自为之吧，老兄！那句话是怎么说来着？高尚是高尚者的墓志铭？很多时候，你得服从命运。命运……他忽然有些悲观，声音低下去，再也听不清了。

马明阳是个百分之百的坏蛋，然而坏蛋也能说出百分之百的真相，有时候。反过来想，如果当初自己真是拿了钱一走了之，谁又能把他怎么样？可那样他就不叫常来临了。

他发疯似的冲进陈太的办公室。办公室迎面就是一面巨大的穿衣镜，这是她的习惯，也许就是一种安排，所有的人进门时都要看清楚自己是谁。现在，他在这面镜子里终于看清了自己。

这是一张奇怪的脸，脸上有两张面孔，有两副表情，就像是一个双面绣。这样的情形以前就出现过，现在又来纠缠他了。一张脸对着工人，说我也是打工的，说我也跟你们一样，没拿到工资，我是真心帮你们讲话的。你们选我当工会主席，还能不信任我吗？一张脸对着老板，说我已经竭尽全力了，我快顶不住了，我是真的把公司当成自己的事业呀，你怎么能这样对我？连电话都不回？这种纠缠以前在彩练毛巾厂就让他很痛苦，现在又来了。他就像川剧艺术的表演者，脸在不停地变，人还是一个。在工人面前他代表资方，气宇轩昂能说会道十分理智。可一扭脖子他又代表了劳方，天真幼稚简单好哄只会跳脚。两张面孔让他品尝到了那个著名王子的痛苦，既想做事，又想做人，既要体面，又要实惠。这很艰难，又很变态，就好像一个同性恋者总是决定不了自己的角色，一个二尾子进城不知该上哪个洗手间。

他竟然一次又一次地发短信，希望奇迹还可以出现。这种感觉简直糟透了，滑稽透了，自己就像那个即将暴露的地下谍报员，沉着冷静地发射永不消失的电波，陈太陈太，我是阿临！陈太陈太，我是阿临！

现在，他已经不需要回电了。三天了，该发生的都会发生，不该发生的也已经发生。他是个当过营长的人，现在终于明白自己该干点什么了。

他回到办公室，给家里拨了电话，他说，你们不用来了，我很快就回去了。真的。

袁敏说你开什么玩笑？我东西都准备好了，车票都买了。

他说能退就退了吧，反正你们不用来了。

出什么事了？阿临你出什么事了？袁敏在叫，我假都请过了呀，你让我怎么办？

紧跟着是嘟嘟的哭叫，爸爸骗人！爸爸是大坏蛋！

本来他还想说，没出什么大事，没什么了不起的事。请过假也可以销假，实在不行就回老家去，我们去种地！可是嘟嘟的哭声让他说不下去，他只好把电话慢慢放回去。

是，他是骗人，他是大坏蛋！他答应过嘟嘟，要去欢乐谷玩，要去世界之窗玩，要买好多好多公仔，怎么能说话不算话呢？可是那个骗人的人不是爸爸，那个人是常来临，那个叫常来临的人才是大坏蛋。

出去之前他还洗了一把脸，甚至没忘记整一整衣领。衣领下有一根白线耷拉下来，他拽了几下没拽掉，就用牙去咬，他听到一声微弱的脆响，紧跟着鼻子就一酸。这一刻他确认自己是没出息地在流泪，那是一种突然冒出来的酸楚，很快就被冷水稀释了。

现在那个叫常来临的人再次站到了工人面前。他在想，也许他这样的人根本不能到深圳来，根本不适合做企业，根本不应该转业。他这种性格只适合当兵，军歌嘹亮，勇往直前，义无反顾，那才是他喜欢的生活。那样的生活尽管有点夸张，可脑子不累，身心自在灵魂放松，敢哭敢笑痛痛快快。这算什么？窝窝囊囊，癞蛤蟆粘在脚背上，打又打不得甩又甩不掉。

有人问，常书记，你现在还怎么说？你还有什么话可说？

他拼命地深呼吸，告诉自己要镇定，镇定。他太需要自己平静下来，这种平静，也是一种勇敢。

他说，是，我无话可说。我骗了你们。但我不是故意的。

又来骗人！又是鬼话！谁还信你？

从前他最崇拜的一个人是他们师的副参谋长，一个用单臂打篮球的人。有一次是雨天，这位副参谋长在教导队饭堂里给大家上榴弹课，刚旋开后盖引信就自己掉下来了。老兵都清楚，从拉开引信到榴弹爆炸只有几秒钟，于是他清晰地发出口令：全体，就地卧倒！然后他一个后滚翻，钻到了饭桌下，把榴弹从右手换到左手，然后再把左手举到了饭桌上。几秒钟，准确无误地完成这一系列动作，需要何等的冷静。榴弹爆炸了，他失去了左臂，成为一个单臂的投篮手。那时他整天都在操场上练习投篮，大家跟他打球时，都有意无意把球传给他，都知道他即将转业，再也不是军人了。谁也没有说破，可谁都清楚，眼前这个人才是一个真正的军人，一个泰山崩于前而色不变的当代勇士。

现在，也轮到他要经历这样的时刻。既然一定要爆炸，那就一定要让它炸得轰轰烈烈。

他眼角又有点湿润，视线有点模糊，可还是慢慢地，像步枪点射那样说，现在，你们到大街上去吧，到马路上去堵车吧。你们把市长搞来，你们把省长搞来，搞来你们就能拿到工资了！

常来临被拘留审查。

罪名当然很奇怪，他涉嫌诈骗，并且组织煽动工人罢工，破坏交通。被带走的那一刻，他回头瞧瞧厂房。他真的很平静，居然嘿嘿笑了。万花筒中的一粒纸屑能有什么作为？能改变什么？无论你是什么色彩什么形状，都是渺小的无足轻重的。甚至你都不知道你自己是谁，站在什么位置。就是知道了又能怎么样？唯一能做的，就是跟上，快速跟上，参加到那些奇形怪状的无比绚烂的组合中间去。

58

在柳叶叶看来这次罢工最蹊跷的地方出在第三天。这天不知怎么，写字楼的文员和主管经理全都撤了，把两千多名工人抛在了空地里。到晚上才传出来，是幸福总公司出钱，补发了他们的工资，然后他们就胜利大逃亡了。

这消息就像冷水浇在了滚油里，公司的不锈钢栅栏只是抖了一下就卷成了麻花。一个人被欺骗被捉弄的极限是多少次？三次五次？十次八次？

那个常书记最是奇怪，刚刚还在解释劝说，让大家不要激动，说问题总是可以解决的，解决问题要一步一步来。忽然就一百八十度大转弯，站在那边喊，好吧，你们闹吧，你们闹得越大越好！你们上街吧，你们堵车吧，你们把市长搞来，你们把省长搞来，你们就能拿到工资！

然而他的声音已经非常弱小，小到任何人都不想再听。他只是趔趄了一下，就被人流冲到一边。这股潮水冲上了大街，然后只是稍作停顿，就直奔公路，把公路堵了个结结实实。那些来不及冲过去的汽车，一个个死了亲娘似的仰天长嚎，一眨眼工夫这条长龙就瘫了。

被拘留的那一刻，柳叶叶突然想到了那句著名的诗：人人都可以当太阳。她笑了一下，看见眼前有白光一闪，她觉得自己终于也当了一回太阳。这个太阳里有黑洞，黑洞里有强大的吸引力，只是一瞬间，就把她彻底吞没了，融化在一片炫目的黑暗中。

再醒过来已经是第四天，有人告诉她，她已经睡了三天三夜，什么也不晓得，死猪一样。她们说笑，啥子叫幸福？这就是。

然后有人在外面叫，柳叶叶，出来。她就出来了。

你叫柳叶叶？有个警察问。屋里还有几个警察在聊天，好像很轻松的样子。

她没吭声。心想这就是审问吧？

签个字，你可以走了。

柳叶叶有一点发蒙，我到哪里去？

爱到哪就到哪。不认识路可以买一份深圳地图。

还没有审问呢。她小声说。

傻子我见过，还没见过这么傻的。然后他们就都笑起来。接着又有几个人被带进来签字。一个年纪大的说，你们都没事了，愿意打工就打工，不愿意打工就回家。听清楚了没有？

大家互相看看，不吭声。

有一个嘀咕道，不给工资我怎么回家？

那个人这才说，放心吧，你们回幸福村就给你们结账。这次是政府买单，一分钱都不会欠你们的。

回到幸福村才晓得，这次真是政府出了大血，不但工资加班费照发，愿意回家的还出了车票。给毛妹的赔偿也一点不含糊，386177元，连零头都算清楚。他们说还是欠得多好啊，欠几百万的把老板抓回来，欠几千万的把村长抓出来，欠几千万上亿的就要把区长抓过来。

舅舅舅妈他们已经回去了，捧着毛妹的骨灰回的。听说临走还给领导磕了头，说了一千个一万个感谢，感谢领导发了善心，说是做梦都没有见过这么多钱。

柳叶叶本来也想回的，她也好想家，想妈妈。可是听到这些话，心里就一阵一阵地痛，她又不想回了。回家又能怎么样？不还是面朝黄土背朝天，一个苦字分两边？说不定自己到了舅舅舅妈那个岁数，也是见到领导就磕头的。想着这些糟心事，猛然就记起，毛妹当初离家时扔的那块大山石，她相信那块石头肯定还在毛妹家门口躺着。毛妹发狠说，这块石头变成粉粉了我就回！现在石头没化成灰，毛妹却化成了灰。

化成灰的毛妹终于回家了。

回？还是不回？不晓得，不晓得，不晓得。

傻子在哪里不是傻？在哪里活不是一辈子？给哪个骗不叫骗？给哪个剥削不是剥削？

她拖着箱子在幸福村转了一个下午。幸福村的本地人都住在海边，大大的一个回字形别墅区，跟工厂区隔得很远。这片海不像海，全是滩涂，臭得很。只是有几块礁石还伫立着，好像就有了海的味道。有几只小船，几片白云，还有几个老人。

她有些累了，实在是累了，就爬到礁石上坐着，一坐就坐到天黑。她似乎是在想，其实什么也没有想。

从礁石上下来，看见一个老人抱着一个孩子，有点惊恐地望着自己。此地的老人都很和善，她就笑了一下。那个老人没有笑，却是低低地咕噜一声，好像说了一句什么话，她听不懂。走出了很远，回头还看见老人在注视着她，这才有点明白，老人以为她是想自杀。可是这样的海，就是跳下去也死不了啊。

路边的商店里，电视机里两个漂亮主持人正在对话，她们在讨论女人，女人究竟想要什么？几个打工妹正托着下巴入神地看。一个主持人说，有一年她看见别人背着的一种皮包她特别想要，她就到商店里去看，一看心都碎了，回家上楼都没力气了，那个包需要她当时全年不吃不喝的全部工资。结果当天晚上就失眠了，怎么都睡不着。另一个主持人便对观众说，这就是女人，女人想要一样东西真的是睡不着。她诡秘地说，我也有过这个体会。于是就有观众鼓掌了。几个打工妹模样的人却没有，她们互相望望，有些惘然，好像在问，你会吗？你是女人吗？

柳叶叶这时反倒笑了，她也问自己，你会吗？你是女人吗？

如果你也算是个女人，那么，你到底想要什么？你想怎么样？现在她有些糊涂了。想要一头绚烂的长发和魔鬼的身材？整天嗲兮兮地扭来扭去，像电视机里那些人一样？想要一幢海边的别墅，上面爬满青藤，你坐在摇椅上像电影里一样？想要一个英雄做心上人？他整天像雄狮一样为正义而战，你跟着他在历尽人间苦难中品尝甜蜜爱情？像小说里写的一样？……也许天下女人想要的都差不多，只是程度不同罢了。经历了那么多事，你现在可以肯定，这些东西你不想要，美丽、浪漫和激情，这三样都不属于你这样的人。现在你需要一份工作，一个稳定的职业，一只过得去的饭碗。也许你还想要，按时拿到工资，每年都能回一次家。你在车站买的不是假票，你看到的微笑不是装出来的，听到的承诺不是骗人的。为什么你想要的东西这样渺小？你已经坐过了一回班房，已经懂得了心痛的宝贵？现在你只要一颗心。一颗属于自己的心，一颗会痛的心，也许它很平常很弱小，但它的跳动是听得见的，流出的血是红彤彤的，发出的声音是实实在在的，像天底下所有真实的生命一样。也许你还需要忘记，需要时间。而时间最公平，对任何人都不偏袒，它从每一个眼角嘴角额头，那些弯弯曲曲的小道上爬过来，总有一天像苔藓一样把不愉快的事情遮住，一点一点越长越厚，最后什么都看不见。

那样多好。

第十五章

59

柳叶叶站在春天劳动争议服务社的门外，看着玻璃门里面的比画争吵有一段时间，才看到了瘸子唐源。她推门进去，说，你好。

唐源说你好，然后就怔了一下，说你出来啦?

她说，我是想问一下，你这里要不要人帮忙做事? 工钱少一点也行，够吃饭就行。

唐源的脸红了一阵说，毛妹的事我也很难过，她太心急了，她信不过我啊。

柳叶叶说，我不想再谈毛妹的事。我是问你们要不要雇工做事?我是大专生，快拿到文凭了，我能做点事的。

唐源说，这我知道。你不要那样看着我。

柳叶叶就转了一下身体，说我怎么看你了? 我是诚心诚意来打工的。

唐源这才笑了一下，说我都忙成八爪鱼了，一下反应不过来。你的动机……我们这里有大学生志愿者，你们可以先聊聊天，晚上再谈行不行?

其实柳叶叶的动机好简单，找个地方落脚。但她又不想进工厂找工，就在外头瞎逛，这时看见了春天劳动服务社的牌子。也许就是在那一瞬间，她的动机就变得明确而且坚定。她要成为一个社会工作者，哪怕是义务的。这个动机像一棵大树，一下就在心里长得蓬蓬勃勃，繁茂的枝叶伸展到手指尖。

这个屋子是唐源租下的，两层，楼上打地铺，住了二十几个人，有工作人员，也有打官司临时借宿的。楼下是办公室，倒也像模像样。晚饭是集体吃的，肉末炒咸菜，青菜鸡蛋汤，米饭是用一只大电饭锅煮的，随便吃。唐源见她还没走，端个碗就癞过来了。

真的想做啊?

我跟你开啥子玩笑哦? 我是找工。

唐源就笑了，你不要小瞧了这一行，我要想挣钱，一年二十万轻轻松松。现在帮他们讨工钱，收百分之三十的律师费，大把人愿意，只是我不想挣这个钱。

我没有小瞧哪一个，我也不是为挣钱来找你的。

唐源噎了一下，想想说，那我就不再讲什么了，你做起来看。你也不用给我打工，我雇不起你。现在手头上就有一个大学老师的调研课题，有三千元的课题费，你做就全归你。

怎么做?

找一家典型的贴牌加工厂，写出工厂的详细用工制度报告，其中要有与管理层的沟通，还要改善工人的劳动状况。算是个艰巨任务，要吃苦的哦?

我做。她说，我生就是个苦人，吃苦是本分。

楼上有一间女生宿舍，有两个大学生志愿者小秦和小徐。她们晚上谈到了毛妹，两个人都说知道这件事，说唐源一听到出事了就扇了自己一个耳光，把她们都吓死了。

柳叶叶说，这件事和他没有关系。

小秦说，毕竟是她的委托人，他自责也是真的。

这话让柳叶叶心里动了一下。她的心肠已经很硬，已经没有什么东西能够触动她了。

这个唐源确实是个男人，是个人物。时间长了你就知道了。小徐说。

第二天，柳叶叶就成了王幺姐，拿了个假身份证，来到深圳龙岗大发玩具厂应聘普工。化名当然是为了保护自己，但头一回当特务，还是很紧张。

这个王幺姐特意化装了一下，穿上蓝碎花布盘扣的村姑衣服，一副风尘仆仆失魂落魄的样子。

招工是在门卫室进行的，她故意装出没见过世面的样子，说完话不抬头，眼睛两面望，其实代招工的门卫根本没有注意过她。门卫不耐烦地说了几条：每天工作十二小时，三个月后才能辞工，计件工作制，包吃不包住。柳叶叶问计件多少钱一个工。门卫说不知道，一问，其他工人也不知道。

当天晚上她就住进了厂里宿舍，一间宿舍可睡十四人，现在只睡了她们五个，看样子是招不到工人。

第二天，七点一刻，保安给了她一张工卡，让她打卡，然后领到一个主管那儿，主管把她交给组长，组长把她送进了一间二百人的车间，给了她一个凳子。就这样，未经任何培训，也没有人跟她说过三句以上的话她就上班了，工作是剪掉玩具公仔小衣服上的线头。奇怪的是，车间里的唯一劳动工具剪刀要工人自带，厂里也提供，但要你花五元钱来买。

除了剪刀，还有一个辅助工具，是一根粗铁棒，也不知是以前哪个工人绑在那儿的，是为了翻玩具的衣服的。铁棒被各种布条密密麻麻绑在椅子上。空气中飘着的毛绒直往鼻孔里钻，只有对面的一个女工戴着口罩。柳叶叶问，口罩向谁领？她说去主管那里。柳叶叶找到主管，主管说，要口罩啊，你是要口罩啊？自己去外面买。

车间在二楼，办公人员与经理室在五楼，二楼上三楼的口子上站着一个保安，工人是没有办法上五楼的。观察到这一点，也就明白了今后的难度。

第一天，柳叶叶做了十二个小时，修理了五百件衣服，感觉时间飞快，很有一点成就感。可老工人告诉她，做这么一点，西北风你都喝不饱。

晚上十点十五分，下班了，所有二百个女工冲进六个冲凉小间，动作快得像一阵风。因为只有冲进厕所隔间打水才能冲凉，所有的地方都是满的。女工们冲完凉，洗衣服，做完这一切，已是十二点了。

第一天柳叶叶怎么都睡不着，一直在考虑怎么才能尽快搞到这个厂的全部情况，到一两点才迷糊过去。第二天七点醒来，宿舍里只剩她一个人了，七点二十打卡，没有吃上早餐。到了中午头上冷汗直冒，同宿舍的小冰悄悄塞给她一颗糖，有了这颗糖，柳叶叶觉得心神才定了下来。几天以后她就发现不吃早餐是根本顶不住的，坐在对面的一个小伙子，因为早上起不来，饿得浑身发抖，从凳子上直接翻了过去。一周后，她已经和其他工人一样，不仅吃早饭，还要补充夜宵。就在厂门口污水横流的小摊上，用渊水油加几片烂菜叶炒的米粉，或者肥肉串。否则第二天根本没有力气做活。

做下来没几天，先是手关节痛，第四天开始，发现腿肿了起来，用手指一压就是一个深深的凹洞，再也弹不起来。第五天开始，肿胀蔓延到脚背上，抬腿上楼都困难，上二楼是挪上去的，上厕所蹲不下来，十天后才逐渐消下去。这让她觉得很奇怪，以前宝岛电子的流水线也很紧张，为什么没有这种情况？后来才明白是做计件，注意力都在抢活上，下半身完全被压迫了。她注意到车间里还有一位挺着大肚子的孕妇，脚背肿得发亮了，每天比哪个都干得多。她很想接近这个人，但始终没有得到机会。

原以为打进工厂后就可以四处走走，多找人了解情况，没想到被套牢在每天十二小时的案板上，成了奴隶。在车间，不可以接电话，不可以打电话，甚至不可以多喝水，上厕所不限制。但放水杯的地方就在男女厕所的隔墙上，一边喝水一边闻到恶臭，她们说这叫拉臭喝香，这一点倒是比宝岛电子差远了。

很快，柳叶叶成了受工人们欢迎的人物，因为只有她，敢在车间里边干活边说话，敢跟大家出脑筋急转弯，逗人发笑。冬瓜、南瓜、西瓜、黄瓜都能吃，什么瓜不能吃？什么动物你打死它却流出了自己的血？同宿舍里有个女孩叫梅花，她和小冰成了她的铁杆朋友。渐渐地，身边有了些出谋划策的工人，大多是小姐妹，连小组长和主管都开始让她几分。有一个大姐就说她肯定是一个阔太太，在豪宅里住烦了，跑到工厂里打发时间玩。

这个发现让她十分惊讶，同样是打工，为什么她能和别人不一样？就是因为她是带着任务来的，并没有把这份工看得多重要。她在精神上就可以不受约束，她想怎么样就怎么样，这一点以前在宝岛电子是根本不可能体会的，哪怕是当拉长，你的腰是弯着的。腰弯了，还能活得不矮吗？

她发现，每天工作十二个小时根本没有必要，其实有时没有那么多活要做。是老板故意让工人待这么长时间，不让工人到外头去，免得他们得到不良信息，跳槽到好一点的厂子去。这个厂工人流动性很大，许多工人在宿舍住一两个晚上就不见了。但也有几十个人是干了五六年的，因为这些人从来没有时间到外面的世界看看。无论是工人与管理人员都没有星期天，半个月才能休息一天。

柳叶叶问小冰，如果每天工作八小时，每月工资五百元；每天工作十小时，每月工资七百元；每天工作十二小时，每月工资九百元，你选哪个？小冰想都不想就选八小时。为什么？有时间可以干别的，比如兼职什么的。

每天上班听到最多的话就是好累啊，好烦啊，烦死了。有一天梅花感冒，嗓子疼，她突然冒出一句，我不想做人了，做人好累啊。对面的男生阿胜就说，做猪最好，每天有人喂，最幸福。别人都笑了，梅花觉得一点都不好笑，一脸认真地说，哎，我就是想做猪。

有的工人，情绪会通过奇怪的方式发泄。比如一位大姐，柳叶叶每次和她开玩笑，她都会报复，拍柳叶叶或者捅柳叶叶一下，但那种用力，痛得她冷气直抽。仿佛这是在释放一种心理，有一种怨恨在里头。

其实工人们都是软弱的，头脑也相当简单。柳叶叶以前也是简单的，只是换一种身份就不简单了。人就是这样奇怪，换一个位置看事情，就会带来完全不同的看法。她带来一种劳动法扑克牌，用扑克牌给工人分析工厂的不合理，大部分人都很惊恐，说老板已经不错了，有的睡有的吃还有工资拿，你还想怎么样？他们明显地害怕组长，不敢和主管讲话。有个人叫贺庆，听不清主管的吩咐就不敢问第二遍。

那个怀孕的女工，七个月了，主管同意她一个人可以晚上八点下班，结果，每天下班她都要涨红了脸等主管过来打过招呼才敢走。主管如果有事和别人说话，她就在旁边一直等。问她，她就说王幺姐，我好烦啊，想对主管说一下到时间就走。柳叶叶说那就去讲嘛，怕啥子？但她想了四五天，最后还是不敢去说。

唯一一个敢说的是仓库管理员老王，但他也不敢经常来跟柳叶叶谈话，怕主管多心。

柳叶叶这次进厂，是要通过和老板沟通达到和平改善工人环境与劳动条件的目的。按那个老师的说法，是探讨血汗工厂善政的可能性。所以做够一个月，她就想尽快找老板谈谈，让他明白善待员工不吃亏，其实是个双赢的事。在请示唐源之后，她就着手准备。

这天中午，看见老板正好在车间后面的宿舍楼上，她放下活儿就冲了出去。在她之前，全厂是没有人敢跟老板主动搭话的，这个动作搞得车间全体起立，对她行注目礼。

先向老板打招呼，您好，您是这个厂的老板吧？我姓王，我是三楼手工部的。说着展示了一下工牌。我来这里工作三十多天了，有些想法想跟您探讨探讨，不知您有没有兴趣？

老板是当地人，他打量了一下柳叶叶，说说看。

于是她就谈了自己的打工感受。

你有学历吗？

大专。

你是学什么的？

中文。

这时下班时间到了，老板说，你要打卡了。

她只得离开，走时，老板让她写一个书面的建议。就这么几分钟不到，消息就传开了，主管，组长都问她，你和老板说了什么？大家都说，这个王幺姐，胆子真大。

第二次碰上老板，柳叶叶与老板谈了四十分钟。偶然一抬头，发现二楼到五楼所有的工人都跑到窗前走廊上，鸦雀无声地看着他们两个。她突然意识到，自己已经把工人最脆弱的那根神经捉住了，拨响了。哪个也不傻，都晓得这些姿态意味着什么。后来工人们说从来没有过这么热闹的中午，从来没有工人这么和老板说过话。

其实柳叶叶也只是想了解厂里的基本情况，让老板说了他的经营之道。老板也发了一通牢骚，大骂各级官员腐败，别的工厂不守规矩，冲击他的市场，等等。有两个胆大的工人走过来客气地提到了工价不公开，还有加班费的问题，老板辩解说，工价一公开，会被其他工厂知道，工人就要打架啦，不稳定啦。

柳叶叶给老板留了电话，信箱。向老板索要时，老板没有给，说是会发邮件告诉她的。但从此便再没有消息。过了些日子，见老板没有改善管理的意思，她决定提出辞工。

辞工也是和唐源商量好的，目的是要向工人们展示维权的全过程。因此柳叶叶在辞工前就广泛打了招呼，也在她的姐妹小组里征求意见，让大家都来参与。同时可以通过这样一个活生生的过程，让大家明白劳动法常识。

最奇怪的是，工人们都不相信这个王幺姐能领到辞工工资。小冰说，我都懒得跟你讲了，你要是能辞了工还拿到工钱，我请你去新源酒店大吃一顿。

大家对她的举动没有信心也没有耐心，小冰和梅花说王幺姐这个人性格太犟，认死理，不好说话。还说心肠硬的人会克夫。她们认为，老板对你够客气，已经是奇迹了。应该满足了。再搞就过头了。

辞工书交上去后，车间里发生了有趣的变化。车间经理婆盯着柳叶叶看。小冰赶紧把头埋下去干活，不敢讲话，也不敢多看一眼，还觉得不自在，就躲进了厕所。而梅花正好相反，原本打算去厕所的，以为被经理婆盯住了就没敢去。小冰和梅花都怪她把经理婆的目光引过来了，梅花说以前经理婆从来没有注意过这个角落，小冰说她恨不得到别处找个空位子搬过去坐，离她远点免得沾光挨盯。还说王幺姐是个头号危险人物。

柳叶叶在辞工单上写的话都给大家看过，是明确写上了不适应每天十二小时的工作。人事主管说，不是告诉你要每天工作十二小时嘛，要做满三个月的嘛，讲在先的嘛。并且告诉她从来没有批准过不做满三个月就辞工的，只能算自动离职。

柳叶叶坚持说，这是你们自己定的规则，不符合《劳动法》。

人事主管说，你把《劳动法》拿来给我看看?

柳叶叶回答,《劳动法》是国家颁布的法律，你早就应该知道，我没有义务向你提供。

主管一下就呆掉了，两只眼球差点弹出来。

柳叶叶不跟他吵，就是坚持，临走还跟主管开了个玩笑：你晓得五一节是怎么来的吗?

最后，厂方终于同意她以辞工方式离开，而不是自离。她算了一下，在厂里一共工作了四百二十小时，工厂每月只准休息二天，共领工资四百五十四元，每小时工值一元零八分，远远低于深圳公布的最低月工资标准。

她在收拾东西的时候，仓库的老王来了，悄悄说，你是这个厂有史以来第三个未满三个月辞工被批准，并且领到了工资的人。前面两个都是男人，是动用黑社会才要到的，你是第一个和平胜利的女工。

然而他们都没想到，王幺姐并不满足。王幺姐通知厂方，决定申请劳动仲裁，要求按特区内最低工资八百五十元结算。最后工厂居然也同意了。同时她递交了自己写的工厂整改建议书，请人事主管转交老板。

这件事全厂工人都知道了，他们第一次觉得老天开眼了,《劳动法》还是有用的。在她走后紧跟着就发生了一件更大的事。在仓库管理员的努力下，全厂的拉长、板房长与办公室人员（几乎全体中层管理层）写了一封联名信要求老板：1. 工人每周日休息；2. 加班要给加班费（这个厂的文员拿固定工资，加班从不给加班费）。几天之后，厂经理把所有文员与管理人员召集起来，正式同意他们的要求，但仅仅限于签名的人。又出现了宝岛电子当初的情况。这一下，工人们不干了，先是一个最团结的车间一百人集体罢工，然后全厂五百人罢工。老板一开始跳脚，说宁愿一千多万不要了也不屈服。三天后，老板说给每人加一百元工资，就这个条件。否则完全按《劳动法》来，从此不再加班了。一听这个话，大部分工人慌了。他们大部分是中青年妇女，没多少文化，怕老板不加班，收入会减少。其实稍有常识的人都知道，老板的企业是不可能不加班的。结果工人出现了分化，大部分工人三天后同意老板意见复了工，一部分工人坚持罢工了五天，最后被迫离开工厂。走的都是最有才能与维权意识的年轻人，其中包括小冰。

因为在罢工前，春天劳动争议服务社正式向劳动部门反映了该厂的不合理，柳叶叶写了整改建议书，并且提出过罢工预警，才使得罢工发生后，劳动部门能够迅速介入调停，事态没有恶化。

60

这期间，唐源过得很郁闷，可以说处处碰壁。柳叶叶回到服务社那几天，唐源天天都在屋子里来回走，目含凶光，嘴巴里不干不净，一瘸一瘸没完没了，就差扇自己耳光了。因为他的外来工协会被正式告知不可以成立，不知道什么时候可以。也就是说，如果还不死心，这个协会只有永远筹备下去。

柳叶叶说，地板砖都翘起来了，楼都在晃。

唐源有点尴尬，说我这个人运气太差，什么事都做不成，煮熟的鸭子会飞，喝凉水塞牙，放屁都砸脚后跟！不像你做一件是一件。

柳叶叶就笑，莫不是怪我把你的好运气抢跑了？

唐源说不是。

柳叶叶说，现在到处都在成立工会，连麦当劳都有工会了，公共汽车上还刷了热线电话，哪里会批准啥子外来工协会？

唐源就凶起来，他们那个也叫工会？你们那个常来临不就是工会主席吗？他在帮哪个讲话？

柳叶叶脸一黑说，啥子叫你们？你不要提常来临。

提他怕什么？唐源有点吃惊。

请你不要提这个名字。

唐源偏过头，盯住她瞧了一会儿，看她脸色阴沉，才咽咽唾沫不吭了。

其实上头不批准，也不是啥子新鲜事。当初唐源以工商注册的方式代理公民事务，就是一个律师给他出的主意。劳动争议服务社接手的案子多了，影响大了，自然就团结了一批外来工。现在类似的机构多起来，几家联合搞协会的想法才冒出来。看来这个协会是一个属于未来的协会，始终在筹备中，还将永远筹备下去。

缓了一下，柳叶叶扫了唐源一眼，说，其实做事不一定非要有个名头的，关键是有没有那颗心。

那你说说，我安的是什么心？

好心，行了吧？这一回柳叶叶笑得很灿烂。搞得唐源抓抓头皮，也跟着笑起来。

还不光为协会的事。新《劳动法》实行以后，唐源以为机会大门已经打开，服务社为此好好做了几件大事：网络知识竞赛，《劳动法》讲座，卡拉 OK 大赛。服务社越办越红火，也就有了点树大招风的意思。头几天，大学生志愿者小秦和小徐不断接到骚扰电话，让她们赶快离开服务社回学校去，否则后果自负。对方不留地址姓名，也不留联系方式，但申明这是“正式通知”。唐源向派出所报了案，又打听了很多单位，答复都是不清楚。紧跟着，他们的邮箱传来一份莫名其妙的文件：深圳市公安、司法、劳动、地税、工商、城管、工会等八个部门联手，打击“黑律师”。被列为黑律师的，都是活跃在当地的公民代理、打工者中心和劳动争议服务社的人。唐源的春天服务社也被列为“黑律师窝点”。

唐源问，你看我黑不黑？

柳叶叶反问，你觉得自己黑吗？

说话要凭良心！唐源的脖子粗起来，吼出的声音都劈碎了。他说做这一行的，确实良莠不齐，有收了钱不办事的，有开夫妻店的，有兄弟帮的，但我没收过一分黑心钱！你也看见过的，都是官司打完了，当事人来付钱，而且比正规律师少一半。你没长眼睛啊？

柳叶叶说，那你激动个啥子哎？真金不怕火炼，他说你黑你就黑啊？到目前为止，有没有哪个机关来执法？打电话的是哪个？有没有执法权？为什么连姓名地址都不留？柳叶叶现在也凶得很，说话打机枪一样。

客观讲，这种站在法律空白地带，为外来工奔走呐喊的声音，的确不和谐，也一直让政府部门头疼。但是这几年间，劳工 NGO 和公民代理作为珠三角地区的民间力量，已经有了深厚的群众基础和生存空间。对政府来说，当然希望把劳资冲突控制在内部可以消化的范围，不要搞到社会上去。对某些部门来说，工伤索赔案、欠薪讨薪案，还有其他维权案，本身就是一个巨大的司法市场，你抢了人家的饭碗，还想安生吗？

唐源问，那你讲怎么办？

柳叶叶说，我要是你，我就欢迎执法。是黑是白，一查就清楚。真金不怕火炼。

唐源想想，说，看不出来，你比我道行还深。

柳叶叶反问道，你坐过班房没有嘛？然后她就笑了，笑到荡气回肠。

她好像看见看守所的玻璃屋顶突然熔化了，铁栅栏一根一根弯了，软了，然后她就从里面飞出来。她肋下长出翅膀，一扇一扇就飞向蓝天。这种翅膀不是羽毛的，有点像电影里的太空服，银灰色的，闪闪发亮……这些天来的经历，让她突然有了一种自信，一种从来不曾体验过的清醒。这就好像从八卦炉里跳出来的孙悟空，眼睛熬红了，流出来的就不再是眼泪，而是澄明如水的月光一样的沉静。

有意思的是，人的心定了，所有的外部环境好像也都变了。不到一个月，这种对立紧张的空气就开始松动。先是回到广州的小秦、小徐打来电话，说她们已经写出了完整的考察报告，而且走访了有关的领导机关。她们以自己的亲身经验发问：春天劳动争议服务社每周两次去医院做工伤探访，每周两次去工厂宣传《劳动法》，和工人谈心，请问深圳有多少这样的黑律师？这样的黑律师是多了还是少了？广东省总工会一个副主席明确表示，不能把“公民代理人”这一职业维权群体等同于黑律师、土律师，他们是外来工的一部分，一味打压不是办法。与其把他们推向对立面，不如通过一定程序把他们收编起来，留在工会部门。紧跟着报纸也登出消息，深圳总工会有关人士在接受记者采访时承认：前段整顿黑律师行动，“是受到了误导，总工会并没有参加实质性的打击”。

又过了些日子，唐源接到电话，深圳市总工会邀请唐源等十六个公民代理，于深圳西乡大南湘酒楼召开座谈会。会议的主题是，工会想了解民间维权者的个人情况和维权技巧。深圳市总工会负责人评价民间维权人士：做了很多政府应该做的事，推动了政府的工作。深圳在维护劳动者权益方面，在法治建设方面正在一步一步地完善，深圳的公民代理是起了一定推动作用的。现在深圳市总工会拟在各街道成立工会维权服务中心，初定吸纳六十名维权人士，作为律师助理进行维权工作。并提醒“这帮人”，不准和境外媒体接触，不准接受资助。

这一回唐源笑得比较顺溜，脸色好看多了。他说我们是“这帮人”，我说他们“这帮人”是想向我们取经，又不肯正眼瞧我们一下，目光躲躲闪闪，困难得很咧。

有一天，来了个医院院长，进门就把唐源的手抓住乱摇。唐源也装作被摇得很快活，你好你好你好！其实大家心知肚明，公民代理力量大了，社会看法变了，医院的态度自然也会转变。医院也想借助服务社介绍病友，与企业协调医药费。

这个院长以前是和唐源打过交道的。有个叫金水生的人做木工时断了手指，出现工伤纠纷，工厂直接拿走了出院证明，然后谎称遗失了。申请劳动仲裁时需要这份文件，但这个院长坚持说不可能再出，只有一份。其实这也是工厂与医院勾结使用的老套路了，对医院来说，利益至上是毋庸置疑的。小金在唐源的帮助下拿到了赔偿，现在他本人也成了服务社的会员。他做探访时会把自己经验告诉工友，一定要把出院证明拿在手上，至少要复印一份。

院长精明得很，知道他们的工伤探访做大了，已经发展到五十多家医院，服务社的工友志愿者遍及惠州、佛山、中山、顺德、东莞、番禺。工伤探访做到一定阶段，又发展出工友自己主持的工伤工友交流网络。局面做开了，政府认可了，院长自然回头了，傻瓜也能看到这里面有着巨大的利润。院长说，你要相信，我也是个知识分子，也是有良知的，有些时候因为生存压力做些糊涂事也是没有办法！

唐源说，相信，怎么能不相信？

院长说，犯错总允许改吧，总要给出路吧？

柳叶叶问，假如你挣到钱了，你最想做的第一件事是什么？

当时唐源正在呼噜呼噜吃饭，头也不抬说，买一辆公务车。

柳叶叶笑，开车是威风哈。

唐源抬起头来，我瘸个腿跑来跑去不累吗？反正你不心疼。

柳叶叶马上顶他回去，我为啥子心疼？笑话。

唐源尴尬了半天，才问一句，你呢？你挣上钱做什么事？

我挣了钱就去读硕士读博士，法律专业的。

唐源想想才说，也好。

啥子叫也好？服务社不需要法律专业的吗？

唐源说，哪里话？当初我这条腿，就是因为不懂法律程序才输了官司，到手的六万元变成了一万元。我哪里敢小看法律！

怎么说？

第一次为自己辩护，我满心以为证据确凿，就把一条规定忘记了，开庭前一周双方要交换证据。结果对方就抓住这一条不放，让我硬是吃了个哑巴亏，这条腿就残了。

柳叶叶看着他的腿，忽然就难受起来。那就算了？

不算了还能怎么样？那段日子我就是在地上爬过来的。唐源说，有这个教训，你说我对法律重视不重视？每一条，每一句，每一个词我都抠烂它，抠出它的祖宗八代，要玩我就陪你玩到底！

柳叶叶不吭了。原来这条腿还有这样的故事，难怪唐源会把服务社看得这样重，会把出庭当作一次战斗，熬得两只眼睛冒火。但这种样子又是柳叶叶不喜欢的，恶狠狠凶巴巴的样子，走火入魔的样子。这个人头脑清楚，说话也沉稳，但在她看来总是少了一点人情世故。

唐源说，我说“也好”，是有点儿不太干脆，你听了心里不舒服。

知道就好。人家就这么小小一点儿理想，还要受到打击。

也许这算是我的偏见，那些硕士博士我见得太多。我想不通的是，怎么学历越高水平越低，越不晓得做人的基本道理？我是担心你读了硕士博士，也变成和他们一样的人。

柳叶叶没有再说下去，这个问题太深奥了。到了夜里她还在问自己，你会变吗？你将来会是一个什么样的人？

61

大年三十的晚上，柳叶叶把煤气灶搬到办公桌边，煲了一锅骨头汤，当火锅用。又在外面买了几盒熟菜，吃火锅就是吃一个气氛，即便只剩下两个人，还是要有点过年的气氛才好。这年的深圳特别冷，听隔壁的老阿婆讲，他们从来没见过这么冷的天，没有穿过棉裤，也没有生过冻疮，可是现在全都来了。而这些，她都是经历过的，所以也不觉得怎么样。

傍晚，桃花打电话，说冷，说冷清，她老公回香港过年。然后桃花突然提高嗓门说，好消息，香香结婚了！

柳叶叶一愣，说那倒是真的好消息。

桃花说，她是真的结婚，跟我不一样。

柳叶叶说，那我一定要给她打电话，我们要庆祝一下才好。可惜毛妹不在了。

桃花说，电话就先不要打，她关机了。

为啥子？怕我们搅她？

桃花说，这正是我要说的好消息。我答应她先不说的，我憋不住了，我不说心就跳到地板上了！你晓得她嫁的是哪一个？是马明阳的老爹！

这就好比王母娘娘改嫁孙悟空，猪八戒住进了广寒宫，柳叶叶一下都反应不过来。

桃花说，你听见没有？

她说听是听见了，就是怎么可能？

桃花说怎么不可能？

她说这也太离谱了。

桃花说马明阳是大孝子啊你不晓得啊？马明阳思想好解放啊你不晓得啊？说不定他还要撵在后头喊香香妈呢。然后桃花就笑得喘不过气来。

柳叶叶笑了两声，忽然就觉得不可笑了，非但不可笑还觉得可怕，心里还冷得发抖。她好像看见香香板着面孔的样子，心里得意的样子，出了一口恶气的样子。她说，毛妹要是还在，一定会拦到香香。

桃花哼哼说，说不定就是毛妹的鬼魂引着那个老头子到香香面前的，不然哪能那么巧？

实在是太离奇了。他老爹不晓得，马明阳也不晓得？当然，马明阳那种人，很可能是不记得了。

桃花说，这种事只有女人记得，男人永远记不得！这就叫一报还一报，他毁了香香一辈子，香香就毁他一次都不行啊？看他以后还怎么跟女人上床！

那马明阳以后还不报复香香？那个东西太坏了！

桃花说，他不敢，到现在他都不敢吭一声。开头是没认出来，他睡了那么多女人哪里还记得？后来香香点了两句他才晓得，但是都没说破。他还出钱帮老头子办婚礼，他想把他老爹送走，送到他姐姐那边去，但香香不干。老头子太喜欢香香了，香香太喜欢深圳了。等到马明阳小弟弟小妹妹生出来一大堆，好戏才真正开场！

桃花再次笑到闭过气去。可在柳叶叶听起来，那个笑声也是碎的，悲哀得很，就问，大年三十就你自己过？

桃花愣怔半天才说，不自己还能怎么样？然后啪一声就把电话挂断了。

柳叶叶给香香打电话，香香真的关机了。看来香香真是铁了心要做这件事，任何人的劝都不想听。这个世界的确太小，山不转水转，水不转人转，哪个跟哪个都不要以为碰不到面。

又是一年了，当初一起从柳树桠走出来的女娃娃，除了毛妹走了，其他三个都算有了着落，尽管都是夹生夹熟有着无落。桃花跟了香港老板，小青跟了蔬菜老板，香香索性跟了流氓老板的爹。想想人生真是好悲凉好无奈，想哭一下都找不着理由。又是一年了，又长一岁了，可究竟有些啥子收获？也许这就叫“超常规发展”，“跨越式发展”，他们终于跨越了一切障碍，把天底下所有的常规统统踩到了脚下！

服务社就剩下她和唐源两个了，吃着，越来越冷清，想不出什么话好讲。除了电视机响，就是喉咙响，好像就是为了等待一个新年的钟声，才有了这样的安排，为了这个安排就要聚餐，为了这个聚餐，又必须看这些并不好笑的搞笑节目。

唐源一边看一边骂，无聊，真正是无聊。看到现在就是一个字，骗！正过去是骗，反过来还是骗，好心的是骗，恶意的还是骗。不骗人就编不出个节目来！唐源这个人，平时不喝酒，现在喝了一点酒，嘴就刹不住车，话特别碎。

柳叶叶说，你都快成碎嘴婆婆了。

唐源扭头看了看她，嘴咧咧，想说句什么，又咽了回去。

柳叶叶说，有话就说嘛，吞吞吐吐。

唐源说，你真好看。

她有点猝不及防，脸发烧了，好像酒喝过了头。其实她才喝了一小口。她说，没看出来，你也学会恭维人了嘛。

我为什么学不会？我从前还是文艺骨干咧。

柳叶叶笑得咯咯地，那你文艺一个给我看看？

唐源就站起来，伸一下腿脚，摆了一个姿势，然后猛吸一口气，转眼一下就把柳叶叶抱了起来。

这一下来得太突然，太猛烈，柳叶叶完全没有料到，脑袋嗡一下就大了。她躲闪着他，推着他，不行，不行，不要……

唐源说，我早就喜欢你了，从第一次在医院里见到就喜欢了。

柳叶叶拼命推着他下巴，说真的不行。

可是唐源的力量越来越大，把她抱得两脚离地了，然后又把她挤到了墙角上，然后他的嘴巴就凑上来。

柳叶叶深深吸了一口气，突然冷静下来，说，凡是违背妇女意愿，强行发生性关系的，都可以认定强奸罪……

好在唐源还算清醒，愣怔了好大一气，两臂才慢慢地松下来。然后他像一头气疯的饿狼，红眼睛盯着柳叶叶好一阵子，终于一瘸一瘸地回屋里去。

回到自己房间，她仔细回味了今晚的每一个细节，说过的每一句话，每一个眼神，想想有没有什么让人会错意的地方，有可能产生错觉的地方，结论是自己并没有做过什么。新年钟声敲响过后，她下楼去关了电视机，又看看唐源的屋子，一点动静没有，这才放心回去睡觉。可是钻进被窝，突然就冷得浑身发抖，心里有种被掏空似的难受。

那一年，那个温暖的年三十，和毛妹、常来临一起煮饭吃的情景，那种融融洋洋的气氛，那种发自内心的欢乐，好像离她已经很远很远了，好像那是别人的故事。那时，她无忧无虑，无牵无挂，无心无肺……那时她是多么开心，多么容易满足！可是现在，这才隔了多久？她就已然成了这个样子。她不需要爱吗？她不喜欢唐源吗？好像也不是。只是她已经失去了这个能力，她完全没有反应，她甚至可以那么冷静地背出一段法律条文！

她咬着被角，哈着冷气，终于忍不住放声大哭。

62

出事的那天，柳叶叶在外面，她是按计划去东莞一家医院做工伤探访的。现在他们的工伤咨询服务已经做得很开，在周边地区已经很有影响。不但是周边，就是本地医院也和以前不一样了，从前那些不敢接待他们的医院也主动和服务社建立了联系。现在他们的官司越打越多，医院也看到了他们的力量。事情就是这样，只有工人维权成功，医院的收入才更有保障。

这家医院从一楼到四楼住了一百多个断了手指的工人，柳叶叶逐个说服他们到医院的草坪上来。来吧，来听听断了手指该怎么办。手指是你的，权利也是你的，你自己不维权，哪个也帮不到你。她详细讲解了断指索赔的相关政策，同时也分析了一般打工仔的受伤心理。

有个河南小伙子说，你不提醒我还真不知道，还以为是自己倒霉，老是怪自己不小心。他说柳服务，我谢谢你。

人家说，她不叫柳服务。

他说，柳志愿，我谢谢你。

人家说，她也不叫柳志愿！大家都笑了。她的名片上印着：劳工服务志愿者柳叶叶。

柳叶叶说，你就叫柳姐姐就行。我跟你们一样，也是打工仔，从前也傻傻的，啥子都不晓得。

小伙子于是就说，柳姐姐你笑起来真好看。

那一刻，她真的觉得自己很美。

下午台风来得突然，她没办法回去，在东莞几个小姐妹那边住了下来。夜里就收到了服务社被砸，唐源受伤的消息。消息是通过网络传来的，在他们自己的网页上说：

深圳春天劳动争议服务社负责人唐源被两名刀手砍伤

3月13日，深圳市著名公民代理人唐源遭到不明身份男子的绑架和殴打。下午，服务社被3个手持凶器的男子砸烂大门。当天晚上，服务社室内用品被暴徒砸烂，负责人唐源几乎被人砍断左腿。

图一为服务社被砸的内景，图二为唐源正在抢救中。

在调解劳工与企业的纠纷时，“公民代理”们的生命安全时时受到威胁。对于珠三角劳工维权人士而言，这仅仅是一起最新的暴行。在一周前的3月6日，龙岗“公民代理”李某也遭到不明身份男子的绑架和殴打。另外，至少还有两名维权人士近期遭到暴徒袭击，另一些人则受到不同方式的恐吓。珠三角劳工维权人士的工作进入发端以来最艰难的时期。

劳工NGO和“公民代理”作为珠三角重要的民间力量，有着深厚的群众基础和发展空间。尽管招致“财务不透明”“管理方式落后”的激烈责难，但在国家力量撤退时，它们有效地化解了劳资冲突，为劳工伸张了正义。他们是农民工的一部分，政府应以更宽容的思路对待这一群体。

在过去的几年里，唐源接触过形形色色的工伤病人，他看过被卷进机器的胳膊，被铁锤砸碎的脚踝、大腿、胸腔，甚至脑袋。当然，最多的还是断指，这在珠三角的工厂里再寻常不过，每年，都有超过4万节手指被机器切断。

当珠三角这台巨型GDP机器开动时，马达轰鸣日夜不休，遮掩了工人们受伤的惨叫，唐源和他的同行们却在认真聆听工人的痛苦。他在深圳注册了一家“春风劳动争议服务社”，这是一家专门为工人提供维权咨询的草根组织，盈利微薄，当工人们向唐源举起他们的残肢断臂时，他也总是在问自己，“要是哪天我断了手脚，该怎么办？”现在，他终于要面对这个问题了。

唐源见到服务社被砸后气愤地走出屋子，尾随其后的两名刀手，将一柄40厘米长的砍刀砍进他的左腿，之后是肩膀、后背、右腿……左腿筋骨、血管、肌腱与神经全被砍断，只剩少许皮肉相连。

今年以来，新的《劳动法》开始实施。根据新法，企业在雇佣和解雇员工时将面临更为严格的监管。其中一条规定：已经为企业连续服务十年的员工有权签署“无固定期限合同”。尽管“无固定期限合同”并不意味着终身雇佣制，但对于企业而言束缚增多。去年9月以来，政府和媒体发动宣传攻势，NGO和民间维权人士的压力也陡然加大。新法实施之前的劳资关系日趋紧张，时有企业裁员消息传出。其中，以11月份深圳华为集团安排7000多名工作满8年的老员工，赶在2008年元旦之前，“主动辞职”，再“竞业上岗”最为引人注目。唐源的春天劳动争议服务社从2007年9月底开始宣传新《劳动法》，到10月，共接待咨询447人次，开办讲座3次。

目前，尽管对“公民代理”模式在珠三角地区能否全面推广，政府还一言未发，但唐源仍信心十足。他认为，珠三角地区民间劳工NGO多年来的探索，为化解劳资冲突和维护社会稳定提供了有益的思路，政府应该理性面对并接纳民间创造，这是一项制度创新的开始。尽管劳工维权组织进行了积极有效的工作，但他们的自身安全却处于危险中。到目前为止，该案还没有任何新的进展。

网上还贴了一段视频，是唐源躺在病床上，一个警察问，你在本地有没有仇人？唐源答，我在这里无亲无故，也没有财产，哪里来的仇人？但要说没有人恨我，肯定也不是。那些欠了工钱赖账的人，那些不赔工伤款的人，那些输掉官司的人，肯定大把，他们早就想灭掉我了！警察问，你能不能说具体一点……

泪水一下就模糊了双眼，飞流直下。柳叶叶双手堵住自己的嘴巴，尽量不哭出声音来。此刻，柳叶叶突然明白过来，啥子叫事业了。

那些口口声声讲事业的人，其实是没有事业的。比如她曾经的老板陈太，那么漂亮那么高贵，何曾有过真正的事业？她只是在做事而已，就是全世界的金钱都被她装进荷包，她也只是把自己变成一只美丽的金钱豹。比方常来临，也是天天讲事业的人，何曾有过事业？他只是一个为老板卖命的人，一个被人家当作马仔的角色，他把事业吹得比天大，也不过是一张嘴巴。还有夏悦，能写几首歪诗也敢称事业？什么口水体梨花体，比随地大小便还要无聊的事情也敢说事业？事业，那是和大多数人的福祉紧密相连的事情，像山连着山，像海连着海。是口号并不响亮，却是脚踏实地揣着理想，并且为之奋斗不惜舍弃自己一切的人做的事情，做这样事情的人才称得上有了事业。

东莞的一些工友连夜找到了柳叶叶，他们说，如果需要，我们都去深圳，发动一百人没有问题。她想了一下，觉得已经没有必要，唐源已经住进医院抢救，事情还没有完全搞清楚，折腾那么多人，只会把事情搞坏。

现在，她也变得坚强理性了。

63

赵学尧前阶段胳膊受伤了，是被文总的疯子老豆咬的，肿得像个面包。他怕得要命，打了破伤风疫苗，又打了狂犬疫苗，这才放心。谁知过了几个月，又肿起来，说是激素过敏。他猜可能是医院给那个疯子老豆打的激素太多，连唾液里都是激素。现在他对文总的家事介入越多，越志得意满，就好像一个需要不断加热加气的热气球，飞得高不怕，就怕有一天不加热。所以被疯子咬一口不算什么，只能证明自己已经飞得很高了。奇怪的是，文总居然有这样一个老豆，而且文总从来不解释，为什么老豆会这样？为什么这位老豆偏偏喜欢一个人住在岛上？他有什么想不开的？讲究惜命的文氏家族竟然出了这么个不惜命的老豆，说起来人的品位真是千差万别。头天晚上跟何子钢喝酒，他大大感慨了一番，无法想象，无法想象，你都无法想象啊。

何子钢当时没吱声，只是习惯性地把嘴角一撇。

中午还迷糊着，何子钢就把他吵醒，非要请他出去喝酒，说昨天喝的不算，今天才是常委内部酒会。赵学尧赶到时，他已包好房间等在大门口了。

三杯酒下肚，赵学尧见他仍是一副常委面孔便笑道：看来这顶帽子是抢到了。

何子钢说，妈的，才给个副处。

赵学尧说你才二十九岁你急什么？官是做不完的，够你爬一辈子。

何子钢说，这倒也是，官是做不完的，钱也是赚不完的。说罢就盯着赵学尧看。

赵学尧便有些警觉，你大概不会为这么点进步请我喝酒吧？经受不住打击了？

何子钢说你是我老师，我犯得上这么贱吗？

这时又有人来推销小姐，何子钢说，你旱久了，来点春雨湿润一下？

赵学尧说，不劳你费心，我就是想要，也不能叫你看见。

何子钢说我可以看不见。没事，你放心，这酒店老板是我铁哥们儿。

赵学尧就急了，说你究竟出了什么事，连美人计都上了？

何子钢就把门推上，又想了一下说，你那本书我仔细读过了。

赵学尧说这几天忙糊涂了，也是该出来了吧？

何子钢说，平庸，太平庸。怎么能说幸福村是白手起家呢？土地不是钱？政策不是钱？他自己吹吹还差不多，你是个学者，也这样吹。

赵学尧说，现在大家都在这样吹嘛，再说我也不是完全没有根据，党报也这样吹的，这有什么关系？

何子钢哼一声，音量突然放大十倍，又现出那副刻薄样子：这就是你们这些学者的本事，一辈子都在论证，从来没有自己的想法！什么叫市场经济的产物？这里从来都是官场经济。还有什么多少个第一，这种特区报上的牛皮你也好意思吹，哪件事三十年代的上海滩没干过？哄哄老百姓还差不多。在中国，你离开政治背景研究任何一个命题都不可能真实全面。这种书一出来把你名气降低好几个档次！

赵学尧蒙了，心想这话别人来说说还有点像，你何子钢从来就是个造假制赝的大王，什么时候对学术问题认真过了？一时又猜不透他是什么意思，只有把烟雾一口一口吞进去。吞着，心就猛然抽紧了。见何子钢还想闪烁其词，就挥手止住他，你今天花大价钱请我连喝带嫖就为提这二两意见？

何子钢马上软了，眼皮垂垂地建议，干了这一杯再说。

赵学尧说，少来这一套，我不是江湖客。

何子钢叹口气，说人在江湖身不由己啊。

赵学尧问，你说不说？

何子钢就把酒盅扣进喉咙，转身掏出那本书来。

然后赵学尧就僵呆了。

书自然是印得好的，十来万字竟有词典一样厚。只是著者已然变成了文念祖。赵学尧消失了，赵学尧似乎从来就没有存在过。赵学尧没反应过来，只听见有金属破碎般的笑声从心二尖瓣处咔咔咔地爆裂出来，像极了电焊枪的弧光火星。

赵学尧说漂亮，真是漂亮。

何子钢把书推过来，说你开个价吧。说事到如今你只有狠狠敲他一笔别无他途。说我也是读书人，知道这对你意味着什么。说我也是受了文念祖之托也是没有办法的办法。说我早就看出文念祖并不简单你不相信。说文念祖很清楚一本书对他至关重要，一下把他提高好几个档次。他说现在革命形势又发展了，乡镇企业家都积极参加理论建设，突然都深刻起来手上都有了著作。说这也是被敌人逼出来的。他说现在竞争激烈了，这杆大旗既然是你亲手竖起来的，就只能把它竖到第一排去，否则你也是对自己不负责任。

不知什么时候已来到街上。赵学尧踉踉跄跄移动着两只后爪，何子钢跟在旁边不停地连说带比画。已然落过一场雨，街面汪起一摊摊的积水，路灯下的景物模糊且游移不定，像极了一幅幅连续不断的潦潦草草的铅笔素描画。

何子钢感情忧伤，充满了怀旧情绪，说从前在大学里你是最富诗意的老师，你不知道有多少女同学都崇拜你呢。你那时有一个动作最时髦的，两手四个指头拎拎衣领，然后把头猛地一甩，很多人都学会了。你还经常说，去数台阶吧去看月亮吧去听树叶窃窃私语吧，大家伙不知不觉就被你抓走了。是你说的，人不能光活着，总要干点事情，是吧？

赵学尧终于站住了，这些近乎谄媚的词语从何子钢嘴里冒出来让他有些惊讶又有些陌生，很遥远又很真切。这确实是何子钢，可又不是那个何子钢。赵学尧直视着他，看得他眼皮垂垂地抽动，躲躲闪闪的目光很是可怜。赵学尧终于一字一顿地说，我要一、百、万。

何子钢还想说点什么，忽然就闭了嘴，他明白这个价不高。他倒退着举起双手缴械投降，然后来了个含义不明的动作，然后果断转身，消失了。

其实，不就是一本书吗？自己出了又能怎么样？

其实，何子钢说得不错，他没有多少思想，更谈不上体系。他不可能发现太多的真理，他只是一个知道分子，这他早就认命了。他的才华在于证明，在于运用逻辑，一旦有需要他就会把任何一个命题做得天衣无缝。如此看来，那些曾经让他激动不已的想法，只不过又是一堆证明！既然如此，还不如拿它卖个好价钱。以前为了评职称，出本书自己还倒贴几千块。现在，不能算是吃亏了。至多，他和文念祖是打了个平手。甚至，他还有得赚！

现在可以断定，这件事何子钢不是主谋也是个同谋，那天晚上他就是为这件事来的。可那又怎么样呢？何子钢不能光活着，他也要干点事情，怎么讲何子钢也能算上一个比较优秀的坏蛋。文念祖也不能光活着，他有钱，他愿意买他想要的东西，这一切都很正常。没什么。真的没什么。有钱人做事一般都是比较干净的。赵学尧记起，这句话是迟小姐说过的，忽然就觉得深刻，不由得暗暗叫绝。对女人，有钱人不必像无产阶级在公园里消费，可以买回家来慢慢享用。对文人，也不必像领导阶级装腔作势，也可以买回家来换一副标签。这既省事又卫生，这么简单的道理，过去居然没有参透！

现在，他已经完完全全把自己看清了，来深圳不就是为了体现自己的价值吗？现在有了，明码标价，一百万。天可怜见，他还是有才华的，有学术能力的，是个真正的知道分子，一百万就是合于逻辑的证明。可是如此想来，他又何必浪费几年时间兜一个大圈子，直接证明不就完了？可是不行，钱是不可以抢的，他要通过一些渠道才能证明！那么，他究竟是一个证明，还是一个明证？他究竟是为证明的过程而来，还是为明证的结果而存在？

天放晴了，大街上重新熙攘起来。南国电影院门口，有小姐看赵学尧飘飘然茫茫然的样子就过来问，先生要不要看大片？

赵学尧说我不看大片。

小姐说看小片也行。

赵学尧把手插进兜里，那里面一沓票子还在。那票子是经过文总的小电熨斗一张一张精心修理过的，手感好极了。于是赵学尧笑起来了，笑到那个小姐脸色骤变，忙不迭地遁去。

有手机他不用，那个没意思，而是找了个地方敲电话。哒哒哒，哒哒哒，气派得很。

迟小姐说，你还记得我呀。

赵学尧笑，这不正给你打招呼吗？

迟小姐说，我后天的机票。

赵学尧说，正是为你送行的。

迟小姐说，打电话送行有什么劲？

赵学尧噎了一下。

迟小姐说，有种就过来。

赵学尧说，过来就过来！

看见有卖花的，赵学尧问，几钱呐？一口纯正的广东白话。

小姑娘答五十，赵学尧扔给她二十，拿了花就走。

进了天香花园才发现拿着花其实很滑稽，那不过是给自己壮胆打气罢了。于是想到那个司机小李，实在还是个可爱的小青年。如今自己早已进化成深圳人了，有没有花都毫无分别。于是就扔了花，摸出烟来吸。

他和迟小姐会发生什么事？是兜圈子还是直奔主题？是温情一点还是威猛一点？自然，还是温情一点好，要有一个过程，有一些铺垫最好。最好迟小姐先哭一场，哭得肝肠寸断，哭得那个叫赵学尧的人不能把持，这样就比较自然。迟小姐一定会说，这是咱们俩的事，和其他人没有关系，和任何人都没有关系。赵学尧就答，当然没有关系，难道我们能为其他的任何人活着吗？迟小姐如果说，其实我真正爱的人是你。赵学尧也一定会表示，自己早就有心栽花了。迟小姐如果决定不走了，那个赵学尧怎么回答呢？

不料这些准备活动被迟小姐在楼上看得一清二楚，她推开窗就喊：嗨！是不是心里特矛盾？

赵学尧说，我在……吸烟呢。

迟小姐说，想琢磨点意义出来？

赵学尧指指天上，说哪里，我在读月亮。

迟小姐说，月亮里有答案吗？

赵学尧说，我来深圳好几年了，今天才第一次注意到这儿也有月亮。

迟小姐说，十五的月亮十六圆？

赵学尧说，是啊。

迟小姐说，月满抱佳人？

赵学尧说，你以为我不敢？逼急了我什么都敢。

迟小姐于是趴在窗台上哈哈大笑。

笑声在这个天香花园的月圆之夜格外嚣张，很有穿透力。有几扇窗户的灯同时熄灭了。

这一点赵学尧没有想到，突然被击中颅顶似的，身子摇晃起来，身子矮娃下去，突然觉得好累好累，觉得脊椎抽空了一样，痛得他直不起腰来。

64

经过一次绑架，念虎比从前更威，他现在当了村长兼董事长。念祖已经不做这些具体的事情了，他要专心致志抓党的建设，这是区委领导安排的，所以念虎就威得一塌糊涂。他宣布把自己的生意全部盘出去，一点也不留。现在大家都经过了一些事情，有了一些经验和教训，一切都应该和从前不一样了。

五月五，端阳虎，村里都在议论：今年一定要好好热闹一下了，好好出出晦气！所以念虎就跑到念祖家里来讲，阿爸呀，今年要按老规矩，要原生态，这个觋公一定要你亲自来扮才行。现在文叔住在念祖家里，这让他有一点不满足。

文叔点点头算是答应了。他变得好懒，一个字也不愿讲。但文叔又离不开那个新来的小子，让人觉得很奇怪。

村里就热热闹闹准备起来。扎火龙扎龙船，钉高跷做神龛，香烛纸马金银元宝，应有尽有。还特意去外面请了舞蹈队，来扮牛鬼蛇神魑魅魍魉。神龛还是上次办客家民俗节用的，为了防止失火就装在了货柜车上，比真房还要大，里面坐着右丞相文天祥。楹联还是专家题的：大宋信国公官拜一品诗震华夏，开元真男子神传万世气贯虹霓。为乜叫个开元真男子呢？老年人解释说，真男子是元朝开国皇帝忽必烈夸老祖宗的话，意思是真男子汉，特别厉害。别人的那个东西统统是假的！

“惜命”二字因为是家传，这只好意会不便言传的箴言，就做了金字贴在神龛的背面。做好了，大家都觉得好得不得了。有人就来请文叔去看。

可文叔呢？文叔却寻不到了。

这一天闷热得不得了。刚刚六月天，就穿上了汗衫短裤，从冬天直接跳到夏天。又热，又忙，谁也没有注意到文叔。不在就不在吧。谁也没可能想到会出事情。

傍晚的时候，刮起一阵黄风。全村人都在看热闹，觉得好凉快好舒服。后来风停了，才慢慢看出不对头。先是在村头，紧跟着在海边，云彩越堆越厚，颜色却越来越鲜亮。有细罗仔叫，红的，红的！云彩是红的！

人们呆住了，傻掉了。谁也没有见过这种云彩啊。终于有人想起来：是红云啊，红云来了啊！年长的人们向海边奔去，是红云啊，红云来了啊，他们齐刷刷地向大海跪了下来。

红云在翻卷，在奔腾，在扭动。红云在震怒，在咆哮，像是大山崩塌大树撕裂，又像是在骂人，还有女人在隐隐约约地哭。红云是血一样的红啊，还有臭鸡蛋一样的刺鼻的腥臭啊。接着，有雨滴落来，滴在人脸上还是滚烫滚烫的。

是血啊，是血啊！红兮兮黏兮兮腥兮兮的啊。有老阿婆哭起来了，罪过啊，罪过啊！从前就是不相信啊。人们终于哭倒在地。

这情形持续了有三个字，也就是十五分钟的样子，才向西移去。像一只巨大的笤帚，又像一只巨大的漏斗，向西扫过去。它扫过的地方，是一条三十几米宽的条痕。有小孩子拾到几个像豆荚一样的东西。大人们经过研究讨论，没错啊，是红树籽啊，文叔就是在种它啊。人们这才想起文叔。文叔呢？人们又像朝圣的信徒一样寻起文叔来。

屋里没有。村里没有。哪里哪里都没有。会到哪里去呢？

有人想起，红云既然向西去，那么它一定是从东面来的，也许是东南面。东面是哪面？那里正是文山岛啊。一定是文叔知道红云要来，他避开了。他要你们这些没有良心的人自己去看！

上岛去，立马有人想到，开汽艇去，一定要把文叔接回来。文叔来了，大家都要磕头认错。

汽艇呜地开出去，箭一样消失掉。

这时，风已经很大，乌云早已锅底一样罩下来。大雨倾盆，雷声震天撼地。海浪站立起来，排着方队，咔咔咔咔向岸边冲过来。海浪一排接着一排，一队接着一队，叫嚣着向人们扑过来。从来没有人见到过滩涂上有这样的海浪啊。

人们不肯散，非在这里等。大家崇敬得要死，激动得要死。

八点多，天已墨黑，汽艇回来了。

没啊，哪里哪里都寻遍了啊，没啊，没啊！

人们抱着肩，簌簌抖抖往回走。一个个冻得发抖，心里还在热乎乎地想文叔。文叔会到哪里去呢？

一个阿婆讲：文叔不会跟了红云一道去吧？讲过了又打自己耳光：我是瞎讲的呀，没可能的呀。

阿爸呀，阿楚阿从哭起来，你到哪里去了呀。

阿吉抱着小儿子想，要在东南方请神压一压……她一下就跪倒在地，哭得好伤心好伤心。

阿婆也都哭起来，怎么这个样子的啊，怎么这个样子的啊。

念祖念虎念书没有哭，脸上只是有一点悲壮，有一点神圣。他们在大家面前特别谦虚，感觉从来没有这样好。红云早一点来有多好，早一点来大家早就相信了，老豆就不会孤寒了，他们也不会跟着受气了。他们忍受了多少冤枉气啊。

风在一直刮，雨在一直下，从来没有这种下法的，天是墨黑的，海浪倒是白白的，黑和白就像绞在了一起。真的是端阳虎啊。这才六月天啊，台风也没有这样突然的。电视里讲，到处都在异常，全球变暖，这个温室效应太厉害了。

文叔还没有回来，第二天没有，第三天也没有。现在只有等文叔自己回来了。哪里哪里都寻遍了呀。这件事情实在很稀奇，从头到尾都很稀奇，哪个都没有想到，没可能想得到的啊。

大家讲，一定是还在岛上，文叔一定是同红树在一道！

大家把汽艇拖出来了，决心试一试。就是上当也值得上的。

天亮的时候，他们找到了答案。

其实一上岛，大家就明白了。没有费事就看到了文叔的触板。舢板已经粉碎，一块块碎木屑飘浮在红树林里。大家一眼就看到了文叔的衣衫。但也仅仅是衣衫，人已经没有了。那天是天太黑，没有见到衣衫。这是些什么样的衣衫啊，衣服裤子全部撕成了长条，也许是文叔的全部衣衫，还有被单，奇怪地结牢在红树根部，像是一道道缆绳，把红树圈在了这里。

他们想象，这里曾经有过一次惊心动魄的保卫战。他们想到，红云一定是要把红树带走，他们在大陆也拾到过红树籽的。他们想，一定是文叔不肯，所以才情愿自己跟了红云一道去。一定是这样的。

这时风已经停了，雨也小了一些，潮水退了下去，红树纷纷站立起来，伸展开枝条，像刚刚睡醒一样，伸懒腰一样。

念祖对了红树咕咚一声跪了下去。阿楚阿从和念虎念书也跪了下去。大家都跪了下去。

这时，红树的叶片上突然落下几滴水来，滴答，滴答落在了海里。然后好像惊动了大家一样，几乎所有的红树都在一道滴水，哗啦，哗啦，像哭一样。红树会哭的吗？

红树会哭的。红树在哭。

65

回到深圳柳叶叶没有直接去医院，而是先去了看守所。登记的时候，警察问，你是他的什么人？柳叶叶说不是什么人。那个警察就皱起眉头，不过最后也没说什么，只是让她到里面等。

等了半个多钟头，她看见常来临从甬道的那头慢慢走过来，越来越强的光线让他的眼睛眯缝着，后来还抬起了胳膊。他没瘦，只是略显苍白。

常来临见到她一愣，说想不到是你。

柳叶叶说，我也想不到会来。你还好吗？

常来临说，还好。谢谢你。他笑一下，样子很难看。他说已经没事了，就要出去了。他真的很谢谢她。

她就想不出话说了。本来她似乎有很多话要对他说的，而且有种冲动，觉得非说清楚不行。可是现在，突然又觉得说出来一点意思都没有。她道了声保重，放下食物就出来了。出来以后，被外面的风一刮，眼皮突突跳起来，然后鼻子就酸了，然后泪水跟着就下来了。

这才清楚，自己是要来做一个了断，是要跟自己的以往做一个了断。对常来临说不说，其实都是一样的。是的，她曾经崇拜过这个人，甚至爱过这个人。而现在，自己已经完全没有了当初的那种感觉。人的感情竟是这样奇怪，拒绝夏悦的时候，拒绝唐源的时候，她还一直以为自己心里是有人的，所以才会那么干脆。但实际上在见到他的那一刻，她立即发现自己错了。这个人根本不是她想象中的那个人，这个人只是一个苍白的幻影，一个爱情的替代品。其实他和自己根本不是一样的人，她早就应该晓得的。毛妹早就向她暗示过这个意思，只是她不明白。

她现在，是在跟自己的梦想做一个了断。她已经告别了年轻，还有许许多多年轻的梦。

到了医院，她想好了要多说一点儿高兴的事，要给唐源打打气，千万哭不得。哪晓得唐源一见她就笑了起来，说还好还好，他们还给我留了一条腿。

搞得她也笑了，说那倒真是一条幸运的腿。

唐源说，这是协商来的！你以为啊？我说，兄弟，反正一样是砍，就砍这条左腿。我说你们把它剁下来，剁狠一点，拿回去一样交差，老板一样给钱。

他们听你的吗？

唐源说，两个拿刀的犹豫了半天，就是拿钢管的人不干，说少跟他啰唆，快一点。

柳叶叶也笑着，也许他们应该量好尺寸再砍。

来不及了，再犹豫老板就要砍他们了。

他们怎么不一刀捅死你？

那他们也不干，他们也懂投入产出成本效益的，性价比不高的事他们也不能干。

然后柳叶叶就哽咽了，笑不下去了。

唐源小心地轻轻地，好像在跟自己嘀咕，放心，死不了。只是可惜了我们的春天服务社。

柳叶叶忙说，你也放心，服务社还有我。

要是服务社不让办了怎么办？

我们还可以办文书社。

要是文书社也不让办了怎么办？

我们就以个人身份做公民代理！柳叶叶忽然激动起来，叫起来，我个人做事哪个管得着？她说，只要心在，什么都不会完。春天还是春天，我们还是我们。

唐源愣着，嘴角突然抽搐起来，你是说，我们？

柳叶叶的心也有点抽搐，是，是我们！

唐源一把扯了一张报纸，猛地盖在脸上。

她看见，报纸在慢慢抖动，底下有一块被淹湿，湿斑逐渐放大。好像是海底有了火山，一点一点积蓄力量，终于有一天，那些岩浆喷薄而出，再也遏制不住。

也就是这一刻，她看到报上的一条消息：

广东省有17个市被国家划为酸雨控制区，总面积12.8万平方公里，占全省面积的71.6%，占全国酸雨控制区总面积的16%。该省二氧化硫污染严重，这些酸雨的pH值，也就是含酸量比普通食醋还要高。据估算，广东省每年因酸雨造成的经济损失为40亿元人民币。

另据报道，广西沿海某县因水土流失曾出现大面积土地滑坡，今春首次台风过后当地农民发现，这一地区海边出现很多奇异的小树。经专家鉴定，这种树叫红树林。红树林是世界上仅存的胎生植物，目前存活于我国广东、海南的部分地区。红树林为什么会大面积集体迁徙，目前仍是一个谜。

红云就是酸雨？也许是，也许不是。

红树飞到广西去了？也许是，也许不是。

讲不清楚啊。

不好讲啊。

没得讲啊。

曹征路《问苍茫》，人民文学出版社2009年版。

汽车城

（作品简介）

殷慧芬

《汽车城》是当代作家殷慧芬创作的新中国成立以来第一部以轿车产业发展为背景的长篇小说。1999 年，由上海文艺出版社出版。2002 年获得第五届上海市文学艺术优秀成果奖。

小说以 1980 年代末的上海汽车工业为背景，围绕着中德合资俊友汽车公司在引进设备、技术以及现代管理理念等方面的矛盾与冲突，反映了上海轿车工业发展的艰辛历程，展现了上海汽车人在改革开放大潮中勇于面对机遇与挑战，充满自信，铿锵前进，推动中国汽车制造业的快速发展。小说将现代化都市上海与汽车制造融为一体，既充满现代意识与现代气息，也不乏城市魅力与文化底蕴。

小说思想理念厚重、内涵丰富深刻。

车间主任

（作品简介）

张宏森

当代作家张宏森创作的长篇工业小说。中国工业文学的经典作品。1997 年 3 月，由山东文艺出版社出版。

小说以建立于 1950 年代的北方大型国有企业重型机械厂在向社会主义市场经济转型中所面临的矛盾和挑战为背景，讲述车间主任段启明以坚韧不拔的毅力与公而忘我的奉献精神，带领工人们抢抓机遇，直面挑战，凝心聚力，攻坚克难，化解种种矛盾与纠葛，致力完成艰巨繁重的生产任务，铿锵突围，走出困境，推动企业前进的故事。

小说还通过车间内不同工人命运的变化，展现社会主义市场经济体制下，人物内在心理的多元性与复杂丰富，全视角展现了中国工业化进程中的劳资矛盾、技术革新的艰难与当代工人的真实生存境遇，歌颂了当代中国工人阶级在改革开放大潮中的韧性坚守与拼搏奋进，为新中国工业的发展默默奉献。

《车间主任》思想内涵深刻，具有较强的现实性和时代性，作品贯穿着作者对当代产业工人生存境况和生存价值的独到思索，具有深刻的社会意义。

钢铁年代

（作品简介）

高满堂

《钢铁年代》是当代作家高满堂创作的一部长篇小说。2011 年，由作家出版社出版。

新中国成立初期，为了发展祖国的钢铁事业，来自全国各地的工人汇聚在一起，在各种不利的条件下，努力克服种种技术难题与生产困境，为鞍山钢铁厂的建设奉献出全部精力。

高满堂以其特有的创作方式，还原再现了新中国成立初期鞍钢建设发展的历史，是非常年代生活的真实写照，讲述了这群人感人至深的友情、爱情和亲情以及为新中国钢铁事业发展无私奉献的精神。

图书在版编目（CIP）数据

中国百年工业文学大系：长篇小说卷Ⅲ / 孙拥军主编. -- 北京：中国工人出版社，2025. 5.
ISBN 978-7-5008-8573-3

Ⅰ. I211

中国国家版本馆CIP数据核字第2025QH6063号

中国百年工业文学大系：长篇小说卷Ⅲ

出 版 人 董 宽
责任编辑 傅 娉
责任校对 张 彦
责任印制 黄 丽
出版发行 中国工人出版社
地　　址 北京市东城区鼓楼外大街45号　邮编：100120
网　　址 http：//www.wp-china.com
电　　话 （010）62005043（总编室）　62005039（印制管理中心）
（010）62379038（社科文艺分社）
发行热线 （010）82029051　62383056
经　　销 各地书店
印　　刷 北京印刷集团有限责任公司
开　　本 880毫米×1230毫米　1/32
印　　张 27.5
字　　数 560千字
版　　次 2025年6月第1版　2025年6月第1次印刷
定　　价 128.00元
